btb
Aus Freude am Lesen

btb

Buch

Der erste Teil von »Mardi« liest sich wie ein exotischer Reisebericht aus der Südsee, ähnlich wie Herman Melvilles frühere Romane »Omuu« und »Typee«. Aber dann beginnt ein ganz neues, ganz anderes Buch. Der Leser wird Zeuge einer seltsamen Rundreise um die vielen verstreuten Inseln eines Südseeatolls, lernt die Riten der Eingeborenen kennen und lauscht den abgründigen Gesprächen der Protagonisten. Man beginnt zu ahnen, was Melville hier zu schreiben versuchte: einen Weltroman, eine allumfassende Beschreibung des Menschen. Kein Wunder, daß dieses Werk bei seinem Erscheinen für Irritationen sorgte: »Mardi« war seiner Zeit weit voraus – ein moderner Roman.

Herman Melvilles grandioser Roman weist in seiner gedanklichen und formalen Originalität bereits auf sein Meisterwerk »Moby Dick« hin. Mit »Mardi« überwand der Autor den realistischen, am Erlebnisbericht orientierten Erzählstil seiner früheren Südseeromane. Die deutsche Erstausgabe dieses großartigen Romans, der nun erstmals im Taschenbuch vorliegt, wurde von der Kritik hoch gelobt. Der Übersetzer Rainer G. Schmidt wurde mit dem renommierten Paul-Celan-Preis ausgezeichnet.

Autor

Herman Melville (1819 bis 1891) stammte aus einer verarmten New Yorker Familie. Er ging früh zur See und verdingte sich als Matrose unter anderem auch auf Walfängern. Seine Reisen führten ihn bis in die Südsee, 1844 kehrte er in die USA zurück, lebte als freier Schriftsteller und war von 1866 bis 1885 als Zollinspektor in New York tätig. Der Romancier und Autor von Kurzgeschichten und Lyrik ist einer der bedeutendsten amerikanischen Schriftsteller.

Herman Melville

Mardi und eine Reise dorthin

Roman

Übersetzt und kommentiert von Rainer G. Schmidt

btb

Titel der Originalausgabe: Mardi and a Voyage Thither

Die vorliegende Übersetzung wurde gefördert von der
Stiftung Kulturfonds, Berlin

btb Taschenbücher erscheinen im Goldmann Verlag,
einem Unternehmen der Verlagsgruppe Bertelsmann.

1. Auflage
Genehmigte Taschenbuchausgabe Januar 2000

Umschlaggestaltung: Design Team München
KR · Herstellung: Augustin Wiesbeck
Made in Germany
ISBN 3-442-72565-8

Meinem Bruder
ALLAN MELVILLE
gewidmet

Vorwort des Autors

Nachdem ich in jüngster Zeit zwei Reiseerzählungen aus dem Pazifik veröffentlicht hatte, die mancherseits ungläubig aufgenommen wurden, kam mir der Gedanke, tatsächlich ein Südseeabenteuer als Phantasieerzählung zu schreiben; um zu sehen, ob diese Fiktion nicht möglicherweise für wirklich genommen werden kann: in gewissem Grade die Umkehrung meiner vorigen Erfahrung.

Diesem Gedanken entsprossen andere, die Mardi zum Ergebnis hatten.

NEW YORK, Januar 1849

I.

Fuß im Steigbügel

WIR sind los. Die Untersegel und Toppsegel sind gesetzt, der korallenbehangene Anker baumelt vom Bug; und zusammen werden die drei Oberbramsegel der Brise übergeben, die uns auf die See hinaus folgt wie das Gebell eines Hundes. Das Segeltuch spreitet sich – nach unten, nach oben –, beidseitig von der Spiere gestreckt, mit zahlreichen Leesegeln; bis wir wie der Habicht mit schwebenden Schwingen die See mit unseren Segeln überschatten und wirbelnd die salzige Flut durchpflügen.

Doch woher des Wegs – und wohin zieht ihr, Seeleute?

Wir segeln von Ravavai her, einer Insel im Meere, nicht weit nördlich vom Wendekreis des Steinbocks, nicht sehr weit westlich von Pitcairn's Island, wo die Meuterer der *Bounty* siedelten. In Ravavai war ich einige Monate zuvor an Land gegangen; und nun war ich eingeschifft zu einer Kreuzfahrt nach dem Wal, dessen Hirn die Welt erhellt.

Und von Ravavai aus segeln wir nach den Galapagos-Inseln, auch *Encantadas*, Verhexte Inseln, genannt, der vielen Strömungen und Strudel wegen, die dort anzutreffen sind.

Im Umkreis dieser Inseln, die einst Dampier betrat, wo die spanischen Bukanier einst ihre Gold-Moidore aufhäuften, ist nun zu manchen Zeiten der Kaschelott oder Pottwal in reicher Fülle vorhanden.

Doch dorthin kann dein Schiff von Ravavai aus nicht fliegen wie die Möwe, die geradewegs ihrem Nest zustrebt. Denn wegen der vorherrschenden Passate sind Schiffe, die aus der Gegend von Ravavai gen Nordosten fahren, zu einem beträchtlichen Umweg genötigt – ein paar tausend Meilen in etwa. Zunächst halten sie mit voller Kraft auf Süd zu, um wechselnden Winden nachzujagen; und steuern dort, wenn sie eine vereinzelte Brise erhaschen, auf das offene Meer, dann schlagen sie nach Ost um, die Ruder nach Luv, und flugs die Küste entlang, auf den Äquator zu.

Diesen Umweg nahm auch die *Arcturion*. Und wahrlich, er war beschwerlich und öde. Nie zuvor war uns der Ozean derart eintönig erschienen; dem Schicksal sei Dank: nie zuvor.

Doch bravo; im Verlauf von zwei Wochen ein Ereignis! Als wir dahinsegelten, tauchte aus dem Grau des Meeres, direkt vor uns, ein dunkler Gegenstand aus dem Meer auf, hielt sich undeutlich vor uns, oben von Nebelschleiern bekränzt und unten vom Schaum der Brecher umspült. Wir wandten uns seitwärts und passierten schließlich bei Dämmerung Massafuero. Mit einem Fernglas erspähten wir zwei oder drei einzeln lebende Ziegen, die sich durch eine Felsschlucht auf gewundenem Weg zum Meer hinab bewegten. Und jetzt ein Signal: eine zerlumpte Flagge auf einem Hügel dahinter. Doch obwohl wir wußten, daß außer zwei oder drei dem Strang entronnene Sträflinge aus Chile niemand auf der Insel war, hatte unser Kapitän keine Lust, ihrer Einladung zur Landung stattzugeben. Obwohl er vielleicht falsch damit lag, kein Boot mit seiner Visitenkarte loszuschicken.

Ein paar Tage später ›nahmen‹ wir den Passat. Wie so oft überkam er uns in einer heftigen Böe – wie eine unwirsch gewährte Gunstbezeigung. Dieser Windstoß riß eine unserer Spieren weg, hob unseren alten Koch von den Beinen und fegte ihn ohne Umschweife zu den leeseitigen Speigatten.

Da wir schnell den gewünschten Längengrad am Äquator, ein paar Meilen westlich der Galapagos-Inseln, erreicht hatten, verbrachten wir mehrere Wochen damit, in nutzloser Suche nach unserer Beute kreuz und quer über den Äquator zu jagen. Manche dieser Jäger glauben wohl, daß der Ozean Wale führe wie die peruanische Erde Silbererzflöze. So querten wir, Tag um Tag und Woche um Woche, die immerselbe Schnittstelle des Längengrades mit dem immerselben Äquator; bis wir fast hätten schwören mögen, daß wir jedesmal das Anstoßen des Schiffskiels verspürten, wenn wir diese imaginäre Stelle kreuzten.

Schließlich schlugen wir uns schnurstracks am Äquator entlang, segelten vor einer der dortigen Brisen, steuerten westwärts, spähten nach rechts und spähten nach links, doch sahen nichts.

Während dieser öden Zeit erlebte ich die ersten Symptome dieses bitteren Unwillens unserem eintönigen Schiff gegenüber, die letzten Endes zu den hier berichteten Abenteuern führte.

Doch halt! Kein Wort gegen dieses hochbetagte Schiff und seine Mannen. Die Seeleute waren alle gute Kameraden, das knappe Dutzend Heiden eingeschlossen, die wir auf den Inseln an

Bord genommen hatten. Dennoch waren sie nicht ganz nach meinem Geschmack. Zu keiner Seele gab es eine unwiderstehliche Anziehung, kein Band der Sympathie zu irgendwem; es sei denn, man bejammerte gemeinsam die Kalmen, die uns zuzeiten überkamen, oder pries die Brise, wenn sie eintraf. Unter anderen, anregenderen Vorzeichen hätten die Teerjacken vielleicht ansprechendere Eigenschaften entwickelt. Wären wir leckgeschlagen oder von einem Wal ›leck geschlagen‹ worden oder wären mit einem despotischen Kapitän gesegnet gewesen, gegen den man mit Feuer und Flamme aufbegehren konnte, hätten sich diese meine Schiffskameraden vielleicht als wendige Burschen mit Mumm in den Knochen erwiesen. Doch offenbar waren aus ihrer Stahlhärte keine Funken zu schlagen.

Da gab es noch andere Dinge, die mir mein Los an Bord immer schwerer erträglich machten. Zugegeben, der Kapitän war ein Prachtkerl, legte keinen Wert auf Förmlichkeit an Bord und hatte auch ein Wort für einen Seemann übrig. Ihm soll fürderhin Gerechtigkeit widerfahren: er hatte einen besonderen Narren an mir gefressen, war umgänglich, nein, geschwätzig, wenn es sich traf, daß ich am Steuerruder stand. Na, was tut's? Konnte er Gefühle oder philosophische Gedanken zur Sprache bringen? Nicht die Bohne! Seine Bücherei maß acht auf vier Zoll: Bowditch und Hamilton Moore.

Und was sagen mir, der ich mich so sehr nach jemandem sehnte, der mir präzise hätte angeben können, an welcher Stelle Burton über die Blauen Teufel der Melancholie sprach, was sagten mir seichte Wiederholungen von ewig ausgesponnenem Seemannsgarn und die von unserem Vorschiff-Chor intonierten, nicht enden wollenden Strophen von ›Black-eyed Susan‹? Das war schaler als schales Ale.

Ach, ach, *Arcturion!* Ich sag' es ohne Arg, doch du botest höchsten Stumpfsinn. Nicht nur beim Segeln, obwohl das für mich schon schwer genug zu ertragen war, sondern auch in jeder anderen Hinsicht. Die Tage verliefen gemächlich im Kreis, endlos und ohne Ereignis, drehten sich wie Umläufe im leeren Raum. Zeit und Stücke von Zeit! Wie viele Jahrhunderte zeigte meine Hängematte an, wenn sie wie ein Pendel zu des Schiffes dumpfem Schlingern hin und her schwang und die Stunden und Zeitalter tickte. Gesegnet auf immer sei der *Arcturion* Lukendecke – ach! Seegras überzieht sie nun – und rostig auf immer die Bolzen, die diese alte Meeresheimstatt zusammenhielten, auf der wir so oft die Zeit totgeschlagen hatten. Dennoch werde ich euch, ihr verlorenen und lastenden Stunden, mein Leben lang verfluchen.

Nun, es vergingen Wochen, gemäß der gemessenen Zeit. Bill Marvels Geschichten wurden wieder und wieder erzählt, bis Anfang und Ende nahtlos ineinander übergingen, auf ewig vereint. Ned Ballads Lieder wurden angestimmt, bis sich ihr Widerhall in die Topps verstieg und in den Buks der Segel nistete. Meine arme Geduld war schier dahin.

Doch schließlich, nachdem wir eine Weile strikt westwärts gesegelt waren, wendeten wir uns höchst angewidert vom Äquator ab, da wir nicht die Spur eines Wals gesehen hatten.

Aber wohin jetzt? Zu der brütend heißen Papuaküste? In diese Region der Sonnenstiche und Taifune, wo einem das Pullen nach unerreichbaren Walen sauer ankommt. Viel schlimmer. Wir waren anscheinend im Begriffe, Whistons Theorie über den Transport der Verdammten mittels Kometen zu illustrieren – indem wir von äquinoktaler Hitze zu arktischen Frösten gejagt wurden. Kurz gesagt: Der Kapitän hatte, mit der zuverlässigen Unbeständigkeit seiner Zunft, jeden Gedanken an den Pottwal aufgegeben. In seiner Verzweiflung war er dazu entschlossen, an der Nordwestküste und in der Bucht von Kamtschatka nach dem Blauwal zu schnappen.

Denen, die in das Geschäft des Walfangs nicht eingeweiht sind, mögen meine Gefühle an diesem kritischen Punkt vielleicht schwer verständlich sein. Doch sei nur dies gesagt: diese Blauwaljagd an der Nordwestküste, in frostig-tristem Nebel, wo die griesgrämigen und trägen Monster über das Meer flößen wie auf dem Rhein die Baumstämme aus dem Harz und sich der Harpune fügen wie halb benommene Ochsen dem Messer, diese abstoßende und anstößige Blauwaljagd verhält sich zu einer kühnen Hatz auf den edlen Pottwal in südlichen und milderen Meeren wie das Abschlachten von Eisbären auf den Eisbergen des öden Grönlands zur Zebrapirsch im Kaffernland, wo das muntere Wild vor einem auf laubreicher Wildbahn hüpft.

Nun, dieser höchst unvorhergesehene Beschluß seitens meines Kapitäns, den Polarkreis zu durchmessen, war nicht mehr oder weniger als ein stillschweigender Verstoß gegen unsere

Abmachung, über die im einzelnen gar nichts gesagt werden muß. Und da ich mich nur für eine einzige Kreuzfahrt eingeschifft hatte, war ich an Bord seines Schiffes wie einer gegangen, der vielleicht für einen Tag den Fuß in den Steigbügel setzt, um den Jagdhunden zu folgen. Und jetzt, Himmel hilf, war er im Begriffe, mich zum Pol zu verschleppen! Und auch noch in solch üblem Auftrag! Denn diesem haftete etwas Herabwürdigendes an. Was so ein wahrer Waljäger ist, der rühmt sich, daß seine Harpune von keinem anderen Blut als dem des Kaschelotts befleckt wird. Bei allem, was mir heilig ist, dies kratzte an der Ritterlichkeit eines Seemanns. Bei Pottwal und Walrat, das war nicht zu ertragen!

»Käpten«, sagte ich und tippte in seiner Richtung hin an meinen Sombrero, als ich eines Tages am Steuerruder stand, »das ist ein starker Tobak, mich auf diesem Wege ins Fegefeuer zu entführen, wo ich mich doch nach ganz anderem Orte eingeschifft habe.«

»Ja, und ich ebenfalls«, war seine Antwort. »Doch da hilft nichts. Pottwale kriegen wir keine. Wir sind nun drei Jahre auf See, und es muß etwas anderes her, denn das Schiff giepert nach Öl, und sein Laderaum ist ein Abgrund, blickt man dort hinein. Doch Kopf hoch, mein Junge! Sind wir erst in der Bucht von Kamtschatka, werden wir gänzlich überschwemmt von dem Gewünschten, wenn es auch nicht gerade von der besten Sorte ist.«

Immer schlimmer! Die Aussicht auf Ölträchtigkeit steigerte sich in makassarische Dimensionen. »Sir«, sagte ich, »dazu habe ich mich nicht anheuern lassen; setzen Sie mich bitte irgendwo ab.« Er machte große Augen, doch würdigte mich keiner Antwort; und für einen Augenblick glaubte ich, daß ich, zum Nachteil der freundlicheren Natur des Menschen, den dominierenden Geist des Kapitäns zur See in Unruhe versetzt hatte.

Doch dem war nicht so. Er machte drei Runden auf Deck, legte dann die Hand aufs Steuerruder und sprach: »Richtig und falsch, mein Alter, mitgegangen ist mitgehangen. Kommt gar nicht in Frage, dich jetzt irgendwo abzusetzen. Ich fahre keinen Hafen an, bis das Schiff nicht voll ist bis zum Lukensüll. Doch geh von Bord, wenn du kannst.« Und mit diesen Worten betrat er seine Kabine wie Julius Caesar sein Zelt.

Er mag sich nicht viel dabei gedacht haben, doch hallte dieser letzte Satz in meinem Ohr nach wie eine Herausforderung. Das klang nach des Wärters Empfehlung, als er auf den Gefangenen in Newsgate beim Reißausnehmen schoß. »Geh von Bord, wenn du kannst!« Das Schiff verlassen, wenn kein Segel oder Land in Sicht war! Ay, mein feiner Käpten, Wundersameres ist schon vollbracht worden. Denn sogar an Bord dieses Schiffes, der alten *Arcturion*, waren vier kecke Kerls, die unser Kapitän eigenhändig zwei Jahre zuvor aus einem offenen Boot aufgelesen hatte, fernab der entferntesten Sandbank. Gewiß sponnen sie ein ellenlanges Garn, des Inhalts, sie seien die einzigen Überlebenden eines Ostindienfahrers, den man bis auf die Meeresfläche niedergebrannt hätte. Doch wer glaubte ihnen ihre Mär? Wie viele andere bewahrten sie ein Geheimnis: zweifelsohne hatten sie sich aus Widerwillen vor einem häßlichen Pott, der sich noch wacker über Wasser hielt, davongestohlen, als sie vor Anker lagen. Bei Seeleuten im Pazifik sind solche Begebenheiten nicht selten. Und sie werden nicht als große Wunder erzählt. Es sind keine Ereignisse, bloß Vorfälle im Leben der Brüder vom Südmeerfahrerorden. Denn was macht das schon, obwohl das Land hunderte Meilen entfernt ist, wenn man ein tüchtiges Walfängerschiff unter den Füßen hat, den Passat im Rücken und sanfte, warme Meere voraus? Hierin unterscheiden sich auch Atlantik und Pazifik: ist der kühne Seemann, der bei Kap Hoorn noch Lust hat, sein Schiff aufzugeben, erst in den Tropen, lauert er auf keinen Hafen mehr. Er betrachtet den Ozean als einen einzigen riesigen Hafen.

Dennoch war das angedeutete Unterfangen kein Kinderspiel, und ich beschloß, die Chancen wohl abzuwägen. Es ist bemerkenswert, daß wir auf diese Weise alle für uns selbst das Unternehmen bedenken müssen, das wir bei anderen als Bagatelle ansehen.

Meine ersten Überlegungen richteten sich auf die Inbesitznahme des Bootes, erwogen das Für und Wider, das Wenn und Aber dieser Entwendung. Doch ohne Haarspalterei will ich hier sagen, daß ich, wäre ich wieder in der gleichen Lage, genau wieder so handelte, wie ich es dann getan habe. Der Kapitän wußte, daß er im Begriff war, mich widerrechtlich, entgegen der Abmachung, festzuhalten; und er selbst gab mir sogar den Wink, den ich mir nur zu eigen machte, mit bestem Dank an ihn.

Zu dererlei Vorsätzen aufgelegt, begab ich mich eines Tages nach oben, um meine zugeteilten zwei Stunden auf dem Masttopp zu absolvieren. Der Tag, heiter und schön, neigte sich dem Ende zu. Da stand ich hoch oben auf dem Mast, und weit, weit, unendlich weit in die Ferne rollte der Ozean unten. Wir befanden uns an dem vielleicht am wenigsten befahrenen und unbekanntesten Teil dieser Meere. Westwärts jedoch scharten sich zahlreiche Inseln, lose verstreut auf den Karten und mit dem ganzen Zauber eines Traumlandes ausgestattet. Doch bald wären diese Regionen vorüber; die milde Äquatorbrise vertauscht gegen kalte, grimmige Böen und all die Schrecken einer Nordfahrt.

Ich warf einen Blick hinab auf die braunen Planken des träge dahinstampfenden Kahns, schweigsam von Bug bis Heck, schaute dann überallhin.

Welche Anblicke, ausgebreitet in der Ferne! Hoch aufgetürmt über den gesamten Westhorizont, goldene und karminrote Wolken, Bögen, Gewölbe und Minarette der Luft, als ginge die maurische Sonne hinter einer riesigen Alhambra unter. Ausblicke schienen auf jenseitige Welten zu führen. Vogelschwärme zogen hin und her, über die Türme dieses himmlischen Ninive hinweg. Ich beobachtete sie lang; und einer kreuzte mein Blickfeld, durchflog einen niedrigen Bogen und war der Sicht entschwunden. Mein Geist muß in ihm mitgeflogen sein. Dann, unmittelbar, wie eine Verzückung, überkamen mich der

Rhythmus sanften Wogens, das einen Muschelstrand überspült, das Sich-Wiegen von Zweigen und die Stimmen von Mädchen und die besänftigten Schläge meines eigenen, aufgelösten Herzens: alles verschmolz miteinander.

Nun, all das war, offen gesagt, nur eine der vielen Visionen, die ich da oben hatte. Doch da sie mich gerade zu dieser Zeit überkam, setzte sie mir derart zu, daß hinfort mein Wunsch, die *Arcturion* zu verlassen, fast zur Besessenheit wurde.

II.

Eine Windstille

AM nächsten Morgen herrschte eine Windstille, die meinen Unwillen dem Schiff gegenüber nicht wenig vergrößerte. Und im weiteren wurden in mir, durch bestimmte unsagbare Assoziationen, alte Erinnerungen daran wach, wie ich als angehender Seemann zum erstenmal Zeuge dieses Meeresphänomens wurde. Diese Eindrücke mögen eine Seite wert sein.

Für einen unerfahrenen Seemann ist eine Windstille kein Scherz. Sie stülpt nicht nur seinen Unterleib um, sondern bringt auch seinen Geist durcheinander, verleitet ihn dazu, seinen Glauben an die ewige Tauglichkeit von Dingen zu widerrufen, kurzum, macht bald einen Ungläubigen aus ihm.

Zunächst ist er überrascht, daß er nie von einem Seinszustand geträumt hat, bei dem das Sein selbst außer Kraft gesetzt scheint. Er schüttelt sich in seiner Jacke, um festzustellen, ob sie leer ist oder nicht. Er schließt seine Augen, um die Wirklichkeit dieses Glaskörpers zu überprüfen. Zum Zwecke des Versuchs und um die Wirkung zu bezeugen, nimmt er einen tiefen Atemzug. Ist er ein Bücherleser, kommt ihm Priestley über die Notwendigkeit in den Sinn, und er glaubt diesem alten Sir Anthony Absolute sogar bis zum letzten Kapitel. Sein Glaube an Malte-Brun hingegen beginnt zu versiegen; denn die Geographie, der er von Jugend an blind vertraut hatte, garantierte ihm stets, daß das Meer, obschon über den gesamten Globus ausgebreitet, zu guter Letzt von Land begrenzt war. So war die Amerika gegenüberliegende Landmasse zum Beispiel Asien. Doch es herrscht Windstille, und er wird auf närrische Weise zum Zweifler.

In seiner aufgescheuchten Phantasie werden Breitenkreise und Meridiane nachdrücklich das, was sie bloß ihrer Bezeichnung nach sind: imaginäre Linien, rund um die Erdoberfläche gezogen.

Das Log versichert ihm, daß er an einer solchen Stelle ist; doch das Log lügt, denn in dieser Wasserwüste trifft man auf keinen Ort oder etwas, das irgendwie winklig wäre.

Schließlich überkommen ihn schreckliche Zweifel, zum Beispiel an der Fähigkeit des Kapitäns, sein Schiff zu steuern. Dieser Blindgänger ist gewiß vom Weg abgekommen und treibt in die Grenzgefilde der Schöpfung, die Region der immerwährenden Flaute, die zu einer positiven Leere hinleitet.

Ewigkeitsgedanken verdichten sich. Er beginnt um seine Seele zu bangen.

Die Stille der Kalme ist schrecklich. Seine Stimme beginnt ihm seltsam und ominös zu werden. Er verspürt sie in sich wie etwas Hinuntergeschlucktes, das zu groß für seine Speiseröhre ist. Sie hält in ihm etwas wie ein unfreiwilliges inneres Summen aufrecht, gleich einem lebenden Käfer. Sogar die Hohlräume seiner Knochen sind wie wispernde Gänge. Er hat Angst, laut zu sprechen, auf daß er nicht betäubt werde: wie der Mann in der Baßtrommel. Doch stärker als alles andere ist sein Bewußtsein der äußersten Hilflosigkeit. Da ist kein Beistand und kein Mitgefühl. Es hilft nichts, zu bereuen, daß man an Bord gegangen ist. Die letzte Erfüllung der Verzweiflung mag für ihn keinen Reiz mehr haben. Eitel die Vorstellung, die Windstille zu vertrödeln. Er mag schlafen, wenn er kann, mag sich vorsätzlich dem schönen Wahn anheimgeben, er habe frei. All dies mag er aushecken, doch faulenzen kann er nicht, denn Faulenzen heißt müßig sein, und müßig sein heißt, nichts zu tun zu haben, wohingegen hier eine Windstille auszuhalten ist: genug, auf das man achtgeben muß, weiß der Himmel.

Sein körperlicher Apparat, offenkundig zur Beweglichkeit ausgelegt, rastet ein, und er verharrt dort, wo ihn die Windstille zurückläßt. Selbst seine – zweifelsohne verbrieften Rechte, inklusive seiner glorreichen Willensfreiheit – werden gleichsam null und nichtig. Was sollen sie denn auch? Er will los: loskommen von der Windstille – an Land könnte er dieser Plage ausweichen. Aber er kann nicht; und wie närrisch, Auswege zu erwägen! Das ist hoffnungsloser als eine Mißheirat in einem Land, wo es kein Doctors' Commons (Oberstes Ehegericht) gibt. Er hat das Schiff zur Frau genommen, in Freud und Leid, in Windstille wie in Sturm, und man kann es sich nicht vom Halse schaffen. Die Rahen in die Seiten gestemmt, sagt diese Partnerin spöttisch zu ihm, als spräche die alte Muhme zu dem Zwerglein: »Hilf dir selbst.«

Und all dies, und mehr als dies, ist eine Windstille.

III.

Ein König als Kamerad

WIR mußten uns zu der Zeit, von der ich jetzt berichte, etwas mehr als 60 Grad westlich der Galapagos-Inseln befunden haben. Und da wir den erwünschten Längengrad erreicht hatten, steuerten wir nordwärts auf unseren arktischen Bestimmungsort zu: rings um uns ein weites Meer.

Doch genau nach Westen, obschon tausend Meilen entfernt, erstreckte sich nördlich und südlich ein fast unendlicher Archipel, hie und da bewohnt, doch kaum benannt; und fast niemand findet dorthin, selbst Walfänger nicht, die sich sonst überall tummeln. Beginnen wir mit der Südgrenze dieser großen Inselkette: dort liegen die, unter dem vagen Namen ›Ellice-Gruppe‹ bekannten Inseln; dann die ›Kingsmill-Inseln‹; dann die ›Radack- und Mulgrave-Gruppen‹. Diese Inseln waren mir im wesentlichen als Korallenformationen geschildert worden, flach und fruchtbar und mit mannigfachen Früchten in Hülle und Fülle. Die Sprache der Bewohner, hieß es, sei derjenigen der ›Navigator-Inseln‹ sehr ähnlich, von woher deren Vorfahren vermutlich ausgewandert waren.

Und aus den Erzählungen wußte ich damals nicht mehr über die fraglichen Inseln als gerade das eben Gesagte. Doch Hauptsache, sie existierten überhaupt; und unser Weg dorthin führte über eine verträgliche See, von einem verläßlichen Passat befördert. Die gleichwohl große Strecke war doch nur eine ausgedehnte Wasserfläche, nur eine große Leere, die zu durchsegeln war; zudem in einem Gefährt, das bekanntermaßen bei richtiger Handhabung größere Schiffe in einem Sturm überlebt. Denn dies trifft wahrlich auf ein Walfangboot zu: in seiner Art das Ausgefeilteste, was Menschenhand je hergestellt hat.

Dann beschloß ich, komme was da wolle, meinen Fuß auf eine der ›Kingsmill-Inseln‹ zu setzen. Und gleichfalls stand mein Entschluß fest, daß mich eines der Beiboote dorthin bringen sollte. Doch konnte ich mir nicht vorstellen, ohne einen Gefährten zu sein. Was wäre das für ein verdrießliches Umschauhalten, wenn ich alles für mich behielte; und nichts als der Horizont in Sicht.

Nun gab es in der Mannschaft einen trefflichen alten Seemann, einen gewissen Jarl. Keiner konnte sagen, wie alt er war, selbst er nicht. Die Zeitrechnung auf Vordeck ist immer unbestimmt und mangelhaft. »Ob Mann oder Junge«, sagte der gute Jarl, »ich habe immer gelebt, seit ich denken kann.« Und wirklich, wer kann sich daran erinnern, daß er es nicht tat? Uns selbst kommt es vor, als seien wir alle gleichzeitig mit der Schöpfung da. Daher kommt es, daß es so schwerfällt, zu sterben, bevor die Welt dahingegangen ist.

Jarl stammte von der Insel Skye, eine aus der Schar der Hebriden. Daher wurde er oft der Skyeman genannt. Und obwohl er weit davon entfernt war, eine Piratenseele zu besitzen, war er doch als ein alter Norse anzusehen. Seine Hände waren kräftig wie Bärenpranken, seine Stimme war rauh wie ein Sturm, der um die alten Gipfel von Mull tobt, und sein langes Flachshaar umwehte seinen Kopf wie eine untergehende Sonne. Mein Leben dafür, Jarl: deine Vorfahren waren Wikinger, die viele Male über die salzige Nordsee und die Ostsee segelten, die ihre Brunhildes in Jütland heirateten und die nun in der Halle der Walhalla Met schlürfen und mit ihren Kannen den Takt zu den Gesängen der Skalden schlagen. Ah, wie mich die alten Sagas durchrieseln!

Doch Jarl, der Abkömmling von Helden und Königen, war ein einsamer, freundloser Seemann auf hoher See, seinen Ahnen nur getreu durch das Seefahrerleben, das er führte. Aber so ist es gewesen, und so wird es immer sein. Welcher königliche Leibgardist wird nicht schwören, daß er von König Alfred selbst abstammt? Welcher Wortklauber nicht, daß er vom alten Homer herrührt? König Noah – Gott hab ihn selig – war unser aller Vater! Dann hoch den Kopf, o ihr Heloten, hochkarätiges Blut rollt durch unsere Adern. Alle von uns sind mit Monarchen und Weisen versippt, nein, haben Engel und Erzengel zu Vettern, da sich ja in vorsintflutlichen Tagen die Gottessöhne fürwahr mit unseren Müttern vermählten, den unwiderstehlichen Töchtern Evas. Daher sind alle Generationen miteinander verquickt, sind Himmel und Erde von einem Geschlecht: die Hierarchien der Seraphim im allerhöchsten Himmel, die Throne und Fürstenränge im Zodiakus, die

Schatten, die den Raum durchschweifen, die Nationen und Familien, Scharen und Gemeinden der Erde, jeder einzelne und alle, im Innersten Brüder – oh, sind wir also wirklich Brüder! Alles bildet doch ein Ganzes; das Universum ein Judäa und Gott Zebaoth ist dessen Haupt. Drum wollen wir nicht mehr mit Schrecknis anfahen. Was ist in einer Gottesherrschaft zu fürchten? Laßt uns gefaßt dem Tod entgegengehen wie ermattete Reiter, die im Sattel schlafen. Laßt uns selbst Geister begrüßen, wenn sie auferstehen. Hinfort unser Gaffen und Grimassenschneiden! Des Neuseeländers Tätowierung ist keine Sonderlichkeit und des Chinesen Artung kein Rätsel. Kein Brauch ist befremdend, kein Glaube absurd; und kein Feind, der sich nicht doch zuletzt als Freund erwiese. Am Ende wird im Himmel unser gütiger, alter, weißhaariger Vater Adam alle ohne Unterschied begrüssen; und immer wird man der Gesellschaft pflegen. Christen werden Versöhnung stiften zwischen Juden und Nichtjuden, der grimmige Dante vergißt seine Infernos und schüttelt sich vor Lachen mit dem feisten Rabelais, und Mönch Luther plaudert, über einem Krug mit altem Nektar, von alten Zeiten mit Papst Leo. Dann werden wir bei den Weisen sitzen, die vordem den sonnenbeschienenen Medern und Persern Gesetze gaben; bei den Rittmeistern der Kavallerie im Perseus, die »Zu Pferde!« riefen, als sie von den Posaunen des Jüngsten Gerichts geweckt wurden, die zum Sturm bliesen; bei den alten Waidmännern, die, vor Jahrhunderten, den Elch im Orion jagten; bei den Spielmännern, die in der Milchstraße sangen, als Jesus, unser Heiland, geboren wurde. Dann werden wir keinem seichten Gerede über Magellane und Drakes lauschen, sondern den Reisenden unser Ohr schenken, welche um die Sonnenbahn gefahren sind, die den Polarstern umrundeten, als sei er Kap Hoorn. Dann werden der Stagirit und Kant vergessen sein, und ein anderes Blatt als ihres wird man wenden, um Weisheit zu erlangen: eben das Blatt, übersät mit noch nicht entzifferten Horoskopen, den Himmel der Himmel in der Höh'.

Nun, im Kauderwelsch des alten Jarl gab es nie einen Dialekt. Unser eingefleischter Seemann ist dafür zu sehr Kosmopolit. Lange Kameradschaft mit Seeleuten aller Völkerschaften – Filipinos, Angelsachsen, Cholos, Lascaren und Dänen – nutzt schnell alles muttersprachliche Gestammel ab. Man läßt seinen Clan fallen, bergab geht es mit der Nation, es wird eine Weltsprache gesprochen, joviales Geplapper in der Lingua franca des Vordecks.

Seinem Beruf getreu, war der Skyeman sehr ungebildet: unbeleckt von Salamanca, Heidelberg und Brasenose. In Delhi hat er nie in den Büchern der Brahmanen geblättert. In Geographie, worin Seeleute bewandert sein sollen, da sie ewig und alle Tage den Globus aller Globen umrunden, wies Jarl bedauerliche Lücken auf. Seiner Ansicht nach war diese Land-Wasser-Welt wie eine Obsttorte geformt: das Land war bloß eine Rinde am Rande, und darin wälzte sich die eigentliche Wasserwelt. Solches schien die kosmographische Theorie meines guten Wikingers zu sein. An andere Welten glaubte er nicht; doch dies so uneingeschränkt wie Chrysostomos.

Ah, Jarl, du redlicher, ernster Kerl, so wahr und schlicht, daß die geheimsten Betätigungen deiner Seele unergründlicher waren als die subtilsten Werke Spinozas.

So viel sei von dem Skyeman gesagt; denn er war äußerst schweigsam und wird nur selten selbst sprechen.

Manchmal kommt es vor, daß ein alter Seebär wie er eine ganz starke Zuneigung für einen jungen Seemann, seinen Schiffsmaat, faßt, eine so ergebene Zuneigung, daß sie gänzlich unerklärlich ist, außer man suchte ihren Ursprung in der Herzenseinsamkeit, von der die meisten Seeleute in zunehmendem Alter befallen werden und die sie veranlaßt, sich auf einen zufälligen Gegenstand der Wertschätzung zu richten. Doch, was immer es war, deine freiwillige Zuneigung war die nobelste Huldigung, die mir je erbracht wurde. Und, ehrlich gesagt, bin ich eher geneigt, gut von mir zu denken, wenn ich in gewisser Hinsicht deiner Verehrung wert bin, als von kultivierteren Geistern mit hochtönenden Komplimenten umgeben zu werden.

Auf See nun und in der Gemeinschaft der Seeleute, erscheinen alle Männer so, wie sie sind. Keine bessere Schule als ein Schiff, um die menschliche Natur zu studieren. Der Kontakt von Mann zu Mann ist zu nah und konstant, als daß er Täuschung beförderte. Salopp trägt man seinen Charakter wie die flatternden Hosen. Umsonst alle Mühe, andere als die eigenen Eigenschaften anzunehmen; oder die zu verhehlen, die man hat. Inkognitos, obwohl wünschenswert, kommen nicht in Frage. Und daher war ich an Bord aller Schiffe, mit denen ich fuhr, gleichermaßen unter einer Art Salonnamen bekannt. Nicht – um das rasch zu sagen –, daß ich mit sauertöpfischer Miene in den Teertopf gegriffen hätte oder die Takelage mit Chesterfield'scher Ziererei erklommen hätte. Nein, nein, ich war nie besser als meine Tätigkeit; und ich hatte derer viele. Ich wirkte braun wie eine Kastanie, handfest, als die teerigste Teerjacke von allen; und nie schalt mich mein Schiffsmaat wegen einer vornehmen Abneigung gegenüber meiner Pflicht, obwohl sie mich in den wölfischsten Wind, der je heulte, bis zum Flaggenknopf des Hauptmastes und zum Klüverbaumende trieb.

Warum denn dann diese ärgerliche Benennung? (Denn ärgerlich war sie ganz gewiß.) Sie gründete auf etwas in mir, das nicht zu verbergen war, das sich in einer gelegentlichen Vielsilbigkeit bemerkbar machte, einer andererseits unverständlichen Bedächtigkeit beim Essen, in abseitigen, unbedachten Anspielungen auf Literarisches und in anderen, nicht erwähnenswerten Lappalien.

Doch es genügt zu sagen, daß es sich bei der Mannschaft der *Arcturion* herumgesprochen hatte, ich sei an einem bestimmten Punkt meines Lebensweges ein ›feiner Pinkel‹ gewesen. Doch Jarl schien noch weiterzugehen. Er muß mich für ein verkleidetes Mitglied des Hauses Hannover gehalten haben oder vielleicht für den verkappten Charles Edward den Prätendenten, der sich, wie der Ewige Jude, vielleicht noch auf Wanderschaft herumtreibt. Jarls Loyalität jedenfalls war extrem. Aus freien Stücken war er meine Wäscherin und mein Schneider, ein höchst kundiger dazu. Und wenn ich zur Essenszeit gerade Ausguck auf dem Mastkorb halten oder am Steuerruder stehen mußte, versorgte er mich in unermüdlichem Fleiß mit den Essensschüsseln vom Vordeck. Zahlreiche tüchtige Portionen ›duff‹, Mehlpudding, verdankte ich der guten Vorsorge meines guten Wikingers. Und wie Sesostris wurde ich von einem Monarchen bedient. Doch war die Verpflichtung in ungefähr gegenseitig. Denn bekanntermaßen waren wir, laut Seefahrerjargon, ›chummies‹, Kumpel.

Dieses Kumpelwesen zwischen Seeleuten ist wie die Brüderschaft zwischen zwei eingeschworenen Kollegen, die Stubengenossen sind. Es ist ein Bund nach Art des Getreuen Achates, ein Angriffs- und Verteidigungspakt, eine Teilhaberschaft an Wäschekiste und Waschraum, ein Band der Zuneigung und des Wohlgefühls, wobei sich jeder für den gerade Abwesenden einsetzt. Sicher fallen mir bei meinen Seefahrerreminiszenzen allerhand faule und abscheuliche Nichtsnutze von Kumpel ein, Kumpel, die bei den Mahlzeiten als letzte zum Essenfassen kamen, wenn ihre unglücklichen Partner hoch oben in den Spieren hingen, Kumpel, die sich beim Nähen linkisch gaben und in schwere Gewissensnöte gerieten, sollten sie im Waschwasser planschen, so daß Kumpel Ehrlich gehalten war, alle Arbeit des Kräftigen zu tun, während Kumpel Schlau den schlafenden Partner in der Hängematte mimte. Pfui über solche Kumpel!

Doch sollte ich je Kumpel Schlau gewesen sein, so warst du, redlicher Jarl, mein Zeuge. Machte es dir etwas aus, mein Ölzeug zu verfertigen und, wie der Gute Samariter, die Risse zu verbinden und Nadel und Faden in die schrecklich klaffenden Wunden zu senden, die mein Beinkleid marterten, das du ›ducks‹ (Segeltuchhosen) nanntest; und hast du nicht ausdrücklich erklärt, daß du all dies und mehr für mich tätest, trotz meines komischen Fingerhutes, aus dem Elfenbein eines Walstoßzahnes gefertigt? Nein; konnte ich etwa deinen eigensinnigen Händen gar mein Hemd entwinden, wenn du es einmal dampfend in einer widerlichen Brühe hattest, in einem riesigen Bottich, einer oben abgesägten Tonne?

Sehr wohl weißt du, Jarl, daß dies wahr ist; und ich bin entschlossen, es zu sagen, um auf jeden verborgenen Wunsch zu verzichten und keinen Nutzen aus deiner großmütigen Natur zu ziehen.

Nun, als ich nach einem Gefährten suchte, kam für mich nur mein Wikinger in Frage; und nur er.

IV.

Ein Schwatz in den Wolken

DER Skyeman schien ein so ernsthafter und aufrechter Seemann zu sein, daß ich – um die volle Wahrheit zu sagen –, trotz seiner Zuneigung zu mir, stark an seiner Bereitschaft zweifelte, sich zu einem Unternehmen zusammenzutun, das nach einer moralischen Verfehlung roch. Doch nachdem ich alles in Betracht gezogen hatte, hielt ich meinen Beschluß für völlig entschuldbar. Und da ich jemand anderes dazu bringen wollte, sich mir anzuschließen, schien mir Vorsicht unerläßlicher als alle anderen Erwägungen.

Daher beschloß ich freimütig, ihm mein Herz zu öffnen und ihn zu diesem besonderen Behufe zu besuchen, wenn er sich gerade wie ein alter Albatros der Lüfte auf dem Vormast-Topp niedergelassen hatte, ganz allein auf Ausguck nach nie gesichteten Walen.

Nun, stundenlang hundert Fuß hoch auf einem Stück Mast unentwegt zu stehen, in geschwinder Fahrt über das Meer, das ähnelt schon eher einer Kanalüberquerung im Ballon. Wie Manfred spricht man mit den Wolken, empfindet die Sonne als Gefährten. Und als Jarl und ich dort oben unser Gespräch führten und unsere winzigen Stummelpfeifen (›dudeens‹) rauchten, hätte uns eine vorbeifliegende Möwe für die Herren Blanchard und Jeffries halten können, die ihre After-dinner-Bagdads schmauchten, von Dover nach Calais per Himmel. Guter Jarl, ich berichtete von allem: von meiner Unterhaltung mit dem Kapitän, von dem, in seinen letzten Worten enthaltenen Wink, von meinem festen Entschluß, das Schiff in einem der Beiboote zu verlassen und davon, wie einfach ich die Sache zu machen gedächte. Dann ließ ich vielerlei Verlockungen verlauten, in angenehme Vorwegnahmen gekleidet, etwa: geradewegs vor dem Wind zu fahren, in Richtung Sonneninseln auf der Leeseite.

Er lauschte aufmerksam, verharrte aber so lange in Schweigen, daß ich fast dachte, bei Jarl gäbe es etwas, dem ich und meine Beredsamkeit nicht gewachsen wären.

Schließlich erklärte er ganz unverblümt, der Plan sei verrückt. Von so etwas habe er nur dreimal zuvor gehört; und jedesmal hätte man danach von den Ausreißern nichts mehr vernommen. Er flehte mich an, ich solle von meinem Entschluß lassen, kein grüner Junge sein, innehalten und nachdenken, zum Schiff stehen und wie ein Mann zu ihm zurückkehren. Wirklich, mein Wikinger redete mir gut zu wie mein Onkel.

Doch für all das hatte ich ein taubes Ohr und bekräftigte, daß ich fest entschlossen sei; und daß ich im Falle seiner Weigerung, mich zu begleiten, und da ich mir auch keinen anderen als Gefährten vorstellen könnte, eher gänzlich allein davonzöge als gar nicht. Als er dann sah, daß mein Entschluß unumstößlich war, schwor er ohne Umschweife, er werde mir durch dick und dünn folgen.

Danke, Jarl! Du warst einer dieser ergebenen Gefährten, die zäh ringen, damit sie einen, den sie hoch schätzen, vom Irrtum überzeugen; doch mißlingt dies, schlägt ihr Ringen unverzüglich um in eine Umarmung voll Sympathie.

Aber jetzt kam seine gereiftere Klugheit ins Spiel. Er ließ seinen Blick über die grenzenlose Weite da unten schweifen und fragte, wie weit besagte Inseln entfernt seien.

»Nicht weniger als tausend Meilen.«

»Mit einer hübschen Passatbrise und einem Bootssegel ist das eine Fahrt von gut zwölf Tagen, doch können Kalmen und Strömungen daraus einen Monat und mehr machen.« Und bei diesen Worten schüttelte er seinen alten Kopf, und sein Flachshaar flatterte im Wind.

Aber ich setzte alles daran, seine Bedenken zu zerstreuen: bis er sie schließlich fallen ließ.

Er versicherte, ich könne auf ihn, bis auf den letzten Span seines Kiels, rechnen.

Auf diese Beteuerung meines Wikingers hin fühlte ich mich erleichtert; und war ganz in Gedanken darüber, wie das Unternehmen wohl am besten zu vollenden wäre.

Es gab keine Zeit zu verlieren. Jede Stunde entfernte uns immer weiter von dem Breitengrad, dem wir am bequemsten auf unserem Weg nach Westen hätten folgen können. So ließ ich in höchstmöglicher Eile meine Pläne reifen und teilte sie Jarl mit. Dieser hatte künftige Wetterlagen im Blick und gab manchen alterfahrenen Rat, der nicht unter den Tisch fiel.

Einen Umstand, der auf den ersten Blick etwas Alarmierendes hatte, bedachte ich merkwürdigerweise nicht erst, als mich mein Wikinger mit bekümmerter Miene daran erinnerte. Wir mußten ohne Seekarte oder Quadrant aufs Meer hinaus, obwohl ein Kompaß, wie man bald sehen wird, durchaus im Bereich des Möglichen lag. Die Seekarte lag mir gewiß nicht so sehr am Herzen, doch ein Quadrant war mehr als wünschenswert. Dennoch war er keineswegs unentbehrlich. Weil bei unserer Abfahrt unser Breitengrad genau bekannt wäre. Und wir würden auf unserem Weg nach Westen entweder nördlich oder südlich abtreiben und könnten uns keinesfalls so weit von unserer Berechnung entfernen, als daß wir nicht auf eine der Inseln einer langen Kette träfen, die sich über viele Grade beidseitig des Äquators, direkt quer zu unserer Route, hinzieht.

Fast aus dem gleichen Grund machte es kaum etwas aus, ob wir auf unserer Fahrt täglich unsere geographische Lage kannten; denn zwischen uns und dem Ort, den wir zu erreichen wünschten, lag kein bekanntes Land. Gibt's denn etwas Klareres als das: wir brauchten nur geduldig westwärts zu steuern, um unser Ziel schließlich zu erreichen?

Wenn uns Untiefen und Riffe in die Quere kämen, wäre uns vor ihnen nicht bange. In einem Boot mit einem Tiefgang von ein paar Zoll würde schon ein nachlässiger Ausguck jeglicher Gefahr dieser Art vorbeugen. Jedenfalls schien die Sache durchaus machbar zu sein, trotz des alten Jarls abergläubischer Ehrfurcht vor nautischen Instrumenten und den philosophischen Bedenken, auf denen ein pedantischer Schüler Mercators wohl bestanden haben mochte.

Wie die alte Spruchweisheit sagt, sind die einfachsten Dinge sehr oft die erschreckendsten, und das auch gerade aufgrund ihrer Einfachheit. Daher ängstigt euch nicht, wenn wir uns solchermaßen an die untergehende Sonne wandten: »Sei du, alter Lotse, unser Leitgestirn!«

V.

Ruderbänke klar und Sack gepackt

ABER an Sextanten und Quadranten zu denken war unsere geringste Sorge.

Direkt unter den gespannten Augenbrauen von dreißig Mann – Kapitän, Maate und Mannschaft – war ein Boot wegzuschaffen. Sie wüßten nichts von dem Geschehen bis zu dem Punkt, wo alles Wissen sich als vergeblich erwiese.

Hört her:

Auf See sind die Boote eines Südseefahrers (in der Regel vier, die Ersatzboote ausgenommen) an Taljen gehängt, die oben an Rundhölzern, sogenannten Davits, festgehakt sind. Diese wiederum sind senkrecht an den Schiffsseiten verankert.

Keiner goldgelockten Schönen wird eifriger aufgewartet oder widerfährt feinfühligere Behandlung durch ihre Zofen als dem schlanken Walfangboot von seinen Mannen. Aus seinem Element genommen, erscheint es so zart, daß höchste Sorge gerechtfertigt ist. In der Tat, wie eine elegante Dame ist dieses elegante Walfängerboot höchst empfindlich bei Untätigkeit; obgleich wenig spröde, wenn Not am Mann ist.

Neben den Davits sind folgende Haltevorrichtungen vorgesehen. Zwei kleine *Kranwinden* sind schwingend unter dem Kiel aufgehängt, worauf dieser ruht. Dadurch wird verhindert, daß sich die Bootsmitte absenkt, während Bug und Heck in ihrer schwebenden Verankerung ruhen.

Ein breites Hanfband, gewöhnlich in einem geschmackvollen Muster geflochten, ist ebenfalls um beide Dollborde herumgeführt; und an des Schiffs Reling gesichert, verzurrt es das Boot fest an seinem Platz. Hebt man sie über die Reling, sind die Boote von allen Deckspartien her vollständig zu sehen.

Mit einem dieser Boote nun wollten wir uns fortmachen. Wahrlich, keine leichte Sache. Schwieriger, als wenn ein schneidiger Janitschar mit einer Haremsdame aus dem Serail des Sultans flieht. Dennoch war die Sache zu machen, denn sie war schon, fürwahr, gemacht worden.

Warum nicht alles klammheimlich bei Tage lockern; und in der Nacht das Band abwerfen und in die Kranwinde schleudern? Doch wie die Taljen herablassen, gar in der finstersten Nacht, ohne daß dies entsetzlicher knarrte als der rasselnde Atem des Todes? Das ist leicht getan. Fette die Taue ein; und flink werden sie durch die verzwickten Windungen der Blöcke gleiten.

Doch obwohl ich gehört hatte, daß dieser Plan schon verfolgt worden war, barg er dennoch ein gewisses Risiko in sich, das keineswegs der Einbildung entsprang. Wir verfielen auf einen anderen, noch kühneren Plan, der dennoch sicherer war. Worin er bestand, wird man an Ort und Stelle sehen.

Bei der Auswahl meines Bootes für diese gewaltige Reise hätte ich gern das Deck überquert und die Boote beäugt wie ein Kornett, der sein Roß aus gutem Stall auswählt. Doch dies war mir versagt. Und notgedrungen war das ›Bugboot‹

das erwählte, da von Achterdeck am weitesten entfernt, dieser Region durchdringender Blicke und unerbittlicher Entschlüsse.

Dann war an unsere Speisekammer zu denken; ebenso an einen reichlich großen Wasservorrat, den ich unter meine Obhut nehmen wollte. Obwohl nur für zwei zu sorgen war, wollte ich dennoch einen Fleisch- und Getränkevorrat für vier anlegen; jedoch wäre das so eingedeckte Zusatzpaar rein imaginär. Und wenn wir in äußerste Todesbedrängnis gerieten, die wir nicht fürchteten, wäre ich doch für niemand anderes als Jarl Nahrung.

Beim Beschaffen unserer Verpflegung ging nicht viel Zeit verloren. Zwieback und Pökelfleisch waren unsere einzige Nahrungsquelle; und dank der Großzügigkeit der Schiffseigner hatte die Besatzung der *Arcturion* reichlich davon zur Verfügung; Fässer mit herausgeschlagenen Böden waren voll von beiderlei, allen zu Diensten. Eine ausreichende Menge Schiffszwieback wurde sogleich in eigens zu diesem Zweck gefertigten Säcken verstaut. Das Pökelfleisch war schwieriger zu erlangen. Doch es gelang uns, nach und nach eine für unsere Zwecke ausreichende Menge aus dem Faß herauszuschmuggeln.

Was das Wasser angeht, so wurden zum Glück ein oder zwei Tage zuvor einige ›breakers‹ für den akuten Bedarf der Mannschaft von unten hochgehievt.

Diese ›breakers‹ sind längliche und schlanke, doch sehr robuste Fässer. Von verschiedener Dicke, erfüllen sie den Zweck, in den Lücken zwischen den ›butts‹, den Riesenfässern, im Laderaum eines Schiffes verstaut zu werden.

Die Wahl fiel auf das größte der Wasserfässer, das wir entdecken konnten; es wurde zunächst sorgfältig auf etwaige Lecks untersucht. Unter irgendeinem Vorwand rollten wir alle Fässer auf die Seite des Schiffs, wo unser Boot hing; mitten darin wurde der auserwählte ›breaker‹ plaziert.

Eine geraffte Auswahl aus unserer Garderobe wurde säuberlich gebündelt und einstweilen beiseite gelegt. Und schließlich hatten wir, mit der gebotenen Vorsicht, alle Vorbereitungen für den endgültigen Start in die Wege geleitet. Obwohl ich doch noch zu Jarls Gunsten sagen möchte, daß er sich immer, wenn die äußerste Taktik vonnöten war, nicht wohl in seiner Haut fühlte und mir die Sache größtenteils überließ. Er tat recht daran; denn wie es aussah, hatte er durch seine unpassende Aufrichtigkeit ein- oder zweimal beinahe alles vereitelt. Tatsächlich war er einmal derart unangemessen barsch, daß ich ihn merkwürdigerweise fast im Verdacht hatte, er hege dieses sonderbare Interesse am Wohlergehen eines anderen nach Art eines Philantropen, der einen für schlecht gehaltenen Plan dadurch zunichte macht, daß er in plumper Weise so tut, als unterstütze er ihn. Doch keine Unterstellungen; Jarl war ein Wikinger, frank und frei wie seine Väter; obwohl er weniger von einem Freibeuter hatte.

VI.

Acht Glasen

FÜR nächtliche Abenteurer muß der Mond schon ungeheuer scheu sein; oder es treten andere günstige Umstände ein; oder man wendet sich an Kalender. Zeigt aber Frau Luna eine volle runde Scheibe, werden wenige tollkühne Taten vollbracht. Obwohl es schon stimmen mag, daß man in Vollmondnächten gern in Juweliers-Schatzkästchen und Mädchenherzen einbricht – und raubt; so weit dies Kopernikus wissen kann.

Der sanfte Himmelskörper war in seinem letzten Viertel, und an sein schlankes Horn hängte ich meine Hoffnung, unentdeckt von Bord zu kommen.

Da wir jetzt eine ruhige Fahrt über den Ozean hatten, hielten wir zu dieser Zeit die bei Walfängern so genannte ›Bootsmannschaftswache‹. Anstatt die Seeleute nachts in zwei Gruppen aufzuteilen, die sich alle vier Stunden auf Deck abwechseln, gab es vier Wachen, jede aus einer Bootsmannschaft bestehend, den ›Vormann‹ (immer einer der Maate) ausgenommen. Den Offizieren verschafft dieser Plan ununterbrochene Ruhe – ›all-night-in‹, wie sie es nennen, und erleichtert den Seeleuten natürlich ihre Pflichten.

Die Harpuniere stehen an der Spitze der Bootsmannschaften und sind, während der Dauer ihrer Wache, für das Schiff verantwortlich.

Mein Wikinger nun, als unerschütterlicher Seemann, bediente das Ruder mittschiffs in dem

Boot, dessen Bugmann ich war. Deshalb waren wir in derselben Wache; zu der auch drei andere gehörten, darunter Mark, der Harpunier. Einer dieser Seeleute jedoch war ein Invalide, so daß wir nur zwei ›schaffen‹ mußten.

Wenn man diese Meere befährt, kann man wochenlang dahingleiten, ohne Geitau oder Schote aufzufieren; und so mild und stetig ist der Passat, daß man das Steuerruder kaum eine Speiche weit zu drehen braucht. Nachts plagen sich die Wachen selten damit, ausgiebig Ausguck zu halten; insbesondere, da ein fremdes Segel in diesen einsamen Gewässern an ein Wunder grenzt. Auf manchen Schiffen weiß man Woche für Woche nicht zu sagen, wann man wirklich nachts auf Deck an der Reihe ist; so wenig wird achtgegeben auf die Dauer der Wache, bei der fast jeder, mit dem Freibrief vermeintlicher Sicherheit, ohne Bange einnickt.

Doch so nachlässig man als sorgloser Walfänger in der Bootsmannschaftswache sein kann, so sehr ist der Vorsteher der Wache verpflichtet, seinen Posten auf Achterdeck zu halten, bis er regelmäßig abgelöst wird. Doch da Schläfrigkeit bei allen Naturen vorkommt, selbst bei Napoleon, der neben seiner eigenen Wache im verschneiten Biwak einnickte, so döste auch oft Mark, unser Harpunier, im schneeigen Mondlicht oder in pechschwarzer Nacht. Lethe sei sein Los in dieser gesegneten Nacht, dachte ich, als ich während des Morgens, der unserem Unternehmen voranging, diesen Mann beobachtete, der möglicherweise meine Pläne durchkreuzen konnte.

Doch gehen wir auf diesen Teil meiner Geschichte näher ein. Während der sogenannten ›Plattfüße‹ (›dog-watches‹: zwischen vier und acht Uhr nachmittags) sind die Seeleute recht munter und aufgeräumt; ihr Schwung hält sogar bis weit in die erste der langen ›Nachtwachen‹ an. Doch ist diese mit ›acht Glasen‹ (Mitternacht) abgelaufen, macht sich Schweigen breit. Und hört man eine Stimme, ist es nicht die eines Engels: nur Flüche erschallen.

Mit acht Glasen, kriechen die Seeleute, nun ihrer Achtsamkeit entbunden, aus ihren Schlummerwinkeln in alten Monkijacken oder Tauwerksrollen auf Deck und streben ihren Hängematten zu, fast ohne ihre Träume zu unterbrechen, während sich die Faulpelze unten träge die Leitern hochschleppen, um ihren Schlummer in der freien Luft wieder aufzunehmen.

Aus diesen Gründen also war die mondlose Meeresmitternacht genau die richtige Zeit zur Flucht. Daher litten wir es, daß ein ganzer Tag verstrich; und warteten auf die Nacht, wenn die Steuerbordwache, zu der wir gehörten, mit dem bedeutsamen acht Glasen auf Deck gerufen würde.

Doch vierundzwanzig Stunden vergehen schnell, und der Ruf: »Steuerbordwache ahoi! Acht Glasen nach unten!« ließ mich schließlich aus einem quälenden Schlaf auffahren.

Ich sprang aus meiner Hängematte und hätte mir gern meine Pfeife angezündet. Doch die Vorschifflampe war ausgegangen. Ein alter Seebär erzählte im Schlaf von Haifischen. Jarl und unser einziger wachehabender Maat wurstelten sich in ihre Hosen. Und es war wenig zu hören, bis auf das Sausen der reglosen Segel oben, das Spritzen der Wellen gegen den Bug und das tiefe Atmen der träumenden Seeleute ringsum.

VII.

Eine Pause

GUTE alte *Arcturion!* Mütterliches Schiff, das du mich so oft in deinem Eichenholzschoß wiegtest, es grämt mich zu sagen, wie ich dich auf der weiten, tiefen See zurückließ. So fern der Heimat, mit kunterbunter Mannschaft: Da müssen dir so manche Insulaner, deren heidnisches Gebrabbel durch deinen christlichen Rumpf schallte, mit ihren Mißtönen an deinen Spanten gekratzt haben.

Altgedientes Schiff! Wo segelt dein einsamer Geist nun umher? Denn von der starken *Arcturion* ward nie mehr ein Wort gehört, und zwar von der Stunde an, als wir von ihren schicksalsgeweihten Planken abstießen. In welcher Sturmesstunde, bei welchem Möwengekreisch die todbringenden Strudel ihr Werk taten, weiß kein Sterblicher. Sank sie schweigend, hilflos, in die stillen Tiefen dieser sommerlichen See, abgestochen von der gnadenlosen Klinge des Schwertfischs? Wie schon geschehen. Oder ward ihr besseres Los zuteil; und sie wurde gefällt, indes sie tapfer mit der Windsbraut focht – die Sturmsegel gesetzt, der Mast bemannt und jeder auf seinem Posten –, und sank wie weiland die *Hornet*, in einer steifen Brise fernab mit Mann und Maus?

Doch zwecklos jedes Mutmaßen. Als hochbetagtes Schiff mag sie gesunken sein; oder legte ihr Gerippe auf ein tückisches Riff. Doch ihr

Schicksal ist, wie das so vieler in die Ferne Fahrender, ein Geheimnis.

Flehe den Himmel an, daß der Geist dieses verlorenen Schiffes, der weit herumstreift durch die aufgewühlten Schwaden eines mitternächtlichen Sturms – wie es alte Seeleute von vermißten Schiffen glauben –, mich niemals auf meinem künftigen Weg auf den Wellen heimsuchen wird. Friedlich möge sie auf dem Meeresgrund ruhen; und süß mögen meine Schiffsmaate in der tiefsten Wasserregion schlafen, wo weder Haie sich tummeln noch Wogen rollen.

Da wir die *Arcturion* zu diesem Zeitpunkt verließen, entgingen Jarl und ich, ohne daß wir es wußten, dem Seemannsgrab. Wir hören von vorsehungshaften Errettungen. War dies eine? Doch so süß das Leben allen ist, so hart kommt einen der Tod an. Und ich bin meinerseits fast versucht, den Kopf darüber hängen zu lassen, daß ich dem Geschick meiner Schiffsmaate entging; etwa vergleichbar dem, der sich schämen mußte, dem grausamen Gemetzel bei den Thermophylen entgangen zu sein.

Obwohl ich nicht einen Schauder unterdrücken kann, wenn ich an das Ende dieses alten Schiffs denke, ist es mir unmöglich, mir auch nur vorzustellen, daß unser Verlassen des Schiffes in irgendeiner Weise zu seinem Abgang beitrug. Dennoch wollte ich beim Himmel, die *Arcturion* schwämme noch; und es wäre mir noch einmal vergönnt, ihre vertrauten Decks zu betreten.

VIII.

Sie stoßen ab, velis et remis

UND nun wird erzählt, wie wir uns, von Teufel oder Engel versucht, auf diese Reise nach Westen machten.

Es war wohlgemerkt Mitternacht, als unsere Wache begann; und ich durfte natürlich auf keinen Fall beim Steuerruder an die Reihe kommen. Unter einem stichhaltigen Vorwand veranlaßte ich unseren wachhabenden Maat, es zu übernehmen; so konnte ich mich selbst ungehindert entfernen und war ihn zugleich in befriedigender Weise losgeworden. Da er ein recht feister Geselle war, der riesige Mengen von Mehlpampe vertilgte und mit guten Grund für einen Bauernsohn gehalten wurde, zweifelte ich nicht daran, daß er seiner alten Gewohnheit folgen und über dem Steuerruder in Schlaf fallen würde. Was den Vormann unserer Wache, den Harpunier anging, so trat er das Erbe alter Joppen an, die, an der Leeseite des Besanmastes, von seinem Vorgänger behaglich warm hinterlassen wurden.

Die Nacht war sogar schwärzer als wir angenommen hatten: vom Mond keine Spur; und der tiefpurpurne Dunst, der manchmal in Äquatornähe anzutreffen ist, entzog die Sterne halbwegs den Blicken.

Nachdem ich etwa zwanzig Minuten gewartet hatte, bis der letzte Mann der vorigen Wache nach unten gegangen war, gab ich Jarl ein Zeichen, und wir streiften uns die Schuhe von den Füßen. Er stieg dann ins Vorschiff hinab, und ich schlenderte zum Achterdeck. Alles war ruhig. Dreimal schwenkte ich meine Hand direkt vor dem Antlitz des am Steuer dösenden Tollpatschs, genau zwischen ihm und dem Licht des Kompaßhauses.

Mark, der Harpunier, war nicht so leicht auszuforschen. Ich hatte Angst, mich ihm zu nähern. Immerhin lag er ruhig da; doch ob schlafend oder wach: kein weiterer Aufschub mehr! Wenn die Zeit drängt, müssen Risiken eingegangen werden. Und unsere Ohren waren wie beim Vorstehhund gespitzt, um jedes Geräusch aufzufangen.

Ohne Hast, doch rasch und schweigend, gingen wir zu Werke. Unsere diversen Vorratslager wurden aus ihren Verstecken ins Boot geschleppt, das von der Leeseite des Schiffes hing, die Seite ins Wasser abgesenkt: eine unerläßliche Voraussetzung für einen Fluchtversuch. Und obwohl das Boot bei Sonnenuntergang auf der Windseite war, hatte das Schiff es doch, wie wir vorhergesehen hatten, leewärts gebracht, da es während der ersten Wache durch den Wind gewendet worden war.

Während wir uns abmühten, unseren unhandlichen ›breaker‹ in den Griff zu bekommen und ins Boot zu heben, bemerkten wir, daß dies, wegen der dazwischenliegenden Wanten, nicht ohne die Gefahr von Knarrgeräuschen möglich war. Außerdem könnte das Boot beim Herablassen überfordert sein. Doch, obwohl schon die elfte Stunde herangerückt war, verfielen wir auf einen Notbehelf. Wir befestigten ein langes, vollkommen straffes Tau an dem ›breaker‹ und schoben ihn vorsichtig über Bord; und wir steckten genug Tau aus, damit er mit Sicherheit achtern bugsiert wurde und nicht gegen den Kupferbeschlag des Schiffes schlug. Das andere Ende des Taus befestigten wir dann am Bootsheck.

Zum Glück blieb nichts mehr weiter zu tun; denn der ›breaker‹, der wie ein Klotz in der Fahrrinne des Schiffes lag, beeinflußte dessen Fahrt und warf es wahrnehmbar in den Wind. Und da dies das Steuerruder in Gang setzte, wurde wohl auch der dort abgesetzte Tölpel wachgerüttelt; wenn er nicht schon wach war. Doch in dieser Hinsicht war uns der über Bord geschobene ›breaker‹ von Nutzen, da er die Fahrt des Schiffes verringerte, die schon, aufgrund der leichten Brise, die ganze Nacht über nicht sehr groß gewesen war. Andernfalls, wenn man die Geschwindigkeit des Schiffes zunächst nicht hätte verringern können, hätte alle Hoffnung auf ein Entkommen schon an Wahnsinn gegrenzt. Wie es aussah, bestand die einzig wagemutige Tat, die in dieser Nacht vollbracht wurde, darin, wegzufieren, während das Schiff noch durch die Fluten zog, wenn auch nur gemächlich.

Alles war nun bereit: die Kranwinden eingeschwenkt, die Zurringe trifteten im Wasser, und das Boot hing günstig in der Schwebe; wir bestiegen es schweigend, jeder an einem Ende, und ergriffen dabei die Taljenenden. Das volle Gewicht des ›breakers‹ achtern zog das Boot horizontal durch die Luft, so daß sich seine Taljen ganz straff spannten. Es zuckte wie ein Delphin. Dennoch, hätten wir keine Angst vor seinem lauten Aufklatschen auf die wogende See gehabt, würden wir das Schiff fast so lautlos verlassen haben wie der Atem den Körper. Doch kam dies nicht in Frage, und unsere Pläne waren dementsprechend.

»Alles klar, Jarl?«

»Alles klar.«

»Mann über Bord!« schrie ich aus vollstem Halse; und wie der Blitz glitten die Seile durch unsere blasenschlagenden Hände, und mit ungeheurem Anprall sprang das Boot auf den Rücken des Meeres. Ein einziges wahnsinniges Abgieren und Stürzen, und die Taljen bis zum Zerreißen gespannt, als wir in das Wellental sanken, heftig gezogen von dem ›breaker‹ im Schlepptau; und unsere Messer durchtrennten die Taljen – wir riskierten es nicht, die Blöcke aufzuhaken –, unsere Ruder waren draußen, und das gute Boot steuerte herum, den Bug nach Lee.

»Mann über Bord!« wurde jetzt von Heck bis Bug gebrüllt. Und wir vernahmen unmittelbar das verworrene Getrampel und Geschrei der Seeleute, die aus ihren Träumen in die fast unergründliche Finsternis losstürzten.

»Mann über Bord! Mann über Bord!« Mein Herz schmerzte mich, als der menschliche Entsetzensschrei aus dem schwarzen Gewölbe der Nacht drang.

»Ruder in Lee!« war bald vom Obermaat zu hören. »Die Großrahe backholen! Schnell zu den Booten! Was ist das? Schon jemand unten?

Gut gemacht! Dann alle anderen Boote stoppen!«

Inzwischen brüllten mehrere Seeleute los, als sie sich an den Brassen abmühten.

»Brassen los, alle Brassen los! Wegfieren! Wegfieren! schrien diejenigen ungeduldig, die schon in die Boote gesprungen waren.

»Das Schiff beidrehen! Alles festmachen!« rief der Kapitän, der offenbar gerade auf Deck sprang. »Ein Boot ist genug. Steward! Setz ein Licht auf Kreuzmars. Boot ahoi! – Habt ihr den Mann erwischt?«

Keine Antwort. Die Stimme kam aus einer Wolke; das Schiff erschien geisterhaft verschwommen. Wir hatten aufgehört zu rudern, und Zug um Zug holten wir das am ‚breaker' befestigte Tau an, den wir bald ins Boot hoben; und unverzüglich machten wir uns wieder ans Rudern.

»Pullt, pullt, Männer! Rettet ihn!« schrie wiederum der Kapitän.

»Ay, ay, Sir«, antwortete Jarl instinktiv, »wir pullen, was das Zeug hält, Sir.«

Und wahrlich pullten wir, bis von dem Schiff nichts mehr zu hören war als ein verworrener Tumult; und ab und an der heisere Schrei des Kapitäns, zu weit entfernt, um verstanden zu werden.

Wir gingen bei einem leichten Wind unter Segel; und ruderten und segelten mitten in die Dunkelheit, direkt nach Lee – bis der Morgen dämmerte.

IX.

Und vor ihnen nur die Wasserwüste

AUF See in einem offenen Boot. Und tausend Meilen fern von Land!

Kurz nach Tagesanbruch, im grauen, durchsichtigen Licht, unterbrach ein Fleck luvwärts die gerade Horizontlinie. Es war das Schiff, das Nord-Ost-Kurs nahm.

Hätte ich nicht die definitive Gleichgültigkeit von Seeleuten einem solchen Unglück gegenüber wie diesem gekannt, von der die Mannschaft der *Arcturion* wohl annahm, daß es letzte Nacht geschehen war (hatte der Kapitän doch keinen Zweifel an der Echtheit des Ereignisses), hätte ich dieses Tüpfelchen mit größeren Gewissensbissen betrachtet. Und angesichts der Dinge fühlte ich mich nicht in sehr heiterer Stimmung. Denn das Bewußtsein, für tot gehalten zu werden, ist nicht so fern von der mutmaßlichen Unannehmlichkeit, dies wirklich zu sein. Man fühlt sich wie sein eigener Geist, der widerrechtlich das Gerippe eines schon Dahingeschiedenen bewohnt.

Selbst Jarl schien einen so eigenartigen Blick zu haben, daß ich ihn bat, irgendwo anders hinzuschauen.

Wir waren nun sicher vor allen Bemühungen des Kapitäns, die wiederzufinden, die er höchstwahrscheinlich für verloren hielt; und ebenso von aller Hoffnung abgeschnitten, zu dem Schiff zurückzukehren, zu dem wir uns gerade so hingezogen gefühlt hatten. Die Entscheidung, die mich bis jetzt gestärkt hatte, begann in gewissem Sinne von der schrecklichen Einsamkeit des Schauplatzes überwältigt zu werden. Vorher hatte ich den Ozean als einen Sklaven betrachtet, das Roß, das mich dorthin trug, wo es mich gelüstete, und dessen verderblichen Neigungen, obschon sie mächtig waren, sich als harmlos erwiesen. Doch wie anders jetzt! In unserem zerbrechlichen Boot hätte ich gern Neptun einen Altar errichtet.

Den Wellen waren wir doch bloß ein Spielzeug; huckepack trugen sie uns von Kamm zu Kamm, als wären wir verlorene Seelen, die auf dem Weg zum Tartarus von Geisterhand zu Geisterhand entlanggestoßen werden.

Doch ob ertrinken und schwimmen, hier wird achtsam über Bord gegangen! Sei guten Muts, Jarl! Wie entzückt, wie verrückt fahren wir dahin. Die Woge hoch, langsam hoch, die lange, ruhige Woge mühsam hoch; dann eine Weile oben auf ihrer Krone balanciert, wie eine Planke auf der Reling; und hinab tauchen wir kopfüber in den brodelnden Abgrund, bis wir, zum Stillstand gebracht, wieder aufwärts gleiten. Und so fuhren wir dahin. Jetzt in Wassergruben begraben – mal flattert unser Segel müßig, mal ist die Leinwand gehoben und stolz geschwellt; und wir schauen den fernsten Horizont.

Hätte unsere Vertrautheit mit der Walfängerei den wilden Bewegungen unseres Schiffes nicht die Anfangsschrecknisse genommen, wären wir nur ein trauriges Paar gewesen. Doch während wir tagelang Walen hinterhergerudert waren, blieb das Schiff meilenweit zurück; und ganz dunkle Nächte über lagen wir vertäut mit den Ungeheuern, die zu spät getötet worden waren, um sie noch zu dem viel zu weit nach Lee liegenden Schiff zu bugsieren: all dies und noch viel mehr macht einen mit den seltsamsten Dingen vertraut. Tod hat gewiß einen so finsteren Rachen wie der eines Wolfs; und in seinen Schlund geworfen zu werden ist eine ernst zu nehmende Sache. Doch höchst gewißlich ist es wahr – und ich spreche nicht vom Hörensagen –, daß den Seeleuten insgesamt der grimmige Herrscher nicht halb so widerwärtig vorkommt wie denen, die ihn nur vom Strand her geschaut haben und in achtungsvollem Abstand. Wie bei manchen häßlichen Menschen werden seine Züge bei näherer Bekanntschaft weniger erschreckend; und hat man oft Umgang mit ihm, trifft das alte Sprichwort zu, daß allzu große Vertraulichkeit Verachtung erzeugt. Dies ist auch bei Soldaten so. Aus dem zitternden Rekrut machen drei offene Feldschlachten einen grimmigen Grenadier; und derjenige, der vor einer Kanonenmündung zurückschreckte, ist nun bereit, sie mit seinem Schnurrbart auszuwedeln.

Und da der Tod gewiß der Feind ist, der allen bis zuletzt bleibt, werden tapfere Seelen seiner spotten, solange sie können. Doch sollten die klugen ihn eher als unbeugsamen Freund betrachten, der uns, selbst gegen unseren Willen, von des Lebens Übel siegreich befreit.

Und wie gestorben wird, das unterscheidet sich nur wenig. Es ist und bleibt Sterben. Und auch diejenigen traten dem Tod tapfer entgegen, die nie Blut in seiner Röte gesehen hatten, sondern nur in hellem Azur durch die Adern schimmernd. Und den Geist stolz aufgeben und, mit allen Kriegsehren versehen, aus unserer Festung schreiten, ist nicht eine Frage von körperlicher Stärke. Der Zwerg Geoffrey Hudson starb, obwohl er im Gefängnis war, wackerer als der Riese Goliath; und das Ende eines Schmetterlings beschämt uns alle. Manche Frauen lebten edler und starben edler als Männer. Mit dem Scheiterhaufen bedroht, widerrief Bischof Cranmer; doch durch ihre Unerschütterlichkeit widerstand die einsame Witwe von Edessa der Flut von Verfolgungen durch Valens. Es ist keine große Kühnheit, mit dem Schwert in der Hand und herausfordernden Worten zugrunde zu gehen, umpanzert von seiner Rüstung. Denn auch der Alligator stirbt in seinem Panzer, und der Schwertfisch ergibt sich nie. Mit mildem Blick in eigenem Bett den Geist aufgeben, das übersteigt den Tod des Epaminondas.

X.

Um es sich bequem zu machen, richten sie sich Sonnendächer und Liegen

UNSER kleines Gefährt war bald gut hergerichtet. Aus der mitgebrachten Reserve-Takelage machten wir Wanten für den Mast und verwandelten den Bootshaken in eine handliche Spiere für den Klüver. Und wir hatten dieses Segel zu dem Hauptsegel entgegengesetzt ausgebaumt und fuhren mit raumem Wind. Letzteres Segel wurde, wie bei der Takelage von Walfangbooten üblich, mit Spriet und Schote betätigt. Es konnte in einem Nu gerefft und gesetzt werden. Die Brotsäcke verstauten wir in dem abgedeckten Raum in der Nähe des Pollers, ein nun nutzloses Zubehör, das daher fortgeräumt wurde. Jarl benutzte es nachts als Kopfkissen; und er behauptete, daß es beim Schlingern des Bootes seinem Kopf genügend Bewegungsfreiheit gäbe. Den kostbaren ›breaker‹ verzurrten wir mittschiffs, wodurch wir unsere Fahrt verbesserten.

Vor dem Verlassen unseres Schiffes nun hatten wir uns wohl darum gekümmert, daß unser Gefährt mit all dem ausgerüstet war, was ein Walfangboot, aufgrund der Fischereibestimmungen, stets mit sich führen muß, bei Tag und Nacht, auf See oder außer Betrieb. Längs der Innenseite unseres Dollbordes hingen auch sechs Harpunen, drei Lanzen und ein Speckmesser, alle rasiermesserscharf und in Lederschäften. Daneben hatten wir drei Signalflaggen, ein paar Zwei-Gallonen-Wasserfäßchen, verschiedene Schöpfeimer, das Schiffsbeil zum Kappen der Walfangleine, zwei Behelfsmesser zu dem gleichen Zweck und verschiedene kleinere Utensilien für die Jagd auf den Leviathan. Leine und Leinenfaß waren jedoch an Bord des Schiffes geblieben.

Und es mag hier erwähnt werden, daß die schwere Walfangleine (über hundert Faden lang und dicker als ein Zoll), an Bord behalten wird, wenn sie nicht gebraucht wird, damit sie das Boot nicht belastet, wenn es an der Schiffsseite herabhängt; dann liegt sie wie eine Schlange ohne Ende in ihren Faßbauch weggerollt da. Doch ist dieser stets im Begriff, ins Boot geschleudert zu werden. Da wir nun keine Verwendung für die zu unserem Boot gehörende Leine hatten, war sie mit voller Absicht zurückgelassen worden.

Doch hatten wir wohl darauf achtgegeben, daß das bei weitem wichtigste Einzelteil einer Walbootsausrüstung sich sicher an seinem Platz befand. Dies war das wasserdichte Fäßchen, an beiden Enden fest ausgebödet, das einen kleinen Kompaß enthält, Zunderbüchse und Feuerstein, Kerzen und ein oder zwei Packen Zwieback (mit je zwanzig Stück). Dieses Fäßchen ist eine gleichbleibende Vorsichtsmaßnahme gegen die häufigen Wechselfälle bei der Jagd nach dem Wal, zum Beispiel: ausgedehnte Abwesenheit vom Schiff, so daß man den Sichtkontakt mit ihm verliert oder es gar nicht mehr zu sehen bekommt, bis man Jahre später die Heimat erreicht. So schienen in diesem unseren Fäßchen Leben und Tod eingebunden, zumindest schien es dem guten Jarl so. Kaum hatten wir uns von der *Arcturion* freigemacht, da ließ er sein Ruder für einen Augenblick sinken und griff im Dunkeln nach dem Fäßchen.

Und als schließlich der Tag anbrach, schlugen wir des Fäßchens Boden mit Hämmerchen und Meißel heraus, die stets zu diesem Zweck daran befestigt sind, und entfernten den Kompaß, der uns wie ein menschliches Auge anfunkelte. Dann füllten wir den Hohlraum mit Schiffszwieback auf, machten alles wieder dicht und schlugen die Faßreifen so tief hinab, daß sie sich nicht mehr rühren würden.

Zuerst wußten wir nicht, wie wir unseren Kompaß befestigen sollten. Doch schließlich zog der Skyeman das Messer und schnitt eine runde Öffnung in die hinterste Ducht (oder auch Bootssitz), senkte dort den kleinen Kupferbehälter mit der Nadel ein.

Über dem Bootsheck breiteten wir mittels einer alten Leinwand, für die meines Wikingers Voraussicht gesorgt hatte, eine Art Zeltplane oder eher Steppdecke aus. Diese bot jedoch nur geringen oder gar keinen Schutz vor dem hellen Sonnenglanz; denn die Handhabung des Hauptsegels verhinderte jedes merkliche Anheben des Schutzdaches. Und wenn die Brise frisch war, hätten wir es am liebsten ganz zusammengeklappt; denn der von achtern kommende Wind fuhr unter die Leinwand und hob fast das leichte Bootsheck in die Luft, wobei er die Plane belästigte, als sei sie ein Weiberrock, der um eine windige Straßenecke biegt. Doch wenn nur ein Lüftchen die See kräuselte und die Sonne heiß herabbrannte, war es höchst angenehm, sich in diesem schattigen Refugium zu räkeln. Es ist, als würde man von der Röstung in die Kühle des Schranks versetzt. Und Jarl, der bei weitem zähere Vogel von uns beiden, blieb, aus einem überschwenglichen Wohlwollen seinem Kameraden gegenüber, tagsüber freiwillig am Steuerruder der Sonne ausgesetzt, fast doppelt so lang wie ich mit meiner einen Stunde. Der alte Wikinger hatte keinen damenhaften Skrupel, seine Haut zu ruinieren, die schon mehr als braungebrannt war. Noch stärker gegerbt als der Seemann sonst, schien er eine Maske oder ein Visier aus Lackmalerei zu tragen, gesprenkelt mit derart gelben, in symmetrischen Kreisen verlaufenden Sommersprossen, daß sie von einem Brennglas eingebrannt schienen.

In der tragikomischen Stimmung, die mich zuzeiten überkam, pflegte ich den Skyeman mit launigem Behagen zu betrachten. Sollten wir zufällig auf Kannibalen stoßen, dann, dachte ich mir, würde ich dich Nordmann, der du schnell geröstet bist, überleben, um dich beklagen zu können; zumindest während der Zeit, wo ich mich auf dem Bratspieß drehe.

Doch es braucht kaum gesagt zu werden, daß wir von solchem Los keinen Begriff hatten.

XI.

Jarl leidet an der Mundsperre

SOLLTE ich je wieder ein Walfangboot von der Seitenplanke eines Schiffes auf See aussetzen, gäbe ich sehr darauf acht, daß mein Kamerad ein lustiger Gesell ist, der munter drauflos plappert. Sei er nie so dumm, daß seine Dummheit selbst, solange er munter dabei ist, zu ihrer eigenen Entschuldigung dient.

Doch wer mag nicht gelegentlich einen lebhaften Dussel, einen dieser ausgelassen kichernden Einfaltspinsel, deren Mund ein einziges Grinsen ist? Füllen nicht solch treffliche Fügungen der Vorsehung Leerräume und bringen in Phasen gesellschaftlicher Stagnation Abwechslung in die Tretmühlen des Daseins? Und halten nebenbei, hier und da, an allen Ecken und Enden, die gute Meinung aufrecht, die manche von sich haben? Was aber, wenn ihre Rede manchmal schal ist, wie Wasser nach Wein? Was ist aber, wenn deren ›Fratze‹ mürrischen und reizbaren Seelen gar ein wahrnehmbares Ärgernis ist, ihr Geplapper ein Grund, sich umzubringen? Wollen wir trotzdem nicht so hart über sie urteilen und lassen sie des Guten wegen, das sie tun mögen, weiterleben.

Doch Jarl, lieber stummer Jarl, du warst keiner von diesen. Du zogst eine Visage wie ein exkommunizierter Diakon. Und sie blieb immer gleich, egal was geschah. Still in dir selbst drehtest du dich um deine eigene, ruhige Achse, wie ein Rad in einer Maschine, das sich immer dreht, gleich ob man zuschaut oder nicht. Ach, Jarl! Warst du nicht auf immer fest entschlossen, auf das zu achten, was so viele vernachlässigen – deine besondere Aufgabe? Warst du nicht immer mit ihr beschäftigt, ohne daß es wahrscheinlich war, daß deine launischen Geschäfte je abgewickelt würden, daß je ein Rechnungsabschluß zustande käme?

Doch wie überdrüssig war ich manchmal dieser immerwährenden Träumereien meines einzigen, einsamen Gefährten. Ich sehnte mich nach etwas Belebendem, einem Wortschwall, nach menschlicher Lebendigkeit dieser oder jener Art. Nachdem ich vergeblich versucht hatte, Jarl dergleichen zu entlocken, versuchte ich es bei mir: ich spielte auf meinem Körper wie auf einem Instrument, sang, rief hallo und machte Gesten ohne Bedeutung, bis mein Wikinger unfreundlich dreinblickte. Und ich hielt inne und überlegte, ob ich wohl verrückt geworden wäre.

Doch wie des Skyemans gravitätischen Ernst erklären? Er gründete sicherlich nicht auf einer philosophischen Schweigsamkeit; Jarl war nicht im geringsten Idealist, Erbauer von Luftschlössern, von freischwingenden Streben. Undenkbar, daß seine Träumereien denen Manfreds glichen: verzückt und sich an unsagbare Taten erinnernd; zu geheimnisvoll sogar, um durch geringste Winke angedeutet zu werden. All dies kam nicht in Frage.

Seine Grübeleien waren rätselhaft. Ich fragte ihn besorgt, ob er in irgendeinem Teil der Welt, Savannah, Surat oder Archangelsk, je eine Frau gehabt hätte, an die er denke, oder Kinder; weshalb er ein so langes Gesicht zöge. Nirgendwo dergleichen. Daher brauche er, wie er selbst bekannte, an niemand anderes als an sich zu denken; und in ihm gab es fast nichts als Ehrlichkeit (mit der er sich übrigens randvoll wähnte). Deshalb konnte ich auf meine eigene Theorie zurückkommen, die besagt, daß sein Geist im Ruhezustand aus seinem Körper heraustrat und ihn sich selbst überließ.

XII.

Mehr über das Leben in einem offenen Boot

AM dritten Morgen saß ich bei Tagesanbruch am Steuerruder, da ich ein oder zwei Stunden zuvor Jarl abgelöst hatte, der nun fest schlief. Und urplötzlich überkam mich ein derart heftiges Gefühl der Gefahr, daß es durch die vollständigste Einsamkeit kaum hätte verstärkt werden können.

Auf einem Schiffsdeck geben einem allein schon das Gefühl der Erhebung über das Wasser und das Blickfeld, über das man gebietet, einen Grad an Vertrauen, der einen über die eigene, vermeintliche Sicherheit jauchzen läßt. Doch in einem offenen Boot, wo man auf den eigentlichen Meeresspiegel herabgesetzt ist, läßt einen dieses Gefühl fast gänzlich im Stich. Es sei denn, die Wellen würfen in ihrem Herumtollen dich und deinen Span auf ihre gebieterischen Kronen hinauf, so daß dein Blickfeld etwas größer ist, als dies auf dem Grund eines Brunnens der Fall wäre. Der ausgedehnteste Ausblick, den du schließlich bestenfalls irgendwohin hast, ist der auf eine hohe, rollende See; woraufhin du wieder in die dunklen, dunstigen Zwischenräume der gleichförmigen Dünung eintauchst. Dann ist es für einen Augenblick lang so, als schaue man von oben bis unten in eine schimmernde, endlose Schneise, wo sich zwei Dämmerungen – auf jeder Seite eine – durch die halb transparenten

Spitzen der Wasserberge hindurchzukämpfen scheinen.

Doch verweilen wir nicht lang in diesen Talen, denn von Wasserklippe zu Wasserklippe hüpft unser einsames Boot als Meeresgemse – eine Ziege inmitten der Alpen!

Wie gewellt der Horizont ist: als wäre er eine riesige Schlange, die sich zehntausendfach um den ganzen Globus windet; doch offenbar so nah, daß es scheint, man könne ihn mit der Hand berühren.

Welche Einsamkeit: wenn die Sonne aufging und den Himmel anfeuerte, begrüßten wir sie wie ein Reisender in der Sahara, der einen entfernten Reiter erblickt. Außer uns selbst schienen die Sonne und die *Chamois*, unsere Gemse, alles zu sein, was an Leben im Universum geblieben war. Wir fühlten uns zu ihrer fröhlichen Scheibe hingezogen wie der Reisende in fremden Landen, der freudig ein fremdes Gesicht aus der Heimat begrüßt, das dort unbeachtet vorbeigegangen wäre. Und war die Sonne nicht eine Reisegefährtin? Wandten wir uns nicht gleichermaßen westwärts? Doch wie bald überholte sie uns täglich und ließ uns hinter sich, indes sie dem Ende ihres Tages entgegeneilte.

Als eine Woche vorüber war und wir Tag und Nacht stetig weitergesegelt waren und nichts in Sicht bekamen als immer dieselbe See, verwundert es da, daß beunruhigende Gedanken schließlich in unser Herz drangen? Sollten wir unwissentlich die Stelle verpassen, wo, unseren Berechnungen nach, unsere Inseln lagen; auf welch gestadeloses Meer würden wir dann hinausfahren? Bisweilen verwirrten diese schlimmen Ahnungen meine Vorstellung von der Lage der Inselgruppen jenseits davon. Alles wurde verschwommen; so daß ich mir einbildete, westlich der Kingsmill-Inseln und der Radack-Kette könnte nur eine endlose See sein.

XIII

Von den Knorpelfischen und anderen ungeschlachten Horden, welche die südlichen Meere heimsuchen

AUF unserer einsamen Reise gab es von Zeit zu Zeit Schauspiele, die Abwechslung brachten; insbesondere dann, wenn das Sternbild der Fische am Aufsteigen war.

In den grenzenlosen Prärien von Arkansas soll es sich trefflich botanisieren lassen; den Studenten der Ichtyologie übergebe ich einem offenen Boot und den Meeresöden des Pazifiks. Welch seltsame Ungeheuer sind an unserer Seite, wenn unser Schiff dahingleitet. Sonstwo sah man nicht dergleichen. Und in den Büchern der Naturwissenschaftler sind sie nirgends zu finden.

Obwohl man Amerika entdeckt hat, sind die Cathays der Tiefen unbekannt. Wer auch immer den Pazifik überquert, der hätte schon Grund, Buffon Lektionen zu erteilen. Die Seeschlange ist kein Fabelwesen; doch im Meer ist sie nicht mehr als ein Regenwurm. Da gibt es mehr Wunder als je Wunder verworfen wurden und mehr unentdeckte Anblicke, als man je geträumt hat. Nur Maulwürfe und Fledermäuse sollten skeptisch sein; und der einzige, wirkliche Unglaube ist es, daß sich ein lebendiger Mensch für tot erklärt. Nehmen wir uns Sir Thomas Brown als Beispiel, der, während sich ›allgemeine Vorurteile‹ entluden, beherzt an all den Geheimnissen des Pentateuch festhielt.

Doch schau in Fadentiefe hinab ins Meer! Wo sahst du je ein solches Phantom? Eine riesige Mondsichel, die in Geweihschaufeln wie beim Rentier und einem Delta von Mündern endet. Langsam sinkt es in die Tiefe und ist nicht mehr gesehen.

Doktor Faust erblickte den Teufel; doch du hast den ›Teufelsfisch‹ gesehen.

Schau wiederum! Hier kommt ein neues Gespenst. Jarl nennt es Riesenhai. So rund und groß wie ein Wal, ist er wie ein Leopard gefleckt; und aus seinem Rachen ragen stoßzahnartige Hauer wie beim Walroß hervor. Nichts jagt dem Seemann größeren Schrecken ein als die unmittelbare Nähe eines solchen Geschöpfs. Große Schiffe gehen ihm aus dem Weg. Und sie mögen wohl daran tun; denn Meeresungeheuer haben so die wackere *Essex* und andere Schiffe versenkt wie der Alligator seine Hornschnauze durch ein karibisches Kanu bohrt.

Die Furcht, daß uns von diesen Riesenexemplaren der Zoologie, die wir fast stündlich passierten, ein Unheil drohte, war uns immer gegenwärtig.

Die Haie sahen wir nicht einzeln oder zu Zehnt oder zu Hunderten, nein, zu Tausenden, zu Abertausenden. Glaubt mir, es gibt mehr Haie im Meer als Sterbliche an Land.

Und diese furchtbaren Fische sind so artenreich wie die Hunde. Doch von den deutschen Naturforschern Müller und Henle, welche die Haie mit heidnischsten Namen tauften, wurden sie zu einer Familie zusammengefaßt; nach Müller ist diese Familie, als erster Herold, unzweifelbar ein Zweig des alten und berühmten Stammes der Knorpelfische (Chondrichthyes).

Beginnen wir mit dem gewöhnlichen Grauhai, den die Seeleute ›Meeresanwalt‹ nennen: ein habgieriger und räuberischer Schuft, der oft tückisch nach unserem Steuerruder schnappte, trotz der harten Schläge, die er von ihm empfing. Diese Art schwimmt manchmal im Schwarm, besonders in Nähe eines getöteten Wals. Es sind die Geier der Tiefe.

Dann begegneten wir oft dem dandyhaften Blauhai, ein langer, spitz zulaufender und ungemein vornehm aussehender Bursche, schmalhüftig wie ein Bond-Street-Beau und mit den weißesten Zahnreihen, die man sich vorstellen kann. Dieser elegante Gesell lümmelte mit leichtsinniger Flosse und lässigem Schwanz unentwegt in der Nähe herum. Doch er sah höllisch herzlos aus.

Wie sehr kontrastierte sein kaltblütiges und gentlemanhaftes Aussehen mit der groben, ungestümen Großspurigkeit des Tigerhais: ein rundlicher, wohlbeleibter Schlemmer mit ausgeweitetem Maul und eingesacktem Gewissen, der auf der Suche nach Verschlingbarem herumschwimmt. Diese Vielfraße sind die Müllschlucker der Flotten, sie folgen den Schiffen in die südlichen Meere, fischen allerlei Abfall auf und manchmal auch, als Leckerbissen, einen über Bord gegangenen Seemann. Was Wunder dann, wenn die Seeleute sie brandmarken. Einmal versicherte mir Jarl tatsächlich, daß es ihm, bei einer Pechsträhne, eine der angenehmsten Tröstungen war, sich daran zu erinnern, daß er seiner Zeit Schwärme von Tigerhaien nicht getötet, sondern abgeschlachtet hätte.

Doch all das ist falsch. Man kann ebenso einen Engel wie einen Hai hassen. Beide wurden von derselben Hand geschaffen. Und Haie sind liebenswert, wird man Zeuge ihrer familiären Zuneigung. Keine Furie so furios, als daß sie keine liebenswerte Seite hätte. In tiefster Wildnis liebkost eine Leopardenmutter ihr Junges, wie Hagar es mit Ismael tat; oder eine Königin Frankreichs mit dem Dauphin.

Wir wissen nicht, was wir tun, wenn wir hassen. Und mein edelmütiger Freund Stanhope hat dies so ausgedrückt, daß derjenige, der erkläre, er liebe einen tüchtigen Hasser, bestenfalls ein respektabler Hottentotte sei. Keine vornehme Bezeichnung dies, obwohl sie von einem vornehmen Menschen kam. Doch sollte der Wörterbücherwurm tatsächlich solches gesagt haben, war er gewiß kein rechter Christenmensch. Aber es läßt sich jemand, wie er, der sich der angeborenen Schwermut verschrieben hat, nur schwerlich mit der Milch der frommen Denkungsart aus den Evangelien abspeisen. Aus Hochachtung jedoch bestreite ich, daß mein alter Oheim Johnson wirklich an die ihm zugeschriebene Meinung glaubte. Und was soll das auch: einen Hasser lieben? Wer leckt sich schon die Lippen über Galle? Nun, Haß ist eine undankbare Sache; darum wollen wir nur Haß hassen. Und läßt man der Liebe einmal freien Lauf, dann werden wir auch für ein Einhorn entbrennen. Ah! je leichter es geht, um so besser; und Hassen ist harte Müh'. Liebe ist Wonne, Haß ist

Qual. Und Hasser sind sich selber Daumenschrauben, Schottische Stiefel und Spanische Inquisition. In fünf Wörtern – ein siamesisches Zwillingswort inklusive –: Wer haßt, der ist ein Narr.

Mehrere Tage lang waren zwei dieser Tigerhaie unserer *Chamois* gefolgt. Zwei verschworene Freunde, die unzertrennlich in unserem Kielwasser dahinschlenderten, als seien sie ein Straßenräuberpärchen, das den Moment abpaßt, wo man ihren Weg kreuzt. Doch dann ließen sie ab von ihrem nutzlosen Unterfangen und fielen immer weiter achtern zurück, bis sie gänzlich außer Sicht waren. Sehr zum Kummer des Mannes aus Skye, der lange am Heck stand, die Lanze wurfbereit.

Aber vor einem der Haie wäre ich gern bewahrt: dem schaurigen Weißen Hai. Obschon wir nicht hassen sollten, ist doch manche Abneigung spontan; und Abneigung ist noch kein Haß. Und doch könnte ich es nicht über mich bringen, einen Weißen Hai zu mögen oder mit ihm Umgang zu haben. Dies ist nicht die Art von Geschöpf, das die Herzen im Sturm erobert.

Dieses Gespenst von Fisch trifft man nicht oft an; und er zeigt sich unverhohlener nachts denn am Tage. Wie ein Timon schwimmt er immer für sich, gleitet direkt unter der Wasseroberfläche dahin und gibt eine lange, undeutliche, milchig getönte Gestalt zu erkennen. Ab und zu blinkt sein unergründlicher weißer Zahnschlund auf. Einen Zahnarzt hat er nicht nötig. Der Weiße Hai, der mit erschreckender Gelassenheit sacht dahingleitet wie ein Geist im Wasser, ließ uns beide in der *Chamois*, sahen wir ihn des nachts, so manches Mal erschauern.

Am Tag und während der größten Windstille wurden wir oft von dem schweren Seufzen des Butzkopfes aufgeschreckt, der träge zur Oberfläche stieg und tief Luft holte, nachdem er unten ein Nickerchen gemacht hatte.

Und immer wieder erblickten wir den pfeilschnellen Albacore, den Fisch mit der Augplattenpanzerung und mit goldenen Schuppen, den Nimrod der Meere, dem so manche Fliegenden Fische zur Beute wurden. Auf der Flucht vor ihren Verfolgern segelten viele von ihnen in unser Boot. Doch starben sie allesamt durch den Aufprall. Keine Pflege konnte sie wiederherstellen. Einen ihrer Flügel legte ich beiseite und breitete ihn zum Trocknen unter einem Gewicht aus. Innerhalb von zwei Tagen war das dünne Häutchen, das vollständig geädert war wie ein Blatt, durchscheinend wie Hausenblase und schimmerte in leuchtenden Farbtönen wie Schillertaffet.

Fast jeden Tag sichteten wir Schwarzwale; schwarz wie Kohle und glänzend. Sie schienen dadurch zu schwimmen, daß sie sich immerfort wie ein Rad im Wasser herumdrehten; wie Speichen rasend schnell traten dann ihre Rückenflossen ab und zu in den Blick.

Von ähnlicher Art, doch kleiner und mit schnittig gebauter Nasenpartie, waren die ‚Algerier', die wegen ihrer seeräuberischen Neigungen so hießen: auf hoher See lauerten sie den Friedfischen auf und plünderten sie in einem Streich an Leib und Seele. Grausame Heiden! Einen Kreuzzug sollte man gegen sie predigen.

Neben diesen trafen wir auf Mörderwale (Orca) und Fuchshaie (oder Drescher), die bei weitem die kühnsten und ›fuchtigsten‹ der Flossenträgersippe sind. Obwohl sie nur wenig größer als ein Tümmler sind, greift eine Gruppe von ihnen ohne Bedenken den Leviathan selbst an. Sie hetzen das Ungeheuer wie Hunde einen Bullen. Die Mörderwale packen den Nordwal an der riesigen, trotzigen Unterlippe; und die Fuchshaie konzentrieren sich auf seinen Rücken und dreschen mit ihren muskulösen Schwänzen auf ihn ein. Oft gehen sie als Sieger hervor, indem sie den Feind zu Tode quälen. Doch, um die Wahrheit zu sagen, wenn der Leviathan auch nur einen einzigen Schlag mit seinem schrecklichen Schwanz gegen sie anbringt, dann sausen sie durch die Luft, als seien sie vom Horn des Stiers herumgeschleudert.

Dies sahen wir mit eigenen Augen. Wäre der alte Wouvermans, der einst eine Stierhatz malte, bei uns gewesen, hätte sich seinem Pinsel hier eine seltene Gelegenheit geboten. Und Gudin oder Isabey hätten vielleicht die blaue, rollende See ins Bild gehoben. Zuletzt hätte eine von Claudes untergehenden Sommersonnen das Ganze glorifiziert. Oh, glaubt mir nur, es ist kein zu verachtendes Sujet für ein Meisterwerk, wenn Gottes Geschöpfe Flosse um Flosse kämpfen, tausend Meilen vom Land entfernt und mit des Himmels Rund als Arena.

Das sind ein paar Schauspiele aus dem großen südlichen Meer. Doch alle sind sie kaum zu erzählen. Der Pazifik ist so dicht besiedelt wie China.

XIV.

Jarls böse Ahnungen

UNGEFÄHR zu dieser Zeit trat ein Ereignis ein. Mein guter Wikinger öffnete seinen Mund und sprach. Das Wunder begab sich, als er, das Klappmesser in der Hand, sich über das Ruder mittschiffs beugte, auf dessen Riemenschaft oder Griff er unseren Kalender führte, indem er für jeden Sonnenuntergang eine Kerbe machte. Die letzten achtundvierzig Stunden über war der Wind schwach und wechselnd gewesen. Es war mehr als eine Vermutung, daß eine Strömung uns nordwärts mitriß.

Da er dies nun bemerkte, äußerte Jarl den Gedanken: je mehr Wind und je weniger Strömung desto besser. Und träte eine lange Windstille ein, auf die einige Aussicht bestand, sollten wir besser zu unseren Rudern greifen.

Zu den Rudern greifen! Als ob wir in einer Fähre schifften und keine Meeresmeilen zu durchmessen hätten. Indirekt legte diese Vorstellung alle Schrecknisse nahe. Um sie fortan vom Halse zu haben, begann ich mit der Austeilung unserer Morgenmahlzeit. Denn nichts ist besser zur Beseitigung dieser Dinge als sie gleich mit einem Happen hinunterzuschlucken. Obwohl die Methode bei häufiger Wiederholung leicht zu Verdauungsstörungen führt; und diese bringen einen zum Trübsalblasen.

Doch wie war es um unser Vorratslager bestellt? Da bis jetzt für genügend Nahrung gesorgt war, hegten wir nicht die geringste Befürchtung; es zeigte sich, daß wir besser eingedeckt waren, als wir angenommen hatten. Doch verspürten wir seltsamerweise eine nur geringe Neigung zu fester Nahrung. Wir lechzten nur nach Wasser, nach hellem, kühlem, sprudelndem Wasser. Und auch darüber schien unser Lager fürs erste ausreichend zu verfügen. Doch als sich unsere Reise hinzog und die Brisen erlahmten und die Flauten schneller eintraten, wuchs die Vorstellung, des kostbaren Nasses beraubt zu sein, zu einer Beinahe-Wahnidee an, insbesondere bei Jarl.

Fast stündlich stümperte er mit Hammer und Meißel, die zu dem Zunderbüchsenfaß gehörten, an dem unbezahlbaren ›breaker‹ herum; und er schlug die Faßreifen noch tiefer hinab, so daß ich dachte, er würde sie in seiner übertriebenen Sorge sogleich zum Bersten bringen.

Der ›breaker‹ nun lag auf seinem Bauch in der Mitte des Bootes, wo sich das Meerwasser immer mehr oder weniger sammelte. Und wenn mein Wikinger von Zeit zu Zeit seinen Finger dort hineintauchte, wurde er von dem Gedanken gequält, daß dieses Meerwasser weniger salzig schmeckte als das von der Längsseite. Natürlich mußte der ›breaker‹ lecken. Daher pflegte er ihn umzudrehen, bis er nach oben wies; worauf er bald knochentrocken wurde. Doch nun sollte er mit seinem Messer die Dauben des Fasses vorsichtig überprüfen, den Kopf schütteln, alles von oben bis unten mustern, das Wasser auf dem Boden des Bootes kosten, dann das Meerwasser, dann hob er ein Ende des ›breakers‹: Er führte jeden Lecktest durch, von dem er nur träumte. Und war nie ganz davon überzeugt, daß der ›breaker‹ in jeder Hinsicht heil war. Der aber war in Wirklichkeit so undurchlässig wie die Trommelfelle, die zur Schlacht von Cerro Gordo geschlagen wurden. O Jarl, Jarl, du und dein ›breaker‹ waren mir eine Betrachtung wert, mir, der ich, zugleich steuernd und philosophierend, in des Bootes ruhigem Heck stand.

Neben dem ›breaker‹ hatten wir die beiden zuvor erwähnten Bootsfäßchen voll mit Wasser. Diese wurden zuerst verwendet. Dreimal am Tag nahmen wir so manchen Schluck aus deren bleiernen Ausgußröhren: anders konnten wir keine Rationen abmessen. Als aber der ›breaker‹ an die Reihe kam, der nur ein einziges, obzwar riesiges Spundloch aufwies, gab es für uns tüchtige Schlucke nach Hundeart zu schlabbern, die der andere eifersüchtig überwachte. Doch taugte dieser Plan nur für einen einzigen Tag, da dann das Wasser nicht mehr durch die Zunge zu erreichen war. Daher gossen wir es täglich aus dem ›breaker‹ in eines der Fässer, um aus dessen Ausguß zu trinken. Um den mit dem Umfüllen verbundenen Verlust zu verhindern, verfielen wir schließlich auf etwas Besseres – der Schuh meines Gefährten wurde seines Fersenleders beraubt, am Absatz zusammengedrückt, sorgfältig im Meer ausgespült und so in eine handliche und recht biegsame Schöpfkelle verwandelt. Diese ließen wir im Spundloch des ›breakers‹ hängen, damit sie das Wasser nicht doppelt in sich aufnähme.

Nun, Zinngeschirr gibt seinen Geschmack an Bier ab; eine Meerschaumpfeife desgleichen an den Smyrna-Tabak; und Gläser mit lichtabfilterndem Grün hält man für unentbehrlich, will man weißen Rheinwein schlürfen. Was ist denn dann zu einem Lederhumpen für Wasser zu sagen? Wenn es euch gelüstet, Seeleute, probiert es.

Eines Morgens, als Jarl seinen gewohnten Trunk nahm, fischte er aus seiner Schöpfkelle ein totes Insekt, eine Art langbeiniger Schnake, doch etwas fülliger. War das ihr Los: vom Meer geworfen und wieder zurück? Beileibe nicht: mit all den kostbaren Tropfen, die an ihren Langbeinen hingen; sie wurde über die Kelle gehalten, bis das letzte Tröpfchen herabgeronnen war. Und sogar dann ließ der gute Jarl das noch feuchte Ding nur ungern über Bord fallen.

Was unsere Speisekammer anging, so konnten wir das Pökelfleisch nicht ausstehen; es war roh wie ein aus lebendigem Rind geschnittenes abessinisches Steak und salzig wie eine Krakauer Wurst. Angesichts dieses Pökelfleischs hätte der Fidschi-Vergleich nicht mehr gegolten; denn es war weit davon entfernt, ›zart wie ein Toter‹ zu sein. Allein den Zwieback konnten wir essen; was nicht erstaunlich ist, denn gerade an Bord sind Seeleute in den Tropen nur mäßige Esser.

Und hier soll eine Anregung nicht vergessen werden, die für jeden zukünftigen Schiffbrüchigen oder Schiffsflüchtling (je nach Lage der Dinge) höchst wertvoll sein kann. Eßt euren Zwieback nicht trocken, sondern tunkt ihn ins Meer: dadurch wird er voluminöser und schmackhafter. Bei den Mahlzeiten veranstalteten Jarl und ich ein einziges Tunken und Schlürfen: jeder tauchte auf einer Seite der *Chamois* seinen Zwieback in die salzige See. Diese Methode machte Fingerschalen am Schluß unserer Mahlzeit überflüssig. Alles in allem ist es dennoch gar nicht schlecht, auf dem Wasser zu wohnen. Die Chinesen sind nicht dumm. Wie bequem ist es doch, beim Toilettemachen in seinem eigenen Wasserkrug zu schwimmen.

XV.

Ein Stich zur rechten Zeit erspart viel Nähen

WIE die meisten dieses verschwiegen-ernsten Menschenschlages war mein guter Wikinger ein Muster an Fleiß. Und waren wir in den Booten auf Waljagd, sah ich ihn immer eine Plattingsrolle mit sich führen, um damit einen Hut auszuflicken. Und lagen die Boote ungefähr eine halbe Stunde untätig da und warteten auf die Eröffnung der Jagd, da tummelten sich seine Hände bei der Arbeit wie bei einer strickenden alten Dame. Ebenso wie bei einer alten, erfahrenen Frau waren seine Zeigefinger so geschickt und gewissenhaft geworden, daß seine Augen sie allein lassen konnten; denn eine optische Überwachung schien unnötig. Und auf dieser unserer Reise war er, wenn nicht anderweitig beschäftigt, ebenso emsig mit seinen Fingern zugange wie eh' und je: Er trennte eine Kap-Hoorn-Hose auf, um Garn zum Ausstopfen unserer wollenen ›frocks‹ (Seemannsblusen) zu bekommen; große Flicken aus den Einfassungen einer ausrangierten Seemannsjacke ergaben Aufnäher für die Hosenböden unserer Segeltuchhosen; kurz: unsere verschlissene Kleidung wurde mit ausgesuchten Tuchen aller Arten wiederaufgemöbelt.

Mit dem Vorbedacht, der einer alten Teerjacke eigen ist, hatte er nahezu den gesamten Inhalt seiner Truhe mit sich geführt. Sein wertvolles ›Nähkästchen‹, das seine Nähutensilien enthielt, war sorgfältig auf dem Boden einer seiner Bündel verstaut worden, von denen er so viele besaß, wie eine alte Jungfer auf Reisen. In der Tat hat so ein alter Meeresknabe viel von einer alten Jungfer, obwohl er, streng genommen, weit davon entfernt ist, diese verächtliche Bezeichnung zu verdienen. Besser eine alte Jungfer sein, eine Frau, die sich selbst Ehemann ist, als die Frau eines Toren sein; und Salomon macht mehr als deutlich, daß alle Männer Toren sind; und jeder kluge Mann weiß, daß er selbst einer ist.

Wenn Jarl die Näherin spielte, hockte er am liebsten auf der kleinen Dreiecksplattform im Bug: das war der trockenste und höchste Teil des Bootes und war für seine Zwecke am besten geeignet. Hier pflegte der gute alte Seemann Stunden über Stunden zu sitzen und zu stopfen und zu flicken, was das Zeug hielt, des weiten Ozeans ringsum nicht achtend; während sein Guayaquil-Schlapphut immerzu gegen den Horizont vor uns auf und nieder hüpfte.

Dies war eine höchst feierliche Beschäftigung bei ihm. Schweigend nickte er wie die stumme Statue des Komtur in der Oper Don Juan. In der Tat sprach er nie, außer er äußerte sich lautstark darüber, wie klug es sei, daß man seine Kleidung in Stand halte. Doch darin wurde mein alter Wikinger zunehmend orakelhaft. Und viele Stunden über glitten wir dahin, ich selbst tief grübelnd im Heck, die Hand auf dem Steuerruder; während am anderen Ende des Bootes Jarl im Schneidersitz Flicken auf Flicken anbrachte und – in großen Abständen – Maxime auf Maxime; hier dünn gesäte Lebensweisheiten, dort unzählige Stiche.

XVI.

Sie verfallen in Windstille

AM dritten Tag trat eine Windstille ein. Sie kam nachts auf; so daß ich, als ich bei Tagesanbruch erwachte und meine Arme über dem Dollbord verschränkte, auf ein schwer zu beschreibendes Schauspiel hinausschaute. Die Sonne stand noch unter dem Horizont; und war vielleicht von den Ebenen Paraguays gerade noch zu sehen. Für die Sterne aber war die Morgendämmerung schon zu stark; sie waren nach und nach verblaßt wie die verlöschenden Lichter nach einem Ball.

Nun, ebenso wie die Oberfläche eines Spiegels blank und leer ist und sich bloß von dem, was sie zurückwirft, Wesenszüge borgt, so bietet der Ozean in einer tropischen Windstille, unter einem farblosen Himmel, kaum Anzeichen von Leben. Das Tiefblau ist geschwunden, und das glasartige Element liegt da in starrer Verzückung, fast unsichtbar wie die Luft.

Doch an diesem Morgen waren die beiden grauen Firmamente von Himmel und Luft anscheinend in eine unbestimmbare Ellipse zusammengestürzt. Und desgleichen schien die *Chamois* in der Luft wie im Meer zu treiben. Alles war in der Windstille ineinander verschmolzen: Himmel, Luft, Wasser und alles. Kein Fisch war zu sehen. Dies war die Stille eines Vakuums. Keine Spur von Leben lag in der Luft. Und dieses träge, brütende Verschmelzen aller Dinge trat in der Vorstellung als graues Chaos in Erscheinung.

Diese Kalme währte vier Tage und vier Nächte, während derer nur ein paar leichte Lüftchen das Schauspiel auflockerten. Sie waren so schwach wie der Atem eines Sterbenden.

Bisweilen war die Hitze heftig: mittags gloste der Himmel wie eine in Brand geratene Kohlenmine. Unsere Haut schälte sich ab wie Zupflinnen; es verschwamm uns alles vor den Augen; uns wurde schwummrig.

Zu unserer Bestürzung wurde das Wasser im ›breaker‹ lauwarm, brackig und leicht faulig; dessen ungeachtet hatten wir unsere dürftige Kleidung auf dem ›breaker‹ aufgehäuft, um ihn vor der Sonne zu schützen. Schließlich vergrößerte Jarl das Spundloch und hielt es sorgsam offen. Dieser Vorsichtsmaßnahme verdankten wir mehr, als wir dachten. Es dünkte uns nun klug, unsere Wasserration auf das kleinstmögliche Minimum zu reduzieren, das noch mit unserer momentanen Lebenshaltung vereinbar war; und jeder Wunsch nach mehr war zu ersticken.

Und das war noch nicht alles. Die oberen Bootsplanken begannen, sich zu verwerfen; hier und da sprang das Holz mit Krachen. Doch obwohl wir es mit Meerwasser feucht hielten, gappte eines der Plankenenden, und das jähe, durchdringende Geräusch unterbrach die Glutofenstille und brachte uns beide auf die Beine. Auf der Stelle stürzte das Meer hinein; doch es gelang uns, die rebellische Planke mit einem Seil zu sichern, denn es gebrach uns an einem Nagel. Dann schöpften wir das Boot leer, das halbvoll mit Wasser war.

Am zweiten Tag der Kalme bauten wir den Mast ab, um zu verhindern, daß er bei dem gelegentlichen Rollen der ausgedehnten, sanften Dünung, die uns erfaßte, herausgeschlagen würde. Ein Gewitter, nachdem es sich meilenweit entfernt ausgetobt hatte, mußte uns seine letzten ersterbenden Wellen zugesandt haben. Denn wie ein Kiesel, der in einen Teich geworfen wurde, diesen bis zum Rande kräuselt, so wirkt ein Ungewitter der See allerorten so, als wäre ein Meteor ins Meer gestürzt und erzeugte so, anstatt einer Kräuselung, konzentrische, sich endlos ausbreitende Wellenberge.

Die großen Septemberwellen, die sich am Fuße der Neversink Highlands brechen, bringen, schneller als das schnellste Lotsenboot, Neuigkeiten. Und ganz oft wissen sie um das letzte Geheimnis so manchen starken Schiffs, von dem man seit seinem Auslaufen nie mehr etwas gehört hatte. Jede Woge erscheint in meinen Augen als eine Seele.

Und da es nichts zu steuern gab, suchten Jarl und ich, so gut es ging, Schutz unter dem Sonnendach. An den ersten beiden Tagen sprang alle drei oder vier Stunden jeweils einer von uns über Bord, um ein Bad zu nehmen, wobei er sich ans Dollbord klammerte; auf herumlungernde Haie wurde ein scharfes Augenmerk gehalten. Ein oder zwei Fuß unter der Meeresoberfläche fühlte sich das Wasser kühl und erfrischend an.

Am dritten Tag trat eine Veränderung bei uns ein. Wir verzichteten auf das Baden, da die Anstrengung zu groß war. Verdrießlich legten wir uns nieder, unsere Rücken einander zugekehrt, und konnten jede leichte Zufallsberührung unserer Körper nicht leiden. Welche Miene ich aufgesetzt hatte, vermag ich nicht zu sagen, doch ich mochte nicht in Jarls Gesicht sehen. Als ich es dennoch tat, war da ein Starren und kein Blicken. Ich wurde schweigsamer als er. Ich kann nicht sagen, was da über mich kam, doch wünschte ich, allein zu sein. Ich spürte, daß wir, solange die Windstille anhielte, hilflos wären, daß niemand dem anderen beistehen könnte; und daß darüber hinaus das Wasser für einen länger reichte als für zwei. Für diese Gedanken empfand ich nicht den geringsten Gewissensbiß. Sie waren instinktiv. Wie ein Heißsporn, der den Geist aufgibt, wünschte ich, für mich allein zu verröcheln.

Gütiger Gott, erlöse mich davon, schiffbrüchig zu sein mit einem Bruder!

Die vier Tage verstrichen. Und, Himmel sei Dank, am Morgen des fünften Tages kam eine Brise auf. Leichtfüßig tänzelte sie heran, kräuselte gerade eben das Meer, bis sie unsere Segel bestrich, die wir sogar vor dem ersten Anzeichen ihres Kommens gesetzt hatten. Schließlich frischte sie leicht auf; und unsere arme *Chamois* schien von den Toten aufzuerstehen.

Unsagbares Entzücken! Einmal mehr vernahmen wir das leise Sausen der See unter unserem Bug, während unser Boot wie ein Vogel auf seinem Weg zu singen anhob.

Wie verändert nun der Schauplatz! Oben ein lieblicher blauer Dunstschleier, aus dem Tropfen von Sonnenlicht fielen. Und weit über die sichtbare Schöpfung gebreitet war das azurne, sonnenflimmernde, knisternde Kleid des Ozeans, mit dem Hermelinbesatz seiner Wellenkämme; alles sonst unendlich blau. Welch ein Rhythmus musikalischer Klänge! Wellen jagten einander, bäumten sich auf, schäumten in fröhlichem Spiel: ließen bunte Fische zurückrollen; und ein andermal das Geräusch wie von Seevogelschwingen.

O Ozean, geruhst du zu lächeln, wieviel schöner bist du dann als blumige Au oder Ebene!

XVII.

Hochgestimmt stoßen sie vor nach terra incognita

NUN waren vierzehn Kerben auf dem Ruderschaft des Mannes aus Skye: Vor so vielen Tagen waren wir von den Fockrüsten der *Arcturion* abgestoßen. Doch bis jetzt zeigte uns kein im Wasser treibender Ast, keine Seeschwalbe, keine Tölpelseeschwalbe, kein Riffvogel die Nähe von Land an. Könnten uns nicht die Strömungen in dieser langen Windstille mit sich gerissen haben?

Wir wußten nicht, wo genau wir waren; doch nach unserer Berechnung, der ungefähren Schätzung der in der Stunde zurückgelegten Knoten, mußten wir nur wenig mehr als einhundertfünfzig Meilen direkt nach Westen gesegelt sein; denn meistenteils waren wir auf schwache Winde getroffen, von häufigen Kalmen unterbrochen, neben der ausgedehnteren, die hier beschrieben wurde. Doch trotzdem wir zuvor Windstillen und Strömungen ausgesetzt waren, mußte nach Westen zu Land liegen. Sonne, Kompaß, Beherztheit und stetige Brisen wiesen unseren Bug dorthin. Daher unverzagt, mein Wikinger, und nur nicht auf Grund fahren!

Zu dieser Zeit fühlten wir uns durch die Entdeckung erleichtert, daß sich unser Wasser geschmacklich verbessert hatte. Es schien wiederum dieser gärungsartigen Umwandlung ausgesetzt gewesen zu sein, die gelegentlich bei Schiffswasser eintritt, nachdem es an Bord genommen wurde. Manchmal schmeckt oder riecht es eine Zeitlang mehr oder weniger übel; wird jedoch wieder verhältnismäßig klar.

Doch als sich unser Wasser verbesserte, wurden wir immer knausriger mit einem so unbezahlbaren Schatz.

Und hier mag es angebracht sein, eine weitere kleinere, jedoch ganz unsentimentale Sache zu erwähnen. Eine derart ausgepichte Teerjacke wie mein Wikinger war ein ausschweifender Konsument von ›Indianderkraut‹. Er hatte sich von der *Arcturion* ein halbes Fäßchen mitgebracht, dessen Boden eine einzige, zusammengepreßte Schicht pechschwarzen ›Negrohead‹-Tabaks war, wie die paläozoische Formation der Geologen an Fossilien kenntlich. Es war das unterste Flöz seines üppigen Vorrats für die lange Walfangreise, auf die er sich für voraussichtlich drei oder mehr Jahre eingeschifft hatte. Während der Windstille und einige Tage danach war Jarls üblicher Priem nicht länger angenehmer Reisebegleiter, ja, er verabscheute sogar sein Gekäu. Ich fragte ihn nach dem Grund. Er entgegnete, daß dies seinen Mund zusammenzöge und ihn zudem durstig mache; und das sei ihm irgendwie zuwider geworden. Das tat mir leid; denn das Fehlen des zuvor stets vorhandenen Priems schmälerte noch das, was seinen Wangen an geringer Fülle geblieben war; obwohl ich ihn, um die Wahrheit zu sagen, nicht länger, so wie früher, ersucht hatte, den mächtigen Kaubatzen nach Steuerbord oder Backbord zu verlagern, um so unser Boot zu trimmen.

Nach der Kalme schwang mein Schneider zur

See wieder einmal Nadel und Faden; oder wurde zur Wäscherin, die unsere Sachen nun zum Trocknen auf die von vorne schräg in die Dollen geschobenen Ruder hängte. Das waren alles zerrupfte Wimpel; und kam der Wind von achtern, beförderten sie fröhlich unsere Fahrt. Ganz schön arme Teufel, die da mit flatternden Lumpen selig durchs Leben segeln; und sie sind fidel, auch wenn sie arm sind.

XVIII.

Der edle Herr Hai und seine Pagen

ES gibt einen Fisch im Meer, der stets, wie ein richtiger Lord, nur in Begleitung seines Gefolges auf Reise geht. Es ist der Hammerhai. Ein plumpes, lethargisches Untier, ungestalt wie sein Name, und der letzte seiner Art, sollte man denken, wo man ihm doch so tüchtige Aufwartung angedeihen läßt. Sein Gefolge besteht aus diesen zierlichen Geschöpfchen, die bei den Seeleuten Lotsenfische heißen. Doch nachts vergrößert sich sein Anhang oftmals durch die Anwesenheit verschiedener kleiner Leuchtfische, die vorauseilend ihre Fackeln schwenken wie Fackelträger, die des Ungeheuers Weg erhellen. Leider war hinten kein Rochen zugegen, der wie ein Page die Schleppe seines Schwanzes getragen hätte.

Die Beziehung nun, die zwischen den oben erwähnten Lotsenfischen und ihrem ungelenken Herrn besteht, ist wohl eine der unglaublichsten Naturerscheinungen. Jedenfalls bringt sie mich Ärmsten in Verständnisschwierigkeiten. Daß es ein derart grimmiges Biest duldet, daß fünf oder sechs kleine Gesellen, kaum vierzehn Zoll groß, um seinen abscheulichen Leib herumtollen, ohne das Geringste befürchten zu müssen, das ist an sich schon etwas Merkwürdiges. Doch zieht man nun in Betracht, daß die Lotsenfische, in umgekehrtem Einverständnis, dem Hai als Pfadfinder dienen, ihn vor Gefahren warnen und ihn von der unmittelbaren Nähe der Beute in

Kenntnis setzen und darüber hinaus, falls er getötet wird, ihren Schmerz durch bestimmte Bewegungen kundtun, die anders nicht erklärt werden können, wird das Ganze zu einem unauslotbaren Geheimnis. Wirklich, dies sind Wunder über Wunder! Es braucht kein Toter auferweckt zu werden, damit wir von einigem überzeugt sind. Selbst mein Wikinger war über diese Lotsenfische ebenso baß erstaunt wie er sich an Pfingsten verwundert hätte.

Doch vielleicht wird ein kleiner Zwischenfall, der in dieser Zeit geschah, die vorliegende Sache am besten illustrieren.

Wir glitten mit kaum drei Knoten in der Stunde dahin, als mein Kamerad, der über dem Dollbord eingenickt war, plötzlich aufsprang und auf einen riesigen Hammerhai wies, weniger als eine Bootslänge entfernt und etwa einen halben Faden unter der Meeresoberfläche. Sofort wurde eine Lanze ihrem Platz entrissen; und, seinem Beruf getreu, war Jarl im Begriffe, diese nach dem Fisch zu schleudern, als ich, gebannt von dem Anblick seiner strahlenden kleinen Pfadfinder, ihn bat, von seinem Tun zu lassen.

Einer von ihnen war direkt unter dem Hai und saugte an dessen Bauchflosse; oben trieb sich ein anderer in Nähe des Rückenaufbaus herum; einer war an jeder Flanke; und ein fideler fünfter machte sich an der Nase ganz possierlich – anscheinend hatte er etwas von vertraulicher Natur mitzuteilen. Sie waren alle von heller, stahlblauer Farbe, die sich mit pechschwarzen Streifen abwechselte; ihre schimmernden Bäuche waren silberweiß. An den Rücken des Hais waren fünf oder sechs Schiffshalter (oder Remoras) angeheftet, schlangenartige Parasiten, die man unmöglich wieder von ihrer Ansaugstelle entfernen kann, ohne sie umzubringen. Der Schiffshalter ist kein kräftiger Schwimmer; daher bewegt er sich einzig auf dem Rücken größerer Fische fort. Blutegelgleich hat er sich fester angesaugt als ein falscher Bruder in üppigen Zeiten; fester als ein Bettler an den Wohltäter; fester als Webster an die Verfassung. Doch er nährt sich von dem, woran er haftet; seine Fühlerfäden haben eine direkte Verbindung zur Speiseröhre.

Der Hai schwamm gemächlich und rief nicht die geringste Kräuselung hervor; doch immer wieder schüttelte er seine Medusenlocken, die sich vor abscheulichem Leben krümmten und wanden. Ab und zu schossen die hurtigen Lotsenfische von seiner Seite weg – hierhin und dorthin – meist in Richtung unseres Boots; doch bevor sie einen neuen Anlauf nahmen, kehrten sie immer zu ihrem Lehnsherrn zurück, um ihm den Stand der Dinge nahezubringen.

Mir kam ein Gedanke: ich versah ein Tauende mit einem Stück unseres fast unbrauchbaren Pökelfleisches als Köder und ließ es im Meer auf Fischfang gehen. Sofort schwamm der vorderste Pfadfinder darauf zu, zögerte, hielt inne, doch rückte zuletzt vor, beroch rasch die Schnur, nahm wählerisch einen kleinen Bissen und kehrte zu dem Hai zurück. Einen Augenblick später drehte sich der große Tamerlan selbst schwerfällig um und richtete seine große, kanonenartige Nase direkt auf unsere Breitseite. Indessen flitzten die Lotsenfische hin und her und hörten nicht auf, heftig herumzuzappeln, wie befangene Geister in nervöser Erregung.

Jetzt schwamm Tamerlan näher und näher und beäugte derweil die *Chamois* mit trägem Blick, wie eine Bache den Frischling. Plötzlich preschte er los und machte sich im Schaum mit dem Köder auf und davon. Doch im nächsten Moment zischte die erhobene Lanze auf seinen Schädel zu. Und indem er mit seinem kräftigen Schwanz sein eigenes Requiem drosch, sank er langsam durch sein Blut hinab und entschwand dem Blick. Mit ihm hinab schwamm der entsetzte Lotsenfisch. Doch bald darauf konnte man drei von ihnen in Bootsnähe sichten, wie sie in ungleichmäßigem Tempo einherglitten, einer auf jeder Seite des Bootes, als begleiteten sie ihren Lord. Einer von ihnen war gewiß unter unserem Kiel.

»Ein gutes Omen«, sagte Jarl, »solange sie bleiben, stößt uns kein Übel zu.«

Doch wie immer das zuging, sie folgten uns noch manche Tage danach, bis ein Ereignis eintrat, das ihren Rückzug erheischte.

XIX.

Wer da?

JARLS Rudergriff zeigte sechzehn Kerben, als eines Abends, während die geweitete Sonne den Rand des Horizonts berührte, die obersten Spieren eines Schiffes gesichtet wurden; wie ein Spinnennetz zeichneten sie sich vor der karminroten Scheibe ab. Es sah aus, als stehe ein weit entferntes Schiff in Brand.

Ein Segel, das bei klarem Wetter auf See im gleißenden Mittagslicht unsichtbar ist, wird gegen die untergehende Sonne erkennbar. Morgens ist es umgekehrt. Das in grauer Dämmerung erblickte ferne Schiff entzieht sich bei steigender Sonne dem Auge, obwohl es in Wirklichkeit naht. Dies währt so lange, bis seine unmittelbare Nähe es prompt in den gewöhnlichen Gesichtskreis treten läßt. Und so ist es auch dann und wann mit anderen entfernten Dingen: Je mehr Licht man auf sie wirft, um so mehr verfinstert man sie. Manches offenbart sich am besten im Zwielicht.

Der Anblick des fremden Schiffes überraschte uns nicht wenig. Doch Jarls Miene hellte sich auf, als sei die Begegnung willkommen; und er sah glücklich und erwartungsvoll aus. Sein Verhalten änderte sich jedoch schnell, als er bemerkte, daß ich ein Zusammentreffen eher vermeiden wollte.

Auf der Stelle wurden unsere Segel eingeholt. Und ich wandte mich an den etwas unwillig gehorchenden Jarl, machte die Riemen klar, und so steuerten wir, beide rudernd, schräg von unserem früheren Kurs weg.

Ich vermute, daß wir es mit einem Walfangboot zu tun hatten; und daß sie uns daher mit Hilfe des Fernglases, mit dem ihre Ausgucke wohl gerade den Horizont absuchten, ausfindig gemacht hatten; insbesondere, da wir direkt östlich des Schiffes waren, von wo aus man bei Sonnenuntergang ein entferntes Objekt auf See am besten sichten kann. Darüber hinaus war unser Segeltuch schneeweiß und auffällig. Zwar konnten wir nicht sicher sein, welche Art von Schiff es war; doch gleich was es war, hatte ich keine Lust, eine Begegnung zu riskieren. Denn es war ganz klar, daß wir, käme das fremde Schiff in Rufweite, unausweichlich unser Schicksal mit seinem verbinden würden; wohingegen ich nur dem der *Chamois* zu folgen wünschte. Was den Skyeman betraf, so schaute er weiter sehnsüchtig über seine Schulter; und zweifelsohne flehte er den Himmel an, daß wir dem nicht entgehen möchten, was ich zu vermeiden suchte.

Da wir bei genauerer Prüfung weitgehend davon überzeugt waren, daß der Fremde am Ende doch einen nahezu westlichen Kurs steuerte – direkt von uns weg – setzten wir unsere Segel wieder. Und als die Nacht hereinbrach, veranlaßten mich die Bitten meines Wikingers, bestärkt durch meine eigene Neugierde, unseren früheren Kurs wieder aufzunehmen und dem Schiff so zu folgen, daß Aussicht bestand, ohne Gefahr eigener Entdeckung, einen näheren Blick darauf zu werfen. So hielten wir keck Kurs auf das Segel.

Doch wir kamen nicht näher heran – trotz der Sanftheit der Brise (die uns begünstigte, da der Verfolgte ein Schiff war und wir im Boot saßen); daher nahmen wir, auf Betreiben meines Kameraden, zu den Segeln noch die Ruder zu Hilfe, die uns sogleich unseren Weg bahnten, indessen das Steuerruder sich selbst überlassen blieb.

Beim Näherkommen wurde es klar, daß dies kein Walfangschiff war, sondern ein kleiner Zweimaster, kurz: eine Brigantine. Ihre Segel befanden sich in einem unerklärlichen Durcheinander; und nur Vorsegel, Hauptsegel und Klüver waren gesetzt. Ersteres war arg zerrupft. Das Klüversegel war zwar gehißt, doch nur in halber Höhe des Stags, wo es nutzlos flatterte, da die Brise von oberhalb der Heckreling kam. Das Schiff lief andauernd aus dem Kurs: mal zeigte es fast seine Breitseite, mal sein Heck.

Wir refften unsere Segel aufs neue, legten unsere Ruder auf und beobachteten es im Sternenlicht. Ruhig schwojte es von Seite zu Seite und segelte nach wie vor weiter.

Nicht wenig erschreckt durch diesen Anblick, gab der abergläubische Jarl mehr als deutlich zu verstehen, daß es sich bei dem Schiff um einen Goldsucher handeln müsse, auf dem es spuke. Doch ich sagte ihm, wenn dem so sei, müßten wir des Goldes oder der Gobelins wegen an Bord gehen. In Wirklichkeit aber war es wohl von seiner Mannschaft aufgegeben worden, dachte ich mir; oder auch, daß die an Bord Befindlichen dahinsiechten und nicht mehr manövrieren konnten.

Nach langem und bangem Auskundschaften kamen wir doch näher heran, da wir uns in die

Riemen legten; zwar sehr widerstrebend, was Jarl betraf, der beim Rudern die Augen über seine Schultern gerichtet hielt, als ob die *Chamois* im Begriffe sei, auf dem Rücken eines Wals zu stranden, wie ehedem geschehen. In der Tat schien er nun ebenso darauf zu brennen, des Schiffes Nähe zu meiden wie er zuvor diesem seine Aufwartung zu machen wünschte.

Als nun die stumme Brigantine erneut um ihre Breitseite schwenkte, preite ich sie laut. Keine Antwort. Nochmals. Doch blieb alles still. Mit ein paar kräftigen Stößen kamen wir dicht an sie heran und sandten einen weiteren unbeantworteten Ruf aus; als dann die *Chamois* zur Gänze längsseits lag, griff ich nach den Halteketten. Sogleich spürten wir, daß sie uns mitzog. Wir sicherten unser Fahrzeug an ihrer Fangleine, und ich sprang über die Reling, von Jarl gefolgt, der sich seine Harpune, seine Lieblingswaffe, gepackt hatte. Da er sich mit dieser Waffe gut auf die Ungeheuer der Tiefe eingeschossen hatte, zweifelte er nicht daran, daß sie sich bei irgendeinem anderen Zusammenstoß ebenso dienstbar erwiese.

Das Deck war ein einziger Müllhaufen: Schalen von Perlmuscheln, Kokosnußschalen, leere Fässer und Kisten in wildem Durcheinander. Die im Stich gelassene Ruderpinne war festgezurrt, was die Gierung des Schiffes erklärte. Doch wir konnten uns nicht vorstellen, wie sich das Schiff mit raumem Wind zumindest eine beträchtliche Zeit über, ohne helfende Hand, selbst gesteuert haben könnte. Die Brise war noch leicht und stetig.

Da ich nun das Steuer derart festgezurrt sah, konnte ich nur der herrschenden Stille mißtrauen. Ich beschwor die Vorstellung von Schurken herauf, die unten verborgen waren und auf Tücke sannen; skrupellose Meuterer – Laskaren oder Männer aus Manilla, die, nachdem sie die Europäer in der Mannschaft umgebracht hatten, möglicherweise nicht willens waren, Fremde unbehelligt von dannen ziehen zu lassen. Oder noch schlimmer: die gesamte Schiffsbesatzung war vielleicht von einem Fieber dahingerafft worden, dessen Infektionsherd noch in dem verseuchten Schiffsrumpf auf Lauer lag. Und wenn auch der erste wie der letzte Einfall bloße Vermutungen waren, schien es dennoch ratsam, die Lukendeckel zu sichern, die wir fürs erste angemessen mit den Rudern unseres Bootes verriegelten. Danach suchten wir auf Deck nach Wasser. Und fanden welches in einem unförmigen Faß; woraus wir lange und ohne Hemmung tranken, zur Labung unserer durstigen Seelen.

Der Wind frischte nun auf; und da die zerrissenen Segel gern von den Rahen wehen, brachten wir die Brigantine in den Wind und geiten die Segel auf. So konnten wir nach Lust und Laune das Schiff erkunden, obwohl die Nacht unglücklicherweise neblig zu werden begann.

Die ganze Zeit über lag unser Boot längsseits im Schlepptau; und ich wollte es gerade achtern abfallen lassen, als der stets umsichtige Jarl erklärte, es sei an seinem jetzigen Platze sicherer; denn, gäbe es Leute an Bord, wären sie höchstwahrscheinlich unten in der Kabine, von deren Bullaugenklappen aus der *Chamois* Schaden zugefügt werden könnte.

Daraufhin bemerkte mein Kamerad, daß die Brigantine keine Boote hatte, ein höchst ungewöhnlicher Umstand bei jeglichem zur See fahrenden Schiff. Doch war für mich diese Feststellung gerade höchst erfreulich. Das schien meiner Meinung nach darauf hinzudeuten, daß das Schiff wohl, aus diesem oder jenem Grund, von seiner Besatzung aufgegeben worden war. Und dies zerstreute meine Ängste vor üblem Spiel und meine Furcht vor Verseuchung weitgehend. Von dieser Überlegung ermutigt, beschloß ich, hinabzusteigen und die Kajüte zu erkunden, obwohl Jarl mir ernstlich davon abriet. Gewiß hätte dieser Schritt bis zum hellen Tag verschoben werden können, wie er gewichtig meinte; doch schien ein weiteres Warten auch verdrießlich. So besann ich mich auf unsere Zunderbüchse und die Kerzen und schickte ihn ins Boot, um diese zu holen. Unverzüglich wurden zwei Kerzen entzündet. Eine von ihnen band der Skyeman fest an das Widerhakenende seiner Harpune; so daß beim Hinuntergehen der scharfe Stahl nicht weit wäre, sollte das Licht heimtückisch ausgeblasen werden.

Wir öffneten die Sprungluke der Kajüte und stiegen hinab in die kleinste und finsterste Höhle der Welt. Die altarähnliche Wrange, von den geschlossenen Heckbullaugenklappen gekrönt, zusammen mit den trüben, kleinen Oberlichtern darüber und dem düsteren Aussehen von allem ringsum, das gab dem Ort den Anstrich irgendeines unterirdischen Betraumes, dem zum Beispiel von Peter dem Einsiedler. Doch standen Tauwerksrollen, Segelbolzen, Bekleidungsstücke und unordentliche Abfallhaufen nicht im Einklang mit diesem Eindruck. Zwei Türen (auf jeder Seite eine) führten in Miniaturkabinen, deren Liegeplätze ebenfalls mit Müll überhäuft waren. Unter anderem gab es eine große, eisenummantelte und mit Krampen verstärkte Kiste, die Hälfte eines alten Entermessers, eine Tasche mit Kugeln und das Futteral eines Sextanten – auf dem Deckel eine Kupferplatte mit dem Herstellernamen plus London. Die zerbrochene Klinge des Entermessers war sehr rostig und fleckig; das eiserne Heft war umgebogen. Es sah so unheilvoll aus, daß ich es aus dem Blickfeld stieß.

Wir entfernten eine kleine Klapptür, die sich in den darunterliegenden, ›Piek‹ genannten Raum, öffnete und beleuchteten diverse Entermesser und Musketen: Haufen von sechs oder sieben Stück, als seien sie hastig hingekippt worden.

Wir warfen einige rasche Blicke ringsum und überzeugten uns davon, daß es durch das Schott der Kajüte keinen Zugang zu dem vorderen Teil des Laderaumes gab; dann griffen wir uns Musketen und Entermesser, das Pulverfäßchen und die Patronentasche, bereit, das andere Ende des Schiffes zu besuchen. Doch bevor ich zur Tat schritt, lud ich eine Muskete und gürtete mir ein Entermesser um. Mein Wikinger zog die Harpune vor.

Im Vorschiff herrschte ein ähnlicher Wirrwarr. Aber es gab dort ein gemütliches, kleines Lager, das in einer Ecke Platz fand und mit einer

Grasmatte und Kissen ausgestattet war, wie sie bei den Insulanern in Gebrauch sind. Dieser kleine Lagerplatz wirkte auf uns so, als hätte dort ein Leopard eingekauert gelegen. Und es stellte sich heraus, daß wir gar nicht so unrecht hatten. Eine Seite dieses Schlupfwinkels wurde von einer Seemannskiste gebildet; sie war durch ein solides Schloß gesichert und zudem ungeheuer schwer. Ohne Jarls dringliche Bitten zu beachten, sprengte ich den Deckel mit Erfolg auf und entdeckte dabei eine kunterbunte Sammlung weiblicher Klamotten und wunderlichen Krempels aller Art; dazu etliche primitive Kaliko-Kreationen, die, obschon von sonderlichem Zuschnitt, ein gewisses, rockartiges Aussehen besaßen und auch die Weite von Röcken hatten, was sie als Kleidungsstücke irgendeines weiblichen Wesens, höchstwahrscheinlich der menschlichen Spezies, auswies.

In dieser robusten Kiste war auch ein Segeltuchsack, der mit rostigen, alten Glockenknöpfen, zerfressenen Kupferbolzen und Hautspikern klimperte; feuchte, grünliche Carolus-Taler (allesamt echt), neben verschiedenen Eisenschrauben, abgenutzten Meißeln und Belegpinnen. Auf den Kistendeckel geworfen, erklangen die Taler heller als Klosterglocken. Jarl legte sie beiseite; der Anblick realer Taler räumte einstweilen auf mit seinen abergläubischen Ahnungen. Seiner königlichen Abstammung getreu, liebte er echte Münzen. Doch draußen auf dem Meer, wo es nur talerlose Gebiete gab, war dieses Geld so wertlos wie Holzkohle oder Diamanten. Was nahezu identisch ist, sagen die

Chemiker; das kannst du deiner Großmutter erzählen, sagen aber die ungelehrten Juden und Juweliere. Kaufe doch, wenn du kannst, ein Haus oder ein Schiff mit deiner Kohle! Ja, würde man alle Wälder Kanadas zu Kohle brennen, wären sie nicht soviel wert wie der berühmte brasilianische Diamant, obwohl er kaum größer als das Ei einer Brieftaube ist. Ah! Diese Chemiker sind Lügner und Sir Humphrey Davy ist ein Schwindler. Wie viele arme Teufel haben sich mit dem Kohlegeschäft verkohlen lassen, die doch andernfalls mit der Spitzhacke ihr Glück hätten machen können.

Wir tasteten wieder in der Kiste herum und brachten einen kleinen, fellbekleideten, sehr schmucklosen und räudigen Koffer ans Licht. Auf jeder Ecke dieses Köfferchens saß eine riesige Eisenklammer, deren Gewicht das Behältnis gewiß verschlissen hatte. Es war umsichtigerweise mit einem Vorhängeschloß gesichert, das fast so groß wie es selbst war; so daß es beinahe fraglich war, was nun welches sichern sollte. Da wir uns schwer daran abstemmten, erlangten wir schließlich Einlaß, erblickten aber keine Gold-Moidore, keine rotschimmernden Dublonen, sahen schier gar nichts außer drei Zinnkrügen, wie sie in einer Schiffskajüte gebraucht werden, verschiedene Kupferschrauben, die wohl zu einem Quadranten gehört hatten, nebst einem hübschen Haufen Glasperlen und Kupferringen; während auf die Innenseite des Deckels ein kleiner Farbdruck geklebt war, der die Huren und schamlosen Flittchen darstellte, wie sie sich schöne Tage mit dem Verlorenen Sohn machten.

Es hätte schon vorher erwähnt werden sollen, daß wir manchmal, als wir uns auf dem Vorschiff umtaten, durch seltsame Geräusche von oben aufgeschreckt wurden. Und just danach fiel direkt durch die Springluke ein riesiger Stengewindereepsblock herab und schlug krachend in das Köfferchen, haarscharf an meines Wikingers Haupt vorbei. Dies jagte uns einen schönen Schrecken ein, insbesondere Jarl, wie man sich vorstellen kann. Doch da ich an das seltsame Krachen und Schnaufen der Masten und Rahen eines alten Kahns auf See gewöhnt war, und ich mehrfach verirrten Blöcken ausgewichen war, die gelegentlich von oben herabfielen, machte ich mir kaum Gedanken darüber, während mein Kamerad anscheinend dachte, die Geräusche seien irgendwie ganz anders als die bisher von ihm vernommenen.

Nachdem wir noch etwas mehr Tinnef an Bord durchwühlt und angestaunt hatten, stiegen wir wieder an Deck. Und wir fanden dort alles so still vor, daß der Skyeman, als wir auf die Heckreling zugingen, sich unwillkürlich in einem Flüsterton an mich wandte.

XX.

Geräusche und Vorzeichen

SEHNSÜCHTIG erwartete ich den Tag. Wie sehr ich nun auch zum Glauben neigte, daß die Brigantine unbemannt sei, wünschte ich doch das Licht der Sonne herbei, um diese Tatsache jedem Zweifel zu entheben.

Da ich, bevor ich an Bord des Schiffes ging, bemerkt hatte, daß es recht tief im Wasser lag, gedachte ich, nun den Pumpenpott gehörig auszuloten. Doch da kein Senkblei mit Leine zur Hand war, schickte ich Jarl los, um dies in der Waffenkiste auf Achterdeck aufzutreiben, wo es gewiß aufbewahrt wurde.

Inzwischen suchte ich nach den Pumpschwengeln oder auch Geckstöcken, die, wie sich herausstellte, noch nicht vor allzu langer Zeit benutzt worden sein konnten; denn wir fanden sie, der Länge nach, am Hauptmast festgezurrt.

Plötzlich kam Jarl auf mich zu gerannt und flüsterte, daß alle Zweifel zerstreut seien: es gebe todsicher Geister an Bord. Er hatte ein übernatürliches Niesen gehört. Diesmal aber war ich gänzlich überzeugt, daß wir alleine an Bord der Brigantine waren. Denn ansonsten könnte ich keinen denkbaren Grund anführen, warum sich die Mannschaft vor zwei Seeleuten verbergen sollte, derer sie, wäre sie darauf aus, leicht hätte habhaft werden können. Und im weiteren behauptete Jarl, daß diese mutmaßliche atmosphärische Störung durch Niesen im Großmast stattgefunden habe, unmittelbar unter dem ich die ganze Zeit gestanden hatte, ohne etwas gehört zu haben. Daher beglückwünschte ich meinen guten Wikinger zu der außerordentlichen Empfindsamkeit seiner Hörorgane und ersuchte ihn, sich nicht weiter durch seine Pirategeister und Schiffskobolde verstören zu lassen, die nirgends sonst als in seiner Phantasie existierten.

Da ich das Senkblei mit der Leine nicht finden konnte, bastelten wir uns mit dem freien Ende einer Buline einen Ersatz. Und als wir den Pumpenpott ausloteten, fanden wir nichts, was uns alarmiert hätte. Unter gewissen Umständen jedoch ist diese Sondierungsarbeit ziemlich nervenaufreibend. Es ist, als spürte man seinen Puls im letzten Stadium seines Fiebers.

Auf des Skyemans Vorschlag hin, gingen wir mit dem Bug der Brigantine über Stag. Denn wir wollten bis zum Tageslicht die Position des Schiffes so wenig wie möglich ändern, aus Angst, unvermutet auf Riffe zu stoßen.

Und hier sei gesagt, daß der gute Jarl, trotz seiner abergläubischen Vermutungen hinsichtlich der Brigantine – er maß ihr fast so etwas wie eine rein phantomartige Natur bei -, dennoch in seinem gesamten Umgang mit ihr äußerst praktisch und geradlinig war. Darin glich er meinem Hochehrwürdigen Freund Bischof Berkley – beileibe einer unserer Erzbischöfe mit Sitz im Oberhaus – der, metaphysisch gesprochen, alle Gegenstände lediglich für optische Täuschungen ansah, und der dennoch in allen die Materie selbst betreffenden Materien höchst materialistisch-patent war; daneben auch eine Nadel anpackte und eine Geschmackskapazität besaß, die Plumpudding kosten konnte: ein Satz, der sich wie eine Hagelkornkanonade liest.

Während wir nun damit beschäftigt waren, die Rahen herumzubrassen, mußte mich der flüsternde Jarl unbedingt wieder mit seinen verflixten Koboldsvermutungen piesacken. Er schwor beim Hauptmast, daß er, als das Vorschiff herumschwankte, ein halb ersticktes Ächzen von achtern her gehört hätte; als ob eines seiner Schreckgespenster sich seine Beine aus Luft eingeklemmt hätte. Ich lachte und wies darauf hin, daß Kobolde unkörperlich seien. Daraufhin flehte er mich an, die Focktagelage zu besteigen und die Sache selbst zu überprüfen. Doch jetzt trug mein gereiftes Urteil den Sieg über meine erste grobe Einschätzung davon. Ich lehnte höflich ab. Gewiß bestand da die Möglichkeit, daß der Fockmast besetzt war, und sogar von leibhaftigen Schurken; und wenn ich dann beim Übersteigen der schrägen Püttingswanten beide Hände im Tauwerk hätte, die Beine in der Luft baumelnd, da träfe es mich schon ganz hübsch, wenn irgendein nicht bemerkter Arm mich schnurstracks über Bord werfen sollte. Daher hielt ich den Mund, während Jarl zu erklären anhob, daß er sich hinsichtlich des Charakters der Brigantine nun vollständig klar geworden sei: Sie sei ein umherschweifendes Trugwesen, der Schatten eines Schiffes, erfüllt mit den Geistern von Seeleuten; und bevor wir wüßten, wo wir uns befänden, würde sie sich in einer übernatürlichen Böe auflösen und uns beide im Wasser zurücklassen. Kurz, Jarl, der Abkömmling der abergläubischsten aller Norsen, steckte voller alter norsischer Einfälle und aller Arten wallhallischer Wunder, das Land der Kobolde und Pokale betreffend. Kein Wunder also, daß er mich angesichts dieser drohenden Katastrophe wieder inständig bat, dieses unter einem Unstern stehende Schiff zu verlassen und nichts aus seinem Geisterrumpf mitzunehmen. Doch ich lehnte dies ab.

Man kann nicht alles auf einmal erzählen. Als wir in der Kabine waren, stießen wir auf eine ›Schaluppe‹ voller Zwieback und befanden, daß die Qualität ihres Inhalts der unseres Zwiebacks hoch überlegen war; so hatten wir uns die Taschen damit vollgestopft; und wir schmausten zwischen unserem Herumstöbern gelegentlich davon. Diesen See-Brotkorb hatten wir nun an Deck gebracht. Und da wir zum ersten Mal, seit wir der *Arcturion* Lebewohl gesagt hatten, unseren Durst gänzlich gestillt hatten, kam auch unser Appetit schlagartig wieder. Und da wir nichts Besseres zu tun hatten, bis es dunkelte, pflanzten wir die Brotschute mitten aufs Achterdeck, schlugen unsere Beine übereinander und rückten ihr derart nah auf die Pelle wie der Großtürke und sein Wesir Mustafa es bei der Belagerung von Wien taten.

Unsere Burg, der Brotkorb, war von gewöhnlicher Art: eine längliche, ziemlich angeknuffte Eichenkiste und, wie die Elgin Marbles, voller Inschriften und Einritzungen: tauumschlungene Anker, pfeildurchbohrte Herzen, Kalender, Taljenblocks, Liebesgedichte, Ankerkettenglieder, Kreuzkönige und diverse mysteriöse Diagramme, von alten finnischen Seeleuten beim Wahrsagen und Stellen von Horoskopen mit Kreide aufgezeichnet. Unsere alten Teerjacken sind alle Daniels. Auf einer Seite war eine runde Öffnung, die Gäste zum Durchzwängen ihrer Hände ermunterte, wollten sie Brot erlangen.

Und groß war das Gedränge dieser Hände heute nacht; ebenso zahlreich und ernst die Blicke Mustafas bei jedem plötzlichen Knacken der Sparren oder der Takelage. Wie Belsazer aß mein königlicher Wikinger unter großem Zittern und Zagen; und immer wieder stockte er, um die wilden Schatten zu beobachten, die längs der Reling huschten.

XXI.

Mann heda!

LANGSAM und ungleichmäßig brach der Morgen im Osten an und ließ die verlassene Brigg erkennen, die sich schwer durchs Wasser arbeitete; dies schlug träge und dumpf unterhalb ihrer Buge an. Während unsere von See zu See springende *Chamois*, wie ein treuer Hund, noch längsseits einherhüpfte, durch die Hauptkette an ihrer Fangleine befestigt. Bisweilen lag sie weit zurück, dann schoß sie wieder wie ein Blitz nach vorn, von einer Welle geschoben; bis sie, von ihrer Leine gezügelt, erneut zurückfiel.

Als das graue Tageslicht dämmerte, erforschten wir bang das Äußere des Schiffes, das nach und nach deutlicher zum Vorschein kam. Alles kam uns jetzt seltsamer vor als in der trüben Nacht, wo es nur halb zu sehen war. Die Stieper oder auch Relingsständer bestanden aus groben Pflöcken, die in den Schiffskörper eingelassen waren. Die Seiten waren aus dunklem, primitiv wirkendem Holz ohne Anstrich. Die Ruderpinne war ein schiefhalsiger, ellbogenkrummer Ast, der sich durchs Deck bohrte, als ob der dazugehörige Baum fest im Rumpf verwurzelt wäre. Das Binnakel, das den Kompaß enthielt, war seitlich von gelbem Flechtwerk geschützt. Die Takelage – Wanten, Fallen und alles – war aus ›Kaiar‹ oder Kokosfaser; und hier und da waren die Segel mit Rohrgeflecht geflickt.

Doch das war nicht alles. Wer auch immer herumspioniert, wird durchaus auf Verdächtiges stoßen. Als wir einen Blick seitwärts warfen, bemerkten wir, unmittelbar hinter jedem Speigatt, einen verblaßten, karminroten Fleck, von dem Jarl behauptete, es sei Blut. Obgleich er jetzt nicht die geringste Verzagtheit zeigte, denn was er sah, stand nicht in Verbindung mit Geistern; und alle seine Ängste waren bisher dem Übernatürlichen entsprungen.

Als der Tag dämmerte, faßte sich mein Wikinger tatsächlich ein Herz und schaute mutig drein wie ein Löwe. Und mit dem Instinkt eines alten Seemanns richtete er bald seinen Blick nach oben.

Sofort tippte er an meinen Arm: »Schau, was rührt sich da im Großmars?«

Zweifellos war dort etwas Lebendiges.

Und während wir nach unseren Waffen tasteten, behielten wir es im Auge. Bis wir, mit dem aufkommenden Tag, einen Fremden gewahrten.

Ich brachte mein Gewehr in Anschlag und rief ihm zu, er solle herabsteigen oder er werde erschossen. Eine Weile herrschte Stille, als sich der schwarze Lauf einer Muskete vorschob, die auf meinen Kopf zielte. Unverzüglich wurde in einem Sprung Jarls Harpune in Anschlag gebracht: zwei gegen einen. Und ich wiederholte meinen Ruf. Doch keine Antwort.

»Wer bist du?«

»Samoa«, entgegnete schließlich eine helle, feste Stimme.

»Komm aus der Takelage. Wir sind Freunde.«

Wieder eine Pause; woraufhin der Fremde sich aufstellte und hinabstieg, wobei er sich mit einer Hand an der Takelage festhielt, denn er hatte nur eine. Seine Muskete hing teils in einer Schlinge von seinem Rücken und war teils unter den Stumpf seines verstümmelten Arms geklemmt.

Er landete etwa fünf Schritte von unserem Standort entfernt. Und während er seine Waffe ausbalancierte, behielt er uns tapfer wie der Cid im Blick.

Er war ein großer, dunkelhäutiger Insulaner von wahrhaft furchterregendem Anblick, theatralisch herausgeputzt mit Kilt und Turban: Der Kilt war aus buntbedrucktem Kattun, der Turban aus roter Chinaseide. Sein Nacken rasselte mit Perlenketten.

»Wer ist noch an Bord?« fragte ich, während Jarl, der bis jetzt die Waffe auf den Fremden gerichtet hatte, diese nun aufs Deck senkte.

»Schau her: Annatoo!« lautet seine radebrechende Antwort, während er nach oben zu dem Fockmast zeigte. Und holla! eine Frau, auch Insulanerin, die, abgesehen von ihren Röcken, ganz ähnlich wie Samoa gekleidet war, sah man nun hinabsteigen.

»Noch jemand?«

»Sonst keiner.«

»Wer bist du denn? Und welches Schiff ist dies?«

»Ah, ah, du bist kein Geist. Aber bist du mein Freund?« rief er aus und rückte beim Sprechen näher. Woraufhin die Frau, die das Deck erreicht hatte, ebenfalls näher kam und erwartungsvolle Blicke warf.

Wir sagten, wir seien Freunde und hätten nichts Arges im Sinn. Doch wünschten wir zu wissen, welches Schiff dies sei, und welches Unglück sie heimgesucht habe; denn daß ihnen etwas Widerwärtiges zugestoßen war, dessen waren wir sicher.

Worauf Samoa antwortete, es sei sehr wohl etwas Fürchterliches passiert. Und er sei froh, uns alles wahrheitsgemäß erzählen zu können. Und schon fing er an.

Diese Geschichte nun wurde in dem Sprachgemengsel eines polynesischen Seefahrers erzählt. Sie ist, mit ein paar Überlegungen am Rande versehen, im wesentlichen in den sechs folgenden Kapiteln zu finden.

XXII.

Was der Brigantine bei den Perlmuschel-Inseln zustieß

BEI dem Schiff handelte es sich um die *Parki* aus Lahina, einem Dorf und Hafen an der Küste von Mowee (Maui), einer der Hawaii-Inseln; sie war dort aus Planken einheimischen Holzes und Wrackteilen, die an Land gespült worden waren, kläglich zusammengeschustert worden.

Ihr Name war ihr zu Ehren eines hohen Häuptlings verliehen worden, des großwüchsigsten und ansehnlichsten Gentleman auf den gesamten Sandwich-Inseln. Die *Parki* war mit einer gemischten Crew (doch insgesamt nur vier Weißen, den Kapitän mitgerechnet), einige Monate zuvor in See gestochen, auf der Suche nach Perlen, Perlmuscheln, Seegurken und dergleichen.

Die Frau, Annatoo, war eine Eingeborene von einer weit entfernten Insel im Westen. Von dort war sie in jungen Jahren von dem Kommandanten eines Schiffes verschleppt worden, als er dort auf einer Fahrt von Macao nach Valparaiso anlegte. In Valparaiso nahm ihr Beschützer sie an Land, höchstwahrscheinlich, wie ich später zu denken Grund hatte, zu nichts Erquicklichem.

Als Annatoos erste jungfräuliche Blüte dahin war, und nur noch ein lebhaftes körperliches Gerüst und eine noch lebhaftere Seele geblieben waren, wollte es der Zufall, daß sich der Steuermann Samoa hoffnungslos in sie verliebte. Und da er dachte, die Dame sei nach seinem Geschmack, unerschrocken wie er selbst, und zweifelsohne sehr geeignet für die Wechselfälle der Mutterschaft auf See, sann er auf Selbstmord – ich hätte Verehelichung sagen sollen –, und die zwei wurden eins. Und einige Zeit später begleitete die Dame Annatoo ihren Herrn Samoa als Ehefrau in der Brigantine. Nun, wie sich Antonius zu den von Cäsar ausgeschöpften Umarmungen flüchtete, so tröstete sich Samoa in den Armen dieser abgelegten Schönen. Und das Ergebnis war das gleiche. Denn nicht härter packte die energische Kleopatra meinen freimütigen, edlen Freund, den armen Mark, am Schlafittchen, als Königin Annatoo es mit diesem ihrem Liebesgefangenen tat. Doch alles der Reihe nach.

Sie liefen aus ihrem Hafen aus, kreuzten den Wendekreis und den Äquator, stießen zufällig auf eine Inselgruppe, wo es die von ihnen gesuchten Muscheln in reicher Zahl gab. Und hier – nicht gänzlich befremdlich – trafen sie, neben den Eingeborenen, auf einige Cholos, Halbblut-Spanier vom Festland; die eine Hälfte ihres Bluts ist spanisch, die andere Hälfte teilen sich der wilde Indianer und der Teufel; eine Rasse, die von Baldivia bis Panama für ihre skrupellose Schuftigkeit berüchtigt war.

Diese Mestizen waren nun vor langem bei diesen Inseln von einem Schiff desertiert und hatten es unter den Eingeborenen zu hohem Ansehen gebracht. Als der Kapitän der *Parki* dies vernahm, war er hocherfreut; dieser arme Ignorant, der nie zuvor mit einem von dieser heimtückischen Rasse zu tun gehabt hatte. Und gewiß bildete er sich ein, daß ihr Einfluß auf die Insulaner ihm zum Vorteil gereichen würde. Zu allen Anlässen machte er den Cholos Geschenke; die sich ihrerseits mit diversen Extras aus den Reihen der Eingeborenen revanchierten. Auch machten sie höchst nett auf die besten Muschelgründe aufmerksam. In einem Wort: Sie waren ausnehmend freundlich, kamen oft zu der Brigantine herüber und speisten in Gesellschaft des Kapitäns in der Kajüte; und stellten das Salzfaß der Freundschaft zwischen sich und ihm auf.

Alles ging sehr liebenswürdig vor sich, bis die Mestizen eines Morgens den Kapitän überredeten, in seinem Walfangboot mit ihnen zu einer Sandbank auf der anderen Seite der Insel zu fahren, in einiger Entfernung vom Liegeplatz der Brigantine. Und überdies deichselten sie es so, daß nur die Samoa unterstehenden Lahinesen, in die der Kapitän hohes Vertrauen hatte, zur Bewachung der *Parki* zurückgelassen wurden. Die drei Weißen wurden als Ruderer mitgenommen; denn zufälligerweise gab es zuwenig oder gar keinen Wind zum Segeln.

Die Unglücksbrigg nun lag in einer tiefen, ruhigen, kreisrunden Lagune vor Anker, die rundum von einem der schönsten Gehölze gesäumt war. Der Durchlaß zum Meer war auf der Seite, wo die Brigantine vertäut lag, vielleicht eine Kabellänge oder mehr von ihr entfernt. Ein oder zwei Stunden, nachdem die Gesellschaft fort war und das Boot gänzlich außer Sicht war, konnte man die Eingeborenen beobachten, wie sie in Scharen vom Strand her kamen, teils in Kanus, teils schwimmend. Die ersten brachten Brotfrüchte und Bananen mit, augenfällig in ihren Proas aufgehäuft; letztere zogen lange Ketten von Kokosnüssen hinter sich her. Als sie sich dem Schiff näherten, verlangten sie für all das Messer und Beile im Tausch.

Samoa stand auf dem Fallreep und, da er Verrat vermutete, forderte er sie auf, von ihrem Tun zu lassen. Und sagte, es könne keinen Tauschhandel geben, bis der Kapitän zurück sei. Doch sogleich kletterte einer der Wilden heimlich aus dem Wasser hoch und sprang behende von den Wasserstagen zu den Bugsprieten und schleuderte einen Wurfspieß direkt auf den Fockmast, wo jener dann zitternd stak. Das Signal zum Blutvergießen! Die übrigen zogen in schrecklichem Aufschrei ihre Waffen hervor, die bis dato in den Kanus und unter den schwimmenden Kokosnüssen verborgen waren, und sprangen in die unteren Ketten der Brigantine; und mit äußerster Wildheit attackierten sie die entgeisterten Männer mit Keulen und Speeren.

Nach einem zaghaften Schlagabtausch verkrochen sich die Lahinesen in die Takelage; doch bis auf einen Mann wurden alle überwältigt und getötet.

Annatoo war allerdings beim ersten Alarmsignal auf die Vorbramsegelrah geflüchtet; höher als diese konnte sie nicht klettern, und so hoch wagten sich die Eingeborenen nicht. Denn obwohl die Polynesier, der Nüsse wegen, ihre Palmen eichhörnchengleich erklimmen, lehnen sie doch, wie Kennebec-Bauern, einen Schiffsmast auf den ersten Blick ab.

Beim ersten Anzeichen eines heftigen Angriffs wurde Samoa, der zur Kabinenluke, der Waffen wegen, gestürzt war, von zwei jungen Wilden angefallen. Doch nach einem kurzen und verzweifelten Gemenge, bei dem sein Arm verstümmelt wurde, gelang es ihm, nach unten zu springen, wobei er im Nu den Lukenschieber über sich verschloß. Während noch der Lärm des Gemetzels tobte, band er sich in der Kajüte in Ruhe seinen Arm ab; denn da auf dem Heckbalken die drei geladenen Musketen des Kapitäns lagen, erwartete er unerschrocken einen Sturmangriff.

Es war anscheinend das Ziel der Eingeborenen, die Brigantine auf dem scharfen Korallenstrand der Lagune zerschellen zu lassen. Und mit dieser Absicht war eine Anzahl von ihnen in die Lagune getaucht und hatte das Ankertau, das aus Hanf war, zerschnitten. Doch da die Ebbe einsetzte, dreht der Bug der *Parki* seewärts, auf den Durchlaß zu. Und als die Wilden dies bemerkten, setzten sie den Fockhals unbeholfen herunter und holten die Schoten der Untersegel an Bord; auf diese Weise setzten sie, so gut es ging, das Focksegel, das vorher zum Trocknen aufgebunden worden war.

Inzwischen stand ein alter, grauhaariger Häuptling ruhig an der Steuerstange und war bemüht, das Schiff strandwärts zu lenken. Da er aber das Ruder nicht richtig handhabte, nahm die nun flott durchs Wasser gleitende Brigantine jedoch eher Kurs auf den Durchlaß. Als dies die Rädelsführer, sechs oder acht an der Zahl, sahen, eilten sie dem alten Graubart am Steuer zu

Hilfe. Im Nu, während sie an der Pinne hantierten, waren die drei Musketen vom Kajütenoberlicht aus rasch auf sie abgefeuert. Zwei der Wilden stürzten tot nieder. Und als sie sahen, daß ihre Anführer in derart unerklärlicher Weise getötet worden waren, sprangen die übrigen Eingeborenen, von wilder Panik ergriffen, von Bord und strebten dem Strand zu.

Als er das Aufklatschen der Körper hörte, stürzte Samoa an Deck. Und da er sah, daß das Focksegel gesetzt war und die Brigantine geradewegs aufs Meer zuhielt, rief er der noch oben sitzenden Annatoo zu, sie solle zur Marssegelrahe herabsteigen und dort die Segel aufbinden. Sein Befehl wurde ausgeführt. Annatoo hätte für das, was sie an diesem Tag tat, eine Goldmedaille verdient gehabt. Nachdem sie das Marssegel losgemacht hatte, sauste sie die Takelage hinab und rackerte sich an den Schoten ab. Bei diesem Bemühen leistete ihr Samoa Beistand, der sich für kurz vom Ruder losriß.

Das Focksegel und das Vormarssegel waren nun leidlich gut gesetzt; und als das Schiff seewärts fuhr, frischte die Brise auf. Und daran hat sie gut getan; denn nachdem sich die Wilden von ihrem Schrecken erholt hatten, setzten sie ihnen mit Feuereifer nach, einige in Kanus, andere schwimmend wie zuvor. Doch bald wurde das Großmarssegel der Brise überlassen, die über Achterdeck kam und noch auffrischte. Und mit diesem mutigen Segelzeigen hielt die *Parki* unerschrocken auf den Durchlaß zu. Samoa schrie laut auf, als sie an den Riffen vorbeischoß und die weite Dünung draußen durchschnitt. Gegen diese konnten die Wilden nicht anschwimmen. Und es war fast ebenso schwierig, an der Gezeitenwende in diese mit einem Kanu hineinzupaddeln. Doch die Flüchtlinge waren noch nicht in Sicherheit. In wilder Verfolgungsjagd kam das Walfangboot nun in Sicht, bemannt mit den fünf Cholos und vier oder fünf Insulanern. Worauf ohne Zweifel alle Weißen, die das Schiff an diesem Morgen verlassen hatten, durch den Verrat der Mestizen massakriert worden waren. Und gewiß war die Aufbringung der Brigantine im voraus geplant worden. Samoa sah jetzt keine andere Rettung, als stracks vom Land wegzusteuern.

Nun begannen sich diese Teufel in die Riemen zu legen. Indessen war Annatoo noch oben zugange und band die kleinen Segel auf – Bramsegel und Royalsegel, welche sie teils mit Erfolg setzte.

Die steife Brise von achtern füllte nun die schlecht und recht gesetzten Segel, die sich blähten und wie Ballons in der Luft taumelten, während jede Spiere unter der erneuten Belastung zitterte und aufschnellte. Und so wie eine erschreckte Möwe vor Raubmöven flieht, schoß die kleine *Parki* dahin und trotzte wacker den Fluten.

Samoa stand am Steuerruder und hatte seinen zerschmetterten Arm in einer Hanfschlinge; die Musketen waren wieder geladen und direkt vor ihm auf dem Binnakel aufgepflanzt.

Wegen ihrer mißlich gesetzten Segel, die aufgrund der steifen Brise noch schwerer zu handhaben waren, ließ sich die Brigantine eine Zeit lang so schlecht steuern, daß es letztlich möglich war, daß die Flüchtlinge, trotz ihres gelungenen Starts, doch noch zur Beute ihrer Jäger wurden. Das Schiff gierte heftig, und das Boot kam immer näher. Durch den Anblick außer sich gebracht und vielleicht mehr an Rache denkend als an zukünftige Sicherheit, stützte Samoa, nachdem er Annatoo das Steuer übergeben hatte, seine Musketen auf die Reling und feuerte, nachdem er sein Ziel lang und sicher anvisiert hatte, eine nach der anderen auf die heranrückenden Widersacher ab.

Die drei Salven wurden vom lauten Hohngeschrei der Wilden beantwortet, die ihre Speere schleuderten und Gesten der Verspottung machten, während sich die Cholos in die Riemen legten, was das Zeug hielt.

Das Boot kam noch näher an die Brigantine heran, die Musketen wurden erneut geladen. Und als der nächste Schuß loszischte, trat eine Pause ein, während der vorderste Cholo blitzartig einen Satz von seinem Sitz hinab machte und mit dem Ruder in der Hand ins Meer stürzte. Wütendes Geheul; und einer der Eingeborenen sprang ins Wasser und ergriff den sinkenden Körper bei seinen langen Haaren. Der Tote wie der Lebendige wurden ins Boot gezogen. Durch seinen Todesschuß ermutigt, feuerte Samoa wieder, doch nicht mit dem gleichen sicheren Ergebnis; er streifte bloß den anderen Mestizen, der sich hinter seine Kameraden kauerte und diese anflehte, das Boot zu wenden und auf den Strand zuzuhalten. Über das Geschick seines Bruders erschreckt und anscheinend die Parteilichkeit von Samoas Schüssen gewahrend, weigerte sich der verzagte Schurke, auch nur ein Glied über das Dollbord hinausragen zu lassen.

Die Verfolger hätten gern ihre Flucht bewerkstelligt, doch kam etwas dazwischen. Als der getroffene Cholo über Bord sprang und das Boot in Schieflage geriet, waren zwei der drei Ruder ins Wasser geglitten und trieben nun zusammen mit dem davon, das der Cholo im Todeskampf ergriffen hatte; ab und zu entschwanden sie der Sicht, wenn sie in ein Wellental abtauchten. Zwei der Insulaner schwammen los, um sie wiederzuholen. Doch als Schüsse um ihre Köpfe pfiffen, da sie unvermeidlich auf die *Parki* zuschwammen, erschraken sie und machten rasch kehrt; und konnten gerade noch sehen, wie einer ihrer Kameraden sich mit der Hand auf den Körper schlug, da er von Samoa eine Kugel abbekommen hatte.

Genug: an dem Unglücksboot vorbei schwammen sie spornstreichs an Land, gefolgt von den übrigen, die über Bord sprangen und den überlebenden Cholo, der anscheinend nicht schwimmen konnte, mit dem verwundeten Wilden und dem Toten im Boot zurückließen.

»Jetzt lade munter weiter und räche dich, mein Bester«, sprach Samoa zu sich selbst. Doch noch ein Weilchen. Da er sah, daß alle ihm ausgeliefert waren und er sie auch ‚geliefert' sehen wollte, braßte er schnell sein Vormarssegel an, drehte die Brigantine bei und eröffnete erneut das Feuer auf das Boot, das von jedem Wellengang näher herangeschoben wurde. Vergeblich alle Mühe, zu entkommen. Der Verwundete paddelte wie irre mit seinen Händen; der Tote rollte hin und her; und der Cholo hatte das einzige Ruder ergriffen und ließ in seiner kopflosen Tollheit das Boot wieder und wieder im Kreis herumwirbeln, indes die ganze Zeit über Schuß auf Schuß folgte, da Samoa so schnell feuerte wie Annatoo laden konnte. Schließlich sackten beide Cholos und der Wilde tot über ihren Kameraden zusammen und brachten das Boot in solche Schräglage, daß es fast vom Wasser bespült wurde; dergestalt trieben sie dahin.

XXIII.

Als sie von der Insel wegsegelten, plünderten sie die Kajüte

AUF dem Vorschiff gab es eine kleine Karronade, die von ihrem Protzwagen losgemacht und an Ringbolzen auf Deck befestigt worden war. Dieses Geschütz lud Samoa nun; und mit einer Axt klopfte er den runden Knopf auf der Ladeklappe los und setzte die Ladung fest an. Woraufhin er die Kanone zu einer der Pfortluken vorschub und, sein Ziel fest im Auge, losdonnerte: Das Boot sank und bestattete seine Toten.

Es war jetzt später Nachmittag; und da er fürs erste das Land meiden und irgendwo, fernab aller Strände, aufs Meer gelangen wollte, warf er sein Schiff herum, so daß es vor dem Wind lag; und er ließ die Insel achtern zurück. Auf den Decks lag noch die Last der toten Lahinesen, die, Ferse auf Kinnspitze und kreuzweise übereinander wie Scheite, auf der Großluke gestapelt worden waren. Diese Leichen wurden, eine um die andere, dem Meer übergeben; danach wurden die Decks abgespült.

Als am nächsten Morgen die Sonne aufging, hatten sie schon kein Land mehr in Sicht; und da so gut wie kein Wind wehte, stoppten sie ihre Fahrt und verzurrten die Ruderpinne leewärts, auf daß sie das Schiff um so besser durchsuchen konnten, insbesondere die geheimen Winkel der Kajüte. Denn dort war eine Menge Zeug, das sich zum Tauschhandel mit den Insulanern eignete; auch gab es einige Säckchen mit Talern.

Nichts kann die Gier des Polynesiers übersteigen, wenn seine Augen, durch einseitigen Handel mit den Weißen, für seine Nacktheit aufgetan wurden, und er erkennt, daß diese in manchem reicher sind als er selbst.

Als erstes wurde des armen Kapitäns Garderobe durchforscht; seine Kleiderkoffer wurden zum Kentern gebracht, ihr Inhalt wurde über den Boden der Kajüte verstreut.

Dann fand die Kostümierung statt. Samoa und Annatoo probierten Jacken und Hosen an, Röcke und Unterwäsche, und bewunderten sich in dem kleinen Spiegel, der in das Schott eingesetzt war. Dann wurden offene Kisten und Stoffballen abgegrast. Kattunrollen wurden begutachtet und ausführlich bewundert; so sehr, daß sie den in der Kapitänskajüte gefundenen Plunder ablegten und das eher ihrem Geschmack entsprechende, locker fallende Kalikozeug anlegten.

Kiste auf Kiste wurde geöffnet und auf den Kopf gestellt, das Kajütendeck wurde rutschig durch Sturzbäcke von Glasperlen; und gehörige Ladungen davon lasteten auch auf Samoas und Annatoos Nacken.

Unter anderem kam auch Kupferschmuck zum Vorschein – Krempel vom Trödelmarkt und Klimbim zuhauf, der allergrößte Bewunderung fand. Annatoo schmückte sich wie eine tragische Königin: ein einziges Kupfergefunkel. Der Klage voll war die vermählte Dame, daß es niemanden gab außer Samoa, ihren Gemahl, der sie bewunderte. Doch er bewunderte die ganze Zeit über nur sich selbst und nicht sie.

Und jetzt muß unbedingt erzählt werden, was bisher ungesagt blieb. Sehr oft waren diese beiden Ehegatten nicht wie Darby und Joan. Ihr Eheleben war ein langer Feldzug, mit Waffenstillständen nur des nachts. Sie schnäbelten und girrten, lagen sie sich in den Armen, und am Morgen erhoben sie sich, klar zum Gefecht. Und bei Samoa setzte es oft mehr als einen Schlag mit dem Pantoffel. Kurz gesagt: Annatoo war ein Tartar, ein echter Kalmück, und Samoa – der Himmel helfe ihm – ihr Ehegespons.

Doch für eine Weile enthielt sich das Paar allen Zanks, durch ein Gefühl der gemeinsamen Gefahr miteinander verbunden und lange damit beschäftigt, ihren frisch erworbenen Firlefanz zu drehen und zu wenden, ohne im Augenblick daran zu denken, wem das gehörte. Aber bald brach der Sturm los. Nachdem jeder Ballen und jede Kiste tüchtig gefilzt worden waren, überschlug Annatoo den Wert des Ganzen und begann ganz gelassen, das für sich beiseite zu legen, was ihr gefiel. Dagegen erhob Samoa Einspruch; gegen diesen Einspruch erhob wiederum Annatoo Einspruch; und dann ging's los.

Die Lady erklärte feierlich, daß die Sachen ebensowenig Samoa gehörten wie ihr; nein, nicht einmal das; und daß sie auch haben könne, was immer sie davon wollte. Und in einem Nachsatz tat sie des weiteren kund, daß sie niemandes Sklave sei.

Bedauerlicherweise fürchtete Samoa seine kriegerische Gattin nicht wenig. Und wenn er auch in anderer Hinsicht ein Held war – hatte er nicht seine Wilden getötet und sein Schiff tapfer ihrem Zugriff entzogen? – so war er doch, wie die mutigen Kapitäne Malborough und Belisarus, seiner Frau gegenüber ein Feigling. Und Annatoo war schlimmer als Sarah oder Antonina.

Wie alles, was nur wie eine Schramme beschaffen ist, so sind auch die meisten im Ehestreit geschlagenen Wunden schnell verheilt; denn verheilte der Streit nicht, könnte er auch nie erneut ausbrechen: was ja das Schöne an der Sache ist. So legten sie den Streit schließlich bei. Annatoos Vertragsbedingungen widersprachen Samoas Interessen aber weitgehend. Dennoch kam man zum Schein überein, genau halbehalbe zu machen; die Lady jedoch erhob einen besonderen Anspruch auf bestimmte Wertsachen, die ihr ganz besonders gefielen. Doch als Ausgleich dazu verzichtete sie großzügig auf alle Ansprüche auf die Reserve-Takelage, auf den Fock- und den Großmast und auf des Kapitäns Waffen und Munition. Letztere hatte übrigens Dame Antonina gar nicht nötig. Ihre Stimme war ein Artillerie-Park, und ihre Krallen waren ein Angriff mit Bajonetten.

XXIV.

Einem Kollegium von Ärzten und Chirurgen gewidmet

ZU dieser Zeit hatte Samoas verwundeter Arm ein Stadium erreicht, wo eine Amputation erforderlich wurde. Unter den Wilden werden ernste körperliche Verletzungen meistenteils als Lappalien angesehen. Während ein Europäer schon verzweifelt zu seinem Sofa Zuflucht nähme, würde es der Wilde verabscheuen, sich niederzulegen.

Doch mehr noch. In Polynesien ist jeder Mann sein eigener Barbier und Chirurg, der Bart oder Arm abnimmt, je nach Bedarf. Für die Krieger von Varvoo nichts Ungewöhnliches, sich ihre eigenen Glieder abzusäbeln, wenn sie im Kampf gefährlich verwundet wurden. Doch wegen des grobschlächtigen Instruments – eine gezackte Muschel, hart wie Flint – konnte die Operation bekanntermaßen durchaus mehrere Tage dauern. Und sie dulden auch nicht die Hilfe irgendeines Freundes; denn sie behaupten, daß eine Sache, die einem Krieger derart nahegeht, am allerbesten von ihm selbst besorgt wird. Daher kann gesagt werden, daß sie sich ganz gemächlich amputieren; und wenn sie müde sind, legen sie ihre Instrumente nieder. Doch obwohl sie niemand etwas verdanken, was mit chirurgischer Praxis zu tun hat, schneiden sie sich, soweit ich je gehört hatte, jedoch nie die eigenen Köpfe ab; eine Art von Amputation, der sich metaphysisch gesprochen, in zivilisierten Ländern viele, sich unabhängig Dünkende hingeben.

Samoas Operation faßte sich viel kürzer. In der kleinen Kabüse, dem Kochraum, wurde ein Feuer auf die Weise entfacht, daß es viel Rauch entwickelte. Dann legte er seinen Arm auf einen der Betinge des Gangspills (ein kurzes, aufrecht stehendes Holzstück in Brusthöhe): und schon hätte mit dem stumpfen Beil des Kochs der Streich geführt werden können. Doch da Samoa aus irgendeinem Grund seiner Treffsicherheit mißtraute, wurde Annatoo die Aufgabe übertragen. Drei Hiebe, und das Glied gehörte von nun an ellbogenabwärts nicht mehr zu Samoa. Und so sah er, was mancher Hundertjährige nicht sieht: ein Stück seiner Gebeine. Die Operation war, trotz ihrer Grobschlächtigkeit, ohne Gefahr für den Patienten. Das Gewicht und die Stumpfheit des Instruments töteten zugleich den Schmerz ab und verminderten die Blutung. Die Wunde wurde dann ausgebrannt und über den Rauch des Feuers gehalten, bis sich kein Blut mehr zeigte. Von diesem Tag an heilte die Wunde und behelligte Samoa nur wenig.

Doch soll das Nachspiel erzählt werden? Daß Samoa in abergläubischer Weise abgeneigt war, das tote Glied eines noch lebendigen Körpers in der See zu bestatten, da er glaubte, er müsse in diesem Fall bald ertrinken und diesem Glied folgen. Und daß er, da er gleichermaßen fürchtete, das Ding in seiner Nähe zu haben, es schließlich oben an den Großmaststag hängte, wo es nun, gänzlich von Leichentüchern umwickelt, in der Schwebe hing. Die Hand, die wohl manch andere freundschaftlich gedrückt oder einen Feind niedergeschmettert hatte, sollte weder für die Vögel der Luft noch die Fische des Meeres Futter sein, dachte Samoa.

Was war nun Samoa? Der tote Arm, der wie Hamans Arm in der Höhe baumelte? Oder der lebende Rumpf unten? War der Arm vom Körper getrennt oder der Körper vom Arm? Der übriggebliebene Teil von Samoa war lebendig, und daher sagen wir, dieser sei er. Doch welches der sich windenden Segmente eines zehnfach zerstückelten Wurms ist der eigentliche Wurm?

Für meinen Teil betrachte ich Samoa immer nur als ein großes Fragment eines Mannes, nicht als vollständigen Menschen, denn ist ihm nicht ein ganzes Glied hopsgegangen? Und der große Nelson selbst war – physiologisch gesprochen – nach dem Gefecht von Teneriffa nur ein Dreiviertelmensch. Und war Anglesea etwas anderes, nachdem sich der Rauch von Waterloo verzogen hatte? Und was war Arnold nach Saratoga? Ganz zu schweigen von Mutius Scaevola mit einer Hand, General Knox mit einem Daumen und Hannibal mit einem Auge weniger. Und Dentatus, dieser alte römische Grenadier, nur noch ein völlig zerhauener Stumpf, ein knorriger Krieger gleich einer Hemlocktanne, die schwer zu fällen und zu Kleinholz zu machen ist, obwohl sie rundum gleichmäßig von Streitäxten verstümmelt ist. Ah! doch werden diese Kämpen, wie Ambosse, eine tüchtige Portion Hammerschläge vertragen. Besonders in den alten Zeiten irrender Ritter. Denn bei der Schlacht von Brevieux in Flandern stürzten – wie ich von meinem ruhmreichen Ahn, der alten Plaudertasche Froissart erfuhr – zehn wackere Ritter, jählings der Pferde beraubt, steif und von Sinnen, aufs offene Feld, in fataler Weise von ihren Rüstungen behindert. Woraufhin ihre Feinde, die schuftigen, räuberischen Bauern, darauf verfielen, ihre Visiere aufzuknacken, wie es Einbrecher bei Schlössern und Perlenfischer bei Perlmuscheln tun – um ihnen ans Leben zu gehen. Doch alles zwecklos. Schließlich waren sie genötigt, einen Grobschmied zu Hilfe zu rufen; denn eher wurden die Insassen der Harnische nicht erledigt. Nun, man hielt es für eine sehr harte Strafe, daß dem geheimnisvollen Staatsgefangenen Frankreichs eine eiserne Maske angelegt wurde; wo sich diese irrenden Ritter doch in ihren eigenen Bastillen aus Eisen gefangensetzten und hilflos darin ermordet wurden. Tage des Rittertum, als mutige Reitersmänner ritterliche Tode starben!

Dies war das epische Zeitalter, über dessen Verschwinden mein späterer beredsamer und prophetischer Freund und Berichterstatter, Edmund Burke, in so bewegenden Worten klagte. Ja, das waren glorreiche Zeiten. Doch würde kein vernünftiger Mann, der häuslichen Wonnen ergeben ist, seinen warmen Ofenplatz und seine Muffins gegen ein heldenhaftes Biwak in einem wilden Buchenwald, an einem rauhen, böigen Morgen in der Normandie vertauschen, wo jeder Ritter sich in seine stahlbehandschuhten Finger haucht und sich vergeblich müht, seinen kalten Kaffee in seinem Helm zu kochen.

XXV.

Gefahr stiftet Frieden

EIN paar Tage vergingen. Die Brigantine trieb hierhin und dorthin; und nichts als die See zu sehen; und in diese Stille schrillte wieder Annatoos häuslicher Alarm. Der Waffenstillstand war vorüber. Die Lady hatte ihn in unglaublicher Weise gebrochen, indem sie sich verschiedene Dinge aneignete, auf die sie zuvor zu Samoas Gunsten verzichtet hatte. Des weiteren schlich sie immer auf Beutesuche umher und durchforschte mit unermüdlicher Energie jeden Winkel und jede Ritze, trug ihre Beutestücke davon und versteckte sie sorgfältig. Da sie kaum eine Ahnung davon hatte, was für eine Frau alles verwendbar war, stibitzte sie alles, dessen sie habhaft werden konnte: Eisenhaken, Taler, Bolzen, Beile – und sie machte auch nicht vor Marlingknäueln und Kupferblech halt. All dies hätte der arme Samoa eher mit der größten Geduld, die ihm möglich war, ertragen, als wieder in den Krieg zu treten, hätte diese dreiste Dame ihn nicht der Unterschlagung ihres eigenen Privatlagers beschuldigt, obwohl er an dergleichen unschuldig war wie das Bugspriet.

Diese kränkende Bezichtigung, die ihm mächtig gegen den Strich ging, obsiegte über die Philosophie des armen Insulaners. Und in der Folge vollzog Annatoo einen Schwenk, da sie sah, daß ihr ganzes Tonangeben nicht fruchtete; und sie erklärte, daß Samoa fürderhin für sich bleiben möge und daß sie nichts mehr mit ihm zu tun haben möchte. Außer wenn es unvermeidlich bei der Handhabung der Brigantine sei, selbst dann würde sie gewiß nicht mit ihm sprechen, diesem Ungeheuer. Dann beanspruchte sie keck das Vorschiff – im Falle der Brigg der bei weitem annehmlichste Teil des Schiffes – als ihre autonome Wohnung. Und der unglückliche Belisarius könne in seiner dunklen, kleinen Höhle tun und lassen, was er wolle.

Hinsichtlich der Beuteaufteilung gelang es dem Zankteufel, den Sieg davonzutragen; und sie schaffte Ballen um Ballen in ihr Quartier, zusammen mit zahlreichem Krimskrams, kurz: alles, was nicht niet- und nagelfest war. Darüber hinaus legte sie sich noch ein hübsches Lebensmittellager an, um in jeder möglichen Hinsicht unabhängig von ihrem Gemahl zu leben.

Unschöne Annatoo! Bedauernswerter Samoa! Und so vollzog das Paar die Scheidung: die Lady gründete einen separaten Haushalt, und Belisarius nahm sein einsames Junggesellenleben wieder auf. Er schlief in der gänzlich kalten und ungemütlichen Empfangskajüte des Kapitäns, während sich seine einstige Lady in ihr Vorschiff-Boudoir zurückzog und sich die Zeit damit vertrieb, ihre Rosenkränze zu beten und ihren unrechtmäßig erworbenen Edeltand herumzuschleudern und wieder zu sortieren – wie Madame Maintenant, die ihre letzten Tage und Nächte der Enthaltsamkeit und bunten Stoffen widmete.

Doch mitnichten war dies der ruhige Ausgang ihres Ehegezänks! Diese Fehden enden nicht, bevor der eine oder der andere den Geist aufgibt.

Ohne Murren ertrug der nun von seinem Ehelager verbannte Belisarius sein Los. Und, heldenhaft wie er war, fühlte er sich ja vielleicht wie ein Soldat auf Urlaub, wer weiß? Was Annatoo betrifft, so konnte sie weder mit ihm auskommen noch ohne ihn. Sie machte Annäherungsversuche. Doch welcher Art? Nun, sie brach in die Kajüte ein und entwendete verschiedene Sachen daraus, wobei sie listig darauf hoffte, aus dem möglicherweise folgenden Ausbruch eine abschließende Versöhnung erwachsen zu lassen.

Es kam dann zu einem üblen Wortwechsel, den schließlich das plötzliche laute Brausen des Meeres unterbrach. Sie stürmten auf Deck und bemerkten, daß sie Hals über Kopf auf eine Sandbank zurasten, Ausläufer einer Gruppe flacher Inseln, die bis dahin durch Wolkenbänke der Sicht entzogen waren.

Unverzüglich wurde das Ruder umgelegt und die Rahen wurden gebraßt. Doch mehrere Stunden über schien es fraglich, ob sie einer Katastrophe würden entgehen können, denn die Brise war steif, die Sandbank unregelmäßig und ausgedehnt, und die Strömung war ungewiß. Doch Samoas Seemannskunst, vereint mit Annatoos Fleiß, obsiegten zuletzt; und die Brigantine war gerettet.

Von dem Land, an dem sie beinahe Schiffbruch erlitten hatten, wußten sie nichts; und aus diesem Grund steuerten sie unverzüglich weg. Denn nach diesen fatalen Geschehnissen, die der

Parki bei den Perlmuschel-Inseln zugestoßen waren, fürchteten sie eine Begegnung mit irgendwelchen Inselbewohnern so sehr, daß sie fürs erste beschlossen hatten, aufs offene Meer zuzuhalten. Und sie vertrauten darauf, bei Gelegenheit von einem vorbeifahrenden Schiff aufgenommen zu werden.

Dieser Entschluß gereichte ihnen schließlich zur Rettung. Denn für den Steuermann in diesen Meeren gibt es keine größere Gefahr, als sich den Inseln zu nähern; die zumeist derart von Außenriffs und weiter vorgelagerten, gefahrenumzingelten Rändern abgeschirmt sind, daß das grüne, blühende Feld in ihrem Innern daliegt wie eine Rose inmitten von Dornen. Und so schwer zu erreichen ist wie das Herz der stolzen Maid. Doch ist man einmal dort angelangt, sind alle drei – rote Rose, heller Strand und sanftes Herz – voll Liebe, Blühen und jeglicher Wonnen. Nur nicht so auf den Perlmuschel-Inseln.

Im übrigen wurde in diesen, zumeist ruhigen Gewässern, obwohl Hunderte von Meilen vom Land entfernt, Samoas kleines Gefährt von ihm und Annatoo sehr zügig gehandhabt. Die *Parki* war so klein, daß eine Hand die Großrahe brassen konnte. Und es war sogar fast ein Kinderspiel, die kleinen Marssegel zu hissen. Denn nach ihrem ersten, unbeholfenen Versuch, diese Arbeit von Hand auszuführen, gelang ihnen dies mit der größten Leichtigkeit, als sie die Fallen beständig zum Spill führten.

XXVI.

Enthält für einen Groschen Philosophie

ZAHLREICHE Tage vergingen, und die *Parki* schwamm immer noch. Die kleinen Fliegenden Fische gewöhnten sich an ihren vertrauten, träge dahinzuckelnden Schiffsrumpf. Und wie Schwalben, die ihre Nester in stillen, alten Bäumen bauen, laichten sie in den großen, grünen, an den Schiffsflanken haftenden Entenmuscheln.

Je ruhiger das Meer war, um so stärker wucherten die Entenmuscheln. Im tropischen Pazifik genügen daher ein paar Wochen, um dein Schiff mit einem Muschelpanzer zu umkleiden. In riesigen Büscheln hängen sie sogar am Schegg; und schlägt man sie nicht ab, hemmen sie die Fahrt des Schiffes erheblich. Und es war eine von Annatoos Obliegenheiten, das Schiff ab und zu von Entenmuscheln zu säubern. Obwohl die Dame bekanntermaßen, trotz ihrer Zicken, zeitweise ordentlich war – wie alle Zankteufel –, waren dies jedoch nur Anfälle von Reinlichkeit. Weshalb ihr die Entenmuscheln doch oft Verdruß bereiteten. Und dann machte sie sich mit einer langen Stange daran, diese abzuschaben. Immerhin half dies, die Langeweile zu vertreiben; und danach würde sie zu ihren Perlen und ihrem Flitterkram zurückkehren, ihn wieder und wieder abzählen, ihre Verehrung vor sich hin murmeln und darauf schauen, ob Samoa etwas von ihrem Lager stibitzt hatte.

Daß sie nun der Sandbank entronnen waren, trug viel dazu bei, die Differenzen zwischen der guten Frau und ihrem Gemahl zu schlichten. Und es ist verwunderlich, daß sie je Zank und Streit gehabt haben konnten, wie sie nun, jeder für sich, auf diesem einsamen Schiff ihren Haushalt führten. Als sie jedoch als geschiedene Leute in derselben Wohnung hausten, hatte das nur der Unheil verstärkt. So kamen Belisarius und Antonina einander wieder näher. Doch jetzt, durch Erfahrung gewitzt, übertrieben sie weder ihr Hassen noch Lieben, sondern nahmen die Dinge, wie sie waren. Sie sahen, daß sie, ohne Hoffnung auf Trennung, miteinander verbunden waren, und taten, was sie konnten, um aus dem Partner eine gute Partie zu machen. Annatoo entschied, daß Samoa nicht gänzlich versklavt werden solle. Und Samoa dachte, es sei am besten, Annatoos Schwächen geflissentlich zu übersehen und sie nach Lust und Laune klauen zu lassen.

Doch wie in vielen Fällen ist diese ganze Philosophie über die Ehe durchaus erschütterbar durch den andauernden Kontakt mit den betreffenden Parteien. Und wie es weit besser ist, die alten Tage der höfischen Werbung wiederzubeleben, als die Münder der Männer Honigwaben und die Frauen die Bienen waren, die, um diese noch zu versüßen, dort ihren Zucker abluden; als unergründliches Entzücken ganz tief in des Geliebten zärtlichem Auge schimmerte; und als sich, das beste von allem, Besuche mit Abwesenheiten abwechselten: so lebten mein würdiger Herr Herzog und seine Herzogin,

Samoa und Annatoo, als Mann und Frau im selben Haus und behielten noch ihre getrennten Wohnungen. Malborough besuchte Sarah, und Sarah besuchte Malborough, wann immer man dazu aufgelegt war.

XXVII.

Womit die vorige Geschichte der Parki beschlossen ist

WEITERE Tage, Tage über Tage, flogen dahin; und die *Parki* steuerte hierhin und dorthin, kreuzte auf dem Meer umher, um die heimtückischen Strände zu meiden, die oft in Sicht kamen; bis es zuletzt schwierig schien zu sagen, in welcher Wasserwelt sie schwamm. Da Samoa wohl wußte, in welcher Gefahr sie schwebten, verzagte er. Doch gesegnet sei das Unwissen. Denn am Tage seines Verzagens ersuchte ihn seine Frau, dieser alte Prachtkerl, beherzt zu sein und Mut zu fassen und mannhaft der sinkenden Sonne nachzufahren. Folgten sie dieser, mußten sie unweigerlich ihr eigenes teures Heimatland erreichen, wo all ihre Nöte vorüber wären. So braßten und toppten sie ihre Rahen vierkant und glitten davon, die Schräge der flüssigen Halbkugel hinab.

Am Nachmittag dieses Tages sichteten wir sie in unserem Boot, als sie selbst eine Gruppe flacher Inseln gewahrt hatten, die sie in nicht geringe Panik versetzten, da sie denen glichen, wo das Gemetzel stattgefunden hatte. Wohingegen sie ganze fünfhundert Meilen von dieser furchterregenden Örtlichkeit entfernt sein mußten. Um ihrer Nähe zu entgehen, änderten sie ihren Kurs. Und kurz vor Sonnenuntergang, da sie die Inseln achtern zurückließen, nahmen sie ihren früheren Kurs wieder auf. Doch schon bald danach erspähten sie unsere kleine See-Geiß, die von weit her über die Wogen hüpfte.

Sie hielten diese für ein Kanu, das Jagd auf sie machte. Dies erneuerte und vergrößerte ihre Beunruhigung.

Und als sie schließlich bemerkten, daß das seltsame Ding ein Boot war, wuchsen ihre Ängste, anstatt sich zu verringern, nur um so mehr. Denn ihr urtümlicher Aberglaube verleitete sie zu dem Schluß, daß das Schiff eines Weißen, das, auf offenem Meer und bei Nacht, so plötzlich auf sie zukam, nichts anderes als ein Phantom sein konnte. Da sie darüber hinaus uns zwei auf der *Chamois* bemerkten, stellten sie sich vor, wir seien die Geister der beiden toten Cholos. Eine Einbildung, die Samoas Mut wirkungsvoll dämpfte – ebenso wie bei meinem Wikinger, der nur gegen Greifbares gefeit ist. So dachten sie, wir seien drauf und dran, die Brigantine zu entern. Nachdem sie hastig ihre Habseligkeiten umgestülpt hatten, damit sie das Wertvollste zu sicherer Verwahrung nach oben wegbringen konnten, versteckten sie, was sie konnten; und verzogen sich gemeinsam auf den Fockmast, der Mann mit einer Muskete, die Frau mit einem Sack voller Perlen. Ihrem Bestreben, diese Schätze gegen geisterhafte Aneignung zu sichern, lag keine wirkliche Angst zugrunde, daß sie anderswie bestohlen werden könnten; es gehörte einfach zu dieser gedankenlosen Panik, in die sie versetzt worden waren. Dies war kein Schandfleck auf Belisarius' mutigem Herzen; denn der furchtloseste Fidschi-Krieger, der Hunderte niedergemacht hat, wird, aus Furcht vor Geistern, keine zehn Meter im Dunkeln alleine gehen.

Sie beabsichtigten, im Topp zu bleiben, bis es hell wurde; dann rechneten sie mit dem Rückzug ihrer Besucher. Diese waren zuletzt wirklich an Bord gesprungen; und daher wurden ihre schlimmsten Befürchtungen bestätigt.

Sie beobachteten uns ausgiebig. Doch seltsamerweise brachen, selbst in dieser ihrer großen Zwangslage, ihre häuslichen Differenzen wieder aus, da sie in luftiger Höhe zusammengepfercht waren – in allerengstem Kontakt.

Wie es auch immer gewesen sein mochte, Samoa jedenfalls floh, indem er unseren Abstieg in die Kajüte ausnutzte, in Verzweiflung vor seiner Frau. Und mit seinem Einarm wechselte er, nach Seemannsart, über Vorder- und Hinterstage über zum Großmast, wobei ihm seine Muskete vom Rücken hing. Und auf diese Weise getrennt, obwohl nur durch den Zwischenraum von ein paar Yards, war das Paar so weit auseinander, als wären sie jeweils auf den entgegengesetzten Polen.

Während dieser elendslangen Nacht waren beide in großer Verwirrung über diese außergewöhnlichen Kobolde an Bord. Solchen neugierigen und geschäftigen Geistern waren sie zuvor nie begegnet. So überlegt und systematisch; wie sie mit Scharfblick des Schiffes Fahrt abbremsten, um es besser plündern zu können – diesen Plan hatten sie sogar selbst gefaßt gehabt. Doch was sie am meisten überraschte, war, daß wir ein Licht anzündeten. So etwas würde sich ein echter Geist nicht zu Schulden kommen lassen. Unser Schmausen und Bechern auf Achterdeck, einschließlich der planmäßigen Belagerung Wiens und vieler anderer, gleichermaßen seltsamer Handlungen, ließen Samoa dann fast denken, wir seien doch keine Schattenwesen, sondern ein Menschenpaar vom Mond.

Doch hatten sie vage bemerkt, daß die Seemannsblusen und Hosen, die wir trugen, denen glichen, die der Kapitän der *Parki* an die beiden Cholos verschenkt hatte; und in denen auch diese Schufte getötet worden waren. Zusammen mit der Anwesenheit des Walfangbootes, verscheuchte dies ihre Vorstellung, wir seien lunaren Ursprungs. Diese Erwägungen erneuerten aber ihre anfänglichen abergläubischen Ahnungen, wir seien die Geister der mörderischen Mestizen.

Als wir uns gegen Ende der Nacht unter ihm zurücklehnten und unseren Zwieback schmatzten, war Samoa, der uns gespannt beobachtete, dennoch halbwegs entschlossen, das Feuer auf uns zu eröffnen, um dadurch herauszubekommen, ob wir körperlich seien. Doch beschloß er zu unserem höchsten Glück, solches Tun bis zu der Zeit zu verschieben, wo es hell war; wenn wir uns dann nicht schon verflüchtigt hätten.

Bei Dame Annatoo hatte etwas an unserem Verhalten, schon als wir an Bord der Brigantine gegangen waren, einen schleichenden Zweifel an der Echtheit unserer ätherischen Natur aufkommen lassen. Und als Samoa von ihrer Seite floh, war sie ihren Spekulationen preisgegeben, und ihr Unglaube wuchs mehr und mehr. Woher wir kamen, wußte sie nicht; es genügte, daß wir anscheinend danach trachteten, ihr kostbares Diebesgut zu plündern. O weh! dachte sie, meine Knöpfe, meine Nägel, meine Tapastoffe, meine Taler, meine Perlen und meine Kästchen!

Durch diese niederschmetternden Vorzeichen zur Verzweiflung gebracht, rüttelte sie schließlich an den Tauen, die von ihrem Sitzplatz zu dem Samoas führten. Auf diese Weise versuchte sie dessen Aufmerksamkeit für die Abscheulichkeiten zu wecken, die höchstwahrscheinlich in der Kajüte vor sich gingen, ein Vorspiel höchstwahrscheinlich zur Invasion ihres eigenen Schiffsteils. Hätte sie es gewagt, ihre Stimme zu erheben, hätte sie bestimmt vorgebracht, daß es ratsam sei, uns zu erschießen, sobald wir aus der Kajüte auftauchten. Doch da es ihr nicht gelang, Samoa zu einem Verständnis ihrer Sicht der Dinge aufzurütteln, schlug ihre Tücke nicht an.

Als sich jedoch ihre schlimmsten Befürchtungen bestätigt hatten und wir tatsächlich ins Vorschiff hinabgestiegen waren, hatte dies ein solch rücksichtsloses Gerüttel an den Tauen zur Folge, daß sich Samoa mächtig festhalten mußte, weil er fürchtete, aus der Takelage geschleudert zu werden. Und dieses heftige Schütteln hatte das laute Knarren der Rahen verursacht, das wir so oft unten in Annatoos Behausung vernommen hatten.

Und da der Fockmast direkt über der offenen Vorschiffsluke ist, konnte die Dame geradewegs auf uns herabsehen. Deshalb war unser Vorgehen durch die von uns getragenen Lampen deutlich zu erkennen. Ihre Entrüstung darüber, daß wir ihre Schmuckkassette aufgebrochen hatten, besiegte ihre Angst fast gänzlich. Sie hakte am Untereselshaupt einen Stengewindereepsblock los, und dieser sauste dann ins Vorschiff hinab, mit dem wohlmeinenden Auftrag, Jarls Kokosnuß zu zerschmettern, die in diesem Fall den Blicken eines Beobachters von oben besser ausgesetzt war als meine. Doch wie es sich zeigte, war unserem Porzellan kein Leids geschehen.

Schließlich dämmerte der Morgen heran, als Jarl den Besetzer des Hauptmastes entdeckte; ein Ereignis, von dem, samt seinen Folgen, genügend berichtet wurde.

Und dieses waren im wesentlichen erster, zweiter, dritter und vierter Akt im Drama der *Parki.* Es folgt der fünfte und letzte, der mehrere Szenen umfaßt.

XXVIII.

Verdacht zerstreut; und etwas über den Kalmücken

OBWOHL Samoas Erzählung vor Einzelheiten überquoll, die förmlich nach Wirklichkeit rochen, erschien diese zunächst im ganzen genommen nicht zufriedenstellend. Nicht, daß sie so merkwürdig war; denn ich habe merkwürdigere Berichte gehört.

Doch ein Grund war vielleicht, daß ich einen ganz anderen Bericht erwartet hatte: etwas, das zu meinem ursprünglichen Argwohn paßte.

Ebenso warf seine Darstellung, tags zuvor Land gesehen zu haben, ein nicht geringes Rätsel auf; obwohl dies schon, bei rechter Überlegung, hätte der Fall gewesen sein können. Und doch hätte, von der unverzüglichen Kursänderung der *Parki* an, die *Chamois* in unmittelbarer Nähe dieser Inseln vorbeikommen müssen, ohne daß es bemerkt worden war. Dennoch konnten sie nicht Teil der von uns gesuchten Inselkette sein. Sie mußten eine bis dato unentdeckte Region gewesen sein.

Doch ist es wahrscheinlich, dachte ich, daß einer, der sich, wie er selbst sagt, bei der Rettung der Brigantine so heldenhaft verhalten hatte, einem so kindischen Schrecken zum Opfer fallen sollte, der bloß durch den Anblick zweier Seeleute in einem offenen Boot ausgelöst wurde, ebenso gut bewaffnet wie er, was ihm doch erlaubte, ihnen Widerstand zu leisten, sollte es sich als ihre Absicht erweisen, sein Schiff aufzubringen? Wäre es im Gegenteil in dieser betrüblichen Lage nicht selbstverständlicher gewesen, wenn man unser Nahen mit dem größten Entzücken begrüßt hätte? Aber dann wurden wir wiederum für Phantome gehalten, nicht für Wesen aus Fleisch und Blut. Alles in allem betrachtete ich den Erzähler dieser Dinge irgendwie mit Argwohn. Doch er begegnete meinem strengen Blick wie ein Mann. Während die dabeistehende Annatoo den ihr zugeschriebenen amazonischen Charakter derart deutlich zur Schau stellte, daß meine Zweifel ins Wanken gerieten. Und ich rief mir all die kleinen Vorfälle ihrer Geschichte in Erinnerung, die so schwer heraufzubeschwören sind, müßten sie sich spontan aus der vermuteten Notwendigkeit zu lügen ergeben. Nein, sie waren überhaupt schwer heraufzubeschwören. Und meine Verdächtigungen wichen zuletzt. Und nicht länger konnte ich meine Befürchtungen hegen.

Denn, offen gesagt, welchen Grund konnte Samoa haben, solch eine Schreckensgeschichte zu fabrizieren – ich meine die von dem Gemetzel –, außer, er wollte eine noch gräßlichere Tragödie verbergen, an der er selbst in verbrecherischer Weise beteiligt war? Eine Vermutung, die aus naheliegenden Gründen nicht in Frage kam. Zwar sind mir Fälle zu Ohren gekommen, wo halbzivilisierte Wesen wie Samoa, als Mitglieder von Schiffsmannschaften in diesen Meeren, sich plötzlich gegen ihre weißen Maate erhoben und sie getötet hatten, um das Schiff auf dem Strand einer nahe gelegenen Insel zerschellen zu lassen und seinen Bauch auszuplündern, wenn es gestrandet war.

Doch wenn dies hinsichtlich der *Parki* geplant war, wo war dann der Rest der Meuterer? Doch waren meine Mutmaßungen damit nicht zu Ende; je mehr ich ihnen nachgab, um so mehr vervielfältigten sie sich. Aber was sollte ich mich quälen, wenn außer dem von Samoa Berichteten nichts in Erfahrung zu bringen war; also blieb ich dabei, ihn als Helden zu mögen. Ich ließ meine Mutmaßungen gänzlich sein und gab mir große Mühe, volles Vertrauen zu dem Insulaner zu fassen.

Jarl jedoch war skeptisch bis zuletzt; und konnte nie ganz dazu bewegt werden, die Geschichte zu glauben. Er hielt entschlossen daran fest, daß die Poltergeister auf diese oder jene Weise etwas mit der *Parki* zu tun gehabt haben mußten.

Als meine eigene Neugier hinsichtlich der Brigantine befriedigt war, verwandelte sich Samoa nun in einen Fragesteller. Er wünschte zu wissen, wer wir seien und woher wir in unserem wunderbaren Boot kämen. Doch ich dachte, es sei am besten, ihm in diesen wesentlichen Punkten die Wahrheit vorzuenthalten. Stellte man sich vor, diese oder andere Dinge würden entdeckt, würde dies seine Hochachtung vor uns schmälern; hielt er uns doch für Menschen, die ihm überlegen sind. Daher sprach ich unbestimmt von unseren Abenteuern und setzte die entschiedene Miene eines Lehrers auf, die, wie ich bemerkte, ihre Wirkung bei den primitiven Insulanern nicht verfehlte. Im Hinblick auf Jarl und seine möglichen Enthüllungen, ergriff ich die erste Gelegenheit, um ihm einzuschärfen, wie wichtig es sei, sich nicht über unsere Flucht von der *Arcturion* zu verbreiten und sich nicht in irgendeiner Weise an diesem Punkt zu verraten: Anweisungen, die er getreulich zu befolgen versprach.

Wenn mir auch die zarte Gestalt von Samoa, trotz seiner wilden Gesichtszüge und seiner Verstümmelung, nicht gänzlich mißfiel, so war ich doch der Person Annatoos gegenüber viel weniger versöhnlich gestimmt: Sie war stark an Gliedern und weder jung, hübsch oder liebenswert, und daher in meinen Augen äußerst abscheulich. Darüber hinaus glich sie einer Tigerin. Doch wie nicht diese penthesileischen Qualitäten bewundern, die Samoa so bemerkenswert dabei geholfen hatten, die *Parki* ihren verräterischen Enterern zu entwinden. Dennoch war es unerläßlich, daß sie sogleich unter ein kluges Regiment gestellt wurde. Und es mußte ihr ein für alle Mal beigebracht werden, daß sie sich, obwohl mit einem Rebellen verheiratet, der Seemannshierarchie zu fügen hat; denn es schien fast unmöglich, sich mit einem Kalmücken an Bord auf See zu behaupten. Bei den meisten Kriegsmarinen sind sie per Gesetz verboten; kein Offizier darf seine Pandora und ihre Büchse über den Ankergrund hinaus mitnehmen.

Übrigens wurde eben der Name, Pandora, auch Schiffen verliehen. Es gab ein britisches Schiff dieses Namens, das bei der Suche nach den Meuterern der *Bounty* zerstört wurde. Doch hätte jeder alte Seebär ihr Los voraussehen können. Auf der Heimfahrt havarierte sie auf den Riffen von Neu-Süd-Wales. Pandora, in der Tat! Ein hübscher Name für ein Schiff: das heißt, dem Fatum ins Gesicht schlagen. Doch sind christliche Nationen bei ihren Schiffstaufen teuflisch tollkühn; was die folgenden Namen, alle von britischen Schiffen, bezeugen: die *Conquerer* (Eroberer), die *Defiance* (Herausforderung), die *Revenge* (Rache), die *Spitfire* (Hitzkopf), die *Dreadnaught* (Wagehals), die *Thunderer* (Donnerer) und die *Tremendous* (Fürchterliche); und die *Ätna* nicht zu vergessen, die, in der Straße von Korfu, vom Blitz getroffen und beinahe vom himmlischen Feuer dahingerafft wurde. Doch, fast so mächtig wie Moses' Stab, erwies sich der Franklinsche als ihre Rettung.

Mit obigem Katalog seien nun die Namen der Franzosen verglichen, ganz eigentümlich für die Bestrebungen von Monsieur: die *Schicksal*, die *Ruhmreiche*, die *Großmütige*, die *Eroberer*, die *Triumphale*, die *Unbeugsame*, die *Unerschrockene*, die *Mont-Blanc*. Zuletzt die Namen der Geistlichkeit, welche die Kirchenlehre der Friedensreligion nach hübschen Namen für ihre Schlachtschiffe geplündert hat; und sie machte nicht halt davor, einen ihrer Dreidecker *Most Holy Trinity* (Allerheiligste Dreifaltigkeit) zu benennen. Doch obwohl die *Santissima Trinidada* wie der Berg Sinai donnerte, wurde ihr Getöse von der siegreichen Kanonade der *Victory* (Sieg) zum Schweigen gebracht.

Und wieviele dieser Furchtbaren und Unbesiegbaren haben, ohne von Artilleriebeschuß zerfetzt worden zu sein, ein Grab in den Wellen gefunden und sind wie Prahlhänse, mit ihrem protzigen Getue breit auf dem Bug, vor Hurrikanen in die Knie gegangen.

Viel besser die amerikanischen Namen, die *Scorpions*, *Hornets* und *Wasps* (Skorpione, Hornissen und Wespen) ausgenommen: *Ohio*, *Virginia*, *Carolina*, *Vermont*. Und wenn diese Yankees große Seegefechte austragen – was der Himmel verhüten möge! –, wie glorios ist es dann, poetisch gesprochen, die gesamte Bundesstaatenflotte aufzustellen und eine Breitseite von Florida bis Maine abzufeuern. Ja, ja, wirklich höchst glorios! Aber wie wird in diesem stolzen Kanonengetue der Geist des friedliebenden Penn aus der Fassung geraten, erblickt er den mächtigsten Mörder von allen, die große *Pennsylvania*, sein Namensvetter sogar. Wirklich, die Geschütze der *Pennsylvania* wären besser Holzattrappen gewesen, von den Kriegsschiffmatrosen ›Quäker‹ genannt.

Doch all dies ist nur Episode, Produkt von Abschweifungen. Zeit, das Schiff zu wenden und zurückzukehren.

Nun, hatte ich es nicht schon erwähnt, daß Dame Annatoo, kurz nachdem sie aus der Takelage herabgestiegen war und während Samoa seine Abenteuer zum besten gab, sich in das Vorschiff hinabgestohlen hatte, erpicht auf ihre Habseligkeiten. Und da sie diese in vollständigem Durcheinander vorfand, kehrte sie gewaltig aufgebracht an Deck zurück und blickte wütend zu Jarl und mir herüber, während sie einen ganzen Sturzbach von Schimpf in Samoas beide Ohren ergoß.

Diese Nichtbeachtung meiner Anwesenheit

überraschte mich zunächst; doch sind Frauen vielleicht weniger imstande, sich von angeberischem Verhalten beeindrucken zu lassen als Männer.

Um nun eine kriegerische Redensart zu gebrauchen: ein feindliches Schiff im Nebel zu nehmen ist das höchste der Gefühle. Und daher gab ich Annatoo, bei den ersten Anzeichen xantippischer Eigenarten, zu verstehen – wobei ich sie um Entschuldigung bat –, daß ihr weder das Schiff noch irgend etwas darauf gehöre; alles sei Besitz des Eigners in Lahina. Ich fügte hinzu, daß unter allen Umständen Schluß sein müsse mit ihren Plünderzügen. Rauhe Töne für weibliche Ohren; doch wie sie vermeiden? Hier war eine Verblendete, die, wie Samoa erzählte, wiederholt dabei ertappt wurde, wie sie die für den Zusammenhalt der Planken notwendigen Schraubenbolzen herausziehen wollte. Sagt, war sie nicht schlimmer als der Magnetstein-Felsen, der ein stolzes Schiff zu Kleinholz macht, wenn es ihn ansteuert?

Während dieser Szene sprach Samoa nur wenig. Vielleicht freute es ihn im geheimen, daß seine eheliche Autorität von mir und meinem Wikinger wieder gestärkt wurde, deren Ansichten über die besondere Stellung von Frauen auf See so gänzlich mit seinen eigenen übereinstimmten; doch es erwies sich von nun an, wie schwierig diese seine rein theoretischen Vorstellungen zu praktizieren waren.

Und indem ich mich noch einmal Annatoo mit ganz und gar nicht liebenswerter Miene zuwandte, erklärte ich, daß ihr Gezeter nutzlos sei;

und daß die *Parki*, wenn es zum Schlimmsten käme, einen Laderaum hätte, um sie aufzunehmen.

Am Ende bekam sie einen Schmollanfall, hockte sich mit bösen Blicken auf das Ankerspill. Die Arme in die Seiten gestemmt, schwenkte sie diese hin und her, während sie sich ab und zu in einem deprimierenden Gesang Luft machte. Er klang wie eine Anrufung an die Cholos, wiederaufzuerstehen und uns zu erledigen.

XXIX.

Weitere Funde beim Durchsuchen des Schiffs; und der Entschluß, den sie faßten

ALS ich mit Samoa in die Kajüte hinabstieg, hieß ich ihn, das Logbuch aufzutreiben, des Kapitäns Schreibpult und nautische Instrumente, kurz, Dinge, die Licht auf die frühere Geschichte des Schiffs werfen oder helfen konnten, es heimwärts zu steuern.

Doch war nahezu alles dergleichen verschwunden: Logbuch, Quadrant und Schiffspapiere. Außer dem Gehäuse des Sextanten, das Jarl und ich im Empfangsraum aufgestöbert hatten, war nichts übriggeblieben.

Darob kehrten meine – obgleich vagen – Verdächtigungen zurück; und ich befragte den Insulaner streng über das Verschwinden dieser wichtigen Gegenstände. In seiner Antwort gab er mir zu verstehen, daß die nautischen Instrumente von Annatoo klammheimlich ins Vorschiff weggeschafft worden waren; und daß sie von dieser unermüdlichen und wißbegierigen Dame zu wissenschaftlicher Untersuchung unverzüglich auseinandergenommen worden waren. Es war unmöglich, sie wieder zusammenzubauen; denn ein Großteil des festen Zubehörs ist verlorengegangen, einschließlich der gefärbten Gläser, der Visiere und kleinen Spiegel. Und viele später aufgefundenen Teile waren so übel zugerichtet, daß sie gänzlich nutzlos waren. Denn einige

Tage danach trafen wir dann und wann auf Trümmerstücke von Quadrant oder Sextant; doch boten sie nur Anlaß, ihr Schicksal zu beklagen.

Doch obwohl Sextant und Quadrant gleichermaßen unerreichbar waren, gab ich nicht so schnell alle Hoffnung auf, ein Chronometer zu entdecken, das, wenn es in gutem Zustand war, obwohl es momentan nicht tickte, doch einigermaßen dienstbar gemacht werden konnte. Aber kein derartiges Instrument war gesehen worden, nein, und davon gehört hatte man auch nicht: Samoa heuchelte äußerstes Nichtwissen.

Annatoo bedrohte und umschmeichelte ich; ich beschrieb das Chronometer: ein lebhaftes, rundes, krötenähnliches Wesen, das ein seltsames Geräusch von sich gab, welches ich nachahmte. Doch sie wußte nichts darüber. Ob sie ohne Samoas Wissen darauf gestoßen war und es wie üblich seziert hatte, das war nun keineswegs mehr festzustellen. Tatsächlich wahrte sie in dieser Frage eine derart unerschütterlich stumpfsinnige Miene, daß, wenn sie wirklich schwindeln würde, ihr geradezu versteinerter Gesichtsausdruck jede verbale Täuschung völlig überflüssig machte.

Vielleicht wurde ihr jedoch in diesem besonderen Fall Unrecht getan. Denn, wie auch andere kleine Schiffe, hat die *Parki* vielleicht das fragliche Instrument nicht besessen. Daher war jeder Gedanke daran, uns bei unserem immer weiteren Vordringen in diese Wasserwüste zu orientieren, notgedrungen aufgegeben worden.

Das Logbuch war also Bestandteil des Raubgutes von Annatoo geworden. Sie hatte es anscheinend in ihr Studio mitgenommen, um darüber zu brüten. Doch nachdem sie sich damit vergnügt hatte, die Blätter wieder und wieder zu zählen, erstaunt darüber, wie so viele einzelne Oberflächen zu einem so geringen Umfang zusammengefügt werden konnten, hatte sie sehr abrupt eine Abneigung gegen Literatur gefaßt und das Buch wortlos über Bord geworfen. Zweifellos teilte es das Schicksal so vieler schwergewichtiger Bände, die schnell und tief sinken. Welcher Camden oder Stowe wird daraufhin nach ihnen tauchen?

Eines Abends brachte mir Samoa ein Oktavblatt eines gelblichen, gerippten, stark verschmutzten und verteerten Papiers, das er in einem dunklen Loch im Vorschiff entdeckt hatte. Es war offenkundig ein Teil des verlorenen Logbuches gewesen; doch alles darauf Geschriebene, das jetzt entzifferbar war, gab mir keine Auskunft über den Gegenstand, der mir damals am meisten am Herzen lag.

Doch konnte man nicht umhin, von einem tragischen Begebnis betroffen zu sein, von dem die Seite sehr knapp berichtete; und ebenso von einer bemerkenswerten, zeichnerischen Darstellung am Rand des Textes. Außer dem folgenden Abschnitt fand sich keine weitere Erwähnung der Angelegenheit: »Heute, bei Windstille, ging Tooboi, einer der Männer aus Lahina, über Bord, um zu baden, und wurde von einem Hai gefressen. Sofort wurde nach seinem Seesack geschickt.«

Dieser letzte Satz ließ zwei Bedeutungen zu.

Es stimmt, daß auf See, unmittelbar nach dem Tod eines Seemanns ohne Freunde, dessen Schiffsgenossen oftmals die Sachen des Verstorbenen in Besitz nehmen und untereinander aufteilen; obwohl die Kleider eines Toten selten vor einer späteren Reise getragen werden. Dieses Vorgehen erscheint als herzlos. Doch die Seeleute argumentieren so: besser wir als der Kapitän. Denn nach dem Gesetz, geschrieben oder ungeschrieben, sollte das Eigentum eines an Bord gestorbenen Seemannes von diesem Offizier in Verwahrung genommen werden. Doch da die Seeleute, zumeist Findelkinder und Verstoßene, das, was sie an Freunden und Verwandten haben, in Armen und Beinen mit sich führen, wird kaum jemals ein gesetzlicher Erbe auftauchen, um ihre Hinterlassenschaft zu beanspruchen, die selten so erbwürdig ist wie die Esterhazys. Weshalb man es oft als gleichbedeutend mit der tatsächlichen Aneignung durch den Kapitän betrachtet, wenn das ‚Zeug' eines Toten vom Vorschiff in die Kajüte weggeschafft wird; jedenfalls ist auf kleinen Schiffen bei langen Reisen solches getan worden.

Nach all diesen Ausführungen kann der oben aus dem Logbuch der *Parki* zitierte Satz als ziemlich zweideutig angesehen werden. Zur damaligen Zeit kam er mir als eindeutige Aussage vor; denn des armen Tauchers Grasleinentasche konnte nicht viel sonderlich Wertvolles enthalten haben, es sei denn, er hätte zufällig darin ein paar Cleopatra-Perlen versteckt, die er verbrecherischerweise den aus dem Meer gehobenen Muscheln abgezwackt hätte.

Neben dem oben wiedergegebenen kurzen Abschnitt fand sich eine Federskizze des Unfalls in höchst grausamer Ausführung: Die Beine des armen Kerls wurden als halb verschluckt dargestellt; seine Arme waren fest im Gebiß des Untiers verkrallt, als sei er in heroischer Weise dazu entschlossen, sich als Happen so zäh wie möglich zu machen.

Doch zweifelsohne zeichnete der gute Kapitän diesen Zenotaph für den Verstorbenen in aller Aufrichtigkeit des Herzens; vielleicht während der melancholischen Mußestunden, die der Katastrophe folgten. Einige halb verwischte Flecken waren auf der Seite, anscheinend die verbliebenen Spuren einer salzigen Träne oder auch zweier.

Diese ungewöhnliche Ausschmückung des Textes legte mir den Schluß nahe, daß der Zeichner irgendwann einmal mit dem Beruf des Walfischfangs befaßt war. Denn die Logbücher mancher Walfänger sind in ähnlicher Weise mit Tuschzeichnungen verziert.

Wenn Wale gesichtet, aber nicht gefangen werden, wird diese Tatsache in einer Umrißzeichnung festgehalten, worin des Geschöpfes Schwanzflossen, – breite, gebogene Lappen –, dargestellt sind. Falls das Ungeheuer aber gejagt und getötet wurde, wird dieser Umriß tiefschwarz ausgefüllt: eine Figur für jeden getöteten Wal – Objekte, die beim Umblättern des Logbuchs ins Auge fallen und so das Nachschlagen erleichtern. Es ist daher recht beeindruckend, drei oder vier, bisweilen fünf oder sechs dieser Zeichnungen zu erblicken, alle in einer Reihe; und sie besagen, daß an diesem Tage ebenso viele Ungeheuer ihre letzte Fontäne geblasen haben. Und der Obermaat, der das Schiffsbuch zu führen hat, ist im allgemeinen stolz auf die Schönheit und strotzende Naturnähe seiner Fluken; obwohl viele dieser Künstler, um die Wahrheit zu sagen, keine Landseers sind.

Nachdem wir vergeblich die Kajüte nach den von uns am meisten benötigten Gegenständen durchsucht hatten, machten wir uns an die Erkundung des Laderaums, in den wir bis jetzt noch nicht vorgedrungen waren. Hier fanden wir eine beträchtliche Menge von Perlmuscheln, Kokosnüssen, eine Überfülle von Fässern mit frischem Wasser, Reservesegel und -takelage und etwa fünfzig Fässer oder mehr mit Pökelfleisch und Zwieback. Waren letzterwähnte Dinge zwar der Romantik bar, verweilte ich doch lange bei ihnen, wie in einer Träumerei. Auf den Boden jeden Fasses war der Name eines Ortes in Amerika eingebrannt, der mir sehr vertraut war. Hauptsächlich aus Amerika werden die Schiffsvorräte für die wenigen von den Hawaii-Inseln absegelnden Schiffe beschafft.

Nachdem ich mich nun mit all den die *Parki* betreffenden Dingen vertraut gemacht hatte, die nur irgendwie in Erfahrung zu bringen waren, kehrte ich zum Achterdeck zurück, rief Samoa, Annatoo und Jarl zu mir und wandte mich mit ernstem Ton an sie.

Ich sagte, nichts würde mir größere Genugtuung bereiten, als umgehend zu dem Schauplatz des Gemetzels zurückzukehren und dessen überlebenden Anstifter zu züchtigen. Doch da wir insgesamt nur vier seien und ich überhaupt nicht wüßte, wo diese Inseln liegen; und diese, selbst wenn wir es wüßten, für uns ganz unerreichbar seien, da wir keine Navigationsinstrumente besäßen, sei es völlig klar, daß jeglicher Gedanke an eine Rückkehr zu diesem Ort ganz zwecklos sei. Der letzterwähnte Grund stünde auch einer Reise zu den Hawaii-Inseln, der Heimat des Schiffes, im Wege; obwohl dies der ratsamste Schritt wäre, da er im Erfolgsfalle dazu führen würde, daß das vom Schicksal arg gebeutelte Schiff seinen Eignern zurückgegeben werde.

Doch, in Erwägung all dieser Dinge, fügte ich hinzu, schiene es das beste, mit Bedacht auf unserem westlichen Kurs zu bleiben. Es sei unser einfachster Kurs; denn wir hätten den Wind immer nur achtern. Und obwohl wir nicht einmal hoffen könnten, an einer vorher bezeichneten Stelle anzulangen, bestand doch eine große Wahrscheinlichkeit, daß wir, wenn wir lange genug dahintrieben, auf Inseln stoßen würden, wo wir wieder zu Kräften kommen könnten. Und von wo aus wir, wenn wir uns für erstarkt hielten, daraufhin nach angenehmeren Gegenden abreisen könnten. Dann erinnerte ich sie daran, daß, solange wir auf See waren, stets die Aussicht bestand, einem freundlich gesonnenen Schiff zu begegnen. In diesem Fall hätte unsere Besorgnis ein Ende.

All dies sagte ich in dem sanften, festen Tonfall eines Überlegenen, der darauf bedacht ist, die unangefochtene Vorherrschaft zu behaupten.

Denn andernfalls hätten Jarl und ich das Schiff besser umgehend verlassen, anstatt an Bord den befremdlichen Zicken Annatoos ausgesetzt zu bleiben, die dann mittels Samoa das Szepter schwänge. Doch war ich mir meines Wikingers sicher; und wenn sich Samoa als gelehrig erwies, brauchte ich seine Dame nicht zu fürchten.

Und daher schaute ich ihn bei meiner Ansprache unverwandt an. Dabei konnte ich mich ausreichend davon überzeugen, daß er, obwohl er sich mir zwar im Augenblick beugte, dennoch ein Mann war, der bei Gelegenheit, ohne daß er genaugenommen auf Böses sänne, sich als gefährlich erweisen könnte. Doch an seinem Mut und seiner primitiven Ehrfurcht hatte ich, so wie es aussah, wenig Zweifel. Weiterhin konnte ich mir nur vorstellen, daß diesem wilden Büffel, der im Ehejoch gezähmt worden war, unsere Gesellschaft einfach gefallen mußte, wenn keine anderen Umstände einträten; denn sie machte die Tyrannei seiner Gattin weniger quälend.

Dafür, daß Samoa ein unter der Fuchtel stehender Ehemann war, bot er übrigens doch einen sehr furchterregenden Anblick. Und doch mochte ich ihn letzten Endes: so wie man ein feuriges Roß mit zerzauster Mähne gern hat, wie der junge Alexander Bucephalus gern hatte: wildes Pferd, das er beim Tätscheln lieber am Zügel hielt. Doch bald mehr über Samoa.

Da unser Kurs feststand und der Kommandant des Schiffes sich mir stillschweigend fügte, war als nächstes alles in Ordnung zu bringen. Die zerfetzten Segel wurden durch andere ersetzt, die vom Segelraum hochgeschleppt wurden; an einigen Stellen wurde laufendes Tauwerk neu eingezogen; Blöcke wurden neu bestroppt, und die schlaff gewordenen Stage und Wanten wurden gestrafft. All dies verdankten wir im wesentlichen meines Wikingers geschicktem Marlspiker, den er unermüdlich wie ein Szepter schwang.

Auf diese Weise wurde zum erstenmal nach dem Gemetzel die kleine *Parki* einer gründlichen Toilette unterzogen; wir übergaben ihr neues Gewand dem Wind und braßten ihre Rahen ganz elegant; und anmutig glitt sie dahin. Der gute alte Jarl stand am Steuer und leitete sie wie ein ergebener alter Ziehvater auf ihrem Weg.

Wenn ich wie ein Kapitän neben ihm stand oder auf Achterdeck auf und ab ging, empfand ich es als nicht wenig bedeutsam, derart zum erstenmal in meinem Leben das Kommando eines Schiffes auf See übernommen zu haben. Die neuen Begleitumstände in diesem Fall verstärkten nur dieses Gefühl: die wilden und entlegenen Meere, wo wir uns fanden; die Beschaffenheit meiner Mannschaft; und der Umstand, daß ich in jeder Hinsicht Besitzer ebenso wie Kommandant des Schiffes war, in dem ich fuhr.

XXX.

Hinweise für ein Ganzporträt Samoas

MEIN ursprüngliches Ansinnen, die Kingsmill-Kette oder die benachbarten Inseln anzulaufen, wurde in hohem Maße dadurch bestärkt, daß ich Samoa auf diese Weise begegnete. Und je mehr ich mit meinem Belisarius zu tun hatte, um so zufriedener war ich mit ihm. Ich konnte mich nur dazu beglückwünschen, daß ich zufällig einen Helden getroffen hatte, der sich in verschiedener Weise unbedingt als äußerst nützlich erweisen könnte.

Wie viele bedeutsame Männer spricht Samoa am besten für sich selbst; doch ebensogut können wir eine Vorstellung von seiner Person vermitteln. Obwohl mannhaft genug, ja, ein Obelisk von Mann, war der Wilde weit davon entfernt, einen gefühlsmäßig einzunehmen. Nur nicht erschrecken: Er trug sein Messer im rechten Ohrläppchen, das durch ständige Verlängerung fast auf seine Schulter herabhing. Auf diese Weise hatte es ein höchst bequemes Futteral und wirkte weit weniger räuberhaft als des Hochländers Dolch, der in dessen Gamaschen versteckt ist.

Doch zuvor noch hatte Samoas Mutter ihn in einer anderen Region völlig durchbohrt. Der mittlere Knorpel seiner Nase hing leicht über und wurde, wie ein gotischer Bogen, von einem Loch durchbrochen, worin Samoa, gleich einem stocktragenden Neufundländer, ein Schmuckstück zur Schau stellte: einen sauber polierten Nagel.

In anderer Hinsicht war er gleichermaßen geckenhaft. Im Stil seiner Tätowierung etwa, die ziemlich unvollständig schien; sie umfaßte, von Scheitel bis Sohle, nur eine senkrechte Hälfte seiner Person, die andere Hälfte war völlig frei von jeder Zeichnung und Farbe. In dieser besonderen Weise zusammengeklappt, sah er aus wie die Vereinigung zweier nicht zusammenpassender Hälften zweier verschiedener Wesen; und man verlor sich in Mutmaßungen darüber, wo sich wohl die abwesende Seite herumtreiben mochte. Wandte er sich abrupt zu einem um, vermeinte man jemand anderes zu sehen als den, welchen man gerade erblickt hatte.

Doch ein Teil des Gesichtes von Samoa wurde von künstlerischen Innovationen nicht tangiert: sein Auge. Dies glänzt im Kopf des Zivilisierten wie des Wilden immer schon so, wie es bei der Geburt geglänzt hat. Unsere Augen sind wirklich wunderbare Dinge. Doch ach, in so vielen Fällen sollten sich diese göttlichen Organe bloß als Linsen erweisen, die in die Augenhöhlen eingelassen sind wie Augengläser in Brillengestelle.

Aber das Auge meines Insulaners war beseelt; er sah einen aus seinem Auge an, als sei jemand in ihm. Wirklich, was war das für ein Auge! Manchmal von changierendem Glanz wie ein Opal; im Zorn war es wir die Weißglut von Stahl.

Belisarius hatte, daran sei erinnert, erst allerjüngst einen Arm verloren. Doch man hätte denken können, er sei ohne ihn auf die Welt gekommen; wie Lord Nelson trug er hochgemut den ehrenvollen Stumpf zur Schau.

Doch nur noch dies zu Samoa: er hatte seinen Namen von einem Kapitän zur See erhalten, der durch die ursprüngliche Bezeichnung der Inseln angeregt worden war, von denen jener kam: der Savaii- oder Samoa-Gruppe, auch als Navigator-Inseln bekannt. Eine Insel in dieser Gruppe, Upolua, beanspruchte die besondere Ehre, ihn geboren zu haben, so wie dies für Napoleon Korsika war; und so werden wir hierauf von Samoa gelegentlich als dem Upoluaner sprechen. Mit diesem Namen ließ er sich auch am liebsten rufen.

Es ist immer ungalant, eine Lady zu übergehen. Aber was soll von Annatoo gesagt werden! Solange ich lebe, kann ich kein gefälliges Porträt der Dame zeichnen; denn wie bei den meisten häßlichen Gegenständen würde Schmeichelei die Sache nur verschlimmern. Des weiteren sollte ungeminderte Häßlichkeit ungemalt bleiben, wie etwas, das nicht unbedingt verdoppelt werden muß. Doch die einzige Häßlichkeit ist die des Herzens, die durch das Gesicht zu sehen ist. Und obwohl Schönheit offenbar ist, ist allein Lieblichkeit unsichtbar.

XXXI.

Streifzüge unten und oben

JEDER weiß, wie faszinierend es ist, in einem alten, verlassenen Anwesen umherzuspazieren, das in einer warmen, verträumten Landschaft liegt, und dessen leere Räume anscheinend vor Stille widerhallen und dessen Türen beim Aufgehen knarren wie die Schritte Fremder. Und in jedes Fenster recken die alten Gartenbäume ihre dunklen Zweige wie nächtliche Einbrecher ihre Arme. Und ab und zu springen die Nägel aus der Wandtäfelung, hinter der Mäuse und Ratten wie Würfel rappeln. Und gern ergeht man sich in einem solchen alten Geisterhaus; und dies um so lieber, als an dem Ort eine wundersame Geschichte spukt.

Während der trägen Stille des tropischen Meerestages hatte ich ganz oft solche Anwandlungen, als ich in unserer kleinen Brigantine herumschnüffelte; in deren tragischem Rumpf geisterte noch die Erinnerung an das Gemetzel, von dem er noch viele Spuren aufwies.

Und was die Leidenschaft für dieses stille und verträumte Herumstreifen anging, so war ich damit fast ganz allein auf mich gestellt. Denn Samoa war eine Zeitlang recht zurückhaltend, da er mit seinen eigenen Gedanken beschäftigt war. Und Annatoo behelligte mich selten mit ihrer Gegenwart. Sie war von ihren Kalikostoffen und ihrem Geschmeide in Anspruch genommen, deren Besitz ich ihr erlaubt hatte, um sie möglichst bei guter Laune zu halten. Was meinen alten, königlichen Wikinger anging, so war er eines dieser Individuen, die selten reden, außer man spricht sie persönlich an.

Da es darüber hinaus den ganzen Tag vonnöten war, die *Parki* zu steuern, mußte jemand am Ruder stehen. Das Schiff war so klein und die Gräting, worauf der Steuermann stand, lag so hoch, daß dieser eine weit über das Bugspriet reichende Sicht hatte. So hielt er, während er uns steuerte, mit Argusaugen Wacht über die See. In jeder anderen Hinsicht überließen wir das Schiff der Obhut der sanften Winde.

Obwohl ich Kommandant war, fühlte ich mich dennoch gehalten, wie die übrigen meine Pflicht zu tun; und so war ich auch am Ruder an der Reihe – einmal nur innerhalb von vierundzwanzig Stunden. Und nicht nur Jarl und Samoa amtierten als Steuerleute, sondern auch Dame Annatoo, die in der Sache ganz erfahren wurde. Doch behauptete Jarl immer, daß an ihrer Nützlichkeit bei dieser Tätigkeit leichte Abstriche zu machen seien. Zu sehr in Anspruch genommen von ihrem liebreizenden Bild, das sich teilweise im Glas des Kompaßgehäuses vor ihr widerspiegelte, vernachlässigte Annatoo ab und zu ihre Pflicht und führte uns manchmal auf Irrpfade. Dabei war sie, meiner Meinung nach, nicht die erste Frau, die jemals Männer auf Zickzackkurs brachte.

Aus den oben erwähnten Gründen blieben mir manche Mußestunden. Manchmal stieg ich nach oben und lümmelte mich in die Stropps der Marssegelrahen – einen der vielen Schlupfwinkel in der Takelage eines Schiffes –, blickte weit hinaus auf die blaue, grenzenlose See und fragte mich, was sie wohl gerade taten in diesem unbekannten Land, wohin das Schicksal uns führen sollte. Fühlte ich mich weniger versonnen, machte ich Streifzüge hierhin und dorthin; glitt über die Stage von Mast zu Mast oder lungerte an den Enden der Rahen herum; erkundete alles, wo mein Fuß Halt fand. Es war, wie in einer mächtigen alten Eiche herumzuklettern und in den Astgabeln zu verweilen.

Für einen Seemann sind die Taue eines Schiffs ein Studienobjekt. Und für mich war jedes Kabelgarn der *Parki* von Interesse. Die fremdartige Form ihrer Wanten, der Kragen ihrer Stage, der Springstropps, Zurringe, Nockparden, Zeisinge – ihre ganze bizarre Takelage wies deutlich auf ihren Ursprung hin.

Und es waren vielleicht meine angenehmsten Stunden, die ich im Fockmast verbrachte, ausgestreckt auf einem Haufen alter Segel und träge dösend zum sanften Schlingern des Schiffs.

Oft stieg ich in die Kajüte hinab. Zum fünfzigstenmal durchforschte ich die Schränke und Kabinen nach einem neuen, kuriosen Gegenstand. Oft ging ich mit einem flackernden Licht in den mitternächtlichen Schiffsbauch wie in alte Gewölbe oder Katakomben; und kroch zwischen feuchten Reihen von Fässern herum, drang in die hintersten Winkel vor.

Manchmal stieß ich in diesen tiefgründigen Höhlungen auf einige abseits gelegene Verstecke von Annatoo, wo sie verschiedene Gegenstände ihres höchsten Entzückens, hübsch verborgen hielt. Wirklich, ein nicht geringer Teil des Schiffsbauches schien eine Fundgrube für Diebesgut zu sein, gestohlen aus dem Schiffsinneren selbst. Ich fand eine schicke Strandkappe des Kapitäns, verborgen in der hohlen Mitte einer Tauwerksrolle, die in einer höchst natürlich anmutenden Weise von einem Haufen alter Taue überdeckt war. Und in der Nähe entdeckte ich in einem ›breaker‹ verschiedene Tuchbahnen von Kaliko, die in heroischer Weise mit Seilen verschnürt waren, fast stark genug, um den Großmast zu halten.

Nahe bei dem Lichtschein, der sich, bei geöffneter Luke, in diesen Teil des Schiffsraumes verirrte, war ein riesiges Stückfaß aus der untersten Lage, oben abgesägt wie Charles I. Und darin war eine Matte, hübsch als Ruhelager ausgebreitet: eine Entdeckung, die etwas erklärte, was sich oft als ein Rätsel erwiesen hatte. Nicht selten zählte Annatoo zu den Vermißten. Und obwohl sie von Bug bis Heck laut aufgefordert wurde, hervorzukommen und die quälende Besorgnis ihrer ängstlichen Freunde zu beheben, blieb die Dame verschwunden: still und unsichtbar wie ein Geist. Doch wenn ihr selbst der Zeitpunkt als günstig erschien, tauchte sie auf mysteriöse Weise auf. Oder man erspähte sie plötzlich, wie sie sich in aller Seelenruhe im Vorschiff herumfläzte, als ob sie dort schon seit ewigen Zeiten gewesen wäre.

Sinnlos nachzufragen: »Wo warst du gewesen, süße Annatoo?« Denn keine süße Erwiderung gäbe sie.

Doch jetzt war die Frage geklärt. Hier in diesem ruhigen Faß im Schiffsraum pflegte Annatoo sich, eingerollt wie eine Gartenschlange unter einem Stein, zu verbergen.

Ob sie auf diese Weise Wache hielt über die ringsum versteckten Sachen; ob sie hier Buße übte wie eine Nonne in ihrer Zelle; oder ob sie zu dieser unerklärlichen Laune durch die Mächte der Eingebung verleitet wurde, das vermochte niemand zu sagen. Du etwa?

Wahrlich, ihre Wege waren wie die Wege der unergründlichen Pinguine beim Bauen ihrer unerforschlichen Nester, die jegliche Wissenschaft foppen und aus einem Weisen einen Narren machen.

Wunderbare Annatoo! Wer soll dich erklären?

XXXII.

»*Xiphius Platypterus*«

ETWA zu dieser Zeit wurde die Einsamkeit unserer Reise von einem erzählenswerten Ereignis unterbrochen.

Seit dem Verlassen der Perlmuschel-Inseln hatte die *Parki* Schwärme kleiner Fische im Gefolge, die gesellig an ihrer Seite schwammen und das Meer angenehm belebten. Doch vergebens suchten Jarl und ich in ihren Reihen den kleinen, stahlblauen Lotsenfisch, der so lange Begleiter der *Chamois* gewesen war. Doch war unsere glänzende, kleine Vorhut vielleicht, seit die *Chamois* auf dem Deck der *Parki* im Trockenen war, tief unten in der Flut, den Blicken entschwunden; und jagte noch ganz nah am Kiel entlang.

Doch jetzt haben wir es nicht mit dem Lotsenfisch zu tun.

Eines Morgens wurde unsere Aufmerksamkeit auf eine mächtige Bewegung im Wasser gelenkt. Die Fischschwärme schossen in alle Richtungen davon und sprangen in höchstem Schrecken in die Luft. Samoa erklärte, ihr Todfeind, der Schwertfisch, müsse hinter ihnen her sein.

Und da von allen Raufbolden, Prahlhänsen und Banditen, Freibeutern und Heroen, gewappneten Fischen und irrenden Rittern, Strassenräubern und Killern und Wegelagerern und mutigen Soldaten und unsterblichen Helden, die sich im Meer tummeln, der Indische Schwertfisch der bei weitem bemerkenswerteste ist, so will ich jetzt, sei's drum gesagt, dieses Kapitel einer besonderen Beschreibung dieses Kriegers widmen. Und indem ich dies tue, folge ich dem Beispiel aller Chronisten und Historiker, folge meinem peloponnesischen Freund Thukydides und anderen, die stets darauf achten, den Berichten über hervorragende Zerstörer viel Raum zu gewähren, zweifelsohne mit der Absicht, sie der Welt als Muster vorzuführen.

Der hier abgehandelte Fisch nun ist ein völlig anderes Geschöpf als der im Nordatlantik häufig vorkommende Schwertfisch; jedenfalls ist er weitaus größer und obendrein wesentlich schneidiger. Des weiteren wird er als der Indische Schwertfisch bezeichnet, um ihn deutlich von seinem oben genannten Namensvetter abzuheben. Doch den Seeleuten im Pazifik ist er gewöhnlicher als ›billfish‹ (Schnabelfisch) bekannt; während für die Liebhaber wissenschaftlicher und schwer verständlicher Namen kundgetan sei, daß er bei den gelehrten Naturwissenschaftlern unter der ausgefallend klingenden Bezeichnung ›Xiphius Platypterus‹ geführt wird.

Doch meines Helden wegen verzichte ich auf all diese Vornamen und ersetze sie für mich durch einen besseren, den Ritter nämlich. Und ein Ritter ist er, mit gutem Recht und Titel. Ein wahrer Gentleman der glänzenden Zeit des Schwarzen Prinzen Edward, als alle Gentlemen durch ihre Schwerter bekannt waren; während sie in heutiger Zeit zumeist, mit Ausnahme des Schwertfisches, an ihren hohen, polierten Stiefeln und Stöcken aus Spanisch Rohr zu erkennen sind.

Er ist schon ein rechter Recke und vornehmer

Chevalier, unser Held, mit seinem langen, dauernd gezückten Toledo-Degen. Verlaß dich darauf, er wird gegen dich bis ans Heft kämpfen, denn sein knöchernes Schwert hat niemals eine Scheide. Er selbst entsprang ihr bei der Geburt, ja, und im richtigen Augenblick stürzte er sich in die Schlacht des Lebens; so wie wir Sterblichen alle nackt und ohne Hülle in die Welt stürzen. Doch sind wir eher, mit unseren Körpern, Schwertscheiden für unsere Seelen. Und die gezückte Seele des Genius hat größeren Glanz als der gezückte Krummsäbel des Saladin. Wie viele aber lassen ihren Stahl schlafen, bis er die Scheide selbst verzehrt und beide zu rostigem Schrott werden. Sahst du je die Aufhäufungen aller spanischen Anker und der Ankerstöcke alter Galeonen auf dem Grunde der Callao Bay? Die Welt ist voller alter Tower-Waffenkammern und verfallener venezianischer Arsenale und rostiger alter Rapiere. Doch echte Krieger polieren ihre guten Schwertblätter in den hellen Morgenstrahlen; und gürten sie sich um ihre tapferen Lenden; und hüten sich vor Rostflecken, als seien es Feinde; und durch viele kräftige Hiebe und Stöße halten sie ihr Metall glänzend und scharf wie die Lanzen des Nordlichts, die über Grönland angreifen.

Wird unser Ritter in Wut gebracht, ist er wie Funken vom Feuerstein. Er nimmt Anstoß an der Form eines Schiffskiels, der seinen Weg kreuzt; und schnurstracks rast er mit der Lanze auf ihn los. Mit einem wahnwitzigen Ausfall bohrt er seinen Andrea Ferrara ganz und gar hindurch. Nicht selten bricht er sein Schwert über dem Heft ab, wie ein Meuchelmörder, der seinen Dolch in den Eingeweiden seines Feindes zurückläßt.

Im Fall des Schiffes *Foxhound* durchdrang das Schwertblatt den festesten Teil des Rumpfes, den Bug; und durchstieß die Kupferplatten und Inhölzer zur Gänze und zeigte sich einige Zoll lang im Schiffsraum. Bei der Rückkehr des Schiffes nach London wurde es sorgfältig ausgesägt; und eingebettet in das Originalholz wird es noch wie ein Fossil aufbewahrt. Doch war dies ein vergleichsweise harmloser Anschlag des mutigen Ritters. Der *Rousseau* aus Nantucket erging es schlimmer. Sie wurde fast tödlich durchbohrt. Und ihr Angreifer zog sein Schwert wieder zurück. Und nur dadurch, daß man die Pumpen unentwegt ertönen ließ, gelang es ihr, einen Hafen in Tahiti anzulaufen, wo man sie ›kielholte‹, damit ihre Wunde von einem Schiffsdoktor mit Teer und Werg verbunden wurde. Kurz nach dem Unglück traf ich dieses Schiff auf dem Meer.

Nicht leicht zu sagen, in welcher Waffenkammer sich unser Ritter nach einem seiner ingrimmigen Turniere wieder ausrüstet. Doch sehr schlimm für ihn, wenn er danach auf immer schwertlos und entwaffnet in die Schranken tritt, irgendeinem schurkischen Hai preisgegeben, auf den er gerade trifft.

Da ich nun sah, daß unsere Reisegefährten, die Fischchen längsseits, durch die Streifzüge eines hartnäckigen Ritters arg gepeinigt und dezimiert wurden, dessen Neigung es ist, sie zu einem kräftigen Frühstück zu verarbeiten, beschloß ich, zu ihren Gunsten einzuschreiten und den Feind einzufangen.

Mit Haihaken und Schnur war ich erfolgreich und brachte meinen tapferen Gentleman an Deck. Er landete dort ganz emphatisch, peitschte die Planken mit seinem muskulösen Schwanz, während sich sein schreckliches Schwert eineinhalb Yards lang vor seinen Augen erstreckte.

Als Sieger hatte ich Anspruch auf die Waffen des Besiegten. So erledigte ich ihn rasch und sägte ihm sein Toledo-Schwert ab, das ich als Trophäe davontrug. Es hatte drei Seiten, jede war leicht konkav, wie beim Bajonett; von etwa drei Zoll Durchmesser am Ansatz verjüngte es sich zu einer Spitze.

Und obwohl es nicht in Tagus oder Guadalquivir gehärtet worden war, zeigte es doch auf seiner Oberfläche diese wellige und wasserfleckige Damaszierung, die für erprobte spanische Schwerter charakteristisch ist. Es war ein aromatisches Schwert: wie eines der alten Kalifen, die, wenn sie zerbrochen wurden, einen besonderen Moschusgeruch verströmten. Doch ganz anders als Stahl aus Tagus oder Damaskus, war es unbiegsam wie Crocketts Donnerbüchse; freilich aber ebenso tödlich.

Lange hing dieses Rapier über dem Kopfende meiner Hängematte. War es nicht aufbewahrt wie das gute, schneidende Schwert des wackeren Bayard, dieses anderen Ritters? Dieser Chevalier hat vielleicht zwanzig oder fünfzig getötet; doch die von mir aufbewahrte Waffe durchbohrte sicherlich Tausende.

XXXIII.

Otard

UND hier ist ein weiteres kleines Vorkommnis.

Als ich eines Nachmittags ganz alleine in den Laderaum eindrang, erlangte ich höchst unerwartet den Beleg dafür, daß der vom Schicksal geschlagene Kapitän der *Parki* ein Mann von gesundem Urteil und erlesenstem Geschmack war. Kurz, ich stieß auf ein aromatisches Faß von erstklassigem alten Otard.

Nun, ich gedenke nicht leichtfertig von etwas zu sprechen, was in unmittelbarer Verbindung mit dem unglückseligen Kapitän steht. Andererseits gleiche ich auch nicht dem untröstlich Trauernden, der, neben anderen Trauerbeweisen, seines verstorbenen Freundes Exemplar von *Joe Millers* Witzbuch mit schwarzem Flor umwunden hätte. Kann man sich nicht irgendwie angemessen verhalten?

Doch aus und vorbei damit. Ich fand den Otard und trank davon; und empfand ihn darüber hinaus als wahre Gaumenfreude und echtes Seelenlabsal. Es war meine nächste Regung, meine Beute mit meinen Schiffsgenossen zu teilen. Doch drängte sich an diesem Punkt eine weise Überlegung auf. Mein Wikinger hatte von seinen Ahnen, den Meeresmonarchen, eine ihrer Kardinaltugenden geerbt, einen tiefen Abscheu vor allen weinartigen und hochprozentigen Getränken; insofern, daß er dergleichen nie erblikken konnte, ohne es sich nicht unverzüglich aus dem Blickfeld zu saufen. Kurzum: wie Alexander der Große und andere gekrönte Häupter neigte Jarl dazu, weit über den Durst zu trinken. Und war er auch auf See nüchterner als ein Presbyter der ›Fifth-Monarchy-Sekte‹, so doch nur, weil er der Versuchung enthoben war. Doch da ich nun meines Wikingers Schwäche ausgeplaudert habe, bitte ich ernstlich, diese möge ihn nicht in irgendeines wohlmeinenden Mannes Wertschätzung herabsetzen. Man braucht gar nicht weiter von Alexander dem Großen zu reden; es gibt viele, die ihm gleichen, insbesondere in seinem eigenen Stande. Und bedenkt bitte, daß genau aus diesem Grund die weitherzigsten Kameraden bei ihren Zechgelagen am besten über die Stränge schlagen können; denn dank ihrer Herzenskapazität verbreiten sie viel bessere Laune als andere.

Ich schloß aus Samoas Schweigen über irgendwelche Saufereien an Bord, daß der verstorbene Kapitän seinen Otard, neben anderen Geheimnissen, wohlweislich für sich behalten hatte.

Und ich zweifelte auch nicht daran, daß der Upoluaner, wie alle Polynesier, gerne einen in der Krone hatte; und in diesem Zustand wäre er dickköpfiger als ein Schwarzwaldkeiler. Und im Hinblick auf Annatoo erschauerte ich bei dem Gedanken, der Otard könnte sie zu einer Furie entflammen, unbändiger als die schlimmsten derer, die Orest verfolgten.

Also besann ich mich gerade rechtzeitig der Gefahr, meine Entdeckung öffentlich zu machen, besann mich der stillen, träge lauernden, allgegenwärtigen Gefahren einer Reise, deren schlimmste es in jedem Falle war, bei meinen Gefährten ein berauschendes Getränk in Umlauf zu bringen; und ich beschloß, es allen vorzuenthalten.

All dies hatte so stark auf mich gewirkt, daß ich einen Augenblick lang fast versucht war, das Faß auf seinen Bauch zu rollen, den Stöpsel herauszuziehen und seinen Inhalt sich mit dem fauligen Wasser auf dem Grund des Schiffsraums vermischen zu lassen.

Doch nein, nein! Die Salzlake etwa mit der doppelt destillierten Seele der kostbaren Traube vermischen? Hafiz selbst hätte mir die Hölle heiß gemacht!

Dann kam wiederum der medizinische Aspekt zum Zug: Paracelsus selbst stand dafür ein, daß jeder Schluck dem Unterleib zum Wohl gereichte. So beschloß ich schließlich, es dort zu lassen, wo es war; und ich besuchte es zu gelegentlichen Inspektionen.

Doch allen Kapitänen zum Rate will ich sagen, daß ihr in der bösen Stunde des Schiffsbruchs, sind eure Otard-Lager zu sehr den Blikken ausgesetzt, die Branntweinfässer leck schlagen sollt, bevor das Rettungsboot aufgetakelt wird.

XXXIV.

Wie sie weiter auf Kurs blieben

ALS wir die *Chamois* zugunsten der Brigantine verließen, mußten wir zumindest zweihundert Meilen westwärts von dem Punkt gewesen sein, wo wir die *Arcturion* im Stich gelassen hatten. Obwohl ich nicht mit Bestimmtheit erkennen konnte, wie weit nach Norden oder Süden wir vom Äquator abwichen.

Doch es schien offenkundig, daß wir uns von dieser Linie nicht sehr beträchtlich wegbewegt hatten. Denn auch in der sternenklarsten Nacht war nichts von den äußersten Polarsternbildern zu erblicken, obwohl wir oft den nördlichen und südlichen Horizont nach ihnen absuchten. Was das Aussehen des Himmels in Nähe des Ozeanrandes betrifft, so wird der Unterschied schon weniger Breitengrade von einer in der Himmelsbeobachtung sehr bewanderten Person sogleich wahrgenommen.

Stimmte meine Annahme hinsichtlich des Längengrades, den wir zu der hier angesprochenen Zeit einnahmen, und wurde berücksichtigt, wie wenig wir in der *Parki* vorangekommen waren, so blieben noch etwa zweihundert Meilen zu segeln, bis das gesuchte Land gefunden würde. Doch war es aus offenkundigen Gründen unmöglich zu sagen, wie lange wir genau weiterschwimmen könnten, ohne Land zu sichten. Kalmen, sanfte Brisen und Strömungen machten alles ungewiß. Und wir verfügten auch über keine Methode, unser direktes Fortkommen nach Westen zu schätzen, außer der sogenannten gegißten Besteckrechnung, bei der man die stündlich gefahrenen Knoten überschlug. Für die vermutlichen Abweichungen von unserem Kurs wurden Toleranzwerte festgesetzt; dies wegen der Meeresströmungen, die in diesem Teil des Pazifiks eine sehr große Geschwindigkeit entwickeln können.

In mancher Hinsicht nun konnten wir uns an Bord der *Parki* jedoch sicherer fühlen als auf der *Chamois*. Das Gefühl der Gefahr ist weniger lebhaft je mehr Lebewesen involviert sind. Derjenige, der in einsamer Gefahr zu verzweifeln bereit ist, faßt sich in der Anwesenheit der anderen ein Herz. Sind mehrere Kameraden da, gibt es auch mehr Beistand und Tröstung.

Aber es gab auf der Brigantine viele Quellen der Unbehaglichkeit und Beklemmung, die mir auf einem Walfangboot unbekannt waren. Wir hatten tatsächlich jetzt fünfhundert solide Planken zwischen uns und der Tiefe, gegenüber einer Latte in unserem schwimmenden Spänchen. Doch verlangte die *Parki* mehr Sorgfalt und Aufmerksamkeit; besonders bei Nacht, wenn ein wachsames Ausschauhalten unerläßlich war. In unserem Walfangboot konnten wir ohne etwas zu fürchten nahe an eine Sandbank oder ein Riff herankommen, währenddessen eine ähnliche Sorglosigkeit oder Unbesonnenheit sich jetzt für alle Beteiligten als fatal erweisen könnte.

Obwohl wir im fröhlichen Sonnenschein durch die funkelnde See segelten, wurde ich dennoch ein wenig von ernstzunehmenden Vorahnungen geplagt. Und in den Stunden der Dunkelheit erst, da sah es ganz anders aus. Und die Furcht, nein, der Schrecken, wurde noch durch Jarls und Samoas Nachlässigkeit bei ihren Nachtwachen verstärkt. Mehrfach wurde ich von tödlicher Panik ergriffen und ich musterte voll Ernst den finsteren Horizont, wenn ich mich aus dem Schlummer erhob und den Steuermann, in dessen Händen für diese Zeit Leben und Tod lagen, schlafend vorfand, im Stehen gegen die Ruderpinne gelehnt, als sei er dort ein unverrückbares Zubehör, wie der Drache mit aufgerissenem Rachen, der in grober Manier auf unseren Bug geschnitzt ist.

Wäre ich nicht selbst an Bord anderer Schiffe unwillentlich so viele Male am Steuer eingenickt, hätte ich mir diese Unachtsamkeit bei meinen Kameraden fast nicht erklären können. Man sollte doch meinen, daß allein schon die Wahrnehmung unserer Situation ausgereicht hätte, um bei allen an Bord unseres Schiffes solches Verhalten zu verhindern.

Samoa, der am Ruder schlief, bot einen fast schreckerregenden Anblick. Seine großen, opalnen Augen waren halb offen und, auf das Licht des Kompaßhauses gerichtet, funkelten sie zwischen seinen Lidern wie lodernde Strahlen. Und dazu kamen noch seine riesige Gestalt und seine wilden Gesichtszüge.

Vergebens protestierte ich, flehte oder drohte: die zeitweilige Schläfrigkeit meiner Reisegefährten erwies sich als unheilbar. Völlig zwecklos, meinen Wikinger daran zu erinnern, daß das Schlafen bei einer Nachtwache auf einem Schiff wie diesem etwas ganz anderes war als eine vergleichbare Nachlässigkeit an Bord der *Arcturion*. Denn dort waren unser Standort auf dem Ozean und unsere Entfernung vom Land immer bekannt; so daß die Seeleute hauptsächlich deswegen nachts schläfrig sein durften, weil der Kapitän wohl wußte, daß man auch ohne strenge Wachsamkeit auskommen konnte.

Obwohl sich der Skyeman in allem anderen als höchst getreuer Bundesgenosse erwies, war er in dieser einen Sache entweder in eigensinniger Weise beschränkt oder verblendet. Oder er wurde, da er sich vielleicht wiederum in einem Doppeldecker wähnte, der ihn wie einst schaukelte, in trügerische Sicherheit gewiegt.

Samoas Schläfrigkeit war die Schläfrigkeit von einem, der aufs Schlafen versessen ist, komme da Traum oder Tod. Er schien unempfindlich für die Gefahr zu sein, in der wir uns befanden. Oft schickte ich den schläfrigen Wilden nach unten und steuerte selbst bis zum Morgengrauen. Zuletzt machte ich es mir zur Regel, tagsüber viel zu schlafen, um nachts um so besser Wache halten zu können; obwohl ich Samoa und Jarl regelmäßig ihre jeweils vier zugewiesenen Stunden zu Ende führen ließ.

Es ist schon erwähnt worden, daß Annatoo auch beim Steuern an die Reihe kam; doch nur tagsüber. Und um der Lady Gerechtigkeit widerfahren zu lassen, muß ich sagen, daß sie ihre Sache alles in allem gut machte. Denn trotz des betörenden Gesichtes im Kompaßgehäuse, das ihre Blicke auf unbestimmte Weise anlockte, war Annatoo dennoch leidlich achtsam bei ihrem Steuern. Tatsächlich bildete sie sich viel darauf ein; und war immer bereit, an die Reihe zu kommen. Mit wunderbarer Genauigkeit berechnete sie das Nahen der in regelmäßigem Umlauf eintretenden Stunde. Ihr Zeitmesser war auch der unsrige: die Sonne. Nachts übernahm diese Aufgabe wohl ihr Leitstern; denn oft schaute sie starr auf einen bestimmten Abschnitt des Himmels, wie jemand, der ein Turmuhrzifferblatt beobachtet.

Durch diese oder jene zufällige Überlegung hatte sie sich zu der Vorstellung hinreißen lassen, daß derjenige, der die Brigantine steuere, für diesen Zeitraum auch ihr Kapitän sei. Weshalb sie sich auch mächtig aufspielte an der Ruderpinne und mit übertriebenen Gesten unverständliche Befehle gab, wie die Segel zu brassen seien oder: etwas über Bord zu werfen, um unsere Geschwindigkeit zu messen. All dies belustigte meinen Wikinger sehr, der mehrfach in Gelächter ausbrach, in ein prustendes und gesundes obendrein: ein Phänomen, das der Aufzeichnung wert ist.

Und soviel zu Annatoo, als Vorspiel zu dem, was noch gesagt werden wird. Angesichts der Schläfrigkeit von Jarl und Samoa, die mich des nachts so oft von meiner Hängematte fernhielt und mich bei Tage zur Ruhe zwang, wenn ich viel lieber hellwach war, beschloß ich, Annatoo auch bei den Nachtwachen an die Reihe kommen zu lassen; worum sie mich schon verschiedene Male ersucht hatte, indes sie über die Verschlafenheit ihres Gatten wetterte. Hingegen enthielt sie sich jeder tadelnden Bemerkung zu Jarl, dem gegenüber sie sich seit kurzem höchst freundlich zeigte.

Der Kalmück hielt seine erste Nachtwache in bewundernswerter Weise und war sogar, alles in allem, zu wachsam. Das Steuern des Schiffs allein nahm ihre Tätigkeitslust nicht voll in Anspruch. Von Zeit zu Zeit mußte sie unbedingt vom Ruder aufspringen, um einen Zug an der Fockbrasse einzuschalten, deren Ende zu der nahen Reling hinabführte. Dann stärkte sie sich mit einem oder zwei Schluck Wasser und einem Zwieback und steuerte weiter, erfüllt von der Bedeutung ihres Amtes. Jedes ungewöhnliche Flappen der Segel wurde der aufgeschreckten Mannschaft durch ein heftiges Stampfen auf das Deck angekündigt. Da ich sie derart unermüdlich sah, brachte ich sie ganz leicht dazu, zwei Wachen zu halten, während Jarl und ich uns mit je einer begnügten. Und wenn sie am Ruder war, erlaubte ich mir, auf einem Stoß alter Segel zu dösen, die jeden Abend auf dem Achterdeck ausgebreitet wurden.

Der Skyeman ermahnte mich oft, das Schiff bei Nacht ›beizubrassen‹ und es somit bis zum Morgen anzuhalten; ein Plan, der allen vielleicht unter anderen Umständen den Schlaf garantiert hätte. Doch nach Lage der Dinge war solch ein Vorgehen höchst unklug. Denn während wir nicht auf dem Wasser vorankämen, würden die schnellen Strömungen, auf die wir trafen, uns kontinuierlich ostwärts driften lassen, da sie anscheinend, unserer früheren Erfahrung zuwider, neuerdings umgekehrt flossen; in Äquatornähe auf dem Pazifik ein keineswegs ungewöhnliches Phänomen. Und dies würde daher unsere Fahrt nach Westen verlängern. Ich dachte manchmal, daß, selbst in einer mäßigen Brise, der Antrieb des Windes nur wenig mehr bewirkte, als gerade der Drift der Strömungen entgegenzuarbeiten; so daß wir, trotz großen Segelzeigens, in Wirklichkeit fast wie angeschraubt auf dem Meere waren.

Die Äquatorialströme der südlichen Meere können als die geheimnisvollsten Geheimnisse der Tiefe angesehen werden. Wer weiß, woher sie kommen, wohin sie ziehen? Sag an, welches geheime Gesetz steuert deren Fließen. Und ohne sich um die Theorie zu scheren, die ihnen einen nahezu gleichförmigen Ost-West-Verlauf vorschreibt, bewirkt durch die östlichen Winde am Äquator und die Beihilfe der Polarströme, verschieben sich diese Ströme immerzu. Und es gibt keine sicheren Angaben oder Vorhersagen über die Zeiträume ihrer Umkehrungen.

Doch wie schwierig es auch überall auf der Welt sein mag, einen besonderen Grund für die Ozeanströme anzugeben, so ist anscheinend eine der durch sie erzeugten Wirkungen deutlich genug. Und obwohl der hier erwähnte Umstand vielleicht jedem bekannt ist, kann gefragt werden, ob ihm allgemein die ihm gebührende Bedeutung beigemessen wird. Gemeint ist hier die ständige Vermischung und Reinigung des Meereswassers vermittels der Strömungen.

Denn es kann durchaus bezweifelt werden, daß der Ozean, der landläufigen Theorie zufolge, in seinen Salzen ein besonderes, reinigendes Agens besitzt. Und es kann auch nicht ausdrücklich verneint werden, daß diese Salze sogar das Wasser verderben könnten, würden deren Teilchen nicht infolge des Strömungsflusses in lebhafte Zirkulation versetzt. Es ist Seeleuten wohlbekannt, daß ein Eimer mit Meerwasser, den man in tropischem Klima stehen läßt, binnen kurzem höchst widerwärtig wird; was bei Regenwasser nicht der Fall ist.

Doch stelle ich keine Theorien auf. Und um einer in die Quere zu kommen, die möglicherweise aus der oben getroffenen Feststellung abgeleitet werden kann, möchte ich hinzufügen, daß die Widerwärtigkeit von stehengelassenem Meerwasser in nicht geringem Maße dem Vorhandensein zersetzter tierischer Materie entspringen kann.

XXXV.

Ach, Annatoo!

ZUR vollständigen Erhellung muß ich unbedingt noch einmal auf Annatoo, ihre Diebereien und deren Folgen zu sprechen kommen. In meinem schlichten Gemüt stellte ich mir vor, daß die Dame, durch das Vertrauen, das ich in sie zu setzen begann, so sehr geschmeichelt (wie sie es wohl gewesen war), sich bessern würde. Doch weit gefehlt. Sie war von einer ganzen Ladung Teufel besessen, die sie fortwährend anstachelten, zu deren Nutzen, nicht zu ihrem, Unfug zu stiften; denn viele ihrer Streiche gereichten ihr nicht im mindesten zum Vorteil, weder jetzt noch irgendwann.

Eines Tages fehlte die Logrolle. Ich zitierte Annatoo herbei. Sie kam, doch wußte nichts darüber. Jarl verbrachte einen ganzen Morgen damit, einen Ersatz auszutüfteln. Und ein paar Tage später stießen wir, pardauz, auf das verlorene Ding, das oben im Großmars versteckt war.

Ein andermal, als wir entdeckten, daß das Schiffchen beim Steuern stark ‚luvgierig' war, als ob jemand unter Wasser an ihm zöge, leiteten wir eine sorgfältige Untersuchung ein, um den Grund zu erfahren. Und sieh an, was sollten wir anderes finden als ein Tau, das gekonnt an einer der Püttinge unter der Steuerbord-Großrüste befestigt war; es hing schwer ins Wasser hinab. Als wir es hochzogen – so mühsam, als wäre es das Tau eines schweren Eimers tief unten in einem Brunnen – fand sich eine massive Holzkiste an dessen Ende. Als wir diese öffneten, kamen diverse Messer, Beile und Axteisen zum Vorschein.

In den Zeugenstand gerufen, gab der Upoluaner zu Protokoll, daß er eben diese Kiste dreimal den allesergreifenden Klauen Annatoos entrissen hätte.

Wir waren hier nun vier menschliche Wesen, eingeschlossen in das kleine Gefährt aus Eichenholz, und saßen während dieser Zeit auch im gleichen Boot, mit den gleichen Interessen. Welcher vernünftige Mensch würde in diesem Fall jemals Diebstähle ohne Sinn und Verstand begehen. Es war, als würde man Geld aus einer Tasche stehlen und es in eine andere umfüllen. Und zu was kann das nicht am Ende führen?

Ei fürwahr, sehr bald führte es schon zur Entwendung des Kompasses aus dem Binnakel, so daß wir genötigt waren, den an seine Stelle zu setzen, den wir aus der *Chamois* mitgebracht hatten.

Es war Jarl, der diesen letzten, alarmierenden Diebstahl publik machte. Er war im Begriff, Annatoo in der Morgendämmerung am Ruder abzulösen und wollte nachsehen, welchen Kurs wir nahmen, da packte ihn beim Anblick des leeren Kompaßhauses das Entsetzen.

Ich sprang sofort los und knöpfte mir die Frau vor, verlangte wutentbrannt den Kompaß. Doch ihr Gesicht war eine Leere, jedes Wort ein Dementi.

Jede weitere Nachsicht war Wahnsinn. Ich rief Samoa herbei, schilderte ihm den Vorfall und bekräftigte, daß es für uns keine Sicherheit gebe, außer wir sperrten seine Gemahlin des nachts ein; dem stimmte er stillschweigend zu; und schon an diesem Abend, als Annatoo ins Vorschiff hinabstieg, verriegelten wir über ihr den Lukendeckel. Lange zeterte sie, doch vergeblich. Und jede Nacht das gleiche Spiel: die Dame sprach ihr Abendgebet höchst energiegeladen.

Es ist schon zuvor gesagt worden, daß Annatoo gelegentlich schmachtende Blicke auf Jarl warf. Daher war ich kein bißchen überrascht, als sich ihr Verhalten ihm gegenüber entschieden veränderte. Als sie mit uns an den Tauen zog, gab sie ihm verstohlene Knüffe und schaute dann irgendwo anders hin, unschuldig wie ein Lamm. Dann weigerte sie sich wiederum, am gleichen Taustück wie er zu ziehen; spülte mit schiefem Gesicht die Holzkanne am Wasserfaß aus, als ob zufällig mein Wikinger vorher daraus getrunken hätte. Als mein wackerer Skyeman ein andermal von unten heraufkam, brach sie in ein schallendes Hohngelächter aus und streckte ihre Zunge heraus; und sie begleitete all dies mit gewissen unziemlichen und ziemlich undamenhaften Gesten, bezeichnend für die tiefe Verachtung, die sie für ihn hegte.

Doch achtete Jarl nie auf ihre Ungezogenheiten, sondern übersah sie geduldig und verzieh ihr. Als ich nach dem Grund für das sonderbare Benehmen der Dame forschte, erfuhr ich, daß sie sehr spät, sobald keiner mehr hinsah, zu meinem Wikinger hingekrochen war und dort keine zärtliche Aufnahme gefunden hatte.

Jarl, der viel von einem Philosophen hatte, stellte sich in seiner Unschuld vor, daß die Lady ihm bald verziehen und ihn vergessen hätte. Doch was weiß ein Philosoph schon von Frauen?

In kurzem wurde Annatoos Abscheu vor ihm so zügellos, daß ihn der gute alte Seebär nicht mehr ertragen konnte; und wie die meisten gutmütigen Naturen, sind sie einmal tüchtig aufgerüttelt, wurde er von einem schrecklichen Taifun der Leidenschaft durchtobt. Er schlug vor, das Weib umgehend in einen Sack zu stekken und der Tiefe zu übergeben, da es für ihn nicht länger zu ertragen sei.

Mord ist ansteckend. Zuerst hätte ich mich fast auf diesen Vorschlag gestürzt, doch ebenso rasch wies ich ihn zurück. Ach! Annatoo, du unerträgliches Weib. Erlöst mich davon, ihr Götter, wieder in einem Schiff mit solch einer Hornisse eingeschlossen zu sein.

Doch sind wir schon fertig mit ihr? Noch nicht. Bis dato hatte sie die ihr seit Beginn der Reise aufgetragenen Pflichten durchgängig erfüllt, insbesondere die der Abteilung für Kochwesen. Von diesen wurde sie nun entbunden. Die Macht ihres Fleischspießes war gebrochen. Mein Wikinger bekräftigte feierlich, er würde nicht mehr von ihrem Geköchel essen, aus Angst, vergiftet zu werden. Ich selbst glaubte beinahe, daß in diesem Satansbraten genügend Bösartigkeit steckte, uns eine Bilsenkrautsuppe einzubrocken.

Doch was sagte Samoa zu all dem? Sieht man von der Kochgeschichte einmal ab, kann man da glauben, daß er, obwohl er mitten unter uns lebte, doch blind war für die vorsätzlichen, wenn auch nicht ganz gelungenen Verfehlungen seiner Gattin? Doch dem war so. Und derart blind im Hinblick auf die Intrigen von Antonina war auch Belisarius selbst gewesen.

Dies bezeugt die Affäre dieser noblen Dame mit dem jungen Theodosius: als ihr getäuschter Herr den Lästermäulern sogar die Hörner anlastete, die sie ihm aufgesetzt hatte.

Bei einer Gelegenheit von dem plötzlichen Wunsch ergriffen, Annatoos Diebereien zu beschönigen, verkündete Samoa stolz, die Lady sei die tugendhafteste ihres Geschlechts.

Doch ach, arme Annatoo, was ist noch zu sagen? Und wenn ich mich des harten Geschicks besinne, das dir so bald widerfahren sollte, bereue ich fast das Portrait von dir, das ich bereits allzu getreu gegeben habe.

XXXVI.

Die Parki gibt den Geist auf

EINE lange Windstille im Boot und jetzt, Gott hilf!, noch eine in der Brigantine. Sie war stickig und unergründlich.

In dieser heißen Kalme lagen wir fest wie der am Pol eingefrorene Parry. Die Sonne spielte auf der gläsernen See wie die Sonne auf dem Eis der Gletscher.

Nach Ablauf zweier Tage hoben wir unsere Augen und nahmen eine Wolke wahr, tiefhängend, hungrig, herankriechend, die sich wie eine Armee, Flügel um Flügel, längs des östlichen Horizontes ausbreitete. Jarl bat mich unverzüglich, auf der Hut zu sein.

Es ist hier zu sagen, daß, wenn auch an den äquatorialen Breiten des Pazifiks die milden und sonnigen Tage vorherrschen, dennoch Stürme, wenn sie kommen, dies mit all ihrer Wucht tun und in ein paar kurzen Windstößen ihre geballte Wut verausgaben. Sie kommen wie die Mamelucken: Sie greifen an, und auf und davon.

Es war noch eine volle Stunde bis zum Sonnenuntergang, doch war die Sonne fast verfinstert. Sie schien sich zwischen kahlen skythischen Steilhängen im dunstigen Hintergrund hindurchzuarbeiten. Über den Sturmwolken jagten unheilvolle Wolkenfetzen dahin, rückten schnell vor und wichen wieder zurück: Attilas Scharmützler, in die vorderste Reihe seiner Hunnen geworfen. Darunter glitt ein veränderlicher Schatten an der Wasseroberfläche entlang. Während wir hinstarrten, näherte sich die Wolke mit wachsender Geschwindigkeit.

In aller Eile begannen wir die Segel zu reffen, die, der Kalme wegen, locker in die Geitaue gehängt waren. Und mit Hilfe eines Ersatzbaumes, der auf dem Vorschiffdeck als Petsche oder langes Ruder verwendet wurde, bemühten wir uns, den Bug der Brigantine dem Feind entgegenzuwerfen.

Der Sturm war anscheinend drauf und dran, uns zu überrennen, doch verspürten wir kein Wehen. Die geräuschlose Wolke kam mählich heran, ihr nahender Schatten senkte sich über einer ausgeprägten, milchweißen Schaumkrone auf die Oberfläche des Ozeans herab. Doch nun begann diese Linie wogenden Schaums sich auf uns zu wälzen wie ein weißer Kavallerieangriff: verrückter Heißsporn und federbuschgeschmückter Marat an ihrer Spitze; in einer anhaltenden Schaumkaskade ergoß sie sich direkt nach vorne – sie überschlug sich wallend und stürzte auf das gläserne Meer vor ihr.

Noch kein Luftzug. Doch jäh, wie ein Streich von eines Mannes Hand, und bevor unser Segel gesichert werden konnte, kam das verdutzte Schiff, indem es plötzlich nach Backbord schlingerte, zum Kentern. Die tosenden Fluten spritzten hoch auf gegen seine Windseite, und Tropfen von Meereswasser, schwer wie klumpiges Blut, fielen auf Deck.

Da war nur noch Gewaber und Getöse, Krachen von Spieren und Tauen, schreckliches Gemenge von Bildern und von Tönen, als wir für einen Augenblick lang im ungestümen Innern des Sturms zu sein schienen; unser Tauwerk krisch, wie Harfensaiten, noch lauter als der Wind. Die Masten schwangen hoch, senkten sich und tauchten ihre Flaggenköpfe ins Wasser. Und wie ein auf die Ebene niedergestreckter Büffel lag der Brigantine schwarzer Rumpf, seetangzottig, im Schaum keuchend auf der Flanke.

Krampfhaft klammerten wir uns an die obere Reling. Und jetzt hörten wir, lauter als das Tosen der See, urplötzlich ein scharfes, splitterndes Geräusch, als fällten norwegische Holzfäller eine Fichte im Wald. Als erster hatte sich der wackere Jarl die Axt aus ihrer Halterung am Vormast geschnappt, wo sie immer aufbewahrt wurde.

»Kappt die Taljereepe windwärts!« schrie er; und wieder versenkte er seine Axt in den Mast. Rasch wurde seinem Ruf Folge geleistet. Und nachdem das dritte Taljereep von fünfen gekappt war, rief er uns zu, wir sollten innehalten. Er ließ seine Axt sinken und kletterte windwärts hinan. Als er sich an die Reling klammerte, riß der angeschlagene Mast entzwei wie mit einem Kanonenknall. Als er brach, war ein leichter Rauch zu bemerken. Die verbliebenen Taljereepe rissen. Durch die gewaltige Spannung, denen die zwei Wanten ausgesetzt waren, sausten sie wie irre in die Luft; und einer der großen Blöcke an ihren Enden schlug Annatoo gegen die Stirn: Sie verlor ihren Halt an einem Stieper, glitt über das schiefliegende Deck und wurde von dem Strudel unterhalb unserer Leeseite verschluckt. Samoa schrie auf. Doch da war keine Zeit mehr zur Klage, keine Hand konnte zur Rettung gereicht werden.

Durch die Verbindungsstage riß der Hauptmast den Fockmast mit sich; woraufhin wir uns unverzüglich aufrichteten und fürs erste gerettet waren. Unser Retter war mein königlicher Wikinger.

Die erste Wut des Sturmes war vorüber. Doch leewärts in der Ferne war seine ebenmäßige, weiße Angriffslinie zu sehen, die den Ozean schaumig schlug. In unserem ganzen Umkreis kochte die See wie tausend Kessel; und durch Strudel, Wogen und Brandung kämpfte sich mühsam unser fast vom Wasser gefälltes Schiff. Jeder direkte Wellenschlag auf seinen Rumpf klang hohl wie Schläge auf einen Sarg.

Wir trieben in einem Wrack dahin. Mit jedem Stampfen hoben wir unseren schlingernden Klüverbaum in die Luft; und die zerschmetterten Stücke des Mastes schlugen gegen die Seite. Wir machten uns eilends daran, uns von diesen zu befreien, indem wir die Takelage kappten, die sie hielt.

Bald hatte sich der schlimmste Sturm verzogen. Die See aber ging hoch. Die Wind- und Wolkenwalze des Ungewitters jedoch, sein wahnwitziges, rasendes Schäumen, waren zu unermeßlichen, langgezogenen und weit anrollenden Wogen abgeschwächt; die weiße Sahne auf ihren Kronen wie Schnee auf den Anden. Ab und zu hingen wir auf ihren Kuppen in der Schwebe; woraufhin der durchfurchte Ozean sich um uns herum wie ein Panorama vom Chimbarazo darbot.

Nach ein paar Stunden wurden die Wogen niedriger. Der Seegang war mäßig, es gab eine ständige Brise und einen hellen, blauen Himmel.

Dies war der Sturm, der unserer Windstille folgte.

XXXVII.

Wieder einmal flüchteten sie sich zu der ›Chamois‹

VERSUCH es mit Pumpen. Wir ließen die Senkpumpe hinab und stellten fest, daß die *Parki* aus jeder Pore blutete. Aus ihrem Pumpenpott sprudelte das Wasser hoch wie eine Quelle, klar und durchsichtig wie das Wasser von Saratoga. Ihre Zeit war gekommen. Doch da wir die Pumpe mit beiden Händen betätigten, zweifelten wir nicht daran, daß sie bis Tagesanbruch weiterschwimmen würde. Davor mochten wir sie nicht aufgeben.

Die Zwischenzeit wurde darauf verwendet, an den Pumpenschwengeln herumzuscheppern und die *Chamois* für unsere Aufnahme vorzubereiten. Sobald es die See erlaubte, ließen wir sie seitlich hinab; und während wir sie unter dem Heck treiben ließen, bepackten wir sie mit Wasser und Vorräten, einschließlich anderer Dinge wie Musketen und Entermesser.

Kurz nach Tagesanbruch zeigte ein heftiges Rumpeln und Poltern unter meinen Füßen an, daß das Wasser, das trotz allen Pumpens rasch den Schiffsraum einnahm, die leichteren Fässer hoch zum Deck spülte, gegen das sie anschlugen.

Aufgrund der vielen leeren Riesenfässer im Laderaum hätte nun vielleicht eine nur geringe Gefahr bestanden, daß das Schiff vollständig sank – wie seine Decks wäre es schon bald gänzlich überflutet –, wäre nicht ein Großteil seines

Holzes eine einheimische Art, die, wie das Teakholz Indiens, ein größeres spezifisches Gewicht hat als Wasser. Dieses wirkte, zusammen mit den Perlmuscheln an Bord, dem Auftrieb durch die Fässer entgegen.

Zuletzt ging die lang erwartete Sonne auf; während die *Parki* immer tiefer sank.

Als alles bereit war, begannen wir von dem Wrack wie von einem Kai abzulegen.

Doch nicht, ohne etwas Zuneigung für unsere arme Brigantine zu zeigen.

Für einen Seemann ist ein Schiff nicht bloß ein mechanisches Stück, sondern von Gedanken und Vorstellungen geschaffen und mit Leben erfüllt. Steht man an seinem bebenden Ruder, dann spürt man seinen pochenden Puls. Ich habe Schiffe geliebt, wie ich Menschen geliebt habe.

Die arme *Parki* aufzugeben war, als überließen wir etwas, das zum Fühlen fähig war, seinem Geschick. Es war angemessen, daß sie ordentlich und tapfer sterben sollte.

All dies dachte der Skyeman. Samoa und ich waren im Boot und riefen ihm zu, er solle rasch einsteigen, bevor das Schiff sinken und uns in die Strudel hinabreißen würde, denn es hatte sich schon zweimal herumgedreht. Doch Jarl, der die letzten Reste der gerissenen Wanten losschnitt und ins Meer warf und der die Schiffsdecks in Ordnung brachte, grub seine Axt in den gesplitterten Stumpf des Großmasts; und erst dann stieß er zu uns.

Allmählich faßten wir Mut und segelten davon.

Keine zehn Minuten später rollte der Schiffsrumpf krampfartig zuckend im Meer, drehte sich wiederum, hob seinen scharfen Bug wie ein Mann, der seine Arme zum Kopfsprung zugespitzt hat, und tauchte unter lang anhaltendem Strudeln hinab in die Tiefe.

Viele seiner alten Planken waren zweifach zertrümmert: einst auf dem Strand des Ozeans verstreut, jetzt in dessen tiefste Gewölbe hinabgestoßen, zusammen mit den Gerippen ertrunkener Schiffe und ertrunkener Männer.

Wieder einmal schwammen wir in unserer Muschelschale! Doch nicht mit dem unerschrockenen Geist, der mit uns vom Deck der *Arcturion* abgestoßen war. Eine kühne, impulsive Tat ist für den Augenblick von wenigen oder keinen Befürchtungen begleitet. Doch wird sie einem aufgezwungen, starrt sie einem mit Schrecken ins Gesicht. So wie jetzt. Beherzt war ich von der *Arcturion* abgestoßen; doch als ich die sinkende *Parki* verließ, sank mein Herz mit ihr.

Mit einem günstigen Wind blieben wir auf unserem westlichen Kurs und hofften, binnen einiger Tage Land zu sehen.

XXXVIII.

Das Meer in Flammen

DIE Nacht nach unserer Preisgabe der *Parki* wurde durch ein bemerkenswertes Ereignis denkwürdig.

Als Jarl und ich auf dem Boden des Bootes schliefen, wurden wir plötzlich von Samoa geweckt. Beim Aufspringen bemerkten wir, daß der Ozean von fahlweißer Farbe war und gänzlich von feinem, goldenem Funkeln überzogen. Doch warf die durchdringende Färbung des Wassers einen leichenfahlen Schimmer auf das Boot, so daß wir füreinander wie Geister aussahen. Viele Ruten weit achtern wurde unsere Kielspur in einer Linie dahinstürzenden, erleuchteten Schaums sichtbar; während sich hier und da unter der Oberfläche die Bahnen von Haifischen durch lebhafte, grünliche Spuren andeuteten, die sich überallhin wieder und wieder kreuzten. Weiter entfernt auf dem Meer trieben, wie Sternhaufen am Himmel zu Schwärmen geordnet, zahllose Medusen, eine Spezies kleiner, runder, schimmernder Meerestiere, die nur in den südlichen Meeren und dem Indischen Ozean anzutreffen sind.

Als wir hinstarrten, schoß plötzlich ein buschiger Strahl von Blitzen in die Höhe, begleitet von dem unverkennbar tiefen Atemgeräusch eines Pottwals. Bald sprudelte das ganze Meer um uns herum in Feuerfontänen; und riesenhafte Gestalten, die von ihren Flanken einen Glanz verströmten, von Zeit zu Zeit ihre Köpfe übers Wasser hoben und die Funken abschüttelten, gaben zu erkennen, wo eine unermeßlich große Schule von Pottwalen aus der Tiefe emporgekommen war, um sich in diesen phosphorisierenden Wogen zu tummeln.

Der ausgestoßene Dampf erstrahlte weitaus stärker als irgendein Teil des Meeres, was vielleicht dieser selbständig leuchtenden Flüssigkeit zuzuschreiben war, die, indem sie die Spritzröhre der Wale passierte, noch größere Leuchtkraft gewann.

Wir hatten die große Befürchtung, die Leviathane könnten uns ohne irgendeine böse Absicht zerstören, wenn sie unserem Boot zu nahe kamen. Wir wären ihnen ausgewichen, doch sie umwimmelten uns vollständig. Trotzdem waren wir sicher; denn als wir die fahle Lake des Meeres durchschnitten, schien sie die eigentümliche Strahlung abzuschrecken, die im Umkreis unseres Kiels aufschoß. Als sie uns offenbar mit einem Mal gewahrten, tauchten viele von ihnen kopfunter ins Wasser hinab, wobei sie ihre ungestümen Fluken hoch in die Luft schleuderten und das Meer, durch das gewaltige Wogen ihres Abstiegs, noch funkelnder zurückließen.

Sie schienen die gleiche allgemeine Zugrichtung zu haben wie wir: nach Westen. Um uns von ihnen zu entfernen, nahmen wir die Ruder heraus und pullten nordwärts. Bei diesem Tun wurden wir ständig von einem einzelnen Wal verfolgt, der unsere *Chamois* für ein artverwandtes Meerestier gehalten haben mußte. Trotz all unserer Bemühungen kam er immer näher heran; und während er schließlich seine ungestüme Flanke am Dollbord der *Chamois* rieb, ließ er hier und da lange Striemen der glänzenden, transparenten Substanz zurück, die, fein wie Sommerfäden, den Leib des Pottwals umkleidete.

Bei diesem so neuen Anblick schrak Samoa entsetzt zusammen. Doch Jarl und ich, eher an den vertrauten Umgang mit den Walen gewöhnt, stießen das Boot mit unseren Rudern von ihm ab; wie es die Fischer oftmals tun.

Die unmittelbare Nähe des Wals ließ in dem Skyeman, der sich so lange zurückgehalten hatte, alle Begeisterung seiner wagemutigen Berufung aufleben.

Wenn auch von Natur aus ruhig, verrät ein Vollblutwalfänger beim Anblick seines Wildes keine geringe Erregung. Und es bedurfte einiger Überredungskunst, Jarl davon abzuhalten, seine Harpune abzuschießen: Irrsinn unter den gegebenen Umständen; und natürlich zwecklos. Doch: »Oh, hätt' ich einen Wurfspieß«, schrie mein Wikinger. Und »Wo ist unser altes Schiff?« fügte er erinnerungsschwer hinzu.

Doch zu meiner großen Freude trollte sich das Untier zuletzt und schloß sich wieder der Schule an, deren stattliche Flammenfontänen noch auf der fernen Horizontlinie sichtbar waren und dort aufschienen wie die ruckartigen Ausbrüche des Nordlichts.

Das Meeresleuchten hielt noch etwa drei Stunden lang an; und nach der Hälfte dieser Zeit begann es zu verblassen. Schließlich verschwand das Phänomen ganz, mit Ausnahme gelegentlicher, schwacher Leuchtspuren, die den schnell unter Wasser dahinschießenden Fischen folgten.

Ich hatte vordem schon verschiedene Male das Schauspiel des Meeresphosphoreszierens beobachtet, sowohl im Atlantik als auch im Pazifik. Doch kein Vergleich mit dem, was in dieser Nacht geschaut ward. Im Atlantik leuchtet höchst selten ein anderer Teil des Ozeans als die Wellenkämme; und auch dies hauptsächlich nur bei trübem, feuchtem Wetter. Wohingegen sich alle derartigen Fälle im Pazifik, von denen ich vorher erfahren hatte, durch Flecken grünlichen Lichts auszeichneten, ohne daß gleichzeitig eine Fahlheit des Meeres auftrat. Dies geschah nur zweimal vor der Küste von Peru, wo ich unter dem alarmierenden, mitternächtlichen Schrei: »Alle Mann ho! Schiff über Stag!« aus meiner Hängematte geholt wurde. Und als ich auf Deck stürzte, bot das Meer den Anblick eines Leichentuchs; aus diesem Grund war befürchtet worden, wir seien auf Sandbänken aufgelaufen.

Nun, Seeleute mögen Wunder und erzählen sie gern wieder. Und von so manchem alten Schiffsmaat habe ich verschiedene kluge Ansichten über das fragliche Phänomen vernommen. Wobei ich die ausschweifende Vorstellung außer acht lasse – bar jeder soliden philosophischen Wahrscheinlichkeit –, die einer meiner Seefahrtsfreunde hegte, nicht weniger ein Philosoph als mein Wikinger selbst. Sie besagte, das Phosphoreszieren des Meeres werde durch einen Tumult bei den Seejungfrauen verursacht, deren gänzlich zerzausten goldenen Locken die Wasser zu solchen Zeiten zum Strahlen brächten. Im weiteren referiere ich glaubwürdigere Theorien.

Faraday mochte das Phänomen vielleicht einem besonderen elektrischen Zustand der Atmosphäre zuschreiben; und einzig diesem. Doch darin erntete mein wissenschaftlicher Freund von manchem intelligenten Seemann heftigen Widerspruch, der die Erscheinung zum Teil dem Vorhandensein großer Mengen verwesender tierischer Materie zuschreibt, von der es im Meer bekanntermaßen wimmeln soll.

Und es schiene die Annahme nicht unvernünftig, daß die Flüssigkeit auf diese Weise mit der leuchtenden Grundsubstanz angereichert wird. Zieht man einen Eimer Wasser aus dem phosphoresierenden Ozean, enthält er noch Spuren von Feuer. Doch wenn er eine Weile steht, werden diese bald schwächer. Schüttet man es nun übers Deck, ist es ein Flammenstrom, verursacht durch die erneute Aufrüttelung des Elements. Leert man den Eimer, halten sich eine Zeitlang hartnäckig Funken an ihm; und jede Daube scheint in Brand zu stehen.

Doch kann letzten Endes diese scheinbare Entflammung des Meeres nicht gänzlich von toter Materie in diesem erzeugt werden. Es gibt darin viele phosphoreszierende Meereslebewesen, die unter bestimmten Bedingungen durch raschen Ausstoß leuchtender Partikel wohl hauptsächlich zu dieser Wirkung beitragen. Dies ist jedoch namentlich nicht so bei vielen Haifisch- und Tintenfischarten und vielen anderen größeren Varietäten der Flossenträgersippe. Die Myriaden mikroskopisch kleiner Mollusken, von denen es bekanntermaßen in küstenfernen Gewässern nur so wimmelt, sind allein schon fast als ausreichend anzusehen, um ein Feuer in der salzigen See zu entfachen.

Doch dies sind nur Vermutungen: wahrscheinlich, doch ungewiß.

Der Wissenschaft folgt das Gefühl.

Ein französischer Naturwissenschaftler behauptet, daß die nächtliche Strahlung des Glühwürmchens absichtlich auf die Anlockung des anderen Geschlechts abziele; daß dieses sinnreiche Insekt seinen Körper zur Liebesleuchte illuminiere. Derart mag eine Insekten-Hero, auf dem Rand eines Blattes sitzend und auf das Nahen ihres Leanders wartend, der sich flügelschlagend durch den Duft der Blüten kämpft, ihrem Altweibersommergalan eine Fackel weisen.

Doch ach, dreifach ach den armen Feuerfischen des Meeres: ihr Strahlen macht sie nur ihren Feinden erkennbar und beleuchtet den Weg zu ihrer Vernichtung.

XXXIX.

Sie stoßen auf Fremde

NACH dem Verlassen der *Parki* hatten wir oft ruhiges Wetter, das von sanften Brisen aufgelockert wurde. Und als wir ungestört über eine See segelten, die jüngst noch eine weite Gischtfläche war, konnte ich nicht umhin, das Glück zu bedenken, daß der Sturm uns in der Brigantine überrascht hatte und nicht in der *Chamois*. Zwar gilt als seetüchtiges Boot, was so gebührend hoch ist wie die Walfangschaluppe; doch ist in einem schweren Sturm das Gefühl der Sicherheit um so größer, je größer das Boot ist. Weshalb die tausend sorglosen Seelen, die ein Schlachtschiff bewohnen, über die schlimmsten Hurrikane spotten. Obwohl sie in Wirklichkeit in ihrem Troja weniger sicher sein mögen als diejenigen, die in einem Klipper mit dem Sturm fechten.

Doch beglückwünschte ich mich nicht nur zu vergangener Errettung, sondern auch zur Aussicht auf die Zukunft. Denn Stürme ereignen sich so selten in diesen Meeren, daß ein gerade davongewehter fast eine Garantie ist für viele zukünftige Wochen ruhigen Wetters.

Die Sonnenläufe folgten nun aufeinander; und kein Land. Und schließlich schien es fast, daß wir über die mutmaßliche äußerste Westgrenze der von uns gesuchten Inselkette hinweggesegelt waren; ein schleichender Verdacht, den ich beharrlich für mich behielt. Dennoch blieb mir nichts anderes übrig, als den geheimen

Glauben zu hegen, daß doch noch alles gut werden würde.

Am neunten Tag fanden meine Befürchtungen ein Ende. Im Grau der Dämmerung wurde eine Tölpelseeschwalbe (›noddy‹) in tiefem Schlaf auf der Spitze unseres Segels gesichtet. Dieser komische Kerl verhielt sich getreu der Natur dieser merkwürdigen Vogelart, deren englischer Name auf ihre Schläfrigkeit hinweist. Das Gefieder war schneeweiß, Schnabel und Beine blutrot; letzere sahen wie rüschenbesetzte Höschen aus. Bei einem verstohlenen Versuch, den Vogel zu fangen, ergatterte Samoa drei Schwanzfedern; das aufgeschreckte Geschöpf flog kreischend davon und ließ seine Kielfedern in seiner Hand zurück.

Beim Weitersegeln gerieten wir immer mehr in unermeßlich große, niedrig fliegende Schwärme anderer Meeresvögel, meist von Arten, die selten weit von Land entfernt anzutreffen sind: Seeschwalben, Fregattvögel, Mallemucks, Rifftauben, Tölpel, Möwen und dergleichen. Sie verfinsterten die Luft. Ihre Flügel verursachten über den Köpfen ein fortwährendes Rascheln, wie das gleichzeitige Umblättern von zehntausend Seiten. Eine kleinere Art streifte das Meer wie Kieselsteine, die man vom Strand aus losschirken läßt. Darüber flogen Myriaden von Vögeln mit größeren Flügeln. Während hoch über allen in der Luft die unerschrockene Skua oder Riesenraubmöwe schwebte, deren kraftvoller Anblick wirklich wunderbar ist. Aus einer Höhe von nicht weniger als vierhundert Fuß erspäht sie die Fliegenden Fische im Wasser. In Spiralen kreist sie und schreit lauthals, die Skua: den Schnabel voran schießt sie ins Wasser, verschwindet für einen Augenblick gänzlich und taucht schließlich wieder auf, die Beute fest umkrallt. Doch trägt sie diese in die Höhe, wird diese kühne Raubmöwe von anderen Räubern angegriffen, die ihr die Beute abspenstig zu machen trachten. Und ihren Krallen entrissen, sieht man nun den Fisch durch die Luft fallen, bis er sogar wieder im Sturz vom stärksten ihrer Verfolger aufgefangen wird.

Während wir diese Anblicke achtern zurückließen, fischten wir jetzt die verschlammte Schale einer Kokosnuß auf, mit grünen Entenmuscheln übersät. Und kurz danach passierten wir zwei oder drei Baumäste und einen einzelnen Palmenstrunk, der anscheinend erst allerjüngst seine endlose Reise angetreten hatte. Als der Mittag heranrückte, war der dunkelpurpurne Landnebel, der als undeutliche Schicht über dem westlichen Horizont sichtbar gewesen war, fast gänzlich verdunkelt. Trotzdem zweifelten wir nicht daran, daß hinter dieser trüben Draperie glänzende Zweige schwankten.

Wir waren nun hochgemut. Samoa summte zwischenzeitlich ein heidnisches Liedchen vor sich hin, und Jarl war zehnmal mehr denn je zum Schweigen entschlossen; doch sein Auge war voll Erwartung und blickte von unserem Bug aus weit hinaus. Mit einem Mal beschattete er sein Gesicht mit der Hand, schaute einen Augenblick ganz starr hinaus, sprang auf und ließ den langgezogenen Ton des »Sail ho! – Schiff in Sicht« verlauten.

Da war ein Tüpfelchen, das gerade den entferntesten Himmelsrand berührte und jedesmal ins Blickfeld tanzte, wenn wir uns auf den Wellen hoben. Es sah aus wie einer der vielen Vögel; denn es gingen Federschauer nieder und versperrten uns halbwegs die Sicht: ein Schwarm milchweißer Tölpelseeschwalben flog zum Meer hinab.

Doch bald waren die Vögel nicht mehr zu sehen. Der Tupfen aber bleibt: ganz klar ein Segel, doch zu klein für ein Schiff. War es ein Boot auf Walfang? Und das zugehörige Schiff weit achtern entfernt und vom Dunst verhüllt? So schien es.

Jedoch gefaßt erwarteten wir das Nahen des Fremden und vertrauten darauf, daß er uns eine Weile nicht wahrnehmen konnte, da wir uns zu einer von den Seeleuten ›sun-glade‹ (Sonnenlichtung) benannten Stelle befanden: dem Teil des Ozeans, auf den die Sonnenstrahlen mit besonderer Intensität fallen.

Als das Segel näher rückte, ließ uns sein fehlender weißer Glanz daran zweifeln, daß es wirklich ein Walfangboot war. Bald erwies es sich als gelb, und Samoa erklärte, daß dies das Segel eines einheimischen Gefährts sein müsse. Tatsächlich. Der Fremdling erwies sich als ein großes Doppelkanu oder Auslegerboot, wie es von den Polynesiern zum Verkehr zwischen entfernten Inseln benutzt wird.

Der Upoluaner forderte nun stürmisch ein Zusammentreffen, dem Jarl abgeneigt war. Nach kurzem Nachdenken ließ ich die Musketen laden und dann das Segel setzen – der Wind war auf unserer Seite –, und wir fuhren direkt auf das Kanu los, wobei wir rechtwinklig von unserem vorigen Kurs abbogen.

Es ist hier zu erwähnen, daß ich mir mit den bunten Kleidern und anderen Dingen, die vom Kapitän der *Parki* für den Tauschhandel vorgesehen waren, meinen Aufzug höchst auffällig verbessert hatte: er wurde freizügig, wallend und orientalisch. Ich sah wie ein Emir aus. Und mein Wikinger hatte meinem Beispiel nicht nachgestanden; obwohl er einige persönliche Modifikationen anbrachte. Mit seinem langen, verfilzten Haar und der Harpune sah er aus wie der Gott des Meeres, der Schiffe besteigt, die zum erstenmal den Äquator queren. Was den tätowierten Samoa betraf, so stellte er Kilt und Turban gleichermaßen zur Schau und gemahnte dabei an einen gefleckten Leoparden, obwohl seine Flekken alle auf einem Platz waren. Neben dieser unserer Gewandung hatten wir unser Boot für Notfälle mit diversen Nanking- und Seidenstoffen versehen.

Doch nun kommt ein Gespann riesiger plumper Buge in Sicht, von Schnitzwerk überwuchert und mit beträchtlicher Fahrt das Wasser durchziehend. Das riesengroße, ausgebreitete Segel fing den Wind wie in einem Sack. Das Kanu schien von Menschen zu wimmeln. Und aus den dissonanten Schreien, die zu uns herüberklangen, und der ausholenden Gierung des Kanus wurde deutlich, daß wir Anlaß zu nicht geringer Aufregung waren. Sie schienen unentschlossen, welchen Kurs sie einschlagen sollten: ob ein Treffen angestrebt oder vermieden werden sollte. Ob wir als Freunde oder als Feinde anzusehen waren.

Als wir noch näher kamen und ihre Gesichter genau wahrnehmen konnten, grüßten wir sie laut und schlugen ihnen vor, sie sollten ihre Segel reffen und uns erlauben, an Bord zu kommen. Doch keine Antwort kam, und ihre Verwirrung wuchs. Und jetzt kreuzten sie mit weniger als zwei Schiffslängen unseren Bug und starrten in einer Mischung aus Neugier und Furcht zu uns herüber.

Ihr Gefährt war etwa dreißig Fuß lang und bestand aus einem Paar paralleler, sehr schmaler Kanus, die längsseits in einem Abstand von etwa einem Yard mit kräftigen Querhölzern verbunden waren. Diese waren über den vier Dollborden festgezurrt. Auf diesen Hölzern war eine gänzlich trockene Plattform oder Estrade errichtet; und achtern ein gewölbtes Häuschen oder Zelt; dahinter zwei breitblättrige, in Haifischschwänzen endigende Paddel, mit denen das Gefährt gesteuert wurde.

Die Rahe, die ein gelbes Segel entfaltete, war ein gekrümmter Ast, schief in die Gabelung eines Mastes gefügt, an dem noch die frische Borke hing. Hier und da waren kleine Moospolster. Der hohe, schnabelartig spitze Bug dieses Kanus, worin der Mast stak, glich einem kruden Altar. Und rundum war er mit mannigfachen Früchten behängt, eine große Zahl ungeschälter Kokosnüsse eingeschlossen. Dieser Bug war von einer Reling umgeben, die darin eine Art Kanzel bildete.

Der vorderste Querbalken, der die Dollborde

kreuzte, überragte die Estrade um etwa zwölf Fuß; und an ihr waren in unregelmäßigen Abständen kräftige Seile befestigt, die zu der Mastspitze hochführten und als Wanten dienten. Die Brise wehte nun frisch dahin; und fünf Männer standen auf den langen Querbalken, an fünf Wanten geklammert, als ob sie die Windseite des Bootes ins Wasser hinabzwingen wollten. Doch sie versäumten es, den Druck des Segels auszugleichen; und aufgrund der entgegengesetzten Neigung des Zwillingskanus wurden diese lebenden Statuen hoch über das Wasser gehoben. Ihr Erscheinungsbild wurde noch eindrucksvoller durch ihre beflissene Haltung und die offenkundige Gefährlichkeit ihrer Position, da die heftige Gischt des Bugs über sie sprühte. Jählings warfen die Insulaner ihr Boot in den Wind, während wir selbst unsere Ruder gebrauchten, aus Angst, sie zu verschrecken, wenn wir jetzt näher kämen. Wir riefen sie erneut an, sagten, wir seien Freunde und hätten Freundesgaben für sie, wenn sie es uns in friedlicher Weise erlaubten, uns zu nähern. Als sie dies verstanden hatten, folgte ein Riesengeschrei, so daß ich Jarl und Samoa die Ruder ausfahren und ganz gemach auf die Fremden zurudern hieß. Woraufhin einige von ihnen, unter einem Sturm von Gebrüll, zu der entferntesten Seite ihrer Estrade eilten; dort standen sie, die Arme über dem Kopf zusammengebogen, als wollten sie einen Hechtsprung machen. Andere bedrohten uns mit Keulen und Speeren. Und einer, ein alter Mann mit einem Bambusgeflecht auf seinem Kopf, das eine Art Laube für sein Haar bildete, pflanzte sich in voller Größe vor dem Zelt auf und spannte in seinem Rücken eine große, geflochtene Schleuder.

Auf diese feindselige Vorführung hin ließ Samoa sein Ruder fallen und richtete seine Büchse auf den Alten, eine Geste, mit der er uns offenbar mit dem Los bedrohte, das den großen Angeber aus Gath ereilt hatte. Doch flugs schlug ich die Mündung seiner Muskete nieder und unterband das geringste Anzeichen von Feindseligkeit; schärfte dennoch meinen Kameraden ein, wohl auf der Hut zu sein.

Wir hörten auf zu rudern und, nach ein paar Minuten Aufruhr im Kanu, eilten sie wieder zu den Steuerpaddeln, wendeten ihr Boot mit aller Macht vor dem Wind und enteilten in großer Hast. In Windeseile setzten wir unsere Segel und legten uns auch in die Riemen, so daß wir sie bald einholten, entschlossen, mit ihnen in näheren Kontakt zu treten.

XL.

Patriarch und Söhne

ALS die Insulaner sahen, daß Flucht zwecklos war, stoppten sie erneut ihr Kanu; und noch einmal kamen wir vorsichtig näher. Und ich rief ihnen zu, sie sollten sich nicht fürchten. Und Samoa versicherte mit dem sonderbaren Humor seiner Rasse, daß er jede ihrer Seelen seit seiner Kindheit kenne.

Wir näherten uns bis auf zwei oder drei Yards. Dann hielten wir an, was ihre Aufregung etwas beruhigte. Wir befestigten ein Tuch aus roter Chinaseide an dem Blatt unseres langen Mittschiffsruders und schwenkten es in der Luft. Ein reges Händeklatschen und viele wilde Ausrufe.

Während ich noch die Flagge schwenkte, flüsterte ich Jarl zu, er solle das Boot auf das Kanu hin abscheren lassen; das wurde mit Geschick getan und brachte den Bug, worauf ich stand, noch näher an die Insulaner heran. Dann warf ich die Seide mitten unter sie. Und der Insulaner, der sie auffing, händigte sie sogleich dem kriegerisch aussehenden, schleuderbewehrten Alten aus, der sie, indem er sich niedersetzte, vor sich ausbreitete; während sich die übrigen um ihn scharten und rasche Blicke von der wundervollen Gabe zu den noch wundervolleren Gebern wandern ließen.

Der Alte war der Ranghöchste der Gruppe. Und Samoa erklärte, er sei wohl ein Priester des Landes, dem die Insulaner angehörten; und das

Boot könne nur eines ihrer heiligen Kanus sein, bestimmt zu einer priesterlichen Fahrt. Auf all dies schloß er aus dem altarähnlichen Bug und dem Fehlen von Frauen an Bord.

Entschlossen, den alten Priester zu beschwichtigen, warf ich ein weiteres Seidentuch ins Boot; während Samoa laut ausrief, wir seien nur drei Mann und hätten friedliche Absichten. Mittlerweile befestigte der alte Aaron die beiden Seidentücher kreuzweise über seiner Schulter wie ein Paar Hochland-Plaids, setzte sich mit gekreuzten Beinen nieder und beäugte uns.

Es war ein wundersamer Anblick. Der alte Priester war wie eine alte, pergamentene Schriftrolle mit hieroglyphisch anmutenden Sprüchen bedeckt, die – mein Wort darauf – schwieriger zu deuten waren als irgendein Sanskrit-Manuskript. Und auf seiner breiten Stirn, tief eingegraben in Runzeln, waren noch geheimnisvollere Schriftzüge, die kein Champollion, keine Zigeunerin hätte entziffern können. Er sah alt aus wie hochbetagte Hügel: eingesunkene Augen, obgleich glänzend; und der Kopf weiß wie der Gipfel des Mont Blanc.

Die übrigen waren jugendlich und wohlgestalt, mit einer Hautfarbe von goldenem Sherry und alle mit dem gleichen Muster tätowiert: zwei breite gekreuzte Streifen auf Brustkorb und Rücken, die, wie der Harnisch eines Fußsoldaten, bis zur Hüfte herabreichten. Ihre Gesichter waren ausdrucksvoll; und ihre Münder voll makelloser Zähne, so daß das Zurückweichen ihrer Lippen war, als öffneten sich Perlenaustern. Ihre kräftigen bronzenen Oberschenkel, hier und da im tahitianischen Stil mit kleinen runden blauen Figuren mit einem zinnoberroten Punkt in der Mitte gekennzeichnet, waren den stattlichen westfälischen Schinken, mit rotem Cayennepulver gepunktet, nicht unähnlich.

Und welche wunderbare Ähnlichkeit in den Gestalten aller. Entstammten sie alle einer Geburt? Diese Ähnlichkeit wurde noch durch ihre gleichförmigen Zeichen verstärkt. Dann erfuhren wir, daß sie die Kinder eines einzigen Stammvaters waren, des alten Aaron nämlich, der bei seinen Söhnen gewiß liebevoll in Gedanken verweilte wie ein alter General bei den Trophäen seiner Jugend.

Sie waren Kinder vieler Mütter; und er zog sie für die Priesterschaft heran.

SXLI.

Ein Kampf

SO sehr darauf aus waren die Fremden, zu verbergen, wer sie waren, was das Ziel ihrer Reise war, daß es einige Zeit dauerte, ehe wir die gewünschte Information erhalten konnten.

Sie zeigten in Richtung des Zeltes, als ob es ihre Eleusischen Mysterien enthielte. Und der alte Priester gab uns zu verstehen, daß es eine Entweihung wäre, es zu betreten.

Doch all dies erweckte meine Neugierde, das Wunder zu enträtseln.

Zuletzt hatte ich Erfolg.

In diesem mysteriösen Zelt wurde ein schönes Mädchen versteckt. Und, in Verfolg eines barbarischen Brauchs, sollte sie durch Aleema, den Priester, den Göttern von Tedaidee als Opfer der Insel Amma dargebracht werden. Als ich nun von dem Mädchen hörte, zauderte ich nicht mehr lange. Muß ich hinzufügen, wie aufgewühlt meine Seele war angesichts dieses unsichtbaren Opfers; und welche heißen Schwüre ich schwor, daß ihr kostbares Blut nie auf einem Altar dampfen sollte. Selbst wenn wir dabei ertränken, war ich entschlossen, die Gefangene zu befreien. Doch bis jetzt war uns nicht das leiseste Zeichen von Bedrängnis vom Zelt herübergeweht. Kein Geräusch war von dort zu hören, nur ein gelegentliches Knistern der Matten. War es möglich, daß eine, die geopfert werden sollte, so ruhig ihrem Schicksal entgegengehen konnte?

Doch bei aller Tollkühnheit meines Entschlusses, die Befreiung des Mädchens durchzuführen, war es doch das beste, dabei umsichtig zu Werke zu gehen. Ich wünschte kein Blutvergießen; obwohl wir es mit einer Übermacht zu tun hatten.

Der alte Priester schien entschlossen, uns am Besteigen seines Gefährts zu hindern. Doch umgekehrt gleichermaßen entschlossen, drehte ich den Bug der *Chamois* vorsichtig gegen des Kanus Geviert, um so die kleinstmögliche Chance für ein feindliches Eindringen in unser Boot zu bieten. Dann traten Samoa, Messer im Ohr, und ich mit einem Entermesser auf das Podest und ließen den mit seiner Harpune ausgerüsteten Jarl im Bug des Bootes zurück; drei geladene Musketen lagen neben ihm. Es war ihm eingeschärft worden, bei dem geringsten Manöver unserem Boot gegenüber Widerstand zu leisten.

Als wir an Bord des Kanus gingen, zogen sich die Insulaner langsam zurück. Inzwischen beratschlagten sie sich eifrig im Flüsterton. Alle bis auf den alten Priester, der noch saß, zeigten eine unerschrockene, wenn auch beunruhigte Haltung. Zu unserer Überraschung gab er uns ein Zeichen, bei ihm Platz zu nehmen; was wir taten. Wobei wir jedoch Sorge trugen, unsere Verbindung zu Jarl nicht abreißen zu lassen.

In der Hoffnung, eine freundliche Atmosphäre zu schaffen, entfaltete ich jetzt eine Rolle bedruckter Baumwolle, und indem ich sie vor dem Priester ausbreitete, lenkte ich seine Aufmerksamkeit auf die bildlichen Ausschmückungen darauf: die Darstellung einiger hundert junger

Matrosen, die gleichzeitig einige hundert gleichförmige Partien einer Schiffstakelage erklommen. Während er einen Augenblick darauf starrte, gab er mit einem bedeutsamen Zeichen zu verstehen, daß er lange zuvor selbst die Wanten eines Schiffes erstiegen habe. Während er dies zu verstehen gab, lief ein wilder Ausdruck über sein Gesicht, als ob irgend etwas Schauerliches mit dieser Erinnerung verbunden sei. Doch verzog sich dieser bald, und etwas abrupt setzte er eine höchst vergnügliche Miene auf.

Während wir so zusammensaßen, war meine ganze Seele von den Gedanken an die Gefangene erfüllt; und oft heftete ich meinen Blick auf das Zelt und dachte darüber nach, wie mein Ziel wohl am besten zu erreichen wäre. Plötzlich bemerkte ich eine Bewegung unter den Fremden. Samoa, der Aleema direkt ins Gesicht sah, sagte mir fast im selben Moment, und zwar in gewöhnlicher Lautstärke, ich solle auf mich achtgeben, denn es braue sich Unheil zusammen. Kaum war diese Warnung ausgesprochen, als uns die Insulaner mit beschnitzten Keulen in den Händen vollständig umzingelten. Dann erhob sich der alte Priester und gab uns zu verstehen, daß wir völlig in seiner Gewalt seien; und wenn wir nicht schwören würden, uns in unserem Boot davonzumachen und ihn nicht weiter zu behelligen, riskierten wir Kopf und Kragen. »Fahrt ab und lebt; bleibt und seid des Todes.«

Fünfzehn zu drei. Irrsinn, seinem Machtwort zu widersprechen. Doch ein wunderschönes Mädchen sollte den Opfertod erleiden.

Das Messer, das zuvor in Samoas Ohr schlenkerte, war jetzt in seiner Hand. Jarl schrie uns zu, wir sollten zum Boot zurückkehren, denn einige Insulaner steuerten darauf zu. Keine Zeit zum Nachdenken. Alles geschah schneller, als es gesagt werden kann. Sie drangen auf uns ein, um uns vom Kanu zu stoßen. Grob schleuderte mich der alte Priester von seiner Seite und bedrohte mich mit seinem Dolch, dem scharfen Dorn eines Fischs. Ein Drohen und Stoßen! Ehe ich es wußte, stieß mein Entermesser jäh zu. Ein Fluch von des Priesters Mund, rotes Blut aus seiner Seite. Er schwankte, starrte um sich her und kippte wie eine braune Hemlocktanne um ins Meer. Ein Aufschrei von Verwünschungen erhob sich in die Luft. Ein wilder Schrei war aus dem Zelt zu hören. Während wir eine tödliche Bresche in die Menge schlugen, stürmten wir, Seite an Seite, zum Boot hin. Als wir hineinsprangen, fanden wir Jarl im Kampf mit zwei Insulanern, während die übrigen noch auf dem Podest heulten. Wut und Trauer hatte sie fast außer Gefecht gesetzt.

Mit einem Streich meines Entermessers löste ich die Leine, die uns an dem Kanu festhielt und fiel mit Samoa über die zwei Insulaner her, derer wir, mit Jarls Hilfe, bald Herr wurden. Und wir zwangen sie nieder auf den Boden des Bootes.

Während der Skyeman und Samoa den Gefangenen keine Möglichkeit der Gegenwehr gaben, setzte ich rasch unser Segel; und während ich nach der Segelleine an der Klampe griff, schossen wir vom Kanu weg. Die Fremden forderten uns mit ihren Speeren heraus; einige legten sie an, als wollten sie diese losschleudern, während andere deren Hände zurückhielten, als wollten sie diese daran hindern, das Leben ihrer Landsleute in der *Chamois* aufs Spiel zu setzen.

Anscheinend führen ungünstige Ereignisse oft zu erfolgreichen Ergebnissen. Unsere vorübergehende Flucht, unerläßlich für Jarls Sicherheit, vereitelte keineswegs jede Möglichkeit, die Gefangene zu befreien, sondern machte den Erfolg unseres Unternehmens nur um so wahrscheinlicher. Denn ich hatte zwei der Fremden gefangengenommen und beschloß, sie als Geiseln zu behalten, mittels derer ich meine Pläne ohne weiteres Blutvergießen durchführen könnte.

Und es ist hier noch unbedingt zu berichten, daß einige der Eingeborenen in dem Kampfgetümmel verwundet worden waren, während alle drei ihrer Angreifer nur einige blaue Flecken abbekommen hatten.

XLII.

Gewissensbisse

WÄHREND des Scharmützels war keine der Musketen abgefeuert worden. Die erste, die sich Jarl gepackt hatte, ging nicht los, und bevor er eine andere ergreifen konnte, war er schon mitten im Handgemenge; und keine Hand war mehr abkömmlich. Die Harpune war sein ein und alles. Und in der Tat, es gibt nicht Besseres in einem Streit als Stahl. Er kommt und geht mit dem Befehl und ermüdet nie. Dein Schwert ist dein Leben und das deines Widersachers; es hüten oder es führen, gerade wie es kommt. Es sitzt trefflicher als ein Ladestock; und ficht man mit dem Schwert einen Strauß, gibt es kein Zwischenspiel. Es gibt Schwertspitzen, die sind tödlicher als Kugeln; und Degenstöcke, mit tückischen Röhren bepackt, von denen eine zuverlässigere Stroßkraft ausgeht als von Pulver.

Wir fesselten unsere Gefangenen der Länge nach quer über die Bootsbänke, ruderten zu dem Kanu und gaben Freundschaftszeichen.

Nun, nichts ist besser geeignet, um die Aufwallungen des Blutes abebben zu lassen, als der Anblick eines besiegten Feindes, einem selbst in Zerstörungskraft unterlegen, dem man sich aber aus einer gewissen Notwendigkeit heraus unterwerfen muß. Nicht alle Siege sind Triumphe, und nicht alle Sieger sind Helden.

Als wir uns dem Kanu näherten, wurde es offenbar, daß die Überlebenden jetzt wiederum von dem Verlust ihres Vaters überwältigt waren. Sie hoben die Hände und verfluchten uns; und stießen ab und zu ein tiefes, durchdringendes Wimmern aus, das für ihre Rasse charakteristisch ist. Wie zuvor waren schwache Schreie aus dem Zelt zu vernehmen. Und die ganze Zeit über hob und senkte sich das Unheilskanu auf dem Meer.

Als ich dieses Schauspiel anstarrte, welche Eisenkeule sauste da auf meine Seele herab; welcher Fluch klang da schneidend in meinem Ohr! Ich war der Urheber dieser Tat, die Ursache war für das durchdringende Klagen, das ich vernommen hatte. Durch diese Hand war der Tote zu Tode gekommen. Gewissensbisse trafen mich schwer; und blitzschnell fragte ich mich, ob die von mir begangene Todestat einem ehrenhaften Motiv entsprungen war, der Befreiung einer Gefangenen aus Knechtschaft; oder ob ich mich unter diesem Vorwand aus anderen und selbstsüchtigen Absichten in diese Rauferei eingelassen hatte: um die Gesellschaft eines schönen Mädchens zu erlangen. Doch ich unterdrückte den Gedanken und schwor, guter Dinge zu sein. Und bin ich nicht im Begriffe, das Mädchen zu befreien? Die sich mir in den Weg stellen, sollen untergehen.

Der gute Jarl, der bis dahin unsere Gefangenen mit der Waffe bedroht hatte, um ihre Landsleute einzuschüchtern, ließ beim Anblick dieses jammervollen Schauspiels seine Harpune sinken. Doch Samoa, sein Messer in der Luft schwingend, forderte die Fremden immer noch heraus; und wir konnten ihn nicht zurückhalten. Sein heidnisches Blut pulste.

Ich stand zuvorderst im Boot und versicherte jetzt den Fremden, daß das Mädchen im Zelt alles sei, was wir von ihnen erlangen wollten. Würden sie diese Gefangene ausgeliefern, bekämen sie auch ihre eigenen Gefangenen unversehrt zurück. Andernfalls müßten sie sterben. Mit einem Aufschrei sprangen sie hoch und schwangen ihre Keulen. Doch als sie sahen, daß Jarls Harpune über den Herzen der Gefangenen zuckte, traten sie rasch zurück; und bedeuteten schließlich, daß sie in mein Begehr einwilligten. Daraufhin sprang ich auf das Podest; und in Bugnähe bedeutete ich eine quer verlaufende Linie, hinter die sich die Insulaner zurückziehen sollten. Danach forderte ich sie auf, nacheinander ihre Waffen abzugeben, die ins Boot befördert wurden.

Nun wurde die *Chamois* zum Heck des Kanus gedreht; und Samoa schloß sich mir wieder auf dem Podest an, während er Jarl – wie zuvor – zur Verteidigung des Bootes zurückließ. Durch diese Vorsichtsmaßnahmen – die an Händen und Füßen gefesselten Geiseln blieben noch im Boot – hielten wir uns für vollständig gesichert.

In Begleitung von Samoa stand ich vor dem Zelt, das nun still war wie ein Grab.

XLIII.

Das Zelt wird betreten

DIE Räumlichkeit war, durch schmale Ritzen zwischen den Matten, der Luft zugänglich, nicht aber den Blicken. An einer Seite gab es auch eine runde Öffnung, gerade groß genug für einen Arm; doch war diese Öffnung teilweise von innen verschlossen. Der Eingang war vorne mit einer dunkel gefärbten Matte aus Weidengeflecht bedeckt, die mit dem stehenden Teil des Zeltes verflochten war. Als ich dieses Geflecht mit dem Entermesser zerteilte, erhoben die Insulaner ein vielstimmiges Geschrei. Und sie bedeckten ihre Gesichter, als das Zeltinnere meinem Blick enthüllt war.

Vor mir kauerte ein schönes Mädchen. Ihre Hände waren gesenkt. Und wie eine Heilige aus ihrem Schrein schaute sie traurig aus ihrem langen, schönen Haar hervor. Ein tiefer Klagelaut drang von ihren Lippen, und sie zitterte wie ein bebender Ton. Auf ihren Wangen waren Tränen; und auf ihrem Busen lag eine rosenfarbene Perle.

Träumte ich? – Eine schneeweiße Haut, Augen, blau wie der Himmel, Golkonda-Locken. Für einen Augenblick war ich verzaubert; während die Gefangene, immer noch mit starrem Blick, ihr gazedünnes Kleid noch dichter an sich zog. Ich trat einen Schritt ins Zeltinnere und ließ den Vorhang teilweise herabfallen: So stand ich da, um Blick- und Sprechkontakt zu Samoa zu haben, der draußen wartete, während das

Mädchen, das in der entferntesten Ecke der Zuflucht hockte, allen Blicken, außer meinen, gänzlich entzogen war.

Die Hände vor mir kreuzend, stand ich nun sprachlos da. Meiner Seel, ich konnte dieses mysteriöse Geschöpf nicht mit den braungelben Fremden in Verbindung bringen. Anscheinend gehörte sie einer anderen Rasse an. Dieser Eindruck war so mächtig, daß ich mich unwillkürlich in meiner eigenen Sprache an sie richtete. Sie fuhr auf und hörte, nach vorne geneigt, gespannt zu, als sei dies der erste schwache Widerhall von etwas dunkel Erinnertem. Ich sprach erneut, und das Mädchen, das sein Haar zurückwarf, schaute mit einem durchdringenden, verblüfften Blick auf. Doch bald senkten sich ihre Augen wieder, und sie nahm, indem sie sich vorneigte, ihre frühere Haltung wieder ein. Schließlich sang sie langsam verschiedene melodische Wörter vor sich hin, die nicht denen der Insulaner glichen. Doch obwohl ich nicht wußte, was sie bedeuteten, schienen sie mir vage vertraut.

Ungeduldig, ihre Geschichte zu erfahren, fragte ich sie nun auf Polynesisch. Doch in großem Ernst gab sie zu verstehen, ich solle mich wie zuvor an sie wenden. Bald jedoch bemerkte ich, daß sie, ohne daß sie die Bedeutung der von mir gebrauchten Wörter verstand, nur von etwas Gefälligem in ihrem Klang berührt war, und ich sprach sie noch einmal in Polynesisch an und sagte, ich brenne sehr darauf, ihre Geschichte zu hören.

Nach großem Zögern willigte sie ein; und schreckte bei jedem Geräusch von außen auf.

Die ganze Zeit über schaute sie mich tiefblikkend an.

Da diese Mitteilungen damals bruchstückhaft waren, seien sie hiermit in der Form wiedergegeben, wie sie mir hernach vollständiger erzählt worden waren.

So unirdisch-schauerlich war diese Geschichte, daß ich sie zunächst nur wenig verstand; und ich war fast überzeugt davon, daß das unglückliche Mädchen eine schöne Irre war.

Sie erklärte, sie stehe über den Sterblichen, sei ein Mädchen von Oroolia, der Insel der Wonnen, irgendwo im paradiesischen Archipel der Polynesier gelegen. Noch als Kind sei sie, durch irgendeine geheimnisvolle Kraft, von ihrem Herkunftsort Amma zu dieser Insel gezaubert worden. Sie hieß Yillah. Und kaum hatten die Wasser von Oroolia ihre olivfarbene Haut weiß gewaschen und ihr Haar golden gefärbt, als sie eines Tages beim Umherstreifen im Busch von einem Rankengewächs umschlungen wurde. Dieses zog sie in seine Schattengemächer, verwandelte sie sacht in eine seiner Blüten und bewahrte ihre bewußte Seele eingefaltet in den durchscheinenden Blütenblättern.

Hier hing Yillah starr-verzückt, die äußere Welt gänzlich getönt von der Rosenfarbe ihres Gefängnisses. Als schließlich ihr Geist bereit war, in der knospenden Blüte aufzuspringen, wurde diese ihrem Stengel entrissen und von einem sanften Wind zum Meer getragen. Dort fiel sie in die sich öffnende Schale einer Muschel, die – wie gerufen – auf den Strand der Insel Amma geschleudert wurde.

In einem Traum wurden diese Begebnisse dem Priester Aleema offenbart. Dieser öffnete diese Perlenschatulle mit einem Zauberspruch und nahm die Knospe heraus, die nun, in der belebenden Luft, Anstalten machte, sich zu öffnen. Offenbarte sich zunächst noch zaghaft und undeutlich, wie die Dämmerung hinter Karmesinwolken; bis sich die Blüte in plötzlicher Ausdehnung in Düften verströmte und die Luft mit einem rosigen Dunst überflutete. Aus diesem Dunst, der sich schließlich verdichtete, entstieg dann die gleiche strahlende Yillah wie zuvor: mit gänzlich feuchten Locken und mit einer rosenfarbenen Perle auf dem Busen. Wie eine Göttin, in einem Heiligtum verwahrt, weilte nun das wunderbare Kind in dem heiligen Tempel von Apo, verborgen in einem tiefen Tal; kein sterbliches Auge sah sie, außer das Aleemas.

Die Monde verstrichen; und erst vor vier Tagen kam Aleema schließlich mit einem Traum zu ihr: die Geister von Oroolia hätten sie nach Hause zurückgerufen, und zwar über den Weg von Tedaidee, vor dessen Küste eine Zauberquelle im Meer aufsprudelte, die dann über das Salzwasser hinwegquoll, zwischen blauen Untiefen weiterfloß, in einen Strudel eintauchte, wieder und wieder kreiste und in unbekannte Tiefen hinabsank. In diesen Maelstrom sollte Yillah in einem Kanu hinabfahren, um schließlich in einem Springborn im Innern von Oroolia wieder emporzusteigen.

XLIV.

Fort!

DIE Geschichte des Mädchens, obwohl in meine eigenen Worte gekleidet, entspricht im wesentlichen ihrer Erzählung. Doch schilderte sie diese ihre Kindheitseindrücke nicht als vergangene Ereignisse, sondern als Teil eines noch unvollendeten Schicksals. Und wenn auch die Geschichte ganz gewiß geheimnisvoll war, so nahm doch mein Wissen um die seltsamen Künste der Inselpriesterschaft und die Entzückungsphantasien, denen viele ihrer Opfer sich ergaben, ihr größtenteils die Wirkung, die sie andernfalls hätte haben können.

Zu späteren Zwecken, die mit ihrer priesterlichen Oberhoheit verbunden sind, verbergen oftmals die Priester dieser Gegenden unschuldige Kindlein in ihren Tempeln; und halten sie rigoros von allem Umgang mit der Welt fern. Sie verleiten diese, wenn sie heranwachsen, zu den wildesten Vorstellungen.

Ihre Schüler, die fortwährend in seraphischen Vorstellungen schwelgen, verlieren durch diese Einwirkung fast ihr Menschsein. Manchmal werden sie per Inspiration zu Orakeln; und als solche werden sie bisweilen von Gläubigen aufgesucht; sind jedoch immer in den geheimen Winkeln der Tempel den Blicken entzogen. Aber in jedem Moment ist ihr Ende gewiß. Von irgendeiner Mär über den Wiederbesuch der Paradies-Inseln getäuscht, werden sie der geheimen Opferung zugeführt und kommen um, ohne daß ihre Angehörigen davon erfahren.

Wäre mir das alles doch nur damals verborgen geblieben. Denn Yillah war lieblich genug, um wirklich göttlich zu sein. Und so hätte mich der Glaube an ihre geheimnisvollen Legenden vielleicht überwältigt.

Doch mit welch leidenschaftlichem Jubel sah ich mich als den Erretter dieses schönen Mädchens, das, ohne Arges im Sinn und traumverzückt, seinem Schicksal vor der Küste von Tedaidee zugeführt wurde. Und nun schien einen Augenblick lang der Tod von Aleema, ihrem Hüter, nicht mehr schwer auf meinem Herzen zu lasten. Ich war hocherfreut, ihn zu seinen Göttern geschickt zu haben: daß der Priester selbst auf den Meeresgrund gesunken war, anstatt daß die süße Yillah vom Seegras überwuchert wurde.

Doch obwohl er in die Tiefe gesunken war, sank sein Geist nicht in die tiefen Wasser meiner Seele. Während auf ihrem Grund Schuld brütete, schäumte doch an ihrer Oberfläche Jubel auf. Bei sorgfältiger Prüfung rechtfertigten meine Beweggründe zu diesem Unterfangen nicht die Wahnsinnstat, die ich in einem Moment der Wut begangen hatte. Immerhin wurden diese Motive von einem gefälligen Vorwand überdeckt, der mich vor mir selbst verbarg. Doch ich unterdrückte den Gedanken daran.

Das Mädchen unterbrach seine Geschichte oft durch Fragen, die mich betrafen: Woher ich komme, da ich weiß sei? Von Oroolia? Wohin ich ginge? Nach Amma? Und was Aleema zugestoßen sei? Denn über den Streit war sie in Bestürzung geraten, obwohl sie nicht wußte, was er bedeuten mochte. Und sie hatte gehört, daß des Priesters Name mit Wehklagen gerufen wurde. Ich bemühte mich, diesen Fragen fürs erste auszuweichen; und machte sie nur glauben, ich sei ein sanftmütiger Halbgott, der aus ihrem eigenen sagenhaften Oroolia übers Meer gekommen war. Und all dies muß sie tatsächlich geglaubt haben. Denn wen, der mir glich, konnte sie vorher gesehen haben? Immer noch sah sie mich mit seltsam starrem Blick an und hing an dem Tonfall meiner Stimme.

Während dieses Schauspiel vor sich ging, begannen die Fremden Zeichen von Ungeduld zu zeigen; und aus der *Chamois* rief uns wiederholt eine Stimme zu, wir sollten schneller machen.

Sofort stand mein Vorgehen fest. Einzig als widrig könnte sich Yillahs Schreck erweisen, wenn sie plötzlich in meinen Bug getragen würde. Auf dieses Ereignis wollte ich sie nun vorbereiten. Ich teilte dem Mädchen mit, Aleema sei zu einem ausgedehnten Auftrag nach Oroolia gesandt worden. Und er hätte die liebliche Yillah einstweilen unter meine Obhut gestellt. Und dazu sei es nötig, ihr Zelt in mein eigenes Kanu zu schaffen. Dann wartete ich, bis sie begriff.

Sie nahm diese Mitteilung mit der größten Besorgnis auf; und da ich nicht wußte, wozu ihre Bestürzung führen konnte, hielt ich es für richtig, sie in die *Chamois* zu bringen, während sie noch von der Ankündigung meines Vorhabens überwältigt war.

Ich verließ ihren Zufluchtsort und setzte Jarl von meinem Plan in Kenntnis. Und dann kein weiterer Aufschub!

Das Zelt war am Boden durch ein dünnes Gitterwerk aus Bambus befestigt; und vier Seile an seinen vier äußersten Enden – wie bei einem Zirkuszelt – sorgten für seine Befestigung auf dem Podest. Diese waren von Samoas Messer bald durchtrennt. Worauf wir das leichte Zelt anhoben und flugs zur *Chamois* hinüberbrachten. Die Insulaner stießen ein wildes Geheul aus, das die schwachen Schreie des Mädchens übertönte. Doch wir beachteten den Lärm nicht. Gerüttel in den Früchten, die vom Bugaltar hingen! Es war vollbracht. Dann zogen wir unser Segel auf und glitten davon: *Chamois*, Zelt und alles. Die Insulaner stürzten zu dem nun leeren Heck ihres Kanus und erhoben wiederum ihre Hände und Stimmen unter Flüchen.

In angemessenem Abstand stoppten wir, um die von uns ergatterten Waffen über Bord zu werfen. Und Jarl begann die Geiseln loszubinden.

Indessen betrat ich das Zelt und suchte durch vielfache Bekundungen des Mädchens Aufregung zu verringern. Während ich damit zu tun hatte, waren heftige Eintauchgeräusche zu hören: unsere Gefangenen nahmen zum Meer Zuflucht, um wieder zu ihrem Kanu zu gelangen. Pudelnaß wurden sie von ihrer Sippe unter wilden Liebkosungen empfangen.

Irgend etwas, das die Gefangenen jetzt äußerten, schien die übrigen mit der Hoffnung auf Rache zu erfüllen; wiederum schwenkten sie wild ihre Speere, die sie gerade zuvor aus dem Meer gefischt hatten. Unter großem Palaver und Durcheinander setzten sie bald ihr Mattensegel; und anstatt südwärts nach Tedaidee zu segeln oder nordwärts nach Amma, ihrer Heimat zu, fuhren sie in unserem Kielwasser direkt hinter uns her.

Drei standen vorne am Bug, die Speere wurfbereit, und stießen ab und zu einen gellenden Schrei aus.

Hatten sie es auf mich abgesehen? An meinem Heck rückten sie mir dicht auf die Pelle und bekläfften mich wie Hunde ihr Wild. Yillah erbebte bei ihren Schreien. Mein Herz schlug heftig in unfaßbarer Angst. Der Leichnam Aleemas schien voranzuschwimmen, seine Rächer wütend hinterher.

Doch bald verschwanden diese Phantome. Denn sehr bald erwies sich die Verfolgungsjagd der Heiden als vergeblich. Unsere flinke Gemse enthüpfte ihrem Boot. Und immer weiter fiel das unheilvolle Kanu achtern zurück, bis es schließlich nur noch ein Fleck war. Sodann erhob sich eine große Brandungswelle vor ihm, und es ward nicht mehr gesehen. Samoa schwor, daß es wohl vollgelaufen und untergegangen war. Doch wie es auch war, sogleich fiel mir ein Stein vom Herzen. Ich sah nur uns auf dem Meer: ich dachte daran, daß unser Kiel beim Segeln keine Spur hinterließ.

Laß den Oregon-Indianer durch Strauch, Busch und Gestrüpp, weit über Berg und Tal, seines Feindes Spur hinterherjagen; kommt er ans Meer, beschnuppert er die Luft umsonst.

XLV.

Erinnerungen

MIT der Befreiung der sanften Yillah aus den Händen der Insulaner war offenbar ein Plan vollständig ausgeführt. Doch was war nun zu tun? Hier, in unserer abenteuerlichen *Chamois*, befand sich ein Mädchen, lieblicher als die Morgenröte; und wen sonst als mich und meine Kameraden hatte sie als Gefährten? Obendrein pochte ihr Herz noch vor Angst, schweiften ihre Phantasien verwirrt umher.

Wie diese gefährlichen Vorstellungen bezähmen? Wie diese sacht zerstreuen?

Doch gab es einen Weg: ihre Gedanken auf mich, als ihren Freund und Erretter zu lenken, der besser und weiser ist als Aleema, der Priester. Dies war nur dadurch zu bewirken, daß ich mir weiterhin anmaßte, göttlichen Ursprungs zu sein und von der seligen Insel Oroolia zu stammen, um auf diese Weise in ihrem Herzen das geheimnisvolle Interesse zu nähren, mit dem sie mich von Anfang an betrachtet hatte. Wenn aber ihr Befreier steif-zurückhaltend bliebe und sie ihn als einen unterkühlten Fremden aus der Polarregion zu betrachten lernte, wie könnte sie dann Sympathie für ihn haben? Und wie fände sie folglich Seelenfrieden, wenn sie niemanden hat, an den sie sich halten kann?

Als ich das Zelt wieder betrat, fragte sie erneut, wo sich Aleema aufhalte.

»Denk nicht an ihn, liebliche Yillah«, rief ich

aus. »Schau mich an. Bin ich nicht hellhäutig wie du auch? Schau, bin ich nicht genau wie du, obwohl die Sonne, seit ich Oroolia verließ, meine Wangen gefärbt hat? Bin ich braunhäutig wie der dunkle Aleema? Sie entrissen dich deiner Insel im Meer, zu früh, daß du dich meiner dort hättest entsinnen können. Doch von mir bist du nicht vergessen worden, lieblichste Yillah. Ha, ha, schüttelten wir nicht zusammen die Palmen und jagten den Kokosnüssen nach, die in die Schlucht rollten? Tauchten wir nicht in die Grotte am Meeresstrand und stiegen in der kühlen Höhle im Hügel gemeinsam wieder auf? In meinem Heim in Oroolia, liebe Yillah, habe ich eine Locke von deinem Haar, aus der Zeit, bevor es golden war: eine dunkle, kleine Strähne, gleich einem Ring. Wie deine Wangen dann, als sie von der Olivenfarbe zum Weiß hinüberwechselten. Und wann werde ich die Stunde vergessen, als ich dich in den Blumen schlafend fand, mit Rosen und Lilien als Wangen? Noch keine Erinnerung? Kennst du meine Stimme nicht? Diese Lebensfünkchen in deinen Augen haben mich schon vorher erblickt. Und jetzt, wenn sie in ihren Teichen sich tummeln, erschaffen sie wieder mein Bild. Ist alles Vergangene eine undeutliche Leere? Denk an die Zeit, als wir durch unsere Laube stürmten, wo grüne Ranken das große Gerippe des gestrandeten Wals überwucherten. O Yillah, kleine Yillah, ist alles so weit gekommen, daß ich nun auf immer vergessen bin? Doch über das Wasser hin habe ich dich gesucht: von Insel zu Insel, von Meer zu Meer. Und jetzt scheiden wir nicht voneinander.

Aleema ist fort. Mein Bug wird weiterhin die Wogen berühren, bis er den Strand von Oroolia berührt. Sieh auf, Yillah.«

Versunken Aleemas Geist: die liebliche Yillah war mein.

XLVI.

Die Chamois auf der Fahrt ins Blaue

DURCH den Fleiß meines Wikingers war unsere *Chamois* vor Einbruch der Nacht gänzlich wiederhergestellt. Und das leichte Zelt wurde durch viele seemännisch-geschickte Spleiße auf seinem Platz verankert; das Segel wurde gerefft.

Meine Kameraden fragten mich nun nach meinen Absichten; ob sich diese durch die Ereignisse der Nacht verändert hätten. Ich erwiderte, daß die Inseln im Westen immer noch unser Bestimmungsort seien.

Doch waren wir von diesen den ganzen Morgen über stetig abgetrieben, so daß nun nicht der Schatten von Land zu sehen war. Aber die Richtung, in die unser Bug wies, wurde beibehalten.

Gegen Abend zu fielen meine Kameraden schnell in Schlaf und ließen mich am Steuerruder zurück.

Wie sanft und träumerisch ist das Licht in dieser Stunde. Die Sonnenstrahlen, die hinter golden gestreiften Wolken untergingen, erreichten mich wie ein von einem Gitterwerk verschattete Lichtschimmer. Und die sanfte Brise war durchdrungen von dem Balsamduft, der dem mittleren Pazifik in Landnähe eigen ist: Sie roch wie der Atem einer Braut.

Solch ein Anblick bot sich; so still und bezaubert, daß Yillahs Hand in meiner keine Hand zu sein schien, sondern ein Anhauch. Gesichte und Sichten huschten dahin. In meinem Ohr lag ein Summen; die ganze Luft war ein Lied.

Nun regte sich ein Gedanke in mir. Ich sann darüber, wie heiter und gelassen, aller Sorge und Angst weit entrückt, wir dahingleiten konnten. Und welche mannigfachen Anblicke uns dann auf einem der Strände ringsum erwarteten. Doch schien es in diesem balsamischen Meer keine Gefahr zu geben; die unzweifelhafte Nähe von Land gab ein Gefühl von Sicherheit. Wir hatten ausreichende Vorräte für ein paar Tage mehr und waren, dank des heidnischen Kanus, mit Früchten reichlich eingedeckt.

Was kümmerten mich im übrigen jetzt die grünen Gehölze und die hellen Strände? War nicht Yillah mein Strand und mein Wald? Meine Wiese, meine Au, meine sanfte, schattige Ranke und meine Laube? Die dichte Garbe alles Wünschenswerten und Wonnevollen, das Band an meinem rechten Arm? Genug: kein Strand jetzt mehr für mich. Ein Schwenk des Steuers und unser leichter Bug drehte sich in Richtung des unbestimmten Landes des Gesangs, der Sonne und der Reben: des sagenhaften Südens.

Als wir dahinglitten, starrte die seltsame Yillah hinab ins Meer, und liebend gern wäre ich mit ihr hinabgetaucht, um seine Tiefen zu durchstreifen. Doch erschreckt fuhr ich auf: Ich bildete mir ein, den starren Leichnam des Priesters vorbeitreiben zu sehen. Wieder drängte sich das Phantombild auf; wieder legte sich die blutbefleckte Hand der Schuld auf meine Seele. Doch ich lachte. Gehörte nicht Yillah mir? War durch meinen Arm dem Übel entrissen? Um sie zu retten, habe ich mich selbst in Gefahr gebracht. So fahr hinab, hinab, Aleema.

Als meine Kameraden am nächsten Morgen aus dem Schlaf auffuhren, gewahrten sie die Sonne bei unserm Decksbalken und nicht achtern, wie zuvor um diese Stunde; und besorgt erkundigten sie sich: »Wohin jetzt?« Nur ganz knapp ließ ich sie wissen, daß ich nach reiflichem nächtlichen Bedenken der so bedeutsamen Angelegenheit beschlossen hätte, daß wir, anstatt nach dem westlichen Land, zur Insel Tedaidee reisen würden.

Das verdroß sie mitnichten. Doch um die volle Wahrheit zu sagen, hegte ich die etwas vage Absicht, eine Weile bloß herumzubummeln, bis ich mich dem Lande mehr zugeneigt fühlte.

Hatte ich nicht Yillah erklärt, unser Bestimmungsort sei die zauberhafte Insel, von der sie sprach, Oroolia eben? Doch ist es verwunderlich, daß ich nicht wirklich daran dachte, da dieses Gestade derart weit weg lag und es offenbarer Wahnsinn war, es mit einem von Menschen gebauten Schiff erreichen zu wollen?

So trieb die *Chamois* dahin wie eine vagabundierende Wolke am Himmel: und keiner weiß, wohin.

XLVII.

Yillah, Jarl und Samoa

DOCH es ist Zeit zu erzählen, wie Samoa und Jarl diese geheimnisvolle Yillah ansahen; und wie Yillah diese ansah.

Wie die Schöne vor dem Tier, so schreckte das Mädchen zunächst vor meinem einarmigen Gefährten zurück. Doch als sie mein Vertrauen in den Wilden bemerkte, erfolgte eine baldige Reaktion. Und dem seltsamen Gesetz zufolge, wonach die häßlichsten Sterblichen, unter gewissen Umständen, bloß zu liebenswerten Scheusalen werden, betrachtete Yillah Samoa schließlich als einen harmlosen, gutartigen Kobold. Es kümmerte sie nicht, woher er kam oder was seine Geschichte war oder in welcher Weise sein Geschick mit meinem verbunden war.

Vielleicht hielt sie ihn für ein Wesen, das von sich aus entstanden ist.

Nun, wie Frauen überall als Bändiger in den Menagerien der Männer auftreten, so zähmte Yillah Samoa rasch dahingehend, daß er dieses schreckliche Ding in seinem Ohr aufgab; und überzeugte ihn, daß er anstelle des Tinnefs in seiner Nase besser ein Loch ließe. Dies alles war jedoch seinerseits an Bedingungen geknüpft. Er bedingte sich das Vorrecht aus, beide Schmuckstücke bei passenden Gelegenheiten wieder anzulegen.

Doch während das Mädchen derart vergnüglich mit Samoa umsprang, wie anders waren da doch seine Gefühle ihr gegenüber! Das Los, zu dem sie bestimmt war, und alles, was sie an Unaussprechlichem umgab, sprachen seinen urtümlichen Aberglauben an, der allen Wesen mit ihrer Hautfarbe einen überirdischen Ursprung beimißt. Wenn es ihm erlaubt war, sich ihr zu nähern, sah er schüchtern und merkwürdig tölpelhaft aus und beschwor die Ähnlichkeit mit einem plumpen Satyr herauf, der die Hörner einzog, der gemächlich mit dem Schwanz wedelte, der sich verlegen vor einem strahlenden Geist niederduckte.

Und diese seine Ehrerbietung war für mich höchst vergnüglich. Bravo! dachte ich, bleibe Heide für immer. Kein größerer als ich selbst, denn, in unterschiedlicher Weise zwar, war Yillah für uns beide Idol.

Doch was war mit meinem Wikinger? Nun, leider ist vom guten Jarl zu sagen, daß das altmodische Interesse an meinen Angelegenheiten ihn dazu brachte, Yillah als eine Art Eindringling, als ammonitische Sirene anzusehen, die mich in die Irre führen konnte. Dies rief ab und zu bei mir eine Philippika hervor; doch er brachte meinem Unmut nur seine Ergebenheit entgegen. Und dann schwieg ich.

Unverbildet wie eine werdende Wildblume, schien Yillah nicht wahrnehmen zu können, daß sie von unseren Gefährten in unterschiedlichem Licht betrachtet wurde. Und wie eine wahre Schönheit, schien sie der Einbildung anzuhangen, daß eine Person wie sie sich unbedingt für alle als unwiderstehlich erweisen müßte.

Über meines Wikingers Erscheinung war sie

sehr überrascht. Doch am stärksten beeindruckte sie eine spezielle Zeichnung auf dem Arm des wunderbaren Seemanns – unser Heiland am Kreuz in Blau, mit Dornenkrone und drei zinnoberroten Blutstropfen, die nacheinander von jeder Hand und jedem Fuß fallen.

Der gute Jarl nun bildete sich sehr viel auf dieses Ornament ein. Es war der einzige Gegenstand des Stolzes an ihm. Und wie eine Lady, die ihre Hand nicht in Handschuhe hüllt, um einen edlen Türkisring zur Schau zu stellen, trug er gleichbleibend den Ärmel seiner Seemannsjacke aufgekrempelt, um mit dieser Verzierung zu prunken.

Und immer wieder wollte Yillah Jarls Arm drehen und wenden, bis Jarl schließlich festen Stand benötigte, aus Angst, völlig herumgewirbelt zu werden. Wie hätte solche unverbildete Hommage das Herz des ingeniösen Künstlers entzückt!

Vermittels des Upoluaners wandte sie sich gelegentlich an den Skyeman mit dem Vorschlag, sein Bild ihrer eigenen, freien Verfügung zu unterstellen. In ihrer reinen Einfalt achtete sie überhaupt nicht darauf, daß es, wie ein Landschaftsfresko, nicht von seinem Platz entfernt werden konnte.

XLVIII.

Etwas unter der Oberfläche

WOLLEN wir ein höchst interessantes Ereignis nicht übergehen, müssen wir hier unbedingt von einer wundersamen Fischprozession berichten, die unsere *Chamois* ein oder zwei Tage nach der Trennung von dem Kanu überraschte.

Ein heftiges Schäumen am Heck kündigte ihr Nahen an. Bald sahen wir uns als der Mittelpunkt einer Unzahl flossentragender, meist namenloser Geschöpfe.

Vorneweg, unserm Bug weit voraus, schwammen die behelmten Silberköpfe; nebeneinander, in uniformen Reihen wie eine Armee. Dann kamen die Bonitos mit ihren blitzend blauen Flanken. Dann eine dritte, gesonderte Abteilung, die sich gleich einer Archimedischen Schraube durchs Wasser wand und kringelte: die zitternden Schlängelschwänze, die von den gestaffelten Rotten der Drückerfische abgelöst wurden; die so heißen, weil sich ihre Rückenflossen derart komisch krümmen, daß sie wie Gewehrhähne in Ruhestellung aussehen. Die Nachhut weiter achtern wurde von endlosen Bataillonen von Gelbrücken gebildet, im ganz martialischen Lederkostüm.

Und gemach segelten Vogelschwärme darüber: ein Flügel in der Luft für jede Flosse im Wasser.

Doch lassen wir die Seevögel weiterfliegen und wenden wir uns wieder den Fischen zu.

Erstaunlich ihre Zahl: unzählig wie die für treulose Liebhaber vergossenen Tränen. In langen Linien schwammen sie, Reihe auf Reihe, weit außen zu beiden Bootsflanken, das Wasser wimmelte von ihren Heerscharen. Heuschrekken des Meeres vielleicht, die zerstörerisch über eine grüne, moosige Provinz Neptuns herfallen. Und friedlich und furchtlos waren sie, wie die ersten Fische, die im Euphrat schwammen; kaum wichen sie der Hand aus, so daß Samoa viele ohne Köder oder Angelschnur fing.

Sie bildeten eine dezente Eskorte, paddelten an unseren entenmuschelbesetzten Seiten entlang, als hätten sie uns schon von Anfang an begleitet. Und sie erschraken nicht, wenn unser Schiff in der Dünung hochging; und zeigten nicht das geringste Mitgefühl, wenn sie einen Gefährten durch Samoas Hand verloren. Sie schlossen ihre Reihen und schwammen weiter.

Wie unschuldig und doch herzlos sie aussahen! Wäre unserem Boot eine Planke entfallen, wären wir auf Grund gesunken. Und wahrscheinlich hätte unser munteres Gefolge unseren sterblichen Überresten die Sterbesakramente erteilt.

Doch noch leisteten wir ihnen Gesellschaft, so gesellig wie es beliebt. Wenn es ihn gelüstete, bediente sich Samoa selbst; und Yillah klatschte in die Hände, als die strahlenden Geschöpfe, die sich alle zugleich auf ihre silbrigen Bäuche drehten, das ganze Meer wie einen polierten Schild aufglänzen ließen.

Doch was war diesem kleinen Bonito da achtern zugestoßen, der so mühsam weiterschwimmt, die Kiemen purpurrot? Was schleppt er da hinter sich her? Ein Seetanggewirre, das sich an seine Flossen geheftet hat. Doch dieser Klump versucht mit seinen Gefährten Schritt zu halten. Ihnen ist das aber schnuppe. Schon sind sie fort, jeder Fisch für sich, und irgendein Fisch für Samoa.

Zuletzt ist der Bonito nicht mehr zu sehen. Die Myriaden Flossen ziehen weiter; eine einsame Ödnis, in die der Verlorene zurückfällt.

Seltsame Fische! Den lieben langen Tag lang waren sie uns da zur Seite; und des nachts verweilten sie funkelnd: kristallner und schuppiger im bleichen Mondlicht als im goldenen Sonnenglanz.

Wie anmutig sie schwimmen, ein ganz silbernes Leben; zwischen ihren langen Reihen schießen sie hin und her, beschnuppern sich und beschuppern sich. Keine Trauer tragen sie für den weit zurückgelassenen Bonito; und auch nicht für die von Samoa so grausam Getöteten. Nein, nein, alles ist eitel Freude und frohlockende Lust; mit leichtem Herzen und leichter Flosse, mit fröhlichem Rücken und fröhlichem Sinn. – Schwimmt fort, schwimmt fort, meine fröhlichen Flossen all. Durchstromern wir die Flut, folgen wir diesem ungeheuren Fisch, die Planken voll mit Entenmuscheln, diesem sonderbaren Fisch, der hoch aus dem Wasser ragt, der ohne Flossen schwimmt. Was mag das für ein Fisch sein? Was wirft da Wellen? Hörst du das Riesenungeheuer atmen? Nun, es ist spitz an beiden Enden, hat vorn und hinten einen Schwanz; und ist ohne Augen, ohne Maul. Welch absonderlicher, komischer Fisch! Doch noch komischer die Geschöpfe oben auf seinem hohlen Rücken; sie haften dort wie die schlangenförmigen Aale, die sich auf den Rücken unseres schrecklichen Feinds, des Schwertfischs, heften und mit ihm dahingleiten. Doch was sind dies für sonderbare Aale! Halten sie sich selbst für so hübsch, wie wir es sind? Nein, mitnichten! Denn sie gewahren doch unsere zarten Flossen, unsere wunderbaren, gefleckten Schuppen. Arme Wesen ohne Kraft! Wie sehr müssen sie es wünschen, wie wir zu sein, die wir voll Verlangen die Fluten und Meere durchstreifen, durcheilen. Schwimmt fort, fröhliche Flossen, schwimmt fort! Laßt ihn fallen, den Gefährten, der haltmacht. Bildet eine Bahn, rückt auf, schließt eure Reihen. Laßt ihn ertrinken, wenn er nicht Schritt halten kann. Keine Nachzügler gibt es bei uns:

Wir Fische, wir Fische, wir schwimmen juchhe,
Uns kümmert nicht Freund oder Feind:
Die Flossen gereckt,
Die Schwänze gestreckt,
So schwimmen wir durch die See.

Wir Fische sind Fische mit roten Kiemen;
Nichts ficht uns an: eiskalt unser Blut;
Unsre Blase mit Luft uns obenauf hält.
Und sind wir auch viele: jeder Fisch ist ein Held.
Es kümmert uns nicht, das Ding,
Dem wir folgen, Phantom, dessen Leben uns unbekannt:
Zu schwimmen allein ist höchst amüsant –
So schwimm' denn dahin mit schäumendem Kiel,

Du seltsames Ding neben uns,
Bei ihm ist nicht Flüchten unser Ziel:
So schattig sein Schatten, das ist genug, –
Wir schwimmen beschützt von seinem Bug.
Und was die Aale dort oben betrifft
Und die Vögel in ihrem Flug:
Sie kümmern uns nicht, auch nicht ihre Bahn,
Wenn fröhlich sie ziehen voran!

Wir Fische, wir Fische, wir schwimmen juchhe,
Uns kümmert nicht Freund oder Feind:
Die Flossen gereckt,
Die Schwänze gestreckt,
So ziehen wir durch die See.

Doch wie weiter, meine feinen Fische! Was verstört eure langen Reihen und wirbelt sie ganz durcheinander in einem Tumult aus Schuppen und Schaum? Schon gut, es ist der lange Schuft mit dem Speer da achtern. Flötet los, frohe Fische, schenkt uns eine Strophe oder zwei dazu, und haltet den Takt mit euren Knüttelversschwänzen. Doch nein, nein! Vorbei war ihr Singen. Der grimmige Tod, in Gestalt eines Ritters, setzt ihnen nach.

Wie ihre überheblichen Töne umschlugen! Wie sie sich schmiegten an das geschmähte Boot! Wie sie wünschen, sie wären darin, diese Angeber! Und nun haben alle vor Angst das Flossensausen!

Denn hier und da erschallt nun unter Wasser ein schreckliches Brausen, das den Angriff des furchtbaren Raubfischs anzeigt, der mit dem immer eingelegten Speer losgeht auf die Ränder des Schwarms und die Fische auf seine Waffe spießt. Der zurückweicht und sie abschüttelt, um sie zu verschlingen, der Ritter. Der dann wieder zum Angriff schreitet.

In Verzweiflung drängten sie sich ans Boot; die armen Fische schoben sich alle wimmelnd zur Oberfläche und lagen zappelnd übereinander, wie Menschen, die im Gedränge von den Füßen gehoben werden. So hefteten sie sich an uns, weil sie sich in unserer Gegenwart sicher wähnten. Da wir dies wußten, hatten wir nicht geringe Angst um uns selbst, und fürchteten, der Ritter würde unser Boot nicht verschmähen, ebenso prall wie seine Beute; und er könnte bei der Verfolgung der Fische die *Chamois* mit einem Stoß durchbohren. Ein zusammengerollter Wams wurde bereitgehalten, damit er in das erste Loch im Boot gestopft werden konnte. Während die tausend Flossen hörbar gegen unsere schmächtigen Planken schlugen, waren wir nervös genug: als ob wir über dünnem, krachendem Eis gingen.

Schließlich, zu unserem nicht geringen Entzücken, schwamm der Feind davon. Und wiederum paddelte fröhlich unsere Eskorte uns zur Seite, zehnmal fröhlicher als zuvor.

XLIX.

Yillah

WÄHREND ein paar Tage lang unser Schiff hierhin und dorthin gleitet, umzingelt von diesen Heuschrecken der Tiefe, wollen wir die Geschichte von Yillah weiterfließen lassen.

Über ihre Schönheit sage ich nichts. Es war die eines Kristallsees in einem unergründlichen Wald, gänzlich voller Licht und Schatten, mit flüchtigen Offenbarungen: bald tiefgründig dunkel, bald in Sonne gekräuselt, doch immer funkelnd und wechselnd und ineinander übergehend.

Doch ihre wilde Schönheit verbarg wie ein Schleier noch seltsamere Dinge. Während sie mir oftmals derart ernst in die Augen sah, als sei sie ein lauterer Geist, der tief in meine Seele blickt und darin einige nach oben schauende Gesichter sieht, geriet sie in höchstes Erstaunen und fragte mich, welch Zauber an mir sie wohl zu derartigem Blicken veranlaßte.

Oftmals bat sie mich, einige Silben meiner Sprache wieder und wieder herzusagen. Diese sang sie sich dann selbst vor, hielt ab und zu inne, als ob sie entdecken wollte, wo deren Zauber lag. Der Tonfall ihrer Stimme unterschied sich sehr von dem der Kanuleute. Doch ich wußte nicht, was daran anders war; jedenfalls befähigte er sie, prompt all die Wörter auszusprechen, die ich sie lehrte: als ob sie sich an längst vergessene Laute erinnerte.

Wenn mich dies alles schon erstaunte, wie sehr steigerte sich dann dieses Erstaunen zur Verwunderung, betrachtete ich ihre Hautfarbe und ihre Gesichtszüge.

Nachdem ich mir dies auf verschiedene Weise zu erklären suchte, gewann ich allmählich die Vorstellung, das Mädchen müsse ein Albino (Tulla) sein, wie man sie gelegentlich unter den pazifischen Völkern antrifft. Diese Menschen haben eine äußerst zarte, weiße, rosig schimmernde Haut gleich der Färbung der Muschelränder. Ihr Haar ist golden. Doch ihre Augen sind, anders als bei den Albinos anderer Gegenden, unverändert blau und keineswegs lichtempfindlich.

Als eine Varietät sterben die Tullas früh. Und daher rührt der Glaube, daß sie einer entfernten Sphäre angehören und daß sie nur durch Unregelmäßigkeiten bei der göttlichen Vorsehung auf Erden in Erscheinung treten würden: weshalb sie, wenn das Versehen entdeckt werde, schleunigst entfernt würden. Und hauptsächlich aus diesem Grund werden auf den Inseln, wo Menschenopfer dargebracht werden, die Tullas als die geeignetsten für die Opferung am Altar angesehen; dieser sind viele schon von Geburt an im voraus geweiht. Diese Betrachtungen ließen mich, zusammen mit anderen, manchmal denken, daß Yillah von dem Priester als eines dieser Wesen angesehen wurde. So rätselhaft war, was sie über ihre vergangene Geschichte kundtat, daß ich oft nicht wußte, was ich vermuten sollte. Jedoch sie gab ganz deutlich zu erkennen, daß sie selbst nicht die entfernteste Vorstellung von ihrem wirklichen Ursprung hatte.

Doch diese Vorstellung von einem der irdischen Existenz vorausgehenden Zustand entstammten vielleicht einer dieser himmlischen Visionen, die man, gleichsam durchscheinend, über das Gesicht eines schlafenden Kindes huschen sieht. Und da diese Vorstellungen von anderen hervorgelockt und wiederholt und ihr manchmal mit vielen Ausschmückungen wiedererzählt wurden, müssen sie schließlich in ihrem Geist einen Anstrich von Wirklichkeit angenommen haben, welcher durch die traumhafte Abgeschiedenheit ihres Lebens zur Überzeugung verstärkt wurde.

Doch jetzt ihre weitere und glaubwürdigere Geschichte, wie sie von ihr dann und wann wiedergegeben wurde.

L.

Yillah in Ardair

IN der grünbewachsenen Schlucht von Ardair, tief im stillen Innern von Amma, umschlossen von uralten Klippen, hatte das Mädchen Yillah seine Bleibe.

So schmal und tief war diese Schlucht, so sehr auf allen Seiten von steilen Felsen umstellt und so lebhaft in ihrem Grün und mit ihren Schatten, die darin spielten und das Auge täuschten, daß sie von oben eher wie ein See mit kühler, würziger Luft erschien als eine Schlucht; und ihre Waldungen und Matten lagen ganz in verschattetem Glanz, wie Meereshaine und Moose unter der ruhigen See.

Hierhin kam niemand, außer dem Priester Aleema, der manchmal tagelang fernblieb. Doch zu manchen Zeiten stand eine unsichtbar bleibende Menschenmenge laut singend auf dem Rand der angrenzenden Steilhänge; und durchquerte diese schattige Wildnis und zog sich langsam zurück. Und ihre Stimmen wurden schwächer und schwächer, indes sie durch die entfernteren Haine ihres Weges ging.

Ein anderes Mal, als Yillah in den Mauern des Tempel von Apo war, drang eine Gruppe von Menschen in das Tal, umlagerte ihre Zuflucht und tanzte dort bis zum Abend. Inzwischen wurden draußen auf einem Altar Früchte aufgehäuft; und Blumengirlanden und Körbe mit Fischen wurden ausgelegt. Dort stand Aleema im weißen

Tapa-Gewand und murmelte vor sich hin, während ihm die Opfergaben zu Füßen gelegt wurden.

Wenn Aleema fort war, drang Yillah weiter in die Schlucht vor, erging sich zwischen den Bäumen und ruhte sich an den Ufern des Flusses aus. Und immer wenn sie umherstreifte, schauten die alten, grimmigen und moosbärtigen Klippen auf sie herab.

Gegen Ende des Tals zu drängten sich die himmelhohen Klüfte vor und ragten über ihren Sockel hinaus, so daß sie sich fast mitten in der Luft trafen. Und dort stak ein großer Felsbrocken, der von einer benachbarten Höhe geschleudert und von dieser Kluft aufgefangen worden war. Luftbäume schossen von seiner Oberfläche auf, Vögel nisteten in seinen Spalten und seltsame Rankengewächse überwucherten die Baumwipfel und ringelten und rollten sich dort wie Anacondas, die sich sonnen. Unterhalb dieses Felsens war ein hoher Wall aus schweren Steinen. Durch dessen Spalten sah man auf eine lange und laubreiche Allee hinaus, die weit in der Ferne verzitterte, dort, wo das Meer in die Sonne rollte. Weiter unten boten diese Spalten dem Wasser des Bachs einen Durchfluß, der, dicht am Fuße des Walls, in einer langen Kaskade, über grüne Schrägen hinweg, in einen tiefen, schattigen Teich strömte, dessen Felsränder durch das immerwährende Wirbeln des Wassers derart ausgewaschen waren, daß sie in bizarrer Weise einer Gruppe von Riesen glichen, die mit eingetauchten Köpfen träge den Teich umlagerten.

In diesem Teich pflegte Yillah zu baden. Und cinmal hörte sie beim Auftauchen eine Stimme erschallen und sie rief laut nach ihr. Doch die einzige Antwort war das Rascheln der Zweige, als fliehe ein Unsichtbarer über das Tal hinaus. Bald darauf rollte ein Stein in den Teich, und Aleema, der Priester, stand vor ihr. Er sagte, daß es seine Stimme gewesen sei, die sie gehört hatte. Doch dies stimmte nicht.

Zuletzt zogen sich die langweiligen Tage immer länger dahin, und das Mädchen sehnte sich nach Gesellschaft. Wenn kein Wind ging, wenn er in den Höhlen der Berge ruhte und alle Blätter an den Bäumen reglos verharrten wie Tränen im Auge, wurde Yillah traurig und rief die Geister in ihrer Seele auf, zu erwachen. Sie sang leise Weisen, die sie vermeinte, in Oroolia gehört zu haben. Doch fuhr sie erschrocken auf, als von den Schlüften und Waldtälern wildere Melodien als die ihren widerhallten. Und immer, wenn sie traurig war, pflegte Aleema ihre Seele dadurch aufzumuntern, daß er sie an die hellen Schauplätze des glücklichen Oroolia erinnerte, zu welchem Ort sie, wie er behauptete, in Kürze zurückkehren sollte, um nicht mehr von dort zu scheiden.

Am Kopfende des Tals von Ardair erhob sich nun eine hohe, dunkle Bergzinne, die an ihrer Spitze das grimmige Profil eines menschlichen Gesichts aufwies, dessen Schatten jeden Nachmittag den grünen Berghang hinabkroch: ein stilles Phantom, das sich über die gesamte Schlucht schlich.

Zu der Zeit, wenn das Phantom nahte, führte

Aleema Yillah ins Freie, wartete mit ihr bis zu dessen Erscheinen, legte sie dann neben dem Schatten nieder, wobei er ihre Arme in eine liebkosende Haltung brachte und sprach: »O Apo, nimmst du deine Braut an?« Und wenn schließlich der Schatten über ihn hinwegkroch und das ganze Tal in seinem Dunkel begrub, sagte Aleema: »Stehe auf, Yillah. Apo hat sich ausgestreckt, um in Ardair zu schlafen. Geh und schlummere, wo du willst; denn immer wirst du in seinen Armen ruhen.«

Und so schlief das Mädchen jede Nacht in den Armen des grimmigen Apo.

Als Yillah eines Tages gekommen war, um den wilden Schatten zu lieben, da er das einzige war, was sich täglich vor ihren Augen an einem ansonst totenstillen Ort bewegte, ging sie allein weiter, um ihm zuzuschauen, wie er sacht von der Bergspitze hinabglitt. Als sein Gesicht jäh über eine scharfe Felskante trat und daher so aussah, als teilten sich seine Lippen, vernahm sie eine laute Stimme und dachte, es sei Apo, der »Yillah! Yillah!« rufe. Aber nun kam es ihr vor wie die Stimme, die sie beim Baden in dem Teich gehört hatte. Als sie aufschaute, bemerkte sie einen schönen Jüngling mit ausgebreiteten Armen, der von einem unerreichbaren Felsvorsprung unverwandt auf sie herabblickte. Doch sogleich raschelte es in dem Gehölz dahinter und blitzschnell schoß etwas durch die Luft. Der Jüngling machte einen Satz nach vorne. Yillah breitete ihre Arme aus, um ihn zu empfangen; doch er stürzte auf die Klippe und wurde nie mehr gesehen. Erschrocken und in Tränen, floh sie den Schauplatz, während vor ihr jemand, den Blicken entzogen, durch den Wald rannte.

Als sie Aleema von diesem Abenteuer berichtete, sagte er, dieses Wesen, das sie gesehen hatte, sei wohl ein böser Geist gewesen, der gekommen war, um sie zu belästigen; und Apo hätte ihn getötet.

Der Anblick dieses Jünglings erfüllte Yillah mit wildem Verlangen, ihrem einsamen Schlupfwinkel zu entrinnen; denn ein flüchtiger Blick auf jemand anderes als den Priester und den Schatten erweckte vage Vorstellungen von Welten mit schönen Geschöpfen, in Regionen jenseits von Ardair. Doch wollte Aleema diese Gedanken vertreiben und sagte, sie würde schon bald nach Oroolia reisen, um dort die Geister wiederzutreffen, an die sie sich dunkel erinnerte.

Bald danach kam er mit einer Muschel zu ihr, einer, der das ewige Klagen des Ozeans innewohnt; er hielt sie ihr ans Ohr und hieß sie, dem Wesen darin zu lauschen, das in dieser kleinen Muschel von Oroolia hergereist sei, um ihr in Amma Gesellschaft zu leisten.

Das Mädchen hielt sie sich nun oft an ihr Ohr; sie schloß ihre Augen und lauschte ihrem sanften, inneren Atmen, bis dem Geräusch Gesichte entsprangen, und ihre Seele stundenlang verzückt dalag.

Und wieder kam der Priester und brachte ihr einen Vogel, weiß wie Milch, mit pechschwarzem Schnabel und sternengleichen Augen. »In ihm ist die Seele eines Mädchens verborgen; er ist von Oroolia hergeflogen, um dich zu grüßen.« Der zarte Fremdling schmiegte sich bereitwillig an ihre Brust und zwitscherte sanft.

Viele Tage vergingen; und Yillah, der Vogel und die Muschel waren unzertrennlich. Der Vogel wurde zutraulich, pickte ihr Samenkörner vom Mund, ließ sich auf ihrer Schulter nieder und sang ihr ins Ohr; und nachts entfaltete er seine Flügel in ihrem Busen und begann, wie ein Seevogel, sanft einzuschlafen: hob und senkte sich auf des Mädchens Herz. Und jeden Morgen entflog er seinem Nest und flatterte und zwitscherte und segelte hin und her und sang fröhlich und streifte Yillahs Wange, bis sie erwachte. Kam dann auf ihre Hand; und Yillah schaute ihm ernst in die Augen, sah seltsame Gesichte darin; und sprach beim Schauen zu sich selbst: »Dies sind zwei Seelen, nicht eine.«

Schließlich ging sie mit dem Vogel in die Wälder hinaus; und plötzlich entflog ihr dieser und setzte sich auf einem Zweig nieder; und warf seine weiße, flaumige Kehle zurück und schmetterte aus seinem Schnabel einen hellen Sangestrahl in die Luft, wie eine kleine Fontäne. Nun hörte der Gesang auf, als der Vogel auf und davon flog, dem oberen Ende des Tals zu. »Lil! Lil! kommt zurück, verlaßt mich nicht, glückliche Mädchenseelen.« Doch der Vogel flog weiter, in die Tiefe einer Talschlucht, bis er nur noch ein flatternder Fleck war.

Kurz danach, am Abend eines Tages, als jenseits der unteren Schluchtwand Kriegsgetöse erklungen war, kam Aleema in heller Aufregung zu Yillah und sagte: »Yillah, die Zeit ist gekommen, deinem Vogel zu folgen; komm, kehre zu deiner Heimstatt in Oroolia zurück.« Und er sagte ihr, auf welchem Weg sie dort hinreisen würde: durch den Strudel an der Küste von Tedaidee. In dieser Nacht wurde das Mädchen, verschleiert und im Zelt, zur Küste getragen, wo das Kanu wartete. Und flugs wurden die Segel gesetzt, und am nächsten Morgen war die Insel Amma schon nicht mehr in Sicht.

Und dies war die Reise, deren Fortsetzung schon erzählt worden war.

LI.

Der Traum schwindet dahin

ZOG man die seltsamen Assoziationen ab, mit denen ein Geist wie der Yillahs jedes Ereignis ihres Lebens versehen haben mußte, schien die Geschichte ihres Aufenthaltes in Ardair nicht unglaubwürdig.

Doch war sie durch die ungebändigten Vorstellungen so ätherisch geworden, daß sie wirklich glaubte, selbst ein Wesen aus dem Traumreich zu sein. Ihre fabulöse Vergangenheit war ihre Gegenwart.

Doch als wir immer näher miteinander vertraut wurden, schienen diese Phantasien ihren Halt zu verlieren. Und oft fragte sie mich nach meiner Erinnerung an die schattige Insel. Und vorsichtig versuchte ich den Eindruck zu erwecken, daß alles, was ich je von dieser Gegend gesagt hatte, mir in Träumen offenbart worden sei. Auch hätten mir in diesen Träumen ihre eigenen Gesichtszüge zugelächelt; und daher der Drang, der mich nach dem Gegenstand dieses geistigen Bildes umherstreifen ließ.

Und es war wahr, solches zu sagen; und es war richtig, es auf ihre weißen gekreuzten Arme zu schwören. Denn, o Yillah, warst du nicht das irdische Ebenbild dieser lieblichen Vision, die in meinen frühesten Vorstellungen herumgeisterte.

Zunächst hatte sie in schwärmerischer Weise geglaubt, daß die unaussprechlichen Übereinstimmungen zwischen uns von den gemeinsam verbrachten Zeiten in derselben ätherischen Region herrührten. Doch dergleichen Gedanken vergingen schnell. Aber nicht ohne manch seltsame Prüfung. Bestimmter denn je sah sie mir forschend in die Augen, ließ ihr Ohr an meinem Herzen ruhen und lauschte seinen Schlägen. Und Liebe, die sich für das Auge des geliebten Gegenstandes immer eine seltene Überlegenheit zu geben versucht, Liebe brachte mich manchmal dazu, meine mangelnde Göttlichkeit zu untermauern, obwohl ich sie gerade selbst unterminiert hatte.

Doch wenn es unter Bedauern geschah, daß ich mich, in Yillahs Augen, zu einem Sterblichen einschrumpfen sah, betrachtete ich es doch mit ganz entgegengesetzten Gefühlen, daß in ihrem Herzen die Vorstellung von ihrer spirituellen Natur erlosch. Denn waren solche Gedanken verscheucht, fühlte sie sich noch näher zu mir hingezogen, zu einem, ohne den sie tatsächlich einsam und verlassen wäre.

Und jetzt war sie bisweilen traurig und blickte oft lange und starr ins Meer. Und sie wollte nicht sagen, warum sie dies tat. Bis sie schließlich nachgab; und antwortete, daß sie doch einer Sache sehr sicher sei – auch wenn ihr Aleema vieles Falsche beigebracht haben mochte –: daß der Strudel an der Küste von Tedaidee ein Bild ihres Schicksals sei; daß sie in den Wassern strahlende Augen sehe und Phantome, die sie herbeiwinkten, und seltsame Gestalten, die ihr ein Lager im Moos ebneten.

Ihre Träume schienen auch meine zu sein. Ich

hatte viele Visionen von dem grünen Leichnam des Priesters, der seine Arme im Wasser ausstreckte, um die bleiche Yillah zu empfangen, indes sie im Meer versank.

Doch entschwanden diese Gesichte; und es gab kein größeres Glück als unseres. Wir lebten und liebten: Leben und Liebe in eins. Im Glück glitten unsere Tage dahin.

LII.

Welt in Sicht!

FÜNFMAL ging die Sonne auf und unter. Und da Yillah Sehnsucht nach dem Strand hatte, wandten wir unseren Bug direkt nach Westen und sichteten am nächsten Morgen Land.

Es waren unzählige Inseln, die sich blau in der Azurluft erhoben und auf das ferne Meer hinausblickten wie Heuhaufen auf ein dunstiges Feld. Sie überragten alles, und in ihrer Mitte türmte sich eine mächtige Bergspitze auf; eine Schäfchenwolke schob sich schräg gegen deren Kegel: eine umkränzte Säule. Dahinter erstreckte sich in unendlicher Fernsicht anscheinend Land auf Land, gleich purpurnen Himmelsstufen beim Sonnenuntergang.

Beim Nähergleiten traten die Inseln schärfer hervor, erhoben sich, uns zur Begrüßung, aus den Wogen, brachten Hügel, Täler und Bergzinnen zum Vorschein, die sich in einer milchweißen Riffzone scharten, so unermeßlich, daß in der Entfernung alles verschwamm. Die Juwelendünste, die zuvor über diesen violetten Gestaden schwebten, schienen nun ihr Edelsteinlicht zu verströmen; und als die fast horizontalen Sonnenstrahlen die Luft gleich einem schillernden Prisma durchschossen und das grüne Land streiften, bebte alles gänzlich im Tauperlenfunkeln.

Wir kamen noch näher heran, obwohl unser Segel nur wenig gebläht war, da die Brise wegen der Nähe zu den Inseln nachließ. Die Wogen rollten gleichgültig vorbei, als ob sie wüßten, daß ihre ausholende Arbeit fast getan war; während das weiße Riff schimmerte wie die Bahn eines großen Fischs bei Windstille. Doch bis jetzt kein Anzeichen von Paddel oder Kanu, kein ferner Rauch, kein schimmerndes Blätterdach. Bravo! gute Kameraden, wir haben einen neuen Archipel im Meer entdeckt.

Liebliche Yillah, kein Wort mehr von Oroolia: siehst du nicht dieses blühende Land? Wir werden nie mehr wünschen, weiter umherzustreifen.

Als wir an der Riffzone entlangfuhren, stießen wir auf eine Öffnung; und während wir das blaue Firmament der offenen See verließen, glitten wir in die stillen, grünen Wasser der weiten Lagune. Zwischen den großen Schatten der Inseln ausgebreitet, und hier und da von den widerscheinenden Farben der Sonnenwolken getönt, umgaben uns die milden Wasser vollständig wie ein anderer Himmel. Nahe bei der Bresche im Riff gab es eine kleine Insel mit Palmen, die wie Harfen im Wind waren; ein Vogelhaus lockender Klänge, die uns an Land zu rufen schienen. Und hier machte Yillah, beglückt von dem Anblick des grünen Landes, einen lustigen Vorschlag. Wir sollten nur unsern Mast mit gesetzten Segeln auf dem höchsten Hügel aufpflanzen; und dann, flieg davon, Insel und alles: wogende Bäume, jubilierende Vögel und aufplatzende Blüten; weg, weg über die weiten Wasser, Oroolia zu! Doch ach! Wie der Insel Korallenanker lichten, der Meilen tief in der unergründlichen See liegt?

Wir schauten uns um, doch schienen alle Inseln in den Lichtfluten zu schlummern.

»Ein Kanu! Ein Kanu!« schrie Samoa, als drei Proas sichtbar wurden, die ein Nachbargestade umfuhren. Unverzüglich segelten wir auf sie zu. Doch nachdem die Insulaner eine Zeitlang hin und her gefahren waren, wobei sie aufstanden und zu uns herüberstarrten, zogen sie sich hinter die Landzunge zurück.

Kaum waren sie außer Sicht, als von einigen Stränden ringsum andere Proas abstießen. Bald war das Wasser in unserem Umkreis mit Flotten von Kanus belebt, die wie erschreckte Seevögel in alle Richtungen dahinstoben. Jetzt hielten sie alle auf eine Insel zu.

Aus ihrem Tun schlossen wir, daß diese Leute nur geringen oder gar keinen Umgang mit Weißen gehabt haben konnten; und sich höchstwahrscheinlich unser Erscheinen bei ihnen nicht erklären konnten. Da wir deshalb ein freundschaftliches Treffen wünschten, hielten wir, ehe irgendeine feindselige Andeutung entstehen konnte, mit unserem Schiff auf die Insel zu, wohin nun alle Kanus eilends strebten. Woraufhin diejenigen, die ihr Ziel noch nicht erreicht hatten, wendeten und flohen; während die Besatzungen der Proas, die gelandet waren, in die Dickichte rannten und der Sicht entschwanden.

Wir durchfuhren die deutlich erkennbare Kontur des Inselschattens auf dem Wasser und erreichten den Strand; und als wir an seinem Saum entlangglitten, passierten wir unzählige Kanus, die auf den Strand hinaufgezogen waren, der andererseits ganz von Menschen entblößt schien.

Eine zwiespältige Lage. Doch entschied ich schließlich, daß Jarl und Samoa an Land gehen sollten, um die Eingeborenen aufzuspüren und zu beschwichtigen. So setzte ich sie an einer vorspringenden Korallenbank an Land, von wo aus sie zum Strand wateten; und ich stieß mit Yillah in das jenseits davon gelegene Wasser ab, um der kommenden Dinge zu harren.

Eine volle Stunde mußte verstrichen sein, als, zu unserer großen Freude, laute Rufe vernehmlich wurden. Und da fiel eine lärmende Menschenmenge in den Blick, in deren Mitte mein Wikinger zu erspähen war, auf die Schultern von zwei braunhäutigen Eingeborenen gehoben; während der Upoluaner vorneweg stolzierte und einem ähnlichen Versuch, ihn in der Menge hochzuheben, zu widerstehen schien.

Beides gute Vorzeichen.

»Kommt an Land!« rief Jarl. »Aramai!« rief Samoa; während die Insulaner in einen Sturm von Rufen ausbrachen. Sie tanzten mit ausschweifenden Gebärden überall auf dem Strand.

Weitere Vorsicht schien unnötig: ich richtete unseren Bug in Richtung Ufer. Kaum war dies bemerkt worden, als die Insulaner unter beifälligem Geschrei bis zur Taille ins Meer rannten. Und wie eine Möwe, die über die glatte Lagune dahingleitet, sauste die leichte Schaluppe mitten unter sie. Blitzschnell waren fünfzig Hände am Dollbord: und die kleine *Chamois* wurde samt ihres Inhalts gänzlich in die Luft gehoben, und auf mancher tropfenden Schulter wurde sie tief in das Dickicht getragen. Yillah schrie auf bei der schaukelnden Bewegung, indes die Zweige der Bäume gegen das Zelt schlugen.

Ein alter Mann wies nun mit seinem Stab auf

zwei wie ein Zwillingspaar gewachsene Bäume, die etwa vier Schritt auseinander standen und die sich, ein Stück vom Boden entfernt, passend gabelten.

Und hier setzten sie alsbald ihre Last ab, ließen die *Chamois* sacht zwischen den Gabelungen der Bäume nieder, deren weidenartiges Blattwerk das Zelt und dessen Bewohnerin umrahmte.

LIII.

Die Chamois an Land

BIS jetzt war Yillah, in ihr Kleid gehüllt und eingekauert wie ein Kitz, den Blicken nahezu entzogen. Doch nun schlug sie ihre Kapuze zurück.

Was sahen die Insulaner, daß sie derart starrten und in stummer Anbetung verharrten, wobei einige zurücktraten, andere sich zögernd näherten; die Frauen völlig aufgeregt? Lange schauten sie unverwandt hin und, Samoas Beispiel folgend, streckten sie ihre Arme in Verehrung vor.

Die Anbetung des Mädchens wurde auch auf mich ausgedehnt. Aufgrund der seltsamen Gesten, die vollführt wurden, hatte ich tatsächlich schon die ganze Zeit vermutet, daß uns ein Empfang mit besonderen Ehren zuteil wurde.

Nun wollte ich meine Kameraden sprechen. Doch die Menge lärmte derart, daß es nahezu unmöglich war. Jarl war noch auf seinem luftigen Sitz. Seine begeisterten Träger wollten ihn noch nicht absitzen lassen. Samoa jedoch, dem es gelungen war, sich von diesem Sattel fernzuhalten, schaffte sich allmählich immer näher an die *Chamois* heran.

Er riet mir, vorerst keinesfalls herabzusteigen; da wir auf alle Fälle sicher seien, im Boot unbehelligt zu bleiben; denn die Insulaner sähen es als heilig an.

Der Upoluaner zog die meiste Aufmerksamkeit auf sich, hauptsächlich durch den Stil seiner Tätowierung, die, zusammen mit anderen Besonderheiten, die Eingeborenen so interessierte, daß sie ihn ständig umlagerten, ungeduldige Fragen stellten und die ganze Zeit über einen Heidenlärm beibehielten.

Doch obwohl Samoas Lungen stark in die Mangel genommen wurden, gelang es ihm, mir mitzuteilen, daß sich unter dieser großen Menschenansammlung dennoch kein oberster Häuptling, keine bedeutsame Person befände. Der hiesige König und die Könige der Nachbarinseln würden auf einem Fest in einem anderen Teil des Archipels weilen. Doch seien beim ersten Auftauchen der *Chamois* in der Ferne Schnellboote losgeschickt worden, um das überraschende Ereignis anzukündigen.

Da sich das Lärmen der Menge bald legte und diese die Belagerung Samoas aufgab, nutzte ich diese willkommene Ruhepause, um ihn und meinen Wikinger an Bord der *Chamois* zu rufen, da ich all unsere Kräfte für den Notfall zusammenzuziehen wünschte.

Samoa gab mir nun zu verstehen, daß die Insulaner mich, nach allem, was er erfahren konnte, als ein höheres Wesen betrachteten. Sie hatten ihn gefragt, ob ich nicht der Weiße Taji sei, eine Art Halbundhalb-Gott, der bei ihnen hin und wieder zum Gegenstand der Verehrung wird und zu ihren niederen offiziellen Halbgöttern zählt. Dies hatte Samoa bejaht; und er steuerte darüber hinaus alles Mögliche bei, um diese Vorstellung zu befördern.

Er bat mich nun, ich solle mich selbst bei der ersten Gelegenheit als Taji ankündigen; und er erklärte, daß uns, wären wir einmal unter diesem

Titel empfangen, grenzenlose Gastfreundschaft und endgültige Aufnahme gewiß sei; und daß alles Übel von uns abgeschirmt werde.

Das machte Mut. Doch am besten hält man die Augen offen. Denn wenn auch bei manchen Barbaren die ersten bei ihnen anlandenden Fremden oft als göttlich begrüßt und in mehr als einem wilden Land sogar als Götter tituliert wurden, so hat dies doch die himmlischen Besucher nicht der Gefahr enthoben, wenn sie den ihnen gewährten Empfang zu sehr ausnutzten. In plötzlichen Aufwallungen wurden sie kurzerhand getötet, ohne daß das volle Vertrauen in ihre Göttlichkeit in irgendeiner Weise gemindert worden wäre. Das traurige Schicksal eines berühmten Seefahrers ist eine wohlbekannte Illustration dieser unerklärlichen Launenhaftigkeit.

Mit nicht geringer Besorgnis erwarteten wir daher die Ankunft einiger Würdenträger von Mardi; denn die Inseln waren, wie uns die Leute mitteilten, unter diesem Sammelnamen bekannt.

Wir warteten nicht lange. Auf einmal war vom Meer her ein einziger schriller Schrei zu hören. Einen Augenblick danach erschallten zahlreiche Muscheltrompeten und ließen die Luft erbeben. Ein wirres Getöse kam näher und näher; und während wir unverwandt in Richtung dieser Klänge blickten, erwarteten wir ungeduldig das Kommende.

LIV.

Ein Gentleman von der Sonne

NIE zuvor hatte ich gesehen, wie das tiefreichende Laubwerk des Waldes von Kanus durchfahren wurde. Doch da segelten sie durch die Blätter heran: zwei, Bord an Bord, auf Menschenschultern; in jedem ein Häuptling, im gemessenen Schritt seiner Träger weiterbefördert, welche die Paddelblätter umgekehrt unter den Armen hatten. Bei ihrem Auftauchen machte die Menge Gesten der Huldigung. Etwa acht oder zehn Schritte entfernt hielt die Prozession; woraufhin die Könige auf den Boden herabstiegen.

Es waren vornehm aussehende Männer, in verschiedenartiger Gewandung; rare Darbietung farbiger Federn, von Juwelen und anderem Zierat. Prächtig wallten die bunten Umhänge.

Das königliche Gebaren dieser Personen, die ihnen dargebrachte Ehrerbietung und ihre ganze Gefaßtheit überraschte mich nicht wenig. Und es schien widersinnig, in Gegenwart dieser unzweifelhaften Potentaten von *terra firma* eine göttliche Würde zu beanspruchen. Taji schien durch meine Fingerspitzen zu entweichen. Doch Mut! Erhobenen Hauptes mühte ich mich, in jedem Zoll so auszusehen wie die Person, die ich zu spielen beschlossen hatte.

Eine Zeitlang war es fast unmöglich zu sagen, mit genau welchen Gefühlen mich die Häuptlinge ansahen. Sie sagten kein Wort.

Doch, meinen ganzen Mut zusammennehmend, kreuzte ich mein Entermesser über der Brust, ließ meine Hand auf dem Heft ruhen und richtete mich folgendermaßen an Ihre Hoheiten: »Männer von Mardi, ich komme von der Sonne. Als sie sich an diesem Morgen erhob und die Wogen berührte, schob ich mein Boot von ihrem Goldstrand und segelte, vor ihren planen Strahlen, hierher. Ich bin Taji.«

Ich hätte gern mehr gesagt, doch hielt ich inne, um mein Proömium wirken zu lassen.

Die Häuptlinge traten ein oder zwei Schritt zurück und unterhielten sich eifrig.

Keck geworden, nahm ich den Angriff wieder auf und versuchte mit solchen Eindrücken von mir, die mir wünschenswert schienen, Eindruck zu schinden. Die sanfte Yillah war ein Seraph von der Sonne; Samoa hatte ich auf meinem Weg von diesem Himmelskörper an einem Riff aufgelesen; und was den Skyeman angeht, nun, der kam, wie sein Name schon besagte, von oben. Mit einem Wort: wir waren alle fahrende Gottheiten.

Einer der Könige, ein ruhiger, alter Mann, schritt auf die *Chamois* zu und wandte sich nun folgendermaßen an mich: »Ist dies tatsächlich Taji? Er, der, einer Überlieferung zufolge, nach fünftausend Monden zu uns zurückkehren sollte? Doch ist diese Zeit noch nicht abgelaufen. Was führt dich dann hierher, Taji, vor deiner Zeit? Du warst ein streitsüchtiger Halbgott, als du unter unseren Vätern weiltest, sagen die Legenden. Doch wozu kommst du, Taji? Willst du dich wirklich mit der Verehrung deiner Bildnisse befassen, wo wir so viele Götter neben dir haben? Kommst du aber zu kämpfen, so haben wir viele Speere und verlangen nicht nach deinen. Kommst du, hier zu verweilen? – Klein sind die Hütten von Mardi. Oder kommst du, um im Meer zu fischen? Taji, sag an.«

Nun, das war eine ganze Reihe schwer zu beantwortender Fragen; sie gaben überdies ein merkwürdiges Beispiel für die Aufnahme, die fremden Halbgöttern zuteil wird, reisen sie ohne ihre Handkoffer; und auch für die vertrauliche Art, mit der sich diese Könige an die Unsterblichen wenden. Ich beklagte sehr, daß ich meine Rolle vorher nicht besser eingeübt und gelernt hatte, wie meine frühere Existenz in dem Land genau beschaffen war.

Doch nichts ist besser, als tapfer zu siegen.

»Höre, alter Mann. Taji kommt, weil es ihm beliebt zu kommen. Und er wird gehen, wenn er zu gehen geruht. Frage die Schatten deiner Ahnen, ob Taji sie derart erniedrigend begrüßte, als sie in seiner Gegenwart ins Land der Geister eintraten. Nein. Taji breitete das Festmahl aus. Er nahm ihre Umhänge ab. Er entfachte ein Feuer, um die Nässe zu vertreiben. Er sagte nicht: ›Kommt ihr zu kämpfen, ihr Nebel und Dämpfe? Kommt ihr zu weilen? Oder kommt ihr, um im Meer zu fischen?‹ Dann wohlan, Könige von Mardi!«

Darob wich der alte König zurück und an seine Stelle trat ein edler Häuptling, der sich freimütig gab. Er trat rasch zum Boot vor und rief aus: »Ich bin Media, der Sohn von Media. Dreifach willkommen, Taji. Auf meiner Insel, Odo, hast du einen Altar. Ich nenn’ dich meinen Gast.« Dann erinnerte er die übrigen daran, daß die Fremden weit gereist seien und der Ruhe bedürften. Und daß er des weiteren vorschlage, sie alsbald zu seinen eigenen Besitzungen zu eskortieren; wo er sich glücklich schätzen würde, tags darauf, alle Besucher zu bewillkommnen.

Und seinem Wort getreu, befahl er seinen Gefolgsleuten, sich unter der *Chamois* aufzustellen. Von unserm Bug sprang der Upoluaner, gefolgt von Jarl; und sie ließen Yillah und Taji zurück, die darin der See entgegengetragen wurden.

Bald waren wir erneut auf dem Wasser; Media saß uns gesellig zur Seite; sechs seiner Paddler hatten auf dem Dollbord Platz genommen und beförderten uns flott über die Lagune.

Blitzschnell erfolgte der Übergang vom Wald zum Meer. Alles wie im Traum.

Da der Ort, dem wir zustrebten, in einiger Entfernung lag, umrundeten wir Insel um Insel, und das Ausmaß des Archipels erschien uns riesig.

LV.

Imbiß in einem Tempel

ALS wir uns schließlich Odo näherten, enttäuschte mich sein Erscheinungsbild irgendwie. Eine kleine, mittelhohe Insel.

Doch lote nicht die Höhe des Hauses aus, das dich bewirtet.

Der Strand war von erwartungsvollen Eingeborenen gesäumt, welche die *Chamois* anhoben und an Land beförderten.

Während sie uns dahintrugen, stieg König Media aus, wies auf ein Kanu-Haus ganz in der Nähe und befahl, daß unser Boot dorthinein gebracht werde. Als dies geschehen war, betraten wir den Boden. Es war schon lange her, seit wir das letzte Mal auf ihm gestanden hatten. Mitfühlend durchrieselte er unsere Glieder. Media lenkte seine Schritte landeinwärts und bedeutete uns, zu folgen.

Bald erreichten wir eine Art primitiver Einfriedung, die von einem imposanten Wall gebildet wurde. Hier wurde ein Halt verkündet, und in großer Eile begannen die Eingeborenen einen Teil des Steinwalls niederzureißen. Als dies getan war, wurde uns bedeutet, das Fort zu betreten; so wurde es im Sturm genommen. Der Bresche gegenüber, auf einem künstlichen Erdhügel, stand ein kleiner Bau aus Bambus mit offener Vorderseite. Im Innern war ein langgestrecktes, sitzbankartiges Postament, das drei, ebenfalls hölzerne Statuen, etwa von Menschengröße, trug. Sie hatten gleichfalls eine entfernte Ähnlichkeit mit dieser Spezies der belebten Natur. Vor diesen Idolen war ein Altar und an dessen Fuß lagen viele schöne Matten.

Als Media den Tempel betrat, fühlte er sich ganz wie zu Hause und ordnete die Matten so an, daß sie ein sehr annehmliches Lager bildeten. Und er bat Yillah achtungsvoll, sich darauf niederzulassen. Dann entfernte er mit Vorbedacht das erste Götterbild und forderte mich auf, an dessen Stelle Platz zu nehmen. Er rückte das mittlere beiseite und ließ sich zwanglos an dessen Stelle nieder. Die weggeräumten Unpersonen standen mittlerweile aufrecht vor uns; und ihre leeren Gesichter sahen bei dieser Gelegenheit ungewöhnlich ausdrucksvoll aus. Bis jetzt keine Silbe, was dieser sorglose Umgang mit den hölzernen Gottheiten bedeuten sollte.

Wir warteten nun in aller Ruhe ab, was als nächstes geschehen würde; und ich betete inständig, daß, im Falle eines Sakrilegs, die Rache der Götter von einem Unwissenden wie mir abgewendet werden möchte; nichtsdestoweniger kam der Bittsteller selbst von der anderen Welt. Es wurde vollständiges Schweigen gewahrt. Jarl und Samoa standen etwas außerhalb des Tempels; ersterer sah ganz gefaßt aus, doch sein Gefährte warf verwunderte Blicke auf meine ungezwungene Vergöttlichung mit Media.

Als ich zufällig einen Blick auf die zuletzt entfernte Statue warf, entdeckte ich sehr schnell eine gravierende Ähnlichkeit zwischen ihr und unserem Gastgeber. Beide waren in gleicher Weise dekoriert: die Schnitzerei auf dem Idol entsprach genau der Tätowierung des Königs.

Bald darauf wurde die Stille durch eine heftige Bewegung von außerhalb unterbrochen: es nahte ein Diener, der unter einem schweren Holzbrett schwankte, das er, tief in die Knie gehend, auf dem Altar vor uns niederlegte. Das Tablett war wie ein Erntewagen bepackt; allerhand gute Sachen häuften sich darauf: Brotfrüchte, Kokosnüsse, Paradiesfeigen und Guaven – alles eine Augenweide, die einen Vorgeschmack bot auf vergleichbare Gaumenfreuden.

Nachdem ich solange dem Schwelgen in frischer Kost entfremdet war, entzückte mich der Anblick dieser Köstlichkeiten und ich begann sogleich, Yillah und mich zu bedienen, als sich mir blitzartig eine höchst unwillkommene Frage aufdrängte. Essen denn Götter? Dann kam mir auch wieder in den Sinn, was Media über meinen Schrein auf Odo gesagt hatte. War er dies? Machte ich mich gerade als Halbgott in selbstschänderischer Weise daran, selbst die Opfergaben zu verschlingen, die vor mir, in meinem eigenen heiligen Tempel niedergelegt worden waren? Gib auf deine Wege acht, o Taji, auf daß du nicht strauchelst und verlorengehst.

Doch was bekamen wir daraufhin anderes zu sehen, als daß seine unverfrorene Hoheit von Odo in aller Ruhe im Tempel zu speisen anhob?

Wie nun das? War Media ebenfalls ein Gott? Wahrhaftig, es mußte wohl so sein. Warum sonst machten es sich das Götterbild und sein Original hier im Tempel so gänzlich bequem und streckten die Beine gemütlich der Länge nach sogar unter dem Altar aus. Dies verjagte alle schrecklichen Befürchtungen, ich müßte hungern, um meine angemaßte Göttlichkeit aufrechtzuerhalten. Daher langte ich auch ohne Umschweife rechts und links zu; und versorgte auch Yillah, die ihre blühende Schönheit stets mit saftigen Früchten nährte, aufs beste. Dabei übertrug sich die liebliche Röte der Guave auf ihre Wangen.

Als unser Hunger gestillt war und Media, zum Beweis dafür, in göttlicher Manier seine Hand auf die entsprechende Körperregion legte, schickten wir uns an, die Umfriedung zu verlassen. Doch als wir zu dem Wall kamen, worin die Bresche geschlagen worden war, sieh da: keine Spur von einer Bresche. Doch bald entstand sie wieder mit Gepolter, und wir kamen heraus.

Dieses Umwerfen von Wällen ist nämlich eine begleitende Ehrbezeigung, die berühmten Persönlichkeiten in diesem Teil von Mardi gewährt wird. Anscheinend sollte sie bedeuten, daß solche Leute nirgendwo hingehen können, ohne starken Eindruck hervorzurufen, sogar auf die widerspenstigsten Realitäten.

Doch zurück zu unserem köstlichen Mahl.

Man kann die Vorstellung von unserem ätherischen Sein als Geisteswesen noch so verfeinern; aber kein vernünftiger Mensch kann daran zweifeln, daß ein großer Teil der Befriedigung im Essen liegt. Mehr noch: in materieller Nahrung stecken die Würze des Lebens und Unsterblichkeit. Wie Ballons sind wir nichts, bevor wir gefüllt sind.

Und da sie dies wohl weiß, hat die Natur diesen famosen, runden Eßtisch, unseren Globus, mit endlos vielen Mahlzeiten und Ernten versehen, entfaltet sie ein immerwährendes Fest. Obwohl, wie bei den meisten öffentlichen Banketten, kein geringer Andrang herrscht und viele, trotz aller Fülle, hungrig davongehen.

LVI.

König Media, ein Gastgeber

WIR wandten uns in einen Wald und erreichten bei Sonnenuntergang einen schönen, freien Platz, wo wir eine Stadt erblickten. Mitten darin lag ein Bauwerk, das, wie das Zelt eines Generalissimus unter vielen Zelten, imposanter war als die übrigen. Hier wohnte König Media.

Um einen Platz von etwa fünfzig Quadratyards waren viele Palmenpfähle fest in der Erde verankert. Diese trugen in Mannshöhe zahlreiche waagrechte Stämme, auf denen, als Boden, ein Hibiskusgeflecht ausgebreitet war. Hoch über dieser Estrade, doch auf eigenständigen Stützen ruhend, war ein gegiebeltes Dach, dessen Schräge fast bis auf den Boden reichte.

Das war der Palast.

Wir betraten ihn durch einen gewölbten Laubeneingang an einer seiner palmwedelgedeckten Enden. Doch traten die Insulaner nicht durch dieses exklusive Portal ein. In demütig gebückter Haltung fanden sie unter den herabhängenden Dachrändern Einlaß. Ein uralter Brauch und wohlbedacht, um alle halsstarrigen Untertanen an die Würde der Behausung zu erinnern, die sie derart betraten.

Drei Stufen führten oben auf die Estrade, wo Stapel weicher Matten und leichte Kissen aus gewebtem Gras, gefüttert mit den goldenen Daunen einer Wilddistel, alle Saumseligen zu müßigem Lager einluden.

Wie angenehm das Zwielicht, das unter den niedrigen Dachrändern hindurch zu unseren Sitzplätzen hinauf drang. Und wie einleuchtend nun die Anlage des Daches. Kein Schatten, der wohltuender und vollständiger wäre; die grelle Sonne verweilt draußen wie ein Lakai in Bereitschaft.

Doch wer gafft uns da von der Ecke aus an wie ein Diener, der nicht weiß, was er tun soll? Medias Haus- und Hof-Gottheit in Gestalt eines strotzenden Monsters, dessen enormer Kopf sich zurücklehnt und dessen weit aufklaffender Mund mit frischen Früchten und grünen Blättern vollgestopft ist. Hätte das Idol eine Seele unter seinen knorrigen Rippen gehabt, welche Tantalusqualen hätte es ihm bereitet, den Mund so voll zu haben, ohne imstande zu sein, etwas zu schlucken.

Viel schlimmer als die unerbittliche Kiefersperre, die nicht einmal den vorbereitenden Schritt zum Schlucken erlaubt.

Dieses lustige Götzenbild stellte eine niedere Gottheit dar, den Gott der Lebensgenüsse; und wir trafen ihn, mit seinem ulkigen roten Mund, später des öfteren in vielen Wohnstätten in Mardi an. Seine Kinnladen werden täglich neu aufgefüllt wie eine Blumenvase im Sommer.

Doch duldete der halb-göttliche Media derart die dauernde Anwesenheit einer subalternen Gottheit? Mehr noch: huldigte er ihr? Bald schon wird die mardianische Mythologie erörtert werden; und dann wird deutlich gemacht, was jetzt ungewöhnlich erscheinen mag.

Höflich geleitete uns Media zu seinem Palast.

Und seine Honeurs erwies er dadurch, daß er seine Gäste einlud, sich zurückzulehnen. Es lag ihm anscheinend viel daran, bei uns den Eindruck zu erwecken, daß er keinen übereilten oder unklugen Schritt getan hatte, als er uns zu seinem Haus mitgenommen und damit der königlichen Speisekammer unsere Verpflegung auferlegt hatte. Seine munteren Diener türmten unentwegt Köstlichkeiten um uns auf, bis wir beinahe von einem Festungswall umgeben waren. Bei jeder neuen Aufhäufung empfahl Media diese unserer Aufmerksamkeit: ein zusätzlicher Beweis seiner reichen Ressourcen als Gastgeber. Die Beweisführung wurde zuletzt dadurch abgeschlossen, daß man unter die Dachränder einen gefällten Pisangbaum schleppte, dem ein Büschel von reifen, roten Früchten entsproß; sie waren darüber gänzlich errötet, daß sie in so plumper Weise Fremden zur Kenntnis gebracht wurden.

Während dieses Schauspiels gab Jarl Samoa einen vertraulichen Stups, weil er allzu gerne gewußt hätte, was um Himmels willen das alles zu bedeuten habe. Doch Samoa, der sich kaum dazu herabließ, von Befragungen per Ellbogen Notiz zu nehmen, ließ nur einen vagen Hinweis fallen.

Es war ganz amüsant, wie sich Samoa nun gebärdete, zumindest meinem Wikinger gegenüber. Bei den Mardianern war er zu Hause. Und wer streckt nicht, wenn er daheim ist, seine Füße aus und sagt zu sich selbst: »Wer ist größer als ich?«

Offen gesagt, zwischen ihm und dem Skyeman waren die Rollen vertauscht. Auf dem Meer war Jarl das Orakel gewesen: ein alter Weiser der See, erfahren im Umgang mit Hanftau und Ruder. Doch war unser Schiff angelandet, reckte der Upoluaner sein Haupt als gelehrter Heide: Herr von Gog und Magog, Erläuterer alles Heidnischen und Dunklen.

Wir führten eine ganz bezaubernde Unterhaltung mit Media; und ein, zwei Stunden vergingen mit Gelächter, als ich andeutete, daß ein Lager und Abgeschiedenheit erwünscht wären. Daraufhin ergriff unser Gastgeber eine dünne Wachskerze und geleitete uns aus dem Palast hinaus. Er führte uns in ein stattliches, unbewohntes Haus und gab mir zu verstehen, daß dies meines sei. Er stieg auf die Estrade und führte dann eine nachdrückliche Untersuchung durch, um festzustellen, ob alles in Ordnung sei. Da ihm etwas an den Matten nicht gefiel, rollte er sie zu Bündeln zusammen und ließ sie nacheinander auf die Köpfe seiner Diener zusausen; die sich auf diesen sachten Wink hin mit ihnen davonmachten, um bald darauf mit neuen Matten zurückzukehren. Diese breitete Media höchstselbst mit mathematischer Genauigkeit auf der Estrade aus; und sorgfältig befaßte er sich mit den Fransen oder Rüschen, die diese säumten, als sei er bemüht, ihnen einen Gefühlsausdruck zu übermitteln.

Als dies getan war, zog er sich zurück.

LVII.

Taji geht mit sich selbst zu Rate

MEIN kurzer Gedankenaustausch mit unserem Gastgeber hatte mich unterdessen in die Lage versetzt, mir eine ganz gute Vorstellung davon zu machen, in welchem Licht ich ihm und seinen gescheiteren Untertanen erschienen war.

Sein ungezwungenes Auftreten zeigte, daß er, trotz der Anerkennung meiner Selbsterhebung, keineswegs von ihr eingeschüchtert war. Und er ging in der Tat ganz vertraulich mit mir um, als sei ich bloß ein Sterblicher, eines dieser niederen Wesen, die wie Pilze aufschießen.

Der Auftritt in dem Tempel hatte jedoch viel zur Erklärung dieses seines Verhaltens beigetragen.

Da er in eigener Person Halbgott war, verwunderten ihn weder meine Ansprüche auf eine ähnliche Würde noch schmälerten diese seine gute Meinung von sich selbst.

Was mein fremdartiges Aussehen und meine Unkenntnis mardianischer Sitten anging, so bestärkte all dies – anstatt einen für meine Ansprüche ungünstigen Zweifel aufkommen zu lassen – nur die Überzeugung, daß diese Ansprüche stimmten. So war es auch in ähnlichen Fällen gewesen, doch nur in viel größerem Ausmaß. Der in einem früheren Kapitel erwähnte berühmte Seefahrer wurde von den Hawaiianern als einer ihrer Halbgötter begrüßt, der nach einer weiten Reise durch das All zur Erde zurückgekehrt war. Und sie vergötterten ihn als solchen, obwohl er sie unaufhörlich dahingehend befragte, wer wohl seine Anbeter auf Erden seien, wie deren Ahnen auf die Insel gekommen seien und weshalb sie die Freundlichkeit hätten, seine Gefolgsleute während seines Aufenthaltes mit Schweinefleisch zu versorgen.

Noch ein paar Worte zu den Idolen in dem Schrein zu Odo. Über die ihm als weltlichem Fürsten erwiesene Verehrung hinaus, wurde Media dort als geistiges Wesen angebetet. War er leiblich abwesend, empfing sein Bildnis alle ihm zugedachten Opfergaben. Und in seiner Knabenzeit, als er den alten Sagen der mardianischen Mythologie lauschte, hatte Media eine starke Zuneigung für den sagenhaften Taji gefaßt; eine Gottheit, mit der er sich oft ausgesprochen hatte, verdiente eine Nische in jedem vorhandenen Tempel. Deshalb hatte er meine Skulptur mit einem Platz in seinem eigenen besonderen Schrein beehrt; und er stellte sie Seite an Seite mit seinem ehrwürdigen Ebenbild auf.

Ich wußte die Ehrerweisung zu schätzen. Doch war ich gänzlich beschämt über die enge Nachbarschaft mit diesem anderen Bildnis dort. Und mit Recht. Der fragliche Stein des Anstoßes war die Skulptur eines jüngst verstorbenen und vergöttlichten Pisangpuddingmachers, der weit und breit im ganzen Archipel als das bedeutendste Mitglied seiner Zunft berühmt war. Da er während seines Erdendaseins Medias Haushalt unterstellt gewesen war, hatte es sein dankbarer Herr hernach für richtig gehalten, dessen Ruhm durch diese posthume Auszeichnung zu krönen:

ein Umstand, der bedauerlicherweise die Würde einer Vergöttlichung schmälert. Und es soll hier auch nicht verschwiegen werden, daß Kochkünstler in diesem Teil von Mardi hohe Wertschätzung genießen. Denn bei den Leuten von Odo wird Essen und Trinken als eine Angelegenheit von Leben und Tod betrachtet. »Die Königin entreißt meinen Armen«, sprach der alte Tyty, als er von Adommo besiegt wurde, »doch laßt mir meinen Koch.«

Nun, es gab bei den Mardianern viele verkörperlichte Gottheiten, die mich aufrichten konnten. Außer Media beanspruchten die meisten Könige des Archipels eine Verehrung als Halbgott; und dies auch aufgrund der Erbfolge, da der göttliche Funke sich von Vater auf Sohn übertrug. Zur Illustrierung dessen sei angeführt, daß sich das Volk des Landes verschiedentlich in eben denselben Worten an den höchsten Gott Oro richtete, die es bei der politischen Verehrung ihrer irdischen Herrscher verwendete.

Wohlan, da hatte es in Mardi weitaus größere Gottheiten als mich: echt königliche Monarchen obendrein, die in tollen runden Domizilen wohnten aus tollem braunem Ton; und die in gelben Bambus-Tempeln tafelten und bramabarsierten und großtaten. Diese Halbgötter verfügten über die nötigen Mittel, um ihre hochfliegenden Ansprüche aufrechtzuerhalten. Und wenn es nötig war, konnten sie einem Nonkonformisten die Ketzerei ausquetschen. Durch diese makellose Union von Kirche und Staat, Gott und König, regierten höchste Cäsaren leibhaftig über die Seelen und Geister ihrer Untertanen.

Neben diesen mächtigen Magnaten schrumpften ich und meine Göttlichkeit zu nichts. Es gab noch plebejische Gottheiten, die man in hintersten Waldwinkeln dahinvegetieren ließ. Denn wißt, wir fanden noch die Zeit, mit einigen heruntergekommenen Halbgöttern zusammenzutreffen: Granden ohne Rang in Mardi, die keine Tempel hatten, um darin persönlichen Bewunderern oder geistigen Verehrern aufzuwarten. Hoffnungslos und ohne Freunde wanderten sie umher. Und oftmals, verzweifelt eines Mahls ermangelnd, langten sie mächtig zu, wenn sie über die Großartigkeit ihrer Stammbäume sannen; und hätten sich gern damit gemästet. Dennoch arme Kerle! Wie bei den schäbigen schottischen Lords in London zu König James Zeiten, machte schon ihre große Anzahl jede Distinktion zunichte. Und da sie kein Zinsbuch vorweisen konnten, ließ man sie unbeachtet ihren Dampf ablassen.

Alles in allem lebten und atmeten in Mardi so viele Götter, daß meine Göttlichkeit kaum einen Pfifferling wert war. Und da ich solch einen Gastgeber von Unsterblichen erlebte und von einer Unzahl anderer hörte, die, von rein geistiger Natur, in den Wäldern und Flüssen umgingen, gerieten meine theologischen Ansichten auf merkwürdige Weise durcheinander. Ich begann an den Juden zu denken, der den Talmud verwarf, und an dessen alldurchdringendes Prinzip, das auch Goethe und andere guthießen.

Anstatt dann von meiner Kühnheit hingerissen zu sein, mich als einen Gott auszugeben – in der Weise hatte die Sache anfangs stark auf mich gewirkt –, bemerkte ich nun, daß ich soviel Gott sein konnte, wie ich wollte, und doch nicht mit einem Löwenschwanz wedelte; zumindest nicht deswegen.

Was Medias Empfang angeht, so verdankte sich seine Freundlichkeit nicht gänzlich dem mir zugeschriebenen göttlichen Rang (er glaubte, den gleichen innezuhaben), sondern einer wunderlichen Anwandlung seiner Seele, die ihn zu der Vorstellung veranlaßte, ich sei einer unter vielen, nicht einer ohnegleichen.

Doch die offenkundige Interesselosigkeit König Medias meiner Göttlichkeit gegenüber überraschte mich keineswegs so sehr wie seine ungespielte Gleichgültigkeit angesichts meiner erstaunlichen Reise von der Sonne her; seine Gleichgültigkeit der Sonne selbst und all den wunderbaren Umständen gegenüber, die meine Abreise begleitet haben mußten. Beinahe fragte ich mich, ob er wohl nicht schon selbst dort gewesen war, wenn er eine Sonnenreise mit solcher Teilnahmslosigkeit betrachtete. Gewiß ist, daß er mich lediglich als Reisenden und nicht als großes Wunderwesen angesehen haben mußte.

Mein Erstaunen darüber stieg noch, als ich mir überlegte, daß die Landkarte von Mardi für die Bewohner des Archipels die Landkarte der Welt war. Mit Ausnahme einiger Inseln, die in unbestimmter Entfernung außerhalb der Sichtweite lagen, kannten sie mit Bestimmtheit nur ihre eigene Insel.

Und es dauerte nicht lange, bis ich noch weitere Gründe hatte, mich über den schlichten Glauben weiterzuwundern, der meiner selbstfabrizierten Geschichte geschenkt wurde. Denn diese Mardianer waren mit noch größeren Mirakeln als meinen vertraut, da sie wirklich an Wunderdinge aller Art glaubten. Schon eines von ihnen ließ meine Heldentaten vor Scham erröten.

Achte dann auf deine Wege, Taji, dachte ich, und trage deinen Kopf nicht zu hoch. Mit Sicherheit hast du mehr Ebenbürtige als Tieferstehende. Ringsum wirst du überragt. Betrage dich zurückhaltend und überhebe dich nicht, Taji. Wichtigtuerei wird nicht erwidert. Laß ab von jeder hochtrabenden Erwähnung der anderen Welt und der edlen Gottheiten, mit denen du verkehrtest. Prunke nicht mit eleganter Gewandung, denn das wäre Novität in Mardi. Prahle nicht mit der Flinkheit der *Chamois*, denn sie kann der eines Kanus nicht das Wasser reichen. Brüste dich nicht mit deiner Ahnentafel, Taji; denn Media selbst wird sie dann an dir mit der Achtelmeile messen. Sei kein ›Snob‹, Taji.

So prüfte ich denn alles wohl, und auch mich in aller Strenge; und ich beschloß meines Mentors weisem Rat zu folgen und mir weder etwas anzumaßen noch mit angemessenen Forderungen zurückzustehen, sondern offenen, geselligen Umgang mit den Göttern, Helden, Hohepriestern, Königen und Edelleuten, kurz: den Obersten von Mardi, zu pflegen.

LVIII.

Mardi bei Nacht und Yillah bei Tag

GEWISS wurden in der unserer Ankunft folgenden Nacht auf Odo viele Träume geträumt. Doch hielten mich meine Gedanken wach. Und während alle anderen schliefen, schlich ich mich, von Ruhelosigkeit getrieben, nach draußen ins zauberische Sternenlicht. Es gibt welche, die ein fremdes Land stets gern bei Nacht betrachten.

Wie schon gesagt, lag die Lichtung, worin Medias Stadt angesiedelt war, über den sie umgebenden Ebenen. Daher genoß man von dort einen weitreichenden Ausblick.

Weit und breit war nur das tiefe, leis gurgelnde Ausruhen von Mensch und Natur. Ruh war über allen Wipfeln; und in den Wiesen schwankten Schatten koboldhaft hin und her. Direkt vor mir lag die mardianische Inselflotte, tief verankert in ihrem Korallenhafen. Ganz in der Nähe eine Insel, umsäumt von leuchtendem Schaum: wie Saturn in seinem Ring.

Von allen Gipfeln stieg ein milchweißer Rauch auf, wie von indianischen Wigwams beim diesigen Erntemond. Und diese Dämpfe, mit dem Nebel vermischt, trieben dahin wie über einen Katarakt, schwebten über dem Ring des Riffs. In weiter Ferne von allem und tief in der unendlichen Nacht wogte der pechschwarze Ozean.

Doch wie still war die weite Lagune, worin sich die glühenden Himmelspunkte spiegelten!

Tief hinab in deren Allerinnerstes drangen die schrägen Strahlen des Hesperus wie eine Lichtlanze, sanken tief in geheimnisvolle Golkondas, wo sich Abertausende von Gnomen abzuplacken schienen. Bald kräuselte eine leichte Brise das Wasser, und der Lichtstrahl war nicht mehr zu sehen. Doch des Mondes helle Fährte zeigte sich noch: eine silberne Bahn, die jeden Wellenkamm auf ihrem Weg berührte, bis er wie ein eingerolltes Schiffsperlboot erschien, im Tanz mit einer Elfenschar.

Von der Erde zum Himmel! Hoch über mir wölbte sich der Nacht schattige Laube, durch die sich, wie Rebengerank, die Milchstraße wand, schwer mit goldenen Gehängen. O Sterne: Augen, die mich auf allen meinen Wegen ansehen: hell, unverwandt und unerforschlich immerdar; sagt an, Sybillen, wer ich bin. Wunderwelt auf Wunderwelt! Rings um mich, sieh, strahlend-schreckliches Zauberwerk, Sternenbilder von gänzlich prächtigem Leben: Gottes Diadem seid ihr! Euch Sterne, verdankt der Mensch seine edelsten Entzückungen, unaussprechliche, doch glaubensvolle Gedanken.

Doch wie schmerzt euer milder Schimmer das ahnende Herz. Bin ich ein Mörder, Sterne?

Stunden vergehen. Die Sternenverzückung ist geschwunden. Nun kommt die Morgendämmerung, die lang erwartete.

Zuerst öffnet sie sich am erwachenden Gesicht, lugt aus den schweren Lidern, glänzt dann in längeren Blicken hervor, bis sie, wie die Sonne, aufgeht, die Seele und ihre Strahlen nach draußen sendet.

Wenn mir täglich so meine Yillah der Dämmerung entstieg, wie erhellte sie da meine Welt; und tönte die Rosenwolken noch rosiger, die in ihren Sommerwangen spielten wie in italienischer Luft.

LIX.

Ihr Morgenmahl

UNSERE Welt ist nicht nur aus hellen Sternen und funkelnden Augen gemacht. Darum nun zu unserer Geschichte.

Ein gewissenhafter Gastgeber sollte rechtzeitig auf den Beinen sein, um auf das Wohlergehen seiner Gäste zu sehen und den günstigen Beginn ihres Tages. König Media kündigte das Kommen der Sonne an, indem er persönlich an den Rändern meiner Wohnstatt rüttelte.

In einer angrenzenden Laube, deren Boden Medias Pagen zu unserem Empfang geebnet hatten, wurde ein Mahl aufgetragen; dort waren auch seine Unterhäuptlinge zugegen. Wir ließen uns auf den Matten nieder. Die Morgenbrise wehte würzig und frisch; goldene Dämpfe lagen auf den Bergen, Silberschimmer auf dem Gras; und die Vögel mit ihrem Morgenlied in den Wäldern: ihr prächtiges Gefieder funkelte ab und zu hinter dem Blattwerk auf; und es sah aus, als ob sich ein Regenbogen dort hineingebeugt hätte.

Es wurden Köstlichkeiten vor uns ausgebreitet, in kunstvoll geformten und bemalten Kürbisschalen serviert: kein Sèvres-Porzellan, doch fast ebenso geschmackvoll; und feuergehärtet wie echtes Porzellan. Die Kürbisse werden gepflückt, wenn sie noch grün und weich sind. Ihr Fruchtfleisch wird ausgeschabt und ihnen wird eine minutiöse Zeichnung eingeritzt, in Linienmanier wie beim Kupferstich. Ist der Grund vorbereitet, werden die verschiedenen Figuren sorgfältig eingetragen, und ihre Fläche wird mit feinen Perforierungen versehen, durch die man, zur Färbung, bestimmte Pflanzenöle dringen läßt. Mit einer speziellen Erde gefüllt, wird der Kürbis nun in einen unterirdischen Ofen gelegt. Und, nach angemessener Zeit ausgegraben, seines Inhalts entleert und im Fluß gewaschen, weist er ein stark gefärbtes Äußeres auf: jede Figur ganz ausgeprägt und opak, während der Grund halb-transparent ist. Manchmal ist jede Figur anders getönt, da man verschiedene Farben verwendet hat.

Prächtigere Becher zum Weintrinken wie diese gingen nie von der Hand zum Mund. Kannengroß, machten sie fast Karaffen überflüssig.

In einem tropischen Klima nun bilden Früchte zusammen mit leichten Weinen das einzig passende Morgenmahl. Und wer, außer dem Hetman der Kosaken, wünschte sich mehr, hätte er Gärten mit Früchten und Trauben im Blick? Wir hatten Rebensaft in Hülle und Fülle. Doch davon später; es gibt so manchen hübschen alten Keller hier, der viele gute Tropfen auf Lager hat.

Während des Mahls war Media zeitweise von unserer Kleidung höchstlich in Anspruch genommen. Er bat mich, nur kurz den Stoff seiner echten Königsrobe zu prüfen und festzustellen, wie sehr er meinem überlegen sei. Sie ließ meinen Umhang vor Scham versinken: seine Robe war mit ausgefallenen Zeichnungen in Rot und Schwarz geschmackvoll bedruckt; war mit farbigen Fransen und Federn gesäumt, mit Quasten, aus Klauen roter Vögel gefertigt.

Als nächstes wurde des Skyemans Guayaquil-Hut in Augenschein genommen; dessen alberne Form unseren Gastgeber in Spottgelächter ausbrechen ließ. Und er klatschte eine große, komische Kalebasse auf den Kopf eines Dieners und sagte, dies sei nun Jarl. Bei diesen und ähnlichen Seitenhieben wieherte Samoa gewiß lauter als sonst jemand, obwohl er von Natur aus nicht heiter veranlagt war. Doch ihn schien die Gelegenheit zu erfreuen, uns ins Lächerliche gezogen zu sehen, was ihm, als Barbar unter Weißen, so oft widerfahren war.

Nach diesen Scherzen gab sich Media einen leichten Ruck zum Würdevollen hin, als wolle er seine vorangegangene Lockerheit wieder ausbügeln. Er unterredete sich gebieterisch mit seinen Häuptlingen; nickte seinen souveränen Willen den Pagen zu; verlangte nach einer weiteren Weinschale; und trug seine Königswürde in jeder Hinsicht tapfer.

Nach Abschluß des Mahls wanderten wir zum Kanu-Haus, wo wir die kleine *Chamois* eingestallt wie ein Roß vorfanden. Eine einzige Räuberei war begangen worden: Seiten und Boden des Schiffes waren von den winzigen Entenmuscheln und dem kurzen Seegras völlig entblößt worden, die sich, wie so manche Blutegel, während unserer langen, trägen Reise an unsere Planken geheftet hatten.

Sie wurden von den Leuten als Delikatesse geschätzt.

LX.

Belsazer sitzt zu Gericht

NUN, Media war König von Odo. Und während wir, wegen seines bis dahin ungekünstelten Benehmens und seines unbekümmerten und freimütigen Verhaltens uns gegenüber, Zweifel an dieser Tatsache hatten, so konnte deren Ausmalung, die wir schon am Nachmittag des Tages miterlebten, keinen Zweifel mehr daran weiterleben lassen.

Denn hoch am Mittag war Media gewohnt, seine Würde mit seinen Statussymbolen zu krönen; und auf seinem Diwan oder Thron zu Gericht zu sitzen und alle ihm vorgebrachten Fälle anzuhören und zu entscheiden; und seine königlichen Dekrete donnern zu lassen.

Dieser Diwan war am Ende eines ausgedehnten Laubenganges aufgestellt; dieser war von einer Allee königlicher Palmen gebildet, die, stattlich gereckt, ihren majestätischen Baldachin emporhielten.

Die Krone des Inselfürsten war im primitiven, altorientalischen Stil gehalten; in der Form ähnelte sie vielleicht der, die seine Heilige Majestät König Nimrod so fesch als Feldmütze zur Schau gestellt hatte, wenn er tatendurstig seinen Jagdhunden folgte. Sie war ein geflochtener Turban aus roter Tapa, im Strahlenkranz spitzer und glänzender Rochenknorpel. Ihr Fächer entsprang einem Stirnband aus den allerwertvollsten Perlen, die von den Meermännern in

Mardi, die in allertiefste Tiefe tauchten, aus der See nach oben gebracht worden waren. Der Kronenmitte entstieg eine dreifächrige Speerspitze. Und ein speerspitzenförmiges Szepter schmückte die rechte Hand des Königs.

Nun, in Anbetracht all unsrer salbadernden Demokraten, bietet ein feiner König auf einem Thron schon einen sehr feinen Anblick. Er sieht fast wie ein Gott aus. Kein Wunder, daß seine ehrerbietigen Untertanen daher schworen, daß ihr guter Herr und Meister König Media ein Halbgott sei.

Ein König auf seinem Thron! Ah, glaubt mir, ihr Gracchen, ihr Azephalen, ihr Levellers, das ist schon gewiß etwas Sehenswertes; gleich ob man in Babylon zuschaut, wie Nebukadnezar, der Furchtbare, gekrönt wurde; ob man im alten Scone zu Macbeth' Zeiten zugegen ist; zu Reims, inmitten von Oriflammen, bei der Krönung von Ludwig XIV.; in der Westminster Abbey, als der Gentleman George einen Biberfellhut gegen ein Diadem tauschte; oder unter sanftem Palmenschatten auf einer Insel im Meer.

Ein Mensch, der sich zum Herrn über den Menschen aufschwingt, ein Mensch, auf den Knien vor einem Menschen: das ist ein Schauspiel, für das Gabriel wohl gerne hierher reisen möchte, denn im Himmel schaute er es nie. Doch waren Darius, der den Medern und Persern Gesetze gab, oder der Eroberer von Baktrien, der seinen Wagen mit königlichem Vieh bespannte, kein Jota hehrer als Beau Brummel, der hochherrschaftlich nach seinem Diener läutete. Ein König auf seinem Thron! Jupiter ist es, der hoheitsvoll nickt; Satan mit seinem Kopfputz, den man in der Hölle sieht.

Ein König auf seinem Thron! Dies ist die Sonne über einem Berg; die Sonne über dem gesetzgebenden Sinai; die Sonne in unserem Sonnensystem: Planeten umtanzen sie wie Herzöge in Bereitschaft, Trabanten, die wie Barone warten.

Ein König auf seinem Thron! Schließlich nur ein edler Herr, der Platz genommen hat.

Und so saß auch der gute Herrscher, König Media.

Die Zeit verstrich. Nachdem Media einige kleinere Angelegenheiten verhandelte und abschlägig beschied, rief er einige Zeugen auf, die zu einem gewissen Jiromo aussagen sollten, einem Feuerkopf, der toll genug war, Ränke gegen die Majestät zu schmieden, die nun über ihn zu Gericht saß und ihn aburteilte.

Dessen Schuld war klar. Und nach der Anhörung der Zeugen, entnahm Media einem Büschel Palmwedel ein Blatt, legte es in die Hand eines Botenläufers oder Unterherolds und sprach: »Bringe dies Jiromo, zum Ort seiner Gefangenschaft; mit des Königs Komplimenten. Sag ihm, wir warten hier auf seinen Kopf.«

Dieser wurde ihm abgenommen wie man einen Turban vor einem Bey abnimmt und im Nu hergebracht.

Nun kamen einige ausgezehrte, abgerissene und daher verdächtig aussehende Gestalten an, knurrend und murrend und so liebenswert wie Meister Petz. Sie brabbelten in einem wilden Kauderwelsch von ›Reling‹, ›Schotten‹, ›Kofferdämmen‹, ›großen und ruhmreichen Geburtsrechten‹ und anderes hirnverbranntes Gewäsch.

Diese ›Würdenträger‹ verlangten von den Gefolgsleuten eine Audienz bei Media.

»Los, kniet vor dem Thron nieder«, war die Antwort.

»Unsere Kniescheiben sind ischiassteif«, war die rheumatische Erwiderung.

»Ein Kunststück, daß ihr euch auf den Beinen haltet«, sagten die Unterherolde.

Und in tiefer Verbeugung schritten diese vor und gaben Media Kunde von der Entschuldigung dieser mürrisch dreinblickenden Kerle. Worauf ihnen der edle Herr befahl, stante pede auf ihre morschen Knie zu gehen, entweder vor ihm oder vor dem Henker, wer ihnen gerade lieber sei.

Sie zogen ersteren vor. Und während sie dort niederknieten, spitzten Männer mit feinem Gehör (an allen Höfen reichlich vorhanden), vergeblich ihre Lauscher, um dieses eigentümliche Krachen und Losballern von Kugelgelenken und Gelenkpfannen zu vernehmen, wie es bei den Kniefällen rheumatischer Höflinge immer der Fall ist.

Dann knieten eben dieselben Kniescheiben in einer Reihe vor dem König nieder; der beäugte sie von oben, wie es der Adler in der Luft mit den jungen Gänsen auf dem Misthaufen tut; oder wie Jäger es mit ihren Hunden tun, eingeduckt bei ihren Waden.

»Euer Anliegen?« sagte Media.

Es handelte sich um eine Petition, worin ersucht wurde, daß alle Streitigkeiten der Bewohner von Odo untereinander, mitsamt allen mutmaßlichen Verstößen gegen den Staat, von zwölf rechtschaffenen und wahrhaftigen Männern verhandelt werden sollten. Diese zwölf sollten für die betroffene Partei oder alle Parteien annehmbar sein; ihnen gleichgestellt und ohne vorherige Beeinflussung sollten sie sich mit der strittigen Sache befassen. Weiterhin sollte Einstimmigkeit bei diesen zwölfen unerläßlich für einen Wahrspruch sein; und bis nicht Einstimmigkeit einträte, sollte ihnen keine Mahlzeit gewährt werden.

Lang und laut lachte König Media hohn.

»Dies hier soll euer Richter sein«, rief er aus und schwang sein Szepter. »Was! Sind zwölf weise Männer weiser als einer? Oder ergeben zwölf Narren zusammengenommen einen Weisen? Sind zwölf Ehrenmänner ehrenwerter als einer? Und wenn von zwölf Männern dreie Narren sind, dreie Weise, dreie Schurken und dreie aufrecht, wie erhält man dann von denen wirklich Einstimmigkeit?

Doch wenn zwölf Richter besser sind als einer, dann sind zwölfhundert besser als zwölf. Doch nehmt die gesamte Bevölkerung als Richter, und ihr werdet auf einen einstimmigen Spruch lange warten.

Wenn es schon bei einer zweifelhaften Sache Unstimmigkeit gibt in den sich widerstreitenden Meinungen im Geist eines Menschen, welches Durcheinander ist dann erst bei zwölf unklaren Hirnen zu erwarten? Obwohl große Einstimmigkeit bei zwölf hungrigen Mägen leicht zu finden ist.

Richter, die annehmbar sind für die Angeklagten! Wendet das auf einen Kriminalfall an. Ha! ha! wenn etwa ein Kadi abgelehnt wird, weil er den Angeklagten das Verbrechen hat begehen sehen, für das er vor Gericht steht. Dann wäre sein Geist wohl befangen: von ihm keine Unparteilichkeit! Oder euer empfindlicher Angeklagter nimmt Anstoß an einem anderen Richter, weil der eine Tomahawk-Nase hat oder grauenhaft schielt.

Verrückteste aller Verrücktheiten! Laßt euch von mir gesagt sein, daß wirklich Gleichgestellte keine wahren Urteile sprechen. Jiromo war ein Rebell. Hätte ich ihn von seinesgleichen aburteilen lassen, hätten Rebellen über ihn entschieden; und der Rebell hätte mit einigem Erfolg rebelliert.

Weg damit! Ebenso wie unfehlbare Gerechtigkeit auf Einheit begründet ist und wie ein einziger Richter schließlich in letzter Instanz die Welt richten wird, so – obwohl hienieden Gerechtigkeit oft schwer zu erlangen ist – kommt der Mensch dem Ziel nahe, wenn er dieses göttliche Modell nachahmt. Daher ist ein Richter besser als zwölf.

Und wie Justitia, als Idealbild, immer hoch erhoben über der Menge gemalt wird, so ist ein ehrenwerter König durch die Höhe seines Rangs der beste dieser Einzelrichter, die, jeder für sich genommen, besser sind als zwölf.

Untertanen! Solange ich lebe, werde ich allein euch regieren und richten. Und wenn ihr auch hier vor mir kniet, bis ihr Wurzeln schlagt, wird von diesem Thron kein Ja zu eurer Petition kommen. Ich bin König – ihr seid Sklaven. Mir steht es zu, zu befehlen; euch, zu gehorchen. Und zu dieser Stunde verkünde ich, daß in diesem Lande kein Geschwafel von Reling und Schotten vernommen werden soll. Denn, um Aufruhr einzudämmen, will ich eine tote Schotte und eine tote Reling aus dem Mann machen, der fürderhin diese pottigen Wörter auch nur haucht. Heda! Speere, seht darauf, daß diese Kniescheiben hier bis Sonnenuntergang knien.«

Der hohe Mittag war nun vorüber. Und König Media nahm seine Krone ab und legte sie auf die Estrade, damit die Knienden sie während ihrer Anbetungen im Blick hatten. Und er entfernte sich von diesem Ort und spielte wiederum den liebenswürdigen Gastgeber.

LXI.

Ein unbekanntes Wesen

WÄHREND des übrigen Tages und auch an den folgenden Tagen empfingen wir fortwährend Besuche von den Nachbarinseln, deren Bewohner in Geschwadern und Flotillen Odo umschwärmten, um die Gäste des dortigen Herrschers zu erblicken. Darunter waren viele Boten, die mit höflichen Worten und Gaben von den Nachbarkönigen kamen.

Doch es ist überflüssig, die verschiedenen Unterredungen im einzelnen wiederzugeben oder zu berichten, in welch vielfacher Weise die königlichen Fremdlinge ihr Interesse an uns bezeigten.

Am dritten Tag wurde jedoch eine mysteriöse Gestalt bemerkt, den rätselhaften Unbekannten vergleichbar, die man manchmal die turmüberschattete Plaza dos Assignatos in Lima überqueren sah. Sie war in ein dunkles Tapa-Gewand gehüllt, das die Glieder so umschlang und umfaltete und mit einer Hand wie ein Schleier so über das Gesicht gezogen war, daß nur ein einziges Auge freiblieb. Doch dieses Auge war eine Welt. Bald war es mit finsterem Blick auf Yillah gerichtet, bald auf mich, doch mit anderem Ausdruck. Wie groß und lärmend die Menge auch war, dieses unergründliche Auge starrte in einem fort; bis es schließlich kein Auge mehr zu sein schien, sondern ein Geist, der immerzu in meine Seele spähte. Oft versuchte ich mich zu nähern, doch es entzog sich mir, um bald wiederzuerscheinen.

Ich machte Media auf die Erscheinung aufmerksam und bat ihn, etwas zu tun, um sie dingfest zu machen, damit mein Verdacht, es handle sich um ein unkörperliches Wesen, zerstreut werden könnte. Er erwiderte, Unbekannte seien, aus Gründen der Höflichkeit, heilig. Das alles-verhüllende Kleid und der Augenschleier seien insofern so sicher wie eine Burg. Schließlich verschwand das Phantom zu meiner Erleichterung und wurde nie mehr gesehen.

Zahllose überschwengliche Einladungen erhielten wir, um die kurzen Besuche, mit denen wir beehrt worden waren, zu erwidern. Doch fürs erste schlugen wir sie aus; denn wir zogen es vor, uns fest im Herzen Medias einzurichten, bevor wir uns den Wechselfällen des Herumreisens aussetzten. Eine Vielzahl von Empfängen bietet weniger Sicherheit als ein getreuer Freund.

Während nun all diese Höflichkeiten entgegengenommen wurden, landeten am vierten Morgen nach unserer Ankunft drei dunkeläugige und dunkelbrünette Mädchen an dem Strand; sie trugen lange, farbenprächtige Kleider und hatten bunte Blumen im Haar.

Unter vielen tiefen Verbeugungen wurden die Fremden von einem alten, weißhaarigen Diener Medias zu mir geleitet, der mit einer Abschiedsverbeugung murmelte: »Von Königin Hautia« und dann verschwand. Sprachlos vor Verblüffung stand ich da und bewillkommnete sie.

Die erste schwenkte, mit einschmeichelndem

Lächeln, eine vielfarbene Iris vor mir: die Schwertlilie, die ihre Lanzenfähnchen flattern läßt. Die zweite trat vor und entbot dann drei rosenfarbene, purpurgeäderte Blüten des Hexenkrauts, an denen noch Tauperlen hingen. Die dritte legte eine Moosrosenknospe in meine Hand; dann eine Venushutblüte.

»Dank für eure Gunstbezeigungen! Nun eure Botschaft.«

Sie stutzten bei diesem Empfang, der doch huldvoll gemeint war, und berieten sich kurz; woraufhin die Überbringerin der Iris mit einnehmenden Worten sagte: »Wir kommen von Hautia; deren Moosrose du in der Hand hältst.«

»Dann also besten Dank an Hautia; die Knospe ist sehr wohlriechend.«

Dann wies sie auf die Venushutblüte.

»Auch diese ist süß; Dank an Hautia für ihre Blüten. Bringt mir bitte mehr.«

»Er verspottet unsere Herrin«, und sie rauschten davon, schwangen Zauberhaselgerten und ließen mich allein und verwundert zurück.

Als ich Media von diesem Auftritt erzählte, lächelte er; machte seltsame Andeutungen über Hautia, doch wußte nicht, was ihre Botschaft bedeutete.

Zuerst bereitete mir diese Sache kein geringes Unbehagen; und ich hatte reichlich Grund, mich zu wundern. Doch da ich erneut an unserem Aufenthalt auf Odo Gefallen fand, kam sie mir bald aus dem Sinn. Und einige Zeit lang hörte ich nichts mehr von Königin Hautia.

LXII.

Taji zieht sich von der Welt zurück

NACH einer Weile, als die Fremden nicht mehr wie zuvor in Scharen kamen, schlug ich unserem Gastgeber einen Streifzug über seine Besitzungen vor; ich war begierig, diese zu sehen und hoffte im geheimen, mir einen Aufenthaltsort zu erwählen, der für meinen anspruchsvollen Geschmack annehmbarer war als der mir zugewiesene.

Diese Inselpartie war eine vergnügliche Sache und führte bei mir zu dem Entschluß, Odo den Rücken zu kehren. Doch entfernte ich mich nicht sehr weit: nur zehn oder zwölf Yards: auf ein grünes Tüpfelchen von Eiland, eines von vielen, die allerorten die Insel vollständig umringten und wie Vogelnester in Verästelungen des Korallenwaldes nisteten, der in den Grundfesten der Tiefe wurzelte. Zwischen diesen Eilanden und dem Strand dehnten sich sanft abfallende Felsbänke aus, mit Sandbänken obenauf, gerade ausreichend, um ein Kanu flottzumachen. Eines dieser Inselchen war baumbestanden und überrankt: eine Laube im Meer. Und hier beschloß ich, mit Medias Erlaubnis, zu hausen.

Media wartete nicht lange mit seiner Zustimmung; und schon bald stand mein Refugium bereit. Das Zweigegewirr wurde noch zusätzlich zusammengeflochten und mit einem dichten Dach versehen. Und auch die Seiten wurden bedeckt: mit dunkelkarminroten, lanzettlichen Schraubenbaumblättern, die, vom Wind aufgewirbelt, so lodernd wirkten als stünde der Bau in Flammen. Auf Palmstämmen ausgelegtes Schilfrohr bildete den Boden. Wie elastisch! Er war bei den Häuptlingen in ganz Odo en vogue; dieser Boden verlieh der Person eine solche Beschwingtheit, daß die berühmte Feinsinnigkeit der Noblen zum Großteil diesem besonderen Grund zugeschrieben werden kann.

Hypochonder, probiert den elastischen Boden aus! Er wird euch so angenehm und sanft durchschütteln, daß er eure stagnierenden Seelenteiche aufrührt und in Schwung bringt.

Solches war meine Bleibe. Doch lasse ich etliche kleine Accessoires eines tropischen Haushalts unerwähnt: Kalebassen, Kokosschalen und Rollen von dünner Tapa. Als ich schließlich mit Yillah in meiner Laube saß und mich umblickte, da fehlte es mir an nichts.

Doch was ist mit Jarl und Samoa? Nun, Jarl mußte unbedingt ebenso einfallsreich sein wie ich. Wie ein Junggeselle in seinen Privatgemächern, so ließ er sich in einem kleinen Wigwam im Wald, direkt mir gegenüber, auf dem Festland nieder.

Samoa folgte nicht seines Kameraden Beispiel und weilte noch weiter im Lager der Hethiter und Jebusiter zu Odo. Vertrieb den Männern ihre Mußezeit mit wundersamen Mären und betörte Mädchenherzen mit seinen wunderbaren Listen.

Wenn ich es wünschte, war ich völlig ungestört in meiner Laube; denn ein Ukas von Media untersagte ein beliebiges Eindringen. Nur kam dreimal am Tag ein geschwätziger Alter mit meiner Verpflegung vorbei.

Obwohl ich derart abgesondert war, konnte ich doch nicht gänzlich den forschenden Blicken der Leute von den Nachbarinseln entgehen, die oftmals, langsam paddelnd, vorbeifuhren und begierig zu meiner Zuflucht hinblickten. Aber da sie Abstand wahrten und vorbeiglitten, ohne jemals landen zu wollen, störte mich ihre gelegentliche Nähe nur wenig. Allerdings konnte man abends dann und wann, wenn rasch undurchdringlicher Schatten herabfiel, den undeutlichen Schemen eines Kanus erspähen, der wie ein Geist vorbeihuschte. Und einmal, als ich das nahe Geplätscher eines Bugs hörte, machte ich einen Satz; doch flugs verschwand das Phantom.

In dieser Nacht erschauderte Yillah im Schlaf. »Der Maelstrom«, murmelte sie, »wohltuendes Moos.« Am nächsten Tag war sie ganz traumverloren, pflückte nachdenklich Hyazinthen oder starrte unverwandt in die Lagune.

LXIII.

Odo und sein Herrscher

ZEIT nun, um mit der Beschreibung der Insel und ihres Herrschers fortzufahren.

Als erstes zu Media: ein tapferer Gentleman und König. Er war aus gutem Holz geschnitzt. Sein endloser Stammbaum führte Gottheiten im Dutzend, zahllose Könige, Helden, Häuptlinge und Priester zuhauf. Und in seiner Person strafte er seinen Ursprung nicht Lügen. Er war kein fern vom Stamm gefallener Wicht, der letzte eines schwindenden Geschlechts. Er stand da wie eine Palme, über deren Akanthus-Kapitell die seidigen Fransen nicht minder anmutig fallen als die Locken über Medias edle Stirn. Stark war sein Arm, um die Keule zu schwingen, den Speer zu schleudern; und er war auch vermutlich manns, einer Maid Taille zu umschlingen.

Hier soviel zu Media. Nun zur Insel.

Bei unseren vergnüglichen Streifzügen gewahrten wir, daß sie eine kleine runde Welt für sich war; wie ein Garten angefüllt mit Schönheiten; mit Einsprengseln zauberischer Wälder; vom Naß der Bäche durchwandert und ringsum von einer Borte aus Palmen gesäumt, deren Wurzeln ihre Nahrung aus dem Wasser sogen. Obwohl in anderen Teilen des Archipels reichlich vorhanden, wuchs auf Odo keine einzige Brotfrucht. Eine bemerkenswerte, in diesen Gegenden zu beobachtende Tatsache: daß, aufgrund der gänzlich unterschiedlichen Bodenbeschaffenheit direkt benachbarter Inseln, manche Früchte hauptsächlich auf einer wachsen, während sie auf einer anderen völlig unbekannt sind. Odo aber war berühmt für seine Guaven, deren Aroma dem von jungerblühten Lippen glich; und für seine Trauben, deren Säfte manches Lachen und manchen Seufzer beförderten.

Neben der Stadt, die Medias Wohnort war, gab es noch ein paar weitere Ansiedlungen auf Odo. Die Angehörigen der höheren Klassen wohnten in abgesonderten Haushalten, doch nicht als Einsiedler. Einige hatten sich ganz in den kühlen, bebenden Schoß der Wälder zurückgezogen. Andere, der Nähe des Meeres zugetan, wohnten in kleinen Bambusverschlägen dicht am Strand; wo sie des morgens jauchzend aufsprangen und in das erfrischende Bad eintauchten, dessen Saum aus Schaum die Schwelle ihrer Wohnstätten war. Andere wiederum bauten ihre Nester vogelgleich in den Waldwinkeln des erhöhten Inneren; und unter ihnen lag, dunstig grün und in Schwüle versunken, das pochende Herz der Insel.

So wohnten die Häuptlinge und Gefolgsleute von Bedeutung. Die Gemeinen, Knechte, Heloten und leibeigenen Kriegsgefangenen lebten an schwer auffindbaren, verborgenen Plätzen. Daher kam es, daß die ganze Insel auf einen Fremden schön und frei von allen Sorgen wirkte. Tief in den Schluchten und Klüften wohnten diese Wesen in eklen Höhlen, eher die Baue wilder Tiere als menschliche Heime; oder machten sich Kabuffs aus morschem Geäst – frisches

Baumholz war tabu für sie –, aus dessen fauligem Innern Ungeziefer kroch. Da sie fürchteten, von einer, diesem Dreck entsprungenen Seuche angesteckt zu werden, wandelten die Häuptlinge von Odo selten auf diesen Wegen. Sie sahen sich lieber in ihren grünen Schlupfwinkeln um, ließen den Wein in Strömen fließen und pflückten sich das Beste aus den Obstgärten; und waren baß erstaunt darüber, wie diese Säue im Schmutz kriechen konnten, warum sie so bleichwangig waren. Doch sie entboten ihnen keine angenehmen Heime; suchten sie nie aus diesem Dreck zu ziehen; kein Obstgartengatter wurde aufgezogen für sie; und der Erlaß blieb in Kraft, der diese ihre Aschenbrödel zu einem Leben des Todes verurteilte. Trauriger Anblick: diese Heloten, die eingebuckelt in ihren Gräbern ackerten; in drei konzentrischen Kreisen umgaben diese künstlichen Anlagen fast die ganze Insel. Und darin gediehen, wie in Mistbeeten, vom lehmigen Schlamm genährt, vom Himmelstau und bitterem Menschenschweiß, die nahrhaften Taro-Wurzeln.

Mühsal ist des Menschen Los, Mühsal des Geistes oder Mühsal der Hände; oder ein Leiden, das schlimmer ist als beide: das Leiden und die Sünde der Faulheit. Doch wenn der Mensch für Herren sich plackt und front, die ihm das Leben vorenthalten, das er ihnen doch ermöglicht – dann, dann Aufschrei der Seele, Zerreißprobe jeder Faser. So stand's mit diesen armen Unterjochten. Und etlichen von ihnen blieb keine andere Wahl, als diese rohen Wesen zu sein, als die sie erschienen.

Ist es noch nötig zu sagen, daß Odo kein Land ungetrübter Freude und unaufhörlicher Fülle war? – Odo, in dessen innersten Schlupfwinkeln, in dunkel brütendem Dickicht, man beim Durchstreifen höchst schreckliche Schreie hörte und Stimmen, die Media verfluchten. Dort wurden Menschen gegeißelt. Ihr Verbrechen: Ketzerei; der Ketzerglaube, daß Media kein Halbgott sei. Daher ihre gellenden Schreie. Vor ihnen, die Schreie ihrer Väter, die unter der Folter sagten: »Froh sind wir zu stöhnen, damit unsere Kindeskinder glücklich sein können.« Aber ihre Kindeskinder heulten. Doch auch diese stießen ins gleiche Horn wie vorangegangene Generationen und schworen lautstark: »Die Grube, die für uns gegraben ist, soll eines anderen Grab sein.«

Doch reden wir nicht mehr davon. Den Blikken des umherstreifenden Urlaubers erschien Odo als glückliches Land. Die Palmen wiegten sich, obwohl man hier und da eine verdörrte und erstarrte antraf; die Blumen blühten, obwohl auch welke dahinmoderten; die Wellen rannten fröhlich den Strand hinan, obwohl sie manchmal beim Zurückweichen Knochen zwischen den Muscheln zurückließen.

Aber andere Todeszeichen als diese waren auf der ganzen Insel nicht zu sehen. Lebten die Menschen auf Odo ewig? War Ponce de Leons Born hier? Weit und breit sah man keine Gräberreihen, nicht die Ernte dahingemähter Generationen. Auf Odo ruhte kein hartherziger Nabob unter einem sanftmütigen Epitaph; kein *requiescat in pace* verhöhnte einen verdammten

Sünder; kein *memento mori* ermunterte die Menschen zu leben, solange sie dies noch können. Tod verbarg hier seinen Schädel, verbarg ihn im Meer, der üblichen Grabesstätte zu Odo. Nicht Staub zu Staub, sondern Staub zu Wasser; keine Leichenwagen, sondern Kanus. Denn alle, die auf dieser Insel starben, wurden über das äußere Riff hinausgebracht und dort bei ihren Vorvätern beigesetzt. Daher rührte die Vorstellung, daß in stürmischen Nächten, wenn des weißen Riffs Gischt und Schwaden um die Insel himmelhoch jagten, daß dann und dort die Myriaden Ozeanbestatteter zähneklappernd Wacht hielten.

Doch warum diese Leichenbegängnisse zu Wasser?

Odo war nur eine kleine Insel; und sollten die Lebenden Platz machen für die Toten, und sollte des Lebens kleine Kolonie von des Todes grimmen Gästen verdrängt werden; so wie die schaurigen Horden des Tamerlan über die zeltbedeckten Weiden des Khan herfielen?

Und also sprachen nun diese Inselbewohner: »Warum Verwesung in den Boden säen, der uns Leben spendet? Wir möchten unsere Trauben nicht von Gräbern klauben. Diese Erde ist eine Urne für Blumen, nicht für Asche.«

Es hieß, daß Oro, der Höchste, aus dem Meer einen Friedhof gemacht hätte.

Und gibt es herrlichere Gräber? War Mausolus großartiger bestattet? Oder sind die Kathedralenlampen vor dem Grab von Karl dem Großen prächtiger als all die Sterne, die droben über dem schiffbrüchigen Seemann glänzen?

Doch nichts mehr über die Toten; die Menschen zucken mit den Schultern und lieben nicht deren Gesellschaft; obwohl wir sie gar bald zu Gefährten haben.

LXIV.

Yillah, ein Phantom

EINE Zeitlang waren wir glücklich auf Odo: Yillah und ich auf unserem Eiland. Und die Perle auf ihrem Busen schimmerte ebenso rosig wie die Rosen ihrer Wangen; obwohl sie zuzeiten erbleichten und schwanden; und tödlich fahl schimmerten, wenn sie von dem Maelstrom und dem Moos murmelte. So fahl wie meine Seele, wenn sie sich des Priesters Aleema entsann.

Doch Tag für Tag spann sie den Bannkreis ihres Zaubers um mich; und all die verborgenen Seiten ihres Wesens wurden lieblicher und seltsamer. Ging ich mit einem Geist vertraulich um? Oft dachte ich, daß das Paradies auf Erden über mich gekommen und daß Yillah wahrhaftig ein Engel sei; und daher die Geheimnisse, die sie zur Heiligen verklärten.

Doch wie flüchtig waren unsere Freuden. Stürme folgten auf helle Tagesanbrüche. – Anhaltende Erinnerungen an kurz erlebte Ereignisse, trauriges Gedenken an Stunden der Freude – wie seid ihr doch allen Menschenkindern gemeinsam. Sind wir glücklich, halten wir da inne und sagen – »Sieh, wie glücklich du bist, meine Seele«? Nein: Glück erscheint selten als Glück, außer in Rückschau, vom Kummer her. Um eine blühende Landschaft wahrzunehmen, muß man sich aus ihr herausbegeben.

Der eine kurze Augenblick unserer Freuden beschleunigte die Stunden, die Tage. Zauberische Laube in der reizvollen Lagune, ein Bild von Waldesruh und Herzensfrieden. – O Yillah, Yillah! Der ganze Wald wiederholt diesen Klang, der wilde, wilde Wald meiner wilden Seele. Yillah! Yillah! rufen diese zarten, seltsamen Stimmen in mir; und überall ihr Widerhall, fort und fort.

Tage gingen dahin. Als ich eines Tages die Laube leer fand. Dahin! Ein Traum. Ich schloß meine Augen und hätte sie gern zurückgeträumt. Vergebens. Ich stürzte los und rief ihren Namen; doch keine Antwort. Ich entfloh dem Eiland, erreichte den benachbarten Strand und suchte sie im Wald. Und als ich meine Kameraden traf, bat ich sie um Hilfe. Doch alles zwecklos. Kein Schimmer von ihr, nur Bäume und Blumen. Dann machte ich Media ausfindig und tat ihm das Begebnis kund. Und rasch wurden Trupps zusammengestellt, welche die Insel durchkämmen sollten.

Mittag kam, doch keine Yillah. Woraufhin Media behauptete, sie weile nicht mehr auf Odo. Wohin sie gegangen war oder wie, wußte er nicht; und konnte es sich nicht einmal vorstellen.

Zu diesem kritischen Zeitpunkt trafen Boten von außerhalb ein, die, da sie Taji wohlauf wähnten, mit neuerlichen Einladungen kamen, die umliegenden ergötzlichen Orte zu besuchen. Unter diesen waren auch Königin Hautias Herolde, mit ihrem Iriswimpel, und brachten weitere Blumen. Doch sie kamen und gingen unbeachtet.

Als diese Gesandtschaften zur Rückkehr aufbrachen, wurden sie von zahlreichen Gefolgsleuten Medias begleitet, die zu den Nachbarinseln geschickt wurden, um die vermißte Yillah zu suchen. Doch nach drei Tagen kehrten alle wieder nacheinander zurück; und standen schweigend vor mir.

Eine Zeitlang tobte ich. Dann verfiel ich in äußere Ruhe, lebte eine Weile in Träumen und wechselnden Stimmungen dahin. Mit Augen, die sich nicht schließen wollten, stets mit dem einen starren Blick.

Sie mühten sich, mich aufzumuntern. Mädchen tanzten und sangen; und Märchen aus zauberhaften Tagen wurden erzählt: von ungeheuerlichen Kobolden und behexten Jünglingen, von Wäldern und Gärten im Meer. Doch noch rührte ich mich nicht, indem ich dies zwar alles hörte, aber nicht registrierte. Media rief aus: »Pfui, o Taji. Du willst ein Gott sein?« Und legte einen Speer in meine kraftlose Hand. Und Jarl appelierte laut an mich, aufzuwachen. Samoa war verwundert.

Dennoch vergingen die Tage wie im Flug. Und schließlich war mein Gedächtnis wiederhergestellt. Die Gedanken an bestimmte Dinge brachen über mich herein wie rückkehrende Wogen auf einen langen entblößten Strand. Ein Brausen und Aufschäumen von Erinnerungen! – Die liebliche Yillah gegangen und ich beraubt.

Nach einer Weile war meine trübe Stimmung vorüber. Leid wurde zu einer Erinnerung. Dieser plötzliche, schmerzliche Stich wurde zu einem tiefen Erbeben. Die Erinnerung erschien als das Erinnerte selbst, obschon gramgebeugt. Es gibt tiefgreifende Gedanken mit starkem

Glanz: tränengleiche Perlen unter dem Meer des Lebens, das doch immer aufwallt und sonnenbeschienen wogt, gleich was es verbergen mag. Gewöhnliches Weh mengt sich, wie Flüssigkeit, überall ein. Doch nicht so bei jenem anderen Schmerz. Manche Trauernden erfüllen die Luft mit Jammern, doch die lautesten Töne werden geschluckt. Ihre Tränen fließen schnell; doch allein die tiefe Quelle sprudelt.

Schließlich wandte ich mich an Media und sagte, ich müsse Odo enteilen und ganz Mardi durchstreifen; denn Yillah könnte noch gefunden werden.

Doch wird hernach nur noch wenig über das Mädchen gesagt werden, bis es sich ergibt, daß von ihrem Los Kunde kommt.

LXV.

Taji macht drei Bekanntschaften

BIS zu dieser Zeit hatte ich Samoa von Streifzügen zu den Nachbarinseln abgehalten, obwohl es ihn sehr gelüstete, den fortwährenden Einladungen zu willfahren. Doch nun gab ich ihm und seinem Kameraden die von mir geplante Reise bekannt, bei der ich ihre Gesellschaft wünschte.

Als ich meine Reiseabsicht verkündete, schlug Media zu meinem nicht geringen Erstaunen, vor, mich ebenfalls zu begleiten: ein Vorschlag, der beglückt angenommen wurde. Anscheinend hatte er aus irgendeinem Grund seine Reisen bisher noch nicht auf die entfernteren Inseln ausgedehnt. Daher war ihm die in Aussicht stehende Reise höchst willkommen. Er würde keine Mühe scheuen, um deren Gelingen zu garantieren. Und er versicherte mir des weiteren, daß sie schließlich von Erfolg gekrönt sein müßte. »Mir selbst ist an dieser Sache gelegen«, sprach er, »und glaube mir, Yillah wird gefunden werden.«

Für die Lagunenrundreise wurde die lenksame *Chamois* vorgeschlagen. Doch war Media anderer Meinung; und er sagte, es zieme sich für den Herrscher von Odo nicht, mit der Equipage seines Gastes zu reisen. Daher wurden drei Kanus aus seiner eigenen königlichen Flotte ausgewählt.

Eines für uns selbst und für ein Trio von Gefährten, mit denen er mich bekanntmachen wollte. Die übrigen waren dem Gefolge zugewiesen worden.

Dank Medias Geschmack und Achtsamkeit erwiesen sich die eben erwähnten Fremden als wirklich annehmbar.

Der erste war Mohi oder Flechtbart, so genannt wegen der Art und Weise, wie er dieses extrem lange und graue Anhängsel trug. Er war ein ehrwürdiger Erzähler von Geschichten und Sagen, einer der Archivare der Königschroniken.

Der zweite war Babbalanja, ein Mann von geheimnisvollem Aussehen, mit einem gewaltigen Gewand bekleidet. Er war bewandert in altem mardianischem Wissen; gänzlich den Zitaten alter und veralteter Autoritäten verfallen: den Grübeleien des alten Bardianna, den Pandekten des Alla-Malolla.

Der dritte und letzte war Yoomy der Sänger. Ein jugendlicher, langhaariger, blauäugiger Spielmann, mit plötzlichen Anwandlungen, zeitweise geistesabwesend und bleichwangig, doch immer sehr adrett und nett herausgeputzt, den schicksten Turban auf dem Kopf, mit einer Paradiesvogelfeder als Helmbusch und mit den farbenprächtigsten Schärpen prunkend. Yoomy war ohrenbetörenden Liebesliedern, Rondos und Rundgesängen ergeben. Doch manchmal verschmähte er die Hirten-Rohrflöte und stieß ins Horn, mit kraftvollen Balladen von Waffen und Schlachten; oder stimmte in traurigen Weisen Elegien an für verstorbene Barden und Helden.

Soviel zu Yoomy, dem Sänger. In anderer Hinsicht wäre er schwierig zu schildern. Er war eine so launische Seele, so sehr von widersprüchlichen Stimmungen hin- und hergerissen: so hochmütig wie bescheiden, so traurig wie fröhlich; derart aus tausend Widersprüchen bestehend, daß wir es ihm im Verlauf unserer Geschichte selbst überlassen mußten, sich zu beschreiben. Und hoffentlich wird ihm dies gelingen; da niemand in Mardi ihn verstand.

Das uns derart beigesellte Trio nun war schon eine Zeitlang sehr erpicht gewesen auf diese Reise durch den Archipel. Namentlich Babbalanja hatte oft den glühenden Wunsch geäußert, auf der Suche nach einem geheimnisvoll bedeuteten Ziel jede dieser Inseln zu besuchen. Über meinen Verlust murmelte er tiefste Anteilnahme, aufrichtiges Mitgefühl, und, indem er meine Hand mehr als einmal drückte, sprach er leise: »Euer Ziel ist auch meines, edler Taji. Wo immer Ihr sucht, ich folge Euch.«

Auch Yoomy wandte sich solchermaßen an mich, doch mit noch mehr Gefühl. Und etwas Ähnliches wiederholte auch Flechtbart.

Doch zu meinem Kummer bemerkte ich, daß Mohi und Babbalanja, letzter insbesondere, nicht so hoffnungsfroh waren hinsichtlich der verschollenen Yillah wie der jugendliche Yoomy und sein kühner Herr, König Media.

Da unsere Reise keine kurze Zeitspanne in Anspruch nehmen würde, war es erforderlich, daß Media einen vertrauenswürdigen Regenten benannte, der in seiner Abwesenheit herrschte. Dieser Herrscher wurde in Almanni gefunden, einem trotzig blickenden, resoluten Krieger aus der Sippe des Königs.

Als schließlich alles bereit war und der folgende Morgen als Starttermin feststand, zeichnete Media bei der Abendebbe, als Licht und Wasser schwanden, in groben Umrissen die Karte der Lagune auf den Strand, als Ersatz dafür, daß von Odo aus nur eine behinderte und daher unvollständige Sicht möglich war.

Und so wurde unsere Reiseroute skizziert: welche Inseln zuerst und welche erst auf unserem Nachhauseweg besucht werden sollten.

Mit günstigem Wind fahren sie bei Sonnenaufgang

ALLE hielten Wort: die Sonne ging auf, und Media kam bei meiner Insel vorbei.

Was für ein herrlicher Morgen! Die neugeborenen Wolken mit Goldsprenkeln übersät und violett gestreift; die Sonne hochgemut; und die angenehme Luft, nächtens gekühlt von den ineinanderspielenden Fontänen, die im Kreis rings um das Riff immerzu aufschossen. In ihrer Mitte die Lagune, das korallengesäumte Becken, in das sie sich ergossen und zu der grünen Stille hier abflauten.

Doch welche Ungeheuer von Kanus! Wollten sie einen unschuldigen Reisenden verschlingen? Ihre großen, schwarzen Buge ringelten sich in die Höhe und waren wie Elefantenrüssel zurückgeworfen, eine dunkle Schlangenlänge nach hinten, wie Seeschlangengeschlängel.

Der Bug des vordersten endete in einem breiten, offenen Haifischmaul, verziert mit zehn Reihen perliger Menschenzähne, sorgfältig in das geschnitzte Holz eingelassen. Das Dollbord war mit Reihen üppig getüpfelter Leoparden- und Tigermuscheln geschmückt; die sich ab und zu mit anderen abwechselten, flachen und runden, mit Spiralen gezeichnet. Muntere Schlangen, in ihren Windungen erstarrt: Sie waren in einen ausgekehlten Rand eingebettet; und dies vermittels einer harzigen Masse, die solch einen

Duft verströmte, daß die Kanus wohlriechender waren als indische Gewürzkisten von den Malediven.

Die Ähnlichkeit des ersten Kanus mit einem Elefanten wurde noch durch eine Art baldachinüberdachter Elefantensänfte in dessen Heck unterstrichen; sie war aus schwerer, rotbrauner Tapa, an den Ecken mit langen, rotgefärbten Kokosfaserquasten versehen. Diese schwangen hin und her wie die Fuchsschwänze an einem Gewand der Tuscarora-Indianer.

Doch was ist das am Kopfende des Kanus, just unter dem Haifischmaul? Ein kleines, feixendes Teufelchen in Form einer Statue, mit Nasenring, klimpernden Kauri-Schalen an den Ohren, mit abscheulich-lüsternem Schrägblick, wie der auf seinem Esel taumelnde Silen. Es machte es sich bequem und schmauchte: der Pfeifenkopf ein verkleinertes Doppel des Raucherantlitzes. Dieses Bildnis schaute heckwärts und verspottete uns immerzu.

Obwohl im Verlauf unseres Aufenthaltes auf Odo so viele Barken und Schaluppen angelegt hatten, kann von diesen, Medias Kanus, gesagt werden, daß wir nichts Vergleichbares erblickt hatten. Als wir uns aber nach der Herkunft seiner Meereskarosse erkundigten, wurden wir angehalten, selbige wie Antiquitäten und Erbstücke zu verehren: Gefährte mit Tatzenkielen, Drachenbugen aus verflossenen Zeiten. Jetzt im allgemeinen Gebrauch verdrängt von den mehr schwanenähnlichen Kanus, die für das fortgeschrittene Stadium des Schiffsbaus in Mardi bezeichnend sind. Sobald wir dies wußten, wurde das, was in meinen Augen beinahe als gräßlich erschienen war, zu etwas nur Bizarrem. Und ich konnte nicht umhin, über den guten alten Familienstolz unseres Gastgebers höchst entzückt zu sein.

Auf den oberen Ecken unserer Segel prangte Medias Familienwappen: drei stehende Wildschweinhauer auf silbernem Feld. Ein grimmiger Wahlspruch: Wen zerreißt er?

Als alles gerichtet war, glitten wir davon; und die Menge winkte zum Abschied. Unsere Flotte war folgendermaßen angeordnet:

Vorneweg schwamm die königliche *Elefant* mit Media, mir, Jarl und Samoa, mit Mohi, dem Legendenerzähler, mit Babbalanja, Yoomy und sechs munteren Paddlern; in deren breite Ruderblätter waren die königlichen Wildschweinhauer geschnitzt; und eben dieselben waren auf ihre Brustkörbe, anstelle einer Livree, tätowiert.

Wie Media es versprochen hatte, reisten wir so in vollem Staat. Zur Krönung des Ganzen war seitlich in den hohen, offenen Haifischrachen unseres Bugs ein Winzling von Junge gesetzt, einer von Medias Pagen, dem ein rotes Muschelhorn hifthornartig von der Seite hing. Neben anderen Aufgaben war es des kleinen Vee-Vees Pflicht, das Kommen seines Herrn anzukündigen, wenn dieser sich den auf unserer Route liegenden Inseln näherte. Zwei kurze, aus einer Seite des Bugs herausragende Querstangen erlaubten ihm den Aufstieg zu seinem luftigen Sitz.

Als wir mit geblähten Segeln die offene Lagune erreichten und, im Spiel der Paddel, eine

Gischtgarbe senkrecht gegen unseren Bug stieß, streckte Yoomy, der von dem würzigen Schaum übergossen dastand, seine Hand aus und rief: »Die Morgendämmerung ist vorüber und ganz Mardi liegt vor uns: mit all seinen Inseln, all seinen Seen, seinem ganzen Schatz von Gutem und Bösem. Stürme können kommen, unsere Boote können versinken. Doch weht mit uns, all ihr Winde; gib uns einen kräftigen Stoß, gutes Clairon. Alle unsere Sinne wollen wir zusammenhalten. Und diese Segelfahrt soll höchst fröhlich sein, denn Yillah wird doch gefunden werden.«

LXVII.

Kleiner König Peepi

VALAPEE oder die Insel der Yamswurzeln: Da sie von Medias Gebiet aus deutlich zu sehen war, brauchten wir nicht lange, um uns ihrem Gestade zu nähern.

Zwei lange, parallele Erhebungen von drei Bogenschußweiten Höhe durchziehen die Insel der Länge nach als einen Doppelrücken, in dessen Mitte sich ein Tal weitet; es ist zudem so flach, daß sich an seinen beiden Enden das Grün seiner Wälder mit dem Grün der Lagune mischt: so scheint die Insel von einer Meeresstraße durchteilt zu sein.

Nur wenige Schritte vom Strand entfernt griffen unsere Boote Grund und gaben, Kamelen gleich, zu verstehen, daß wir Reisende abzusteigen hätten.

Daraufhin rannte die versammelte Schar der Inselbewohner ins Wasser; sie verlangten mit gebeugtem Rücken unterwürfig nach der Ehre, uns an Land zu transportieren. Als sie den Strand erreicht hatten, streiften alle, die bis jetzt Kleider trugen, diese bis zur Gürtellinie ab; denn eine nackte Brust ist ihr Salut für Könige. Dies ist sehr praktisch für das einfache Volk: ihre halbbekleideten Gestalten entbieten eine fortwährende und gründliche Begrüßung.

Sofort nahte Peepi, der Herrscher von Valapee: ein kaum zehnjähriger Junge, der rittlings auf dem Nacken eines kräftigen Maultieres saß und einen langen Speer ausgestreckt vor sich hertrug; daran war ein Baldachin aus fünf breiten Bananenblättern befestigt. Derart beschattet, nahte der kleine Peepi, indes er sich am Stirnhaar seines Tragetiers festhielt.

Außer seinem leuchtend roten Gewand trug der junge Herrscher nur das Symbol der valapeeanischen Königswürde: eine Schnur mit dicht aneinandergereihten, kleinen, hohlen Muscheln, die sich durch sein üppiges Lockenhaar wand und teilweise darin verschwand. Ein Ende von ihr fiel über sein Ohr und gab einen in seltsamer Manier aus einer Muskatnuß geschnitzten Schlangenkopf zu erkennen.

Es heißt, die Unbekümmertheit eines Jünglings werde von königlicher Abkunft nicht berührt. Doch hatte dieser junge Peepi etwas so verblüffend Frühreifes an sich, daß man zuerst kaum wußte, zu welchem Schluß man kommen sollte.

Nach den ersten Höflichkeitsbezeigungen wurden die Gäste landeinwärts zu einem schattigen Ort eingeladen.

Auf dem Weg dorthin ersuchte Babbalanja, der zwischen dem alten Mohi, dem Archivar der Chroniken, und Samoa, dem Upoluaner, ging, den ersteren, daß er einen Fremden über die Geschichte dieses seltsamen Peepi belehre. Woraufhin uns der Chronist folgenden Bericht gab, den er ganz und gar allein zu verantworten hat.

Peepi war anscheinend vor seiner Geburt zum König proklamiert worden. Sein Vater starb ein paar Wochen vor diesem Ereignis; und als er seinen Diwan räumte, erklärte er, daß er einen Monarchen hinterlassen habe.

Von Peepi wurden Wunderdinge erzählt. Zusammen mit der Königswürde und über seine eigene Seele hinaus, hatte der kindliche Monarch angeblich die kühnen Geister von etwa zwanzig Helden, Weisen, Einfaltspinseln und Halbgöttern geerbt, die vorher seinem Vater innewohnten.

Dieser Herr von Valapee war mit geistigen Gaben sehr üppig gesegnet; zudem der Legatar zahlreicher namenloser Seelen, die ihm von ihren verstorbenen königlichen Besitzern hinterlassen wurden. Durch einen unterwürfigen Beschluß seiner Häuptlingsversammlung besaß er auch die Anwartschaft auf alle unsterblichen Geister, deren erste Rechtsnachfolger in Valapee ohne Testament sterben würden. Dienstbare, aber kühne Senatoren! Derart vorausschauend die unveräußerlichen Rechte der Nachfahren wegzuverwalten. Und diese sind noch nicht einmal geboren. Doch hatte man dem Volk von Valapee schon mehr geraubt als es jetzt seinen Nachkommen abringen konnte. Und früheren Peepis, ob Mann oder Kind, wurden größere Ehrungen zuteil als dem heutigen Peepi. Das bezeugt das Verhalten früherer Häuptlinge anläßlich jeder neuen Belehnung mit der königlichen Schlange. Vor Loyalität fiebernd pflegten sie sich dem Erben der Insel zu präsentieren, um die höfische Zeremonie der Pupera zu vollführen. Dies ist ein merkwürdiges Procedere: die umgekehrte Bemühung, eine aufrechte Haltung einzunehmen, wobei das Riechorgan die Basis bildet.

Der häufigen Ausübung dieser Zeremonie schrieben höchst kluge Beobachter die platten

Nasen der älteren Inselhäuptlinge zu; die trotzdem sehr stolz darauf waren.

Diese Häuptlinge wahrten ebenfalls noch den altmodischen Brauch, sich aus der königlichen Gegenwart mit dem Kopf zwischen den Schenkeln zu entfernen; so daß ihre Gesichter noch ehrerbietig ihrem Herrn und Meister zugewandt bleiben konnten, während sie in die entgegengesetzte Richtung davonschritten. Eine hübsche Aussicht erlangten sie auf ihn. Alles war wie durch einen Rundbogen hindurch gesehen.

Doch zurück zu Peepi, dem Erben von Seelen und Untertanen. Mit dem Volk von Valapee war ein Glaubensartikel geschlossen, demnach Peepi nicht nur die ihm vermachten Seelen tatsächlich besaß, sondern demnach auch seine eigene Seele mit deren besonderen Eigenschaften angereichert wurde: mit der Tollkühnheit des seligen Tongatona; der kleinmütigen Zurückhaltung Blandoos; der Gewitztheit von Voyo; der Einfältigkeit von Raymonda; der Verschwendungssucht von Zonoree; der Sparsamkeit von Titonti.

Doch hätten all diese und ähnliche gegensätzliche Eigenschaften gleichzeitig auf Peepi eingewirkt, wäre er fürwahr ein höchst bedauerlicher Sterblicher gewesen: in einem endlosen Strudel von Entschlüssen, unfähig zu einer einzigen Handlung.

Doch, den Göttern sei Dank, war es anders. Obwohl es deswegen seinen Untertanen kaum besser erging. Seine gesammelten Seelen wurden nacheinander in ihm aktiv und vorherrschend. Heute regierte der mutige Tongatona die Insel, sann über Krieg und Invasion; morgen wird es der dreifach vorsichtige Blandoo sein, der die ausgehobenen Truppen entläßt und seine Aufmerksamkeit den Yamswurzel-Terrassen zuwendet. Und so fort in endloser Rotation.

Aufgrund dieser inneren Seelenumwälzung wurde Peepi, obzwar handlungsfähig, zu einem der unzuverlässigsten Wesen. Was der freigiebige Zonoree heute großzügig versprach, das versagte der knickrige Titonti am nächsten Tag; und immerzu annulierte Raymonda Voyos Tun; und Voyo das Tun von Raymonda.

Was Wunder also, daß es in Valapee bei der gesamten Gesetzgebung drunter und drüber ging, vor und zurück; Abschaffung und Wiedereinsetzung, Fundamente ohne Aufbauten: nichts Dauerhaftes, nur die Insel selbst.

Und es gab in den Nachbarländern welche, die es nicht versäumten, aus dem Dauer-Übergangsstadium der Verhältnisse im Königreich ihren Nutzen zu ziehen. Jegliche Wohltaten wurden von Peepi erbeten, wenn der verschwenderische Zonoree seinen Einfluß geltend machte. Und mit dreisten Ansprüchen wurde der Staat bedrängt, wenn der verzagte Blandoo vor dem Gedanken zurückschreckte, sich diesen zu widersetzen.

Derart widersprüchlichen Impulsen ausgesetzt, über die er nicht die geringste Kontrolle hatte, war Peepi jeder moralischen Verpflichtungen benommen. Er handelte nicht freier als das Herz, das in seiner Brust schlug. Weshalb sein entgegenkommendes Parlament ein Gesetz verabschiedet hatte, das diese merkwürdige, aber alarmierende Tatsache anerkannte und feierlich erklärte, daß König Peepi ohne Gewissen sei. Wie es der Wahrheit entsprach. Doch als sie noch weitergingen und per Status hoch und heilig erklärten, daß Peepi nichts falsch machen könne, taten sie der Wahrheit gewiß Gewalt an; und leisteten sich dazu einen groben Schnitzer in ihrer Logik. Denn weit davon entfernt, eine absolute Abneigung gegen das Böse zu haben, war es für Peepi sogar, aufgrund seiner Natur, die schwierigste Sache auf der Welt, recht zu handeln.

Zog man all dies in Betracht, dann erstaunt es nicht, daß dieser völlig verantwortungslose junge Fürst ein Kerl von beachtlicher Selbstsicherheit war, mit dem sorglosesten Benehmen, das man sich vorstellen kann.

LXVIII

Über das Ansehen von Zähnen in Valapee

WIE eine Schlangenspur wand sich der Weg, dem wir folgten, durch das Dickicht. Und schon bald erreichten wir ein weiträumiges Gehölz, das eine ovale Laube überwölbte. Hier lagerten wir mit Behagen, und es wurden uns Erfrischungen gereicht.

Außer dem folgenden geschah nichts Bemerkenswertes. Als König Peepi zufällig einen flüchtigen Blick auf die weißen, glatten Zähne von Horora, einem von unseren Gefolgsleuten, warf, ersuchte er Media unverfroren um die Gunst, daß eben diese Mundzierde auf der Stelle gezogen und ihm zum Geschenk gemacht würde.

Nun zählen extrahierte menschliche Zähne in Mardi zu den wertvollsten Schmuckstücken. So öffne deine feste Schatulle weit, Hohora, und zeige deine Schätze. Welch stattliche Reihe! Ohne irgendeine Lücke dicht an dicht stehend. Tatsächlich, ein kompletter Satz Kleinodien, dachte Peepi. Doch anscheinend nicht für ihn bestimmt. Media stellte es dem jetzigen Besitzer anheim, ob seine Zähne den Besitzer wechseln sollten oder nicht.

Als Vorbereitung auf die weitere Erzählung muß jetzt unbedingt noch einiges darüber gesagt werden, in welchem Licht man die menschlichen Kauwerkzeuge in Mardi betrachtet.

Auf eine Schnur gezogen, werden sie als Halsbänder oder Ohrgehänge zur Schau gestellt; sie werden zu Würfeln verarbeitet; statt seidiger Locken tauscht man sie als Liebesbeweise.

Wie sich die Menschen überall gegen die Brust schlagen und sich die Haare raufen, wenn sie von Trauer ergriffen sind, so schlägt man sich in manchen Ländern, unter dem Ansturm ähnlicher Gefühle, die Zähne aus. Dies wurde einst in sehr großem Umfang auf den Hawaii-Inseln praktiziert, ehe es mit Idol und Altar bergab ging. In Oahu leben noch einige alte Häuptlinge, die dem berühmten Leichenbegängnis ihres ehemaligen königlichen Generalissimus Tamahammaha beiwohnten, wo unsäglich viele Pfunde ›Elfenbein‹ über sein Grab gestreut wurden.

Ah! und wären die königlichen weißen Elefanten Siams dagewesen, hätten sie zweifelsohne ihre langen, gekrümmten Stoßzähne geopfert, womit sie ihre Feinde, die Leoparden, aufspießten. Und das Einhorn hätte dieses starre Bajonett auf seiner Stirn dahingegeben; und der majestätische Pottwal die lange Reihe seiner weißen Zinnen in seinem Maul. Jawohl, auf dieses grimmigen Kriegers Grab hätten Elche, Wapitis und Hirsche ihre Geweihe gestapelt wie Soldaten ihre Waffen auf dem Feld.

Fürchterliche Schatten des tätowierten Tamahammaha! Wenn aus eines scheußlichen Drachen Gebiß gepanzerte Mannen erstanden, welche Helden werden dann den kannibalischen Reißzähnen entspringen, die einst den Kriegern selbst gehörten! – Bin ich die Hexe von Endor, daß ich diesen Geist beschwöre? Oder König Saul, daß mich dieser Anblick derart erbeben läßt? Dann schaut, rings um mich breitet sich Tammahammahas Tätowierung aus, bis der ganze Himmel ein einziges Tigerfell zu sein scheint. Doch jetzt fegt das scheckige Phantom einher, wie das Großsegel eines Kriegsschiffs, wie eine Wolke, weit leewärts geweht in einem Ungewitter.

Nieder mit Banquo – wir kehren zurück.

In Valapee herrscht nicht die barbarische Hindusitte, die Witwen den Geistern ihrer Gatten zu opfern; denn die vom Verlust betroffenen Frauen heiraten dort wieder. Und es herrscht auch nicht der hawaiische Brauch, den Manen der Toten Zähne zu opfern; denn beim Hinscheiden eines Freundes plündert man nicht seine eigenen Münder, um seinen Schmerz zu bezeugen. Andererseits ziehen sie den Verstorbenen die Zähne und verteilen sie als Erbstücke zur Erinnerung; wie anderswo Silberlöffel verschenkt werden.

Wegen des hohen Werts, der den Zähnen allenthalben im Archipel von Mardi beigemessen wird, und auch wegen ihrer handlichen Größe sind sie als Geld in Umlauf. Diese Schnüre mit Zähnen gelten so viel bei diesem Volk wie Wampun-Gürtel bei den Winnebagos des Nordens oder Kaurischnecken bei den Bengalesen. So daß in Valapee sogar die Bettler mit einer hübschen Wertanlage in ihren Mündern geboren werden. Zu bald jedoch wird diese von ihren Herren in Besitz genommen, die diese Männer für den Rest ihrer Tage zahnlos lassen und zu einer Diät mit Poi-Pudding und Bananen-Blancmanger zwingen.

Als Zahlungsmittel sind Zähne weit weniger plump als Kokosnüsse, die bei manchen Hinterwäldlern als Münzgeld kursieren; eine Nuß ist vielleicht einen Penny wert. Der Reisende, der von diesem Faktum berichtet, lacht sich darob mächtig ins Fäustchen, da es die Einfältigkeit dieser Heiden deutlich macht. Und er weiß nicht, daß er selbst der Simpel war, da deren Geld absichtlich von den Männern ersonnen wurde, um die Verschwendungssucht ihrer Frauen einzudämmen: will man Kokosnußgeld ausgeben, hat man ganz schön viel zu schleppen.

Es ist nur noch hinzuzufügen, daß der feierlichste Eid eines Eingeborenen von Valapee der ist, der bei seinem Zahn geschworen wird. »Bei diesem Zahn«, sagte Bondo zu Noojoomo, »bei diesem Zahn schwöre ich, daß ich Rache nehme an dir, o Noojoomo!«

LXIX.

Die Gesellschaft unterhält sich, und Flechtbart erzählt eine Sage

DA wir auf Valapee keine Spur von der Gesuchten entdeckten und da uns das kriecherische Gebaren der Leute und die unberechenbaren Tollheiten Peepis, ihres Herrn, nur wenig gefielen, entfernten wir uns bald von der Insel.

Indes wir dahinglitten, erließ Media ein Dekret zur Förderung der Geselligkeit. Er erklärte es zu seinem königlichen Vergnügen, während der Reise jede steife Förmlichkeit und alle Staatsetikette aufzuheben; nichts solle der Ungezwungenheit der Gäste abträglich sein. Um dieses reizende Vorhaben zu unterstützen, legte er seine Königssymbole, Krone und Szepter, ab. Und er versicherte uns, er würde sie nicht wieder anlegen, außer wir landeten; und auch dann würde er sie nicht immer tragen.

»Sind wir nicht alle Freunde und Gefährten?« sprach er. »Also wollen wir Gefährten und Freunde sein. Ich entspanne meinen Bogen. Tut ihr desgleichen.«

»Doch sollen wir nicht würdevoll sein?« fragte Babbalanja.

»Wenn Würde frei und natürlich ist, dann sei so würdevoll, wie es dir frommt. Doch weg mit all den starren Förmlichkeiten.«

»Schon sind sie fort«, sagte Babbalanja. »Und edler Herr, wenn Ihr mich jetzt schon daran erinnert, so habe ich oft gedacht, daß es für jeden Menschen eitle Narretei ist, sich um ein würdevolles Benehmen zu bemühen. Wohlan, edler Herr« – ungezwungen legte er die Beine übereinander – »der König, der seine Gesandten mit majestätisch hochgeworfenem Kopf empfängt, ist vielleicht gerade vom Zahnweh genesen. Dieser Gedanke sollte sein so wacker getragenes Rückgrat geneigt machen.«

»Paßt auf, mein Herr, hier hört ein König mit!«

»Verzeihung, edler Herr. Ich habe nur von der Freiheit Gebrauch gemacht, die den Gästen gewährt wurde. Erlaubt künftig einem Untertan, gegen Eure Ungezwungenheitsdekrete zu rebellieren. Ich werde nicht mehr so freimütig sein.«

»Gut gegeben, Babbalanja. Komm her: hier, kreuze deine Beine bei meinen. Du bist in meinen Augen eine Elle gewachsen. Vee-Vee, bring uns diese Kürbisflasche mit Wein; und laß sie mit den Bechern reihum gehen. Und jetzt ein Lied, Yoomy!«

Und ein Lied wurde gesungen.

So fuhren wir dahin: unter der baldachinüberdachten Elefantensänfte genüßlich hingestreckt. Schließlich näherten wir uns einem Felsen, der Pella hieß oder Der Gestohlene. Ein hoher, grüner Felszacken, der über seinen Sockel hinausragt und einen höhlendunklen Schatten auf die darunterliegende Lagune wirft, welche durch das herabtropfende Naß Wellen schlägt.

Bei der Durchfahrt unter dieser Klippe war es, als befände man sich (wie einigen Jägern zur See passiert) unter dem offenen Oberkiefer eines Wals, der einen beim Herunterklappen unfehlbar unter sich begräbt. Doch da sie mit dem Felsen vertraut waren, warfen unsere Paddler bloß ihre Köpfe zurück, um das kühle, angenehme Getröpfel aus dem Moos von oben aufzufangen.

Der alte Mohi, der sich von seinem Platz unter dem Baldachin geradewegs nach draußen drehte, erklärte feierlich, indem er einige glitzernde Perlen aus dem Bart wischte, daß das Trinken dieses Wassers gar manchen Menschen vom Ehrgeiz geheilt habe.

»Wie denn, alter Mann?« fragte Media.

»Weil es durch die Asche von zehn Königen rinnt, die einst in einem in diesen Felsen gehauenen Grabmal bestattet wurden.«

»Mächtige Könige und zweifelsohne berühmt«, sprach Babbalanja, »deren Gebeine einer so edlen und dauerhaften Urne für wert gehalten wurden. Bitte, Mohi, ihre Namen und furchtbaren Taten.«

»Ach, nur ihr Grabmal ist geblieben.«

»Und ganz bestimmt schufen sie, wie viele andere, dieses Grabmal ganz allein. Sie schlafen tief, so nenn' ich das, alter Mann. Aber es ist doch sehr zu fragen, ob man irgendwelche sterblichen Überreste fände, wenn man den Felsen zersprengen würde. Mohi, ich bestreite es, daß diese Könige je Gebeine zum Bestatten hatten.«

»Nun, Babbalanja«, sprach Media, »da du kundtust, sie hätten nie einen Geist gehabt, den sie aufgeben konnten, ignorierst du sie *in toto;* und leugnest selbst die Tatsache ihres Dahinscheidens.«

»Zehntausendmal Entschuldigung, edler Herr, dergleichen Unhöflichkeit würde ich dem namenlosen Gedächtnis der illustren Toten nicht antun. Doch für sie ist es jetzt gleich, ob sie je lebten oder nicht. Aber wenn es sie gab und wenn der Tod ein taubstummer Zustand ist, dann würde sie auch ein Triumphzug über ihren Gräbern nicht aus der Ruhe bringen. Erlebten sie jedoch mit dem Tod eine glanzvolle Wiedergeburt, dann müßte ihnen Mardi als die belangloseste Erinnerung erscheinen. Oder die Erinnerung an Irdisches könnte ihnen vielleicht ganz entgleiten; und sie wären nicht mehr sie selbst, wie der Schmetterling nicht mehr die Raupe ist.«

Daraufhin Yoomy: »Dann erklärst du dies zu einer passenden Veranschaulichung der wunderbaren Verwandlung, die beim Menschen nach dem Tode vonstatten gehen soll?«

»Nein; denn die Analogie hat einen unbefriedigenden Schluß. Die Seidenraupe wird nach ihrem Puppenstadium nur ein Falter, der sein Leben schnell aushaucht. Ihr Puppendasein währt am längsten. Nichtig, nichtig der Versuch, in der Natur nach einer positiven Bestätigung für unser Streben zu suchen. Die Natur scheint in all ihren Unterabteilungen dem Leben Unsterblichkeit zu versprechen, den Lebewesen hingegen Vernichtung. Oder, wie es der alte Bardianna ausdrückte: Wenn die Natur auch nicht gegen uns ist, so ist sie doch nicht für uns.«

Media erhob sich und sprach: »Babbalanja, da hast du wahrlich den Höfling abgelegt; du sprichst von Seidenwürmern und Raupen zu mir, einem König und Halbgott! Nimm doch einen angenehmeren Gegenstand zum Thema: den Ruhm.«

»Noch einmal Verzeihung, edler Herr. Da Ihr es wünscht, wollen wir uns über diesen Gegenstand unterhalten. Als erstes stelle ich den unbezweifelbaren Grundsatz auf, daß jeglicher posthumer Ruhm (und sonst gibt es keinen) an sich wertlos ist. Seid nicht gekränkt, edler Herr. Die edel Strebenden mögen ja späteren Ruhm vorwegnehmen. Doch indem man feststellt, daß sie sich in diesen, wie in eine Typhusfieberphantasie, hineingesteigert haben, erkennt man, daß sie in ihren Leichentüchern nicht berühmter sind als sie es zu Lebzeiten waren.«

Daraufhin Yoomy: »Doch diese großen und guten Taten, Babbalanja, von denen die Philosophen so oft reden: muß der Glaube nicht angenehm sein, daß die Erinnerung an diese uns lange überleben wird; wie wir uns selbst in ihnen überleben.«

»Ich spreche hier von der Ruhmessucht, die, selbst wenn sie befriedigt ist, wie ein in der Wüste gestillter Durst, keine Beglückung bietet, sondern nur Linderung; und die ganz und gar nicht erkennen kann, was ihr Schmachten stillt. Doch laßt mich fortfahren. Es ist noch keine Stunde her, daß uns Flechtbart die Geschichte von Fürst Ottimo erzählte, der sich, da er im Leben ohne Odeur war, bei der Aussicht entzückt zeigte, als Toter einbalsamiert und von Duft umhüllt zu werden. Doch war nicht Ottimo ein höchst exzentrischer Sterblicher? Denn nur wenige ordnen an, daß die Beschaffenheit ihrer Leichentücher vor der Zeit geprüft werde. Viel mehr besorgt sind sie um das Gewebe der Tücher, in denen ihre lebendigen Glieder ruhen.

Und, edler Herr, tun nicht alle Mardianer, bis auf wenige Ausnahmen, durch ihr Handeln kund, daß es weitaus besser ist, jetzt allbekannt zu sein als in Zukunft berühmt?«

»Eine unedle Ansicht, Ihro Gnaden,« sagte Yoomy. »Tröstete sich nicht der arme Bonja, der ungeliebte Poet, über die Mißachtung durch seine Zeitgenossen damit hinweg, daß er verstärkt an das Leben nach dem Tode dachte?«

»Im Klartext hieße dies, sein Geist, der sich auf die ruhmvolle Beifallsernte besinnt, würde diese für ihn einfahren«, sagte Babbalanja. »Doch von Banjo, Bonjo, Binjo habe ich nie etwas gehört.«

»Ich auch nicht«, sagte Mohi.

»Und ich nicht«, sagte Media.

»Armer Kerl!« rief Babbalanja aus, »ich fürchte, seine Ernte ist noch nicht reif.«

»Ach was«, rief Yoomy, »er starb vor mehr als hundert Jahren.«

»Doch wenn du schon von nicht geliebten Poeten sprichst, Yoomy«, sagte Babbalanja, »soll ich dir mal meine Meinung geigen?«

»Bitte«, sagte Mohi, der sich den Bart strich.

»Wer heute überall als Null gilt, wird, wenn sich überhaupt jemand an ihn erinnert, in Zukunft sicherlich als ebensolche gelten. Denn es ist wahrscheinlicher, daß er zu Lebzeiten überschätzt wird, als daß er nach dem Tode unterschätzt wird. Um seinen Ruhm zu sichern, muß man sterben.«

»Ein ziemlich entmutigender Gedanke für deine Sippschaft. Doch antworte: Wenn ich, König Media, nur ein Sterblicher wie du wäre;

wie könnte ich am besten meinen Namen verewigen?«

Lange sann Babbalanja und sagte dann: »Graviert ihn tief ein, edler Herr, in einen schweren Stein und versenkt diesen mit der beschrifteten Seite nach unten ins Meer; denn die unsichtbaren Grundfesten der Tiefe sind dauerhafter als die augenfälligen Gipfel der Berge.«

Als wir an Pella vorbeisegelten, erlangten wir einen Blick auf dessen abgewandte Seite; und sahen einen in einer hohen Klippenwand sitzenden Angler, einsam wie ein Seehund auf einem Eisberg; seine reglose Schnur hing ins Wasser.

»Was schert er sich um die zehn Könige«, sagte Babbalanja.

»Mohi glaubt«, sprach Media, »daß es zu diesem Felsen eine andere Überlieferung gibt: laßt uns sie erfahren.«

»In den alten Zeiten der Elementargeister und Riesen, da hauste in den öden Landen, nicht sehr weit von unserem äußeren Riff entfernt, doch seither unterseeisch, eine Bande bösartiger Kobolde, Achtelmeilen lang und mit unermeßlichen Armen; diese warfen ab und zu begehrliche Blicke auf unsere blühenden Inseln. Lange gierten sie; bis sie zuletzt durch das Meer wateten, über das Riff staksten und die nahegelegenste Insel ergriffen und sie herum und herum wälzten bis zu einer benachbarten Abflußrinne.

Doch das war ein hartes Stück Arbeit; und der Tagesanbruch überraschte sie inmitten ihres kecken Diebstahls, gerade als sie die dem Untergang geweihte Landmasse erneut kopfüber untertauchen wollten. Und so ließen sie die Insel liegen, mit ihrem Grund nach oben und halbwegs in der Schwebe: die Gärten unter Wasser, die Fundamente in der Luft. Hals über Kopf flohen sie. In ihrer großen Hast ließen sie einen Kameraden im Stich, der sich vergeblich abmühte, einen unter dem umgekehrten Brocken eingeklemmten Fuß freizubekommen. Dieser arme Kerl erhob nun solch ein Geschrei, daß davon der Gott Upi oder Der Bogenschütze aufgeweckt wurde, der auf einer langen Wolke im Osten ausgestreckt lag. Er beschloß sogleich, an dem unfreiwilligen Nachzügler ein Exempel zu statuieren. Er ergriff seinen Bogen und ließ einen Pfeil lossausen. Doch da dieser über sein Ziel hinausschoß, durchbohrte er das aufragende Vorgebirge einer Nachbarinsel zur Gänze und brach darin eine bogenförmige Öffnung, die bis zum heutigen Tage erhalten ist. Der zweite Pfeil jedoch führte seinen Auftrag aus: der getötete Riese sank vornüber zu Boden.

»Und werft jetzt«, sagte Mohi, »einen kurzen Blick über das Dollbord, und ihr erblickt seine zu feinem Korallengeripp versteinerten Überreste.«

»Jawohl, da sind sie«, sagte Yoomy, der ins Wasser hinabschaute, worin sie schimmerten. »Eine wundersame Sage, Flechtbart.«

»Sehr unterhaltsam«, sprach Media.

»Immerhin«, sagte Babbalanja, »aber vielleicht haben wir unsere Zeit verschwendet, indem wir sie anhörten; denn obwohl wir sie vernahmen, sind wir kein Stück schlauer.«

»Sei kein Zyniker«, sprach Media. »Kein Zeitvertreib ist tote Zeit.«

Babbalanja, der eine Weile nachsann, versetzte dann: »Edler Herr, dieser Grundsatz mag angebracht sein, so wie er dasteht. Doch hättet ihr ihn in acht Wörtern anstatt in acht Silben geäußert, wäre er besser und tiefer geworden.«

LXX.

Der Sänger hebt an mit einem Paddlerlied; und eine Botschaft kommt von ferne

VON seewärts kam nun eine so muntere und frische Brise auf, daß wir Babbalanjas Philosophie und Mohis unglaublicher Sage gegenüber ungehalten wurden. Und baten allesamt den Sänger Yoomy, uns etwas zum besten zu geben, das mit den sprühenden, uns umschäumenden Wogen in Einklang stünde.

»Wenn mein Gebieter es erlaubt, werde ich Taji den Paddelgesang der Krieger des Königs Bello vortragen.«

»Unbedingt«, sagte Media.

Daher wurden die drei Kanus nebeneinandergelegt, ihre Segel wurden eingerollt; und unsere Paddler setzten sich, die Paddel in den Händen, seitlich auf die Dollborde; Yoomy nahm, als Anführer oder Vorpaddler der königlichen Barke, den vordersten Platz ein.

Daraufhin wurden die sechs Reihen der Paddelblätter emporgehoben und, während sich aller Augen auf den Sänger hefteten, wurde folgendes Lied gesungen und mit den entsprechenden Handlungen begleitet. Zuletzt schossen die Kanus unter mächtigem Wogen durch das Wasser.

(Alle)

Dreimal hochgeschwenkt
Uns're Paddel fliegen:
Dreimal um den Kopf, dreimal zum Fuß gesenkt:
Dann gut im Takt
Von starkem Sinn gelenkt
Fallen sie nieder und schieben das Wasser zurück!

(Vorpaddler)

Wer singt dies Lied mit Lust?
Wer wirft sich hier in die Brust?

(Alle)

Der wilden See Sang, zu der Wellen Drang,
Hinab und hinan,
Mit rauher Stimmen Klang,
Mal hoch, mal tief, dahin wir fliegen
Nach unserm Feind in seinem Fliehen!

(Vorpaddler)

Wer singt dies Lied mit Lust?
Wer wirft sich hier in die Brust?

(Alle)

Ins Naß gestoßen, die Paddel gestoßen,
Ins Naß gestoßen, uns'res Kahns Flossen!
Wie die Wasser sich teilen,
Wenn dahin wir eilen;
Die spitzen Buge sausen
Und Wellen brausen,
Wie aufrecht die Flosse vom jagenden Hai,
Dem fliehenden Ziel nach in Raserei!
Wie er wir jagen,
Wie er wir erschlagen:
Schwimm los, unser Bug
Auf den Feind zu im Flug!

(Vorpaddler)
Wer singt dies Lied mit Lust?
Wer wirft sich hier in die Brust?

(Alle)
Schiebt, schiebt, das Wasser schiebt zurück,
Zu schwarzen Wellen hoch, achtern im Blick.
Bis wir uns're Bahn verlassen
Auf schrägen Wassermassen,
Und rasen und reiten
Auf reißenden Gezeiten!

Jetzt wurden wir von einem sacht dahingleitenden Kanu überholt, das sich uns vor dem Wind näherte und seine Segel niederholte, als es ganz nah war: seine Besatzung gab unseren Paddlern das Zeichen zum Aufhören.

Ich erschrak.

Die Fremden waren die drei verhüllten Mädchen, die Heroldinnen der rätselhaften Königin Hautia.

Es überraschte und bestürzte mich, daß sie uns nachstellten. Und ein unbestimmtes Gefühl der Furcht verstärkte diese Empfindungen noch. Doch täuschte ich mich vielleicht; und ich war diesmal nicht gemeint.

Die vorderste, die den Bugplatz einnahm, schwenkte ihren Iris-Wimpel.

Da rief Yoomy: »Eine Botschaft! Taji, diese Iris zeigt auf dich.«

Zum erstenmal ahnte ich, daß hinter diesen Blumen, die sie mir schon zweimal zuvor überreicht hatten, irgendeine Bedeutung verborgen sein mußte.

Das zweite Mädchen warf jetzt Hexenkrautblüten zu mir herüber; dann eine welke Jonquille, in einem Büschel von Wermutblättern verborgen.

Die dritte saß im Heck der Schaluppe und schwenkte, als diese davonglitt, dreimal Oleanderzweige.

»Was ist das für eine Phantomime?« rief Media aus. »Es sieht mir ganz nach Poesie aus. Du solltest es wissen, Sänger.«

»Dann deute«, sagte ich.

»Dann soll ich deiner Flora Flöte sein und Hautias Dolmetscher? Die erhobene Iris zeigt eine Botschaft an. Diese purpurdurchwirkten Hexenkrautblüten bedeuten, daß ein Zauber sich spinnt. Diese welkende, goldene Jonquille in diesen Wermutblättern, die du in Händen hast, sagt dir unverblümt: »Abwesende Liebe ist bitter.«

Da sprach Media: »Bravo, Taji, du hast eine Königin umgebracht.«

»Doch diese Augen haben noch keine Königin Hautia geschaut.«

Und Babbalanja: »Yoomy, was bedeuteten die dreifach geschwenkten Oleanderzweige?«

»Hab acht – hab acht – hab acht.«

»Dann ist dies wohl ein freundlicher Wink«, sagte Babbalanja, »Taji, hab acht vor Hautia.«

LXXI.

Sie landen auf der Insel Juam

BEIM Durchqueren der Lagune führte uns jetzt unser Weg am Riff von Juam entlang; das war der Name einer der größten Inseln in dieser Gegend; und auch einiger Wald-Eilande in ihrem Umkreis. Allesamt waren sie als das Herrschaftsgebiet eines Monarchen bekannt: Donjalolo. Er hatte gerade die fünfundzwanzig überschritten und er wurde als der schönste Mann nicht nur in seinem Gebiet, sondern im Bereich der gesamten Lagune angesehen. Seine Schönheit war jedoch so feminin, daß er manchmal ›Fonoo‹ oder das Mädchen genannt wurde.

Unser erster Blick auf Juam war eindrucksvoll. Eine dunkelgrüne Anhäufung von Kliffs, die einige hundert Klafter aufragten. Oben zeigten sie eine Reihe schroffer, giebelartig zugespitzter Vorsprünge: als hätten titanische Hämmer und Meißel dieser Felsmasse Gestalt gegeben.

Beim Nähersegeln bemerkten wir ein außerordentliches Rollen der See, die durch eine angrenzende Bresche im Riff in die Lagune einbrach und riesige Wogen auf Juam zubranden ließ. Schließlich schmetterten diese gegen die Kliffwand und schossen dort in endlosen Gischtfontänen auf. Unter einem Klippenvorsprung jedoch war das Kommen und Gehen der Gischt ungleichmäßig. Dort schienen die blauen Wogen verschluckt und verschwunden zu sein.

Juam wurde echt königlich bewacht. Denn an

dieser Stelle war der Fels von einer Höhle durchbrochen, in welche die großen Wellen einander wie Löwen mit zerzausten Mähnen jagten; wonach ein unterirdisches Gebrüll hervorbrach.

Vorsichtig wichen wir den gefährlichen Strömungen aus, die hier die Lagune durchwühlten, umschifften die Klippenwand und sausten auf eine glatte Fläche zu: auf der einen Seite umschlossen von dem langgestreckten, grünen Nordstrand von Juam, und vom Wasser her von seinen Nebeninseln bewacht.

Mit volltönendem Vee-Vee fegten wir auf den Strand zu, wo ein Menschenauflauf lärmte.

Unsere Kanus wurden festgemacht. Und von begierigen Blicken umringt, durchschritten wir verschiedene dicht besiedelte Talniederungen, querten ein weites, langsam ansteigendes Wiesenland und erreichten eine Reihe lichtgrüner Steilwände. Hier wandten wir uns einem engen Durchlaß zu, der diesen Teil der Insel fast bis auf den Grund spaltete. Darüber dräuten schwarze Felszinnen, zwischen denen die Rufe der Insulaner widerhallten. Doch noch steiler stiegen die Wände des Engpasses auf, und die Felsen ragten noch weiter über; bis es schließlich so schien, als sei der Schlußstein eines Bogenrunds an seinen Platz gerückt. Wir befanden uns in einem Tunnel, der von einer Spanne Tageslicht an seinem Ende schwach erleuchtet wurde.

Welch ein Schauspiel offenbarte sich uns beim Wiederauftauchen! Ringsum, in einem Umkreis von etwa drei Meilen, standen unzugängliche Bergkegel, hie und da mit Vorsprüngen, zwischen denen tiefe Nischen lagen. Die Mitte dieses Ortes war saftig grün.

Das Licht der Nachmittagssonne fiel schräg in diesen wilden Talgrund und beleuchtete seinen Osthang mit Goldtönen. Doch gegenüber nistete dumpf ein dunkler Schatten, der die verborgenen Winkel zwischen den Bergvorsprüngen doppelt verschattete. Derart in Tag- und Nachtmassen entzweigeschnitten war der Talkessel, daß es aussah, als hätte sich ein Jüngstes Gericht darin abgespielt.

Kaum waren wir aus der Klamm aufgetaucht, als uns ein dumpfes, mißtönendes Geräusch bemerklich wurde. Yoomy war fast versucht, kehrtzumachen und zu fliehen, als ihm mitgeteilt wurde, daß die Meereshöhle, deren Eingang wir passiert hatten, möglicherweise bis weit in die gegenüberliegenden Höhen vordrang; und daß die amphitheaterartige Senke des Tals tiefer lag als der Wasserspiegel der Lagune. Doch standen überall auf den untersten Berghängen bis in die Schlucht hinab ausgedehnte alte Gehölze, still und stattlich, als ob im Herzen des Berges keine dreisten Wogen pochten.

Das war Willamilla, die angestammte Wohnstatt des jungen Monarchen von Juam.

War Yillah in diesem seltsamen Schlupfwinkel eingeschlossen? Doch von den Leuten aus unserer Umgebung konnten wir nichts erfahren.

Unsere Aufmerksamkeit wurde nun auf die Wohnstätten des Tals gelenkt, die sich zu zwei hübschen Dörfern zusammenfanden; eines nach Westen zu, das andere nach Osten; beide zogen sich am Fuß der Klippen entlang.

Da sprach Media: »Hätten wir Willamilla am Morgen erreicht, hätten wir Donjalolo und seinen Hof im östlichen Dorf angetroffen. Doch da es Nachmittag ist, müssen wir weiterwandern und ihn in seinem westlichen Refugium suchen; denn dieses liegt nun im Schatten.«

Indes wir unseres Weges gingen, fügte Media hinzu, daß Donjalolo, neben seiner herausragenden Stellung als Monarch, für viele ungewöhnliche Wesenszüge berühmt war; und ganz besonders für bestimmte eigentümliche Verluste, mit denen er zu kämpfen hatte.

Woraufhin Flechtbart seine alten Chroniken entrollte und uns mit der Geschichte ergötzte, die im folgenden Kapitel zu finden ist.

LXXII.

Ein Buch aus Mohis Chroniken

VOR vielen Jahren herrschte in Juam ein König, Teei mit Namen. Der Anspruch auf die Thronfolge wurde diesem Teei lange von seinem Bruder Marjora streitig gemacht; der sich schließlich mit einer bewaffneten Schar umgab und der, nach einigem Schwanken des Geschicks, den unglücklichen König in einem mannhaften Kampf mit Keulen auf dem Strand besiegte.

Zu jener Zeit war Willamilla für eine bestimmte Zeit im Jahr für königliche Spiele und Zerstreuungen reserviert; und war mit entsprechenden Unterkünften für König und Hof ausgestattet. Überdies wurde es wegen seiner besonderen Lage als das letzte Bollwerk der Monarchie von Juam betrachtet; denn in fernen Zeiten hatte es zweimal den kecken Überfällen von außen getrotzt. Und als Roonoonoo, ein berühmter Emporkömmling, alle Inseln in diesem Teil des Archipels unterwerfen wollte, war Willamilla der Ort, wohin sich die verbündeten Könige zu gemeinsamer Beratschlagung begeben hatten. Während sie dort konferierten, wurden sie von Roonoonoos höchstpersönlichem Überfall überrascht. Zuletzt aber wurde der Rebell samt seiner Armee gefangengenommen; alle wurden oben auf den Hügeln gepfählt.

Nun wurde der besiegte Teei, der sein Leben durch Flucht zu retten versuchte, mit seinen überlebenden Gefolgsleuten durch die Ebene auf die Berge zugetrieben. Doch um ihm jede Fluchtmöglichkeit in das im Innern gelegene Willamilla abzuschneiden, entsandte Marjora einen Eiltrupp von Kriegern, die den Eingang des Engpasses besetzen sollten. Der verfolgte Teei aber war schneller als seine Verfolger, erreichte als erster die Stelle und floh mit seinen Häuptlingen in den Talgrund hinab; Marjoras Männer waren ihnen dicht auf den Fersen. Als jene am anderen Ende des Tals angelangt waren, versuchten sie vergeblich, sich dort zu verteidigen. Nach verzweifelten Kämpfen rückte die Haupttruppe des Feindes heran; und die Flüchtigen wurden weitgehend niedergemacht und die übrigen wurden ins Tal zurück getrieben.

Diese Versprengten rannten zu der gegenüberliegenden Klippenwand, wo sie sich umwandten und, Blutstropfen um Blutstropfen und Leben um Leben, einen aussichtslosen Kampf ausfochten, bis sie schließlich, durch die Überzahl überwältigt, alle den Spitzen der Speere anheimfielen.

In seinem brudermörderischen Haß hatte es der grausame Marjora auf Teei abgesehen; der fiel durch seines Bruders Hand. Woraufhin der Sieger ihm den Königsgürtel vom Leib streifte und um seine eigenen Lenden wand. Solchermaßen erklärte er sich selbst zum König von Juam.

Lange von diesem Bürgerkrieg zerrissen, fand sich die Insel zuletzt mit der neuen Herrschaft ab. Schließlich aber erklärte ein heiliges Orakel folgendes: da der Sieger seinen Bruder tief im Tal von Willamilla getötet hatte, so daß Teei niemals mehr aus seiner Todeszuflucht hinausgelangte, sollte auch Marjora das gleiche Schicksal zuteil werden; denn niemals sollte er hinfort über diesen Talkessel hinausgehen. Und nicht nur Marjora selbst, sondern auch jeder Sohn seiner umgürteten Lenden; und deren Sohnessöhne und auch der entfernteste Sproß seines Geschlechts.

Aber außer dieser Androhung wurde kein Spruch gegen den Usurpator gefällt, der wohl wußte, wie er zu seiner Herrschaft gekommen war. Und so regierte er viele Monde lang und hinterließ bei seinem Tod den Gürtel seinem Sohn.

In viel größerem Maße als heute herrschte damals der wildeste Aberglaube hinsichtlich der Einmischung der Götter in irdische Dinge. Deshalb hatte selbst Marjora, der in den Überlieferungen der Insel manchmal ›Das Herz der schwarzen Koralle‹ hieß, der skrupellose Marjora gar, vor dem Orakel gezittert. ›Gebeugten Hauptes‹ sei er der Sage nach gewesen. Und von seinen ergebensten Anhängern wurde danach nicht bezweifelt, daß er, als er dem Spruch zuwiderzuhandeln wagte, tot umgefallen war – gerade als er unter dem Schatten des Engpasses schritt. Diese Überzeugung bestimmte das Verhalten des Sohnes von Marjora und das seines Enkels.

Doch allmählich wandelte sich die öffentliche Auffassung hinsichtlich dieses alten Bannfluchs. Man kam zu der Anschauung, daß die gegen die Nachkommen des Usurpators verhängte Strafe (falls sie das Tal verlassen würden) nur auf einen eingesetzten Monarchen, nicht aber auf seine Verwandten oder Erben angewendet würde.

Eine höchst günstige Auslegung des Banns; denn alle Verwandten des Königs hatten dadurch freien Zugang von und nach Willamilla.

Seit der Zeit der Usurpation war bei der Belehnung des Herrschaftserbens mit Teeis Gürtel immer eine bestimmte Zeremonie begangen worden. Bei diesem Anlaß waren die Oberpriester der Insel zugegen und spielten eine bedeutsame Rolle. Die Höhle wurde zum Tal hin verschlossen; und zwar für eine Zahl von Tagen, die der Zahl von Königen aus Majoras Dynastie entsprach. Der neue Monarch legte den Schlußstein. Dies symbolisierte seinen Verzicht darauf, jemals das Tal verlassen zu wollen. Und ohne diese Zeremonie wurde keinem König in Juam jemals der Gürtel verliehen.

Ebenso war es gleichbleibend Brauch, daß der Erbe direkt nach dem Hinscheiden seines Vaters mit der Königswürde belehnt wurde. Kein Aufschub war erlaubt. Direkt nach der Verleihung des Gürtels nahm er an der Zeremonie der Höhlenverschließung teil; während sein Vorgänger noch unbeerdigt auf der purpurnen Matte blieb, worauf er gestorben war.

In der Geschichte der Insel wird von drei Fällen berichtet, in denen die Erben, als die Herrschaft ruhte, eher freiwillig auf alle Ansprüche auf die Nachfolge verzichteten, als daß sie das Privileg der freien Beweglichkeit aufgegeben hätten, das ihnen als Prinzen von Geblüt zustand.

Rani, einer dieser jungen Prinzen, entgegnete auf die Vorwürfe seiner Freunde: »Was! Soll ich König sein, um doch nur Sklave zu sein? Teeis Gürtel schlösse sich um meine Taille weniger fest als meine Seele von den Bergen Willamillas gebunden wäre. Als Untertan bin ich frei. Der einzige Sklave in Juam ist der König: um diese Troddeln um die Lenden zu haben.«

Um zu verhindern, daß sich im Geist seines einzigen Sohnes ein ähnlicher Entschluß bildete, hatte Donjalolos weiser Vater in dem inbrünstigen Wunsch, seine Würde in einem so sehr geliebten Kind fortzusetzen, den Jungen von frühester Kindheit an von dem Verlassen des Tals abgehalten; damit dieser sich nicht in der freien Luft des Archipels Vorlieben und Geschmäcker zu eigen machte, die der Vererbung des Gürtels abträglich wären.

Doch als er an Jahren wuchs, wurde der junge Donjalolo, obgleich bis dahin ein höchst gehorsamer Sohn, derart unduldsam gegen die Überwachung durch seinen Vater, den König, daß er sich schließlich von seinen jugendlichen Kumpanen verleiten ließ, einen Tag festzulegen, an dem sie nach draußen gehen und Mardi besuchen würden. Da der alte König von diesem Plan hörte, suchte er ihn zu vereiteln. Doch vergebens. Und früh am Morgen des Tages, an dem Donjalolo aufbrechen sollte, schluckte er Gift und starb; um so seinen Sohn zur unverzüglichen Übernahme der Ehren zu zwingen, die so plötzlich auf ihn gekommen waren.

Das Ereignis, nicht aber die fürchterlichen Umstände, wurden dem Prinzen mitgeteilt, als er mit einer Schar junger Häuptlinge im Begriffe war, den Eingang des Engpasses zu betreten.

»Mein Vater ist tot!« rief Donjalolo aus. »So plötzlich, wie ein Blitz vom Himmel, scheint es.« Und in Klagegeschrei ausbrechend, weinte er an der Brust seines Freundes Talara.

Dann sprang er von dessen Seite auf: »Mein Schicksal spitzt sich zu. Ich brauche nur durch diesen Schatten zu treten, und mein Königreich ist dahin. Nur einen Fuß gehoben, und der Gürtel fällt an meinen arroganten Onkel Darfi, der mit größter Freude mein Herr wäre. Hochnäsiger Darfi! O Oro! Hätte ich dich Schicksalshöhle doch eher durchschritten; und selbst geschaut, wie Mardi draußen aussieht. Sagt ihr die Wahrheit, Kameraden: daß Willamilla weniger lieblich ist als die Täler außerhalb? Daß die Augen der Mädchen von Mina hell strahlen? Und Weisheit in den Herzen der alten Priester von Maramma ist? Daß es angenehm ist, die grüne Erde zu betreten, wo man es wünscht; und die freie Ozeanluft zu atmen? Oh, wäre ich nur die kleinste jener Sonnenwolken, die gleichermaßen auf Willamilla und alle Orte sonst herabschauen, die ich gerade bestimmen möchte. Doch warum halte ich inne? Sahen nicht Rani und Atama und Mardonna, meine Vorfahren, alle selbst das freie Mardi; und flohen sie nicht den anerbotenen Gürtel und gingen lieber frei ein und aus, als sich auf immer in diesem Schicksalstal selbst zu begraben? O Mardi! bist du so lieblich zu schauen? Ist Freiheit derart herrlich? Aber ich kann nicht König sein und dich erblicken! Zu spät, zu spät, deinen Zauber zu schauen und dann zurückzukehren. Mein Vater! Mein Vater! Du hast mein Herz mit diesen quälenden Zweifeln bedrückt. Sagt mir, Kameraden – denn ihr habt es gesehen –, ist es lieblicher, Mardi zu schauen, als es königlich ist, Juam zu regieren? Was schweigt ihr? Wärt ihr in meiner Haut, wüßtet ihr, was ihr tun würdet; wärt ihr dann Könige? Sag an, Talara. – Nicht König. – Nicht König: das hieße, zu gehorchen und nicht zu befehlen. Und keinem hatte Donjalolo bisher gehorcht als seinem Vater. Bin ich König, kann meine Stimme im entferntesten Teil Mardis gehört werden, wenn ich auch eingepfercht in Willamilla bin. Mein Vater! Mein Vater! Ihr fliehenden Wolken, auf was schaut ihr herab? Sagt mir, was seht ihr in der Ferne? Mich dünkt, lieblicher Gewürze Duft durchweht von außen die Höhle.«

»Gepriesen seist du, Donjalolo, König von Juam«, erschallte es nun unter Beifall von den Wäldern her.

Der junge Prinz stutzte und gewahrte eine Menge, die sich näherte: Krieger mit Speeren und Mädchen mit Blumen; und Kubla, ein Priester, der den Fransengürtel Teeis in die Höhe hob und ihm entgegenschwenkte.

Die jungen Häuptlinge wichen zurück. Kubla näherte sich dem Prinzen und rief aus, indem er das königliche Zeichen offen zeigte: »Donjalolo, in diesem Augenblick liegt es bei dir, ob du König oder Untertan bist: willst du als König gegürtet werden?«

Donjalolo, der einen Augenblick lang den dunklen Engpaß hinabschaute und dann ins Leere starrte, wandte sich um und begegnete dem ungeduldigen Blick Darfis. Er streifte seinen Umhang ab, und im nächsten Moment war er ein König.

Die Menge jauchzte und jubelte laut; doch

nachdem er stumm der Schließung der Höhle beigewohnt hatte, zog sich der frischgegürtete Monarch traurig in seine Wohnstatt zurück und ward für viele Tage nicht mehr gesehen.

LXXIII.

Weiteres über den Herrscher

BEVOR wir weiter über unseren Aufenthalt in seinem Herrschaftsgebiet berichten, bleibt nur noch von Donjalolo zu erzählen, daß sich bei ihm, nach Annahme des Gürtels, eine Wandlung vollzogen hatte.

Als sein Vater noch lebte, war er für seine selbstbeherrschte Zurückhaltung bekannt gewesen. Doch als ihm Mardi für immer verschlossen war und er sich des Gesetzes der Insel entsann, das deren Königen keine Abdankung erlaubte, ging er in seiner Verzweiflung immer mehr dazu über, seine bisweilen peinigenden Gefühle zu betäuben.

Während sein großzügiger Geist eine tatkräftige Bahn einschlagen wollte, fand er sich doch eingeengt in dem Tälchen von Willamilla, wo alle leidenschaftlichen Regungen nichtig schienen. Doch schwinden diese schwerlich; und, von allen Seiten zurückgeworfen, ziehen sie sich auf sich selbst zurück.

So bei Donjalolo, der in manch zügellosem Auftritt die Kräfte vergeudete, die zu den edelsten Zielen hätten führen können.

Seit dem Tod des Königs, seines Vaters, waren wenige Jahre verstrichen. Doch der noch jugendliche Herrscher war nicht mehr der schwungvolle Jüngling mit strahlendem Blick, der sich bei Tagesanbruch aufgemacht hätte, um die Landschaften der Nachbarinseln zu schauen.

Er war mindestens so verweichlicht wie Sardanapalus. Und zeitweise fiel er eigenartigen Abschweifungen anheim: Gespenster suchten ihn auf und die Geister seiner Ahnen gaben ihm Winke. Manchmal verabscheute er sein schändliches Treiben, das ihm keine beständige Befriedigung bot, sondern ihn letztlich mit Ekel erfüllte; so daß er beschloß, seinen Lebenswandel zu ändern, indem er sich für seine bittere Gefangenschaft mit der Gesellschaft der Weisen und Bedächtigen tröstete. Doch die Reue währte nur kurz. Erneut entlud er sich in Exzessen, hundertfach verrückter denn je.

So schwankte er zwischen Tugend und Laster, verweilte bei keinem und wurde von beiden geschmäht. Sein Geist pendelte, wie sein Körper im Tal, fortwährend zwischen entgegengesetzten Extremen hin und her.

LXXIV.

Sie stoßen weiter ins Tal vor und treffen auf Donjalolo

EIN breiter, beschatteter Weg, überwölbt von Bäumen, die sich in der Höhe brüderlich zusammenschlossen, führte uns von der Höhlenöffnung aus zu einer Kreuzung von Wegen. Auf diesen gelangte man jeweils zu den einander gegenüberliegenden Felswänden, welche die zuvor erwähnten Zwillingsdörfer beschatteten.

Das Innere des Talgrunds war eben wie eine Wiese, auf dem hier Haine mit Brotfruchtbäumen und Palmen grüner Fruchtgärten wogten und dort die goldenen Bananenplantagen aufglänzten. Als wir aus diesen heraustraten, kamen wir zu einer Grasaue, die sich um einen Bergvorsprung schmiegte. Und bald überquerten wir auf einer Brücke aus Zweigen einen Wassergraben, dicht bepflanzt mit Taro-Wurzeln, die sich dort wie Alligatoren oder Holländer im weichen Schwemmland aalten. Beim Weiterziehen fesselte die wilde Schönheit der Berge unseren Blick. Die obersten Felsgrate waren von Rankengewächsen übergossen, die sich in der Luft wellten und wie Blätterkaskaden wirkten, den Wäldern des Hochlands entsprungen.

Der Mitte des Steilhangs, längs eines Felssimses, entsprossen die zahllosen Wurzeln eines offenbar stammlosen Baumes. Sie trieben unter dem dünnen Erdreich hervor und überzogen die darunterliegenden Felsen mit einem dichten

Gewirre. Während weit oben große Äste – jeder ein Gestrüpp – gar bis zum Berggipfel hinanstrebten, sich dann einwärts bogen und erneut Wurzeln schlugen, so daß sie entlang der Felskante eine endlose Kolonnade bildeten: alle Arten antiker Architektur hoben sich gegen den Himmel ab.

Laut Mohi war dieser Baum wirklich wunderbar, da sein Same vom Mond gefallen war, wo es weit mehr solche Wälder gab, Ursache für die dunklen Flecken auf dessen Oberfläche.

Hier und da sprudelte das kühle Naß der Bergadern aus nie versiegenden Quellen hervor; ihr Wasser sammelte sich in grünen, moosigen, halb unter Gras begrabenen Weihern.

Ein ansehnlicher Bach, weit draußen einer waldigen Höhe entsprungen, wurde an einer anderen Stelle, noch bevor er den Boden erreichte, zu einem ausgedehnten Dunstschauer versprüht, der vom Fuß der Klippe so weit entfernt herabfiel, daß man, ging man dicht daran entlang, nur wenig Feuchte verspürte. Als wir diesen Dampf-Wasserfall passierten, erblickten wir viele badende Insulaner.

Doch was kommt dort drüben schwankend aus dem Laubwerk? Tritt jetzt heraus wie eine wandelnde Behausung? Donjalolo, der sich seinen Gästen nähert.

Er kam in einer prächtigen Sänfte: einer auf drei parallelen Stangen ruhenden Laube, von dreißig farbenfroh gekleideten Männern getragen, fünf an jedem Stangenende. Sie waren mit bunter Tapa herausgeputzt und mit Girlanden frischgepflückter Blumen umwunden, deren duftende Blütenblätter bei jedem Schritt weggeweht wurden. Die Sänfte kam mit einer üppig federnden Bewegung voran und hinterließ eine lange, rosenfarbene Spur aus flatternden Blütenblättern und Düften.

Beim Näherkommen ließ sie einen schmächtigen, abgespannten Jüngling von bleicher Schönheit erkennen, der nahe dem blumenumwundenen Bogen der Laube auf einer karminroten Matte ausgestreckt lag. Sein gesalbtes Haupt ruhte an der Brust eines Mädchens; eine andere Maid sorgte mit einem Fächer aus Perlhuhnfedern für Luftbewegung. Die Pupillen seiner Augen waren wie schimmernde Inseln im Meer. Mit sanfter und leiser Stimme murmelte er »Media!«

Die Träger hielten an, Media trat vor; und die beiden Inselhäuptlinge neigten ihre Stirnen einander zu.

Donjalolos Diener ließen sich jetzt nieder und bliesen aus Röhren, die sie am Ende entzündet hatten, einen aromatischen Rauch, der ihn einhüllte. Diese Röhren bestanden aus den anregenden Blättern des ›Aina‹, vermischt mit den langen, gelben Blättern eines süß duftenden Hochlandgrases, das einen hohlen Stengel herausbildet. Im allgemeinen werden die angenehmen Dämpfe des ›Aina‹ durch eigenes Inhalieren hervorgebracht; doch da Donjalolo glaubte, die Erquickung sei zu teuer erkauft, nehme man die königlichen Lungen in Anspruch, labte er sich vermittels der seiner Diener, die Lippen hatten wie Moosrosenknospen nach einem Schauer.

Der junge Herrscher betrachtete uns nun schweigend und aufmerksam, indessen er sacht seine Hand schwenkte, um einen besseren Blick durch die Rauchschwaden hindurch zu erlangen. Er wollte sich gerade an uns wenden, als er einen zufälligen Blick auf Samoa warf und plötzlich zusammenschrak; und dessen Blick mied; und dem Krieger aufgebracht befahl, ihm aus den Augen zu gehen. Daraufhin beruhigten ihn seine Diener; und Media ersuchte den Upoluaner, sich zurückzuziehen.

Während wir noch über dieses Schauspiel zutiefst verwundert waren, sank Donjalolo mit geschlossenen Augen in die Arme seiner Dämchen zurück. Als er sich wieder erholte, stieß er einen tiefen Seufzer aus und starrte geistesabwesend in die Runde.

Offenbar hatte er sich eingebildet, Samoa sei das Mittagsgespenst seines Vorfahren Marjora; denn der Usurpator war in dem Kampf, der ihm den Gürtel eintrug, eines Armes beraubt worden. Armer Donjalolo: dies war eines jener Wahnvorstellungen, die seine Untertanen so verwirrten.

Media versuchte nun Donjalolo eilends davon zu überzeugen, daß Samoa, obzwar kein Cherub dem Anblick nach, doch aus Fleisch und Blut war. Und bald schaute der König wieder unbekümmert drein, da seine fixe Idee wie ein Traum verschwunden war.

Doch da er noch unter den Nachwirkungen einer durchfeierten Nacht litt, murmelte er bald den Wunsch vor sich hin, zu seinen Frauen gelassen zu werden; und er fügte hinzu, daß es sein Volk nicht versäumen würde, für die Unterhaltung seiner Gäste zu sorgen.

Die Vorhänge der Sänfte wurden nun zugezogen; und bald verschwand sie im Wald. Wir zogen so lange weiter, bis wir an der Westseite der Schlucht anlangten; wo eine der vielen kleinen unter den Bäumen verstreuten Lauben zu unserer Bleibe ausersehen war. Dort ließen wir uns zu einer angenehmen Mahlzeit nieder. Worauf wir weiterwanderten, um das Tal ausgiebig in Augenschein zu nehmen, insbesondere die weithin berühmten Paläste des Herrschers.

LXXV.

Zeit und Tempel

IN der *Oriental Pilgrimage* des frommen, alten Purchas und in den schönen alten Folianten *Voyages* von Hakluyt, Thevenot, Ramusio und De Bry lasen wir von vielen stattlichen alten asiatischen Tempeln, an denen sehr lang gebaut wurde. Und der glaubwürdige Gaudentia di Lucca wußte Wundersames zu erzählen über die Zeit, die für den Bau des riesigen Tempels des Jahres mit dreihundertfünfundsiebzig Säulen, irgendwo jenseits von Libyen, gebraucht wurde: dessen Säulen standen für Tage. Ringsum blickten sie auf konzentrische Gürtel von Palästen, durchschnitten von zwölf großen Prachtstraßen, welche die Tierkreiszeichen symbolisierten und alle von der Sonnenkuppel in ihrer Mitte ausstrahlten. Und Marco Polo erzählt uns in seinem abenteuerlichen Bericht aus dem Osten, daß der Großmogul ein Lustschloß von derart imperialem Ausmaß zu bauen begann, daß sein Enkel große Mühe hatte, es zu vollenden.

Doch kein Grund, sich über all das zu wundern: das Erbauen großer Türme braucht Zeit.

Und alles andere ebenso.

Und was lange Zeit flügge bleiben soll, muß lange im Ei gelegen haben. Dauer kommt nicht aus der Zukunft, sondern aus der Vergangenheit. Und Ewigkeit ist deshalb ewig, weil sie gewesen ist. Selbst wenn heute ein dauerhaftes Monument neu gebaut wird, so ist es nur deshalb von

Dauer, weil seine Steinblöcke so alt wie die Sonne sind. Nicht die Pyramiden sind alt, sondern der ewige Granit, aus dem sie gemacht sind; der auch schon im Steinbruch gleichermaßen alt war. Denn um eine Ewigkeit herzustellen, müssen wir mit Ewigkeiten bauen. Daher ist der Ruf nach etwas zugleich Dauerhaftem und Neuem eitel; und töricht der Vorwurf: euer Granit kommt von den vorsintflutlichsten Hügeln. Denn wir sind keine Götter und Schöpfer; und die Polemiker haben darüber debattiert, ob die allgestaltende Kraft selbst wirklich nicht mehr vermag als zu formen. Im ganzen Universum gibt es nur ein Original; und sogar die Sonnen bedürfen ihrer Quelle, um Feuer zu haben; und wir Prometheuse bedürfen ihrer für unser Feuer. Und wenn wir es haben, bleibt es nur lebendig, wenn Vestalinnen es ständig hüten.

Doch vom Feuer zurück zu den Steinen. Kein schöner fester Bau wuchs je wie ein Kürbis. Neros Goldenes Haus wurde nicht an einem Tag errichtet; und auch nicht das mexikanische Haus der Sonne, nicht die Alhambra, nicht der Escorial, nicht das Amphitheater des Titus, nicht die Illinois Mounds, nicht Dianas Riesensäulen zu Ephesus, nicht Pompeius' stolze Säule, nicht das Parthenon, nicht der Altar des Belus, nicht Stonehenge, nicht die Türme von Tadmor, nicht die Bastionen von Susa, nicht die Giebel von Persepolis. Der Maurenturm zu Sevilla wurde, Windung um Windung, nicht im Umlauf eines Tages gen Himmel geschraubt. Und, von seiner Grundsteinlegung an, mußten sich fünfhundert Jahre runden, bis das Straßburger Münster seinen fünfhundert Fuß hohen Kirchturm in die Höhe recken konnte. Nein, die großen Grotten von Elephanta wurden nicht in einer Stunde gehauen; und die Mammuthöhle in Kentucky wurde von den Troglodyten nicht an einem Tag gegraben; und auch nicht die Höhlen von Trophonius und Antiparos; und Giant's Causeway ist kein Tagwerk. Und die unterirdischen Kloaken von Etruria wurden nicht an einem Tag gelegt; und die himmelhohen Bögen der Aquädukte Nervas wurden nicht an den Iden eines Monats über die Täler gespannt. Und die Naturbrücke in Virginia wurde nicht in einem Jahr ausgewaschen; und in der Geologie wurden die ewigen Grampians nicht in einem Zeitalter aufgehäuft. Wer zählt die Zyklen, die wiederkehren, bis die inneren Sedimentschichten der Erde sich zu Stein kristallisieren. Und der Pik des Pico de Teide in Teneriffa wurde nicht in einer Dekade zum Obelisken gemeißelt. Der Berg Athos wurde nicht so schnell in Alexanders Statue verwandelt. Und die Laube des Artaxerxes brauchte einen ganzen Sommer, um zu wachsen; und des Zaren Eispalast einen langen russischen Winter, um zu härten. Nein, nein: und die Cheopspyramide wurde nicht in einem Monat erbaut; doch stand sie einmal da, konnten die der Sintflut entstammenden Sande diesen Trumm nicht unter sich begraben. Und die ausladenden Äste von Charles Eiche waren nicht in einem Frühling gewachsen, auch wenn sie die königlichen Dynastien der Tudors und Stuarts überlebten. Und die Teile der großen *Ilias* wurden nicht in Hast zusammengestellt; obwohl der

Tempel des Homer noch seine Kuppel erheben wird, wenn der Petersdom bereits eine Legende ist. Selbst der Mensch lebt schon Monate, bevor ihn sein Schöpfer für fähig hält, geboren zu werden; und bevor der stolze Stamm seine volle Statur erreicht, müssen einundzwanzig lange julianische Jahre verstreichen. Und sein gesamtes sterbliches Leben bringt nicht seine unsterbliche Seele zur Reife; und auch die ganze Ewigkeit wird ihn nicht vervollkommnen. Ja, dem menschlichen Verständnis erscheint sogar in aller Ehrfurcht die Vergrößerung des Herrschaftsgebietes als Zuwachs von Stärke. Und Tag für Tag addieren sich neue Himmelskörper zu den früher entstandenen Saturnen, ebenso wie sechstausend Jahre zuvor unsere Erde einer mehr in diesem System wurde. Allerdings kann der Unendliche nur episodisch und nicht wesensmäßig jetzt weniger oder mehr Unendlichkeit haben als zu Zeiten, wo der alte Aldebaran seiner Hand entrollte. Und wenn es eine Zeit gab, als es dieses Erdenrund noch nicht gab, das unzähligen Sterblichen als nie ganz ergründbares Reich vorgekommen war, das über viertausendfünfhundert Jahre lang ganz Indien verborgen hielt; und wenn es eine Zeit gab, als dieser große Steinbruch von Imperien wie Assyrien und Rom noch nicht existierte, dann mag es auch eine Zeit gegeben haben, wo das gesamte materielle Universum sein finsteres Mittelalter erlebte, ja, wo die unnennbare Stille, die dessen unvorstellbarer Entferntheit entsprang, dieses Erdenrund als eine Insel im Meer erspähte. Darin liegt keine Herabwürdigung. Denn die

Höhe des Unermeßlichen wird nicht durch Mohammeds Himmelsgewölbe erhöht; und wäre jeglicher Raum eine Leere, so wäre er doch eine Fülle; denn Er ist für sich selbst sein eigenes All.

So zieht die Seele mit Schwingen, wie eine Nachtschwalbe, ihre abenteuerliche Bahn tiefer und tiefer in den Tunnel der Zeit; und findet Ewigkeiten davor und danach. Und ihre letzte Grenze ist ihr immerwährendes Beginnen.

Doch Noahs Taube, die über das gänzlich überflutete Erdenrund gesandt wurde, kam zurück und ließ sich auf seiner Hand nieder. So kommt mein Geist zurück zu mir und entfaltet seine Schwingen.

Daher ist also die Zeit, obwohl sie der mächtigste Alarich ist, auch der gewaltigste Steinmetz überhaupt. Ist ein Lehrer und ein Ratgeber und ein Arzt und ein Schreiber und ein Dichter und ein Weiser und ein König.

Ja, und ein Gärtner, wie bald gezeigt werden wird. Doch erst müssen wir zu dem Talgrund zurück.

LXXVI.

Ein angenehmer Ort zum Müßigsein

SEI es, daß ihr an diese harte Bedingung geknüpfter königlicher Status, der ganz selbstverständlich einen luxuriösen Ausgleich verlangte, die Monarchen von Juam dazu bewog, so herrlich zu wohnen, wie sie es taten; sei es, daß sie in dem Tal, worin sie lebendig begraben waren, eine geheime Welt des Entzückens konzentrieren wollten; gleichwie waren folgende Worte im ganzen Archipel sprichwörtlich: »Du wohnst wie der König in Willamilla.« Dies brachte den äußersten Prunk eines Palastes zum Ausdruck.

Ein Spruch, der sich voll bewahrheitet hat; denn von allen wunderbaren Wohnstätten, wo meine Seele gerne weilt, waren die Domizile des Donjalolo am erlesensten.

Im Ostteil des Tals lag das Haus des Morgens. Der phantasievolle Palast war auf einer natürlichen, viele Quadratruten messenden Erhebung errichtet, die eine tiefe Senke zwischen dunkelgrünen, überragenden Steilwänden fast ausfüllte und etliche Wohnstätten überblickte, die dahinter im Waldesschatten verstreut lagen.

Wenn man nun tatsächlich aus der für die Errichtung eines Gebäudes aufgewandten Zeit eine angemessene Vorstellung von dessen Stattlichkeit erlangen kann, so mußte man unbedingt zu dem Schluß kommen, daß dieses Refugium Donjalolos nur imposant sein konnte.

Der Palast brauchte volle fünfhundert Monate zu seiner Vollendung; denn seine quadratischen Fundamente wurden von Baumarchitekten mit Saatkokosnüssen gelegt, die diesen Zeitraum benötigten, um zu Säulen hochzuwachsen. Auf der Vorderseite wurden diese mit waagrechten, erhaben skulptierten und scharlachroten Querbalken verbunden, die ins lebendige Holz eingelassen wurden. Dies schwoll an, umwuchs die Balken und gab ihnen so Festigkeit. Die Balken trugen die nach vorne geneigten Dachsparren. Und über den aromatischen Gräsern der Dachbedeckung wogten die buschigen Palmwipfel: grüne Kapitelle für ihre dunklen Schäfte.

Durch dieses vibrierende Grün flatterten und zwitscherten prächtige Vögel. Das duftige und buntgemusterte Dach schien ein hängender Garten zu sein; und zwischen ihm und den Palmenwipfeln war eine luftige Laube aus Blätterbehang.

Außen vor diesen Säulen standen eine zweite und eine dritte Baumkolonnade, welche die schönsten Laubengänge bildeten. Durchschritt man diese, vermeinte man, der dahinterliegende Palast müsse von einem Springbrunnen umschlossen oder in einen Kristall eingefangen sein. Drei funkelnde Bächlein, die von den Höhen her kamen, wurden durch den First des Palastes geleitet und durchflossen Röhren, die halbverdeckt in der Matte des Daches lagen. Sie ergossen sich in einen beschnitzten, längs der Simse verlaufenden Kanal, und strähnten dann in einer einzigen breiten, durchscheinenden Bahn herab. Aufgefangen von einem darunterliegenden Bassin, wurden sie von dort aus ins Tal geleitet.

Der Palast war an den Seiten von Diomi-Hecken gesäumt, deren Blüte wegen ihres Duftes Lenora oder Süßer Atem genannt wird. Und in diesen wohlriechenden Hecken lagen Stapel von reichbestickten und buntgefärbten Matten.

Ruhte man hier in der Mittagsglut, beim Spiel des gesträhnten Wasserfalls im wogenden Grün, vom Vogelsang umgeben, wußte man kaum zu sagen, ob man in einem Garten im Talgrund saß oder in einer Meeresgrotte.

Doch für den Augenblick genug vom Haus des Morgens. Durchqueren wir die Senke und gehen zum Haus des Nachmittags.

LXXVII.

Das Haus des Nachmittags

DAS Haus des Nachmittags war größtenteils nur ein Anbau an eine von der Natur selbst geschaffene Wohnstätte: eine Grotte, die in die Flanke des Berges führte.

Die Schräge eines langgestreckten Vorbaus setzte hoch über dem Eingang der Höhle an und war von großen Steinblöcken gestützt. Sie waren grob behauen und ähnelten Götterbildern; jedem war eine Eidechse auf die Brust gemeißelt: eine Garde göttlicher Schutzmänner, die von oben herab Dienst als P(f)osten tun.

Dieser solchermaßen mit einem Vestibül versehenen Grotte entsprang vergnügt der ansehnlichste Fluß des Tales. Anscheinend überfroh, in Willamilla das Tageslicht zu erblicken, hüpfte er heiter und weiß schäumend in den Vorbau. Doch wurde sein jugendlicher Schwung bald gebremst, denn seine Wasser fanden sich von einem großen Steinbecken aufgefangen, das in den gewachsenen Fels gehöhlt war. Von dort aus durchmaßen sie gesittet und beherrscht verschiedene Gräben und schlängelten sich schließlich davon, um ihre Fluten mit den Flüssen zu verbinden, die am anderen Talende dienlich zu sein hatten.

Müßiggängerische Ströme: den lieben langen Tag zuckelten sie dahin bis zu der Öffnung in der Erde, in die sie flossen, um zu verschwinden. Doch kein Wunder, daß sie so bummelten, da sie derart bezaubernde Landschaften durchquerten. So ist es auch im Leben: der Mensch entspringt der Nacht, läuft und plappert in der Sonne, kehrt dann in die Dunkelheit zurück; wenn er vielleicht auch einmal wieder daraus auftaucht.

Doch war die Grotte nicht einfach nur ein Austritt für den Fluß. Im Felseninnern durchfloß er schon einen dunklen Kanal und gab zu beiden Seiten erhöhte und trockene Felsplatten frei. Diese waren vom Vorbau aus durch drei von Menschenhand gehauene Stufen zu erreichen, die, seitlich gelegen, der Gischt des freudig schäumenden Wasserfalls aus dem Weg gingen. Erklimmt man diese Stufen und folgt dem Rand des Kanals, wird die Grotte allmählich weiter und höher; der Weg wird von Strahlen aus geheimer Ferne beleuchtet. Schließlich erreicht man eine hohe, unterirdische Kuppel, die durch einen Felsspalt von oben her erhellt wird; während direkt vor einem, an der gegenüberliegenden Wand, der Fluß von der Mitte eines flachen, schwarzen und unerreichbaren Bogens in einer langen, schneeweißen Säule hohl klatschend in einen bodenlosen Teich stürzt, von wo aus er, nach vielem Wallen und Wirbeln, sich in den Kanal ergießt und im Nu auf und davon ist. Durch eine überhängende Felsnase halb der Sicht verborgen, sah der weiße Wasserfall aus wie das in Laken gehüllte Gespenst der Grotte.

Darüberhinaus war die Höhle prächtig geschmückt, wie ein alter, ringsum mit Bannern und Gobelins behangener Wappensaal. Ranken, die von der Felsspalte herabflossen, schwangen in der Luft; oder klommen die Felsen entlang, wo immer sie Halt finden konnten. Nach oben zu waren ihre Blätter grün, doch weiter nach unten waren sie welk und mannigfach verfärbt; durch vieles Rascheln zerrauft und zerfetzt – gleich wie die alten Banner, von vielen Siegeszügen arg zerschlissen.

Eingekerkert ins Innere dieser Berghalle war das Steinbildnis eines gewissen Demi, der Schutzgottheit von Willamilla. Der arme Demi war ganz grün und schlammig wie ein Stein im Wasser und sah aus, als setzten ihm Ischias und Hexenschuß übel zu.

Doch er wurde von oben herab durch das Versprechen ermuntert, eine Blumengirlande zu erhalten, auf daß sie als Blütenkrone seinen Schädel ziere; denn die in den Wäldern droben herumtollenden Dryaden lugten immer durch den Spalt herab und versuchten ihm einen Blumenkranz hinabzuwerfen.

Das stille, pochende Tal von Willamilla nun, das so dicht an den Felsen geschmiegt war und dem Bogenschützen der Sonne ein treffliches Ziel bot, wäre ohne die Grotte fast nicht bewohnbar gewesen. Durch diese atmete sie die segensreichen Winde von Omi ein: der die Insel im Osten stützende Vorgebirgsrücken, der den kühlen Strom der Hochlandpassate empfängt. Diese Winde waren angenehmer als die Strömungen unten.

Die ganze Zeit über, selbst in der brütenden Mittagshitze, wehte ein kühler Luftstrom im Verein mit dem kühlen Wasser, das jauchzend in den Palast von Donjalolo sprang. Und wie der

Fluß, nachdem er zunächst, gleichsam zur Loyalität verpflichtet, den König erfrischte und dann weitschweifig das Tal durchfloß, so erquickten die gesegneten Winde von Omi nicht nur das Haus des Nachmittags, sondern fanden an dessen weiter, offener Vorderseite reichlich Auslauf und wehten bis ins Innere von ganz Willamilla.

»Laßt uns die Luft von Omi atmen«, war ein weitverbreiteter Spruch in der Schlucht. Und der ihn sprach, würde mit seinem Kameraden der Grotte zueilen; und er würde sich auf das Gras niederwerfen, mit der Hand über seine Locken streichen und sich zurücklehnen; und Atmen wäre ihm Freude und Pflicht zugleich; denn die Winde von Omi waren den Lungen wie ein Wein aus Luft.

Doch war diese Brise nicht übermäßig frisch; obwohl die Zephyre manchmal ungestüm wurden. Besonders zu der Zeit der hohen See, wenn die kräftigen Passate in den Felsspalt hinabgesaugt wurden und mit wundervoller Kraft aus der Grotte hervorstürmten. Durchquerte man sie zu dieser Zeit, hatte man viel Mühe, sein Kleid am Leibe zu behalten.

Soviel nun zum Haus des Nachmittags. Wohin Donjalolo, nachdem er den schattigen Morgen unter den östlichen Klippen des Tals verbracht hatte, täglich zu einer bestimmten Stunde in seinem Palankin getragen wurde. Dort fand er neue Schatten; und dort weilte er bis zum Abend; woraufhin er wieder dorthin getragen wurde, woher er kam: womit er dem Umlauf der Sonne vorgriff. Derart sein Leben lang der Tageshelle ausweichend, eilte der Herrscher in seinem Gebiete hin und her; auf seiner glatten, makellosen Stirn erglänzten nie Sols Strahlen.

LXXVIII.

Babbalanja Solus

VOM Haus des Nachmittags bleibt noch etwas zu sagen.

Es zeichnete sich vor allem durch seinen Fußboden aus, in den die angeblichen Skelette von Donjalolos Ahnen inkrustiert waren; jedes von einem Mosaik mit roten, weißen und schwarzen Korallen umgeben, untermengt mit glasigen Steinen, die in einem Meteoritenschauer vom Himmel gefallen waren. Diese zeichneten die Tätowierung der Verstorbenen nach. Dicht daneben waren, in ähnlicher Einlegearbeit, ihre Waffen eingebettet. Und über jedem Schädel das Abbild eines Szepters.

An erster Stelle und augenfällig lagen die halb vermoderten Überreste Marjoras da, des Vaters dieser Korallenkönige; neben ihm die geschichtsträchtige, sichelförmige Waffe, mit der er seinen Bruder Teei getötet hatte.

»Königslinie und Szepterreihe«, sagte Babbalanja mit staunendem Blick. »Komm hervor, Donjalolo, und sinne über deinen Ahnen. Hier liegen sie, vom furchtbaren Marjora bis hin zu dem, der dich zeugte. Hier sind ihre Gebeine, ihre Speere und Spieße, ihre Szepter und sogar die Muster ihrer Tätowierung: das ist alles, was man von ihrer früheren Existenz zusammenbringen kann. Sag mir, o König, was sind deine Gedanken? Bist du in diese Vorfahren vernarrt? Bist du wirklich mehr König als sie Könige waren? Bist du mehr Mann als sie Männer waren? Ist das mit Marjora und dem ermordeten Teei Fabel oder Wahrheit? Doch hier ist der mächtige Eroberer – frag ihn. Sprich zu ihm: von Sohn zu Ahnherr, von König zu König. Zwick ihn, bitt ihn, knuff ihn, tritt ihn, fleh ihn an, zerschmettere den Erdball: und er wird sich nicht rühren. Schreite über die ganze Ahnenreihe hinweg: und sie werden nicht mucken und zucken. Sie sind nicht hier. Ja, die Toten sind nicht aufzufinden, selbst in ihren Gräbern nicht. Und sie sind auch nicht einfach davongegangen, denn sie waren nicht willens zu gehen: sie starben nicht aus freien Stücken. Wo immer sie auch hingegangen sind, sie wurden dorthin geschleppt. Und wenn dem so ist, sind sie erloschen; ihre Nichtigkeit geht ihnen nicht mehr gegen den Strich als ihr erzwungener Abschied von Mardi. So oder so ist aus ihnen etwas geworden, wonach sie nicht strebten. Wirklich, hätte der beherzte Marjora geschworen, für immer hier in Willamilla zu leben und hätte er dieses Versprechen gehalten, dann wäre *das* tatsächlich königlich gewesen. Doch hier liegt er. Marjora! Erhebe dich! Juam revoltiere! Schau her, ich stampfe auf dein Szepter. Gemeines Gesinde betritt deine Ruhestatt! Auf, König, auf! Was? Keine Antwort? Sind dies nicht deine Gebeine? Oh, wie die Lebenden über die Toten triumphieren! Marjora, antworte! Bist du es oder bist du es nicht? Ich sehe dich nicht, ich höre dich nicht, ich spüre dich nicht: Augen, Ohren, Hände können nicht dein Sein erweisen. Und wenn du bist, bist du etwas außerhalb des menschlichen Denkhorizonts. Wir müssen andere Fähigkeiten haben, mit denen wir dich erkennen. Nun, bist du nicht gar ein unsichtbarer Laut, das Echo eines Echos: hier sind deine Gebeine. Donjalolo, mir scheint, ich sehe, wie du von Mördern angefallen wirst: Welcher deiner Väter erhebt sich zur Rettung? Ich sehe dich sterben: Wer von ihnen gibt dir welche Ermunterung über das Grab hinaus? Aber sie sind zum Lande Unbekannt gegangen. Gib Antwort. Wo ist es? Keiner von Oros Priestern erzählte eine ehrliche Geschichte darüber; schwerlich werden ihre Paradiese zu finden sein. In Mohis Chroniken wird, Almas Leben betreffend, erzählt, daß ein Mann einst vom Grabe auferstand. Doch rieb er sich nicht die Augen und hatte er nicht einen höchst abwesenden Blick? Nicht eine Entdeckung machte er. Ihr Götter! Ihr ward doch dabei gewesen!

Bestenfalls ist dies eine Hoffnung. Doch schafft ein Verlangen das Begehrte herbei? Vertreibt Furcht das, was sie fürchtet? Ein instinktives Gefühl ist kein Vorbeugemittel. Das Feuer, vor dem ich zurückschrecke, kann mich verzehren. – Aber tot und doch lebendig; lebendig und doch tot – solches sagen die Weisen von Maramma. Doch sterben wir dann lebendigen Leibes? Aber wenn unsere toten Väter irgendwo und irgendwie leben, warum dann nicht auch unsere ungeborenen Söhne? Denn die Ewigkeit ist die gleiche, ob vor oder zurück: schon sind wir das Nichts gewesen, das wir fürchteten zu sein. Eisiger Gedanke! Doch mache ihn dir klar; und er wird nicht bleiben. He, heißes Herz, das ich habe: eine Zeitlang so lebhaft zu schlagen, spürbar im roten rauschenden Blut, und dann Asche sein – ist solches möglich? Doch Friede, Friede, du Lügner in mir, der mir sagt, ich sei unsterblich – werde ich nicht wie diese Gebeine sein? So weit wird es kommen! Doch die Balsam träufelnden Palmen, aus deren Stämmen Milch rinnt, deren Fiederblätter prahlerisch in der Luft wedeln, sie gehen in ihrem Lenz zugrunde und beugen ihre verdörrten Strünke. Nichts währet: der Fluß von gestern fließt nicht heute; der Sonne Aufgang ist ein Untergang; leben ist sterben; sogar die Berge zergehn; und alles kreist: Systeme und Asteroiden; die Sonne durchläuft den Tierkreis; und der Tierkreis selbst ist ein Umlauf. Ah Götter! Soll *ich* in dem ganzen Getümmel des Alls ein festes Ding aufzeigen?

Weg da, Skelette grimmer Häuptlinge! Ihr seid nur Staub, wie Staub des Bettlers; denn auf diesem Bett können Arme zusammen mit Königen liegen und deren Schädel stibitzen. Ist *dies* des großen Marjoras Arm? Nein, der eines alten Paralytikers. *Ihr* Könige, *ihr* Männer? Wo sind eure Urkunden? Ich weise eure Bruderschaft von mir, ihr beleidigenden Überbleibsel. Doch nein, nein, schätze sie nicht gering, o Babbalanja! Dein eigenes Skelett, das du dein sterbliches Leben über mit herumträgst, das würdest du wohl erblicken, wenn es die freundliche Natur nicht verdeckte. Du bist lebendig tot. Und gar zu dem, was vorher war, wirst du gelangen. Ja, deine Kindeskinder werden über dich schreiten: und du bist stimmlos wie die Stille.«

Und tief sinnend schritt Babbalanja über die Korallenkönige hin.

LXXIX.

Die Mitte vieler Umkreise

WIE Donjalolo selbst eilen wir hin und her; denn nun müssen wir unsere Schritte wieder zum Haus des Morgens lenken.

Auf dessen Rückseite zweigten drei separate Gänge voneinander ab, die zu den privateren Gemächern führten. Geht man den mittleren Gang in der Annahme entlang, er führe einen bald auf freies Gelände, so stößt man doch plötzlich auf das privateste Refugium des Herrschers: ein quadratisches Gebilde, klar wie eine Pyramide und äußerlich ebenso rätselhaft. Seine Wände sind durchgängig bis zum Boden strohbedeckt; doch öffnet sich am äußersten Ende ein Durchgang, den man daraufhin betritt. Aber man ist noch nicht im Innern. Kaum einen Yard weiter erhebt sich eine strohbedeckte Innenwand, undurchbrochen wie die erste. Geht man diesen von schmalen Schlitzen erhellten Zwischenkorridor entlang, erreicht man die gegenüberliegende Seite, und eine zweite Öffnung wird sichtbar. Tritt man hier ein: ein zweiter Korridor, wie der erste beleuchtet, doch etwas düsterer; und eine dritte, undurchbrochene Wand. Und so schraubt man sich wieder und wieder herum, in dreimal dreifacher Windung; und je weiter man fortschreitet, umso schwächer wird das Dämmerlicht; bis man schließlich die Zitadelle selbst erreicht: das innerste Gemach eines Schlupfnestes, das, anders als die anderen Gänge, kein Dach hat.

Das Herzstück des Baus ist recht klein; von einer Reihe offener Oberlichter erhellt, die sich nach unten zu verjüngen.

Als seien es die unendlich vielen Blätter eines Folianten, bedecken unzählige Matten den Boden, worauf der Bewohner des nachts, wie Pharao oben auf seinem Pyramidensitz, himmelwärts schaut, und nur himmelwärts. Und die Fackelzüge am Firmament bestaunt, wenn die Sonnen prachtvoll zur Krönung schreiten.

Und hier, in dieser unzugänglichen Zuflucht, ganz im Zentrum, schlummert der weltallumrundete, tierkreisumringte, horizontumzonte, meerumschlungene, riffumrahmte, bergverborgene, laubenbehauste, königreichumgürtete, waffenbehalfterte, selbstbeglückte, unteilbare Donjalolo, absoluter Monarch: das schalenumschalte Fruchtfleisch in einer Nuß, der innerste Funke in einem Rubin, der saftumhütete Same einer goldschaligen Orange, der rote, königliche Kern eines zarten Pfirsichs, die umsphärte Sphäre der Sphären.

LXXX.

Donjalolo im Schoße seiner Familie

WOLLTE man berichten, wie der Herrscher von Juam die Tage seiner Knebelung verbrachte, ohne daß man seinen Harem angemessen erwähnte, hieße das, ein Ganzkörperporträt zu malen und das Gesicht auszulassen. Denn Donjalolos Harem trug viel zur Prägung seines Charakters bei.

Hätte er nur eine einzige Gemahlin gehabt, wäre es gewiß schon ungalant gewesen, die Herrscherin übersehen zu haben; und um wieviel größer erst das Problem in seinem Falle, wo die Zahl der Frauen ein Vielfaches ist.

Mit Ausnahme der weiblichen Bediensteten, die der Person des Königs aufwarteten, hatte er dreißig Frauen an der Zahl, deren Namen den Nächten des Monats entsprachen. Denn auf Juam wird die Zeit nicht in Tagen, sondern in Nächten gezählt: jede Nacht des Mondmonats hat ihre eigene Bezeichnung, die nur bedingt auf den Tag ausgedehnt wird.

In gleichmäßiger Abfolge herrschten die dreißig Frauen als Königinnen über das Herz des Königs. Eine höchst vernünftige Reglung, die Eifersucht und Verwirrung vorbeugte, wie sie in schlecht geführten Serails gang und gäbe waren. Denn wie dreißig Gattinnen mehr oder weniger begehrenswert sein müssen als eine, so ist ein Harem dreißigmal schwieriger zu meistern als ein Haushalt mit einer einzigen Dame. Doch waren Donjalolos Frauen derart gut eingespielt, daß meistenteils alles reibungslos vonstatten ging. Und seine Stirn war nicht allzu sehr von Falten zerfurcht, die häuslichen Sorgen und Drangsalen zuzuschreiben waren. Obwohl er dieser nicht gänzlich ledig war, wie man in Bälde sehen wird.

Laut Flechtbart nun, der sich, neben anderen abstrusen Nachforschungen, genauestens über die innere Verwaltung von Donjalolos Harem kundig gemacht hatte, wurde dort in folgender Weise verfahren.

Zu Aquelle oder Erster Nacht des Monats übernimmt die Königin dieses Namens ihr Diadem und herrscht. Ebenso zu Azzolino, der Zweiten, und Velluvi, der Dritten Nacht des Mondes; und so fort, gar bis zu dessen äußerster Verfinsterung, durch Kalenden, Nonen und Iden hindurch.

Praktischerweise ist der König mit einer Karte ausgestattet, welche die verschiedenen Nummern auf den Armen seiner Königinnen wiedergibt; und parallel dazu die rätselhaften Zeichen für die entsprechenden Nächte des Monats. Und mit einem Blick darauf sagt Donjalolo die richtige Zeit für den Aufgang und Untergang all seiner Sterne voraus.

Dieser Monat von Frauen war in zwei geräumigen Serails untergebracht, die wenige Sterbliche erblickten. Denn sie lagen so tief verborgen im Wald, waren so von Grün überschüttet, so rankenüberwuchert und so vom Weihrauch der Blüten eingenebelt, daß sie fast unsichtbar waren, wenn man nicht ganz nahe kam. Gewiß war nicht wenig Wagemut, Geduld und Scharfsinn erforderlich, um diesen geheimnisvollen Wald nach ihnen zu durchforschen. Doch ein seltsames, süßes, summendes Geräusch, wie von einer Traube schwärmender Bienen in den Rosen, wies schließlich darauf hin, daß der königliche Honig nah war. Hoch oben, in Richtung der Klippenspitze, war ein schmaler Felssims sichtbar, der diese Seite des Tals überblickte und von dem aus man, ging flüsternd das Gerücht, mit dem Augenwinkel auf die äußerste Dachspitze des nächstgelegensten Serails lugen konnte. Doch ist dieser abenteuerliche Bericht nicht bewiesen worden. Und war in der Tat auch nicht zur Überprüfung geeignet. Denn war dieser Fels nicht unerreichbar wie der Horst junger Adler? Doch um sich vor der Möglichkeit jeglicher visueller Entweihung zu schützen, hatte Donjalolo einen Erlaß genehmigt, der diesen Felsen zum Tabu für eines Menschen Fuß und eines Vogels Feder erklärte. Vögel wie Zweifüßler gehorchten schlotternd und machten einen weiten Bogen um dieses Fleckchen Erde.

Durch korrespondierende Laubengänge, die vom Palast herführten, konnte man Zugang zu den Serails erhalten. Das rechte trug den Namen ›Ravi‹ (vorher), das linke hieß ›Zono‹ (nachher). Dies bedeutete, daß sich die Königin nach Ablauf ihrer Herrschaft nach Zono begab, wo sie mit ihren Vorgängerinnen harrte, bis Ravi geleert war; und dann wanderte der ganze Monat von Frauen schwalbengleich wieder dorthin, woher er gekommen war; und dieser Umzug wiederholte sich immerzu.

In der richtigen Reihenfolge ruhten die Königinnen auf Matten, in die ihre entsprechenden Zahlen eingewoben waren. Im Ravi wurde die Matte der Königin, die turnusgemäß als nächste an der Reihe war, in der Nähe des Portals ausgebreitet. Von diesem am weitesten entfernt ruhte die frisch verwitwete Königin im Zono.

Doch ach über jede Planung, in die dreißig Frauen verwickelt sind. Trotz aller trefflichen Vorkehrungen, die das ausgereifte Ergebnis langwieriger Fortschritte in der Organisation der königlichen Serails zu Willamilla waren, ist durchaus zu berichten, daß die Rangfolge zeitweise durcheinandergeriet und sehr schwer wiederherzustellen war.

Ab und zu wurde eine der Frauen ausgeschieden, zum nicht geringen Entzücken der übrigen; doch zu ihrem gleichgroßen Verdruß sollte deren Platz bald von einer schönen Fremden eingenommen werden. Diese übernahm die Bezeichnung der freigewordenen Mondnacht und begann ihre monatlichen Zyklen in des Königs unfehlbarem Kalender.

Eine Schar alter Männer war ständig präsent; es waren vergrämte, dünnbeinige Klappergestelle, deren erfreuliche Aufgabe es war, im Garten von Donjalolos Wonnen zu weilen, ohne je diese Rosen zu berühren. Neben anderen unzähligen Pflichten wurden sie fortwährend mit zehntausend Botengängen auf Trab gehalten; denn es war ihnen strengstens aufgetragen, auch dem kleinsten Begehr der Damen nachzukommen und auf die winzigste Bemerkung hin mit aller erdenklicher Eile zu rennen, zu fliegen, zu schwimmen oder sich in ungreifbare Luft aufzulösen.

Ihre Beschäftigung war derart anstrengend, daß keiner ihr länger als zwölf Monate nachgehen konnte; und am Ende dieses Zeitraums gaben sie aus schierer Erschöpfung des Bewegungsapparates den Geist auf. Diese ständige Ausblutung des Potentials alter Männer im Tal verkleinerte noch die kleine Gruppe von Graubärten und Weißhäuptern. Und wenn es irgendeinem Alten, der bisher verschont worden war, passierte, daß er zum Palast beordert wurde, um dort des Königs Gelüst zu dienen und beizuwohnen, dann brachte dieser Unglückliche, der sein Verhängnis sofort ahnte, seine Laube in Ordnung, fettete seine Gelenke ein und machte sie geschmeidig, sagte seinen Freunden ausgiebig Lebwohl, wählte einen Begräbnisplatz; und resigniert seinem Schicksal entgegengehend, verschied er zeitig wie die übrigen.

Hätte irgendeiner von ihnen nach erleichternden Umständen gesucht, hätte er vielleicht einen kleinen Trost aus dem Gedanken schöpfen können, daß er, wenn auch Sklave der Launen von dreißig Prinzessinnen, dennoch einer ihrer Wächter war und als solcher, wie er klug hätte folgern können, auch ihr Vorgesetzter. Doch welch schwacher Trost! Denn die Dämchen waren kreuzfidel wie Lerchen, verspielter als Kätzchen; sie waren keine Kinder von Traurigkeit und sannen niemals auf Flucht. Und obwohl sie nur den dreißigsten Teil all dessen hatten, was Aspasia begehren konnte, brüsteten sie sich dennoch damit, die Gemahlinnen eines Königs zu sein; und waren nicht im mindesten auf etwaige Mitgiften oder Wittümer erpicht; sie waren sorgenfrei, zufrieden und froh wie die Sonnenstrahlen am Morgen.

Arme, alte Männer also: schwerlich wäre euerm Los ein Balsamtropfen des Trostes abzugewinnen. Denn da euer Auftrag lautet, über die zu wachen, die euch immerzu Beine machen, bleibt euch keine Zeit mehr, kleinen Sünden nachzuschnüffeln; und war das nicht ein erschwerender Umstand für ohnehin schwere Zeiten? Schärfte das nicht noch den Stahl der in euren Seelen steckenden Klingen?

Doch bleibt vieles noch ungesagt.

Zerbrechen wir uns nicht den Kopf über den ewigen Verschleiß dieser ausgemergelten alten Wächter und stellen wir nur fest, daß sie von den Damen heftig gehaßt wurden. So sehr, daß man scherzhaft fragte, für welche anderweitigen Zwecke sie wohl noch in Anspruch genommen wurden.

Nachts krochen sie zur Wacht um das Serail, wie alte Bronzedrachen ohne Reißzähne um eine verwunschene Quelle kriechen. Ab und zu kreischten diese Alten mächtig los, wenn sie im Dunkeln schmerzhaft gezwickt und gekratzt wurden. Und von seinem dreifachen Tripelring umgeben, schreckte dann selbst Donjalolo aus seinem Schlummer auf, raste in seinen zehntausend Korridoren umher und platzte schließlich, ganz aus dem Häuschen, bei seinen neunundzwanzig Königinnen herein, um zu sehen, was beim Siebten Himmel los sei. Worauf, schau her!, all die Unschuldigen fest schlafend dalagen; und die Drachen jammerten über ihre geheimnisvollen blauen Male.

Ach! Donjalolos Harem war, wie alle großen Familien, die Wonne und die Qual seiner Tage und Nächte.

Nur in einer besonderen Sache war er entweder besonders kläglich oder irgendetwas anderes: trotz seiner Vielzahl von Frauen hatte er nie einen Erben. Nicht er, sondern der Großsultan Suleyman schaute mit stolzem Vaterblick in die Runde von einhundert Söhnen, Fleisch alle von seinem Fleisch, und alle mit seinem Schielen schielend.

LXXXI.

Hier berichtet Babbalanja vom Abenteuer eines gewissen Karkeke im Land der Schatten

BEIM Morgenmahl am zweiten Tag unseres Aufenthaltes in der Mulde, erging sich unsere Gesellschaft in manch munterem Gespräch.

»Samoa«, sagte ich, »können diese deine Inseln, deren Schönheit du so oft rühmend erwähnst, können diese Inseln, guter Samoa, ein Tal bieten, das in jeder Hinsicht dem von Willamilla gleicht?«

Abschätzig wurde beschieden, daß Willamilla vielleicht für einen Aufenthalt erträglich sei, doch als dauernde Bleibe wäre jedes Tal seiner eigenen Heimatinsel unsäglich überlegen.

»Im großen Tal von Savaii«, rief Samoa aus, »wächst anstelle jedes Blattes hier in Willamilla ein stattlicher Baum; und anstelle jedes wogenden Baums hier schwingt in Savaii ein wackrer Krieger sein Schwert.«

Der Abscheu des Upoluaners vor den abgespannten Untertanen Donjalolos war unermeßlich; und auch vor Donjalolo selbst. Obwohl nicht unschwer zu erraten war, daß seine verletzende Aufnahme seitens der Majestät von Juam etwas mit seiner Verachtung zu tun hatte.

An Jarl wurde keine derartige Frage gestellt; denn bedauerlicherweise hatte er keinen Sinn für das Pittoreske. Doch bemerkte er beiläufig, daß seiner meerblaugefärbten Meinung nach, Willamilla fast unbewohnbar sei, denn jeder Ausblick aufs Meer sei versperrt.

Und hier mag es angebracht sein, von einem komischen Schnitzer des guten Jarl zu berichten, mit dem ihn Samoa, der Wilde, hernach oft aufzog, da er dessen Ungehobeltheit und den Wunsch verriet, seiner Lebensart Schliff zu geben. Er hatte seinen Ursprung jedoch darin, daß Jarl die Umgangsformen dieser fremdartigen Leute nicht beachtete, in deren Gesellschaft er geraten war.

Die Anekdote ist kein Heldengedicht; aber dennoch.

In unserer Laube hingelehnt, frühstückten wir auf einer Marmorplatte, so eisweiß und so blaugeädert wie ein zugefrorener See: Dianas jungfräulicher, tiefgefrorener Busen.

Vor jedem Gast standen eine reich beschnitzte Schale und eine Kürbisflasche, mit reichlich Früchten und Wein; ebenso die leere Halbschale einer kleinen Nuß, deren Zweck fraglich war. König Jarl nun ließ mitnichten die geringste Ungebildetheit hinsichtlich gesitteter Nahrungsaufnahme gelten. So war ihm nichts rätselhaft. Als er sich auf einmal an das Stück Arva-Wurzel in seinem Mund erinnerte – ein Ersatz für eine andere, damals unerschwingliche Art von Beruhigungsmittel –, kam ihm blitzartig die Erkenntnis, zu welchem Zweck die Nußschale diente; und so machte er sehr selbstzufrieden beide miteinander bekannt. In der Unschuld seines Nichtwissens hatte er keinen Zweifel daran, daß er seine Sache diskret erledigt hatte; da die kleine Halbschale offenbar als zeitweiliger Aufbewahrungsort für die Arva-Wurzel der Gäste vorgesehen war.

Die Gesellschaft war erstaunt; Samoa mehr als alle. Während König Jarl unterdessen alle Anwesenden mit der größten Gelassenheit anblickte. Schließlich gebrauchte einer der entsetzten Diener zwei Stäbchen als Pinzette und verschwand mit der anstößigen Nuß. Woraufhin das Mahl seinen Fortgang nahm.

Dieser Diener wurde viele Tage lang nicht mehr gesehen; was zu der Vermutung Anlaß gab, daß er zur Küste gereist war, um zu irgendeinem fernen Strand zu schippern und dort, außer Sichtweite, die Abscheulichkeit zu vergraben, die er als Fracht mitführte.

Auf dieses krasse Mißgeschick hin hatte Babbalanja keine Skrupel, Jarl gründlich den Marsch zu blasen; denn es war geeignet, unsere Gesellschaft in Mißkredit zu bringen und Media selbst verächtlich zu machen. Er versicherte ihm, der Wunsch, für vertraut mit allen Dingen zu gelten, zeuge nur von einem Spatzenhirn. Diese Umgangsformen seien zwar als nebensächliche Fertigkeiten wünschenswert, seien aber an sich die allerbeliebigsten Lappalien, deren Kenntnis keiner von Natur aus habe. »Überdies, Jarl«, fügte er hinzu, »sind Umgangsformen in Wirklichkeit bloß Nachäffungen, welche Affen am besten beherrschen. Wenn du daher bei diesen Dingen nicht weißt, woran du bist, warte geduldig und paß auf, was die anderen Affen tun: und dann mach es ihnen nach. Und wenn du das tust, wirst du einen großen Ruf als vollendeter Affe erringen. Folge vor allem nicht dem törichten Beispiel des jungen Spundes Karkeke, von dem Mohi mir erzählte. Er starb und betrat die andere Welt mit ziemlicher Zimperlichkeit; fand manche Gebräuche dort ziemlich seltsam und neu; wie etwa, daß freundliche Schatten sich grüßten, wenn sie einander durchdrangen. Dennoch beschloß Karkeke keine Verlegenheit zu zeigen. Als sich ihm ein Phantom mit nachdenklich gefalteten Schwingen und über der Brust verschränktem Gefieder näherte, nahm er seinen Kopf ab und stand dann unterwürfig vor ihm. Und der Geist starrte ihn einen Augenblick lang an, schnitt ihn dann völlig und murmelte vor sich hin: »Ah, wohl ein Bauerntölpel von der Erde«; und er ging weiter, seine himmlische Nase in die äußerst dünne Luft gereckt. Doch als der dumme Karkeke seinen Kopf wieder aufsetzen wollte, merkte er, daß dieser nicht oben blieb, sondern ihm immer wieder herunterpurzelte, gerade dann, wenn er grüßend nickte. Diese Kalamität brachte ihn vollständig aus der Fassung. Und daher ist er in alle Ewigkeit für seine Torheit bestraft, vorgegeben zu haben, er sei klug, wo er nur unwissend war. Mit dem Kopf unter dem Arm zieht er herum, der übrigen Welt zum Hohn und Spott.«

Unser Mahl schloß, Boten vom Herrscher kamen an und luden uns höflich zum Haus des Morgens ein. Dorthin verfügten wir uns in Sänften, die Donjalolo zu diesem Zweck durch die Talmulde geschickt hatte.

LXXXII

Wie Donjalolo Beauftragte zu den umliegenden Inseln schickte; und das Ergebnis

BEVOR erzählt wird, was wir gewahrten, als wir das Haus des Morgens betraten, sind einige Vorinformationen nötig. Obwohl so viele Tage Donjalolos von Faulheit und Luxus aufgezehrt wurden, überkamen ihn doch gewisse Phasen der Nachdenklichkeit, in denen seine ganze auf das äußere Mardi gerichtete Neugierde verstärkt wieder auflebte. In dieser Stimmung pflegte er Abgesandte nach draußen zu schicken, welche die Könige der Nachbarinseln, zusammen mit den berühmtesten Priestern, Barden, Geschichtenerzählern, Magiern und Weisen nach Willamilla einluden; auf daß er sie von den Dingen sprechen hörte, die er nicht selbst sehen konnte.

Doch schließlich kam es ihm in den Sinn, daß die verschiedenen Erzählungen, die er vernommen hatte, notgedrungen nur mangelhaft sein konnten, da sie hauptsächlich aus dem Munde der Bewohner der beschriebenen Länder kamen, die in ihren Darlegungen ganz selbstverständlich zu Parteilichkeit und Unaufrichtigkeit neigten. Weshalb er erst jüngst seine eigenen Sonderbeauftragten zu den Inseln geschickt hatte; diese waren offen und beherzt, besaßen ein scharfes Auge und einen scharfen Sinn, um alles an den von ihnen besuchten Orten aufzuspüren, was ihm Erhellung versprach; und auch, um verschiedene Musterexemplare interessanter Gegenstände zu sammeln; auf daß er sich schließlich der Nachforschungen anderer bedienen und mit ihren Augen sehen könnte.

Aber obwohl zu jeder Nachbarinsel zwei Beobachter geschickt wurden, sollte doch jeder unabhängig handeln, seine eigenen Untersuchungen anstellen, seine eigenen Schlüsse ziehen und mit seinen eigenen Musterexemplaren zurückkehren; und sich überhaupt nicht um die Vorgehensweise des anderen scheren.

Es traf sich also, daß diese Reisenden genau am Tag unserer Ankunft im Tal von ihren Fahrten zurückkehrten. Und Donjalolo hatte für sie am nächsten Morgen einen großen öffentlichen Empfang anberaumt. Und, wie im vorigen Kapitel berichtet, war unsere Gesellschaft dazu eingeladen worden.

Uns wurden im Haus des Morgens, im Palmensaal zur Rechten des Fürsten, priviligierte Matten zugewiesen; während sich seine Häuptlinge, Gefolgsleute und Untertanen draußen in den offenen Kolonnaden versammelten.Als alles bereit war, zog die Gruppe von Gelehrten und Reisenden ein; und sie standen ergeben in einem Halbkreis um den König, und ihre zahlreichen Tragkörbe waren zu Füßen der Gesandten niedergelegt.

Donjalolo war jetzt hochgestimmt, da er an den reichen Vorrat verläßlicher Informationen dachte, mit dem er beliefert werden sollte.

»Zuma«, sprach er und wandte sich an den vordersten der Gruppe, »du und Varnopi, ihr wurdet angewiesen, die Insel Rafona zu erkunden. Tritt nun vor und erzähle alles, was du von diesem Ort weißt. Haben wir dich vernommen, werden wir Varnopi lauschen.«

Mit einer tiefen Verbeugung gehorchte der Reisende.

Doch Donjalolo unterbrach ihn bald: »Was sagst du, Zuma, über die verborgene Höhle und die Schätze darin? Dein Bericht unterscheidet sich von all dem, was ich bisher gehört habe; doch ist dies vielleicht die richtige Version. Fahre fort.«

Doch schon bald wurde der arme Zuma erneut von Überraschungsrufen unterbrochen. Ja, und das ging bis zum Ende seiner Berichte so.

Als er geendigt hatte, bemerkte Donjalolo, daß Varnopi Zuma auf jeden Fall richtigstellen würde, wenn dieser sich geirrt oder unklar ausgedrückt hätte.

Doch Varnopi war nicht weit gekommen, als Donjalolo die Farbe wechselte.

»Was! Wollt ihr euch sogar ins Angesicht hinein widersprechen? O Oro! Wie schwer ist die Wahrheit durch Vertreter zu erlangen. Über Rafona habe ich fünfzig Berichte erhalten. Keiner stimmte mit den anderen gänzlich überein. Und diese beiden Schufte, ausdrücklich losgeschickt, um wahrzunehmen und zu berichten, diese beiden Lügenbolde schwindeln gleichermaßen. Wie ist das möglich? Sind die Linsen in ihren Augen verschieden gefärbt, so daß ihnen die Gegenstände verschieden erscheinen? Denn es ist unleugbar, daß die Dinge, von denen sie derart widersprüchlich sprechen, dieselben sind; wenn sie auch in ungleichen Farben und Eigenschaften dargestellt werden. Doch stumme Dinge können nicht lügen oder im Irrtum sein. Pack deine Körbe aus, Zuma. Näher heran mit ihnen. Nun, was ist das?«

»Das«, entgegnete Zuma zitternd, »ist eine Probe aus der berühmten Riff-Barriere auf der Westseite der Insel Rafona. Eure Hoheit bemerkt deren tiefrote Färbung.«

Da sprach Donjalolo: »Varnopi, hast du auch ein Stück dieses Korallenriffs?«

»Jawohl, Eure Hoheit«, sagte Varnopi, »hier ist es.«

Donjalolo nahm es ihm aus der Hand und starrte auf dessen ausgebleichte, weiße Farbe; dann schmetterte er es auf den Boden. »O mächtiger Oro! Wahrheit west in ihrem Brunnen, woraus jeder für sich trinken muß. Für mich ist jegliche Hoffnung dahin, Mardi je zu kennen! Fort! Besser weiß ich nichts, als enttäuscht zu werden. Hört auf!«

Und Donjalolo erhob sich und zog sich zurück.

Alle Anwesenden brachen nun in einen tosenden Lärm aus; einige hielten es mit Zuma, andere mit Varnopi. Wechselweise wurden beide zu Leuten erklärt, auf die man sich verlassen könne.

Babbalanja, der sich dies in Ruhe angesehen hatte, lehnte sich gegen eine der Palmensäulen und bemerkte zu Media: »Mein Gebieter, ich habe dasselbe Riff bei Rafona gesehen. Es hat an verschiedenen Stellen verschiedene Farben. Was Zuma und Varnopi betrifft, so haben beide unrecht und recht zugleich.«

LXXXIII.

Sie besuchen die tributpflichtigen Inseln

DA in Willamilla keine Yillah gefunden wurde, nahmen wir am dritten Tag Abschied von Donjalolo, der uns überschwenglich umarmte; und wir verließen das Tal, in Medias Fall etwas widerstrebend.

Nach und nach besuchten wir die Außendörfer von Juam; und durchquerten die Wasser, zogen etliche Tage zwischen den tributpflichtigen Inseln umher. Dort sahen wir die Vizekönige desjenigen, der in der Mulde herrschte: Häuptlinge, auf die Donjalolo stolz war; so aufrichtig, demütig und getreu; so sehr darauf versessen, das Leben derer zu verbessern, die unter ihrer Herrschaft lebten. Denn Donjalolo war ein mildtätiger Herrscher; in seinen ernsthaften Perioden trachtete er nur nach dem Wohlergehen seiner Untertanen, wenn auch seiner eigenen herrscherlichen Sicht gemäß. Doch ach, wie konnte er in dem sonnigen Donjon in den Bergen, wo er weilte, wie konnte Donjalolo da sicher sein, daß seine Erlasse in Gegenden ausgeführt wurden, die seinem Blick entzogen waren. Ah! sehr milde, sehr unschuldig, sehr ehrfürchtig zeigten sich die Gesichter seiner Vizekönige bei ihren monatlichen Visiten in Willamilla. Doch wie grausam ihr Gesicht, wenn sie sich, zu ihren Inseln zurückgekehrt, tyrannischer Zügellosigkeit völlig ergaben; wie Verres, der die Rechte der Sizilianer verpraßte.

Barfüßig wie Karmeliter kamen sie zu Donjalolo; doch zu Hause wurden ihre prächtigen Schuhriemen von Sklaven geschnürt. Vor ihrem zum König gekrönten Prinzen standen sie mit Stricken gegürtet, wie Franziskanermönche, die sich selbst kasteien; doch mit diesen Stricken hängten sie Unschuld und Wahrheit vor ihren Palästen.

Immer noch auf der Suche nach Yillah und immer noch enttäuscht, durchstreiften wir die Lande, wo diese Häuptlinge herrschten; und Babbalanja rief aus: »Laßt uns abreisen. Nutzlos unsere Suche auf diesen Inseln, deren Könige Vizekönige sind.«

Früh im Morgengrauen, als wir gerade in die Ferne aufbrechen wollten, erreichten uns einige Boten Donjalolos mit der Nachricht, daß ihr Herr, der König, der es bedauere, so bald der Gesellschaft von Media und Taji entraten zu haben, diese ersuche, eilends zurückzukehren; denn schon an diesem Morgen beginne ein königliches Bankett, zu dem viele Nachbarkönige eingeladen worden seien, von denen die meisten schon eingetroffen seien.

Media willigte ein und erklärte, daß wir gar keine andere Wahl hätten; und wir kehrten mit des Königs Boten zu dem Tal zurück.

LXXXIV.

Taji diniert mit fünfundzwanzig Königen; und sie haben eine königliche Zeit

ES war Nachmittag, als wir aus dem Engpaß auftauchten. Wir erfuhren, daß unser Gastgeber seine Gäste im Haus des Nachmittags empfing und lenkten unsere Schritte dorthin.

Sanft bliesen uns die wohltätigen Winde von Omi ins Gesicht und ließen die Blätter über uns wirbeln; während hie und da durch die Bäume die idoltragenden Säulen des königlichen Palastes zu erkennen waren: Hand in Hand, mit Blumengirlanden verbunden. Dahinter funkelten auf gleicher Höhe die hin und her wogenden Kronen der Könige: wie das Sternbild Corona Borealis, das gerade den Horizont erreicht hat.

Nahe bei seinem Nachmittagsfreund, dem Wasserfall eingangs der Grotte, ruhte Donjalolo auf seiner karminroten Matte; er trug ein Gewand aus der feinsten weißen Tapa von Mardi, das übersät war von leuchtend gelben Eidechsengestalten; diese waren so sorgfältig auf den dünnen Stoff gedruckt, daß es schien, goldene Mäuse wimmelten über ihn hinweg.

Marjoras Gürtel gürtete seine Lenden, und an diesem hingen sämtliche Zähne seiner Vorfahren als Troddeln. Eine milchweiße, juwelenbesetzte, turbanartige Tiara überragte seine Stirn; darüber wogte ein Busch von Perlhuhnfedern.

Doch was schwingt er in seiner Hand? Ein Szepter, diesen bildlichen Szeptern im Korallenboden zu seinen Füßen gleichend. Ein polierter Oberschenkelknochen, der von Flechtbart zu dem Teeis, des Ermordeten, erklärt wurde. Um seine Herrschaftsabsicht ganz und gar zu unterstreichen, hatte Marjora selbst dieses Sinnbild des Dominierens über Menschen gewählt.

Doch ist sogar diese letzte, Teei angetane Schmach einst noch übertroffen worden. Zu der Zeit des Usurpators herrschte der Glaube, daß der Speichel der Könige nie den Boden berühren dürfe; und Mohis Chroniken erwähnten, daß Teeis Schädel zu Marjoras Lebzeiten den niedersten Zwecken geweiht war: Marjoras Haßgeifer aufzunehmen.

Doch anscheinend sind Überlieferungen wie diese stets zweifelhaft. Es gibt viele, die den Buckel von Richard III., moralisch wie körperlich, leugnen.

Als wir uns unbemerkt noch weiter näherten, gewahrten wir, wie Ihre Hoheiten in geselliger Ausgelassenheit zusammen plauderten wie die gewöhnlichsten Sterblichen; reichlich abgefüllt wie die alten Mönche. Doch als sie unser Nahen bemerkten, veränderten sich alle. Zwei Potentaten, die neckisch herumgealbert hatten, rückten schleunig ihre Kronen zurecht, warfen sich in Pose, so daß sie so imposant wie Statuen aussahen. Phidias brachte seinen Jupiter nicht so schnell zustande.

Die fünfundzwanzig Könige waren in verschiedenfarbige Gewänder gekleidet; und mannigfach ihre Gesichtszüge, wie die Reihen von

Lippen, Augen und Ohren in Johann Kaspar Lavaters physiognomischen Studien; dennoch hatten sie alle königsgemäße Adlernasen.

Es gab lange, fuchsschwänzige Bärte in Silbergrau und mädchenhafte Emaille-Kinne; kühne Schädel und merowingische Locken; glatte und gerunzelte Stirnen; aufrechte Gestalten und niedergebeugte; ein schielendes Auge; ein König war taub; ein anderer neben ihm lahmte; und nicht weit weg ein blödsinniger. Sie waren alt und jung, groß und klein, hübsch und häßlich, fett und hager, gescheit und einfältig.

Unser Gastgeber empfing uns mit beschwingter Höflichkeit und wies Babbalanja und den übrigen eine benachbarte Laube zu; denn wo konnten die Halbgötter Media und Taji anders zu Hause sein als inmitten so vieler echt königlicher, halbgöttlicher Gäste?

Die ungewohnte Lebhaftigkeit Donjalolos überraschte uns. Doch hatte er einen dieser Rückfälle von verzweifelter Fröhlichkeit, die konstant seinen fehlgeschlagenen Besserungsversuchen folgten. Und der fruchtlose Ausgang seiner letzten Gesandtschaft nach dem äußeren Mardi hatte ihn in Zechlaune versetzt. Er hatte auch vorher einem wilden Wein, Morando genannt, durchaus zugesprochen.

Der nun freigiebig die Runde machte, als ein Sklave mit einer Schale dieses Getränkes erschien.

Um bei der Wahrheit zu bleiben: uns sagte der Morando sehr zu. Er hatte einen nußartigen, scharfen Geschmack, wie einige Arrak-Arten von den Philippinen. Und er tat auch eine wunderbare Wirkung; denn er löste die Verkrustungen des Gehirns auf und ließ nichts als kostbare Tröpfchen guter Laune zurück, die von des Schädels Schale perlten.

Indessen erklommen girlandengeschmückte Jünglinge die Gliedmaßen der Säulenidole, benutzten dabei deren höchst heiligen Münder als Steigbügel für ihre Füße und behängten den Saal ringsum mit karminroten Tapa-Tapeten; diese berührten den Boden und raschelten in der von der Grotte kommenden Brise.

Jetzt nahten vierschrötige Sklaven; sie trugen eine riesige porphyrfarbene Wanne: ein tief ausgehöhlter Baumstamm. Ihre Außenseite war mit unzähligen Bizarrerien beschnitzt; besonders auffällig als Zierleiste ein Endlos-Band von königlichen Eidechsen, die in kopfstehender Jagd nach ihren Schwänzen die Wanne umschwammen.

Die gelbe Eidechse, eigentümlich für die Wälder von Willamilla, war Teil des Wappens von Juam. Und wenn Donjalolos Botschafter fremde Länder bereisten, trugen sie deren Abbild als Emblem ihres königlichen Herrn; und sie selbst waren als die Gentlemen von der Goldenen Eidechse bekannt.

Die Diener stellten die porphyrfarbene Wanne direkt in unsere Mitte und füllten sie mit dem frischen Wasser der Kaskade; ein Vorgehen, auf das sich einige von uns partout keinen Reim machen konnten, es sei denn, Seine Hoheit, unser Gastgeber, plane, sich in seiner ganzen königlichen Kaltblütigkeit noch weiter abzukühlen, indem er in Gegenwart seiner Gäste ein Bad nähme. Eine höchst voreilige Vermutung; denn in dem Moment, wo die Wanne gefüllt war und das Wasser ein paar Zoll unter den Eidechsen stand, begannen die Diener dort verschiedene Servierbretter von beträchtlicher Größe hinabzulassen, alle mit ausgesuchten Leckerbissen beladen: – Wildschweinfleisch; Butzkopfbuckel; gebräunte Brotfrucht, die in duftendem Sandelholz geröstet worden war und dann gekühlt wurde; Goldfische, mit wohlriechenden Beerensäften angerichtet; Zitronensauce; Brötchen aus gebackener Yamswurzelpaste; saftige Bananen, in süßliches Öl getaucht; Pisangmarmelade; Guavengelee; Konfekt aus dem Sirup von Palmsaft und viele andere Delikatessen; neben zahlreichen Getränken, die auf beschnitzten Flößen schwimmend gehalten wurden.

Nachdem unser königlicher Gastgeber den Gästen ihre Plätze angewiesen hatte, wurde er jetzt von seinen Bediensteten sorgsam an den geflochtenen Handgriffen seiner Purpurmatte zum Kopfende der porphyrfarbenen Wanne getragen. Wo er dann saß, flankiert von hochbekrönten Häuptern, mit weißen Tiaren, in königlichem Strahlen, und wie der Mont Blanc mit seinem Schneeturban bei Sonnenaufgang über den Quellwassern der Rhône präsidierend, während sich zur Rechten und zur Linken die güldenen Gipfel von Simplon, Gotthard, Jungfrau, dem Großen Sankt Bernhard und dem Großglockner auftürmen.

Aufgewühlt vom Stapellauf seiner Ladung ließ der Comer See seine Flotte mit Speis und Trank hin und her schwanken, während die

Schatten der königlichen Gipfel wild darüberhuschten.

Doch der Comer See war kein Kühler für kalten Wein und Früchte, wie es zunächst schien, sondern eine tropische Speisetafel, deren Platte aus lichtblauem St.-Pons-Marmor in flüssiger Form bestand.

Nun wurde manche Krone abgenommen, manches Szepter beiseite gelegt; und die bärtigen Könige grasten, ziegengleich, dieses köstliche Grünzeug ab; oder sie schlugen wie Bullenbeißer ihre Hauer ins Wildschweinfleisch.

Und wie bei einem gutgeführten Gefecht, das ruhig beginnt, doch dann in heftigem Ansturm vorwärtsdrängt, so kam dieses gutgeführte Fest jetzt in Wallung.

Ein paar königliche Genießer jedoch waren mit von der Partie: Epikuräer, die auf besondere Gebräue und meisterhafte Mixturen scharf waren; die sich mit angemessener Würde und Bedächtigkeit betrugen und nicht in haltloses Verschlingen der Delikatessen verfielen. Welch großartige Idee, dieser Comer See: Er machte Diener überflüssig! Denn die Servierbretter schwammen von Hand zu Hand; und liefen nicht eher einen Hafen an, bevor sie über See zu einem anderen losgeschickt wurden.

Sie taugten gut zu diesem Zweck: ragten hoch aus dem Wasser heraus, um der Dünung des Festes zu widerstehen, die zeitweise den geselligen See aufwühlte; sie liefen an beiden Enden spitz zu, wodurch sie noch leichter zu navigieren waren.

Bald ging der Morando in prächtigen Karaffen reihum, die wie Barken vor der Brise schwankten. Aber ihre Reisen waren kurz; und schon bald drohte die Anhäufung leerer Gefäße in manchen Häfen den See mit Pontons zu überbrücken. In diese Richtung wehten Passate. Schon bald waren alle Kalebassen ohne Fracht und Nutzen ausgesondert und durch betankte, bauchige ersetzt, die eine Zeitlang tief schwammen und bei jedem Anstoß heftig trudelten.

Zuletzt wurde die gesamte Bretterflotte, inklusive Wracks, zum entfernteren Ende des Comer Sees gescheucht. Sie wurde beiseite geschafft und machte rotbackigen Früchtehügeln und schwimmenden Blumeninseln Platz. Unter letzteren ragte eine quittenartige, goldene Halbkugel hervor, welche die Luft mit solchem Duft erfüllte, daß man ihr Aroma zu schmecken vermeinte.

Und unaufhörlich floß der Wein. An diesem Tag gab Juams Traube ihr ganzes Blut; an diesem Tag wurden alle Rebenranken gelöst; schier entsetzt fiel Beere um Beere die sonnengereiften Hängel hinab. Angeheitert von der Rebe waren fünfundzwanzig Könige: fünfundzwanzig Könige hatten einen in der Krone.

Der Morando-Umtrunk fand kein Ende; und auch nicht der anderer Getränke aus dem königlichen Keller, irgendwo verborgen in der Grotte gelagert. Oh! wo ist des endlosen Nigers Quelle? Suche hier oder dort, auf, auf, durch Kluft, durch Au, durch Tal – kein Quellwasser wirst du finden! Doch warum unbedingt den verborgenen Born finden, wenn sein verschwenderischer Strom vorbeifließt? Aus drei Mündungen ergoß sich dieses Delta der Grotte: Ströme in Gold, Weiß und Rot.

Doch wer kann ewig singen? Ich sank hinab und lag auf dem alten prosaischen Grund.

Unter den Karaffen, die man flottmachte, war eine pompöse, herrisch aussehende Riesenkorbflasche, alt und ehrwürdig obendrein; sie schwamm wichtigtuerisch herum wie ein Autokrat auf dem Wege zur Krönung oder eine schatzbeladene Karacke, vor dem Wind heimwärts segelnd. Doch obwohl sie schwankte, sah sie feierlich aus, weit gereist mit ihrer wirkungsvollen Fracht.

O rustikale Ufer von Rhein und Rhône, o angesäuselte Erinnerung an alte, reife Weine! Ihr Spinnweben in den Pyramiden, Staub auf Pharaos Grab – all das kehrt wieder, wenn ich mich der prächtigen Kürbisflasche und ihres Inhalts besinne, unwiderstehlich wie Tokaier; sie selbst so alt wie Mohis Sagen; ehrwürdiger anzuschauen gar als dessen Bart. Woher kam sie? In Amphoren vergraben, besagte das Etikett, zusammen mit dem Herz des alten Marjora, der nun hunderttausend Monde tot ist. Es sah nicht wie Wein aus, was da schließlich ausgegraben wurde, sondern war zu einem feinen Sirup eingedickt.

Diese besondere Kalebasse zeichnete sich durch zahlreiche Verzierungen aus und steckte in einer Schabracke wie das heilige braune Streitroß, das vor den großen Khan der Tartaren geführt wurde. Es war von einem höchst seltsamen, bequasteten Flechtwerk umhüllt; und die königliche Eidechse war ihm mit Bedacht um den Hals geschlungen, wie eine Hand um eine Kehle, die ein unschätzbares Geheimnis birgt.

Höchstgepriesen seist du, Marzilla! Des Königs höchstpersönliche Spezialität! Ein Percy von Wein! Reicht zurück auf die Tage der Eroberung! Gekeltert ehedem aus Purpurtrauben, die im Purpurtal von Ardair wuchsen! Dreifach gepriesen!

Doch war der herrscherliche Marzilla nicht für alle: Nur Götter konnten teilhaben, die Könige und Halbgötter der Inseln; ausgenommen waren zweifelhafte Abkömmlinge von üblen Wüstlingen unter den Unsterblichen, die Anno dazumal in Mardi Schädel knackten und Herzen brachen und manchem Sterblichen Bastarde vermachten, die nun vergeblich auf einen Becher voll des echt königlichen Marzilla pochen konnten.

Diese königliche Spezialität wurde mir von dem nun jovialen Donjalolo aufgedrängt. Mit eigener, szepterbewehrten Hand füllte er meinen Krug bis zum Rand und erklärte es zu seinem despotischen Vergnügen, daß ich ihn bis zum allerletzten Tröpfchen leeren sollte. Gewiß, kein schwerer Schicksalsschlag; denn das Trinken dieses Weines war das Singen einer kraftvollen Ode, wie Dichtung, die einen außer sich bringt.

»Trink, Taji«, rief Donjalolo aus, »nimm tiefe Schlucke. In diesem Wein ist eines Königs Herz aufgelöst. Trinke in langen Zügen: In diesem Wein liegt der Keim für immerwährendes Leben verborgen. Nimm tiefe und lange Schlucke: Und jedesmal trinkst du Weisheit und Mut. Trink immerzu, Taji, denn du trinkst das, was die Kraft gibt, aufzustehen und vor dem mächtigen Oro frei zu sprechen.«

»Borabolla«, fuhr er fort und wandte sich um zu einem alten, kuppelüberkrönten König zu seiner Linken, »erbat nicht der Gott Xiphur von meinem Ururgroßvater einen Schluck von eben diesem Wein und sprach, er sei gerade dabei, einen Helden zu zeugen?«

»Allerdings. Und dein herrlicher Marzilla brachte den dreifach mutigen Onnona hervor, der die Riesen vom Riff tötete.«

»Ha, ha, hörst du das, Taji?« Und Donjalolo trank eine weitere Schale aus.

Erstaunlich: Die Beweglichkeit des königlichen Ellbogens und die Standfestigkeit des königlichen Rückgrats! Um so außergewöhnlicher, als wir nur den Eindruck von deren Schwäche gehabt hatten. Doch manchmal stehen diese anscheinend schlaffen, jungen Kerle fester auf den Beinen als stabile, altgediente Zecher.

»Leert die Wanne und füllt sie wieder mit Wein«, rief Donjalolo aus. »Zerschmettert alle leeren Flaschen! Trinkt, Könige, und zerschmettert eure Schalen mit jedem Schluck.«

Und mit diesen Worten sprang er von seiner purpurnen Matte auf und setzte unwissentlich einen Fuß auf Marjoras Schädel; worauf ihn alle Skelette vom Fußboden her angrinsten. Donjalolo hielt seinen blutroten Becher hoch und sprudelte mit folgender Invokation heraus:

Ha, ha, Götter und Könige all, zugleich die Gläser
macht randvoll!

Trinkt, trinkt, jauchzt, trinkt! Dem Rufe folgt wie toll!
Füllt schnell, füllt voll, ohn' Fehl den Becher führt zum Mund.
In vollem Schwall schluckt alle bis auf den Grund:
Weinfluten und Seelenfluten aus der Schalen Rund!

Wer ist voll Furcht, voll Sorgen, ist er voller Wein?
Wenn Wein in ihm flammt, wie klagt er, weise zu sein?
Wasser sinkt nieder, strömt langsam herab;
Doch Wein steigt im Blut, in sprühender Glut:
Wallt auf und setzt das Hirn unter Flut!

Wie Sphären rollend, manche seelenvoll,
And're golden, mit Klängen sich dreh'n um den Pol,
So sollen, im Strahle vielfarbener Weine, die Becher
Kreisen, uns're Tierkreiszeichen, in dem Rund der Zecher:
Und wirbeln und klingen wie der Fluten Brecher!

Dann Könige, Götter, trinkt; Wein Heiterkeit bringt;
Durch die Adern er springt; und jauchzend dort singt.
Laßt ihn fluten, verebben; der Wein immer winkt;
Leert aus die Flut bis auf den Schaumperlengrund:
Füllt nach, jede Schale, bis hoch zum Mund!

Alle Anwesenden stimmten in den Refrain ein, und er erschallte wieder und wieder. Der perlende Wein tanzte auf manchem Bart; der Wasserfall rauschte lauter; die Grotte sandte ein Jauchzen zurück; die Geister der Korallenkönige schienen aus ihren beleidigten Gebeinen hochzufahren. Doch ha, ha, ha röhrten die fünfundzwanzig Könige weiter – lebendig und gar nicht tot – und hielten sich die Gürtel fest und bellten ihr Lachen aus Schlünden hervor: wie Nimrods Jagdhunde über einem gestürzten Elch.

Zecher außer Rand und Band, wie ihr soffet und tobtet! Aber wart keine Könige mehr: die Gewänder gelockert, und Szepter rollten auf dem Boden.

Gloriose Weinbauern, euer Produkt bringt alle Herzen auf gleiche Höhe, und schließlich alle Beine auf die Erde; selbst die von Königen. Denn wer je mit Monarchen angestoßen hat, weiß wohl, daß diese Burschen, wenn sie auf dem Throne ihre Rücken auch noch so steif halten, auf dem Boden gute königliche Kumpane sind: zu weinseliger Offenheit fähig, größer als die Niedriggeborener. War nicht Alexander ein guter Kumpan? Und der verrückte Cambyses? Und auch der alte Rowley, der so lange ein guter Kenner von Wein und anderen Dingen war, wie er an Bordaux und Küssen nippte.

Wenn Taji je einem Club beitritt, dann soll es der Beefsteak-Club der Könige sein!

Donjalolo leerte noch eine Schale.

Der Frohsinn brach nun in Böen aus. Jede Sehne erbebte wie Schiffswanten im Taifun; die Winde von Omi sausten hervor; die Tapa-Verhänge flatterten; die Becher tanzten Fandangos; und Donjalolo klatschte in die Hände und rief seine Tänzerinnen herbei.

Aus der Grotte sprudelte ein Gesang wie Rohrflötenklang hervor, ließ alle auffahren und dorthin blicken, wo solch bezaubernde Klänge zu schauen waren. Töne als Herolde von Anblicken! Die Nymphen erschienen, in der Luft schwimmend; ihre schimmernden Arme ineinander verwunden wie die glänzenden Schlangen indischer Gaukler. Sie drängten sich um die Kaskade, hielten dann in deren Sprühen inne. Mit einem Mal schien ihrer Mitte eine Schaumgestalt zu entspringen, die in die Seele tanzte wie ein Gedanke. Schließlich versank sie wie eine seitwärts abfließende Woge in der Grotte. Während der Abend rasch fortschritt, wurden die karminroten Draperien gehoben und an den Armen der Säulenidole als Girlanden befestigt, damit sie das rosige Abendlicht hereinließen.

Die Könige ergaben sich den Nachwirkungen des Banketts und sanken zurück; zwei schweigende Mädchen traten heran, eine mit einer Kürbisflasche voll Duftwasser, die andere mit Tüchern. Sie beugten sich über Donjalolos dampfenden Kopf, über den die erste einen Schauer aromatischer Tropfen herabregnen ließ, der von ihrer Gefährtin abgetrocknet wurde. So wurden alle reihum versorgt; nur tiefes Atmen war zu hören.

In einer Marmorvase wurde nun eine Handvoll Spezereien als Räucherwerk entzündet.

Kurz darauf erschienen drei von des Königs schönen Rauchern, entfachten ihre Pfeifen an diesem wohlriechenden Feuer und bliesen die beruhigenden Aina-Dämpfe über die Gesellschaft.

In Mattigkeit versunken, kämpfte ich lang dagegen an, versuchte mich den betörenden Schwaden zu entwinden. Doch eine Zauberhand über mir schien mich immerzu niederzudrücken.

Das letzte, was ich sah, war der Anblick Donjalolos: halbe Offenbarung, wie in einem Traum – seine Augen geschlossen, bleiches Gesicht, feuchte Locken, langsam zu seiner Sänfte getragen, damit er die Senke durchquere und im Schoße seines Harems erwache.

LXXXV.

Nach dem Festmahl

WIE in Träumen schaute ich dich wieder, Willamilla! Wie in Träumen streifte ich wieder durch deine kühlen, schattigen Haine, oh, schönstes Tal von Mardi! Es huscht die Erinnerung an dieses fröhlich-verrückte Fest über meine Seele, bis mir die Sinne schwinden.

Hier und da über die Gebeine von Donjalolos Ahnen hingestreckt, lagen die königlichen Bacchanten bis zum Mittag.

»Wer ist hier toter?« sagte der hereinspähende Babbalanja, »die lebenden Könige oder die toten?«

Doch erstere waren nur welke Blumen, die man durch Bewässerung wiederzubeleben suchte. Von Zeit zu Zeit gingen die emsigen Diener umher und besprengten deren Köpfe mit dem duftenden Inhalt ihrer Gefäße.

Schließlich hoben die fünfundzwanzig Könige nacheinander ihre ambrosischen Locken, öffneten wie Adler ihre königlichen Augen und blähten die Nüstern ihrer Adlernasen, die voll in die goldenen Sonnenstrahlen wiesen.

Doch warum hatte sich Donjalolo entfernt? Hatte er sie unbekümmert sich selbst überlassen, auf daß sie das Fest ohne ihn überstanden? Doch wurde diese augenscheinliche Unhöflichkeit bald von Herolden erläutert, die ihren hingestreckten Majestäten erklärten, ihr Herr, der König, sei durch die übertriebene Sorge seiner

Sklaven zu seinem Harem zurückgetragen worden, ohne daß er für die Sache etwas könne. Doch um alles wiedergutzumachen, sei Donjalolo gerade jetzt mit seiner Sänfte wieder im Anzug. Nicht jedoch, um wieder zu feiern, sondern um in Gesellschaft seiner Gäste zu ruhen; denn zusammen waren sie in Hochstimmung gekommen, und zusammen müßten sie alle darniederliegen.

Und so taten sie es auch: Jeder König schlummerte wie ein Held bis zum Abend bei seinem Skelett. Woraufhin die königlichen Gäste, die sich das nahende kühle Mondlicht zunutze machten, ihrem Gastgeber Lebwohl sagten. Und sie scharten ihre Gefolgsleute um sich und verließen den Talgrund.

Da wir beschlossen hatten, zu unseren Kanus aufzubrechen, gingen wir früh am nächsten Tag auf das Haus des Morgens zu, um Abschied von Donjalolo zu nehmen.

Eine erstaunliche Veränderung, die eine Nacht des Alleinseins bewirkt hatte! Bleich und matt trafen wir ihn an, der Länge nach ausgestreckt, eine Hand auf seinen hämmernden Schläfen.

In der Nähe eines umgestürzten Weingefäßes lag der königliche Gürtel hingeworfen zu seinen Füßen. Er hatte seine erschrockenen Diener hinausgewinkt, die außer Sicht niederkauerten.

Wir näherten uns.

»Verlaßt auch ihr mich? Bereitwillig genug nehmt ihr an meinen Banketten teil, die, für solche wie euch, nur verrückte Zwischenfälle in einem Rondo ruhiger Zerstreuungen sind. Doch achtet nicht auf mich, Media – ich bin irre. O ihr

Götter, bin ich auf ewig gefangen? – Ah, freier König von Odo, geruht, wenn ihr mögt, den armen Sklaven zu Willamilla zu besuchen. Eure Besuche betrachte ich lediglich als Akte der Nächstenliebe; gar gern lockte ich euch durch üppige Kost. Geht, verlaßt mich; geht und streift wieder durch das blühende Mardi. Und ich muß hier auf ewig bleiben. – Bringt mir Wein, Sklaven, rasch! Auf daß ich meinen Gästen angemessen zutrinken kann. Ach Media, ist der Becher zur Neige, funkelt er nicht mehr so, als wäre er voll. O falscher, falscher Freund! Der lächelnd zusticht! Doch für einen wie mich, o Wein, bist du gar eine Stütze, obwohl sie die Seite durchbohrt; denn der Mensch muß sich anlehnen. Du Wein bist der Freund der Freundlosen, obwohl sonst allen ein Feind. König Media, laßt uns trinken. Mehr Becher! – Und nun, Lebwohl.«

Zurückfallend wandte er sein Gesicht ab; und still und leise verließen wir den Palast.

LXXXVI.

Von diesen schuftigen Plujii

AM Strand angekommen, bestiegen wir die Boote.

Bald erholten wir uns von unseren tiefgreifenden Erlebnissen. Und da wir eine recht lange Fahrt vor uns hatten, vertrieben wir uns die Zeit, so gut es ging.

Nebst vielen kurzweiligen Mären ergötzte uns der alte Flechtbart, die Beine überkreuz und den Bart gespitzt, mit einer Erzählung von gewissen unsichtbaren Geistern, Plujii benamst, die abgefeimtesten kleinen Schufte, die der Mondschein je ausgespieen hat.

Es hieß, sie bewohnten die Insel Quelquo in einem entlegenen Winkel der Lagune. Die unschuldigen Bewohner dieser Insel wurden arg gepiesackt und getriezt vom teuflischen Treiben dieser Wesen. Was nicht verwunderlich ist; denn diese Geister, die in der Luft hausten und völlig unangreifbar waren, gerieten besonders leicht in Grimm.

Abscheuliche Plujii! Mit gezielter Bösartigkeit brachten sie starke Winde hervor, welche die Bananenplantagen zerstörten und manche Bambusbehausung über den Köpfen der Bewohner zusammenstürzen ließen. Sie zerschmetterten die Kalebassen, ließen den ›poce‹ sauer werden, riefen Koliken hervor, erzeugten Mißstimmung und rissen manchen Menschen durch Seitenstiche entzwei. Kurz: An jedem Übel, dessen

Ursache die Insulaner nicht direkt ihren Göttern zuschreiben konnten und auch nicht, wie sie meinten, sich selbst, genau daran mußten die unsichtbaren Plujii schuld sein. Mit schrecklichen Träumen und blutdürstigen Stechmücken fielen sie über die allerunschuldigsten Träumer her.

Sie verhexten alles. Ein Mann mit einem schiefen Hals schrieb diesen den Plujii zu. Wer ein schlechtes Gedächtnis hatte, wetterte gegen die Plujii. Und der Bursche, der sich die Finger quetschte, verfluchte diese widerwärtigen Geister ebenso.

Und manchen fehlte es nicht an zwingenden Indizienbeweisen dafür, daß diese Plujii mit unsichtbaren Fingern direkte und handgreifliche Spuren ihrer Anwesenheit hinterließen: Sie knufften und betrommelten die Inselbewohner, rissen ihnen an den Haaren, zogen ihnen an Ohren und Bart und kniffen ihnen in die Nasen. Und dadurch sie so ihre hilflosen Opfer andauernd quälten und erzürnten, frönten die scheußlichen Plujii ihrer bösartigen Herrschaft über die Seelen und Körper des Volkes von Quelquo.

Oro allein wußte, was sie verleitete, eine solche Rolle zu spielen; und nur einmal wollte anscheinend der alte Mohi dies herausfinden.

Als er einmal Quelquo besuchte, traf er auf eine alte Frau, die fast auf ihren doppelten Umfang angeschwollen war und sich den Unterleib mit beiden Händen hielt. In dieser Weise gepeinigt, rannte sie herum.

»Gute Frau«, sprach er, »was, beim Himmel, ist der Grund?«

»Die Plujii! Die Plujii!« Und zärtlich streichelte sic die Region deren Wirkens.

»Doch warum quälen sie dich?« fragte er besänftigend.

»Wie soll ich das wissen? Und was nützte mir das, wenn ich das wüßte?«

Und sie rannte fort.

An diesem Punkt der Erzählung wurde Mohi von Media unterbrochen, der, zur Überraschung aller Anwesenden, bemerkte, daß er ohne Flechtbarts Wissen zufällig auf derselben Insel gewesen sei, und auch zur gleichen Zeit eben diese alte Dame in denselben Unterleibsnöten gesehen habe.

»Es war deutlich zu sehen«, fuhr er fort, »daß sie tatsächlich in großer Bedrängnis war. Doch hatte ich in diesem besonderen Fall gewaltige Zweifel daran, daß deine Plujii bei dieser Quälerei wirklich ihre Hand im Spiel hatten. Denn da ich hörte, daß diese Alte sich ein bis zwei Stunden vorher zwanzig unreife Bananen einverleibt hatte, konnte ich mir fast vorstellen, daß dieser Umstand etwas mit ihrem Leiden zu tun hatte. Doch wie es auch immer war, alle Kräuterheiler der Insel hätten sie nicht von ihrer Meinung dazu abbringen können.«

»Nein«, sagte Flechtbart, »selbst eine posthume Überprüfung hätte ihren Geist nicht zufriedengestellt.«

»Merkwürdigerweise«, fuhr er fort, »schmähen die Bewohner dieser Insel, trotz allen Leids, das sie durch die Plujii erfahren, diese nie, es sei denn, sie würden direkt herausgefordert. Und es ist eine ausgemachte Glaubenssache, daß alle dabei geäußerten Scheltworte und übereilten Beschimpfungen von den unsichtbaren Geistern, gegen die sie gerichtet sind, auf der Stelle übersehen, nein, verziehen werden.«

»Großherzige Plujii!« rief Media aus. »Doch Babbalanja, warum kann in deiner Gegenwart ungestraft solcher Unfug geäußert werden, wo du doch sonst gegen alles anrennst? Warum so schweigsam?«

»Es kam mir der Gedanke, edler Herr«, sprach Babbalanja, »daß die Bewohner dieser Insel, wenn sie auch manchmal fälschlicherweise ihre Unglücksfälle den Plujii zuschreiben, sich dennoch alles in allem einem berechtigten Glauben hingeben. Denn, Plujii oder nicht, es ist unleugbar, daß wir Sterbliche in zehntausend Weisen, wie durch böse Kräfte, schmerzlich gequält und in Harnisch gebracht werden; und daß es auch fast respektlos erschiene, derart höchst alltägliche Dinge den erhabenen Göttern zuzuschreiben. Nein, es muß da einige ganz niedere Geister geben, die vergleichsweise so unbedeutend sind, daß sie von den übernatürlichen Kräften übersehen werden; und sie müssen wohl der Grund sein, daß wir so ernstlich heimgesucht werden. Jedenfalls würde eine solche Theorie eine Lücke in meinem metaphysischen System ausfüllen.«

»Nun, Friede den Plujii«, sprach Media, »mich behelligen sie nicht.«

LXXXVII.

Nora-Bamma

WÄHREND wir ruhig weiterglitten, lag die Lagune still da. Stunden verstrichen; bis direkt vor uns ein Moslemturban, rund und grün, heranzieht: Nora-Bamma, Insel des Schlummers.

Mittagsflut rollt. Die Luft flirrt. Und, durch Täuschung des Blicks, treiben hier und da schillernde Lande, zartgewoben im azurnen Dunst: Schwäne, Pfauen, die den Himmel durchschwimmen. Der Himmel ist auf die Erde herabgekommen. Schwierig, Sonnenwolken und Inseln auseinanderzuhalten.

Und hoch in der Luft ist Nora-Bamma eingenickt. Nickt und wippt mit seinem Buschgipfel wie mit drei Straußenfedern; seine vorspringenden Klippen, geneigten Mohnblüten, Schatten, weidenbestandenen Strände, alles ist eingenickt. Die Flüsse murmeln die Hügel hinab; ihre Wellchen wiegen den Strand in Schlaf.

Wer wohnt in Nora-Bamma? Hypochonder, Somnambule? Solche, die Kummer und Sorgen des äußeren Mardi fliehen und in den übersättigten Düften des Mohns Vergessen suchen und künftige Entzückungen.

Sie schlafen und träumen mit offenen Augen. Auf ihre Firstbalken hängen Trauben unbeachtet herab. In Nora-Bamma ist Flüstern wie Geschrei; und ein Zephyrlüftchen schüttelt die Blätter des Waldes, als seien es die Flügel eines Kolibris im Flug.

All dies erzählte Flechtbart von der Insel. Und daß niemand zuvor an deren Strand gegangen sei, ohne andauernd dem Schlaf seinen Tribut zu zollen; daß diejenigen, die auf Glücksuche nach Goldkalebassen dorthin gereist seien, schnell in Schlaf fielen, ehe sie eine von diesen in Händen hielten; und daß sie bis zur Nacht nicht erwachten; daß man sich unbedingt die Augen reiben müsse, möchte man die Insel durchwandern; und daß man schweigende Gespenster anträfe, die dämmrige Gehölze und verträumte Wiesen heimsuchten; die ohne Plan und Ende hierhin glitten und dorthin verschwanden.

Soviel, ob wahr oder falsch, zu Mohis Nora-Bamma.

Doch als wir weiterglitten, sah es ganz nach dem beschriebenen Orte aus. Wir gähnten und gähnten wie ganze Schiffsmannschaften, wenn in ihrer Nähe ein Opiumschiff fährt; wobei sogar die flatternden Segel gänzlich ermatten.

LXXXVIII.

In einer Windstille nahen Hautias Herolde

WIE still es ist!« rief Babbalanja aus. »Diese Kalme ist, als herrsche Oros immerwährende Gelassenheit und des Menschen äußerste Verzweiflung.«

Doch jetzt wurde die Stille von einer seltsamen, fernen, zeitweise aussetzenden Melodie im Wasser unterbrochen.

Als wir über den Bootsrand hinabschauten, sahen wir bloß einen weit in die Tiefen hinabschießenden Strahl.

Darauf sprudelte aus dem zuvor traumversunkenen Yoomy eine Strophe hervor, jäh wie der Strahl eines Geysirs.

Wie Fische mit schimmernd-zitternder Flosse,
Schimmernde Fische, wie die Lerche hoch, so tief gesunken,
So tief, tief die Mädchen schwimmen,
Wildes Lied, wildes Licht in stillem Ozeandunkel.

»Welche Mädchen?« rief Media aus.

»Keine von diesen«, antwortete Yoomy und wies auf einen nahenden Nachen.

»Die drei Mädchen: Taji, sie bleiben dir auf den Fersen.«

Das lautlose Kanu kam näher, die Iris in seinem Bug.

Als es langsam heranglitt, warf ein Mädchen

eine Venushutblüte in frischem Blattschmuck herüber.

Daraufhin Yoomy: »Spute dich, zu lieben.«

Das zweite Mädchen warf eine blasse Blüte, in Schierlingskraut verborgen.

Da schrak Yoomy zusammen und sprach: »Ich habe einen Tod bewirkt.«

Dann regnete es Venushutblüten und herrliche Moosrosen ohne Zahl und Hände voll duftender Verbenen.

Daraufhin Yoomy: »Fliege noch, o fliege zu mir: Alle rosigen Freuden und Süßen habe ich.«

Dann schwammen die Mädchen weiter.

»War je eine Königin rätselhafter?« rief Media – »Liebe – Tod – Freude, fliege zu mir? Doch was sagt Taji?«

»Daß ich nicht für Hautia wende. Diese wilde Hexe veracht' ich, wo immer sie weilt.«

»Dann laßt uns unsre Schwingen weit ausbreiten! Eine Brise! Die Segel gehißt! Komm, Floras Flöte, laß dir ein Lied entschweben.«

Yoomy suchte sich die Rosen aus Hautias Gaben heraus, zerpflückte sie, hielt die verwüsteten Herzen empor, und so sang er, mit Turban und Helmbusch, gegen den Mast gelehnt:

O königlich ist die Rose,
Doch mancher Dorn aus ihr ragt;
Hab acht, hab acht vor der Rose,
Diese ist am Herzen zernagt.

Süß, süß der sonnige Hügel,
O Lilien-, Lilien-, Lilienhügel!
Süß, süß der Verbena Blüte!
O lieblich-sanfte, muskat'ne Blüte!

O fürchte den sonnigen Hügel;
Sieh die Viper im Liliengewand;
Verbenen-Blüten blühen nicht mehr;
Weiß und welk in deiner Hand.

LXXXIX.

Flechtbart erzählt vom Ursprung der Insel der Spitzbuben

BEURTEILE Dinge nicht nach ihren Namen. Dieser Grundsatz wird anhand der Insel erläutert, auf die wir zusegelten.

Sie trug den Namen Ohonoo, mit anderen Worten: das Land der Spitzbuben. Man konnte sich diese nur als ein Nest von Piraten und Bösewichtern vorstellen, ein vollkommenes Tortuga, wo es von ›Brüdern der Küste‹ nur so wimmelt – solchen wie Montbars, L'Ollonais, Bartolomeo, Pierre le Grand von Dieppe und anderen Desperados dieses Schlags. Doch dem war nicht so. Die Leute von Ohonoo waren ebenso ehrenwert wie sonst jemand in Mardi. Sie hatten gewiß eine anrüchige Bezeichnung für ihre Insel; doch ihnen erschien dies nicht so. Denn auf nichts bildeten sie sich so viel ein wie genau auf diesen Namen.

Weshalb? Sein Ursprung reichte in alte Zeiten zurück; und da er altehrwürdig war, waren sie stolz auf ihn; obwohl sie bestritten, daß er heute auf irgendeinen ihres Geschlechts anwendbar wäre. Sie erklärten, Wörter seien bloß algebraische Zeichen, die nur das als Bedeutung übermittelten, was einem behagte. Und als etwas genannt zu werden bedeutet oft, etwas anderes zu sein.

Doch wie kamen die Ohonooer zu ihren Namen? Hört her; Flechtbart, unser Herodot, wird es erzählen.

Vor langer, langer Zeit wurden alle Bukanier, Freibeuter, Diebe und Übeltäter der Nachbarinsel nach Ohonoo verbannt. Dort wurden sie schließlich eine recht vielköpfige Gemeinschaft und beschlossen, für ihr Ansehen zu kämpfen und als einer der Staaten von Mardi zu gelten. Und genauso wie sie vorher von den Nachbarländern ausgesondert wurden, so sonderten sie nun in ihren eigenen Reihen aus und verbannten alle nicht einwandfreien Personen wiederum auf eine andere Insel. Dies trug sich in einer so weit zurückliegenden Zeit zu, daß es heute ungewiß ist, ob diese doppelt Verbannten aufgrund ihrer äußersten Schurkenhaftigkeit in ihr zweites Exil getrieben wurden oder weil sie vergleichsweise ehrenhaft waren. Im letzteren Fall muß der Rest eine recht hübsche Sammlung von Spitzbuben gewesen sein.

Wie auch immer, die Gemeinschaft der Schurken rief ihre Graubärte und reichlich vorhandenen Schlauberger zusammen, wählte einen König zu ihrem Herrscher und begann, einen eigenen politischen Haushalt zu führen.

Und da die Zeit erfüllet war, wurde dieses Volk zahlreich und mächtig. Und um so zahlreicher und mächtiger sie wurden, um so größeren Stolz und Ruhm gewannen sie ihrem Ursprung ab; und sie warfen sich oft mächtig in die Brust, wenn sie auf ihn zurückgriffen. Das stolze Sinnbild ihres Monarchen war eine Hand mit gekrümmtem Zeigefinger, der die betrügerischen Neigungen der Vorfahren versinnbildlichte.

Und all dies, nur ausführlicher, erzählte Mohi.

»Es sieht ganz danach aus, edler Herr«, sprach Babbalanja und lehnte sich zurück, »daß diese Männer von Ohonoo die Pflichtversäumnisse ihrer Ahnen verherrlicht hatten, obwohl bei ihnen die gleichen Eigenschaften als schimpflich eingeschätzt wurden. Doch die Zeit bewirkt den Unterschied. Der Schurke tausend Jahre zuvor erscheint als gute, alte Haut, geistreich und vergnügt, mit leicht bösartigen Zügen; wohingegen der Schurke von heute als ein mürrisch dreinblickender Wicht erscheint, bei dem Hopfen und Malz verloren ist. Viele große Schurken aus unseren Chroniken sind für uns Helden, wie Marjora, der Usurpator, bezeugt. Ja, die Zeit wirkt wirklich Wunder. Sie veredelt den Wein, veredelt den Ruhm, ja, ist dessen Schöpfer. Sie steigert den Wert unserer erfochtenen Siegespalmen oder läßt sie ins Dunkel treten. Sie bereichert und erhellt den Geist; läßt Kirschen und junge Lippen reifen; umrankt Ruinen mit Girlanden und alte Häupter mit Efeu; verleiht alten Yamswurzeln Geschmack und den Grübeleien des alten Bardianna Scharfsinn; filtert Wahrheit aus Fabeln; und glättet, ebnet, poliert, mildert, zerschmelzt und veredelt schließlich alles. Wohlan, edler Herr, um Mardi steht alles zum besten, weil es so altertümlich ist; und um so höher wird es geschätzt; und um so wohliger leben hier die auf Wohlleben Erpichten. Ah! Wenn Mardi je in statu nascendi war, wie ein grüner Same in der Schote, wie feucht und formlos muß es da gewesen sein, wie unwirtlich – noch gezeichnet von seiner jüngsten Erschaffung. Der erste Mensch, sprach der alte Bardianna, muß sich wie jemand gefühlt haben, der eine neue Wohnung betritt, wo der Bambus grünt. Sagt nicht eine Sage zu Maramma, daß seine Sippe lange von Grippe und Katarrh geplagt wurde?«

»O Zeit, Zeit, Zeit!« rief Yoomy aus – »die Zeit ist es, die alte Mittsommerzeit, die die alte Welt zu dem gemacht hat, was sie ist. Zeit bereifte die alten Berge und verkahlte deren alte Gipfel und breitete die alten Prärien aus und baute die alten Forste und hob die alten Täler aus. Die Zeit ist es, die die Betten der herrlichen, alten Flüsse grub und die das Rund der alten Seen schuf und das alte Meer vertiefte! Zeit ist es –«

»Ja, höchste Zeit aufzuhören«, rief Media. »Was hast du zu schaffen, Sänger, mit nicht gereimten Überlegungen? Überlaß die Prosa Babbalanja, der prosaisch genug ist.«

»Allerdings«, sagte Babbalanja, »Yoomy, du bist nicht bei deinen Leisten geblieben. Der edle Herr Media weiß wohl, daß es deine Sache ist, mit deinem Metall in Kehrreimen lose zu klimpern und es nicht im gediegenen Barren ertönen zu lassen.«

XC.

Toller Sport zu Ohonoo

OHONOO ist in der Mitte bis zum Meer hinab gespalten: die eine Hälfte ist eine ebene Fläche, die andere besteht aus drei Bergterrassen; nähert man sich von Norden her, sieht Ohonoo aus wie die erste Stufe einer gigantischen Treppe zur Sonne. Und das war die Insel auch früher gewesen, wenn Flechtbart die Wahrheit sagte.

»Ehe Mardi geschaffen wurde«, sagte dieser getreue alte Chronist, »baute Vivo, einer der Genien, eine Bergleiter, auf der man hinauf- und hinabgehen konnte. Und die Insel Ohonoo war die Basis dieser Leiter. Doch als er unerkannt in einer Dampfwolke umherwanderte, erspähte Vivo soviel Verruchtheit, daß er wutentbrannt seine Leiter hinanjagte und dabei die Bergstufen unter sich wegtrampelte. Diese stürzten hier und da in die Lagune und bildeten zahlreiche Inseln, die jetzt grün und üppig sind; und zusammen mit diesen, die den von einem Mondvogel abgeworfenen Samen entsprossen, bilden sie alle Inselgruppen im Riff.

Sollte ich leben, bis Mardi von Mardi vergessen ist, so würde ich gewiß, ganz gewiß nicht den Anblick vergessen, der uns begrüßte, als wir uns den Gestaden eben dieser Insel Ohonoo näherten; denn badete nicht ganz Ohonoo in der Meeresbrandung?

Doch wir wollen das Bild ausmalen.

Wo der Ozean ostwärts gegen das äußere Riff

von Mardi anrollt, dort liegt, einem Schleusentor in der Barriere gegenüber, das gespaltene Ohonoo: seine Ebenen fallen zum Meer hin ab, seine Berge sind ein Bollwerk dahinter. Rollen schon zu Juam die wilden Wogen von der See her auf dessen Klippen zu, um so stärker stürmen sie zu Ohonoo in Wellenbataillonen wütend in die Lagune und fallen über die Insel her wie ein Heer aus der Tiefe. Doch stürmten sie auch noch so keck und stürmten sie immerzu, beherzt wirft das alte Ohonoo sie zurück und zerreißt sie gänzlich zu Gischtfetzen. So stürmten die berühmten Wellen der Kürassiere zu Waterloo heran; und so wurden sie von langen Linien lebender Mauern weggeschleudert, deren Grundfläche wie der Meeresstrand war, wracksübersät, im Sturmestoben.

Außerhalb der Riffbresche springen Korallenbänke vor und bilden die Barriere, an der sich die Wellen zur Attacke sammeln, um mit ihren Wassermassen loszudonnern, die das ganze Riff erbeben lassen, bis sogar die Gischt zittert. Und genau dann bereitet es den Schwimmern von Ohonoo das höchste Entzücken, in der Brandung herumzutollen.

Ein Surfbrett ist für diesen Sport unerläßlich: etwa fünf Fuß lang, von Mannesbreite, auf beiden Seiten nach außen gewölbt, völlig glattgeschliffen und an den Enden abgerundet. Es genießt eine hohe Wertschätzung, wird nach Gebrauch etwas eingefettet und wird, deutlich sichtbar, im Haus des Eigentümers aufgehängt.

Die Badenden stürzen sich reihenweise, zu Hunderten ins Wasser, tauchen unter die Dünung und halten geradewegs auf das offene Meer zu; und sie halten nicht inne, bis sie die relativ glatte Fläche jenseits davon erreicht haben. Dort schwingen sie sich auf ihre Bretter und warten ruhig auf die folgende Woge. Diese rafft sie auf und reißt sie flugs dem Land zu, wobei ihre Fahrt, ihr Volumen wächst, bis sie als Wasserwand einherrast, wie der glatte, schaurige Fall des Niagara. Die Badenden hängen über dieser Wogenbiege, schauen von ihr herab wie von einer Klippe und rufen hallo. Sie halten jedes Glied in Bewegung, damit sie ihren Platz genau oben auf der Wogenkrone halten. Sollten sie zurückfallen, würden die folgenden Schwadronen sie unter sich begraben; und würden sie aus dem Sattel gehoben und nach vorn geworfen, würden sie von dem Roß, das sie reiten, ganz gewiß überrannt werden. Es ist, als stürmte man an der Spitze einer Kavallerie los: Man muß weiter.

Ein erfahrener Wellenreiter verlagert seinen Stand auf dem Brett; mal überspannen seine gespreizten Beine dies zur Hälfte; mal balanciert er auf der Schaumkrone wie ein Zirkusreiter, aufrecht auf einem Pferderücken; und scheint durch die Luft zu kommen.

Am Ende verschwindet alles in Gischt und Dampf, wenn die allzu angeschwollene Woge wie eine Bombe birst. Die Schwimmer tauchen geschickt unter und wieseln sich hindurch; und wie Orkney-Seehunde stehen sie tropfend am Strand.

Als wir in einiger Entfernung von dem Schauplatz in ruhigem Wasser landeten, zogen wir landeinwärts weiter; und als wir auf eine dort lagernde Gruppe stießen, fragten wir nach Uhia, ihrem König. Und sie wiesen auf ihn, der mitten in der Gischt war. Doch in Kürze kam er näher, umarmte Media und hieß alle willkommen.

Als Schluß mit dem Baden war und der Abend nahte, kehrten Uhia und seine Untertanen zu ihren Kanus zurück; und wir zu unseren.

Wir gingen an einem anderen Teil der Insel an Land und zogen ein Tal namens Monlova hinan. Bald wurden wir in einer sehr angenehmen Bleibe unseres Gastgebers untergebracht.

Das Abendessen wurde ausgebreitet. Doch obwohl die Leckerbissen mundeten und der Rotwein reihum ging wie ein schäumendes rotbraunes Pferd in der Manege, bemerkten wir, daß unser Gastgeber Uhia, trotz des stimulierenden Sports an diesem Tage und der Anregung durch die treffliche Bewirtung, niedergedrückt und still war.

Daraufhin Babbalanja: »Edler Herr, er schenkt Becher voll Wein ein, damit andere sie schlürfen.«

Doch König Media flüsterte: »Wenn Uhia auch traurig ist, laßt uns fröhliche Gesellen sein.«

Und angeheitert waren einige, und heiter und froh gingen sie zu ihren Matten.

XCI.

Von König Uhia und seinen Untertanen

WIE es sich für ihn geziemte, hatte Uhia eine königliche Unterkunft. Mit ausladendem Dach. Unter dem hundert Diener nächtens ihre Köpfe niederlegten. Doch seine Mädchen hatte er seit langem verabschiedet. Er hatte sich der zauberischen Umarmung entrissen und ausgerufen: »Sie sollen mich nicht weiter entsäften und entkräften, mein Schicksal ruft. Ich will mich mit Mannesmut kleiden. Bei Keevi! Nie mehr will ich eine Hüfte umschlingen.«

»Von dieser Zeit an«, sagte Flechtbart, »sproß der junge Uhia auf wie die buschige Palmspitze, sein Schenkel wurde stämmig wie ein Ast des Banyan-Baumes; sein Arm wurde stark wie der Rückenknorpel des Hais; ja, und seine Stimme wurde klangvoll wie eine Muscheltrompete.

Und nun widmete er sich mit Leib und Seele der Vollendung des Geschicks, das er für das seine hielt. Das war nicht Geringeres als Ohonoo eigenhändig zur Mitte der Lagune wegzubewegen; womit eine alte Prophezeiung erfüllt würde, die da lautete: »Wenn eine bestimmte Insel sich von ihren Grundfesten fortbewegen wird und in der Mitte des stillen Wassers verharrt, dann wird der Herrscher dieser Insel Herrscher von ganz Mardi sein.«

Die Aufgabe war schwer, aber wie großartig der Lohn! Daher machte er sich ans Werk, und ganz Ohonoo half ihm. Nicht mit Händen, sondern indem man die Magier herbeirief. Dennoch bis dato ohne Erfolg. Aber Uhia hatte noch Hoffnung.

Babbalanja, nun über alles im Bilde, sagte zu Media: »Edler Herr, sollte das andauernde Ausschauhalten nach etwas Größerem besser sein als die Einwilligung in das Vorhandene, dann sollte Uhia diesen doch abenteuerlichen Gedanken so ins Herz schließen, wie er es zuvor mit seinen Frauen tat. Es ist aber dieser Glaube, edler Herr, der ihm die Tage des Friedens stiehlt und die Nächte seiner süßen Bewußtlosigkeit. Da er sich selbst für ausersehen hält, über den gesamten Archipel zu herrschen, schilt er die Götter als saumselig und verflucht sich selbst als einen, der seiner Anrechte beraubt ist; ja, dem entrissen wurde, was er nie besaß. Mißvergnügt läßt er seinen Horizont zusammenschrumpfen, bis er ihn mit der Spanne seiner Hand abmessen kann. ›Erbärmlichste Halbgötter‹, ruft er aus, ›hier bin ich eingepfercht auf diesem unbedeutenden Inselchen von hundert mal fünfzig Meilen, solange mich zahlreiche große Reiche noch nicht als ihren Herrn anerkennen.‹ Doch auch Uhia selbst wird beneidet. ›Ach!‹ ruft Karrolono, einer seiner Häuptlinge, Herr eines verborgenen, kleinen Bergtals, ›hier hause ich beengt in diesem schäbigen Loch zwischen den Bergen, während der große König Uhia Herr der ganzen Insel ist und jede Kubikmeile davon sein eigen nennt.‹ Doch eben dieser Karrolono wird auch beneidet. ›Welch schweres, armseliges Los ist mir beschieden‹, ruft Donno aus, einer seiner Gefolgsleute.

›Hier in dieser lausigen Plantage sitze ich fest wie angeschraubt, während mein Herr Karrolono das ganze Tal besitzt, zehn Parasangs lang – von der Klippe bis zum Meer.‹ Doch wird Donno ebenfalls beneidet. ›Ach, verfluchtes Los!‹ ruft sein Diener Flavona aus. ›Hier bin ich dazu da, mich dahinzuschleppen und den ganzen Tag schwitzend zu schuften, während mein Herr Donno nichts tut außer befehlen.‹ Doch beneiden andere Flavona; und die ihn beneiden, werden wiederum beneidet; und dies so fort bis zum armen, bettlägerigen Manta, der, vor Entbehrung sterbend, vor sich hinächzt: ›Ich im Stich gelassener Unglückswurm! Hier gehe ich elendiglich zugrunde, während so viele Bettler herumlungern und leben!‹ Aber sicher beneidet niemand Manta! Doch: der große Uhia selbst. ›Ach!‹ ruft der König aus. ›Hier bin ich vom Ehrgeiz geplagt; kein Frieden tags oder nachts; schmerzhaft wundgescheuert meine Schläfen von dieser vermaledeiten Krone, die ich trage; während dieser schändliche Wicht Manta seinen Geist aufgibt, ohne daß ihn jemand behelligt.‹«

Vergebens durchstreiften wir die Insel in die Kreuz und Quer und spähten in ihre innersten Winkel: keine Yillah war da.

XCII.

Der Gott Keevi und die Klippe von Mondo

EIN Anziehungspunkt zu Ohonoo war das Originalbildnis von Keevi, dem Gott der Diebe, seit unvordenklichen Zeiten der Schutzgott der Insel.

Sein Heiligtum war eine natürliche Nische in einer Klippe, die das Tal von Monlova umwallte. Und hier stand Keevi mit seinen fünf Augen, seinen zehn Händen und drei Paar Beinen, bestens ausgestattet für die Beschäftigung, der er präsidierte. Seine voluminösen Arme endigten in Händen mit armdicken Fingern, die sich noch zu weiteren vielfachen Fingern auffächerten: insgesamt zwei mal fünf Handteller und fünfzig Finger.

Der Sage nach fiel Keevi aus einer goldenen Wolke und schlug bis zu den Oberschenkeln in den Boden ein, was das Erdreich im Umkreis aufwarf. Drei nachdenkliche Sterbliche, die in jenem Augenblick dahinschlenderten, entkamen mit knapper Not.

Eine wundersame Schilderung; aber keiner von uns Reisenden wagte es, darüber zu spotten. Zeigte man uns nicht genau die Stelle, wo das Götterbild herabfiel? Wir stiegen in die nun begrünte Senke hinab. Ohne Frage hätte Keevi selbst die Wahrheit des Wunders bestätigt, wäre er nicht unglücklicherweise stumm gewesen. Doch das bei weitem überzeugendste und stichhaltigste Argument, das zur Unterstützung seiner Geschichte vorgebracht wurde, war ein Speer, den die Priester ans Tageslicht brachten, damit Babbalanja ihn schauen könne.

»Laßt mich ihn näher betrachten«, sagte dieser.

Und indem er ihn immer wieder wendete und neugierig betrachtete, sagte er: »Wunderbarer Speer, Ihro Hochwürden, der hat gewiß viele Abtrünnige überzeugt!«

»Nein, die verstocktesten«, antworteten sie.

»Und die dann übrigblieben, führt man wohl an, um die Wahrheit der Sage zu bestätigen?«

»Gewiß doch.«

Das schöne Tal von Monlova steigt vom Meer her bis zum Heiligtum dieses Gottes sanft und kaum merklich an; doch wendet man sich zum Wassers hin um, ist man überrascht, sich hoch über dessen Oberfläche zu befinden. Und schreitet man weiter, täuscht einen der gleiche, heimliche Anstieg. Das Tal verengt sich. Zu beiden Seiten rücken die Felswände heran, bis man zuletzt eine Art Klamm erreicht, wo die Felsvorsprünge übergreifen. Hinter dieser Felsspalte erblickt man den blauen Himmel. Wenn der Passat heftig weht und man ahnungslos an diese Stelle kommt, möchte man glauben, Keevi selbst schöbe einen mit all seinen Händen vorwärts; so mächtig ist der Luftstrom, der durch diesen hochgelegenen Engpaß braust. Doch mache dem Tornado, der dich fortbläst, keine Vorhaltungen; segle weiter, doch gemach; schau hinab: Jäh bricht das Land ab, in einem Felssturz von tausend Fuß direkt auf die weite Ebene unten. Dieser Abgrund ist so steil und unerwartet, daß man von einer Welt in eine andere hinauszublicken scheint. An einem verträumten, sonnigen Tag nimmt die Ebene unten einen unbestimmt-flüchtigen Anblick an. Hätte man ein Tiefseelot, wäre man fast versucht, den Dunstozean zu seinen Füßen auszuloten.

Dies, Sterbliche, ist die Klippe von Mondo. Von dieser Felskante sprangen fünfzig rebellische Krieger, die Speere in den Händen; sie waren von einer Übermacht bis zu dieser Stelle zurückgedrängt worden. Völlig in die Enge getrieben, konnten sie keinen Tritt mehr fassen und machten, unter wildem Aufschrei, den tödlichen Sprung.

Da sprach Mohi: »Ihre Seelen stiegen auf, ehe ihre Körper den Boden berührten.«

Dieses tragische Ereignis fand einige Generationen zuvor statt. Jetzt führt einen, ist man sicheren Fußes, ein schwindelerregender, gewundener Weg vom Felsrand zu der Ebene hinab. Hinaufgestiegen ist aber noch keiner. Der Abstieg selbst ist so gefährlich, daß die Insulaner das Kunststück nicht wagen, ohne übernatürliche Hilfe anzurufen. Unter Felsvorsprüngen an den Klippenseiten stehen die Wächtergottheiten von Mondo; und auf den Altären vor ihnen sind die versöhnlich stimmenden Gaben der Reisenden ausgelegt.

Zur Rechten der Felskante springt ein Sims über den Abgrund vor. Die Rechtmäßigkeit eines Monarchen von Ohonoo wird dadurch geprüft, daß dieser mit gekreuzten Armen auf dem Vorsprung steht, während Wurfspieße auf ihn zuschießen.

Und dort stand Uhia in seiner Jugend.

»Wie fühltest du dich, Vetter?« fragte Media.

»Wie der König von Ohonoo«, entgegnete er. »Und so *werde* ich mich wieder fühlen, wenn ich König von ganz Mardi bin.«

XCIII.

Babbalanja tritt zwischen Mohi und Yoomy; und Yoomy erzählt eine Sage

NACHDEM wir von Ohonoo abgesegelt waren, fanden wir uns schließlich vor den lieblichen Gestaden von Tupia, einem Inselchen, auf dem, laut Flechtbart, Jahrhunderte über keine Menschen gesiedelt hatten. Da große Neugier laut wurde und man mehr über die Insel wissen wollte, schickte sich Mohi an, in seinen Chroniken zu blättern, als der Sänger Yoomy in aller Bescheidenheit einflocht, daß er selbst, so der gnädige Herr Media dies erlaube, diese Sage erzählen wolle. Sie schiene ihm, aufgrund ihrer Beschaffenheit, seinem Bereich der Poesie anzugehören, obgleich sie bis jetzt noch nicht in Verse gegossen sei. Doch fügte er hinzu, daß echte Perlmuscheln wie Musik klängen, auch wenn sie nicht auf Schnüre aufgezogen seien.

Ob dieser mutmaßlichen Unterbrechung schaute Mohi höchst beleidigt drein; und, nervös an seinem Bart zupfend, äußerte er sich gehässig über junge Talmi-Dichterlinge, die zu voll mit albernen Einfällen seien, um eine einfache Geschichte erzählen zu können.

Yoomy rückte seinen Turban zurecht und versetzte: »Alter Mohi, was sollen wir uns in die Quere kommen? Ich verehre deinen Beruf; doch sind, bei aller Bescheidenheit, deine Chroniken abenteuerlicher als meine Gesänge. Ich befasse mich mit eigenen, unverfälschten Vorstellungen, die zwar unwirklich sind, doch wohlgeformt und in sich zusammenhängend; du aber, Flechtbart, befaßt dich mit zerstückelten Tatsachen. In all deinen Kapiteln tappst du im Dunkeln. Viel Wahrheit ist nicht in dir, Historiker. Außerdem Mohi: Meine Lieder führen vieles fort, was ihr klugen Schreiber gänzlich übersieht. Hast du nicht oftmals mich und meine stets taufrischen Balladen aufgesucht, um zu erfahren, woran es dir und deinen modrig alten Chroniken gebrach? In vielem, was Wert hat, sind wir Dichter, Mohi, die wahren Historiker: Wir balsamieren ein, du gibst dem Verfall anheim.«

Darauf wollte Mohi gerade, recht erbost, antworten, als Babbalanja, der sich eine neugelegte Falte seines Umhangs über die Schulter warf, folgendes sprach: »Seid friedlich, Rivalen. Wie Bardianna es ausdrückte, kommt ihr, wie alle, die über ihre eigenen Ansprüche sprechen, dem Richtigen am nächsten, wenn ihr jeweils über den anderen sprecht, und seid am weitesten davon entfernt, wenn ihr von euch selbst sprecht.«

Darauf Mohi und Yoomy in einem Atemzug: »Wer hat dich um deine Meinung gefragt, Philosoph? Du klaust vom alten Bardianna für deinen Gemischtwarenladen von Maximen!«

»Du, der du so lange die Laster von Mardi vermerkt und zensiert hast, daß du dir einbildest, selbst keine zu haben«, fügte Flechtbart hinzu.

»Du, der du nur, im Kontrast zu den Torheiten der anderen weise erscheinst und nicht, weil in dir irgendwelche große Weisheit wäre«, fuhr der Sänger mit ungewohnter Strenge fort.

»Werde ich jetzt hier«, sagte Babbalanja, »von einem bärtigen alten Widder und einem Lamm angeklagt? Der eine stößt mit seiner vergammelten Stirn; das andere mit seinem Schafskopf, bevor ihm überhaupt Hörner gewachsen sind. Doch das kommt davon, wenn man unparteiisch ist. Wäre ich für Yoomys Sache gegen Mohi oder für die von Mohi gegen Yoomy eingetreten, hätte ich schließlich sicher sein können, eine Stimme zu meinen Gunsten zu haben. Der Unparteiische beleidigt alle Seiten, sagt der alte Bardianna; doch straft man nur mit einer Hand, wird die andere geküßt werden. – O unvergleichlicher Bardianna!«

»Will denn niemand die gequälten, alten Geister beruhigen«, rief Media inbrünstig aus. »Beginne mit deiner Sage, Yoomy; doch mach es kurz. Denn ich befürchte, daß diese Sage nur die Geduld der Zuhörer auf die Probe stellen soll. Schöpfe tief Luft und beginne.«

»Eine tiefe Verbeugung«, brummelte Mohi.

Und Yoomy begann.

»Es ist nun zirka zehnmal hunderttausend Monde her …«

»Großer Oro! Wie lang ist her, sagst du?« rief Mohi, der aus seinen Brauen gotische Spitzbögen machte.

Yoomy blickte ihn verächtlich an, ohne sich zu einer Antwort herabzulassen, und hob erneut an.

»Es ist nun zirka zehnmal hunderttausend Monde her, als die letzten eines wunderbaren Geschlechts starben, das einst genau die Gestade bewohnte, die wir nun befahren. Sie waren sehr kleinwüchsig: nur ein paar Zoll groß …«

»Halt, Sänger«, rief Mohi, »wieviel Pennygewichte wogen sie?«

Dessen ungeachtet fuhr Yoomy fort: »Überall waren sie mit einem weichen, seidigen Flaum bedeckt, wie der auf der Rinde des Avee-Baumes; und auf ihren Köpfen wuchs ein grünes, lanzettblättriges, höchst fein gewirktes Rankengewächs. Weil es bequemer war, schnitten diese Knirpse ihre Ranken zurück und stellten nur Stirnbänder zur Schau. Wohingegen sich die kleinen Mädchen mit der Überfülle ihrer Haarflechten brüsteten und diese eifrig mit dem Tau des frühen Morgens netzten; so daß sie, völlig von grünen Girlanden umwunden, in Laubengängen wandelten und Schleppen hinter sich her zogen.«

»Mehr kann ich nicht davon hören«, rief Mohi aus und hielt sich die Ohren zu.

Darauf fuhr Yoomy fort: »Die Mädchen lockten rotgefiederte Kolibris zu ihren Lauben und verleiteten sie, darin zu nisten und zu zwitschern. Im Zusammenklang mit dem wohligen Beben der Blätter, wenn die Mädchen sich bewegten, entstand ein seltsames Gemisch von süß-singenden Lauten. Die kleinen Mädchen umarmten nicht mit ihren Armen, sondern mit ihren Rankenlocken, die sie instinktiv um ihre Geliebten schlangen, bis beide in der Laube verschwunden waren.«

»Und was dann?« fragte Mohi, der es, trotz seiner Finger im Ohr, fertigbrachte zu lauschen. »Was dann?«

Yoomy geruhte nicht zu antworten und fuhr fort.

»In einem gewissen Stadium – die Mädchen waren noch in sehr zartem Alter – trugen ihre Ranken Blüten. Ach! Verhängnisvolle Anzeichen. Sobald die Blüten aufsprangen, starben die Mädchen in ihren Lauben; und wurden in den Tälern begraben; und ihre Ranken breiteten sich weiter aus; und die Blumen blühten; doch die Mädchen selbst gab es nicht mehr. Und die Ranken, die von nun an der Erde entsagten, sprossen in die Höhe, erklommen die höchsten Äste der Bäume und blühten auf immer und ewig im Sonnenlicht.«

Yoomy hielt hier für eine Weile inne; doch fuhr sogleich fort: »Die Äuglein der Leute von Tupia sahen sehr seltsam aus; voller Sterne, die aus der Tiefe hervorschienen, wie die Plejaden aus tiefblauem Grund. Und wie die Sterne konnten sie das Sonnenlicht nicht vertragen. Da sie tagsüber schliefen, gingen die Leute von Tupia nur des nachts hinaus. Hauptsächlich bei Vollmond waren sie guter Dinge.

Dann tauchten diese Menschlein ins Meer hinab und durchstreiften die Korallenhaine, um die Seejungfrauen zu lieben. Oder sie tollten herum und schlugen sich mit den See-Igeln eine feucht-fröhliche Nacht um die Ohren – zupften die ehrwürdigen Seebarben am Bart oder brachten den eingepanzerten Schildkröten ein Ständchen oder ärgerten die Seenesseln oder piesackten mit ihren Possen die Zitterrochen, indem sie diese berührten. Manchmal spionierten sie mit den Seesternen herum, die am Ende jedes Armes ein Auge haben. Und oft schlichen sie sich, mit Korallenfeilen in den Händen, an schlafende

Schwertfische heran und machten ihnen heimlich ihre Waffen stumpf. Kurzum, die beherzten Wichte liebten das Meer leidenschaftlich und schworen bei Welle und Woge, daß sie dieses früher oder später mit Nautilus-Schalen befahren und den Rest ihrer tollen Tage tausende Zoll von Tupia entfernt verbringen würden. Sie waren wahrlich kleine wüste Racker. Oft kehrten sie zu ihren Liebchen zurück und protzten mit moschusduftigen Seetanggürteln, behangen mit grünen Grasbeutelchen, die prall vor Samenperlen waren. Und sie klimperten mit ihrer Münze in den Ohren der Mädchen und machten anzügliche Bemerkungen über die schönen und freigiebigen Seejungfern; wie reich und liebenswürdig sie seien und wie entzückt über die Gesellschaft der wackeren Galane von Tupia. Ach! was klagten die armen Nymphchen über solch herzlose Maulhelden. Sie zogen sich ins Innere ihrer Lauben zurück; ihre kleinen Herzen sprangen auf wie Rosenknospen und erfüllten die ganze Luft mit duftender Klage. Waren aber ihre Geliebten sanftmütig und treu, gab es keine glücklicheren Besucher der Lilie als diese Mädchen. Durch irgendein geheimes Verfahren brachten sie winzige Lichtbällchen hervor, die Quecksilberkügelchen glichen und empfindlich und schwer handhabbar waren; mit diesen spielten sie in den Wäldern Werfen und Fangen. Oder waren sie in boshafter Laune, dann flochten sie die ganze Nacht über die Mondstrahlen zusammen und wickelten die verzopften Enden so um einen Ast, daß der arme Himmelskörper nachts viel Mühe hatte beim Untergehen.«

Hier verstummte Yoomy wiederum.

»Pausierst du, um zu erfinden, wie's weitergeht?« sagte der alte Mohi, der sein Kinn hob, bis sein Bart waagrecht stand.

Yoomy fuhr fort.

»Nicht mehr viel mehr ist von der Sage zu sagen; es ist nur noch zu erwähnen, daß dieses kleine Volk sehr geschmackvoll war bei seiner persönlichen Verschönerung. Die Männlein trugen Gürtel aus duftenden Blättern und Halsbänder aus aromatischen Samen; und die Mägdelein, die mit ihrem rankenden Grünzeug nicht glücklich waren, trugen in ihren Ohren Perlen zur Schau und prangten mit Armbändern aus winzigsten Tümmlerzähnen. Und oftmals tanzten sie mit ihren Gefährten in den mondbeschienenen Lichtungen und fächerten sich kokett mit den transparenten Flügeln der Fliegenden Fische.«

»Jetzt wende ich mich an Euch, königlicher Media; und an Euch, edler Taji; und an dich, Babbalanja«, sprach der Chronist mit ergreifender Gestik, »erscheint diese von Yoomy erfundene Geschichte wohl glaubhaft?«

»Aber vielleicht war er unterhaltsam, alter Mohi«, sagte Babbalanja.

»Er hat nicht die Wahrheit gesagt«, beharrte der Chronist.

»Mohi«, sagte Babbalanja, »Wahrheit ist in Dingen, nicht in Wörtern, Wahrheit ist stimmlos; so sprach zumindest der alte Bardianna. Und ich, Babbalanja, behaupte, daß, was gemeinhin als Fiktion bezeichnet wird, vielmehr Wirklichkeit ist als die grobe Hacke von Dididi, dem

Schaufler von Gräben. Denn sichtbare Dinge sind nur Einfälle des Auges, vorgestellte Dinge, Einfälle der Phantasie. Narren uns die einen, so narren uns die anderen ebenso.«

»So klar wie dieses Wasser«, sagte Yoomy.

»So undurchsichtig wie dieses Paddel«, sagte Mohi. »Doch sag uns nun bitte, du Orakel, was ist Wahrheit, wenn alle Dinge trügerisch sind?«

»Die uralte Frage; wurde sie nicht am Anfang der Welt gestellt? Doch stelle sie nicht mehr. Wie der alte Bardianna es ausdrückte, ist diese Frage endgültiger als jede Antwort.«

XCIV.

Von Borabolla, diesem famosen, alten Herrscher; und seiner famosen Insel Mondoldo; und von den Fischteichen und dem Jenseits der Fische

ALS wir uns Mondoldo, unserem nächsten Bestimmungsort näherten, wurden wir von sechs stattlichen Kanus begrüßt, fröhlich bewimpelt und gänzlich wimmelnd von ihren winkenden Besatzungen. König Borabolla und sein Hof eilten herbei, unsere Ankunft zu begrüßen. Media hatte ihm, ohne daß jemand davon erfuhr, auf dem Bankett der fünfundzwanzig Könige unsere Absicht mitgeteilt, seine Besitzungen zu besuchen.

Bald schon schwammen diese Kanus Seite an Seite mit den unsrigen; jedes Boot aus Odo höflich flankiert von einem aus Mondoldo.

Wir brauchten nicht lange, um Borabolla zu identifizieren: der wohlbeleibte, liebenswürdige alte Monarch, der mit gekreuzten Beinen auf einem Podest saß; dieses überragte den Bug des größten der sechs Kanus, das sich dicht an unsere *See-Elefant* schmiegte.

Bot er nicht einen wohlgerundeten Anblick? Rundum rund: rundäugig und rundköpfig; wie das Rund der famosen Erde am Äquator am rundesten und dicksten ist. Ein roter Gürtel war seine Äquatorlinie, die seiner Plumpheit etwas Festigkeit gab.

Dieser alte Borabolla erlaubte es nicht, daß

etwas zwischen seinen Kopf und die Sonne trat, nicht einmal graue Haare. Auf seinen Bronzeschädel, kahl wie ein Kürbis, fielen die Strahlen der Himmelsleuchte unmittelbar hinab und sammelten sich dort.

Er war die Fröhlichkeit selbst, machte Anspielungen auf das Fest von Willamilla, wo er sich königlich aufgeführt hatte. Toller alter Borabolla! Du warst wie geschaffen dafür, auswärts zu essen; dein Riesenmund, ein Tor für gutes Essen und Trinken und ein Ausfalltor für gute Laune.

Er tat geschäftig auf seinem Podest und gab jetzt Order, daß die Besatzungen unserer Kanus unverzüglich in sein eigenes geladen werden sollten; und er sagte, daß er Gästen nur auf diese Weise erlaube, den Strand von Mondoldo zu betreten.

So begannen wir, ihm unter nicht geringer Mühe zu willfahren – denn die See war inzwischen etwas in Aufruhr geraten; und die ganze Zeit mußten wir daran denken, wie lästig manchmal übertriebene Gastfreundschaft ist.

Wir waren nun nur weniger als eine Meile vom Strand entfernt. Doch was hat das schon zu sagen? Da war Zeit genug, dachte Borabolla, für einen raschen Lunch; so daß unser Appetit angeregt würde, bevor wir die Landung bewerkstelligten. So wurde leichte Kost gereicht. Und die Gäste wurden angehalten, dieser gebührende Aufmerksamkeit zu zollen; oder die Konsequenz zu ziehen und Hunger zu leiden, bis die in Aussicht stehende lange Reise beendet war.

Bald wurde das Wasser seichter (nahendes Land gleicht nahender Wahrheit in der Metaphysik); und bevor wir noch den Strand berührten, erklärte Borabolla, daß wir schon gelandet seien. Diese paradoxe Behauptung bedeutete, daß die Gastfreundschaft von Mondoldo so beschaffen war, daß sie in einem großen Umkreis weit hinaus auf die Lagune strahlte; so daß kein Kanu in Inselnähe fahren konnte, ohne daß dessen Insassen derweil nicht Gäste der Insel waren.

In höchst gastlicher Nähe zum Wasser lag ein schöner, großer Bau, von Palisaden umschlossen; der eine wie die anderen ziemlich brüchig, als stünden die Verpflegungskosten für die Gäste den Ausgaben für die Reparatur der Anlage entgegen. Doch lautete einer von Borabollas Grundsätzen, unsere baufälligen, alten Domizile böten die größte Kurzweil, ihr ruinöser Zustand zeige sogar an, daß sie große Dienste in Sachen Gastfreundschaft geleistet hätten; wohingegen schmuck aussehende und prätentiöse Portale eine höchst beredte Visage hätten; denn Geizkrägen seien oft proper herausgeputzt. Wer ist nun nach all dem Gesagten so dumm, anzunehmen, daß die Palisade um Borabollas Landsitz zur Abwehr ungebetener Gäste gedacht war? Keineswegs war sie das. In der Umzäunung war kein Eingang, sondern eine riesige Bresche: weit genug, um sechs Daniel Lamberts nebeneinander einzulassen.

»Schaut her«, rief Borabolla, »schau her, Media. Die Tore, die ihr hier seht, mit Weidengerten zurückgebunden, stehen schon Zeit meines Lebens in dieser Weise offen; und so, wie sie sind, sollen sie auch vermodern, ja, weit offenstehend sollen sie verfallen.«

»Doch warum gibt es sie überhaupt?« fragte Media nach.

»Ah! jetzt hast du den alten Borabolla aber ertappt«, rief dieser.

»Nein«, sagte Babbalanja, »ein Zaun, dessen Tor immer offensteht, erscheint zugegebenermaßen unnütz. Dennoch ist das ein wichtiger Wink, den man auf andere Weise nicht so treffend geben könnte; denn ist das offene Tor nicht das Symbol für Offenherzigkeit?«

»Richtig, richtig«, rief Borabolla, »so laßt uns beide eintreten, mein Vetter Media.« Dabei schlug er sich mit der einen Hand auf die Brust und winkte uns mit der anderen weiter.

Doch wie die Palisade anscheinend ein einziges offenes Tor war, so erschien das Gebäude darin als ein einziges Dach; denn nur hie und da wurde es von einer dünnen Säule gestützt.

»Dies ist meine Art zu bauen«, sagte Borabolla. »Ich will an meinen Palästen keine Außenseiten haben. Wände sind überflüssig. Und für einen hochgesinnten Gast ist der Eintritt durch einen engen Türeingang, als ginge er unter einem Joch; beim Hereingehen oder Herauskommen wird er jedesmal daran erinnert, daß er auf Kosten eines anderen lebt. So strömt von allen Seiten herein.«

Im Innern stand ein großes Feldbett; darauf ließen wir uns nieder und schauten auf die endlosen Reihen brauner Kalebassen und auf die längs der Dachsparren aufgehängten Servierbretter: Sie verhießen großzügige Bewirtung, wie Regimenter von alten Schinken in einem herrschaftlichen Speisesaal.

Sie wurden mit Speis und Trank gleichermaßen wiederaufgefüllt. Die Servierbretter waren durch Seile leicht heranzuziehen; doch die kopfunter hängenden Kürbisflaschen voll Arrak waren direkt dort greifbar, wo sie baumelten.

Taji bemerkte all die Anzeichen für ein wüstes Gelage; und wie ein vorsichtiger junger Bräutigam, der bei seiner eigenen Hochzeit schmaust und zecht, war Taji auf der Hut. Und als ihn Borabolla nötigte, ein oder zwei Flaschen zu leeren, damit diese in ihm Platz schüfen für das gerade anstehende Mahl, lehnte Taji höflich ab; denn er wolle nicht den Boden verstellen, bevor die Tischdecke aufgelegt sei.

Jarl jedoch, der sich der hartnäckigen Forderung ergab und der Einheit von Zeit und Ort nicht achtete, machte sich ohne Umschweife, von Flasche zu Flasche, ans Werk und braute in seinem Innern einen Punsch zusammen. Woraufhin Samoa sich sehr überrascht darüber gab, daß dieser so unbedacht sei und nicht wisse, daß man in Mardi Gäste zur Selbsterniedrigung drängen könne, ohne daß man von ihnen erwartete, daß sie sich fügten. Als tüchtiger Trunkenbold wartete er auf seine Stunde.

Nach dem zweiten Essen legte Borabolla beide Hände auf den Boden und, unter verfetteten Seufzern, gelang es ihm nach drei kraftvollen Anstrengungen, wieder auf die Beine zu kommen; doch diese Beine waren zu mickrig für seinen Körper, so daß sie unter der stattlichen alten Last, die sie trugen, schwer ins Schwanken gerieten.

Seine Bemühung um festen Stand zielte im besonderen darauf, sich in Gang zu setzen und uns zu seinen Fischteichen zu geleiten, rundum im Archipel als das Steckenpferd des Königs von Mondoldo bekannt. Da überdies das Hauptmahl des Tages, das ein Fischschmaus sein sollte, noch bevorstand, war unser Gastgeber ganz begierig darauf, uns einen Blick auf unsere Fische werfen zu lassen, während sie noch quicklebendig waren.

Wir waren beunruhigt, als wir bemerkten, daß sich einige Diener anschickten, uns mit speisebeladenen Servierbrettern zu begleiten. Dies ließ die Vorstellung aufkommen, daß sich unser Ausflug zu den Fischteichen als lange Reise erweisen könnte. Doch lagen sie keine dreihundert Yards entfernt; wenn auch Borabolla ein erfahrener Reisender war, so rührte er sich doch ohne sein Bataillon von Butlern nicht aus seiner Bleibe.

Es waren vier Weiher, jeder von etwa einem Acre Größe, dicht an dicht in einer tiefliegenden Marsch gelegen, die mehrere Täler entwässerte. Das ausgeschachtete Erdreich war zu Dämmen aufgeworfen; und man hatte es dadurch wasserundurchlässig gemacht, daß man es in weichem Zustand mit den schweren, flachen Enden von Palmwedeln allenthalben festgeklopft hatte. Da diese Weiher nebeneinander lagen, konnte man sie durch drei Verbindungsgräben nach Belieben zusammenschließen; während zwei zusätzliche Kanäle die Möglichkeit boten, einerseits das Salzwasser der Lagune oder andererseits das Wasser eines Binnenflusses einzuleiten. Und durch einen dritten Kanal mit vier Nebenarmen konnten sie, zusammen oder einzeln, teilweise trockengelegt werden. Auf diese Weise konnte das Wasser für jede Kieme passend zusammengemischt werden. Und die dem Meer entnommenen Jungfische durchliefen einen festgelegten Entsalzungsprozeß, durch dessen Graduierung das Salz immer weiter aus ihnen wich wie das Hirn aus einigen diplomierten Kollegen.

Süßwasserfische erhielt man auf Mondoldo nur durch das oben erwähnte künstliche Verfahren; denn die Flüsse und Bäche dort wimmeln nicht von Forellen und anderer Waltonischer Beute.

Borabollas Fische entnahm man völlig zappelnd der See, und sie wurden während ihrer geordneten Abrichtung für den Tisch täglich von ihren Wächtern umhütet, so daß sie mit der Zeit ganz zahm und zutraulich waren. Um dies zu beweisen, rief der König seinen Oberaufseher herbei und hieß ihn, die übliche Nahrungszuteilung vorzunehmen.

Es wurden kleine Portionen Futter in die Teiche geworfen. Daraufhin schossen die Fische im Schwarm auf das Ziel zu; einige von ihnen sprangen in ihrem Eifer aus dem Wasser. Der auf dem Ufer hockende Aufseher rief nun einige mit Namen, tätschelte ihre Schuppen, wobei er irgendein heidnisches Ammengestammel von sich gab, ebenso wie St. Antonius, der seiner beflossten Herde am Meeresstrand tugendsame Grundsätze in altem Koptisch einflößte.

Doch weh um die abtrünnigen Schüler des alten Lehrmeisters in härenem Gewand. Denn kein Reich der belebten Natur hat so unchristliche, unfreundliche, herzlose und kaltblütige Geschöpfe wie die Fische. Zumindest erscheinen sie Fremden so; obwohl sie im Grunde doch wohl irgendwie ganz in Ordnung sind. Und man braucht sich wirklich nicht zu wundern, daß der altehrwürdige Antonius um die Bekehrung der Fische bemüht war. Denn wer auch immer die Haie christianisiert und dadurch auch humanisiert, wird, indem er menschliches Leben für alle kommenden Zeiten rettet, größeres Wohl bereiten, als wenn er aus den Dyak-Kopfjägern Borneos oder den bluttrinkenden Battas aus Sumatra Katechumenen machte. Und sind diese Dyaks und Battas einen Deut besser als Tigerhaie? Ja, sind sie überhaupt so gut? Wäre ein Batta dein vertrautester Freund, würdest du ihn oft mit einem Orang-Utan verwechseln. Und haben Orang-Utans unsterbliche Seelen? Doch, die Battas glauben an ein Jenseits, aber eins voller Blaubärte und blutverschmierter Knochen. So auch die Haie, die glauben, daß das Paradies ein riesiger Pazifik sei, von Flotten der Sterblichen durchpflügt, die ein ewiger Sturm auf immer in ihre Mäuler purzeln ließe.

Keine pure Unterstellung. Doch scheint die Vorstellung nicht etwas unvernünftig, daß es irgendeine Kreatur gäbe, Wasser-, Erde-, Luftgetier, die so wenige Lebensliebe hat, daß sie keine Hoffnung auf ein zukünftiges Leben hegte? Warum glaubt der Mensch daran? Ein für triftig gehaltener Grund ist, daß er es wünscht. Wer wird dann sagen, daß der heute an der Küste Japans harpunierte Leviathan nicht geradewegs zu seinem Vorfahr zurückgeht, der Jona unter seiner Zunge als einen hübschen Bissen rollte?

Obwohl in dieser Angelegenheit manche Seeleute keinen starken Glauben haben oder sich bestenfalls in einem Zustand philosophischer Schwebe halten. Sie sagen: »Dieses Unglück ereignete sich im Mittelmeer; und die einzigen im Mittelmeer vorkommenden Wale sind solche, deren Maul nicht groß genug ist, um einen Mann zu verschlingen; denn diese Mittelmeerwale ernähren sich von Kleinzeug, wie Pferde von Hafer.« Daraus ziehen die Seeleute voreilige Schlüsse. Ist aber die Straße von Gibraltar nicht breit genug, um einen Pottwal durchzulassen; wenn auch keiner durchgeschwommen ist seit Ninive und seitdem der Kürbis in dessen Umland vertrocknete?

Was das mögliche Jenseits der Wale angeht: ein Geschöpf, das, fußlos, achtzig Fuß lang ist und, vor dem Mahl, einen Taillenumfang von dreißig Fuß hat, sollte nicht unbedacht der Auslöschung anheimgegeben werden.

XCV.

Dieser fidele, alte Herr Borabolla lacht über beide Backen

EIN sehr guter Palast ist das, Vetter, für dich und mich«, sagte der watschelnde alte Borabolla zu Media, indes er sich, nach der Rückkehr von unserem Abstecher, gemächlich und wie ein Nilpferd schnaufend auf seiner Matte niederließ.

Dadurch machte er wiederum mit dem Ausmaß seiner Gastfreundschaft bekannt, die ihn im Augenblick veranlaßte, sein Königreich mit seinen Gästen zu teilen.

Doch abgesehen von diesen übermäßigen Äußerungen des Wohlgefühls erwies sich Borabolla als der Fürst fideler Kumpane. Die Riesentonne seines Leibes war unerläßlich, um sein Ochsenherz zu beherbergen, das jedes Leichtgewicht zum Sinken gebracht hätte. Doch ach!, Borabolla wurde, obschon gekrönter König, nicht wie Media und Taji als Halbgott angesehen; denn seine Korpulenz schloß ihn von dieser Ehre aus. In der Tat behaupten in einigen Gegenden Mardis gewisse Heiden, daß ein fetter Mann nie unsterblich sein könne. Ein Dogma, wahrlich, das auf den Misthaufen gehört. Denn Dicke sind Salz und Würze der Erde; sie bersten vor guter Laune, sprühen vor Geist, Freude und jeder Art von Fröhlichkeit. Ihr Atem reinigt die Atmosphäre, er bringt frischen Wind in die Welt. Sie haben das rechte menschliche Maß: gerüttelt voll und aufgehäuft, von unten bis oben strotzend und überströmend. Sie gleichen Schiffen aus Teneriffa, die tief im Wasser liegen und zwanzig Stufen in ihren Laderaum hinab voll alten Weins sind. Da sie weich und empfindlich und gänzlich rund sind, findet man leicht Zugang zu ihnen. Doch aufgrund ihrer Rundlichkeit werden sie zu oft von adlergesichtigen Schurken umsegelt. Ah! ein fetter Onkel mit einem fetten Wanst und einer fetten Geldbörse ist allen Neffen Wonne und Entzücken; und den Philosophen ein Gegenstand endloser Spekulationen darüber, wie viele Ochsenherden und Erieseen voll Wein wohl durch diese große Mühle während der Dauer ihrer irdischen Laufbahn gegangen sein mußten. Fette Männer seien nicht unsterblich! Gerade in diesem Moment streicht sich der alte Lambert seinen fidelen Wanst im Paradies.

Der Tatsache nun, daß Borabolla nicht als Halbgott eingestuft wurde, war es zuzuschreiben, daß er sich weniger würdevoll betrug, als es gewöhnlich die mardianischen Majestäten taten. Und um die Wahrheit zu sagen, hätte man ihn dabei erblickt, wie er sich an einer seiner Lieblingsspeisen, dem Tintenfisch, gütlich tat, dessen lange, schlangenartigen Arme und Tentakel er sich beim Essen unwillkürlich um den Kopf wand, hätten nur wenige kluge Beobachter gemeint, daß dieses Individuum vor ihnen der unumschränkte Herrscher von Mondoldo wäre.

Doch was ist zu dem Fischschmaus zu sagen? Sollen wir erzählen, wie der alte König daselbst seinen Gürtel ablegte; daß, als das Fest seinem Ende zuging, er noch, bis auf eine traurige Ausnahme, rundum sonnig und wonnig blieb; daß die Scheibe seines Gesichts fröhlich war wie die Südhänge Madeiras in der heiteren Zeit der Trauben? Sollen wir erzählen, wie wir alle glücklich und freimütig wurden und das Gebrause des Schmauses bis weit in die Nacht hinein zu hören war?

Wir werden es tun.

Indes Media gemächlich aß, nahm Borabolla ihn ins Gebet und hieß ihn, seine Köstlichkeiten schneller zu vertilgen.

Woraufhin Media sagte: »Aber Borabolla, mein runder Kamerad, dies würde das Vergnügen schmälern.«

»Ganz und gar nicht, mein lieber Halbgott; mach es wie ich: iß schnell und iß ausgiebig.«

In der Mitte des Festes wurde ein riesiger Schlauch mit Wein hereingebracht: der stattliche Balg einer Ziege. Ihre Hörner waren Zinnen auf ihrem nachgebildeten Kopf, ihr Maul war der Ausguß, und ihr langer Bart floß bis zu den pechschwarzen Hufen hinab. Die Diener trugen sie unter zahlreichen zeremoniellen Verbeugungen heran, legten sie auf einem Ende der Gästematten, direkt Borabolla gegenüber, nieder; wo sie, auf ihre Hinterbeine gestellt, sich der Gesellschaft anschloß.

Bis zum Rand füllte Borabolla ein Widderhorn, das vollmundigste der Hörner, neigte sich zu seinem schweigsamen Gast herab und sprach solches: »Mit diesem Wein, der noch nach Traube duftet, trinke ich Euch zu, mein altehrwürdiger Säufer, Euer Gnaden Capricornus; Ihr seid schon voll genug, und hier sind volle Bälge für die übrigen!

»Wie vergnügt er ist«, flüsterte Media Babbalanja zu.

»Ja, er lacht aus vollem Halse, doch ist sein Lachen fröhlich?«

»Hilfe, Hilfe!« schrie Borabolla, »legt mich nieder, legt mich nieder! Was für ein Reißen im Leib!«

Der Becher fiel ihm aus der Hand; die Purpurfarbe wechselte vom Wein in sein Gesicht. Und Borabolla stürzte hintüber in die Arme seiner Diener. »Diese Gicht! Diese Gicht!« stöhnte er, »o Gott, keinen Tropfen dieses verfluchten Weines will ich mehr trinken!«

Daraufhin läßt ein ungeschickter Diener zehn Schritte entfernt ein Servierbrett niederfallen – »Entferne es von meinen Füßen, du Schurke!«

Noch weiter entfernt brachte einer artig eine Kalebasse herein – »Gib acht auf meine Zehe, du Hund!«

Währenddessen umhätschelten ihn die Diener; und schon bald verzog sich der tausendarmige Gichtfeind für eine Weile.

Nach dieser Verschnaufpause heiterte sich der alte König wieder auf; und wurde allmählich so fidel wie zuvor.

»Kommt! Laßt uns wieder fröhlich sein«, rief er aus, »was sollen wir essen? Und was sollen wir trinken? Diese höllische Gicht ist vorbei. Was wollt ihr edlen Herren haben?«

So knieten wir uns wieder hinein.

Doch ist zu unserem Fest nur wenig mehr als dies zu erzählen: daß ihm eine wundersame Zuneigung zwischen Borabolla und Jarl entsprang. Merkwürdigerweise hatte mein fetter Gastgeber von Anfang an ein höchst freundliches Auge auf meinen Wikinger geworfen. Und noch merkwürdiger, daß dieses Gefühl erwidert wurde. Obwohl sie derart voneinander angetan waren, waren Borabolla und Jarl jedoch sehr unähnlich. Es ist aber immer so. Und wie Konvexes nicht zu Konvexem paßt, sondern zu Konkavem, so passen Menschen zu ihren Widerparten. Und so paßte Borabollas gewölbter Wanst wie angegossen zu Jarls ausgehöhltem Magen.

Doch wie weiter? Borabolla war fröhlich und laut, Jarl war ernst und still; Borabolla ein König, Jarl nur ein Wikinger – wie kamen sie zusammen? Ganz einfach, um es zu wiederholen; weil sie ungleichartig waren; daher rührte ihre Affinität. Doch wie die Affinität der chemischen Gegenteile Chlor und Wasserstoff durch Wärme befördert wird, so wurde die Affinität zwischen Borabolla und Jarl durch die Wärme des Weins befördert, den sie bei diesem Fest tranken. Denn von allen segensreichen Flüssigkeiten ist der Traubensaft der größte Feind der Kohärenz. Er läßt zwar den Gürtel straffer werden, doch löst er die Zunge und öffnet das Herz.

Kurzum, Borabolla liebte Jarl; und Jarl, der an diesem geselligen Monarchen wegen dessen Geschwätzigkeit Gefallen fand, erachtete ihn für den empfindsamsten alten Gentleman und König, den er je in Mardi erlebt hatte. Vielleicht deshalb, weil dessen Redseligkeit die Schweigsamkeit bei den Zuhörern begünstigte, welche meines Wikingers eigenste Wonne war.

Wiederholt hatte unser Gastgeber während des Banketts Taji ersucht, seinem Gefolgsmann zu erlauben, auf der Insel zu bleiben, nachdem wir übrigen abgereist wären; und er versprach getreulich, uns Jarl wieder zu übergeben, wenn wir zurückkehren und ihn beanspruchen sollten.

Doch obwohl ich Borabollas freundlichen Absichten nicht mißtraute, konnte ich nicht so rasch in sein Begehr einwilligen; denn hatte ich nicht mit Jarl, als meinem einzigen Kameraden, zugleich gefastet und Feste gefeiert? War er nicht meine einzige Verbindung zu Vergangenem?

Vergangenes! Ah, Yillah, wir fanden dich nicht auf Mondoldo, trotz all seiner Fröhlichkeit und obwohl wir überall herumstöberten.

XCVI.

Samoa, ein Chirurg

DER zweite Tag unseres Aufenthaltes auf Mondoldo war durch eine bemerkenswerte Darbietung der ärztlichen Kunst Samoas gekennzeichnet. Dieser hatte oft damit geprahlt, daß er, zwar bewandert in der Kunst, Menschenschädel zu zertrümmern, auch ebenso kundig im Zusammenflicken dieses zerbrochenen Geschirrs sei.

In der Nacht hatte Borabolla sein Tauchercorps angewiesen, sich morgens zu einem bezeichneten Abschnitt des großes mardianischen Riffs zu dem Zweck zu begeben, um zu unserer Labung einige der köstlichen Karettschildkröten zu beschaffen, deren verborgene Schlupfwinkel zwischen den Kammern und Galerien dieses unterseeischen Korallenwalls lagen; warf man ein Lot von dessen umschäumter Kappe, berührte es niemals den Grund.

Dieser Schildkröten konnte man nur dadurch habhaft werden, daß man tief unter die Meeresoberfläche tauchte, dann waagerecht weiterschwamm und in die Waben des Korallenstockes spähte; und dann nach einem Schildkrötenpaddel schnappte, hatte man es erblickt: wie nach einer Schwinge in einer Reihe schnabelbewehrter Taubenschläge.

Als die königlichen Taucher auf diese Weise beschäftigt waren, gewahrte einer von ihnen, Karhownoo genannt, einen sogenannten Teufelshai, der versonnen aus seiner Sommergrotte im Riff auf ihn zuschwamm. Keineswegs durch den Anblick erstarrt, folgte Karhownoo der von Tauchern in solchen Notfällen angewandten Methode: Er planschte im Wasser herum und schwamm direkt auf den Fremdling zu. Doch der Hai rückte unverzagt vor. Das war so ungewöhnlich und furchteinflößend, daß der Taucher, starr vor Angst, zur Wasseroberfläche hochschoß. Als er losschwamm, achtete er nicht darauf, wo er oben herauskam; und kaum war sein Kopf ein paar Zoll in der frischen Luft, schlug er gegen einen Vorsprung des Riffs. Er wäre in das frische (und lebendige) Grab unter sich gesunken, hätten nicht drei seiner Gefährten, die auf dem Riffrand standen, die Gefahr bemerkt und ihn in Sicherheit gezogen.

Da sie sahen, daß der arme Kerl bewußtlos war, versuchten sie, ihn wiederzubeleben, doch vergebens; schließlich legten sie ihn in ihr Kanu und hielten eilends auf den Strand zu. Hier hatte sich bald eine Menschenmenge versammelt, und der Taucher wurde zu einer Behausung getragen, die dicht neben der Borabollas lag. Als wir von dem Unglück hörten, machten wir uns dorthin auf, um Hilfe zu leisten.

Als der gütige alte König die Hütte betrat, befahl er, daß diese von allen geräumt werde, und begann dann mit der Untersuchung des Patienten.

Der Schädel war, so schien es, stark zertrümmert, an einer Stelle zersplittert.

»Ich will ihn flicken«, sagte Samoa mit Eifer.

Als Borabolla von dessen Erfahrungen in solchen Dingen unterrichtet worden war, übergab er den Patienten.

Mit einer Wasserflasche und einem Tapatuch wusch der einarmige Upoluaner sorgfältig die Wunde; dann erbat er sich einen scharfen Bambussplitter und eine dünne, halb durchsichtige Kokosnußschale und machte sich an die Operation, keine geringere als das »Tomoti« (Kopfflicken), mit anderen Worten: Trepanation.

Indes der Patient noch weiterhin bewußtlos war, wurden die Schädelfragmente mit Hilfe eines Bambusskalpells herausgezogen; woraufhin ein Stück der Trinkschale – vorher in Kokosmilch getaucht – hübsch in die freigewordene Stelle eingefügt und auch die Haut ebenso hübsch darüber angepaßt wurde: die Operation war beendet.

Während jetzt alle Anwesenden Bewunderungsrufe über Samoas Kunstfertigkeit ausstießen und Samoa selbst zufrieden dastand und seine Qualitätsarbeit betrachtete, schlug Babbalanja vor, man solle sich doch wohl vergewissern, ob der Patient überlebt habe. Woraufhin man des Tauchers Herz untersuchte und feststellte, daß er tot war.

Die Umherstehenden jammerten laut; erklärten aber den Chirurgen zu einem Mann von wunderbarer Kunstfertigkeit.

Als wir zu Borabolla zurückkehrten, schlossen sich zahlreiche Gespräche an, das traurige Schauspiel betreffend, dessen Zeugen wir geworden waren; Gespräch, das bald zu einer gelehrten Diskussion über die Chirurgie im allgemeinen wurde.

Schließlich ergötzte Samoa die Gesellschaft mit einer Geschichte, für deren Wahrheit niemand sonst als er bürgen kann, denn niemand außer ihm war damals dabei; obwohl es Beweiskraft hat, daß in ihr nichts unvereinbar ist mit den Gebräuchen mancher barbarischer Stämme.

Gleich mehr.

XCVII.

Glaube und Wissen

GERADE soll etwas Unglaubliches erzählt werden; doch kann etwas unglaubwürdig und dennoch wahr sein. Manchmal ist es unglaubwürdig, weil es wahr ist. Und manche Ungläubigen zweifeln an den am wenigsten unglaubwürdigen Dingen; und manche Frömmler lehnen das Offenkundigste ab. Doch laßt uns an all dem festhalten, was wir haben, laßt uns alle Lecks in unserem Glauben stopfen, auf daß nicht ein Loch, nur eine Handbreit groß, unser Schiff mit vierundsiebzig Kanonen versenken sollte. Der weite Atlantik kann in ein einziges Bullauge hineinstürzen. Und wenn wir eine Planke preisgeben, geben wir die Flotte preis. Wie Paulus gerüstet, mit Sturmhaube, Halsberge und Beinschienen, wollen wir mit den Türken um jeden Zoll kämpfen und ihnen nur unseren Leichnam lassen.

Doch wollen wir nicht bei Freunden unseren Sinn wandeln und sie mit Feinden verwechseln. Denn Andersgläubige sind nur größere Bejaher als wir. Obwohl Milton vom Glauben des Athanasius abfiel, überstieg sein Glaube den des Athanasius selbst; und der Glaube des Athanasius den von Thomas, dem Schüler, der die Wundmale mit eigenen Augen gesehen hatte. Daher kommt es, daß, obwohl wir jetzt alle Christen sind, der beste von uns dies damals in den Tagen des Thomas nicht gewesen wäre.

Je größer die Klugheit, um so größer der Glaube und um so geringer die Glaubwürdigkeit: Gabriel verneint mehr als wir, doch sticht er uns alle durch Glauben aus. Die größten Wunder sind die ersten Wahrheiten; und die ersten Wahrheiten die letzten, die wir erlangen. Das Naheste ist das Entfernteste. Obwohl unser Ohr direkt an unser Gehirn grenzt, ist es auf immer dem eigenen Blick entzogen. Der Mensch hat eine umfassendere Sicht auf den Mond als der Mann im Mond selbst. Wir wissen, daß der Mond rund ist; er folgert es bloß. Weil wir selbst in uns stecken, kennen wir uns nicht. Und es rührt allein von unserer Leichtgläubigkeit her, daß wir nicht durch und durch Ungläubige sind; und nur von unserem Mangel an Glauben, daß wir glauben, was wir tun.

Einigen uralten Wahrheiten gegenüber sind alle Menschenkinder Ungläubige. Glaubst du, daß du vor dreitausend Jahren lebtest? Daß du bei der Einnahme von Tyrus dabei warst, daß du in Gomorrha verschüttet wurdest? Nein. Doch ich, ich war dabei, als die Sintflut sich legte. Ich half, den Boden aufzuwischen und das erste Haus zu bauen. Mit den Israeliten verzagte ich in der Wüste; war bei Hofe, als Salomon alle Richter vor ihm übertraf. Ich war es, der das verlorene Werk des Manetho über ägyptische Theologie unterdrückte, da es Geheimnisse enthielt, die der Nachwelt nicht enthüllt werden sollten, und Dinge, die im Widerstreit mit den kanonischen Schriften lagen. Ich war es, der die Verschwörung gegen diesen Mörder in Purpur, Domitian, anzettelte. Ich bewog den großen und guten Aurelian im Senat, Kaiser zu werden. Ich stiftete Diokletians Thronverzicht an und den von Charles V. Ich rührte Isabellas Herz, so daß sie auf Kolumbus hörte. Ich bin es, der die Charta in der alten Eiche zu Hartford vor des Königs Günstlingen verbarg. Ich gewährte Goffe und Whalley Zuflucht. Ich bin der Anführer der Mohawk-Masken, die im Alten Commonwealth-Hafen die Souchong-Ballen der East India Company über Bord warfen. Ich bin der Verschleierte Persische Prophet. Ich bin der Mann in der Eisernen Maske. Ich bin Junius.

XCVIII.

Die Erzählung eines Reisenden

SAMOA erzählte die unwahrscheinliche Geschichte; und er erzählte sie als ein Reisender. Daheimgebliebene sagen, Reisende würden lügen. Aber eine Reise nach Äthiopien würde sie von dieser Ansicht kurieren. Wenige Skeptiker sind Reisende und noch weniger Reisende Lügner, wenngleich die sie betreffende Redensart lügt. Es stimmt nicht, wie einige sagen, daß Bruce der leibliche Vetter von Baron von Münchhausen ist; wahr ist aber, wie Bruce erzählte, daß die Abessinier Steaks aus lebenden Rindern schneiden. Es waren zum Großteil schurkische Kopisten, die aus den Reisen Mandevilles Monstrositäten machten. Und obwohl alle Lügner zur Hölle fahren und obwohl Dante eine Zählung in der Hölle vornahm, finden wir Sir John nicht (vorausgesetzt dieser Mandeville starb vor Dante) in Gestalt einer gerösteten Rinderzunge im infernalischsten der Infernos, DEM Inferno.

Doch soll die Wahrheit nicht hintanstehen. Samoa, so tritt in den Zeugenstand und sprich durch deinen Interpreten.

Während seiner endlosen Meeresfahrten wurde der Upoluaner einmal ersucht, den Kopf eines Freundes zu flicken, der in einem verzweifelten Kampf mit Steinschleudern schwer verwundet worden war.

Aufgrund der Untersuchung erwies sich, daß

ein Gehirnteil schwerer verletzt war als die Schädeldecke selbst; und es wurde ein junges Schwein besorgt. Und nachdem alle Vorbereitungen getroffen waren, wurden Teile von dessen lebendigem Hirn in die Schädelhöhle verpflanzt, die trepanierte Stelle wurde mit einer Kokosnußschale verschlossen und der Skalp wurde darübergezogen und befestigt.

Der Mann blieb am Leben. Doch von einem höchst klugen und mutigen Krieger verwandelte er sich in einen übelgesonnenen und schweinischen Kerl, der viele Eigenarten seines Rüsseltierpfropfs aufwies. Er überlebte die Operation um mehr als ein Jahr; dann wurde er jedoch verrückt und starb in seinem verwirrten Zustand.

Die Anekdote, vom Erzähler kräftig untermauert, wurde von einigen Anwesenden geglaubt. Doch blieb Babbalanja standhaft bis zuletzt.

»Wenn aber diese Geschichte wahr wäre«, sagte er, »und da es unumstößlich ist, daß unsere Hirne irgendwie die Organe der Sinneswahrnehmung sind, dann sehe ich nicht, warum der menschliche Verstand nicht in ein Schwein versetzt werden könnte, indem man seinen Hirninhalt in einen Schweineschädel pflanzt. Ich habe lange geglaubt, daß Menschen, Schweine und Pflanzen nur merkwürdige physiologische Experimente sind; und daß die Wissenschaft schließlich die Philosophen befähigen würde, neue Arten von Lebewesen zu erzeugen, indem sie die wesentlichen Bestandteile verschiedener Kreaturen irgendwie vermischten und zusammenbrauten; und so neue Kombinationen schüfen. Mein

Freund Atahalpa, der Astrologe und Alchimist, hatte lange ein Glasgefäß, worin er ein Zauberwesen ausbrüten wollte, nachdem er die Zutaten nach eigener Rezeptur zusammengestellt hatte.«

Doch fand Babbalanja nur geringe Beachtung. Die Geschichte des Reisenden fesselte die Aufmerksamkeit am meisten.

Robust die Muskeln und robust die Geschichten von Samoa.

XCIX.

»Marnee ora, ora marnee«

AM Todestag des Tauchers wurden nachmittags Vorbereitungen getroffen, um seinen sterblichen Überresten die letzten Ehren zu erweisen und diese bei Fackelschein zu ihrer Grabstatt, dem Meer, zu überführen; denn dies war hier, wie in Odo, der Brauch.

Mittlerweile durchstreiften Herolde in düsterer Gewandung die ganze Insel in die Kreuz und Quer und schlugen Haifischhauttrommeln; und riefen ab und an: »Ein Mann ist tot, laßt kein Feuer brennen, habt Mitleid, o Oro! – Laßt keine Kanus ins Meer bis zur Bestattung. Heute nacht, o Oro! – Kein Essen soll gekocht werden.«

Und dann und wann begegneten diesen immer wieder andere, in prächtiger Kleidung, mit Kastagnetten aus Perlmuscheln, die fröhliche Musik machten und sangen:

Freut euch, ihr Leute von Mondoldo,
Heute nacht wird ein Mädchen getraut:
Freut euch, ihr Fräuleins von Mardi –
Blumen, Blumen für das Bett der Braut.

Als man uns sagte, daß die vorbereitenden Riten anhöben, begaben wir uns zu der Hütte, wohin der Leichnam gebracht worden war.

Weiß gekleidet hatte man ihn auf eine Matte gelegt, hatte wortlos seine Arme gekreuzt, zwischen seine Lippen hatte man eine Asphodille und zu seinen Füßen einen welken Weißdornzweig gelegt.

Die Verwandten klagten und schnitten sich mit Muscheln, so daß Blut floß und ihre Kleidung befleckte.

Die hemmungsloseste der Trauernden, die Frau des Tauchers, rief, als wir Einhalt gebieten wollten, aus: »Ja, groß ist der Schmerz, doch größer meine Betrübnis.«

Ein anderer, der taube Vater des Toten, ging schwankend und hilflos tastend umher und sagte, jetzt sei er völlig blind; denn einige Monate zuvor hätte er mit dem Tod seines ältesten Sohnes ein Auge verloren, und nun sei das andere dahin.

»Ich habe keine Kinder mehr«, rief er aus, »nennt mich hinfort Roi Mori«, das heißt: der Doppelt-Blinde.

Während die Anverwandten derart heftig klagten, kratzten sich die übrigen mit ihren Muscheln, doch sehr zart und meist auf ihren Fußsohlen; die waren, da lange ungeschützt, voller Schwielen. Sie unterbrachen diese Tätigkeit jedoch, wenn die echt Trauernden nicht hinsahen; behielten aber die ganze Zeit über ihre Leichenbittermienen bei.

Allenthalben brach das Klagegeschrei erneut beim Erscheinen einer Person aus, die man bestellt hatte, um die Trauerfeierlichkeiten zu vollziehen und auch um die Betrübten zu trösten.

In puncto Rundlichkeit war dieser Mensch ein zweiter Borabolla. Er keuchte und schnaubte.

Als er sich dem Leichnam näherte, trat eine schluchzende Stille ein; und die Hand des Toten in seinen Händen haltend, sprach der Fremde folgendes: »Klagt nicht, o Freunde von Karhownoo, daß dieser euer Bruder nicht lebt. Sein verwundeter Kopf schmerzt ihn nicht mehr. Er würde es nicht mehr spüren, wenn ihn ein Wurfspieß durchbohrte. Ja, Karhownoo ist aller Krankheiten und Übel dieses jämmerlichen Mardi enthoben!«

Der Doppelt-Blinde, der, da er taub war, von dem Gesagten nichts gehört hatte, raufte sich daraufhin seine grauen Haare und rief aus: »Ach, ach, mein Junge! Du warst der fröhlichste Mensch in Mardi, und nun ist es aus mit deinen Possen!«

Doch der andere fuhr fort: »Klagt nicht, sage ich, o Freunde von Karhownoo. Der Tote, den ihr beweint, ist glücklicher als der Lebende. Ist sein Geist nicht auf den Inseln im Äther?«

»Wie wahr! Wie wahr!« antwortete die tobende Frau und mischte ihr Blut mit den Tränen, »mein armer, glückloser Karhownoo ist dreifach glücklich im Paradies!« Und wiederum klagte sie und zerkratzte sich ihre Wangen.

»Sei nicht von Sinnen, sage ich.«

Doch sie tobte nur um so mehr.

Dann ging der Fremde davon und sagte, er müsse zu einer Hochzeit eilen, die seine Anwesenheit in einer Nachbarhütte erheische.

Da wir hörten, daß der Leichnam nicht vor Mitternacht fortgebracht würde, wollten wir uns anschauen, wie man zu Mondoldo heiratete.

Als wir uns dem Ort näherten, wurden wir mit fröhlichen Stimmen und viel Gesang begrüßt, der noch weiter anschwoll, als man den Fremden bemerkte.

Mit farbenprächtigen Kleidern herausgeputzt, mit Federn auf dem Kopf, standen Braut und Bräutigam inmitten einer fröhlichen Menge, bereit, daß das eheliche Band geknüpft wurde.

Dem vor ihnen stehenden Fremden wurde eine Schnur überreicht, deren grobe Faser vollständig unter Blumen verschwand. Und er faßte die Hände der Braut und band sie zusammen, indem er einen rituellen Gesang anstimmte. Die blumenumwundenen Seilenden legte er in Girlanden um ihren Nacken. Dann wandte er sich dem Bräutigam zu, dem ein weiteres, ebenfalls blumenverziertes Seil gereicht wurde. Doch war daran ein großer, reich verzierter und gefärbter Stein befestigt. Dieser war in der Tat so gänzlich umgestaltet, daß einer, der nicht wußte, was es war, und ihn anhöbe, höchst erstaunt über sein Gewicht gewesen wäre. Dieses Seil wurde an der Taille des Bräutigams befestigt, der sich, wegen der Schwere seines Anhängsels, zur Braut hinüberneigte.

Alle Anwesenden fanden sich nun in einem Gesang zusammen und umtanzten das Paar, das inzwischen etwas befangen wirkte: Sie war an den Händen gefesselt und er von seinem Stein arg niedergezogen.

Als eine Pause eintrat, drehte der Fremde sie um, so daß sie Rücken an Rücken standen, und sprach dies: »Durch deine Blumenfessel, o Braut, mache ich dich zur Ehefrau; und durch deinen beschwerlichen Stein, o Bräutigam, mache ich dich zum Ehemann. Lebt und seid beide glücklich; denn der weise und gute Oro hat uns mit Mardi einen Ort gegeben, an dem wir glücklich sein sollen. Erfreut sich nicht die gesamte Natur ihrer grünen Wälder und ihrer Blumen? Und freien und heiraten die Vögel der Luft nicht, indem sie ihr Glück in ihren Nestern trällern? Lebt denn, o Braut und Bräutigam; denn Oro wird durch die Unglücklichen beleidigt, da er sie fröhlich sehen wollte.«

Und die Zeremonie endete mit einem ausgelassenen Fest.

Doch nicht alle Hochzeiten in Mardi waren wie diese. Andere wurden unter anderen Riten vermählt, ohne den Stein und die Blumenfessel. Dort geben sie sich ihr Treuegelöbnis unter Tränen und nicht lachend; und antworten sich aus tiefem Herzen.

Als wir vom Haus der Fröhlichkeit zum Haus der Trauer zurückkehrten, blieben wir dort bis Mitternacht, um mitzuerleben, wie der Leichnam herausgebracht würde.

Bei Fackelschein wurden zahlreiche Kanus an Land gezogen, um denen Platz zu bieten, die vorhatten, dem armen Taucher zu seiner Heimstatt zu folgen.

Als die sterblichen Überreste eingeladen waren, gab es einige Verwirrung darüber, wie die übrigen Boote zu besetzen waren. Schließlich schwamm die Prozession davon, wir eingeschlossen. Alle Kanus – jeweils zwei nebeneinander – bildeten eine lange Fackelreihe, die sich um die Insel zog; und sie strebten auf die Lücke im Riff zu.

Eine Zeitlang wurde eine Anstandsstille gewahrt; doch war bald ein Gewisper zu vernehmen, wohl ein schwermütiger Gedankenaustausch über das verflossene Leben des Tauchers. Doch wir waren bestürzt, als wir entdeckten, daß der arme Karhownoo nicht mehr in ihren Gedanken weilte: Sie unterhielten sich über die nächste Brotfruchternte und über die jüngste Ankunft von König Media nebst Anhang in Mondoldo. Doch weit von hinten her hörten wir die Klagen der wirklich Trauernden, der Angehörigen des Tauchers.

Nachdem die Kanus das Riff passiert und sich ein wenig davon entfernt hatten, ordneten sie sich zu einem Kreis an, das Kanu mit dem Leichnam in der Mitte. Nach einigen Zeremonien wurde der Körper den Wellen übergeben. Die weiße Gischt erhellte den letzten, langen Meeressprung des Tauchers, auf daß er seltsamere Gesichte sehe als die, die er je in den Brutkästen des Turtle-Riffs sah.

Und jetzt, als in der stillen Mitternacht alle Anwesenden unverwandt in den Ozean hinabschauten und die weiße Spur des Körpers, hie und da von Funken erhellt, betrachteten, war eine unbekannte Stimme zu vernehmen; und als folgendes wilde Lied gesungen wurde, schauten alle starr ins Leere:

Wir geben ins Meer uns're Toten,
Ins Meer, ins Meer ohne Boden;
In Blasen steigen Seufzer hohl,
Die Toten sinken: auf immer Lebwohl.

Wir geben ins Meer uns're Toten –
Der Sorgen ledig ist jede Leich';
Wir geben ins Meer uns're Toten –
Dem Meer sind alle Toten gleich.

Sink, sink, o Toter, sinke noch
Ins allertiefste Meeresloch,
Wo unbekannte Formen lauern,
Hinab ins Meer ohne Boden.

Nacht ist darüber und nacht ringsum,
Und Nacht wird sein mit dem Toten;
Und du sinkst und sinkst auf immer,
Tiefer hinab auf das Meer ohne Boden.

Die geheimnisvolle Stimme erstarb. Von dem Leichnam war nichts mehr zu sehen. Und stumm vor Erstaunen lauschte die Schar dem langsamen Klagen der Wellen und dem traurigen Rauschen des Winds.

Schließlich wurden die Trauerfeierlichkeiten ohne ein Wort beendet, indem man eine beschnitzte Tafel aus Palmettoholz in den Ozean gleiten ließ, um den Ort der Bestattung zu kennzeichnen. Doch sie wurde von einem Wellenkamm erfaßt und schwamm schnell davon.

Als wir zur Insel zurückkehrten, herrschte lange Schweigen. Doch schließlich, als ob das Schauspiel, dem wir gerade beigewohnt hatten, sie erneut an das beklagenswerte Ereignis erinnerte, das sie zusammengeschart hatte, sprachen die Leute wieder davon. Einige deuteten traurig an, daß sich dadurch Borabollas Schildkrötenessen verschiebe.

C.

Der Verfolger selbst wird verfolgt

AM nächsten Morgen, als wir, sehr zu Borabollas Kummer, Vorbereitungen zur Abreise von der Insel trafen, drang die Kunde von einem wundersamen Ereignis zu dem Palast, das sich auf den zu dem Herrschaftsgebiet des Königs gehörenden »Motoos« oder Riff-Inselchen zugetragen hatte.

Die Überbringer dieser Nachricht waren höchst aufgeregt; und kaum hatten sie wissen lassen, was sie wußten, war ganz Mondoldo außer sich vor Erstaunen.

Folgendes war ihre Geschichte.

Als sie bei Tagesanbruch zu den Motoos fischen gegangen waren, bemerkten sie eine fremde Proa, die auf den seewärts gelegenen Strand gezogen war. Und sofort wurden sie von Stimmen begrüßt; und erblickten zwischen den Palmen drei gespenstisch wirkende Männer, die nicht aus Mardi stammten.

Nachdem sich die erste Verwunderung bei den Fischern gelegt hatte, erzählten die Fremden, auf deren eifrige Fragen hin, daß sie die Überlebenden einer Gruppe von Eingeborenen seien und von einer fremden Insel im Nordosten stammten. Von dort seien sie zu einem anderen Land, drei Tagesreisen südwärts von ihnen, aufgebrochen. Doch da sie in ein schreckliches Abenteuer geraten waren, bei dem ihr Vater getötet worden war, änderten sie ihren Kurs, um den flüchtigen Mörder zu verfolgen. Und sie gelobten samt und sonders, nicht eher die Heimat wieder aufzusuchen, bis ihres Vaters Los gerächt sei. Da die Proa des Mörders schneller war als ihre, war sie bald außer Sicht. Doch sie steuerten ihr tags und nachts blindlings hinterher, gelenkt vom blutroten Stern im Bootes. Bald überraschte sie ein heftiger Sturm, der sie in die Kreuz und Quer jagte und wer weiß wo zurückließ. Doch sie kämpften noch gegen unbekannte Strömungen an, die zuweilen ihrer Fahrt entgegenwirkten: So trieben sie dahin, dem Verdursten nahe, und kein Land in Sicht. In langen Windstillen hielten sie ihre ausgetrockneten Kürbisflaschen gen Himmel und riefen: »Sendet uns eine Brise, gütige Götter!« Die Kalme brütete weiter; und ehe sie vorüber war, hatten alle, bis auf drei, ihr Leben ausgehaucht. Und die Verdursteten wurden ins Meer geworfen. Die der Kalme folgende Brise brachte sie bald in Sichtweite einer flachen, unbewohnten Insel. Dort blieben sie einige Tage, deckten sich reichlich mit Kokosnüssen und Wasser ein und stachen wieder in See.

Das nächste Land, das sie sichteten, war Mardi; und sie landeten auf Motoo, immer noch nach Rache dürstend.

Dieser Bericht erfüllte Taji mit Entsetzen.

Wer konnten diese Rächer anders sein als die Söhne dessen, den ich getötet hatte. Ich hatte sie weit weg von hier gewähnt und hielt mich für vergessen. Und nun traten sie mir wie Ottern in den Weg, während ich Yillah hinterherjagte.

Doch ich verhehlte meine Gedanken.

Borabolla wartete nicht darauf, mehr zu hören und war nur begierig, die Fremden zu sehen. Sofort entsandte er eines seiner schnellsten Kanus nach Motoo, das den Auftrag hatte, mit den Reisenden zurückzukehren.

Schon bald kamen sie in Sicht. Und als Samoa die fremde Proa im Schlepptau der königlichen erblickte, rief er aus: »Schau, Taji, das Kanu, das auf dem Weg nach Tedaidee war!«

Allzu wahr: dasselbe Boot mit dem Doppelrumpf, nun schwer angeschlagen, das fatale Podest in wüstem Durcheinander – es war das Kanu von Aleema! Es war begleitet von den drei Lanzenwerfern, die, als die *Chamois* vor ihrem Bug geflohen war, ihre Speere wurfbereit hielten. Doch sie sahen nun so fahl aus, daß ihre Gesichter Totenschädeln glichen.

Daraufhin übermannte mich der heftige Traum von Yillah. Und eine Zeitlang tobte ich wie ein Irrer. Es schien, als müßte das geheimnisvolle Mädchen noch da sein. Es war noch Rettung möglich. In meinem Delirium stürmte ich auf diese lebenden Skelette los, als sie an Land kamen – »Versteckt nicht das Mädchen!« Doch Media trat dazwischen und nahm mich beiseite. Dann klang meine Erregung ab.

Nun wußten die Fremden sofort, wer ich war. Und sie schwangen ihre Wurfspeere, stürmten auf mich los, wie ich es bei ihnen getan hatte, und stießen gellende Schreie aus. Doch die Menge, die uns alle für verrückt hielt, trat zwischen uns. Daraufhin entwanden sich diese fahlen Gespenster den Armen, die sie zurückhielten, und geiferten ihre Flüche wieder und wieder: »Du Mörder! Verflucht bis auf die Knochen seist du! Fahl werde deine Seele von unserem Haß! Lebend verfluchten dich unsere Brüder, und sterbend, mit trockenen Lippen, verfluchten sie dich wieder. Sie starben nicht, weil sie nach Wasser dürsteten, sondern nach Rache an dir! Dein Blut hätte ihren Durst gestillt.«

Ich lag halb ohnmächtig am pochenden Herzen Samoas, während ihr gellender Haß auf mich niederging. Wieder einmal schwamm in meinen Gedanken der grünliche Leichnam des Priesters vorbei.

Unter den Leuten von Mondoldo setzte nun eine heftige Erregung ein. Es verblüffte sie, daß die Fremden Taji erkannten und daß sie solch mörderische Wildheit an den Tag legten.

Als ich wieder zur Besinnung kam und merkte, daß diese Söhne von Aleema die Insulaner gegen mich aufbringen konnten, wenn sie alles, was sie wußten, verbreiteten, beschloß ich, ihnen vorzugreifen und sagte, zu Borabolla gewandt: »In diesen Fremden, o König, erblickst du die Überlebenden einer Bande, der wir auf unserer Reise begegneten. Aus ihren Händen befreite ich ein Mädchen, Yillah, das sie gefangen hielten. Kaum mehr weiß ich von ihrer Geschichte.«

»Und ihre Verwünschungen?« rief Borabolla aus.

»Sind sie nicht rasend vor Leid?« rief ich. »Sie wissen nicht, was sie sagen.«

All dies beunruhigte ihn; und er befahl, sie zu bewachen und ins Innere seiner Palisade zu geleiten. Nachdem er sie mit Essen und Trinken versorgt hatte, knüpfte er ein ernsthaftes Gespräch mit ihnen an. Doch die ganze Zeit über fixierten mich die bleichen Fremden mit ihren Augen, die, ausgetrocknet, tief in kratergleichen Höhlen lagen und die düstere Flammen aussandten, vom angsterstarrten Gletscher meiner Seele reflektiert.

Doch obwohl mich ihr Haß erblassen ließ, überkam mich doch, trotz ihres Bannfluchs, der liebliche Traum von Yillah, samt allen geheimnisvollen Dingen, die sie erzählt hatte, die aber unerklärt blieben. Und nun standen diejenigen vor mir, welche die vollständige Geschichte des vermißten Mädchens, die vor dem tödlichen Handgemenge lag, erzählen konnten.

Da ich diese erfahren wollte, flehte ich sie an, das zu offenbaren, was sie wußten.

Sie aber riefen: »Wo ist unsere Yillah jetzt? Ist der Mörder vermählt und fröhlich? Bringt das Mädchen herbei!«

Doch obwohl sie mir fast das Herz aus dem Leibe rissen, sagte ich ihnen nichts von meinem Verlust.

Alle Anwesenden, begierig, Yillahs Geschichte zu erfahren, verlangten nun, daß sie diese kundtaten. Und atemlos lauschte ich dem folgenden.

»Von Yillah wußten wir nur dies: daß vor vielen Monden ein riesiges Kanu voll solcher weißer Menschen wie dieser Mörder Taji auf unserer Insel Amma landete. Sie wurden mit Verwunderung empfangen und als Götter verehrt. Im ganzen Land feierten wir Feste. Ihr Häuptling war ein Turm von Mann; begleitet war er von einem Wesen, dessen Wangen die Farbe der roten Koralle hatten; ihr Auge zart wie des Himmels Blau. Jeden Tag brachte ihnen unser Volk Früchte und Blumen als Opfergaben. Letztere behielten sie nicht selbst, sondern schlangen sie um den Nacken ihres Kindes, Yillah, die damals nur ein Säugling in ihrer Mutter Arme war, eine Knospe, die sich an eine vollerblühte Blume schmiegte. Alles ging gut zwischen unserem Volk und den Göttern, bis diese schließlich drei unserer Landsleute töteten, die sie des Diebstahls auf ihrem großen Kanu beschuldigt hatten. Unsere Krieger zogen sich in die Berge zurück und brüteten über Rache. Nach drei Tagen gingen sie nachts in die Ebene hinab, bestiegen heimlich die Boote. Sie erreichten das große Schiff und töteten jede Menschenseele bis auf Yillah. Die Knospe wurde der Blume entrissen und von unserem Vater Aleema ins Tal von Ardair getragen. Dort wurde sie als geheiligtes Opfer unserer Gottheit Apo vorbehalten. Viele Monde verstrichen, und es erhob sich ein Aufruhr, der unseres Vaters weiterer Aufsicht über Yillah entgegenwirkte. Und als er sah, daß man schon bald in das heilige Tal eindringen würde, brachte er das Mädchen in das Kanu dort drüben, um seine Opferung beim großen Schrein von Tedaidee zu beschleunigen. – Das übrige weißt du, Mörder!«

»Yillah! Yillah!« Nun jagte wieder dieser Laut durch meine Seele. »O Yillah, zu spät, zu spät habe ich erfahren, wer du warst«!

Als sie vom Verschwinden ihrer früheren Gefangenen Kenntnis hatten, jubelten die ausgemergelten Fremden und erklärten, Apo selbst hätte sie zu sich genommen. Was mich beträfe, so würden sie in Kürze mein Blut aus meinem Schädel saufen.

Doch obwohl ich vor ihren schrecklichen Drohungen erschauderte, ließ ich mir wiederum nichts anmerken. Und, mich umwendend, beteuerte ich erneut, sie seien von Sinnen.

»Ja«, versetzten sie in aller Schärfe, »wir sind toll, und zwar toll nach dir. Dein weißes Herz wollen wir haben!«

Als Borabolla die Heftigkeit ihrer Wut gewahrte und davon überzeugt war, daß sie das viele Leiden auf See verrückt gemacht haben mußte – wie ich gesagt hatte –, hielt er es für angebracht, sie vorläufig einzusperren; so daß sie mich nicht behelligen konnten.

CI.

Die Iris

AN diesem Abend huschten im Gehölz drei Gestalten auf mich zu – Hautias Herolde: die Iris, mit Nesseln gemischt.

Daraufhin Yoomy: »Eine grausame Botschaft!«

Die zweite Sirene präsentierte mit der rechten Hand glänzende, grüne Wachsmyrthenbeeren, die wie Wachskerzen entflammen. Die dritte trug eine Lilie aus dem Tal, zerquetscht in ihrem eigenen Blatt.

Daraufhin schauten sie Yoomy bedeutungsvoll an, der, nach reiflicher Überlegung, sagte: »Ich spreche für Hautia, die durch diese Beeren sagt: Ich will dich erhellen.«

»Oh, gebt mir dann diese Klarheit! Sagt, wo ist Yillah? Und ich fuhr auf die Herolde zu.

Doch wichen sie mir aus und schauten vorwurfsvoll auf Yoomy; und schienen beleidigt zu sein.

»Dann irre ich mich«, sagte Yoomy. »Es ist so, Taji: Du hast Klarheit erhalten, doch die Lilie, die du suchst, ist zerquetscht.«

Darauf sank mein Mut, und die Phantome nickten und bewarfen mich mit Kronsbeeren, rosigen Perlen gleich, die auf meine Haut prallten und Flecken hinterließen.

Oleander schwingend zogen sie sich zurück.

»Übel! Verrat! Sei auf der Hut!« rief Yoomy.

Dann huschten sie durch den Wald: Eine

schüttete dürres Laub auf meinen Weg, die anderen schwenkten heitere Frühlingsblumensträuße: gelbe, weiße und purpurne Krokusse. Und auf diese Weise verschwanden sie.

Daraufhin Yoomy: »Traurig dein Weg, doch fröhlich der Hautias.«

»Dann mag sie fröhlich sein, wo immer sie ist. Und obwohl ich Weh habe, wende ich mich nicht von meinem Weg ab, Hautia zu, und nie werde ich um sie werben, wenn sie mich auch bis zu meinem Tode umwirbt; wenn auch Yillah nie meine Augen beglücken wird.«

CII.

Sie reisen von Mondoldo ab

DIE Nacht verstrich; und am nächsten Morgen trafen wir Anstalten, Mondoldo noch an diesem Tage zu verlassen.

Aber wir fürchteten erneut, daß die Leute aus Amma nach unserer Abfahrt die Bewohner der Insel aufwiegeln könnten, und ich beschloß, den dringenden Bitten Borabollas nachzugeben und Jarl, als eine Erinnerung an Taji, zurückzulassen, damit er notfalls dessen Namen in Schutz nehmen könne. Als er davon erfuhr, willigte mein Gefolgsmann nur widerstrebend ein. Sein schuldloser Geist fürchtete nicht die Fremden; weniger selbstsüchtige Erwägungen spielten die Hauptrolle. Er war willens, noch eine Zeitlang auf der Insel zu bleiben, doch nicht ohne mich. Ich legte ihm jedoch meine Gründe dar und versicherte ihm, daß unsere Rundreise schon bald abgeschlossen sei, woraufhin wir ganz bestimmt zurückkehren würden, bevor wir nach Odo führen. Schließlich stimmte er zu, wenn auch zögernd.

In Mondoldo trennten wir uns auch von Samoa. Sei es, daß er die Rächer fürchtete, von denen er annehmen mußte, daß sie mir auf den Fersen blieben; sei es, daß die Inseln von Mardi in ihrer Anziehungskraft nicht dem Bild entsprachen, das er sich in seiner Phantasie ausgemalt hatte; sei es, daß die ihm durch die dominierende Anwesenheit Medias auferlegte Beschränkung obendrein zu lästig war oder daß ihm in der Tat diese Reden nicht schmeckten, die uns Babbalanja auftischte: wie auch immer, gewiß war, daß Samoa die Reiselust vergangen war. Er bat um die Erlaubnis, nach Odo zurückkehren zu dürfen und dort meine Rückkehr zu erwarten. Da ein Kanu aus Mondoldo im Begriffe war, dorthin aufzubrechen, war die Erlaubnis gewährt. Und er brach auf zur anderen Seite der Insel, wo er an Bord ging.

Weit später traf die düstere Nachricht ein, daß er in der frühen Morgendämmerung tot im Kanu aufgefunden wurde, drei Pfeile in seiner Seite.

Yoomy konnte sich keinen Reim auf den Abschied Samoas machen, der noch an Land größtes Verlangen gezeigt hatte, umherzufahren.

Media erklärte jedoch, er sei wohl zu einer Angebeteten zurückgekehrt.

Babbalanja aber behauptete, der Upoluaner sei nicht der erste Mann, der kehrt gemacht habe, nachdem er eine Reise wie die unsere begonnen habe.

Nach einigem Nachdenken stimmte Yoomy zu. In der Tat hatte ich bemerkt, daß unseres Sängers Erfolgszuversicht, die er bei der Abfahrt von Odo hatte, sich bereits abgeschwächt hatte. Die Sinnlosigkeit unserer derart weitreichenden Suche erschien ihm letzten Endes bedrohlich.

Am Abend der Abreise wurden wir von Borabolla zum Strand begleitet. Dieser hängte mit eigener Hand drei rote und reife Pisangbündel an das Haifischmaul von Medias Kanu: als Abschiedsgeschenk für seine Gäste.

Obwohl er kein Wort sprach, nahm sich Jarl viel Zeit beim Abschiednehmen. Seine Augen schienen zu sagen: Ich werde euch nicht mehr wiedersehen.

Schließlich stießen wir vom Strand ab. Borabolla winkte zum Abschied mit einem grünen Bananenblatt. Unser Kamerad schaute wehmütig auf die zurückbleibenden Kanus. Und die Menge beschwor lauthals eine glückliche Reise für uns.

Doch zu meinem Entsetzen stürmten plötzlich die drei gespenstischen Söhne des Aleema, die ihrem Gefängnis entronnen waren, durch die Menge. Mit geballten Fäusten standen sie im Wasser und verfluchten mich erneut. Und mit diesem Fluch in unseren Segeln jagten wir davon.

CIII.

Auf der Fahrt

ALS nun die Kanus die Lagune entlang glitten, überließ ich mich der Träumerei und wälzte all das in meinem Kopf, was die Leute aus Amma über Yillah erzählt hatten. Und ich entschlüsselte nach und nach die Geheimnisse, die mich vorher so verwirrt hatten. Nun lag alles klar auf der Hand: kein Geheimnis blieb, ausgenommen ihr späteres Verschwinden. Ja, Hautia! Ich habe Klarheit erhalten – doch wo war Yillah?

Dann entsann ich mich der letzten Unterredung mit Hautias Boten, die derart voller Rätsel war; und fragte mich, ob Yoomy die richtige Deutung gegeben hatte. Unsichtbar und ungebeten verfolgte mich die geheimnisvolle Hautia mit Vorzeichen, mit Schmähungen und Liebeswerben. Ich begann sie in unbestimmter Weise zu fürchten. Und der Gedanke, daß ihre Herolde mich wieder und wieder heimsuchen würden, erfüllte mich mit einer namenlosen Furcht, die ich mir fast widerwillig eingestand. Im stillen betete ich, sie möchten nie mehr erscheinen.

Während ich noch von diesen Gedanken erfüllt war, wurde ich von Media unterbrochen, der sagte, der Troubadour wolle eines seiner Lieder anstimmen, das er selbst komponiert habe; und daher müßte jede Kritik, wie er selbst sagte, Nachsicht üben. Denn Yoomy war manchmal, nicht immer, ein schüchterner Jüngling, der seinem eigenen holden Dichtergenius mißtraute.

Es ging in dem Text um ein seltsames Jenseits, an das in Mardi einige glauben: eine Art nächtliches Paradies, aus dem die Sonne samt ihrer Hitze verbannt ist – ein einziger, langer Mondentag, dem funkelnde Sterne Gesellschaft leisten.

Das Lied

Weit weg im Meer ist Marlena,
Ein Land der Schatten und Ströme,
Ein Land von vielfachen Wonnen.
Dunkel und steil deine Ufer, Marlena;
Doch grün und scheu deine sanften Hügel,
Die sich hinter das Waldland ducken.
Deine Kuppen, ganz schattig; deine Borne voll Glanz,
Wie Augen in der Erde, die dich anseh'n.
Wie zauberhaft deine Orte, Marlena! –
O die Wasser, die durch Onimo fließen,
O die Blätter, die durch Ponoo rascheln,
O die Rosen, die in Tarma blühen.
Kommt und seht das Tal von Vina:
Wie lieblich, lieblich die Inseln vor Hina:
's ist immer Mittag des vollen, vollen Monds,
Und immer die Jahreszeit der Früchte,
Und immer die Stunde der Blumen,
Und nie die Zeit von Regen und Sturm,
Allerorten auf und um Marlena.
Sanft ächzen die Äste in ruhiger Luft,
Sanft plätschert der Bach mit seinen Wellen,
Und an den Flüssen und waldigen Stellen
Nickst du unbedingt ein im Land der Träume.

»Yoomy«, sagte der alte Mohi gähnend, »du also hast dieses Lied komponiert?«

»Jawohl«, sagte Yoomy und schob seinen Turban ein wenig zur Seite.

»Dann, Troubadour, solltest du mich jeden Abend, insbesondere mit diesem Lied von Marlena, in den Schlaf singen. Es ist so einlullend wie die Lüfte von Nora-Bamma.«

»Denkst du, alter Mann, daß meine Verse, die von wohliger Ruhe künden, der man hernach frönen kann, mit solcher Kunstfertigkeit komponiert sind, daß die Schilderung die Wirklichkeit erschafft; oder möchtest du ironischerweise unterstellen, daß das Lied selbst eine schläfrige Sache ist?«

»Ein bedeutsamer Unterschied«, sagte Media, »was meinst du, Mohi?«

»Nun, bist du nicht ein Dummkopf«, warf Babbalanja ein, »wenn du der Zweideutigkeit seiner Worte, aus der du so leicht Schmeichelndes ableiten könntest, derart Unerfreuliches zu entnehmen suchst? Sei klug, Yoomy. Und immer wenn hernach eine Bemerkung wie diese doppeldeutig erscheint, dann presse ja ein Lob aus ihr heraus, wenn du sie auch noch so auswringen mußt.«

»Ganz bestimmt würde ich immer so handeln; doch oft neige ich auch dazu, meinen Kräften dermaßen zu mißtrauen, daß ich Tadel viel mehr zu schätzen weiß als Lob. Immer scheint das Aufrichtigste am besten zu sein; denn es erhebt mich kein Lob mehr, als mich eine Rüge niederdrückt.«

CIV.

Jetzt bringt Babbalanja eine teuflische Theorie aufs Tapet und beweist sie in eigener Person

»HALTET ein!« rief Media, »hier erscheint eine Besanmastflagge vor dem Wind. – Schau, Taji!«

Wir wandten uns um und gewahrten ein Kanu mit spitzem Bug, das von einem riesigen Dreieckssegel vorwärts geschoben wurde, an dessen Außenrändern lange, karminrote Wimpel flatterten. Ihm voraus flogen einige kleine Schiffe, ärmlichere Insulanerausführungen.

»Ihm aus der Bahn, ihr Schlafmützen«, rief Media, »Oder der wahnwitzige Fürst Tribonnora wird euch flugs über den Haufen fahren!«

»Und wer ist Tribonnora«, sagte Babbalanja, »daß er sich auf diese Weise trefflich unterhält, unschuldige Paddler zur Strecke zu bringen?«

»Ein Irrwisch von einem jungen Häuptling«, antwortete Media, »Erbe dreier Inseln. Ihn ergötzt nichts mehr als der Zeitvertreib, bei dem man ihn gerade erlebt.

»Er muß von einem Teufel besessen sein«, sagte Mohi.

Darauf Babbalanja: »Dann ist er nur wie wir.«

»Was sagst du da?« rief Media aus.

»Ich sage, wie es der alte Bardianna in den neunhundertneunundneunzig Büchern seiner unsterblichen Grübeleien tut, daß alle Menschen –«

»So wahr ich lebe, er hat drei Kanus versenkt«, rief Mohi und wies seitwärts ins Meer.

Doch just darauf schleuderte ein ungestümer Finnwal, der in die Koppel der Lagune eingebrochen war, eine riesige Gischtfontäne hoch, fast unter Tribonnoras Nase; der sein Kanu geschwind wendete und sich wie ein Köter davonschlich, das Steuerpaddel zwischen die Beine geklemmt.

Kommentar überflüssig. »Babbalanja, du wolltest gerade etwas äußern«, sagte Media. »Fahre fort.«

»Danke, edler Herr. Der alte Bardianna sagt: ›Alle Menschen sind von Teufeln besessen; doch da diese Teufel in Menschen gesandt werden und als zusätzliche Strafe festgehalten werden in ihnen, nicht wie in einer Festung stationiert, sondern in die Vorhölle eines Gefängnisses eingeschlossen, so ist es viel richtiger zu sagen, daß die Teufel selbst von Menschen besessen sind und nicht die Menschen von ihnen.‹«

»Fürwahr!« rief Media aus, »obwohl manchmal ein Langweiler, ist dein alter Bardianna doch ein As.«

»Ich bin lange dieser Ansicht gewesen, edler Herr. Doch laßt mich fortfahren. Bardianna sprach: ›Teufel sind verschiedenartig: Es gibt starke und schwache Teufel, wissende und dumme, verrückte und sanfte Teufel; Teufel, die bloß Teufel sind; Teufel, die sich selbst verteufelt haben; doppelt verteufelte Teufel.‹«

»Und, in des Teufels Namen, welche Art von Teufel hast du?« rief Mohi.

»Von diesem gleich. Unterbrich mich nicht, alter Mann. Aus dieser Verschiedenheit der Teufel folgt denn, edler Herr, daß es auch in den

Menschen verschiedene Teufel gibt. Doch der Hauptunterschied ist im Grunde der: daß der Teufel eines Menschen nur teuflischer ist als der eines anderen. Und seist du noch so sehr vom Teufel besessen, gleichwohl kannst du die verteufeltste Tat ungestraft tun, solange du deinen Teufel auf dich selbst wirken läßt. Denn nur, wenn deine Teufelei einen anderen schädigt, dann verschwören sich die anderen Teufel, um einen als verrückten Teufel einzusperren. Doch stimmt das nur, wenn man leicht mit dir fertig wird. Denn es gibt in Mardi viele vom Teufel besessene Tollhäusler, die unendlich viel Unheil anrichten und zu kräftige Arme haben, als daß man sie binden könnte.«

»Eine sehr teuflische Doktrin, dies«, rief Mohi. »Doch ich glaube nicht daran.«

»Edler Herr«, sagte Babbalanja, »nun folgt der indirekte Beweis. Der weise Gesetzgeber Yamjamma, der lange vor Bardianna wirkte, erklärte ohne Umschweife, daß alle Menschen, die wissentlich Böses täten, vom Teufel besessen seien; denn das Gute sei Glück, und Glück sei das Ziel des Lebens. Das Böse sei nicht das Gute.«

»Wenn der weise Yamjamma das sagte«, sprach der alte Mohi, »hätte der weise Yamjamma den Spruch verbessern können; denn er ist nicht ganz so klar wie er sein könnte.«

»Yamjamma verabscheute Klarheit, er verachtete es, von den Sterblichen vollständig verstanden zu werden. Wie alle Orakel erging er sich in dunklen Sprüchen. Doch war der alte Bardianna von einem anderen Schlag: Er sprach unverblümt, schoß geradewegs auf sein Ziel los wie ein Wurfspeer, insbesondere dann, als er die allgemeine Maxime niederlegte, daß alle Menschen, von Ausnahmen abgesehen, vom Teufel besessen seien.«

»Natürlich«, sagte Media, »du zählst dich ja selbst zu diesen.«

»Ganz gewiß wie auch der alte Bardianna, der irgendwo sagt, daß er durch sein vollständiges Besessensein so viel besser geeignet sei, von den Teufeleien seiner Nachbarn zu sprechen. Doch scheint er sich an einer anderen Stelle selbst zu widersprechen, wenn er behauptet, daß er sich der eigenen Teufelei nicht so bewußt sei wie der anderer.«

»Warte!« rief Media. »Wen haben wir denn hier?« Und er wies über unseren Bug hinaus auf drei Männer im Wasser, die, jeder mit einem Paddel in der Hand, sich vorwärtsquälten.

Wir sputeten uns, sie einzuholen.

»Wer seid ihr«, sagte Media, »und woher kommt ihr, und wohin wollt ihr?«

»Wir kommen von Variora«, antworteten sie, »und wollen nach Mondoldo.«

»Und hat dieser Teufel Tribonnora euer Kanu zertrümmert?« fragte Media und erbot sich, ihnen in unseres zu helfen.

»Wir hatten nicht solch nutzloses Zeug am Hals, das wir verlieren konnten«, antworteten sie uns, und indem sie aufrecht blieben, keuchten sie unter ihrer Bemühung.

»Wenn wir ein Kanu gehabt hätten, hätten wir es auch noch mit uns weiterpaddeln müssen; doch so müssen wir nur unsere Körper paddeln.«

»Ihr seid mir ein paar schöne Tröpfe«, rief

Media aus. »Doch zieht eurer Wege; schön und gut, wenn ihr mit eurer Art der Fortbewegung zufrieden seid.«

»Nun, zugegeben, dies ist ein extremer Fall«, sagte Babbalanja, »doch helfen diese armen Teufel hier, des alten Bardiannas Position zu untermauern. Sie gehören zu der Art von Besessenen, die man Einfaltspinsel nennt. Doch schädigen ihre Teufel niemand sonst als sie selbst; und man gestattet ihnen, sich mit den Fischen frei herumzutummeln. Wohingegen Tribonnoras Teufel, der täglich Kanus über den Haufen fährt und deren Insassen ertränkt, zu der Spezies der Erzteufel gehört. Doch da er einen hohen Posten bekleidet und von Freunden und Verwandten Rükkendeckung erhält, kann man seiner nicht Herr werden und ihn in eine Zwangsjacke stecken. Was mich betrifft, so denke ich, daß mein Teufel irgendwo zwischen diesen beiden Extremen liegt. In jedem Fall gehört er zu der Klasse von Teufeln, die anderen Teufeln kein Leid zufügen.«

»Dessen bin ich nicht so sicher«, erwiderte Media. »Mich dünkt, daß diese deine Doktrin, alle Menschen seien besessen, viel Unheil anrichtet. Denn als natürliche Folgerung sorgt sie dafür, daß sie euch Sterbliche von moralischer Verantwortung lospricht. Da ferner deine Doktrin äußerst übel ist, so folgt nach Yamjammas Theorie, daß auch du von einem ziemlich üblen Teufel besessen sein mußt. Und da dein Teufel anderen schadet, zählt er zu denen, die man am besten einkerkert. Und da er einer von denen ist, die man einkerkern *kann*, soll er in dir selbst eingekerkert sein.«

Und mit diesen Worten, befahl er seinen Bediensteten zum Scherz, Hand an den besessenen Philosophen zu legen und seinen Mund mit einer Binde zu verschließen, damit er seine teuflische Doktrin nicht weiter verbreiten könne.

Dagegen erhob Babbalanja Einspruch und sagte, er sei kein Orang-Utan, daß er so grob behandelt werden müsse.

»Immer besser«, sagte Media, »du illustrierst nur Bardiannas Theorie, daß die Menschen sich ihrer Besessenheit nicht bewußt sind.«

Babbalanja, den man auf diese Weise zappeln ließ, gab nur wenige Anzeichen von Philosophie von sich.

Woraufhin Media sprach: »Bestimmt schäumt sein Teufel vor Wut. Seht nur seinen Mund!« Und er befahl, ihn an Händen und Füßen zu binden.

Als er schließlich sah, daß jeder Widerstand wirkungslos war, fügte sich Babbalanja, jedoch unter großem Geschimpfe.

Bald jedoch ließen sie ihn frei; woraufhin ihn Media fragte, wie ihm die Anwendung seiner Theorie gefallen habe; und ob er immer noch Bardiannas Meinung sei.

Darauf entgegnete Babbalanja, der sein Kleid mit stolzer Miene wieder zurechtrückte: »Der starke Arm ist kein Argument, obwohl er jegliche Logik überwältigt.«

CV.

Maramma

NUN fuhren wir geradewegs gen Maramma, wo, geheimnisumwoben, der höchste Pontifex der umliegenden Inseln wohnte: Fürst, Priester und Gott in eigener Person, höchster Lehnsherr über viele Könige in Mardi; seine Hände angefüllt mit Szeptern und Krummstäben.

Bald kam, beim Umfahren eines hoch aufragenden und abgelegenen Gestades, der große, zentrale Gipfel der Insel in Sicht, der die übrigen Hügel dominierte. Es war dieselbe steile Bergzinne, die wir in der *Chamois* bei der Annäherung an den Archipel bemerkt hatten.

»Hoher Gipfel des Ofo!« rief Babbalanja aus, »wie kommt es, daß dein Schatten solchermaßen über Mardi schwebt; und neue Schatten über Stellen wirft, die schon von den Hügeln verschattet sind – Schatten über Schatten!«

»Dort, wo dieser Schatten hinfällt,« sprach Yoomy traurig, »sprießen zudem keine heiteren Blumen; und es verdüstern sich die Antlitze und Seelen der Menschen, die lange an diesem Ort weilen. »Kommst du aus dem Schatten des Ofo?« will der Auswärtige von einem wissen, dessen Stirn umwölkt ist.«

»Eben an diesem Gipfel,« sagte Mohi, »kam der hurtige Gott Roo, ein großer Sünder von droben, vor langer Zeit vom Himmel herab. Drei Hüpfer und ein Satz: und er landete in der Ebene. Doch ach, armer Roo! Obwohl der Abstieg leicht war, kam er doch nicht wieder in die Höhe.«

»Kein Wunder dann,« sprach Babbalanja, »daß der Gipfel für Menschen uneinnehmbar ist. Obwohl manche noch, in seltsamer Verblendung, dorthin pilgern und mühsam klettern und klettern, bis sie von den Felsen gleiten; kopflos stürzen sie hintüber und zerschmettern oftmals am Fuß der Berges.

»Ja,« sprach Mohi,« umsonst versuchte man auf allen Seiten des Gipfels Wege zu finden; umsonst brach man neue Wege durch Klippen und Gestrüpp: – der Ofo bleibt doch uneinnehmbar.«

»Dennoch sind manche der Ansicht,« sprach Babbalanja, »daß diejenigen, die kraft harter Müh' so hoch steigen, daß sie von der Ebene aus nicht mehr zu sehen sind, den Gipfel erreicht haben. Obwohl andere sich doch vielmehr fragen, ob diese nicht deshalb unsichtbar werden, weil sie auf dem Wege gestürzt und umgekommen sind.«

»Und weshalb,« sagte Media, »unternehmen Sterbliche den Aufstieg überhaupt? Warum sich nicht mit der Ebene begnügen? Und wie hoffen, diese dünne Luft atmen zu können, die unseren menschlichen Lungen nicht zuträglich ist?«

»Richtig, edler Herr, »sagte Babbalanja; »Bardianna behauptet, daß nur die Ebene für den Menschen bestimmt war, der froh sein sollte, unter seiner Wälder Schatten zu wohnen, auch wenn deren Wurzeln ins Dunkel der Erde hinabreichen. Doch, edler Herr, Ihr wißt wohl, daß es in Mardi Leute gibt, die alle mit dem Berg verbundenen Geschichten insgeheim als

Erfindungen des Volkes von Maramma betrachten. Sie bestreiten, daß man irgend etwas erlangen könnte, wenn man dorthin pilgert. Und zur Bestätigung berufen sie sich auf die Sprüche des großen Propheten Alma.«

Woraufhin Mohi ausrief: »Aber Alma wird auch von anderen zur Rechtfertigung der Pilgerfahrt zum Ofo herbeizitiert. Diese erklären, der Prophet selbst sei der erste Pilger gewesen, der dorthin gereist sei; und er sei von dort gen Himmel aufgefahren.«

Mit Ausnahme dieses Gipfels nun ist Maramma ein einziges Gewoge von Berg und Tal, wie das Meer nach einem Sturm. Und scheint auch wiederum nicht zu wogen, sondern stillzustehen und seine Berge in Balance zu halten. Doch hat die Landschaft von Maramma nicht die Heiterkeit von Wiesen, teils wegen des Ofo-Schattens und teils wegen der ehrwürdigen Haine, worin Morais und Tempel verborgen liegen.

Laut Mohi trägt kein einziger Baum auf der Insel Früchte, und es gibt keine einzige eßbare Wurzel. Die Bevölkerung ist gänzlich von den üppigen Abgaben der Nachbarinseln abhängig.

»Nicht, daß der Boden nichts hergeben würde.« sagte Mohi. »Er ist äußerst fruchtbar. Doch sagen die Bewohner, man dürfe aus der heiligen Insel keinen Brotfruchthain machen.«

»Und daher, edler Herr, » sprach Babbalanja, »verschwenden diese Insulaner keinen Gedanken an das Morgen, während anderen das Geschäft ihres weltlichen Wohlergehens aufgebürdet ist. Und das große Maramma liegt als eine einzige fruchtbare Öde inmitten der Lagune.«

CVI.

Sie landen

ALS wir uns der Insel näherten, entfernten wir die Wimpel und allen Aufputz an unseren Kanus; und Vee-Vee erhielt den Befehl, von seinem Haifischrachen herabzusteigen und sein Muschelhorn eine Weile beiseite zu legen. Zum Zeichen ihrer Ehrerbietung entkleideten sich die Paddler bis zur Taille; ein Beispiel, dem sogar Media folgte. Wenn ihm als König auch manchmal selbst die gleiche Ehrung zuteil wurde, die er jetzt erwies.

An jedem von uns bisher besuchten Ort hatte eine fröhliche Menge zu unserer Begrüßung am Strand gestanden; doch die Küste von Maramma lag stumm und verlassen da.

Da sprach Babbalanja: »Es sieht nicht so aus, als befände sich die Vermißte hier.«

Schließlich landeten wir in einer kleinen Bucht nahe einem Tal, das Mohi Uma nannte, wo wir im stillen unsere Kanus an Land brachten.

Bald aber näherte sich uns ein alter Mann mit einem Bart, so weiß wie die Mähne des falben Pferdes. Er trug ein Gewand, dunkel wie die Mitternacht. Er fächelte sich mit einem Fächer aus welken Blättern. Er wurde von einem Kind an der Hand geführt, denn er war blind und trug ein grünes Pisangblatt über seiner runzeligen Stirn.

Media trat an ihn heran und tat kund, wer wir

seien und welcher Auftrag uns herführe: Yillah ausfindig zu machen und einen Blick auf die Insel zu werfen.

Pani (denn so war sein Name), bereitete uns daraufhin einen höflichen Empfang und versprach großmütig, die liebliche Yillah zu entdecken; und erklärte, das lang vermißte Mädchen dürfte nirgends sonst als auf Maramma zu finden sein. Er versicherte uns, daß er uns durch das ganze Land führen wolle; kein Ort, den wir aufzusuchen wünschten, bliebe unausgeforscht.

Mit diesen Worten geleitete er uns zu seinem Gehäus, damit wir uns stärken und ausruhen konnten. Es handelte sich um ein stattliches Anwesen. Aber in der Nähe gab es viele schäbige Hütten mit verdreckten Bewohnern, während das Refugium des Alten höchst komfortabel war. Ruhematten gab es in reicher Zahl. Seine Dachsparren bogen sich vor Kalebassen mit gutem Trank.

Während des folgenden Mahls, an dem der blinde Pani uneingeschränkt teilnahm, verbreitete er sich über das Verdienst der Enthaltsamkeit; und er erklärte, ein Dach überm Kopf und eine Kokospalme seien alles, was für das weltliche Wohlergehen eines Mardianers nötig sei. Alles, was darüber hinausgehe, versicherte er uns, sei Sünde.

Er ließ uns nun wissen, daß er das Amt des Führers in diesem Landesteil versehe; daß er alle andere Beschäftigung aufgegeben habe, um sich ganz den Fremden zu widmen und ihnen die Insel zu zeigen und insbesondere den besten Weg zum Gipfel des himmelhohen Ofo; und daß er deshalb genötigt sei, für seine Mühe ein Entgelt zu verlangen.

»Edler Herr,« flüsterte Mohi darauf Media zu, » der große Prophet Alma hat immer erklärt, die Insel sei frei und unentgeltlich für alle.«

»Welche Entlohnung wünscht Ihr, alter Mann?« sagte Media zu Pani.

»Was ich erbitte ist gering: zwanzig Rollen feiner Tapa, vierzig Matten aus bestem Hochlandgras, eine Kanuladung mit Brotfrüchten und Yamswurzeln, zehn Flaschen Wein und zehn Schnüre mit Zähnen. Ihr seid ein großer Haufe, doch mein Begehr ist bescheiden.«

»Sehr bescheiden,« sagte Mohi.

»Ihr nehmt es von den Lebendigen, guter Pani,« sagte Media. »Und was will ein betagter Sterblicher wie Ihr mit all dem Zeug?«

»Ich dachte, entbehrliche Dinge seien ohne Wert, ja, sogar sündig,« sagte Babbalanja.

»Ist Eure Wohnstatt nicht noch mehr als überreichlich mit allem Wünschenswerten versehen?« fragte Yoomy.

»Ich bin nur ein einfacher Arbeiter,« sagte der alte Mann und kreuzte sanftmütig seine Arme, »doch verlangt und erhält nicht der niedrigste Arbeiter seinen Lohn? Und ich soll meinen missen? – Doch ich erbitte keine milde Gabe. Was ich verlange, beanspruche ich; auch im Namen des großen Alma, der mich zum Führer ernannt hat.« Und er schritt auf und ab, wobei er sich seinen Weg ertastete.

Im Hinblick auf dessen Blindheit flüsterte Babbalanja Media zu: »Edler Herr, mich dünkt, dieser Pani muß ein kläglicher Führer sein. Auf seinen Wegen im Lande führt ihn sein Kind; warum nehmen wir nicht des Führers Führer?«

Doch wollte sich Pani nicht von dem Kind trennen.

Daraufhin sagte Mohi mit leiser Stimme: »Edler Herr Media, wenn ich auch kein ernannter Führer bin, will ich es doch auf mich nehmen, Euch geradewegs durch diese Insel zu führen; denn ich bin ein alter Mann und bin oft selbst hier gewesen. Obwohl ich Euch nicht zum Gipfel des Ofo und zu den verborgeneren Tempeln geleiten kann.«

Darauf sprach Pani: »Welcher Sterbliche erdreistet sich, die labyrinthische Wildnis von Maramma zu durchschreiten? Er sei auf der Hut!«

»Es ist jemand, der Augen im Kopf hat,« versetzte Babbalanja.

»Folgt ihm nicht,« sagte Pani, »denn er wird euch in die Irre führen; und keine Yillah wird er finden. Und da er keine Berechtigung als Führer hat, werden ihn Almas Flüche begleiten.«

Dies blieb nun nicht ganz ohne Wirkung; denn Pani und seine Vorväter hatten stets das Amt des Führers bekleidet.

Dennoch entschied Media zuletzt, daß Mohi uns diesmal führen sollte. Als wir dies Pani mitteilten, duldete er uns nicht länger unter seinem Dach. So zogen wir uns an den Saum eines angrenzenden Waldes zurück und verweilten noch etwas, um uns für den in Aussicht stehenden Marsch zu erholen.

Als wir uns dort niederließen, traf vom Meer her gerade eine neue Gruppe von Pilgern ein.

Von deren Kommen unterrichtet, gingen Pani

und sein Kind ihnen entgegen. Mitten auf dem Wege rief er aus: »Ich bin der ernannte Führer. In Almas Namen geleite ich alle Pilger zu den Tempeln.«

»Dies muß der würdige Pani sein,« sagte einer der Fremden, während er sich an die übrigen wandte.

»Dann wollen wir ihn zu unserem Führer nehmen,« riefen sie und kamen alle näher heran.

Doch als sie sich an ihn wandten, erfuhren sie, daß seine Führung nicht kostenlos war.

Als Pani nun hörte, daß der Anführer der Pilger ein gewisser Divino war, ein reicher Häuptling von einer fernen Insel, verlangte er von ihm seine Bezahlung.

Doch zauderte dieser und verminderte schließlich, nach vielen zuckersüßen Reden, die Vergütung auf drei Kokosnüsse in spe, die er sich verpflichtete, eines schönen Tages zu schicken.

Der nächste Pilger, der begrüßt wurde, war ein traurig blickendes Mädchen in schicklicher, doch dürftiger Kleidung. Es versuchte nicht, Panis Forderung zu mindern, sondern gab ihm ihre geringen Ersparnisse in die Hand.

»Nehmt es, heiliger Führer,« sagte sie, »das ist alles, was ich habe.«

Der dritte Pilger aber, eine gewisse Fanna, eine rüstige, prächtig gekleidete Matrone, gab ungefragt ihr Hab und Gut daran. Sie hieß ihre Diener, mit ihrer Fracht herbeizukommen und breitete sie flugs aus: rings um Pani entrollte sie Bahn um Bahn der kostbarsten Tapastoffe; füllte seine Hände mit Zähnen und seinen Mund mit einer wohlschmeckenden Marmelade; salbte sein Haupt; und kniete nieder und ersuchte um seinen Segen.

»Aus meines Herzens Grund segne ich dich,« sprach Pani. Und indem er ihre Hände hielt, rief er aus: »Nimm dir ein Beispiel an dieser Frau, o Divino; und tut desgleichen, ihr Pilger alle!«

»Heute nicht,« sagte Divino.

»Wir sind nicht so betucht wie Fanna,« sagten die übrigen.

Der nächste Pilger nun war ein sehr alter und jämmerlicher Mann; stockblind, lumpenbedeckt und seine Schritte mit einem Stock stützend.

»Meine Entschädigung,« sagte Pani.

»Ach! Ich habe nichts, was ich geben kann. Seht meine Armut.«

»Ich kann nicht sehen,« versetzte Pani; doch als er des Armen Kleidung befühlte, sagte er: »Du wolltest mich täuschen; besitzt du nicht dieses Gewand und diesen Stock?«

»O barmherziger Pani, nehmt mir nicht meinen ganzen Besitz!« jammerte der Pilger. Doch schon wanderte sein wertloser Kittel in des Führers Gehäus.

Indessen umwickelte die Matrone Pani noch immer mit ihrer Endlos-Tapa.

Das Mädchen mit dem traurigen Blick aber legte seinen Überwurf ab und bedeckte damit die nackte Gestalt des Bettlers.

Der fünfte Pilger war ein Jüngling mit freimütiger und kluger Miene; sein Blick war augenvoll und sein Schritt beschwingt.

»Wer bist du?« rief Pani aus, als ihn der Bengel beim Vorbeigehen streifte.

»Ich will den Gipfel besteigen,« sagte der junge Kerl.

»Dann nimm mich als Führer.«

»Nein, ich bin stark und gelenkig. Ich muß alleine gehen.«

»Doch wie willst du den Weg kennen?«

»Es gibt viele Wege: den richtigen muß ich selbst suchen.«

»Ach, armer Irregeleiteter,« seufzte Pani, »mit der Jugend ist es doch immer das gleiche. Und da sie die Ermahnung der Weisheit zurückweist, muß sie leiden. Nur weiter so und gehe zugrunde!«

Der Bursche wandte sich um und rief aus: »Obwohl ich deinem Rat zuwiderhandle, o Pani, folge ich doch dem göttlichen Instinkt in mir.«

»Armer Jüngling!« murmelte Babbalanja. »Mit welchem Eifer windet er sich in seinen Fesseln. Wenn er auch einen Führer zurückweist, so klammert er sich doch noch an diese Gipfellegende.«

Die übrigen Pilger warteten nun mit dem Führer und bereiteten sich auf ihren Weg ins Innere der Insel vor.

CVII.

Sie durchstreifen die Wälder

WIR erhoben uns, erfrischt von dem Aufenthalt in dem Gehölz, und unterstellten uns Mohis Leitung, der uns vorausging.

Wir schlängelten uns durch den Dschungel und erreichten eine tiefe Senke, die von einem einzigen gigantischen Palmenstamm eingenommen wurde; er war von Schößlingen umringt, die seinen Wurzeln entsprangen. Doch Vater und Söhne waren, Laokoon ähnlich, von den schlangenartigen Umarmungen knorriger, verwundener Banyanbäume umfangen. Die Rinde der Banyans fraß sich in das lebendige Holz der Palme und verdarb deren Säfte, bis alle Nüsse am Baum nur noch Gefäße voll giftigem Trank waren.

In der Nähe standen feingliedrige, anmutige Manzanilla-Bäume mit glänzenden Blättern und goldenen Früchten. Man hätte meinen können, sie seien Bäume des Lebens; doch wuchs unter ihren Ästen kein Gras, kein Kraut, kein Moos: die Vegetation des Bodens war durch den Himmelstau brandig geworden, den dieses tödliche Laubwerk filtrierte.

Dahinter erhob sich finster ein Gewirre von Banyan-Ästen, dichtgedrängten Manzanilla- und Upas-Bäumen. Ihre Wipfel wurden von der Sonne vergoldet, doch unten: tiefe Schatten, verdüsternde Farne und Mandragoren. Mitten darin verborgen und kaum sichtbar hinter großen, lanzettlichen Blättern waren steinerne Pfeiler, die einstürzende Bambustempel stützten. Darauf hüpften Frösche umher, die in dieser Feuchte ihren Schleim um sich verbreiteten. An den Dachsparren aufgereiht hingen Faultiere zuhauf. Im Umkreis der Upas-Bäume sank Dunkelheit herab. So dicht der Schatten, daß Nachtvögel dort ihre immerwährende Nacht fanden; und in dem Gifthauch prächtig gediehen. Eulen schrien von toten Ästen; oder schwebten mit lautloser Schwinge nacheinander vorbei. Kraniche staksten weit umher oder brüteten in den Sümpfen. Nattern zischten; nächtlicher Überfall der Fledermäuse; Rabengekrächz; und Vampire, auf schlafenden Eidechsen festgebissen, fächelten die schwüle Luft.

CVIII.

Hivohitee MDCCCXLVIII.

ALS nun dieses trübselige Waldland durchwandert war, kamen wir sogleich wieder ausführlich auf Hivohitee, den Pontifexen der Insel, zu sprechen.

Denn Media hatte während unserer ersten freundlichen Unterredung mit Pani nach Hivohitee gefragt und herauszubekommen versucht, wo dessen Aufenthaltsort auf der Insel sei.

Panis Antwort lautete, daß sich der Pontifex für einige Tage nicht sehen lasse, da er mit besonderen Gästen beschäftigt sei.

Und als Media weiter nachfragte, welche Personen wohl dessen Gastfreundschaft ganz in Beschlag nähmen, verschlug es ihm die Sprache, als es hieß, es handle sich dabei um unkörperliche Gottheiten von droben, welche die Sonnenwende im Steinbock zu Maramma begehen würden.

Im weiteren Verlauf unserer Wanderung wurde große Neugierde laut hinsichtlich des Pontifexen und seiner Gäste; und der alte Mohi, der sich mit diesen Dingen auskannte, wurde aufgefordert, uns Aufklärung zu geben. Er willigte ein; und sein Bericht war nicht wenig bezeichnend für die gelegentliche Leichtgläubigkeit von Chronisten.

Wie er darlegte, gehörten die von Hivohitee empfangenen Gottheiten zu der dritten Klasse von Unsterblichen. Diese standen jedoch weit über den mit Körpern behafteten Halbgöttern von Mardi. Hivohitee betrachtete tatsächlich die größten Halbgötter als so etwas wie Kürbisse. Es verwunderte also kaum, daß auf seiner Besucherliste die Ranghöheren als die vornehmsten Persönlichkeiten galten.

Diese Unsterblichen waren erstaunlich anspruchsvoll hinsichtlich der von ihnen eingeatmeten Atmosphäre; nicht niedere irdische Luft, sondern die der Höhen im Inselinneren sogen sie ein. Dort hatte der Pontifex ein Landhaus, das auf die besonderen Belange seiner unfaßbaren Gäste zugeschnitten war. Deren Aufnahme verursachte kaum Kosten, da Mahlzeiten unnötig und Schlafräume überflüssig waren.

Doch Hivohitee litt es nicht, daß die Anwesenheit dieser himmlischen Granden sein eigenes handfestes Behagen störte. Während er den Morgen in höchst angeregtem Gespräch verbrachte, lehnte er sich dreimal ungeniert zurück, verspachtelte einen köstlichen Pisangpudding und schenkte sich aus einer Kalebasse himmlischen alten Wein ein, währenddessen er den Seelenstrom zu seinen Gästen nicht abreißen ließ. Tatsächlich mußte auf diese aristokratisch-ätherischen Fremden der Anblick ihres Gastgebers, der sich derart leiblichen Genüssen hingab, während sie selbst am Hungertuch des Äthers nagten, äußerst provozierend gewirkt haben.

Weiterhin wurde berichtet, daß Hivohitee, einer der arrogantesten Pontifexe, mit seinen englischen Gästen in voller Absicht derart verfuhr, um ihnen deutlich zu machen, daß er sich, Hivohitee, obwohl nur ein Erdling und, aus himmlischer Sicht, ein Provinzbewohner, als ebenso vollwertig wie die Seraphim aus der Hauptstadt betrachtete; und dies zur Steinbock-Sonnenwende wie auch zu jeder anderen Zeit des Jahres. Hivohitee war sehr daran gelegen, ihren hochnäsigen Ansprüchen einen Dämpfer zu verpassen.

Und galt er im übrigen nicht als großer Gott im Land, als der höchste, der Macht über Leben und Tod hat, der Könige absetzen kann und der, ganz auf sich gestellt und seiner Stimmung gemäß, auf der großartigsten Insel von Mardi weilte? Obwohl hier zu sagen ist, daß sich seine Ansprüche auf weltliche Oberhoheit nur selten durch deutliche Eingriffe in die Belange der Nachbarmonarchen geltend machten, die allzu willig waren, gegen seinen Herrschaftswillen mit Waffengewalt zu argumentieren. Theoretisch jedoch beugten sie sich ihm. Und nun zu Hivohitees Genealogie; denn angeblich sollen ihm achtzehnhundertundachtundvierzig Hivohitees voraufgegangen sein. Er stammte in direkter Linie vom göttlichen Hivohitee I. ab: erster Grande des Menschenreichs und erster Träger des Krummstabs. Die Abkunft des jetzigen Potifexen war unzweifelhaft, denn seine Würde wurde nur durch männliche Erben übertragen; und die ganze Linie von Hohepriestern war das Ergebnis sukzessiver Heiraten von Halbgeschwistern untereinander. Eine Verbindung, die man in manchen Ländern als inzestuös erachtete, doch die man hier für den einzigen Weg hielt, um einen hohen Rang unverfälscht zu vererben.

Die Pontifexe erhielten zu dem überkommenen Namen Hivohitee, der einfach nur ihren Priesterstatus bezeichnete und im gewöhnlichen Gespräch nur selten gebraucht wurde, noch einen individuellen Namen, der ihnen bei der Geburt verliehen wurde. Der Grad der Hochachtung, die diese genossen, läßt sich daraus ablesen, daß der vorherrschende Laut im Namen eines Pontifexen zu dessen Lebzeiten aus dem allgemeinen Gebrauch verbannt war. Weshalb es bei jeder neuen Besteigung des erzbischöflichen Throns vorkam, daß man viele Wörter und Sätze entweder wesentlich veränderte oder zur Gänze fallenließ. Daher war die Sprache von Maramma in andauernder Fluktuation; und war derart angefüllt mit seltsamen Zungenschlägen, daß die Vögel in den Wäldern höchst verwirrt waren; und nicht wußten, worin der Vorzug solch unverständlicher Laute lag.

Dies traf auch in hohem Maße auf alle im Archipel gesprochenen Sprachen zu: die Vögel wunderten sich über die Menschen und die Menschen über die Vögel. Jene fragten sich, wie diese fortwährend singen konnten; wo man doch unmöglich dabei ein intelligentes Gespräch führen konnte (und was der Unterschied war, das wußte jeder Mensch). Obwohl Menschen und Vögel Tausende von Jahren gemeinsam in Mardi gelebt hatten, wußte keiner von den Geheimnissen des anderen. Die Insulaner betrachteten den Vogel als unverständigen Zwitscherer, der immer in den Wolken schwebt; und der Vogel sah jenen als einen kreischenden Kranich an, der ohne Schwingen und ohne Sinn für Höhenflüge war.

Über die unzähligen anderen Wunderkräfte hinaus, die man den Pontifexen als geistigen Potentaten zuschrieb, hatten sie ein besonderes Privileg weltlicher Art: durch Handauflegen die Bißwunden zu heilen, verursacht von den gierigen Haien, von denen es in der Lagune nur so wimmelte. Es hieß, daß die Pontifexe mit diesen höchst freundschaftlichen Umgang hätten und mit ihnen, wie allenthalben berichtet wurde, gesellig im Meer baden würden; und ihnen gestatteten, die Schnauzen an ihren priesterlichen Schenkeln zu reiben und die priesterlichen Hände spielerisch zwischen die Zahnreihen ihrer Rachen zu nehmen.

Bei der Ordination eines Pontifexen galt die Zeremonie erst dann als vollendet, wenn dieser in seinem Boot von drei herannahenden Haien als Hohepriester begrüßt wurde; sie schwammen dann neben seinem Kanu und zeigten ihre Zähne.

Diese Ungeheuer wurden in Maramma vergöttert und hatten dort Altäre. Einen von ihnen zu töten war schlimmer als der Mord an einem Menschen. »Was macht es schon, wenn sie menschliches Leben zerstören?« sagten die Insulaner. »Sind sie nicht heilig?«

Danach wurden noch manche Wunderlichkeiten über Hivohitee erzählt. Und obwohl man die Wirksamkeit vieler ihm zugeschriebener Privilegien nur anzweifeln konnte, kam man dennoch kaum umhin, für den Pontifexen diese Art tieferen Respekts zu hegen, den man all denen zollt, die unstreitig die Macht besitzen, menschliches Leben nach Wunsch auszulöschen.

Sie besuchen den großen Morai

FLECHTBART, redseliger Führer der Gruppe, brachte uns bald in die Nähe des großen Morai von Maramma, der Begräbnisstätte der Pontifexe; dort waren auch viele Götterstatuen aufgestellt, zwischen denen man promenieren konnte.

Unser Weg führte uns durch das Bett eines seichten Wasserlaufes. Mohi achtete darauf, daß unsere Füße bei jedem Schritt, den wir machten, vom Wasser überspült wurden. Denn es hieße, den heiligen Morai zu entweihen, würde man dort gemeinen und weniger heiligen Grund einschleppen.

Hier und da waren überdachte Laubengänge über den Fluß geschlagen, damit die Wallfahrer bequemer in diesen geweihten Wassern, die einer Quelle in dem Morai entstammten, ihre Kleider waschen konnten, auf daß langes Leben folge. Doch, wie uns Flechtbart versicherte, kam es manchmal vor, daß etliche Tattergreise, die ihre Sachen direkt nach dem Eintauchen voller Eifer wieder anlegten, von Rheuma befallen wurden. Und es wurde von Fällen berichtet, wo sie, in ihrem Streben nach Langlebigkeit, tot niederfielen.

Als wir den Morai erreichten, fanden wir ihn von einem Wall umgeben. Und während die übrigen diesen erstiegen, ging Mohi offenbar der kindischen Beschäftigung nach, Kieselsteine zu sammeln. Diese benutzte er jedoch, zu unserem nicht geringen Erstaunen, zu respektlosen Würfen auf all die Dinge, auf die er unsere Aufmerksamkeit lenken wollte. Auf diese Weise wies er auf einen schwarzen Keilerkopf hin, der von einem Ast hing. Ganze zwanzig dieser Wachen waren auf den Nachbarbäumen auf dem Posten.

Beim Weitergehen stießen wir auf einen kleinen Hügel aus knochentrockenem Sand, der sich über dem ansonsten lehmigen Grund erhob. Da dieser Sand eine geheime konservierende Kraft besaß, war er vor langer Zeit aus einem fernen Land herbeigeschafft worden, um ein Grabmal der Pontifexe auszukleiden, die hier, Seite an Seite und Vater bei Sohn, alle in friedlicher Grabesgemeinschaft ruhten. Mohi erklärte, eine Öffnung des Grabmals würde bedeuten, daß die ganze Linie der Hohepriester auferstehen würde. »Dennoch nur eine Auferstehung von Knochen«, sagte Babbalanja, dessen Anspielungen auf die Verstorbenen stets knöchern waren.

Im weiteren stießen wir auf zahlreiche Gebilde, die Runensteinen glichen; sie waren mit rätselhaften Inschriften übersät und rings um eine elliptische Öffnung gruppiert. Aus dieser sprudelte die kristallklare heilige Quelle des Morai hervor, durch deren Wasser zwei Reihen scharfer, reißzahnartiger Steine zu erkennen waren: der sogenannte Mund Oros. Und man glaubte, daß sich über einer unheiligen Hand, die in die Quelle getaucht würde, die steinernen Kinnladen sofort schlössen.

Als nächstes kamen wir zu einem großen Standbild aus dunklem Stein, das einen stämmigen Mann mit übergroßem Kopf darstellte; in seinem Unterleib war eine Höhlung, die Einblick gewährte: es lagen Knochenreste darin. Vor diesem Bildnis rasteten wir. Und gleich, ob es nun Mohi darauf abgesehen hatte, uns Globetrotter durch seine Schilderungen zum Schlottern zu bringen, war das, was er erzählte, alles andere als erquicklich. Zu bestimmten Zeiten wurden diesem Götzen menschliche Wesen geopfert. Da er ein Feinschmecker war, verschmähte er jede ordinäre Kost. Um seine Verdauung sicherzustellen, vermied man alle indirekten Wege ins Innere und verstaute die Opfergaben in der Leibeshöhle selbst.

Nahe dieser Statue des sogenannten Doleema wurde uns ein einzeln stehender Baum gezeigt, der keine Blätter trug und tot bis ins Mark war. Doch hingen an seinen Ästen zahlreiche Körbe, überhäuft mit Melonen, Trauben und Guaven. Diese Körbe wurden täglich neu aufgefüllt.

Als wir dort standen, ging eine zerlumpte Hungergestalt vorbei, hohlwangig und hohläugig. Verlangend glubschte sie nach den Opfergaben, zog sich aber zurück, wohl wissend, daß es ein Sakrileg wäre, diese zu berühren. Sie mußten hier zu Ehren des Gottes Ananna verfaulen; denn so hatte Mohi diesen toten Baum genannt.

Während wir nun solchermaßen in dem Morai umherzogen und der alte Chronist dessen Geheimnisse erläuterte, erblickten wir plötzlich Pani und die Pilger, die sich dem Standbild des Doleema näherten; der Führer wurde von seinem Kind geführt.

»Dies«, hob Pani an und wies auf das steinerne Idol, »ist der heilige Gott Ananna, der im Saft dieses grünen und blühenden Baumes lebt.«

»Du meinst gewiß dieses Steinbildnis, das wir erblicken?« sagte Divino.

»Ich meine den Baum«, sagte der Führer. »er ist kein Bildnis aus Stein.«

»Seltsam«, murmelte der Häuptling, »spräche hier nicht ein Führer, würde ich es nicht glauben. Doch da er einer ist, bin ich lieber still.«

»Geheimnisvollstes Geheimnis!« rief der blinde alte Pilger. »Ist also das ein Steinbildnis, was Pani einen Baum nennt? O Oro hätte ich Augen, es wirklich schauen zu können, um dann zu glauben, daß es ist, was es nicht ist; so daß ich die Größe meines Glaubens beweisen könnte und so Almas Segen verdiene.«

»Dreifach heiliger Ananna«, murmelte das Mädchen mit dem traurigen Blick und fiel vor Doleema auf die Knie, »empfange meine Verehrung. Ich weiß von dir nur das, was der Führer gesagt hat. Doch ich bin ein armes Mädchen von schlichtem Gemüt, das nicht selbst urteilt, sondern sich an andere hält, die weiser sind. Dies ist zu hoch für mich. Ich habe Angst, zu denken. In Almas Namen, nimm meine Verehrung entgegen.«

Und sie warf dem Gott Blumen zu Füßen.

Fanna aber, die rüstige Matrone, wandte sich an Pani und rief aus: »Empfangt weitere Gaben, o Führer.« Und wiederum deckte sie ihn ein.

Währenddessen betrat der eigensinnige Jüngling, der Pani nicht zum Führer wünschte, den Morai. Und als er die Schar vor dem Bildnis bemerkte, schritt er rasch auf sie zu. Als er das Idol erblickte, betrachtete er es aufmerksam und sagte: »Dies muß das Bildnis des Doleema sein; doch sicher bin ich nicht.«

»Nein«, rief der blinde Pilger, »es ist der heilige Baum Ananna, du Querkopf.«

»Ein Baum? Was es auch immer sein mag, ein Baum ist es jedenfalls nicht. Du bist blind, alter Mann.«

»Doch obwohl ich blind bin, habe ich das, was dir fehlt.«

Dann sagte Pani, indem er sich an den Jüngling wandte: »Entferne dich von dem heiligen Morai und verderbe nicht die Herzen dieser Pilger. Hinfort, sage ich. Und gehe, im heiligen Namen Almas, bei deinem Versuch zugrunde, den Gipfel zu erklimmen.«

»Vielleicht komme ich wirklich um«, sprach der Bursche betrübt, »doch dann geschieht es auf dem Weg, der mir im Traum enthüllt wurde. Und glaube nicht, o Führer, daß ich vollends sicher bin, diese luftige Höhe zu erreichen. Voll Hoffnung will ich den hohen Ofo erklimmen und nicht glaubend. O mächtiger Oro, hilf!«

»Sei nicht ruchlos«, sagte Pani, »sprich Oros heiligen Namen nicht zu leichtfertig aus.«

»Oro ist nur ein Laut,« sagte der Bursche, »auf meiner Heimatinsel wird der höchste Gott Ati genannt. Der Gedanke an ihn ist in mir, o Führer, nicht der Laut seines Namens.«

»Hört dieses Larifari! Hört, wie er von Geheimnissen plappert, die selbst Hivohitee nicht ergründen kann.«

»Nicht ihm oder dir, nicht mir oder irgendwem: allen ist Oro der große Unbekannte.«

»Warum beanspruchst du dann, daß du Oro besser kennst als die anderen ihn kennen?«

»Ich bin nicht so eingebildet. Und ich habe nicht viel an die Stelle dessen zu setzen, was ich nicht erfahren kann. Zwar fühle ich Oro in mir, doch kann ich diese Vermutung nicht erklären.«

»Stolzer Kerl! Deine Demut ist ein Vorwand; im Grunde genommen dünkst du dich weiser als Mardi.«

»Nicht annähernd so weise. Glauben ist etwas Erhabenes; gerade meine Zweifel erniedrigen mich. Ich klage und zweifle. Ganz Mardi mag recht haben, und ich bin zu einfältig, es zu erkennen.«

»Er ist verrückt«, sagte der Häuptling Divino, »nie zuvor hörte ich solche Worte.«

»Es sind Vermutungen«, murmelte der Führer.

»Armer Tor«! rief Fanna.

»Verlorener Jüngling!« seufzte das Mädchen.

»Er ist nur ein Kind,« sagte der Bettler. »Diese Flausen werden bald vergehen. Früher war ich wie er; doch, Alma sei gelobt, in der Stunde der Krankheit bereute ich, ich alter, schwacher Mann!«

»Da ich jung und gesund bin«, sagte der Bursche, »hege ich eher die Gedanken, die meiner strotzenden Jugend entspringen. Ich komme frisch von meinem Schöpfer, und Körper und Seele sind noch ohne Falten. Auf deinem Siechenlager, alter Mann, da halten sich deine Gedanken schadlos an dir.«

»Wenden wir uns ab von dem Lästerer«, rief Pani aus. »Entweiche, Übler, Verdammnis harret deiner!«

»Ich werde meiner Wege gehen«, sagte der Bursche, »doch Oro wird das Ende wirken.«

Und er verließ den Morai.

Nachdem Pani die Schar um die heilige Umfriedung geführt hatte, wobei er sich mit dem Stock behalf, denn sein Kind war weggegangen, setzte er sich auf einen niedrigen, moosigen Stein, von Statuen grimmig umringt, und wies die Pilger an, zu seiner Wohnstatt zurückzukehren, wo er sich ihnen schon bald wieder anschließen würde.«

Die Pilger gingen davon, er verharrte in tiefer Meditation, während eine unsichtbare Pflugschar lange Furchen auf seiner Stirn zog.

Lange schwieg er; dann murmelte er vor sich hin: »Dieser Bursche, dieser wilde und kluge Kerl, hat mir einen Stich ins Herz versetzt. Was er denkt, das ahne auch ich. Aber er ist ehrlich. Ich tue niemandem weh. Viele denken wohl unausgesprochen das gleiche wie ich. Täuschen wir uns demnach gegenseitig? Laßt eure Masken fallen, Menschen, auf daß ich gewiß wissen kann, ob ich meine Gedanken auch mit anderen teile. Warum, o Oro, müssen in dieser einen Sache alle heucheln? Unsere Gedanken sind nicht unser Eigen. Ein ehrlicher Gedanke, gleich wie er beschaffen sein mag, muß doch ein Körnchen Wahrheit enthalten. Aber wir müssen mit dem allgemeinen Strom schwimmen. Ich folge blind denen, die ich zu führen scheine. Die Pilgerschar ist so groß, daß sie nicht sehen, daß es keinen gibt, der da führt. – Das ist der Angelpunkt: ist unser Geist engelshaft? Doch nichtig, nichtig, o Oro, mein Versuch, diesem armen, blinden Leib zu entrinnen, der doch die rechte Bleibe für meine augenlose Seele ist. Tod, Tod: bin ich tot, wenn ich blind bin? Die Blindheit macht einem anscheinend den Tod bewußt. Wird es in meinem Grab dunkler sein als jetzt? – Von Finsternis zu Finsternis! – Was ist dieses zarte Etwas in mir, das sich mir entzieht? Wird es ohne Ende sein? Hatte es dann einen Anfang? Alles, alles ist Chaos! Was ist dies glänzende Licht im Himmel, diese Sonne, von der sie mir erzählen? Oder lügen sie? Mir scheint, sie kann Überzeugungen erstrahlen lassen; doch taste ich stumpf in Schwärze herum. Ich bin stumm und im Zweifel. Doch es ist nicht Zweifel, es ist schlimmer: ich bezweifle meinen Zweifel. O ihr allwissenden Genien der Lüfte, wie könnt ihr all dieses Weh gewahren und kein Zeichen geben ? Wäre doch mein Zweifel nur bestimmt, wie der dieses ungestümen Burschen, der keinen Glauben hat, aber offenbar voll davon ist. Der Zweifler, der nicht an seinem Zweifel zweifelt, hat den größten Glauben. O könnte ich er sein. Mir scheint, dieser tollkühne Kerl hat Alma in sich und kämpft um seine Freiheit. Doch diese Pilger: dieses blind vertrauende Mädchen. – Was wäre, wenn sie mich sähen, wie ich bin? Friede, Friede meiner Seele. Die Maske wird wieder angelegt.«

Und wankend verließ er den Morai.

CX

Gespräch über die Götter von Mardi; und Flechtbart erzählt von einem gewissen Foni

WÄHREND wir uns von der heiligen Umfriedung entfernten, sprach Mohi über die Göttervielfalt hierzulande, ein Thema, das sich, aufgrund der Menge der von uns gerade erblickten Idole, aufdrängte.

Mohi sagte: »Die Zahl dieser Götter aus Holz und Stein ist gering gegenüber der Unzahl der Götter in der Luft. Man tut keinen Atemzug, ohne einen Geist einzusaugen, und man berührt kein Blatt, ohne einen von ihnen aufzustören. Es gibt Götter des Himmels und Götter der Erde, Götter des Meeres und des Landes, Kriegs- und Friedensgötter, Felsen- und Feldgötter, Götter von Geistern und von Dieben, von Sängern und Tänzern, von armen Wichten und Dachdekkern. Götter erglänzen in den Augen von Vögeln und funkeln in den Wellenkämmen. Götter schaukeln fröhlich in den Zweigen der Bäume und singen fröhlich im Bach. Götter sind an allen Ecken und Enden, daher ist man nie allein.«

»Wenn dem so ist, Flechtbart,« sagte Babbalanja, »werden unsere geheimsten Gedanken abgehört, doch nicht von menschlichen Ohren. Diese Götter, auf die er anspielt, zählen jedoch, edler Herr, nur zu den halb-intelligiblen, zu den Untereinheiten der Einheit, die dem Ersten Adyton vorgelagert sind.«

»Tatsächlich?« sagte Media.

»Halb-intelligibel, sagst du, Philosoph?« rief Mohi. Dann drücke dich bitte auch dementsprechend aus, denn deine Rede scheint mir reines Kauderwelsch zu sein.«

»Babbalanja«, sagte Media, »hör auf mit deinem abstrusen Zeug. Was wißt ihr Sterblichen schon von uns Göttern und Halbgöttern?« Doch sag mir, Mohi, wie viele von deinen Felsen- und Feldgöttern gibt es deiner Ansicht nach hier? Führst du eine Statistik?«

»Edler Herr, ganz gering gerechnet, müssen es zumindest drei Billionen Trillionen Quintillionen sein.«

»Dies ist nur eine endliche Zahl!« sagte Babbalanja. »Würdest du, alter Mann, eine unendliche Zahl nennen? Und multipliziere sie dann mit der Summe der Torheiten in Mardi; und als Multiplikator nimm alle Irdischen, von denen man nichts mehr gehört hat, nachdem sie nicht mehr waren. Und das Resultat wird deine Quintillionen übersteigen, selbst wenn sie sich zu Nonillionen summierten.«

»Es reicht, Babbalanja!« rief Media. »Du zeigst die finstere Ader in deinem Marmor. Hör auf. Nimm ein warmes Bad, damit dein kaltes Blut sich wenigstens überschlägt. Doch komm, Mohi, erzähl uns bitte, wie es auf dieser Insel Maramma zugeht, was es mit dem Morai und seinen Idolen auf sich hat.«

Und unverzüglich hob Flechtbart mit der Erzählung an, die im wesentlichen die folgende ist:

Anscheinend gab es auf der Insel eine besondere Familie, deren Mitglieder seit vielen Generationen als Opfer für die Gottheit Doleema bereitgehalten worden waren. Sie zeichneten sich durch einen tieftraurigen Gesichtsausdruck aus und scheuten unwillkürlich zurück, wenn sie an dem Morai vorbeikamen. Obwohl einige von diesen Unglücklichen, wenn es zum Äußersten kam, freudig in den Tod gingen und erklärten, sie seien stolz darauf, für den heiligen Doleema zu sterben, gab es doch andere, die tollkühn ihrem Schicksal entgehen wollten und beim Herannahen eines Opferfestes in die tiefste Wildnis der Insel flohen. Doch ihre Flucht fruchtete nur wenig. Denn flugs heftete sich der oberste erbliche Zeremonienmeister des geschmähten Gottes an ihre Fersen; dies war ein gewisser Xiki, dem die Bereitstellung der Opfer oblag. Und wenn der Flüchtling, irgendwo in ein Versteck gekauert, den nahenden Xiki erspähte, hatte er so große Furcht vor der Rache der Gottheit, der er entkommen wollte, daß er alle Hoffnung auf Flucht fahren ließ, aus seinem Lager aufsprang und ausrief: »Komm her und töte!« Und er entblößte seine Brust, auf daß der Wurfspeer ihn niederstrecke.

Die Chroniken von Maramma waren voller Schauerlichkeiten.

Es hieß, im wilden Innern der Insel würden sich noch die letzten Versprengten einer Kriegerschar verbergen, die sich zu der Zeit, als der Vater des jetzigen Pontifexen herrschte, bewaffnet erhoben hatten, um jenen zu entthronen. Sie wurden von einem gewissen Foni angeführt, einem emporgekommenen Propheten, der sich durch die ungewöhnliche Schönheit seiner

Person auszeichnete. Diese Krieger wurden in einem schrecklichen Gemetzel besiegt. Und die Sieger setzten den in die Wälder fliehenden Überlebenden dreißig Tage lang nach. Obwohl viele von Speeren niedergestreckt worden waren, überlebten doch einige, die schließlich einsam und verzweifelt wie Besessene durch die Wälder irrten. Die Inselbewohner, die manchmal, auf der Suche nach seltenen Kräutern in die Wildnis drangen, scheuchten oft Gespenster von ihren Wegen, die durchs Laubwerk lugten. Wiederholt hatte man diese Besessenen gesichtet, als man die unbewohnten Teile der Insel durchstreifte. Und ein Wächter des Morai überraschte einmal bei Tagesanbruch eine schauerliche, alterskrumme Gestalt dabei, wie sie sich an den Opfergaben beim Standbild des Doleema bediente. Der Besessene wurde getötet. Und aus seiner unauslöschlichen Tätowierung ging hervor, daß er kein anderer war als Foni, der falsche Prophet. Die strahlende Gestalt, mit der er ins Rebellengefecht gezogen war, hatten Alter und Elend nun zuschanden gemacht.

CXI.

Sie besuchen den See von Yammo

VON dem Morai aus lenkten wir unsere Schritte zu einer unbewohnten Laubhütte; wir stärkten uns mit den Leckerbissen, die uns Borabolla überreicht hatte, und verbrachten dort die Nacht. Am nächsten Morgen brachen wir zu einer Fahrt auf die andere Seite der Insel auf. Dort stand im heiligen See von Yammo der berühmte Tempel des Oro; und ferner war dort die große Galerie der niederen Gottheiten.

Der See war nur ein Seitenarm der ruhigen Lagune, von dieser durch ein bewaldetes Riff abgetrennt, das von der hohen Westküste aus bogenförmig zu einem Vorgebirge hin verlief und dabei einen schmalen Durchlaß zum Meer freigab. Dieser war vom landumschlossenen Innern jedoch kaum zu sehen.

In diesem See gab es viele Inselchen, ganz grün von Wäldern. Das Ufer bestand zum größten Teil aus einem Steilhang mit Vorsprüngen, die von bemoosten, alten Steinaltären oder Tempelruinen gekrönt waren. Sie spiegelten sich dunkel in dem grünen, glasartigen Wasser; während die flache, zum Riff hin gelegene Seite des Sees durch ihre lange Reihe stattlicher Bäume wie eine einzige grüne Klippe wirkte.

Als wir auf den Yammo-See einfuhren, begrüßten uns seine zahlreichen Inseln wie ein Mardi im Kleinen. Und immer wieder erschraken wir angesichts der langen Reihe von Phantomen im Wasser, Spiegelungen der längs des Ufers aufgereihten Statuen.

Zuerst wandten wir uns dem Inselchen Dolzono zu und sahen dort die große Galerie der Götter: ein riesiger Tempel, der auf einhundert hohen Palmsäulen ruhte; jede von ihnen fußte im Boden auf einem vergrabenen Toten. Das Hauptschiff war eine einzige Allee von Götzenbildern; auf ihren Stirnen waren die Namen eingraviert: Ogro, Tripoo, Indrimarvoki, Parzillo, Vivivi, Jojijojorora, Jorkraki und unzählige andere.

Scharen von Tempeldienern waren damit beschäftigt, die Standbilder umzustellen.

»Edler Herr, Ihr seht hier eine ihrer Hauptbeschäftigungen,« sagte Mohi.

Darauf Media: »Ich habe viel von der berühmten Statue der Mujo, der Säugenden Mutter, gehört. Kannst du mir sie zeigen, Flechtbart?«

»Edler Herr, als ich das letzte Mal hier war, sah ich Mujo am Anfang dieser Reihe; doch hat man sie wohl umgeräumt, denn ich sehe sie jetzt nicht mehr.«

»Stellen diese Diener denn die Götterbilder andauernd derart um, daß man beim Besuch der Galerie von heute auf morgen nicht mehr weiß, wo man dran ist?« fragte Babbalanja.

»So ist es,« sagte Flechtbart. »Doch seht, edler Herr, hier ist das Bildnis der Mujo.«

Wir standen vor der Statue einer Göttin, die, wie ein Obelisk, derart hoch aufragte, daß wir beim Hinschauen unsere Köpfe zurückwerfen mußten. Mohi zufolge führten Wendeltreppen durch ihre Beine; ihr Unterleib war ein Keller, vollbepackt mit Kalebassen alten Weines; ihr Kopf: ein Hohlraum. Auf die kruden Hochreliefs ihrer unzähligen Brusthügel waren Legionen froschgleich krabbelnder Säuglingsgottheiten geschnitzt; während, im Innern verborgen, ganze Würfe dieser Kleinkindidole untergebracht waren, auf daß sie aus den Knorren des Holzes Göttlichkeit saugen mochten.

Während wir so dastanden, vernahmen wir ein seltsames, tiefgründiges Geräusch, das etwas Gurgelndes an sich hatte, als ob Wein ausgeschenkt würde. Als wir nach oben schauten, bemerkten wir durch Pfeilschießscharten und Luken drei maskierte Personen, die mit gekreuzten Beinen in Mujos Unterleib saßen und kräftig zechten. Doch kaum hatten sie uns gewahrt, als sie sich weiter ins Innere zurückzogen. Jetzt war ein Grabgesang zu hören, begleitet von vielen Seufzern und Lauten der Gram und des Kummers.

Im weiteren stießen wir auf eine Statue, deren Steiß einen Fortsatz von Anaconda-Länge trug; dieser schlang sich wieder und wieder um ihren Nacken.

»Dies muß Oloo, der Gott des Selbstmordes sein,« sagte Babbalanja.

»Ja,« sagte Mohi, »Ihr seht, edler Herr, wie heftig er Schwanz an sich legt.«

Als die Tempeldiener schließlich die lange Reihe der Sphinxe und Greife und vielgliedrigen Bildnisse vollständig umgestellt und in eine gehörige Ordnung gebracht hatten, begann eine Gruppe von ihnen, in langen, fließenden Gewändern, ihren Morgengesang anzustimmen:

Erwache, Rarni! Erwache, Foloona!
Erwachet, Götter ohne Zahl!

Auf diese und ähnliche Invokationen erwiderten die Standbilder nicht das geringste. Das entmutigte die Diener jedoch keineswegs; sie machten sich einzeln daran, den Göttern Bittgesuche zugunsten verschiedener Stämme vorzulegen, von denen sie zu diesem Zweck in Dienst gehalten wurden.

Einer betete für Regen im Überfluß, damit die Yamswurzeln von Valapee nicht in der Erde verdorrten; ein anderer für Trockenheit und Sonnenschein, die günstig für die derzeitige Brotfruchternte auf Mondoldo waren.

Als Babbalanja all dies hörte, sagte er folgendes: »Gewiß, edler Herr Media, erheben sich neben diesen Fürbitten, von denen wir hörten, noch zehntausend andere sich widersprechende Gebete zu diesen Idolen. Doch mich deucht, die Götter werden den ewigen Fortgang der Dinge nicht durch irgendwelche Winke von unten ins Wanken bringen, selbst wenn es möglich wäre, widerstreitende Wünsche zu erfüllen.«

Darauf Yoomy: »Ich würde aber dennoch beten, Babbalanja; denn Beten bringt uns unseren Seelen näher und läutert unsere Gedanken. Und vielleicht ist unser Flehen doch nicht gänzlich umsonst.«

Mohi, der immer noch zwischen den Götterbildern umherwanderte, hatte noch viel zu den verschiedenen Ansprüchen zu sagen, die diese an die Verehrung durch die Gläubigen stellten.

Denn obwohl sich alle Mardianer so oder so

der Oberhoheit von Oro beugten, waren sie im Hinblick auf die niederen Gottheiten nicht so einmütig; diese waren angeblich mittelbar mit irdischen Belangen befaßt. Ein Stamm opferte diesem, ein anderer jenem Gott, doch behaupteten alle, daß jeweils ihr eigener Gott der mächtigste sei.

Als Babbalanja merkte, daß alle Standbilder mehr oder weniger verschandelt waren, wollte er den Grund dafür wissen.

Worauf Flechtbart erwiderte, daß sie von feindlichen Huldigern verunstaltet worden seien. Diese würden in der großen Galerie der Götter in Zank geraten und wären derart außer sich vor Rage, daß sie oftmals gegenseitig ihre Lieblingsidole umzustürzen und zu demolieren versuchten.

»Doch seht,« rief Babbalanja aus, »hier scheint kein einziges Standbild unbeschädigt zu sein. Wie kommt das, alter Mann?«

»Das kommt so: während eine Partei die Bildnisse ihrer Gegner verhunzt, fallen diese über die Bildnisse jener in der gleichen Weise her; daher bleibt kein Idol ungeschoren.«

»Schluß damit, Flechtbart,« sagte Media. »Laßt uns abreisen und das Eiland besuchen, wo der Gott all dieser Götter seinen Schrein hat.«

CXII.

Beim Tempel von Oro treffen sie auf die Pilger

TIEF, tief im tiefsten Dschungel fanden wir den großen Tempel von Oro, der höchsten Gottheit, Entfalter-des-Himmels.

Während wir dort in Schweigen verharrten und dieses in Mardi berühmte Götterbild betrachteten, trat eine große Schar von Dienern in den Tempel ein. Sie hielten Perlmuscheln in Händen, angefüllt mit glosendem Räucherwerk. Sie gruppierten sich um Oro und stimmten einen lang rollenden Gesang an, ein Meer von Tönen. Und die dichten Dämpfe ihres Räucherwerks stiegen zum Dach auf.

Nun nahte Pani mitsamt den Pilgern; in einiger Entfernung folgte der eigensinnige Jüngling.

»Seht den großen Oro,« sagte der Führer.

»Wir sehen nur eine Rauchwolke,« sagte der Häuptling Divino.

»Meine Ohren sind vom Gesang betäubt,« sagte der blinde Pilger.

»Empfangt weitere Gaben, o Führer!« rief Fanna, die Matrone.

»O Oro, unsichtbarer Oro! Ich knie nieder,« murmelte träge das Mädchen mit dem traurigen Blick.

Doch jetzt verwehte ein Luftstrom die Rauchwirbel; und der eigensinnige Jüngling lief hierhin und dorthin, ganz begierig, das Bildnis zu schauen. Aber die Schar der versammelten Diener war so groß, daß er schließlich ausrief: »O Oro! Ich kann dich nicht erblicken, weil die Menge zwischen dir und mir steht.«

»Wer ist dieser Schwätzer?« riefen die mit den Räuchergefäßen und wandten sich allesamt an die Pilger. »Er soll nicht weiterreden sondern niederknien, auf daß er den Staub zu seinen Füßen scheuere; und soll sich selbst zur niedersten Kreatur erklären, die da kreucht. Solches befehlen Oro und Alma.«

»Ich spüre nichts in mir, was dermaßen niedrig wäre, »sagte der Jüngling, »und ich krieche vor niemandem. Doch würde ich ebenso gern dieses Bildnis *anbeten* wie das in meinem Herzen, denn beide bedeuten das gleiche. Doch was kann ich mehr tun? Ich liebe den großen Oro, obwohl ich ihn nicht begreife. Ich bin erstaunt über seine Werke und empfinde mich in seinen Augen als Nichts. Aber daraus, daß er allmächtig ist und ich ein Sterblicher bin, folgt nicht, daß ich ein Wurm bin. Als solchen sieht er mich auch nicht an. Nicht Oro erniedrigt uns, sondern wir tun dies mit uns selbst. Hatte nicht Oro mich erschaffen? Und sollte ich deshalb nicht wert sein, aufrecht vor ihm zu stehen? Oro ist allmächtig, doch kein Despot. Ich bin verwundert, ich hoffe, ich liebe, ich weine. Es gibt in mir etwas, das an Furcht grenzt, doch keine Furcht ist. Aber gänzlich niedrig bin ich nicht. Wir können nicht lieben und zugleich am Boden kriechen. Oro kennt mein Herz wohl, das ich nicht sprechen lassen kann.«

»Ruchloser Kerl,« riefen die Räucherer, »wir

werden dich just vor dem Bildnis opfern, das du schmähst. Ergreift ihn in Almas Namen.«

Und sie trugen ihn hinweg, ohne daß er sich widersetzte.

»So gehen die Gottlosen zugrunde,« sagte Pani zu den erschaudernden Pilgern.

Und sie verließen den Tempel, um dem Gipfel des Ofo entgegenzuziehen.

»Es zerreißt mir die Seele!« rief Yoomy. »Edler Herr, laßt uns diesen Jungen retten.«

»Schweige still,« sagte Media. »Sein Schicksal ist besiegelt. Rüttle nicht an den Grundfesten von Mardi.«

»Dann laßt uns von hier scheiden, edler Herr. Schließen wir uns den Pilgern an. Denn in den Tälern des Inselinneren kann die Verlorene gefunden werden, vielleicht sogar am Fuße des Ofo.«

»Dort nicht, nicht dort;« rief Babbalanja aus; »Yillah mag diese Gestade zwar betreten haben, doch ist ihnen wohl seit langem schon entflohen.«

Gespräche über Alma

WÄHREND wir auf dem See kreuzten, um die ganze Szenerie zu überblicken, führten wir viele Gespräche über das, was wir erlebt hatten. Da wir nun uns weit genug von den Räucherern entfernt hatten, war das traurige Schicksal, das den Jungen erwartete, Gesprächsthema für alle.

Vieles wurde auch zu Alma gesagt, auf den sich der Führer, die Pilger und die Räucherer oft als höchste Autorität bezogen hatten.

Flechtbart folgte der Aufforderung, zu offenbaren, was seine Chroniken zu diesem Thema sagten. Hier seine weit ausholende Erzählung in komprimierter Form:

Alma war offenbar ein bedeutender Philosoph und ein göttlicher Lehrmeister, der vor Jahrhunderten den Mardianern in langen Zeitabständen und auf verschiedenen Inseln unter den unterschiedlichen Namen Brami, Manko und Alma erschienen war. Seit seiner letzten und denkwürdigsten Verkörperung auf der Insel Maramma waren viele tausend Monde verstrichen. Jede seiner Ankunften ereignete sich in einem vergleichsweise finsteren Zeitalter. Daher glaubte man inständig, er sei gekommen, um die Mardianer von ihrer barbarischen Versklavung zu erlösen und ihnen den Weg der Wahrheit, der Tugend und des Glücks zu weisen; und sie durch das Versprechen der jenseitigen Glückseligkeit zum Guten zu verleiten; und sie durch Androhung von Leid vom Bösen abzuhalten. Entfernte man alle Verfälschungen, die über Jahrhunderte hinweg den ursprünglichen Äußerungen des Propheten beigefügt worden waren, ähnelten die Grundsätze, die er als Brami gelehrt hatte, offenbar denen, die er einem schon als Manko eingeschärft hatte. Als Alma aber hatte der göttliche Prophet seinen Entwurf vervollkommnet, da er seine Lektionen an die verbesserte Lage der Menschheit angepaßt hatte. Seine Offenbarung als Alma war seine letzte gewesen.

Am Ende dieser Erzählung bemerkte Babbalanja mit Nachsicht: »Mohi, ohne dich der Falschaussage zeihen zu wollen, denn deine Erzählung beruht nicht auf eigenem Zeugnis, erlaube ich mir, die Wahrheitstreue deines Berichtes von Alma in Frage zu stellen. Der Prophet kam, um Irrtümer zu zerstreuen, sagst du; doch zu den vielen, die überlebt hatten und fortdauerten, kamen noch zehntausend neue hinzu, die auf verschiedenen Auslegungen der Grundsätze Almas beruhten. Der Prophet kam, um alle Götter bis auf einen zu entfernen; doch haben sich seit Almas Tagen die Idole von Maramma mehr als vervierfacht. Der Prophet kam, um uns Mardianer tugendhafter und glücklicher zu machen; doch zusammen mit allem Guten von früher sind auch, nur vielfach abgewandelt, die gleichen Kriege, Verbrechen und Schicksalsschläge, die es zu Almas Zeiten gab, heute auch noch existent. Ja, und tilge aus deiner Geschichte die Schrecknisse, die, so oder so, aus den Taten derer folgten, die sich Almas Nachfolger nannten, und deine Chroniken wären weniger bluttriefend. Der Prophet kam, um uns ewige Glückseligkeit zu garantieren; doch den auf Maramma geltenden Grundsätzen zufolge ist diese Glückseligkeit an solch harte Bedingungen geknüpft, daß diese, bei klarer Überlegung, kaum einer aus unserem sündigen Geschlecht erfüllen kann. In diesem Punkt weise ich also deinen Alma gänzlich zurück; nicht so sehr, weil vieles an seinen Geschichten schwer zu begreifen wäre, sondern weil uns das, was uns offenkundig und unleugbar umgibt, anscheinend unvereinbar ist mit einem uneingeschränkten Glauben an seine Doktrinen, wie sie hier zu Maramma verkündigt werden. Außerdem verstärkt alles, was ich auf dieser Insel gesehen habe, meinen Unglauben: nie war ich so durch und durch ungläubig wie jetzt.«

»Mögen die Winde schweigen,« rief Mohi aus, »während du dein voreiliges Bekenntnis auf diesem heiligen See abgelegt hast.«

Darauf Media: »Denke, Philosoph, an den jungen Mann und an die, die ihn ergriffen.«

»Ach! Ich denke wohl an ihn. Armer Jüngling, wie ich ihn, in seinem verzweifelten Kampf, von ganzem Herzen bemitleidet habe! Doch gerade meine Klugheit, die Ihr mir absprecht, edler Herr, bewahrte mich davor, etwas zu seinen Gunsten zu sagen. Habt Ihr nicht bemerkt, daß ich bis jetzt, wo wir völlig unter uns sind, jedes offene Gespräch über unsere Erlebnisse auf der Insel vermieden habe? Glaubt mir, edler Herr, mehr als anderen geht es mir, Babbalanja, nicht aus dem Sinn, daß man in Maramma nur Glaubender oder Heuchler sein kann und daß einem, im Falle der Aufrichtigkeit, große Gefahr droht.

Und habe ich, Babbalanja, nicht Grund, achtsam zu sein, da zu meiner Knabenzeit mein eigener Vater wegen seiner Unbesonnenheit eben auf dieser Insel verbrannt wurde? Gerechter Oro! Es geschah in Almas Namen – was Wunder dann, daß ich zuzeiten den Klang dieses Namens fast hasse. Und in aller Glaubensinbrunst beschworen sie es, daß er von diesen Flammen zu anderen hinabfahren würde – schreckliche Mär!«

Darauf Mohi: »Du leugnest demnach die ewig währende Pein?«

»Diese zu leugnen lohnte nicht der Mühe. Und ich will nicht durch ihre ausdrückliche Verneinung Gefahr laufen, den Glauben von Tausenden zu erschüttern, die darin unerschöpflichen Trost für all ihre Leiden in Mardi finden.«

»Wie?« sagte Media, »gibt es welche, die sich mit dem Gedanken an immerwährende Flammen trösten?«

»Man möchte dies meinen, edler Herr, da sie dieses Dogma resoluter als andere verteidigen. Sie werden eher die Paradiesinseln fahren lassen als das Höllenfeuer. Und wahrhaftig tun sie als Almas Getreue nur recht daran, dieser Doktrin so sehr anzuhangen; denn, nach allem, was man in Maramma hört, scheint es das große Sendungsziel des Propheten zu sein, uns Mardianern Schrecken zu offenbaren, denen äußerst schwer zu entrinnen ist. Doch besser, wir würden alle ausgelöscht werden, als daß ein einziger Mensch verdammt sein sollte.«

Da entgegnete Media: »Aber hältst du es nicht für möglich, daß Alma falsch interpretiert worden ist? Bist du sicher, daß diese Doktrin die seine ist?«

»Weiteres weiß ich nicht, als daß dies der Glaube hierzulande ist. Und ich weiß nicht, wo ich darüber weitere Informationen erlangen kann. Doch hätte ich, edler Herr, zu der Zeit gelebt, wo manche Menschen zeitweise von Höllendämonen besessen gewesen sein sollen, hätte ich die Gelegenheit nicht verpaßt, diese bezüglich ihres Herkunftsortes ins Kreuzverhör zu nehmen – wie dies unsere Vorväter taten.«

»Na ja,« sagte Media, »der Glaube an deinen Alma ficht mich nicht an: Ich bin ein König und ein Halbgott; und überlasse dem gemeinen Volk gemeine Folterung.«

»Mich aber betrifft er,« murmelte Mohi, »doch weiß ich nicht, was ich denken soll.«

»Ich, für meinen Teil, weise diese Doktrin zurück,« sagte Yoomy. »Auch wenn ich sie zu glauben vermöchte, würde ich es nicht tun. Sie steht im Widerspruch zu den Geboten meines Herzens; instinktiv wendet sich mein Herz von ihr ab, wie ein Dürstender von bitterem Trank.«

»Still! Kein Wort weiter!« sagte Mohi. »Wir nähern uns wieder dem Strand.«

CXIV.

Mohi erzählt von einem gewissen Ravoo; und sie besuchen Hevaneva, einen prosperierenden Handwerker

NACHDEM wir alles Sehenswerte auf Yammo geschaut hatten, fuhren wir ab und beendeten unsere Inselrundfahrt mit der Rückkehr nach Uma, ohne daß wir unsere Buge gewendet hätten. Wir glitten an vielen reizvollen Stätten vorbei, angesichts derer sich Mohi, wie immer, sehr wortreich zeigte.

Unter anderem machte er uns auf kleine Altäre aufmerksam, die hier und da auf die hellen, in die Lagune ragenden Klippen wie Meilensteine gesetzt waren. Diese Altäre waren den jeweiligen Schutzgöttern von Maramma geweiht und bildeten eine Kette geistiger Bollwerke; vermutlich waren hier die wachsamsten Wächter auf Posten, während der altehrwürdige Hivohitee ganz allein das undurchdringliche Innere beschirmte.

Doch handelte es sich nur um untergeordnete Wachposten, den Weisungen des Pontifexen unterworfen, derer sie oft teilhaftig wurden. Seine Verfügungen wurden einem gewissen Ravoo anvertraut, dem erblichen Kurier des Pontifexen, einem langbeinigen Kerl, so schnellfüßig, daß es hieß, er eile wie ein Pfeil. »Bist du Ravoo, daß du deine Beine derart schwingst?« sagten diese Inselbewohner zu einem, den sie in Hast und Eile antrafen.

Hivohitees Sendbote tauschte sich nicht mündlich mit den Wachposten aus. Er wurde rund um die Insel geschickt, und hatte lediglich Tapa-Zettel, mit hieroglyphischen Zeichen bedruckt, auf jedem Altar niederzulegen und mit einem Stein zu beschweren, damit die Botschaft am Platze bliebe. Und so machte er seine Runde.

Sein Weg nun führte über Berg und Tal und manches scharfe Korallengestein. Und um seine Füße vor Schrammen zu bewahren, mußte er eine Art Schnürstiefel tragen, gefertigt aus einer dauerhaften Tapa mit zähester und dichtester Faser. Da er die Stiefel nur bei seinen Botengängen trug, plackte er sich arg mit diesen Fußzwingen ab; obwohl es höchst unklug gewesen wäre, sich ohne sie auf den Weg zu machen. Damit ihm das alles erträglicher war und er seine heißgelaufenen Tretwerkzeuge ab und zu kühlen konnte, richtete er eine Reihe von Haltepunkten ein. An jeder dieser Etappen hing ein neues Paar Stiefel von einem Baum, das sich der findige Wandersmann schnappte, um hineinzuschlüpfen. Diese Stiefelwechsel waren höchst bequem; und tatsächlich war es beinahe so, als würde er auf ein Paar neuer Beine gehoben.

»Und was soll nun diese Anekdote?« wollte Babbalanja von Mohi, dem Erzähler, wissen.

»Finde es selbst heraus, Schlaukopf,« versetzte Flechtbart.

»Und was kommt dabei heraus?« beharrte Babbalanja.

»Zum Kuckuck mit deiner sinnlosen Bohrerei;« entgegnete Mohi, »nichts, außer einem Grinsen vielleicht.«

»Und bitte, auf was willst du hinaus, Philosoph?« warf Media ein.

»Ich ziele auf das Wesen der Dinge ab, auf das jenseits liegende Geheimnis, auf die Zusammensetzung der Träne, die von hellem Gelächter hervorgerufen wird, auf die kostbare Perle in der rauhen Schale der Auster. Ich erkunde die Mitte des Kreises. Ich suche, um das Unerforschliche zur Entfaltung zu bringen.«

»Suche weiter! Und wenn du fündig geworden bist, schreie laut, damit wir eilen und schauen.«

»Der edle Herr König macht sich lustig über mich. Meine subtileren Erkenntnisse erscheinen ihm als töricht. Doch glaubt mir, edler Herr, man kann mehr denken als man sieht. Im intuitiven Wissen ist eine Wunderwelt enthalten oder, wie der alte Bardianna es ausdrückte: es gibt im Offenbaren ein Geheimnis, aber zugleich etwas Offenbares im Geheimnis.

»Habe ich dies je geleugnet?« sagte Media.

»Das ist so klar wie meine Hand im Dunkeln,« sagte Mohi.

»Ich glaube, ich habe geträumt,« sagte Yoomy.

»Sie spotten über mich. Genug: ich bin dafür zu tadeln, daß ich über die Tiefen meiner Seele spreche. Es ist ein Fehler, himmlischen Sinn mit irdischen Lauten versehen zu wollen. In mir ist vieles, was durch diesen von uns geatmeten Äther nicht mitteilbar ist. Doch ich tadele euch nicht.« Und Babbalanja hüllte sich in seinen Umhang und zog sich in dessen verborgensten Falten zurück.

Bevor wir Uma sichteten, liefen wir in eine

kleine Bucht ein, um einer dort lebenden Berühmtheit unseren Respekt zu zollen: Hevaneva, der, von zahlreichen Gesellen unterstützt, das lukrative Geschäft der Statuenherstellung für die umliegenden Inseln betrieb.

Also: alle Idole, die nicht auf Maramma gefertigt, von Hivohitee geweiht und, was wichtiger ist, mit Zahnschnüren bar an Hevaneva bezahlt worden waren, sind nicht mehr wert als Holzklötze und Ölgötzen. Doch kann der kunstfertige Handwerker die Erträge seines Berufs nicht allein abschöpfen, denn er ist bloß der Untergebene des Pontifexen, der vom Gewinn König Leos Anteil beansprucht und erhält.

Dieser Ort war sehr hübsch in ein annehmliches Waldtal in Nähe des Meeres gebettet. Es gab dort verschiedene geräumige Laubhütten, worin alle Arten von Idolen, in allen Stadien der Bearbeitung, lagen, die heiligen Gesichter gegen den Boden gekehrt.

Die Gesellen betätigten ihre Werkzeuge mit wunderbarem Fleiß: einige arbeiteten Nasen heraus, andere schnitten Münder ein oder bohrten mit erhitztem Feuerstein Ohren: eine durch den Hinterkopf führende Bohrung stellte die Hörorgane dar.

»Wie einfach sie zu durchschauen sind,« sagte Babbalanja und blickte durch einen der Köpfe hindurch.

Den letzten Schliff gibt man Ihren Gottheiten, indem man sie mit geweihter Haifischhaut abreibt; sie wird getrocknet und über Holzstücke gezogen und ist dann so rauh wie Sandpapier.

Hevaneva zeigte uns in einem der entfernteren Schuppen eine hübsche Sammlung von Idolen: alle fertiggestellt und bereit zum Verkauf. Es gab sie in allen erdenklichen Mustern und Größen, von der Riesenstatue bis zum Miniaturfigürchen, das die Ultrafrommen als Ohranhänger trugen.

»Jüngst gab es,« sagte der Künstler, »eine lebhafte Nachfrage nach dem Bildnis des Arbino, dem Gott des Fischfangs, denn es war gerade die Hauptsaison für dieses Gewerbe. Nadams (Nadam ist für Liebe und Wein zuständig) waren ebenfalls sehr gefragt, da es die Zeit der Trauben war, wenn die Mädchen ausgelassen sind und gottergeben zugleich.

Da Babbalanja sah, daß Hevaneva mit seinen Erzeugnissen zwanglos, um nicht zu sagen: unehrerbietig umging, wollte er gern von ihm wissen, was er von seinem Gewerbe halte; ob die von ihm hergestellten Bildnisse wahrhaftig seien oder unecht, in einem Wort: ob er an seine Götter glaube.

Seine Antwort war merkwürdig. Doch noch seltsamer die Gesten, mit denen er seine Rede begleitete und unterstrich.

»Wenn ich die Bäume für meine Götterstatuen fälle,« sagte er, »sind es bloß Stämme. Wenn ich auf diese Stämme die Umrisse meiner Bildnisse aufzeichne, sind es immer noch Stämme; wenn der Stechbeitel sein Werk tut, sind es weiterhin Stämme; und wenn sie vollendet sind und ich sie zuletzt in meinem Atelier aufstelle, selbst dann sind es immer noch Stämme. Doch wenn ich das Geld in Händen halte, das sie mir einbringen, dann sind es die höchsten Götter, die je aus Maramma hervorgegangen sind.«

»Ihr müßt eine sehr bunte Mischung von ihnen fabrizieren,« sagte Babbalanja.

»Es gibt sie in allen Ausführungen.«

»Und alle aus dem gleichen Material, nehme ich an.«

»Jawohl, ein einziger Wald reicht für alle. Im Durchschnitt bringt uns jeder Baum volle fünfzig Statuen. Darüber hinaus nehmen wir auch oft gebrauchte Idole als Anzahlung für neue. Die alten werden wieder auf neu gemacht: Augen und Ohren werden aufpoliert, die Nasen werden ersetzt und insbesondere erhalten die Beine neue Füße; denn diese sind immer als erste hinüber.«

Vom Pontifexen sanktioniert, betrieb Hevaneva über seinen umfangreichen Idolhandel hinaus noch das höchst lukrative Geschäft des Kanu-Baus. Die Gewinne daraus flossen ungeschmälert in seinen Privatsäckel. Doch behauptete Mohi, der Pontifex würde ihn oft beschuldigen, die Statuenproduktion zugunsten des Kanu-Baus zu vernachlässigen. Wie dem auch sei, Hevaneva betrieb einen blühenden Handel in beiden Metiers. Und um dies zu demonstrieren, lenkte er unsere Aufmerksamkeit auf drei lange Reihen von Kanus, die auf hölzernen Stützen aufgebockt lagen. Sie waren in bestem Zustand und jederzeit bereit zum Stapellauf; sie waren ausgerüstet mit Paddeln, Auslegern, Masten, Segeln und einem Menschenschädel, der in einem seiner Augen einen Griff hatte – ein Schöpfeimer, wie er auf Maramma gebräuchlich ist;

nebst anderem Zubehör, inklusive eines auf die Größe des Bugs zugeschnittenen Zwölftel-Idols.

Dank des abergläubischen Vorzugs, den man dem Holz und der Arbeit der heiligen Insel gab, genossen Hevanevas Kanus ein ebenso hohes Ansehen wie seine Idole; und warfen ebenso viel ab.

In der Tat unterstützten die Metiers in unterschiedlicher Weise einander. Aus den Hohlräumen der Kanus gewann man die größeren Statuen; und die knorrigen Abfälle verarbeitete man zu Ohrringen für die Idole.

»Doch alles in allem,« sprach der Kunsthandwerker, »finden meine Götterbilder reißender Absatz als meine Kanus.«

»Und so wird es immer sein,« sagte Babbalanja. »Bleibe bei deinen Idolen, Mann! Das bringt mehr als Brötchenbacken.«

CXV.

Babbalanja erzählt ein Ammenmärchen

NACHDEM wir uns wieder in unsere Kanus begeben hatten und ruhig dahinfuhren, bemerkte Media: »Obwohl ich mich selten mit solchen Gedanken martere, Babbalanja, habe ich gerade daran gedacht, wie schwer unbedarfteren Leuten die Entscheidung fallen muß, welches Bildnis sie als Schutzgottheit verehren sollen, da es doch auf Maramma anscheinend derart von Idolen wimmelt.«

»Überhaupt nicht, Eure Hoheit. Je unwissender, desto besser. Die große Zahl der Bildnisse verwirrt sie nicht. Doch bin ich nicht zu einem ernsthaften Gespräch aufgelegt. Lieber würde ich eine Geschichte erzählen.«

»Eine Geschichte! Hört her: es gelüstet den ernsthaften Philosophen, uns als Erzähler zu ergötzen! Doch beginne bitte!«

»Es waren einmal,« sagte Babbalanja und rückte seinen Gürtel unbekümmert zurecht, »neun Blinde mit ungewöhnlich langen Nasen, die sich aufmachten, um die große Insel zu sehen, auf der sie geboren worden waren.«

»Ein toller Anfang,« murrte Mohi. »Neun Blinde gehen auf die Reise, um zu sehen.«

Babbalanja fuhr fort: »Sie waren mit ihren Stöcken unterwegs und bewegten sich im Gänsemarsch vorwärts: jeder hatte seine Hände jeweils auf die Schulter des Vordermanns gelegt.

Der mit der längsten Nase war der Anführer des Trupps. In solcher Weise reisend erreichten sie ein Tal, wo ein König mit Namen Tammaro regierte. In einem bestimmten Areal am Ende des Tals nun stand ein riesenhafter wilder Banyan-Baum, gänzlich mit Moos bedeckt, uralt und fast ein Wald für sich; denn seine tausend Äste wurzelten am Boden und verankerten dort zahlreiche weitere gigantische Stämme. Tammaro war schon lange mit der Frage befaßt, welcher dieser vielen Stämme der ursprüngliche und wirkliche sei. Diese Angelegenheit hatte die klügsten Köpfe unter seinen Untertanen in Verwirrung gestürzt; und vergeblich war eine Belohnung für die Lösung dieser vertrackten Frage ausgesetzt worden. Der Baum aber war so umfangreich und so komplex in seiner Anlage; und seine wurzelnden Äste ähnelten sich derart in ihrem Erscheinungsbild und waren derart zahlreich, zudem sie sich jedes Jahr noch vermehrten, daß es ganz und gar unmöglich war, diese Frage zu entscheiden. Sobald jedoch die neun Blinden hörten, daß es eine Belohnung dafür gab, den Stamm eines einzeln stehenden Baumes ausfindig zu machen, versicherten sie Tammaro unisono, daß sie diese seine kleine Schwierigkeit flugs beheben würden. Und lauthals zogen sie über die Dummheit seiner Weisen her, die sich so leicht hätten in Verwirrung bringen lassen. Daher führte man sie in besagtes Areal und versicherte ihnen, daß sich der Baum irgendwo darin befände. Dann verteilten sie sich und bildeten einen weiträumigen Ring, um den Baum so von ferne einkreisen zu können. Worauf sie vorrückten, auf ihrer

Suche von ihren Nasen und Stöcken unterstützt, und ausriefen: ›Pah! Platz da! Wir Weisen kommen dem Geheimnis auf die Spur‹. Bald stieß der vorderste Blinde mit seiner Nase auf einen der verwurzelten Äste und kniete rasch nieder. Und da er spürte, daß dieser in der Erde stak, rief er freudig aus: ›Hier ist er! Hier ist er!‹ Doch fast im selben Atemzug riefen seine Kameraden, die ebenso mit Stock oder Nase auf einen Ast gestoßen waren, in gleicher Weise aus: ›Hier ist er! Hier ist er!‹ Woraufhin alle in Verwirrung gerieten. Doch wandte sich sogleich der erste Rufer an die übrigen: ›Gute Freunde, gewiß habt ihr euch geirrt. Es gibt an diesem Ort nur einen Baum, und der ist hier.‹ – ›Ganz recht,‹ sagten die anderen unisono, ›es gibt hier nur *einen* Baum, doch der ist *hier*.‹

›Nein,‹ rief daraufhin ein jeder, ›er ist *hier*!‹ Und mit diesen Worten erfühlte jeder Blinde triumphierend die Stelle, wo der Ast in die Erde drang. Darauf sprach der erste Rufer wieder: ›Gute Freunde, wenn ihr meinen Worten nicht glauben wollt, kommt her und fühlt selbst.‹ – ›Nein, nein,‹ antworteten sie, ›weshalb weiter suchen, wenn er *hier* ist und anderswo nicht sein kann.‹ – ›Ihr blinden Narren, ihr widersprecht euch selbst,‹ fuhr der erste Rufer ergrimmend fort, ›wie kann jeder von euch einen einzelnen Stamm in Händen halten, wenn es an diesem Ort nur einen einzigen gibt?‹ Worauf sie ihre Rufe wechselweise wiederholten und sich gegenseitig mit allen möglichen Schimpfnamen bedachten; bald fielen sie übereinander her, verdroschen sich mit ihren Stöcken und beharkten sich mit ihren Nasen. Doch als sie kurz danach von Tammaro und seinem Volk, welche die ganze Zeit über zugeschaut hatten, laut, ja lauthals, aufgefordert wurden, mit ihren Händen auf den richtigen Stamm zu schlagen, stürmten sie wieder zu ihren jeweiligen Ästen. Doch in dem Durcheinander hatte jeder einen anderen als vorher gepackt; jeder aber rief: ›*Hier* ist er, *hier* ist er!‹ – ›Seid still, ihr Blinden!‹ sprach Tammaro. ›Wie könnt ihr behaupten, ohne Augen mehr zu sehen als diejenigen, die Augen haben? Dieser Baum bleibt uns allen ein Rätsel. Daher verlaßt das Tal.‹«

»Eine tolle Geschichte,« rief Media. »Ich hätte nicht gedacht, daß ein Sterblicher, zudem ein Philosoph, sich derart gut aus der Affäre zieht. Bei meinem Szepter, ein starkes Stück! Ein Ringelreihen von Blinden um einen Banyan-Baum. Wohlan, Babbalanja, kein Halbgott könnte dich übertreffen. Du etwa, Taji?«

»Doch um Himmels willen, Babbalanja, was soll deine blinde Geschichte!« rief Mohi. »Wie ich sie auch drehe oder wende, sie sagt mir nichts.«

»Anderen schon,« sagte Babbalanja. »Sie ist polysensuell, alter Mann.«

»Voller Nonsens!« sagte Mohi.

CXVI.

Sie landen, um Hivohitee zu besuchen und begegnen einem außergewöhnlichen alten Eremiten, mit dem Yoomy ein vertrauliches, doch wenig aufschlußreiches Gespräch hat

BEIM wir weiterfuhren, bemerkten wir plötzlich einen einzelnen Insulaner, der von einer Nachbarbucht aus mit seinem Kanu in See stach.

Als wir uns näherten, teilte uns der Fremde mit, daß er geradewegs von Hivohitee, dem großen Pontifex, komme, der sich nach Verabschiedung seiner himmlischen Gäste in sein privates Heiligtum zurückgezogen habe. Daraufhin beschloß Media, auf der Stelle zu landen und, unter Mohis Führung, landeinwärts zu ziehen, um Seiner Heiligkeit einen Besuch abzustatten.

Unser Weg entfernte sich vom Strand und drang in die Einsamkeit des Waldlandes ein. Er wurde von hohen Casuarinas oder auch Streitkolbenbäumen, einer Zypressenart, gesäumt; diese standen reglos im Dämmerlicht wie die Reihen Trauernder bei einem Begräbnis. Ab und zu wurden sie von den verwegenen Ranken der tropischen Winde, einer Verwandten unserer Purpurwinde, umschlungen, die an den Stellen, wo sie von den Zweigen gequetscht wurden, eine Milch absonderten, die auf die drachenschuppenartige Rinde der Bäume tropfte.

Diese Winde gibt es in vielen Spielarten. Eine Art hält sich am Tage verborgen und meidet das grelle Sonnenlicht; sie öffnet sich nachts mit den Sternen zu strahlend schönen Blütenkonstellationen, die sich mit der Morgendämmerung schließen. Andere schlummern während der Dunkelheit, sind beim ersten Lichtstrahl schon auf und recken ihre Blütenkronen ; wenn sie die Morgenluft eingeatmet haben, schließen sie ihre Lider wieder zur Ruhe. Während eine dritte, noch kapriziösere Art darauf besteht, sich erst im glänzenden Sonnenlicht und auf den höchsten Wipfeln der höchsten Bäume zu entfalten. Ehrgeizige Blüten, die erst dann an hochgelegenem Platze blühen wollen, wenn der helle Tag bewundernd zuschaut.

Bisweilen durchstreiften wir offene Waldlichtungen, von köstlichem Veilchenduft angefüllt. Balsamische Farne, vom Lufthauch bewegt, fächelten die Luft mit Aromen. Diese Lichtungen waren eine Wonne.

Auf unserem weiteren Marsch gelangten wir schließlich zu einer dunklen Waldschlucht, die durch ein Dickicht derart wirksam abgeschirmt war, daß ein unwissender Wanderer immer wieder an ihr hätte vorbeigehen können, ohne im Traum daran zu denken, daß sie ganz in der Nähe lag, wären von dort nicht giftige Dünste heraufgeweht.

Wir stiegen in die Düsternis dieses Talkessels hinab. Seine Hänge waren mit giftigen Stauden bedeckt, deren Ausdünstungen sich auf halber Höhe unangenehm mit dem von oben heranwehenden Kiefernduft mengten. Die Talsohle wurde von einem Bach durchflossen, dessen versinterter Rand, aufgrund des giftbefrachteten Wassers, metallisch glänzte. Der Bach entsprang einer Schwefelquelle von üblem Geschmack und Geruch, die von vielen siechen Pilgern aufgesucht wurde.

Durch die umliegenden Dickichte geisterte düsteres Krächzen von Krähen; ›pock-pock‹ wetzte der Schwarzmilan seinen Schnabel an den Ästen. Jeder Stamm wurde von einem Geist beschlichen: aus solchem Holz waren Hevanevas Statuen geschnitzt.

Rasch durchquerten wir diesen Ort: Yoomy hatte die Hände auf den Ohren, der alte Mohi hielt sich die Nase zu und Babbalanja versuchte vergeblich, mit geschlossenen Augen zu gehen. So mühten wir uns im Zickzack durch steile Felsen aus Kieselschiefer hindurch; wobei der Weg, wie ein Maultiertritt in den Anden, eher aufwärts als vorwärts führte: Yoomy über Babbalanja, Media über ihm und Flechtbart, unser Führer, hoch droben über allen.

Der glasige Grund war mit Schlacken übersät: ein derart buntes Gemenge, daß er offenbar von dem Schlund eines Vulkans ausgespieen worden war.

Bald erreichten wir ein hohes und schmales Bauwerk, das sich zwischen den malerischen Vorsprüngen der Klippen verborgen hielt wie ein Monument in den dunklen Gewölbegängen eines Klosters. Es war von fünf erloschenen Kratern umgeben. Die Luft war schwül und reglos, als ob sich Blitz und Donner hier schon vollständig ausgetobt hätten.

Wie eine Hindu-Pagode ließ dieser Bambusbau Stockwerk um Stockwerk steigen. An seinen vielen Ecken und Enden hingen, zur Dekoration, Schnüre mit Perlmuscheln. Das oberste Stockwerk aber, in etwa zehn Klaftern Höhe, war von der Spitze bis zum Boden mit Stroh umkleidet. Dieser Gipfel war durch eine Reihe von Stiegen zu erreichen.

Welcher Einsiedler hauste hier oben wie St. Stylites auf seiner Säule? Eine Frage, auf deren Beantwortung Mohi sehr erpicht war.

Er warf sich auf die Knie und sandte einen besonders leisen Ruf nach oben: keine Antwort. Ein zweites Mal: alles blieb still. Dann erstieg er die Pagode, warf sich wieder auf die Knie und rüttelte an dem Bambusgestänge, bis der Bau schwankte und die Perlmuscheln klingelten als galoppierte eine Herde von Andenmulis mit Glocken um den Hals die Schlucht entlang.

Schließlich wurde der Verschlag oben aufgestoßen und ein Kopf wurde herausgestreckt. Er gehörte einem steinalten Mann mit stahlgrauen Augen und Haupt- und Barthaar von ebensolcher Farbe. Der Greis trug ein grauenhaftes Halsband aus Kinnladen.

Mohi verließ nun die Pagode und wandte sich um, damit er einen Blick auf den Geist erlangte, den er da aufgescheucht hatte. Und sobald er ihn gewahrt hatte, entbot er, zusammen mit Media und den übrigen, einen augenfälligen Gruß.

Sogleich zeigte der Eremit dorthin, wo Yoomy stand, und winkte mit der Hand nach oben. Woraufhin Mohi den Sänger wissen ließ, daß es des Säulenheiligen Begehr sei, von ihm einen Besuch abgestattet zu bekommen.

Neugierig auf das, was ihn erwartete, machte sich Yoomy an den Aufstieg; und als er schließlich die Spitze der Pagode erreichte, traf er auf eine Luke, aus der ihm ein ermunternder Arm zur letztlichen Landung verhalf. Hier war alles reichlich düster. Denn die Klappe, woraus der Kopf der Erscheinung hervorgelugt hatte, war nun verschlossen. Und alles noch vorhandene Dämmerlicht drang durch die Öffnung im Boden herauf.

In dieser trüben Abgeschiedenheit saß der Eremit dem Sänger schweigend gegenüber. Seine grauen Haare, die Augen und der Bart schimmerten, als seien sie von Phosphor durchzogen; während seine grausige Halskrause mit all ihren Hauern abscheulich grinste.

Yoomy wartete stumm, daß man sich an ihn wende; doch als er keinen Laut vernahm und er sich der Absonderlichkeit seiner Lage bewußt wurde, überlegte er, ob es nicht ratsam sei, dem Blick auf dem Weg zu entschwinden, den er gekommen war – durch die Luke. Eine Absicht, die der Eremit wohl vorausgeahnt hatte; denn plötzlich war etwas über die Öffnung geglitten. Und die Erscheinung selbst saß darauf; so daß nun beide in völliger Finsternis waren.

Als sich der arme Yoomy solchermaßen mit einem unergründlichen Fremden eingeschlossen sah, der sich auf den einzigen Auslaß postiert hatte, war er einer Panik nahe; und wußte kaum, was er als nächstes tun sollte. Bei dem Gedanken, sich den Weg nach draußen gewaltsam zu bahnen, wurde ihm angst und bang; denn er konnte nicht wissen, ob der Eremit, geschützt von der Dunkelheit, bis zu den Zähnen mit Speeren bewaffnet war.

Schließlich wurde das Schweigen gebrochen.

»Was siehst du, Sterblicher?«

»Hauptsächlich Finsternis,« sagte Yoomy, und war erstaunt über die Kühnheit der Frage.

»Ich hause in ihr. Aber was siehst du noch, Sterblicher?«

»Das schwache Schimmern deiner Halskette.«

»Aber das bin ich nicht. Was siehst du noch?«

»Nichts.«

»Dann hast du herausgefunden, wer ich bin, und hast alles gesehen! Steige wieder hinab!«

Und damit öffnete sich der Durchlaß, und Yoomy folgte dem Geheiß und zog sich, durchs Dämmerlicht tastend, zurück, gänzlich verärgert über den rätselhaften Empfang, der ihm zuteilgeworden.

Als er wieder auf den Boden kam, fragte ihn Mohi, ob der Eremit nicht eine wunderbare Persönlichkeit sei.

Doch da er vermeinte, hinter dieser Frage lauere irgendeine Spitzfindigkeit, und da er im Moment zu empört war, um auf Einzelheiten einzugehen, gab der Sänger eine unwillige Antwort. Und die Schar setzte ihre Wanderung fort: auf gewundenem Weg durch einen Engpaß.

Yoomy zuckelte hinterher, um die seltenen Pflanzen und Blumen auf seinem Weg in Augenschein zu nehmen; was ihn so in Anspruch nahm, daß er die Szene in der Pagode fast vergaß. Doch er erwartete, daß man sich in jedem

Augenblick dem stattlichen Anwesen des Pontifexen nähern würde.

Aber plötzlich war der Schauplatz ringsum vertraut; denn es handelte sich anscheinend um den Pfad, den man, nach dem Verlassen der Kanus, gegangen war. Und schließlich kam der Landeplatz in Sicht.

Der Sänger war überrascht, daß man das Ziel unseres Besuches somit aufgegeben hatte, rannte vor und verlangte nach einer Erklärung.

Woraufhin Mohi seine Hände hob, erstaunt über die Blindheit der Augen, die den höchsten Pontifex von Maramma erblickt hatten, ohne ihn zu erkennen.

Der alte Einsiedler war kein anderer als der ehrwürdige Hivohitee. Die Pagode war das Allerheiligste der Insel.

CXVII.

Babbalanja versucht das Geheimnis zu erklären

DIESE Persönlichkeit von der Größe eines Großmoguls, diesen außerordentlichen Ahasuerus, diesen Mann der Männer, eben diesen Hivohitee, dessen Name zwischen den Bergen widerhallte wie Donnergrollen, hatte er von Angesicht zu Angesicht geschaut und bloß für einen bärtigen, alten Einsiedler gehalten oder bestenfalls für einen zweifelhaften Zauberer.

Yoomys Verwunderung war momentan so groß, daß er nicht umhin konnte, sie in Worte zu fassen.

Woraufhin Babbalanja folgendes sagte:

»Guter Yoomy, wundere dich nicht darüber, daß Hivohitee so weit hinter deine Vorstellungen zurückfällt. Die Schatten der Dinge sind größer als sie selbst; und je ungeheurer der Schatten ist, um so weniger ähnelt er dem wirklichen Ding.«

»Doch da ich nun weiß, welch große Persönlichkeit Hivohitee ist,« sagte Yoomy, »wünsche ich um so mehr, ihn wiederzusehen.«

Aber Mohi versicherte ihm, daß dies nicht in Frage käme; daß der Pontifex Fremden gegenüber immer so auftrete wie ihm, Yoomy, gegenüber; und daß ein kurzer, undeutlicher Blick auf den Eremiten alles sei, was alle diese Sterblichen erhalten könnten.

Da dem Sänger ein zweites und befriedigenderes Gespräch mit einem, der seine Neugierde lebhaft erweckt hatte, dergestalt verwehrt war, wandte er sich wiederum an Mohi, um weitere Erhellung zu erlangen, insbesondere hinsichtlich seines ägyptisch dunklen Empfangs durch den Magnaten in dessen Höhle in luftiger Höhe.

Worauf der Chronist antwortete, daß der Pontifex diese Finsternis einfach verehre, daß er ein Herrscher sei, der wenig Worte mache, doch viele Taten tue; und daß Yoomy, hätte er länger mit diesem in der Pagode weilen dürfen, vieler seltsamer Beweise der Göttlichkeit, die diesem zugeschrieben wird, teilhaftig geworden wäre. Er hätte Stimmen in der Luft gehört, die sich mit Hivohitee unterhielten; unerklärliche Geräusche wären ihm entsprungen; kurzum: Licht wäre aus seiner Finsternis aufgeblitzt.

»Doch wer hat diese Dinge gesehen, Mohi?« sagte Babbalanja. »Du etwa?«

»Nein.«

»Wer denn? – Media? – Irgendeiner den du kennst?«

»Nein, aber der ganze Archipel.«

»Dann schaut Mardi,« rief Babbalanja aus, »obwohl es in manchen Dingen blind ist, als Ganzes die Wunder, die ein Augenpaar nicht sieht.«

CXVIII.

Taji empfängt Nachrichten und Vorzeichen

GEMÄCHLICH segelten wir weiter und wurden von einem Boot eingeholt, dessen Besatzung an Medias Seite festmachte. Die Männer sagten, sie kämen von Borabolla.

Schlimme Nachricht! – Mein treuer Gefolgsmann tot.

Er war die Nacht über nicht da gewesen und war am frühen Morgen leblos im Wald aufgefunden worden: mit drei Pfeilen im Herzen. Und die drei bleichen Fremden waren nirgends anzutreffen. Doch fehlte ein Schnellboot vom Strand.

Um meinetwillen getötet! Meine Seele schluchzte. Und noch sind Aleemas Totengeister nicht besänftigt; und noch ist der Haß der Rächer nicht vollständig gestillt. Zweifellos waren sie mir auf den Fersen.

Doch ich wollte umkehren. Und wäre Media nicht eingeschritten, hätte ich die drei Kanus unverzüglich wenden lassen und hätte schon bald Jarls tote Hand in der meinen gehalten.

»Deine Gegenwart wird dem Toten das Leben nicht wiederbringen.«

»Und wir müssen weiter, »sagte Babbalanja. »Wir suchen die Lebende, nicht den Toten.«

So überstimmten sie mich; und Borabollas Boten zogen von dannen.

Bald kam der Abend, und in seinen Schatten: drei Schattengestalten – Hautias Herolde.

Ihr Boot glitt näher.

Zuerst überreichten sie ein Trifolium, dann ein lanzenförmiges Blatt.

Daraufhin Yoomy: »Noch folge ich rasch, der Rache auf dem Fuß.«

Dann regnete es welke und blasse Narzissen.

Daraufhin Yoomy: »Deine Hoffnungen sind alle zunichte.«

»Nicht tot, sondern mit des Lebens Leben lebendig. Sirenen, euch schenke ich keine Beachtung!«

Sie hätten uns noch mit mehr Blumen überschüttet; doch wir setzten alle Segel bei und ließen sie zurück.

Viele Gespräche schlossen sich an. Danach suchten alle Ruhe unter dem Baldachin. Und schon nahte Schlaf als Schäfer mit Schlapphut, dessen Herde unzähliger Träume still alle die Hügel betüpfelte.

CXIX.

Träume

TRÄUME! Träume! Goldene Träume: endlos und golden, wie die blühenden Prärien, die sich vom Rio Sacramento her ausdehnen, in dessen Wassern Danaes Goldschauer gewirkt wurde, – Prärien wie gerundete Unendlichkeiten: gehämmerte Jonquillenblätter. Und meine Träume sammeln sich wie Büffelherden, die bis zum Horizont grasen, die über den ganzen Erdball grasen. Und in ihre Mitte stürze ich mit meinem Speer, um einen von ihnen zu erlegen, ehe sie alle davonstieben.

Träume! Träume! Sie gehen und kehren wieder wie die Orientalischen Reiche in der Geschichte. Und Szepter wogen, dichtgedrängt wie die Piken von Robert Bruce zu Bannockburn; und Kronen zuhauf, wie die Ringelblumen im Juni. Und weit im Hintergrund, in dunstigblauem Schimmer, vom Himmel in Stufen sich senkend: Anden über Anden, die auf Alpen bauen. Um mich herum das anhaltende Tosen der Ozeane; Amazonasflüsse und Orinikos rollen ihre Wasser; Wellen wie berittene Parther. Wild hin und her brandet das weite Waldland: die ganze Welt ein Elch und die Wälder, dessen Geweihschaufeln.

Doch weit im Süden, weiter als meine Sizilianischen Sonnen und meine Weingärten, erstreckt sich die Antarktische Eisbarriere: eine Chinesische Mauer, von der See erbaut; ihre Eistürme dämmern im düsteren Wolkenhimmel. Liegen jenseits davon Sibirien und die Tartarei? Tödlich-trostlose Reiche sind es; öd und wild der Ozean, der an den Sockel dieser Barriere schlägt, schwankend zwischen Vereisen und Schäumen; mit Eisbergflotten befrachtet – kriegerische Welten kreuzen Umlaufbahnen, sie schleudern lange Eiszapfen wie Speere zum Angriff. In weite Fernen treiben die Schollen der Eisfelder, frostige Friedhöfe der Skelette und Gebeine. Die Eisbären heulen auf, werden sie von ihren Jungen abgetrieben; und die malmenden Eilande zerschmettern die Schädel der vorwitzigen Robben.

Doch unter mir, am Äquator, pulst und hämmert die Erde wie das Herz eines Kriegers; bis ich nicht mehr weiß, ob dieses Pochen nicht doch von mir kommt. Und meine Seele versenkt sich in die Tiefen und erhebt sich zu den Himmeln; und wirbelt kometengleich durch solch grenzenlose Weiten, daß mich dünkt, alle Welten seien mir verwandt und ich beschwörte sie, auf ihrer Bahn zu bleiben. Wie ein mächtiger Dreidecker, der an seinen Keepen Karacken vertäut hat, bebe ich, keuche und zerre ich in meinem Fliehen und möchte nur zu gern die hemmenden Taue loswerfen.

Und wie eine Fregatte bin ich mit tausend Seelen angefüllt; und weiter, weiter lenze ich vor dem Wind, indes viele Männer vom Orlopdeck heraufstürzen wie Bergleute aus ihrem Schacht; und laut schreiend über meine Decks laufen; die Brassen sind zu beiden Seiten angeholt; und hierhin und dorthin schwingen die großen Rahen auf ihren Achsen, und unbändig tönende Trompeten sind zu hören; und widerstreitende Befehle, die das wackere Schiff vor den Walschulen bewahren sollen. Schwadengleiche Schwärme stranden am weißen Riff der Milchstraße, wo Wrackwelten zerschmettert liegen und den ganzen Strand übersäen mit ihren himalayahoch aufgetürmten Kielen und Spanten.

Ja: viele, viele Seelen wohnen in mir. In meinen tropischen Kalmen, wenn mein Schiff wie in Trance auf dem Meeresspiegel der Ewigkeit liegt, dann spricht eine Zeitlang eine Seele, dann sprechen alle mit einer Stimme: ein Orchester von Hörnern aller Arten, Konzert, das anschwillt und abschwillt und ausschwingt, mit goldenen Signalen und Gegenstimmen.

Manchmal, wenn diese Atlantike und Pazifike mich solchermaßen umwogen, dann liege ich ausgestreckt in ihrer Mitte: ein landumschlossener Mittelmeerbewohner, der weder Ebbe noch Flut kennt. Danach bin ich wieder in die Gischt dieser Klänge geschleudert, ein Adler am Ende der Welt, himmelhoch geworfen auf das Hörnergetöse des Sturms.

Doch sinke ich wieder hinab und lausche dem Konzert.

Homers Orgel rollt ihr ungeheures Volumen wie eine große Grundwelle unter den lichten Schaumkronen des Anakreon und des Hafis; und hoch über meinen Ozean steigt der herrliche Shakespeare, wie all die Lerchen im Lenz. Wie Knut auf meiner Meeresküste thronend, schlägt der bärtige Ossian seine alte Harfe, mit Wildblumen umwunden, worin meine Wallers jubilieren; der blinde Milton ist die Baßstimme zu meinen Petrarcas und Priors; und Laureaten bekränzen mich mit Lorbeer.

In mir ruhen und sprechen viele große Persönlichkeiten. Ich lausche ihnen. Paulus erörtert Montaignes Zweifel; Julian der Apostat nimmt Augustinus ins Kreuzverhör; und Thomas à Kempis entrollt seine dunklen Schriften, damit alle sie entziffern können. Zeno murmelt seine Maximen unter dem heiseren Gebrüll Demokrits; und obwohl Demokrit lange und laut lacht und trotz des Spottes von Pyrrhos, stimmen doch der göttliche Plato und Proclus und Verulam mit mir überein. Und Zaroasther flüsterte mir zu, bevor ich geboren wurde. Ich erschreite mir meine eigene Welt; und wie Mungo Park in afrikanischen Hütten weilte, so besuche ich viele Stämme. Ich werde bedient wie Bajazet, Bacchus ist mein Mundschenk, Vergil mein Rhapsode, Philip Sidney mein Page. Mein Gedächtnis ist ein Leben jenseits der Geburt; mein Gedächtnis ist meine Vatikanische Bibliothek, seine Alkoven bieten endlose Perspektiven, getönt vom Abendlicht, das schräg durch mittelalterliche Erkerfenster fällt.

Und wie der große Mississippi seine Wasser gleich Volksstämmen sammelt; wie der Ohio mit seinen verbündeten Strömen; der Missouri, der die Clans aus dem Hochland in Sturzbächen herabführt; der Arkansas, der seine Tartaren-Flüsse aus der Ebene herbeiströmen läßt: so lasse ich meine Woge von weit her rollen, mit allem Vergangenen und Jetzigen in mir.

Doch ich bin es nicht, es ist ein anderer: Gott

ist mein Herr. Und obgleich mich viele Trabanten umkreisen, kreisen doch ich und die Meinigen um die Große Wahrheit, die Mitte, feststehend wie die Sonne und ewig eine Leuchte am fundamentlosen Firmament.

Flammen züngeln von meiner Zunge. Und wenn auch die Baktrischen Propheten ehedem gesteinigt worden sind, so ruhen doch die Steiniger in Vergessenheit. Doch wer auch immer mich steinigen mag, der soll ein Erostratus sein, der den Tempel in Brand setzt; und wenn sich auch Dschingis Khan und Kambyses verbünden, um seinen Namen auszulöschen, wird der letzte lebende Mensch ihn noch im Munde führen. Und wenn dem so ist, will ich dort in den Tod eingehen, von wo ich herkam: wie Xenophon, der nach Griechenland zurückwich, während ganz Persien hinter ihm die Speere schwang.

Meine Wange erbleicht, während ich diese Zeilen schreibe, ich erschrecke beim Kratzen meiner Feder. Die Adler, die ich ausgebrütet habe, verschlingen mich. Gern würde ich diese Kühnheit widerrufen, doch eine gepanzerte Hand hält meine wie im Schraubstock gepackt und druckt, mir zum Trotz, jeden Buchstaben nieder. Gern würde ich diesen Dionysos, der mich bedrängt, abschütteln. Meine Gedanken schmettern mich nieder, bis ich wimmere. In fernen Feldern höre ich den Gesang des Schnitters, während ich in meiner Zelle verzage und mich plage. Fieber durchrinnt mich wie Lava, mein erhitztes Gehirn glüht wie Kohle. Und wie manch ein Monarch bin ich weniger zu beneiden als selbst der letzte Bauer auf dem Lande.

CXX.

Media und Babbalanja im Gespräch

AUFGRUND unseres ungeplant frühen Besuches bei dem Pontifexen veränderten sich unsere Pläne. Nachdem sich auf Maramma jegliche Suche nach der Verschollenen als nutzlos erwiesen hatte und es dort auch nichts Bemerkenswertes zu sehen gab, kehrten wir nicht nach Uma zurück, sondern setzten unsere Lagunenrundreise fort.

Bei Tagesanbruch hätte der unter dem Baldachin liegende Babbalanja gern alle unsere jüngsten Erlebnisse ernsthaft beredet, Dinge, die ihm offenbar, trotz der gelegentlichen Unbeschwertheit, die er an den Tag gelegt hatte, doch sehr zu Herzen gegangen waren.

Doch der edle Herr Media unterband dies, indem er erklärte, daß damit notgedrungen ein Thema angeschnitten würde, das stets von allen fröhlichen und empfindsamen Mardianern, die am Leben bleiben und vergnügt sein wollten, aus ihren öffentlichen Gesprächen verbannt werde.

»Sinne darüber soviel wie du willst, Babbalanja, doch sage nur wenig laut; und wenn, dann nur in lustiger oder erdichteter Form. Stelle die großen Grundsätze auf, doch überlaß es den Schlüssen, sich selbst zu ziehen. Gehe nie ins Detail, ergreife nie Partei. Aus der Ferne kann man eine Festung zusammenschießen, ohne daß einem etwas passiert. Doch welcher Gefahr setzt man sich aus, will man nur ein einziges Türmchen erstürmen. Ist man von Zweifeln gepeinigt, sucht man vergebens Mitgefühl bei seinem Mitmenschen. Denn bei diesem einen Thema sehen sich nicht wenige von euch freisinnigen Sterblichen, selbst die ansonsten redlichen und klugen, von ihrer Offenheit und ihrem Wohlwollen verlassen. Im Gespräch mit ihnen trifft man fast nur auf Phrasen, Ausflüchte, Gleichgültigkeit philosophischen Fragen gegenüber oder auf höfliche Heuchelei oder auf eine laue und förmliche Anerkennung des herrschenden Glaubens; oder noch schlimmer, aber weniger üblich: auf einen groben und wahllosen Skeptizismus. Endgültige und letzte Gedanken habt ihr Sterblichen überdies nicht zu diesem Punkt, Babbalanja, und könnt sie auch gar nicht haben. Im Grunde sind eure eigenen, flüchtigen Vorstellungen euch allzu oft selbst ein Rätsel. Und oft genug entschlüsselt man das Geheimnis eines anderen eher als das eigene. So sind selbst die Weisesten unter euch stets ohne festen Grund. Zeigt einer nach außen tropische Windstille, so kann man sicher sein, daß in seinem Innern tausend widersprüchliche Strömungen wirbeln und strudeln. Das freie, luftige Kleid eurer Philosophie ist nur ein Traum, der anscheinend nur wahr ist, solange er währt; doch erwacht man wieder in der alten orthodoxen Welt, dann legt man den alten Habitus und Habit wieder an. Und wenn man in seinen Träumen auch bis zum äußersten Orient eilen mag, bleibt man doch die ganze Zeit über dort, wo man wohnt. Babbalanja, ihr Sterblichen weilt in Mardi, und es ist unmöglich, anderswohin zu gehen.«

Darauf Babbalanja: »Edler Herr, Ihr weist mich zurecht. Wenn ich auch mit einigen eurer Behauptungen nicht übereinstimme, so will ich doch eingestehen, daß dies nicht das erstemal war, daß ein Philosoph von einem Menschen belehrt wurde.«

»Von einem Halbgott, mein Herr; und deshalb kann ich mich um so schneller des Ernstes entledigen, der dieser Sache anhaftet und der euch Sterbliche so sehr bedrückt.«

Es folgte eine Stille. Babbalanja, Mohi und Yoomy, die abseits auf beiden Seiten des Bootes saßen und, in Nachdenken erstarrt, feierlich im Rollen der Wogen schwankten, sanken immer tiefer in sich zusammen, wie die Federbüsche bei Begräbnissen. Und unser schwermütiges Kanu wirkte wie ein Totenwagen.

Sie ergötzen sich mit ihren Pfeifen

»HE, ihr Sterblichen!« rief Media aus. »Wollen wir unsere Toten nicht endlich begraben? Wacht auf, Menschenkinder! Nur Mut, Erben der Unsterblichkeit! He, Vee-Vee, bringe unsere Pfeifen herbei! Wir wollen diese düstere Wolke verrauchen.«

Nichts so betörend wie die Dünste von Tabak, ob man sie nun durch Huka einsaugt, durch Nagileh, Tschibuk, Holländisches Porzellan oder pur, als ›Principe‹ oder Regalia. Und nur durch ein großes Versehen hätte König Media bei unserem Reisezubehör die Pfeifen vergessen können. Zu Zigarren oder Zigaretten gerollten Tabak hatten wir nicht dabei; solcher wurde bei uns nicht geschätzt. Pfeifen wurden bevorzugt. Und wie oft rauchten wir diese: du, Vee-Vee bist unser Zeuge! Doch waren diese unsere famosen Pfeifen nicht aus dem gemeinen Ton, aus dem Menschen und Etruskische Vasen gemacht sind. Aber alles der Reihe nach.

Das Tabak genannte Blatt gibt es in verschiedenen Sorten. Nach den Grobschnitten wie Shag, Pigtail, Priem, Nailrod, Negrohead, Cavendish und dem fehlbenannten Lady's-Twist gehen wir rasch zu den feineren Spielarten über: Gold leaf, Orinoco, Cimarosa, Smyrna, Bird's-eye, James River, Sweet-scented, Honey-dew, Kentucky, Kanaster, Scarfalati oder der berühmte Schiras oder Persischer Tabak. Wobei der letzte vielleicht der beste von allen ist.

Doch für ein anspruchsvolles Wesen ist selbst Schiras, wenn er pur geraucht wird, nicht mild genug. Er muß gemischt werden. Und auf die Kunst, den mildesten Tabak noch milder zu machen, darauf verstand man sich in Medias Reich ganz trefflich. In den dortigen Plantagen, die immer in einen blauen, schwülen Dunst gehüllt waren, da gedieh ein feines Blatt in äußerster Üppigkeit; es war fast so breit wie die Fächerblätter der Bananenstaude. Nachdem man die Blattstiele entfernt hatte, wurde der Rest fein geschnitten und mit weicher Weidenrinde und aromatischen Betelblättern gemischt.

»He, Vee-Vee, bringe die Pfeifen her,« rief Media. Und sie kamen her, gefolgt von kunstvoll geschnitzten Kokosnüssen mit Deckeln aus Achat, die ausreichend Munition enthielten für viele starke Ladungen und Zündungen.

Bald qualmten wir alle so heftig, daß der Elefantensänften-Baldachin, unter dem wir lagerten, purpurne Rauchringe nach oben sandte wie ein Wigwam in Michigan. Wir rauchten in der Runde und saßen zu Rate – und jede Pfeife eine friedsame Friedenspfeife.

Unter diesen Kalumets wirkte dasjenige König Medias wie der turbantragende Großtürke inmitten seiner Paschas. Es war schon eine außergewöhnliche Pfeife von echt königlichem Ausmaß. Ihr Mundstück, ein Adlerschnabel; ihr Stiel, ein glänzender, rotrindiger Kirschbaumzweig, zum Teil dicht bezogen mit purpurfarbenen Stachelschweinstacheln; und ihr Kopf ließ so viele Wimpel flattern wie ein Versailler Fahnenmast an einem Krönungstag. Nachdem der kleine Vee-Vee seines Herrschers Pfeife angezündet hatte, mußte er diese Wimpel, die mit Flaggenfallen betätigt wurden, bis zum Masttopp, sprich Pfeifenkopf, hissen: zum Zeichen, daß sein Herr den Anker gelichtet hatte und losdampfte.

Babbalanjas Pfeife aber war von anderer Art: ein riesiger, schwarzer, gewundener Ebenholzstiel rollte und ringelte sich endlos hierhin und dahin, wie eine Anaconda, die einen Brasilienreisenden umschlingt. Wenn Babbalanja auf dieser Hydra rauchte, wirkte er wie ein Posaunist.

Als nächste Yoomys zartgebaute. Ihr Stiel, ein schlankes, goldgelbes Rohr, wie das von Pansflöten; der Pfeifenkopf mit höchst fröhlichen Quasten.

Schließlich die Pfeife Mohis, des Chronisten. Sie endigte in einen Totenkopf, der ihn immerzu an seinen eigenen Tod erinnerte. Ihr Rohr war ein Straußenbein, und einige Federn flatterten noch in Nähe des Mundstücks.

»Komm herbei, Vee-Vee, und stopfe sie wieder,« rief Media durch die blauen Dünste, die sein großes Banner umwehten, als wäre er der federbuschgeschmückte Marschall Ney, der seinen Stab im Rauch von Waterloo schwang; oder der dreifach tapfere Anglesea, der sein Holzbein in den Schwaden des Apsley-House-Banketts präsentierte.

Vee-Vee gehorchte; und flugs war der Pfeifenkopf wie eine Haubitze bis zur Mündung geladen, und König Media fuhr fort, zu rauchen.

»Ah! Das ist wirklich angenehm,« rief er. »Seht, über den Wassern ist Ruhe, und Ruhe ist auch in unseren Herzen, während wir diese besänftigenden Düfte inhalieren.«

»Es ist so ruhig,« sagte Babbalanja, »daß bestimmt die Götter selbst gerade rauchen.«

»Und daher,« sagte Media, »sollten wir Halbgötter von nun an die Beine übereinander schlagen und unsere Ewigkeiten verrauchen lassen. Ah! Welch herrliches Gepaffe! Sterbliche, mich dünkt, diese unsere Pfeifenköpfe müssen versteinerte Rosen sein, da ihr Duft offenbar so stark ist. Doch alter Mohi, du hast deine vielen Jahre über geraucht; gewiß weißt du etwas über ihr Material: Meerschaum, glaube ich, nennen es meine Handwerker, bevor sie es zu Pfeifenköpfen verarbeiten. Erzähle uns, was es damit auf sich hat.«

»Mit Vergnügen tue ich dies, edler Herr,« erwiderte Mohi und entwirrte gemächlich sein Mundstück aus den Flechten seines Barts. »Ich habe dem Studium der Pfeifenköpfe viel Zeit und Aufmerksamkeit gewidmet und habe mich bei vielen gelehrten Autoritäten umgehorcht, um die aufeinanderprallenden Meinungen über den Ursprung des Meerschaums, auch Farnoo genannt, miteinander in Einklang zu bringen.«

»Nun denn, mein Methusalem, teile uns das Ergebnis deiner Nachforschungen mit. Doch rauche ruhig weiter: ein Wort und ein Wölkchen. Fahre fort.«

»Möge der Hochwohllöbliche Herr also vernehmen, daß dieses Farnoo eine fettige, tonartige Substanz ist; im Rohzustand weich, geschmeidig und leicht zu bearbeiten wie der karneolrote Ton aus den berühmten Pfeifentongruben der wilden Stämme des Nordens. Doch wenn man auch dieses Farnoo meist im Erdreich verborgen antrifft, insbesondere auf den östlich gelegenen Inseln, wird es doch manchmal, edler Herr, vom Ozean nach oben befördert. Und bei hoher See wird es in rauhen Mengen auf den Riffen gefunden. Doch die Meinungen über Natur und Ursprung dieses Farnoo, edler Herr, gehen weit auseinander; ebenso wie beim Bernstein, auch gelber Amber genannt.«

»Höre hier auf!« rief Media. »Unsere Mundstücke sind aus Bernstein; und kein Wort weiter vom Meerschaum, bis etwas Klärendes über das Bernsteingeheimnis gesagt wird. Was ist gelber Amber, alter Mann?«

»Eine Sache, die noch tiefer im Dunkeln liegt als die andere, mein Wohllöblicher Gebieter. Der alte Plinee behauptete, es sei wohl ursprünglich ein Saft gewesen, den Balsamtannen und -kiefern absonderten. Borhavo behauptete, es sei, wie Kampfer, das kristallisierte Öl aromatischer Farne. Laut Berzilli ist es der gehärtete Schaum des Sees Cephioris; und Vondendo behauptete standhaft, unzähligen Widersachern zum Trotz, es sei eine Art bituminöses Gold, das von den Decken vorsintflutlicher Schmugglerhöhlen in Meeresnähe sickere.«

»Nun, alter Flechtbart,« rief Media aus und legte seine Pfeife nieder, du bist fast ebenso gelehrt wie unser Philosoph hier.«

»Viel gelehrter ist er, edler Herr,« sprach Babbalanja, »denn Mohi hat all das aufgelesen, was ich als wertlos dem Vergessen anheimfallen ließ; und dies ist tatsächlich viel mehr als das, was meines Gedächtnisses wert ist.«

»Was sagst du, Schlaukopf?« rief Mohi und schüttelte seine Zotteln wie ein wutentbrannter Elefant mit vielen Rüsseln.

Yoomy wandte ein: »Edler Herr, ich habe gehört, daß Bernstein nichts anderes ist als die geronnene Tränenflüssigkeit liebesunglücklicher Seejungfrauen.«

»Unsinn, Sänger,« rief Mohi. »Hört, ich weiß, was es ist. Allen anderen Autoritäten zum Trotz ist Bernstein nichts anderes als Goldfischhirn, das durch die Einwirkung des Meeres zunächst wie Wachs wird und dann härtet.«

»Quatsch!« rief Yoomy.

»Edler Herr,« sagte Flechtbart und schwang seine Pfeife, »es ist so, wie ich es sage. Finden wir nicht kleine Fische, Flossen, Tümmlerzähne, die Schnäbel und Füße von Möwen, ja, sogar Schmetterlingsflügel und bisweilen einen Topas als Einschlüsse in Bernstein? Und wie könnte das vonstatten gehen, wenn die Substanz nicht vorher weich war? Bernstein ist Goldfischhirn, sage ich.«

»Ich jedenfalls,« sagte Babbalanja, »glaube dies nicht eher, bis du, Flechtbart, mir beweist, daß man in Bernstein Einschlüsse von Gedanken gefunden hat.«

»Noch eine von deinen verrückten Vorstellungen, Philosoph,« entgegnete Mohi geringschätzig, »doch manchmal hat man im Bernstein zahlreiche mysteriöse Schriftzeichen entdeckt.« Und er warf sein altes, ergrautes Haupt zurück und stieß seinen Dampf aus als bliese ein Wal.

»Tatsächlich?« rief Babbalanja aus. »Dann muß, edler König Media, allen Ernstes gefragt werden, ob die Stämme vor der Sintflut ihre hehren Gesetze nicht zwischen durchscheinenden und wohlriechenden Bernsteintafeln einzubalsamieren und zu verewigen suchten.«

»Nun, das ist gar nicht so unwahrscheinlich,« sagte Mohi; »denn der alte König Rondo der Runde war einst sehr erpicht darauf, für sich einen Sargdeckel aus Bernstein zu ergattern; und es gelüstete ihn sehr nach einem großen Batzen des Zeugs, den er im Besitze der Ahnen des Donjalolo von Juam wußte. Doch war dieser durch kein Geld der Welt zu erlangen. Daher ließ sich Rondo in einem Kristallsarg begraben.«

»Und dieser machte Rondo gewiß unsterblich, »sagte Babbalanja. »Ha! ha! Hoffentlich teilte er nicht das traurige Schicksal des fetten Tümmlers, der in einen Eisberg eingefroren und eingesargt war.Sein Totenhemd aus Eis trieb südwärts, schmolz bald dahin; und der Kadaver sank ungesehen in die Tiefe.«

»Nun, so viel zu Bernstein oder gelbem Amber,« rief Media. »Nun befasse dich, Mohi, weiter mit Farnoo.«

»So wißt denn, edler Herr, daß Farnoo eher der grauen Ambra als dem gelben Amber gleicht.«

»Wirklich? Dann erzähle uns bitte etwas darüber. Ich nehme an, du weißt auch alles über graue Ambra.«

»Ich weiß alles von allem, edler Herr. Graue

Ambra wird an Land wie auch im Meer angetroffen. Doch insbesondere findet man sie klumpenweise an den gewürzreichen Küsten von Jovanna; ja, sogar überall auf den Atollen und Riffen des östlichen Mardi.«

»Doch was ist diese graue Ambra, Flechtbart?« fragte Babbalanja.

»Der Chemiker Aquovi erklärte, sie bestünde aus den Überbleibseln von Pilzen, die auf dem Meeresgrund wachsen; Voluto behauptete, sie würde wie Naphta unterseeischen Quellen entstammen. Doch keines von beidem stimmt.«

»Ich habe gehört,« sagte Yoomy, »daß sie eine Bienenwabe ist, die von blühenden Klippen in die salzige See stürzte.«

»Nichts dergleichen,« sagte Mohi. »Weiß ich nicht alles darüber, Sänger? Graue Ambra besteht aus den versteinerten Gallensteinen von Krokodilen.«

»Was!« rief Babbalanja aus, »diese wohlriechende Ambra soll von diesen gepanzerten, nach Moschus stinkenden Flußrittern herrühren? Kein Wunder dann, daß ihr Fleisch so gut duftet und ihre Oberkiefer gleichsam die Verschlußklappen von Riechfläschchen sind.«

»Nein,« rief König Media aus, »ihr habt alle unrecht.«

Und er lachte daraufhin in sich hinein und sagte sich: »Es ist lustig als Halbgott neben diesen Sterblichen zu sitzen und sie über Dinge mutmaßen zu hören, von denen sie keine Ahnung haben: Theologie oder gelber Amber oder graue Ambra, es ist alles das gleiche. Doch rückte ich immer mit meinem ganzen Wissen heraus, käme mit diesen komischen Geschöpfen kein Gespräch zustande. –

Höre, alter Mohi; Ambra ist eine krankhafte Darmausscheidung des Pottwals; denn, wie ihr Sterblichen, kränkelt dieser Wal bisweilen und leidet unter Verdauungsstörung. Ihr müßt wissen, Untertanen, daß der Pottwal in grauer Vorzeit eifrig bejagt wurde, was man als besseren Zeitvertreib ansah, als den Landungeheuern nachzustellen. Diese Zerstreuung warf im übrigen auch einigen Gewinn ab. Wurde das Untier harpuniert, machte es sich manchmal in feigem Schrecken davon und hinterließ in seiner Kielspur gewisse Überreste. Die Jäger sammelten diese ein und unterbrachen die Jagd für eine Weile. Denn ein halber Zentner Ambra ist, damals wie heute, wertvoller als eine ganze Tonne Walrat.«

»Wäre es nicht klug gewesen, edler Herr,« sagte Babbalanja, »das Meerestier, das solche Schätze fallen ließ, nicht zu töten; wie man auch die Tölpelseeschwalbe nicht antastete, die goldene Eier legte.«

»Zum Kuckuck! das muß schon ein Tölpel gewesen sein,« gurgelte Mohi durch seinen Pfeifenstiel, »der goldene Eier legt, damit andere sie ausbrüten.«

»Hören wir doch damit auf,« rief Media aus. »Mohi, wie lange, glaubst du, hält einer deiner Pfeifenköpfe?«

»Edler Herr, wie der eigene Schädel wird er solange halten, bis er in Brüche geht. Mit meinem hier rauche ich schon länger als ein halbes Jahrhundert.«

»Doch anders als unsere mit Ablagerungen vollgestopften Schädel,« sagte Babbalanja, »brauchen unsere Pfeifenköpfe niemals geleert zu werden.«

»Gewiß,« sagte Mohi, »sie nehmen die ölige Substanz des Rauches in sich auf und erlauben ihr nicht, hartnäckig zu verkrusten.«

»Ja, je älter sie sind, desto besser,« sagte Media, »und um so delikater der Geschmack, den sie dem inhalierten Rauch übermitteln.«

»Meerschaum auf immer, edler Herr!« rief Yoomy aus. »Durch vieles Rauchen gewinnt der Pfeifenkopf ein gereiftes Rotbraun, gleich der sonnengebräunten Wange einer Brünetten.«

»Und wie Räucherschinken,« rief Flechtbart, »werden wir altgedienten Raucher brauner und brauner. Mit großem Entzücken erleben wir, daß unsere famosen Nasen und Pfeifenköpfe gleichzeitig reifen.«

»Gut gesprochen, mein Alter,« rief Babbalanja; »denn eine Pfeife ist wie ein gutes Weib ein Freund und Gefährte fürs Leben. Und wer eine Pfeife heiratet, ist nicht länger Junggeselle. Nach vielen Ärgernissen kann er sich nach Hause zu diesem treuen Ratgeber begeben; und dieser quillt über vor Trost und guten Vorschlägen. Doch nicht so bei Zigarren oder Zigaretten: sie sind Augenblicksbekanntschaften, mit denen man nebenbei plaudert, wenn sie einem gerade zupaß sind. Ihr Dasein ist so flüchtig, ungewiß und unbefriedigend. Hat man sie einmal entzündet, sind sie alles andere als langlebig und schnell abgebrannt. Deshalb ist ein Zigarettenstummel eine Abscheulichkeit; und zwei gekreuzte Zigaretten wirken eher wie ein *Momento mori* als zwei Hüftknochen, die x-förmig übereinander liegen.«

»So und nicht anders ist es mit ihnen,« rief König Media aus. »Also, Sterbliche, dampfen wir mit unseren Pfeifen los. Pafft, pafft, sage ich. Oh, welch ein Paffen! So paffen wir Halbgötter stets zu unserem Behagen.«

»Pafft, pafft! Oh, welch ein Paffen,« rief Babbalanja aus. »Doch das Leben selbst ist nur Hauch und Rauch. Unsere Lungen sind zwei Pfeifen, mit denen wir andauernd schmauchen.«

»Pafft, pafft! Oh, welch ein Paffen!« rief der alte Mohi aus. »Alles Denken ist nur Gepaffe.«

»Jawohl,« sagte Babbalanja, »nichts als blauer Dunst, sowohl in diesem Pfeifentotenkopf als auch in dieser Hirnschale auf unserer Schulter.«

»Pafft, pafft, oh welch ein Paffen!« rief Yoomy aus.« Doch mit jedem Rauchring verpufft und verfliegt eine Sorge.«

»Jawohl, hier dampfen sie ab,« rief Mohi, »und hier, und hier; so wird man sie los, mein Wohllöblicher Herr: man pafft sie hinweg.«

»Yoomy,« sprach Media, trage dein Pfeifenlied vor. Singe es, mein lieber und gefälliger Poet. Wir werden mit unseren Flageoletts den Takt halten.«

So sang Yoomy, begleitet von Pfeifen und Gepaffe, folgendes Lied:

Sorgen sind abgeschafft: –
Pafft! Pafft!
Nur Paffen gibt Kraft: –
Pafft! Pafft!

Schnupftabak erschlafft,
Warm ist's, wird gepafft: –
Pafft! Pafft!
Wir schmoren hier im eignen Saft,
Wie alte Lords in ihrem Taft,
Wie Bären, hübsch einschlarafft: –
Pafft! Pafft!
Dann pafft, pafft, pafft,
Denn Sorgen sind abgeschafft,
Verpufft in einem Gepaff. –
Pafft! Pafft!

»Jawohl, so verpaffen wir alles,« rief Babbalanja. »Leben und Sterben: gerafft und verpafft. Raucht weiter und pafft, meine Vulkane: die große Sonne selbst wird wie eine Schnuppe verlöschen; und ganz Mardi wird blaken wie ein ausgeblasener Docht.«

»Des Paffens genug,« sprach König Media. »Vee-Vee, hole meine Flagge ein. O Banner, lege dich vor mich hin! Und hört, Untertanen: legt bei meinem Tode diesen Speer zu meiner Rechten nieder und diese Pfeife zu meiner Linken, mit den Wimpeln auf Halbmast; so werde ich auf beiden Seiten gut bestückt sein und zwischen beredten Symbolen ruhen.«

CXXII.

Sie besuchen einen außerordentlichen alten Antiquitätensammler

»HE, Paddler, wendet hier,« rief Media. »So eingenebelt hatten wir uns, daß wir an Padulla, unserem Bestimmungsort, vorbeigesegelt sind.«

Padulla nun war nur ein Inselchen, einem Nachbarkönig tributpflichtig. Seine Bevölkerung zählte einige hunderttausend Blätter, Blumen und Schmetterlinge, jedoch nur zwei menschliche Wesen. Einer, berühmt als altehrwürdiger Sammler von Antiquitäten und mardianischer Kuriosa: ein Kenner und dilettierender Liebhaber alter und wunderbarer Dinge; und daher auch sehr wählerisch im Bezug auf sich.

Er war unter dem exklamatorischen Zunamen Oh-Oh bekannt, ein Name, der ihm wegen der entzückten Ausrufe verliehen wurde, mit denen er alle seine Neuerwerbungen in seinem Museum begrüßte.

Nun sollten wir gar Einblick in dieses Museum erhalten, auf dessen Besuch Media sehr begierig war.

Dieser Alte bot schon einen tollen Anblick, insbesondere seine Nase. Sie war herausragend. In ganz Mardi ist ein herausragende Nase ein markantes und stets augenfälliges Unterscheidungsmerkmal. Einen Namen macht man sich schließlich nur, um als Individuum hervorzutreten; und das kann man genauso gut durch eine prominente Nase erreichen wie durch ein außerordentliches Epos. Tatsächlich sogar weit besser. Denn man kann Dichtern über den Weg laufen, ohne sie zu erkennen. Selbst ein Held ist ohne sein Schwert kein Held; und Beelzebub kein Löwe, fehlt ihm das Lasso seines Schwanzes, mit dem er seine Beute einfängt. Doch unmöglich ist der zu übersehen, der wegen seiner Nase berühmt ist. Er ist berühmt, ohne daß er sich um einen Namen abmüht. Im Schatten seines Rüssels macht er es sich recht bequem und ist guter Dinge. Und wo er geht und steht, wird ihm gebührende Aufmerksamkeit zuteil.

Da wir uns nicht lang und breit über die Topographie von Oh-Ohs Riechorgan auslassen, möge man sich mit folgendem begnügen: es war überdimensional groß und schwang sich an der Spitze keck auf – ein Ausrufezeichen im Gesicht des Trägers, auf immer erstaunt über die sichtbare Welt. Oh-Ohs Augen waren wie die des Geschöpfes, das die Juden verabscheuen: schief im Kopf sitzend, so daß sich die Sehstrahlen in Nähe des Mundes trafen, der kein Mund war sondern eine klaffende Wunde.

Ich will zu dir nicht grob oder unfreundlich sein, Oh-Oh, doch muß ich dich malen, wie du warst.

Der Rest war krumm und zwergenhaft und von einem riesigen Buckel überragt, der ihm wie eine Bürde auf dem Rücken saß. Und ein Buckel ist schon eine schwere Last, weiß der Himmel; man kann sie nur im Grab abwerfen.

In diesem alten, antiquierten Wohnsitz, gekrönt von seinem Nasengiebel, weilte Oh-Ohs

Seele. Doch sein Leib hauste in einem ebenso kuriosen Bau. Errichtet aus alten, vom Wind abgeworfenen Ästen und überdacht mit störrischem Stroh, wirkte er von außen wie ein Straußennest. Aber innen war er, mit seinen düsteren Gängen und Kammern, so bizarr und verworren, daß kein Walnußinneres labyrinthischer wäre.

Hier lagen, verstaubt und verstreut in heillosem Durcheinander, die kostbaren Altertümer und Kuriosa und obsoleten Dinge, die Oh-Oh wie seinen Augapfel hütete oder wie die Erinnerung an vergangene Tage.

Der Alte stieß uns förmlich mit der Nase auf seine Überbleibsel; und zu jedem hatte er eine endlose Geschichte auf Lager. Die Zeit, nein, die Geduld fehlt, seine Geschichten zu wiederholen. So seien nun hier, der Reihe nach, seine hervorragendsten Raritäten aufgezählt:

Genau das Kanu, worin vor Urzeiten der Gott Unja vom Grunde des Sees heraufkam.
(Sehr schwer; aus Pockholz)

Ein steinerner Blumentopf, der in Originalerde Unjas letzte Fußstapfen enthält, als er sich nach unbekannten Gebieten einschiffte.
(Ein Fußabdruck seltsamerweise in umgekehrter Richtung)

Die Kieferknochen von Toorooroolooo, einem großen Redner zu Unjas Zeit.
(Irgendwie verzogen)

Ein kunstvoller, kleiner Angelhaken
(Aus den Fingerknochen von Kravi dem Klugen gefertigt)

Die Zaubergurde, rundum mit kabbalistischen Dreiecken und Hippogryphen beschnitzt, durch deren Studium ein bekannter Prophet angeblich inspiriert wurde.

(Leicht nach Weinberg duftend)

Das komplette Skelett eines riesigen Tigerhais; mit den Knochen eines Perlentaucherbeines darin.

(Bei Ebbe vom Riff aufgelesen)

Ein rätselhafter, unförmiger Klotz aus einem scheckigen, geräucherten Holz.

(In der Mitte von drei unerklärlichen Löchern durchbohrt)

Eine Art geistiges Liktorenbündel, aus den knöchernen Schwertern von neun Schwertfischen bestehend, mit Haifischrachen als Säbelkörben, umflochten und bequastet mit Schnüren aus Menschenhaar.

(Nun außer Gebrauch)

Der Zauberfächer, mit dem sich Unja zufächelte, wenn er betrübt war.

(Aus den Blättern der Wasserlilie geflochten)

Ein Dreifuß aus einem Storchenbein, als Stütze für ein Nautilusgehäuse, das die Schalenreste eines Vogeleis enthält. Angeblich war in dieses die Seele eines verblichenen Häuptlings auf magischem Wege umgefüllt worden.

(Leider durch den Luftdruck zermalmt)

Zwei einbalsamierte rechte Hände, die sich umklammern; Hände von Zwillingskriegern, die so auf einem Schlachtfeld fielen.

(Völlig unzertrennlich)

Ein merkwürdiger Beutel oder auch Börse aus der Haut eines Albatros-Fußes, mit drei scharfen Krallen verziert, die von Natur aus dazugehören.

(Ursprünglich im Besitz eines berüchtigten, alten Rachzahns)

Eine lange, verschlungene Locke aus Seejungfrauenhaar, die eher den gekräuselten, silbrigen Fasern der zarten Meeresalgen ähnelt.

(Zwischen Delphinflossen aufbewahrt)

Ein Seejungfrauenkamm für die Haarpflege. Der starre, gezackte Kamm eines Sturmschwalbenhahns.

(Oh-Oh war im Hinblick auf Seejungfrauen sehr neugierig)

Beinerne Feilen, Raspeln und Pinzetten: die Utensilien eines bedeutenden Fußpflegers, der seine Werkzeuge vor der Flut auslegte.

(Infolge der damals ausgeprägten Unebenheiten des Bodens waren die Urzeitler besonders anfällig für Fußbeschwerden)

Der Backenzahn, den sich Zoro der Enthusiast zum Zeichen der Klage beim Tod eines Freundes unbekümmert ausschlug.

(Zu einem Stummel verschlissen und völlig wertlos)

Als wir diese Wunder inspiziert hatten, geleitete uns Oh-Oh zu einer Hütte, um uns das berühmte Teleskop zu zeigen, mit dessen Hilfe er angeblich einen Ameisenhaufen auf dem Mond entdeckt hatte. Dieses ruhte in der Astgabel eines Brotfruchtbaumes und bestand aus dem ungeheuer langen und hohlen Stamm einer Palme; seine Linse war die Schuppe eines Meereskraken.

Dann kehrten wir wieder zu seiner Sammlung zurück, und er zeigte uns ein Mikroskop aus Bambusrohr, das ihm bei seinen entomologischen Studien dienlich war.

»Mit diesem Instrument, meine Herren,« sagte er, »habe ich mich selbst davon überzeugt, daß es im Facettenauge einer Libelle genau zwölftausendfünfhunderteinundvierzig dreieckige Sehkeile gibt; und daß ein Flohbein mit Aberdutzenden unterschiedlicher Muskeln bepackt ist. Nun, meine Herren, wie weit springt wohl, Ihrer Ansicht nach, ein Floh mit einem Satz? Nun zweihundertmal weiter als er lang ist. Ich habe ihre Sprünge oft mit einem kleinen Gerät gemessen, das ich zu wissenschaftlichen Zwekken benutze.«

»Wirklich, Oh-Oh,« sagte Babbalanja, »Eure Entdeckungen hätten schon längst zu etwas Großem führen müssen, da sie den Theoretikern so viele unschätzbare Daten lieferten. Hört bitte her, edler Herr Media: Wenn ein Floh mit einem Satz das Zweihundertfache seiner Körperlänge zurücklegt, dann könnte ein Bandit mit der proportional gleichen Muskelkraft in seinen Waden aus einer Viertelmeile Entfernung über einen sorglosen Reisenden herfallen. Ist dem nicht so, Oh-Oh?«

»Allerdings, meine Herren. Und eine der größten Tröstungen, die ich aus diesen Studien ziehe, ist die stets stärkende Überzeugung, daß unser Mardi durch wohltätige Weisheit geschaffen wurde. Denn wenn die Menschen eine den Flöhen entsprechende Wadenkraft besäßen, dann würden die Bösewichter ganz schöne Bocksprünge auf den Inseln machen.«

»Doch welche weiteren Entdeckungen habt Ihr gemacht, Oh-Oh?« fragte Babbalanja. »Habt Ihr einen Wucherer unter Eure Linse gelegt, um sein Gewissen ausfindig zu machen? Oder einen Wüstling, um dessen Herz aufzuspüren? Habt Ihr Euer Mikroskop schon auf die Samthaut eines Pfirsischs oder eine rosige Wange gerichtet?«

»Das habe ich,« sagte Oh-Oh traurig; »und von dem Augenblick an fand ich keinen Mut mehr, einen Pfirsich zu essen oder eine Wange zu küssen.«

»Dann weg mit Eurer Linse!« rief Media aus.

»Wahre Worte, edler Herr. Denn alle Augen, die nicht die unseren sind, bringen Unglück. Das Mikroskop erfüllt uns mit Abscheu vor Mardi; und das Teleskop läßt uns nach einer anderen Welt verlangen.«

CXXIII.

Sie steigen in die Katakomben hinab

MIT einer trüben Fackel ausgerüstet, stiegen wir nun eine schmale Treppe hinab, um Oh-Ohs Kollektion alter und kurioser Manuskripte zu besichtigen, die in einem Kellergewölbe aufbewahrt wurden.

»Hier entlang, meine Herren,« rief Oh-Oh und schwang seine Funzel in die Höhe. »Strekken Sie Ihre Hände nach vorne. Der Weg hier ist ziemlich finster.«

»Es sieht ganz danach aus,« sagte Babbalanja, der weiträumig umhertastete und tiefer und tiefer hinabstieg. »Das ist ja wie ein Abstieg in die Nachwelt.«

Als wir das Gewölbe erreichten, flogen Dutzende von Fledermäusen auf, löschten die Fackel und überließen uns der Finsternis; gleiches geschah Belzoni, der im Innern einer Pyramide von seinen Arabern im Stich gelassen wurde. Schließlich wurde die Fackel wieder entfacht und wir betraten eine gruftartige Höhlung. Wir wirbelten bei jedem Schritt Staubwolken auf und standen schließlich vor langen Reihen muffiger, mumienartiger Bündel; sie waren derart auf Stäbe gerollt und so schmutzigrot, daß sie wie die knüppelartigen Bologneser Würste wirkten. Doch sie rochen wie köstlicher, reifer Stilton oder Chesterkäse.

Das älteste Stück war eine Hieroglyphenschrift, eine aus tausendundeins Versen bestehende ›Elegie auf den Trübsinn‹. Die Buchstaben – Reiher, Trauerweiden und Raben – waren vermutlich mit der Feder einer Tölpelseeschwalbe geschrieben worden.

Dann gab es eine Reihe uralter Balladen; wie:

›König Kroko und das Fischermädchen.‹
›Der Kampf am Fluß der Speere.‹
›Der Gesang von den Schädeln.‹

Und treffliche alte Chroniken, die Mohi den Mund wäßrig machten:

›Aufstieg und Niedergang der Dynastie von Foofoo.‹
›Die Heldengeschichte des edlen Fürsten Dragoni, die zeigt, wie er zehn gefesselte Gefangene mit eigener Hand tötete.‹
›Der vollständige Stammbaum des Königs von Kandidee, samt dem seines berühmten Pferdes Znorto.‹

Und Bücher, die unter die Haut gehen:

›Dickmilch für die Jugend. Von einem Milchhändler.‹
›Teufel in Wind und Wellen. Von einem Korsar.‹
›Knurren und Grunzen. Von einem irren Keiler.‹
›Stachel und Stiche. Von einem Skorpion.‹

Und poetische Hervorbringungen:

›Farbenspiele einer Lilie in einem Schauer.‹
›Sonett auf den letzten Atemzug einer Eintagsfliege.‹
›Die Viehbremse und andere Gedichte‹

Und metaphysische Abhandlungen:

›Notwendigkeit versus Prädestination‹
›Die philosophische Einheit von Notwendigkeit und Prädestination‹
›Das Sein des Nicht-Seienden‹
›Das Nicht-Sein des Seienden.‹

Und rare alte Memoiren:

›Die einhundert Bücher der Biographie des großen und gütigen Königs Grandissimo.‹
›Das Leben des alten Philanthropen Philo in einem Kapitel.‹

Und populäre Literatur:

›Die höchst vergnügliche und salbungsvolle Geschichte von fünfundvierzig Räubern. Und wie sie von Schnellbooten aufgemischt wurden.‹

Und Bücher von Häuptlingen und Noblen:

›Die Kunst, in Mardi Tamtam zu machen.‹
›Über die besondere Weise einen Busenfreund zu begrüßen.‹
›Briefe eines Vaters an einen Sohn, einschließlich der Tugend des Lasters.‹
›Schäfergedichte eines jüngeren Sohns.‹
›Eine Liste von Häuptlingen, die Schriftsteller waren. Von einem Häuptling, der es ablehnt, für einen Schriftsteller gehalten zu werden.‹
›Hymne auf einen Husten, den ich mir bei meinem Herzblatt holte.‹
›Die Philosophie der Ehrlichkeit. Von einem früheren Lord, der in Ungnade gestorben war.‹

Und theologische Werke:

›Pfeffer für die Perversen.‹
›Pudding für die Pfarrkinder.‹
›Pardon für Palasträuber.‹
›Pökelfleisch für den Pöbel.‹

Und lange, langweilige Schmalzromane mit kurzen, einprägsamen Titeln:

›Das Tier.‹
›Die Schöne.‹
›Der König und der Koch. Oder: Der Koch und der König.‹

Und Reisebücher:

›Bei den Menschenfressern. Von einem, dessen Hand von den Wilden gefrühstückt wurde.‹
›Franko: König, Hof und Kaulquappen.‹
›Drei Stunden in Vivenza. Ein vollständiger und unparteiischer Bericht über das gesamte Land. Von einem Untertanen des Königs Bello.‹

Und Werke von Dichtern zur See:

›Mast-Segel-Himmel-Lyrik‹

Und verschiedene kurze Bücher mit besorgniserregenden Titeln:

›Fühlen Sie sich sicher?‹
›Eine Stimme aus der Tiefe.‹
›Hoffnung für keinen.‹
›Feuer für alle.‹

Und Broschüren von Kriegern im Ruhestand:

›Die beste Beize für Wildschweinbraten.‹
›Drei Rezepte für das Abfüllen von Arrak.‹
›Brotfruchtbräunen ohne Verkohlen.‹
›Ratschläge für Magenkranke.‹
›Wie stärke ich Tapa.‹

Alle diese Manuskripte wurden von Oh-Oh hochgelobt. Er behauptete, daß aus ihnen eine mächtige Vergangenheit spreche, der er mehr huldige als der erbärmlichen Gegenwart, Abfall und Bodensatz des Gewesenen.

Als Babbalanja in eine düstere Krypta spähte, zog er ein paar zerbröselnde, unleserliche Seiten in gotischer Schrift hervor, die von seinem alten Lieblingsverfasser, dem trefflichen Bardianna, stammten. Offenbar waren sie Teil eines Werkes, von dem nur der Titel erhalten war: ›Gedanken eines Denkers.‹

Schweigend preßte Babbalanja sie an sein Herz. Danach hielt er sie weit vor sich hin und sagte: »All diese Weisheit soll verloren sein? Kann deine göttliche Kunst, Bardianna, diese verdorbenen Seiten nicht wieder erstrahlen lassen? Hier bist du vielleicht in die Tiefe der Dinge getaucht und hast dich mit der regulären Formung der Materie und des Geistes befaßt: wie sich die festen Partikel zuerst in den Vakuolen der Flüssigkeiten herausbildeten; wie jeder menschliche Gedanke eine Seele ist, so wie jedes Lungenbläschen eine Lunge für sich ist; wie der Tod nur eine Erscheinungsform des Lebens ist; während das Pharzi genau die Mitte einnimmt.-

Doch alles ist fort. Ja, hier liegen noch des Denkers Gedanken und des Stilisten Wortkunst ganz nah zusammen. O Bardianna! Diese Seiten waren deine Sprößlinge, Gedanken, deinem Denken entsprungen, Seele von deiner Seele. Von Geist durchdrungen, ließen sie einst Stimmen lebendig werden; und sind nun Staub und würden keinen Narren zur Tat anspornen. Wie kann das sein? Wenn die Staubwolken einiger Jahre die Seele, die an der Materie haftet, zunichte machen können, wie kann dann der Geist, seiner sterblichen Hülle beraubt, je auf ein Weiterleben hoffen, wo ihn doch die Dämpfe des Todes verschimmeln lassen?«

Andächtig faltete er die Manuskriptfetzen zusammen, küßte sie und legte sie nieder.

Dann wandte er sich an Oh-Oh und bat ihn um ein Blatt, einen Fetzen dieser höchst kostbaren Seiten, zum Gedächtnis an Bardianna und wegen seiner Liebe zu ihm.

Doch als Oh-Oh erfuhr, daß jener einer der Kommentatoren des alten Grüblers war, wankte er auf seine Manuskripte zu, ergriff sie mit zitternden Fingern, zählte eines um das andere ab und sprach: »Oro sei Dank, sie sind noch alle da! – Bittet mich, Philosoph, um meine Glieder, mein Leben, mein Herz, doch bittet mich nicht um diese. Mit Wachs durchtränkt sollen sie mein Totenhemd sein.«

Vergebliche Mühe: Oh-Oh war Antiquar.

Verzweifelt wandte sich Babbalanja um und erspähte einen Haufen wurmstichiger Pergamenteinbände und allerhand Schnipsel und Fitzchen. Während die Manuskriptrollen wie alter

Käse rochen, so glichen diese Reste wunderbarerweise den Rinden desselben.

Als er diesen Stoß durchwühlte, stieß Babbalanja auf etwas, das seine gute Laune wiederherstellte. Lange betrachtete er es mit Entzücken. Doch da er dachte, er hätte hier wohl ein verschollenes Werk der Sammlung ans Licht gezogen, war seine Gier, es zu besitzen so groß, daß er sich nochmals erkühnte, Oh-Oh zu fragen, und bot ihm einen verlockenden Preis für seine Entdeckung.

Der Alte warf einen flüchtigen Blick auf den Titel – ›Ein Leben im Glück‹ – und rief: »Was für ein Käse! Das gibt es umsonst.«

Und Babbalanja verstaute das Œuvre in sein Gewand.

Als wir die Katakomben inspiziert hatten und wir wieder das Tageslicht erreichten, fragten wir nach dem Weg zu Ji-Ji, gleichfalls ein Sammler, doch von ganz anderer Art: ein alter Knicker, der Zähne hortete, das Geld von Mardi.

Bei der Erwähnung dieses Namens wurde Oh-Oh ausfällig und hielt eine Schmährede über den Schwachsinn dieses alten Kindskopfs, der Zähne aufhäufe, als ob Zähne irgendeinen anderen Wert hätten als den, damit Raritäten zu erwerben. Dennoch wies er uns den Weg. Wir folgten diesem und überquerten dabei eine Wiese.

CXXIV.

Babbalanja zitiert einen antiken Heiden und legt Wert darauf, daß diese Worte nicht von ihm stammen

UNTERWEGS hielten wir an einer gluckernden Quelle inmitten eines schönen Waldes; und streckten uns dort auf dem Gras aus, während unsere Diener ihre Körbe auspackten, um uns einen Imbiß zu reichen.

Doch dieser unser Babbalanja mußte unbedingt für sich allein essen, um sich, wie ein Kannibale, einen Autor einzuverleiben; obwohl er in anderer Hinsicht nicht so sehr für Knochen schwärmte.

Er zog den Schatz hervor, den er in seinem Busen vergraben hatte und war bald selbst in diesen vergraben. Reglos auf dem Rücken liegend sah er aus, als wäre er aufgebahrt zu einem Treff mit seinem Leichenbestatter.

»Was soll das, Babbalanja?« rief Media unter einem Baum hervor. »Bist du eine Ente, die ihren Schnabel in die Luft streckt? Laß deine Metaphysik fallen, Mann, und falle über Handfestes her. Hörst du?«

»Komm Philosoph,« sagte Mohi und reichte ihm eine Banane. »Wenn du die gegessen hast, bist du gewichtiger.«

»Komm und lausche, Babbalanja,« rief Yoomy. »Ich werde ein Lied anstimmen.«

»Auf, auf, sage ich, »rief Media wieder. »Geh,

alter Mann, und wecke ihn auf: klopfe an seinen Kopf und sieh nach, ob er zu Hause ist.«

Mohi gehorchte und traf ihn dort an; und Babbalanja sprang auf.

»In Oros Namen, was ist mit dir, Philosoph? Schaust du das Paradies, daß du so schwärmerisch blickst?«

»Ein Leben im Glück!« rief Babbalanja verzückt. »Edler Herr, ich bin in den Traum versunken, der hier niedergeschrieben ist. Wunderbares Buch, dessen Qualität mich begeistert! Ich möchte daraus vorlesen: ›Meine Überzeugungen bleiben gleich, ob ich nun arm bin oder reich, ob ich nun gewinne in der Welt oder verliere. Gut angebrachte milde Gaben betrachte ich als den besten Teil meines Besitzes; und ihren Wert messe ich nicht an ihrer Menge oder ihrem Gewicht, sondern an dem Nutzen für den Beschenkten und an der Wertschätzung, die er ihnen entgegenbringt. Ich denke nicht, daß ich durch irgend ein Geschenk, das ich gemacht habe, ärmer geworden bin. Was ich tue, wird um des Gewissens willen getan und nicht zur Demonstration. Ich esse und trinke, nicht um meinen Gaumen zu erfreuen, sondern um der Natur Genüge zu tun. Meinen Freunden gegenüber werde ich gefällig sein und zu meinen Feinden sanft und friedsam. Wenn ich eine ehrlich Bitte voraussehen kann, werde ich ihr zuvorkommen. Und fraglos werde ich ihr willfahren. Ich werde die ganze Welt als mein Land betrachten; und Oro als den Zeugen und Richter meiner Worte. Und davon werde ich lebend und im Sterben Zeugnis geben: daß ich ein gutes Gewissen liebte, daß ich nie eines anderen Freiheit antastete und daß ich meine eigene bewahrte. Ich werde mein Leben und meine Gedanken so lenken, als würde die ganze Welt jenes schauen und diese lesen. Denn was soll es, wenn ich vor meinem Nachbarn etwas verhehle, da vor Oro all unsere Heimlichkeiten offen daliegen.‹«

»Sehr schön,« sagte Media.

»Hier kommt der Geist der ersten Jünger von Alma zum Ausdruck, wie er in den Legenden aufgezeichnet ist,« sagte Mohi.

»Unnachahmlich,« sagte Yoomy.

Darauf Babbalanja: »Hört weiter: ›Rechtschaffenheit macht umgänglich, sanftmütig, offenherzig, beständig und furchtlos; und ist voll unerschöpflicher Wonnen.‹ Und hier und hier und hier: ›Das wahre Lebensglück besteht darin, unsere Pflicht Oro gegenüber zu begreifen.‹ – ›Wahre Freude ist eine nüchterne und heitere Regung.‹ Und hier und hier, edler Herr, es fällt schwer, nicht das ganze Buch zu zitieren; doch hört: ›Ein ruhiges Gewissen, ehrliches Denken und rechtschaffene Taten sind ein Segen ohne Ende, ohne Überdruß und ohne Grenze. Der Arme wünscht sich vieles, der Habsüchtige will alles. Es genügt nicht, Oro zu kennen, wenn wir ihm nicht gehorchen.‹«

»Das ist ganz und gar Alma,« rief Mohi aus, »sicher hast du in seinen Schriften gelesen?«

»Ich las gerade einige Sentenzen von einem, der zwar vor langer Zeit gelebt hat, doch der Alma nie gesehen und kaum von ihm gehört hatte. Und wohlgemerkt, edler Herr, diesmal habe ich nichts improvisiert. Was ich rezitiert habe, steht hier geschrieben. Mohi, dieses Buch ist wunderbarer als die Prophezeiungen. Edler Herr, daß einer, der nur Mensch war und Heide in jener höchst heidnischen Zeit, solch himmlische Weisheit verlauten ließ, erscheint wunderbarer, als wenn ein erleuchteter Prophet diese offenbaren würde. Und wohnt diesem Philosophen, der die Rechtschaffenheit um ihrer selbst willen und angesichts der eigenen Auslöschung liebt, nicht mehr Göttlichkeit inne als den frommen Weisen, die sie als Mittel preisen, immerwährende Glückseligkeit zu erlangen?«

»Ach,« seufzte Yoomy, » und verspricht er uns nicht etwas Gutes nach unserem Tod?«

»Er ist nicht ermächtigt, darüber zu sprechen. Doch will er uns zu Güte und Glück im hiesigen Leben verlocken.«

»Dann, Babbalanja,« sprach Media, »behalte deinen Schatz für dich. Tugend schweigt besser, wenn sie nicht ermächtigt ist oder sich auf niemanden vollständig stützen kann. Die Religion Mardis muß so wirken, als käme sie unmittelbar von Oro und die Masse von euch Sterblichen würde sie nicht erlangen, außer durch eine Gegenleistung, jetzt oder in Zukunft.«

»Und nennt Ihr das Rechtschaffenheit, edler Herr, was nur der Preis ist, der für etwas anderes gezahlt wird?«

»Ich habe es nicht Rechtschaffenheit genannt sondern Religion. Doch wollen wir nicht mehr von den Dingen schwatzen, mit denen ich, als Halbgott, nur wenig zu schaffen habe. Diese schlagen mir immer auf den Magen. Schluß damit, Babbalanja.«

»Edler Herr, die Religion kann nur sich selber schenken. Und außer vor dem Bösen in uns selbst wird sie uns vor nichts bewahren. Ihr großes Ziel ist es, uns weise zu machen. Sie manifestiert sich nur in der Hochachtung vor Oro und in der Liebe zu den Menschen. Ihr einziger, doch gewaltiger Lohn, das ist sie selbst. Wer dieses hat, besitzt alles. Wer dieses hat, gleich ob er vor einem hölzernen Bildnis kniet, das er Oro nennt, oder vor einem Bildnis aus Luft, das er ebenso nennt, gleich ob er fastet oder Feste feiert, lacht oder weint – dieser kann reicher nicht sein. Und diese Religion oder wie man will: Glauben, Rechtschaffenheit, Güte, finde ich in diesem Buch hier in meiner Hand … Keine geschriebene Seite kann mich mehr lehren.«

»Hast du denn das erreicht, von dem du sprichst, Babbalanja? Bist du mit dem von dir Erreichten zufrieden?«

»Edler Herr, Ihr trefft meinen wunden Punkt. Ich bin nicht zufrieden. Das Geheimnis der Geheimnisse ist mir noch verschlossen. Es verblüfft mich, wie dieser Verfasser solche Weisheit erlangen konnte. Es verwirrt mich, wie er solch ein Leben führen konnte. O edler Herr, ich bin im Dunkeln, und kein heller Glanz kommt auf mich herab und überströmt mich. Die schwachen Strahlen, die mich erreichen, fallen schräg ein und verstören mich nur in meiner Finsternis. Wie trefflich dieses Buch auch sein mag, ich habe keinen Gewinn davon. Denn je mehr wir erlernen desto mehr verlernen wir. Wir häufen nicht an sondern ersetzen; und entfernen mehr als wir hinzufügen. Wir schrumpfen, während wir wachsen. Wir machen uns auf den Weg zur Weisheit und fallen hinter unseren Ausgangspunkt zurück. Wir erproben das Fondiza und erreichen nur das Phe. Ich allergrößter Einfaltspinsel. Oh wäre ich doch nur ein solcher Tor, daß ich eine gute Meinung von mir haben könnte. Fortwährend stehe ich am Pranger, werden mir die Glieder auf dem Rad gebrochen, werde ich von ungestümen Pferden in Stücke gerissen. Ja, ja, Bardianna, wie du sagtest, ist alles in einer Nußschale enthalten, doch können meine Backenzähne sie nicht knacken; geknackt werden nur meine Kinnladen. Alle Menschen in meiner Umgebung pfropfen neue Reben auf und hausen in blühenden Lauben; während ich die meinen immer weiter stutze, bis sie nur noch Stümpfe sind. Doch in diesem Stumpf will ich fortdauern. Ich will nicht hinzufügen sondern verringern. Ich will mich auf den unabänderlich wahren Kern reduzieren. Tagtäglich stoße ich Überflüssiges ab, bis ich mich meiner Rippen entledigt habe. Und wenn ich sterbe, wird man nur mein Rückgrat begraben. Ah, wo, wo, edler Herr, ist das immerwährende Tekana? Sag mir, Mohi, wo das Ephina? Ich kann vielleicht das Vorletzte erreichen, doch wo, lieber Yoomy, ist das Letzte? Ach, Gefährten! Mir fehlen die Worte, mir schwinden die Sinne – das Etwas – das Nichts – die Rätsel – ist das in Mardi enthalten?«

»Er fällt in Ohnmacht!« rief Yoomy.

»Wasser! Wasser!« rief Media.

»Weg damit!« sagte Babbalanja gelassen. »Ich komme wieder zu mir.«

CXXV.

Sie besuchen einen alten reichen armen Schlucker

AUF unserem weiteren Weg zu Ji-Ji gelangten wir zu einer elenden Kate. Aus ihrem niedrigen, offenen Eingang ragte ein kahler und viel zu großer Kopf, ganz vertieft in Reihen dunkel gefärbter Beutel, die von dem Zelt herabhingen. Es waren Börsen aus Pelikanhautsäcken; diese fertigt man, indem man sie, in frischem Zustand, mit einem Stein füllt und aufhängt (damit sie sich weiten).

Der Alte schüttelte von Zeit zu Zeit seinen Riesenkopf mit zitternder Bewegung, indes er, unter schnalzenden Lauten, die Schnüre mit Zähnen nacheinander gemächlich aus den Beuteln zog und immer wieder rasselnd zurückfallen ließ.

Doch als er unser Nahen bemerkte, raffte der alte Knicker schlagartig seine Börsen aus unserem Blick; und zog sich in seinen Verschlag zurück – wie die Schildkröte in ihren Panzer. Doch bald erschien er wieder altersschwach auf seinen Knien: was unser Begehr sei – etwa die Zähne zu stehlen, die er, einem lügnerischen Gerücht zufolge, in Massen horten würde. Und, indem er seinen Mund öffnete, bekräftigte er, daß er keine hatte: auch nicht ein einziger stand dort auf Posten.

Dieser jämmerliche alte Knappsack muß schon verblödet gewesen sein; denn bald vergaß er, was er uns eben über seinen extremen Zahnmangel erzählt hatte, und war so hingerissen von dem perlenbestückten Mund von Hohora, einem unserer Diener (dessen Zähne dem kleinen König Peepi auch schon so ausnehmend gut gefallen hatten), daß er zum Erwerb dieser Mundzierde folgendes Angebot machte: ein Zahn des Käufers für drei Zähne des Verkäufers. Dieser Vorschlag wurde sogleich zurückgewiesen, da er kaufmännisch absurd sei.

»Weshalb?« sagte Babbalanja. »Bestimmt, weil das, was man geben will, geringer ist als das, was man einhandeln will. Doch sagt ein Philosoph, genau dieses Prinzip regle jeden Tauschhandel. Denn welchen Sinn soll ein Austausch von völlig gleichwertigen Mengen haben?«

»Das stimmt,« sagte Horora und machte große Augen. »Zwar habe ich bisher noch nichts davon gehört, doch dies ist wirklich ein bedenkliches Problem. Und welcher Weise befaßte sich damit?«

»Vivo der Sophist,« sagte Babbalanja und wandte sich zur Seite.

Als Ji-Ji den Namen seines Nachbarn Oh-Oh fallen hörte, spuckte er reichlich Gift und Galle über diesen alten Knacker mit dem Buckel, der nutzlose Monstrositäten horten und die kostbaren Zähne verschleudern würde, die andernfalls in seinen eigenen Pelikanbörsen vernehmlich klimpern könnten.

Als wir diese Bruchbude verließen, gewahrte Ji-Ji den kleinen Vee-Vee, über dessen Schulter eine Kalebasse mit Eßbarem hing; und er faßte ihn am Saum seines Kleides und bat ihn um ein bißchen Nahrung; denn er hätte an diesem Tag noch nichts zu schmecken bekommen.

Der Junge warf ihm eine Yamswurzel hin.

CXXVI.

Yoomy singt verstreute Verse und Babbalanja zitiert querbeet antike Autoren

ALS wir von Padulla abfuhren und nachdem wir uns ausgiebig über das dort Gesehene belustigt hatten, wandte sich Babbalanja folgendermaßen an Yoomy: »Sänger, das letzte Lied, das du uns geflötet hast, handelte von Mondlicht und Paradies und sagenhaften ewigen Freuden. Hast du jetzt eine Hymne über irdisches Glück parat?«

»Wenn dem so ist, Sänger,« sagte Media, »sprudle damit heraus, meine Fontäne.«

»Gerade, edler Herr,« antwortete Yoomy, »habe ich für mich selbst gesungen, wie ich es oft tue; und mit Eurer Erlaubnis will ich laut fortfahren.«

»Fange besser mit dem Anfang an, möchte ich meinen,« sprach der Chronist, der, mit den Händen am Kinn, seinen Bart von Grund auf neu zu flechten begann.

»Nein: wie bei den Wurzeln deines Bartes, alter Mohi, ist aller Anfang schwer,« rief Babbalanja aus. »Zum Glück leben wir auf halbem Wege zur Ewigkeit. So singe dort weiter, Yoomy, wo du aufgehört hast.« Und indem er dies sagte, lockerte er seinen Gürtel für das Lied, so wie es Apicius für ein Bankett tat.

»Soll ich also laut fortfahren, edler Herr?«

Der edle Herr nickte, und Yoomy sang:

Ganz rund, ganz weich, ihre tauigen Arme, –
Ein lieblicher Schutz vor allem Harme!

»Wessen Arme?« rief Mohi aus.

Yoomy weiter:

Sie taucht tief in die See
Und hat den Sonnenschein dabei:
Er hat in der Tiefe geschienen
Wie ein Schwarm von Delphinen.

»Was ist das für eine Seejungfrau?« rief Mohi.

Yoomy weiter:

Ihr Schritt, der leise sinkt
Und den ganzen Tag lang springt:
Über den Strand,
Über den weichen Sand.
Und keiner find'
Eine Spur von dem Kind.

»Und warum nicht?« fragte Media »Warum war keine Spur zu finden?«

Darauf Flechtbart: »Vielleicht wegen der Abgeplattetheit des Seejungfrauenfußes. Doch nein, das kann nicht sein, denn unterhalb der Taille haben die Seejungfrauen nur Rückgrat und Schwanz.«

»Dein Fragment ist ganz nett, Yoomy,« bemerkte Media, »doch wie Flechtbart einflicht, recht platt.«

»Platt wie der Fuß eines Mannes, der fest entschlossen auftritt,« rief Flechtbart aus. »Yoomy, hast du gestern abend Flunder gespeist?«

Doch ließ sich Yoomy zu keiner Antwort herab: er schwebte in einer Träumerei, zehntausend Meilen entfernt, in den Hyaden vielleicht.

Im Verlauf des Gespräches kam Flechtbart auf einen gewissen Rotato zu sprechen, einen korpulenten Mann, der, obzwar ein scharfsinniger Philosoph und sehr bestrebt, als solcher gefeiert zu werden, in Mardi nur als der Fetteste seines Stammes berühmt war.

Da sprach Media: »Dann, Mohi, hatte Rotato keinen Grund, sich über den Ruhm zu beklagen, denn dieser hielt sein Versprechen wohl. Rotato war fett und wurde als Fettsack publik.«

»Ihr habt Recht, edler Herr,« sagte Babbalanja, »denn Ruhm ist nicht immer so redlich. Nicht selten bedeutet Berühmtsein, allenthalben für das bekannt zu sein, was man nicht ist, sagt Alla-Malolla. Das kann, dem alten Bardianna zufolge, dazu führen, daß ein Mann, der jahrelang unbeachtet unter seinen Mitmenschen wandelt, auf einmal, durch irgend etwas Ungewöhnliches in seinem Verhalten, auf die Narren wie ein Trompetenstoß wirkt, obwohl er sich für sich selbst der gleiche geblieben ist. Und sich auch noch gar nicht als der gezeigt hat, der er ist; denn es können weder alle Verdienste eines Menschen noch alle seine Fehler, falls er welche hat, je bekannt werden. Wir sind nur unter unseren Namen bekannt; wir lesen voneinander nur die Aufschriften, als handelte es sich um versiegelte Briefe.

So ist es auch bei der Gemeinschaft von uns Mardianern. Und gar nicht zu reden von denen, die sich allzu gerne rätselhaft geben. An vielen

Stellen bleiben die Werke unseres großen, schon seit tausend Monden verblichenen Dichters Vavona mysteriös. Einige nennen ihn einen Mystiker. Doch da, wo er anscheinend dunkel ist, sehen wir ihn vielleicht nicht richtig. Er äußerte diese erzengelhaften Gedanken ohne Vorbedacht, die aber bei vielen dazu führten, ihn letzten Endes für einem spinnerten Gott und nicht für einen geistig gesunden Sterblichen zu halten. Doch wenn er als mehr erschienen wäre, wäre er weniger gewesen. Fulvi sagte: ›Es läßt sich von der höchsten Klasse der Genien in der Tat behaupten, daß sie sich teilweise verborgen halten müssen, damit sie das Ansehen überlegener Stärke erlangen; sie müssen sich erniedrigen, und erhalten dann für ihr Emporsteigen Applaus.‹ Und weiter: ›... daß es welche gibt, die in der gewöhnlichen Sprache versagen, weil sie in einer anderen denken; und diese zählt man zu den Stotterern und Stammlern.‹«

»Ah, wie wahr!« rief der Sänger aus.

»Und was, Yoomy, sagt der Erzengel Vavona in seinem wunderbaren Drama ›Die Seelen der Weisen?‹: ›Jenseits der kahlsten Berge liegt eine berückend schöne Landschaft, die man stets nur mit einem einzigen Auge erblickt; und die kein Pinsel malen kann.‹ Was Wunder dann, edler Herr, daß Mardi selbst so blind ist. ›Mardi ist ein Ungeheuer,‹ sagte der alte Bardianna, ›dessen Augen, wie beim Wal, starr im Kopf liegen. Es kann nur in zwei Richtungen blicken und hat daher nur ein begrenztes Gesichtsfeld zur Verfügung. Poeten, Heroen, mächtige Männer scharen sich um dieses Ungeheuer Mardi. Stelle dich auf Stelzen vor mich, sonst kann ich dich nicht sehen; sagt das Monster. Kämme dein Haar zurück, atme den Wind in vollen Zügen. Die Menschen mit vorgewölbter Stirn sind glücklich, diejenigen mit runden Birnenstirnen sind unglücklich. Lautstarke Lungen sind ein Segen. Der Löwe, der nicht brüllen kann, ist kein Löwe.‹ Aldina sagt: ›Unter den Zuschauern gibt es welche, die wissen, daß sie schneller sind als die Wettläufer, doch in der Menge unterscheiden sie sich nicht von den einfältigen Gaffern.‹«

»Das ist nur die Nörgelei eines enttäuschten Krüppels,« rief Mohi aus. »Sein Biograph stellt fest, daß Aldina nur ein Bein hatte.«

»Wie geistreich du bist, Flechtbart,« sagte Babbalanja und rückte sein Gewand zurecht. »Edler Herr, es gibt Helden ohne Heere, die in ihren Seelen martialische Klänge vernehmen.«

»Warum erschallen ihre Trompeten dann nicht lauter,« rief Media aus, »auf daß ganz Mardi sie hören kann?«

»Der edle Herr Media ist ebenfalls geistreich, Babbalanja, » sagte Mohi.

Und Yoomy hauchte: »Es gibt Vögel mit himmlischstem Gefieder und herrlichstem Gesang, die doch ihre Lyrik für sich selbst singen.«

Darauf Media: »Die Lerche steigt in luftige Höhe und kümmert sich nicht um einen Zuhörer, doch werden unten ihre lieblichen Töne vernommen. Und sie singt auch im Verein mit Abertausenden von ihresgleichen. Deine monologisierenden Sänger, Yoomy, sind meist Reiher und Eulen.«

Und Babbalanja: »Sehr geistreich, edler Herr. Doch denkt Ihr nicht, daß es beredsame Menschen gibt, die doch nie auf dem Marktplatz schwatzen?«

»Ja, und notorische Schwätzer zu Hause. Kurzum, Babbalanja, du trittst für eine schlechte Sache ein. Die meisten von euch Sterblichen sind Pfaue, manche mit, andere ohne Schwanz. Die Geschwänzten schlagen ihr Rad bestimmt vor deiner Nase. Die anderen stellen ihre kahlen Kruppen zur Schau und wiehern um Bewunderung. Wird aber ein großes Genie in Mardi geboren, braucht es nur zu nicken, um bekannt zu sein.«

»Geistreicher zwar, doch, bei aller Hochachtung, weniger wahr, edler Herr. Sagt, was Ihr wollt, doch Ruhm ist ein Zufall, Verdienst etwas Absolutes. Aber was tut's? Zu was ist das Ansehen nütze, wenn es nicht mit Macht verknüpft ist, mit einem Hort von Zähnen oder einem Ort? Für diejenigen, die einem Poeten applaudieren, mag dessen Ansehen etwas Greifbares sein. Doch für den Dichter selbst ist es ein phantastisches Gebilde; nie sonst strapaziert er seine Vorstellungskraft dermaßen, wenn er verstehen will, was es mit diesem Ruhm auf sich hat. Oft ist er berühmt, ohne daß er es weiß.

»Bei den heiligen Spielen von Lazella,« sagte Yoomy, »setzten sie dem Sänger Jarmi von hinten heimlich ein Lorbeerstirnband auf; er ging viele Stunden mit diesem Ehrenzeichen umher, ohne es zu wissen. Als man ihm schließlich Kunde davon gab, entledigte er sich des Kranzes, hielt ihn vor sich und seufzte tief: ›O ihr Lorbeerblätter! Da ihr mir nun sichtbar seid, muß ich euch von meiner Stirn entfernen.‹«

»Und was sagte Batargo,« rief Babbalanja aus, »als er hörte, daß man seine Gedichte in die Sprache der entlegenen Insel Bertranda übersetzt hatte? Er sagte: ›Das bewegt mich nur wenig, denn in heiteren Traumgebilden sah ich schon, wie sie von den seligen Huris im Paradies geträllert wurden; nichts anderes kann ich mir bei den Mädchen von Bertranda vorstellen.‹ Und Boldo, der Materialist, sagt: ›Nur Stoffliches stellt zufrieden.‹«

»Der käufliche Dichter Zenzi dachte ebenso,« sagte Yoomy. »Als er vierzehn ausgereifte Yamswurzeln erhielt, für jeden Vers eine, sagte er zu mir: ›Yoomy, davon bereite ich mir ein besseres Mahl als von so manchen Komplimenten.‹«

»Jawohl,« rief Babbalanja aus, »der alte Bardianna sagte: ›Beifall führt nur zu Aufgeblähtheit.‹«

Darauf Media: »Demnach seid ihr berühmten Sterblichen nicht entzückt, wenn euch Beifall entgegenbrandet?«

»Sehr entzückt, gütiger Herr; zumindest solche berühmten Sterblichen, die dermaßen erpicht sind auf lautstarke Berühmtheit, daß sie sich selbst applaudieren, wenn sonst niemand Hurra rufen will; deren ganzes Leben eine ununterbrochene Selbstbestätigung ist; deren Körper selbst aufrecht und selbstgenügsam wie eine Eins dastehen, wie ihr eigener Zeigefinger, wie das I des Ich; die Ansehen nur genießen oder begreifen, wenn es an die leibliche Hülle geknüpft ist; die ebenso gern für einen stattlichen

Schnurrbart wie für ein glänzendes Drama berühmt wären; die keinen blassen Schimmer davon haben, daß der von der Nachwelt allenthalben gefeierte Poet Vavona zu seiner Zeit unbemerkt durch die Menge ging; die sogar den Donner deshalb verlachen, weil er in Mardi solch ein Getöse mache und doch nicht geneigt sei, sich dem Auge kundzutun.«

»Erhitze dich nicht so, Babbalanja; doch sag uns, welche Befriedigung gewann Vavona seinem Genie ab, wenn er seinen Zeitgenossen beinahe unbekannt war?«

»Reichte es nicht aus, daß er um dieses Genie wußte? Ihm stand ein Reich zur Verfügung, so grenzenlos wie der Westen. Was bedeuteten ihm Bravorufe? Der große und gütige Logodora nun sandte aus seiner Abgeschiedenheit Balsam für heisere Kehlen in die Welt hinaus. Aber was sagte Bardianna, als er um Autogramme angegangen wurde? – ›Wer führt Buch über die großen Männer? Wer sagt, was edle Taten sind? Und wie lange die Tinte haftet? Ach, Ruhm hat mehr Namen fallen gelassen als er aufgewiesen hat; und es gibt mehr verlorene Chroniken als die vernichteten Bücher des Historikers Livella.‹ Doch das auf immer Verschwundene, edler Herr, ist nichts gegenüber dem, was jetzt nicht zu sehen ist. Im Inneren der Erde gibt es mehr Schätze als an deren Oberfläche.«

»Ah, Gold kommt nur aus dunklen Minen,« sagte Yoomy.

Darauf Babbalanja: »Der alte Bardianna rief mit Inbrunst aus: ›Götter, bezeugt, daß nicht nur heute Gutes oder Schlechtes entdeckt wird, von dem man nie träumte, sondern daß man auch fürderhin in Mardi anderes und Erstaunlicheres zutage fördern wird als das, was man je erblickt hat.‹«

»Schluß mit dem ewigen Bardianna-Geplapper,« sagte König Media, »warum tust du nicht deine eigenen Gedanken kund, Babbalanja? Dann hätten deine Ausführungen mehr Zusammenhang; statt dessen sind sie kunterbunt zusammengesponnen aus Bardianna, Alla-Malolla, Vavona und allen, die jemals geschrieben haben. Sprich mit eigener Stimme, Sterblicher!«

»Täuscht Ihr Euch da nicht, edler Herr? Denn ich habe Bardianna nicht so oft zitiert wie Bardianna mich zitiert hat, obwohl er vor mir wirkte. Dies sage ich nicht aus Eitelkeit. Es gibt nur wenige wahrhaftige Gedanken: sie sind allgegenwärtig, gehören niemandem und bleiben sich gleich, egal ob man sie ausspricht oder verbreitet. Warum erscheinen sie uns so natürlich und finden sofort unsere Zustimmung, wenn wir sie vernehmen? Warum glauben wir, sie schon vorher gehört zu haben? Weil sie nur in uns wiederkehren: sie waren schon vor unserer Geburt in uns. Die echtesten Poeten sind nur Sprachrohre; und manche Menschen sind füreinander Doppel; ich spiegele mich in Bardianna.«

»Und, um Oros willen, laß es dabei bewenden, Babbalanja: auf immer Bardianna in dir und du in Bardianna!«

CXXVII.

Welche Art von Menschen die Taparier waren

DIE Kanus fuhren weiter. Doch wir verlassen sie für eine Weile. Denn unser Besuch bei Ji-Ji regt zu weiteren Erläuterungen bezüglich des Zahngeldes von Mardi an.

Es hätte schon längst erwähnt werden sollen, daß überall im Archipel die Verwendung von Schneidezähnen und Molaren zur persönlichen Ausschmückung eingeschränkt war. Nur Häuptlingen, tapferen Kriegern und Männern, die sich durch außerordentliche geistige Gaben auszeichneten (wie Redner, Romanschriftsteller, Philosophen und Poeten) war es gestattet, diese Zähne als Kleinodien zur Schau zu stellen. Obwohl es sich fügte, daß viele der Poeten keine anderen Zähne besaßen als diejenigen, die sie zu ihren Mahlzeiten benötigten. Die waren zwar nur seltene Ereignisse, doch zerfraßen sie ihnen die Zähne im Mund. Daher gab es Poetenzähne zu Schleuderpreisen.

Viele Sterbliche aus dem buntgewürfelten Volksgemenge der Mardianer, die irgendwie zu Zähnen gekommen waren, neigten dazu, ihren Anspruch auf dentale Distinktion dadurch geltend zu machen, daß sie ihre in Pelikanbörsen verwahrten Schätze ganz undistinguiert über ihre Schultern baumeln ließen. Diese Beutel waren eine Riesenlast, die man herumschleppen und verteidigen mußte. Doch manchmal war es wahrlich schwerer, einem dieser Beladenen die Börse zu entreißen als seine Gliedmaßen. Sonderbar auch, daß diese Säcke bei der geringsten Zufallsberührung ihren Trägern anscheinend einen unmittelbaren Schauder übermittelten.

Neben diesen Sackträgern gab es noch andere, die ihre Zähne gegen mannigfach gefärbte Kalebassen, kunstvoll beschnitzte Kanus und kostbare Kleider und Turbane tauschten. Mit diesen stellten sie die hochwohlgeborensten Noblen in den Schatten. Doch darauf war es ihnen gar nicht angekommen; denn die Masse bewunderte zumeist nur ihre Gewandung und nicht sie selbst; und brach in Lobeshymnen aus über die unnachahmliche Handwerkskunst von Mardi.

Bemerkenswerterweise sind diese Handwerker oft selbst Träger von Zähnen und Turbanen geworden und prunkten damit ebenso gut wie andere auch. Dies erklärt, daß viele aus dieser Zunft als ausgezeichnete Kenner von Tapa und Schneiderkunst galten.

Daher war der ganze Stamm unter dem Sammelnamen Taparier oder Tapa-Leute bekannt.

Laut Flechtbart nun, sahen sich vor langer Zeit die Taparier einer bestimmten Inselgruppe in deprimierender Weise mit dem Plebs der Sterblichen in einen Topf geworfen, mit Handwerkern, einfachen Leuten, Brotfruchtbäckern und dergleichen; sahen, kurzum, daß ihnen die Natur jedes angeborene Zeichen der Distinktion verweigert hatte und sahen zudem, daß ihre Affektiertheit von manchem in Mardi verlacht wurde, so daß diese armen Teufel von Taparier beschlossen, sich von dem Pöbel loszusagen, eine eigene Gesellschaft zu bilden und einander, vertraglich vereinbart, die Huldigung zu erbringen, zu der Mardi als Ganzes nicht bewogen werden konnte.

Gemeinschaftlich erwarben sie eine Pimminee genannte Insel im äußersten Westen der Lagune und siedelten dort. Sie entwarfen einen Kodex von Gesetzen, der erstaunlich despotisch war in Anbetracht dessen, daß sie ihn selbst geschaffen hatten; und schworen feierlich den Eid auf das derart begründete Bündnis. Betrachtete man diesen Kodex Abschnitt für Abschnitt, war er anscheinend äußerst banal; aber als Ganzes genommen bildete er doch eine imponierende Sammlung von Partikeln.

In diesem Kodex wurde das gesamte Leben in einer besonderen Weise minutiös geregelt. Ganz besonders wurde die Kleidung bis auf Zwirn und Faden gesetzgeberisch festgelegt. Alle Gürtel mußten so und so lang sein, mußten vorne so und so viele Quasten haben. Bei einem Verstoß gegen diese Verordnung, zumal unter den Augen von ganz Mardi, würde der gehorsamste Sohn den liebevollsten Vater ›schneiden‹.

Obwohl die Bewohner von Pimminee, wie ganz Mardi mit all seinen Königen und Sklaven, zu Staub verfallene Ahnen hatten, griffen sie selten darauf zurück; denn wie alle Familiengründer verfügten sie nicht über Familiengruften. Und sie waren auch in Beziehungen zu Lebenden nicht allzu sehr verwickelt, ja, manche schienen solche Beziehungen gar nicht zu haben. Wie der arme Logan, der letzte seines Stammes, hatten sie offenbar alles Blut ihres Geschlechtes an sich gerissen; und konnten nicht einmal einen Neffen vorweisen.

Daher kam es, daß manche unwissenden Mardianer, die in ihren physiologischen Nachforschungen noch nicht sehr weit vorgedrungen waren, vernünftigerweise vermuteten, daß die Taparier, wie die Erbsen, in Schoten zur Welt gekommen sein mußten, anstatt daß sie ihre Existenz irgend etwas anderem verdankten. Sicher ist es, daß sie ihre gesellschaftlichen Ansprüche auf eine sonderbare Weise bekräftigten. Als das Ansehen seines Clans zur Debatte stand, unterließ der Dandy Paivai jeglichen Hinweis auf das Domesday Book und die Altvorderen. Es gab glaubwürdigere Zeugnisse. Er präsentierte der wißbegierigen Welt einen Gewährsmann, der noch quicklebendig war – einen Zeitgenossen. Es war sein Schneider, dieser tüchtige Kerl, der seine Wämser aus Tapa fabrizierte und seine Seele mit gut sitzenden Kleidungsstücken erfreute.

»Ach,« seufzte Babbalanja, »welchen Dämpfer erhält da in einem der Gedanke an Unsterblichkeit, stellt man sich vor, daß auch jeder dieser Taparier im Jenseits eine Nische beanspruchen wird!«

Aber wir sind ja auf der Reise. Und unser Besuch auf Pimminee selbst wird uns am besten mit der Lebensweise seiner Bewohner bekannt machen.

CXXVIII.

Ihre Abenteuer bei der Landung auf Pimminee

NACH langer Überfahrt kam die Insel Pimminee in Sicht: völlig flach und in einen dünnen, farblosen Dunstschleier gehüllt.

»Warum an Land gehen, edler Herr?« sagte Babbalanja, »hier ist keine Yillah.«

»Weil's mir danach ist, Babbalanja.«

Darauf Yoomy: »Taji wollte nicht, daß eine Insel unerkundet bliebe.«

Als wir uns dem Strand näherten, wurde die Atmosphäre noch drückender und ermüdender. Wir vermißten sehr die balsamischen und erfrischenden Brisen, die in der offenen Lagune wehten. Die Bäume waren offenbar von dürftigem, kränkelndem Wuchs; das Gras auf den Wiesen war kurz und spärlich.

»Taji,« sagte Media, »den Erzählungen Flechtbarts nach müssen die Gebräuche dieser Taparier sehr belustigend sein.«

»Ja,« sagte Babbalanja, »ihr Leben ist eine fortwährende Farce, die zur Zerstreuung von Mardi gratis aufgeführt wird. Edler Herr, vielleicht täten wir gut daran, uns unserer Würde zu entkleiden und bei ihnen als Personen niederen Ranges an Land zu gehen; denn dann wird uns größere Kurzweil zuteil, wenn auch geringere Gastfreundschaft.«

»Ein guter Vorschlag,« sagte Media.

Und mit diesen Worten tauschte er seine Königsrobe gegen ein weniger anspruchsvolles Gewand.

Alle taten desgleichen. Yoomy legte Turban und Schärpe ab; und wir sahen schließlich, nach vollständiger Metamorphose, wie ungarische Zigeuner aus.

Danach fuhren wir in eine Bucht ein, wo unzählige dienstbare Geister, im Wasser stehend, damit beschäftigt waren, die Schnitzereien einiger Kanus zu waschen, die ihren Herren, den Tapariern, gehörten.

Wir landeten in einiger Entfernung und folgten einem Weg, der uns bald zu einer Behausung aus Bambusgeflecht führte. Dort klopften wir höflich an, um Einlaß zu erlangen. Sogleich trat uns ein Diener entgegen, dessen ganze Stattlichkeit in den Waden steckte. Als er unser Erscheinen bemerkte, nahm er die gesamte Schwelle ein und fragte nach unserem Begehr.

»Fremde, gütiger Herr, von der Reise ermattet und der Stärkung und Ruhe bedürftig.«

»Dann schert euch, ihr Vagabunden!« Und mit Nachdruck schlug er uns die Tür vor der Nase zu.

Babbalanja wandte sich um und sagte: »Ihr seht, edler Herr Media, daß diese Knechte ihren Herren nicht nachstehen, die nur die Wohlgenährten nähren und nur die Wohlbehausten behausen.«

»Wahrlich! Dennoch bieten sie köstlichste Kurzweil,« rief Media aus. »Ha! ha! Taji, wir hätten viel verpaßt, hätten wir Pimminee verpaßt .«

Danach beobachteten wir, wie in einiger Entfernung drei Bedienstete vom Meer her losrannten, als hätten sie eine bedeutsame Nachricht zu überbringen.

Hier und da hielten wir an und ersuchten vergeblich bei anderen Hütten um Einlaß. Da wir nur Hohn für unsere Bemühungen ernteten, zogen wir weiter. Und erreichten schließlich das Dorf, in das die Diener vom Meer her gelaufen waren.

Jetzt wurden wir, zu unserer Überraschung, von einer ungeduldig wartenden und unterwürfigen Menge begrüßt.

»Ihr kriecherischen Kerle,« sprach Media, »wo halten sich eure Herren auf?«

»Dreifach Hochwohllöblicher königlicher Herr von Odo, nehmt uns zu Domestiken. Wir sind Taparier und, wenn es Eurer Erlauchten Majestät gefällt, Eure ergebensten und untertänigsten Diener. Wir ersuchen Euch, Allerhöchster Herr, daß Ihr Euch herablaßt, unsere Hütten zu besuchen und an unserem Mahl teilzuhaben.«

Dann wandten sie sich an ihre eigenen Diener: »Fort mit euch Hunden! Und bringt unsere Domizile in Ordnung.«

»Woher wißt ihr, daß ich König bin?«

»Sieht man das nicht an Eurer Durchlaucht königlichem Betragen und Schauen?«

»Ihre Bediensteten,« murmelte Mohi, »müssen von den Paddlern unserer Boote erfahren haben, wer der edle Herr ist, und die Nachricht überbracht haben.«

Nach einem weiteren Wortwechsel ergab sich Media der Gesellschaft eines gewissen Nimni, des Vornehmsten der Taparier. Dieser geleitete uns zu seinem Wohnsitz und stellte uns, höchst ehrerbietig, eine wohlbeleibte alte Begum und drei schmächtige Mädchen vor: seine Frau und seine Töchter.

Bald wurden Erfrischungen gereicht: grüne und gelbe Mixturen und diverse rätselhafte Lekkereien; ferner Kräuterliköre von eigenartigem und beunruhigendem Aroma, in zarten, zu Bechern gefalteten Blättchen serviert, die sehr mühsam zu handhaben waren.

Der äußerst durstige Babbalanja erdreistete sich, Wasser zu verlangen, was bei der alten Begum einen Anfall von Entsetzen auslöste und schwächere Schreie bei den Töchtern. Die Dame erklärte, daß dieses Getränk, das andeutungsweise erwähnt worden war, in Mardi allzu weit verbreitet sei, um in Pimminee überhaupt geschätzt zu werden.

»Doch obwohl wir selten daran nippen,« sprach die alte Begum und rückte feierlich ihr Halsband aus Kaurimuscheln zurecht, »verwenden wir es doch gelegentlich zu medizinischen Zwecken.«

»Ah, tatsächlich?« sagte Babbalanja.

»Doch glaubt mir, selbst dann trinken wir nicht von dem gewöhnlichen Naß der Quellen und Flüsse sondern von dem, das in Nachmittagsschauern sacht von unseren Palmen rieselt und sich in dem kleinen Hohlraum oder Miniaturreservoir unter deren festem Wurzelwerk sammelt.«

Ein Kelch mit diesem Getränk wurde nun Babbalanja gereicht; doch da es einen merkwürdigen, harzigen Geschmack hatte, erwies es sich als kaum trinkbar.

Kurz darauf trat eine Schar von Jünglingen ein, Verwandte von Nimni. Sie waren schlank wie Skysegelmasten; und da sie in einer Reihe standen, glichen sie einem Staketenzaun. Sie wurden von riesigen, rund gekämmten und bunt gefärbten Haarschöpfen überragt, die man durch Ansengen mit einem brennenden Strohwisch geglättet hatte. Diese Burschen waren wie die Pakete eines Putzmachers sehr hübsch verschnürt und trugen wohlriechende Gewänder.

»Sie duften wie der Wald selbst,« flüsterte Yoomy.

»Ja, wunderbar wie Pflanzensaft,« sagte Mohi.

Ein Teil ihres Kostüms bestand aus zahlreichen bequasteten Schnüren, die, Achselschnüren ähnlich, vom Nacken herabhingen und mancherorts mit dem Körper verbunden waren. Eine einzelne Schnur verband die beiden Fußknöchel so miteinander, daß sie noch etwas Spielraum hatten. Diese Schnüre dienten dazu, die Bewegungen der Körper maßvoll abzustufen und die Gesten, Schritte und Attitüden im Rahmen der vorgeschriebenen taparischen Vornehmheit zu halten. Wenn diese Jünglinge ins Freie gingen, liefen ihnen einige Diener voraus und legten vor ihnen kleine, beschnitzte Bretter nieder, worauf ihre Herren traten, damit sie den Erdboden nicht berühren mußten. Eine so einfache Sache wie ein Schuh als Zubehör für den Fuß war in Pimminee unbekannt.

Als ihnen gesagt wurde, Taji sei jüngst von der

Sonne gekommen, zeigten sie sich nicht im mindesten überrascht. Einer von ihnen jedoch bemerkte beiläufig, daß die dortigen Verfinsterungen doch ziemlich lästig sein müßten.

CXXIX.

A, I und O

DIE alte Begum führte den klangvollen Namen Ohiro-Moldona-Fivona. Dieser galt, seiner Länge wegen, als höchst vornehm; obwohl böse Zungen behaupteten, daß dies nur die Umstellung ihres wirklichen Namens sei, unter dem sie früher bekannt gewesen war und der »Macherin-schöner-Tapa« bedeutete. Doch da diese Benennung ein altes Geheimnis verraten hätte, hielt man es für klug, sie zu verschleiern.

Ihre Töchter erfreuten sich der hübschen Kürzel A, I und O, die ihrer Knappheit halber komischerweise als ebenso vornehm galten wie der Name der Dame.

Die Kleidungsstücke der drei Vokale darf man nicht außer acht lassen. Jedes Dämchen war von einem weiten Reifrock aus Rohr umwallt, der als Gestell für ein farbenprächtiges Kleid diente. Vielleicht verschanzten sie ihren Liebreiz derart in diesen uneinnehmbaren Petticoats wie ermattete Heere, die in Festungen fliehen, um ihre Schwäche zu verbergen und um einem Angriff besser begegnen zu können.

Doch es ist artig und diplomatisch, eine Gastgeberin günstig zu stimmen. Folglich nahm Taji selber neben der Begum Platz und hob an mit ernsthaften Erkundigungen nach ihrem Wohlbefinden. Die Begum aber gehörte zu denen, die den Schüchternen aus der Verlegenheit der Rede erlösen: sie redete für zwei und bestritt so das ganze Gespräch. Daher verwunderte es nicht, daß die Anwesenheit der gnädigen Dame bei allen Versammlungen im Hag von Pimminee von unschätzbarem Wert war; denn sie trug in großem Umfang zu dem unaufhörlichen Gelärme bei, das der beste Beweis für eine vergnügliche Gesellschaft ist; denn es macht einen taub für den allgemeinen Unsinn, den man sonst hören würde.

Als die Begum erfuhr, daß Taji eine Rundreise über verschiedene Inseln Mardis gemacht hatte, zeigte sie sich überrascht, daß er sein Leben unter den Barbaren des Ostens derart aufs Spiel gesetzt habe. Sie wünschte zu wissen, ob es seine Konstitution nicht angriffen habe, die unfeine Luft dieser entlegenen und barbarischen Regionen einzuatmen. Allein der Gedanke daran mache sie im Innersten ganz schwach; und nie ginge sie bei Ostwind vor die Tür, da sie die Keime der Ansteckung fürchte, die in der Luft liegen könnten.

Als sich Taji an die drei Dämchen wandte, merkte er sehr bald, daß seine, in Gegenwart der Begum erlahmte Stimme nun aktiv zur Unterhaltung ihrer dreisilbigen Töchter beansprucht werden würde. So beharrlich waren sie mit dem schweigenden Bemühen beschäftigt, gefühlvoll und hübsch auszusehen, daß es sich nicht als leichte Aufgabe erwies, mit ihnen ein gewöhnliches Gespräch aufrechtzuerhalten. In dieser Zwangslage verstreute Taji seine Bemerkungen nicht unter alle drei, sondern konzentrierte sich taktvoll auf O. Da er dachte, sie könnte bezüglich der Sonne neugierig sein, erwähnte er beiläufig, daß dieser Himmelskörper sein Heimatort sei. Woraufhin O fragte, wo besagter Ort liege.

»Ein Stück von hier entfernt, oben in der Luft. Die Sonne spendet Pimminee und Mardi reichlich Licht.«

Sie antwortete, wenn dem so sei, hätte sie diese nie bemerkt; denn ihre Krinoline sei so konstruiert, daß sie ihren Kopf nicht zurückwerfen könne, ohne deren Sitz zu verschlechtern. Daher hätte sie stets von astronomischen Nachforschungen Abstand genommen.

Worauf der rüpelhafte Mohi laut lachte. Und dieses glückliche Glucksen und Prusten entband Taji von jeder weiteren Notwendigkeit, die Vokale zu unterhalten. Denn bei einem so vulgären und in Pimminee so ungewohnten Geräusch wie einem urtümlichen Lachen sanken die drei verdutzten Nymphen in einer Reihe ohnmächtig nieder, wobei ihre runden Reifröcke übereinanderpurzelten wie leere Weinfässer. Doch bald kamen sie wieder zu sich.

Unterdessen taten die jungen Laffen mit den Achselschnüren nichts anderes, als sich halb transparente Blätter, per Stengel, an die Augen zu halten. Diese richteten sie nach unten, auf die Säume der durcheinandergeratenen Reifröcke hin, in der Erwartung, eventuell einen Fußknöchel und dessen Zubehör zu entdecken. Schwer zu sagen, was der genaue Zweck dieser Blätter gewesen sein mochte, insbesondere, da die Beobachter stets nur darüber oder darunter hinweglinsten.

Dem Malheur mit den Vokalen folgte bald die

Auflösung der Gesellschaft. Woraufhin wir, da der Abend heranrückte, und wir uns von der Mühe sehr erschöpft fühlten, gastlichen Umgang zu haben, uns zu unseren Matten zurückzogen. Dort fanden wir die Ruhe, die den Ermatteten stets erwartet.

CXXX.

Ein Empfangstag zu Pimminee

AM nächsten Morgen ließ uns Nimni wissen, daß er beabsichtige, den ganzen Tag über offenes Haus zu halten, auf daß wir Pimminees ganzen Stolz erblickten, alle Schönen, Reichen und Vornehmen, einschließlich bestimmter bedeutender Fremder aus verschiedenen Gegenden der Lagune, die sich zweifelsohne durch ihren kurzen Besuch selbst ehrten.

Als Mitbewohner des Hauses hatten wir unerwartet die seltene Gelegenheit, die Begum und ihre Töchter bei ihrer abschließenden Toilette zu beobachten, die Vorbereitung für den Empfang der Gäste.

Ihre vier Reifröcke waren in der Mitte der Wohnstatt aufgestellt worden. Und deren künftigen Insassen umkreisten, in rudimentärer Kleidung, diese wieder und wieder, um mannigfache Verschönerungen anzubringen: bunte Schärpen, Elfenbeinschmuck und andere Zierate. Ob diese oder jene Ausschmückung passend sei, darüber sannen die drei Vokale einzeln oder beratschlagten zusammen. Sie redeten und lachten; waren still und traurig; bald ausgelassen über ihren kecken Putz; bald nachdenklich im Hinblick auf die Reize, die zu verbergen waren.

Es war O, die bald darauf einen kunstvollen Faltenwurf in ihren Textilien vorschlug, der den Mardianern, rein zufällig, einen kurzen, schmachtenden Blick auf ihre Fußknöchel, die man für hübsch hielt, erlauben könnte.

Die alte Begum aber war umtriebiger als alle und geizte gar nicht mit guten Ratschlägen. Ihr Hauptziel war es anscheinend, es mit dem Putz unbedingt auf die Spitze zu treiben ; und sie wies auf viele, bisher frei gebliebene Stellen hin, die der Ausschmückung noch harrten.

Schließlich war alles bereit. Daraufhin warfen die Begum und die Mädchen einen Abschiedsblick auf ihre Verschanzungen und tauchten gleichzeitig darin unter; unmittelbar danach kamen ihre Köpfe oben wieder zum Vorschein – wie auf dem Hochgericht.

Und nun die Schilderung des allgemeinen Empfangs, der sich anschloß . Herein traten die Roos, die Fees, die Lol-Lols, die Hummie-Hums, die Bidi-Bidies und die Dedidums; die Peenees, die Yamoyamees, die Karkies, die Fanfums, die Diddledees und die Fiddlefies, kurz, die ganze Aristokratie von Pimmimee: Leute mit äußerst kurzen Namen und solche, die nur aus Namen bestanden und aus sonst nichts. Dies war ein imponierendes Aufgebot von Klangvollem, ein Zirkulieren von Nichtsen, ein Geschiebe schöner Tapa, ein Zusammenspiel von Falbeln und Fratzen, eine schale Maskerade.

In der Menge tummelte sich ein geschäftiger Jemand, ein gewisser Gaddi, prächtig in Schale geworfen zu nichtigem Anlaß. Dieser griff sich Babbalanja heraus und wich eine Zeitlang nicht von seiner Seite, um ihn, Gipfel der Gefälligkeit, über die versammelten Leute aufzuklären.

»Dies ist der reiche Marmonora, der als

mächtiger Mann in Pimminee gilt. Es heißt, mitsamt seinen Zahnsäcken wöge er mehr als vierzehn Stein; und er ist bei Schneidern, seiner Maße wegen, sehr beliebt, denn in der Herzgegend ist er sehr schwach gebaut. Seine Reichtümer sind riesig. Und diese betagte Edelfrau ist die Witwe Roo: sie ist steinreich und klimpert nur so mit Zähnen – doch nicht in ihrem Mund. Und das ist Finfi, von der es heißt, sie sei weniger betucht, und eine alte Jungfer dazu. Doch wer würde annehmen, daß sie sich ihren Lebensunterhalt je mit Tapaklopfen verdient hätte?«

Und mit diesen Worten schlenderte Gaddi weiter; während der Platz an Babbalanjas Seite unverzüglich von der Jungfer Finfi eingenommen wurde. Diese kregle und liebenswerte Nymphe a.D. machte mit den Hinweisen zur Gesellschaft sogleich dort weiter, wo Gaddi aufgehört hatte. Sie begann mit Gaddi selbst, der, insinuierte sie, bloß ein Parvenü sei, eine schreckliche Zumutung für die gute Gesellschaft und nicht annähernd so reich, wie man es sich vorstellte.

Bald trat uns ein gewisser Nonno entgegen, eine mürrische, verschlossene Person: »Ich kenne niemanden hier, nicht eine Seele habe ich vorher gesehen. Bin gespannt, wer sie alle sind.« Und just in diesem Augenblick nickten ihm neun Berühmtheiten gleichzeitig zu. Woraufhin Nonno verschwand. Doch nachdem er in der Gesellschaft seine Kreise gezogen und vielen seine Aufwartung gemacht hatte, schlenderte er wieder bei Babbalanja vorbei und sagte: »Niemand, niemand, nichts als Niemande. Ich sehe keinen, den ich kenne.«

Nimni näherte sich nun und stellte uns viele hochrangige Freunde vor, deren Titel er derart demonstrativ Revue passieren ließ, daß wir überzeugt sein mußten, auf dieser seiner ›kleinen Veranstaltung‹ seien Personen von gewaltiger Reputation zugegen; und daß wir uns täuschten, wenn wir glaubten, er pflege keinen Umgang mit der illusteren Gesellschaft.

Doch nicht wenige seiner Magnaten, samt ihrer Ruhmestaten, schienen Media eher zu meiden. Insbesondere ein großer, grober Kerl mit einem schrecklichen Speer in der Hand, der schon so verhauen war, als hätte er manchen Hieb ausgeteilt. Der linke Arm dieses Grobians hing auffällig in einer Schlinge und sein linkes Auge trug eine Klappe. Nimni stellte ihn als einen berühmten Kapitän vor, der von König Pikos Insel komme (davon später); und er sei irgendwo in einem letzten verzweifelten, doch namenlosen Gefecht beinahe tödlich verwundet worden.

»Ach,« sagte Media, als sich diese furchtbare Kriegsgurgel zurückzog, »Fofi ist ein verschlagener Kerl, ein Großmaul, von König Piko wegen seiner Feigheit verjagt. Er hat seine Tätowierung mit viel Blau übertüncht, und derart getarnt hat er sich wohl hier in Pimminee für den ausgegeben, der er nicht ist. Doch von seiner Sorte sehe ich noch mehr hier.«

»O ihr Taparier,« sprach Babbalanja, »niemand wird so leicht betrogen wie Betrüger. Sieht man sich diesen Humbug an, wird man weise. Seht, wir sind mitten im Mummenschanz. O Pimminee, Pimminee!«

CXXXI.

Babbalanja zieht nach Strich und Faden über Pimminee her

NACH dem Lever verzichteten wir auf weitere Höflichkeitsbezeigungen und nahmen artig Abschied von der Begum und Nimni. Wir strebten dem Strand zu und waren sehr bald in unseren Booten.

Als wir alle vergnügt unter dem Baldachin saßen, – die Pfeifen waren unter Volldampf, die Kalebassen gingen reihum und die Paddler schoben uns ruhig dahin, – da schlug Media vor, daß einer der Anwesenden, zu aller Nutz und Frommen, in ein oder zwei markigen und bissigen Sätzen den Charakter der Taparier zusammenfassen sollte; und schließlich beauftragte er Babbalanja mit diesem Amt.

»Komm, Philosoph; wir wollen sehen, wie wenig Silben du benötigst, um diese Taparier zu brandmarken.«

»Verzeiht, edler Herr, doch Ihr müßt mir etwas Bedenkzeit gewähren. Nichts braucht mehr Zeit, als sich kurz zu fassen. So soll der alte Bardianna im Gespräch nur dreisilbige Sätze verwendet haben. Seine Worte waren wie Donnerschläge: laut schallend, doch mit langen Pausen dazwischen.«

»Zum Teufel mit dem alten Bardianna. Hätte der Totengräber doch seine Grübeleien mitsamt seinen anderen Überbleibseln beerdigt. Kann man nicht in deiner Gesellschaft sein, Babbalanja, ohne daß du einem unbedingt diesen alten Schwätzer zum Duzfreund machst? Wir wollen die Taparier gebrandmarkt sehen!«

»Euer Wunsch wird erfüllt werden, edler Herr. Die Taparier sind so vollständig von sich eingenommen, daß sie die hohlsten Sterblichen sind.«

»Das hat gesessen, Babbalanja.«

»Wahrlich, ein ausgezeichneter Spruch; er sollte auf seinen Grabstein eingemeißelt werden,« sagte Mohi, indem er langsam seine Pfeife aus dem Mund nahm.

»Was, du möchtest wohl meinen Epitaph so lesen: – ›Hier liegt der hohlste der Sterblichen, vollständig eingenommen von sich selbst?‹ Bestenfalls sind deine Worte äußerst zweideutig, Mohi.«

»Nun habe ich dich, Philosoph,« rief Yoomy schadenfroh. »Was sagte noch kürzlich jemand zu mir, Babbalanja, als mir Flechtbart, im Hinblick auf dieses schläfrige Lied, ein ähnliches Kompliment zukommen ließ? Wurde mir nicht gesagt, ich solle diesem Lob abringen, auch wenn ich ihm Gewalt antäte?«

»Schlucke deine eigenen Pillen, Philosoph,« sagte Mohi.

»Dann wäre er ein origineller Kopf,« sagte Media.

»Meinst du nicht, Yoomy,« sagte Babbalanja, »daß du im Unrecht bist? Nur weil ich manchmal weise Worte sage, brauchst du nicht zu denken, daß ich dies immer tue.«

»Dies denke ich nie,« sagte Yoomy, »und wenn ich es täte, strafte mich die Wahrheit Lügen. Du bist im Unrecht, Babbalanja, nicht ich. Und ich wünschte, daß du dich entschuldigst.«

»Des Sängers Klinge ist heute scharf geschliffen,« sagte Media.

»Was ich sagen wollte, überaus liebenswürdiger Yoomy,« fuhr Babbalanja fort, »ist, daß wir Philosophen anderen soviel Weisheit schenken, daß es nicht verwundert, daß das, was davon übrigbleibt, manchmal nicht mehr für unseren eigenen Bedarf reicht. Unsere große Überfülle ist es, die macht, daß wir manchmal Mangel leiden.«

»Und der Narr,« sagte Media, »ist wegen seiner Armut wohlhabend; denn sein schlichtes Gemüt ist manchmal von größerem Wert als die Weisheit des Weisen. Doch wir unterhalten uns über die Taparier. Babbalanja, mit deinem Satz hast du dich bravourös geschlagen. Nun lasse dich noch weiter darüber aus und erzähle uns mehr vom Volk von Pimminee.«

»Edler Herr, darüber könnte ich mich endlos auslassen.«

»Dann laßt ihn nicht beginnen, Wohllöblicher Gebieter«, schaltete sich Flechtbart ein.

Babbalanja darauf: »Ich denke, daß alle Gegenstände, selbst die banalen, unerschöpflich sind. Wie man den mathematischen Punkt, setzt man ihn in Bewegung, zu einer unendlichen Linie verlängern kann.«

»Doch er dehnt sich immer nur ins Nichts aus,« sagte Media. »Ein sehr schlechtes Beispiel, dem man nicht folgen sollte. Komme auf den Punkt, Babbalanja, und gehe nicht mit ihm auf die Reise, wie es bei dir Usus ist.«

»Da der edle Herr darauf besteht, folgendes noch zu den Tapariern; obwohl ich dazu nur ein oder zwei Gedanken parat habe. Sie ignorieren den Rest von Mardi, wohingegen sie für die östlichen Inseln selbst nur gerüchteweise existieren. Dort geht das Leben und Sterben seinen gleichförmigen Gang, als ob es keine Taparier gäbe. Diese dünken sich, ganz Mardi zu sein; doch starrt die Menge sie wie seltsame Ausgeburten an, Ausnahmen von der Regel, die besagt, daß man sich zumindest mit der Durchschnittsmenge an Hirn auf seinen Lebensweg machen sollte. Doch diese Taparier haben kein Hirn. Statt dessen haben sie in einem Winkel ihres Oberstübchens ein oder zwei Tropfen Rosenöl; mit diesem nur geringen Vorrat geizen sie sehr. Sie sind zwei unheilbaren Krankheiten zum Opfer gefallen: Stein im Herzen und Holz im Kopf. Sie sind vollkommen stutzerhaft, putzsüchtig und spitzfindig. Sie wissen nicht, daß die Natur das Vorbild für die Kunst sein sollte. Doch könnten sie weniger dumm als jetzt aussehen, wenn sie sich damit begnügten, die einfachen Idioten zu sein, die sie im Grunde genommen sind. Denn in einem Einfaltspinsel, solange er sich ungezwungen gibt, steckt auch ein Gran Vernunft. Aber was kann man von ihnen erwarten? Sie sind unverbesserliche Taparier. Doch ist ihre Narrheit weniger von ihnen selbst ausgeheckt worden, sondern Oro hat sie ausdrücklich und unverständlicherweise verfügt. Ich, für meinen Teil, kann sie nicht ausstehen, edler Herr.«

Taji desgleichen.

Auf Pimminee gab es kein fröhliches Herumtollen und kein Jauchzen: nichts von der königlichen Bewirtung durch den alten Borabolla, nichts von den Mysterien Marammas, nichts von dem gefühlsreichen und phantastischen Leben Donjalolos; keine alten Sagen wurden vorgetragen, keine alten Lieder gesungen; kein Leben, kein freudiges Treiben, kurz, nicht Mann und Frau; nur ihre äußeren Hüllen, schwerfällige Schleppen und Krinolinen.

CXXXII.

Babbalanja tischt der Gesellschaft einige Sandwiches auf

ES war Nacht. Doch des Mondes Glanz erleuchtete die Lagune fern und nah.

Wir glitten über silberne Wogen dahin.

»Komm Yoomy,« sagte Media, »Mondschein und Musik auf immer – ein Lied! Ein Lied, mein Paradiesvogel.«

Und Yoomy kreuzte sein Arme, schaute in die funkelnden Wasser und sang dies:

Ein Mondstrahl auf der Wogen Tanz
Ist dieser Jungfer Schritt voll Glanz:
Musik und Klang für Mardi ist ihr Gang,
Und ihre Stimme ist nicht Stimme sondern
Waldes Sang.

»Warte!« rief Media aus,« dort drüben ist ein seltsamer Felsen. Er sieht schwarz aus wie ein Walrücken im blauen Wasser, der von der Sonne beschienen wird.«

»Das muß die Insel der Fossilien sein,« sagte Mohi. »Ja, edler Herr, sie ist es.«

»Dann laßt uns landen,« sagte Babbalanja.

Und da alle einverstanden waren, änderten wir unseren Kurs und gingen bald an Land.

Die Oberfläche der Insel wölbte sich wie eine Kuppel auf und war stellenweise von farngesäumten Spalten durchzogen. Offenbar war das dünne Erdreich jedoch nach und nach bei jeder Flut in die Lagune gespült worden.

Wie antike Tafeln wiesen die glatteren Flächen fremdartige Zeichnungen und Muster auf: Inschriften und Chiffren wie in Luxor, Tadmor, Palenque. Wie auf den Architraven von Dendera sah man in langen Reihen Flachreliefs mit Käfern, Schildkröten, Ameisenbären, Gürteltieren, Guanovögeln, Schlangen, stummen Krokodilen: eine lange Prozession, im Stein ergraut und zu Kristall geworden, vom Silber des Mondes überzogen.

»Seltsamer Anblick!« rief Media aus. »Sprich, Altertümler Mohi.«

Doch der Chronist zupfte an seinem altertümlichen Bart und war ganz perplex von diesen wundersamen Niederschriften. Und er sah mindestens so verlegen aus wie der ehrwürdige Vater Piaggi in seiner Kutte, der sich über seine angekohlten Herculaneischen Manuskripte beugte.

Darauf Media: »Dann gib *du*, weiser Babbalanja, deine Erläuterungen.«

Babbalanja hüllte sein Gesicht in seinen Umhang und sprach mit Grabesstimme dieses:

»Dies sind die Blätter aus dem Buch von Oro. Hier lesen wir, wie Welten geschaffen wurden, lesen vom Aufstieg und Niedergang der Reiche der Natur. Diese Niederschriften ohne Anfang hören dort auf, wo dieses alten Mannes Mohi früheste Geschichten beginnen. Dies sind die geheimen Erinnerungen an vergangene Zeiten. Und tritt deren Evidenz schließlich zutage, straft sie Mohis Geplapper unnachsichtig Lügen und bringt Marammas klapprige Gebeine zum Rasseln.«

Flechtbarts alte Augen flammten auf; und mit

gesträubtem Bart rief er aus: »Nimm diese Lüge zurück!«

»Schweigt! Ihr ewigen Widersacher,« rief Media, der sich mit ausgestreckten Armen einschaltete. »Philosoph, bohre nicht zu tief. Alles, was du sagst, ist sehr schön, doch sehr dunkel. Ich wüßte doch gern Genaueres. Komme also bitte, Geist, aus deiner Vermummung und höre auf zu schwatzen! Warte damit, bis du unter der Erde bist!«

»Ja, des Todes Schüttelfrost bringt uns Zittern und Zagen. Wir werden schwören, daß unsere Zähne Eiszapfen sind.«

»Verschone uns mit deinen Graupelschauern! Erläutere diese Felsen.«

»Wenn Ihr es wünscht, edler Herr, blättere ich solange in diesen Steintafeln, bis sie Eselsohren haben.«

»Himmel und Mardi! – Fahre fort, Babbalanja.«

»Also: dies waren Grabmäler, die in vulkanischen Wehen zerbarsten; sie wurden aus den tiefsten Gewölben der Lagune hierher geschleudert. Alle Felsen Mardis sind eine einzige große Auferstehung. Doch seht! Hier wird gerade eine hübsche Geschichte erzählt. Die Mächtigen, die vor der Sintflut lebten und wüteten, dachten wohl kaum, daß sie hier landen würden. Schaut her, König Media, und lernt.«

Er schaute hin und sah ein versteinertes Bild, so deutlich wie eines auf den Giebeln von Petra.

Es handelte sich offenbar um ein vornehmes Totenbankett: die Skelette hoher Herren reihten sich um eine Tafel, die mit versteinerten Früchten überhäuft war. An den Seiten standen Vasen aus Quarz und grinsten wie hohle Totenschädel. Die Herren saßen da und tauschten steife Artigkeiten aus. Einer hatte die Hand auf sein steinernes Herz gelegt, ein anderer trank einem Edelmann zu, der einen leeren Humpen hielt. Ein anderer zog eine ernste Miene unter seiner Mitra. Offenbar flüsterte er einem, der neben ihm saß, etwas ins Ohr; dieser lauschte vertrauensvoll. Doch eingerollt auf der Brust des Mitraträgers lag eine Natter aus Flint.

Am äußersten Ende des Saals erhob sich ein Thron, dessen Baldachin von einer Krone überragt wurde; dort saß die Gestalt eines Raben auf einem Ei.

Der Thron war leer. Aber hinter dem stattlichsten Edelmann, halb verborgen hinter Draperien, hatte sich eine gekrönte Gestalt seitwärts geneigt, mit erhobenem Dolch in der Hand: ein Monarch, der in dem Moment zu Stein wurde, als er im Begriff war, seinen Gast zu ermorden.

»Höchste und Heiligste Majestät!« rief Babbalanja und verbeugte sich ganz tief.

Während alle dieses Schauspiel anstarrten, kamen zwei von Medias Dienern, die Babbalanja baten, einen Disput zu schlichten, der bestimmte Spuren auf der anderen Seite der Insel betraf.

Wir folgten ihnen dorthin.

Auf einer ausgedehnten Schieferschicht waren die Rippelmarken einer nun wogenlosen See zu sehen; mitten darin dreizehige Fußabdrücke eines Riesenreihers oder Stelzvogels.

Der erste Disputant wies auf einen davon und sprach: »Ich behaupte, daß dies drei Zehen sind.«

»Und ich, daß es ein Fuß ist,« sagte der andere.

»Und nun entscheide zwischen uns,« sagten einstimmig beide.

Und Babbalanja polterte los: »Gab es nicht wegen dieser Frage solch gräßlichen Zank auf Maramma, dessen Tertiärgestein gänzlich übersät ist von solchen Zeichen? Ja, deshalb haben sie einst Blut vergossen. Und deshalb sind sie heute noch uneins.«

»Wer von uns hat recht?« fragten wieder die ungeduldigen Zwei.

»Zusammen habt ihr beide recht; einzeln seid ihr beide im Unrecht. Jede Einheit besteht, ebenso wie jede Vielheit, aus Teilen. Neun ist drei mal drei; eine Einheit besteht aus vielen Dritteln, oder, wenn man mag, aus tausend mal tausend: kein besonderer Grund, mit den Dritteln aufzuhören.«

»Fort mit euch närrischen Disputanten!« rief Media. »Was ihr disputiert, ist direkt vor eurer Nase.«

Auf unserer weiteren Wanderung erblickten wir manche Wunder. Und Media sagte: »Babbalanja, du Freund aller Geheimnisse, hier ist ein passendes Thema für dich. Du hast uns die Geschichte des Felsens erzählt. Weiß deine Weisheit von dem Ursprung all dieser Inseln zu berichten? Wie kam Mardi zustande?«

»Ah, diese einst umstrittene Frage ist entschieden. Anfangs erschien sie schwierig, war aber dann eine Bagatelle. Erschreckt nicht: man kam mit Latte und Rute, um Mardi auszumessen, und lotete mit dem Blei die tiefsten Tiefen aus.

Lauscht dieser erbaulichen Geschichte. Das Korallenriff, das die Inseln umgibt, beginnt erst am oberen Rand des versunkenen Kraters aus dem Urchaos. In der Frühzeit wälzten sich dichte Schwaden über diesen Glutkessel, aus dem vulkanische Feuer überkochten. Die flüssige Lavamasse dickte mit der Zeit ein und sank, über lange Zeiträume, als schweres Sediment auf den Kratergrund, verfestigte sich dort, verbackte zur Kruste, die schließlich nach oben stieg. Dann brach der riesige Vulkan aus, riß die ganze Masse auseinander und schleuderte das Urgestein hoch, das nun in verschiedenen Bergkegeln davon kündet, wie Mardi aussah, als es noch nicht vollständig ausgeformt war. Daher gibt es so viele Fossilien auf den Bergen, deren Verwandte noch im Talgrund schlummern. So arbeitet die Natur: aufs Geratewohl. Das Chaos ist ein Krater und diese Welt ist eine dünne Schale.«

Mohi strich seinen Bart.

Yoomy gähnte.

»Widersinnig,« rief Media aus.

»Dann geruht, Euch mit einer anderen Theorie zu befassen, edler Herr, dem berühmten Sandwich-System. Im Urzustand war die Natur eine Suppe, deren feste Bestandteile zu Granitklößen zusammenklumpten. Sie wurden abgetragen und sedimentierten in einer primären Formation, die sich aus verschiedenen Schichten zusammensetzte. Zwischen diesen eingelagert waren, wie bei einem Sandwich, seltsam geformte Mollusken, Zoophyten und auch Schnecken: Gelee zum Schlecken und Nüsse zum Knacken, bevor die Hauptmahlzeit kam.

Als nächstes, edler Herr, kommt die gute alte Zeit des Sandwichs aus altem devonischen Rotsandstein; zwischen ihm und der darunterliegenden Schicht gibt es, nebst anderen Leckereien, den ersten Gang mit Fisch – ganz wie es sich gehört: Störartige, Zephalopoden, Glyptolepoden, Pterichtiden und anderes Flossengetier, das köstlich schmeckt, doch, wegen der Gräten, wenig mundgerecht ist. Als Beilage dazu wurde Grünzeug serviert: Flechten, Moose, Farne und Pilze.

Jetzt kommt das Buntsandstein-Sandwich, eine mergel- und magnesiumhaltige Schicht, belegt mit uralten Krokodilen und Alligatoren und ungeheuren Eidechsen: auf ihre eigenen Rückgrate gespießt, die Schwänze ineinander verschlungen, in Safransauce mariniert – harte Arbeit für Tranchiermesser.«

»Und was dann?« rief Media.

»Das Oolith-Sandwich, eine ölige Schicht, etwas Tolles für Schlemmer: voll fetter, abgehangener Keulen und Schinken und Kniestücke und Nüssen von Seekühen und Walrossen als Krönung der Tafel. Alles in verschwenderischer Fülle aufgehäuft: Filets und Bruststücke, Schwanzstücke, Rücken und Haxen, Schultern über Schultern, Rippen tippen an Tafelspitze, Lenden enden vor Nieren und Viertel vor … nichts. Und jede Sandwich-Lage über der vorigen: Gang um Gang und Schicht auf Schicht. Keine Zeit, die Trümmer wegzuräumen, keine Pause, kein Zaudern: zupacken und zerlegen; aufschneiden, nachschieben und weiter.

Als nächstes das Kreide- oder Korallensandwich: trotz des Namens keine trockene Kost, sondern aus reichhaltigen Beigerichten bestehend: Eozän, Miozän und Pliozän. Ersteres bot Wildbret für das Leckermaul: Zwerglerchen, Brachvögel, Wachteln und Kleine Säger, mit einem bißchen Pilaw gereicht; dann: Kapaune, Hühnchen, Regenpfeifer, garniert mit Sturmvogeleiern. Sehr köstlich, edler Herr. Das zweite Beigericht, Miozän, tanzte aus der Reihe – Fleisch nach Geflügel: Meeressäuger, Seehunde, Tümmler und Wale, mit Tang auf den Flanken serviert; Herz und Nieren höllisch scharf, Flossen und Paddel als Frikassee. Alles sehr hübsch, edler Herr. Das dritte Beigericht, das Pliozän, tischte am tollsten auf: am Stück gegrillte Elefanten, Nashörner und Flußpferde, gefüllt mit gesottenen Straussen, Kondoren, Kasuaren, Putern. Auch Mastodonten und Megatherien vom Rost, mit Tannen im Maul angerichtet, die Schwänze aufgebockt.

So schwelgten die alten Diluvianer: ausgemachte Schlemmer und Rinderfresser. Wir Mardianer darben auf der Oberflächenschicht der Sedimente, brechen uns die Kinnladen an Wal-, Hasel-, Kokosnüssen und an Muscheln. Edler Herr, nun bin ich fertig.«

»Und das ist wacker getan. Mohi erzählt uns, Mardi sei in sechs Tagen geschaffen worden; doch du, Babbalanja, hast es von Grund auf in weniger als sechs Minuten aufgebaut.«

»Ein Klacks für uns Geologen, edler Herr. Aufs Wort kehren wir ganze Systeme um, Sonnen, Trabanten und Asteroiden eingeschlossen. Wohlan, edler Herr, mein Freund Annonimo entwirft gerade eine neue Milchstraße, die sich mit der alten kreuzt und Abkürzungen zwischen den Kometen erlaubt.«

Und mit diesen Worten wandte sich Babbalanja zur Seite.

CXXXIII.

Sie bleiben noch auf dem Felsen

»GOCKEL-GACKEL, fackel-fö, fuchtel-fochtel-forum,« so summte Babbalanja vor sich hin, während er gemächlich über die Fossilien einherschritt.

»Ist er wieder verrückt?« flüsterte Yoomy.

»Bist du verrückt, Babbalanja?« fragte Media.

»Schon von Geburt an bin ich das gewesen, edler Herr; bin ich nicht von einem Teufel besessen?«

»Dann werde ich ihn halt befragen,« rief Media aus. – »Hörst du, Freundchen, warum wütest du so sehr in diesem armen Sterblichen?«

»Er ist der Wüterich, ich bin es nicht. Ich bin der sanfteste Dämon, der je in einen Menschen fuhr; ich trage *in persona* kein Gehörn; mein Schwanz ist seiner Quaste ledig, wie schließlich auch die Löwen Mardis verlustig gehen ihrer Steißzier.«

»Ein sehr melodischer Teufel, dies. Doch, bitte, wer bist du, Freundchen?«

»Der sanfteste Dämon, der je in einen Menschen fuhr; ich trage *in persona* kein Gehörn; mein Schwanz ist seiner Quaste ledig, wie schließlich auch die Löwen Mardis verlustig gehen ihrer Steißzier.«

»Ein sehr psalmodischer Teufel, dies. Freundchen, verspotte mich nicht. Weißt du etwas, was Babbalanja noch nicht enthüllt hat?«

»Vieles weiß ich, das besser nicht gesagt wird; weswegen man mich Azzageddi heißt.«

»Ein sehr geheimniskrämerischer Teufel, dies, der nichts verrät. Azzageddi, darf ich dich austreiben?«

»Nur mit dem Geist dieses Sterblichen zusammen. Zusammen fuhren wir ein, zusammen fahren wir ab.«

»Ein sehr schlagfertiger Teufel, dies. Woher kommst du, Azzageddi?«

»Dorther, wohin mein Katechet gehen muß – ein ausgedörrter Landstrich, durchschnitten von einem heißen Äquator.«

»Ein sehr gewitzter Teufel, dies. Und mit wem, Azzageddi, hältst du dich dort auf?«

»Mit einer aufgeräumten Schar von Spießgesellen, die vor dem Glutgeprassel sitzen und auf ewig ihre Hufe rösten; mit Flammen so vertraut, daß sie das Feuer mit den Hörnern schüren und ihre Schwänze ihnen Fackeln sind.«

»Ein sehr lustiger Teufel, dies. Sag, Azzageddi, ist Mardi nicht ein weit vergnüglicherer Ort als diese deine Heimat?«

»Ach Heimat, süße Heimat! Wie gerne wär' ich wieder zu Hause!«

»Ein sehr sentimentaler Teufel, dies. Wenn du eine Hand hättest, Azzageddi, ich würde sie dir schütteln.«

»Bei uns ist dies nicht Sitte. Hinterteil an Hinterteil, schütteln wir einander die Schwänze und erkundigen uns artig. ›Lieber Herr, wie viele Grade zeigt grad das Thermometer?‹«

»Der leibhaftige Fürst der Teufel, dies.«

»Wie wahnsinnig muß unser Babbalanja

sein,« rief Mohi aus. »Nehmt Euch in acht, edler Herr, er wird beißen.«

»Ach! Ach!« seufzte Yoomy.

»Hör zu, Babbalanja,« rief Media, »Schluß damit: lege deinen Teufel ab und sei ein Mensch.«

»Edler Herr, ich kann ihn nicht ablegen. Doch ich kann machen, daß er sich eine Weile niederlegt: nieder mit dir, Azzageddi, Teufelchen; nieder, nieder, nieder! So, edler Herr, jetzt bin ich wieder nur Babbalanja.«

»Soll ich ihn auf seinen Geisteszustand überprüfen, edler Herr?« rief Mohi.

»Tue es, alter Mann.«

»Philosoph, unser großes Riff ist vom Ozean umgeben. Was liegt deiner Meinung nach jenseits davon?«

»Ach,« seufzte Yoomy, »genau das Thema, das seinen Wahnsinn nährt.«

»Still, Sänger!« sagte Media. »Antworte, Babbalanja.«

»Sehr wohl, edler Herr. Hab' keine Angst, lieber Yoomy; du siehst, wie ruhig ich bin. Diese Fremden, die nach Mondoldo kamen, sind der Beweis dafür, daß es in der Ferne Inseln gibt; was auch ein Philosoph in alter Zeit vermutete, der aber für diese Vermutung nur Spott erntete. Und es ist auch nicht völlig ausgeschlossen, Flechtbart, daß es jenseits ihres Landes noch andere Gegenden gibt, von denen diese Fremden nichts wissen; Völker, die uns Mardianern vielleicht ähneln, die aber edlere Talente haben und Organe, die uns fehlen. Vielleicht haben sie einen besseren Gesichtssinn als wir, vielleicht haben sie Flossen oder Flügel anstelle von Armen.«

»Dies sieht mir nicht nach geistiger Gesundheit aus,« murmelte Mohi.

»Wirklich, eine höchst übergeschnappte Hypothese,« sagte Media.

»Sind also alle Induktionen nichtig?« fragte Babbalanja. »Können wir uns Sterbliche nur auf das verlassen, was wir mit Augen sehen? Kann man kein Vertrauen zu diesem inneren Mikrokosmos fassen, worin wir den Plan des Universums im Kleinen sehen; genau so wie sich der ganze Horizont im Auge einer Mücke spiegelt? Ach, edler Herr, gibt es keinen segensreichen Odonphi? Keinen Astrazzi?«

»Sein Teufel hat wieder die Oberhand, edler Herr,« rief Flechtbart aus.

»Er ist arg, arg irre!« seufzte Yoomy.

»Ja, wir haben Vollmond,« sagte Media. »He, Paddler, wir fahren ab!«

CXXXIV.

Zurück und vorwärts

DER Mond schien noch, als wir von dem Eiland ablegten. Doch bald bezog sich der Himmel. Der Mond verkroch sich in eine Höhle zwischen den Wolken. Und aufgrund dieser geheimen Wechselwirkung zwischen unseren Herzen und den Elementen, wurden die Gedanken von allen, außer Media, verhangen.

Wieder sprachen wir über diese düstere Nachricht aus Mondoldo, den grausamen Mord an Tajis Gefolgsmann.

Mohi sagte: »Diese gespenstischen Söhne des Aleema sind bestimmt die Mörder gewesen.«

»Sie hatten tödliche Tücke im Sinn,« sagte Babbalanja.

»Die wohl nun mit Jarls Tod zufriedengestellt ist,« seufzte Yoomy.

»Dann kann sich Taji um so glücklicher schätzen,« sagte Media. »Doch fort mit den dunklen Gedanken! Warum eine verdüsterte Miene zeigen, nur weil sich der Himmel bewölkt hat? Babbalanja, ich klage über des Mondes Schwinden. Laß doch ein Paradox vom Stapel, damit wir lachen können. Sag, eine Frau sei ein Mann. Oder du seist ein Storch.«

Das brachte sie zum Schmunzeln. Darauf sauste ein Pfeil heran, der sich in unser Heck bohrte und dort zitternd stak. Dann ein zweiter, ein dritter! Sie streiften den Baldachin, schossen vorbei und tauchten zischend in die Wogen, rotglühenden Strahlen gleich.

Wir sprangen auf und bemerkten eine aufschäumende Kielspur, die den Weg eines flachen Kanus bezeichnete. Es flüchtete sich in der Ferne zu einem dort gelegenen Berg. Im nächsten Augenblick war es in dem Schatten des Berges verschwunden, und jede Verfolgung war zwecklos.

»Laßt uns fliehen!« rief Yoomy aus.

»Seid ruhig! Was können diese Mörder wollen?« sagte Media gelassen. »Wen können sie suchen, – dich etwa, Taji?«

»Die drei Rächer schickten drei Pfeile,« sagte Babbalanja.

»Seht nach, ob achtern der Pfeil noch steckt,« sagte Media.

Er wurde ihm gebracht.

»Bei Oro! ›Taji‹ ist auf seine Spitze geritzt!«

»Dann hat er sein Ziel verfehlt. Ich aber werde treffen. Und welche Pfeile auch folgen werden, ich suche weiter. Der Geist, den diese bleichen Gespenster rächen wollen, beunruhigt mich gar nicht. Den Priester tötete ich nur, um die zu gewinnen, die jetzt verloren ist; und ich würde ihn wieder töten, um sie zurückzubringen. Ach, Yillah, Yillah!«

Alle erschauerten.

Dann sagte Babbalanja: »Aleemas Söhne phantasieren nicht; denn es ist wahr, Taji, daß eine schlimme Tat dir deine Yillah gewonnen hat: es nimmt mich nicht wunder, daß sie verloren ist.«

Darauf Media, als ob es ihn nicht recht beträfe: »Du hättest vielleicht besser dein Geheimnis für dich behalten, Taji. Und nun kein Wort weiter; denn ich möchte nicht zu deinem Feind werden.«

»Ach Taji!« sagte Yoomy, »ich hätte mich vor dir entsetzt, gäbe es nicht das Mal auf deiner Stirn; denn es hebt den Sinn deiner Worte auf. Doch schau, die Sterne kommen wieder hervor; und wer ist das? Eine Iris, hin und her geschwenkt! Ja, sie sind wiedergekehrt: Hautias Herolde!«

Sie brachten einen Schwarzdornzweig, versteckt in welken Azaleenblüten, rot und blau.

Darauf Yoomy: »Kein Mittel gibt es gegen das, was sticht.«

»Wer, wer ist Hautia, daß sie mich auf diese Weise durchbohrt?«

»Und dieser Sardonische Hahnenfuß höhnt über deinen Schmerz.«

»Hinfort, ihr Widersacher!«

»Wieder eine Venushutblüte; und sieh! ein Kranz von Erdbeeren! – Noch flüchte dich zu mir und werde mit Freuden bekränzt.«

»Laßt die wilde Hexe lachen. Sie rührt mich nicht. Und auch nicht zischende Pfeile tun dies oder Hexenblütenreize.«

Darauf Yoomy: »Sie warten auf Antwort.«

»Sagt euerer Hautia, daß ich sie nicht kenne und nicht zu kennen wünsche. Ich trotze ihren Bezauberungen; sie lockt vergebens. Yillah! Yillah! Noch habe ich Hoffnung!«

Langsam entfernten sie sich und achteten nicht meiner dringenden Bitten, mir nicht weiter zu folgen.

Stille und Dunkel senkten sich herab.

CXXXV.

Babbalanja bramarbasiert im Dunkeln

DER nächste Tag kam und ging; und wir fuhren weiter dahin. Schließlich setzte des Nachts eine Kalme ein und beruhigte das Wasser der weiten Lagune, beruhigte all die Wolken am Himmel, welche die Sternbilder verhüllten. Wiewohl unsere Segel zu nichts nutze waren, schwangen unsere Paddler doch ihre breiten, kräftigen Ruderblätter. Als wir so eine zerklüftete und uralte Felseninsel passierten, sprang Vee-Vee, von der Flaute unruhig geworden, in sein Krähennest im Haifischmaul, ergriff seine Muscheltrompete und blies einen Tusch, dessen Widerhall zwischen den Wellen vielfach hin und her geworfen wurde.

Gewiß rüttelte das auf. Am meisten jedoch einen unserer Paddler, auf dessen Schultern der erhöhte Vee-Vee, nach Verlust seines Gleichgewichts, jäh herabgepurzelt war. Der unachtsame kleine Hornist erlitt bei dem Sturz allerdings den größten Schaden; denn sein Arm war fast zu Bruch gegangen.

Als er verarztet worden war und alle sich beruhigt hatten, sagte Babbalanja: »Edler Herr Media, gab es irgendeine menschliche Notwendigkeit für diesen Unfall?«

»Nicht, daß ich wüßte, Babbalanja.«

»Vee-Vee,« fragte Babbalanja, »bist du absichtlich gefallen?«

»Bestimmt nicht,« schluchzte der kleine Vee-Vee, der seinen wehen Arm in einer Schlinge hatte, die an seinem gesunden hängte.

»Dann Weh, Weh uns allen,« rief Babbalanja aus, »denn welche furchtbaren Ereignisse, die wir nicht vermeiden können, mögen für uns bereitliegen.«

»Was soll das nun, Sterblicher?« rief Media.

»Überlegt doch, edler Herr. Ohne menschliche Einwirkung von außen und ohne inneren Willensakt, erlitt Vee-Vee einen Unfall, der ihn beinahe für sein ganzes Leben verstümmelt hätte. Ist der Gedanke nicht schrecklich? Sind nicht alle Sterblichen ähnlichen, nein, schlimmeren Unglücksfällen ausgesetzt, unsagbar unausweichlichen? Weh, Weh uns Mardianern! Nehmt hier meinen letzten Atemzug entgegen; laßt mich diesen erbärmlichen Geist aufgeben!«

»Nein, halte ein, Babbalanja,« sagte Media. »Setze ihn nicht zu früh vor die Tür. Gib ihm noch Obdach bis Mitternacht, der idealen Zeit für euch Menschen, das Zeitliche zu segnen. Doch solltest du, Philosoph, weiter auf Vee-Vees Unfall herumreiten, dann wisse, daran ist nur seine Achtlosigkeit schuld.«

»Und was ist an ihr schuld, edler Herr?«

»Vee-Vee selbst.«

»Was brachte dann, edler Herr, ein solch sorgloses Wesen auf die Welt von Mardi?«

»Eine lange Reihe von Generationen. Er ist irgend jemandes Ur-Ur-Enkel, der wiederum Ur-Ur-Enkel eines anderen war, der ebenfalls Vorfahren hatte.«

»Bedankt also sei Eure Hoheit; denn Ihr stellt die Lehre des Philosophischen Determinismus auf.«

»Nein. Ich stelle nichts auf, sondern ich antworte nur auf deine Fragen.«

»Ganz gleich, edler Herr: Ihr seid ein Determinist, mit anderen Worten, Ihr behauptet, daß alles mit absoluter Notwendigkeit stattfindet.«

»Dann hältst du mich also für einen Narren und Fatalisten? Parbleu! Eine schlechte Konfession für einen Monarchen, der Belohnungen und Strafen austeilt.«

»Ganz recht, edler Herr. Und trotzdem ist Eure Hoheit ein Determinist, jedoch kein Fatalist. Verwischt nicht den Unterschied. Der Fatalismus unterstellt, daß besondere Ereignisse durch ausdrückliche und unwiderrufliche Erlasse des Himmels zustande kommen. Wohingegen der Determinismus behauptet, daß alle Ereignisse naturgemäß miteinander verbunden sind und daß eines notwendig aus dem anderen folgt, ohne daß die Vorsehung eingreift, die aber doch, in ihrem ewigen Wirken, die Geschehnisse zuläßt.«

»Na schön, Babbalanja, alles zugegeben. Fahre fort.«

»Wir wissen aus bedeutsamer Quelle, daß in früheren Zeiten der Sturz einiger Staaten Mardis von Sehern geweissagt worden war.«

»Ganz richtig, edler Herr,« stimmte Mohi zu, »alles ist in den Chroniken niedergelegt.«

»Ha! ha!« rief Media aus. »Fahre fort, Philosoph.«

Und Babbalanja weiter: »Diese Prophezeiungen waren schon vor der Zeit, in der sie sich erfüllen sollten, in ganz Mardi verbreitet worden. Daher wußten die betreffenden Staaten wahrscheinlich schon vorher von dem prophezeiten Ereignis. Waren sie nun, derart vorgewarnt, imstande, ihre Angelegenheiten auf solche Weise zu regeln, daß sich die Prophezeiung als falsch erwiese und daß die angekündigten Ereignisse zu dem vorhergesagten Zeitpunkt ausbleiben würden?«

»Gleichwohl,« bemerkte Mohi »traten diese vorhergesagten Ereignisse mit Bestimmtheit ein: Man sehe sich nur die Ruinen Babylons an und Buch neun, Kapitel elf, der Chronik. Jawohl, die Eulen wohnen nun dort, wo die Seher es prophezeit hatten; die Schakale jaulen in den Grabmälern der Könige.«

»Fahre fort, Babbalanja,« sagte Media. »Natürlich konnten sich diese Staaten ihrem Untergang nicht widersetzen. Also weiter, und überspringe deine Prämissen.«

»Wenn es also stimmt, edler Herr, daß –«

»Hochwohllöblicher Herr,« unterbrach Mohi, »begibt sich unser Philosoph nicht auf unsicheres Terrain; und ist es vielleicht nicht gottlos, sich in solche Dinge einzumischen?«

»Wäre dem so, alter Mann, sollte er es wissen. Der König von Odo hat euch Sterblichen doch etwas voraus.«

»Aber sind wir die großen Götter selbst,« wandte Yoomy ein, »daß wir von diesen Dingen sprechen?«

»Nein, Sänger,« sagte Babbalanja, »die grossen Götter brauchen sich nicht über Dinge zu unterhalten, die sie vollkommen verstehen und selbst angeordnet haben. Doch du und ich, Yoomy, sind Menschen und keine Götter; daher müssen wir uns diese Dinge zum Gesprächsthema machen. Es liegt nichts Gottloses im rechten Gebrauch unseres Verstandes, gleich, wohin er führt. Sollen wir, von Aberglauben geschlagen, diesen Verstand verdorren und absterben lassen: ein toter Ast an einem lebendigen Baum oder der Arm eines Glaubensfanatikers, der jahrelang starr emporgereckt wurde? Oder sollen wir ihn als Tatze benutzen, die unsere körperlichen Bedürfnisse decken hilft, so wie die Raubtiere ihren Instinkt gebrauchen? Ist der Verstand nicht fein und flink wie Quecksilber, quick wie der Blitz, ein wieherndes Streitroß; oder ist er eine Schlange, die sich schleicht? Können wir diesen edlen Instinkt in uns darben lassen und gleichzeitig hoffen, daß er überleben wird? Besser den Körper töten als die Seele. Und wenn es die furchtbarste Sünde ist, Mörder seines eigenen Körpers zu sein, um wieviel schlimmer ist dann ein Seelenselbstmord. Yoomy, wir sind zugleich Menschen und Engel. Und Oro ist mit seinen Fähigkeiten nichts anderes als das, was ein Mensch wäre, würde man ihn unendlich vergrößern. Unser Sinnen und Trachten soll alles umfassen. Sind wir Säuglinge im Wald, die sich vor den Schatten der Bäume fürchten? Was soll uns erschrecken? Wenn Adler in die Sonne schauen, warum sollen Menschen nicht den Göttern ins Gesicht sehen?«

»Jedenfalls kannst du mich ganz offen anblikken,« sagte Media. »Immerzu. Doch sprich von meinesgleichen nicht so zungenfertig, Babbalanja. Komme auf dein Thema zurück.«

»Jawohl, edler Herr. Indirekt habt Ihr eingeräumt, daß Oro ehedem die Zukunft vorausgewußt hat; und daher mußte er sie auch im voraus verfügt haben. Doch ist Oro aber in allem unveränderlich. Folglich hat er unsere eigene Zukunft auch im voraus gewußt und verfügt. Wenn diese Vorbestimmtheiten ehedem den Staaten vor ihrem prophezeiten Eintreffen enthüllt wurden, dann ist anzunehmen, daß Ähnliches auch heute lebenden Individuen gegenüber möglich ist. Das heißt, daß es nicht ausgeschlossen ist, daß ein einzelner Mensch auf übernatürliche Weise im voraus Kenntnis von Ereignissen erlangen kann, die ihm als Schicksal auferlegt sind. Gesetzt also, es würde mir geoffenbart, daß ich mich in zehn Tagen freiwillig in meinen Speer stürzen würde: Könnte ich dann, wenn die Zeit erfüllt wäre, von meinem Selbstmord absehen? Es wäre denkbar, daß ich höchst triftige Gründe für diese Tat hätte; daß ich mich, ohne daß es mir vorausbedeutet wurde, zu der festgesetzten Zeit töten würde; was aber, wenn ich davon wüßte und entschlossen wäre, den Beschluß unter diesen Umständen bis zum Äußersten auf die Probe zu stellen: wäre es mir dann möglich, mich nicht zu töten? Wenn es möglich ist, dann ist die Vorherbestimmung nichts Absolutes; und der Himmel tut gut daran, uns diese Entscheide, deren Wirkung gerade im Geheimsein liegt, geheimzuhalten. Wenn es nicht möglich ist, dann wäre dieser Selbstmord nicht meiner sondern derjenige Oros. Und in der Folge wäre nicht nur diese Tat sondern mein ganzes Tun das Oros. Kurzum, edler Herr: Derjenige, der glaubt, daß sich die in der Vergangenheit von Propheten ausgesprochenen Prophezeiungen erfüllt haben, muß notgedrungen anerkennen, daß jeder jetzt lebende Mensch ein verantwortungsloses Wesen ist.«

»Fürwahr, eine sehr schöne Beweisführung,« sagte Media. »Du hast Wunder vollbracht. Doch stünde mir der Sinn danach, könnte ich all diese Prämissen und Konklusionen in Abrede stellen. Und hättest du, mein überzeugender Philosoph, dieses anarchische Dogma meinen Untertanen verkündet, dann hätte ich dich durch mein speerspitziges Szepter und nicht durch meinen erhobenen Finger zum Schweigen gebracht.«

»Dann Dank und höchsten Respekt für Euren Großmut, edler Herr, der uns bei unserem Aufbruch all diese Freiheiten gewährte. Doch erlaubt mir noch ein Wort. Ist Oro nicht allgegenwärtig – unumschränkt überall?«

»Das lehrt ihr Sterblichen, Babbalanja.«

»Und wir glauben auch daran, edler Herr. Das ist keine der Lehren, die wir jahrhundertelang nur nachplappern, ohne ihren Sinn zu erfassen.«

»Also, Oro ist überall. Und was folgt daraus?«

»Wenn das absolut wahr ist, ist Oro nicht bloß ein universeller Zuschauer, sondern er erfüllt und besetzt allen Raum; und keinem Wesen oder Ding außer Oro bleibt noch Platz. Daher ist Oro in allem und er ist auch alles – ein Glauben, so alt wie die Zeit. Doch da Böses reichlich vorhanden ist und Oro in allem ist, kann er nicht vollständig gut sein. Daher lassen sich offenbar Oros Omnipräsenz und seine moralische Vollkommenheit nicht miteinander vereinbaren. Ferner vernichten ja diese orthodoxen Systeme, die Oro allenthalben Allmacht und Universalität zuschreiben, alle geistigen Individualitäten außer Oro und führen das Universum auf ihn zurück. Dies ist aber eine Häresie: also sind Häresie und Orthodoxie ein und dasselbe. Und daher, edler Herr, sind wir Mardianer uns in diesen Dingen einig und uneinig zugleich; und wir töten einander mit Waffen, die in unseren Händen zerbrechen. Ach, edler Herr, was geht in dem gepriesenen Oro wohl vor, wenn er auf dieses Schauspiel herabblickt? Ob er zwischen Deisten und Atheisten unterscheidet? Nein. Denn der Ergründer der Herzen weiß wohl, daß es keine Atheisten gibt. Denn in abstrakten Dingen unterscheiden sich die Menschen nur durch die Laute, die von ihren Lippen kommen, und nicht durch die wortlosen Gedanken, die auf dem Grund ihres Seins liegen. Das Universum ist gänzlich eines Sinnes. Auch wenn mir mein Zwillingsbruder bei der glühenden Nachmittagssonne schwören würde, daß es Oro nicht gäbe, würde er doch das Lügen strafen, was er ausdrücken wollte. Wer hält solche Lästerungen lebend aus? Welch menschlicher Zungenschlag ist so mächtig, daß er die unaussprechbare göttliche Majestät beleidigen könnte? Liegt Oros Verdienst darin, daß er Mardi erhält? Hat er sein Gewissen menschlichen Händen überlassen? Wo ist, von Oros eigener Hand signiert, unsere Berechtigung zum Morden, Brandschatzen und

Zerstören oder, weit schlimmer, zu Verfolgungen in seinem Namen? Ah, was werden sich diese selbsternannten Anwälte und Stellvertreter Gottes wundern, wenn sie sehen, daß der Himmel mit Ketzern und Heiden bevölkert ist und daß es in der Hölle von Mitren nur so wimmelt! Ach! Wir Mardianer sollten von diesem Wahne lassen und uns mit der Theologie von Gras und Blume, Säen und Ernten bescheiden. Das Wissen, daß Oro unzweifelhaft existiert, möge uns genügen. Edler Herr! Da ich krank bin vom Schauspiel menschlichen Wahns und zermürbt von momentanen Zweifeln, sehe ich in ganz Mardi nur zweierlei, an das ich glauben kann: – daß ich selbst existiere und daß ich höchst glücklich oder zumindest kläglich existieren kann, indem ich aufrichtig lebe. Alles andere ist in den Wolken; und ich kann es nicht kennen, bis daß das Firmament von Horizont zu Horizont zerreißt. Doch ach, zu oft entferne ich mich von diesem sicheren Grund.«

»Ach, es überkommt ihn wieder,« flüsterte Yoomy.

»Wohlan, Babbalanja,« sagte Media, »du tust mir beinahe leid. Du erhitzt dich zu sehr. Warum bringst du deine Seele mit diesen Dingen in Wallung? Ohne Nutz und Frommen ereifert ihr Sterblichen euch. Du schadest nur dir selbst. Warum den Glauben nicht nehmen, wie er kommt? Es fällt nicht schwer, sich überzeugen zu lassen; was braucht man sich da um den Glauben zu scheren?«

»Ganz recht, edler Herr; es ist nicht schwer; kein Tun ist nötig, nur Geschehenlassen. Haltet still und empfangt. Glauben ist für den Gedankenlosen, Zweifel sind für den Denker.«

»Warum dann überhaupt denken? Benutzt ihr Sterblichen nicht besser eure Finger dazu, den Irrtum wie in einem Schraubstock fest zu pakken? Und wozu eure ewigen Nachforschungen, wenn sie nichts erbringen? Ihr sagt, alles sei Lüge: dann heraus mit der Wahrheit. Dein Teufel, Philosoph, ist letztlich nur ein Tor. Ich, als Halbgott, verneine nie.«

»Ja, edler Herr, sollte Oro auf Mardi hinabsteigen, wäre es ihm kaum dienlich, wenn er die menschlichen Theorien über ihn verneinte. Haben sie nicht auch kurzerhand Alma die Göttlichkeit ausgetrieben?«

»Warum verneinst du dann diese Theorien? Babbalanja, fast ziehst du meine göttliche Heiterkeit in Mitleidenschaft. Kannst du immer nur ein Sieb sein, welches das gute Korn durchrinnen läßt, während es die Spreu zurückbehält? Du hast eine gespaltene Zunge. Du sprichst zwei Sprachen: barer Unsinn für dich selbst und Weisheit für die anderen. Babbalanja, wenn du irgend einen Glauben an dich selbst hast, behalte ihn; doch behalte ihn, in Oros Namen, für dich.«

»Ja, edler Herr, in diesen Dingen sind Weise nur Zuschauer, nicht Akteure; sie sehen sich alles an und sagen Ja.«

»Und warum tust du es dann nicht?«

» Weil ich es Euch schon oft gesagt habe, daß ich ein Narr bin und kein Weiser.«

»Eure Hoheit,« sagte Mohi, »dieser gesamte Diskurs scheint von dem Thema ›Notwendigkeit und freier Wille‹ zu handeln. Nun, ich erinnere mich, daß ich als Junge von einem Weisen gehört habe, diese Dinge seien miteinander unvereinbar.«

»Ja?«, sagte Media, »und was sagst du dazu, Babbalanja?«

»Es kann schon so sein, edler Herr. Soll ich Euch eine Geschichte erzählen?«

»Azzageddi rührt sich wieder,« murmelte Mohi.

»Beginne,« sagte Media.

»König Normo hatte einen Narren, Willi mit Namen, dessen Launen er gerne nachgab. Obwohl nun Willi, aus seiner natürlichen Neigung zur Knechtschaft heraus, seinem Herrn gehorchte, gefiel er sich in dem Gedanken, frei zu sein; und es war gerade diese Einbildung, die den Narren für den König so erheiternd machte. Eines Tages sagte Normo zu seinem Narren: ›Willi, gehe unter diesen Baum und warte bis ich nachkomme.‹ – ›Jawohl, Eure Majestät,‹ sagte Willi und verbeugte sich unter dem Geklingel seiner Schellen. ›Doch nehme ich an, daß Eure Majestät nichts dagegen hat, wenn ich auf den Händen dorthin gehe; denn ich bin hoffentlich frei.‹ – ›Ganz und gar,‹ sagte Normo, ›Hände oder Füße, das läuft für mich auf das gleiche hinaus. Erfülle nur meinen Befehl.› – ›Das gedachte ich auch zu tun,‹ sagte Willi. Und so schwang er seine gelenkigen Beine in die Luft und versuchte, Daumenbreite um Daumenbreite, voranzukommen. Doch das Blut schoß ihm in den Kopf und staute sich bald derart, daß er einen Überschlag machen und wieder auf die Füße kommen mußte. Er sagte: ›Obwohl ich die Freiheit habe, es zu tun, lassen sich Finger nicht so leicht in Zehen verwandeln. Ich habe halt noch eine andere Möglichkeit offen und gehe auf Füßen.‹ So ging er aufrecht weiter und entsprach König Normos Befehl in der normalen Weise.«

»Eine lustige Geschichte, dies,« sagte Media. »Woher stammt sie?«

»Woher alles, bis auf eines, kommt: von innen.«

»Du bist bis oben hin randvoll,« sagte Flechtbart.

»Ja, Mohi, es ist Überfluß und nicht Fülle, die meinen Mund übergehen macht.«

»Und von was kannst du so erfüllt sein?«

»Von mir selbst.«

»So sieht es aus,« sagte Mohi und fegte eine Fliege mit dem Bart weg.

»Babbalanja,« sagte Media, »du hast mit gutem Recht diese stockfinstere Nacht gewählt, um dieses Thema zu diskutieren. Ihr Sterblichen seid wirklich allzu geneigt, im Dunkeln zu reden.«

»Ja, edler Herr. Und wir Sterblichen plaudern noch mehr im Dunkeln, wenn wir tot sind. Ich glaube, daß unser Reden dann überhaupt wie im Schlaf geschieht. Ach, glaubt doch nicht , edler Herr, daß ich heute Nacht gesagt hätte, ich würde irgendeine eigene Weisheit verfechten. Ich kämpfe nur gegen die Lügen von Mardi, die mich wie ein Kriegsheer, in Waffen und mit Helmbüschen, bestürmen. Ich bin von Pfeilen gänzlich durchbohrt; doch keuchend reiße ich sie heraus und schleudere sie dorthin zurück, woher sie kamen.«

Und mit diesen Worten sank Babbalanja erschöpft zurück; und lag dann regungslos da wie der marmorne Gladiator, der sich vor Jahrhunderten zum Sterben niedergelegt hatte.

CXXXVI.

Media ruft Mohi in den Zeugenstand

WÄHREND die Nacht langsam voranschritt und die jetzt verfliegenden Wolken wieder den Blick auf die himmlischen Scharen freigaben, verharrten alle in traurigem Schweigen; nur Media nicht, der kein Jota gerührt schien.

Er füllte sogar heute abend seinen Krug voller als sonst; und trank und trank und prostete den Sternen zu.

»Dir zum Wohl, alter Arkturus! Und dir, alter Aldebaran! Auf ewig haltet ihr eure weinroten, glühenden Sphären dort oben im Gleichgewicht. Ein Prosit auf dich, mein königlicher Freund Alphekka im Sternbild der Krone: von Krone zu Krone stoße ich an! Auch euch trinke ich zu, Alphard, Markab, Denebola, Capella – und euch, Schwan und Adler in den Lüften! Zum Wohl euch allesamt, ihr Diademe! Auf daß ihr nie verblassen werdet! Und meines auch nicht!«

Schließlich erschien im verschwommenen Osten die Morgendämmerung wie ein graues, fernes Segel vor dem Wind, das immer näher kam, bis man seinen güldenen Bug gewahrte.

Wie in tropischen Stürmen der Wind bei Sonnenaufgang immer ungestümer weht, so frischte auch König Medias Frohsinn nun auf. Und wie der Sturm bei Sonnenuntergang nur auffrischt, um sich schließlich zu einer stetigen Brise abzuschwächen, so geriet Media bald in geziemendere Stimmung. Und Babbalanjas Träumereien flauten ab.

Denn wer könnte solch einem Morgen widerstehen!

Wie sich auf den nächtlichen Ufern des fern dahinrollenden Ganges der königliche Bräutigam zu seiner Braut aufmacht, wobei ihm Nymphen vorausgehen, die überall an den Wegrändern die blumengeschmückten Fackeln entzünden, die sich ihnen entgegenrecken, so eilte die Sonne zu ihrer Hochzeit mit Mardi, angeführt von den Horen, die alle Gipfel streiften, bis sie rosig rot erglühten.

Der Widerschein der Sonne machte, daß die Lagune an machen Stellen in Brand zu stehen schien: jede aufschießende Schaumkrone eine Flamme.

Es wurde Mittag .

Und nun machten Zitronen und Bananen, Becher und Kalebassen, Kalumets und Tabak die Runde; und wir waren alle heiter und beschwingt. Schmatzten, schwatzten, rauchten und schlürften. Mal eine Portion Zitrone, um eine Antwort zu würzen; mal ein Schluck Wein, um eine Maxime hinunterzuspülen; mal ein aromatischer Zug an der Pfeife, um die Sorgen wegzupaffen. Es gibt manch angenehmen Zeitvertreib. Wir grasten hier und grasten da wie Junos weiße Rinder auf Kleewiesen.

Bald näherten wir uns einer reizvollen Klippe, von Geißblatt überwachsen, dessen Lianen von blühenden Tamarisken und Tamarinden herabhingen. Die Tamarisken trugen Blütenstände voll roter Glöckchen; die Tamarinden entfalteten weit das Gold ihrer Blütenblätter, das gestreift war in der Farbe des Morgenrots. Die Ranken senkten sich auf das Wasser hinab; und die munteren Wellen waren, wie kleine Pagen, ganz erpicht darauf, diese Schleppen zu tragen.

Hinter den Ranken tat sich ein schattiger Platz auf; und war man darin, schien es einem, als befände man sich hinter der Wasserwand der Genessee-Fälle.

In dieser Laube ankerten wir. Unsere drei Kanus, deren beschatteten Buge sich inmitten der Blüten zusammengedrängten, wirkten wie ermüdete Rösser, die auf dem Weg bei einer Weißdornhecke fressen.

Der hohe Mittag im Hochsommer ist stiller als die Nacht. Höchst angenehm ist es dann, Siesta zu halten. Und Mittagsträume sind wirklich Tagträume, Ausgeburten der kulminierenden Sonne. Die bleiche Cynthia hingegen erzeugt bleiche Gespensterschemen; und ihre frostigen Strahlen sind die beste Beleuchtung für weißgewandete Nonnen, marmorne Monumente, frostige Gletscher und kalte Gruften.

Der Sonnenball rollte weiter. Und Yoomy sprang auf, die Arme ineinander geschlungen, und rief mit wildem Blick : »Nein, Mädchen, verlasse mich nicht! – Für immer schließe ich dich hier in meine Arme! – Sie ist verschwunden? – Ein Traum! Dann soll mein ganzes Leben eine einzige Siesta sein. Und an jedem Mittag werde ich dich treffen, liebliches Mädchen! O Sonne, sinke nicht; Mohn möge sich über uns neigen, wenn wir uns das nächste Mal umarmen!«

»Was ficht diesen Traumtänzer an?« rief Media, der sich erhob. »Was ist mit dir, Yoomy?«

»Er hat sich wohl zu viele von diesen Zitronen genehmigt,« sagte Mohi mitfühlend und rieb seine Früchtchen. »He, Yoomy! Ein Schluck Meerwasser wird dir helfen.«

»Ach,« rief Babbalanja aus, »lauern die Feen nur darauf, sich den Bauch vollzuschlagen? Kommen unsere Träume von unten und nicht vom Himmel? Sind wir Engel oder Hunde? O Mensch, Mensch, Mensch, du bist schwerer zu enträtseln als Integralrechnung – und bist doch so einfach wie eine ABC-Fibel; du bist schwieriger zu finden als der Stein des Weisen – doch immer griffbereit; eine gewitztere Mixtur als die eines Alchimisten – und doch kommt bei dir ein Zentner Fleisch auf ein Pennygewicht Geist; Seele und Körper sind, wie die Atome, fest aneinander gefügt: wie ein Gewand ohne Naht, ohne Faden – und doch sind Geist und Fleisch wie durch einen Fluß getrennt. Mensch, du bist wie ein Baum, der in zwei Richtungen wächst, der seine höchsten Äste zur Erde herabsinken läßt wie ein Banyan oder wie es Mohi mit seinen Bart macht! – Ich gebe dich auf, o Mensch! Du bist in dir doppelt – doch unteilbar; du bist alles – doch als Einheit allenfalls armselig.«

»Philosoph, du scheinst das Rätsel deines Geschlechts nicht lösen zu können,« rief Media aus und neigte sich behaglich zur Seite. »Nun stehe du, alter Mohi, vor einem Halbgott auf und antworte auf alles. – Komme näher, damit ich dich besser sehen kann. Was bist du, Sterblicher?«

»Wohllöblicher Herr, ein Mensch.«

»Und was für ein Mensch?«

»Edler Herr, vor Euch steht ein Musterexemplar.«

»Ich fürchte, edler Herr, Ihr werdet aus diesem Zeugen nichts herausbekommen,« sagte Babbalanja. »Ich bitte Euch, König Media, laßt einen anderen Fragesteller das Kreuzverhör führen.«

»Beginne; und nimm auf dem Diwan Platz.«

»Tritt ein oder zwei Schritt zurück, Mohi; so habe ich dich ganz im Blick. – Paß auf! Hast du eine Erinnerung daran, Mitmensch, wann du geboren wurdest?«

»Nein. Der alte Flechtbart hatte damals noch keine Erinnerung.«

»Wann warst du dir zum erstenmal deines Seins bewußt?«

»Zu der Zeit, als ich Zähne bekam: mein erstes Gefühl war eine Schmerzempfindung.«

»Was tust du, Mitmensch, hier in Mardi?«

»Was tut Mardi, Mitmensch, hier mit mir?«

»Philosoph, deine Fragen haben nur wenig zutage gefördert,« rief Yoomy aus und trat vor. »Laßt einen Dichter es versuchen.«

»Ich danke dann zu deinen Gunsten ab, sanftmütiger Yoomy; ich will den Diwan für dich glätten. Hier, setze dich nieder.«

»Nun, Mohi, wer bist du?« sagte Yoomy und wippte mit seiner Paradiesvogelfeder.

»Offenbar der einzige Zeuge in diesem Fall.«

»Zweiter Versuch, Sänger,« rief Babbalanja aus.

»Was bist du also, Mohi?«

»Genau das, was du bist, Yoomy.«

»Er ist zu scharf oder zu stumpf für uns alle,« rief König Media aus. »Sein Teufel ist gewitzter als deiner, Babbalanja. Laß ihn in Ruhe.«

»Soll ich also die Sitzung vertagen, edler Herr?« sagte Babbalanja.

»Jawohl.«

»Hört! Hört! Hört! Wißt alle anwesenden Sterblichen hier, daß die Sitzung vertagt ist bis zum Sonnenuntergang des Tages, der keinen Morgen hat.«

CXXXVII.

Worin Yoomy und Babbalanja übereinstimmen

»DIE Zahl der Inseln um uns herum nimmt mehr und mehr zu!« rief Babbalanja, als wir auf das schroffe Vorgebirge einer unbewohnten Küste zusteuerten, indes in der Ferne viele Eilande bläulich schimmerten. »Unsere kurze Reise muß auf das Riff beschränkt bleiben und kann nicht ganz Mardi umfassen.«

»Ja, vieles muß ungesehen bleiben,« sagte Media. »Und Yillah kann nicht allerorten gesucht werden, edler Taji.«

Darauf Yoomy: »Wir sind wie Vögel mit gestutzten Schwingen, die in unergründlichen und tiefen Wäldern auf einem armseligen Baum sitzen und nur von Ast zu Ast flattern.«

»Inseln über Inseln!« rief Babbalanja, der, aufrecht stehend, in die Ferne starrte. »Und seht! Ringsum wogt der unendliche Ozean. Ach, Götter! Welche Regionen liegen jenseits davon?«

»Doch wohin jetzt?« fragte er, als die Paddler, auf Medias Geheiß, einen anderen Kurs einschlugen.

»Zu den schroffen Küsten von Diranda,« entgegnete Media.

»Aha! Zu dem Land der Keulen und Speere, wo die Grundherren Hello und Piko ihre berühmten Kampfspiele feiern,« rief Mohi aus.

»Deine Keulen und Speere,« sagte Media, »erinnern mich an den großen Kampfgesang von Narvi. – Yoomy!« und er wandte sich dem Sänger zu, der geistesabwesend ins Wasser starrte, – »wach auf, Yoomy, und gib diese Verse zum Besten.«

»Edler Herr Media, sie sind nur primitives Wortgeklirr, so mißtönend als würde der Nordwind durch sie hindurchblasen. Ich glaube, die Gäste mögen solche disharmonischen Gedichte nicht. Vielleicht singe ich Euch lieber eines meiner Sonette.«

»Setze dich lieber hin und schluchze uns die Ohren voll, du dummer Yoomy du! Nein, nein! Jetzt keine Gefühlsduselei; meine Seele ist kriegerisch gestimmt: ich wünsche Trompetenschall und kein Geträller zur Laute. So wirf dich in die Brust, Yoomy; erhebe deine Stimme und laß den alten Schlachtensang erschallen. – Beginnt, Herr Sänger.«

Und indem er allen bedeutete, daß er dieses grausliche Lied nicht komponiert hatte, hob Yoomy solchermaßen an:

Unsere Keulen! Unsere Keulen!
Die tausend Keulen von Narvi!
Aus dem grünen Stamm der Palme gemacht:
Sie zerschmettern Schädel und verspritzen Gehirn!
Nach rechts geschwungen, nach links geschwungen:
Sie löschen Leben aus und bringen Tod!
Sie machen, daß lebende Körper kopflos laufen!

Unsere Bögen! Unsere Bögen!
Die tausend Bögen von Narvi!
Die Rippen des Kriegsgottes Tara!
Ihre Pfeile sind aus hellem Tola-Holz gefertigt:

Schnelle Boten, die Herzen durchbohren!
Die scharfen Spitzen sind aus Muscheln,
Sie tragen weiße Schwanzfedern,
Ihre Sehnen sind aus wilder Mädchen Haar,
geflochten unter wilden Todesgesängen!

Unsere Speere! Unsere Speere!
Die tausend Speere von Narvi!
Aus dem blitz-zerrissenen Moo-Baum gemacht:
Hoher Baum, niedergestreckt auf dem langen Berg Lana!
Nicht Stöcke für Greise! Nicht Ruten für Angler!
Vom wilden Wind der See gehärtet,
Von Blitzen zu Lanzen zersplittert:
Lange Pfeile, die auf Herzen zielen!
Ihre langen, schwarzen Spitzen von Feuer gehärtet!

Unsere Schleudern! Unsere Schleudern!
Die tausend Schleudern von Narvi!
Aus Flechtwerk, mit Quasten und bunt geschmückt.
Gürtel im Frieden ; im Krieg unsere Netze,
Mit denen wir Köpfe fangen wie Fische, tief aus dem Meer!
Die Kiesel, die sie schleudern, sind schon geschleudert worden:
Von der stürmischen See auf den Strand geworfen!
Kiesel, die noch eben im Kopf des Haies steckten
Und binnen kurzem in unserer Feinde Köpfe stecken!
Unsere Beutel: Hort harter Würfe!
Heimat von Todeseiern! Flugs sind sie ausgebrütet!

Männer, laßt uns die Lanzen einlegen und erheben!
Dumpf klingen unsere Keulen auf dem Fels!
Biegen wir unsere Bögen, spüren wir unsere Pfeilspitzen!
In Wirbeln kreisen unsere Schleudern nach oben!

Auf zum Kampf, Männer von Narvi!
Söhne der Schlachten! Menschenjäger!
Erhebt euer kriegerisches Holz!
Ein Aufschrei, Narvi! ein Wald von Lanzen stürmt heran!

»Bei Oro!« rief Media. »Yoomy hat fast alle Teufel Babbalanjas in mir aufgerüttelt. Wäre ich ein Sterblicher, genügte jetzt ein nichtiger Anlaß, damit ich zum Kampf schritte. Und verweigerte sich mein Gegner , würde ich wie eine Speerspitze auf ihn losgehen. Ah, Yoomy, du und deinesgleichen, ihr taugt zu vielem; mit euren Heldenliedern bringt ihr ganz Mardi auf die Palme. Eure Kriegslieder bringen die Männer zum Kämpfen; eure Trinklieder erzeugen Trunkenbolde und eure Liebesschnulzen Narren. Doch du sitzt hier, Yoomy, zahm wie eine Taube. – Wer bist du, Sänger, daß deine sanfte, singende Seele alle Sterblichen beherrscht? Wie ich schwingst du ein Szepter.«

»Ihr tut meinem Beruf zuviel Ehre an,« sagte Yoomy. »Wir Sänger stimmen unsere Lieder ganz unbekümmert an, edler Herr Media.«

»Ja, und um so mehr Unheil richtet ihr an.«

»Doch manchmal sind wir Dichter auch lehrreich.«

»Lehrreich und öde. Viele von euch langweilen allzu gern, außer sie sind boshaft.«

»Doch in unseren Versen, edler Herr, führen nur wenige von uns Böses im Schilde.«

»Seid ihr auch für euch selbst harmlos, so doch nicht für Mardi.«

»Entspringen schmutzige Flüsse nicht oftmals klaren Quellen, edler Herr?« bemerkte Babbalanja. »Die Essenz alles Guten und Bösen ist in uns und nicht außerhalb. Die Blumen, auf denen sich Bienen und Wespen nebeneinander niederlassen, enthalten weder Gift noch Honig. Natur ist eine unbefleckte Jungfrau, edler Herr, die stets unverhüllt vor uns steht. Echte Poeten malen nur den Zauber, den alle Augen schauen. Das Verderbte wäre auch ohne sie verderbt.«

»Edler Herr Media,« fuhr Yoomy schwungvoll fort, »ich bin mir tausend angenehmer und heiterer Vorstellungen bewußt, die unschuldig und rein sind und die doch allesamt von meinen Feinden für wollüstige Phantasien gehalten werden.«

»Es gibt einige in Mardi,« sagte Babbalanja, »die in anderen nur das Böse vermuten, das sie in ihrem eigenen Herzen antreffen; denn sie glauben, daß niemand anders sein kann als sie.«

»Edler Herr!« rief Yoomy aus. »Meine Musik entströmt einer Luft, die von einem Gebirge herabweht! Ich bin reiner als andere; denn obgleich ich mich nicht für eine Frau halte, spüre ich doch die Seele einer Frau in mir.«

»Ach, hör auf, dummer Yoomy,« warf Media ein. »Du redest genau so irre wie Babbalanja, wenn Azzageddi über ihn kommt.«

»Immer das gleiche!« seufzte Yoomy. »Wir werden nie verstanden.«

»Mir geht es ebenso,« schloß sich Babbalanja an. »Yoomy, wir sind beide Dichter und nur dem Anschein nach verschieden: deine luftigsten Vorstellungen gleichen den düsteren Schatten meiner tiefsinnigsten Grübeleien. Obwohl Yoomy hinan steigt und Babbalanja hinabtaucht, treffen sich beide schließlich. Du singst kein Lied, das ich nicht schon im Geiste mit mir trug. Und wo das träge Mardi nur deine Rose sieht, entfalte ich ihre Blütenblätter und entdecke eine Perle. Wir sind dadurch Dichter, Yoomy, daß wir draußen weilen; daß wir in Grotten, Palmen und Bächen leben; daß wir uns von Meer und Himmel tragen lassen: Poeten sind allgegenwärtig.«

CXXXVIII.

Die Insel Diranda

BALD kamen die Gestade von Diranda in Sicht. Einführend zur Landung gab uns Flechtbart einen kurzen Bericht über die Insel und ihre Herrscher.

Wie schon angedeutet, erfreuten sich diese Magnifizenzen und Durchlauchten, die Grundherren Hello und Piko, die Diranda unter sich aufteilten, an öffentlichen Spielen jeder Art, insbesondere kriegerischen. Letztere wurden so oft abgehalten und führten zu so fatalen Ergebnissen, daß die Bevölkerungszahl auf der Insel, trotz der Vielzahl der dort vollzogenen Vermählungen, stagnierte. Doch war dies seltsamerweise sogar das Ziel, das die Grundherren anvisierten, der Zweck, den die Einrichtung der Spiele hatte. Aber klugerweise behielten sie das Geheimnis zumeist für sich.

Doch sei erzählt, wie es dazu kam, daß die Grundherren Hello und Piko in dieser Sache an einem Strang zogen.

Bei ihrer Krönung war Diranda gütlich zwischen ihnen aufgeteilt worden: ein König regierte im Osten, der andere im Westen. Doch König Piko quälte schon seit langem die Vorstellung, daß die ungehemmte und grenzenlose Vermehrung seiner Untertanen dazu führen könnte, daß diese schließlich mit ihren Viehherden seinen Teil der Insel ganz und gar von Gras entblößten. Der Nachwuchs, – so sann er –, sammelt sich schon zu Schwadronen, Brigaden und Bataillonen und wird schon bald über mein Land herfallen und es ins Verderben stürzen. Seht! Ihr Heuschreckenheer verdunkelt den Himmel; ihr Ameisenfußvolk bedeckt die Erde. Ach, mein Sohn und Nachfolger, statt Luft wirst du stickige Dünste einatmen und du wirst keinen Ort mehr für dich haben, wo du deine Gebete verrichten kannst.

Die Mathematiker bewiesen König Piko, daß dieses Ergebnis, wie eine arithmetische Reihe, mit sehr hoher Wahrscheinlichkeit, wenn nicht gar Sicherheit einträte, – außer, man würde es verhüten. Und man riet des weiteren zu Krieg – Krieg bis aufs Blut mit König Hello –; nur so könne man diesem drohenden Übel wehren.

Doch fand König Piko, der in Frieden mit König Hello lebte und die ruhigen Zeiten sehr genoß, nur wenig Gefallen daran, mit seinem Nachbarn in Händel zu treten und sich den Fährnissen einer Fehde auszusetzen, nur um sein Volk zur Ader zu lassen.

»Habt Geduld, Durchlaucht,« sprach ein anderer seiner Ahitophele, »vielleicht kommt bald eine Pest und dezimiert das Volk.«

Doch es kam keine Pest. Und junge Burschen und Mädchen heirateten hemmungslos und zeigten sich auch ansonsten ungehemmt. Und es herrschte ein so gesundes Klima, daß die Greise wesentlich lieber über dem Rasen blieben anstatt sich ihn von unten anzusehen.

Schließlich machte ein Machiavelli von Philosoph den Vorschlag, daß man gegebenenfalls dem Zweck des Krieges entsprechen könnte, ohne in den Krieg zu ziehen; und daß König Hello gegebenenfalls einer Regelung zustimmen könnte, der zufolge man die Männer von Diranda dazu bringen könnte, sich aus freien Stücken gegenseitig umzubringen, ohne einen Krieg zu entfachen und ohne ihre Regenten zu behelligen. Und zu diesem Behufe wurden die eingangs erwähnten Spiele vorgeschlagen.

»Wahrlich, meine Weisen, ihr habt den Nagel auf den Kopf getroffen,« rief Piko aus. »Aber wird Hello dem zustimmen?

»Versucht es, Durchlaucht,« sagte Machiavelli.

So trafen ordentliche und außerordentliche Gesandte bei Hello ein und bevollmächtigte Minister in besonderem Auftrag; und gespannt erwartete König Piko deren Rückkehr.

Die Mission war von Erfolg gekrönt.

Ganz im Vertrauen sagte König Hello den Ministern: »Meine Herren, genau das hat mir vorgeschwebt. Mein Volk wächst zu schnell. Allzu tüchtig pflanzen sie sich fort. Gebt eurer Durchlaucht bekannt: die Spiele sind beschlossen. Die Spiele, auf alle Fälle!«

Und so wurde auf der ganzen Insel bekanntgegeben, daß sie hinfort, infolge eines Zauberspruchs, eine feste Einrichtung seien.

Da die Grundherren Hello und Piko feststellten, daß sie die gleichen Interessen hatten, fanden sie sich wie Braut und Bräutigam zusammen, lebten im selben Palast, speisten von derselben Tafel, aßen von derselben Brotfrucht, tranken aus derselben Kalebasse, tauschten ihre Kronen aus und schritten oft, Arm in Arm, in bezaubernder Offenheit ihre Gebiete ab, während sie die Aussichten für die kommende Kopfernte besprachen.

Nachdem Mohi dies alles, nebst anderen Besonderheiten, in seiner altmodischen Weise erzählt hatte, schaltete sich Babbalanja mit der Frage ein, ob denn das Volk von Diranda an diesen Spielen Gefallen fände und daran, wie ihre Reihen derart kaltblütig gelichtet würden.

Worauf der Chronist sinngemäß antwortete, daß sie nicht den blassesten Schimmer von dem wirklichen Zweck der Spiele hätten. Sie würden einander aus dem Weg bolzen, sie kämpften und stürben zusammen, wie gute Kameraden.

»Wieder recht gehabt, unsterblicher alter Bardianna!« rief Babbalanja aus.

»Und was hat der Weise diesmal zur Sache zu sagen?« fragte Media.

»Nun, edler Herr, in seinem Kapitel ›Zerspaltene Schädel‹ kommt Bardianna, nachdem er sich über vieles den Kopf zerbrochen hat, zu folgendem Ergebnis: ›In dieser zerspaltenen und angeknacksten Sphäre, in der wir leben, scheinen zerspaltene und angeknackste Schädel das unausweichliche Los vieler zu sein. Und deren Zerschmettern wird auch nicht endigen, bis dieses kämpferische Lebewesen, von dem wir handeln, seiner natürlichen Schlagkeulen beraubt ist, will sagen, seiner Arme. Und sehr wohl frommt es dem Menschen, alle Hinterhäupter in seinem Umkreis zu zerdreschen.‹«

»Diesmal gibt sich unser alter Freund anscheinend ganz schön gestelzt,« fiel ihm Mohi ins Wort.

»Nein, Flechtbart. Um die ungewöhnliche Steifheit seines Stils in diesem Kapitel zu rechtfertigen, sagt er in einer Fußnote, daß er dieses auf einem Sitz mit starrer Rücklehne geschrieben habe, als er an Hexenschuß und steifem Nacken litt.«

»Wieder einmal dieser unverbesserliche Azzageddi,« bemerkte Media. »Zitiere weiter, Babbalanja.«

»Wo war ich stehengeblieben, Flechtbart?«

»Hinterhäupter zerdreschen auf Teufel komm 'raus,« sagte Mohi.

»Ah ja. – ›Und sehr wohl frommt es dem Menschen, alle Hinterhäupter in seinem Umkreis zu zerdreschen. Er folgt nur seinen Instinkten und ist nur Teil einer kämpfenden Welt. Spinnen, Füchsen und Tigern, allen steht der Sinn nach Kampf. Und allenthalben hört man das Heulen von Hyänen, das Hecheln von Bullenbeißern, das Krabbeln kämpferischer Käfer, den summenden Hader von Insektenheeren; und die schrillen Schreie von Weibsteufeln, die ihre Herren in Stücke reißen. All dies existiert aufgrund von Notwendigkeit. Dem Krieg und anderen Entvölkerungen ist es zu verdanken, daß wir Ellbogenfreiheit haben in Mardi und über Parks und Gärten verfügen, in denen wir uns gern ergehen. So kommt denn, Plagen, Krieg, Hungersnot und Weibsteufel! Kommt, sage ich, denn wer will euch aufhalten? Kommt und schrumpft die Bevölkerung gesund! Und ganz besonders, du Krieg, marschiere mit deinem Knüppel voran. Einen Sprung haben unsere Schädel von Natur aus, und durch harte

Schläge sollen sie hinfort auf immer zerspalten und zersprungen sein.‹«

»Und einen hoffnungslosen Sprung in der Schüssel hat der, der diese Unsinnstirade ausgeheckt hat,« sagte Mohi.

»Denkst du nicht, daß der alte Bardianna das nicht gewußt hat?« fragte Babbalanja. »Er schrieb ein ausgezeichnetes Kapitel genau über dieses Thema.«

»Wie? Über die Risse in seinem eigenen Hirn?«

»Genau. Und er sagt ausdrücklich, daß genau durch diese Risse das bißchen Licht dränge, das sein Hirn erhellte.«

»Ich gebe mich geschlagen, Babbalanja; dein alter Grübler ist älter als ich.«

»Jawohl, Flechtbart; sein Wappentier war eine Schildkröte; und die Devise war: ›Ich beiße, aber werde nicht gebissen.‹«

CXXXIX.

Sie besuchen die Herren Piko und Hello

BALD landeten wir auf Diranda. Und es war, als wären wir im Greenwich-Hospital, mitten unter Waterloo-Veteranen, gelandet. Die Leute dort waren rechts und links gestutzt; den einen fehlten die Arme, den anderen die Beine; von Schwänzen gar nicht zu reden. Köpfe hatten sie zwar alle, doch waren die so verbeult und zerquetscht, daß es um so schlimmer war, sie zu tragen.

Diese Magnifizenzen und Durchlauchten nun, die Grundherren Hello und Piko, lebten in einem Palast, der von einem Zaun aus Malakka-Rohr umgeben war. Jeder der fünfzig Pfosten war mit einem Schädel behelmt. Über dem Portal: die vereinten Wappen der großen und mächtigen Häuser von Hello und Piko: ein Schlüsselbein, gekreuzt mit einem Ellbogenknochen.

Wir wurden ›Zum Totenkopf mit den Gekreuzten Knochen‹ geleitet und erfuhren in diesem Gasthof die allerbeste Aufnahme. Wir trafen unsere Gastgeber Hello und Piko an, wie sie gemeinsam auf einer Estrade oder einem Thron saßen und ab und zu Rotwein aus einer Elfenbeinschale tranken, die zu groß war, als daß sie aus einem Elefantenstoßzahn hätte geschnitzt sein können. Sie waren in prächtigster Laune und würfelten mit Elfenbeinmünzen in einem Schädel.

»Was sagt Eure Majestät?« sagte Piko. »Kopf oder Zahl.«

»O Kopf, Eure Majestät,« sagte Hello.

»Und Kopf sage auch ich,« sagte Piko.

Und es war Kopf. Doch waren beide Seiten Kopf, so daß beide sicher sein konnten, zu gewinnen.

Und so pflegten sie den ganzen Tag lang vergnügt zu spielen und köpften unterdessen die Rotweinkalebassen mit scharfen Hieben ihrer sichelförmigen Szepter. Weit um sie verstreut lagen leere Kürbisflaschen, mit Quasten und rot gefärbt; und von ihren Hälsen tropfte roter Wein wie von den enthaupteten Hennen im alten herrschaftlichen Hühnerhof zu Kenilworth, am Abend bevor Queen Bess mit Lord Leicester tafelte.

Nach dem ersten Austausch von Höflichkeiten und nachdem Media und Taji ein standesgemäßer Empfang zuteil geworden war, fragten die Könige, ob wir in unseren Reihen gute Speerwerfer hätten; wenn dem so sei, fänden sie hier reichlich Kurzweil. Als sie jedoch erfuhren, daß keiner der Gäste ein professioneller Krieger war, schauten Ihre Majestäten ziemlich verdrießlich drein und, um diesen Mißmut zu verjagen, verlangten sie mehr von dem guten alten roten Stoff.

Anscheinend war es bei Ihren Erlauchten Majestäten gang und gäbe, daß sie ihre Gäste – damit deren Speere nicht einrosteten – ermunterten, mit ihren Untertanen Hauen und Stechen zu spielen.

Wenn sie auch ihre Besucher nicht dazu überreden konnten, zumindest einen Untertan zu durchbohren, so beschlossen unsere gastlichen Gastgeber doch, gleich mehrere von ihnen aufzuspießen und sie uns in anderer Weise, zu unserer besonderen Belustigung, zu servieren. Kurzum: unsere Ankunft lieferte ihnen einen schönen Vorwand für die Wiederaufnahme der Spiele; obwohl erst zehn Tage vorher, wie wir erfuhren, mehr als fünfzig Kämpfer auf einer dieser Festlichkeiten getötet worden waren.

Wie dem auch sei, Ihre Vereinten Majestäten beschlossen neue Spiele und auch, daß wir bleiben und zuschauen sollten.

Wir lehnten ab und sagten, daß wir abreisen müßten.

Doch wurden wir freundlich darauf hingewiesen, daß man unsere Kanus aus dem Wasser gezogen und in einem Wald versteckt hätte; dort würden sie bleiben, bis die Spiele beendet seien.

Als Termin wurde der dritte Tag nach unserer Ankunft festgelegt. In der Zwischenzeit mußten Vorbereitungen getroffen werden, mußten die Krieger aus ihren Dörfern und Tälern herbeigerufen werden. Eine königliche Proklamation verkündete die unbegrenzte Gastfreiheit des königlichen Hofes großzügig all den Recken, die, aus Liebe zu den Waffen und aus Hochachtung vor zerschmetterten Köpfen, die Kriegskeulen zu kreuzen, die Speere zu schleudern oder im königlichen Tal von Deddo mutig zu sterben begehrten.

Inzwischen war die Insel in einen Zustand tobender Erregung versetzt, und täglich trafen von überall her Fremde ein.

Der für die Festlichkeit vorgesehene Ort war eine ausgedehnte, oben ebene Düne; sie lag unter einer Decke aus weißen Astern, die im Wind wogten wie die Sahnedünung auf der Milch junger Färsen. Doch war dieses Weiß bisweilen vom Rot der Erdbeeren getüpfelt, das auf dieser Fläche eine Spur hinterließ, wie wenn sich blutende Geschöpfe, von einem tödlichen Kampf verwundet, hier entlang geschleppt hätten. Rings um die Düne wogten scharlachfarbene Sumach-Dickichte, die im Wind ächzten wie die blutbefleckten Geister, die, am Abend nach der Schlacht von Pharsalia, die Bauern von der Walstatt verscheuchten, die mit Körben gekommen waren, um die Juwelenernte von den Ringen der pompejanischen Ritter einzubringen.

Unter den aufgehäuften Rasensoden des Hügels lagen Tausende von Toten: gloriose Leichname namenloser Heroen, die hier gloriose Tode gestorben waren.

Weshalb dieses Feld in der blumenreichen Sprache von Diranda ›Das Feld des Ruhms‹ hieß.

CXL.

Sie wohnen den Spielen bei

SCHLIESSLICH graute der Morgen des dritten Tages. Eingangs des Feldes, uns gegenüber, stand ein Thron aus rotem Kampesche-Holz, der von einem Baldachin aus roten Schraubenbaumblättern überdacht war. Auf diesen Thron ließen sich in purpurnen Roben diese Magnifizenzen und Durchlauchten, die Grundherren Hello und Piko, sinken. Vor ihnen viele Kalebassen mit Wein; und ihre königlichen Speere staken überkreuz im Rasen.

Mitten auf dem Hügel hatte man, wie mit der Pflugschar gezogen, einen großen, ovalen Platz abgegrenzt; um ihn herum saß eine Zuschauermenge. Dem Thron gegenüber verblieb ein Durchgang zu der Arena, dessen Begrenzung vage durch Luftlinien markiert war: der Verlängerung zweier Speere, die von zwei Kriegern in der Waagrechten gehalten wurden.

Als wir uns näherten, empfing man uns höflich und wies uns einen bequemen Liegesitz zu.

Die erste Begegnung war ein Zweikampf mit Keulen. Keine Sturmhaube aus Stahl, kein kongolesischer Schädel hätte den Hieben dieser Kämpfer widerstehen können, wenn sie ihr Ziel getroffen hätten; denn sie schienen es darauf angelegt zu haben, sich gegenseitig wie Pfähle in den Boden zu rammen. Kurz darauf stolperte einer von ihnen; doch sein Gegner, der losrannte, um ihn niederzuschmettern, kam auf einer Guavenschale ins Rutschen. Woraufhin der Gestolperte die Keule des Ausgeglittenen auf gut Glück hoch in die Lüfte schleuderte; beim Herabstürzen traf sie den Kopf eines Zuschauers, der vom Platz getragen wurde.

»Auch gut,« murmelte Piko.

»Hauptsache ein Toter,« murmelte Hello.

Die zweite Begegnung war ein Kampf mit Klammergriffen, bei dem sich die beiden Krieger, in Grizzlyfelle gehüllt, zu Tode rangen und drückten.

Die dritte Begegnung war ein Prellbockkampf zwischen einem Fettsack und einem Zwerg. Der Dicke stand aufrecht und hielt seinen Wanst vor sich hin wie der Schlagzeuger die Baßtrommel; der Zwerg berannte ihn mit vorgestrecktem Kopf, so daß er sich um die eigene Achse drehte und zu Boden stürzte.

Die vierte Begegnung war eine Keilerei zwischen zwei Gruppen von jeweils zwanzig Kriegern, deren Gliedmaßen zu einem einzigen Klumpen verschlungen waren wie auf Sebastionis Gemälde des Hades. Nachdem sich die Kombattanten in eine Staubwolke gehüllt hatten, zogen sie sich unverletzt, doch mächtig keuchend, zurück; sie verteilten sich unter den Zuschauern und erzählten, was ihnen im einzelnen bei diesem Handgemenge zugestoßen war.

»Angeber!« murmelte Piko.

»Memmen!« murrte Hello.

Während die Menge applaudierte, wollte ein grämlicher Zuschauer, während er sich den Staub aus den Augen rieb, von einem begeisterten Nachbarn wissen: »Bitte, was soll das alles?«

»Du Narr! Siehst du nicht den Staub?«

»Schon,« sagte der Miesepeter und rieb sich wieder die Augen, »aber Staub kann ich selbst aufwirbeln.«

Die fünfte Begegnung war ein Stockgefecht mit hundert Kriegern, fünfzig auf jeder Seite.

In Reih und Glied tauchten die ersten Fünfzig aus dem Sumach-Gebüsch auf; ihre Waffen waren wie in einer Art Flechtwerk ineinander verschränkt. Ihnen voran schritt ein Priester mit einem Idol, dessen Kopf aus einer zerschmetterten Kokosnuß bestand: Kroko, der Gott der Trepanierer. Von blumenstreuenden Mädchen angeführt, kamen nun die zweiten Fünfzig hervor; sie waren farbenprächtig herausgeputzt, wiegten ihre Waffen und bewegten ihre Füße flink in einem kriegerischen Rhythmus.

Beide Parteien trafen sich in der Mitte, touchierten kurz ihre Stöcke und zogen sich dann zurück. Welch ritterliches Gebaren; doch es lief darauf hinaus, daß sie sich gegenseitig aus Mardi hinauskomplimentierten. Denn als Piko einen Speer schleuderte, fielen sie übereinander her und jeder schlug auf seinen Mann ein, bis alle zu Boden gestürzt waren.

»Bravo!« rief Piko.

»Tapfere Kerle!« rief Hello.

»Doch aufgestanden und wieder von vorn, meine Helden!« riefen beide zugleich.

»Seht, wir Könige schauen zu, und dort stehen die Barden!«

Diese Barden waren eine Reihe von hageren, bläßlichen Greisen in fadenscheinigen Gewändern, die Häupter mit welkem Laub bekränzt.

»Hebt an!« rief Piko.

»Eine Strophe!« rief Hello.

Woraufhin die alten Krächzer, jeder mit Katarrh und gebrochener Stimme, folgendes Lied sangen:

Quack! Quack! Quack!
Mit einem Toorooloo-Schlag,
Hackt weg, Gesellen, hackt weg.
Wer stirbt nicht gern als Held,
Den Kopf am Ohr zerspellt?
Zwackt ab, Gesellen, zwackt ab!
Und Ruhm erhält
Jeder Held, der fällt,
Hackt weg, Gesellen, hackt weg!
Quack! Quack! Quack!
Quack! Quack!
Quack!

So plätscherte es dahin.

»Ha! Ha!« machte Piko, »wie sie ihre Ohren spitzen!«

»Hört, ihr Unbesiegbaren!« rief Hello. »Dieser Päan gilt den Getöteten. So werft euch alle ins Gefecht, die ihr noch am Leben seid! Sterbt und erntet Ruhm! Jetzt ist die Zeit gekommen! – Auf in den Kampf, meine Entchen!«

Auf diese Weise angestachelt, stellten sich die Überlebenden auf ihre schwankenden Füße und droschen einander auf die Birnen, bis es wie ein Wechselgeläut auf acht Glocken klang. Schließlich gelang es ihnen, sich dadurch unsterblich zu machen, daß sie reihum ihre Sterblichkeit auslöschten; die Barden sangen noch.

»Eure Musik ist jetzt nicht mehr gefragt,« rief Piko.

»Es ist alles vorüber,« sagte Hello.

»Was haben wir doch für wackere Untertanen,« rief Piko.

»He! Totengräber, räumt das Feld ab,« rief Hello.

»Wer ist noch zum Ruhm bereit?« rief Piko.

»Vielleicht die Barden hier?« rief Hello

Nun stürmte eine abgehärmte Gestalt in die Menge, das Gesicht blutbeschmiert und in einem Kleide steckend, das angesengt und vom Feuer geschwärzt war. Der Mann schwang eine Keule, rannte umher und drohte allen mit schrillen Schreien.

Es war ein bekannter Krieger, der über den Tod seiner fünf Söhne außer sich geraten war, die er während der vergangenen Spiele verloren hatte, und der nun ringend und kämpfend von Tal zu Tal zog.

Die Menge schrie in wildem Entsetzen: »Der Verzweifelte! Der Verzweifelte!« und floh und ließ die zwei Könige schreckensstarr auf ihrem Thron zurück; sie zitterten und zagten und ihre Zähne klapperten wie Würfel im Becher.

Der Verzweifelte schritt auf sie zu; daraufhin kamen sie wieder zu Sinnen und rannten davon, eine Zeitlang von einem Phantom durch den Wald verfolgt.

CXLI.

Taji, noch immer von Pfeilen und Winken verfolgt

BEVOR die Könige das Feld geräumt hatten, waren wir in dem angrenzenden Wald verschwunden. Und als wir daraus auftauchten, gerieten wir auf sumpfigen Grund, mit Röhricht bestanden. Plötzlich hörten wir ein Schwirren, als seien drei aufgeschreckte Rebhühner davongeflogen. Es zeigte sich, daß es drei gefiederte Pfeile waren, losgeschickt von drei unsichtbaren Händen.

Sie streiften uns; doch während sich zwei in die Erde bohrten, ließ der dritte Blut von Tajis Arm tropfen.

Wir drehten uns nach allen Seiten um; doch war niemand zu sehen.

»Die Rächer folgen uns noch immer,« sagte Babbalanja.

»Seht, die drei Mädchen!« rief Yoomy. »Paßt auf, da kommen sie!«

Am roten Rain des Sumach-Waldes trafen wir mit ihnen zusammen; dort schwenkten sie Kirschen, die sie an den Stielen hielten, und dickfleischige Kakteenglieder mit karminroten, stachelbewehrten Blüten; und vor uns auf den Weg warfen sie Tigerlilien, glänzend gelb mit roten Sprenkeln.

»Blut!« rief Yoomy bestürzt. »Und Leoparden auf deiner Spur!«

Daraufhin bliesen die Sirenen auf langem

Schilfrohr, das noch den Schmuck der Blütenstände trug; und sie schwangen grüne Bänder aus Rebengerank, tanzten auf uns zu und boten uns Weintrauben an.

»Trotz allem nun die Deine, Taji; trotz allem, was noch kommen kann,« interpretierte Yoomy, »flüchte dich zu mir! Ich will deine Düsterkeit durch Tanz vertreiben und sie in Trunkenheit ertränken.«

»Hinweg! Weh ist sein eigener Wein. Was mir auch widerfahren mag, das will ich durch und durch ertragen. Ich will den Stich des Dolches spüren.«

Sie verschwanden im Wald; und wir eilten weiter und erreichten bald den Sonnenschein und die offene Lichtung.

CXLII.

Abreise von Diranda

BEI der Herberge zu den Schädeln angekommen, trafen wir auf die erlauchten Grundherren, die sich von ihrer Flucht erholten und wiederum ihren Rotwein schlürften; doch ihre Gedanken waren noch von der verschwundenen Spukgestalt gefangen. Anstatt mit ihrem eigenen Elfenbein im Mund zu klappern, klapperten sie mit den Würfeln in den Schädeln, die sie in Händen hielten. Und immer noch wurde »Kopf« gebrüllt und wurde »Kopf« geworfen.

An diesem Abend ließen sie König Media wissen, daß eine Pause von zwei Tagen vonnöten sei, bevor die Spiele wieder aufgenommen werden könnten; denn man müsse die Sieger ehren, die Toten bestatten und die Hinrichtung eines Inselbewohners besorgen, der, im Jähzorn, einen Fremden getötet hatte.

Da diese Unterbrechung der Spiele überhaupt nicht vorauszusehen gewesen war, ließen sich unsere Gastgeber dazu bewegen, die Beschlagnahmung unserer Boote aufzuheben. Dennoch drängten sie uns zum Bleiben. Sie beteuerten, daß die kommenden Ereignisse bei weitem das bisher Gesehene übersteigen würden. Die in Aussicht stehenden Spiele seien maritimer Natur: Scharen von Kriegern mit Schwimmflossen an den Füßen würden im Wasser Kämpfe mit der bloßen Hand ausführen.

Wir entschieden uns jedoch, in der Frühe aufzubrechen.

In der Kühle der frühen Morgenstunde, wenn sich eines Menschen Gesicht gerade erkennen läßt, reisten wir von Diranda ab. Und im geisterhaften Dämmerlicht kehrten unsere Gedanken zu dem Phantom zurück, das so plötzlich die Ebene leergefegt hatte. Aufmerksam lauschten wir den Erzählungen Mohis, der, als er von dem traurigen Ende mancher tapferer Häuptlinge in Mardi sprach, auch den jugendlichen Adondo erwähnte, einen der berühmtesten Häuptlinge der Chroniken. In einem Kanukampf wurde dieser, nachdem er wahre Tapferkeitswunder vollbracht hatte, am Kopf verwundet und sank auf den Grund der Lagune.

»Es gibt eine erhabene Monodie über den Tod von Adondo,« sagte Yoomy. »Soll ich sie singen, edler Herr? Sie ist sehr schön; und nie kann ich sie ohne Tränen singen.«

»Auf deine Tränen können wir verzichten, Sänger,« sagte Media, »doch singe sie, wenn du magst.«

Und Yoomy sang:

Dahin der Stolz und die Ehre von Mardi:
Der Ruhm seiner Inseln ruht tief in der See,
Die schweigend über seinen Leichnam rollt.
Seine Krieger, über ihre Speere geneigt,
Seine Schwestern starren hinab in Trauer.
Weint, weint, denn Adondo ist tot!
Die Sonne versank im Regenguß,
Das Antlitz des Monds in Wolken vergraben;
Voll Tränen die Augen des funkelnden Himmels,

Voll Tränen die Augen der Blumen;
Und die rieselnden Bäche sind Tränenströme
Und ziehen von den Bergen zu Tal. –
Dahin der Stolz und die Ehre von Mardi:
Der Ruhm seiner Inseln ruht tief in der See.
Rasch fällt der Regen auf seine schluchzende Brust, -
Kein Regenschauer, sondern Oros Tränen.

»Das muß eine trübselige Zeit gewesen sein,« gähnte Media, »kein Bach blieb trocken in Mardi, kein See, der nicht feucht war. Rinnsale aus Tränenkanälen und untröstliche Lagunen! Nennst du das Dichtung, Sänger?«

»Mohi hat so etwas wie eine Träne im Auge,« sagte Yoomy.

»Falsch!« rief Mohi aus und wischte sie weg.

»Wer komponierte diese Monodie?« fragte Babbalanja. »Ich habe sie schon oft gehört.«

»Niemand weiß es, Babbalanja; doch muß der Dichter immer noch vor sich hin singen, denn seine Lieder dringen durch den Rasen in die Blumen auf seinem Grab.«

»Aber lieber Yoomy, Adondo ist ein legendärer Held aus weit zurückliegender Zeit. Kann folglich diese Monodie nicht eine Melodie sein, die spontan entstanden ist und uns schon seit dem Anfang von Mardi begleitet hat? Welcher Barde komponierte die sanften Verse, die unsere Palmenzweige des Abends singen? Nein, Yoomy, diese Monodie stammt nicht von einem Menschen.«

»Ach! Wäre ich doch dieser Dichter gewesen, Babbalanja; denn dann wäre ich wirklich berühmt. Diese Zeilen werden überall auf der Insel gesungen, von Fürst wie von Bauer. Ja, Adondos Monodie wird durch die Zeiten dringen, wie der leise Unterton, den man hört, wenn viele Sänger singen.«

»Edler Herr,« rief Babbalanja, »das bedeutete aber, tatsächlich unsterblich zu sein: – in unseren Werken zu währen und nicht in unseren Namen. O Oro mach, daß ich namenlos bekannt bin!«

CXLIII.

Babbalanja spricht über sich selbst

DAS Schweigen, das eine Weile geherrscht hatte, wurde schließlich von Babbalanja gebrochen.

Er wies auf die Sonne, die gerade den Horizont erreicht hatte, und rief aus: »Wie schon der alte Bardianna sprach – schließt eure Augen und glaubt.«

»Und was hat Bardianna mit diesem Himmelskörper zu tun?« fragte Media.

»So viel, edler Herr, als daß die Astronomen behaupten, Mardi bewege sich um die Sonne; was ich, der ich diese Sache nie systematisch untersucht habe, keinesfalls glauben kann, außer ich würde etwas blind glauben, obwohl ich etwas anderes sähe. Doch stimmt sogar ganz Mardi blindlings einem astronomischen System zu, für das nicht einer von Fünfzigtausend den astronomischen Beweis liefern kann. Sehr viele Jahrhunderte ist es noch nicht her, edler Herr, daß ganz Mardi in gleicher Weise ein astronomisches System anerkannte, das demjenigen, das jetzt für wahr gehalten wird, diametral entgegengesetzt war. Doch haben die meisten Mardianer weniger Grund, an das neue System zu glauben als an das veraltete; denn alle, die Augen im Kopf haben, sehen doch bestimmt, daß sich die Sonne anscheinend bewegt und Mardi anscheinend feststeht, ewig *an dieser Stelle*. Es gibt zwar Theorien, die wahr sein können, obwohl der Augenschein sie Lügen straft. Daher erscheint in solchen Fällen den Unwissenden Unglaube selbstverständlicher als Glaube; obwohl sie oft die Zeugenschaft ihrer eigenen Sinne für das zurückweisen, was für sie eine bloße Vermutung ist. Und daher kommt es, edler Herr, daß die meisten Mardianer nicht glauben, weil sie wissen, sondern weil sie *nicht* wissen. Und sie werden gleichfalls bereit sein, dieses oder jenes anzuerkennen, wenn es aus anerkannter Quelle stammt. Edler Herr, Mardi ist ein Vogel Strauß, der alles verschluckt, was man ihm anbietet, selbst eine Eisenstange, außer man hält sie ihm quer vor den Schnabel. Und mag auch das Eisen unverdaulich sein, zum Füllen taugt es allemal; womit der Zweck der Fütterung erfüllt wäre. Denn Mardi braucht etwas, um seine Verdauung in Schwung zu halten, selbst wenn dieses Etwas auf immer unverdaulich wäre. Und wie Angler zur Belustigung zwei mit einer Schnur verbundene Köderstücke den auf dem Meer schwimmenden Albatrossen hinwerfen, die jeweils voller Gier nach einem der Brocken schnappen, so daß diese, wegen der Verbindungsschnur, zwischen den Vögeln hin und her gezogen werden, genau so, denke ich manchmal, belustigen sich die Theoretiker über die Glaubensgier der Mardianer.«

»Ha, ha,« rief Media aus, »hier spricht wohl Azzageddi.«

»Nein, edler Herr. Azzageddi nahm neulich Urlaub, um sich zu Hause ein Weile aufzuwärmen. Aber deshalb bin ich nicht allein gelassen.«

»Wie das?«

»Lassen wir Azzageddi im Moment völlig beiseite, edler Herr – obwohl ich nun seit fast fünfhundert Monden auf sehr freundschaftlichem Fuß mit mir selbst stehe, vermochte ich es noch nicht zu sagen, wer oder was ich bin. Euch mag es vorkommen, ich sei Babbalanja; doch für mich selbst bin ich anscheinend nicht ich. Allenfalls bin ich gewiß, das mich etwas wie ein prickelndes Gefühl überläuft, das Leben genannt wird. Und gelegentlich erinnern mich ein Kopfschmerz oder ein komischer Einfall daran, daß in meinem Oberstübchen etwas vor sich geht. Doch wie kann ich wissen, ob diese Empfindungen mit mir identisch sind? Soviel ich weiß, könnte ich auch jemand anderes sein. Jedenfalls betrachte ich mich selbst so, als wäre ich ein Fremder. Es geht etwas in mir vor, das völlig unabhängig von mir ist. Oft wollte ich das eine tun und es wurde etwas anderes getan. Ich möchte nicht sagen, durch mich; denn ich war darüber nicht im Bilde: es wurde instinktiv getan. Meine tugendhaftesten Gedanken sind nicht Früchte meines Sinnens, sondern entspringen in mir wie die lichten Einfälle des Poeten: nicht bemüht sondern spontan. Ich weiß nicht, woher sie kommen. Ich bin ein Blinder, der von hinten geschoben wird; vergebens drehe ich mich um, auf daß ich sehe, was mich antreibt. Die Lobreden meiner Freunde betrachte ich als nichtig; denn, was sie preisen, steht mir, Babbalanja, nicht zu sondern diesem unbekannten Etwas, das mich antreibt. Doch warum neige ich, als Mardianer in mittleren Jahren, weniger zu Exzessen als in der Jugend? Ich bin doch von den gleichen Lockungen und Anreizen umgeben. Aber nein: meine glühenderen Leidenschaften sind ausgebrannt, solche, die dann am stärksten sind, wenn wir ihnen am wenigsten widerstehen können. Daher sind es also nicht so sehr äußerliche Versuchungen, die uns Sterbliche beherrschen, edler Herr, sondern innere Instinkte.«

»Eine sehr merkwürdige Spekulation,« sagte Media. – »Doch, Babbalanja, habt ihr Sterblichen kein sittliches Empfinden, wie es bei euch heißt?«

»Doch. Aber wovon Ihr sprecht, das entsteht erst nachträglich. Wir essen und trinken Monate bevor wir unseres Denkens bewußt sind. Und obwohl offenbar etliche Erwachsene alle ihre Handlungen auf dieses sittliche Empfinden zurückführen, entspricht das doch nicht der Wirklichkeit. Denn es ist derart dominant in ihnen, daß es ihre instinktiven Leidenschaften zügelt; daher beherrschen sie sich nicht selbst, sondern werden von ihrer eigenen Natur beherrscht. Folglich sind manche Menschen, aufgrund ihrer Veranlagung, in ihrer Jugend ebenso gesetzt wie ich es jetzt bin. Sollen wir sie aber deshalb fromme und würdige Jugendliche nennen? Ist derjenige enthaltsam, der keine Erregung verspürt? Und wenn andererseits die instinktiven Leidenschaften von Natur aus das sittliche Empfinden ein Leben lang beherrschen, wie wir es bei unverbesserlichen Übeltätern im Extrem ausgebildet sehen, – sollen wir diese als Kriminelle und Scheusale bezeichnen? Edler Herr, für manche Menschen ist es leichter, Heilige zu sein, als für andere, keine Sünder zu sein.«

»Mag sein, Babbalanja; doch du stehst am Abgrund, keinen Schritt weiter! Kehre zu deinem Ausgangspunkt zurück und erzähle uns von diesem anderen und noch geheimnisvolleren Azzageddi, von dem, der sich, wie du angedeutet hast, dir gegenüber als du selbst ausgegeben hat.«

»Nun denn, edler Herr, – lassen wir Azzageddi noch beiseite, – eben diesem unergründlichen Fremden laste ich alle meine früheren Taten an, die mir zurückblickend so überaus närrisch vorkommen, daß ich davon überzeugt bin, daß nicht ich, der jetzt sprechende Babbalanja, diese begangen hat. Dennoch, edler Herr, kann ich selber heute etwas tun, was mir in späterer Zeit ebenfalls sinnlos vorkommen könnte. Denn in der Zeit eines Lebens führen wir hundert Leben. In diesem meinem Körper sind ja Dutzende von Räumen an diesen unfaßbaren Fremden vermietet, wenn auch eine dunkle Kammer in mir immer von meinem alten Geheimnis in Beschlag genommen wird.«

»Wirst du nie zur Sache kommen, Babbalanja? Erzähle uns ohne Umschweife von dem Fremden. Wer, was ist er? Stelle ihn vor.«

»Ich kann nicht, edler Herr. Er ist in mir eingesperrt. Er trägt eine Maske und hält mich zum Narren. Er schleicht in mir herum und hält Ausschau; und ich stehe staunend da. Er ist es, der in meinem Schlaf spricht und meine Geheimnisse enthüllt; und mich nach unerhörten Gefilden jenseits des Himmels von Mardi entführt. Er ist stets so gegenwärtig, daß ich anscheinend weniger aus mir heraus lebe, sondern eher bloß eine Vorstellung dieses unerklärlichen Wesens in mir bin. Doch ist dieses Wesen die ganze Zeit über ich selbst.«

»Babbalanja,« sagte Media, »du hast dein Inneres da ganz schön nach außen gekehrt.«

»Ja, edler Herr,« fügte Mohi hinzu, »und er hat mich so durcheinandergebracht, daß ich anfange zu glauben, daß Mardi ein quadratischer Kreis ist.«

»Ist es möglich, Babbalanja,« sagte Media, »daß ein Kreis ein Quadrat ist?«

»Nein, edler Herr, doch von Anfang an haben wir Mardianer unser möglichstes getan, es quadratisch zu machen.«

»Gut gegeben! Nun Babbalanja, kannst du dir nicht vorstellen, daß du durch die Verbreitung dieser deiner Sophismen Unheil anrichtest, die, wie deine Teufelstheorie, ganz Mardi von moralischer Verantwortung zu entbinden scheinen?«

»Edler Herr, im Grunde gibt es niemanden, der einen von seinen Fesseln befreien könnte; und ebenso kann niemand einen seiner unveräußerlichen Rechte berauben. Sagt einem rechtschaffenen Menschen, daß es ihm freistehe, einen Mord zu begehen, – wird er dann morden? Sagt einem Mörder, daß er Schaden an seiner unsterblichen Seele nehmen würde, wenn er in Mordgedanken schwelgte, – wird ihn das zu einem Heiligen machen?«

»Wieder am Abgrund, Babbalanja! Keinen Schritt weiter, sage ich.«

»Ich kann keinen weiteren Satz mehr machen, edler Herr. Schon bin ich fertig, fertig, fertig.«

»Philosoph,« sagte Media, »was Azzageddi betrifft und den geheimnisvollen Bewohner, auf den du dunkel hinweist, so wundere ich mich nicht, daß du dich nicht recht entscheiden kannst, wer du nun wirklich bist. Doch wann, scheint es, bist du am meisten du selbst?«

»Wenn ich schlafe ohne zu träumen, edler Herr.«

»Wirklich?«

»Weil man dann eine Narrenkappe auf dem Kopf haben kann und es nicht weiß.«

»Das ist genau der Turban, den du tragen solltest,« murmelte Mohi.

»Doch lebe ich dann, edler Herr, obwohl ich ohne Bewußtsein bin, obwohl ich, allem Anschein nach, ein toter Klumpen bin. Und kann nicht bei vielen stummen, passiven Gegenständen, derer wir nicht achten, dieser Seinszustand, der bei mir nur phasenweise als Schlaf auftritt, Dauerzustand sein? Glaubt mir, es gibt mehr Lebendiges als das, was da kreucht, fleucht oder schwimmt. Glaubt Ihr denn, edler Herr, daß man als Baum kein Empfinden hat? Daß man nicht den Saft in den Ästen spürt, den Windhauch im Laubwerk? Glaubt Ihr, daß es nichts ist, eine Welt zu sein, die wie eine Bisonherde ihre Bahn durch grenzenlose Ätherauen zieht? Was bedeuten aus der Sicht eines Vogels, der nicht in unsere Seele schaut, die von uns ausgesandten Lebenszeichen? Daß wir uns bewegen, Laute von uns geben, daß wir Organe haben, Pulsschläge, daß wir aus Flüssigem und Festem bestehen? Alle diese Dinge vereinen sich in Mardi. Das majestätische Pochen seines Herzens verspürt man täglich an der Oberfläche in den Gezeiten der Lagune. Die Flüsse sind seine Adern; und wird Mardi gemartert, sind Erdbeben seine Wehen. Im Donner brüllt es auf und weint im Regenschauer. Und wie der Körper eines Bisons dicht behaart ist, so ist Mardi mit Gräsern und Pflanzenwuchs bedeckt, worin wir Parasiten lediglich umherkriechen und das geduldige Geschöpf quälen, an das wir uns klammern. Und doch hat sich Mardi noch nicht von dem Schmerz erholt, den ihm die erste menschliche Gründung bereitete. Bis ins Innerste ist Mardi ein Lebewesen. Wenn man Wasser ausschüttet, gurgelt es da nicht? Wenn man eine Perlmuschel anschlägt, tönt sie dann nicht? Sollte man als Fels etwa kein Empfinden haben? – Existieren heißt: sein; sein heißt: etwas sein; etwas sein heißt –«

»Weiter.« sagte Media.

»Und was heißt es: etwas sein?« fragte Yoomy naiv.

»Denke daran, was du vorher gesagt hast,« mahnte Media.

»Verliere nicht den Faden,« sagte Mohi.

»Er ist gerissen,« sagte Babbalanja.

»Ich kann wieder aufatmen,« sagte Mohi.

»Doch wieso bist du jetzt zum Stillstand gelangt, Philosoph?« wollte Media wissen. »Hat nicht übrigens schon der alte Bardianna gesagt, daß kein Mardianer losgehen sollte, ohne immer einen Fuß vorne zu haben?«

»Laßt mich auf die Unbestimmtheit der Vorstellung zurückkommen, die ich von mir habe,« fuhr Babbalanja fort.

»Ein angemessenes Thema,« sagte Media. »Weiter damit.«

»Edler Herr,« murmelte Mohi, »ist dieser Philosoph nicht wie ein Tausendfüßler? Schneidet man ihm den Kopf ab, krabbelt er weiter.«

»Es gibt Zeiten, wo ich mich selbst für wahnsinnig halte,« fuhr Babbalanja fort.

»Ah, jetzt fängt er an, vernünftig zu reden,« flüsterte Mohi.

»Du hast offenbar dein Thema vergessen, Babbalanja,« sagte Media. »Wie viele Theorien hast du noch auf Lager? Zuerst bist du von einem Teufel besessen; dann vermietest du dich zur Gänze an einen Bewohner; und nun verwandelst du dich selbst in ein Irrenhaus. Du bist unbeständig.«

»Und genau aus diesem Grund, edler Herr, bin ich *nicht* unbeständig; denn die Summe meiner Unbeständigkeiten ergibt meine Beständigkeit. Und um sich selbst gegenüber beständig zu sein, muß man Mardi gegenüber oft unbeständig sein. Gewöhnliche Beständigkeit bedeutet Unwandelbarkeit; doch ein Großteil der Weisheit hienieden befindet sich in einem Übergangsstadium.«

»Ah!« murmelte Mohi, »mein Kopf beginnt sich wieder zu drehen.«

»Ich lasse also Azzageddi beiseite und vorläufig auch den geheimnisvollen Bewohner und betrachtet mich nun, edler Herr, als einen Wahnsinnigen. Doch basiert diese letzte Vorstellung weniger auf der Verrücktheit besonderer Handlungen als auf dem ganzen Strom meines gewöhnlichen und fortwährenden Tuns, worin ich allen anderen Mardianern am ähnlichsten bin. Anscheinend durchläuft man dabei allerhand wunderliche Spielereien, die eines festen Ziels entbehren. Denn obwohl viele meiner Handlungen anscheinend Ziele haben und diese alle in irgendeiner Weise ineinander greifen, fragt sich, auf was sie letzten Endes hinauslaufen. Zu welchem endgültigen Zweck gehe ich, esse ich, denke ich, träume ich? Zu welchem großen Zweck streicht Mohi jetzt seinen Bart?«

»Aber ich habe es unwillkürlich getan,« sagte Mohi, indem er seine Hand sinken ließ und seinen Kopf hob.

»Genau so weit wäre ich gerne, alter Knabe. ›Was wir tun, tun wir blind,‹ sagte der alte Bardianna. Vieles tun wir, ohne zu wissen, was wir tun – wie du mit deinem Bart, Mohi. Und vieles andere erkennen wir nicht eher, bis es vorbei ist, – zumindest nicht in seiner ganzen Tragweite. Verbringen wir nicht unser halbes Leben damit, uns frühere Handlungen vorzuwerfen, von deren wirklicher Natur und deren Konsequenzen wir damals nichts wußten? Der alte Bardianna sagte: ›Hätte ich nicht so oft Hunger auf meine Yamswurzeln verspürt, hätte ich alles für einen Traum halten können;‹ – so verwirrend erschien ihm alles auf Mardi. Doch Alla-Malolla geht weiter und sagt: ›Wir sollten uns zusammenschließen, wir Menschen, die wir einander Rätsel sind: Könige, Bauern und Wesen dazwischen. In uns sind sonderbare Empfindungen gebündelt, wir gaukeln uns seltsame Phantasien vor: wir sind Luft, Wind, Atem, Seifenblasen. Unser Sein ist im Nu erzählt.‹«

»Nun denn, Babbalanja,« sagte Media, »wozu bist du in diese ganze Litanei verfallen? Du bewegst dich immerfort in einem Kreis.«

»Wie die Sonne am Himmel auch, edler Herr; wie ich zieht sie ihre Kreise und spendet Licht auf ihrem Weg. Der alte Bardianna bewegte sich auch im Kreis. Er sagt es selbst. In seinem umfassenden Kapitel über ›Zyklen und Epizyklen, nebst Bemerkungen über die Ekliptik,‹ legt er folgendes dar: – ›Alle Dinge drehen sich um ein Zentrum, das für sie fest steht; denn das Zentripedale ist dem Zentrifugalen immer über. Deshalb sind wir, ohne fortzuschreiten, in einem immerwährenden Kreisen; und wir sausen herum, ob wir wollen oder nicht. Anzuhalten hieße, in den Raum zu sinken. So drehen und drehen wir uns ohne Unterlaß in einer Polka um die eigene Achse und um die Sonne.‹ An anderer Stelle sagt er: ›Es gibt weder Apogäum noch Perigäum, weder Norden noch Süden, rechts oder links; was heute nacht unser Zenith ist, ist morgen unser Nadir. Wir können stehen, wie wir wollen, und stehen auf dem Kopf. Versuchen wir in die Luft zu springen, landen wir auf dem Boden. Hier kleben wir fest, und unsere Knochen bilden den Leim.‹«

»Genug, genug, Babbalanja,« rief Media aus. »Du bist ein sehr weiser Mardianer; doch die weisesten Mardianer machen die größten Narren.«

»Das tun sie, edler Herr; doch ich wurde unterbrochen. Ich war im Begriffe zu sagen, daß es keinen Ort gibt, außer dem All, keine Grenze außer dem Grenzenlosen, keinen Grund außer dem Grundlosen.«

CXLIV.

Die Zauberer von der Insel Minda

»FRÜHSTÜCK! Frühstück!« rief Media, »Zeit zum Frühstücken! Auf, Kameraden! Und während die Matte ausgebreitet wird, gehen wir zum Bug und schöpfen tief Luft, um hungrig zu werden. Hörst du, Vee-Vee! Vergiß nicht die Kalebasse mit dem meerblauen Siegel und einem Ring als Brandzeichen. Ein herrliches, altes Zeug, Mohi, älter als du: Rundfahrer nenne ich es. Mein Vater hatte ein Kanu eigens zu dem Zweck auslaufen lassen, dieses Zeug dreimal um Mardi zu fahren, damit es Geschmack gewönne. Es war viele Monate unterwegs. Die Seeleute segelten nie schneller als drei Knoten; zehn Knoten hätten den besten Wein, der je floß, verdorben.«

Als das Frühstück vorüber war und die meerblaue Kalebasse gänzlich in der Qualmwolke aus unseren Pfeifen verschwunden war, schlug Media vor, den Nebel zu nutzen und die Flasche zu entern. Mit dem Becher in der Hand griffen wir also alle wacker an und gingen siegreich aus dem Kampf hervor.

Dann setzten wir uns wieder und schmauchten friedlich im Kreis, während der Rundfahrer in angenehmer Weise die Runde machte. Und Media bat Mohi, etwas Unterhaltsames zum besten zu geben.

Nun, von allen alten Klatschmäulern in Mardi war gewiß unser entzückender alter Diodorus mit der größtmöglichen Vielfalt an Geschichten,

Chroniken, Anekdoten, Memoiren, Legenden, Überlieferungen und Biographien ausgestattet. Die Bibliothek, die er mit sich herumtrug, war unerschöpflich. Er war die gesamte Geschichte Mardis in eigener Person: ungekürzte und erweiterte Ausgabe in einem Band.

König Medias Geheiß gehorchend, ergötzte Mohi die Gäste mit einer Geschichte, die sinngemäß folgende war: –

In einer bestimmten Gegend des Archipels lag eine Insel namens Minda. Und auf Minda gab es viele Zauberer, die sich den Konflikten und Animositäten, die in diesem unglücklichen Land herrschten, widmeten. Fühlte sich ein Mindarianer von einem Landsmann gekränkt und verunglimpft, wandte er sich sogleich an einen dieser Zauberer, der, gegen angemessene Bezahlung, seine Zaubersprüche wirken ließ, wobei er sich selbst im Dunkeln hielt und diese gegen das verhaßte Individuum richtete. Und schon bald würde dieses Individuum, aufgrund bestimmter Sinneswahrnehmungen, bemerken, daß etwas im Busche war und unverzüglich zu seinem eigenen Meister der Schwarzen Kunst eilen, der, gut honoriert, bald einen Gegenzauber zuwege brächte, so daß es letzten Endes keinen Gewinner oder Verlierer geben würde – außer in der Höhe der aufgewendeten Honorare.

Am übelsten war es jedoch, wenn das Opfer anfangs nicht die geringste Ahnung von der Verzauberung hatte und zu spät von dem Unheil hörte, das da ausgebrütet wurde; dann wurde es fast immer zur Beute seines Feindes. Solch ein Unheil wurde für den Gipfel der Kunst gehalten. Doch da das Gros der Zauberer in etwa die gleiche Zauberkraft besaß, waren die verschiedenen Parteien, die diese in Anspruch nahmen, folglich auch gleichstark. Daraus erwuchsen diese endlosen, viele Monate währenden Wettstreite, wo beide Parteien hart um ihre gegenseitige Vernichtung rangen.

Zeigten sich ihre Auftraggeber naturgemäß schon versessen, wie erstaunlich dann die Verbohrtheit, mit der die Zauberer selbst zu Werke gingen. Bis auf den letzten Zahn in der Börse ihres Kunden betrieben sie ihren Zauber; und sie ließen nicht eher locker, bis dieser ihr Mandant finanziell oder physisch hinüber war.

Doch so sehr sie auch geschmäht wurden, man fand auf Minda niemanden, der halb so unparteiisch wie sie gewesen wäre. Erfüllte man gewisse unerläßliche Bedingungen, waren einige von ihnen bereit, den Ruin sowohl von diesem als auch jenem zu betreiben, ganz gleich ob er gut, böse oder undefinierbar war.

Kein Wunder also, daß diese gedungenen Scheusale erhebliches Unheil auf Minda anrichteten. Sie steckten überall ihre Nasen hinein, stifteten friedliebende Leute zu Feindseligkeiten mit ihren Nachbarn an; woraufhin sie sich mit wunderbarer Bereitwilligkeit als diejenigen präsentierten, die ihnen die Belästigungen wegzaubern könnten, die sie ihnen zuvor aufgeschwatzt hatten.

Es kam sogar tatsächlich vor, daß ein Zauberer heimlich beauftragt worden war, auf ein Opfer mit Zaubersprüchen einzuwirken, und daß dieses, da es aufgrund seiner körperlichen

Empfindungen ahnte, daß etwas nicht stimmte, ohne genau zu wissen was, zu eben diesem Zauberer ging und ihm den Auftrag erteilte, diesem Unheil, das möglicherweise ausgebrütet wurde, entgegenzuwirken. Und dieser ehrenwerte Herr war sofort im Geschäft; denn dann hätte er beide Parteien in der Hand und könnte sie auf ewig baumeln lassen. Und mittlerweile gäbe er fein acht, daß sie ihn für seine Mühen ordentlich entlohnten.

Einmal gab es eine mächtige Aufregung um diese Zauberer, die aus einigen beunruhigenden Enthüllungen über ihre Praktiken erwuchs. In einigen Dörfern von Minda versuchte man sie zu Fall zu bringen. Doch zwecklos der Versuch; denn man fand bald heraus, daß ihre Zauberei schon so um sich gegriffen hatte und daß sie selbst schon so in die alltäglichen Angelegenheiten der Insel verwickelt waren, daß man sie besser gewähren ließ, anstatt sie unter Druck zu setzen und dadurch zusätzliche Unannehmlichkeiten heraufzubeschwören. Ah! was für eine gerissene Bande war das! Diesen Zauberern war schwer beizukommen, weder durch gutes Zureden noch durch Überlistung.

Doch was machte, zum Magier nochmal, deren Zaubersprüche so wirksam und so okkult? Übereinstimmend hieß es, daß sie ihre stärkste Wirkung aus dem Rauch gewisser Mixturen zögen, deren Ingredienzen man – o Graus! – hauptsächlich aus dem menschlichen Herzen gewann; und, durch die verschiedenartige Mischung dieser Ingredienzen, brächten sie ihre mannigfachen Zauberwirkungen in Anwendung.

Sie waren eine eitle und arrogante Kaste. Aufgrund ihrer Fähigkeit, im Dunkeln zu wirken, machten sie sich geheimnisvoller als sie wirklich waren. Befragte man sie über ihr Wissen, pflegten sie den Fragenden mit Antworten zu verwirren, die in eine außergewöhnliche Sprache gekleidet waren, mit Wörtern, die fast so lang wie Anakondas waren. Doch machte all dies großen Eindruck auf die einfachen Leute.

Und nicht weniger bemerkenswert war es, daß zwei Zauberer, die bei einem Mindarianer in entgegengesetzter Weise beschäftigt waren – einer um anzugreifen, der andere um abzuwehren – dennoch oft den freundlichsten Umgang miteinander hatten, ein seltsamer Umstand, der bei dem Opfer nie den geringsten Verdacht erregte.

Ein anderes Phänomen: Wenn zwei Zauberer aus irgendeinem Grund in Zank gerieten, übten sie ihren Zauber selten gegeneinander. Dies hatte seinen Grund vielleicht darin, daß beide gleichermaßen in der Zauberkunst bewandert waren und keiner hoffen konnte, den andern zu übertrumpfen.

Doch trotz allem Schimpf, der über diese Zauberer ausgegossen wird, – wovon sie einen Teil verdienen, – kann man die ihnen unterstellten Schlechtigkeiten hauptsächlich, wenn auch indirekt, den Personen selbst zuschreiben, die diese beauftragten, will sagen: mißbrauchten; und deren Schmähreden waren auch am lautesten, – wozu sie allen Grund hatten.

Und es ist auch nicht zu leugnen, daß die Zauberer in mancher Hinsicht sehr viel Gutes bewirkten. Da die Art ihrer Betätigung sie tief in die Arkana des Geistes führte, machten sie oft bedeutsame Entdeckungen; und neben vielem Krempel sammelten sie wertvolle Beispiele dafür an, wie es im Innern der Mindarianer aussah und was da vor sich ging. Und sie redeten sich oft regelrecht heiß, wenn sie die Geheimnisse der Sünde erläuterten.

Doch war all ihr Wissen auf solch rare, fremdartige und antiquierte Tafeln geschrieben, daß es für die meisten ihrer Landsleute so gut wie nicht vorhanden war. Und irgendeine Geisteskoryphäe soll gesagt haben, ihre Schätze seien so gut verschlossen gewesen, daß der Schlüssel als Alteisen wertvoller gewesen sei als die gesamte Kiste und ihr Inhalt.

CXLV.

Hauptsächlich über König Bello

»NUN, Taji,« sagte Media, »mit dem alten Bello dem Buckligen, dessen Insel Dominora vor uns liegt, bin ich zerstritten.«

»Ach, wie das?«

»Ein unerfreulicher Bericht, doch du sollst ihn hören.«

Und somit begann Seine Hoheit.

Dieser königliche Zank entsprang anscheinend einem belanglosen Gerangel um ein kahles Eiland in einer sehr entlegenen Region der Lagune. Anfangs wäre die Angelegenheit leicht zu regeln gewesen, wenn die Parteien ein paar freundschaftliche Worte gewechselt hätten. Doch da keiner von ihnen den anderen aufsuchen wollte, um eine solch unbedeutende Geschichte zu diskutieren, wurden die Verhandlungen über eine Verständigung gewissen Bevollmächtigten übertragen, sehr zungenfertigen und vielsilbigen Männern, denen selbst mehrsilbige Wörter zu kurz waren, um von ihnen geäußert zu werden.

Je mehr diese werten Herren nun in das Problem eindrangen, um so größer wurde die Kluft; und was vorher nur ein Spalt war, wurde jetzt zu einem klaffenden Abgrund.

Doch was vielleicht mehr als alles andere zur Verschärfung des Konfliktes zwischen den Königen beitrug, war, daß der bucklige Bello als seinen dreizehnten Bevollmächtigten einen winzig kleinen Unterhändler nach Odo schickte, der ganz allein in einem einzelnen Kanu übersetzte, um eine Audienz bei Media zu haben. Er wurde unverzüglich zu diesem geleitet.

Der König warf einen kurzen Blick auf ihn, wandte sich an seine Häuptlinge und sagte: »Bemerkt Ihr, meine Herren, auch wenn Ihr ganz scharf blickt, dieses unbedeutende Männchen? Was! Gibt es auf Dominora keine hochgewachsenen Männer, so daß König Bello unbedingt diesen Zwerg hierher entsenden muß?«

Und er beauftragte seine Diener, den Gesandten mit einer besonderen Kost aus weichem Kokosnußbrei zu verpflegen und während seines Aufenthaltes Kindermädchen bereitzustellen. Dann zog sich der Monarch aus der Halle der Audienzen zurück.

»Da ich ein Mann bin,« rief der verachtete Gesandte aus und stellte sich auf die Zehenspitzen, »wird mein königlicher Herr diesen Affront übel aufnehmen! – Ein Zwerg, fürwahr! – Oro sei Dank, daß ich kein hochaufgeschossener Riese bin! In mir ist so viel Substanz wie in anderen auch; was sich in ihren plumpen Rümpfen verteilt, ist bei mir in konzentrierter Form. Als Kleiner bin ich viel! Und wieviel, das wirst du schon bald erfahren, hochmütiger König von Oro!«

»Sprecht nicht gegen unseren Herrn, den König,« riefen die Bediensteten.

»Und sprecht mich nicht an, ihr dämlichen langen Latten!«

Nach diesen Worten ließ man den Bevollmächtigten nur mit Rücksicht auf seine Kleinheit unbehindert abreisen; und, trotz seiner Großsprecherei, machte er sich, mit Empfehlungsschreiben und Schimpf in der Tasche, davon.

Als er erfuhr, wie schändlich sein Diener empfangen worden war, bekam der cholerische Bello einen Koller; und gab Order, tausend Muscheltrompeten zu blasen und seine Krieger zu Land und zu Wasser zu sammeln.

Doch da er die möglicherweise folgenden Feindseligkeiten bedachte, verfiel der scharfsinnige Media auf einen ehrenhaften Weg, ein Ereignis abzuwenden, auf das er nicht vorbereitet war. In aller Eile entsandte er seinerseits zu dem buckligen König einen Zwerg, der in einem Kanu nach Dominora übersetzte, ebenso allein und traurig wie Bellos Bevollmächtigter, und der mit den gleichen Schmähungen empfangen wurde. Dies, um ein Gleichgewicht der Beleidigungen zu bewirken, gemäß dem Grundsatz, daß ein Schlag, den man austeilt, einen aufhebt, den man empfängt.

Dennoch führte diese Maßnahme nur zu einem Aufschub von Feindseligkeiten; denn schon bald hätte nichts die beiden Könige davon abgehalten, sich in den Krieg zu stürzen, wären nicht die folgenden klugen Erwägungen gewesen. Zum einen fürchtete Media, besiegt zu werden; zum anderen fürchtete Bello beinahe, Sieger zu sein. Media, weil er an Männern und Waffen unterlegen war; Bello, weil allein schon sein möglicher territorialer Zuwachs von den Nachbarkönigen als etwas Feindseliges hätte gedeutet werden können.

Was der alte Chronist Flechtbart sagte, entsprach tatsächlich der Wahrheit: daß nämlich etliche Stämme in Mardi diesen König von Dominora als reizbaren, streitsüchtigen und habgierigen alten Monarchen betrachteten, der unermüdlich Hader und Krieg ausheckte; der als älterer Bruder dieses Haushalts von Staaten sich ständig als Herr über die jüngeren aufspielen wollte. Und obwohl seine Stammgebiete im Norden der Lagune lagen, hatten selbst die Herrscher der entferntesten Inseln nicht den geringsten Zweifel daran, daß dieser alte Haudegen von seinem Thron aus fortwährend seinen Speer in Dinge steckte, die ihn in keiner Weise angingen, und daß er alle Betroffenen durch seine grundlose Einmischung in Nervosität versetzte.

Insbesondere mischte er sich allzu aufdringlich in die Belange von Porpheero ein, einer sehr großen und berühmten Nachbarinsel, in deren zahlreiche weiträumige Täler sich viele rivalisierende Könige teilten: – der König von Franko, ein schöner, feuriger, galanter Herr von schlankem Wuchs, mit Pudelfrisur und sehr gewählter Tätowierung; dem Tanz und dem Ruhm sehr ergeben; – der König von Ibeereea, ein großer und stattlicher Kavalier, stolz, großzügig, formvollendet und den Wein meidend; eine Hand immer griffbereit auf seinem Wurfspeer, die andere in abergläubischer Huldigung zu seinen Göttern erhoben; seine Glieder sind gänzlich bedeckt mit eintätowierten Pfählen und Kreuzen; – der König von Luzianna, ein schlanker Häuptling mit düsterer Miene; manchmal in ein ebenso düsteres Gewand gehüllt, unter dem er etwas abtastete, als sei es ein Dolch; andererseits jedoch ein lebhafter Troubadour, den Serenaden und dem Mondlicht ergeben; – die vielen Häuptlinge des sonnigen Latianna, Sängerkönige, voll Gefühl und reich an Liedern; leidenschaftlicher in der Liebe als im Krieg; ruhmreiche Freiheitsbarden, die aber doch mit ihrem Gesang Hochachtung bezeigten; – der Priesterkönig von Vatikanna, die Brust vollständig mit altertümlichen Zeichen tätowiert; mit einer Kapuze als Krone; sein verrostetes Szepter über einstürzenden Türmen und Wällen schwingend; angefüllt mit dem Aberglauben der Vergangenheit und die kommende Zeit mißtrauisch beäugend; – der König von Hapzaboro, wohlbeleibt und liebenswürdig, ein Liebhaber von Wildschweinfleisch und ein tüchtiger Zecher, der sich in gehobener Stimmung handfeste Beglückung wünscht; – die achtunddreißig verbündeten Könige, Häuptlinge, Junker und Oligarchen der ausgedehnten Hügel und Täler von Tutoni, die ihre Herrschaftsgebiete so fest zusammenschlossen, daß sie sich gegenseitig nichts entreißen konnten; ein ernstes Geschlecht; tiefsinnige Denker, die tief ins Glas schauen; mit langen Pfeifen und langköpfig; ihre Weisen ergeben sich geheimnisvollen Überlegungen und ziehen den Teufel zu Rate; – die Doppelkönige von Zandinavia, zähe und genügsame Bergbewohner, mit aufrechtem Rückgrat und Herzen; in Bärenfelltracht; – der König von Jutlandia, den Hoheiten von Zandinavia sehr ähnlich; mit einer Robbenfellmütze als Krone, ein furchtloser Segler auf seinen kalten Meeren;

– der König von Muzkovi, ein zottiger, zapfenbehangener Eisbär als Despot des Nordens, der angeblich über Millionen Morgen von Gletschern herrscht, der riesige Provinzen aus Schneewehen hat und manche blühende Kolonie auf treibenden Eisbergen. Er herrschte so absolut wie die Prädestination in der Metaphysik; und hätte er seinem ganzen Volk befohlen, den Geist aufzugeben, wäre es als Verrat angesehen worden, als letzter zu sterben. Dieser Monarch hatte sehr präzise und närrische Neigungen. Angewidert von dem Mangel an Gleichförmigkeit in der Statur seiner Untertanen, soll er die Ausmerzung all derer erwogen haben, die seinen vorgeschriebenen Standard von sechs Fuß Körpergröße unterschritten. Bei seinen unheilvollen Kriegen kam es auf eine unsterbliche Seele mehr oder weniger nicht an; denn diese wurden in seinen Sklavenzuchtanstalten täglich nach Maß fabriziert.

Zu all diesen Monarchen nun pflegte der alte Bello oftmals Herolde zu entsenden, die zum Beispiel seinen unabänderlichen Beschluß verkündeten, für die Sache dieses Königs gegen jenen einzutreten; und dies vielleicht sogar genau zu der Zeit, als Ihre Durchlauchtigen Hohlheiten, anstatt die Lanzen zu kreuzen, auf ihr Wohl anstießen. Und bei diesen Gelegenheiten pflegten die Könige dem alten Bello Bescheid zu schicken, daß er, anstatt sich in ihre Angelegenheiten einzumischen, sich viel besser um seine bekümmern würde, die, wie sie andeuteten, in trauriger Verfassung seien und dringend der Reform bedürften.

Als Vorwand für diese und ähnliche Vorgehensweisen diente dem alten Kämpen die in Porpheero maßgebliche Regelung, die er scherzhafterweise als ›Gleichgewicht der Flaschen‹ titulierte, das, wie er ständig beschwor, für die Sicherheit der verschiedenen Stämme in diesem Land von wesentlicher Bedeutung wäre.

»Doch wer hat das Gleichgewicht in Eure Hände gegeben, König Bello?« riefen die empörten Staaten.

»Oro!« rief der bucklige König und schwang seinen Speer.

Über das väterliche Interesse hinaus, das Bello für die Belange der Könige von Porpheero hegte, interessierte er sich, unserem Chronisten zufolge, nicht weniger für diejenigen der entferntesten Inseln. Denn wenn er ein reiches Land entdeckte, von einem Volk bewohnt, das er als barbarisch und unfähig betrachtete, sich weise zu regieren, befreite er dieses manchmal aus seinen politischen Nöten, indem er sich zu seinem Diktator aufschwang. Und wenn die Bewohner, über sein Verhalten erzürnt, zu ihren Speeren Zuflucht nahmen, wurden sie als Rebellen angesehen und entsprechend behandelt. Doch, wie der alte Mohi ganz richtig bemerkte, stand der alte Bello darin nicht allein; denn alle starken Staaten in ganz Mardi liebten es, ebenso wie alle starken Männer, die Schwachen zu regieren. Und denjenigen, die König Bello die größten Vorwürfe wegen seiner politischen Habgier machten, war genau dasselbe vorzuwerfen. Das galt auch für Vivenza, eine ferne Insel, die manchmal sehr lautstark Bello als großen Staatsräuber beschimpfte. Noch nicht ganz ausgelöscht waren die Ureinwohner in Vivenza: ein Geschlecht wilder Nimrode und Jäger, die Jahr für Jahr systematisch immer weiter in entlegene Gebiete zurückgedrängt wurden, bis sie, wie einer ihrer wehmütigen Jäger sagte, erbarmungslos auch noch von dem letzten Fleckchen Erde vertrieben wären.

Bello nun war ein großer Geograph und Landvermesser und Eichmeister von Meeren. Er durchforschte das feste und flüssige Mardi beständig nach unbekannten Reichen. Er liebte es sehr, die Höhe himmelhoher Berge einzunehmen, den Tiefpunkt tiefer Flußtäler, die Breite breiter Inseln. Gern hißte er seine Flagge auf den höchsten Zinnen dominierender Kaps und Vorgebirge. Er umgab Mardi mit seinen Wachtürmen; und der Fernreisende, der in entlegensten Gewässern wilde Felsen passierte, wurde vom Zapfenstreich oder der Reveille aufgeschreckt, von des buckligen Bellos allgegenwärtiger Trommel geschlagen. Der schrille Klang seiner Hörner mischte sich, inmitten antarktischer Gletscher, mit Möwengeschrei; und die allumfassende Natur war anscheinend so eingenommen von seinem Dominion, daß selbst die Wolken am Himmel nie über Dominora hinwegsegelten, ohne die Huldigung eines Schauers zu erweisen. Daher war die Luft von Dominora feuchter als die irgend eines anderen Landstrichs.

Bei all seinen großen Unternehmungen wurde König Bello von seinen zahlreichen Kriegskanus außerordentlich unterstützt; denn seine Flotte war die größte in Mardi. Daher beteuerten seine Logiker, daß ihm die gesamte Lagune gehöre; und daß alle umherstreifenden Wale, Kiele und Haie Eindringlinge seien. Von dieser schönen Vorstellung inspiriert, komponierten seine Hofdichter manch herrliche alte Salzwasserode, die einem beim Hören die Seele im Leibe singen ließ.

Doch obwohl sich alle anderen Mardianer an solch edler Sangeskunst sehr erfreuten, stimmten sie dennoch nicht mit Bellos Dichtern überein, die meinten, die gesamte Lagune sei des alten Monarchen angestammte Domäne.

Einmal bemerkten die Paddler des buckligen Königs auf einer großen Lagune einige Kanus, die von der eben erwähnten Insel Vivenza stammten. Sie ergriffen einige der fremden Ruderer, fühlten ihnen auf den Zahn und erklärten sie zu Eingeborenen von Dominora. Daher stünde es ihnen nicht frei, überall hinzugehen, wo sie wollten; denn sie seien auf Lebenszeit Untertanen Bellos, außer es gelänge ihnen auf irgendeine Weise, wiedergeboren zu werden. Sein Haar, ja sogar seine Haut könne man ablegen, nicht jedoch seine Untertanenpflicht; solange sie Knochen hätten, gehörten sie Bello. Daher wurden diese unglücklichen Paddler, trotz ihrer Vorwürfe und Rechtfertigungsversuche, in die Boote von Dominora geschleppt; und es wurde ihnen befohlen, ihre Häscher nach Hause zu rudern.

Als dies die Männer von Vivenza hörten, gerieten sie sehr in Wallung; und nach einem mächtigem Powwow an ihrem Lagerfeuer rüsteten sie einige Doppelkanus aus und stachen mit ihnen in See, um »diese Großfreibeuter von Dominora« aufzuspüren.

Doch glücklicherweise waren die Flotten des buckligen Königs zu diesem Zeitpunkt allerorten in Kämpfe verwickelt und fochten, Dollbord an Dollbord und Seite an Seite, mit zahlreichen Feinden, so daß auf die Kanus der Männer von Vivenza nicht solch eine gewaltige Armada hätte zusteuern können, daß allein der Wellengang unter den tausend Bugen ihre verstreuten Proas möglicherweise für immer aus der Sicht geschwemmt hätte.

Nach Lage der Dinge schickte Bello ein paar seiner kleineren Boote los, um den Feind aufzuspüren und kurzerhand zu versenken; damit sie dann, ohne den Heimathafen anzulaufen, mit wichtigeren Unternehmungen fortfahren könnten.

Doch als Bellos Boote einzeln auf die des Feindes trafen, fügte es sich, daß diese viel kleiner waren als die Kanus aus Vivenza; und daß sie auch weniger beherzte Männer an Bord hatten; weshalb sie in den folgenden Seeduellen geschlagen wurden. Und die Kanus von Vivenza verbanden ihre Rahnocken mit denen der Besiegten und geleiteten sie sehr höflich in ihre eigenen Korallenhäfen.

Die Leute von Vivenza, die diese Siege einzig ihrem überlegenen Mut und ihrem Geschick zuschrieben, triumphierten äußerst lautstark und schrien sich in ihren Kampfgesängen die Kehle fast aus dem Hals; infolgedessen seien, laut Mohi, einige von deren Nachfahren heute noch genötigt, durch die Nase zu sprechen.

CXLVI.

Dominora und Vivenza

INDES die drei Kanus dahinglitten, wurden weitere Einzelheiten über Dominora und, gelegentlich auch, über andere Inseln erzählt.

Offenbar ließ sich der ansonsten besonnene Bello durch seine Vorliebe für ein weiträumiges Dominion zu maßlosesten Taten verleiten. Hatte sich zufällig etwas Erdreich und Schwemmholz um irgendein vereinzeltes Korallenriff in der Lagune angesammelt und bestand auch nur die geringste Wahrscheinlichkeit, daß sich hier ein Inselchen bilden würde, entsandte er in aller Eile Kanus zu dieser Stelle, um vorsorglich Besitz von diesem Territorium, das noch nahezu unterseeisch war, zu ergreifen und gegebenenfalls die Zoophyten hinauszuwerfen.

Wenn eine ungewöhnlich niedrige Ebbe mancherorts das äußere Riff des Archipels freilegte, ließ Bello seinen königlichen Speer auf jede derart entblößte Stelle pflanzen, als Zeichen, daß er diese beanspruchte.

Eine andere Anekdote: in Dominora kam das Gerücht auf, daß auf einer fernen Insel ein Mann mit einer ungewöhnlich großen Nase leben würde, mit einem Kolben von wirklich ungeheurem Ausmaß, von der die Wahrsager annahmen, daß sie den Schatten fürchterlichen Unheils vorauswerfe. Obwohl Bello dieser abergläubischen Vorstellung keine Beachtung schenkte, entsandte er dennoch einen Beauftragten, der herausfinden sollte, ob diese Nase von den Ausmaßen eines riesigen Vorgebirges geographisch verfügbar wäre; in diesem Falle wäre sie dadurch sicherzustellen, daß man ihren Besitzer mitbrächte.

Der weise alte Mohi betrachtete es nun als Glücksfall für Mardi im allgemeinen, daß diejenigen Untertanen, die Bello zur Besiedlung seiner auswärtigen Besitzungen losschickte, nur allzu sehr geneigt waren, ihren Vasallenstatus abzuschütteln, sobald sie sich imstande fühlten, mit ihm fertig zu werden.

Tatsächlich wurde auf diese Weise ein hübsches Land im Westen von Mardi zu einem souveränen, ja sogar republikanischen Staat. Es war das von Mohi schon zuvor erwähnte Vivenza. Doch in stolzer Erregung über ihre jüngst erreichte nationale Selbständigkeit, warfen sich die Männer von Vivenza allzu sehr in die Brust. Und weil sie, in ihrem Bollwerk verschanzt, nach vielen langwierigen Kämpfen schließlich doch die Krieger erfolgreich abgewehrt hatten, die Bello zur Niederschlagung ihres Aufstandes entsandt hatte, waren sie einhellig der Meinung, der bucklige König sei noch nie so deutlich gedemütigt worden. Wohingegen sie weniger Bello besiegt, als ihre eigenen Küsten verteidigt hatten; so wie ein junger Löwe seine Höhle gegen Legionen von Einhörnern verteidigt, die ihn, wäre er fern der Heimat, in Stücke reißen würden. In Wirklichkeit verfügte Dominora, laut Flechtbart, zur Zeit dieses Krieges, über zehnmal so viele Speere wie Vivenza: Langspeere zudem gegenüber den kurzen Wurfspießen, die aber auch ebenso kräftig geschleudert wurden.

Aber warum gab König Bello, an Männern und Waffen überlegen, schließlich die Hoffnung auf, diese widerspenstigen Männer von Vivenza niederzukämpfen? Ein Grund war, laut Mohi, daß viele dieser Kämpen schon in anderen Regionen von Mardi reichlich beschäftigt waren. Ein anderer: daß Bello bald bemerkte, daß Vivenza, mochte er auch noch so wacker kämpfen, gänzlich uneinnehmbar war – doch nicht der Bewohner wegen. Sture Widersacher, diese Berge, – dachte Bello, – denen ist nicht beizukommen.

Doch waren die Männer von Vivenza keine Feiglinge. Ungelogen: sie entstammten Löwenlenden und waren selbst ein löwenlendiges Geschlecht. Hatten ihnen ihre Barden nicht verkündet, daß sie einen neuen Anfang im Geschlecht der Mardianer machen würden; zumal sie eine neue Welt zu ihrer vollen Entfaltung benötigten? Denn man muß wissen, daß das große Land des Kolumbo, von dem Vivenza einen beträchtlichen Teil einnahm, als letzte Insel des Archipels entdeckt worden war.

Um voll und ganz die Wahrheit zu sagen, als würde sie ein Unparteiischer vom Arkturus aussprechen: Vivenza war ein prachtvolles Land. Es stand da wie ein junger Tropenbaum, in üppigem Grün, überall mit Abertausenden von Blüten und an einem Ast dicht behängt mit reifen Früchten. Es war verheißungsvoll wie der Morgen.

Vivenza kann auch mit Johannes dem Täufer verglichen werden, der sich von Heuschrecken und wildem Honig nährte und der mit prophetischer Stimme den Stämmen aus der Wildnis zurief. Oder wie ein Kind, zwischen den alten, festlich gekleideten Königen und Königinnen des Archipels stehend, erschien Vivenza als ein junger Messias, zu dessen Predigt sich die bärtigen Rabbiner neigten.

So wirkte Vivenza von seiner besten Seite. Dennoch gebärdete es sich als Prahlhans in Mardi: der einzige mit Mumm, den man je kannte. Wie ein Heer von Hähnen, gespornt und mit geschwollenem Kamm, so kikerikite dieses Volk beim glänzenden Aufgang seiner Sonne. Schäme dich, Vivenza! Woher stammt denn dein unzweifelhafter Wert? Hast du ihn nicht von den kühnen alten Küsten Dominoras mitgebracht, wo es diese Werte noch in reicher Zahl gibt? Welche Insel außer Dominora konnte dich mit dieser Unbeugsamkeit versehen? Mit diesem Herz, das in höchster Kühnheit pocht? O Vivenza, wisse, daß wahre Größe Prahlerei nicht nötig hat; es können Staaten und Menschen zu tüchtig sein, um Größe zu haben.

Doch was weiter über König Bello? Trotz seiner territorialen Erwerbsgier und seiner Abneigung, entwendete Nationen aus seinen Krallen zu lassen, war er doch ein prächtiger alter König; zwar recht cholerisch – gefackelt wurde nicht lange – doch mit echt königlichem Herzen. Mochten die Inseln auch noch so sehr auf ihn schimpfen, sie waren doch im Grunde stolz auf ihn. Und trotz seiner Habgier ging es ihnen vielleicht doch, alles in allem, durch seine Taten besser. Denn wenn er manchmal, mit nicht gerade rechtschaffener Absicht, Böses tat, so vergalt er dies mit fünfzigfacher Wohltat wie sonst niemand; und mit tausendfacher, ungewollter Wohltat. Einem alten Orakel zufolge war der bucklige Monarch nur eine der auffälligsten Figuren auf einem Schachbrett, worauf die Götter zu ihrer Kurzweil spielten.

Doch es soll hier nicht unerwähnt bleiben, daß König Bello seine Expansionsbestrebungen in letzter Zeit etwas abgemildert hatte. Verschiedene Gründe wurden angeführt. Einige glaubten, dies käme daher, daß er seine Territorien bereits als zu umfangreich für einen einzigen Regenten betrachten würde; daß seine entfernteren Kolonien beträchtlich zu seinen Drangsalen beitrügen, ohne entsprechend zu seinen Einkünften beizutragen. Andere behaupteten, daß er zu schwer an seinem Buckel zu tragen hätte; wiederum andere, daß die Staaten zu stark für ihn geworden seien. Mit prophetischem Ernst und kopfschüttelnd konstatierten die Weisen, daß sein immer weiter fortschreitendes Alter schon die kritischen Periode überschritten hätte; daß er, obwohl er ein rüstiger alter Knochen sei, doch nicht mehr in voller Jünglingsblüte stünde; und daß er täglich an Leibesfülle zunehme und eine immer blühendere Gesichtsfarbe zeigte, was eher die Symptome krankhafter Verfettung als gesunder Rüstigkeit seien. Diese Weisen prophezeiten dem armen Bello einen baldigen Schlaganfall.

Es gab aber in Vivenza einige Großmäuler, die oftmals folgendes faselten: »Des Buckels Stunde ist gekommen. Zuletzt wird der alte Fuhrmann von den Nationen, die er ins Joch gespannt hat, aufs Horn genommen werden. Sein Spiel ist aus.

Er soll seine Karten zeigen und sein Szepter verloren geben. Er fällt Mardi zur Last – man soll ihn absägen und verbrennen. Er steht denen im Weg, die ihm überlegen sind – er soll sich aus dem Staub machen. Er hat viele Augen auf immer geschlossen und erblindet nun selbst. In seinem langen Leben hat er schreckliche Scheußlichkeiten begangen, der alte Sünder! Nun soll er schleunigst beten, bevor er geköpft wird.«

Nichtsdestoweniger lebte Bello weiter, genoß die Freuden der Tafel und hob seine Humpen wie ehedem. Ah, ich habe doch ein sehr langes Leben gepachtet, so sann er über seinem Wein. Und wie ein zäher alter Onkel lebte er beharrlich weiter, trotz der Vorhersagen der Neffenstaaten, die vielleicht hofften, nach seinem Hinscheiden Einzelstücke aus seinen Besitzungen zu erben: drei Lagen fette Täler, mit mageren Bergen durchwachsen!

CXLVII.

Sie landen auf Dominora

DA Media, wie schon erzählt, nicht in bestem Einvernehmen mit dem König von Dominora stand, hielt er es für angebracht, sich dessen Dominion in vollem Staat zu nähern; denn er, Media, stand in bestem Einvernehmen mit sich selbst. Unsere Segel waren gesetzt, unsere Paddler paddelten, die Wimpel flatterten und Vee-Vee im Haifischmaul ließ seine Muscheltrompete laut erschallen. Das Getöse wurde bald gehört; und als wir in eine große und schöne Bucht einschwenkten, sahen wir von fern ihren Saum mit Köpfen übersät wie mit Kieselsteinen: so viel Volk stand am Strand.

Wir folgten den Biegungen eines herrlichen Tals und erreichten bald Bellos Palast, der wie ein Stacheltier mit erhobenem Kopf in einem Wald lag. Die stehenden Stangen aus Rohr, die dessen Stirnseiten bildeten, überragten die Dachsimse in einer langen Reihe von Lanzenspitzen, an denen scharlachrote Wimpel flatterten; während darunter, zwischen den Streben aus Rohr, drei Reihen geschmückter Lanzen schräg hervorragten. Ein kriegerischer Anblick! Der ganze Bau sah aus wie die Breitseite einer makedonischen Phalanx, die zum Angriff vorrückte und deren Helm ein Dach war.

»Ah, Bello,« sagte Media, »du wohnst so eingeigelt wie das Stachelschwein.«

»Ich spüre, daß mich eine stechende Hitze

überläuft,« rief Mohi, »gnädiger Herr Media, laßt uns eintreten.«

»Ja,« sagte Babbalanja, »im Zentrum der Gefahr ist man sicherer als an ihren Rändern.«

Als wir einen Bogen durchschritten hatten, der aus zwei gekreuzten Spießen gebildet war, fanden wir uns als angehende Zielscheiben wieder; denn die Ecken des Palastes waren von einigen Speerwerfern besetzt, die ihre Waffen schwangen.

Uns gegenüber stand ein wohlbeleibter alter Krieger, Speer in der Hand, Buckel auf dem Rücken und Feuer im Blick.

»Ist Krieg?« rief er und richtete seine Waffe auf uns, »oder Frieden?« und ließ sie wieder sinken.

»Frieden,« sagte Media.

Woraufhin sich König Bello höflich näherte und uns begrüßte.

Er bot den Anblick eines Waffenlagers: auf seinem Kopf die ererbte Krone von Dominora – ein Helm aus einem Seeigelgehäuse, das gänzlich vor Stacheln starrte und vorne ein Rhinozeroshorn aufwies, zum Angriff gesenkt. Seine Ohren waren von gefiederten Pfeilen durchbohrt; und von seinem gefärbten Gürtel aus Haifischhaut hing ein Kilt aus Speeren, die miteinander verflochten waren.

Bellos breite Brust war die Landkarte von Mardi: alle Inselgruppen des Archipels waren auf ihr in meerblauer Farbe eintätowiert. Und mit jedem Atemzug hoben und senkten sich die Inseln wie in einer Flut: Dominora lag ihm ganz am Herzen.

Seine stämmigen Schenkel waren seine Triumphbögen; darauf fanden sich all seine Siege zu See und an Land zu unzähligen Medaillons, Helmbüschen und Schilden in Wappen verwandelt.

Sein starker rechter Arm war Dominoras Ruhmesrolle, auf der alle Helden verzeichnet waren – eine Rolle ohne Ende!

Unser Chronist versicherte, daß Bellos rechte Fußsohle den Stempelaufdruck der Krone seines Erbfeindes, des Königs von Franko tragen würde. »Auf diese Weise,« rief Bello und stampfte auf, »zermalme ich ihn fortwährend.«

Bello war ein Berg von einem Mann; wie aber ein hoher Turm von einer vorspringenden Klippe überragt werden kann, so hing Bellos Buckel als Berg Athos über ihm. War es möglich, daß der Buckel, wie viele seiner Edelleute glaubten, für den Monarchen Sensorium und Kraftquelle war: von Nerven, Muskeln, Ganglien und Sehnen durchzogen? Doch er wuchs Jahr um Jahr und nahm an Jahresringen zu wie die Stämme seiner Palmen. Die Kriegsmühen vergrößerten ihn. Nur noch ein Scharmützel mit den Inseln, sagten die Neunmalklugen von Porpheero, und Bellos Berg wird ihn zermalmen.

Um ihn vor dieser Kalamität zu bewahren, bemühten sich seine Medikaster um eine Reduzierung des Buckels. Aber er war nicht wegzubekommen. Dann versuchten es seine Magier mit diversen Zauberriten. Sie machten ein tiefes Loch, in das sie viele Zähne warfen. Doch sie konnten es nicht stopfen. Daher nannten sie es ›Deckungsloch‹, denn es war bodenlos. Dennoch sagten die Magier, daß Bellos Buckel verschwinden würde, wenn nur das Loch gestopft wäre. »Hoch lebe also der Buckel!« riefen die Edelleute, »denn er wird ihn nie loswerden. Lang lebe der Buckel! Wir scharen uns um den Buckel und sterben! Nur Mut, König Bello! Trotze, alter König!«

Doch wenn ihr Herrscher, mit seinem Berg Athos auf dem Rücken, auf Reisen ging, folgten ihm die gleichen Edelleute untätig in seinem Schatten, während Bello sich schwer auf sein Volk stützte, das ins Wanken geriet.

Ja, Bellos stattliche Statur kam in eine arge Schräglage; doch obwohl viele beteuerten, er müsse bald stürzen, kann er, wie Pisas Schiefer Turm, lange Zeit vornüber geneigt sein, ohne jemals zu schwanken.

Da wir Dominora einen friedlichen Besuch abstatteten, war Bello bald sehr umgänglich und übertraf den wohlbeleibten Borabolla fast an Gastfreundschaft: oktoberliche Fülle herrschte in den Mauern seines Palastes.

Nach unserem ersten Empfang wurde ein üppiges Mahl aufgetragen; und es entspann sich ein sehr angeregtes Gespräch.

Von Taji wollte Bello wissen, ob Seine Sonnenmajestät den Mond schon zu einer Provinz gemacht hätte; ob die Scharen der Sterne den Rang von Territorien hätten oder bloß Motoos seien, wie diese grünen Tüpfelchen, die an Mardis Rundriff geheftet sind, hier hießen; ob die Bewohner der Sonne ihn, Bello, ebenso schmähten, wie dies die Mardianer täten; und was sie von einem Ereignis dächten, das solch schicksalsschwere Bedeutung für die Freiheit des Universums hätte: die Vergrößerung seiner Flotte um drei Kanus nämlich.

Schon bald waren wir einander so gesellig zugetan, daß Bello, der seinen Humpen bis oben hin füllte und Medias Hand umklammerte, auf immerwährende Freundschaft mit Odo trank.

So vergaßen die beiden Könige über ihren Bechern mit rotem Saft ihre Zwiste; und bezüglich der strittigen Insel hat man nie mehr etwas gehört; insbesondere, da diese, wie sich herausstellte, während der größten Hitze des Gefechts plötzlich der Sicht entschwunden war, da sie vulkanischen Ursprungs war.

CXLVIII.

Sie durchstreifen Dominora auf der Suche nach Yillah

SCHLIESSLICH zogen wir uns aus König Bellos Gegenwart zurück und machten uns auf den Weg, immer noch zu unserer Suche entschlossen.

Viele erfreulichen Anblicke hatten wir. Schöne Felder; die ganze Insel ein Garten, grüne Hecken ringsum; das Land voll schmucker Katen; es war wie von weißen Mäusen übersät. Alte Eichenwälder, stämmig und rüstig wie je; alte Heiligtümer, von Efeu überwuchert; alte Grabmäler alter Helden, tief verborgen in ausgedehnten Lorbeerhainen. Alte Flüsse, voll mit schwerbeladenen Kanus; ganze Kamelherden von Berghöckern, mit Ernten überhäuft: alles Anzeichen herrlichen Überflusses, Hinweis auf die ruhmreiche Arbeit von Generationen. Großartiger, schöner Anblick! Nichts Großartigeres, Schöneres in ganz Mardi.

Als wir diese bezaubernden Bezirke durchstreiften, kamen wir auch an einem stoppelbärtigen Kornfeld vorbei, wo ein alter, hagerer Schnitter seine Sichel niedergelegt hatte und im Namen der Götter Almosen erflehte. – »Brot, Brot! Oder ich sterbe inmitten dieser Garben!«

»Dresche dein Korn und du wirst nicht darben.«

»Ach, ihr Herren, dieses Korn gehört nicht mir. Ich pflüge, ich säe, ernte, binde die Garben und stelle sie auf – für Lord Primos Kornkammern.«

Als wir weiterzogen, erreichten wir einen Weiler, eingeduckt in eine Mulde; und sahen viele betrübte Mädchen auf einer Bank unter Trauerweiden sitzen, neben jedem ein zerbrochener Spinnrocken. »Seht, wir leiden Hunger,« riefen sie aus, »unsere Spinnräder sind entzwei; und wir können nicht weiter weben und spinnen!«

Außerdem kamen aus Kellergewölben lärmende Haufen von Menschen hervor, die Hände auf ihrem Rücken gebunden. – »Brot! Brot!« riefen sie. »Der Zauberer hat uns aus unserem Bergtal vertrieben, wo wir ehemals in den Tagen der Green Queen arbeiteten. Er hat uns an Hüfte und Arm gefesselt, auf daß wir Hunger leiden. Wie Schafe sterben wir an der Fäule. – Verflucht sei der Zauberer. Verflucht sei sein Bann.«

Als wir uns dem Talkessel zuwandten, bemerkten wir einen Bach, der von den Bergen herabkam. Ehe aber diese Wasser das Meer erreichten, entrichteten sie ihren Untertanentribut. Durch Gräben und Mühlengerinne geleitet, ließen sie große Räder kreisen, die zehntausend Greifer und Klauen belebten, deren Griff unwiderstehlich war und doch so sacht wie die Samtpfote eines Kätzchens. Mit roher Kraft hoben und senkten sie große Gewichte, woben und spannen dann ganz fein: wie der Rüssel des Elefanten, der ein Nashorn zu Tode bringt und dann einem Falter den Puls fühlt. Der ganze Platz schien belebt zu sein von all den Spindeln.

Sie drehten sich und drehten sich, und gebaren Wundersames bei jedem Umlauf; ruhlos wie die Räder, die im Himmel kreisen. Laut summte der Webstuhl, wie der Blitz flog das Schiffchen, rot tobte die grimmige Schmiede und ließ Amboß und Hammer erklingen. Doch kein Sterblicher war zu sehen.

»He, Zauberer! Komm aus deinem Versteck hervor!«

Aber die Spindeln waren alle taub und stumm, wie die Taubstummen, die dem Sultan aufwarten.

»Da wir geboren wurden, wollen wir leben!« Das lasen wir auf einem blutroten Banner, das dem Rot der Wolken spottete. Es wurde in vorderster Reihe von einer aufrührerischen, rotbemützten Menge geführt, die uns umtobte, als wir aus dem Tal kamen. Weitere folgten, schwarz oder blutrot:

»Mardi dem Volk!«

»Nieder mit den Grundbesitzern!«

»Jetzt sind wir an der Reihe!«

»Wir wollen Rechte statt Unrecht!«

»Brot! Brot!«

»Nutzt die Gunst der Stunde!«

Sie schwangen ihre Fahnen und Keulen, ihre Hämmer und Sicheln; und unter gellenden Schreien stürmte die Menge auf Bellos Palast zu. Ihr voran sechs Maskierte, welche die übrigen zu wahnwitzigen Schreien und Gesten anstachelten: »Hierher! Hierher!« riefen sie.« Durch den Wald, den dunklen Wald!« Woraufhin alle in den Wald stürmten. Auf einmal sprangen die Maskierten nach vorne und setzten über einen langgestreckten, bedeckten Graben, in den viele der von ihnen Angeführten fielen. Doch die Maskierten stürmten weiter, erreichten Bellos Palast und, da sie Alarm auslösten, entlud sich von dort ein Wald von Speeren auf die durcheinander geratenen Reihen im Wald. Es krachte, als prallten bei Zembla Eiszapfen auf Eisberge; und Hämmer und Sicheln sanken nieder. Der Haufe floh und wurde heftig verfolgt. Inzwischen nahten prächtig gekleidete Herolde von Bello und krönten die sechs Maskierten mit Lorbeerkränzen. – »Willkommen, ihr Helden, ihr werten und wack'ren!« riefen sie. »So belohnt unser Herr Bello alle diejenigen, die ihm einen Dienst erweisen und die gegen Bezahlung die Ihren verraten.«

Wir setzten unsere Suche fort und durchwanderten alle Licht- und Schattenseiten Dominoras. Doch nirgends wurde Yillah gefunden.

CXLIX.

Sie betrachteten König Bellos Staatskanu

SCHLIESSLICH sagten wir König Bello Lebewohl; und unter dem Ochsengebrüll, zu dem seine zahlreichen Höflichkeiten eskalierten, brachen wir zum Strand auf. Doch ehe wir in die Boote gingen, machten wir Halt und bestaunten einen Gegenstand, der lange unsere Aufmerksamkeit fesselte.

Nun, wie sich die kühnen Ritter immer an besonderen Paradepferden, geschmückt mit farbenprächtigen Schabracken, ergötzt haben und mit ihnen, bei ganz besonderen Anlässen, auf die Ebenen hinausstürmten, so waren Inselpotentaten stets stolz auf ein Galaboot mit prächtigem Gepränge, worin sie über das Meer setzen konnten.

Als in alter Zeit der nach Ruhm strebende Jason, in Begleitung seiner jungen Statthalter Castor und Pollux, zu diesem waghalsigen Abenteuer nach Colchis aufbrach, da war das treffliche Schiff *Argos*, dessen Planken er abschritt, nach dem Bilde eines Schwans gebaut.

Und als der Trojaner Aeneas westwärts zog und das liebliche Land Latium entdeckte, da segelte er in dem stattlichen Schiff *Bis Taurus*, dessen Heck herrlichen Wappenschmuck trug und dessen Bug eine vorwärts gerichtete Lanze war.

Und unter den Klängen von Psalter und Harfe glitt Kleopatra, auf dem mit Samt und Satin behängten Zedernholzdeck einer prächtigen Gondel thronend, im Schatten der Pyramiden den Nil hinab, um den liebestollen Mark zu begrüßen. Des Bootes silberbeschlagenen Ruder tönten wie Flötenmusik. So pflegte sich auch Queen Bess auf der alten Themse die Zeit zu vertreiben.

Und der Rauhbauz Torf-Egill, der dänische König der Meere, zählte eine schlanke Yacht zu seinem Marstall, mit Masten aus jungen Shetland-Fichten, der Bug in Gestalt einer Robbe, die nach Hundeart eine Schwertfischklinge hielt. Er nannte die Yacht *Windhund*, so schnell schoß sie dahin, und *Seemilan*, so blutbefleckt war ihr Schnabel.

Und der blinde alte Doge Dondolo, der sich die Stufen seines Palazzos hinabtastete, ging oft an Bord seiner vergoldeten Barke, wie der Lord Mayor, der in bürgerlichem Pomp mit seiner Karosse von der Guildhall aufbrach. Doch sprang Dandolo noch von einem anderen Bug, als er in Konstantinopel als erster an Land ging und, neunzigjährig, mit der Rechten das Banner von Sankt Markus mitten unter die langen Wimpel an den Kinnen der langbärtigen Türken pflanzte.

Und Kumbo-Samba, Kaiser von Japan, hatte eine Dschunke mit Drachenschnauze, einen schwimmenden Dschagannath, worin er den Meeresgöttern Räucheropfer darbrachte.

Und Kannakoko, König von Neuseeland, und Pomaree der Erste von Tahiti und der Potentat von Palau besaßen alle große Staatskanus, alle

Seeschlangen gleich und überladen mit Schnitzereien wie chinesische Schatullen; und mit so vielen Kriegern bemannt, daß ihre Ruderschläge das Meer wie Heringsschwärme aufwühlten.

Erstaunte es dann, daß dieser Bello der Bucklige, der alte Meereskönig von Mardi, mit einer schönen Meereskarosse prangte?

Sie war in einem großen Bootshaus am Wasser eingestallt wie Alp Arslans Kriegspferd oder wie das vergöttlichte Streitroß Caligulas. Auf ihrem Heck war ein Skulpturengewucher: Muscheln, Medaillons, Masken, Greifen, Möwen, Monster, Löwen mit Flossen, geflügelte Walrosse, alle Arten von Meeresrittern, die Kreuzzüge gegen Zentauren, Krokodile und Haie führen; und Meermänner und Meerweiber und was, bei Neptun, alles noch.

In diesem Gefährt stand König Bello wie ein Doge und feierte Hochzeit mit der Lagune. Doch ging dieser Brauch nicht auf die Gepflogenheit der Dogen zurück, um die es, laut Ghibelli, folgendermaßen bestellt war:

Als Ziani in einem heftigen Seegefecht Barbarossas Sohn Otho besiegt und all dessen Feluken in die Flucht gejagt hatte, als seien es Wasservögel, die von einem See aufschrecken, da überreichte ihm Seine Heiligkeit, der Papst, einen Ring und sprach: »Nimm diesen, o Ziani, und mit ihm das Meer zu deiner Braut; und vermähle dich jedes Jahr aufs Neue mit ihr.«

So der Dogen Überlieferung und jetzt die Bellos:

In früheren Zeiten war Dominora von einem Riff umgeben, das sich in dem Maße ausdehnte, wie sich die Seehoheit der Insel vergrößerte, die bald die ganze Lagune umfaßte; und dieser Trauring umgab schließlich die ganze Welt.

Doch wenn das Meer König Bellos Braut war, dann hatte er sich mit einem adriatischen Wüterich vermählt. In ihren rasenden Leidenschaftsstürmen führte sie seine Kanus oft in die Irre und bescherte seinen Flotten ein wirklich sehr ungestümes Leben.

Und böswillige Unkenrufer meinten, daß sie schon bald ihren alten Herrn im Stich lassen und sich wieder verheiraten würde. Sie hätte bereits, behaupteten sie, Vivenza gegenüber Avancen gemacht.

Sollte sie aber wirklich den alten Bello verlassen, wäre dieser unverzüglich mit all seinen Flotten hinter ihr her. Und er würde nicht ruhen, bis die Königin zurückerobert wäre.

Nun alter Meerkönig, hüte dein Staatskanu wohl! Denn vielleicht ist sein Kiel von der Trockenfäule befallen; und in seinen Spieren stöbert der Holzwurm.

Ohne aufmerksame Pflege geht jedes Boot zuschanden. Doch kann sein schönes Urbild bewahrt werden, auch wenn sein Bug in jedem Frühjahr, wie des Hirschs Geweih, erneuert wird: Planke für Planke, Spant für Spant ersteht so sein ausgebessertes Ebenbild wieder. Ebenso solltest du es, o Bello, mit deiner Barke tun.

CL.

Babbalanja verneigt sich dreimal

DIE Dämmerung des nächsten Morgens traf uns wieder auf dem Meere an. Und alle bis auf Media, der sich zu dieser Stunde gern mit einem Sterblichen unterredet hätte, gaben sich dieser fast traurigen Stimmung hin und verharrten lange in Schweigen.

Doch jetzt ist zu sehen, wie sich im Osten die Myriaden weißer Tartarenzelte schimmernd sammeln. Wie Lanzenreihen, im Defilee auf einem Hochplateau, so durchschießen die Sonnenstrahlen den Himmel. Und inmitten glänzender Banner und dem Stampfen von zehntausend goldenen Hufen, rückt der berittene Sultan des Tages vor, wie Xerxes: das Morgenlicht ist seine Standarte, Osten und Westen sind seine Zimbeln.

»O morgendliches Leben!« rief Yoomy mit einem persischen Lied, »wäre doch alle Zeit Sonnenaufgang und alles Leben Jugend.«

»Ach, diese Bürschchen winseln von Jugend,« sagte Mohi und kraulte seine Zotteln, »als hätten sie diesen Bart.«

»Aber selbstverständlich, alter Mann,« sagte Babbalanja. »Wir Mardianer kommen uns selbst nie jung vor. Die Kindheit ist für die Jugend, was das Mannesalter für das Greisenalter ist: etwas, auf das man zurückblicken kann, bekümmert darüber, daß es vorbei ist. Doch die Kindheit kümmert sich um keine Zukunft und kennt keine Vergangenheit; daher ist ihre Gegenwart Schall und Rauch.«

»Mohi, wie steht es mit deinem Hunger heute morgen?« fragte Media.

»Auf diese Weise, ihr Götter,« seufzte Yoomy, »wird das Empfinden immer verächtlich gemacht. Was ich auch immer verspüren mag, ich kann es nicht zum Ausdruck bringen.«

»Ein guter Kommentar zu dem alten Bardianna, Yoomy,« sagte Babbalanja, »der irgendwo sagt, kein Mardianer könne seinem Herzen freien Lauf lassen, weil ihm die starren Rippen im Wege stünden. Und tatsächlich hält oftmals Stolz oder dergleichen das Gefühl unter Kontrolle. Edler Herr, es gibt welche, die nicht bemerkt haben wollen, daß sie ein Herz besitzen.«

»Sehr wahr, Babbalanja; und ich nehme an, daß der herzlose, unempfindsame und glatzköpfige Stil deines alten Grüblers auf Stolz gründete.«

»Verzeiht, edler Herr, doch Ihr irrt. Bardianna war ganz und gar nicht stolz; obwohl er dieses Fehlen von Stolz auf eine verquere Weise kundtat. In seinem Essay ›Über die Neigung, die Oberlippen zu kräuseln‹ schreibt er folgendes: ›Wir hören viel vom Stolz und davon, daß er in diesem unseren Mardi eine Sünde sein soll; wohingegen ich mich rühme, randvoll davon zu sein – von meiner Art Stolz. In der Gegenwart von Königen, hohen Herren, Palmen und allen, die glauben, größer zu sein als ich, stehe ich stocksteif und lockere keinen Wirbel meines Körpers. Doch da ich in Mardi niemanden als über mir stehend ansehe, betrachte ich auch niemanden als unter mir stehend; daher bin ich mit denen, die gesellig sind, immer bereit, gesellig zu sein.‹«

»Ein Agrarier!« sagte Media, »bestimmt hätte er seinen Henker zum Minister für Gleichheit gemacht.«

»Im Grunde sind wir bereits gleich, ehrenwerter Gebieter,« sagte Babbalanja und verbeugte sich tief. »Wir kommen alle auf gleichem Wege nach Mardi; und ebenso verlassen wir es auch. Ein König, dem es an Yamswurzeln fehlt, verhungert ebenso schnell wie ein Bauer; und wird jemand an einer schwachen Stelle getroffen, brüllt er ebenso laut wie ein anderer, sagt Bardianna.«

»Sehr grob gesprochen, Babbalanja. – Vee-Vee! Meine Krone! – So, Babbalanja, versuche doch Bardiannas Stil in dieser letzten Sentenz, die du ihm zu geschrieben hast, aufzupolieren.«

»Sehr wohl, ehrenwerter Gebieter,« sagte Babbalanja und verneigte sich tief. »Dann drücken wir es so aus: Da, wo sie bloß Mardianer sind, sind auch die erhabensten Halbgötter den menschlichen Schwächen unterworfen. Denn selbst ein König, wird er von einem spitzen Speer getroffen, legt oftmals seine Krone ab, aus Furcht vor zukünftigen Stichen.«

»Ha! Ha! Bravo Babbalanja; doch ich bat dich, den Pfeil zu polieren und nicht anzuspitzen.«

»Das ist das gleiche, dreifach ehrenwerter Gebieter – polieren ist jedenfalls nicht abstumpfen.«

CLI.

Babbalanja philosophiert und Media läßt die Kalebassen kreisen

NACHDEM eine Weile Schweigen geherrscht hatte, rief Media aus: »Komm Yoomy, mache dein langes Gesicht etwas kürzer.«

»Wie soll er das können, edler Herr,« sagte Mohi, »wenn seine Gedanken Meilenlänge haben?«

»Fadenlänge, meinst du Mohi; siehst du nicht, wie er über dem Dollbord sinniert? Und nun eine Banane, Sänger, zur Stärkung deiner Gedanken. Warum verbringt ihr Poeten nur so viel Zeit mit Grübeln?«

»Das kommt daher, edler Herr, daß wir wenig an uns selbst denken, wenn wir denken.«

»Ich denke ebenso,« sagte Mohi, »denn kaum bin ich gesellig geworden mit mir, muß ich auch schon klein beigeben.«

»Ach, alter Mann,« sagte Babbalanja, »viele von uns Mardianer sind sich selbst nur traurige Gastgeber. Einige Herzen sind Einsiedler.«

»An wen denkst du denn sonst, Yoomy, wenn du nicht an dich selbst denkst?« fragte Media.

»Edler Herr, ich denke selten,« sagte Yoomy, »doch ich schenke den Stimmen in meiner Stille mein Ohr.«

»Sprach gerade Babbalanja?« fragte Media. »Doch keine weiteren Träumereien von dir.« Und mit diesen Worten versank Media selbst allmählich in Träumerei.

Die übrigen ebenso. Bald streckten alle ihre Glieder aus; und wir starrten einander an und sahen uns doch nicht.

Media brach den Bann, indem er Vee-Vee, unseren Pagen, bat, die Kalebassen und Becher zu bringen, und Nektarinen für alle.

In Betrachtung seines Kelches lehnte sich Media zurück und sagte: »Babbalanja, es ist noch keine zehn Minuten her, da wir alle geistesabwesend waren. Angenommen, du würdest wirklich aus deinem Körper treten und als Geist einen schattigen Hain heimsuchen?«

»Unsere Lungen sind aber nicht völlig überflüssig, edler Herr, » sagte Babbalanja mit lauter Stimme.

»Und unsere Lippen auch nicht,« sagte Mohi und schlürfte an seinem Wein.

»Doch gesetzt, du könntest hier in Mardi wirklich körperlos sein, Babbalanja, wie sähe das für dich dann aus?« fragte Media.

»Edler Herr,« sagte Babbalanja und sprach halbwegs durch eine Nektarine, »verschiebt bitte diese Frage bis mein Hunger gestillt ist; denn, glaubt mir, kein hungriger Sterblicher möchte seines Gaumens verlustig gehen, damit er ins Unfaßbare aufgelöst wird.«

»Aber schließlich müssen wir alle reiner Geist werden, Babbalanja, selbst die unedelsten,« sagte Yoomy.

»Ja, so sagt man, Yoomy. Wenn aber die unsterblichen Ahnen endloser Dynastien Unsterblicher alle Bauern waren, wie wenig besinnen sich dann unsere ehrwürdigen Patrizier auf ihr großartiges Schicksal, wenn sie deren Gesellschaft immerzu verschmähen. Und wenn sie hier in Mardi, selbst am Altar, keine Gleichheit mit Plebejern ertragen können, wie werden sie diese dann hautnah die ganze Ewigkeit über aushalten können? Da der Prophet Alma erklärt, das Paradies setze sich fast gänzlich aus Armen und Verachteten zusammen, verwundert es nicht, daß einige Aristokraten auf unseren Inseln eine Laufbahn einschlagen, die, übereinstimmend mit gewissen Theologien, die auf Mardi eifrig aufrechterhaltenen gesellschaftlichen Unterschiede auf immer zementieren muß. Und obwohl manche sagen, beim Tod falle alles Irdische vom Geist ab, so daß Bauern und Herren auf gleichem Fuße stünden, so ist, wie der Volksmund weiß, doch immer beobachtet worden, daß die Geister von Bauern, als Wiedergänger auf Mardi, unverändert in ihren bäurischen Kitteln erschienen. Und wie ungerecht ist es, edler Herr, im Hinblick auf unsere geistige Gleichheit im Jenseits, wenn der gescheiteste Mardianer, der Jahre, Tage und Nächte dem schweren Wissenserwerb geweiht hat, am Ende erleben sollte, daß seine gesammelten Erwerbungen auf einen Streich von dem dümmsten Dummerjan überflügelt werden, der plötzlich von göttlichem Licht inspiriert wurde. Und obwohl einige behaupten, daß alles mardianische Wissen nichtig sei und daß alle Mysterien beim Tode enthüllt würden, placken sie sich dennoch hier und jetzt ab und machen sich Gedanken. Daher spricht ihre Zunge eine andere Sprache als ihr Verstand.«

»Edler Herr,« sagte Mohi, »wir sind auf den Bodensatz gelangt. Verzeih, Babbalanja.«

»Dann eine neue Kalebasse, Vee-Vee! Schenke nach, Mohi; und spüle Wein mit Wein hinunter. Deinen Becher, Babbalanja. Noch irgendwo sonst ein Bodensatz?«

»Reichlich, edler Herr; wir Philosophen sind dort sehr bald angelangt.«

»Dann schwemme ihn hinweg; doch laß deine Rede nicht stocken. Bei den Sterblichen können, den Göttern sei Dank, Gaumen und Zunge zugleich sich rühren. Schenke nur nach, Babbalanja; du bist kein Philosoph, wenn du beim zehnten Becher aufhörst: Ausdauer ist in ganz Mardi der Prüfstein für Philosophie. Trinke nur und mach uns weise durch dein Vorbild und deine Richtschnur. – Na, Yoomy, du siehst aus, als ob du etwas sagen wolltest.«

»Ja, edler Herr. Babbalanja sprach vorhin von Bauern. Doch hat der bescheidenste Landmann nicht ein Auge, das den weiten Horizont mit einem Blick erfassen kann: Berg und Tal, Ebene und Ozean? Ist solch ein Wesen nichts?«

»Doch kann dieses Auge sich selber sehen, Yoomy?« sagte Babbalanja augenzwinkernd. »Und nimmt man es aus seiner Höhle, kann es dann überhaupt sehen? Die Verbindung mit dem Körper verleiht ihm Wirksamkeit.«

»Er stellt alles in Frage,« rief Mohi aus. »Philosoph, hast du einen Kopf?«

»Jawohl,« sagte Babbalanja und tastete ihn ab. »Ich habe oben fast eben einen solchen Deckel wie alle anderen Mardianer auch.«

»Edler Herr, das erste Ja, das je über seine Lippen kam.«

»Ach, Mohi,« sagte Media, »das Gespräch

schleppt sich dahin. Ich fürchte, wir sind wieder auf dem Bodensatz angelangt. He, Vee-Vee, eine neue Kalebasse. Und mit ihr wechseln wir das Thema. Nun, Babbalanja, ich muß diesen Becher leeren und dann eine Frage stellen. Ah, Mohi, dies ist ein trefflicher alter Wein; er schmeckt nach Kork. Doch aufgepaßt, Philosoph. Gesetzt, du hättest eine Frau – die du ja nicht hast –: Wäre es unvernünftig von ihr, wenn sie glaubte, du seist nicht mehr am Leben, nur weil du zufällig aus ihrem Blickfeld verschwunden bist?«

»Wie das auch immer zugehen mag, »murmelte Yoomy, »die junge Nina jedenfalls beweinte sich als Witwe, wann immer Arhinoo, ihr Herr, nicht an ihrer Seite weilte.«

»Edler Herr Media,« sagte Babbalanja, »wenn ich abwesend wäre, hätte meine Frau mehr Grund anzunehmen, daß ich nicht am Leben wäre als umgekehrt. Alles Fühlbare um sie herum spräche für die erste Annahme; und für die letzte sprächen nur ihre eigenen zärtlichen Phantasien. Unsere Imagination ist der Grund für all diese Dinge, edler Herr. Bin ich an einem Ort, so existiert für mich kein anderer. Aber allzu gern stelle ich mir dies vor. Doch bin ich in Odo, redet mir nicht von Ohonoo. Es ist für mich nur existent, wenn ich dort bin. Sollte es existieren, so beweist es. Um es zu beweisen, müßt Ihr mich dorthin bringen; doch ihr beweist nur, daß für sein wirkliches Vorhandensein, das also für mich erkennbar ist, meine Gegenwart unerläßlich ist. Ich erkläre, daß ganz Mardi nur kraft meines souveränen Willens existiert; und bei meinem Tode wird dieses Universum mit mir zugrunde gehen.«

»Hoffentlich stammst du aus einem langlebigen Geschlecht, das nicht von Schlaganfällen betroffen ist,« sagte Mohi. »Ich möchte doch noch einiges zuwege bringen und nicht dabei im Stich gelassen werden.«

»Beachte ihn nicht, Babbalanja,« sagte Media. »Tauche deinen Schnabel wieder ein, mein Adler, und schwinge dich auf.«

»So laßt uns wirklich Adler sein, edler Herr: wie Adler wollen wir diesen roten Wein betrachten, ohne mit der Wimper zu zucken; dieser gute Tropfen soll uns feierlich werden lassen und nicht lärmend.«

Und dann erhob er seinen Becher: »Edler Herr, ruhigen Blutes bedauere ich alle, die sich nur dadurch ein Jota von ihrer Mitte entfernten, daß sie zuviel von dieser Flüssigkeit tranken. Nötigt einem Weisen, eine ewig lange Polarnacht lang, auch noch so viel auf, er wird nicht betrunken werden. Wenn auch sein Körper bei Sonnenaufgang torkelt, so wird er doch um seine Mitte torkeln; und wenn er auch im Zickzack geht, so wird er doch nach Hause gelangen; während Dutzende sternhagelvoller Toren unterwegs zu Boden gehen. Edler Herr, bin ich toll von zu vielem Denken, dann nehme ich zum Wein Zuflucht, um nüchtern zu werden. Seine Zauberdünste hauchen mich an wie der Spätsommer, der die gesamte Natur in Ruhe versetzt. Für mich ist Wein kein gewöhnliches Feuer, er schürt keine niederen Leidenschaften: mein stets offenes Herz öffnet sich nur weiter;

und herrliche Visionen erstehen in meinem Gehirn. Dann liegt mir ganz Mardi zu Füßen, und die Gestirne des Firmaments sind in meiner Seele.«

»Superb,« rief Yoomy aus.

»Pft!« sagte Mohi, »wer sieht dann keine Sterne? Ich sehe jetzt den Großen Bären und auch den Kleinen; und Andromeda und den Kettenpanzer von Perseus und Kassiopeia mit ihrem goldenen Haar und den glänzenden, geschuppten Drachen und die funkelnde Lyra und alle Juwelen auf dem Schwertheft des Orion.«

»Ja,« rief Media, »das Studium der Sterne wird durch Wein auf wunderbare Weise erleichtert. Schenke ein, alter Ptolemäus, und teile uns mit, wenn du einen Planeten entdeckt hast. Mir scheint, dieses Naß muß im Fluß bleiben. He, Vee-Vee, mein Szepter! Laßt uns gesellig sein. Doch komm, Babbalanja, mein goldköpfiger Adler, kehre zu deinem Thema zurück: – die Imagination, bitte.«

»Nun denn, edler Herr, ich war im Begriffe zu sagen, daß die Imagination das Voli-Donzini ist; oder, klarer gesagt, die unikale, rudimentäre und allumfassende abstrahierte Wesenheit der unendlich entfernten Dinge. Ohne sie wären wir Grashüpfer.«

»Und mit ihr seid ihr Sterbliche auch nicht viel mehr. Bist du nicht die ganze Zeit am Zirpen, Mohi? Bei meiner halbgöttlichen Seele, wüßte ich nicht, wer ich bin, würde mich dieser Wein fast in die Knie zwingen.«

»Und ohne –« fuhr Babbalanja fort.

»Ohne was?« fragte Media und sprang auf.

»Diesen Wein? Verräter, bis zum letzten Zug bleibe ich ihm treu. Du bist betrunken, Babbalanja.«

»Vielleicht, edler Herr. Doch ich sprach von der Imagination, wenn es beliebt.«

»Von dem unikalen, rudimentären Fundament der Dinge,« fügte Mohi hinzu.

»Ah! Nichts davon ist nüchtern; fahre fort, Azzageddi!«

»Der edle Herr schwenkt seine Hand wie ein Banner,« murmelte Yoomy.

»Ohne Imagination kann man einem Mann ohne Arme, der blind geboren ist, nicht glauben machen, daß er Haare auf dem Kopf hat, da er sie weder sehen noch fühlen kann; und Haare selbst sind nicht spürbar.«

»Doch hätte dieser Krüppel eine Böse Sieben zur Frau, würde er nicht mehr lange zweifeln,« sagte Mohi.

»Ihr schweift alle ab,« rief Media, » doch kein Wunder: eure sterblichen Hirne sind für solches Zechen nicht geeicht. Komme auf dein Thema zurück, Babbalanja. Nimm jetzt an, Babbalanja, – nimm an, mein werter Prinz – nimm an, nimm an – warum tust du nicht, was ich sage?«

»Ich bin bereit, alles anzunehmen, was Ihr wollt, edler Herr; doch was ist es?«

»Ah, ja; nimm an, daß du nach Hause kommst und bemerkst, daß sich deine Frau wieder verheiratet hat, unter der – der – der metaphysischen Annahme, daß du – *du* Azzageddi, da du nicht mehr sichtbar warst, dieses Leben verlassen hast. In anderen Worten: aus den Augen, aus dem Sinn. Und was dann, mein werter Prinz?«

»Wohlan denn, edler Herr, ich würde meinen Rivalen im Nu in Stücke reißen.«

»Würdest du? – Dann – dann so viel zu deiner Metaphysik, Bab-Babbalanja.«

Babbalanja erhob sich und brabbelte in sich hinein: »Ist dies Unterstellung oder Wirklichkeit? – Kann ein Halbgott vom Wein überwältigt werden? Die alten Mythologien machen ja aus den Göttern Bacchanten. Doch er war wunderbar scharfsinnig! Ehe er fiel, fällte er mich.«

»Yoomy, der edle Herr Media ist heute sehr angeheitert,« flüsterte Mohi, »doch das Porträt, das du gabst, ist nicht sehr gut getroffen. Nein, nein, ein Bacchant pflegt nicht so logisch zu sein, wenn er zu tief ins Glas schaut.«

CLII.

Sie umsegeln eine Insel, ohne zu landen, und umkreisen ein Thema, ohne zum Kern zu kommen

DA wir beschlossen hatten, Kaleedoni zu besuchen, ein mit Dominora zur Gänze vereinigtes Land, führte unser Kurs nun nördlich an den weißen Klippen des westlichen Inselteils vorbei. Doch da der Wind von vorne kam und die Strömung zu stark war für unsere Paddler, mußten wir unser Ziel aufgeben. Babbalanja bemerkte, daß Yillah wohl kaum auf Kaleedoni verborgen sein könnte, wenn wir sie nicht schon auf Dominora gefunden hätten.

Und nun entspann sich ein Gespräch über das Land, von dessen Besuch wir abgehalten worden waren. Unser Chronist wußte viel Gutes über dessen Bewohner zu erzählen und rühmte deren Tapferkeit im Krieg, deren Freundlichkeit im Frieden, deren Hingabe an die Religion, deren philosophische Tiefe, die Einfachheit und Lieblichkeit ihrer Lieder, deren Fürsorge und Genügsamkeit in allen häuslichen Dingen. Und er führte einen langen Reigen von Helden an, von Metaphysikern, Barden und tüchtigen Männern.

Doch da alle Tugenden in Laster umschlagen können, so verkamen in manchen Fällen die besten Charakterzüge dieses Volkes. Seine Genügsamkeit verwandelte sich zu oft in Geiz; seine Frömmigkeit in schreckliche Bigotterie; und all dies in viel größerem Maße vielleicht, als es von den unmittelbareren Untertanen König Bellos zu erwarten war.

In Kaleedoni gab es vieles, das die Inbrunst seiner Barden erwecken konnte. Tiefland und Hochland waren reich an malerischen Gegenden. Und viele ungesungene Lieder schlummerten noch in den Hochtälern. Zwischen den blauen, mit Heidekraut bestandenen Hügeln lebten viele Volksstämme fort, die, in ihrer wilden Gewandung und Tätowierung, noch die Sitte der mächtigsten Stämme von ehedem bewahrten. Sie entblößten das Knie und bezeigten damit, daß es ebenso ehrenvoll war wie das Gesicht, da es nie gebeugt worden war.

Während Flechtbart dies erzählte, trieb uns die Strömung über eine Meeresstraße auf eine sattgrüne Insel von bezauberndem Aussehen zu.

Nicht grüner ist die mittlere Stufe der Anden, die, trotz sengender Hitze, das schöne Quito in den Tau eines ewigen Frühlings taucht; – nicht grüner der neuntausend Fuß hohe Gipfel des Pirohitee, der sich aus dem warmen Innern Tahitis erhebt und den ganzen Sommer mit sich in die Wolken trägt; – nein, nicht grüner die berühmten Gärten des Cyrus – als die Frühlingswiesen, die Kuppen und Mulden des wunderbaren Verdanna.

»Ach, liebliche Insel! Ranken überwuchern deine Trostlosigkeit,« seufzte Yoomy mit starrem Blick.

»Land gemeiner Schufte!« rief Media aus.

»Insel, deren Zukunft in der Vergangenheit liegt. Heimischer Herd, dem die Kinder entlaufen,« sagte Babbalanja.

»So bluttriefend sind deine Chroniken, Verdanna, daß ich sie nicht lesen kann,« murmelte Mohi.

Wir fuhren näher heran und wären gelandet, hätte dem nicht die rollende Dünung entgegengestanden. Dann umrundeten wir dreimal die Insel, um einen ebenen, offenen Strand zu finden; doch ohne Erfolg.

Mittlerweile war ein reges Gespräch im Gange.

»Edler Herr,« sagte Yoomy, »als wir bei König Bello weilten, hörte ich viel über die Fehde zwischen Dominora und diesem unglücklichen Land hier. Ist Verdanna nicht ein Kind von König Bello?«

»Ja, Sänger, ein Stiefkind,« sagte Mohi.

»Um den Kreis seiner Familie zu erweitern,« sagte Babbalanja, »gewährte ein alter Löwe einem im Stich gelassenen jungen Hirsch Eintritt zu seiner Höhle. Doch der Hirsch wurde nie häuslich und griff sogar seine Ziehbrüder an. – Verdanna ist nicht von gleichem Fleisch und Blut wie Dominora, daher rühren zum großen Teil diese Zwiste.«

»Aber gibt es keine Möglichkeit, Babbalanja, diese Feinde miteinander zu versöhnen?«

»Nur eine, Yoomy: man müßte diese Meeresstraße mit Erde auffüllen. Denn sind wir Mardianer durch Wasser voneinander getrennt, müssen wir es auch im Herzen sein. Wenn auch Kaleedonia lange vor Verdanna mit Dominora vereinigt worden war, bereitete es König Bello doch nie Ungelegenheiten; denn beide Völker, die geographisch eine Einheit bilden, mischen sich in den Grenzregionen unmerklich. Keine feindliche Meeresstraße trennt dort die Arme und hindert sie an der Umarmung.«

»Doch Babbalanja,« warf Yoomy ein, »was verlangt Verdanna denn von Dominora, daß es dermaßen zetert, wenn es eine Abfuhr erhält?«

»Sie sind ausgemachte Kannibalen, Yoomy,« sagte Media, »und fordern das Vorrecht, einander aufzufressen.«

»So denkt König Bello,« sagte Babbalanja; »doch seid ihr Halbgötter in diesen Dingen immer einer Meinung, edler Herr. Aber Verdanna mag verlangen, was es will, und Bello wird es ihm hartnäckig verweigern.«

»Warum ihnen nicht alles gewähren und sogar den Anspruch auf die gesamte Insel fallen lassen?« sagte Mohi. »Auf diese Weise würde sich König Bello manche Schwierigkeit vom Halse schaffen.«

»Und denkst du, alter Mann, »sagte König Media, »daß König Bello seine angestammten Rechte auf Gedeih oder Verderb hergeben würde? Würde ein dreifach gekrönter König auf sein dreifaches Diadem verzichten? Und selbst wenn Bello das täte, was du vorschlägst, würde er nur noch größere Schwierigkeiten heraufbeschwören. Doch würde man Verdanna alles zugestehen, wäre es schon bald froh, auf vieles Geforderte verzichten zu können. Alles, was es jetzt verlangt, hatte es schon in der Vergangenheit – ohne einen Vorteil daraus zu ziehen. – Und ist es jetzt klüger?«

»Verlangt es nicht seine eigene Ernte, edler Herr?« sagte Yoomy, »und hat nicht der Schnitter ein Recht auf seine Garben?«

»Was für eine Leier, Yoomy! Wenn du für mich crntest, gehört die Garbe mir.«

»Doch wenn der Schnitter sein eigenes Feld aberntet, wem gehört die Garbe dann, edler Herr?« fragte Babbalanja.

»Sie gehört dem, für den er erntet, – seinem Herrn!«

»Dann soll der Schnitter mit Sichel und Schwert losziehen und mit der einen das Korn abrasieren und mit dem anderen seinen bärtigen Herrn über die Klinge springen lassen.«

»Du wirst tollkühn in deinen lyrischen Anwandlungen, meine kriegerische Taube,« sagte Media freundlich. »Doch du, Philosoph, wisse, daß Verdannas Bewohner dem Stamme Bellos an Geblüt und Geist unterlegen sind. Und die besseren Mardianer müssen eben herrschen.«

»Verdanna soll Dominora unterlegen sein, edler Herr. – Hat es keine Barden, keine Weisen, keine Patrioten hervorgebracht? Mohi, entrolle deine Chroniken! Sag, ob Verdianna nicht ebenso viele Sterne des Ruhms beanspruchen kann, wie auf König Bellos Arm tätowiert sind?«

»Dies ist wahr,« sagte Mohi. »Viele Kapitel bestätigen, was du sagst.«

»Doch, edler Herr,« sagte Babbalanja, »wie die Wahrheit allgegenwärtig ist in allen Dingen, sogar in Lügen, so ist auch ein Körnchen Wahrheit in den Verleumdungen enthalten, die man auf das Volk dieses Landes häuft. Denn obwohl es mit Recht stolz ist auf seine vielen illustren Namen, zieren diese Juwelen kein prächtiges Gewand. Und obwohl Verdanna wie eine rebenumrankte Laube von Säften strotzt und vor

Geist nur so sprüht und sprudelt, geben doch nicht alle seine Trauben Wein; und mancherorts sind viele von Mehltau überzogen, oder teils von Maden zernagt, die in den eigenen Ranken ausgebrütet wurden.«

»Laß deine Trauben fallen und deine Metaphern!« rief Media. »Bringe deine Gedanken unverbrämt hervor, so nackt, wie die Menschen in Mardi auf die Welt kommen. – Was willst du sagen, Babbalanja?«

»Das, edler Herr, daß Verdannas schlimmste Übel hausgemacht sind und nicht durch andere verschuldet. Es ruiniert sich mit eigener Hand. Es schadet sich selbst durch seine Bigotterie, seinen Aberglauben, durch Uneinigkeit und innere Fehden, durch Unwissenheit und Unbesonnenheit. Es will handeln, doch unterläßt es. Der Osten ist eine schwarze Gewitterwolke, die sich nie entlädt. Sein erbittertster Kampf führt zu einer Niederlage. Es überschüttet mit Vorwürfen, wo es harte Schläge hageln lassen sollte. Es steht da wie ein Bullenbeißer, der den Mond anheult.«

»Ein Tropus auf den anderen!« sagte Media. »Ich will die Geschichte erzählen – so geradlinig wie auf die Schnur gezogen. Verdanna ist ein Irrer – –«

»Ein Tropus, edler Herr,« rief Babbalanja.

»Meine Tropen sind keine Tropen,« sagte Media, »doch deine sind welche. – Verdanna ist ein Irrer, der, nachdem er vergeblich versucht hat, jemandem die Kehle durchzuschneiden, nun grimassierend vor dem Wasserspiegel eines Teichs steht und droht, sich die eigene durchzuschneiden. Kann man solch einen Verrückten sich selbst überlassen? Nein, da er sich nicht selbst regieren kann, muß ihn ein anderer regieren. Und die Zügel dürfen nicht schleifen, und die Kandare muß fest am Gebiß sitzen. Übertreibe ich? – Sag mir Mohi, ob Verdanna, bis auf einen lichten Moment, seine Angelegenheiten je verständig geregelt hat, als es unabhängig von Dominora war? War es nicht immer von Kämpfen und Aufständen zerrissen? Und wodurch geriet es vor allen Dingen unter Bellos Herrschaft? Eilte nicht sein eigener Häuptling Dermoddi zu Bellos Ahn und erbat von ihm Schutz vor seinen eigenen rebellischen Untertanen; womit er sich selbst als König entthronte? Ist das dann erstaunlich, daß Henro, Bellos Vorvater, nach der Krone griff? Und soll das Unrecht sein?«

»Die Rede des edlen Herrn ist wahr,« sagte Mohi, »doch sprecht bitte nicht weiter, außer Ihr wollt Eurer Sache schaden.«

»Trotz allem, Babbalanja,« sagte Media,« hat Bello das verrückte Verdanna nur in Obhut genommen.«

»Doch bedeutet Obhut auch, daß ein Wächter seinen Schützling in Gewahrsam nimmt, edler Herr?«

»Ja, wenn er es kann. Alles, was man tun *kann*, das darf man auch: das ist das Credo der Halbgötter.«

»Ach!« rief Yoomy aus, »warum dieses arme, leidende Land auch noch mit Wörtern bekriegen. Seht doch! Trotz seines Blühens, hungert sein Volk, verrotten die Yamswurzeln, ehe man sie dem Boden entnimmt. Des Himmels Gifthauch scheint auf dieses Land herabgekommen.«

»Nein,« sagte Media, »der Himmel sendet keinen Gifthauch. Verdanna will nicht lernen. Und mit verfaultem Erntegut säen sie wieder Fäulnis aus und müssen wieder Fäulnis ernten. Doch du, Yoomy, scheinst diese Sache ernst zu nehmen. Alle sagen übereinstimmend, daß in Verdanna der Wurm ist; sag du nun, du mitfühlendes Wesen, was muß der königliche Bello tun, um das Übel zu beseitigen?«

»Ich bin kein Weiser,« sagte Yoomy. »Und was würde der edle Herr Media tun?«

»Was würdest *du* tun, Babbalanja?« sagte Media.

»Mohi, was du?« fragte der Philosoph.

»Und was würde der Gast tun?« fügte Mohi hinzu.

»Nun, diese Übel bringen uns alle in Verwirrung,« sagte Babbalanja. »Jüngst starb in Verdanna ein Mann, der sich anschickte, das Volk auf humane und friedliche Weise zu kurieren, ohne Krieg und Blutvergießen. Dieser Mann hieß Konno. Unter einem großen Kessel machte er ein prasselndes Feuer.«

»Nun, Azzageddi, wie konnte dieses seinem Ziele dienen?« fragte Media.

»Es gab nicht besseres, edler Herr. Das Feuer briet seine Brotfrucht. Und das überzeugte seine Landsleute so, daß er vollauf beschäftigt war. Und sie plünderten fast ihre dürftigen Brotfruchtgärten, um seinen Kessel zu füllen.«

»Konno war ein Schuft,« sagte Mohi.

»Verzeihung, alter Mann, doch dies ist nur

seinem Geist bekannt und nicht uns. Er war jedenfalls ein großer Mann; denn selbst wenn er sein Land beschwatzt hatte, hätte dies kein gemeiner Mann zu tun vermocht.«

»Babbalanja,« sagte Mohi, »dem edlen Herrn beliebte es, Verdanna irre zu nennen; doch entspringt nicht sein Irresein der Behandlung durch Dominora, das es in provozierender und peinigender Weise schmachten läßt?«

»Gewiß, Flechtbart, viele Überspanntheiten von Verdanna verdanken sich dem genannten Grund. Doch der Gerechtigkeit halber sei gesagt, daß Verdanna Dominora nicht minder zu verhöhnen und herauszufordern sucht; doch nicht mit dem gleichen Ergebnis. Bemerkst du, Flechtbart, daß der Passat durch diese Meeresstraße direkt von Dominora herweht und nicht von Verdanna? Daher erreicht jedes von König Bellos Leuten losgeschleuderte Spottgeschoß sein Ziel, während den Leuten von Verdanna ihr Höhnen wieder ins Gesicht zurückgeweht wird. So ernten sie doppelten Spott und werden von ihren Feinden weiter beleidigt.«

»Deshalb sind König Bellos Leute Feiglinge,« rief Yoomy.

»Das zeugt nicht von Verständnis, Geist oder Menschlichkeit,« sagte Babbalanja.

»Ihr trefft alle nicht ins Schwarze,« rief Media. »Was soll für Verdanna getan werden?«

»Was will es für sich selbst tun?« sagte Babbalanja.

»Philosoph, du bist außerordentlich weise; und da Weise auch Seher sein sollten, enthülle bitte Verdannas Zukunft.«

»Edler Herr, wahre Propheten werden immer klug sein. Und kein Prophet wird seinen Ruf dadurch aufs Spiel setzen, daß er die Zukunft seines Landes vorhersagt. Das Schicksal der Inseln liegt in Oros Hand. Wer dennoch Verdanna richtig heilen will, muß erst König Bello kurieren, der in mancher Hinsicht selbst Patient ist, obwohl er gern ein Arzt wäre. Dennoch gibt es einen verdammt guten Doktor in Mardi, edler Herr, der sich schließlich mit diesen hoffnungslosen Fällen abgibt. Er verwendet nur Pillen, die aus Substanzen eines Baumes namens Conroupta Quiancensis hergestellt sind.«

»Und was ist das für ein Gewächs?« fragte Mohi.

»Erkundige dich bei den Botanikern,« sagte Babbalanja.

CLIII

Sie nähern sich Porpheero und gewahren eine schreckliche Eruption

MIT der Flut entfernten wir uns von Verdanna, ließen die Meeresstraße hinter uns liegen und erreichten die offene Lagune. Unsere Buge wiesen in Richtung Porpheero, von dessen Magnifizenzen sich der edle Herr Media einen glanzvollen Empfang versprach.

»Sie sind allesamt Halbgötter,« rief er aus, »und haben auch noch die alte Gesinnung von Halbgöttern. Solche riesigen Täler wie die ihren haben wir noch nicht erblickt. Ihre Szepter sind so lang wie unsere Speere; im Vergleich zu ihren prächtigen Palästen sind Donjololos Domizile allenfalls vornehme Häuser. Ihre Bankettsäle bieten weiträumige Perspektiven. Ihre Stammbäume, die nicht ihresgleichen haben, reichen bis ins Chaos zurück.

Babbalanja! Dort wirst du Stoff für dein Philosophieren finden; – dicht an dicht, wie die Felder auf einem Schachbrett, so liegen in diesem Land die verschiedenen Nationen zusammen; und unterscheiden sich doch in Sitte, Gesinnung und Kleidung. Hier findet man Wissen und Weise; hier reihen sich die Manuskripte meilenweit; die Barden singen hier im Chor.

Mohi, dort wirst du deine Seiten füllen können: in Porpheero haben die Jahrhunderte ihre Schätze aufgehäuft – die Vergangenheit überschattet das Land wie eine Pyramide.

Yoomy, dort wirst du Stoff für deine Lieder finden: blaue Flüsse durchfließen Weinberge und der Wälder Laubdome; durchfließen Wiesen, samtig weich wie Ottomanen. Strahlende Mädchen flechten die goldenen Locken der Erntezeit; und Berge bilden den Hintergrund, an dem die Welt zu enden scheint. Und wenn dich die Natur nicht zufriedenstellt, dann wende dich den Landschaften der Kunst zu. Erblicke Mosaikwände, die wie unsere Gesichter tätowiert sind; Gemälde, riesig wie Horizonte, in die man meint, sich stürzen zu können! Erblicke Statuen, vor denen du deinen Turban ziehen könntest; Städte, wo sich die Säulen so dicht drängen wie Menschen; und Kuppeln, dem Himmelsdom gleich, die golden das Licht ewiger Sonnenaufgänge verströmen. Sieh die Spitzen von Kirchtürmen, die sich wie Mastspitzen recken, als sei das Land der Ozean und Bellos große Flotte läge vor Anker.

»Edler Taji! Du suchst nach Yillah – verzweifele nicht! Porpheero ist solch ein bezaubernder Ort, daß die Verschollene dort verborgen sein muß.«

»Ein herrliches Gemälde!« rief Babbalanja, »doch wie sieht die Kehrseite der Medaille aus, edler Herr?«

»Du Zyniker – das war es schon. – Bald werden wir in Franko sein, dem ansehnlichsten Tal von allen. Lang ist es her, daß ich dem alten König die Hand gereicht habe!«

Die Sonne versank nun hinter uns und beleuchtete die weißen Klippen von Dominora und die grünen Kaps von Verdanna, während vor uns die lange, gewundene Küstenlinie von Porpheero im Dunkeln lag.

Es war ein Sonnenuntergang bei ruhiger See.

»Wie die Winde säuseln im Ohr des ersterbenden Tags,« murmelte Yoomy.

»Wir werden eine milde, klare Nacht haben,« sagte Media.

»Seht Ihr nicht diese Wolken über Franko, edler Herr,« sagte Mohi kopfschüttelnd.

»Ah, alt und wetterkundig wie immer, der Herr Chronist. Ich prophezeie eine klare Nacht; und es wird nicht bei dieser einen bleiben.«

»Geduld braucht keinen Propheten,« sagte Babbalanja. »Die Nacht ist nahe.«

Bis jetzt waren die Wasser der Lagune ruhig gewesen. Doch jetzt verdunkelten sie sich und wallten auf; und aus dem Dunkel drangen lärmende Laute. Bald darauf schoß ein Feuerball in die Luft, der im Zenith zerbarst und einen Funkenregen vom Firmament herabschickte. Danach schien die Finsternis noch viel finsterer zu sein.

Alle hielten den Atem an, während über Franko der Glutstrahl einer ungeheuren Eruption aufschoß, der ganz Mardi in den Vordergrund zu rücken schien.

Als hätte der Vesuv seine Fackel entzündet und in dem Lodern rollten die sturmgepeitschten Wogen der Bucht von Neapel auf ihn zu, so sahen jetzt Frankos Volksmassen aus, die den Gipfel mit dem brennenden Palast ihres Monarchen erstürmten, ganz nahe bei dem lodernden Berg.

»Bei meinem ewigen Thron!« rief Media

erschrocken, »der alte Vulkan ist wieder ausgebrochen!«

»Doch in einem neuem Krater, edler Herr,« sagte Babbalanja.

»Diese Eruption ist offenbar heftiger als die zu meiner Jugendzeit,« sagte Mohi. »Ich glaube, Frankos Ende ist gekommen.«

»Ihr seht bleich aus, edler Herr,« sagte Babbalanja, »während alle anderen Gesichter erglühen. Yoomy, lege in Gegenwart eines Königs diesen Glorienschein ab.«

Über das Wasser drang ein Grollen, in das sich Kriegsgetöse mengte; und es senkte sich ein Aschenregen herab, der vom Wind verwirbelt wurde, ehe er auftraf.

»Fort von der Küste!« schrie Media. Und in aller Eile erreichten wir einen sicheren Ort.

So breit wie Rhein oder Rhône ergossen sich nun Lavaströme ins Tal: ein Glutschwall schwappte über die Bäume, riß sie mit sich und stürzte mit ihnen in die siedende See.

Der Strand war gesäumt von unzähligen Menschen in heller Aufregung, die in Kanus vom Land abstießen.

Inzwischen entfachte der Feuersturm aus Franko neue Flammen in den entfernteren Tälern von Porpheero; während von Verdanna schreckliches Brüllen und Jubeln herüberdrang. Über Dominora hielt sich ein unheilvoll glimmender Lichtschein.

»Dreifach verfluchte Flammen!« rief Media aus. »Soll ganz Mardi Feuer fangen? Wie es prasselt und kracht und um sich greift! – Ist dies unser Scheiterhaufen?«

»Ruhig Blut, ruhig Blut, edler Herr,« sagte Babbalanja, »wütende Flammen brennen nur kurz – sing uns ein Lied, lieblicher Yoomy! Nimm deine Pfeife, alter Mohi! Es haben schon größere Feuer als dieses in Mardi gelodert. Nur die Ruhe bewahren! Diese Inseln sind da, um zu brennen. Flechtbart, später wirst du, in einer stillen Klause, diesem ganzen Spektakel nur ein einziges Kapitel widmen. Laß es dir also jetzt durch den Kopf gehen.«

»Mein Gesicht wird versengt,« rief Media.

»Das ist der Jüngste Tag!« rief Mohi

»Nein, alter Mann,« sagte Babbalanja, »dieser Tag wird heiter und klar heraufziehen. Beruhigt Euch, mein mächtiger Gebieter.«

»Sprich nicht von heiterer Miene in stürmischer Zeit,« rief Media wütend. »Seht, wie die Flammen nach Domonora hinüberwehen!«

»Doch die von ihnen entfachten Feuer werden bald gelöscht sein,« sagte Babbalanja. »Nein, nein! Dominora gerät nie durch Frankos Feuer in Brand, es kann nur von selbstgelegten Flammen verzehrt werden.«

»Fort von hier!« rief Media. »Wir können jetzt Porpheero nicht anlaufen. – Setzt die Segel! Westwärts wollen wir fahren.«

So lenzten wir direkt vor dem Feuersturm.

Bei Tagesanbruch war kein Land mehr in Sicht.

»Mit Frankos König muß es schlimm stehen,« sagte Media, »wenn sich sein Volk zusammen mit den roten Vulkanen gegen ihn erhebt. Ah, könnte ich diese Kerle zertreten! Auch sieht es schlimm aus für alle anderen Regenten im großen Lande Porpheero. Und hoffentlich überlebt die von uns Gesuchte diese Feuersbrunst!«

»Edler Herr,« sagte Babbalanja, »Wo immer sich Yillah verbergen mag, so doch nicht in diesem Porpheero. Wenn wir hier nicht an Land gehen, edler Taji, haben wir das Mädchen nicht verfehlt!«

»Dieses Feuer wird das Land wohl in eine Wüste verwandeln,« sagte Mohi. »Alle Äcker verbrannt und verschüttet.«

»Wein wächst aber über Dörfern, die in Schutt und Asche liegen, Mohi,« murmelte Yoomy.

»Richtig, Sänger,« sagte Babbalanja, »und Prärien werden von Feuer gereinigt. Aus Asche wird fruchtbare Erde. Und keine Kunst kann bewirken, daß der selbe Boden immer fruchtbar bleibt. Immer gab es Umschichtungen in der Vergangenheit. Wuchsen die ersten Früchte der Erde noch wild und waren giftig, sprossen doch schließlich die Palmen auf. Und wieder einmal konnten die Völker im Schatten ruhen. Edler Herr, wenn aus Windstillen Stürme erwachsen, so auch Windstillen aus Stürmen. Und auch auf diesen furchtbaren Aufruhr muß Frieden folgen. Es mag sein, daß Porpheero so seine Zukunft leicht errungen hat.«

König Media feiert die Pracht des Herbstes; der Sänger die Verheißung des Frühlings

»AUF nun!« rief Media, »laßt uns die weiten Wasser durchmessen, Vivenza entgegen, diesem Neuen Mardi! Laßt uns sehen, ob sie, die wir nirgends gewahrten, schließlich in Vivenzas Tälern gefunden wird.«

»Dort oder nirgends, edler Taji,« sagte Yoomy.

»Sei nicht zu optimistisch, guter Yoomy,« sagte Babbalanja.

»Ob Yillah wohl lieber in der wilden Wildnis von Vivenza wohnt als in den alten Weingärten von Porpheero?« sagte Babbalanja.

Yoomy sang:

Ihre Laube nicht Weinranken hat
Sondern wildes, wildes Geißblatt!
Das kriecht nicht auf bröckligem Bogen,
Das wird von Lärchen emporgezogen.
Ruinen bleibt sie fern,
Sucht neue Täler gern.
Nicht im moosigen Zottelwald,
Voll Efeu die Bäume und alt,
Nicht in Maramma will sie hausen,
Voll hohler Eremitenklausen.

Eine neue Insel sie gewinnt,
Die lächelt ihr zu wie ein Kind,

Sanft gewiegt von der See.
In Blüte sie steht;
Ihre Flut nie vergeht,
In der neugeborenen See!

Lenz, Lenz ist, wo sie weilt,
Wenn sie waldige Täler durcheilt,
Wo Mardi jung ist und sprüht,
Wo taufrisch sein Grün erblüht.

Dort kommt duftend der glänzende Morgen herbei,
Dort sprießt des jungen Hirsches Geweih.
Tief dort in junger Triebe Gewirr
Tönt des Scharlachtangaras Geschwirr, –

Der senkt seinen Kamm
Auf die kahle Brust,
Damit sie wieder entflamm'!
Lenz, Lenz, wo sie weilt,
Wenn sie waldige Täler durcheilt:
Wo sich jedes Wesen paaren will,
Damit sich das Geschick erfüll':
Drossel, Hase, Reh – mit Lust!

»Du singst in höchsten Tönen, lieblicher Yoomy,« sagte Media, »hinsichtlich dieses lenzlichen Landes Vivenza. Doch sind nicht die alten, herbstlichen Täler von Porpheero herrlicher als dieses jugendliche Vivenza? Vivenza hat keine Andenken an die Sommerzeit vorzuweisen, doch Dominoras Rose rötet sich in voller Blüte auf den Gartenmauern; die Herbstwälder sind prächtig gefärbt.«

»Edler Herr, der Herbst taucht bald in den

Winter ein, doch der Frühling hat alle Jahreszeiten vor sich. Die erblühte Rose ist dem Verwelken näher als die Knospe. Der blasse Morgen ist ein Aufblühen; die volle Blüte ist schon der karminrote Sonnenuntergang.«

CLV.

Azzageddi benutzt Babbalanja offenbar als Sprachrohr

ALS Porpheero weit achtern zurück lag, stieg unsere Stimmung. Der alte Mohi entflocht seinen Bart und flocht ihn wieder neu. Der edle Herr Media saß wie ein Türke auf seiner Matte, rauchte seine beflaggte Pfeife und ergötzte sich an den phantastischen Liedern Yoomys, den phantastischen Chroniken Mohis und den noch phantastischeren Spekulationen Babbalanjas. Ab und an ließ er alten königlichen Wein, Krug um Krug, in seine Seele gurgeln.

Media, der Babbalanja manchmal als eine Art Enzyklopädie, eine unzuverlässige zwar, in Anspruch nahm, wollte unter anderem wissen, ob sich der Wechsel von Ebbe und Flut tatsächlich derart sklavisch an die Mondperioden hielte.

Woraufhin Babbalanja, seiner enzyklopädischen Natur getreu, eine ältere und bessere Autorität als sich selbst zitierte; wen anders, als den ewigen Bardianna. Dieser treffliche Autor hat diese Frage offenbar in einem Kapitel abgehandelt, das den Titel trägt: ›Mysterienschau durch Mühlsteine hindurch‹. Seine Ausführungen, obwohl bisweilen stilistisch zwielichtig, erwiesen sich als so profund, daß alle vor solcher Gelehrsamkeit in die Knie gingen.

»Babbalanja, dein Bardianna muß ein ungeheuer fleißiger Forscher gewesen sein,« sagte Media nach einer Pause. »Bestimmt hat er mit seinen Kerzen ganze Dickichte von Binsen verbraucht.«

»Mitnichten, edler Herr. – ›Habt Geduld, Philosophen,‹ sprach Bardianna, ›löscht eure Kerzen, schlingt euer Essen nicht hinunter, nehmt euch Zeit; dann wird es reichlich Weisheit geben.‹«

»Ein beachtenswerter Rat! Warum hältst du dich nicht an ihn, Babbalanja?«

»Weil ich schon längst darüber hinaus bin.«

»Deiner Natur entsprechend; du hältst dich nirgends auf, Babbalanja.«

»Ja, in Bewegung bleiben heißt meine Devise. Doch wenn wir schon von fleißigen Forschern sprechen: hat der edle Herr schon von dem Ontologen und Entomologen Midni gehört?«

»Nein.«

»Dann sollt Ihr jetzt von ihm hören. Midni hielt das Tageslicht für ordinär, es sei gerade gut genug zum Anbau von Taro und zum Reisen, doch den höheren Zielen des Forschens sei es abträglich. Er arbeitete bei Nacht, vertiefte sich von Sonnenuntergang bis Sonnenaufgang in die Werke der alten Logiker. Wie die meisten Philosophen war Midni ein liebenswerter Mensch, doch eine Sache machte ihn fuchsteufelswild. Er las im Wald bei Glühwürmchenlicht; mit dem Insekt in der Hand, folgte er Zeile um Zeile den Seiten. Doch Glühwürmchen glühen nicht lange; und mitten in einem verwickelten Gedanken, kurz vor einem entscheidenden Komma, erlosch das Tierchen oft. Dann tappte Midni im dunkeln. In solchen Momenten hätte er gern das Sonnenlicht zur Verfügung gehabt, um die Satzperiode überblicken zu können. Doch da es dunkel war, sprang Midni auf und jagte, mit dem Pergament in der Hand, durch Schilf und Morast, einem neuen Glühwürmchen hinterher. Oft ließ er seinen Turban herabsausen und dachte, Beute gemacht zu haben. Doch Kuchendeckel. Ein neuer Versuch; und wieder nichts. Schließlich hatte er sich eines geschnappt, doch kaum hatte es ihm drei Zeilen erhellt, als es wieder ausging. Das wiederholte sich am laufenden Band. So stockte und stolperte er immer in seinen Studien und durchhastete seine Marschen nach einem glimmenden Etwas.«

Diese spaßige Geschichte löste bei einem unserer einfältigsten Paddler einen Lachanfall aus, der nicht mehr zu bremsen war. Da Media dieser Verstoß gegen die guten Sitten verdroß, erteilte er einen scharfen Verweis.

Doch der Gerügte wandte ein, er könne einfach nicht anders als lachen.

Media wollte ihn gerade wieder rüffeln, als Babbalanja bat, sich einschalten zu dürfen.

»Edler Herr, man darf ihn nicht tadeln. Seht doch, wie ernsthaft er gegen seine Heiterkeit ankämpft; doch zwecklos. Das ist bei mir oft genauso. Und manches Mal habe ich nicht nur vergeblich mein Lachen zu unterdrücken versucht, sondern bei einigen Vorträgen habe ich zugleich gelacht und geweint. Aber kann es in einem Wesen gleichzeitig entgegengesetzte Emotionen geben? Nein. Ich wollte weinen, doch mein Körper wollte lachen; und zwischen beiden Regungen erstickte ich fast. Nicht der Mann selbst, edler Herr, der Körper dieses Mannes lacht.«

»Doch sein Körper gehört ihm, Babbalanja; und er sollte ihn besser unter Kontrolle haben.«

»Der übliche Irrtum. Unsere Seelen gehören unseren Körpern und nicht umgekehrt. Wer sorgt für den anderen? Wer führt den Haushalt? Wer kümmert sich um den Nachschub für Aorta und Herzohr? Wer lagert die Sekrete ab? Wer rackert sich ab und bleibt in Gang, während der andere schläft? Wer erteilt Ratschläge zur rechten Zeit und warnt in erfahrener Weise? Wer hat die Obergewalt? – Der Körper natürlich. Auf einen Wink hin muß man sich bewegen; eine Warnung bewirkt, daß man innehält. Die Schwachsinnigen zeigen uns, daß ein Körper fast ohne Seele vorankommen kann; doch haben wir keinen greifbaren und unzweifelhaften Beweis dafür, daß eine Seele ohne Körper vorankommen kann. Man mag so gescheit sein, wie man will, und atmet doch unwillkürlich. Und wie viele Millionen leben Tag für Tag aufgrund subtiler Vorgänge, die unaufhörlich in ihnen wirken, von denen sie nichts wissen, um die sie noch weniger bekümmert sind? Sie machen kein Aufhebens von Lymphgefäßen, von den Arterien in Schenkel und Schläfe, von Perikranium und Perikardium, von Chylus, Fibrin, Albumin, von Eisen im Blut und Pudding im Kopf. Sie leben dank der Nachsicht ihrer Körper, deren Diener sie sind. Für mich, edler Herr, sind die Körper überlegen. Eine Seele, die so töricht ist, das Böse dem Guten vorzuziehen, wohnt in einer Hülle, deren kleinste Handlung voll unergründlicher Weisheit ist. Da sie um ihre Überlegenheit wissen, neigen unsere Körper zum Eigensinn: die Bärte wachsen uns zum Trotz; und wachsen, wie jeder weiß, bisweilen den Toten.«

»Demnach seid ihr Sterblichen nur lebendig, wenn ihr tot seid, Babbalanja.«

»Nein, edler Herr; doch unsere Bärte überleben uns.«

»Eine sinnreiche Unterscheidung; fahre fort, Philosoph.«

»Hätten wir keine Körper, edler Herr, ermangelten wir der treibenden Kräfte der Leidenschaften, die, in dieser oder jener Weise, jedem menschlichen Tun zugrunde liegen. Ohne Körper müßten wir etwas anderes sein als das, was wir dem Wesen nach sind. Deshalb halte ich es für eine der vernünftigsten Lehren Almas, – mit der jedoch seine Anhänger sich am schwersten tun und die im Widerstreit mit allen vorgefaßten Vorstellungen von der Unsterblichkeit steht, – daß nämlich jeder Mensch am Jüngsten Tag leibhaftig auferstehen wird.«

»Bitte, Babbalanja, sprich nicht zu einem Halbgott von Auferstehung.«

»Dann laßt mich eine Geschichte vortragen, edler Herr. Sie findet sich in den ›Wundersamen Schnurren‹ des Stehgreifdichters Quiddi. Ein drolliges Buch. Es schließt mit fackel-fi, fackel-fö, fuchtel-fochtel-forum.«

»Jetzt hat er wieder diesen irren Blick,« murmelte Mohi.

»Fahre fort, Azzageddi,« sagte Media.

»Der Philosoph Grando verachtete seinen Körper aufs äußerste. Oftmals legte er sich mit ihm an und erging sich in Unglimpf. ›Pfui über dich, du lumpiger Leib! Du Klotz, Klump, Hemmnis! Du hinderst mich am Fliegen. Ohne dich käme ich schneller voran. Pfui über dich, du Keller, Kammer, Kanal, Kloake, du gewöhnlicher, widerwärtiger Körper! Was gibt es Gemeineres als dich? Und glaubst du Lump, daß du mich in der Hand hast? Mach diesem Menschen da Beine, wenn du es ohne meine Erlaubnis wagst. Dieser Geruch ist unerträglich; versuche ihn zu beseitigen, ohne daß ich es anordne. Grabe diese Yamswurzel aus! – Gut! Trage mich über dieses Feld! – Ab geht's! – Halt und nicht weiter! Für heute hast du genügend Auslauf gehabt. Verkriech dich jetzt in den Schatten, Alter, und sei still. – Jetzt bin ich ausgeruht. So, jetzt schlendern wir ganz verträumt nach Hause. – Auf, alter Knochen, mach dich auf die Socken.‹ Da erhob sich das Gerüst des Leibes gravitätisch und schritt aus, indes der Philosoph sinnierte. Er war der Quadratur des Kreises auf der Spur – da schlug er gegen einen Ast. ›Bauerntölpel, ungeschlachter! Denkst du, du könntest dir meine Träumereien zunutze machen? Ich werde schon mit dir fertig werden.‹ Und er packte sich einen Knüttel und zog ihn sich tüchtig über den Rücken. Doch wurde seine Wirbelsäule durch einen seiner Rückhandschläge angeknackst. Der Philosoph sank ohnmächtig hin, kam aber bald wieder zu sich. ›Potztausend! Ich werde dich schon kleinkriegen! Auf, auf, ich werde dich trotz dieses Zipperleins nach Hause treiben.‹ Doch wundersamerweise verweigerten seine Beine den Dienst; jegliches Gefühl war aus ihnen gewichen. Da aber zufällig eine riesige Wespe seinem Fuß einen Stich versetzte, – nicht ihm selbst, denn er spürte ihn nicht, – sprang das Bein unverzüglich in die Luft und machte allerhand eigensinnige Kapriolen. ›Sei still! Leg dich!‹ Doch das Bein dachte nicht daran. ›Meine Arme halten noch zu mir,‹ dachte Grando; und mit deren Hilfe gelang es ihm schließlich, sein widerspenstiges Glied zu bändigen. Doch alle Überredungskünste, Befehle und Willensakte konnten seine Glieder nicht bewegen, ihn nach Hause zu tragen. Es war ein einsamer Ort; und fünf Tage später wurde der Philosoph tot unter einem Baum aufgefunden.«

»Ha! ha!« lachte Media. »Azzageddi feiert fröhliche Urständ.«

»Doch gibt es Geschöpfe, edler Herr,« fuhr Babbalanja fort, »die noch verkehrtere Körper haben als Grando. In den Fabeln von Ridendiabola findet sich folgendes: ›Ein Süßwasserpolyp hatte seine Wasserexistenz satt und wollte von der Luft leben. Doch was er auch tat, seine Tentakel stopften weiterhin seinen Magen voll. In einer jähen, widernatürlichen Regung stülpte sich der Polyp schließlich um, da er annahm, dann kein Mageninneres mehr zu haben. Doch es zeigte sich, daß sein Magen außen genauso wie innen funktionierte: die Tentakel schafften wieder Nahrung heran und die Verdauung ging ihren Gang.‹«

»Und das soll man Wort für Wort glauben?« fragte Mohi.

»Es ist so wahr wie die Wahrheit selbst,« sagte Babbalanja, »dieser Polyp wird umgekrempelt leben.«

»Schon sehr merkwürdig,« sagte Media. »Doch glaube ich, daß ich etwas über die sogenannten organischen Funktionen gehört habe, das die von dir erwähnten Phänomene erklären könnte. Und, wie mich deucht, habe ich auch etwas über die sogenannten Reflexvorgänge bei den Nerven gehört, die, recht betrachtet, deine Geschichte von Grando und seinem Körper, in weniger merkwürdigem Licht erscheinen ließen.«

»Das sind nur Lautgebilde, die Unerklärliches ersetzen sollen, edler Herr. Die Wissenschaft beschwatzt uns mit vielerlei Dingen. Doch was bei dem Polypen unleugbar der Fall ist, das übertragen einige Physiologen auch analog auf menschliche Verhältnisse. Demnach soll die Auskleidung unseres Innern nur eine Fortsetzung der Epidermis oder Oberhaut sein; woraus folgt, daß wir uns vor langer Zeit von innen nach außen gekehrt haben mußten. Diese Hypothese mag eine indirekte Erklärung für unsere moralische Verkehrtheit abgeben.«

»Du bist doch wohl ein Narr, Azzageddi,« sagte Media.

»Und bin in bester Gesellschaft, edler Herr. Während einige Geschöpfe ihre Außenhäute innen tragen, stellen andere ihre Skelette außen zur Schau: man nehme Hummer und Schildkröte, die, lebendigen Leibes, ihr eigenes Körpergerüst betrachten können.«

»Azzageddi, du bist ein Possenreißer.«

»Verzeiht, edler Herr,« sagte Mohi, »ich denke, daß er eher ein Hummer ist; man kann seine Mundwerkzeuge schwer von seinen Klauen, sprich Scheren, unterscheiden.«

»Ja, Flechtbart, ich bin ein Hummer, eine Makrele, gerade, was dir gefällt. Doch waren meine Vorfahren Känguruhs und keine Affen, wie der alte Boddo irrtümlich annahm. Meine Ansicht läßt sich leichter beweisen als seine. Die Landfossilien, die man in den tiefsten Erdschichten fand, waren Überreste von Känguruhs und nicht von Menschen. Folglich hat es damals auch keine Titanen gegeben; wohl aber Känguruhs. Und diese Känguruhs waren die erste Auflage des Menschengeschlechts; seither überarbeitet und verbessert.«

»Und was ist aus unseren Körperenden oder Schwänzen geworden?« fragte Mohi und rutschte auf seinem Sitz hin und her.

»Die alte Frage, Mohi. Und wo sind die Schwänze der Kaulquappen nach ihrer allmählichen Metamorphose in Frösche? Haben Frösche etwa Schwänze, alter Mann? Unsere Schwänze, Mohi, sind im Prozeß der Zivilisation abgewetzt, genauer: abgesessen worden; von der Zeit an, als unsere Väter in Sitzhaltung gingen, die ein grundlegendes Anzeichen für unsere ganze Zivilisation ist. Weder von Affen noch von Wilden läßt sich sagen, sie säßen: stets hocken sie auf ihren Schenkeln. Sitzgelegenheiten und Bänke sind bei barbarischen Stämmen unbekannt. Doch, edler Herr Media, als euer getreuer Vasall und Untertan, kann ich es gar nicht genug bedauern, daß Ihr Eures königlichen Schwanzes beraubt seid. Dieses steife, von Wirbeln durchsetzte Glied, das wir bei unseren unfeinen Vorfahren finden, mit denen wir nichts mehr zu tun haben wollen, wäre eine sehr dienliche Ergänzung zu Euren königlichen Beinen gewesen. Und während der edle Herr jetzo genötigt ist, auf zwei Stelzen herumzustolpern, hätte die Majestät von Odo als Känguruh, wie die Monarchen von ehedem, seine Würde auf einem Dreifuß fest verankern können.«

»Ziemlich irrwitzige Vorstellung! Doch aufgepaßt, Azzageddi! Deine Theorie betrifft mich nicht.«

»Babbalanja,« sagte Mohi, »du mußt das letzte Känguruh sein.«

»Wohl wahr, Mohi.«

»Was ist nur aus dem altmodischen Beutel deiner Großmütter geworden?« stichelte Media.

»Edler Herr, ich nehme an, daß dieser sich im Laufe der Zeit zum männlichen Geschlechtsteil umgewandelt hat.«

»Ha! ha!«

»Was gibt es da zu lachen, edler Herr? Laßt uns ernsthaft sein. Obgleich der Mensch kein Känguruh mehr ist, kann man ihn doch für eine niedere Pflanze halten. Die Pflanzen spüren das Kreisen ihrer Säfte ebenso wenig, wie wir Sterblichen etwas von unserer Blutzirkulation bemerken. Und vor vielen Jahren wußten wir sogar nicht, daß es sie gab. Pflanzen wissen nichts von ihrem Inneren. Siebzig Jahre gondeln wir mit unserem herum, und spähen doch nie hinein. Pflanzen stehen auf ihren Stengeln, wie wir auf unseren Beinen stehen. Keine Pflanze sprießt aus toter Wurzel; kein Mensch, der im Grab liegt, lebt auf Erden weiter. Pflanzen gehen ohne Nahrung ein – wie wir. Und nun zu den Unterschieden. Pflanzen atmen ihre Nahrung vornehm ein und placken sich nicht dafür ab. Wie Herren verharren sie und lassen sich bedienen. Obgleich sie grün sind, leiden sie doch nie an Koliken. Aber wir Menschen müssen auf Nahrungssuche gehen; wir stopfen unser Inneres voll und werden von Eingeweiden und Säcken niedergezogen. Pflanzen lieben und vermehren sich; und, mit Pollen und Düften lockend, übertreffen sie uns in ihrem Liebeswerben. Pflanzen bleiben an einem Ort – und leben. Wir müssen wandern oder sterben. Pflanzen gedeihen ohne uns; wir gehen ohne sie zugrunde.«

»Genug, Azzageddi!« rief Media aus. »Halte deinen Mund bis morgen verschlossen.«

Der bezaubernde Yoomy singt

DER Morgen kam. Mit drei schnaufenden Bugen schossen wir dahin, während unser Mattensegel in der Brise keuchte. Wir hatten alle teil an diesem luftigen Leben. Und einstimmig wurde Yoomy aufgefordert, ein Lied zu singen. Die Kanus passierten ein langgestrecktes, helles Riff, funkelnd vor Muscheln, wie das Schatzkästchen eines Juweliers. Yoomy ließ nur laut werden, was in seiner Seele lag; und er sang folgendes nach einer alten Weise:

So süß, so süß ihr Mund!
In Pfirsischtönen
Gerötet das Rund
An der Muschel Rand:
Mit vollen Lippen,
Die sich öffnen wollen.
Einsam auf Klippen
Ein Fischersmann,
Den Speer in der Hand,
Ans Ohr sie hebt,
Zu hören den Sang,
Der süß auflebt:
Ein südlicher Klang!
Wie ein Rosenkuß
Des Mädchens Mund
Tut in Tönen sich kund!
Ein schöner Traum
Im innersten Raum!

Ihre Brust! Zwei Knospen, halb erblüht:
Ein kleines Tal, das Düfte versprüht,
Das sich weiter zieht,
Dem Licht entflieht,
Ihrer Augen Schau.
Das sich weiter zieht, über Berg und Feld,
Bis das Tal sich wandelt zur sanften Au.

Bis dahin war der alte Mohi unruhig auf seinem Sitz hin und her gerutscht, während er an seinem Bart zupfte und bei jedem Reim erwartungsvoll aufschaute, als wolle er den Eindruck erwecken, er hielte jeden Vers für den letzten. Doch jetzt sprang er auf und rief aus: »Halt ein, Sänger! Das Kleid deiner Muse ist verrutscht: Schluß damit!«

»Dann soll es damit genug sein,« sagte Yoomy; »doch der herrliche Schluß ist dir entgangen.«

CLVII

Sie nähern sich dem Land

NACH tagelanger Fahrt rochen wir das Land von fern: weit dehnte es sich von Norden nach Süden und war im Innern reich an Gebirgen.

»Gegrüßt seist Du, Kolumbo!« rief Yoomy.

Als wir an der Küste eines Landesteiles vorbeifuhren, die Mohi Kanneeda nannte, eine Provinz König Bellos, sahen wir Wälder, die sich im Sturm bogen; wie gespannte Bögen ihre biegsamen Äste; und wie Taubenschwärme stoben ihre Blätter davon und verdunkelten das Land.

»Diese Wälder sind bald am Boden,« sagte Mohi.

»Nein, edler Herr,« sagte Babbalanja. »Diese heftigen Böen entstehen durch den Zusammenstoß zweier feindlicher Luftströme, wobei einer von der Lagune her kommt und der andere vom Land her. Sie sind auch bezeichnend für die gelegentlichen Meinungsverschiedenheiten zwischen Kanneeda und Dominora.«

»Ja,« sagte Media,« und wie Mohi andeutete, muß diese Brise von Dominora die Wälder von Kanneeda bald niedergeworfen haben.«

»Nicht wenn die Brise vom Land her standhält, edler Herr: ein Wind treibt oft einen anderen zurück. – Steht auf und seht! Von Kap bis Kap ist dieses ganze Festland jung und voller Eigensinn. Weiter im Süden von Kanneeda und Vivenza gibt es stolze und maßlose Ströme, die an ihren Mündungen den Ozean zurückdrängen und es lange Zeit der Salzflut wehren, daß sie sich mit ihrer Frische mischt. – So kühn, so stark und so entschlossen, Angriffe abzuschmettern ist dieses Land Kolumbo: diese mardianische Besitzung, die als letzte gesucht und gefunden wurde, stand so lange im Hintergrund. Fleht Oro an, daß sie nicht törichterweise vergeudet wird. Plantagen erstrecken sich hier, die im Besitz von starken Herzen und Händen sind; grenzenlose Gefilde, über die der Blick schweift. Die Feinde, die man hier hat, sind die Wälder, die man ohne Blutvergießen fällt. – He! Die ihr arm seid und stark in Mardi, die ihr darbt oder bettelt; ihr sieben Söhne, die ihr für den Erstgeborenen der Erde front : kommt her und gründet euer Reich! Seid Urheber künftiger, vereinter Stämme! Erniedrigte jetzt, doch immerdar berühmt: geballte Kraft seid ihr!«

»Eine sehr schöne Beschwörung,« sagte Media. »Nun setze dich wieder, Babbalanja. Und sage uns, ob nicht Dominora und die Könige von Porpheero einen kleinen Teil dieses Kontinents besitzen, den du gerade derart dichterisch zur Beute irgendwelcher Landstreicher erklärt hast, die dort nach ihrem Belieben siedeln sollen. Gehört Kanneeda nicht zu Dominora?«

»Und gehörte Vivenza nicht einst auch zu Dominora? Und was Vivenza jetzt ist, muß Kanneeda werden. Das sage ich nicht, weil ich es wünsche, sondern einfach, weil ich es vorhersehe. Es wird geschehen. Es ist sinnlos, daß Dominora von all seinen Sprößlingen Treue verlangt. Ebenso gut könnte der alte Noah erscheinen und das Recht beanspruchen, über die ganze Menschheit zu herrschen, da sie den Lenden seiner drei umtriebigen Söhne entsprungen war.

Dies ist das alte Gesetz: der Osten bevölkert den Westen, der Westen den Osten – ein ewiges Hin-und-her-Fluten. Und nach Aufstieg und Fall noch nicht geborener Nationen wird die Zeit kommen, daß Porpheero, aus seiner künftigen Asche erstanden, das Gelobte Land sein wird; und der Überschuß aus Kolumbo wird es bevölkern.«

Wir fuhren weiter die Küste entlang und erreichten am nächsten Tag Vivenza. Media wünschte, daß wir das Land zuerst an einem Punkt in der Mitte ansteuerten, um uns die Häuptlingsversammlung anzuschauen, die zu dieser Zeit dort gerade tagen sollte. So blieben wir auf Küstenkurs, bis wir einen hohen Landrücken erreichten, der, wie ein Bollwerk für das umliegende Land, in die Lagune ragte und in einem natürlichen Bogen aus Porphyr endete. Wogen brandeten gegen seinen Sockel. Obenauf aber wogte ein verlockendes Wäldchen, worin ein offener Tempel aus Palmensäulen sichtbar wurde. Dieser enthielt nur ein einziges Standbild, das einer helmtragenden Frau, der Schutzgöttin von Vivenza.

Die Kanus kamen näher heran.

»Da, was ist das für eine Inschrift, die dort über dem Bogen eingraviert ist?« rief Media.

Der Altertumsforscher Mohi studierte diese riesigen Schriftzeichen eine Weile und entzifferte sie nach und nach, indem er sie weiter im Blick behielt:

»In-diesem-republikanischen-Land-sind-alle-Menschen-gleich-und-frei-geboren.«

»Falsch!« sagte Media.

»Und wie lange bleiben sie das?« fragte Babbalanja.

»Doch richte deinen Blick nach unten, alter Mann,« rief Media, » ich glaube, dort unten in der Ecke sind ein paar kleine Hieroglyphen versteckt. – Deute sie, alter Mann.«

Nachdem Champollion Mohi seine Augen mächtig verdreht hatte, denn die Schrift war wirklich ganz winzig, entzifferte er: »Mit-Ausnahme-des-Stammes-von-Hamo.«

»Dies macht das vorherige null und nichtig,« rief Media. »Ach, ihr Republikaner!«

»Die letzte Zeile ist offenbar als Postskriptum hinzugefügt worden,« versetzte Flechtbart und verdrehte seine Augen erneut.«

»Mag sein,« sagte Babbalanja,« aber vielleicht war es das Werk eines Witzboldes.«

Wir schossen durch den Bogen hindurch und erreichten rasch den Strand.

CLVIII.

Sie besuchen den großen zentralen Tempel von Vivenza

AM Strand begrüßte uns eine unbändig lärmende Menge.

»Woher kommt ihr?« schrien sie. »Wohin wollt ihr? Habt ihr je solch ein Land wie dieses gesehen? Ist das nicht eine riesige Republik? Schaut bitte, wie groß wir sind; betastet unsere Schenkel; sind wir nicht ein herrliches Volk? Hier, befühlt unsere Bärte. Schaut euch um und seid nicht ängstlich; seht diese Palmen. Schwört nun, daß dieses Land alle anderen überragt. Des alten Bellos Berge sind Maulwurfshügel gegen unsere; seine Flüsse, Rinnsale; seine Reiche, Dörfer; seine Palmen, Sträucher.«

»Gewiß,« sagte Babbalanja. »Aber der große Oro hat doch bestimmt bei der Erschaffung eurer Berge und Ströme die Hand im Spiel gehabt. – Wärt ihr auch in einer Wüste so groß geworden?«

»Wo ist euer König,« fragte Media, indes er sich in seine Robe warf und sich seine Krone aufs Haupt hob.

»Ha, ha, mein Guter! Wir sind hier alle Könige; wir alle schnuppern königliche Luft. Doch komm, komm! Du sollst unseren großen Freiheitstempel sehen.«

Und mit diesen Worten ergriffen sie unehrerbietig seinen Arm und führten ihn zu einem hohen Bauwerk, das auf einem steilen Berg stand und von dreißig Palmensäulen gestützt wurde;

vier von diesen waren ganz frisch, als ob man sie gerade erst hinzugefügt hätte. Und dann war da eine Lücke, so unermeßlich groß, als ob alle Palmen Mardis sie in Zukunft füllen müßten, um dieses Gebäude zu stützen.

Oben auf dem Tempel war eine Fahnenstange; als wir uns näherten, sahen wir, wie gerade ein Mann, der eine eiserne Krause um den Hals trug und dessen Rücken rote Streifen von Peitschenschlägen aufwies, im Begriffe war, eine Tapa-Standarte zu hissen, die ebensolche Streifen trug. Weitere Diener in Halseisen gingen im Tempel ein und aus.

Nahe dem Portal stand ein Bildnis, gleich dem, das wir auf dem Gipfel des Bogens gesehen hatten. Sein Sockel war viele Handbreit hoch mit rätselhaften Bekanntmachungen beklebt, worauf, laut Mohi, Belohnungen für das Auffinden Vermißter ausgeschrieben waren.

Beim Betreten des Tempels gewahrten wir eine Art Amphitheater, in dessen Mitte ein großes Feuer brannte. In seinem Umkreis waren zahlreiche Häuptlinge versammelt; sie trugen lange Gewänder und kontrastierten stark im Stile ihrer Tätowierungen.

Einige lachten und schwatzten miteinander; andere stocherten gemächlich mit Bambussplittern zwischen ihren Zähnen herum oder verwandelten ihre Köpfe in Mühlen zum Zermalmen von Blättern, deren Saft sie herausschleuderten. Einige verstopften sich eifrig die Ohren mit Distelwolle. Andere waren bestrebt, auffällige Posituren einzunehmen, wobei sie ihre Speere theatralisch vor der Brust kreuzten. Sie hätten auch sehr imposant ausgesehen, wäre die Kleidung auf ihren Kehrseiten nicht in beklagenswerter Unordnung gewesen. Andere wiederum hatten aufgedunsene Vorderseiten und schienen ihre Würde im wesentlichen ihren Tafelfreuden zu verdanken. Viele waren eingenickt und dösten vor sich hin. Und ab und zu gab es auch unermüdliche Notabeln, die viel Wind um ihre zwingenden und dringenden Geschäfte machten und emsig Bananenblätter in Schriftrollen verwandelten, die sie unbekümmert in die Hände von Bürschchen mit bunten Turbanen und hübschen Gürteln gaben; die flitzten daraufhin los, als ginge es um das Seelenheil eines Sterbenden.

Es war ein einziges Getümmel: hier und da standen die dunkelhaarigen Häuptlinge in Gruppen zusammen; und ihre phantastischen Tätowierungen sahen aus wie die Verzierungen auf kuriosen alten Kaminkästen, wenn man sie aus der Ferne sieht. Doch einer von ihnen überragte alle anderen. Als erblickte man, bei der Annäherung an das alte Rom, den Petersdom, wie er sich aus der Menge der skulpturenreichen Säulen und Giebel gelassen in höhere Sphären emporschwingt, so zeigte sich eine große, ruhige Stirn in diesem Haufen von Häuptlingen. Das war Saturnias Kopf. Gall und Spurzheim! Saht ihr je eine solche Stirn? Wie eine Lawine, überhängend unter dem Schatten eines Waldes! Weh den unglückseligen Tälern da unten! Lavater! Sieh diese Lippen – wie geheimnisvolle Schriftrollen! Diese Augen – wie Pantherhöhlen am Fuße des Popocatepetl!

»Alles, was recht ist, Saturnia,« rief Babbalanja, »doch du bist nach dem Bilde deines Schöpfers gemacht! Wohl habe ich Männer mit ebensolchem gebieterischem Blick gesehen, die ebensolche Globen als Köpfe hatten, sie erreichten aber nie dein Kaliber. Wir sollten Gehirne messen und keine Schädel, edler Herr; andernfalls würde der Pottwal mit seiner Riesentonne von Kopf uns alle in den Schatten stellen.«

In der Nähe führten überwölbte Gänge zu Kellerräumen, aus denen ein wohlriechender Dunst drang, zudem ein ungeheures Geschepper von Kalebassen und ein Schnalzen von Lippen, als würden dort die größten Fresser heißhungrig und mit unbändiger Lust über etwas herfallen: ein Schlürfen, Schmatzen, Prassen. Als wir hinabschauten, sahen wir eine Gesellschaft im Ansturm auf eine Tafel, die sich vor Köstlichkeiten bog. Die Mitte des Tisches nahm ein riesiger, goldgelber Oktoberkürbis ein, als wäre er die Sonne selbst. Aus ihm flossen Ströme roten Weins. Er war umstellt von vielen Dickwänsten, dermaßen abgefüllt wie dickbauchige Krüge an einem Brunnen. Umgeben von diesen Strömen alten Weines und von diesen korpulenten Zechern fand sich, traurig anzusehen, ein hagerer Mann, der gelegentlich seinen Schnabel eintauchte. Er sah wie ein Ibis aus, der im überschwemmten Nil steht, umgeben von einer Schar schlürfender Nilpferde.

Sie waren außer Rand und Band und lachten derart schallend, daß die Halbkugeln ihrer Köpfe zitterten, als seien sie von Erdbeben erschüttert. Wie sie prusteten und röhrten! Selbst ein Tauber hätte sie gehört. Und hätte auch ein Zweiundvierzigpfünder dort hinein gedonnert, wäre keine Milch sauer geworden.

An sich sind Wohlgerüche keine üble Sache; denn sie verweisen auf ein herrliches, handfestes Mahl. So sehr zogen uns die Zephyre des gesegneten Arabiens in die Nase, diese stürmischen Winde aus den Schlünden gegrillter Wildschweine, gefüllt mit Brotfrucht, Bananen und Salbei, daß wir gern hinab gegangen wären und teilgenommen hätten.

Doch das war nicht möglich; denn uns war beschieden worden, daß sich diese Würdenträger in geheimer Versammlung befänden und sehr damit beschäftigt seien, gewichtige Staatsangelegenheiten auf eine solide Grundlage zu stellen. Es waren alles Häuptlinge von ungeheurer Kapazität – schwer zu sagen, wieviel Gallonen sie wogen.

Nun drang ein ohrenbetäubendes Getobe aus diesen Katakomben, als sauste und brauste dort eine Geisterschar fetter Lamberts; und dieses Toben verstärkte noch das Getöse droben.

Doch ohne sich um all das zu kümmern stand, inmitten des Amphitheaters, ein großer, hagerer, abenteuerlich tätowierter Mann mit Bussardnase und langen, dunklen Locken; er hatte lauter Pfeile ohne Spitzen in den Händen. Er rang mit heftigen Gefühlsausbrüchen, indes ihn drei wohlmeinende Personen zu halten versuchten. Doch immer wieder entwand er sich ihnen und geriet erneut in Raserei. Betrüblich nur, daß der Rest der Versammlung jedes Mitgefühl vermissen ließ und anscheinend ganz von sich in Anspruch genommen war. Offenbar war es ihnen auch egal, wie und wann sich der Irre durch sein wahnwitziges Treiben selbst zerfetzen würde.

Auf einem erhöhten Podest an einer Seite dieses Amphitheaters saß ein weißhaariger alter Mann mit einem Tomahawk in der Hand: mit ernster Miene blickte er auf diesen Tumult herab und sagte kein Wort. Gelegentlich betrachteten ihn die Anwesenden mit einer Art geheimnisvollen Hochachtung; wenn sie zwischen ihm und dem Verrückten hindurchgingen, taten sie dies stets in einer gebückten Haltung, wahrscheinlich um den Luftstößen zu entgehen, die fortwährend aus dem Mund des Irren kartätschten.

»Was ist das für ein Volksauflauf?« fragte Media.

»Das ist die große Ratsversammlung von Vivenza,« rief ein Umstehender. »Hört ihr nicht Alanno?« Und er wies auf den Irren.

Als wir nun dicht an Alanno herankamen, bemerkten wir, daß er sich mit unglaublicher Zungenfertigkeit an die Versammlung wandte und zu einem Rundumschlag gegen König Bello ausholte, dem er Grenzverletzungen im Nordwesten von Vivenza vorwarf.

Dieser Tobsüchtige hielt sich mit einer Hand die Hüfte, schlug sich mit der anderen gegen die Stirn und fuhr mit seiner Rede fort, wobei er wie ein wildes Tier brüllte und wie ein Windmühlenflügel auf die Luft eindrosch.

»Ich habe es gesagt: der Donner zuckt, die Blitze grollen! Die Erde bebt bereits in Dominora! Bald wird der alte Bello merken, daß seine teuflischen Machenschaften gegen dieses Land zu nichts führen. Wer wagt es zu erklären, unser Land sei nicht unbesiegbar? Ich wiederhole, es ist unbesiegbar. Ha! ha! Der kecke Bello muß Staub fressen! Mit den Spitzen unserer Speere werden wir seinen grauen, blutbefleckten Bart, Haar um Haar, über den Boden schleifen! Ha! ha! Ich werde heiser. Könnte ich doch brüllen wie ein wilder Bulle von Bullorom, so daß man mich von dem äußersten Winkel dieses großartigen Landes bis zum entferntesten Zenith vernehmen könnte, ja, über das ganze Erdenrund hin. Erwache, Vivenza! Die Zeichen der Zeit sind ominös, ja, außerordentlich; ich zögere nicht zu sagen, ganz überdimensional! Auf! Auf! Wir wollen nicht in Seichtigkeit verfallen, wo wir in höchste Höhe steigen sollen! Blickt nicht ganz Mardi auf uns? Kann denn die große Sonne zuschauen und kalt bleiben? Dann laßt uns die Zähne zusammenbeißen, wenn der mörderische Zusammenstoß naht. Ich sehe ihn schon kommen. Der alte Bello ist verschlagen; und er hat geschworen, uns auszulöschen! Mit lüsternem Schlangenblick späht er über die gesamte Lagune, wetzt seinen nimmersatten Schnabel, mummelt mit seinen barbarischen Hauern, züngelt mit seiner gespaltenen Zunge. Und wer weiß, wann dieser Hai mitten unter uns ist? Doch täuscht euch nicht! Denn obwohl uns Bello bis jetzt nicht offen behelligt hat, sind seine Sendlinge doch am Werk, sind seine teuflischen Wühler und Unterwanderer rührig, seine Ammen und Hebammen und Totengräber! Auf seinen Kanuwerften herrscht helle Aufregung! Seine Wälder werden zu Flotten verarbeitet und aufs Meer losgelassen. Schon bald werden wir von Taifunen, Zephyren, plötzlichen Böen, balsamischen Brisen, Hurrikanen und Windhosen umtobt!«

Als er seine Philippika beendet hatte, wurde Alanno vom Platz geführt. Da er jetzt ganz erschöpft war, legte man ihm kühle Kiesel auf die Schläfen und unterzog ihn einem Bad im Fluß.

Dieser Häuptling entstammte offenbar einem entfernten westlichen Tal namens Hio-Hio, eines der größten und fruchtbarsten in Vivenza, obgleich es erst jüngst besiedelt worden war. Seine Bewohner und die der Nachbartäler – eine ziemlich robuste Sippschaft – wurden zu den dogmatischsten und ultra-demokratischsten aller Stämme in Vivenza gerechnet. Sie suchten ihresgleichen immer zum äußersten zu treiben; und ganz besonders erbittert waren sie gegen Bello. Dennoch waren sie ein stattlicher, junger Stamm. Wie starker, junger Wein waren sie noch in heftiger Gärung, bevor sie sich klärten. Vielleicht wären sie mit der Zeit ganz in Ordnung.

Nun schwoll der Tumult noch stärker an, währenddessen der weißhaarige Alte mit seinem Tomahawk unausgesetzt auf den Tisch vor sich hämmerte und trommelte, offenbar, um das Getöse zu vergrößern, – wenn er auch bestrebt schien, es einzudämmen.

Schließlich ermüdete ihn seine Pose und er flüsterte einem befreundeten Häuptling etwas ins Ohr. Dieser wandte sich an einen vierschrötigen Krieger in der Nähe und bat ihn, er möge sich erheben und sich an die Versammlung wenden. Kaum hatte dieser begonnen, zerstreute sich der gesamte Konvent, als seien alle zu ihren Yamswurzeln heimgerufen worden. Der Alte sprang grinsend von seinem Platz und machte seine Beine auf einer Matte lang.

Die Feuersbrunst war nun erloschen und der Tempel war leer.

CLIX.

Babbalanjas kritische Bemerkungen zu der Rede des Alanno

WÄHREND wir weiter im Tempelbezirk verweilten, nachdem sich alle anderen entfernt hatten, gab es manchen Kommentar zu dem, was wir erlebt hatten. Babbalanja, dem die Feindseligkeit des tobsüchtigen Redners Dominora gegenüber aufgefallen war, wandte sich folgendermaßen an Media:

»Edler Herr, ich kann nicht glauben, daß ganz Vivenza mit diesem großmäuligen Häuptling aus Hio-Hio einer Meinung sein kann. Dennoch kann ich mir vorstellen, daß ein Gefühl der Feindseligkeit zwischen Dominora und diesem Land noch nicht ganz erloschen ist; auch wenn es nur die verglimmenden Gluten eines einst wütenden Feuers sind. Edler Herr, Ihr mögt es Poesie nennen, doch stehen manche Nationen in Mardi zu anderen in einer Art Vater-Sohn-Verhältnis. So ist es bei Dominora und Vivenza. Und obwohl Vivenza jetzt die Volljährigkeit erreicht hat und sein eigener Herr ist, sollte es doch den ehrfürchtigen Respekt seinen Eltern gegenüber nicht vermissen lassen. Bei Menschen wie Nationen hat man das Alter zu ehren; und ein Junge, auch wenn er groß ist, sollte seinen Vater nie am Bart packen. Obwohl Dominora wohl kaum Vivenzas Hochachtung verdient, sollte Vivenza doch keine Beschuldigungen aussprechen, damit es sich selbst hochachten kann.

Und sollte in Zukunft, was Oro verhüten möge, Vivenza unbedingt mit König Bello Krieg führen, so soll Vivenza in aller Ritterlichkeit den Speer mit dem alten Kämpen kreuzen. Andererseits sollte König Bello nie vergessen, daß alles, was in Vivenza rühmlich ist, auf ihn zurückstrahlt. Und wie ein tapferer alter Edelmann Statur und Muskelkraft seines Sohnes stolz mustert und erfreut ist, in dessen jungen, edlen Gesichtszügen die Ähnlichkeit mit sich selbst zu erkennen, indes es ihm in den Sinn kommt, daß er, wenn er schließlich zu Grabe getragen wird, doch in dem langen, starken Leben seines Sohnes weiterleben wird, dem würdigen Erben seines Werts und seines Rufes, genau so sollte König Bello das junge, hoffnungsvolle Vivenza betrachten, dessen tatkräftiger Urheber er selbst war. Edler Herr, seht diese beiden Staaten an! Von allen Nationen im Archipel sind sie allein von gleichem Blut. Dominora ist das letzte und größte Land Enak der alten Zeiten; Vivenza der hoffnungsvollste Jüngling der Gegenwart. Das eine Land ist voll Vergangenem, das andere strotzt vor Zukunft. Ah! hätte nur dieses Vaters altes Herz für diese freien Gedanken geschlagen und hätte er seinen kühnen Sohn unterstützt, dann würde sich ganz Mardi vor ihnen verbeugen. Und der große Oro hätte ihnen einen Werdegang verfügt, den die Massen schwerlich vorausgesehen hätten. Wie Vivenza dem alten Bello nie einen Anlaß bieten wird, für seinen Sohn zu weinen, so wird man auch von Vivenza nicht verlangen können, daß es das ganze Jahr über dem Grab des toten Vaters weint. Und selbst wenn

König Bello seine altertümliche, dreigezackte Krone ablegen und sich dem schlichten Gewand der Zeit fügen würde, bliebe seine Gestalt doch so stattlich wie einst und zeichnete jedes Kleid aus, das er trüge. Diejenigen, die sagen, Dominora sei alt und verbraucht, täuschen sich höchstwahrscheinlich. Dominora mag zwar als Nation alt sein – doch seine jetzige Generation ist ebenso jugendlich wie die Jugend in jedem Land unter der Sonne. Dann kommt ihr beiden, die ihr einander würdig seid, und reicht euch jetzt die Hände zum Bund. Seht! Die Vergangenheit ist prophetisch. Doch die Zukunft ist die erfüllte Prophezeiung.«

CLX.

Eine Szene im Land der Warwicks oder Königsmacher

ALS wir den Tempel verließen, wurden wir von einem geschwätzigen und lauten Wesen begleitet, einem gewissen Znobbi, einem ausgewanderten Bewohner von Porpheero, der nun begeisterter Bewohner von Vivenza war.

»Hier kommt unser großer Häuptling!« rief er. »Seht ihn euch an! *Ich* habe dabei mitgemischt, ihn zu dem zu machen, was er ist!«

Und mit diesen Worten wies er auf einen Menschen, der keineswegs bemerkenswert war, außer durch die Tätowierung auf seiner Stirn – dreißig Sterne – und durch den ungewöhnlich langen Speer, den er in der Hand trug. Zwanglos begab er sich in die Menge.

»Seht, wie vertraut ich mit ihm bin!« rief Znobbi aus, während er sich dem Menschen näherte und ihn an seinem Nasenhenkel packte als sei er ein Krug.

»Freund,« sagte der Würdenträger, »deine Begrüßung ist sonderbar, doch willkommen. Ich ehre die vorurteilslosen Bürger dieses Landes.«

»Niederträchtiger Hund!« murmelte Media. »Ich hätte diesen dreisten Plebejer gepfählt.«

»Da hast du nun einen Oberhäuptling, Kamerad!« rief Znobbi. »Dreifach hurra! Ja, hier sind alle Könige, sind alle gleich. Wir haben alles gemeinsam.«

In diesem Moment spürte ein Zuschauer, daß ihn etwas an der Seite streifte; und als er herabschaute, sah er Znobbis Hand, die sich verstohlen seiner Börse am Gürtelende näherte.

Daraufhin rief die Menge: »Ein Dieb! Ein Dieb!« Und der Häuptling mit den Sternen rief mit lauter Stimme: »Ergreift ihn, Leute, und bindet ihn an diesen Baum.«

Und auf der Stelle ergriffen sie ihn und banden ihn.

»Ah,« sagte Media, »dieser Häuptling hat doch etwas zu sagen. Ohne viel Federlesens bindet er einen König, während er sich von einem Plebejer an der Nase packen läßt. Zum Teufel, ich glaube sein Speer, obwohl er keine Quasten trägt, ist länger und spitzer als meiner.«

»Die Freiheit hier ist nicht so groß wie diese freien Leute glauben,« sagte Babbalanja und wandte sich um. »Ich lache und staune.«

CLXI.

Sie lauschen einer Stimme von den Göttern

AM nächsten Tag fuhren wir auf gleichem Wege wieder nach Norden zurück, um diesen Teil von Vivenza zu besuchen.

Wir kamen dort zu der vorgesehenen Zeit an.

Das Land bot eine Augenweide: Verheißungsvolleres hatten wir zuvor nicht gesehen. Die Wälder waren hochstämmig und grün; die Felder breiteten sich üppig aus; vom Gras schien kaum der Tau des ersten Morgens geschwunden. Allenthalben vernahm man das Rauschen von Wasserfällen, das Summen von Bienen und das freudige Murmeln eines emsigen Volks.

»Ha! ha!« lachte Yoomy. »In diesem Land arbeitet man lachend. Und in den Wäldern jauchzt man und klatscht in die Hände! Hier, glaube ich, wird Yillah gefunden werden.«

Wir wurden in diesem Land großzügig aufgenommen und weilten dort; bis schließlich über die Lagune her ausführlich und im einzelnen Nachricht kam von der Eruption, die wir in Franko miterlebt hatten. Die Feuersbrunst hatte sich über ganz Porpheero ausgebreitet; und die Könige wurden wie Missetäter von Bluthunden hin und her gehetzt. Schwer atmend unter Schmerzen lag dieser Teil von Mardi.

Diese Nachrichten wurden von vielen mit höchstem Entzücken begrüßt, während andere sie mit ahnungsvoller Unruhe aufnahmen.

Manche waren zwar über die Niederwerfung der Könige erfreut, beklagten aber, daß es dem Volk deswegen nicht besser ginge. Ein Sieg, der nicht zu klugem und dauerhaftem Vorteil wird, ist kein Sieg. So fallen manche Siege wieder den Besiegten zu.

Tagtäglich rannten große Menschenmassen zum Strand hinab und warteten auf Kanus, die ab und zu neue Nachricht brachten; stündlich brachen neue Schreie aus. »Hurra! Noch ein Königreich liegt in Schutt und Asche; noch ein Halbgott ist entmachtet; noch eine neue Republik kommt auf. Reichen wir uns die Hände, wir Freien! Bald werden wir von Dominora hören, daß es im Staub liegt; vom unglücklichen Verdanna, daß es so frei ist wie wir. Alle Vulkane von Porpheero werden bersten! Wer kann dem Volk widerstehen? Die Zeiten erteilen den Tyrannen schreckliche Lehre! Bevor wir Freien sterben, wird ganz Mardi frei sein.«

Als Babbalanja diese Rufe vernahm, wandte er sich folgendermaßen an Media: »Edler Herr, ich kann nicht umhin zu glauben, daß diese Leute weit aufgeregter sind als diejenigen, mit denen sie so leidenschaftlich sympathisieren. Doch kein Wunder. Die Schüsse, die man in Porpheero vereinzelt vernimmt, kommen hier geballt an, als einziger ungeheuerlicher Knall. Die Ereignisse treffen hier ein, als feuerten Peletone.«

In dieser aufgewühlten Phase nun hielt sich König Media klugerweise sehr zurück. Er legte seine königlichen Insignien ab und zeigte in allem würdevolle Zurückhaltung. Viele Stunden war er abwesend; und keiner wußte, wo er war und was er tat.

Desgleichen Babbalanja. Bei unserer weiteren Suche jedoch erreichten wir zuletzt ein großes Tal, dessen Bewohner noch mehr als üblich von der Raserei der Zeit angesteckt waren.

Als wir weiterzogen, erblickten wir eine lärmende Menge, die sich um eine auffällige Palme scharten, an die eine Schriftrolle geheftet war.

Die Leute waren äußerst aufgebracht und verwünschten den unverschämten Kerl, der dieses skandalöse Dokument dort über Nacht angebracht haben mußte. Wer auch immer der Urheber war: er hatte es verstanden, sich im dunkeln zu halten.

Nach heftiger Diskussion, während der von nahegelegenen Baumstümpfen flammende Reden geschwungen wurden, kam man überein, selbige Schrift laut zu verlesen, damit sie jeder vernehmen könne.

Ein junger Tausendsassa stieg auf die gebeugten Schultern seines alten Vaters, ergriff die Schrift und las, von vielen Rufen unterbrochen, mit schriller Stimme folgendes:

»Freiheitliche Könige von Vivenza! Ihr solltet Euer Ohr der Weisheit leihen. Doch weiß ich wohl, daß Ihr Euer Ohr kaum anderer Weisheit leiht als Eurer eignen; daß Ihr als Freie frei seid, jeden zu hetzen, der von Eurer Majestät Meinung abweicht. Daher halte ich es für angebracht, mich anonym an Euch zu wenden.

Und wenn es Euch beliebt, könnt Ihr diese Stimme den Göttern zuschreiben; denn auf die

Menschen werdet Ihr sie nie zurückführen können.

Es ist nicht unbekannt, freiheitliche Könige, daß in diesen stürmischen Zeiten die Lehren der Geschichte durch die Erfahrungen des Tages fast ad acta gelegt sind. Obwohl das gegenwärtige Mardi aus seiner Vergangenheit erwachsen ist, soll es überholt sein, sich auf das Gewesene zu beziehen. Doch vielleicht ist die Vergangenheit ein Apostel.

Der große Irrtum dieses Zeitalters ist die allgemeine Annahme, der Leibhaftige gehe heute in besonderem Maße um; wohingegen er schon umgegangen war, als Mardi begann.

Und der große Irrtum unserer Nation, freiheitliche Könige, ist offenbar die Vorstellung, daß sich Mardi in der letzten Szene des letzten Aktes seines Dramas befindet; und daß alle früheren Ereignisse nur dazu dienten, die Umwälzung anzubahnen, die ihr bevorstehen seht: eine allumfassende und beständige Republik.

Die dies behaupten sind, wenn Ihr gestattet, Narren.

Zeit ist aus verschiedenen Zeitaltern gebildet; und jedes hält sich für neu. Doch fand man, eingebettet in die Mauern der Pyramiden, die sich jeder Chronologie entziehen, behauene Steine, die noch älteren Bauwerken entstammten. Wie schon die Epoche der Erdhügel, so glaubte jedes Zeitalter, daß seine Erhebungen ewig seien. Doch wie unsere rasch wachsenden Wälder die Tumuli in unseren westlichen Tälern überwachsen, freiheitliche Könige, so gehen auch erfolgreiche Generationen, die ihre Kraft aus der Vergangenheit schöpfen, über diese hinweg. Mit der Zeit aber vergehen auch sie.

Oro verfügt diese ewigen Wechsel.

In alten Chroniken ist zu lesen, freiheitliche Könige, daß ein Adler in den Wolken dem fliehenden Taquinoo den Thron vorhersagte; und Taquinoo regierte als König. Er dachte nicht, daß seine Dynastie je enden würde.

Aber es kam ein anderes Omen von oben, Vorzeichen für den Sturz seines Sohnes Zooperbi. Als Zooperbi aus seinem Lager zurückkehrte, hatte sich sein Land gegen ihn verschanzt. Es wollte keine Könige mehr. Und fünfhundertzwölf Monde lang wurde diese Königsflucht, auch Regifugium, jährlich wie ein Geburtstag gefeiert. Und wütende junge Redner schäumten gegen die Königsherrschaft; und Auguren schworen, ihre Vögel hätten der Freiheit Unsterblichkeit vorhergesagt.

Daraufhin flogen Romaras freie Adler über ganz Mardi und ließen sich auf den höchsten Kronen des Ostens nieder.

So sollte es immer sein.

Denn der Welt sind die Monarchen zumeist wie juwelenbesetztes Zaumzeug, zur Zügelung des Rosses, das aus der Prärie stürmt. Und Republiken sind gleichsam riesige Reservoire, die alle Flüsse zu einem einzigen Wasserspiegel zusammenführen und so eine Überfülle erzeugen, die einfach überfließen muß. Und so überschwemmte Romara ganz Mardi, bis von den früheren, erhabenen Königreichen kaum ein Berg Ararat geblieben war.

Das ist in Franko vor zweiundfünfzig Monden

geschehen und könnte wieder geschehen. Doch bei Euch, freiheitliche Könige, ist dies gar nicht in solchem Maße möglich, weil eure Überflüsse sich in einem so riesigen Gebiet verteilen; im Wilden Westen gibt es eine Wüste, über die viele Schäfer mit ihren Herden nicht an einem Tag hinwegstürmen könnten. Doch wird auch sie schließlich überrannt werden; und ebenso muß ein Rückschlag erfolgen.

Wäre euer Land so dicht bevölkert gewesen wie euer altes Vaterland Dominora, dann hätten eure Chronisten bis jetzt, mit Verlaub, eine ganz andere Geschichte zu erzählen gehabt. Dann hätte sich euer großes Experiment als Explosion erweisen können; wie bei dem Chemiker, der in die Luft gejagt wurde, als er seine Mixtur umrührte.

Denn obwohl euch der große Stier im Blute steckt, wieder und wieder eingekreuzt, und er in euren Wappen und Stammbäumen prangt, seid ihr, freiheitliche Könige, doch keine nachdenklichen Philosophen wie die Bewohner einer kleinen Republik der Antike; und auch keine ausdauernden Stoiker wie deren Nachbarn. Wärt ihr so eingepfercht wie diese es waren, hätten eure dreizehn ursprünglichen Stämme, mit Verlaub, mehr Aufruhr verursacht als so manche rebellische Legion. Zügellose Pferde brauchen weite Prärien: euer Glück, freiheitliche Könige, ist es, daß ihr genügend Platz habt, um frei zu sein.

Und teils seid ihr deswegen frei, weil ihr jung seid. Euer Land gleicht einem schönen, blühenden Jüngling voller Ungestüm, der schwer zu zügeln ist. Sein starker Arm wetteifert auf edle Weise mit seinem Herzen. Nach allen Seiten hin erweist er sich als freigebig; und gewinnt doch überall hinzu. Der Atem, der seinen Nasenflügeln entsteigt, ist wie ein Dampf in Frühlingsluft; jede seiner Sehnen ist aufgeladen mit großzügigen Entschlüssen. Er trotzt dem Unterdrücker und überspringt die hohen Wälle veralteter Ansichten in einem Satz. In der Zukunft erblickt er alle Kuppeln des Orients.

Doch die Jahre verstreichen und dieser kühne Jüngling hat sich verändert. Sein Blick ist nicht mehr so offen wie zuvor; sein Herz ist wie in einen Schraubstock geklemmt. Er rückt nichts mehr heraus; und da er nichts mehr hinzugewinnen will, steht ihm sein Sinn nur noch danach, seine Schätze zu bewahren. Die Grundsätze, die er einst mit Füßen trat, stehen nun auf seiner Stirn geschrieben; und er, der Unterdrücker haßte, ist nun selbst Unterdrücker geworden.

So ist das oft bei Menschen und oft auch bei Nationen. Daher wundert euch nicht, freiheitliche Könige, daß alte Staaten anders sind als junge; und glaubt nicht, daß euer eigener immer so freisinnig bleiben muß wie jetzt.

Jedes Zeitalter wähnt, es würde ewig währen. Doch obwohl Romara durch die Gunst der Geschichte fünfhundertzwölf Monde lang eine Republik war, kamen schließlich doch die schrecklichen Königstiger an die Macht und besudelten sich mit Blut.

Und eine Zeitlang war Dominora durch und durch republikanisch. Die Krone des Karolus,

Sohn eines absoluten Monarchen, rollte mit seinem Kopf in den Staub. Dominora hatte Patrioten zu Tausenden; eine mutige Apoligia und eine glanzvolle Areopagitica wurden verfaßt und seither nicht übertroffen. Und es wurde kein Turban abgenommen, außer Oro zu Ehren.

Doch, mit Verlaub, zur rechten Zeit kehrte der zweite König Karolus, unterm Klang von Pfeifen und Handtrommeln, wieder zurück; und wurde von Hohen und Gemeinen als huldvolle Majestät begrüßt.

Die Vergangenheit ist für alle Ewigkeit nur eine Umkehrung der Zukunft. Ihr Sterblichen wandelt ewig in den alten Fußstapfen kreuz und quer durch eure Sierras. Und die Ergebnisse der Rechenmaschine sind genau so zuverlässig wie die Substraktionen durch die historischen Dezimalzahlen.

Auch bei den Staaten, freiheitliche Könige, gibt es so etwas wie Seelenwanderung; so tragt ihr ein wunderbares Geschick in euch. Der Adler von Romara lebt in eurem Gebirgsvogel auf und schwingt sich erneut in die Lüfte. Seine Schreie werden von den stolzen Rufen eines Falken erwidert, dessen roter Schopf noch vom Kampfgemetzel dunstet. Und diese kühnen Vögel mögen auffliegen, einer im Osten, der andere im Westen, bis sie sich genau in der Mitte treffen und ihre Schwingen umschließen.

Doch wenn er sich in den Himmel über den Staaten schwingt, die ihre Kinder unter seinem Schutze sammeln, kann man diesen blutigen Falken für den Adler halten.

Obwohl blutrote Republiken wie neue Sternbilder, glühende Aldebarane, aufgehen können und ihrem Höhepunkt zustreben, müssen sie schließlich doch sinken und den alten Sultan der Sonne am Himmel zurücklassen, der, mit der Zeit, auch entthront werden wird.

Heute können, mit Verlaub, Republiken kaum länger währen als in früheren Zeiten. Angenommen, Mardi wäre heute klüger als ehedem, würden doch einzelne, – obwohl alle Menschen schon annähernd Weise sind –, auf den Plan treten, die noch klüger sind; womit die alte Abstufung erhalten bliebe. Selbst eine Gleichheit des Wissens würde nicht von der tief verwurzelten Hörigkeit befreien, die Menschen untereinander haben; und auch nicht von den Gründen dafür, daß sich die Menschheit unausweichlich in Brigaden und Bataillone aufteilt, mit Kapitänen an der Spitze.

Die Zivilisation hatte nicht immer die Gleichheit zum Bruder. Freiheit wurde in den wilden Horsten der Berge geboren; und barbarische Stämme haben sie unter ihre Fittiche genommen, während die aufgeklärten Bewohner der Ebenen unter anderen Flügeln Zuflucht nahmen.

Obwohl eure Republik, oberste Könige, für euch bis jetzt segensreich gewesen ist, sind Monarchien an sich doch nicht völlig schlecht. Für manche Nationen sind sie jetzt und in Zukunft besser als Republiken. Und auf jeden Fall ist es besser, daß der Frieden mit einem Szepter regiert wird als wenn die Volksstämme ihre Schwerter schwingen. Besser der Untertan eines aufrechten und gerechten Königs sein als ein freier Mann in Franko, wo das Henkersbeil an jeder Ecke lauert.

Es ist nicht das höchste Ziel und der größte Segen, politisch frei zu sein. Freiheit ist nur ein Mittel, kein Ziel an sich. Und wenn der Mensch sie gegen seine Herren bis auf den letzten Blutstropfen erkämpft, so würde er doch das Joch nicht ganz von seinem Nacken schütteln. Als Knecht seiner Herren geboren, der nun nach Freiheit schreit, bleibt er doch Knecht unter Oro; und für das Universum ist es gut, daß Oros Herrschaft unumschränkt ist.

Uralt der Spruch, daß es leichter ist andere zu regieren als sich selbst. Und damit sich alle Menschen selbst wie Nationen regieren könnten, ist es nötig, daß sie besser und weiser sind als die weisesten Einzelherrscher. Doch in keiner Demokratie von Dauer regieren sich alle Menschen selbst. Auch in einem Heer von Freiwilligen muß das Kriegsrecht herrschen. Wenn ihr euch verbündet, ihr Sterblichen, müßt ihr die Macht delegieren. Dieses Risiko müßt ihr eingehen. Und wenn auch euer Oberhäuptling, freiheitliche Könige, nicht wie König Bello von Dominora von sich aus den Krieg erklären kann, so hat er sich noch viel herrschaftlicher aufgeführt: er ist ohne Kriegserklärung in den Krieg gezogen. Ihr wurdet auf ein Nachbarland geworfen, bevor ihr merktet, daß ihr Speere in den Händen hattet.

Doch da ihr es in Sternen aufs Himmelsgewölbe geschrieben habt, freiheitliche Könige, seid ihr ein großes und herrliches Volk. Und wahrhaftig, euer Land ist das beste und glücklichste unter der Sonne. Doch nicht ganz, weil ihr es in eurer Weisheit verfügt habt sondern, aufgrund curcs Ursprungs und dcr gcographischen Gegebenheiten. Und eurer Segen kann nicht von Grund auf euren edlen Vätern zugeschrieben werden, die einst zu eurem Nutzen kämpften, freiheitliche Könige! Eure Nation genoß schon eine recht große Unabhängigkeit, bevor eure Erklärung diese verkündete. Die alten Pilgerväter waren die Urheber eurer Freiheit. Und eure Urwälder hegten den Schützling. Der Staat, der heute aus Knechten besteht, kann diese nicht morgen zu Freien machen; wenn sie auch durch Gesetzlosigkeit verrohen können. Freiheit ist der Name für etwas, das *nicht* Freiheit ist; diese Lektion ist nicht in einer Stunde oder einem Zeitalter zu erlernen.

Doch es läßt sich, mit Verlaub, auch unter einem Cäsar frei sein. In früheren Zeiten gab es ebenso viele, die kraft ihrer Lebensenergie frei waren, wie heute.

Die Benennung macht noch nicht den Unterschied; manche sind Despoten und herrschen, ohne ein Szepter zu schwingen. Während König Bellos Palast nicht im Frondienst erbaut wurde, ist euer Bundestempel der Freiheit, freiheitliche Könige, das Werk von Sklaven.

Nicht goldene Szepter und Kronjuwelen allein machen ein Volk zu Knechten. Auch bei euch, freiheitliche Könige, kriecht man unterwürfig zu Kreuze! Überall in Mardi stehen die Armen niedriger als die Reichen. Überall ist es schlimm, ein Schuldner zu sein; überall spielt sich der Kluge dem Dummen gegenüber als Herr auf; überall trifft man auf Leiden.

Daher hat die Freiheit eher einen gesellschaftlichen als politischen Wert. Und ihr wirklicher Segen ist nicht teilbar; er ist das, was jeder einzelne für sich erhält und behält; er ist das, was nicht den Staat regiert sondern mich selbst. Besser unter einem König sicher sein als der Gewalt von zwanzig Millionen Monarchen ausgesetzt zu sein, auch wenn man zu ihnen zählt.

Aber ihr hegt abergläubische Vorstellungen, freiheitliche Könige! Bei einem Besuch von Dominora würdet ihr nicht unverzüglich in den Kerker wandern. Wenn ihr dort auch Dinge sehen könntet, die euch mißfallen, würdet ihr doch auch freiheitliche Luft atmen und würdet Menschen treffen, die auf ihre Vorrechte so stolz sind, wie ihr es auf eure seid. Und der Wein von Dominora hat auch keinen monarchischen Geschmack.

Obwohl man nun überall mit der Zeit Schritt halten muß und große Reformen wirklich nötig sind, braucht man nirgendwo blutige Revolutionen. Obwohl es das sicherste Heilmittel ist, treibt kein gescheiter Kranker den Aderlaß so weit, daß er mit seiner Krankheit sein Leben dahingibt. Und obwohl man alle Übel lindern kann, sind doch nicht alle zu beseitigen. Denn das Böse ist die chronische Krankheit des Universums; wird ihm an einer Stelle Einhalt geboten, bricht es an einer anderen aus.

In dieser Hinsicht sind jüngst einige abenteuerliche Träume zerplatzt.

Viele glaubten noch vor kurzem, daß das Zeitalter der Spieße und Speere vorbei sei; daß sich das alte Mardi schließlich, nach einer stürmischen Jugend, zu heiter-gelassenem Alter beruhigen würde; und daß der Spätsommer, der bei euch, freiheitliche Könige, zuerst entdeckt wurde, der feine Dunst wäre, der Mardis friedlicher Pfeife entstiege. Doch mitnichten. Mardis Friedenszeit war nur ein Waffenstillstand. Die roten Kometen, die lange ferngeblieben waren, kehrten schließlich wieder. Und sie müssen wiederkehren, obwohl sie für ihre Umläufe Zeitalter brauchen. Und sollte Mardi dauern, bis Berg in Berg zerfließt und sich alle Inseln zu einem Tafelland verbinden, würde doch wieder nur das alte Schlachtfeld ausgebreitet werden.

Die Geschichtsforscher packt das Entsetzen bei den Massakern von einst; doch werden heute auf den Schlachtfeldern auch Menschen hingemordet. Könnte man die Zeit umkehren, und die Zukunft stünde an der Stelle der Vergangenheit, würde die Vergangenheit uns und unsere Zukunft ebenso laut verdammen, wie wir es mit den vergangenen Zeiten getan haben.

Hört her, freiheitliche Könige! Applaudiert der kläffenden Meute nicht allzu sehr. Schon oft sind Jäger von ihren Hunden zerrissen worden. Haltet eure Hände sauber. Haltet euch fern. Oro hat einen Ozean ausgegossen, als ewiges Hindernis zwischen euch und der schlimmsten Torheit, die andere Republiken begangen haben. Haltet dieses Hindernis heilig. Und schwört, daß ihr nie nach Porpheero übersetzen werdet, weder durch Manifest noch mit einem Heer; außer, ihr würdet es auf dem Landwege erreichen.

Und seid auch zu Hause nicht allzu habgierig.

Plündern ist nicht Freiheit. Dehnt euer Gebiet jetzt nicht allzu weit aus. Sucht ihr Anhänger? Nachbarstaaten können frei sein, auch ohne unter eurem Banner zu stehen. Und wenn ihr von eurem Ehrgeiz nicht lassen könnt, wißt: er wird am besten befriedigt, wenn man die Ereignisse auf sich zukommen läßt.

Zeit, nur Zeit allein kann euch erlauben, den Äquator zu kreuzen und die Polarkreise zu euren Grenzen zu machen.«

So lautete die anonyme Schriftrolle, die von der Menge kurzerhand in Stücke gerissen wurde.

»Alter Tory und Monarchist!« brüllten sie. »Er predigt Unaufgeklärtes in diesen erleuchteten Zeiten! Weiß dieser Tor nicht, daß man die Vergangenheit samt ihren Gräbern längst umgegraben hat?«

Sie tobten und rollten ihre Augen so wild auf der Suche nach Opfern, daß es gut für König Media war, daß er seine Krone nicht trug. Und still und leise entfernten wir uns.

»Edler Herr, ich bin erstaunt über die Unbesonnenheit eines Halbgottes,« sagte Babbalanja unterwegs. »Ich habe Euren sultanischen Stil gleich beim ersten Satz erkannt. Das also ist das Ergebnis Eurer einsamen Stunden.«

»Philosoph! Ich bin erstaunt über deine Unverschämtheit. Ich habe deine Philosophie schon bei der ersten Maxime erkannt. Wer hat dieses Pergament für dich angebracht?«

So bezichtigte einer den anderen der Autorschaft. Und es war unmöglich herauszufinden, ob einer von ihnen etwas über den Ursprung der Schrift wußte.

Babbalanja konnte wohl kaum der Verfasser gewesen sein. Obwohl die Schrift philosophisch war, erschien sie doch zu dogmatisch und konservativ für ihn. Und König Media? Obwohl er absolutistisch dachte, hätte er sich nicht so kühn ausgeliefert, nachdem er gerade die Explosion in Franko gesehen hatte.

In der Tat muß die Klärung dieser Frage um vier oder fünf Jahrhunderte verschoben werden und den Kommentatoren der mardianischen Geschichte überlassen werden.

CLXII.

Sie besuchen den äußersten Süden von Vivenza

WIR drangen tiefer und tiefer in die Täler der Umgegend ein; doch obwohl wir manchmal, wie andernorts, Geflüster vernahmen, das ein Ende unseres Umherirrens verhieß, zogen wir doch immer noch weiter. Und selbst Yoomy dämpfte wieder einmal seinen Optimismus.

Nun bereiteten wir uns auf die Fahrt in den äußersten Süden des Landes vor.

Doch man ließ uns wissen, daß wir in diesem Teil von Vivenza vieles sehen würden, was auf Fremde abstoßend wirkte. Nachsichtige Besucher würden dergleichen aber übersehen. Sie, die Bewohner von Nord-Vivenza, seien sich dieser Übelstände wohl bewußt. Man hätte alles getan, um ihnen abzuhelfen, doch vergebens. Die Bewohner dieser südlichen Täler seien eine hitzige und eigensinnige Rasse und sie kümmerten sich nicht um Vorwürfe oder Bitten. Sie hielten stur an ihren Gewohnheiten fest, ja, würden sogar schwören, daß sie, wenn sich die nördlichen Stämme weiter einmischten, den gemeinsamen Bund auflösen und untereinander eine eigene Förderation gründen würden.

Am Ende unserer Fahrt längs der Küste knirschten unsere Kiele auf dem Sand eines Strandes, auf dem viele Palmen niedergestürzt lagen und, vermodernd, von den Wogen bespült wurden. Diese Region schien, obwohl sie Teil des eben von uns verlassenen Gestades war, ein anderes Land zu sein. Weniger Gedeihliches war zu erblicken, und weniger fröhliche Laute wurden vernommen.

»Hier hat die Arbeit ihr Lachen verloren!« rief Yoomy aus.

Wo wir gelandet waren, erstreckte sich eine große Ebene, auf der sich unter sengender Sonne hunderte von Männern in Halseisen plackten; sie arbeiteten in Gräben voller Taropflanzen, die in diesem Boden trefflich gediehen. Über den Arbeitenden standen andere Männer und ließen gnadenlos ihre langen Peitschen auf sie niedersausen. Und Wunden wurden geschlagen, Blut mischte sich mit Schweiß und rann in Bächen herab.

»Wer ißt diese Pflanzen, die auf solche Weise gedüngt werden?« rief Yoomy aus.

»Sind das Menschen?« fragte Babbalanja.

»Was meinst du?« fragte Mohi zurück.

Babbalanja beachtete ihn nicht und ging auf den vordersten Auspeitscher zu, einen gewissen Nulli. Er hatte ein leichenblasses, geisterhaftes Aussehen, eine wulstige und fliehende Stirn, stahlgraues Haar und wundersame Augen: glänzend und behende wie die zwei Elmsfeuerkugeln, die in Gewitterstürmen die Reuelrah-Enden eines Schiffes umtanzen.

Die Sonne verschwand unter einer Wolke; und als Nulli Babbalanja einen Blick aus diesen wundersamen Augen zuwarf, traf ihn ein unheilvolles Funkeln.

»Haben sie Seelen?« fragte er und wies auf die Sklaven.

»Nein,« sagte Nulli, »ihre Vorfahren mögen welche gehabt haben; doch ihre Nachkommen haben ihnen ihre Seelen ausgetrieben, so wie man bei Vorstehhunden den Geruchssinn abgetötet.«

Media näherte sich einem dieser Sklaven, faßte seine Hand und befühlte sie lange; schaute ihm in die Augen, horchte seine Seite ab und rief aus: »Gewiß ist dies ein Wesen, dessen Blut warm ist. In seinem Auge ist Oro; und in ihm schlägt ein Herz. Ich schwöre, daß dies ein Mensch ist.«

»Ist dies unser Herr, der König?« rief Mohi erstaunt aus.

»Wer bist du?« fragte Babbalanja den Sklaven. »Empfindest du jemals den Unterschied von gut und böse? Bist du je glücklich oder traurig? Sie sagen uns, du seist kein Mensch. So sprich denn für dich selbst; sag, ob du an deinen Schöpfer glaubst.«

»Erzählt mir nichts von meinem Schöpfer. Unter der Peitsche glaube ich meinen Herrn und halte mich für ein Tier; doch in meinen Träumen glaube ich ein Engel zu sein. Aber ich bin Leibeigener; und meine Kinder sind es auch. Die Milch ihrer Mutter ist vergällt.«

»Gerechter Oro!« rief Yoomy. »Warum fährt nicht Blitz und Donner in dies verfluchte Land!«

»Zuflucht allen Knechten Mardis!« rief Media.

»Brandstifter!« rief Nulli mit den wundersamen Augen, »kommt ihr, um aufzuwiegeln und die Flamme der Revolte zu entfachen? Hinweg, du König! *Du* zeigst dich hierzulande entsetzt?

Gehe zurück nach Odo und beseitige die Übelstände dort! Diese Sklaven hier sind glücklicher als deine, obwohl deine keine Halseisen tragen; sie sind auf diese Weise glücklicher als wenn sie frei wären. Kümmert man sich denn nicht um sie, nährt sie, kleidet sie? Deine Sklaven darben, wie diese nie gedarbt haben; die sich keine Gedanken zu machen brauchen, die keine Sorgen haben.«

»Gedanken und Sorgen sind Leben, sind Freiheit und Unsterblichkeit!« rief Babbalanja. »Und demnach bläst man ihre Seelen aus wie Kerzen?«

»Großmaul! Sie sind zufrieden,« schrie Nulli. »Sie vergießen keine Tränen.«

»Eis weint nie,« sagte Babbalanja, »und in diesen eiskalten Augen sind die Tränen zu Frost erstarrt.«

»Ihr gefesselten Söhne gefesselter Mütter, in Banden empfangen und geboren,« rief Yoomy. »Ein Leben lang schleppt ihr sie mit euch herum und stürzt damit ins Grab. O ihr Wesen, die ihr wie wir seid – mein Arm ist ausgestreckt und zittert danach, euch zu rächen! Schlüge man ein Glied aus euren Ketten, so könnte einen das vom Muttermord freisprechen. Das Herz springt mir fast aus der Brust!«

»Oro! Gibt es dich überhaupt?« rief Babbalanja. »Und läßt du dieses zu? Mein kleiner Glaube beginnt zu wanken.« Dann wandte er sich wieder an Nulli. »Wie kannst du solch ein grausames Regiment führen?«

»Nur ruhig, Hitzkopf! Wer sonst als diese kann Felder bestellen, die der Gesundheit schaden? Und wie diese Wesen sind, so werden sie bleiben. Das ist richtig und gerecht! Maramma segnet es ab! Meinen Eid darauf! Den ersten Streich, den man zu ihren Gunsten führt, zerschlägt das Band des Bundes der Täler von Vivenza. Die Stämme des Nordens wissen das wohl; und sie kennen mich.«

Darauf Media: »Aber wenn –«

»Kein Wort weiter! Sonst wirst du, auch wenn du König bist, im Kerker landen. Es gibt hier ein entsprechendes Gesetz; du bist hier nicht im Norden.«

»Und das soll Freiheit sein,« murmelte Media, »wenn sogar die Stimme des Himmels erstickt wird. Und würden sich diese Sklaven erheben und für Freiheit kämpfen, dann würden ihre angeblichen Söhne sie zu Tode hetzen!«

»Bittet den Himmel,« rief Yoomy, »daß sie einen Weg finden können, um ihre Fesseln ohne Blutvergießen zu lösen. Doch höre mich, Oro! Gäbe es keinen anderen Weg und sollten sich ihre Herren nicht erweichen lassen, müssen alle Aufrechten diesen Stamm Hamo ermutigen; auch wenn sie seine Ketten mit dreifach scharfen Waffen zertrennen müssen, die Klingen blutig bis zum Heft! Recht ist es, überall dort, wo Knechtschaft ist, für die Freiheit zu kämpfen.«

»Diese südlichen Savannen könnten sich als Schlachtfelder erweisen,« sagte Mohi düster, als wir den Rückweg antraten.

»Dann wird Oro an der Spitze der Gerechten stehen«.

»Das sah nicht immer danach aus,« sagte Babbalanja. »Oftmals kämpften die Gerechten allein gegen die Welt, ohne daß Oro ihnen half. In jeder Hinsicht muß der Mensch seine eigenen Kämpfe selbst austragen. Yoomy, mein Mitgefühl ist genauso stark wie deines. Doch du würdest für diese Sklaven die Speere kreuzen und ich nicht. Besser jetziges Leid für einige anstatt künftiges für alle.«

»Vielleicht ist gar kein Kampf nötig, um diesen Stamm Hamo auf der Stelle zu befreien,« rief Yoomy, »und es wird ein Weg gefunden, ohne daß Unheil entsteht, das nicht wiedergutzumachen ist.«

»Finde ihn und sei gepriesen, Yoomy.«

»Das ist Vivenzas Sache; doch der Kopf ist schwer von Begriff, wenn das Herz kalt ist.«

»Edler Herr,« sagte Babbalanja, »Ihr habt uns durch Euer königliches Mitgefühl für das Leiden in Erstaunen versetzt; sagt also, wie es in kluger Weise behoben werden kann.«

»Das ist Vivenzas Sache,« sagte Media.

»Mohi, du bist der älteste; sprich du.«

»Vivenza soll sprechen,« sagte Mohi.

»Dann stimmen wir also alle überein; und obwohl wir weinen, sind wir nur das Echo des hartherzigen Nulli. Tränen sind keine Schwerter; und Unrecht ist offenbar ebenso natürlich wie Recht. Für die Aufrechten ist es manchmal schwieriger, ein Übel zu bekämpfen als für die Übeltäter, dieses beizubehalten. Die Menschheit schreit bei dieser Ungeheuerlichkeit auf, doch kennt keiner ein kluges Heilmittel. Tadelt also nicht den Norden und urteilt nicht klug über den Süden. Schon ehe beide als Nationen Verantwortung trugen, hatte sich das Übel bei ihnen eingenistet. Solche Wurzeln reichen tief. Verpflanzt heute diese Sklaven nach Dominora, und mit ihnen Vivenzas gesamte Geschichte – und sie wären viele Jahre lang in Dominora Sklaven. Von ferne läßt sich leicht schimpfen. Alle, die atmen, meinen urteilen zu können. Wir können behaupten, die Sterne seien am Himmel falsch verteilt. Blinde mögen sagen, die Sonne sei blind. Tausend Muskeln bewegen unsere Zungen hin und her; dennoch ist ihnen eine Heimstatt gegeben, auf daß man sie dort hüte. Wer frei von Sünde ist, der möge das Kreuz über sich schlagen – doch damit seine Lippen versiegeln. Es ist nicht sein Verdienst, daß er nicht böse ist. Ton und Wachs werden von unsichtbaren Händen geformt. Die Erde entscheidet über den Menschen. Und nicht der Mensch entscheidet vor der Geburt, ob er hier oder dort zur Welt kommen wird. Diese südlichen Stämme sind mit der Sklaverei groß geworden: Leibeigene waren ihre Ammen und Leibeigene dienen ihnen immer noch. Doch nicht alle Sklaven werden so mißhandelt wie die, die wir sahen. Einige wirken glücklich: doch nicht so, wie es Menschen gebührt. Sie sind entmenscht und wissen nicht, wer sie sind. Und obwohl Nulli mit seinem verrohten Glauben im Süden fast allein dasteht, wird sein übler Sinn, wie bei allen Missetätern, durch die allgemeinen Gepflogenheiten bestärkt. Und wenn es für jeden Mardianer gültig ist, daß das Bewußtsein über das eigene Los entscheidet, so werden viele dieser südlichen Bewohner völlig ohne Strafe bleiben, da ihnen jegliches Bewußtsein ihrer Sünde fehlt. Dennoch ist es Sünde: ein Schandfleck, faulig wie der Höllenpfuhl; diese Sünde löscht die Sonne am Mittag aus, läßt alle Fruchtbarkeit verdorren. Und jeder Herr, der den leibeigenen Säugling der Mutter entreißt, so daß ihre Brust Tränen statt Milch vergießt, der die Geschwister trennt, der das heilige Band der Ehe zerschneidet, so daß Mann und Frau auseinander sind wie die beiden blutigen Hälften eines Körpers, dieser Herr, gleich ob er Bewußtsein hat oder nicht, kann vor seinem Tode dreifach die Absolution empfangen und alle Sakramente und auf den Knien den Geist aufgeben, und wird doch in Verzweiflung sterben und auf immer verdammt sein. Die Zukunft ist wie eine Hieroglyphenschrift. Wer kann sie lesen? Aber ich glaube, die große saumselige Zeit muß nun geschwind ausschreiten und diesen Knechten auf irgendeine Weise Beistand leisten. Es geht nicht, daß ihr Elend ewig weiter vererbt wird; obwohl dieses Land das Erstgeburtsrecht verurteilt, müssen die Erst- und Letztgeborenen von Hamos Stamm immer noch alle Sünden ihrer Väter übernehmen. Ja, die alles heilende Zeit, die menschenfreundliche Zeit, die Zeit muß diesen Knechten zur Seite stehen!«

»Das gebe Oro!« rief Yoomy. »Und Mardi soll Amen sagen!«

»Amen! Amen! Amen!« rief ein dreifaches Echo.

Wir durchquerten viele dieser südlichen Täler; doch, wie schon auf Dominora, war Yillah in ganz Vivenza nicht zu finden, im Norden nicht und nicht im Süden.

CLXIII.

Gespräch über Mollusken, Könige, Pilze und andere Themen

NACH weiterer Fahrt erreichten wir den Südwesten von Vivenza. Dort sahen wir riesige Scharen von Arbeitern, die große Ladungen von Erde aus Booten auf den Strand schütteten und dort verteilten.

»Dann stimmt es also,« sagte Media, »daß diese Freien anderen Ländern die Erde abgraben und damit nach und nach ihr eigenes Land vergrößern. Und dies nennen sie eine friedliche agrikulturelle Ausdehnung ihrer Gebiete.«

»Edler Herr, für jede Bootsladung zahlen sie einen Preis,« sagte Mohi.

»Ja, alter Mann, sie halten die Lanze in der einen Hand und schließen den Handel mit der anderen ab.«

»Doch das sollte man nicht ganz Vivenza vorwerfen,« sagte Babbalanja. »Manche Stämme sind diesen Praktiken abhold: mit dem Kampf ihrer Landsleute um Land stehen sie auf Kriegsfuß.«

»Und darin liegt eine der Absonderlichkeiten der Verhältnisse in Vivenza, die ich kaum begreifen kann,« sagte Media. »Wie kommt es, daß die Stämme der Täler, trotz so vieler Differenzen, ihr geheimnisvolles Bündnis noch immer unangetastet gelassen haben?«

»Ganz klar. Das kommt daher, daß sie das Modell ihres Bündnisses einer Organisationsform der Natur entnommen haben. Edler Herr, habt Ihr von der geheimnisvollen Kolonienbildung der Mollusken aus der Ordnung der Manteltiere Notiz genommen, einer Art von Kleinpolypen, die es auf dem Grund der Lagune in reicher Zahl gibt?«

»Ja, bei heiterem Wetter habe ich sie ab und an in Nähe der Riffs bemerkt; doch habe ich nie ein Auge auf ihre politische Verfassung gehabt.«

»Ach, edler Herr, wir sollten die Nervenleitung zwischen unseren Augen und unseren Hirnen nicht kappen.«

»Was wolltet Ihr gerade über die Ordnung Manteltiere bei den Mollusken sagen, Herr Philosoph?«

»Höchst ehrenwerter Herr, meine Folgerung folgt auf dem Fuß. Die Tiere leben in einem komplexen Verbund; doch obwohl sie über Hautkanäle miteinander verbunden sind, die ihnen eine ungehinderte Kommunikation innerhalb ihrer Liga ermöglichen, hat doch jedes Mitglied sein eigenes Herz und seinen eigenen Magen, beschafft und verdaut seine Mahlzeiten selbst und hat seine eigenen Regungen und Bewegungen, an denen es seine Nachbarn nicht teilhaben läßt. Doch kommt ein beutegieriger Hai mit einem Mitglied des Bundes in Berührung, geraten alle in Unruhe. Genauso ist es jetzt mit Vivenza. In dieser Konförderation gibt es so viele Denkweisen wie es Stämme gibt. Wenn daher ein Mitglied sich zu seinem eigenen Vorteil etwas herausnimmt, was die anderen danach ablehnen, fällt diese Verfehlung auf ihn zurück und wird nicht gemeinschaftlich getragen.«

»Eine sehr feinsinnige Erklärung, Babbalanja. Du spielst wohl auf die abtrünnigen Stämme an, die, ihrer Ansicht nach, Mardi ein höchst moralisches Schauspiel bieten, während sie in König Bellos Augen nur einen hoffnungslosen Fall zweifelhafter Außenstände darstellen. Und genau diese Stämme brüsten sich eines grenzenlosen Reichtums.«

»Ganz richtig, edler Herr. Doch täuscht sich Bello, wenn er deswegen Vivenza als Ganzes brandmarkt.«

»Babbalanja, du selbst bestehst doch aus einzelnen Gliedern; wenn du nun unter einem Hexenschuß leidest, dann bist wohl nicht *du* von Unwohlsein befallen, sondern dein Rückgrat ist es.«

»Wie Ihr wollt, edler Herr. Dazu habe ich nichts mehr zu sagen. Doch etwas anderes: welche Art von Empfindung ist, Eurer Meinung nach, Leben für solche Geschöpfe wie diese Mollusken?«

»Beantworte deine eigenen Fragen, Babbalanja.«

»Das werde ich tun; doch sagt mir zuerst, welche Art von Empfindung ist Leben für Euch selbst, edler Herr.«

»Beantworte bitte diese Frage mit der anderen, Azzageddi.«

»Sofort; doch sagt mir bitte, mit Verlaub, edler Herr, welche Art von Empfindung ist Leben für einen Pilz.«

»Bitte, Babbalanja, nimm alle drei Fragen zusammen; und dann tue, was du schon vorher oft getan hast: erkläre dich für verrückt.«

»Ich ersuche Euch, edler Herr, erinnert mich daran nicht zu oft. Es ist wahr, aber lästig. Und kein kluger Mann wird einen anderen einen Narren nennen.«

»Dann hältst du mich bloß für einen Menschen, Babbalanja, wenn du solches zu mir sagst?«

»Halbgöttlicher Herr und Meister, ich war tief beunruhigt über Eure Unpäßlichkeit letzte Nacht. Darf ein treuer Untertan fragen, ob sein Fürst wieder vollständig von der Wirkung dieser Guaven genesen ist?«

»Vorsicht, Azzageddi; du bist zu höflich, um höflich zu sein. Doch fahre fort.«

»Ich bin Euer Diener. Königen, Mollusken und Pilzen wohnt das gleiche Leben inne. Der Philosoph Dumdi bezeichnet es als eine gewisse Vibration organischer Teile, die auf die *vis inertiae* der unorganischen Materie einwirkt. Bardianna jedoch verneint dies. Hört ihn: ›Wer fügte den wunderbaren Mechanismus zusammen, der ich bin; und zog ihn auf, so daß er siebzig Jahre läuft; und der, wenn er abgelaufen ist, keine Stunde länger schlägt? Und was ist es, das sich täglich und stündlich erneuert und das in wunderbarer Weise mein Fleisch und Blut erzeugt? Was hält diese telegraphische Verbindung zwischen den Vorposten meiner Zehen und Finger und der beherrschenden Kuppel oben aufrecht, meinem Gehirn? – Ich bin es nicht, du bist es nicht; auch er oder es ist es nicht. Nein; wenn ich meine Hand auf mein Herz lege, diesen königlichen Muskel, dann erschrecke ich. Ich spüre, wie der große Gott selber in mir am Werk ist. Oro ist Leben.‹«

»Und was ist Tod?« fragte Media.

»Tod, edler Herr, – das ist das Toteste von allem.«

CLXIV.

Mit dem Szepter in der Hand wirft sich König Media in die Bresche

IM Süden von Vivenza kamen wir in Küstennähe an einer Gruppe von Inselchen vorbei, grün wie frisch gesprossenes Gras; über ihre Ränder quoll, wie aus schwimmenden Füllhörnern, eine Blumenflut ins Meer. Auf einigen Inseln wuchsen prächtige Rosen; auf anderen standen Doppelsäulen und wieder auf anderen ruhten trikolore Regenbögen.

Babbalanja wies auf letztere und rief aus: »Frankos Friedenszeichen, mit dem es, wie es sich lauthals rühmt, das ganze Riff überspannen will! – Man entferne alle Farben außer Rot, dann kommt das Zeichen der Wahrheit näher.«

Alle diese Inseln waren fruchtbare Gärten, auf denen König Bello und die Fürsten von Porpheero all ihre köstlichen Früchte anbauten: Nektarinen und Trauben.

Doch, obwohl Vivenza ganz nahe lag, besaß es hier keine Gärten; leckte sich aber sehr die Finger danach. Und seine heißblütigsten Stämme schworen oftmals unverblümt, alle Rosen auf dem halben Riff zu entwurzeln, alle Säulen niederzureißen und alle Regenbögen zu zerstören. »Mardi gehört zur Hälfte uns,« sagten sie. Haltet ein, Invasoren! Von Eitelkeit gebläht, betrachteten sie sich im Spiegel der Zukunft und wähnten, darin ihre eigene vollständig wiedergegeben zu sehen.

Es war jetzt hoher Mittag.

»Ich glaube, die Sonne wird sengend heiß,« sagte Media und zog sich weit unter den Baldachin zurück. »He, Vee-Vee! Hast du kein kühlendes Getränk? Etwas von diesem goldenen Wein, gekeltert aus sonnendurchglühten Trauben; eingekellert dann in nördlichen Regionen in einem Eisberg? Dieser Wein befindet sich unter unseren Vorräten. Suche Vee-Vee, wo er sich versteckt hält! Ha, ich sehe ihn in dieser gelben Kürbisflasche! – Bringe sie her, mein Junge. Die Bernsteinbecher sollen die Runde machen: fülle alle! Taji, mein Halbgott, Kopf hoch! Alter Mohi, mein Kindchen, mögest du zehntausend Jahrhunderte leben! Ach, es ist wirklich eine feige Angewohnheit von euch Sterblichen, alle siebzig Jahre das Zeitliche zu segnen! Daher sollst du, Babbalanja, niemals sterben! Yoomy, mein lieblicher Poet, du sollst leben, um mir im Paradies zu singen. Ha! Ha! Würden wir nur in diesem köstlichen Zeug schwimmen statt in dieser scheußlichen Salzbrühe. – Hört her! Hätte ich Mardi neu zu erschaffen, dann müßte jeder Kontinent eine riesige Rehkeule sein, jeder Ozean ein Fuder Wein! In jeder Höhle würde ich erlesene alte Schnäpse stapeln und drei zusätzliche Sonnen erschaffen, damit die Trauben das ganze Jahr über reifen. Laßt uns darauf trinken! Mit vollen Gläsern! Also: das nächste Mardi, das geschaffen wird, soll eine einzige Traube sein und ich bin derjenige, der sie keltert!«

»Seht, edler Herr!« rief Yoomy, »welch herrliche Küste wir passieren.«

»Das muß der Süden von Kolumbo sein,« sagte Mohi.

Es war ein riesiges, diesiges Gestade, abgestuft in Terrassen und hier und da von rauschenden Flüssen durchzogen, die goldreichen Sand nach oben spülten, so daß sie über einem Bett aus diamantenen Kieseln zu funkeln schienen. Heliotrope, Sonnenblumen, Ringelblumen waren wie Sterne oder Edelsteine in die violetten Wiesen gewirkt und neigten ihre Köpfe wie Vasallen vor der Sonne. Die Felsen waren von Grotten durchbohrt, in denen vielfarbige Kristalle glitzerten.

Es war ein Land der Minen und Edelsteine; der Osten ein Rubin, der Westen ein Topas. Im Innern dehnte sich das Waldland aus: ein bodenloser Laubozean, dessen grüne Wogen durch das Tauwerk der Lianen brandeten, als seien dies die brüchigen Ketten, in die Xerxes vergeblich den Hellespont zu legen suchte. Eine Flut von Waldlauten strömte daraus hervor: von Papageien, Sittichen, Makaken, vermischt mit dem Brüllen der Jaguare, dem Zischen der Anakondas, dem Schnattern der Affen und dem Schreien der Kraniche.

In dieser Waldestiefe entsprang ein Strom.

Das Land lag in der runden Glutschüssel der Welt und röstete im sengenden Sonnenfeuer.

»Hier brauchen wir nicht zu landen,« rief Yoomy, »denn hier verbirgt sich Yillah nicht.«

»Hitze erzeugt Leben und Trägheit und Wut,« sagte Babbalanja. »Hier lebt ein kunterbunter Verschnitt von Rassen und Staaten, die sich mörderische Kämpfe untereinander liefern, um ihre Freiheit unter Beweis zu stellen. – Schenkt wieder ein, edler Herr.«

»Mich dünkt, Babbalanja, hier schimmert das geheimnisvolle Pergament durch, das wir in Vivenza gelesen haben. Nicht wahr? Ja, Philosoph, das hier sind Menschen, die Schlösser geschleift haben, um für Elendshütten Platz zu machen; die für Freiheit kämpften, doch es für despotisch hielten, sich selbst zu regieren. Für ein solches Gezücht, Babbalanja, wäre ein Tyrann ein Segen.« Mit diesen Worten leerte er seinen Becher.

»Edler Herr, diese letzte Ansicht macht klar, wer der Verfasser dieser Schriftrolle war. Doch, bei aller Hochachtung: Tyrannen erweisen sich selten als ein Segen, wie auch Böses selten gut ausgeht. Doch wenn diese Leute noch lange am Krieg festhalten, werden sie bald einen Tyrannen über sich haben. Einer der vielen Speere wird sich als Szepter erweisen; einer der vielen Helme als Krone. Es kommt nur auf die Art und Weise des Tragens an. – Schenkt wieder ein, edler Herr.«

»Es sind Narren!« rief Media. »Diese Stämme hassen uns Könige; und wissen nicht, daß allein Frieden die Könige bekriegt. Von Speeren, die unsere Gesandten sind, werden wir selten beseitigt. – Wie stark dieser Wein ist.«

»Ha! Durch diesen Becher erfahren wir von einem König, was Königsmacht ist. Ja, ja, edler Herr, Eure königliche Ordnung wird so lange währen, wie Menschen kämpfen werden. Zerbrecht die Speere und befreit die Staaten. Könige bringen die Ernten der Schlachtfelder ein. Und oft reißt ihr Könige die Blüte der Agave an euch, deren langsames Aufgehen von der

Menschheit hundert Jahre über betrachtet wurde. – Sprecht weiter, edler Herr.«

»All dies weiß ich; und bleibe daher zufrieden. Meine Kindeskinder werden Könige sein, auch wenn man sie vielleicht anders nennt. Mardi mäkelt immer mehr an Namen herum: wir Hoheiten werden uns entgegenkommend zeigen. Die Ochsen würden gern ihre Joche zerbrechen, doch fehlt es ihnen an Händen. Die gesamte Herde bäumt sich auf und wirft sich nach vorne, doch wird bald wieder die Köpfe senken; so geht das seinen alten Gang!«

»Doch wurden in Porpheero gesalbten Händen starke Szepter entwunden. Die Menschen scheinen sich gerüstet zu haben.«

»Sollen sie sich weiter rüsten. Sie hassen uns, na und. Das haben sie immer getan, aber wir haben weiter regiert, Sohn auf Vater. Manchmal töten sie uns, Babbalanja, manchmal lassen sie unser Blut strömen wie ich es jetzt mit diesem Wein tue; doch unsere Sippe blutet dadurch nicht aus. Früher glaubte man gerechterweise, es sei ein Schlag gegen Oro, nur wenn man an einen König rührte. Das ist wahr. Ein königlicher Geist übt die schrecklichste Rache; und Königsmord erzeugt nur Sklaven. Throne, nicht Szepter sind zerbrochen worden. Mohi, hat sich das in der Vergangenheit nicht immer so erwiesen?«

»Verzeiht, edler Herr, die Zeiten haben sich offenbar geändert. Man glaubt nicht mehr, daß Halbgötter kraft göttlichen Rechts herrschen. In Vivenza schwört man, daß die Könige, die noch in Mardi herrschen, die letzten sein werden.«

»Ist also der Jüngste Tag nah, alter Mann? Mohi, dein Bart ist grau; doch höre du, Yoomy. Schau dich um, wenn du stirbst, und sage, ob sich irgend etwas Entscheidendes verändert hat. Alte Königreiche mögen dahinschwinden; doch ziehen neue Dynastien herauf. Obwohl sich Revolutionen zu hohen Frühlingswogen erheben, werden Monarchen nicht darin ertrinken – sie überstehen die Sintflut!«

»Sind all unsere Träume dann vergebens?« seufzte Yoomy. »Ist es kein neuer Tagesanbruch, was den Himmel im Osten karminrot färbt? Sind das nur die falschen Flackerlichter des Nordens, die manchmal Aurora imitieren? Ach Mensch, mein Bruder! Haben sich alle Märtyrer umsonst für dich geopfert; haben wir Poeten umsonst gesungen, haben die Propheten umsonst gesprochen? Nein, nein! Das große Mardi schlägt, in Helm und Harnisch, auf des Unterdrückers Schild und fordert ihn zum Kampf heraus! Oro wird die Gerechten verteidigen; und königliche Köpfe müssen rollen.«

»Das, Yoomy, habt ihr sterblichen Poeten schon seit Jahrhunderten gesungen, doch habt ihr die Welt nicht aus den Angeln gehoben; sie blieb in ihrer alten Umlaufbahn. Auf der Karte der Himmelskörper ist Mardi als ›Welt der Könige‹ verzeichnet. Jahrhunderte über Jahrhunderte rundeten sich; steckte die Welt da nur in den Kinderschuhen? Und sprießt nun, wenn die Felsen ergrauen, dem Menschen der erste Bart? Oder ist unser goldenes Zeitalter, unser äquinoktales Jahr nah, das unser Geschlecht rasch zur Vollendung treibt? Wo jede Hand nach einem Szepter greift, so daß es keine Könige mehr geben kann?

Doch ist das freie Vivenza nicht der Stern, der schon bald alle Konstellationen, auch die noch nicht erstandenen, anführen wird? In Vivenza gibt es keine Könige; und trotz seiner Sklaverei scheint es in diesem Land mehr Gutes als anderswo zu geben. Unsere Hoffnungen sind keine abenteuerlichen Träume: Vivenza feuert unsere Herzen an. Es ist den Inseln ein Regenbogen.

Ja, es ist wahr, daß man in Vivenza erfolgreich war. Doch daraus folgt nicht, daß alle Menschen dies ebenso sein können. Sind alle Menschen von einem Herz und Hirn; von gleichem Fleisch und Blut? Sind alle Nationen Dominoras Lenden entsprungen? Hat Vivenza seine Überzeugungen schon geprüft? Die Jahre, Yoomy, die einen Menschen prüfen, prüfen keine Nation. Schon seit der Zeit von zwei Königsherrschaften hat Vivenza keinen Monarchen mehr. Seine kritische Zeit ist noch nicht gekommen; es hat noch nicht einmal das Mannesalter erreicht. Es ist gerade in der Kindheit und greift seiner Jugend voraus; wie einem Zaren gelüstet ihm schon nach Herrschaft. Yoomy, urteile noch nicht! Die Zeit wird uns noch etwas zu erzählen haben. Viele Bücher und viele lange Kapitel von Vivenzas Geschichte fehlen noch; und welche Geschichte ist nicht mit Blut getränkt?«

»Haltet hier ein, edler Herr,« sagte Babbalanja, »und hütet Euch vor Vorhersagen. Das Schicksal verlacht die Propheten; und von allen Vögeln ist der Rabe ein Lügner!«

CLXV.

Sie umrunden das stürmische Kap aller Kaps

VIELE Meilen lang, viele öde Tage über reisten wir an dieser Küste entlang, bis wir Regionen erreichten, wo wir unsere Hüllen vervielfachen mußten.

Der Himmel bezog sich. Jeden Abend jagten schwarze Wetterwolken über die winterliche See; sie zogen eine Bahn zerrissener Schwaden hinter sich her, so dichtgedrängt wie eine Spur im Sand, die eine Sahara-Karawane hinterläßt. In diesem rasenden Gewölk erhoben sich zehntausend schaumbekrönte Höcker von Dromedaren.

Zwischen diesen fliehenden und schnaubenden Tieren sausten die drei Kanus einher.

Die Luft wurde jetzt schneidend kalt. Die Wolken warfen ihre Wolle ab: die Kanus wurden beschneite Hügel; unsere Bärte, von Rauhreif bezogen.

Als säßen wir in unseren Leichentüchern, so durchfuhren wir Pässe zwischen den steil aufragenden Eisinseln und scheuchten Robben, die sich schüttelten, von Eissimsen auf; und Eisbären, an deren zottigem Hermelin Eiszapfen musikalisch klimperten.

Mal nah mal fern erstreckte sich der himmelhohe, gläserne Kamm der Anden, dessen Kuppeln und Zinnen in ihrem eigenen Frost erschauerten. Eissplitter krachten von den Klippen herab und versanken schäumend im Meer.

Ringsum, wie in Amphitheatern, stürzten ganze Städte von Eistürmen, von Strömungen untergraben, krachend ein und sackten in einer Mitte zusammen. Die Erdbeben von Lissabon und Lima waren nichts dagegen. In der wallenden Meeresflut schossen die Trümmer mächtig dahin, rollten polternd übereinander her, wie es Tümmler bei Schiffen tun, die wie gelähmt in der Stille nach dem Sturm liegen.

Die Landspitze, die wir schließlich umfuhren, sah aus wie das Schaufelgeweih eines Elchs, das in Gefahr gereckt ist. Danach gerieten wir in blaue, ruhige Gewässer, die dem Windermere-See oder dem Horicon glichen. So glitten wir von dem tosenden Sturm der Jugend ins ruhige Greisenalter.

Doch als wir wieder nordwärts fuhren, bot das Meer einen anderen Anblick.

Ringsum, so weit das Auge reichte, stiegen Wasserhosen in die Höhe, auf deren Kolonnaden das gesamte Himmelsgewölbe ruhte; in diesen Säulen spielten helle Gebilde, stiegen auf und sanken nieder. In solcher Weise hatte Jakob in seiner seltsamen Vision zu Lus die Engel gesehen.

Eine endlose Höhle voller Stalagmiten, schien es: aus den Wolken senkten sich Rüssel in die Tiefe hinab, bis sich diese Tromben aus Dampf mit den Wassersäulen des Meeres trafen; sie vereinigten sich dann zu Gebilden, die wie die Geister von Göttern über die Wasser schritten. Oder die sich in der Mitte wieder trennten: die Wasserhälfte sank hinab, die Wolkenhälfte wurde weit nach oben in den Himmel gerissen. So zerfallen wir Sterblichen beim Tode auch in zwei Teile: die irdische Hälfte bleibt hienieden, doch steigen unsere Geister in die Region, der sie entstammen.

In der vorgesehenen Zeit erreichten wir die andere Seite des Südteils von Kolumbo; und während wir weitersegelten, warteten wir vergebens auf den Tag und wunderten uns über die Dunkelheit.

»Wie beharrlich diese Wolken sind!« rief Yoomy. »Seht diesen Wolkenkamm mit den vielen Zacken; unten verschwimmt er, doch oben ist er weiß bekrönt.«

»Das sind keine Wolken sondern Berge,« sagte Babbalanja. »Das ist die lange Wirbelsäule, die Kolumbo durchzieht; ihre seitlichen Ausläufer sind die Rippen, zwischen die sich fruchtbare Täler betten, von silbernen Flüssen und Silbererzadern durchzogen.«

Es war eine lange Schlachtreihe von Bergzinnen. Hoch im Osten waren diese tausend Gipfel mit ihren Schilden postiert und stemmten sich gegen die Morgendämmerung. Gegen diese schroffen, purpurnen Bastionen schleuderte Aurora lange Zeit ihre Lichtspeere und ihre goldenen Geschosse. Die Aufforderung zur Übergabe verklingt. Aber jetzt erstürmen die Lanzenwerfer der Sonne die Steilhänge und bringen den Kamm zum Erglühen. Funkelnde Speere und geschmückte Schilde triumphieren am Morgen.

Doch bevor wir dies erblickten, fuhren wir Stunden lang im Dämmerlicht dahin; während auf der anderen Seite des Gebirges sich die Jäger wohl schon im hellen Sonnenglanz tummelten.

CLXVI.

Sie begegnen Goldsuchern

NUN fuhren wir an der Westküste von Kolumbo nordwärts entlang, wo die gleichen wilden Waldlaute wie im Osten zu uns drangen. Wir gingen dort nicht an Land, um unter diesen verfeindeten Stämmen unsere Suche fortzusetzen. Nach vielen Tagen erblickten wir Buge sonder Zahl, die alle vor dem Wind gen Norden fuhren: mit geblähten Segeln und rührigen Rudern jagten sie die Fische aus ihrer Bahn.

Die Besatzungen antworteten nicht auf unseren ernstlichen Zuruf.

Aber während sie so dahinflogen, sangen sie, wie von Sinnen, folgenden langen Chorus:

Das Meer uns rollt
Auf der Jagd nach Gold
Zum Land über'n großen Teich:
Wenn wir uns mühen,
Wird Gold uns blühen:
Nach harter Arbeit maßlos reich.
Schaut her! Schaut her!
Goldfische vor unseren Bugen fliegen
Und blitzend ihre Leiber biegen!
Unterm Sonnengold
Das Meer uns rollt,
Ins Land, wohin wir gewollt!
Und jede Nacht
Halten wir Wacht
Unterm immerwährenden Sternengold!

Die Feuer brennen mit goldenem Glanz,
Nur goldene Locken erstrahlen ganz!
Orangenhaine golden fluten,
Frühmorgens glühen goldene Gluten!
Ein Schauer aus Gold war über sie geronnen:
So hat ein goldener Gott Danae gewonnen!
In goldenen Pokalen die Weine strahlen;
In goldenen Räumen Könige träumen!
Die goldene Regel wehrt der Zähren,
Die goldene Zahl regiert die Sphären!
Gold, Gold beeinflußt die Nationen.
Gold, Gold, die Mitte aller Rotationen!
Auf goldenen Achsen sich die Welten drehen,
Goldschimmernd wir die Meere sehen!
Hell leuchten alle Feuerfliegen,
Goldjäger sich in goldenen Träumen wiegen!
Zu Hause war viel Arbeit, karger Lohn;
Die Sehnsucht unterdrückt in harter Fron:
Kein Hoffnungsschimmer, nur harte Not,
Tage und Nächte liefen sich tot.
Die Augen jetzt aber freudig glühen,
Rasch wir ins Land des Goldes ziehen:
Wo in der Erde tiefem Schacht
Verborgen ist die goldene Pracht.
Wo goldenes Gleißen liegt gebannt
In goldener Flüsse tiefem Sand!
Den wollen wir aussieben
Bis die goldenen Funken stieben!
Ihr Flüsse, Flüsse, laßt das Rinnen!
Sandbänke steigt und stoppt die Flut!
Bis wir erlangen unser goldenes Gut
Und den goldenen Hafen gewinnen!

**

»Schnell, schnell, edler Herr,« rief Yoomy, »folgen wir ihnen doch. Und wir werden sehen, wie Yillah aus goldenen Wassern auftauchen wird.«

»Nein, nein,« sagte Babbalanja, »Yillah ist nicht dort! In dieses Gelobte Land gehen mehr Suchende als daraus zurückkehren werden. Ihr Sinn steht nach dem Glück im güldenen Gewand. Doch eitel ist es, nach dem Glück zu greifen. Es läßt sich nicht einfach pflücken und essen. Es ist die Frucht unseres mühsamen Anbaus; langsam wächst es heran, genährt von vielen Tränen und sorgsamer Pflege. Doch bevor die Frucht reif ist, kann Frost sie verderben; dann pflanzen wir wieder aufs Neue; und immer so fort. Der wahre Schatz liegt tief, tief; tiefer als Mardis ganzes Gold, nahe der Achse der Welt. Doch anders als Gold, ist er in jedem Boden verborgen: überall in Mardi. Läßt sich Krankheit mit goldenen Pillen und Tränken vertreiben? Lassen sich die eingeschrumpften Adern des Alters mit jungem Wein aufpumpen? Heilt Gold das Herzeleid? Kann es uns abtrünnige Herzen wieder geneigt machen? Kann Gold Nationen festen Grund geben? Sich um Gold zu placken ist verlorene Mühe. Wären alle Inseln Goldkugeln in einem Meer von Quecksilber, dann wäre Mardi eine Wüste. Gold ist die einzige Armut; von allen glänzenden Übeln ist es das schlimmste. Und damit es den Menschen nicht verarmen möge, hat es Oro, zusammen mit allen anderen Todbringern – Salpeter und explosivem Zeug –, tief ins Innere der Erde verbannt und in den Flußbetten vergraben. Der

Mensch schürft aber weiter danach und schaufelt damit sein eigenes Grab. – Yoomy, Yoomy, die Verschollene verbirgt sich nicht in den Goldbergen!«

»Da, eine Vision!« rief Yoomy aus, während er sich mit den Händen aufgeregt über die Augen strich. »Eine große, ruhige Bucht, von stillen Dörfern gesäumt. An Türschwellen, von Gras überwachsen, heulen magere Hunde bei den erstarrten Leichen von Greisen und Jungen: graue Haare mischen sich mit lieblichen, flachsblonden Locken; brachliegende Felder, unter Dornengestrüpp erstickt; in den Schuppen sind Gerätschaften verstreut, Äxte, deren Eisen rostet; tausend Fußspuren führen vom Dorf weg, ins Landesinnere – als sei eine ganze Schar geflohen. Weiter: da, über Berg und Tal und Wald hinaus: die Region des Goldes! Tausende wühlen dort im Treibsand unbekannter Flußufer, unter überhängenden Klippen, nach der glitzernden Beute; und sinken bald in die Gräben, die sie selbst geschaufelt haben: der Staub, zu dem sie geworden sind, vermischt sich mit Goldstaub. Tausende andere fronen auf festerem Grund und bohren sich noch tiefer; und häufen die Erde so hoch auf, daß ihnen die Puste ausgeht und sie dahinscheiden; ihre Kameraden steigen auf sie und schuften weiter; und sterben – so häuft sich Grab auf Grab! Gerade ermordet ein ausgemergelter Goldsucher einen anderen in seiner Grube; und während seines Mordes wird er selbst von einem dritten ermordet. Gellende Schreie, Stöhnen und Fluchen: das ist die Hölle des Goldes! Ein wohlgenährter Fremder naht mit seinen

Kamelen, hält vor den glänzenden Haufen und zeigt jetzt *seine* Schätze her: Yamswurzeln und Brotfrucht. ›Her damit!‹ schreien die ausgehungerten Goldsucher, ›fürstliche Bezahlung für ein Mahl! O Fremder, wir beten dich auf den Knien an: nimm unser Gold und laß uns leben!‹ Es werden ihnen Yamswurzeln hingeworfen; und sie schlagen sich darum. Derjenige, der nicht gegraben, nicht geackert hatte, belädt sogleich seine Karawane mit Gold, erreicht die Küste wieder und segelt geschwind nach Hause. ›Nach Hause!‹ schreien die Goldsucher mit Augen, aus denen Tränen brechen. ›Durch dieses glänzende Gold können wir unsere wartenden Frauen wiedersehen, die ihre Hände auf entfernten Stränden ringen; alles würde gut werden. Doch wir können nicht entfliehen; unsere Schiffe verrotten auf dem Strand. Ach Heimat, du einziges Glück! Besser Verdienste in silberner Münze als diese goldenen Funde. O bitteres Ende all unseres Hoffens – wir sterben in goldenen Gräbern.‹«

CLXVII.

Sie suchen auf der Insel nach Palmen und passieren die Myrrheninseln

NUN wandten wir unsere Buge westwärts und querten die blaue Lagune.

Bald war kein Land mehr zu sehen. So weit das Auge reichte: ein einziger azurner Plan, mit einer Herde von Schaumflocken, endlos auf einer endlosen Wiese!

Wieder alles verändert. Wie eine Vielzahl von Sternen erglänzte ringsum eine sich stets mehrende Zahl von Inseln. Smaragdgrüne Tupfen in phantastischen Formen: Kreise, Bögen, Halbmonde – alles Atolle oder Korallenketten, juwelenbesetzt und in der Sonne funkelnd.

Wir glitten zwischen diesen Inselgruppen hindurch und erspähten durch das Blattwerk liebliche Mädchengestalten, Edens Evas vor dem Fall oder Persephones zu Enna. Vom Strand her drangen urtümliche Weisen herüber; und die Rosen, die ihre Düfte wiegten, hatten die Röte von Hebes Wangen.

»Hier werden wir zu guter Letzt die liebliche Yillah finden!« murmelte Yoomy. »Hier hält sie sich bestimmt in ihrer Unschuld verborgen! Schnell! Laßt uns landen und sie suchen.«

»Wenn sie hier ist,« sagte Babbalanja, »wird sie unsere Ankunft nicht erwarten sondern vor uns in die Wälder fliehen. Siehst du nicht, daß die Palmen überall dort dahinwelken, wo ein Kanu gelandet ist? Aber dort nicht, wo kein Kiel auf den Strand traf. Haben wir Erbarmen und fliehen wir diese Küste. Unser Atem muß hier wie ein Gifthauch wirken.«

Danach erreichten wir wilde Eilande, wo in die schimmernden Korallen Gebeine eingelagert schienen, von der Sonne gebleicht. Nackte Wilde standen am Strand, schwangen klobige Keulen und knirschten mit den Zähnen wie Keiler.

Der rote Vollmond ging auf; und vor ihm zogen, in einem langen Defilee, die Phantomgestalten der Opfer dahin, die gebunden zu den Waldaltären geführt wurden. Todesröcheln erfüllte die Luft. Doch es senkte sich eine Wolke herab und hüllte alles in Dunkel.

Wieder war die Wasserleere vor uns ausgebreitet; und nach vielen Tagen traf uns eine sanfte Brise, mit würzigem Hauch beladen, mit Zimtaromen; und in der rosig erglühten Abendluft glommen, Glühwürmchen gleich, die Inselchen auf, wo dieses Räucherwerk brannte.

»Liebliche Myrrhen-Inseln! Ihr glutroten Wälder,« rief Yoomy. »Weh und Ach wird über euch kommen! Euer Glänzen und Blühen, würzigen Feuerfliegen gleich, ist für den Tod nur doppelte Lockung! Die Nationen stürzen sich auf euch wie Bären, die sich mit Honig mästen wollen.«

Schwanengleich segelten unsere Boote zwischen diesen Inseln dahin; oft landeten wir, doch vergebens. Und als wir uns von ihnen entfernten, folgten wir noch immer der sinkenden Sonne.

CLXVIII.

Sie ziehen ihre konzentrische Bahn um die Welt, mit Mardis Riff in der Mitte

WESTEN, Westen! Westen, Westen! Wohin die Hoffnung weist und des Propheten Finger; wohin sich bei Sonnenuntergang alle Feueranbeter kniend wenden; wohin die großen Wale, auf des Ozeans Mitte, ziehen, um zu verenden; wohin man in Persien alle toten Muslime ausrichtet; wohin man zu Himmel und Hölle gelangt! – Westen, Westen! Wohin sich Menschen und Mächte wenden – und Herden, Karawanen, Heere, Flotten; und alle Welten, Sonnen, Sterne! – Westen, Westen! – Grenze ohne Grenzen! Immerwährendes Ziel! Wohin sich zehntausend mal tausend Kiele in tausend Welten stürzen! Leuchte, die das Universum lenkt! Wie der Polarstern, der alle Kompaßnadeln auf sich zieht! Auf immer unerreichbar; doch im hiesigen Leben immer zu Großem verleitend! – Bienenstock aller Sonnenuntergänge! – Auch Gabriels Schwingen können dich nicht einholen!

Immer noch über balsamische Wogen westwärts fahren! Von früh bis spät jagten die hellen, hellen Tage dahin, gefolgt von düsteren Nächten; das erlöschende Tageslicht leiht den Sternenhimmeln seinen Glanz. So fliehen die glänzenden Delphine weit vor den düsteren Haien; und werden doch gepackt, zerrissen; zerstieben dann zu Flammen und ersterben – ihr letzter

Glanz funkelt wie Schuppen auf dem Leib des Meeres.

Zimbeln, Trommeln und Psalter! Die Luft ist von Musik durchpocht, durchpulst! – Großes und hohes Land! Mit Lichtern, die sich bewegen, mit bunten Lampions! – Welch großes Land ist dies?

»Verehrung entbieten wir dir, altes Orienda!« rief Media mit entblößtem Haupt. »Ursprung aller Reiche und Herrscher! – Ein gekrönter König grüßt dich!«

»Mardis Vaterland!« rief Mohi. »Ahn aller Nationen, – gegrüßt!«

»Aller Segen!« rief Yoomy. »Könige und Weise, die hierher kommen, sollten als Pilger kommen – mit Tasche und Stab! O Orienda, du warst unser Osten, wo Poesie und Wissen zuerst tagten, während Mardi noch in den Anfängen lag! Doch wie anders jetzt! Der Tagesanbruch ist zur Düsternis geworden, die wir mit dem Glanz von Lanzen erhellen! In der ererbten Heimstatt der Welt vergießen wir unserer Brüder Blut!«

»Hier haben verschiedene Stämme unter ihren eigenen Ahnen gewütet,« sagte Babbalanja. »Luzianna entsandte in früherer Zeit seine Proas hierher; Franko Dutzende von Kapitänen; und die Niederländer ihre Hausierer, deren Maßstöcke Speere waren. Doch du, o Bello, königlicher Stammherr, Noah der Moderne, du bist mit deinen Heuschreckenheeren die gegenwärtige Plage von Orienda. Von den heiligen Ebenen her treiben deine Opfer wie Flöße die alten Ströme hinab! Die Pestilenz, die deine Heere dort dezimiert, kriecht aus den Leichen, die sie eigenhändig schufen. Marammas Priester, deine frommen Herolde, verkünden lauthals, Orienda hätte, von allen heidnischen Ländern, der Wahrheit am meisten getrotzt! – Ach, nichtig sind alle frommen Stimmen, die aus Kriegsgewölk sprechen! Der Eroberungszug durch wilde Gebiete mag ein Marsch des Geistes sein, ist aber kein Marsch der Liebe.«

»Du, Bello!« rief Yoomy aus. »Du würdest Almas Hand den Hirtenstab entwinden und ihn durch einen Speer ersetzen. Doch sinnlos, ihn zu einem Eroberer zu machen, da er den Purpur abgelegt hat, als er nach Mardi kam; und da er goldene Mitren ausschlug, ritt er demütig auf einem Esel in die Welt.«

»Verflucht sei der Handel,« rief Babbalanja, »der Seelen gegen Geld tauscht! Bello, du möchtest dieses Land mit Opium betäuben, um es im Schlaf ermorden zu können! Und welchen Vorteil bringen deine Eroberungen diesem Land? Von Speeren gesäte Saat sprießt nur selten; und Ernten, die damit eingebracht werden, verderben auf der Sichel Schneide.«

Doch weiter, weiter fuhren wir die Küste entlang; und zählten nicht die Tage.

»O ihr Schwärme und Herden von Nationen, unzählige Stämme, deren Zelte Ebenen und Steppen dunkel sprenkeln!« rief Yoomy. »Die ihr auf tausend Bergen die Sterne anbetet, in tausend Tälern die erste Frucht als Opfergabe bringt, bis alle Wälder in Brand zu stehen scheinen; – wo im Feuer der Witwe Geist zu ihrem Herrn aufsteigt! – O Orienda, vergeblich ist es, hier nach Yillah zu suchen!«

»Die Nacht ist dunkel wie der Tod!« sagte Mohi und schüttelte den Tau von seinen Zotteln. »Der Himmel prangt hier nicht im Sternenglanz wie über Dominora und Vivenza.«

Man sah nur ein Sternbild, doch leuchtete jeder einzelne Stern darin so hell wie der Morgenstern: das war das Kreuz des Südens – Almas Emblem.

Und nun steuerten wir nach Südwesten, bis wir eine andere Insel, Hamora, erreichten, die sich weit bis zur Antarktis erstreckte.

Wir näherten uns barbarischen Küsten, wo bemalte Krieger mit Speeren all unserer Landungsversuche wehrten. Schließlich umfuhren wir eine mächtige Klippe, die von einem Leuchtturm erhellt wurde; und hörten Bellos Hörnerklang! Eine Garnison am Ende der Welt eilte zum Zapfenstreich.

Hier erreichte des Meeres Dünung Bergeshöhe; und wir mühten uns darin ab, als hätten wir den Kaukasus zu erklimmen.

Doch nicht für lange. Wie der Wanderer, der von windumheulten Rätischen Höhen die grüne Lombardei weit unten erspäht und dieser angenehmen Ebene in steilem Abstieg entgegenstürmt, so stürzten wir auch der Wogen Hänge hinab, um in der stillen Lagune zu landen.

Als wir aber nordwärts fuhren, stieß der Sturm erneut ins Horn, während sich die Seen, Kavalleriepferden gleich, eilends sammelten zu dem Signal; und sich in Bataillonen vor einem himmelhohen Felsen, fernab des Festlands, duckten. Kein Mond, verfinstert an Ägyptens Himmel, sah so trostlos aus wie dieser Felsen.

Doch in dieser Düsternis flatterte, auf dem höchsten Gipfel, Bellos Standarte.

»Du leere Gruft!« rief Babbalanja. »Der vereinte Mars und Moloch unserer Zeit lag darin, auf dessen Krone Edelsteine prangten. Du Gott des Krieges, du warst offenbar das allesverschlingende Tier der Apokalypse, das einen so großen Schatten über Mardi warf, daß er noch über Frankos Tälern liegt; dort erschaudern sie immer noch vor deinem furchterregenden Geist. Und hatten neulich ein Phantom als König begrüßt. Wie mächtig muß dieser Heldenzauber gewesen sein, daß er nach einem halben Jahrhundert noch alle Herzen in den Bann schlagen kann! Ein Tropfen Heldenblut genügt, damit ein Narr vergöttert wird!

Franko! Du möchtest frei sein; doch besteht deine Freiheit darin, die Asche eines Königs zu verehren, den du zum ersten und edelsten seines Geschlechts erwählt hast. In zornigem Feuer hast du Ludwigs Thron verbrannt; und über dem neu errichteten Häuptlingsportal hast du in goldenen Lettern geschrieben: ›Der Palast unseres Herrschers‹. In deiner Neuen Ordnung hast du an dem veralteten Gesetz festgehalten. Und auf dem Altar der Freiheit – ach, fürchte ich! – bringst du noch deine alten Menschenopfer dar. Doch die Freiheit wendet sich ab; sie ist von deinen Blutopfern angewidert. Sie liebt andere Rituale; und würde gern nur von Unsichtbaren verehrt werden, wie auch der große Oro selbst unsichtbar ist. Sie will keine ausgedehnten Kavalkaden, pompösen Prozessionen, keine wild geschwenkten Fahnen, keine mystische Musik, keine aufmarschierenden Völker. O möge deine friedfertige Zukunft, Franko, dich von deiner blutigen Vergangenheit freisprechen. Die Geschichte soll nicht sagen: ›Es ist zu seinen alten Göttern zurückgekehrt.‹«

Als wir die Felseninsel passiert hatten, beruhigte sich die See; wieder einmal näherten wir uns der Westküste von Hamora, die in tiefer Dunkelheit lag. Das Ufer wurde von der weißen Gischt sich brechender Wellen erhellt, die von Vivenza und Dominora heranrollten; ein Schimmer, der manchmal in die innerste Düsternis des Dschungels drang.

Schwer seufzend wehten die Nachtwinde von der Küste zu uns herüber.

»Ach, umsonst ist es, Yillah hier zu suchen,« rief Yoomy. – »Armes Land! Der Menschen Fluch liegt auf dir, nicht der Oros! Du verzagst deiner Kinder wegen, die deinem Boden entrissen wurden, damit sie die Erde Fremder beackern. O Vivenza, würden die Winde doch nur diese Klagen zu dir hinüber tragen, so daß sie in jedem deiner Täler widerhallten. O du Stamm Hamo! Dein Leidenskelch ist so übervoll, daß er bald das Land überfluten wird, das euch als Sklaven hält. Das aus der Sünde entstandene Elend greift um sich und vergiftet alles. Das Leiden jagt die Sünde wie der ausgehungerte Hund den Hasen und zerreißt ihn in des Dickichts Grün.«

Nach vielen ruhigen Tagen und Nächten der Fahrt überfiel uns ein Sturm mit der Wucht von tausend berstenden Bomben. Die Zickzacks von Blitzen flammten auf; die Wasser kochten; unsere drei Buge erhoben sich zum Bittgebet, doch die Wogen züchtigten sie und schlugen sie nieder.

Darauf Babbalanja, der sich den Böen beugte: »So, o Vivenza, wirkt die Vergeltung! Obwohl es lange auf sich warten läßt, kommt es schließlich doch – das Gericht mit Blitz und Donner.«

Nun ergriff uns eine Strömung, und unsere Buge schossen wie Pfeile gen Osten. Durch eine Meerenge gelangten wir auf die glatte Fläche eines gänzlich stillen Binnenmeers.

Zu unserer Linken lag Porpheeros südwestlichster Punkt, ein mächtiger Felsen, der lange Galerien umfaßte, wie Decks übereinander geschichtet, der Flaggenstangen aufwies wie die Masten eines Admiralschiffs: ein Kreuzer, ganz aus Porphyr, der im Meer ankert. Hier lag Bellos Löwe eingekauert und belauerte durch tausend Pfortluken die Welt.

Zu unserer Rechten erglänzte Hamoras Nordküste von der Fülle der Halbmonde, die so zahlreich waren wie die Kreuze auf der gegenüberliegenden Küste.

»Wie nichtig zu sagen, der Fortschritt würde die Wahrheit erweisen, edler Herr,« sagte Babbalanja, »wenn diese Halbmonde noch nach Jahrhunderten unvermindert glänzen und ebenso viele Gläubige um sich scharen wie diese Kreuze. Wahrheit und Verdienst erkennt man an anderen Zeichen als denen des Erfolges. An diesem Wettlauf der Sterblichen können alle teilnehmen, das Feld steht allen offen. Die Lüge läuft Seite an Seite mit der Wahrheit, Narren treten mit Weisen an; doch nie werden sie sich treffen, auch wenn sie, wie geometrische Linien, ins Unendliche vorstoßen.«

Wir segelten über diese See ohne Gezeiten; und gingen rechts und links an Land, doch fanden das Mädchen nimmer; bis wir schließlich die Grenze des Wassers erreichten und im Landesinnern große Bergmassive erblickten, deren Gipfel von Gloriolen gekrönt waren.

»Festlande aus Granit,« rief Babbalanja, »die offenbar wie die Planeten erschaffen wurden und nicht von menschlicher Hand errichtet sind. Das sind Wahrzeichen, auf deren Flanken die Zeit ihre Spuren abzeichnet, gleich den Gezeitenmarken vorsintflutlicher Meere.«

Wie der erfolglose Jäger, der eine purpurne Talschlucht im Herzen einer grenzenlosen Steppe wieder und wieder umwandert und sich schließlich verzweifelt der offenen Ebene zuwendet, so schwenkten wir Suchenden nun unsere Kiele und tauchten aus diesem Binnenmeer auf. Das Universum lag wieder vor uns: so weit, wie unsere Suche reicht.

CLXIX.

Weiter unterwegs

ES tagte auf der gleichen sanften, blauen Lagune von zuvor; und alle Länder, die wir seit Pikos Land der Lanzen passiert hatten, verschwammen in der Ferne.

Zum Teil scharten sich die Inseln von Mardi zu selbständigen Gruppen, wie die Plejaden, die im Stier erglänzen und von dessen Karfunkelblick und den dichten Sternenhaufen ringsum überstrahlt werden.

Und wie vom Orion aus dieses Erdenrund für einen alten königlichen Astronomen – sagen wir: des Königs von Rigel oder Beteigeuze – nur ein winziger Punkt ist, ebenso erscheinen auch diese Inseln den irdischen Augen, die weit durch den Raum schweifen.

Und wie die Sonne durch göttlichen Einfluß ihre scheinbare Bahn zieht und die Sternbilder Krebs, Löwe, Fische und Wassermann durchschreitet, so werde ich durch irgendeinen geheimnisvollen Impuls in rascher Reise durch die Inselgruppen des weißen Riffs getrieben, das Mardi umgibt.

Hört, o Leser! Ich bin ohne Karte gereist. Mit Kompaß und Blei hätten wir diese Inseln von Mardi nicht gefunden. Wer kühn in See sticht, kappt alle Taue und wendet sich von der gewöhnlichen Brise ab, die jedermann gewogen ist; und füllt die Segel mit seinem eigenen Atem. Klebt man an der Küste, sieht man nichts Neues.

Doch war man auf der Suche nach einer neuen Welt, wird schließlich »Land in Sicht!« gesungen.

Dieser Reisende steuerte sein Schiff durch Meere, die zuvor noch nicht befahren worden waren; bahnte sich seinen Weg trotz Hohn und Spott. Doch war sein Herz oft schwer von dem Gedanken, er könnte allzu kühn sein und dort Land suchen, wo es keines gab.

Obwohl ich mich nur zur Kurzweil auf diese Fahrt begeben hatte, wurde ich doch von einem unwiderstehlichen Windstoß von meinem Kurs abgebracht. Dieser Anprall, dem ich mich beuge, trifft mich in allzu jungen Jahren, wo ich noch unerfahren und schlecht ausgerüstet bin; und dennoch fliege ich vor dem Sturm. Es hat mich harte Mühe gekostet, den Mut zu bewahren.

Und wenn es auch schwieriger ist als je zuvor, neue Gebiete zu finden, wo doch heute unsere Meere von zehntausend Bugen durchmessen werden, – wie größer dann der Ruhm!

Diese neue Welt aber, die hier gesucht wird, ist weitaus fremder als die desjenigen, der seine Schwingen von Palos her ausbreitete. Es ist die Welt des Geistes, in der sich der Fahrende verwunderter umschaut als die Schar Balboas, die durch die goldenen Wälder der Azteken streifte.

Doch schafft glühendes Verlangen seine eigene phantomhafte Zukunft und hält sie für Gegenwart. So mag man zu dem Urteil kommen, daß nach all diesen gefahrvollen, kräfteraubenden Entrückungen der goldene Hafen nicht erreicht wurde. Doch besser, in kühner Suche nach diesem in tiefste Tiefen sinken als auf gewöhnlichen Untiefen treiben. Und wenn ich schon Schiffbruch erleide, dann, gebt Götter, daß ich ganz und gar zerschelle.

Ein Schwarm von Nachtigallen aus Yoomys Mund

MITTAGS verfielen wir in Windstille.

»O Neeva! Guter Neeva! Sende uns deine liebliche Brise!«

So betete der kleine Vee-Vee von seinem Haifischmaul zu dem Gott der Günstigen Winde. Und schon stürmten sie heran, bis die drei Buge im Wind wieherten und auf ihrem Weg tänzelten wie die Rosse von Kreuzfahrern.

Da nun diese günstige Brise aufgekommen war, da die Sonne freudig über den Himmel ritt und die Lagune überall weiße, wehende Mähnen schüttelte, forderte Media Yoomy auf, seinen gesamten Schatz an Liedern, – kriegerischen, amourösen, gefühlvollen, – zu durchstöbern, um uns mit einem Sang zu erfreuen und aufzuheitern, denn zu lang seien wir in düsterer Stimmung gewesen.

»Das Beste von dir,« rief er.

»Ei, dann will ich Euch, edler Herr, ein Lied singen, das selbst voller Lieder ist. Ich habe es schon vor Zeiten komponiert, als Yillah noch auf Odo weilte. Bis jetzt sind erst einige Bruchstücke zu Gehör gekommen. Ach Taji, in dieser meiner Weise werden deine Stunden des Glücks wieder aufleben. Manche Freuden haben tausend Leben und sterben nie; denn wenn sie schwinden, fängt süße Erinnerung sie auf. – Edler Herr, ich halte diese Verse für gelungen. Sie sprudelten in mir hoch wie frisches Quellwasser aus einer Silberader. Und mit Verlaub, edler Herr, habe ich großes Vertrauen in die Inspiration. Ein Sänger ist auch ein Seher.«

»Zittern, das ist der Beweis dafür,« sagte Babbalanja. »Hast du gezittert, Yoomy, als du dieses Lied komponiert hast?«

»Am ganzen Leibe, Babbalanja.«

»Vom Scheitel bis zur Sohle?«

»Bis in die Fingerspitzen.«

»Dann ist dies, bei meinem Leben, wahre Poesie, edler Herr! Denn, wie gesagt, das Zittern ist der Beweis dafür.«

»Und wird es in ein Lied gegossen, bringt es dieses so sehr zum Funkeln und Sprühen, daß kein Menschenkind es wiederholen kann, ohne nicht selbst zu zittern. Dieses mein Lied mag selbst beweisen, was ich sage.«

»Bescheidener Jüngling!« seufzte Media.

»Und vor allem aufrichtig,« sagte Babbalanja. »Wer freimütig ist, wird oft als eitel erscheinen, edler Herr. Doch dieser spricht ohne Arg so offen von sich wie auch von anderen; und ehrt seine eigenen Verdienste, auch wenn sie eingebildet sind, ebenso bereitwillig, wie er über unleugbare Mängel jammert. Überdies neigen solche Menschen zu Trübsinn; und ihre gelegentlichen Selbstzweifel erscheinen Kleingeistern ohne Einfühlungsvermögen nur als eine Phase des Eigendünkels. Wohingegen der Mensch, der sich selbst Freunden gegenüber verschlossen zeigt und sich abschottet, sein süßes Ich in so hohen Tönen preist, daß er in Sorge ist, er könnte dieses von ihm angebetete Heiligtum dadurch entweihen, daß er seine Pforten aufstößt. Er ist verschlossen und Ego ist der Schlüssel. Zurückhaltung allein ist Eitelkeit. Aber alle Menschen sind Egoisten. Die Welt dreht sich um das I im Ich; und wir drehen uns um uns selbst, denn wir sind unsere eigenen Welten. Die anderen sind Fremde, aus fremdländischen, fernen Gegenden, und laufen in Tierfellen herum. Darum sollten wir, gleich was sie sein mögen, unsere Welten offen zeigen und nicht vor den Menschen verbergen, was Oro kennt.«

»Das ist wahr, edler Herr,« sagte Yoomy, »doch trifft dies auf die Menschen im allgemeinen zu und nicht im besonderen auf meine bescheidene Zunft. Von allen Menschen sind wir Dichter am stärksten widersprüchlichen Stimmungen unterworfen. Mal himmelhoch jauchzend mal zu Tode betrübt. Das ist der Preis, den wir dafür zahlen müssen, was wir sind. Doch Mardi sieht nur Anzeichen für unsere Selbstgefälligkeit (oder glaubt sie zu sehen); übersieht aber all unsere Seelenängste. Poeten werden nur dann gesehen, wenn sie sich aufschwingen.«

»Das Lied! Das Lied!« rief Media. »Kümmere dich nicht um die Metaphysik des Genius.«

Yoomy, derart lautstark aufgefordert, räusperte sich dreimal, bevor er den richtigen Ton traf.

Doch es muß hier gesagt werden, daß der Sänger über die wunderbare Gabe der drei Stimmen verfügte; gelegentlich konnte er, wie eine Spottdrossel, ein ganzes Konzert lieblicher Töne selbst bestreiten. Hatten ihm gute Freunde bei ihrem Tod ihre Stimmen vermacht? Doch lauscht! Er beginnt mit tiefer, sanfter Tenorstimme:

Halb verschleiert auf den Hügeln, doch in rosigem Schimmer
Steht jung und schön der Morgen in seinem Blühen!
Wie Yillah! Ihre sinnenden Augen sind die Sterne,
Die sanft erstrahlen auf ihrer Wangen Glühen!

Der holde Morgen ändert sich bald,
Auch Yillah wechselt die Gestalt !
Die Sonne steigt auf
Und nimmt ihren Lauf:
Weit glänzt jeder Strahl
Wie ein Schwert aus Stahl -
Und das Licht in seiner Wonne
Tönt wie Musik der Sonne!
So steigt und glänzt auch Yillah itzt!
Licht unter ihren langen Wimpern blitzt , -
Tönt wie Musik der Sonne!

Es klingt ihres Lachens Schall:
Aus Tönen ein Wasserfall!
Melodisch die Wasser erklingen,
Wenn sie ins Silberbecken springen,
Von Schale zu Schale sich ergießen,
Rasch stürzend in glänzendem Fließen.
Auf Yillahs Brust zuletzt ihr Lachen fällt:
Ein sanfter See, der sacht sich wellt!

O schöne Yillah! So frei dein Schreiten!
Schnell alle Wellen sich weiten,
Sich kräuselnd dir entgegen gleiten,
Strebst du dem fröhlichen Meere zu!

Alle Sterne lachen,
Wenn sie nach oben blickt.
Alle Bäume schwatzen

In ihrem Walddistrikt.
Alle Bache singen,
Alle Höhlen klingen,
Alle Knospen aufspringen,
Alle Äste hoch schwingen,
Alle Vögel jauchzen ihr Lied;
Und die Blätter drehen sich um,
Wenn Yillah hinsieht!

Licht quillt aus ihrer Seelensonne Tiefe.
Es kommen viele, als ob man sie riefe!
Weinreben steigen, Blumen blühen;
In Liebe zu ihr Jünglinge erglühen!

»Fahre fort, sanfter Yoomy,« sagte Babbalanja.

»Was soll es bedeuten?« sagte Mohi.

»Wie geht es weiter?« sagte Media.

»Edler Herr, ich habe mittendrin aufgehört. Der Schluß ist noch nicht fertig.«

»Geheimniskrämerei!« rief Babbalanja. »Was, Sänger! Soll diese ganze Melodei auf nichts hinauslaufen? Auf einen entscheidenden und unerschöpflichen Sinn? Nichts, das in der Seele Tiefen vordringt, damit sie sich selbst gewahrt und zu ihrem eigenen Wesen vorstößt, um sich in ihrem allesdurchdringenden Ursprung aufzulösen und Bestandteil des allumfassenden Göttlichen zu werden; wodurch wir Sterblichen mit den Göttern kommunizieren und wodurch unsere Seelen Gedanken der Götter werden, die uns in alles Okkulte, Unsagbare, Sublime einweihen? Dann sollte, Yoomy, dein Lied also wertlos sein? Alla-Malolla sagte: ›Ein Atem, der keine

Feuchtigkeit versprüht, ist kein wirklicher, lebendiger Atem.‹ Ich fürchte, Sänger, daß du noch nicht von dem Arkanum durchdrungen bist, daß du noch nicht ausreichend über den Adyta, den Monaden und den Hyparxen gebrütet hast; ebensowenig über den Dianoias, den Unikalen Hypostasen, den Gnostischen Energien der Seelensubstanz, dem Überirdischen und der Trias des Pleoremas; ganz zu schweigen von den Abstrakten Noumena.«

»Oro bewahre!« rief Yoomy. »Allein der Klang dieser Wörter entsetzt mich.« – Dann fragte er flüsternd Mohi: »Ist er wieder neben der Kappe?«

»Mein Hirn ist arg angeschlagen,« sagte Media. »Azzageddi, du wirst auf Diät gesetzt und zur Ader gelassen.«

»Ach!« seufzte Babbalanja und wandte sich um. »Wie wenig wissen sie von den Rudimentären Quincunxen und der Hekatischen Sphaerula!«

CLXXI.

Sie besuchen einen gewissen Doxodox

AM nächsten Morgen kamen wir an einen tiefen, grünen Wald, der träge bis auf die Wellen herab wogte; sein Saum weiß von Schaum: ein zauberhafter Anblick!

Während alle unsere Paddler verzückt hinschauten, fand Media Babbalanja in Träumereien versunken und forderte ihn auf, zu erwachen; er fragte ihn, was ihn so in Anspruch nähme.

»Ach, edler Herr! Welch seraphische Klänge habt Ihr mir gerade verjagt!«

»Klänge? Hier ist bestimmt nichts anderes als das Rauschen der Brandung zu hören; was hörst du denn sonst noch?«

»Mich durchrieselt der Monochordklang meiner Seele, edler Herr. Doch spitzt Eure Ohren nicht, um ihn zu hören. Allein der entzückte Geist vernimmt diese göttliche Harmonie, die nicht durch die Hörnerven zu uns dringt.«

»Nicht weiter, Azzageddi! Schluß damit! Sieh doch dort!«

»Ein sehr schöner Wald, wirklich. Ich glaube, darin haust Doxodox der Weise.«

»Ich höre schon die Schreie seiner Eulen,« sagte Mohi.

»Edler Herr, Ihr habt bestimmt schon etwas von ihm gelesen. Er soll von den unterteilten Prinzipien zu den ungeteilten vorgestoßen sein. Sollen wir ihn besuchen und seiner Weisheit lauschen? Gewiß weiß er manches, nach dem wir uns verzehren.«

Die Wasser der Lagune waren still, als wir landeten; kein Windhauch rührte die Fiederblätter der Bäume; und als wir in den schweigenden Schatten eintraten, hob Babbalanja die Hand und flüsterte:

»Diese Stille bietet einen geeigneten Zugang zu der Lehre der Entelechie. Irgendwo unter diesem Moos ist der mystische Stein Mnizuris verborgen, durch den Doxodox das Wissen von den unerzeugten Wesenheiten erlangte. Nächtens badete er seine Seele in Strahlenkränzen von Erzengeln. O Doxodox, treibe den Strophalunaren Kreisel an! Erzähle von deinen Jyngen!«

»Nieder mit dir, Azzageddi, leg dich!« rief Media. »Seht, hier sitzt der Weise; nun auf zur wahren Weisheit!«

Unsere Stimmen hatten den Weisen gewiß auf unser Nahen aufmerksam gemacht; doch, auf einem grünen Hang sitzend, von einem roten Maulbeerbaum beschattet, auf dessen Ästen sich viele Eulen niedergelassen hatten, war er offenbar ganz davon in Anspruch genommen, mit einem pechschwarzen Stab verschiedene Figuren in die Luft zu zeichnen.

Babbalanja näherte sich mit großer Hochachtung und Demut und begrüßte ihn.

»O weiser Doxodox! Hierher gelockt von Eurem berühmten Namen, ersuchen wir um Einlaß in den innersten Kreis Eurer Weisheit. Als einziger von allen Mardianern versteht Ihr diese Kombinationen der Arkana, mit deren Hilfe man die verborgensten Dinge, gegenwärtige und künftige, ans Tageslicht bringen kann. Wir ersuchen Euch, beschwört Eure Tselmen herauf!«

»Tetraden, Pentaden, Hexaden, Heptaden, Ogdoaden: meinst du diese?«

»Das sind alles neue Begriffe für mich!«

»Er wird mit seinen eigenen Waffen geschlagen,« sagte Media.

»Wie willst du denn dann mein Wissen verstehen, wenn du meine Nomenklatur nicht verstehst? Doch will ich dich dahingehend prüfen, ob du in der Stoa bewandert bist. – Wie kommt es, daß einige Dinge weiter reichen als andere, so wie Quadammodotative umfangreicher sind als Qualitäten, insofern sich Quadammodotative auf Dinge erstrecken, die selbst wieder Quadammodotative enthalten?«

»Hier bietet jemand Azzageddi Paroli,« sagte Media.

»Immer noch in Verlegenheit, Babbalanja?« fragte Mohi.

»Es verschlägt mir die Sprache, ehrlich gesagt! Doch ich ersuche Euch, weiser Doxodox, unterweist mich in Eurer Dialektik, auf daß ich Eure schwer verständliche Lehre erfassen kann.«

»Fangen wir also an, Kindchen: alle Dizibilien wohnen dem Geist inne.«

»Aber was sind Dizibilien?« sagte Media.

»Meinst du vollkommene oder unvollkommene Dizibilien?«

»Gleich welche; doch was sind sie?«

»Es gibt verschiedene Arten vollkommener Dizibilien: Interrogative, Perkontative, Abjurative, Optative, Imprekative, Exekrative, Substitutive, Kompellative, Hypothetische und zu guter Letzt Dubiose.«

»Reichlich dubios! Azzageddi, schweige hinfort auf immer!«

»Ach, meine Kindchen! Ich muß zurück zu meinen Axiomen.«

»Und was sind sie?«

»Es gibt diverse Arten von ihnen, die wiederum unterschiedlich sind. So gibt es bei meinen Axiomen die einander entgegengesetzten Disjunktiven und Subdisjunktiven; so ist es auch bei allen anderen. Und desgleichen auch, in gewissem Grade, bei meinen Syllogismen .«

»Und was ist mit ihnen?«

»Habe ich nicht gerade angedeutet, was sie sind? Sie sind von diverser Art: zum Beispiel gibt es Konnexe und Konjunkte.«

»Und was ist mit diesen?« bohrte Mohi weiter, während Babbalanja mit verschränkten Armen ernst und stumm dastand und die Lippen höhnisch verzog.

»Wie bei den anderen Teilen meiner Dialektik, so verhält es sich auch, in spezieller Weise, mit meinen Syllogismen. Sage ich: – Wenn es warm ist, ist es nicht kalt; – so ist das ein einfacher Obersatz. Füge ich hinzu: Folglich *ist* es warm; – so ist dies ein Untersatz.«

»Und als solchen benutzt ihn gewiß der Syllogismenmacher,« sagte Mohi und strich sich den Bart.

»Armer, unwissender Säugling, nein! Höre: Wenn ich abschließend sage: – Deshalb ist es nicht kalt; – so ist dies der Schlußsatz.«

»Und ein höchst triumphaler ist dies!« rief

Babbalanja. »Höchst tiefsinniger und gelahrter Doxodox! Licht von Mardi und Leuchte des Universums, habt Ihr je von dem Haifisch-Syllogismus gehört?«

»Obwohl deine Epitheta stimmen mögen, Kindchen, zweifele ich an deiner Aufrichtigkeit. Von dem Syllogismus, den du erwähnst, habe ich noch nichts gehört.«

»Er lautet so: Ein Hai packte einen Schwimmer am Bein und wandte sich folgendermaßen an ihn: ›Freund, ich will dich loslassen, wenn du mir aufrichtig antwortest: denkst du, daß ich dir ein Leid zufügen werde.‹ Da er wohl wußte, daß Haie selten großmütig sind, antwortete er: ›Lieber Herr, ich glaube, daß Ihr mir etwas antun werdet. Nun geht Eurer Wege.‹ – ›Nein, das geht nun nicht; das verbietet mein Gewissen. Ich will nicht die Worte eines so wahrhaften Sterblichen Lügen strafen. Du solltest aufrichtig antworten, doch sagtest du, ich würde dir etwas antun. – So tue ich es an: – und Bein adé!‹«

»Profaner Scherzbold! Du willst mich wohl mit deiner Hanswurstiade beleidigen? Schert euch alle! Packt euch! Ich sage: hinfort!« Und Doxodox selbst verschwand im Wald.

»Bravo, Babbalanja!« rief Media. »Du hast das Ruder in bewundernswerter Weise noch einmal herumgerissen.«

»Für deine Philosophie kann man noch hoffen,« sagte Mohi.

»Unverschämter Schwindler! Kindischer Alter, Einfaltspinsel! Denkt er, er könne mich mit seinem absurden Geschwafel auf den Arm nehmen? Soll dieser seichte Phrasendrescher der berühmte Doxodox sein, dem so große Hochachtung entgegenzubringen ist, wie man mich lehrte? – Ach, ach, kein Odonphi ist in Sicht!«

»Es hat ihn wieder gepackt,« seufzte Yoomy.

CLXXII.

König Media träumt

DIESER Nachmittag ging unmerklich in den Abend über. Bis auf Media waren alle hellwach, doch regten sich nicht, wie auch der Schläfer auf der purpurnen Matte. Mit offenen Augen schliefen wir den wachen Schlaf derer, die nur dem Körper Ruhe gönnen, während der Geist weiterarbeitet und sich durch Gebirgspässe hindurchwindet.

König Media pflegte zu schlafen wie die behelmte Wache im Dienst. Und er schreckte aus dem Schlaf auf wie ein Damhirsch, der aus dem Unterholz bricht. Einige sagten, er würde nie schlafen, sondern lediglich ganz tief in seinem Innern die Zeit intensivieren; oder er würde unbemerkt zu einer fernen Ratsversammlung der Götter abreisen, während er seine gekrönte Stirn in marmorner Stille zurückließ. Wie auch immer: er hatte seine Lider nie geschlossen. Diese Kristallaugen funkelten im Nachmittagslicht: mit starrem Glanz wie Diamanten.

Indes wir derart regungslos dalagen, drehte sich Media um und murmelte: »Brüderliche Götter und Halbgötter, es ist nicht richtig. Diesen Sterblichen soll entweder weniger zuteil werden oder mehr. Zu meinen Untertanen zählt ein Mann, dessen Genius den gängigen Theorien mißtraut, doch dessen Geist, der noch sterblich ist, nicht den Ozean zu seinen Füßen ausloten kann. Seine Seele ist ein Höhle, worin er deliriert.«

»Hört,« flüsterte Yoomy, »unsere Majestät träumt; und welch königlichen Traum.«

»Ein höchst königlicher und gebieterischer Traum,« sagte Babbalanja. »Er stellt mich vor das oberste Himmelsgericht. Ja, im Traum zumindest hält er sich für einen Halbgott.«

»Pst,« sagte Mohi, »er spricht wieder.«

»Götter und Halbgötter! Mit einem Wink können wir alle Abgründe aufdecken; und vor den Augen Mardis die noch verborgene Zukunft heraufbeschwören. Wäre das richtig? Wie im Wald verirrte Kinder, so taumeln sie auf ihren verschlungenen Pfaden; überall schrecken sie zusammen, wenn sie auf ihresgleichen stoßen. Selbst wenn sie vorankommen, so doch nur in einem endlosen Flur, der nirgendwo hinführt. Auf meiner eigenen Insel Odo – Odo! Wie regiert mein Vizekönig überhaupt auf Odo? – Dort scheint der Pöbel verrückt zu spielen! He, Speerwerfer, greift an! Beim Himmel, meine Hellebardiere fliehen!«

»Sein Traum ist umgeschlagen,« sagte Babbalanja, »er ist jetzt auf Odo, wo ihn seine Ängste überkommen.«

»Pst,« sagte Yoomy.

»Ich komme auf den Boden herab! Gib deinen Rechenschaftsbericht, Almanni! Wo ist mein Thron? Mohi, bin ich kein König mehr? Verzeichnen deine Chroniken mich nicht mehr? Yoomy, bin ich nicht die Seele irgend eines herrlichen Liedes? Babbalanja, sprich. – Mohi, Yoomy!«

»Was gibt es, edler Herr. Es ist nur ein Traum.«

Media blickte verstört drein, schaute dann in die Runde und lächelte.

»Ha, was für ein wirres Zeug wir Könige in unseren Träumen reden! Ich habe doch keine Geheimnisse ausgeplaudert?«

»Während er zu schlafen schien, hat der edle Herr viel geredet«, sagte Mohi.

»Ich habe es nicht bemerkt; und wüßte es auch jetzt nicht, wenn du es mir nicht sagen würdest.«

»Nicht wir sind es, die träumen,« sagte Babbalanja, »sondern es ist etwas in uns.«

»Ja? – Guten Morgen, Azzageddi! – Schluß nun, keine Träume mehr! – Vee-Vee, bringe Wein!«

Und die ganze ewig lange Nacht über zechte der unsterbliche Media.

CLXXIII.

Nach langer Zwischenzeit verfallen sie nachts wieder in Windstille

SONNEN gingen auf und unter, Monde nahmen zu und ab; bis schließlich der Stern, der zuvor Herold des Morgens gewesen war, nun den Abend ankündigte: für uns ein trauriges Zeichen! – Währenddessen waren wir weit in die innersten Bezirke des Runds von Mardi vorgestoßen, segelten von Meer zu Meer, von Insel zu Insel, von Atoll zu Atoll; erkundeten ungeheure Reiche, durchmaßen Täler im Landesinnern von Anfang bis Ende. Und sahen so viele Könige wie es Sonnenstrahlen gibt.

Es muß nicht alles erzählt werden, was uns dabei zustieß, welche Stämme und Karawanen wir sahen, welche weiten Horizonte, grenzenlosen Ebenen und Sierras, zwischen denen jeweils Völkerschaften siedelten.

Es genügt zu sagen, daß wir immer noch umherstreiften.

Es war Abend. Und als sich die aufgedunsene rote Sonne in die Wogen stürzte, brachen wir wieder einmal in unseren drei Kanus von einem wilden Strand auf.

Nun näherte sich die Nacht unter ihrer Wolkenkapuze wie eine Nonne aus einem Kloster. Sie raschelte mit ihrer Schleppe, die aber keinen Sternenflitter trug. Doch oben auf ihrer Stirn schien der fahle Halbmond, eingekreist von einem Halo aus violetten, roten und gelben Ringen. So blickte der einsame Betrachter in die schillernde Iris der Nacht: dermaßen traurig ohne Sterne.

Die Winde hatten sich gelegt; die Lagune lag still da wie eine Prärie an einem Augustmittag.

»Laßt uns während der Kalme träumen,« sagte Media. »Einer von euch Paddlern halte Wacht. He, Kameraden, auf nach Cathay!«

Der Schlaf regierte auf den Kanus, die ihrerseits auf dem Wasser schliefen. Doch tausendfach krochen niedrige Nebelschleier näher und näher heran, getüpfelt von den funkelnden Irrlichtern benachbarter Küsten. Diese Dünste wirkten wie düstere Leoparden, die sich geduckt anschlichen.

Still vergingen die Stunden. Woraufhin Taji, von einem Schrei erschreckt, aufsprang und mit dem Fuß gegen etwas stieß; dann ein rasches Aufklatschen! Und eine dunkle Gestalt sprang in die Lagune.

Der dösende Wachposten hatte den Schrei ausgestoßen; und der Mörder, der gerade zustoßen wollte, hatte sein Stilett fallen gelassen und war ins Wasser getaucht.

Als wir mit Mühe durch diesen heimtückischen Nebel spähten, bemerkten wir zwei Gestalten in einem Boot, die einen Dritten, der vor Wasser troff, an Bord zogen.

»Wieder verfehlt und auf immer verfehlt. Kein Opfer eines Feindes bin ich geworden.«

Als wir in die Düsternis starrten, entschwand das Boot rasch, ehe wir die Verfolgung aufnehmen konnten.

Darauf glitt von einem Nebelstreif gegenüber

ein zweites Kanu heran; und zeigte, unter der Iris des Mondes, nun eine zweite: Hautias Schwertlilienwimpel!

Die Sirenen waren nicht abzuwimmeln und kamen näher.

Eine schwenkte ein Gewächs von kränklichem Silbergrün.

»Der Mitternachts-Zitterpilz!« rief Yoomy aus; »der gefallene Stern der Blumen! – Und doch komme ich, wenn man mich am wenigsten erwartet. Fliehe dann.«

Die zweite schwenkte die spitzigste Spitze einer Schierlingstanne. Die dritte trug eine halb geschlossene Winde.

»Das Ende naht und all deine Hoffnungen schwinden.«

Dann boten sie Trauben an.

Doch als wir sie noch einmal abwiesen, verschwanden sie lautlos.

Wieder einmal war an dem Pfeil gerissen worden, der mit seinem Widerhaken in meiner Seele stak; wieder war Yillah heraufbeschworen worden, doch hatte Hautia geantwortet.

Langsam ging die Nacht zu Ende. Mit Sonnenaufgang schwanden die düsteren Wolken und Stimmungen.

CLXXIV.

Sie landen auf Hooloomooloo

»HALTET mit allen drei Kanus Kurs auf diese Klippe dort,« rief Media. »An diesem fröhlichen Morgen wollen wir keine Trübsal blasen! Und nun auf zur Insel der Krüppel – nach Hooloomooloo halt.«

»Die Insel der Krüppel?«

»Ja, warum nicht? Mohi, erzähle uns, wie es dazu kam, daß sie sich zusammenfanden.

Seine Erzählung lautete dem Sinn nach so:

Da sie die barbarische Sitte verabscheuten, alle nicht wohlgestalten Kinder bei der Geburt auszulöschen, sich aber diese unglücklichen Wesen aus den Augen schaffen wollten, hatten die Bewohner einer benachbarten Inselgruppe vor langer Zeit einen Zufluchtsort für Krüppel eingerichtet. Dort lebten diese, ihren eigenen Vorschriften gemäß, von einem selbstgewählten König regiert und bildeten kurzum eine eigene Klasse selbständiger Wesen.

Sie unterlagen einzig der Beschränkung, die Insel auf keinen Fall verlassen zu dürfen. Und für die Bewohner der umliegenden Inseln war der Anblick eines mißgestalteten Menschen dermaßen unerquicklich, daß die Landung eines Fremden auf Hooloomooloo als ein Wunder betrachtet wurde. Daher wußten die Krüppel von der Außenwelt so gut wie nichts und waren fast so isoliert als wäre Hooloomooloo das einzige Land auf Erden gewesen.

Diese Unglücklichen, deren Zahl andernfalls gering geblieben wäre, vermehrten sich in ihrer eigenen Gemeinschaft vehement. Nur waren die folgenden Generationen auch nicht wohlgeformter als die vorigen.

Bald näherten wir uns der Insel.

Eine Aufhäufung zerklüfteten Gesteins, hie und da von zwergwüchsigem, windschiefem Gebüsch bedeckt: der angemessene Ort für seine Bewohner.

Bei unserer Landung wurden wir von einem bunten Haufen umringt und strebten in solcher Begleitung dem im Landesinnern liegenden Domizil ihres Herrn, des Königs Yoky, zu.

Welch ein Schauspiel!

Da holperte ein beinloser Zwerg einher, der sich mit zwei Krücken aus Baumwurzeln behalf; ein anderer ging steifbeinig voran und hatte einen Arm starr in die Luft gestreckt, als sei dieser ein Blitzableiter; ein dritter, kregler als alle, paddelte mit zwei Schwimmflossen umher und robbte sich des Weges; ein vierter hopste auf einer einzigen Beinstelze und drehte sich bei jedem Satz um die eigene Achse wie ein Kreisel; während ein anderer wiederum, mit Fühlern oder Flossen ausgestattet, sich zur Kugel machte und nach vorne über den Boden rollte.

Mit beharrlichem Instinkt hielten sich die Blinden an unserer Seite; die Tauben und Stummen zeichneten mit zitternden Fingern stumpfe und spitze Winkel in die Luft; und Dutzende von Stotterern stammelten als polterte Geröll in Bergschluchten. Mißklang paarte sich mit Ungestalt. Dem gegenüber kamen einem Schreie von Eseln als Wohllaute vor, erschienen einem Kalibanc als Engel.

Und sie begafften uns dreimal mehr als wir sie begafften.

Schließlich hielten wir vor einer Behausung aus groben Steinen; die Sparren aus krummen Banyan-Ästen waren mit bizarren Blättern bedeckt. Der Bau war in seiner Anlage so verworren und verschachtelt, daß ihn anscheinend die Eruption ausgespuckt hatte, die, Mohi zufolge, Ursprung der Insel selber war.

Beim Eintreten erblickten wir König Yoky.

Ach! Traurigerweise gebrach es ihm an allem, was ein wirkungsvoller Herrscher braucht. Er war taubstumm; außer den Armen und den unentbehrlichen Teilen Rumpf und Kopf hatte er rein gar nichts. Sein alles umfassender Mund war so riesig, daß er sich selbst zu verschlingen schien.

Doch trotz Mißgestalt und Hilflosigkeit war Yoky als König von Hooloomooloo ausreichend; denn dieser Staat war nur eine eingeschränkte Monarchie, deren Majestät bloß ein untätiges und schmückendes Haupt war.

Als seine Besucher nahten, begann er mit seinen Fingern zu plaudern: ein Diener übersetzte. Bemerkenswert, wie schnell Bewegung in Laut umgesetzt wurde; und wie übergangslos Bedeutung auf vier Wegen – Hand, Auge, Stimme und Trommelfell – zum Geist gelangte.

Seine Hoheit äußerte nun großes Erstaunen und warf entsetzte Blicke.

»Was tun sich Horrorgestalten wie ihr zusammen? Kommt ihr als Haufen, um euch Halt zu geben? Oder graust euch vor eurer Scheußlichkeit, so daß ihr fürchtet, allein aufzutreten? Monster, sprecht.«

»Großer Oro!« rief Mohi. »Werden wir jetzt vom König der Krüppel selbst für Krüppel gehalten? Edler Herr, sind unsere Arme und Beine nicht wohlgeraten?«

»Kein Drechsler hat je schönere gedrechselt, Mohi. Königlicher Yoky, wir fühlen uns wirklich vor Euch beschämt.«

Weitere ungläubige Blicke wurden daraufhin gewechselt; wonach Seine Hoheit wissen wollte, ob es unter seinen Besuchern möglicherweise Vergleichende Anatomen gebe.

»Vergleichende Anatomen? Keinen einzigen!«

»Und warum stellt König Yoky diese Frage?« wollte Babbalanja wissen.

Worauf uns folgende Erklärung gegeben wurde.

Der ehrwürdige Vorgänger von König Yoky hatte gegen Ende seiner Regentschaft, als er offenbar senil wurde, eine große Zuneigung zu einem alten, grauhaarigen Schimpansen entwickelt, den er eines Tages sinnend im Walde antraf. Er hieß Rozoko. Er bot einen sehr ernsten und würdevollen Anblick und hatte viel von einem Philosophen. Ihm waren alle diese knorrigen und verdrehten Themen vertraut; er hatte in seinem Leben so manche harte Nuß geknackt. Und Rozoko war so vernarrt in seine menschenscheue Einsamkeit, daß es vieler Schmeichelworte und Verlockungen bedurfte, um ihn zum Verlassen seiner moosigen Misanthropenhöhle zu bewegen, auf daß er sich in den verwirrenden Tumult eines Hofes begebe.

Doch schon bald vergaß der Weise seinen Wald, da er zu hohen Ehren aufrückte und Favorit des Königs wurde. Und er erwiderte, Liebe um Liebe, des betagten Königs Hätscheleien. Sie wurden geradewegs innige Freunde, speisten und tranken zusammen, zechten mit zitternden Lippen maßvoll und mit langen Pausen, verglichen ihre früheren Erfahrungen und klapperten solche Themen ab, über die sich Achtzigjährige gern verbreiten.

Denn wenn die Glut der Jugend vorüber ist und Mardi ein Antlitz zeigt, das wirklicher ist, dann ziehen wir es vor, zu denken anstatt zu handeln; dann scheint das Gegenwärtige unwesentlicher zu sein als das Vergangene; dann tun wir uns mit Graubärten zusammen wie wir selbst und unterhalten uns über Schlagfluß, Leichenwagen, Bahrtücher und Grabmäler; bestellen unseren Leichenbestatter; hüllen uns in unsere Mäntel als seien es Totenhemden; und liegen jede Nacht da, zum Sterben bereit. Dann platzt die große Weltenblase; dann wird des Lebens Wolke weggefegt, und unseren fassungslosen Augen enthüllt sich der Himmel. Dann beten wir Rosenkränze und murmeln Vaterunser; und rufen mit bebender Stimme: »Oro, sei uns gnädig.«

So war es auch bei dem Monarchen und Rozoko.

Doch nicht immer. An einem hellen, heiteren Morgen unternahmen sie manchmal gemächlich-tatterige Streifzüge in den Wald, indes ihre Köpfe über grotesken Wanderstäben wackelten, welche die Handwerkskunst des Schimpansen hervorgebracht hatte. Denn der stoische Rozoko ging der Liebhaberei des Holzdrechselns nach und verfertigte dilettantische Spazierstöcke. Diese wurden später regelrecht zu seinen Steckenpferden; denn, schon halb altersblöde, bestieg er seinen Stock und unternahm einen leichten Ausritt in die gesunde Abendluft. Dies hielt er manchmal für eine angemessenere Bewegungsart als Gehen. Bald führte er seinen Freund, den König, in diese Reitkunst ein. Oft tänzelten sie dann nebeneinander auf ihren Steckenpferden oder waren des Sattels müde und stiegen ab; legten Pausen ein, um über umgestürzten Palmen nachzudenken, die auf dem Weg vermoderten, und zählten deren geheimnisvollen Jahresringe. Jeder Ring war ein Jahr in ihrem eigenen Kalender.

Der Monarch hing so sehr an dem Schimpansen, daß er es seinen Untertanen, die er zur rechten Zeit zusammenrief, allen Ernstes auferlegte, ihn und seinen getreuen Freund im Todesfalle in einer gemeinsamen Gruft zu bestatten.

Der Fall trat ein und der Monarch starb. Der arme Rozoko war nun in seine zweite Kindheit versetzt und weinte so jämmerlich, daß in dieser Nacht auf Hooloomooloo keiner ein Auge zutat. Nicht im geringsten wollte er seinen Körper verlassen. Doch schließlich, nachdem er ihn dreimal langsam umkreist hatte, legte er ihn ab. Ganz eingerollt lag er da und hauchte lautlos seinen Geist aus.

Man gedachte der Verfügung des Königs; und beide fanden in der selben Gruft Aufnahme.

Die Monde verstrichen. Und da man die Bewohner der Insel mit Hohn und Spott übergoß, zeigten diese sich schließlich sehr entrüstet darüber, daß ein Affe von niedriger Geburt das Totenlager ihres verblichenen Herrn teilte, obwohl sie doch beide, den betagten Aeneas und seinen Achates, Seite an Seite gebettet hatten.

Sie beschlossen sogleich, eine neue Gruft mit einem hohen Grabhügel zu bauen; und dorthin die von ihnen verehrten Gebeine zu überführen.

Doch bei der Exhumierung entstand eine betrübliche Verwirrung. Denn schau! Diese beiden engen Freunde übertrafen selbst Saul und Jonathan und waren sogar als Dahingeschiedene unzertrennlich. Alle ihre Überreste, von Hüftbein, über Elle bis zum Handgelenk, bildeten ein derartiges Gemengsel und die einzelnen Teile waren einander so ähnlich wie die literarischen Relikte der Herren Beaumont und Fletcher, daß man auch mit einer Brille nicht sagen konnte, wer nun welcher wäre. Daher ließen sie ihren Plan fallen; auf daß ihr turmhohes Monument nicht an einen Affen statt an einen Monarchen gemahne.

Das war die Erzählung, nach der sich der edle Herr Media vornehm in Schweigen hüllte. Doch sprach Babbalanja, den Turban in der Hand, folgende Worte, die ihm geziemend schienen:

»Ich bin zutiefst betroffen, König Yoky, über die Verwirrung, in die Eure Insel geraten ist. Und nicht gering ist mein Bedauern, daß ich nicht der Mann bin, der ihr abhelfen kann. Es ist zum Weinen, daß die Zahl der Vergleichenden Anatomen jetzt noch nicht so groß ist wie sie es gewiß in Zukunft sein wird, wenn man ihre Dienste verstärkt in Anspruch nehmen wird; insbesondere am Jüngsten Tag, wenn Millionen edler und unedler Geister lauthals nach ihren verschollenen Skeletten verlangen werden; wenn sich die streitenden Parteien auf ein armseliges, morsches Rückgrat stürzen; und wenn wir uns wie die Hunde balgen, doch diesmal um unsere eigenen Knochen.«

Daraufhin traten gnomenhafte Mundschenke und Majordomus ein, oben mit Geweihen, die gänzlich zu Hohlformen verwachsen waren: mundgerecht gruppierte Becher. Sie kündigten das Mittagsmahl an.

König Media zeigte jedoch keine Neigung, mit diesen Mißgestalten zu speisen und rührte sich nicht vom Fleck. Doch indem Babbalanja das alte Sprichwort zitierte: »Schlage mir ins Gesicht, doch verschmähe nicht meine Yamswurzeln«, veranlaßte er ihn, von seiner Überempfindlichkeit zu lassen.

Mit Widderhörnern wurde ein Tusch geblasen, und Hof und Gäste schritten zu Tisch.

Die Mitte des Raumes nahm der verrenkte Stamm eines wilden Banyan-Baumes ein, dessen Äste man alle auf gleicher Länge abgesägt hatte, so daß er auf diesen Füßen wie ein riesiger Tausendfüßler zu kriechen schien. Der Tisch war mit schiefhalsigen Kürbisflaschen, mißgebildeten Kalebassen und unförmigen Servierbrettern bestückt, die man knorrigem Holz abgerungen hatte.

Der erste Gang bestand aus einer Garnelensuppe, in großen Muschelschalen serviert; der zweite aus Hummer, Tintenfisch, Krabben, Herzmuscheln, Krebsen; der dritte aus Taro-Wurzeln und Bananen, deren Enden sich eigensinnig wie eingefleischte Schweineschwänze kringelten. Zum Nachtisch gab es Melonen, so unförmig wie die Wasserköpfe von Idioten.

Diese Leckerbissen nun wurden der gefälligen Beachtung der Gäste empfohlen, nicht nur wegen ihres köstlichen Geschmacks sondern auch wegen ihrer Wohlgestalt.

Und in den Pausen zwischen den Gängen machte man uns bis zum Überdruß auf diverse Kunstgegenstände aufmerksam, die wir bewundern sollten: krummbeinige Schemel aus Mangrovenholz, Fischbein-Rapiere in Zickzackform, Armreifen aus Tümmler-Wirbeln, exotische Terrinen aus dem Bauchschild von Dosenschildkröten und Kännchen aus Pavianschädeln.

Nach dem Bankett zogen wir uns unter höflichen Verbeugungen zurück.

Als wir uns wieder dem Wasser zuwandten, kamen wir an einem Feld vorbei, wo Zwerge in Yamsbeeten arbeiteten; sie häuften die Erde um die Wurzeln, indem sie diese, nach Hundeart, hinter sich scharrten.

Als wir abfahrbereit waren, verschaffte uns Yokys Knecht, ein dreiarmiger Zwerg, einen prächtigen Start, indem er jedem Kanu einen kräftigen, dreifachen Schubs gab und rief: »Fort mit euch Monstern!«

Und es soll nicht unerwähnt bleiben, daß Vee-Vee, kurz bevor wir in die Boote gingen, einen sonderbar aussehenden Stein bemerkte; er drehte ihn um und fand eine Schlange darunter.

CLXXV.

Ein Buch aus den ›Grübeleien des Bardianna‹

»NUN,« posaunte Babbalanja los, als wir uns von der Insel entfernten, »wer sind nun die Monster, wir oder die Krüppel?«

»Du selbst bist eines, weil du eine solche Frage stellst,« sagte Mohi.

»Und für die Krüppel bin ich das auch; doch nicht aus dem Grund, den du anführst, alter Mann. Aber ich bin, wie ich bin; ob häßlich oder schön, das hängt vom dem ab, der zum Richter bestellt ist. Man hat noch keine oberste Norm gefunden, die uns erlaubte, uns selbst zu beurteilen. ›Selbst unsere Instinkte sind Vorurteile,‹ sagte Alla-Malolla. ›Selbst unsere Axiome und Postulate sind weit davon entfernt, unfehlbar zu sein.‹ ›Im Hinblick auf das Universum ist der Mensch nur ein Ausschnitt,‹ sagte Diloro; ›und die ersten Grundsätze sind nichts als Dogmen.‹ Welche Ethik herrscht auf den Plejaden? Was haben die Synoden im Sternbild des Schützen beschlossen?«

»Laß deine alten Autoren sein und bleibe bei den Krüppeln, verbreite dich über sie,« sagte Media.

»Aber mit ihnen bin ich schon fertig; zu diesem Thema gibt es keinen Sermon. Lauscht lieber einer Passage des alten Bardianna, die ich auswendig kenne. Dort sagt der Weise in Kapitel X der ›Grübeleien‹ (Titel ›Zermalmende‹; Motto: ›Je pense.‹): ›Meine Vorrangstellung in der Schöpfung, – brüstet sich der Mensch –, wird in meiner natürlichen Haltung deutlich: Ich stehe aufrecht! Aber solches tun auch die Palmen und die Giraffen, die deren Wipfel abgrasen. Die Vögel der Luft fliegen hoch über unseren Häuptern; und von dort aus, wo wir unseren Himmel vermuten, bekleckern sie die Zinnen unserer Tempel. Wie Adler von ihren Horsten, so schauen sie auf uns Mardianer in unseren Bienenkörben herab, nicht anders, wie sie auf die Biber in ihren Bauten blicken; und sie wundern sich über unsere unverständlichen Gewohnheiten. Wie gescheit wir auch sein mögen, es bleibt uns doch einiges verborgen, was für sie kein Geheimnis ist. Können wir mit unseren fünf Schlüsseln alles Wissen erschließen? Taub, blind und ohne Geruchssinn findet die Fledermaus untrüglich ihren Weg; könnten wir es? Der Mensch aber ist Herr über die Fledermaus und die Tiere; Herr über die Krähen, mit denen er seine Kornernte teilen muß. Für die Vögel ackern wir ebenso wie für uns. Der Fluch der Arbeit lastet nur auf uns. Wie Sklaven placken wir uns; und sie picken und schnabulieren nach Lust und Laune.

Mardi ist nicht gänzlich unser Eigen. Wir sind der am wenigsten volkreiche Teil der Schöpfung. Eine Zählung unter den Heringen (von anderen Stämmen ganz zu schweigen), würde beweisen, daß wir weit in der Minderheit sind. Und wie das Leben für uns ist, – sauer oder süß, – so ist es auch für sie. Wie wir sterben sie und kämpfen bis zum letzten; wie wir vermehren sie sich und scheiden dahin. Wir bewohnen nur eine rauhe

Kruste, Inselfetzen, während die große, unergründliche Lagune zwei Drittel der Fläche einnimmt und, von ferne gesehen, alles beherrscht.

Welcher Schacht wurde schon bis zu den Antipoden gegraben? Was liegt unterhalb der Goldminen?

Doch selbst hier über der Erde, tappen wir nur im dunkeln, selbst wenn die Sonne im Zenith steht. Vergeblich suchen wir nach unseren Nordwestpassagen, die für die Wale Durchgangssstraßen sind.

O Menschengefährten! Wir sind nur das, was wir sind, nicht was wir sein möchten und zu sein hoffen. Wir sind nur eine Sprosse einer Stufenleiter, die eher über uns hinaus führt als hinab. Wir atmen bloß Sauerstoff. Wer auf Arkturus hat schon von uns gehört? In der Milchstraße kennt man uns nicht. Wir schwatzen von göttlichen Fähigkeiten und wissen nicht einmal wie ein Grashalm sprießt. Unter dem Himmelsgewölbe gehen wir mit eingezogenen Schultern. Wir tönen laut von unkörperlichen Welten; und verweilen doch lange bei unseren Banketten. Wir reklamieren Ewigkeit für unser Leben; und sind doch schon oft von unseren sterblichen Stunden gelangweilt. Wir wissen nicht, von was wir sprechen. Der Vogel des Paradieses überholt uns mit unserem Geflatter. Es ist noch nicht in unser Denken eingedrungen, was es heißt, unsterblich zu sein. Nach Herzenslust zimmern wir unsere jenseitige Welt: Ränge über Ränge, Galerien voller Laureaten, wo ewige Oratorien erschallen, Paternoster und Misereres! Und wir vergessen, daß uns in Mardi unsere Breviere oft den Händen entgleiten. Doch in diesem Jenseits, sagen einige, soll es Diwane geben, in die wir zurücksinken können, von ewiger Sonnenglut gewärmt, ohne daß wir wissen, ob es Orient oder Okzident ist. Stimmt dies? Ihr Menschengefährten! Unser sterbliches Leben hat ein Ende, doch ist dieses Ende kein Ziel, kein Ort zum Ausruhen. Was es auch immer ist, es wird sich nur als der Anfang eines anderen Umlaufs erweisen. Wir werden Freude, Hoffnung, Trauer empfinden, wie früher; wenn auch unsere Tränen eher dem würzigen Harz gleichen, das aus manchen Bäumen quillt. Ohne eigene Energie werden wir sein: nur noch Schemen.

Die trübe Schicht bricht auf. Die Zeitalter sind schon lange im Umlauf gewesen. Menschengefährten! Das jenseitige Leben wird nicht lyrisch sein; und wir werden nicht gähnen und uns als Schatten strecken, während sich die ewigen Kreisläufe vollziehen. Es ist schon eine edle Bestimmung, überhaupt zu leben; doch ewig zu leben, parallel mit Oro, das kann uns schon in Schrecken versetzen. Mühen wir uns nicht hier? Und sollen wir nicht anderswo auf immer faul sein? Andere Welten unterscheiden sich nur graduell von der hiesigen. Ein Kiesel ist gewiß ein schönes Muster für das Universum.

Unsere Winke zielen ins Blaue hinein. Vielleicht gibt es in diesem Augenblick Wesen, die sogar zu dieser Welt als ihrem zukünftigen Himmel aufblicken. Doch das Universum ist überall Himmel: nichts als Sternenwelten in unendlicher Ausdehnung. Was wir sehen, ist nur ein kleiner Sternenhaufen. Könnten wir Bootes erreichen, wären wir Oro näher als jetzt. Er hat keinen Ort, doch er ist vorhanden. Vielleicht hat uns schon unser Sternensystem auf seinen unvorstellbaren Wanderungen durch die Räume geschleppt, wo wir unsere Traumstädte aus Beryll und Jaspis errichten. Vielleicht atmen wir gerade jetzt den Äther ein, von dem wir uns vorstellen, daß er von Engelsflügeln durchfächert wird. Doch schaut euch um. Hier und jetzt ist viel zu sehen. Ist der Erzengel Wacht prachtvoller als die der Sterne, die wir jede Nacht erblicken? Fortwährend schätzen wir die Wunder gering, von denen wir denken, ihr Vorrat sei groß genug. Wir erwarten die Gabe. Wir sind mit Wundern so eingedeckt, daß wir sie gar nicht mehr für Wunder halten. Hätten sich diese Augen zuerst über all den wunderbaren Zeichen der Offenbarung des Johannes geöffnet, dann wären uns diese so vertraut geworden, daß wir sie nicht anders angesehen hätten wie das, was uns umgibt. In *diesem* Moment ist die Seite aufgeschlagen: für die Einfachen so einfach wie eine Fibel, für die Klugen verwirrender als Hieroglyphen. Die künftige Ewigkeit ist nur eine Verlängerung der jetzigen Zeit. Und der Beginn kann wunderbarer sein als das Ende.

Dann laßt uns also weise sein; obwohl wir schon vieles Wissen, was wir suchen, in uns tragen. Wenn es einfach ist, verachten wir es; wenn es gewagt ist, fürchten wir es.

Wir wollen unsere Schätze in Einsamkeit heben. Wir wollen unseren eigenen Gedanken lauschen. Die Seele braucht keinen Lehrer außer Oro; Oro ohne Stellvertreter. Wenn sie ihn wünscht, ist sie zugleich Lehrer und Belehrter. Unleugbar war die Vernunft die erste Entdeckung; und insofern sie auch alle anderen beurteilt, hat sie auch Vortritt vor diesen. Unmittelbar und ungehemmt dringt sie zu uns durch; und hat unbestreitbar Oros Zustimmung. Doch obwohl sie der Inspiration entspringt, ist sie nicht so vermessen, wie manche meinen. Nein, viel zu bescheiden, findet sie sich manchmal mit der größten Schmach ab. Obwohl sie auch in Bestform nicht unfehlbar ist, können wir uns doch, in ihrem Bereich, auf sie verlassen. Wenn sie im Fehler ist, hält sie inne. Von Visionären reden wir nicht. Wenn diese unsere erste Entdeckung vor dem Äußersten Halt macht, so tun dies alle weiteren ebenso. Wenn sie oftmals schiere Verblüffung hervorruft, so tun dies alle weiteren um so mehr. Vieles läßt sie im dunkeln; und den alten Rätseln werden neue Geheimnisse zugefügt. Menschengefährten! Der Ozean, den wir ausloten wollen, ist unergründlich; keine unserer Leinen erreicht seinen Boden. Laßt uns also bescheiden sein, doch nicht mit der dünkelhaften Bescheidenheit der Pharisäer. Wir kriechen weder wie Würmer noch tragen wir die Tracht der Engel.

Das Himmelsgewölbe hat keinen Schlußstein; und der Mensch ist am wenigsten dessen Stütze. Er steht allein. Alles sind wir uns selbst, doch wenig für andere. Was sind andere für uns? Würde das ewige Leben dieser Generation und ihren unmittelbaren Vorfahren zugesichert werden, was würden da die unzähligen Generationen aus früheren Zeitaltern lamentieren? Und schon bald würden wir in die Reihe unserer Väter einrücken. Was würde es uns ausmachen, wenn ein entfernter Volksstamm, der heute quicklebendig ist, auf einen Schlag ausgelöscht werden würde? Interessiert es uns wirklich, ob die Bewohner von Bellatrix unsterblich sind oder nicht, außer wir wären neugierig?

Dingen, die uns hart bedrängen, sollten wir nicht aus dem Weg gehen.

Einst gab es in der Nähe von Kassiopeia einen Stern erster Größe, der den ganzen Nordhimmel überstrahlte; er verglomm dann wie ein Feuer, wurde zu Asche und erlosch. An seiner Stelle ist jetzt eine Leere. Eine gewaltige Welt samt ihren Kontinenten, sagen die Astronomen, ist dort über den Köpfen unserer Väter verglüht, während man in Mardi muntere Feste feierte und Mädchen vermählte. Wer denkt jetzt noch an diese lodernde Sphäre? Wer weiß überhaupt noch, daß es sie gab?

So ist es eben.

Menschengefährten! Um uns richtig sehen zu können, müssen wir uns aufmachen und von den Streifen des Jupiters und von den Monden des Saturn einen Blick auf uns werfen. Das All kann ohne uns alt werden, auch wenn uns, dank Oro, ein kleiner Himmelswinkel zugewiesen ist, den wir erblicken können. Wir haben keinen alleinigen Anspruch auf die Ewigkeit; und irdisches Leid allein, das nicht vergolten wurde, kann diesen Anspruch nicht begründen, wenn nicht auch die mißhandelten Tiere Erlösung erlangen können. Leid ist Leid, gleich ob Mensch, Tier oder Ding leidet.

Wie klein, wie nichtig sind unsere Verdienste! Halten wir uns also mit nutzlosen Spekulationen zurück! Man braucht uns nicht zu sagen, was recht ist; wir sind mit dem ganzen Gesetz im Herzen auf die Welt gekommen. Handeln wir – und beugen wir unsere Knie. Und wenn wir trotzdem sang- und klanglos verschwinden, so gehen wir immerhin zugrunde und haben die Unsterblichkeit verdient, anstatt sie unverdient zu genießen. Statt Glaubenskämpfe zu führen, sollten wir tausenderlei Übelständen in unserer Umgebung abhelfen. Armut kriecht auf ihr schäbiges Lager und siecht ohne Hilfe dahin. Hier auf Erden, Menschengefährten, können wir bessere Engel sein als im Himmel, wo es Elend und Not nicht gibt.

Wir Mardianer reden so, als sei das Jenseits ein und alles, doch wir handeln so, als sei die Gegenwart alles. Wenn wir in unseren Theorien Mardi klein erscheinen lassen, so übersteigen wir doch nicht die Vorstellung, die ein Erzengel davon hat, der alle Sonnen und Systeme mit einem Blick erfaßt. Sollten die Inseln wie Kiesel im Weltraum versinken, würde Sirius, der Hundsstern, immer noch am Himmel glühen. Was für die mikroskopisch kleinen Tierchen das Atom ist, das ist Mardi für uns. Und diese Leben der Sterblichen sind lang, wenn sie richtig gelebt werden; blickt man in diese Seelen hinein, so sind sie unergründlich wie die tiefsten Tiefen.

Menschengefährten! Wir betreiben Haarspalterei; doch läßt man die großen Worte beiseite, bemerkt man, daß die meisten von uns am rechten Glauben hangen. Kein Denkender fällt vom großen Glauben ab. Die ersten Menschen dachten schon wie wir. Die biblische Wahrheit ist immer noch maßgeblich für uns; und alles, was damit in Widerspruch steht, glauben wir weniger als daß wir glauben, gar nicht glauben zu können. Der Wirklichkeitssinn ist ein sturer Despot, der sich meistens durchsetzt. Er prüft und genehmigt Dinge, die gar nichts mit ihm zu tun haben. Doch diejenigen, die glauben, sich ganz über ihn hinwegsetzen zu können, sind doch nur auf andere, unmerkliche Weise gefangen und tragen das alte Joch in anderer Gestalt.‹«

»Halte ein, Babbalanja,« sagte Media, »und erlaube mir, daß ich ein Wort in dein Ohr dringen lasse. Seit langem Philosoph, pflegtest du uns mit Kapiteln deines alten Bardianna zu unterhalten; und mit unendlichem Schwung hast du gerade das längste von allen zitiert. Doch ich sehe nicht, o Weiser, daß du für dich selbst besser oder weiser wärest. Du lebst nicht gemäß Bardiannas Grundgedanken. Er ist standhaft in seinem Denken, doch du bist wie ein Fähnchen im Wind. Wie kommt das?«

»Gockel-gackel, fackel-fö, fuchtel-fochtel-forum!«

»Irre, wieder irre,« rief Yoomy.

CLXXVI.

Babbalanja kommt wieder auf die Beine

BABBALANJA saß vierundzwanzig Stunden lang starr und bewegungslos da und sprach kein einziges Wort. Daraufhin begann er, fast ohne einen Muskel zu bewegen, folgendes zu murmeln: »Schlemme nicht auf Banketten sondern sättige dich; nimm deine Portion und ziehe dich zurück; und iß nicht eher wieder, bis es dich danach verlangt. Dadurch läßt du der Natur Zeit, damit sie ihre magische Verwandlung vollziehen kann: die festen Teile der Nahrung in Fleisch und den Wein in Blut zu verwandeln. Nach einem Bankett lege dich zur Ruhe nieder: die Verdauung will es so. Alle diese Regeln gelten auch an den Tischen der Weisheit und insbesondere auch für diejenigen, die sich am alten Bardianna laben.«

»Du weilst also wieder unter den Lebenden, Babbalanja?« sagte Media.

»Ja, edler Herr, ich bin gerade von den Toten auferstanden.«

»Und hat dich Azzageddi zum Totenreich geführt?«

»Ziehe deine Fänge ein und weiche, Widersacher! Laß mich los! Oder ich schlage dir ein Schnippchen und sterbe!«

»Rasch, Mohi! Laßt uns die Plätze tauschen,« rief Yoomy.

»Was nun, Babbalanja?« sagte Media.

»O edler Herr Mensch – nicht *Ihr*, edler Herr Media – erhabenes und machtvolles Wesen, Krone der Schöpfung! Du bist bloß der größte Prahlhans aller Zeiten! In allen Zeitaltern hast du dich mit deinen kühnen Fortschritten aufgeplustert: deine Vorfahren seien seichte Narren, kindische Greise! Die ganze Vergangenheit: vergeudete Zeit! Die Gegenwart weiß alles! Welches Glück im Jetzt und Hier zu leben! Jeder ist ein Autor! Soviel Bücher wie es Menschen gibt! Ein Licht geht auf in Minuten! Verkaufe Zähne pfundweise! Alle Elemente sind dienstbare Geister! Der Blitz erledigt Botengänge! Flüsse nach Maß! Der Ozean, ein Pfütze! – Doch schon Jahrhunderte zuvor haben sie sich aufgeplustert wie wir; und in künftigen Zeiten und immerdar werden sie sich aufplustern. In früheren Zeiten schwärzte man die Vergangenheit an, hielt sich für der Weisheit letzten Schluß. Mardi sollte nicht allein dastehen: die Annexion eines Planeten wurde gefordert, die Invasion der Sonne, die Kolonisation des Mondes; Konquistadoren schmachteten nach neuen Mardis, die Weisen wollten neue Himmel – denn hienieden konnten sie alle Fibeln schon auswendig. Wie wir, stöhnten sie in früheren Zeiten unter ihren Büchern, machten Bibliotheken zu Scheiterhaufen; und in deren Asche wühlen wir ehrfürchtig nach verkohlten Seiten herum und vergessen sogar, daß wir so viel klüger sind als sie. – Doch was haben wir wunderbare Zeiten: erstaunliche Entdeckungen, die sogar die Natur übersteigen! Und das Wundervollste daran: sie wurden zum erstenmal gemacht. Sie sind so einfach, daß unsere Vorfahren sie gewiß übersehen haben. Sie waren auf tiefere Dinge aus, ergründeten die Seele. Alles, was wir entdecken, hat uns schon begleitet, seit die Sonne zu rollen begann; doch vieles, was wir entdecken, ist nicht wert, entdeckt zu werden. Wir sind Kinder, die wegen Vogelnestern auf die Bäume klettern und die ein großes Geschrei anheben, wenn sie Eier darin finden. Doch wo sind unsere Flügel, die unsere Vorfahren gewiß nicht hatten? Sagt uns, Weise, gibt es etwas, das für einen Erzengel wissenswert wäre? Entdeckt ihr Entdecker etwas Neues? Narren! Mardi hat sich nicht verändert: die Sonne erhebt sich an ihrem alten Ort im Osten, alle Dinge gehen ihren immergleichen Gang. Uns kommen die Weisheitszähne ebenso spät wie vor dreitausend Jahren.«

»Verzeih,« sagte Mohi, »ich bin nun siebzig Jahre und mir ist immer noch nicht der letzte gewachsen.«

»Die Zähne, die der Begründer des Alphabets gesät hat, waren Weisheitszähne, doch gingen nicht alle auf. Wie Frühlingsweizen brechen sie erst spät aus der Erde, wie Frühlingsweizen sind viele im harten Winterboden zugrunde gegangen. O edler Herr, obwohl wir Leichname galvanisieren, so daß sie Veitstänze aufführen, können wir die Toten doch nicht auferstehen lassen! Obwohl wir den Blutkreislauf entdeckt haben, sterben die Menschen doch wie ehedem. Rinder grasen, Schafe blöken, Säuglinge schreien, Esel brüllen – genauso laut und energisch wie vor der Sintflut. Menschen liegen im Streit und versöhnen sich; bereuen und beginnen wieder von vorne; prassen und sterben Hungers; lachen und weinen; beten und fluchen; schwindeln, schachern, täuschen, kriechen zu Kreuz, tricksen, betören, betrügen, belügen, betteln, borgen, bestehlen, hängen, ertränken – wie in uralten Zeiten. Nichts ändert sich, obwohl vieles neumodisch ist: neue Moden wiederholen nur frühere. In den Büchern der Vergangenheit lesen wir nichts von der Gegenwart, wohl aber in den gegenwärtigen etwas von der Vergangenheit. Die gesamte Geschichte Mardis macht, in Großbuchstaben geschrieben, eine einzige Seite aus, die Titelseite. Die gesamte Autobiographie Mardis besteht aus einem Ausrufezeichen.«

»Wer spricht jetzt?« fragte Media; »Bardianna, Azzageddi oder Babbalanja?«

»Alle drei: ist es nicht ein vergnügliches Konzert?«

»Sehr hübsch! – Fahre fort und erzähle uns etwas von dem zukünftigen, jenseitigen Leben.«

»Ich bin noch nicht aus diesem Leben geschieden, edler Herr.«

»Doch gerade hast du gesagt, du seist von den Toten auferstanden.«

»Von dem Toten, der in mir vergraben ist, nicht von mir selbst als Totem.«

»Vielleicht weiß ja Bardianna etwas vom Jenseits?«

»Wenn dem so wäre, würde er es nicht offenbaren. Mir ist immer aufgefallen, edler Herr, daß die tiefgründigsten, freimütigsten Denker, selbst in ihren tiefsinnigsten Abhandlungen, einen großen Teil der kostbaren Gedanken für sich behalten. Sie denken vielleicht, das sei zu gut oder zu schlecht oder zu klug oder zu närrisch für die Menge. Und dieses unliebsame Schwanken stellt sich immer ein, wenn sie auf einen neuen Gedankengang in ihrer Seele stoßen. Der Boden darüber klingt, wie bei vergrabenen Schätzen: merkwürdig und hohl. Jedenfalls sagt uns der tiefsinnigste Grübler selten alles, was er denkt, selten entdeckt er uns das Äußerste und Innerste, selten öffnet er uns die Augen unter Wasser, selten macht er uns das totus-in-toto zugänglich und nie führt er uns zum Un-Inkohärenten, zum Immanenten, zum Über-Essentiellen und zum Einen.«

»Wirrwarr! Denke an die Quadammodotative!«

»Ach,« sagte Flechtbart, »das ist der Riß in seiner Schüssel, den alle Dizibilien des Doxodox nicht flicken werden.«

»Und aus dieser hirnrissigen Schale gibt er uns jetzt zu trinken, alter Mohi.«

»Doch man soll sich weder um sein undichtes Geschirr kümmern noch um dessen Inhalt, edler Herr. Sollen sich diese Philosophen nach Lust und Laune selbst irre machen, wir Weisen nehmen nicht daran teil.«

»Narren wie ich trinken, bis sie sich im Kreis drehen,« sagte Babbalanja. »Und eine Kalebasse muß immer die Runde machen. Fochtel-forum!«

CLXXVII.

Letzte Erwähnung des alten Bardianna: Sein letzter Wille

DER Tag neigte sich seinem Ende zu. Und wie ungarische Zigeuner nach vielen Spukgeschichten still um ihr Feuer im Walde sitzen und dem rötlichen Lichtschein zusehen, der über ihre Gesichter spielt – so saßen wir nun in feierlicher Stille; und der karminrote Westen war das Feuer, das alle unsere Gesichter rötete.

»Erblasser!« rief daraufhin Media. »Habt ihr euren letzten Willen testamentarisch festgelegt, so tut ihn kund!«

»Meiner ist schon seit langem niedergeschrieben ,« sagte Babbalanja.

»Und wie lautet er?«

»Fuchtel-fochtel – – –«

»Höre zu, du Störenfried Azzageddi! Schere dich zu deinen fidelen Kumpanen dort unten und wedle dort mit deinem frechen Schwanz; oder ich nagle ihn dir an den Bug, bis du darum brüllst, freigelassen zu werden. Pack dich, sage ich.«

»Fahr hinab, Teufel, fahr zur Hölle!« grollte Babbalanja. »Ich glaube, edler Herr, er ist fort. Und nun werde ich, mit Eurer Erlaubnis, das Testament des alten Bardianna aufsagen. Es ist es wert, von ganz Mardi gehört zu werden. Ich habe es so eingehend studiert, daß ich es auswendig kann.«

»Beginne dann; doch ich fürchte, Azzageddi ist noch nicht tief genug.«

»Hört also, edler Herr: – ›Anno Mardi 50 000 000 a.Z. verfüge ich, Bardianna von der Insel Vamba, aus dem Ort gleichen Namens, nach einem Mahl von Yamswurzeln, gesund an Geist und Gliedern und guter Dinge, hiermit diesen meinen Letzten Willen.

Erstens:

Da alle aus meiner Sippschaft auf Mardi gut gestellt sind, berücksichtige ich sie in diesem meinem Testament überhaupt nicht.

Item: Da mein guter Freund Pondo verschiedentlich, mit Worten und in anderer Weise, seine große Zuneigung zu mir, Bardianna, bekundet hat, in meiner Eigenschaft als Besitzer des umfangreichen Anwesens, genannt »Das Lager«, samt seinen Pertinenzien, jetzo mein Wohnsitz, in besagtem Vamba gelegen; verfüge ich des weiteren für alle meine Brotfruchtgärten, Palmenhaine, Bananenplantagen, Tarofelder, Gärten, Wiesen, Wege und zu besagtem Anwesen gehörigen Erbgüter, daß ich dieselben hiermit dem Bomblum von der Insel Adda vermache, da besagter Bomblum für mich, als Eigentümer eines Grundbesitzes, nie eine Wertschätzung geäußert hat.

Item: Da sich mein werter Nachbar Lakreemo seit der letzten Mondfinsternis täglich nach meinem Gesundheitszustand erkundigt hat und da er allabendlich meinen Kräuterheiler unter Tränen nach dem Befinden meiner inneren Organe befragt hat, vermache ich besagtem Lakreemo samt und sonders diejenigen pflanzlichen Präperate, Pillen, Tränke, Pulver, Laxative, Purgative, Expellative, Evakuative, Tonika, Brechmittel,

Reinigungsmittel, Klistiere, Injektionsnadeln, Schröpfeisen, Kataplasmen, Linderungsmittel, Lotionen, Absude, Wasch- und Gurgelwasser und schleimabführenden Mittel, zusammen mit den dazugehörigen Krügen, Kalebassen, Flaschen und Salbentöpfen, die in der Nordwest-Ecke meiner ostsüdöstlichen Krypta, in obengenanntem Anwesen, als »Das Lager« bekannt, vorhanden und befindlich sind.

Item: Da mir die Frau Pesti, zu Vamba gebürtig, oftmals zu verstehen gegeben hat, daß ich, Bardianna, dringend einer Gemahlin bedürfe und da sie ebenso angedeutet hat, daß sie eine große eheliche Zuneigung zu mir hege, vermache ich besagter Pesti hiermit – meinen Segen; insofern, daß ich zur Zeit der Eröffnung dieses Testamentes jeglicher Nachstellung seitens obengenannter Dame Pesti ledig bin.

Item: Da ich eine hohe Meinung von der Rechtschaffenheit meines teuren und ausgezeichneten Freundes Bidiri habe, vermache, gebe, gewähre, bewillige, hinterlasse, überreiche ich besagtem Bidiri hiermit voll und ganz die gesamte Behausung, in der mein Diener Oram jetzo wohnt, samt aller zugehörigen Wiesen, Hügel, Senken, Felder, Wälder und Gärten, ZU TREUEN HÄNDEN jedoch, um selbige Wohnstatt zu alleinigem Nutzen und Frommen des ledigen Frauenzimmers Lanbranka Hohinna, jetzo ansässig auf obengenannter Insel Vamba, in Besitz zu haben und zu erhalten.

Item: Hiermit vermache ich meine große beschnitzte Kürbisflasche meinem guten Kameraden Topo.

Item: Da mein enger Freund Doldrum zu verschiedenen Zeiten und Orten prophezeite, daß sein Schmerz bei meinem Hinscheiden riesig wäre, vermache ich besagtem Doldrum hiermit zehn Yards meiner besten samtigen Tapa, damit er sie, zu seinem alleinigen Gebrauch und Nutzen, zu zahlreichen Schneuztüchern zerschneiden kann.

Item: Da mir mein vernünftiger Freund Solo seine Absicht kundgetan hat, lebenslänglich Junggeselle zu bleiben, vermache ich hiermit besagtem Solo meine einschläfrige Matte, auf der ich allnächtlich ruhe.

Item: Was meine private Laube und die angrenzenden Palmenhaine angeht, vorhanden und befindlich auf der Insel Vamba, so übergebe ich selbige, samt aller Pertinenzien, meinem Freund Minta, dem Zyniker, zu treuen Händen für den ersten durch und durch ehrbaren Mann aus der Nachkommenschaft meines Nachbarn Mondi; und in Ermangelung eines solchen für den ersten durch und durch ehrbaren Mann aus der Nachkommenschaft meines Nachbarn Pendidda; und in Ermangelung eines solchen für den ersten durch und durch ehrbaren Mann aus der Nachkommenschaft meines Nachbarn Wynodo; und in Ermangelung eines solchen für irgendeinen durch und durch ehrbaren Mann aus der Nachkommenschaft von irgendwem, der weit und breit in Mardi zu finden ist.

Item: Mein Freund Minta, der Zyniker, ist der alleinige Juror über alle Ansprüche auf obengenanntes Legat; und er behält alle Liegenschaften, bis besagte Person gefunden ist.

Item: Da ich weiß, daß mein ergebener Schreiber Marko sehr empfindlich ist bezüglich der Annahme einer Gunst, möchte ich ihm diese Qual ersparen und vermache hiermit besagtem Schreiber drei Milchzähne, nicht als pekuniäres Vermächtnis, sondern als bescheidenes und zartes Zeichen für meine tiefe Achtung vor ihm.

Item: Den Armen von Vamba vermache ich den gesamten Inhalt meines rot etikettierten Sackes mit kleinen Backenzähnen und Eckzähnen, der drei Viertel meines gesamten Nachlasses ausmacht; meinem Leibdiener Fidi vermache ich meinen Stock, alle meine Kleider und Togen und dreihundert Backenzähne in bar; meinem Schüler Krako, diesem scharfsinnigen Philosophen, vermache ich ein vollständiges Gebiß, damit er sich einen Rückenwirbel kaufen kann; und diesem frommen und hoffnungsvollen Jüngling Vangi zwei Lachter meines besten Kokosfasertaus samt des Vorrechts, sich jedes Astes in meinen Wäldern bedienen zu können.

Hiermit verfüge ich, daß der Rest meiner Güter, sämtliche Mobilien und Haushaltsgegenständen aller Art; und meine sämtlichen losen Zähne, die nach Zahlung meiner Schulden und Erbschaftssteuern noch übrig sind, direkt unter die Armen von Vamba aufgeteilt werden.

Zum letzten: Ich vermache ganz Mardi diesen meinen letzten Ratschlag: Lebe, solange du leben kannst und schließe deine Augen, wenn du stirbst.

Ein früheres Testament muß nicht widerrufen werden: dies ist mein erstes und letztes.

Um dies zu bezeugen, habe ich hierzu den Abdruck meiner rechten Hand hinterlassen; und habe hierzu die genaue Kopie der Tätowierung auf meiner rechten Schläfe während des obengenannten Jahres anbringen lassen.

Unterfertigt von mir, ›BARDIANNA.‹

»Babbalanja, dies ist ein außerordentliches Dokument,« sagte Media.

»Bardianna war ein außerordentlicher Mensch, edler Herr.«

»Gab es keine Testamentsnachträge.«

»Das gesamte Testament besteht nur aus Nachträgen; lauter nachträgliche Gedanken. Zehn Gedanken auf eine Tat, das war Bardiannas Motto.«

»Und seinen Anverwandten hatte er nichts hinterlassen?«

»Nicht einen Zahnstummel.«

»Aus seinem Testament geht hervor, daß er allein gelebt hat.«

»Ja, Bardianna hat nie versucht, an der Natur Verbesserungen vorzunehmen: er ist als Junggeselle geboren und starb als Junggeselle.«

»Was wird von seinem Hinschied berichtet,« fragte Mohi.

»Er starb mit geschlossenen Lippen und der Hand auf dem Herzen, alter Mann.«

»Und seine letzten Worte?«

»Stiller und besser.«

»Wo ist er, deiner Ansicht nach, jetzt?«

»In seinen Grübeleien. Und diese sind unser aller Vermächtnis, edler Herr; denn wie der große Häuptling von Romara, der ein ganzes Imperium hinterließ, so haben große Autoren ganz Mardi als Erben.«

CLXXVII.

Eine Todeswolke fegt an ihnen vorbei

AM nächsten Tag ein fürchterliches Schauspiel.

Wie sich im Seegebiet um die Sulu-Inseln jählings eine Wassertrombe bilden kann, deren Wirbel die fliehenden Boote der Malaien vor sich hertreibt, so war auch hier, rasend schnell, eine Wolke im Anzug und ließ Tausende von Buge dahinjagen; dahinter das schäumende Geflecht ihrer Kielspuren. Die dichtgedrängten Bootsbesatzungen rangen, in wahnsinnigem Flehen, ihre Hände und wirkten derart wie ein Urwald ineinander verschlungener Äste.

»Seht nur,« rief Yoomy, »die Todeswolke fliegt heran! Laßt uns ins Meer untertauchen.«

»Nein,« sagte Babbalanja. »Alles kommt von Oro. Wenn wir ertrinken sollen, so soll uns Oro ertränken.«

»Die Segel fallen lassen! Ruder ab!« rief Media. »Das Boot treiben lassen.«

Wie ein dahinstürmender Bison raste die Todeswolke an uns vorbei und streifte uns mit ihrer Gischt. Und über die tausend Boote dahinter brachen Sintfluten herein; ein Maelstrom tat sich auf und zog jede Planke und Seele hinab in die Tiefe.

Lange wurden wir auf den kreisenden Wogen hin und her geworfen, die sich von dieser Mitte her ausbreiteten und jede Insel zerschmetterten, bis sie, Monate später, ermattet das Riff von ganz Mardi bespülten.

»Oro sei Dank,« murmelte Mohi, »daß dieses Herz noch schlägt.«

An diesem sonnengeröteten Abend segelten wir an manchem stillen Hafen vorbei, aus dem sich Tausende von Booten geflüchtet hatten. Heiter und gelassen rollten dort die Wogen auf die Strände und plätscherten um die unversehrten Stämme der Palmen, an denen die tausend Boote noch des morgens befestigt waren.

»Indem sie den Tod flohen, rannten sie ihm in die Arme,« sagte Babbalanja. »Doch sind sie nicht gestorben, weil sie geflohen sind; denn die Todeswolke hätte auch aus diesen Häfen einen Maelstrom machen können. Sondern sie sind gestorben, weil sie nicht länger leben sollten. Könnten wir einen Blick auf den großen Kalender der Ewigkeit werfen, würden wir dort alle unsere Namen verzeichnet finden, jeder mit seinem Todesdatum versehen. Wir sterben durch Land und sterben durch Meer; wir sterben durch Erdbeben, Hungersnöte, Plagen und Kriege, durch Fieber und Seuchen, durch Leid oder übertriebene Freude. Diese tödliche Luft ist ein einziger Pesthauch, der uns schließlich alle dahinrafft. Wen die Todeswolke verschont, da er schläft, der stirbt in stillen Nachtwachen. Derjenige, den die Speere vieler Schlachten nicht fällen konnten, stirbt an einem Traubenkern unter der weinumrankten Laube, die er baute, um seinen Lebensabend zu beschatten. Wir sterben, weil wir leben. Doch nichtsdestoweniger zittert und zagt Babbalanja. Und wenn er nicht flieht, ist es, weil er in der Mitte eines Kreises steht: von allen Seiten ist ein Pfeil auf ihn gerichtet, überall lauert ein gespannter Bogen: ein Schwirren, und Babbalanja stirbt.«

CLXXIX.

Sie besuchen den Palmenkönig Abrazza

NACHT und Morgen verstrichen; und nachmittags näherten wir uns einer Insel, über der dunkle Wolken hingen. Ein Schauer ging nieder; aus den Wäldern drangen klagende Laute: halb ersticktes, schluchzendes Flüstern der Blätter. Unsere Buge wiesen auf das steil ansteigende Ufer.

»Fort von hier! Hier wollen wir nicht landen,« rief Media. »Laßt uns, wie der sorgenfreie Junggeselle Abrazza, der hier König ist, der Schattenseite der Insel den Rücken zukehren, und laßt uns die sonnige Seite erreichen, um uns an ihren Morgenauen zu erfreuen.«

»Aber wer ist der hohe Herr Abrazza?« fragte Yoomy.

»Der einhundertzwanzigste, der in direkter Linie von Phipora abstammt,« sagte Mohi, »und der mütterlicherseits mit den Lehnsherren von Klivonia verwandt ist. Sein Großonkel war Neffe der Nichte von Königin Zmiglandi, die vor langer Zeit an der Macht war und deren Heirat auf den ersten Durchgang der Venus fiel. Seine Ahnenreihe ist endlos.«

»Aber wer ist der hohe Herr Abrazza?«

»Hat er es nicht gesagt?« antwortete Babbalanja. »Warum so schwer von Begriff? Sein Großneffe war der Neffe der Nichte der unvergleichlichen Königin Zmiglandi und der einhundertzwanzigste Abkömmling des berühmten Phipora.«

»Will denn niemand sagen, wer Abrazza ist?«

»Kann man einen Menschen nicht dadurch schildern, daß man die Liste seiner Vorfahren abspult?« bemerkte Babbalanja, »oder müssen wir immer auf ihn selbst zu sprechen kommen. Also lausche, begriffsstutziger Yoomy, und wisse, daß dieser hohe Herr Abrazza sechs Fuß groß ist, daß er auf stämmigen Schenkeln steht, daß er blaue Augen und braunes Haar hat, daß er seine Brotfrucht gebacken und nicht geröstet mag, daß er manchmal Haselnüsse in seiner Krone trägt, daß er beim Sprechen gerne blinzelt, daß seine Zähne gut sind.«

»Das hört sich an wie der Steckbrief eines entflohenen Einbrechers,« sagte Media, »wenn Ihr in dieser Weise von meinem königlichen Freund, dem hohen Herrn Abrazza sprecht. Fahrt fort, Herr, und sagt auch, daß er der alleinige Herrscher von Bonovona ist!«

»Edler Herr, ich war noch nicht zu Ende gekommen. Abrazza ist ein schöner König, von blühendem Aussehen und wohlgenährt; dem das Herz überfließt und der Mund noch mehr. Und der, für eine königliche Hoheit, äußerst liebenswürdig ist. Er ist ein Gentleman mit Szepter, der viel Gutes tut. Gütiger König! In eigener Person erteilt er den Befehl, denjenigen beizustehen, die tagtäglich zur Ausschmückung seiner Königsrobe nach Perlen tauchen und die, schwer atmend und mit blutunterlaufenen Augen, aus haifischverseuchten Tiefen aufsteigen und ihren Schatz zu seinen Füßen niederlegen, während ihnen die Sinne schwinden. Gütiger König Abrazza! Was bemitleidet er diejenigen, die sich tagtäglich auf sein Geheiß hin in seinen riesigen Waldgebieten abmühen. Doch da er ein philosophischer König ist, weint er nie; er zeigt sein Mitgefühl in einem sanften Lächeln, doch dies nur selten.«

»Du scheinst viel Eisen im Blut zu haben,« sagen Media. »Doch sage, was du sagen mußt.«

»Sage ich nicht die Wahrheit, edler Herr? Ich bewundere Abrazza. Bis auf sein königliches Mitleid ist er rundum vergnügt. Er liebt das Leben um des Lebens willen. Er gelobt, daß er ohne Sorgen ist; und oftmals sagt er sich in angenehmen Träumereien: ›Gewiß, edler Herr Abrazza, wenn einer sorgenfrei sein sollte, dann bist du es, der niemanden niederstreckt, der aber alle, die gefallen sind, bedauert!‹ Doch hebt er keinen von ihnen auf.«

Schließlich erreichten wir die Sonnenseite und wandten uns dem Strand zu. Vee-Vees Horn tönte laut. Und der edle Herr Abrazza trat aus seinem goldenen Hain wie ein Gastgeber, der einen auf der Schwelle begrüßt, und traf uns, als unsere Kiele das Ufer berührten.

»Willkommen, mein lieber Halbgott und König! Media, mein angenehmer Gast!«

Seine Diener verbeugten sich tief, seine Häuptlinge verneigten sich, seine Leibgardisten, in grasgrünen Uniformen, präsentierten Palmenzweige statt Waffen – die königlichen Insignien. Und Hand in Hand schritten die nickenden und vergnügten königlichen Freunde eine Gasse von

Begrüßungen ab und zogen eine Schleppe von Neid hinter sich her.

Uns stach Abrazzas juwelenbesetzte Krone ins Auge, die weder lauteren Rubinglanz ausstrahlte noch das strenge Weiß von Medias Perlen hatte, sondern die ein grünes und gelbes Licht warf, worin die Strahlen von Smaragden und Topasen sich kreuzten. Dieses Gleißen war so düster, daß alle Anwesenden darin leichenblaß wirkten; allein Abrazzas Wange erglänzte hell, wenn auch in nervöser Rötung.

Eine geräumige Halle empfing die Könige auf duftenden Matten. Scharen von Höflingen waren dort versammelt, verneigten sich höflich und verströmten sich in sanften Schmeicheleien, so daß alles um sie herum in einen Dunst der Beweihräucherung gehüllt war.

Die Halle war in drei Etagen abgestuft, deren oberste einen Vorhang hatte. Aus diesem trat, bei jedem Wortgeläut, ein Mädchen, mit buntem Schal und nacktem Busen, und brach in ein wildes und hohles Lachen aus, indes es die Zwischengeschosse hinabstürmte, vorbei an Ihren munteren Majestäten.

Weit um die Halle wogten, in Alleen angelegt, Haine von Mandelbäumen; das Weiß ihrer Blüten war wie Eis. Doch jeder der umrankten Stämme war innen hohl; hohl klang es aus den Grotten, hohl das Geräusch der Brecher auf dem Strand; und Hohlheit füllte die Luft in den Pausen zwischen dem hohlen Gelächter.

Mit Speeren bewehrte Wächter schritten die Haine ab, in deren tiefem Schatten man jene oftmals ihre Waffen heben sah, um irgendein häßliches Phantom zurückzudrängen und zu sagen: »Untertanen, behelligt ihn nicht. Abrazza möchte fröhlich sein, Abrazza bewirtet seine Gäste.«

So wurde alles Unpassende aus unserem Blickfeld verbannt; und wir hatten eine angenehme Zeit in diesem Herrschaftsgebiet. Kein Gesicht ging vorbei, das nicht lächelte. Auf den Zweigen saßen Spottdrosseln und machten uns glauben, daß die Haine aus tausend Kehlen Dankgebete zwitscherten! Die stämmigen Diener grinsten hinter ihren Servierbrettern, auf die Zitronen, Granatäpfel und Trauben gehäuft waren; die Pagen kicherten, wenn sie den Wein einschenkten; und alle Edelleute lachten laut, schlugen an ihre vergoldeten Speere und schworen, daß die Insel glücklich sei.

Das war die Insel, auf der wir weilten. Doch auf unseren Streifzügen fanden wir keine Yillah.

CLXXX.

Ein angenehmes Gespräch im schattigen Hain

ABRAZZA hatte ein kühles Refugium – einen Dattelpalmenhain. Dort pflegten wir an den Nachmittagen zu lagern und in unsere Gespräche das Geplapper der Rinnsale einfließen zu lassen; und unsere Pünsche in Bechern zu mischen, in die Trauben ziseliert waren. Und König Abrazza war, wie eh und je, der König der Gastgeber.

»Eure Krone,« sagte er zu Media; und zusammen mit der seinen hängte er sie an einen Ast.

»Lassen wir alle Förmlichkeit!« und er streckte seine königlichen Beine auf dem Rasen aus.

»Wein!« und seine Pagen schenkten ihn ein.

So lagerten wir müßig auf dem Gras. Abrazza, der seine Altvorderen liebte, der die alten Zeiten liebte und nicht von den modernen reden mochte, bat Yoomy, alte Lieder zu singen, bat Mohi, alte Geschichten zu erzählen, bat Babbalanja, alte Ontologien vorzutragen und gebot unterdessen allen, seinen alten, alten Wein zu trinken.

So zechten und zitierten wir herum.

Schließlich kam das Gespräch auf alte homerische Sänger, solche, die sich in alten Zeiten Harfe spielend und bettelnd auf ihrem blinden Weg durch das mitleidige Mardi dahintasteten; die damals Kupfermünzen bekamen und nun unsterblichen Ruhm ernten.

ABRAZZA: Wie kam es, daß sie alle blind waren?

BABBALANJA: Dieses Gebrechen war endemisch, Eure Hoheit. Es gibt nur wenige große Poeten, die gute Augen haben; denn wer immer auf die Sonne starrt, muß blind sein. Vavona selbst war blind, als er, in der Stille seiner abgeschiedenen Laube, sagte: »Ich werde eine andere Welt errichten, in der es Könige und Sklaven, Philosophen und Schöngeister gibt; und deren abwechslungsreiche Taten – bizarr, befremdlich, traurig-lustig – mich erbauen, wenn ich müßiger Laune bin.« Auf diese Weise, edler Herr, spielte Vavona mit Königen und Kronen, mit Menschen und Manieren; und spielte dieses einsame Spiel gar gern.

ABRAZZA: Vavona war offenbar ein einsiedlerisch lebender Mardianer, der selten aus dem Haus ging, der wenig Freunde hatte und der, da er andere mied, selber gemieden wurde.

BABBALANJA: Doch mied er sich nicht selbst, edler Herr. Wie auch Götter und große Dichter allein weilen, während die von ihnen errichteten Welten sie umkreisen.

MEDIA: Du scheinst alle Autoren zu kennen, Babbalanja; folglich hast du bestimmt von Lombardo gehört, der vor einigen Jahrhunderten wirkte.

BABBALANJA: Ja, das habe ich; und seine große Dichtung Koztanza kenne ich auswendig.

MEDIA *(zu Abrazza)*: Das ist ein sehr merkwürdiges Werk, edler Herr.

ABRAZZA: Ja, wertester König. Doch, Babbalanja, wenn Lombardo Mardi etwas zu sagen hatte, – warum dann ein so heikles Vehikel wählen?

BABBALANJA: Das war seine Natur, nehme ich an.

ABRAZZA: Doch für mich wäre das nicht natürlich gewesen.

BABBALANJA: Und es wäre auch für den edlen Herrn Abrazza nicht natürlich gewesen, Lombardos Kopf auf seinen Schultern getragen zu haben. Jeder Mensch hat seinen eigenen, Oro sei Dank!

ABRAZZA: Ein merkwürdiges, sehr merkwürdiges Werk. Babbalanja, seid Ihr mit der Geschichte von Lombardo vertraut?

BABBALANJA: Keiner besser als ich. Ich habe alle seine Biographien gelesen.

ABRAZZA: Dann erzählt uns, wie er dazu kam, dieses Werk zu schreiben. Ich kann es mir, für meinen Teil, nicht vorstellen, wie diese armen Wichte solch ein Donnergetöse in ganz Mardi auslösen können.

MEDIA: Ihre Gewitter scheinen Selbstentzündungen zu sein, edler Herr.

ABRAZZA: Mit denen sie sich selbst verzehren, teurer Fürst.

BABBALANJA: In einem bestimmten Maße wohl, Eure Hoheit. Doch geruht, mir zuzuhören; und ich will Euch erzählen, in welcher Weise Lombardo seine große Koztanza schuf.

MEDIA: Doch höre, Philosoph, diesmal keine Inkohärenzen; mache diesen Teufel Azzageddi mundtot. Und nun sage uns, was es war, das Lombardo ursprünglich zu dem Unternehmen bewog.

BABBALANJA: Als erstes und vor allem: ein volles Herz, so randvoll, sprudelnd, funkelnd und überschäumend wie der Krug in Eurer Hand. Als zweites: die Notwendigkeit, für die Beschaffung seiner Yamswurzeln zu sorgen.

ABRAZZA: Würde der zweite Beweggrund wegfallen, wäre der erste dann ausreichend, Philosoph?

BABBALANJA: Das ist zu bezweifeln. Es braucht mehr als einen Kanal, um die Überflüsse einer Seele abzuleiten. Im übrigen schwappt die reichste Fülle nicht unerwartet über; und selbst wenn sie umgefüllt ist, fließt sie, wie üppiger Sirup, nur zäh; wohingegen dürftige Flüssigkeiten glatt verrinnen und sich überall hin verbreiten. Wenn also große Fülle mit großer Trägheit verbunden ist, dann erscheint dieser Mensch der Fülle anderen allzu oft als eine Null, obwohl seine Gedanken für ihn selbst, aufgrund ihrer Weitläufigkeit, eine unbegrenzte und unbestimmte Reihe bilden, die aber nicht mitteilbar ist – nicht weil es an Kraft fehlte sondern an einem allgewaltigen Wollen, das sein Vermögen in Bewegung setzte. Seine Welt liegt in Fülle vor ihm, der Angriffspunkt ist da, allein, es fehlt der Hebel. Verliehe man einem solchen Menschen die drahtige Resolutheit eines Landmannes, wäre das, als würde man der vorher unbewaffneten Tapferkeit ein Breitschwert zur Seite hängen. Unser Geist ist ein komplexer und ausgeklügelter Mechanismus; und fehlt eine Sprungfeder, ein Rädchen, eine Achse, verlangsamt sich die Bewegung oder kommt zum Stillstand. Das Großhirn soll nicht das Übergewicht über das Kleinhirn haben; unsere Hirne sollten rund wie Globen sein und auf geräumigen Brustkörben sitzen, die am Morgen kräftige Atemzüge nehmen. Bei Teilen von Menschen haben wir gewaltige Entwicklungen gehabt, doch nie bei der Gesamtheit. Vor einem umfassend entwickelten Menschen würde Mardi niederfallen, um ihn anzubeten. Wir sind Blödsinnige, die Letztgeborenen der Götter, deren senile Produkte; und die Fehlgeburten unserer Mütter. Wir hatten das Zeug dazu, Riesen zu sein, doch sind Zwerge und taumeln inmitten derer, die uns über den Kopf gewachsen sind. Unsere Maße sind zum Bersten voll. Wir sterben an zuviel Leben.

MEDIA *(zu Abrazza)*: Seid nicht ungeduldig, edler Herr, er wird sich bald erholt haben. Du sprachst von Lombardo, Babbalanja.

BABBALANJA: Das tat ich, Eure Hoheit. Von Natur aus war er der trägste Mardianer. Habt ihr je einen gelben Löwen gesehen, der sich den ganzen Tag von der gelben Sonne bescheinen läßt: in seinen Träumereien zerreißt er ganze Elefantenherden, während seine mächtigen Lenden untätig daliegen und er mit den Augen blinzelt. So auch Lombardo; doch es kam grimmige Not, dieser Jäger, und ließ ihn aufbrüllen. Wie die Wellen eines Meeres wurde das Haar seiner Mähne hin und her geworfen, seine Augen entflammten wie zwei Höllen, seine Tatze hatte eine kreisende Welt angehalten.

ABRAZZA: In anderen Worten: Yamswurzeln waren dringend vonnöten und der arme Teufel brüllte, um sie zu bekommen.

BABBALANJA: *(sich verneigend)* Teils teils, Eure wortgetreue Hoheit. Und wie Ihr manchmal mit Eurem goldenen Szepter gelangweilt vor Eurer königlichen Nase herumtrommelt, um es dann machtvoll über die ganze Insel zu schwingen, so auch bei Lombardo. Und bevor ihm die Notwendigkeit nicht die Sporen gab, kannte er seine eigenen Gangarten noch nicht. Diese Notwendigkeit trieb ihn an, Bewußtsein zu erlangen, und brachte seinen Ehrgeiz, der bisher geschlummert hatte, zum Aufschäumen und Sieden, bis er vor sich selbst erzitterte. Keine gewappnete Hand, drohend gegen den Wanderer im Wald erhoben, kann uns so erschrecken wie wir uns selbst. Wir sind mit Geistern und Gespenstern angefüllt; wie in Totenäckern sind Leichen in uns vergraben, die in unserer Gegenwart zu leben anfangen. Alle unsere toten Ahnen stecken in uns; das ist ihre Unsterblichkeit. Von Vater zu Sohn vervielfachen wir die Toten in uns; und für jeden von ihnen ist das eine Wiederbelebung. Jeder Gedanke ist die Seele eines verstorbenen früheren Poeten, Helden, Weisen. Wir sind bevölkerter als eine Stadt. Das Leid bringt all dies zum Vorschein. Wer die Not kennt, der kennt auch sich selbst durch und durch. Um große Höhen zu erklimmen, müssen wir aus tiefster Tiefe kommen. Der Weg zum Himmel führt durch die Hölle. Wir müssen durch die Feuertaufe der wütendsten Flammen in unserem eigenen Busen. Wir müssen spüren, wie unsere Herzen in uns vor Hitze zischen. Und bevor unser Feuer zutage tritt, muß es sich seinen Weg durch uns hindurchbrennen, selbst wenn es uns und sich verzehrt. O glattwangige Fülle, die du über deine eigenen Grübchen lächelst, sinnlos ist es für dich, nach Größe zu greifen. Wende dich ab von all den daunengepolsterten Pfühlen, wende dich ab, und laß dich auf das Rad so manchen Leids flechten. Drücke dir, in deiner Weißglut, selbst das Brandmal auf und zähle deine Wunden, wie es vom Krieg zermürbte alte Veteranen an Lagerfeuern tun. Sanftmütiger Dichter, der du Tränen von Lilien streichst, – nimm diesen Weg! Und heule in Sack und Asche! Wisse, daß jeder lebendige Vers einer zerfurchten Stirn entspringt. Es gibt eine wütende, selbstfresserische Wonne in dem Schmerz, der aufschreit, um sich zu vervielfachen. Dieser Schmerz geizt sich selbst gegenüber; er bedauert alle Glücklichen. Einige Verdammte könnten auch gar nicht glücklich sein, nicht wahr.

ABRAZZA *(zu Media)*: Sagt bitte, edler Herr, ist dieser wackere Mann da ein Teufel?

MEDIA: Nein, edler Herr, er ist von einem besessen. Sein Name ist Azzageddi. Ihr werdet mehr von ihm hören. Doch komm, Babbalanja, hast du Lombardo ganz vergessen? Wie nahm er sein großes Werk Koztanza in Angriff?

ABRAZZA *(zu Media)*: Trotz all des Gefasels Eures Babbalanjas, gab sich Lombardo nie besondere Mühe; daher verdient er nur geringes Lob. Denn ein Genie muß so etwas wie wir Könige sein – ruhig, zufrieden, im Bewußtsein der Macht. Und der Entwurf zu seiner Koztanza hätte flügge sein müssen, als er Lombardo zuflog, wie ein Adler, der von der Sonne kommt.

BABBALANJA: Nein, Eure Hoheit; aber wie die Adler waren seine Gedanken zunächst ohne Federn; nackt geboren, schwangen sie sich dennoch auf.

ABRAZZA: Sehr schön! Ich nehme an, Babbalanja, sein erster Schritt war es, zu fasten und die Musen anzurufen.

BABBALANJA: Verzeiht, edler Herr, ganz im Gegenteil; er besorgte sich zunächst Stöße von Pergament und einige kräftige Schreibfedern: unerläßliche Vorbereitung, Wohllöbliche Herren, zur Abfassung der erhabensten Epen.

ABRAZZA: Ah! Dann wurden die Musen danach angerufen.

BABBALANJA: Verzeiht wiederum. Als nächstes setzte sich Lombardo zu einem köstlichen Pisangpudding nieder.

YOOMY: Wenn mich die Inspiration überkommt, brauche ich nur Oliven.

BABBALANJA: Lombardo mied Oliven, Yoomy. Er sagte: »Welcher fastende Soldat kann kämpfen? Und Schreiben ist der Kampf aller Kämpfe.« In zehn Tagen hatte Lombardo geschrieben –

ABRAZZA: Schnell hingeworfen, meint Ihr.

BABBALANJA: Er hat nie etwas schnell hingeworfen.

ABRAZZA: Wie Ihr wollt.

BABBALANJA: Lombardo hatte in zehn Tagen fünfzig Folianten vollgeschrieben; er liebte riesige Pergamentfelder, auf denen er sich auslassen konnte.

MEDIA: Was dann?

BABBALANJA: Er las sie aufmerksam wieder durch, machte aus dem ganzen einen hübschen Packen und warf ihn ins Feuer.

ALLE: Was?

MEDIA: Was! Diese großen Genies sollen Abfall schreiben?

ABRAZZA: Das habe ich mir gedacht.

BABBALANJA: Edle Herren, sie haben mehr als genug davon! Mehr als andere in Mardi. Genies sind voller Plunder. Doch tut das Genie sein möglichstes, ihn für sich zu behalten; er verschenkt das Erz und behält den Abraum; daher ist sein Werk oft so weise und sein Leben so töricht.

ABRAZZA: Dann ist also letztlich das Genie nicht inspiriert. Was müssen sie in ihren Minen schuften! Mir kommen die Tränen, wenn ich daran denke.

BABBALANJA: Edler Herr, alle Menschen sind inspiriert. Narren sind inspiriert, Eure Hoheiten sind inspiriert; denn das Wesen aller Ideen ist uns eingegeben. Von uns aus und in uns bringen wir nichts hervor. Als sich Lombardo ans Werk machte, wußte er nicht, was es werden würde. Er mauerte sich nicht in Pläne ein, er schrieb darauf los; und dadurch drang er immer tiefer in sein Inneres. Wie ein beherzter Reisender, der sich durch trügerische Wälder schlägt, wurde er schließlich für seine Mühen belohnt. »Rechtzeitig,« sagte er in seiner Autobiographie, »gelangte ich in eine heitere, sonnige und bezaubernde Region, reich an süßen Gerüchen, Vogelgezwitscher, wilden Klagen, schelmischem Lachen, prophetischen Stimmen. Das ist der Ort, den wir schließlich erreichen,« rief er aus, »ich habe das geschaffen, was erschafft.« Und jetzt breitete sich die ganze grenzenlose Landschaft vor Lombardo aus, dem der Schweiß auf der Stirn stand, der seinen Umhang abwarf; der sich wieder faßte, sich mit Blick auf den Ozean niedersetzte und sich eine kühle Brise über das Gesicht streichen ließ; der Blumen vor sich ausbreitete und sich selbst genügend Platz verschaffte. Sein Pergamentstapel lag auf einer Seite –

ABRAZZA: Und auf der anderen stand sein randvoller Becher.

BABBALANJA: Nein, Eure Hoheit; obwohl er den Wein liebte, trank er ihn nie, wenn er gerade arbeitete.

MOHI: Wirklich? Nun, ich habe immer gedacht, es hätte an seinen vorzüglichen Pünschen gelegen, daß Mardi ihm solch überschäumenden Humor verdankte.

BABBALANJA: Keineswegs. Er hatte andere Mittel, um zu Potte zu kommen.

YOOMY: Rasch, sag uns das Geheimnis.

BABBALANJA: Er schrieb nie bei Kerzenlicht. Seine Lampe schwang am Himmel. Er erhob sich, wenn sich die Sonne im Osten erhob; er schrieb, wenn die ganze Natur lebendig war.

MOHI: Gewiß schrieb er dann mit einem Grinsen; und niemand lachte lauter über seine Scherze als er selbst.

BABBALANJA: Hörst du Gelächter bei der Geburt eines Menschenkindes, alter Mann? Der Säugling mag viele Lachfältchen haben, die Eltern aber nicht. Lombardo bot den Anblick eines Eremiten.

MEDIA: Was? Lachte Lombardo mit säuerlicher Miene?

BABBALANJA: Was bei ihm fröhlich wirkte, war für ihn nicht immer lustig, Eure Hoheit. Er war so sehr in den Ernst seiner Sache vergraben, so sehr an sein Werk gefesselt, daß er es nicht mit einem Lachen unterbrechen konnte.

MOHI: Mein Wort darauf, daß er manchmal schelmisch lachte.

BABBALANJA: Wenn er schrieb, war er nicht sein eigener Herr sondern bloß ein Gehilfe, der nach Diktat schrieb.

YOOMY: Das war die Inspiration!

BABBALANJA: Nenne es, wie du willst, Yoomy, es war eine Art Schlafwandeln des Geistes. Lombardo legte nie die Feder von sich aus nieder: sie fiel ihm aus der Hand. Und dann saß er ernüchtert da, rieb sich die Augen, starrte vor sich hin und fühlte sich erschöpft, manchmal zu Tode erschöpft.

MEDIA: Doch Babbalanja, erzähle uns bitte, wie er mit diesen erlesenen Persönlichkeiten Bekanntschaft schloß, die er uns in seiner Koztanza vorstellt.

BABBALANJA: Er traf sie vor allen Dingen in seinen Träumereien; zunächst wanderten sie verdrießlich in ihm herum und zeigten sich seinen Annäherungen gegenüber reserviert; doch als sie weiter angegangen wurden, schämten sie sich schließlich ihrer Zurückhaltung, gaben sich einen Ruck und reichten ihm die Hände. Danach waren sie offen und freundlich. Lombardo räumte ihnen einen Platz an seiner Tafel ein; und bei seinem Tode hatte er sie in seinem Testament bedacht.

MEDIA: Was? Diese imaginären Wesen?

ABRAZZA: Wunderbarer Geistesblitz! Höllisch fein eingefädelt!

MEDIA: Trotz allem, Babbalanja, fand die Koztanza in den Augen einiger Mardianer keine Gnade.

ABARAZZA: Ja, die Großkritiker Verbi und Batho haben das Werk verrissen.

BABBALANJA: Ja: Verbi soll, laut zuverlässiger Quelle, ein überflüssiges Komma entdeckt haben; und Batho erklärte, daß er aus dem Stoff eine weit schönere Welt hätte errichten können als die Lombardos. Doch hat man je etwas von der Grundsteinlegung dieser Welt gehört?

ABRAZZA: Aber die Einheiten, Babbalanja, die Einheiten! Sie fehlen völlig in der Koztanza.

BABBALANJA: Eure Hoheit, in diesem Punkt war Lombardo ganz freimütig. In seiner Autobiographie sagt er: »Eine Zeitlang versuchte ich, in der Gunst dieser Nymphen zu verweilen; doch sie erwiesen sich als so spitzfindig und pedantisch und erzürnten mich mit ihrer Fehlersucherei so sehr, daß ich schließlich auf sie verzichtete.

ABRAZZA: Sehr unbesonnen!

BABBALANJA: Nein, Eure Hoheit. Auch wenn Lombardo auf alle Ermahnungen von außen verzichtete, bewahrte er sich im Innern doch einen Autokraten: seinen Instinkt mit Krone und Szepter. Und was machte es schon, wenn er eine grobe Wirklichkeit einriß und die ätherischen Sphären plünderte, um etwas Eigenes daraus zu schaffen, – ein Kompositum? Geist und Materie sind ein Paar, auch wenn sie nicht zusammenpassen; oft sind sie entzweit, doch in der Koztanza sind sie vereint: die ätherische Taille, umschlungen von kräftigen Armen.

MEDIA: Wieder inkohärent! Ich dachte, damit sei Schluß!

BABBALANJA: Edler Herr Media, es gibt im Endlichen Unendliches; und in der Einheit Dualität. Unsere Augen sind vom Rot der Rose entzückt, doch ein anderer Sinn lebt von ihrem Duft. Ihrem Rot muß man sich nähern, will man es erblicken, doch ihr unsichtbarer Duft durchströmt das ganze Feld. So auch mit der Koztanza. Ihre Schönheit an sich beschränkt sich auf ihre Form, doch ihre Seele breitet sich aus und erfüllt ganz Mardi mit Wohlgeruch. Modak ist Modako, doch fockel-fackel ist nicht fuchtel-fi.

MEDIA *(zu Abrazza)*: Edler Herr, Ihr zuckt wieder zusammen, doch diesmal ist es eine andere Azzageddi-Phase; manchmal ist er völlig verrückt. Aber am besten seht Ihr ganz darüber hinweg.

ABRAZZA: Ich will es versuchen, werter Fürst; was man nicht durchschauen kann, über das muß man hinwegsehen, wie Ihr sagt.

YOOMY: Doch glaubt mir, Hoheit, einige dieser Absonderlichkeiten schmeicheln dem Ohr zu sehr, als daß sie gänzlich des Sinns entbehren könnten.

ABRAZZA: Euer sanftmütiger Sänger hat recht, *das* muß es sein, edler Herr. Doch der Koztanza, Babbalanja, fehlt der innere Zusammenhalt; sie ist ungezügelt, zusammenhanglos und zerfällt in einzelne Episoden.

BABBALANJA: Und so ist auch Mardi selbst: nichts als Episoden, Täler und Hügel; Flüsse, die aus den Ebenen weichen; Rankengewächse, die alles überwuchern; erratische Blöcke und

Diamanten, Blumen und Disteln; Forste und Dickichte; und ab und zu Marschen und Moore. Und ebenso die Welt in der Koztanza.

ABRAZZA: Ja, es gibt darin Wüstenkapitel in reicher Zahl; Durststrecken und Treibsande, die man durchwaten muß.

MEDIA: Nun, Babbalanja, laß deine Tropen, und erzähle uns, was mit dem abgeschlossenen Werk geschah. Zeigte er es jemandem, um dessen Meinung zu erfahren?

BABBALANJA: Ja, Zenzori, der ihn fragte, wo er soviel Plunder aufgelesen hätte; und Hanto, der ihn bat, nicht den Kopf hängen zu lassen; aber es sei ganz hübsch; und Lukree, der zu wissen wünschte, wieviel er dafür eingestrichen hätte; und Roddi, der ihm einen Rat gab.

MEDIA: Und welchen?

BABBALANJA: Daß er am besten einen Scheiterhaufen aus dem Ganzen gemacht und wieder vorne angefangen hätte.

ABRAZZA: Sehr ermutigend.

MEDIA: Sonst noch jemand?

BABBALANJA: Pollo noch, der sich mächtig aufblies, als er sah, daß er um seine Meinung gefragt wurde. Und da er das Zittern in Lombardos Stimme bemerkte, als dieser ihm das Manuskript aushändigte, beschloß er, daß dieser Mann, der da schlotternd vor ihm in den Schranken stand, unbedingt dem Richter unterlegen sein mußte. Doch sein Urteil war mild. Nachdem er die ganze Nacht lang über dem Werk gesessen hatte und sich fleißig Notizen gemacht hatte, sagte er: »Lombardo, mein Freund! Hier nimm deine Seiten zurück. Ich habe sie flüchtig durchgesehen. Du hättest es besser machen können, aber du hättest es auch schlechter machen können. Nimm sie zurück, mein Freund; ich habe ein paar Dinge eingefügt, die in deinem Sinne sind.«

MEDIA: Und wer war Pollo?

BABBALANJA: Wahrscheinlich ein Zeitgenosse Lombardos, der so hieß. Er wird gelegentlich erwähnt und er ist in einer der posthumen Anmerkungen zu der Koztanza beiläufig verewigt.

MEDIA: Und was wird dort über ihn gesagt?

BABBALANJA: Nicht viel. In einer sehr alten Abschrift des Werkes – der von Aldina – nimmt die Fußnote Bezug zu einem schönen Vers im Text und lautet: »Amüsanterweise beanspruchte ein alter Prosodist, ein gewisser Pollo, diese Stelle für sich. Er behauptete, sie Lombardo aus freien Stücken vermacht zu haben. Einiges weiß man noch über diesen Pollo, der vor einigen Wochen starb. Er gehörte offenbar zu denen, die gern Großes vollbracht hätten, wenn sie es gekonnt hätten; doch die sich dann damit bescheiden, Kleines zu erreichen. Er bildete sich ein, daß die Rangordnung, die er Autoren in seiner Bibliothek eingeräumt hatte, auch für ganz Mardi verbindlich sei. Er verbannte die erhabenen Gedichte von Vavona in das unterste Regal. ›Ach,‹ dachte er, ›was sind wir Bibliotheksfürsten doch diesen armseligen Autoren haushoch überlegen!‹ Pollo kannte sich gut aus in der Geschichte ihrer Nöte und hatte Mitleid mit allen, insbesondere den berühmten. Er selbst schrieb kleine Essays, die er sich selbst vorlas.«

MEDIA: Gut; und was sagte Lombardo zu diesen seinen guten Freunden Zenzori, Hanto und Roddi?

BABBALANJA: Nichts. Er nahm sein Manuskript wieder mit, überflog es und machte drei Korrekturen.

ABRAZZA: Und was dann?

BABBALANJA: Dann, Eure Hoheit, dachte er daran, ein Konklave professioneller Kritiker einzuberufen. Er sagte sich: »Dann können sie mich jetzt im vertraulichen Gespräch auf alle meine Mängel aufmerksam machen, so daß dann, wenn eine öffentliche Kritik ansteht, nichts mehr anbrennen wird.« Doch merkwürdigerweise äußerten sich diese professionellen Kritiker meist nicht zu einem noch unveröffentlichten Werk. Und von einigen edelmütigen Ausnahmen abgesehen, vermittelten sie in ihrer unbestimmten, gelehrten Manier derart geringschätzige und dürftige Ansichten über die Schriftstellerei, daß Lombardo hätte weinen können, wenn das seine Sache gewesen wäre. In seinem großen Kummer aber knirschte er mit den Zähnen. Er grollte: »Sie sind Toren. In ihren Augen macht die Bindung das Buch und nicht der Geist. Sie kritisieren mein abgerissenes Erscheinungsbild, nicht meine Seele, die, wie ein Streitroß, in einer prächtigen Schabracke steckt. Derjenige ist, ihrer Ansicht nach, ein großer Autor, der das meiste aus seinen Waren herausholt; aber ich bin kein Händler. Sie verehren einen mittelmäßigen Autor von früher, nur weil er alt ist, und verspotten den lebenden Propheten, der glühende Kohlen auf den Lippen hat. Diese Menschen wären keine Menschen, wenn sie keine Bücher hätten. Nicht ihre Väter haben sie gezeugt, sondern die Autoren, die sie gelesen haben. Gefühle haben sie keine; und sogar ihre Meinungen borgen sie sich. Sie können nicht ja oder nein sagen, ohne nicht vorher ganz Mardi als Enzyklopädie konsultiert zu haben. Alles Wissen in ihnen ist wie ein Leichnam in einem Sarg. Wären sie der Würde wert, verdammt zu sein, würde ich sie verdammen; doch sie sind es nicht. Kritiker? – Esel, eher noch Maultiere! Durch Anmaßung sind sie derart entmannt, daß sie keinen wahren Gedanken zeugen können. Wie Maultiere auch, die von Dunghaufen kommen, zertrampeln sie Rosengärten; den dabei frei werdenden Duft halten sie für ihren eigenen. – Ach, daß allenthalben die Domänen der Genies derart ungeschützt der Verwüstung durch solch ein Vieh ausgesetzt sind! Ach, daß ein Adler von einem Gänsekiel erdolcht werden kann! Doch am besten, wenn sich die Rezensenten nur über meine Abfälle hermachen. Denn ich bin Kritiker und Kreator; und als Kritiker übertreffe ich alle diejenigen, die bloß Kritiker sind, bei weitem an Grausamkeit, wie der Tiger Schakale übertrifft. Bevor Mardi etwas von mir zu sehen bekommt, untersuche ich es selbst mit kaltem Auge wie ein Chirurg. Ich schneide hier und da, prüfe, reiße auseinander, verdrehe; töte, verbrenne, zerstöre; und was dabei abfällt, das können die Schakale gerne haben. *Ich* bin es, der falschen Gedanken den Garaus macht, bevor sie ausgebrütet sind; *ich*, der Türme und Wälle niederreißt, die auf Baumaterial verzichten, aus dem andere Paläste machen würden. O hätte Mardi Einblick in unsere Arbeitsweise, wäre es über unser Urchaos verwunderter als über die runde Welt, die daraus hervorgeht. Es würde sich über unsere Bau- und Schaugerüste wundern, die bis in den Himmel reichen; über die Erdhügel, die sich um unsere Konstruktionen häufen, bevor sie vollendet sind. – Wie klar und deutlich steht die Pyramide da! In dieser ungeheuren Stille, in die diese zugespitzte Masse ragt, – konnten da je zehntausend Sklaven gearbeitet haben, zehntausend Hämmer erklungen sein? – Da steht sie, Teil von Mardi, und beansprucht, mit Bergen verwandt zu sein. Wurde sie je stückweise erbaut? – Sie wurde. Stück für Stück, nein, Atom auf Atom wurde sie aufgeschichtet. Diese Welt ist aus Winzigkeiten gemacht.«

YOOMY *(sinnend)*: So ist es.

ABRAZZA: Lombardo war streng mit seinen Kritikern, und sie waren es ebenso mit ihm; das ganz gewiß.

BABBALANJA: Eure Hoheit, Lombardo wagte es nie, echte Kritiker zu kritisieren, die seltener sind als echte Poeten. Ein großer Kritiker ist ein Sultan unter Satrapen; doch sind Möchtegerne so zahlreich wie Ameisen, die eine Palme emporkrabbeln, um deren himmelhohe Süße zu erreichen. Und sie kämpfen auch untereinander. Auch wenn sie Adler rupfen wollen, sind sie doch selbst Gänse mit vielen Federkielen, die sie sich gegenseitig ausreißen.

ABRAZZA *(zu Media)*: Oro sei dem Opfer gnädig, das in Babbalanjas Hände fällt!

MEDIA: Jawohl, edler Herr. Manchmal ist jeder seiner Finger ein Dolch, jeder Gedanke ein stürzender Turm, der einen zermalmt! Doch fahre fort, Philosoph! was ist noch zu Lombardo zu sagen?

BABBALANJA: »Was dieses Werk angeht,« sagte er, »so habe ich mich genügend damit abgequält. Es reicht. Es hat seine Fehler, die alle von mir kommen; seine Qualitäten, die es sich allesamt selbst zu verdanken hat. Doch diese Plackerei muß ein Ende haben. Die von mir gewirkten Wesen flehen mich an. Mein Herz ist voll, mein Geist erschöpft. Möge es seinen Weg gehen – und Oro mit ihm. Mardi hat doch ein großes Herz – wird *dieses* gerührt, wird das Echo von allen Inseln kommen!«

ABRAZZA: Armer Teufel! Er nahm die Welt zu schwer.

MEDIA: Wie die meisten dieser Sterblichen, edler Herr. Das ist auch die selbstauferlegte Last, unter der Babbalanja taumelt. Doch Philosoph, was dachte Lombardo von seinem Werk, bevor Mardi es zu sehen bekam; wenn er es objektiv betrachtete, meine ich, so, als hätte es nichts mit ihm zu tun.

ABRAZZA: Gewiß schätzte er es sehr.

BABBALANJA: Schwer zu beantworten. Manchmal, wenn er allein war, hielt er große Stücke darauf; doch unter Leuten verachtete er es nahezu. Wenn er aber an einzelne Teile dachte, die er hellsichtig und halb blind, mit pochenden Schläfen und schmerzendem Herzen geschrieben hatte –

ABRAZZA: Papperlapapp!

BABBALANJA: Er hätte sich gerne gesagt: »Es ist bestimmt nicht umsonst!« Wenn er aber an die Unrast von Mardi dachte, beschlich ihn Betrübnis. »Wer wird es beachten?« dachte er. »Was kümmern sich diese Gimpel und Schreihähne um mich? Doch bin ich nicht selbst ein aufgeblasener Wicht? Wer wird mich lesen? Bei tausend Seiten – jede Seite zu fünfundzwanzig Zeilen, jede Zeile zu zehn Wörtern, jedes Wort mit zehn Buchstaben – das ergibt zwei Millionen fünfhundertausend *A*'s, *I*'s, *O*'s usw., die man lesen muß! Wieviele davon sind überflüssig? Bin ich nicht verrückt, Mardi solch eine Arbeit aufzuhalsen? Bin ich der Weiseste von allen Menschen, so daß ich mich auf einen Sockel stellen und die Massen belehren kann? Ach, meine Koztanza, Kind vielfacher Gebete! In deinen ernsten, unergründlichen Augen sehe ich meine eigenen; und ich entsinne mich aller vergangenen Wonnen und der geheimen Seelenängste: magst du dich auch als das Kind eines kindischen Alten erweisen – so bist du doch schön für mich; häßlich für Mardi! Und ich glaube, du hast es nicht verdient zu sterben – wegen der vielen Mühe, die du gemacht hast; die aber nicht intensiv und anhaltend genug war, um den hohen Lohn der Unsterblichkeit zu erhalten. Es ist aber schon Unsterbliches geschrieben worden; und auch von Menschen wie mir; von Menschen, die schliefen und wachten, und aßen; die eine Sprache sprachen wie ich. Ach, Oro, wie können wir wissen, ob wir das sind, was wir gerne wären? Trägt der Genius einen Stempel, so daß er dem, der ihn besitzt, offenbar ist? Kann er sich selbst erblicken oder ist er blind? Oder täuschen wir uns selbst damit, wenn wir glauben, Götter zu sein und doch in die Grube fahren? Genius, Genius – wird dieses Wort in tausend Jahren von Mund zu Mund gehen? Wird man von mir, Lombardo reden? – Gestern hat mich noch ein Geck auf dem Marktplatz links liegen gelassen! – Der unsterbliche Lombardo! – Ha! ha! Du bist ein Riesenesel mit Ohren, die bis zu den Palmwipfeln reichen! Riesenroß Lombardo! Unser großer Landsmann, Dichterfürst! Ha! ha! Schaufle dir dein eigenes Grab und beerdige dich selbst!«

ABRAZZA: Manchmal war er ein lustiger Geselle.

BABBALANJA: Sehr lustig, Eure Hoheit, furchtbar fidel! Und ich wünschte aus tiefster Seele, daß DU nur einen Schimmer von seiner lustigen Not hättest! DU würdest erbleichen, Hochwohllöblichster Herr Abrazza!

ABARAZZA *(zu Media)*: Edler Herr, seine Zähne sind fabelhaft weiß und scharf: seine Großmutter muß ein Hai gewesen sein. Bleckt er seine Zähne öfter in dieser höllischen Weise ?

MEDIA: Ach, edler Herr, das ist Azzageddi. Doch Babbalanja, fahre bitte fort.

BABBALANJA: Eure Hoheit, Lombardo war selbst in den Phasen, wo er am wenigsten kritisch war, weit davon entfernt, von seinem Werk entzückt zu sein. Er gesteht, daß es ihm niemals als etwas anderes erschienen war als eine armselige, hingekritzelte Abschrift von etwas in ihm, das er um keinen Preis vollständig übermitteln konnte. »Meine Leinwand war klein,« sagte er,

»vieles, was zu spät kam, blieb ausgesperrt. Doch das ist das Schicksal.« Und Schicksal war es auch, Eure Hoheit, welches Lombardo zwang, sein Werk von der Staffelei zu nehmen und es, vor seiner Vollendung, in Druck zu geben. »Ach, hätte ich doch nicht so unter Druck gestanden!« rief er aus. »Doch dieses arme Balg muß, wie viele andere Mardianer in ihrer Kindheit gar, das Brot für seinen Erzeuger beschaffen.«

ABRAZZA *(mit einem Seufzer)*: Ach, der arme Teufel! Doch mich dünkt, es war reichlich unverschämt von ihm, derart von oben herab zu Mardi zusprechen. – Hielt er sich für einen Gott?

BABBALANJA: Er selbst wußte am besten, was er dachte. Aber wie alle anderen war er von Oro zu einer besonderen Bestimmung geschaffen worden; die zweifellos zum Teil in seiner Koztanza erfüllt wurde.

MEDIA: Und nun ist dieser Lombardo lange tot und begraben. Und sein Werk, das zu seinen Lebzeiten verhöhnt wurde, überlebt ihn. Was denkt die heutige Gesellschaft darüber? Sprecht, edler Herr Abrazza! Babbalanja! Mohi! Yoomy!

ABRAZZA *(mit seinem Szepter an seine Sandale tippend)*: Ich habe es nie gelesen.

BABBALANJA *(in die Höhe schauend)*: Es wurde mit göttlicher Absicht geschrieben.

Mohi *(seinen Bart streichend)*: Es ist mir nie ans Herz gewachsen und ich habe es schon ignoriert, bevor dies Mardi tat.

YOOMY *(sinnend)*: Es hat mein Herz erleuchtet.

MEDIA *(sich erhebend)*: Ich habe es neunmal gelesen.

BABBALANJA *(aufspringend)*: Ach, Lombardo! Das muß deinen Geist glücklich machen!

CLXXXI.

Sie soupieren

ABRAZZA schien etwas Düsteres, Hohles, Herzloses an sich zu haben; wie auch diese grüngoldene Unglückskrone, die er trug.

Doch warum daran denken? Selbst wenn uns etwas in der Stirnrundung von jemandem mißfällt oder wenn wir dem Ton in seiner Stimme mißtrauen, so sollten wir doch möglichst von allem Argwohn Abstand nehmen und ihn, um der Götter willen, zu einem fröhlichen Kameraden machen. Elend, dreifach elend ist derjenige, der sich ewig den Kopf darüber zerbricht, ob nun jemand gut oder böse sei, und abwägt, was für das eine oder das andere spricht. Denn wir sind alle gut und böse. Mein Herz soll so groß wie Asien sein. Und wer nicht gerade ein ausgemachter Schurke ist, den soll man zu den gutmütigsten Gesellen auf der Welt zählen.

An diesem Abend empfing uns Abrazza in seinem richtig königlichen Saal und zur rechten Stunde wurde ein köstliches Souper aufgetragen.

Unser Gastgeber konnte sich mit dieser unserer nächtlichen Bewirtung durch viele berühmte Beispiele der Antike bestätigt sehen.

Denn der alte Jupiter gab Soupers; Wotan, die Hindu-Gottheit Brahma, der Manitu der Rothäute gaben Soupers, hauptsächlich mit Wildbret.

Und auch viele berühmte Sterbliche gaben Soupers: Xerxes, Montezuma, Powhattan. Das

Passahfest war ein Nachtmahl. Die Pharaonen gaben Soupers, Julius Caesar gab Soupers – und die waren selten; der große Pompeius, Nobob Crassus und Heliogabalus, genannt der Gierschlund, gaben Soupers.

In alten Zeiten war es in aller Munde, daß König Pluto Soupers gab; und manche sagen, er gebe sie immer noch. In diesem Fall befindet er sich in hochkarätiger Gesellschaft: Kaiser und Zaren, Großmogule und Großkhane, Oberlamas und Großherzöge, Prinzregenten und Königswitwen; Tamerlan stößt mit Bonaparte an, Antiochus mit Soliman dem Großen, Pisistratus mit Pilatus; Semiramis nascht Bonbons mit Bloody Mary und deren Namensschwester aus dem Hause Medici; die dreißig Tyrannen bechern in dreifacher Überzahl mit dem Rat der Zehn; und Sultane, Satrapen, Wesire, Hetmane, Soldane, Landgrafen, Paschas, Dogen, Dauphins, Infanten, Inkas und Kaziken sind dabei.

Und weiter: zu Arbela sandte der Eroberer der Eroberer, der siegreiche Sohn von Olympia und Jupiter selbst, an seine Hauptleute Hephestion, Antigonus, Antipater und die übrigen die Einladung, mit ihm um zehn Uhr abends im Tempel des Belus zusammenzukommen, um dort ein Siegesmahl aus dem goldenen Tafelgeschirr der assyrischen Hohepriester zu halten. Wie majestätisch er in dieser Nacht seinen alten Madeira ausschenkte! Er fühlte sich so hoch und erhaben wie der Himalaya; ja, ganz Babylon senkte seine Türme grüßend in seiner Seele!

Auf Abrazzas herrlicher Tafel waren Köstlichkeiten ausgebreitet und aufgehäuft; Zitronen und Trauben verströmten ihren Duft und umhügelten hohe Gefäße mit Wein; hier und da winkten frische Orangenbaumzweige, in deren Zweigen unzählige kleine Kerzen wie Glühwürmchen glommen – das sah aus, wie ein Bankett im Paradies, dem Ceres und Pomona präsidieren; wo der ausgelassene Bacchus zurücktaumelt, wenn er die Flaschen mit sprühendem Champagner losknallen läßt, – wie ein Rekrut mit einem Gewehr von großer Feuerkraft.

Rings um den Saal reihten sich lebende Kandelaber. Lakaien, in farbenprächtiger Gewandung, die hohe Fackeln in den Händen hielten; und an einem Ende des Raumes standen Trompeter mit ihren Instrumenten an den Lippen.

»Hierhin, mein lieber Media! Auf diesen Sitz zu meiner Linken. – Edler Taji! Zu meiner Rechten. Babbalanja, Mohi wo seid ihr? Doch wo ist der charmante Yoomy hingegangen? – In den Mondschein, um zu sinnen? – Aha, sehr gut. Das Bankett möge beginnen. Einen Tusch!

Und alle schritten zum Angriff.

Das Wildbret, – Wildschweinfleisch und Büffelrücken –, war außerordentlich; der Wein, ein edles Gewächs: wie in Flaschen gefüllter Blitz; und der erste Gang, eine glänzende Sache, ging los wie eine Rakete.

Babbalanja aber schloß sich dem Schmaus nicht an. Es war wieder über ihn gekommen und er saß abseits. Still schaute der dem Bankett zu und murmelte ab und zu: »Fockel, fackel, fackelfö – – –«

Als sich der erste Sturm des Festes gelegt hatte, sagte König Media, der sich aus einer riesigen

Flasche in seinen Pokal ausschenkte: »Abrazza, diese Nachtmahle sind schon eine wunderbare Sache.«

»Ja, edler Herr, viel besser als Mittagsmahle.«

»Das sind sie zweifellos. Die Stunde des Dinners ist der Sommer des Tages: voller Sonnenschein zugegeben; doch nicht vergleichbar mit dem ausgereiften Herbst des Soupers. Ein Dinner kann, wie Ihr wißt, ziemlich förmlich vonstatten gehen; doch sprühen Soupers immer vor guter Laune. Bei Dinners muß man zuerst die Segel einholen, das Segeltuch einrollen, die weiblichen Passagiere von Bord geleiten, das Schiff seeklar machen, bevor man beginnt, den Sturm mit Behagen abzureiten. Doch bei diesen Soupers – großer Oro, Euer Becher ist leer, mein lieber Halbgott – bei diesen Soupers, sage ich, ist alles sturmklar und tipptopp, bevor man beginnt; und wenn man beginnt, verzichtet man auf den Anfang und beginnt in der Mitte. Und was das Tuch betrifft, – erzählt uns bitte, Flechtbart, was Ludwig der Dicke, der alte König von Franko, dazu sagte. Das Tuch für die Tafel, wohlgemerkt. Es ist in Euren Chroniken niedergelegt.«

»Edler Herr,« – und er wischte sich den Bart –, »der alte Ludwig war der Ansicht, daß bei einer Abendtafel ein Tuch nichts verloren hätte, außer in der Tracht eines fröhlichen Klosterbruders. Er sagte: ›Ich, für meinen Teil, lasse mich am liebsten an der tuchlosen Tafel nieder.‹«

»Die königliche Autorität Ludwig des Dikken ist weitaus größer und gewichtiger als die

Ludwig des Großen,« sagte Babbalanja. »Der eine ist nur groß durch seinen Titel, der andere ohne Frage durch seinen Leibesumfang. Doch sind sie beide gleichermaßen berühmt und, wenn sie tot sind, gleichwertig. Denn nachdem Ludwig der Große manch eine schöne Provinz verschlungen und die Armen in seinem Reich zermalmt hat, wird er schon seit langem von sehr kleinen Würmern zerfressen und zu sehr feinem Staub zermahlen. Und nachdem Ludwig der Dicke manch eine Rehrippe entblößt hat, liegt sein eigenes Gerippe nun blank und bleich im Tal des Todes; und in seinen Schädel hat der Verfall Muster ziseliert wie die auf der Trinkschale, die er einst an seine Lippen hob.«

»Edler Herr! Edler Herr!« rief Abrazza Media zu. »Dieser Euer gräßlicher Teufel grinst schlimmer als ein Totenschädel. Ich spüre, wie die Maden über mich hinwegkriechen! – Bei Oro, wir müssen ihn an die Luft setzen!«

»Nein, nein, edler Herr. Er soll hier sitzen wie einer der Totenköpfe, die früher die Feste der Pharaonen zierten. Laßt ihn hier sitzen – denn der Tod gibt dem Leben Würze. – Fahre fort: lasse deiner Zunge furchtlos freien Lauf, Azzageddi! – Doch erzähle uns, Flechtbart, weiteres über die Ludwigs.«

»Nun, Eure Hoheit, alle achtzehn königliche Ludwigs von Frankreich –«

»Die wie so manche Kegel der Reihe nach durch den grimmigen Tod von der Bahn gefegt wurden,« warf Babbalanja ein.

»Beachte ihn nicht, fahre fort,« sagte Media.

»Der Sanfte, der Fromme, der Stammler, der

Faule, der Junge, der Zänker – von diesen allen, sage ich, hat sich Ludwig der Dicke an der Tafel am besten geschlagen. Sein Wanst wies eine solche Wölbung auf, daß Ludwig nur an sein Mahl herankommen konnte, wenn er mitten darin saß. Daher war seine Tafel kreisrund wie der Zodiakus und er saß, wie die Sonne, in der Mitte – umkreist von Schmorfleisch und Ragouts.«

»Ja,« sagte Babbalanja, »Ludwig der Dicke war schon eine runde Sonne. Kein Wunder, daß er sich in den Chroniken niedergeschlagen hat: als König der Pokale und Tokaier, mit vielen Ellen Leibesumfang. Wirklich ein berühmter König: drei Zentner gekröntes Fett, je dicker desto dümmer – eine Ballonflasche von Potentat!«

»Ist das denn auszuhalten?« rief Abrazza und sprang auf. »Spüle deinen Hohn hinunter, Teufel! Auf der Stelle! Schlucke ihn bis zur Neige! Das kommt davon, wenn man einen zaghaften Trinker an der Tafel hat. Wie ein Eisberg verbreitet solch ein Kerl eine frostige Atmosphäre auf einem Bankett, die noch in einer Meile Entfernung zu verspüren ist. Wir müssen ihn hinauswerfen. Wachen!«

»Zurück, rührt ihn nicht an, ihr Schurken!« rief Media. »Verzeiht, edler Herr, aber wir halten ihn lieber zum Trinken an, auf daß er in diesem guten Wein zerschmelze. Trinke! Ich befehle es, trinke, Babbalanja!«

»Trinke ich denn nicht, edler Herr? Bestimmt möchtet Ihr nicht, daß ich mehr schlucke als ich vertragen kann. Ist das Maß voll, ist alles, was darüber geht, vergeudet. Ich bin dafür, maßvoll in diesen Dingen zu sein, edelster Herr. Wenn ich meinen Becher getrunken habe, habt Ihr schon drei geleert. Besser an einem halben Liter genippt als einen Liter gekippt. Alles im Maß genossen ist gut, das Übermaß ist vom Übel; so auch beim Wein.«

»Schluß mit deinen Logeleien und Kegelschnitten! Trinke! – Aber nein, nein, ich bin zu streng. Ein Nachtmahl sollte das geselligste und ungezwungenste Mahl von allen sein. Und wenn wir Könige an diesem teilnehmen, sollten wir nicht das Szepter schwingen. Tue, was dir gefällt, Babbalanja.«

»Ihr habt trotzdem recht, Ihr habt recht, mein lieber Halbgott,« sagte Abrazza. »Und, um die Wahrheit zu sagen, kümmere ich mich selten um das Treiben dieser Sterblichen; denn uns Halbgöttern wird es nicht gedankt. Wir Könige sollten immer über den Dingen stehen. Nichts ist besser als ein kaltes Herz; Warmherzigkeit führt nur zu Wallungen und Verwirrungen. Die Sterblichen hier auf meiner Insel können auf sich selbst aufpassen; ich halte sie nur außen vor, wenn sie mit ihren Petitionen hereinplatzen wollen. In diesem Augenblick, edler Herr, versieht meine Leibgarde draußen ihren Dienst und vertreibt jeden Eindringling. – Hört, was ist das für ein Lärm? – He, wer da?!«

In diesem Moment drang eine Schar von Lanzenträgern in den Saal, von einem Haufen bleicher und zerlumpter Gestalten geschoben; diese richteten sich lautstark an König Abrazza.

»Verzeiht, edler Herr, daß wir uns solchermaßen Einlaß erzwingen! Doch wir haben lange vergeblich an Eure Pforten geklopft! Unser Leid ist unerträglich geworden! Schenkt bitte unserem Sprecher Euer Ohr!«

Und aus ihrer aufgewühlten Mitte schoben sie einen baumlangen, grimmigen Kerl, der dräuend aus dem Pulk aufragte wie der Gipfel auf Teneriffa in einem Sturm.

»Werft diese Schufte hinaus! He, ihr feigen Gardisten, dreht euch um und greift sie an! Fort mit euren Beschwerden! Jagt sie hinaus, jagt sie hinaus! Tolle Zeiten sind das, edler Herr Media, wenn Halbgötter über ihrem Weine derartig behelligt werden. Wie soll man nur dieser Sterblichen Herr werden?«

So wurde schließlich der zerlumpte Haufe unter großen Schwierigkeiten hinausbefördert; der Piko de Teide ging als letzter, indes sich auf seiner Stirn ein Sturm zusammenbraute; und er murmelte etwas über finstere Zeiten, die kommen würden.

Während das mißtönende Gemurre draußen noch durch die Halle hallte, füllte König Abrazza seinen Pokal aufs neue und sprach dieses: »Ihr sagtet, werter König, daß ein Souper das geselligste und ungezwungenste von allen Mahlen sei. Sehr wahr. Und von allen Nachtmahlen sind die am besten, die von uns unverheirateten Halbgöttern gegeben werden. Nicht wahr?«

»Das ist wahr. Denn frisch vermählte Sterbliche müssen beizeiten zu Hause sein, während unverheiratete Halbgötter immer bleiben können.«

»Ja, Eure Hoheit, Junggesellen sind das ganze Jahr über daheim,« sagte Mohi, »sitzen das Leben hinter dem Ofen ab, wie Hunde, behaglich und warm; und drehen unterdessen den altmodischen Bratenwender.«

»Und für uns unverheiratete Halbgötter,« rief Media, »liegen die Tage vor uns wie eine lange Reihe hübscher Flaschen, die griffbereit auf dem Regal stehen.«

»Aber, meine werten Könige,« sagte Babbalanja, inzwischen vom Weine aufgeheitert, »wenn die von Junggesellen gegebenen Soupers die besten sind, sind dann nicht die Priester und Mönche von allen unseren Junggesellen die fidelsten? Ich meine, hinter den Kulissen. Wenn sie alle ihre Gebete gesprochen haben und für ihr jenseitiges Leben bestens gerüstet sind, – wer hat es dann sorgenfreier und bequemer als sie? Ja, ein Nachtmahl für zwei in einer Klosterzelle zu Maramma ist weit fröhlicher als ein Dinner für fünfundzwanzig Könige im rechten Flügel von Donjalolos Palast des Morgens.«

»Bravo, Babbalanja!« rief Media, »dein Eisberg ist am Abtauen. Weiter so. Sagte ich nicht, daß wir ihn zuletzt zum Schmelzen bringen würden, edler Herr?«

»Ja,« fuhr Babbalanja fort, »Junggesellen sind eine edle Bruderschaft: ich bin selbst einer. In dieser Hinsicht einer von Euch, edle Halbgötter. Und anders als die Patriarchen dieser Welt, zeugen wir keine Brigaden und Bataillone; und senden keine Regimenter, die vollständig unseren eigenen Lenden entsprungen sind, in die Schlachten unseres Landes. Doch lassen wir oftmals stattliche Häuser und Ländereien zurück, treffliche alte Weinbrände und Malagawein von den

Bergen; und ganz besonders warme Wämser, Togen und Gamaschen, worin sich diejenigen wärmen, die uns überleben – so umhüllen wir Arme und Beine derer, die andere zeugen. Man unterlasse also abschätzige Vergleiche zwischen Frischvermählten und Junggesellen, denn auf die eben beschriebene Weise beteiligen wir uns auch an den Pflichten der Nachwelt gegenüber.«

»Nachtmahle auf immer!« rief Media. »Seht, edler Herr, wie Eures bei Babbalanja angeschlagen hat. Er kam als Klappergestell an und hat nun tüchtig etwas auf den Rippen!«

»Ja, edle Herren Halbgötter,« sagte Babbalanja und schenkte sich in kleinen Portionen wieder nach. »Diese Nachtmahle sind wirklich eine köstliche und vergnügliche Sache. Doch müssen wie sie teuer bezahlen. Alles, edle Herren, hat seinen Preis, ob Murmel oder Erdball. Es ist der Verdauung dienlicher und auch besser für Leib und Seele, unter der Mittagssonne eine halbe Rehkeule und eine Gallone Met zu sich zu nehmen als um Mitternacht eine zarte, hochzeitliche Rebhuhnbrust, zusammen mit einem leichten Negus!«

»Da ist etwas daran!« sagte Mohi. »Hol's der Teufel, wenn in einem gut eingerichteten Haus die Speisekammer an das Schlafzimmer grenzt. Eine gute Idee: ich schenke nach und mache mir meine Gedanken darüber.«

»Paß auf, Babbalanja, daß Azzageddi nicht wieder über dich kommt,« dein Becher ist nur halb voll.«

»Gestattet, daß es dabei bleibt, edler Herr. Denn wer mit zuviel Wein zu Bette geht, der hat einen Bettgenossen, der unruhiger ist als ein Schlafwandler. Und wenn auch Wein ein fröhlicher Gesell auf dem Tische ist, so ist er unter einem Laken ein verdrießlicher Kerl. Ich kenne ihn schon lange. Doch sind trotz allem, edler Herr, Nachtmahle für viele Mardianer immer noch besser als Mittagsmahle, wie teuer sie auch erkauft sind. Denn viele haben am Abend mehr Muße zu speisen als mittags. Und wenn ihr Halbgötter auch nach Lust und Laune dinieren und euer Diner sogar bis in die Nacht ausdehnen könnt, wo ihr dann über eurem Burgunder sitzt und zirpt, bis die Morgenlerchen in eure Grillenlaute einstimmen, so daß Morgen und Abend ineinander übergehen, so ist es bei uns gemeinen Sterblichen doch ganz anders. Von unserem Mittagsmahl müssen wir zu unseren Ambossen eilen; und der letzte heitere Humpen verdunstet in Kummer und Sorge.«

»Mich deucht, ein Rückfall,« sagte Abrazza.

»Es ist spät geworden, Eure Hoheiten, »sagte Mohi. »Ist es nicht Zeit zum Aufbruch?«

»Nein, nein!« rief Abrazza aus. »Der Tag soll anbrechen, wann er will: doch wir brechen nicht auf. Es ist erst Mitternacht. Reicht mir den Wein herüber, mein lieber Media. Wir sind doch noch jung, mein lieber Herr und König: leichten Herzens und schweren Beutels; mit kurzen Gebeten und langen Zinsregistern. Laßt den Tokaier kreisen! Wir Halbgötter können noch schlafen, wenn wir alt sind. Kommt! Laßt die Karaffen reihum gehen! Mögen wir sie hinter uns lassen wie Meilensteine bei einem Rennen!«

»Ach!« murmelte Babbalanja, während er den

vollen Becher auf dem Tisch weit von sich abgerückt hatte. »So ist es nicht bei dem armen Kerl, der mit einem Buckel geboren ist und Schwielen an den Händen hat. – Ackern und schlafen – schlafen und ackern, das sind seine Tage und Nächte; er geht mit einem Hexenschuß ins Bett und wacht mit Rheuma auf. Ich weiß, was das heißt. Er nimmt hastig ein paar Bissen, und sein ganzes Leben ist nichts anderes als ein kalter Happen. Doch Oro sei gepriesen, wenn auch eines solchen Mannes Mahlzeit nicht den Namen Dinner verdient; es sei dennoch Oro wiederum gepriesen, denn ein gutes Souper ist nicht zu verachten. Die Stiefel ausgezogen und, wenn's gefällt, auch das Hemd; und dann zugegriffen. Hurra! Des Tages Plackerei ist vorbei: der letzte Schlag ist getan und hallt noch nach. Zwölf lange Stunden bis Sonnenaufgang! Und wenn es eine antarktische Nacht wäre, dann wären es sechs Monate bis zum nächsten Morgen! Doch hurra! Sogar die Bienen haben ihren Stock, und nach eines Tages ermüdenden Wanderzügen kehren sie heim zu ihrem Honig. So strecken auch die Arbeiter ihre erschöpften Beine aus, reiben ihre lahmen Ellbogen, hängen ihren müden rechten Arm in eine Schlinge und lassen sich von anderen umschwirren, lassen sich mit Speis und Trank um den Mund gehen; und leeren Flasche um Flasche – bis zur bitteren Neige. Ach, trotz allem lebt der ärmste Teufel in Mardi nicht vergebens. Die härteste Eichenbohle hat auch eine weiche Seite!«

»Mich dünkt, ich habe solch rührseliges Gewäsch schon zuvor von meinen Sklaven gehört, edler Herr,« sagte Abrazza zu Media. »Das riecht schwer nach diesem uralten Geschnatter.«

»Geschnatter, Eure Hoheit? Geschnatter? Ich bin voll davon, ich bin ein schnatternder Geist, Hochwohllöblicher Herr! Hier, streckt Eure Hand durch mich hindurch, hier, hier und versengt sie Euch in meinem inneren Glühen. Bei Oro, König, ich werde solange auf dich einschnattern bis sich deine Krone wie ein zweiter Schädel anfühlt. Geschnatter? Ja, in der Hölle werden wir im Konzert schnattern, König! Wir werden zusammen heulen und schmoren und aus dem letzten Loch pfeifen!

»Weiche, du Teufel! He, Wachen, ergreift ihn!«

»Zurück, Hundsfotte!« schrie Media. »Krümmt kein Haar auf diesem Haupt. Ich bitte um Verzeihung, König Abrazza, doch darf Babbalanja keine Gewalt angetan werden.«

»Blast die Trompeten!« sagte Abrazza. »So, das Bankett ist abgeblasen, die Tafel aufgehoben – leuchtet König Media zu seinem Lager! Gute Nacht, edler Herr!«

So schließen wir nun einstweilen mit einem Schmause. Und nach vielen köstlichen Dinners und Banketten, durch Licht und Schatten, Freud und Leid und alles, wo wir uns dem Abend dieser abenteuerlichen Irrfahrten nähern, ist es angemessen, daß alle mit einem Nachtmahl bewirtet werden.

CLXXXII.

Sie fahren ab

AM nächsten Morgen sandte König Abrazza Media die kühle Nachricht, daß es ein wunderschöner Tag zum Segeln sei; doch bedauerlicherweise hindere ihn eine Unpäßlichkeit daran, sich den Gästen anzuschließen, die doch gewiß heute morgen seine Insel verlassen würden.

»Meine Komplimente an euren König,« sagte Media zu den Kammerherren, »und sagt, daß wir die königliche Aufforderung zum Verlassen der Insel wohl vernommen hätten.«

»Übermittelt auch Azzageddis Komplimente,« sagte Babbalanja, »und sagt, ich hoffe, daß Seine Hoheit ihre Verabredung mit mir nicht verpassen wird: in der ersten Mitternacht nach seinem Tode in der Friedhofsecke; dort werde ich sein und wieder grinsen!«

Das nächste Land, das wir beim Weitersegeln sahen, war dicht bewaldet und von einem Gürtel von Mangroven umgeben, die im Wasser fußten und ihre Äste in die Höhe reckten. Mancherorts gab es schattige Winkel, teils Wasserflächen teils von Grün bedeckt. Fische warfen kleine Wellen, Kanarienvögel sangen.

»Laßt uns dieses Dickicht durchdringen, edler Herr,« sagte Yoomy, »und an Land gelangen; die dortige Einsamkeit ist bestimmt stärkend.«

»Einsam ist es dort wohl,« rief Mohi aus.

»Bewohnt, aber nicht belebt,« sagte Babbalanja. »Schwierig, hier zu landen, Sänger! Siehst du nicht, daß die Insel von einem Wall aus Bäumen umgeben ist?«

»Warum sich dann dort durchkämpfen,« sagte Media. »Yillah ist dort nicht.«

»Ich befürchte es,« seufzte Yoomy. »Diese Insel ist ein Verlies: voll klaglosen Leids. Wie viele andere, von denen ich schon gehört habe, hätten wir unbekümmert an ihr vorbeifahren sollen. Beim Passieren der Insel, bemerken sie nur deren äußere Heiterkeit, doch denken nicht im Traum an die traurigen Geheimnisse, die in diesen Laubgewölben eingeschlossen sind. Aufenthaltsort der Hoffnungslosen! In diesen Wäldern im Innern brüten Mardianer vor sich hin, die von Mardi gekostet haben und das bitter fanden, was anderen so süß war: Mädchen, deren Blüte sich nicht verströmt hatte und die in der Knospe verdorben war; und Kinder, die ihren Blick von dem Morgen des Lebens abgewandt hatten – wie die in der Frühe frisch erblühten Blumen, die sich abwenden und schließen, da sie Stürme voraussehen.«

»Yoomy sagt die Wahrheit,« sprach Mohi.

»Warum also landen?« meinte Media. »Kein wackerer Mann von Verstand, kein Halbgott wie ich wird es tun. Fahren wir fort von hier; laßt uns auf unserer Rundreise alles Vergnügliche schauen und, wenn möglich, das Traurige meiden.«

»Dann haben wir das Riff nicht ganz umrundet,« sagte Babbalanja, »sondern nur einen Ausschnitt bereist. Das ist beileibe nicht das erste traurige Land, edler Herr, das wir auf Eure Bitte hin ausgelassen haben.«

»Genug davon! Ich will keine Düsternis mehr.

Ein Chor! He, ihr Paddler! Alle Segel gesetzt, legt euch ins Zeug. Frischt auf, ihr fröhlichen Winde!«

Und so näherten wir uns, im safranfarbenen Sonnenuntergang, einem anderen Gestade.

Ein düster aussehendes Land! Schwarze, überkragende Klippen, von vulkanischen Spalten zerrissen, von Wasserläufen durchpflügt und schwarz von verkohlten Wäldern. Der Strand war von Schlacke und Vulkanasche übersät; ein frostiger Wind blies und stöhnte wie in Schmerzen; Klagelaute drangen aus den Höhlen; und gelbe Sturzseen peitschten den jammernden Strand.

»Sollen wir landen?« fragte Babbalanja.

»Nicht hier,« rief Yoomy, »hier ist keine Yillah.«

»Nein,« sagte Media. »Dies ist noch solch ein Land, das man am besten meidet.«

»Wißt ihr nicht,« sagte Mohi, »daß hier die Minen von König Klanko sind, dessen Sklaven sich in ihren Gruben so nah an den Eingeweiden des Vulkans schinden, daß sie dessen Grollen hören? ›Ihr müßt weitergraben,‹ schreit Klanko, ›die Minen sind noch nicht erschöpft!‹ Und täglich werden die Gebeine seiner Sklaven zutage gefördert, zusammen mit dem Erzgestein.«

»Setzt alle Segel, Männer, fort von hier!«

»Edler Herr,« sagte Babbalanja, »immer sollen wir dem Erzübel aus dem Wege gehen und nur das Gute schauen; oder ist das Böse so sehr mit dem Guten vermengt, daß man das eine nicht von dem anderen unterscheiden kann?«

Halb unter Wolkenschleiern ging nun der

Mond der Erntezeit auf; und in diesem fahlen, wilden Licht saßen alle schweigend da, jeder in seiner eigenen, verborgenen Stimmung; und jeder kannte seine eigenen Gedanken am besten.

CLXXXIII.

Babbalanja bei Vollmond

»HE, Sterbliche! Sind wir auf einer Bestattung, daß unsere Ruder derart gedämpft erscheinen? Nur Mut, Taji! Oder plagt dich diese Hexe Hautia? Sei wieder ein Halbgott und lache. Ihre Blumen sind keine Pfeilspitzen: und die Geschosse der Rächer sind zu stumpf, als daß sie töten könnten. Babbalanja! Mohi! Yoomy! Nur Mut! Nur Mut! – Bei Oro! Ich werde euch alle auf der nächsten Insel absetzen. Ich will keine Tränen. Ha,ha! Laßt uns lachen. He, Vee-Vee, erwache! Schnell, Junge, bringe Wein! Und laßt uns fröhlich sein unter dem fröhlichen Mondlicht. Seht, es kommt schon verstohlen hinter den Wolken hervor! Zum Teufel mit Hautia! Für uns langes Leben und Fröhlichkeit! Taji, mein bezaubernder Gefährte, auf dein Wohl. Kann dein Herz denn aus Stein sein? Will niemand sich mir anschließen? Ha,ha! Mein Lachen ist so einsam, als lachte einer in seinem Grabe. Kommt, lacht! Will denn keiner Wein trinken? Seht! Der Vollmond ist aus den Wolken getreten.«

»Wenn Ihr es sagt, edler Herr, dann schließe ich mich Euch an,« rief Babbalanja. »Füllt mir den Becher randvoll. Dieser Wein macht Sätze in mir wie ein Panther. Ja, laßt uns lachen, brüllen, wiehern! Was macht es, daß ich bis jetzt traurig war? Das Leben ist ein Apriltag, der in einem Atemzug lacht und weint. Wer weise ist, der lacht, wann immer er kann. Die Menschen entfliehen einem Ächzen, aber laufen einem Lachen zu. Vee-Vee, deine Kalebasse. Edler Herr, ich werde Euch nachschenken! Ah, wie der Wein funkelt! Mehr Becher! Hier, Taji, nimm diesen; hier Mohi, nimm diesen; hier Yoomy, nimm diesen. Und nun laßt uns den Kummer ertränken. Ha,ha! Das Haus der Trauer ist verlassen, wenn es sich die Trauergäste auch wohl sein lassen. So auch ich, der ich hier bei meinen Toten sitze und eure Weinkelche nachfülle. Alter Mohi, dein Kelch, Yoomy, deiner! Ha,ha! Laßt uns lachen, laßt uns brüllen! Auf einem Jahrmarkt werden Trauerkleider abgelegt. Kein Herz schüttet sein Geheimnis aus. Es ist gut zu lachen, auch wenn das Lachen hohl klingt. Es ist weise zu feiern, jetzt und immerzu. Lacht, und schafft euch Freunde; weint, und sie werden gehen. Frauen schluchzen, und sind ihre Trauer los; Männer lachen, und sind weiter traurig. Lachen ist im Himmel und Lachen ist in der Hölle. Und ein tiefer Gedanke äußert sich unter Lachen. Wenn auch die Weisheit mit Leid verbunden ist, wenn auch der Weg dorthin tränenreich ist, endet doch alles in einem Jauchzen. Aber die Weisheit trägt keine Trauerkleider. Der Schmerz kann fröhlicher sein als die Fröhlichkeit selbst; ein Kummer, der traurig ist, ist oberflächlich. Ha, ha! Wie die Besessenen brüllen, wie alle Skelette grinsen; wir alle sterben mit einem Röcheln. Lacht! Lacht! Sind die Cherubim ernst? Humor, dein Lachen ist göttlich; daher respektiert man gut gelaunte Idioten; und daher auch mich. He! Laßt uns lustig sein, und wenn es auch nur für eine Stunde ist, bevor uns der Tod den

Becher reicht. Vee-Vee, bringe unsere Kalebassen her! Trinken wir einander zu mit unseren Humpen! Laßt uns aus vollem Halse lachen, lachen wir uns die Seele aus dem Leib. Alle Weisen lachten, Bardianna lachte, Demokrit lachte, Ovid lachte, Rabelais röhrte – laßt uns desgleichen tun. Die Hyänen grinsen, die Schakale jaulen, laßt uns auch gellend lachen. – Aber Ihr lacht gar nicht, edler Herr? Lacht doch los!«

»Nein, danke, Azzageddi, nicht auf diese höllische Weise. Da weine ich besser.«

»Seine Worte bringen mich zum Kribbeln, als wäre ich ein Ameisenhaufen,« sagte Mohi.

»Er ist toll, toll, toll!« rief Yoomy aus.

»Ja, toll, toll, toll! – Toll wie der wahnsinnige Widersacher, der mich in seinen Klauen hält! – Doch komm, sanfter Sänger, willst du einem Lied lauschen? – Wir Verrückten sind alle Dichter, wie du weißt. Ha, ha!

Sterne lachen in der Höh':
O fackel fö!
Und unten wellt sich die See:
O fackel fe!

Der Wind zupft des Meeres Zimbeln; die Wälder jauchzen; der Hurrikan ist ein einziges hysterisches Lachen; und das Gewitter dröhnt wie Trompetenstöße. Wir müssen lachen oder sterben: Lachen ist Leben. Wenn man nicht lacht, hat man Wundstarrkrampf. Willst du weinen? Dann lache, während du weinst. Denn Freud und Leid sind miteinander verwandt; sie werden von den gleichen Nerven in Gang gesetzt. Los, Yoomy, studiere Anatomie: man kann von den Toten viel lernen, mehr, als man von den Lebenden lernen kann; und ich bin tot, obgleich ich lebe. Und ich seziere mich ebenso schnell, wie das ein anderer täte: neugierig blicke ich in meine intimen Winkel und taste unter meine Rippen. Ich habe herausgefunden, daß das Herz kein Ganzes ist, sondern in Kammern unterteilt ist; daß es ein weiches Polster verlangt, um darauf zu ruhen; daß es das Blut mit Lebenskraft erfüllt, das andernfalls dünner als Wasser wäre. Ich habe herausgefunden, daß wir nicht ohne Herz leben können, wenn auch die Herzlosen am längsten leben. Doch die ihr ein Herz habt, nehmt es in die Hand: es ist ein glückliches Vermächtnis! Deshalb seht Ihr mich, edler Herr, von Pol zu Pol eilen, von diesem Ding zu jenem. So aber dreht sich auch die große Welt und zeigt der Sonne mit einem Überschlag eine Landschaft von fünfundzwanzigtausend Quadratmeilen!«

In diesem Augenblick versanken der Mond und der Hundsstern; und in Media versank ein Wein aus Tivolo.

CLXXXIV.

Am Morgen

LEBEN oder Tod, Wohl oder Wehe: nichts kann die Sonne in ihrem Lauf aufhalten. Sie eilt über Walstatt und Liebeslaube, über Bollwerk und Stadt, schaut auf Geburten und Totenbetten, scheint über Kathedralen, Moscheen und heidnischen Schreinen, lacht über allem – ein wahrer Demokrit am Himmel. Sie sieht an einem Tag mehr als ein Pilger in einem ganzen Jahrhundert.

So ist die Sonne dem Himmel näher als wir es sind; mit welchem Blick wird dann erst der gesegnete Oro herabschauen.

Im Osten lagen Schichten von Purpur, Rot und Gelb übereinander und durchkreuzten sich. Und von den bewindeten Bergen herab kam der Morgen, robust und rotwangig, – ein Hochländer im Plaid, der seine Mütze mit dem Federschmuck den Inseln zum Gruße schwenkte.

Über den anrainenden Hainen stieg die Lerche jubilierend in die Höhe; während zwischen den Inseln ein Elch schwamm, stattlich wie ein 74-Kanonen-Schiff, und unsere Buge kreuzte. Er warf die Wildnis seines Geweihs zurück in die Luft.

Er war gerade aus dem frischen Morgenwald gesprungen und mengte so den Tau der Blätter mit dem Salzwasser des Meeres – sein Geweih troff in der Dünung, die sich vor seinem braunen Brustkorb wie vor einem Bug wellte.

»Seit hunderttausend Jahrhunderten,« sagte Babbalanja, »hatte man schon den gleichen Anblick. Die Sonne ist ebenso ewig wie Oro; und das gleiche Leben, das diesen Elch bewegt, belebt auch die Sonne und Oro. Alle sind Teil des Einen. Durch mich huschen Gedanken, an denen auch die Wesen teilhaben, die all die Sterne bevölkern. Saturn und Merkur und Mardi sind allesamt Brüder; und wie Seelen sprechen sie durch ihre Umlaufbahnen zueinander. Wie viele Kapitel könnte man darüber schreiben! Ach, das Fleisch kann mit dem Geist nicht Schritt halten! Ach, daß diese in mir angelegten Dramen fortwährend in mir zugrunde gehen, weil mir die Kraft fehlt, sie zu heben. Im Weltraum ziehen Welten an Welten vorbei, wie auf Durchgangsstraßen Menschen an Menschen; nach Zeiträumen von tausend Jahren rufen sie einander zu: »Schön, dich wiederzusehen, mein Freund!« – Zu *mir* sprechen sie mit mystischer Musik; ich höre, wie ihr Denken alle ihre Sphären durchdringt. – Gegrüßt seid ihr, entfernteste Welten und all die schönen Wesen, die euch bewohnen! Fächle mich, freundlicher Zenora, mit deinen Schwingen der Dämmerung! He! Laßt uns zum Aldebaran reisen. – Ha! eine rot schimmernde Welt! Eine Luft, die Auftrieb gibt, nicht wie die in Mardi. Säulen aus Rubin, Minarette aus Amethyst, Dome aus Diamanten! Was ist dies? – ein Gott! Eine Stirn, die einem See gleicht, durchscheinend wie die Morgenluft! Ich sehe seine Gedanken wie Welten kreisen; und in seinen Augen, wie im Himmel, sehe ich sacht Sterne sich senken. – Diese tausend vorüberziehenden

Schwingen fächeln meinen Atem fort – mir schwindelt. Schnell zurück auf einen kleinen Asteroiden. – Gütiges Wesen! Wenn ich mich mit mardianischer Zunge an dich wenden kann, dann sprich! – ›Ich trage eine werdende Seele in mir. Ich spüre das erste, schwache Beben, als erzitterte eine Harfensaite in meinem innersten Wesen. Werde ich getötet, sterben Generationen.‹ – So lebte auch vor Zeiten der Ungezeugte im Leib der Jungfrau; die daraufhin ihren Gott liebte, wie junge Mütter ihre Neugeborenen lieben. O Alma, Alma, Alma! – Ziehe deine Fänge ein, Widersacher! Wird dieser Name dich auf immer vor Wut schäumen lassen? Gespaltene Flammenzungen, schlagt mir nicht derart ins Gesicht!«

»Babbalanja, Babbalanja, komme zur Besinnung, Mann! Bist du in der Hölle und verdammt, weil sich die Sehnen an deinem Leib wie Schlangen winden und verdrehen? Deine Stirn ist schwarz wie Ops! Drehe dich um und sieh diesen Elch dort!«

»Gegrüßt seist du, stattliches Tier! Du spürst diese Dinge nicht, *du* kannst nicht verdammt sein. Ach Elch, ich möchte, daß du meine Seele hättest; denn wenn meine vom Feuer versengte Seele unsterblich ist, so soll es deine auch sein. Dein Leben ist sich des Todes nicht bewußt. Ich lote die veilchenfarbene Tiefe deines sanften, ergreifenden, weiblichen Auges aus – Millionen Faden tief – und lese darin nichts als Friedfertigkeit! Was ist des Menschen abgezehrte Gestalt gegen deine, du Majestät der Wälder! – Elch, Elch! – Meine Seele ist wieder getroffen. – O Oro, Oro!«

»Er stürzt!« rief Media.

»Seht ihr die Seelenangst in seinem schwindenden Blick?« sagte Yoomy. »Ach, armer Babbalanja! Bist du dir dieses Wahnsinns bewußt? Solltest du je wieder genesen, wirst du dich dann erinnern können? Nimm mein Kleid: hier entblöße ich mich, um dich und all dein Leid zu bedecken. Oro! Neben diesem deinem Geschöpf knie ich nieder: gewähre Babbalanja Tod oder Glück!«

CLXXXV.

L'ultima sera

UNSERE Suche hatte sich über eine solche Unzahl von Inseln erstreckt, daß keine Feder von allen schreiben kann, am wenigsten meine; und immer noch keine Spur von Yillah.

Doch meine niedergebrannten Hoffnungen konnten sich nicht wieder aus ihrer Asche erheben; gleichwohl hätte diese lange Jagd, da sie so große Teile Mardis erfaßte, offenbar schon längst geendet haben müssen – ob glücklich oder kläglich, das war mir in meiner Verwirrung schon fast egal.

Nachdem sich der Morgen in schönem Glühen gezeigt hatte, war es den ganzen Tag über verhangen. Unter bedrohlichem Himmel fuhren wir auf einer bedrohlichen See. Düster dräute Woge auf Woge; und von grauen Schwaden verdeckt ging die Sonne unter, ohne daß wir sie sahen; obgleich unsere drei Buge direkt nach Westen wiesen, unverwandt wie drei Striche auf der Kompaßrose.

»Als wir von Odo abgesegelt waren, war dort ein herrlicher Frühlingsmorgen,« sagte Yoomy. »Wir steuerten der aufgehenden Sonne entgegen. Doch nun streben wir, unter herbstlichen Nachtwolken, ihrem Untergang zu.«

»Wie das?« rief Media aus. »Warum ist der Sänger voll Schwermut? Er, dessen Aufgabe es ist, Verzagtheit zu verjagen anstatt ihr Gesandter zu sein.«

»Ach, edler Herr, das denkt *Ihr*. Doch können meine Verse besser Traurigkeit abmildern als daß sie in gehobene Laune versetzen. Wir Sänger sind nicht so fröhlich, wie Mardi glaubt. Der Bach mit dem süßesten Gesang murmelt in den einsamsten Wäldern:

Die Inseln bergen dich nicht mehr, Verschollene,
Aus deiner Laube dringt kein Lied mehr:
Vergebens die Erinnerung an deinen Sang:
Der Frühlingsvogel sich zu fernem Lande schwang.

Ohne Yoomys traurige Weise zu beachten, summte unser erster Ruderer, ein heiterer Gesell, leise und vergnüglich folgendes vor sich hin:

He, lustig schwingen wir Paddler die Pinne!
He, über des Meeres Tal oder Rinne! –
Unsere Pulse jagen,
Unsere Herzen heftig schlagen
He, lustig und munter, juchhe!

Doch dann ein plötzliches Aufklatschen, ein schriller Schrei, der in einem Gurgeln unterging, als sackte eine Fontäne in sich zusammen. Dann war alles still, bis auf das Anschlagen der Wellen gegen unsere Kiele.

»Rettet ihn! Macht kehrt!«

Der fröhliche Vormann, der sich zu beschwingt nach vorne gebeugt hatte, war von seinem erhöhten Sitz in die Lagune gefallen.

In höchster Eile wurden die Kanus gewendet; doch die Dunkelheit, in die wir schossen, war nicht geringer als die, in welche der Vormann gestürzt war.

Als wir uns blind auf unserem Weg zurücktasteten, senkte sich das tiefe Schwarz der Nacht noch tiefer ins Meer hinab.

»Laßt alle Paddel sinken und lauscht!«

Alle hielten den Atem an und lehnten sich über die sechs Dollborde; doch es war nur das Stöhnen des Windes zu hören.

Lange verharrten wir so; dann kreuzten wir wieder und wieder unsere Kielspur, fast ohne Hoffnung. Aber wir waren nicht willens, jemand zurückzulassen, der mit einem Lied auf den Lippen gestorben und in einem Atemzug begraben war.

»Laßt uns weiterfahren,« sagte Media, »was sollen wir noch suchen? Er ist dahingegangen.«

»Ja, dahin,« sagte Babbalanja, »und wohin? Vor einem Augenblick weilte er unter uns; jetzt ist er ebenso weit entfernt wie die unbeweglichen Sterne. Kann er in solcher Entfernung leben? O Oro! Dieser Tod, den du verfügt hast, entmutigt den Mannhaftesten. Sagt nicht nein, edler Herr. Wir wollen nicht hinter dem Rücken des Todes sprechen. Zu sterben ist hart und schrecklich: blind von des Lebens Rand zu stürzen! Doch so verschwinden die Generationen: in Staubwolken und unter Getrappel wie von Hufen. Der Tod treibt sie alle in seinen heimtückischen Pferch, wie wilde Indianer es mit Bisonherden tun. Ja, der Tod ist die letzte Verzweiflung des Lebens. Hart und entsetzlich ist es, zu sterben. Oro selbst starb, in der Gestalt von Alma, nicht ohne Klage. Aber warum Leben? Leben ist allen beschwerlich: der immergleiche, stumpfsinnige Ablauf. Tag und Nacht, Sommer und Winter umkreisen uns in alle Ewigkeit. Ein einziger gelebter Augenblick ist schon ein Leben. Am Himmel erscheinen keine neuen Sterne; keine neuen Lichter in der Seele. Doch verändert sich vieles. Auch wenn wir in der Kindheit, mit verzücktem Blick, manche Merkwürdigkeit unter der Sonne sehen und uns ganz Mardi wie ein Jahrmarktszelt vorkommt, verblaßt dieser Zauber doch rasch. Selbst in unseren Körpern überleben wir uns alle. Ich denke an meine unreife Jugend wie an einen fröhlichen Spielkameraden, der verschwunden ist; doch die Aussicht, meinem Alter die Hand zu schütteln und freundlich zu ihm zu sein, erscheint mir sogar als bedrückender, wie wenn ich einen frostigen Fremden an mein Herz drücken würde. Das Alter ist nichts für mich. Ich habe nicht das Zeug zum Altwerden. Dieses Mardi bietet uns keine Heimstatt. Wie Verbannte, die zu einem fremden Planeten verschleppt werden, ziehen wir hierhin und dorthin: dies ist nicht die Welt, in der wir geboren wurden, nicht die Welt, die einst so licht und heiter war, nicht die Welt, wo wir einst so fröhlich tanzten und tafelten; wo wir unsere längst begrabenen Frauen freiten und heirateten. So laßt uns also abreisen. Doch wohin? Wir treiben uns selbst voran – schrecken dann entsetzt zurück. Versuchen es wieder – und flüchten. Hart ist es zu leben; hart zu sterben; unerträglicher Zwischenzustand! Doch zuletzt schaltet sich der grimmige Despot ein; und mit einer Natter in unserem Totenhemd werden wir ins Meer geworfen.«

»Für mich,« sagte Mohi, dessen graue Locken feucht vom Tau der Nacht waren, »scheint die dunkle Prozession des Todes manchmal ganz nahe zu sein, ohne eine Stimme der Ermutigung. Daß alle gestorben sind, macht das Sterben für mich nicht leichter. Und daß viele in der Kindheit verlöscht sind, erscheint mir als Gnade angesichts des langsamen Verfalls in meinem Alter, Verfall sowohl der Glieder als auch der Sinne. Lange bin ich das Grab meiner Jugend gewesen. Und mehr ist schon von mir gestorben, als dem Tod letztlich zu vollstrecken bleibt. Babbalanja sagt die Wahrheit. In der Kindheit beunruhigte mich der Tod nicht; im Mannesalter verfolgte er mich wie ein beutegieriger Bandit auf der Straße; jetzt, da ich alt geworden bin, geht er keck voran und kündigt mein Kommen an; und dreht sich zu mir um und starrt mich mit seinem Totenschädelblick an, vergiftet mir die letzten Tröstungen des Lebens. Maramma vergrößert nur noch die Düsternis in mir.«

»Tod! Tod!« rief Yoomy. »Darf es sein, daß ich nicht mehr bin, während Millionen noch sind? Soll ich scheiden, während die Blumen weiterblühen? Ich habe eine Vorstellung vom Totsein entwickelt, als wir als lärmende Jungen in den Ferien zwischen den Gräbern Versteck spielten, Gräber, die schließlich alle Spielenden in sich verstecken würden.«

»Wolken über Wolken!« rief Media. »Fort mit ihnen allen! Warum nicht über die Gräber hüpfen, solange wir es noch können? Wenn der Tod kommt, ist es Zeit genug zu sterben; ohne daß man Zoll um Zoll stirbt. Tod ist nicht, wenn man stirbt; Tod ist die Angst vor ihm. Ich, als Halbgott, fürchte den Tod nicht.«

»Doch wenn die Schakale rings um Euch jaulen?« sagte Babbalanja.

»Ich verjage sie und sterbe den Tod eines Halbgottes! Auf seinem Sterbelager mit gekreuzten Speeren rief mein tapferer alter Vater: ›Wein, Wein! Laßt die Muschelhörner und Zimbeln erschallen! Laßt den König unter kriegerischen Klängen sterben!‹«

»Man mag auf dem Sterbelager wacker sein, doch nicht im Tode selbst,« sagte Babbalanja. »Am Ende unseres langen, gewundenen Leichenzuges erschallt Musik, wehen Banner mit schönen Wahlsprüchen: ›Nur Mut! – Nicht verzagen! – Millionen sind schon vor dir gestorben!‹; doch an der Spitze des Zuges weht kein Wimpel. Dort ist alles still und feierlich. Die letzte Weisheit ist stumm.«

Stille folgte; jeder Schlag mit den Paddeln auf das nun stille Wasser schlug laut und lang ans Ohr.

Nach einiger Zeit hob Babbalanja den Kopf und sagte dies: »Yillah entzieht sich uns immer noch. Wie wenig haben wir auf dieser ganzen Rundreise durch Mardi gefunden, das unser Herz mit Frieden erfüllen könnte und wie vieles, das unsere Sehnsüchte abtöten könnte.«

»Laß das Krächzen, Rabe!« rief Media. »Mardi ist erfüllt von frühlingshaften Anblicken und Jubellauten. Ich war nie in meinem Leben traurig.«

»Aber wieviele Seufzer kommen auf ein Lachen von Euch, edler Herr! Wären alle glücklich oder elend, dann wäre es erträglicher als es ist. Doch gehen Glück und Elend derart ununterscheidbar ineinander über, daß das heutige Mardi vielleicht eine vergessene Vergangenheit abbüßt. – Doch nichtig unsere Vermutungen. Noch nichtiger ist es, zu sagen, ganz Mardi sei nur ein Weg zu einem Ziel; dieses Leben sei ein Stadium der Prüfung; das Böse würde nur eine begrenzte Zeit währen; ein abgefallener Engel sei zu bestimmten Zeiten Vizekönig. – Nein, nein. Oro überträgt sein Szepter niemandem; in seiner immerwährenden Herrschaft gibt es kein Interregnum. Zeit ist Ewigkeit; und wir leben jetzt in der Ewigkeit. Doch reden manche von einem Jenseits, in dem alle Mysterien des Lebens vorüber sein werden und wo die Gerechten für ihre Leiden entschädigt werden. Oro ist gerecht, sagen sie. – Dann ist er es immer, jetzt und in Ewigkeit. Ist aber eine Wiedergutmachung zu leisten, ist auch etwas falsch gemacht worden. Doch Oro kann keine Fehler machen. Was uns als böse erscheint, mag für ihn gut sein. Wenn er keine Furcht, keine Hoffnung hat, so hat er keine anderen Leidenschaften, ist ohne Ziel und Zweck. Er genügt sich selbst: alle Ziele sind in ihm erreicht; er hat keine Vergangenheit, keine Zukunft; er ist das immerwährende Jetzt, welches eine immerwährende Stille ist, die alles Jetzige, Vergangene und Zukünftige umfaßt. Das ist düster genug. Doch oho, die Nachteule heult durch die Wälder von Maramma hin. Ihre beklemmenden Töne durchdringen unsere Leben; auch wenn wir in Frieden scheiden möchten, so fliegt uns doch dieser Vogel voraus: wie eine Wolke, die unsere untergehenden Sonnen verfinstert und die Luft mit Schmerz erfüllt.«

»Allzu wahr!« rief Yoomy. »Unsere Kalmen sollen auf Stürme folgen. Wie Schiffe ohne Steuerruder, die der Sturm hin und her wirft, ankern wir nur, wenn wir zugrunde gehen.«

»Unsere Anfänge,« murmelte Mohi, »verlieren sich in Wolken. Alle unsere Tage verleben wir in Finsternis und gehen unter, ohne das Ziel erreicht zu haben.«

»Krächzt weiter, Feiglinge!« rief Media aus. »Und flieht vor den gräßlichen Phantomen, die euch verfolgen.«

»Der ist kein Feigling, der, gejagt, sich umdreht und keinen Feind erblickt, mit dem er kämpfen kann,« sagte Babbalanja. »Wie der Hirsch, dessen Stirn vom Flügelschlag der Falken gestreift wird, die sich auf seinem himmelwärts gerichteten Geweih niedergelassen haben, so stürme ich geblendet, angestachelt Hals über Kopf voran, hierhin und dorthin; und weiß weder ein noch aus in dem dichten Wald, der mich umgibt!«

CLXXXVI.

Sie fahren von Nacht bis Tag

SCHON bald kamen die drei Kanus in einer starken Dünung heftig ins Schlingern. Die jagenden Wolken verhängten das Geschnatter des Windes wie mit Leichentüchern. Bei jeder von vorne kommenden Woge, bäumten sich unsere geschwungenen Buge auf und erzitterten. Die Nacht verrann im Regen.

Wir wußten weder, wo wir uns hinwenden noch welchen Hafen wir anlaufen sollten, so dicht war das Dunkel.

Doch schließlich war der Sturm vorüber. Unsere angeschlagenen Buge schienen vergoldet. Der Tag brach an. Und aus seinen goldenen Gefäßen goß er roten Wein auf die Wasser.

Diese erglühte Flut rollte sanft auf uns zu und trieb von Osten her ein einzelnes Kanu heran, in welchem ein sanftmütiger Alter saß, mit einem Palmzweig in der Hand. Der schlanke Bug des Bootes hatte die Gestalt eines Vogelschnabels, der Amaranten und Myrthen hielt.

»Alma segne euch, Reisende! Euch scheint der Sturm sehr zugesetzt zu haben.«

»Wir haben den Sturm überlebt, alter Mann; und wir müssen noch viele Stürme aushalten,« sagte Babbalanja.

»Die Sonne ist aufgegangen; und alles ist wieder gut. Wir müssen nur unsere Buge reparieren,« sagte Media.

»Dann wendet und lauft Serenia an, eine annehmliche Insel, wo alle willkommen sind, wo viele vom Sturm geschlagene Seefahrer schließlich landen, um zu verweilen.

»Serenia?« sagte Babbalanja. »Ist Serenia nicht das Land der Schwärmer, von dem wir schon gehört haben, edler Herr? Wo Mardianer eine künstliche Verbindung von Vernunft und den offenbarten Wahrheiten erstreben; wo Alma, wie sie behaupten, in seinem göttlichen Ursprung wiederhergestellt sei; wo sie ihre Grundsätze aus den gleichen Quellen ableiten, denen die Verfolgungen auf Maramma entsprangen: Menschen mühen sich, in den sanften Banden von Frieden und Nächstenliebe zusammenzuleben – welche Torheit!«

»Ja,« sagte Media, »über diese Bewohner von Serenia wird vieles erzählt; doch muß ihr Gesellschaftsgefüge bald zusammenbrechen, da es auf nichtigsten Theorien gründet. Dank für Eure freundliche Einladung, alter Mann, doch wir möchten Eure Insel nicht besuchen. Unsere Reise hat ein Ziel, das wir, nach meinem Gefühl, nicht erreichen, wenn wir an Euren Gestaden landen. Wir werden uns anderswo wiederherstellen. Lebt wohl! Es frischt auf; laßt uns die Segel setzen! Lebt wohl, alter Mann.«

»Nein, nein! Denkt darüber nach! Die Insel ist ganz nah, der Wind ist günstig, – doch das ist er hier immer –; kommt also. Wir Bewohner von Serenia sind ganz begierig darauf, von Mardi wahrgenommen zu werden, so daß, wenn unsere Lebensart als gut erscheint, ganz Mardi wie wir leben kann. Im Namen des gesegneten Alma bitte ich euch zu kommen!«

»Sollen wir also, edler Herr?«

»Bringt uns dorthin, alter Mann! Wir wollen sehen, was es mit dieser wundersamen Insel auf sich hat.«

So wurden wir von dem altehrwürdigen Fremden geleitet und erblickten gegen Mittag eine Insel, auf der blühende Savannen schimmerten und friedliche Wälder versonnen lagen.

Von dieser Küste wehte der Balsam von Blüten heran und der Gesang von Vögeln: tausend sommerliche Laute und Düfte. Das Geplätscher der Flut sang um unsere gesplitterten Buge; die Sonne stand hoch am Himmel und die Wasser darunter waren tief.

»Das Land der Liebe!« murmelte der alte Mann, als wir uns dem Strand näherten, wo unzählige Muscheln sacht in der munteren Dünung rollten und leise Musik aus ihren Schalen dringen ließen. Weiter hinten tänzelte eine andere, grüne Dünung gegen hochaufragende Blätterwälle, worin die Brise ebenfalls stranden konnte.

Und nun erschien unter den Bäumen eine ansehnliche Menge von Menschen, die Palmzweige in den Händen hatten und wehende Gewänder trugen. Als sie nahten, erhoben sie folgenden Gesang:

Heil! Reisende, heil!
Woher ihr auch kommt, wohin ihr auch zieht,
Einen stilleren Strand,
Ein lieblicher Land
Als das Land der Liebe erlebt ihr nie!

Heil, Reisende, heil!
Zu unserm Strand euch sanfte Winde weisen:
Die Palmen wogen im Wind,
Die Wellen sind lind,
Und hierher weist der Sterne starres Gleißen!

Heil, Reisende, heil!
Denkt nicht, daß unsere Wälder düster brüten,
Denn unsere Insel lacht
In heller Rosenpracht;
Die Täler hier: wie Vasen voller Blüten.

Heil, Reisende, heil!
Seid nicht enttäuscht, laßt eitle Dinge.
Sie wird nicht erreist,
Die Ruhe im Geist,
Wenn ihr auch fahrt mit schnellster Schwinge.

Heil, Reisende, heil!
Zeit eilt geschwind, das Leben zerrinnt.
Ihr bedauert vielleicht,
Daß ihr von uns weicht
Und zurücklaßt, was ihr nie mehr find't.

CLXXXVII.

Sie landen auf Serenia

DAS Lied schloß. Als wir den Strand erreichten, umarmte uns die Menge und nannte uns Brüder; uns und unsere niedersten Diener.

»Warum nennt ihr uns Brüder, wo ihr uns doch noch nie gesehen habt?«

»Ist denn nicht Oro unser aller Vater?« sagte der alte Mann. »Sind wir dann nicht alle Brüder? So hat es Alma, der Herr, angeordnet.«

»So sind wir nicht auf Maramma empfangen worden,« sagte Media, »dem Ort, der für Alma bestimmt ist; wo seine Vorschriften gewahrt werden.«

»Nein, nein, alter Mann,« sagte Babbalanja, »Ihr habt Brüderlichkeit bestimmt nicht von Alma gelernt; denn auf Maramma und seinen Nebeninseln gibt es keine wahre Brüderlichkeit. Selbst auf der heiligen Insel werden viele unterdrückt; werden viele wegen Ketzerei getötet; und es verhungern Tausende unter den Altären, die sich unter der Last der Opfergaben biegen. Wie leicht wäre die Not jener damit zu lindern.«

»Ach, allzu wahr! Doch ich bitte euch, urteilt nicht über Alma anhand derer, die sich zu seinem Glauben bekennen. Habt Ihr seine Aufzeichnungen selbst ergründet?«

»Nicht vollständig. Schon von Kindheit an bin ich Zeuge des Unrechts geworden, das in seinem Namen begangen wurde und habe die Verfehlungen und Widersprüchlichkeiten seiner

Nachfolger gesehen. Daher dachte ich, alles Übel müsse aus einer geistesverwandten Quelle stammen und lehnte es ab, den gesamten Bericht über das Leben eures Meisters zu lesen. Ich kenne ihn nur zum Teil.«

»Ein unheilvoller Irrtum! Doch so ist es, Brüder: die Weisesten sind gegen die Wahrheit aufgebracht wegen derer, die ihr Gewalt antun.«

»Beansprucht ihr also, gemäß der Worte eures Meisters zu leben? Wendet ihr seine Gebote an?«

»Wir beanspruchen nur das, um was wir uns ernsthaft bemühen.«

»Erzählt mir nicht von euren Bemühungen sondern von eurem Leben. Was kann ein Vaterloser bei euch hoffen?«

»Als Sohn adoptiert zu werden.«

»Was einer, der arm und nackt ist?«

»Er wird gekleidet und es wird ihm an nichts fehlen.«

»Und wenn er undankbar ist und euch weh tut?«

»Dann nähren wir und kleiden ihn immer noch.«

»Und wenn er sich weiter undankbar zeigt?«

»Lange vermag er das nicht; denn die Liebe ist ein heftiges Feuer.«

»Doch was ist, wenn er von eurem Glauben an Alma stark abweicht; dann müßt ihr ihn doch sicherlich verstoßen?«

»Nein, nein; wir vergegenwärtigen uns dann, daß wir gleichfalls nicht mit ihm übereinstimmen, wenn er von uns abweicht; und daß dies alles nach Oros Maßgabe geschieht. Wir werden nicht sagen, er hätte unrecht und wir hätten recht; denn dies wissen wir nicht absolut. Aber wir kümmern uns nicht so sehr darum, was die Menschen sagen; wir sehen auf den Glauben, der sich in Taten zeigt, welches die wahren Zeichen innerer Werte sind. Derjenige, der andauernd zu Alma betet, der aber nicht gemäß der weltumfassenden Liebe lebt, der ist eher ein Ungläubiger als derjenige, der den Meister mit Worten ablehnt, doch seinen Geboten gemäß handelt. Unser Leben ist unser Amen.«

»Doch sagen einige, daß die Lehren eures Alma vollständig neu seien; hier würden Dinge geoffenbart, die sich vorher niemand vorstellen konnte, selbst nicht die Dichter. Man müsse mit einem neuen Vermögen ausgestattet sein, um seinen Geboten folgen zu können und um diese richtig begreifen zu können.«

»Das habe ich auch stets geglaubt,« sagte Mohi.

»Wenn Alma Liebe lehrt, dann brauche ich keine neue Fähigkeit zu erlernen,« sagte Yoomy.

»Alles Wesentliche an den Lehren des Meisters war schon längst hier in Mardi und den bescheidenen Tälern lebendig und wurde lange vor des Meisters Ankunft praktiziert. Doch nie zuvor war Tugend bei uns so sehr erhöht, daß sie für alle sichtbar war; nie zuvor kam der himmlische Glanz herab, um sie zu verklären. Doch sind Wahrheit, Gerechtigkeit und Liebe allein Almas Offenbarungen? Hatte man nichts davon gehört, bis er kam? Alma bewirkt lediglich, daß wir unsere Herzen untereinander öffnen. Wären seine Gebote befremdlich, würden wir zurückschrecken – und fänden keinen Anklang in unserem Fühlen. Aber haben wir einmal auf sie gehört, umfangen unsere Seelen sie instinktiv wie die Ranken der Rebe.«

»Aber da Alma, wie es heißt, ausschließlich auf die jenseitigen Angelegenheiten Mardis erpicht war – die allen ungewiß sein müssen –, welchen Nutzen konnten dann seine Gebote für das tägliche Leben hier haben?« wollte Babbalanja wissen.

»Würde Alma doch nur wieder auf die Erde herabkommen, Brüder! Selbst wenn wir auf ewig unter der Erde schlummern sollten, erfüllte der Glauben an den Meister einen segensreichen Zweck: uns *hienieden* wirklich glücklicher zu machen. *Das* ist das wesentliche Ergebnis seiner Unterweisung; denn wenn wir hier heilig sind, müssen wir es auch anderswo sein. Der verehrte Alma verkündet seine Gesetze für Mardi und nicht für das Paradies.«

»Schon bald werde ich all dies überprüfen,« murmelte Mohi.

»Alter Mann,« sagte Media, »Euer Alter und das Mohis machen, daß ihr über das unbekannte Jenseits nachdenkt. Doch erzählt mir von anderen Dingen, von der Insel und ihrer Bevölkerung. Allem, was ich gehört habe und nun sehe, entnehme ich, daß es hier keinen König gibt; daß ihr euch selbst überlassen seid; und daß diese geheimnisvolle Liebe, von der ihr sprecht, euer Regent ist. Stimmt das? Dann wäret ihr wirklich so schwärmerisch, wie Mardi munkelt. Und wenn ihr auch einige Zeit erfolgreich gewesen sein mögt, so kann dies doch nicht von Dauer sein. Eines Tages wird euch eine bittere Lektion erteilt werden, die euch davon überzeugt, daß euer Vertrauen in die mardianische Tugend gänzlich nichtig ist.«

»Es ist wahr: wir haben keinen König; denn Almas Gebote tadeln den Hochmut von Rang und Macht. Er ist der Tribun der Menschen. Sein Glaube kann sich erst dann in ganz Mardi ausbreiten, wenn es keine Könige mehr gibt. Doch glaubt nicht, daß wir an die Vollkommenheit des Menschen glauben. Aber er ist nicht völlig unfähig, Gutes zu tun. Er hat die Anlage dazu. *Diese* wollen wir pflegen; ansonsten wäre alles hoffnungslos!«

»Und euer Gemeinwesen?«

»Es ist unvollkommen und wird es auch noch lange bleiben. Doch wir sehen darauf, daß nicht die Mehrheit der Unglücklichen der Minderheit ein Leben im Glück ermöglicht. Andererseits wollen wir nicht, wider die Gesetze der Vernunft, Gleichheit herstellen, indem wir die Anarchie fördern. Gleichheit in allem kann es nicht für alle geben. Jeder hat, was ihm zukommt. Einige haben größere Palmenhaine als andere, leben besser, wohnen in geschmackvolleren Hütten, erneuern öfter ihr duftendes Dach. Solche Unterschiede muß es geben. Doch soll niemand des Hungers sterben, während andere prassen. Die Bedürftigen werden von denen, die im Überfluß haben, unterstützt. Doch nicht durch Gesetz sondern durch eine Vorschrift, die in uns schlummert und die Alma zum Leben erweckt hat. Diesem Imperativ folgen wir in allem, was wir tun. Wir werden nicht zur Gerechtigkeit gezwungen sondern wir eilen zu ihr. Wir leben nicht in Gemeinschaft. Denn werden Tugend und Laster wahllos miteinander vermengt, erweist sich in dieser Einheit das Laster allzu oft als die treibende Kraft. Wir lassen die Lasterhaften abseits leben, bis sie wieder auf der rechten Bahn sind. Und sie müssen sich bald gebessert haben, denn alles verleitet sie dazu. Wir übernehmen nicht die Verantwortung für die Sünden der anderen; wir treiben niemanden ins Verbrechen. Unsere Gesetze entspringen nicht der Rache sondern der Liebe und Alma.«

»Eine schöne Dichtung ist das alles,« sagte Babbalanja, »doch nicht so neu. Solche einschmeichelnden Töne hört man auch oft auf Maramma!«

»Das klingt famos, alter Mann!« sagte Media. »Doch Menschen sind und bleiben Menschen. Einige müssen darben, andere werden gezüchtigt. Eure Lehren sind nicht praktikabel.«

»Und hat uns nicht Alma diese Dinge aufgetragen? Würde er denn das Unmögliche lehren? Welchen Gewinn sollten seine Gebote haben, wenn sie nicht anwendbar wären? Doch ich bitte euch, sprecht nicht von Maramma. Ach, würde Alma Mardi wiederbesuchen, denkt ihr, er würde dann sein Haupt inmitten dieser Morais niederlegen?«

»Nein, nein,« sagte Babbalanja, »er ist als ein Störenfried kommen und ein solcher wäre er auch heute noch. Allenthalben würde er an unseren Gesellschaftssystemen rütteln.«

»Nicht hier, hier nicht! Wir würden Alma hier eher willkommen heißen, wenn er hungrig und durstig käme, als wenn er auf Engelsflügeln hierher geflogen käme, mit dem funkelnden Zodiakus als Krone! Wir verehren ihn in all seinen Erscheinungsformen und brauchen keinen Pomp, kein Gepränge, um vor ihm in die Knie zu gehen. Wiewohl er von Oro gesandt wurde, wiewohl er Wunder tat, wiewohl durch ihn Leben ist, lieben wir ihn nicht deswegen so sehr. Wir lieben ihn aus einem instinktiven Gefühl heraus, einem innigen, herzlichen Gefühl der Verehrung. Und dieses würde sich auch in unseren Seelen regen, wenn uns der Tod bestimmt wäre und Alma unfähig wäre, uns beizustehen. Wir lieben ihn, weil wir ihn lieben.«

»Ist dieser Mensch göttlich?« murmelte Babbalanja. »Ihr sprecht höchst ernsthaft von der Verehrung, die ihr Alma entgegenbringt, doch sehe ich keine Tempel in euren Wäldern.«

»Weil diese Insel ein einziger Tempel ist, um ihn zu preisen; jedes Blatt ist ihm geweiht. Wir bannen Alma nicht hierhin oder dorthin und sagen: ›Diese Haine für ihn und jene weiten Felder für uns.‹ Alles gehört ihm: auch wir, jede Stunde unseres Lebens und alles, was wir sind und haben.«

»Dann fastet und betet ihr immerzu und haltet eure Gesänge ab; so wie die Gottesdiener zu Maramma ausgiebig ihre Räucherfässer schwingen und ihre Götter anflehen?«

»Alma behüte! Wir fasten nie. Unsere Atemzüge sind unsere Gebete; unser Leben ist unsere Anbetung. Und wenn wir lachen, mit menschlicher Freude über menschliche Dinge, – *dann* lassen wir am lautesten Oros Lobpreis erschallen und erweisen uns der Liebe des holden Alma als würdig! Unsere Liebe zu Alma macht glücklich und nicht traurig. Ihr sprecht von Tempeln. Schaut! Heißt es nicht, solche zu bauen, wenn wir die Nächstenliebe unter uns vergrößern. Mit den Schätzen, die auf den Inseln ringsum auf Tausende von Heiligtümer verschwendet sind, lindern wir täglich die Not der leidenden Jünger des Meisters. Alma predigte in Mardi auf freiem Feld – müssen dann diejenigen, die ihn anbeten, Paläste haben?«

»Ohne Tempel auch keine Priester,« sagte Babbalanja; »denn die meisten Priester lieben es, durch herrscherlich geschwungene Portale zu schreiten.«

»Wir haben keine Priester außer einem; und das ist Alma selbst. Wir haben seine Gebote: wir verlangen nicht nach Deutungen, denn wir haben unsere Herzen.«

»Doch wie lang wird euer Glaube ohne Priester und Tempel dauern?« fragte Media.

»Hat denn dieser Glaube nicht, trotz Priester und Tempel, Jahrhunderte überlebt? Und sollte er diese dann nicht überleben? Was wir glauben, halten wir für göttlich; und Göttliches dauert ewig.«

»Doch wie verbreitet ihr euren Glauben? Wie bekehrt ihr die Sünder, ohne die Überzeugungskraft besonderer Propheten zur Verfügung zu haben? Muß eure Religion nicht gänzlich mit weltlichen Dingen Hand in Hand gehen?«

»Wir glauben nicht, daß die Worte eines einzigen Menschen für die übrigen ein Evangelium sein sollten; wohl aber, daß Almas Worte ein

Evangelium für uns alle sein sollten. Nicht durch Vorschriften möchten wir bekehren sondern durch unser Tun möchten wir die Überzeugung bestärken, daß alle so leben sollten, wie wir leben. Jeder von uns ist ein Apostel. Wir tragen unseren Glauben auf all unseren Wegen in Herz und Händen mit uns. Er ist unsere größte Freude. Wir lassen ihn nicht sechs Tage lang links liegen, um ihn am siebten vorzutäuschen. In ihm jauchzen und frohlocken wir: er macht uns auf Erden glücklich und ohne ihn könnten wir nirgends sonst glücklich sein; und er ist jetzt und immerdar gültig. Er ist der Modus vivendi unseres Seins, nicht etwas Nebensächliches. Und wenn wir sterben, wird dieser Glauben unser Kopfkissen sein; und wenn wir uns erheben, unser Stab und Stecken; und am Ende, unsere Krone. Denn wir werden alle unsterblich sein. In diesem Leben verbindet sich Alma mit unseren eigenen Herzen und bestärkt die Eingebungen der Natur.«

»Wie beredt er ist!« murmelte Babbalanja. »Es scheinen einige düstere Wolken von mir zu weichen. Ich beginne zu sehen. Ich trete ins Licht. Die scharfe Kralle zerrt nicht mehr so sehr an mir. Die züngelnden Flammen schwinden. Meine Seele fließt zurück, wie manche Meeresströme plötzlich ihre Richtung ändern. Gesundet mein Geist? In mir keimt Hoffnung auf. Doch sagt mir bitte, alter Mann: gibt es nicht doch etwas in eurem Glauben, das mit der Vernunft in Widerspruch steht?«

»Nein, Bruder! Reine Vernunft und Alma sind identisch; wäre dem nicht so, würden wir

Alma ablehnen und nicht die Vernunft. Des Meisters großes Geheiß ist Liebe; und darin ist alles Weise und Gute vereinigt. Liebe ist allumfassend. Je mehr wir lieben um so mehr wissen wir und umgekehrt. Wir lieben Oro, diese Insel; und unsere weiten Arme umfassen Mardi, wie es von seinen Riffen umfaßt wird. Wie können wir uns täuschen, wenn wir derart empfinden? Wir hören die flehende, bewegende Stimme des geliebten Alma in jedem Windhauch, jedem Blatt; wir sehen sein ernstes Auge in jedem Stern und in jeder Blume.«

»Das ist Dichtung!« rief Yoomy. »Und Dichtung ist Wahrheit! Seine Worte bewegen mich.«

»Als Alma in Mardi weilte, lebte er mit den Armen und Verworfenen. Er nährte die Hungernden, heilte die Kranken, verband die Wunden. Für jedes Gebot, das er aussprach, tat er Zehntausende von guten Taten. Alma ist unser leuchtendes Vorbild.«

»Gewiß, das ist alles in den Geschichtsbüchern niedergeschrieben,« warf Mohi ein.

»Doch nicht nur den Armen und Verstoßenen gegenüber zeigte sich Alma mildtätig. Von niederem Orte schaute er auf und appellierte an die Herrschenden in ihrem Prunk; und sagte ihnen, ihr ganzer Stolz sei nichtig; und flehte sie an, sie möchten ihre Seelen befragen. ›In *mir*,‹ rief er aus, ›ist diese sanfte Herzensfreude, die ihr vergeblich in Rang und Würden sucht. Ich bin Liebe: liebt also mich.‹«

»Hört auf, alter Mann!« rief Media. »Ihr regt mich maßlos auf. Was sollen diese Gedanken?

Schluß damit. Wollt Ihr mich meines Thrones berauben?«

»Alma ist für alle da, für Hohe und Niedrige. Gleich des Himmels Hauch erhebt er die Lilie auf ihrem niedrigen Stengel und fegt erfrischend durch die Palmenhaine. Dem Weisen gibt er erhabene Gedanken ein und dem Einfachen demütiges Vertrauen. Gleich um welches Maß es sich handelt, seine Huld macht es randvoll. Er peitscht die Seele an in ihrem unbändigen Streben nach Ungesehenem; er gießt Öl auf die Wogen; und auf sein Geheiß brechen Sterne aus dem schwarzen Gewölbe der Nacht. In ihm ist Hoffnung für alle, für alle grenzenlose Freude. Im starken Griff seiner geliebten Hand weichen alle Zweifel. Er öffnet die Augen für den Glauben und schließt die Augen für die Furcht. Er ist alles, was wir im Gebet erflehen, und mehr als das; alles, was die entzückte Phantasie in der unbändigsten Stunde der Ekstase auf dem lichten Morgenrot des unbegrenzten Orients unserer Seele malt!«

»O Alma, Alma, göttlicher Herrscher! rief Babbalanja und sank auf die Knie. »In *dir* werde ich schließlich Seelenfrieden finden. Die Taube der Hoffnung hat in sich meinem Herzen niedergelassen; Tausende von Strahlen erglänzen; der ganze Himmel ist eine einzige Sonne. Fort, fort sind alle peinigenden Zweifel. Nun herrschen Liebe und Alma. Ich sehe mit anderen Augen: sind dies meine Hände? Welche Nachtmahre hatten mich heimgesucht. Ich war des Wahnsinns. Über manche Dinge sollten wir uns keine Gedanken machen. Über eine gewisse

Grenze hinaus ist jedes menschliche Wissen nichtig. Wo habe ich bis jetzt gelebt? Hätten mir die düsteren Fanatiker von Maramma nur so zugeflüstert wie dieser alte Mann, dann wäre ich schon längst weise! Die Vernunft ist nicht länger beherrschend, aber sie spricht noch. Alles bisher von mir Gesagte, das im Widerspruch zu Almas Geboten steht, widerrufe ich hiermit. Hier knie ich nieder und anerkenne Oro und seinen souveränen Sohn.«

»Und hier kniet noch einer nieder und betet,« rief Yoomy. »Alle meine Träume, mein inneres Verlangen nach der höchsten Liebe, die jeden meiner Verse inspirieren, sind in Alma zu finden. In meiner Seele ist Sommer.«

»Und es ist jetzt nicht zu spät für diese grauen Haare,« rief Mohi hingebungsvoll. »Alma, dein Atem ist in meiner Seele. Ich sehe helles Licht.«

»Nicht länger ein Halbgott,« rief Media, »sondern ein Untertan unseres gemeinsamen Oberhauptes. Aus Odos Wäldern werden keine gräßlichen Schreie mehr dringen. Alma, ich bin dein.«

Der alte Mann, dem die Augen in Tränen schwammen, kniete nieder; und um ihn gruppierten sich König, Weiser, Graubart und Jüngling.

Indes sie niederknieten und der Greis sie segnete, brach die sinkende Sonne aus dem Dunst hervor, vergoldete die Insel ringsum, überstrahlte ihre Häupter und hinterließ beim Untergehen eine Gloriole – der ganze Osten lag in einem rötlichem Schimmer wie von einem Altarfeuer.

CLXXXVIII.

Babbalanja erzählt ihnen eine Vision

WIR ließen Babbalanja tief sinnend in der Behausung des alten Mannes zurück; nachdenklich schlenderten wir am Strand entlang, indes wir die würzige, mitternächtliche Luft einatmeten: die tropischen Sterne funkelten am Himmel wie Tautropfen in Veilchen.

Die Wogen phosphoreszierten und bespülten den Strand mit einem Feuer, das ihn kühlte.

Auf dem Rückweg erblickten wir Babbalanja, der in seinem schneeweißen Umhang dahinschritt. Die entflammte Flut verebbte; und bei jedem Tritt hinterließ er in dem weichen, feuchten Sand einen leuchtenden Fußabdruck.

»Liebe Freunde! Diese Insel ist reich an Geheimnissen,« sagte er. »Ich habe Wundersames geträumt. Nachdem ich mich niedergelegt hatte, bedrückten mich Gedanken schwer. An meinen Augen zogen prunkvolle Visionen vorbei. Ich erschauderte bei einer leisen, seltsamen Weise, die tief in meinem Innern erklang. Schließlich dünkte es mich, meine Augen seien auf den Himmel gerichtet, wo ich einen leuchtenden Punkt sah, der kein Stern war. Er querte den Himmel, wuchs und wuchs und senkte sich hinab, bis glänzende Flügel sichtbar wurden, zwischen denen ein nachdenkliches Engelsgesicht herabstrahlte; einen glücklichen Moment lang trug es den Gazeschleier von Berenikes Sternenhaar.

Dann tauchte das Gesicht, wie Weißglut aus gelber Flamme, aus diesem Sternenhaufen auf und streifte die Kreuze, Kronen und Becher des Himmels. Und wie Schiffe in violetten, tropischen Meeren eine strahlend weiße Kielspur, wie von Feuerfliegen, hinterlassen, so erglänzte hinter der Vision der langgezogene Schweif einer anderen Milchstraße.

Ein seltsames Beben ergriff mich; meine Seele wurde auf ihren eigenen Gezeiten hin und her geworfen. Bald aber sprang die innere Harmonie in jauchzenden Chorgesängen auf. Ich hörte das Rauschen von Federn; und sah direkt vor mir eine Gestalt, die überall von Adern lebendigen Lichts durchzogen war. Die Vision umwallte mich.

›O Geist, Engel, Gott, was immer du bist,‹ rief ich, ›laß mich; ich bin nur ein Mensch.‹

Dann vernahm ich einen leisen, traurigen Laut, – keine Stimme. Sie sagte oder hauchte mir zu: ›Du hast Almas Gnade geprüft: sage mir, was du gelernt hast.‹

Schweigend antwortete meine Seele, denn meine Stimme versagte: ›Ich habe gelernt, nicht weiter nach den Mysterien zu suchen, o Geist, sondern zufrieden zu bleiben und nichts als Liebe zu kennen.‹

›Gesegnet seist du deshalb, dreifach gesegnet,‹ hörte ich dann, ›und da du Demut hast, bist du auch fähig zu lernen. Was deine Weisheit nicht finden konnte, wird dein Nicht-Wissen, da du es eingestehst, erreichen. Komm und siehe neue Dinge.‹

Erneut umwallte mich die Erscheinung, das

Blitzen ihrer Flügel ließ nach, sie kam näher und näher, bis ich einen elektrischen Schock verspürte, – und mich unter ihrem Fittich fand.

Wir durchteilten die Luft und passierten Systeme, Sonnen und Monde, die von den Inseln Mardis wie Glühwürmchen erscheinen.

Wir eilten an fernen Schwärmen von Welten vorbei, wie Reisende auf See, die in der Ferne Segel sehen und sie nicht begrüßen. Schaum umspielte uns auf unserer rasenden Fahrt und wir hinterließen eine Bahn von ungeheuerlicher Musik. Wir kreuzten viele tönende Spuren, wo schon zuvor Welten gefahren waren.

Bald erreichten wir eine Stelle, wo ein neuer Himmel zu sehen war; von da aus erschien unser Firmament nur als ein einziger Nebel. Er lag in einem Strahlenkranz, als seien tausend Leuchten entzündet worden.

Hier schwärmten die Welten wie Bienen in ihrem Stock und verströmten unsägliche Süße.

Wir landeten auf einem Ring, der einen Weltraum umgab; dort schien es unaufhörlich über den verschiedensten Welten zu tagen.

›Hier,‹ vernahm ich, ›schaust du den Himmel deines Mardi. Hierin ist jeder Welt ihr Anteil zugewiesen.‹

Wie einer, der beim Besteigen von Berggipfeln nach Luft schnappt, so keuchte ich und hätte gern Mardis weniger dünne Luft eingeatmet. Doch was meinen Körper ermattete, gab meiner Seele neue Spannkraft. Mein Blick schweifte über alles rings umher. Die Sphären lagen so deutlich da wie Dörfer, die eine Landschaft tüpfeln. Ich sah höchst schöne Gebilde, die aber den unseren glichen. Ich hörte seltsame Klänge eines Glücks, das mit Traurigkeit vermischt schien – eine leise, liebliche Harmonie von beiden. Ich weiß nicht, wie ich in Worte fassen soll, was nimmer ein Mensch außer mir gehört hat.

›In diesen gesegneten Seelen sind weit erhabenere Gedanken und wohlklingendere Klagen als deine ineinander verschmolzen. Plumpe Freude wäre hier Mißklang. Und wie ein plötzlicher Schrei, in deinen verschwiegenen Gebirgspässen ausgestoßen, eine schreckliche Lawine niedergehen läßt, so könnte hier nur der Ton eines Gelächters eine weiße und schweigende Welt aufstören.‹ Solches äußerte der Engel.

Daraufhin murmelte ich ganz leise: ›Haben sie nicht die höchste Glückseligkeit? Sind sie noch in einem Mischzustand? Verzehren sie sich noch nach Wissen? Können sie sündigen?‹

Daraufhin vernahm ich: ›Kein einziger Geist außer Oro kann alles wissen; kein Geist, der nicht alles weiß, kann zufrieden sein, allein Zufriedenheit kommt dem Glück nahe. Heiligkeit kommt durch Weisheit; und weil der große Oro äußerst weise ist, ist er auch äußerst heilig. Doch da Oro allein vollkommene Weisheit zukommt, kommt ihm auch allein vollkommene Heiligkeit zu. Und wer etwas anderes als vollkommen heilig ist, ist auch der Sünde ausgesetzt.

Als wenn der Tod diesen Wesen Wissen gegeben hätte, so erschloß er ihnen auch andere Geheimnisse, nach denen sie lechzen und die sie noch erfahren können. Und noch fürchten sie das Böse, obwohl sie nur schwerlich stürzen können. So zwischen Hoffen und Zagen schwebend, sind sie nicht im Stande der Vollkommenheit. Und da man Oro nie ganz ergründen kann und da sich nach einem Geheimnis immer ein neues auftut, so werden diese Wesen auf immer fortschreiten auf dem Weg der Weisheit und des Guten, doch werden nie einen festen Punkt der Glückseligkeit erreichen. So wisse also, sterblicher Mardianer, daß du, wenn du hierher befördert wirst, deine niederen, zeitlich begrenzten Sehnsüchte ablegen wirst, um engelshaftes und ewiges Verlangen zu haben. Erschrick nicht: deine menschliche Freude hat hier keinen Ort, keinen Namen.‹

Bei alledem verfiel ich in trauriges Sinnen und sagte dann: ›Viele Mardianer sind für das Geistesleben nicht geeignet, wie können sie dann ernstere und immerwährende Meditationen ertragen?‹

›Auch diese haben hier ihren Platz,‹ vernahm ich.

Daraufhin murmelte ich ganz leise: ›Und was ist mit diesen, die ungebessert sterben,da sie ein gedankenloses Leben in Sünde führten, die weder Oro noch einem Menschen einen Dienst erwiesen?‹

›Auch diese haben ihren Platz,‹ vernahm ich, ›doch nicht hier. Und wisse, Mardianer: wie euer mardianisches Leben lange währt, wenn man strikt dem organischen Gesetz gehorcht, so wird unser spirituelles Leben verlängert, wenn man sich strikt an das Gesetz des Geistes hält. Sünde ist Tod.‹

›Ach,‹ murmelte ich noch leiser, ›und warum

die Keime zu Sünde und Leiden erschaffen, nur damit sie dann zugrunde gehen?‹

›Das‹ hauchte mein englischer Geleiter, ›ist das letzte Geheimnis, das allem übrigem zugrunde liegt. Selbst Erzengel können es nicht ergründen. Es macht Oro zu dem ewigen Geheimnis, das er ist. Es zu verbreiten hieße, ihm alle seienden Seelen gleich zu machen. Oro bewahrt dieses Geheimnis; und keiner außer ihm kann es kennen.‹

Ach, selbst wenn ich mich daran erinnern würde, was mein Geleiter über die Dinge äußerte, die für uns unergründlich sind, hätte ich doch nicht die Worte, es wiederzugeben. Mein sechster Sinn, den er mir geöffnet hat, schläft wieder, und mit ihm alle Weisheit, die er gewann.

Die Zeit verging. Was mir wie ein Augenblick vorkam, war vielleicht ein Zeitalter gewesen. Woraufhin hoch aus dem goldenen Dunstbaldachin dieses Himmels ein anderer Engel erschien; seine Flügel waren wie Osten und Westen: einer Sonnenaufgang, Sonnenuntergang der andere. Wie silberne Fische hinter Glas, so schwammen in seinen Azuraugen nicht vergossene Tränen.

Schnell nahm mich mein Geleiter unter seine Fittiche; ich spürte, wie durch seine Adern das schwindende Licht pulste.

›O Geist, Erzengel, Gott, wer immer du bist,‹ hauchte er, ›laß mich: ich bin nur gesegnet, nicht verklärt.‹

Diese Worte schwebten so zart von ihm herab wie Flaumfedern von Tauben. Noch barg er mich unter seinen Fittichen, die er eingezogen hatte.

Dann hauchte in einem Schneefall zartester Silben der größere und schönere Engel: ›Von fernen Gefilden, weit weg von deiner Welt, vernahm ich dein inniges Gespräch mit diesem einsamen Mardianer. Es gefiel mir wohl. Denn deine Demut wurde deutlich und nicht die Hoffart des Wissens. Komme *du* und lerne neue Dinge.‹

Und sogleich überwölbte er uns mit seinen Schwingen und trug uns in die Regionen hoch, in denen mein Geleiter ohne die Kraft, die uns oben hielt und worin wir beide bebten, abgesunken wäre.

Mein Augenlicht wurde schwächer, wie Monde von überwältigender Tageshelle zum Schwinden gebracht werden: solch ein Glanz war ringsum, solch rotgüldenes Licht, das keiner Sonne entsprang, sondern das den ganzen Schauplatz durchdrang. Durchscheinend, makellos, still: so erglühte alles in einer einzigen Flamme.

Dann sagte der größere Engel: ›Was ihr hier seht ist die Nachtregion – den Tag könntet ihr nicht ertragen. Euer höchster Himmel liegt darunter.‹

Beschämt und niedergeschlagen schaute ich mit Beben hinab, wo die Geister hin und her segelten wie großflüglige Flamingos mit rötlichem Gefieder und in den Sonnenuntergangswolken Spiralen zogen. Doch eine verklärte Traurigkeit umflorte ihre geheimnisvollen Schläfen, die von Trauergloriolen gekrönt waren. Diese flogen wie Vögel über ihnen und begleiteten sie auf allen ihren Wegen.

In die Anblicke mischten sich Düfte. Wie wenn frühmorgens zu Sommerbeginn die Winde von hängenden Gärten Süße herabwehen, die nie fad wird, so entströmte diesen blühenden Flügeln bei jeder Bewegung ein Schwall von Wohlgeruch.

Nun führten diese beiden Geister eine Unterredung, deren Worte allein schon mir dunkel blieben. Doch mein erster Führer gewann an Wissen. Ich konnte nur fassungslos zuhören, ohne etwas zu verstehen. Und wie der Fisch, den man mit Flügeln narrt, und der vergebens zu fliegen versucht, so wünschte ich mich wieder in mein niederes Element hinab.

Als wir in der Schwebe dieses entrückten Äthers hingen, erfaßte ein jähes Beben die vier Schwingen, die sich nun um mich legten. Und weit in der Ferne, in Zonen, die noch höher reichten als Sonnenbahnen, gewahrte ich verzückt einen furchtbaren Glanz. Sphäre glühte in Sphäre: das alleinzige Shekinah! Die Luft war von Feuer durchflockt, in dessen Innerem Schauer von silbernen Kugeln niedergingen, vergrößerte Tränen, die in den Flammen Regenbögen flochten. Ich vernahm ein Geräusch; doch war diese unaussprechliche Äußerung weder für mich noch für meinen ersten Geleiter bestimmt. Daraufhin wurde der zweite Engel in die Höhe gerissen, wie eine Wolke rotgefärbter Herbstblätter in Wirbelwinden steigt.

Der andere Engel, der mich an sich preßte, ermattete und sank unverzüglich wie in ein Vakuum: durch Myriaden von Sonnen in einem Atemzug. In diesem Fall verschmolzen meine fünf Sinne zu einem. Und immer noch sinkend, erreichten wir den niederen Himmel.

Dann sah oder hörte ich seltsame Dinge: sanft, traurig und gedämpft; wie wenn man in sonnigen Sommermeeren tief, tief taucht und bei sinnenden Phantomen zusammenschreckt, die man nicht dingfest machen kann.

›Dies,‹ hauchte mein Führer ›sind Essenzen von Geistern, traurig darüber, daß sie noch unvollkommen sind. Der ganze Raum ist von ihnen bevölkert; die ganze Luft ist von Intelligenzen belebt, die nach Verkörperung streben. Diese lassen die Mardianer, ohne daß sie den Grund wissen, in Nachteinsamkeiten oder im gestauten Strom verzauberter Mittage seltsam zusammenzucken. Daraus werden die Seelen der Sterblichen geformt. Und all diese traurigen und schattengleichen Träume und grenzenlosen Gedanken, die der Mensch hat, sind vage Erinnerungen an die Zeit, als der Seele trauriger Keim diese Gefilde durchstreifte. Und das ist der Grund dafür, daß ihr Mardianer, wenn ihr euch am traurigsten fühlt, euch auch am unsterblichsten fühlt.‹

Wie ein Funken, der gerade von einem Feuerstein sprang, so zeigte sich Mardi bald in der Ferne. Es glomm in einer Sphäre, die als eine Blase im Raum erschien; sie stieg aus ungeheuren Tiefen zu der Meeresoberfläche auf. Als wir durch diese Blase stießen, kehrte meine mardianische Kraft zurück; doch des Engels Adern leuchteten wieder schwächer.

Als wir uns den Inseln näherten, hauchte mein Geleiter dies: ›Da du geliebt wirst, fahre fort zu lieben! Doch wisse, daß der Himmel kein Dach hat. Alles zu wissen, heißt alles zu sein. Es gibt keine Glückseligkeit. Und was ihr in Mardi Glück nennt, ist nur das Ausbleiben großen Leids – nicht mehr. Große Liebe hat einen traurigen Zug; und Himmel ist Liebe. Traurigkeit schafft die Stille in den Regionen des Raums; Traurigkeit ist universell und ewig; aber Traurigkeit ist Stille; Stille ist das Äußerste, was Seelen erhoffen können.‹

Dann winkte er mir mit seinen Flügeln Adieu; und verschwand im hellsten Glanz der Sonne.«

Wir vernahmen den Traum und suchten schweigend Ruhe, um unser Wunder zu träumen.

CLXXXIX.

Sie reisen von Serenia ab

BEI Sonnenaufgang standen wir auf dem Strand.

Babbalanja sagte uns dies: »Meine Reise ist zu Ende. Nicht weil gefunden wäre, was wir suchten, sondern weil ich jetzt alles besitze, wonach ich in Mardi gesucht habe. Hier werde ich weilen, um noch weiser zu werden: dann gehöre ich Alma und der Welt. Taji! Yillah wirst du vergeblich hinterherjagen; sie ist ein Phantom, das dich nur narrt. Und während du wie von Sinnen hinter ihr her bist, schreit das Verbrechen, das du begangen hast, zum Himmel, und die es rächen wollen, sind dir auf den Fersen. Doch hierher können sie nicht kommen; und auch nicht diejenigen, die deiner Spur folgen, um dich zu lokken. Nimm diesen weisen Rat an. Alles, was wir suchen, ist in unserem Herzen; wenn auch viele bei dieser Suche jemanden brauchen, der sie anregt. Diesen habe ich in dem seligen Alma gefunden. Dann brauchst du nicht mehr umherzustreifen. Erringe jetzt, in der Blüte deiner Jugend, diese äußerste Weisheit, die man allzu oft erst nach einem Leben des Leids erwirbt. Sei schon zuvor ein Weiser.

Media, deine Stellung ruft dich heimwärts. Doch mit dem, was du von dieser Insel mitbringst, kannst du deiner eigenen Segen bringen. Die Blumen, die rings um uns sprießen, können verpflanzt werden: wie Serenia kann Odo von blühenden Amaranten und Myrthen bedeckt sein. Setze deinem Volk gegenüber das in die Tat um, was du hier gehört hast. Lasse niemanden weinen, damit du lachen kannst; lasse niemanden zu hart arbeiten, damit du müßig sein kannst. Verzichte auf deinen Thron, doch behalte noch das Szepter. Niemand braucht einen König, aber viele brauchen einen Regenten.

Mohi! Yoomy! Müssen wir uns trennen? Dann vergeßt alles, was ich bis jetzt gesagt habe. Doch laßt nicht eine Silbe dieses alten Mannes verloren sein.

Mohi! das Alter nimmt dich bei der Hand. Lebe dein Leben zu Ende und sterbe mit ruhiger Miene.

Doch Yoomy, du hast noch viele Tage vor dir. In der Spanne eines Lebens können viele Zyklen durchlaufen werden, kann unendlich viel Gutes getan werden. Betrachte ganz Mardi als deine Heimat. Nationen sind nur Namen und Kontinente nur Treibsände.

Wiederum Taji! Sei gewiß, daß deine Yillah niemals gefunden wird; und selbst wenn, wird es dir nichts nützen. Doch suche, wenn du willst. Es gibt noch Inseln, die du nicht durchforscht hast; und wenn du sie alle gesehen hast, dann kehre zurück, und du wirst Yillah hier finden.

Gefährten alle, lebt wohl!«

Und vom Strand wandte er sich dem Wald zu.

Unsere Boote waren inzwischen instand gesetzt worden; so legten wir schweigend ab. Als wir dahinfuhren, segnete uns der Greis.

Eine Zeitlang war jeder einzelne Wellenschlag gegen unsere Buge zu hören.

Mit ruhigem, festem Blick wahrte Media seine vornehme Haltung, Mohi sein ehrwürdiges Schweigen, Yoomy seine träumerische Stimmung.

Wie sich die ganze Natur nach Wirbelstürmen im Sommer beruhigt und lächelnd zeigt, während aber tief in den Wäldern entwurzelte Bäume in ihrer Pein liegen – so war es auch bei meinen Gefährten.

Es war ihr großer Wunsch, daß wir auf Odo zusteuerten; denn sie sagten, unsere Suche sei zu Ende.

Doch ich war unbeirrbar wie das Fatum.

Wir fuhren weiter, als hätten wir gerade erst unsere Reise begonnen. Die Luft war stärkend wie bei unserer Abfahrt. Weitere Inseln besuchten wir, – trafen dreimal die Rächer, doch ohne etwas zu erleiden; dreimal Hautias Herolde, ohne uns zurückzuziehen. Wir sahen eine Vielfalt wechselnder Schauspiele – durchwanderten Wälder und Felder – überquerten viele Täler – erklommen Berggipfel, von wo wir größeren Überblick hatten – weilten in Städten – stießen in Einöden vor – suchten fern und nah: Doch Yillah war nirgends zu finden.

Daraufhin wollten mich alle wieder überzeugen.

»Das tiefblaue Auge hat sich geschlossen,« sagte Yoomy.

»Des Schicksals letzte Seiten wurden gewendet, laßt mich nach Hause fahren und sterben,« sagte Mohi.

»So ist der Kreis fast geschlossen,« sagte Media. »Morgen soll unsere Sonne über Odo aufgehen. Taji, gib deine Suche auf!«

»Ich bin der Jäger ohne Rast und Ruh'! Der Suchende ohne Heimat! Sie, der ich hinterherjage, sie eilt voraus; und ich werde ihr folgen, auch wenn sie mich über das Riff hinaus führt, über sonnenlose Meere hin, in Nacht und Tod. Ich werde sie auf allen Inseln und Sternen suchen; und ich werde sie finden, was immer sich begeben mag!«

Wieder gaben sie nach; und wieder glitten wir weiter dahin – unsere vom Sturm geschlagenen Buge wiesen hierhin und dorthin, wurden mal begrüßt mal abgewiesen. Die halb zerfetzten Segel suchten jede Brise zu ergattern.

Doch in der selben Nacht rangen sie erneut mit mir. Jetzt sollte zuletzt die hoffnungslose Suche aufgegeben werden: es gäbe keine Yillah mehr; und wir sollten schleunigst zurück zu dem blauen Serenia.

Dann rief mich die liebliche Yillah wieder aus dem Meer: also mußte ich weiter! Doch als ich dorthin schaute, von woher diese Klänge zu kommen schienen, glaubte ich den grünen Leichnam des Priesters herantreiben zu sehen, der gegen unseren Bug schlug, als wolle er ihn zurückhalten. Daraufhin wurde mein Herz hart wie Feuerstein und schwarz wie die Nacht. Es klang hohl, wenn ich meine Hand darauf preßte. Ich war erfüllt von Hyänengelächter. Todesschweiß kühlte meine Stirn. Ich betete nicht, ich schmähte Gott.

CXC.

Sie treffen die Phantome

IN dieser sternlosen Mitternacht stahl sich der Iriswimpel Hautias aus der Dunkelheit.

Die Sirenen kamen wieder. Sie trugen eine stattliche Blüte, die einer Urne glich: weiß wie Alabaster und leuchtend, als sei sie von innen erhellt. Aus ihrem Kelch züngelten zitternd gespaltene, karminrote Staubgefäße, die sich, wie Flammen, in stärksten Düften verzehrten.

Die Phantome nahten. Ihre Blume wie ein Gefäß voll brennenden Natrons. Dann veränderte sie sich und glühte wie persische Morgenröten; oder fahlste Blitze spielten über sie – so vielfach waren ihre Färbungen.

»Die ›Königin der Nacht!‹«, sagte Yoomy erschauernd, »die nie im Sonnenlicht blüht, die nur einmal blüht und nur für eine einzige Stunde. - Ich komme zum letzten Mal, jetzt, in der Mitternacht deiner Verzweiflung und verheiße dir diesen Preis. Gib acht! Nur kurze Zeit kannst du zögern. Durch mich kann deine Yillah vielleicht gefunden werden.«

»Fort! Fort! Locke mich nicht solchermaßen, Hexe! Hautia, ich kenne dich nicht, ich fürchte dich nicht, doch instinktiv hasse ich dich. Fort! Eis hat meine Augen versiegelt. Ich will nicht länger gelockt werden.«

»Wie prächtig sie glüht!« rief Media. »Ihre betäubenden Düfte bringen mich zum Taumeln. Kann solche Süße böse sein?«

»Seht! Seht!« rief Yoomy, »ihre Blütenblätter verblassen und ziehen sich zusammen. Einen Augenblick noch, und die Nachtblume wird auf immer die letzte Hoffnung auf Yillah verschließen!«

»Yillah! Yillah! Yillah!« kläfften drei rachsüchtige Stimmen weit in der Ferne.

»Yillah! Yillah! – Verwünschte Urne! Ich folge, Hautia! Wenn auch dein Köder Tod ist.«

Die ›Königin der Nacht‹ schloß sich. Und im Nebel fuhr der Nachen der Sirenen vor uns; wir folgten.

Als es tagte, schwammen uns drei leuchtende Lotsenfische voraus; drei räuberische Haie waren achtern.

Und direkt vor uns tauchte Hautias Insel auf.

CXCI.

Sie nähern sich Flozella

ALS wäre Mardi ein Gedicht und jede Insel ein Gesang, so wurde das Gestade, das nun in Sicht kam, Flozella-a-Nina genannt oder: die Letzte-Strophe-des-Liedes.

Mohi zufolge war der Ursprung dieser Wendung bis in früheste Vorzeit zurückzuverfolgen.

Anfangs gab es, neben den Mardianern, andere Wesen in Mardi, geflügelte Wesen von klarerem Geist und von sanfterer Artung, die gern auf immer bei den Menschen geweilt hätten. Doch die Herzen der Mardianer hatten sich gegen diese wegen ihrer überlegenen Göttlichkeit erbittert. Diese Wesen aber vergalten Bosheit mit Liebe und erbaten lange Zeit Tugend und Güte. Doch am Ende erhoben sich alle Mardianer gegen sie und jagten sie von Insel zu Insel; bis sie sich zuletzt aus den Waldungen erhoben wie ein Vogelschwarm und in den Wolken verschwanden. In der Folge verfielen die Mardianer, im Stich gelassen von solch freundlichen Einflüssen, allen erdenklichen Verfehlungen und Leiden, und wurden diese verirrten Wesen, deren Abkömmlinge heute noch existierten. Doch sie wußten nicht, daß sie ihre Unglücke selbst heraufbeschworen hatten. Die Vertreibung der geflügelten Wesen wurde als Sieg angesehen und in Chören allüberall in Mardi gefeiert. Und neben anderen Jubelchören wurde, so ging die Legende, ein Päan komponiert, dessen Strophenzahl der Zahl der Inseln entsprach. Und eine Schar von Jünglingen in farbenfroher Aufmachung umrundete die Lagune in Prachtkanus und sang auf jeder Insel eine Strophe ihres Liedes. Da Flozella die letzte Insel auf ihrer Rundfahrt war, gedachte die dortige Königin des Ereignisses durch die Umbenennung ihres Reiches.

Diese Königin hatte Mardi als erste angestiftet, Krieg gegen die geflügelten Wesen zu führen. Sie war es, die bei jedem Angriff an vorderster Stelle gestanden hatte. Diese Königin war Ahnfrau von Hautia, die nun die Insel regierte.

Während ich mich dem Herrschaftsgebiet dieser näherte, die mich so lange heimgesucht hatte, zerrissen widerstreitende Gefühle meine Seele wie Wirbelstürme. Doch hatte Hautia mir in Aussicht gestellt, daß meine sehnsüchtige Suche von Erfolg gekrönt sein könnte. In welcher Weise aber waren Hautia und Yillah miteinander verbunden? Ich erhoffte etwas, doch fürchtete mehr. Schreckliche Vorahnungen durchschossen mich wie vergiftete Pfeile. Hätten sie mich vorher getroffen, wäre ich unverzüglich nach Flozella gefahren; und hätte nicht gewartet, bis mich Hautia mit dieser letzten Lockung umwerben würde. Doch blieben meine Haßgefühle Hautia gegenüber unverändert; auch wenn diese Gefühle unbestimmt waren wie die Sprache ihrer Blumen. Trotzdem schienen Hautia und Yillah in geheimnisvoller Weise miteinander verbunden zu sein. Aber Yillah war einzig Schönheit und Unschuld, war meine Krone der Glückseligkeit, mein Himmel auf Erden. Und

Hautia verabscheute ich mit ganzem Herzen. Ich suchte Yillah – Hautia suchte mich. Die eine winkte mich hier heran, die andere lockte mich undeutlich dort. Nun aber träumte ich heftig davon, ihnen gemeinsam zu begegnen. Doch war ich so außer mir, daß ich nicht wußte, was ich dachte.

Langsam näherten wir uns dem Land. Flozella-a-Nina! – Ein Omen? Sollte sich diese Insel als der letzte Ort meiner Suche erweisen, eben weil sie die Letzte-Strophe-des-Liedes war?

CXCII.

Sie landen

VON der See her sieht das blühende Flozella wie eine juwelenbesetzte Tiara aus, die sich über der Gischt wiegt. Doch seht, der schimmernde Schaum rings um den weißen Saum! Dort brechen die blauen Wogen hervor, die sich unter der Korallenschwelle hindurchzwängen oder, über deren Klüfte hinweg, in Gischtfontänen aufschießen. Indes steigt die Insel wie ein hängender Garten in einem dreifachen Gürtel blühender Terrassen empor, bis zur Spitze eines Bergkegels, der im Blau des Himmels verschwimmt.

»Welch betörender Duft weht da durch die Gischt auf uns zu?« rief Media.

»Ha, du wilder Wind! Du hast Hautias Gärten geplündert,« rief Yoomy.

»Keine Süße kann süßer sein,« sagte Flechtbart, »aber auch kein Upasbaum tödlicher.«

Bald kamen wir näher. Unsere Segel hingen schlaff und müßig herab, unsere Ruder ruhten. Wir ritten auf dem glatten Rücken von Strömungen. Rings um die Insel sprangen Schwärme von Delphinen – wie wimmelnde Regenbögen – über dahintreibende Wracktrümmer: Rippen und Kiele von Kanus, mit dunkelgrünem Gezottel behangen. Denn etliche Schaluppen wurden, im Sog der Strudel, oftmals gegen diesen blühenden Strand geworfen und zertrümmert. Doch was kümmerte das die Delphine? Die Wracks von Mardi waren ihre Heimstatt. Immer wieder setzten sie darüber, von Osten nach Westen, stiegen und versanken: viele Sonnen in einem Augenblick; während das Meer wie eine abgeerntete Ebene mit den funkelnden Garben der Gischt bedeckt war.

Und viele Faden tief funkelten Regenbogenfarben, als seien dort Netze voller Nixen, welche die Gebeine Ertrunkener halbwegs den Blicken entzogen.

Schneller und schneller galoppierten die Strömungen jetzt, bis unsere Buge mit einem Schlag auf den Strand setzten.

Dort standen unter einem Bogen aus Blütenzweigen drei dunkeläugige Mädchen; sie waren blau gewandet und mit Akeleien bekränzt, deren Nektarien wie Narrenschellen hin und her schwangen.

»Die Lotsenfische haben sich verwandelt!« rief Yoomy aus.

»Die drei nächtlichen Heroldinnen!« sagte Mohi.

Wir folgten den Mädchen durch ein gewundenes Tal. Dort floß, neben süß duftenden Hecken, das blaue Geflecht von Bächen, mit veilchengesäumten Rinnsalen als Zuflüssen, die durch die Auen mäandrierten.

Auf der einen Seite erglühten die rosigen Berge in einem ewigen tropischen Morgenlicht; und auf der anderen lag ein arktischer Abend: die weißen Maßliebchen häuften sich zu langen Schneewehen; und von den Orangebüschen schneiten die Blüten. Hier verströmte sich der Sommer in seinem Hochzeitskleid; die Schläfen der Berghöhen waren von Brautkränzen umwunden.

Wir wanderten weiter und durchquerten Obstgärten, die lange, geschwungene Arkaden bildeten; sie glichen Rittersälen, die mit Jagdtrophäen behängt waren – so weit streckten die Äste ihre Geweihe vor. Dieser Obstgarten bildete die Stirn der Insel.

Die Früchte hingen so hoch oben, daß nur Schnäbel, keine Hände sie ernten konnten.

Hier zeigte der Pfirsischbaum seine tausend beflaumten Wangen, oftmals von den buhlerischen Winden geküßt; hier hingen die gelben Äpfel zuhauf an den Ästen wie Schwärme goldener Bienen; hier perlten in dicken Blutstropfen die Kirschen von schwächlichen Bäumen, die in die Knie gegangen waren; und hier enthüllten die Granatäpfel, die, trotz ihrer kalten und wächsernen Hülle, von Vogelschnäbeln aufgepickt worden waren, ihr weiches, rötliches Fruchtfleisch. So verbirgt oft das Herz, das kalt und verdorrt erscheint, im Innern seine Säfte.

Nachdem dieser Obstgarten durchschritten war, weitete sich das Tal zu einer ausgedehnten Ebene, als öffnete sich die Straße von Ormus: ein Teppich, übersät mit Blütenjuwelen: Hyazinthen-Türkisen, Rosen-Rubinen, Lilien-Perlen. Das duftende Geißblatt schwang hier seine Ranken und ringelte sich flachsfarben über Bäume, die lachend ihre goldenen Locken schüttelten. Der Kolibri, der immer schwirrt und sich selten niederläßt, flog von Laube zu Laube; und Schwärme ausgelassener Kanarienvögel strichen vorbei, mit Schwingen wie Jonquillenblütenblätter.

Jetzt aber drangen aus halb verborgenen Clematis-Lauben Schwärme von Wespen, die sich auf allen Blütenknospen im weiten Umkreis niederließen.

Und da, aus diesen Lauben, tritt, angeführt von fünfzig Nymphen, mit gleitendem, gewandtem Schritt – Hautia, die leibhaftige Liebesumgarnung! In der Hand hat sie eine prächtige Amaryllis, an den Ohren Hexenkrautblüten; ihre Hüfte ist mit Verbenen umgürtet.

Sie ging an Ligusterhecken vorbei, die von Geißblatt überwuchert waren, senkte ein wenig den Kopf; sie schritt über Nelken, Stiefmütterchen, Glockenblumen, Heidekraut und Lilien. Sie glitt dahin: die Sichel ihrer Stirn so still wie der Mond, wenn sein schädlicher Einfluß am größten ist.

Ihr Auge war unergründlich.

Aber dies war der selbe mysteriöse, unheilvolle Blick, der mich schon lange zuvor auf Odo heimgesucht hatte, bevor Yillah geflohen war - Königin Hautia war das unbekannte Wesen! Daraufhin trafen zwei wilde Ströme in meinem Innern zusammen und zerschäumten mich.

»Yillah! Yillah! Sage es mir, Königin!« Doch sie stand bewegungslos da, strahlend und bar eines Duftes: eine Dahlie auf ihrem Stiel.

»Wo? Wo?«

»Ist deine Reise jetzt nicht zu Ende? – Nimm diese Blumen! Mädchen, gebt ihm Wein zu trinken. Nach seiner langen, beschwerlichen Jagd soll der Wanderer glücklich sein.«

Ich stieß ihre Becher und Blumen von mir; noch erschallte das Tal von meinem Ruf nach Yillah!

»Taji! Würde ich ihr Los kennen, würde ich dir jetzt nichts enthüllen! Auch meine Herolde gelobten ihrer Königin, nichts zu sagen. Du kommst einzig hierher, um den Nachtschatten deiner Klage gegen Hochzeitsrosen einzutauschen. Mädchen, bekränzt ihn, umringt ihn, drängt ihm eure Becher auf!«

Erneut verschüttete ich ihren Wein und zerriß ihre Gebinde.

»Ist dies nicht dieser böse Blick, der mich vor langer Zeit heimgesucht hatte? Warst du es nicht, Hautia, die mich auf dieser langen, langen Reise verfolgt, umworben, verspottet und verlockt hat? Ich schwöre, daß du alles weißt.«

»Ich bin Hautia. Du bist zu guter Letzt gekommen. Bekränzt ihn mit euren Blüten! Macht ihn trunken mit eurem Wein! Auf alle deine Fragen, Taji, schweige ich. – Geht, Mädchen, tanzt, wirbelt um ihn im Kreis, wirbelt wieder und wieder!«

Da machten ihre Füße auf dem Gras, das Wellen schlug, eine Musik wie tausend Lilienblätter auf einem See. Und Hautia glitt heran, begrüßte Media und sagte: »Euer Gefährte hier ist traurig, doch ihr sollt fröhlich sein. He, Wein! – Ich trinke euch zu, meine Gäste!«

Und während ich all dies bemerkte, beschloß ich, mich zu verstellen, um das herauszufinden, wonach ich einzig suchte.

So hielt ich drei Becher in Händen, trank Wein und lachte; und ergab mich halbwegs Hautias Schmeicheleien.

CXCIII.

Sie betreten Hautias Laube

WIR wurden zu der Laube geleitet, aus der die Königin aufgetaucht war, und gelangten in ein von Weinrosen umranktes Gemach. Dort lagerten wir auf duftenden Matten.

Darauf wurde Media, Mohi und Yoomy ein Tamarinden-Sorbet in Zitronenbechern gereicht und mir eine Nautilus-Schale, randvoll mit einer lichthellen Flüssigkeit, die wie eine Quelle aufwallte und sprudelte.

»Trink, Taji, trink! Jeder Tropfen ertränkt einen Gedanken!«

Der Trank rann wie ein Blutschwall durch meine Adern.

Ein Liebestrank? – Wie Hautia vor mir glühte! Strahlende Königin, die mit ihrem ganzen Glanz die Äquatornacht aufleuchten ließ.

»Das ist höchste Magie, o Königin! Auf dir sammeln sich Tausende von Sternbildern.«

»Sie funkeln, um zu verbrennen,« flüstere Mohi.

»Ich sehe zehn Milllionen Hautias! Der ganze Weltraum reflektiert sie wie in einem Spiegel.«

Dann wirbelten die Mädchen wieder in wildem, verwirrendem Reigen umher, bis die Blumen sich von ihren Stirnen lösten. Hautia glitt heran, ihre Arme leuchtend wie Regenbögen, und sie sang eine betörende Beschwörung.

Meine Seele schmolz dahin; es gab keine Yillah mehr! Doch als ich mich mit offenen Armen ihr zuwandte, verschwand Hautia.

»Sie ist tiefer als das Meer,« sagte Media.

»Ihr Bogen ist gespannt,« sagte Yoomy.

»Ich könnte Erstaunliches von Hautia und ihren Mädchen erzählen,« sagte Mohi.

»Was denn?«

»Hört her! Ich werde das Abenteuer des Jünglings Ozonna mit seinen eigenen Worten erzählen. Es wird dir zeigen, Taji, daß Hautias Mädchen alle Yillahs sind, die, ohne daß es ihnen bewußt ist, gefangengehalten werden; und daß Hautia, die sie bezaubert hat, die heimtückischste Königin von allen ist.

›Wie ein Kamel unter seiner Last,‹ sagte Ozonna, ›so ächzte ich unter meinem Leid, nachdem ich auf der Suche nach einem lange vermißten Mädchen, der schönen Ady, überall herumgeirrt war. Nachdem man mich auf Maramma abgewiesen hatte und man mich auf Serenia eingeladen hatte, an Land zu kommen (diese Insel erwies sich nur als ein anderes Maramma), lockten mich schließlich drei Sirenen, die mir lange nachgesetzt hatten, unter der vagen Versprechung nach Flozella, daß sich dort Ady fände. Dort machte mich Hautia zu ihrem Sklaven. Schon bald glaubte ich entdeckt zu haben, daß sie Ady in Rea, eines ihrer Mädchen, verwandelt hatte. Ich wollte sie in die Arme schließen, doch das Mädchen kannte Ozanna nicht. Und als ich sie sogar, nach langem Werben, wiedergewann, war sie offenbar nicht die vermißte Ady sondern Rea. Doch die ganze Zeit über schienen aus der Tiefe ihrer seltsamen, dunklen Augäpfel Adys blaue Augen gedankenvoll hervorzuschauen: blaues in schwarzem Auge – traurige, stille Seele in fröhlicher. Lange versuchte ich, indem ich ihr leidenschaftlich in die Augen blickte, den Zauber zu brechen und in Rea die Vergangenheit der Vermißten wiederaufleben zu lassen. Doch vergebens. Es war nur Rea und nicht Ady, die mich nun ab und zu verstohlen anblickte. Eines Morgens stutzte Hautia, als sie mich begrüßte: ihr waches Auge ruhte auf meiner Brust; und als ich meinen Blick dorthin richtete, bemerkte ich den frischen und deutlichen Eindruck von Reas Halskette. Ich machte mich davon und erzählte dem Mädchen, das eben so rasch von mir gewichen war wie ich von Hautia, was sich ereignet hatte. Die Königin rief ihre Mädchen zusammen, doch blieb dieser Aufruf einige Stunden lang unbeachtet. Als sie schließlich kamen, schlang sich um jeden Hals eine Kette wie die von Rea. Am Morgen, sieh da!, war der Boden meiner Laube mit zerstampften Lindenblättern bedeckt, die ihren frischen Saft von sich gaben. Voller Vorahnungen suchte ich Rea erneut auf: als sie den Blick senkte, sah sie, daß ihre Füße grün gefärbt waren. Wieder machte sie sich davon; und wieder rief Hautia, mit tückischer Siegesmiene, ihre Mädchen zusammen. Doch das Blatt hatte sich gewendet: alle wiesen grüne Füße auf. In dieser Nacht wurde Rea von drei Maskierten meiner Seite entrissen. Sie erstickten ihre Schreie, schleppten sie fort; und, als ich ihnen nachsetzte, verschwanden sie in einer Höhle. Am nächsten Morgen war Hautia von ihren Nymphen umgeben, Rea aber fehlte. Dann näherte sie sich mir und griff sich von meinem Haar eine pechschwarze Strähne, die lose daran hing. ›Ozanna ist der Mörder! Seht! In sein Haar sind Locken von Rea geschlungen!‹ – Erschrocken schwor ich, daß ich nichts über ihr Schicksal wüßte. ›Dann soll die Hexe Larfee gerufen werden!‹ Die Mädchen eilten aus der Laube, in die bald danach eine unreife Kokosnuß rollte, gefolgt von der Hexe und allen Mädchen. Sie streuten Anemonen über diese Nuß, rollten sie hierhin und dorthin, bis sie schließlich vor meinen Füßen liegenblieb. – ›Er ist es!‹ schrien alle. – Dann banden sie mich mit Weidengerten; und um Mitternacht wurde ich von unsichtbaren und unwiderstehlichen Händen in ein Boot gelegt, das weit auf die Lagune hinausfuhr. Dort warfen sie mich in die Wellen. Doch war der Aufprall auf das Wasser so heftig, daß die Weidenruten brachen. Und während sich das Boot in eine Richtung entfernte, schwamm ich in die andere und erreichte bald Land.

So fand ich auf Flozella nur Adys Phantom; die letzte Hoffnung auf die wahre Ady war abgetötet worden.‹«

Diese Erzählung drang bis auf den Grund meiner Seele. Hautia hatte Yillah auf irgendeine ungeheuerliche Weise zur Gefangenen gemacht. Die Blauäugige war in eines ihrer schwarzäugigen Mädchen verwandelt worden. Außer mir vor Verzweiflung wandte ich mich nach allen Seiten um; und sah in diesen kalten, geheimnisvollen Augen doch nicht den warmen Strahl, den ich suchte.

»Du hast wohl in dieser tückischen Erde Wurzel geschlagen?« rief Media. – »Fort von hier! Deine Yillah liegt hinter dir, nicht vor dir. Sie weilt tief im Innern der Wälder des blauen Serenia, wo du nicht suchen wolltest. Hautia verhöhnt dich! Fort! Das Riff ist umrundet, der Kreis geschlossen; nur eine Meeresstraße trennt diese Insel von Odo. Und dessen Herrscher muß dorthin zurückkehren. In jeder Stunde, die ich hier verbringe, stirbt dort ein unglücklicher Sklave, für den ich Leben und Freude aus dem gesegneten Serenia mitbringe. Fort!«

»Willst du dir immer noch Böses für dein Gutes einhandeln?« rief Mohi aus. »Wie sollte sich Yillah hier aufhalten? – Sei auf der Hut! – Sonst macht dich Hautia noch zum Sklaven.«

»Kommt, laßt uns fahren,« rief Yoomy. »Denn Yillah ist fern von hier! Wer unter diesen Blumen weilt, der muß unbedingt Wacholder verbrennen.«

»Schaut mich an, Media, Mohi, Yoomy. Hier stehe ich als mein eigenes Denkmal, bis Hautia den Bann gelöst hat.«

Bekümmert ließen sie mich zurück.

Vee-Vees Muschelhorn hörte ich nicht mehr.

CXCIV.

Taji bei Hautia

ALS der letzte Widerhall von ihnen im Tal verklungen war, glitt Hautia heran – mit gelöstem Gürtel und der Amaryllis in der Hand. Ihr Busen hob und senkte sich; und in den Strahlen, die aus ihren Augen schossen, sah man Stäubchen tanzen.

»Komm! Laß uns sündigen und fröhlich sein. He! Wein, Wein, Wein! Und Schöße voll Blumen! Alle Schilfrohre sollen flöten. Tanzt, Mädchen, tanzt! Wirbelt, schwimmt um mich herum: Ich bin der Strudel, der alles in sich zieht. Taji, Taji! Dieser Name zergeht mir wie eine saftige Beere im Mund! – Taji, Taji!« Und sie wiederholte und modulierte diesen Laut so lange, bis er aus ihren Sirenenaugen zu kommen schien.

Mein Herz entflog seiner Schranken und schwang sich in die Lüfte; doch als meine Hand die Hautias berührte, stürzte ein toter Vogel aus den Wolken.

»Ha, wie er in die Tiefe fällt! – Doch hast du jemals in tiefen Wassern getaucht, Taji? Hast du je die Perlengründe geschaut? – Zu der Höhle! – Mädchen, geht voran!«

Daraufhin durchwanderten wir Blütenmeere und betraten tiefe Wälder. Dreimal wechselten wir vom Sonnenlicht ins Waldesdunkel; und so schienen es uns drei kurze Tage und Nächte gewesen zu sein, als wir den Eingang der Höhle erreichten.

Eine Bogenschußweite vom Meer entfernt, bohrte sie sich in den Berg wie ein überwölbter Weg. Als wir ins Innere blickten, sahen wir das ferne Schimmern von Wasser, hier und da durchschnitten von den gedehnten Schatten der Kuppeln und Säulen. Ganz Venedig schien sich darin zu befinden.

Aus einem Stoß vergoldeter Palmschäfte machten die Mädchen nun Fackeln und nahmen Aufstellung: eine Garbe von Sirenen in einer Feuergarbe.

In solcher Beleuchtung schimmerte die Höhle wie eine Schatulle der Königin von Kandi; reich an Morgenlicht und Sonnenuntergängen.

Die Säulen der Stalaktiten reichten von dem Felsendach bis zum sprudelnden Grund herab; und Galerien mit funkelnden Korallensimsen führten in Spiralen um den Höhlenraum.

Jetzt glitten die Mädchen sacht ins Wasser, wobei sie ihre Fackeln in die Höhe hielten: jede von ihnen eine schwimmende Lotosblüte. Daraufhin schleuderte von weit oben Hautia ihre Fackel in die Luft und sprang ihr nach: zwei Meteore erloschen in dem See.

An der Stelle, wo sie eingetaucht war, sammelten sich die Fackeln; und in ihrer Mitte tauchte Hautia auf, die Hände voller Perlen.

»Schau, Taji! All diese kann man durch Tauchen erlangen; und mit ihnen Schönheit, Gesundheit, Reichtum, langes Leben und die letzte verlorene Hoffnung des Menschen. Doch nur durch mich allein kannst du dies erlangen. Tauche du und bringe eine Perle herauf, wenn du kannst.«

Hinab, hinab! Hinab in das klare, sprudelnde Wasser, bis ich Kristall geworden schien im funkelnden Herzen eines Diamanten; aber ich tauchte aus diesen bodenlosen Tiefen mit leeren Händen auf.

»Perlen, Perlen! Deine Perlen! Du bist noch ein blutiger Anfänger. Ach, Taji, es hat keinen Zweck, daß du tief tauchst. Aber Hautia enthüllen sich schon knapp unter dem Wasserspiegel viele Golkondas. Doch komm, tauche mit mir, reiche mir deine Hand: ich werde dir seltsame Dinge zeigen.«

»Zeige mir das, wonach ich suche, und ich werde geradewegs mit dir durch die ganze Welt hindurch tauchen, bis wir in unbekannten Meeren wieder zum Vorschein kommen.«

»Nein, nein; doch reiche mir die Hände. Und ich werde dich dorthin mitnehmen, wo deine Vergangenheit vergessen sein wird, wo du bald lernen wirst, die Lebenden zu lieben und nicht die Toten.«

»Für mich ist die Bitternis besser, Hautia, die aus dem Tod meiner Geliebten erwächst, als alle Lebenssüße, die du schenken kannst, selbst wenn sie ewig wäre.«

XCCV.

Mardi bleibt zurück: ein Ozean voraus

ALS wir aus der Grotte zurückgekehrt waren, legte sich Hautia in ihrem Clematisgemach nieder, während unsichtbare Hände Fenchel um sie streuten. Süße Klänge beschlichen mich mehr und mehr und vertrieben meinen Kummer, wie Sonnenstrahlen Schnee zum Schmelzen bringen. Eine seltsame Mattigkeit ließ mich niedersinken. Wieder einmal lagen Yillah und die Vergangenheit nebeneinander im Gewölbe meines Herzens begraben – zwei Leiber in Todesstarre –, während Hautia vor mir, wie eine Sonne in ihrem Umlauf, ihre Pracht noch vergrößerte und, indem sie ihre Augen starr auf mich richtete, meine Seele austrank.

Sie war die Schlange, ich das Opfer: mein Leben sickerte in ihres.

Doch jäh riß ich mich von dem Zauber wieder los, da die Vergangenheit mit aller Wucht jegliche Gegenwart in mir überwand.

»O Hautia! Du kennst das Geheimnis, das ich zu ergründen suche. Ich sehe, daß es in deinen Augen lauert. Enthülle es!«

»Wohl oder Wehe?«

»Leben oder Tod!«

»Schau her!« Und Yillahs Rosenperle tanzte vor mir.

Ich entriß sie ihrer Hand: – »Yillah! Yillah!«

»Phantasiere weiter! Sie liegt zu tief, um zu

antworten. Sie hört seltsamere Stimmen als deine; Wasserblasen platzen in ihrem Umkreis.«

»Ertrunken! Ertrunken also, genau wie sie es träumte: Ich komme, ich komme! – Ha, welche Gestalt ist dies? Hast du Moos an dir, See-Thymian, Perlen? – Hilfe, ich versinke! – Zurück, schimmerndes Ungeheuer! – Was, Hautia, du bist es? – O Viper, ich könnte dich töten!«

»Gehe und töte dich selbst: ich will nicht, daß du der meine wirst. Gehe: als Toter zu der Toten! – Es ist noch eine andere Höhle im Berg.«

Schnell entfloh ich durch das Tal, vorbei an Hautias Perlengrotte, und erreichte eine düstere Wölbung, in deren Innern ein See durchsichtig erglänzte. Dort stießen widerstreitende Strömungen aufeinander und lagen im Kampf. Und ein dunkles Gewölbe öffnete sich auf einen seewärts führenden Kanal.

In der tiefsten Tiefe der Strudel kreiste und kreiste eine Gestalt: weiß und schemenhaft Yillah.

Auf der Stelle tauchte ich hinab. Aber die Strudel waren wie heftige Gegenwinde, die vor den Kaps Schiffe zurückwerfen.

Dann sah ich mit entsetztem Blick, wie die kreisende Gestalt den einen dunklen Durchgang erreichte und darin verschwand. Und die Strudel wirbelten wie zuvor.

»Halt! Halt! Ich werde mit dir gehen, auch wenn du in den Schlund der Finsternis gleitest. Nichts kann die Hölle der Verzweiflung hier übersteigen! – warum schlägst du noch länger in diesem Leichnam, mein Herz!«

Wie Schlafwandler, halb erstarrt, in einem

schrecklichen Traum geistergleich ins Freie treten und die Wachenden entsetzen, so huschte ich in dieser Nacht auf dem feuchten Trauerkleid des Strandes hin und her.

»Ist dieses Gespenst Taji?« – Und Mohi und der Sänger standen vor mir.

»Taji lebt nicht mehr. Er ist so tot, daß er nicht einmal Gespenst sein kann. Ich bin das Phantom des Phantoms seines Geistes.«

»Ja also, Phantom, jetzt ist es Zeit zu fliehen!«

Sie schleppten mich zum Wasserrand, wo ein Boot angelegt hatte. Schon schossen wir – Mohi war am Steuerruder – unter dem Schatten hin, den eine Klippe weit ins Meer warf. Wie in einem Traum lauschte ich einer Stimme.

Als Media auf Odo angekommen war, wurde er mit Geheul empfangen. Aufrührer hatten sich bewaffnet und boten ihm offen die Stirn. Jedes Zugeständnis wäre sinnlos gewesen. In vorderster Reihe standen die drei bleichen Söhne dessen, den ich erschlagen hatte, um das später verlorene Mädchen zu gewinnen. Rächer von dem Augenblick an, wo wir in See gestochen waren, hatten sie sich auf meine Spur geheftet, hatten Hungersnöte überlebt und waren am Leben, um mich um das gesamte Riff von Mardi zu jagen. Und hatten nun auf Odo, dieser letzten Schwelle, auf meine Vernichtung gewartet. Dort hatten sie auch geschworen, daß sie mich, falls ihre Rache fehlschlagen würde, rund um die Ewigkeit jagen würden.

Hinter den Rächern tobte ein unbändiger Pöbel, der Media zum Thronverzicht aufforderte. Doch indes er eine Hand schwenkte, als sei sie ein Wimpel über dem Dampf eines Seegefechts, segelte Media heiter und gelassen durch den Tumult: die Aufständischen wichen vor ihm zurück, wie ungestüme Wellen vor einem unbeugsamen Bug.

Als er eine Zuflucht erreicht hatte, wandte er sich an Mohi und den Sänger: »O Freunde! Es ist hart, daß wir uns nach einer langen Freundschaft trennen! Doch hinfort wird Odo, viele Monde über, keine Heimstatt für Alte oder Junge sein. Nur auf Serenia werdet ihr den Frieden finden, den ihr sucht; und dorthin müßt ihr auch Taji bringen, der sonst getötet wird oder verloren ist. Geht und befreit ihn aus den Fängen von Hautia. Entkommt den Rächern und erreicht Serenia. Sorgt euch nicht um mich. Der Staat ist ein Spielball des Sturms; und, wo ich stehe, müssen sich die Brecher überstürzen. Im Toben des Sturms aber verläßt von allen edlen Seelen die oberste als letzte das Schiff. Daher werde ich hier auf Odo bleiben, obwohl jede Planke unter mir wegbricht. Und dann, großer Oro, laß den König an den Kiel geklammert sterben! Lebt wohl!«

Das war Mohis Erzählung.

Wie Trompetenstöße bliesen jetzt die rauhen Nordwinde. Schwarz war die Lagune von den Schatten der Berge und von den jagenden Schatten der Wolken. Von allen Sternen schien nur der rote Arkturus. Doch durch die Schwärze der Nacht und auch an dem Ringwall des Riffs schimmerten die Brecher geisterweiß.

Es nahte ein Durchlaß in dieser äußeren Barriere.

»Ach, Yillah! Yillah! – die Strömungen treiben

dich auf den Ozean zu. Ich werde nicht zurückbleiben. – Leb wohl, Mardi! – Überlaß mir das Steuerruder, alter Mann!«

»Nein, Wahnsinniger! Unser Hafen ist Serenia. Diese Durchfahrt dort bringt dir Verderben. Und aus den tiefen Räumen jenseits davon kehrt nie ein Reisender zurück.«

»Und warum zurückkehren? Ist es ein Leben des Todes wert, noch einmal gelebt zu werden? – So laß *mich* der Reisende sein, der nicht mehr wiederkehrt. Das Steuerruder! Bei Oro, ich will Steuermann meines eigenen Geschickes sein, alter Mann. – Mardi, leb wohl!«

»Nein, Taji, begehe nicht das letzte, allerletzte Verbrechen!« rief Yoomy.

»Er reißt das Ruder an sich! Unendlichkeit ist in seinem Auge! Yoomy, wir müssen nun um unser Leben schwimmen.«

Und sie sprangen von Bord und suchten das Land zu erreichen: Yoomy nahm Mohi huckepack; und die Salzwogen spülten die Tränen von seinem bleichen Gesicht, als er es mir in der Gischt ein letztes Mal traurig zuwandte.

»Jetzt bin ich der eigne Herrscher meiner Seele. Und meine erste Tat ist Verzicht! Gegrüßt seist du, Schattenreich!« Und indem ich meinen Bug der tobenden Flut zuwandte, die mich wie eine allmächtige Hand ergriff, schoß ich durch die Bresche.

Der Ozean draußen schäumte so hoch, daß er die Wolken peitschte. Und geradewegs in meiner weißen Kielspur jagte ein Boot dahin, über dessen Bug sich drei starre Gespenster beugten – sie wogen drei Pfeile in ihren Bögen.

Und so flogen Verfolgter und Verfolger weiter über eine endlose See.

ENDE

Auf die Erläuterung von Namen und Gegebenheiten, die zum Allgemeinwissen gehören oder die in einem Konversationslexikon leicht nachzuschlagen sind, wurde aus Platzgründen verzichtet. Die erste Ziffer zeigt die Seite, die zweite die Zeile im Text an.

9, 12: *Leesegel:* seitliche Nebensegel, mit denen sich die Fahrt eines Schiffes erhöhen läßt.

9, 18: *Ravavai:* eigentlich Raivavae, heute: Vavito-Insel, in der südpolynesischen Gruppe der Tubuai-Inseln

9, 24: *... dessen Hirn ...:* gemeint ist Walrat, eine tranige Substanz im Kopf des Pottwals, die auch zur Herstellung von Kerzen verwendet wurde; wurde in früheren Zeiten für den Samen des Wals gehalten, daher rührt noch die engl, Bezeichnung ›sperm whale.‹

9, 27: *Encantadas:* Unter diesem Titel sollte Melville 1854 eine Reihe bizarrer Erzählungen veröffentlichen, in denen Themen aus ›Mardi‹ aufgegriffen werden.

9, 31: *Dampier:* engl. Kapitän (1652-1715), der später selbst zu einem Freibeuter (Bukanier) wurde; schrieb ›A New Voyage Round the World‹ (1697).

9, 33: *Gold-Moidore:* klangvolle Tautologie; Moidore oder Moedore waren portugiesische und brasilianische Goldmünzen (moneta d' ouro).

10, 25: *Massafuero:* eigentl. Mas-a-Fuero (›weit draußen‹), eine der Juan-Fernandez-Inseln vor der chilenischen Küste (heute: Alexander-Selkirk-Insel)

10, 30f: *Bowditch/Hamilton Moore:* Verfasser nautischer Handbücher

11, 9: *Speigatt:* rundes Loch in der Schiffswand zum Wasserablauf; ein recht bedrohlicher Ort also.

13, 24f: *Bill Marvel/Ned Ballad:* fiktive Namen

13, 30: *Buk:* Bauchung eines Segels

14, 4f: *William Whiston:* engl. Geistlicher und Mathematiker (1667 -1752), der die Kollision der Erde mit einem Kometen als Ursache für die Sintflut ansah. Die Verdammten wurden, laut W.s krausen Theorien, zunächst im Sonnenfeuer geröstet und dann in der eisigen Region des Saturn tiefgefroren.

14, 22: *Harz:* in großzügiger Auslegung der Geographie Deutschlands läßt Melville den Harz vom Rhein entwässern; die engl. Ausgabe korrigierte stillschweigend in ›Black Forest‹.

15, 36: *Makassar:* Stadt auf den Philippinen; eine zu Melvilles Zeit für ihren Ölreichtum bekannte Gegend.

16, 15: *Lukensüll:* obere Einfassung einer Luke

16, 22: *Newsgate Goal:* berühmtes Gefängnis in London

20, 30: *Joseph Priestley (1733-1804):* trat für die Einheit von Geist und Materie ein.

20, 33: *Sir Anthony Absolute:* Gestalt in Sheridans Stück ›The Rivals‹ (1777)

20, 34: *Malte-Brun (1775-1826):* dän. Geograph

23, 21: *Kingsmill-Inseln:* auch Gilbert-Inseln genannt

23, 22: *Radack: eigentl. Ratak; Mulgrave:* früherer Sammelname für die Marshall- und Gilbert-Inseln

23, 27: Navigator-Inseln: früherer Name der Samoa-Inseln (man hielt sie für den Ausgangspunkt der Besiedlung Polynesiens).

25, 1: *Norse:* Nordmann, Normanne

25, 4: *Mull:* schott. Hebriden-Insel

25, 20: *Alfred (849-901):* gilt als der erste König Englands

26, 29: *Meder/Perser:* vgl. Daniel 6, 11 (ihre Gesetze wurden als unveränderlich angesehen)

26, 31: *Perseus:* Name eines Sternbildes und des letzten makedon. Königs, der 168 v. Chr. bei Pythia mit seiner Kavallerie vor der Römern geflohen war. Melville verbindet hier beide Bedeutungen des Namens zu einem Bild.

26, 36: *Spielmänner:* vgl. Lukas 2, 13-14

27, 7: *Stagirit:* Aristoteles (nach seiner Geburtsstadt Stagira)

27, 16: *Laskaren:* ostindische Seefahrer

27, 25: *Brasenose:* College der Oxford University

28, 7: *Baruch Spinoza (1632-77):* holländ. Philosoph

29, 8: *Earl of Chesterfield (1694 -1773):* Verfasser zahlreicher Benimmbücher

29, 36: *Charles Edward Stuart (1720-88):* genannt ›The Young Pretender‹, der 1746, nach einem fehlgeschlagenen Versuch, den engl. Thron zu erringen nach Frankreich emigrierte. Von dort vertrieben, zog er als ›Count of Albany‹ durch verschiedene europäische Länder.

30, 13: *Sesostris:* gemeint ist Ramses II von Ägypten; er soll, dem röm. Historiker Diodorus Siculus zufolge, zur Demonstration seiner Überlegenheit andere Könige statt Pferde vor seinen Wagen gespannt haben.

30, 20: *Achates:* der Gefährte des Aeneas, von Vergil als ›der Getreue‹ apostrophiert.

31, 13: *Walstoßzahn:* wahrscheinlich ist das Horn eines Narwal gemeint, auch See-Elfenbein genannt.

32, 27: *Manfred:* Königsfigur aus Lord Byrons gleichnamigen

Stück (1817). Der erste der sieben von Manfred beschworenen Geister kommt aus einem ›Haus in den Wolken‹.

32, 34: *Black/Jeffries:* überquerten 1785 den Kanal im Ballon

32, 35: *Bagdad:* amerikan. Zigarrenmarke des 19. Jahrhunderts

33, 23: *mein Onkel:* Melville spielt hier mit der Redewendung ›to talk to s.o. like a Dutch uncle‹ (jmd. gehörig die Meinung sagen): er hatte einen Onkel holländischer Abstammung (Herman Gansevoort)

36, 16: *Talje:* Winde zum Straffen von Tauen

37, 19: *Blöcke:* sind Rollen, welche die Segeltaue oder Reepe aufnehmen

41, 25: *Napoleon:* möglicherweise frei erfundene Episode aus Napoleons Rußlandfeldzug

41, 30: *Lethe:* Unterweltsstrom in der griech. Mythologie, aus dem die Toten Vergessen trinken.

42, 3: *›dog-watches‹:* ›Hundewache‹ ist keineswegs die deutsche Entsprechung (die zweite Mitternachtswache bis zum frühen Morgen).

42, 13: *Monkijacke:* kurze, enganliegende Jacke der Matrosen

44, 31: *Hornet:* 1829 vor Mexiko gesunkenes Kriegsschiff der USA

45, 23: *Thermophylen:* Schlacht in Griechenland 180 v.Chr.. Als Leonidas, der König Spartas, bemerkte, daß er im Kampf gegen Xerxes von Griechen verraten worden war, stellte er es seinen Soldaten anheim, das Kampffeld zu verlassen. Von 8000 blieben 2000, um zu sterben.

46, T: *Velis et remis:* mit Segeln und Rudern (lat.)

48, 31: *Zurring:* Leine zum Festzurren

49, 35: *backholen:* das Segel wird direkt gegen den Wind gestellt, so daß die Fahrt des Schiffes abgebremst wird.

5o, 4f: *Brassen:* Verbindungstaue zwischen dem Schiff und den Booten; *wegfieren:* die Brassen ganz ablaufen lassen.

54, 5: *Sir Jeffrey Hudson (1619-78):* unschuldig eingekerkerter Zwerg, der vor seinem Tode wieder freigelassen wurde.

54, 10: *Thomas Cranmer (1489-1556):* engl. Reformator und Erzbischof von Canterbury, von Mary I. wegen Ketzerei angeklagt. Er widerrief zunächst, nahm dann aber (was Melville unterschlägt) den Widerruf zurück und wurde auf dem Scheiterhaufen verbrannt)

54, 13f: *Valens:* oström. Kaiser; grausame Christenverfolgungen unter seiner Regentschaft (364-378); beeindruckt durch den Glaubenseifer einer Witwe zu Edessa, soll er diese vor dem Märtyrertod bewahrt haben.

55, 10: *Spiere:* ein Rundholz; *Klüver:* dreieckiges Segel am Bugspriet

55, 13: *raumer Wind:* günstigster Wind (schräg von hinten in die Segel)

55, 15: *Spriet:* dünnes, diagonal über das Segel verlaufendes Holz, das dies ausbreitet.

55, 18: *Poller:* aufrechter Pfosten im Heck aller Walfangboote, zum Auffangen einer zu schnell auslaufenden Harpunenleine.

56, 6: *Leviathan:* im Buch Hiob beschriebene Seeschlange, von Luther mit ›Walfisch‹ übersetzt; von Melville zumeist auf den Pottwal, aber auch auf den Grönlandwal bezogen.

65, 21: *Cathay:* von Marco Polo verwendeter poetischer Name für China.

65, 23: *Comte de Buffon (1707-88):* franz. Naturfoscher und Verfasser einer 44-bändigen ›Histoire Naturelle‹.

65, 32: *Thomas Brown (1605-82):* engl. Autor; Vorläufer von ›Und die Bibel hat doch recht‹.

65, 36: *Pentateuch:* die fünf Bücher Mose

66, 1: *ein Faden:* ca. 182 cm

66, 7: *Teufelsfisch:* Teufelsrochen oder Manta

66, 31: *Müller/Henle:* deutsche Naturwissenschaftler des 19. Jahrhunderts, welche eine wissenschaftliche Nomenklatur verschiedener Fischarten aufstellten.

68, 4: vgl. dazu William Blakes Gedicht ›The Tiger‹ (!).

68, 10: *Hagar/Ismael:* vgl. 1. Buch Mose 16 + 21, 9-21

68, 13: *Stanhope:* ist Earl of Chesterfield; vgl. Anm. 29,8; das Verdikt bezieht sich auf den Verfasser des ›Dictionary of the English Language‹ (1755), Samuel Johnson, der im weiteren als ›Wörterbücherwurm‹ tituliert wird.

69, 3f: etwas bemühte Spielerei um eine Silbenauszählung, die in ›Mardi‹ ab und zu auftaucht; die Thai-Sprache kennt nur einsilbige Wörter.

69, 27: *Timon:* ein Menschenfeind; histor. Gestalt zur Zeit des peloponnesischen Krieges; vgl. Shakespeares Stück ›Timon of Athens‹.

70, 5: *Butzkopf:* auch Rissosdelphin (grampus griseus).

70, 9: *Albacore:* Sammelname für mehrere Thunfischarten, insbesondere den Weißen Thun.

70, 20: *Hausen:* eine Störart, dessen Schwimmblase u.a. zur Leimherstellung verwendet wird.

70, 21: *Schwarzwale:* ›black fish‹ ist ein Sammelname für verschiedene Wal- und Delphinarten. Die Beschreibung trifft am ehesten auf den sog. ›Spinner‹-Delphin zu.

70, 30: *›Algerier‹:* möglicherweise eine Glattdelphinart oder Spezies der phantastischen Zoologie.

71, 20: *Wouvermans:* holländ. Tiermaler des 17. Jahrhunderts; eine Stierhatz ist unter seinen Werken allerdings nicht zu finden.

71, 22f *Gudin/Isabey:* franz. Marinemaler des 19. Jahrhunderts.

71, 25: *Claude:* ist Claude Lorrain.

74, 6: *Schlacht von Cerro Gordo:* Sieg der amerikan. Truppen 1847 gegen die Mexikaner.

77 T: die engl. Redensart ›A stitch in time saves nine‹ wird hier wörtlich verstanden.

77, 10: *Platting:* glattes, aus Kabelgarn geflochtenes Tauwerk.

78, 19: *Guayaquil-Hut:* nach einer Hafenstadt in Equador benannte, dem Panama-Hut ähnliche Kopfbedeckung.

81, 14: *Neversink Highlands:* Erhebungen an der Küste von New Jersey.

84, 3: *Fockrüste:* dickes, schmales Brett an der Außenseite des Schiffes, woran die Haupttaue des Fockmastes befestigt sind.

85, 14: *Negrohead:* ein starker Kautabak

89, 10: *Daniel Webster (1782-1852):* amerikan. Staatsmann

89, 34: *Tamerlan:* auch Timur Lenk, mongol. Eroberer im 17. Jahrhundert

93, 15: *Stag:* starkes Haltetau am Mast

94, 10: *preien:* laut anrufen

96, 31: *Wrange:* gebogenes Holz

97, 2: *Peter der Einsiedler:* Gestalt aus Tassos ›Gerusalemme Liberata‹

98. 14: *Kaliko:* bedrucktes Kattun

99, 6: *brasilianischer Diamant:* wahrscheinl. der 1800 in Brasilien gefundene ›Braganza-Diamant‹, ein weißer Topas von 1681 Karat.

99, 9: *Sir Humphrey Davy (1778-1829):* engl. Chemiker

100, 5: *Stengewindereepsblock:* Block an der Verbindungsstelle zwischen Mast und Stenge (einem Aufsatz auf dem Mast)

101, 13: *Pumpenpott:* tiefer gelegener Teil eines Schiffes, in dem das Wasser sammelt.

102, 13: *Buline:* Haltetau für das Rahsegel

102, 19: *über Stag gehen:* Wendemanöver, bei dem sich das Schiff um die eigene Achse dreht.

102, 30: *George Berkley (1685-1753):* irischer Philosoph und Bischof; behauptete, die Materie existiere nur in der Vorstellung, doch müsse man im alltäglichen Leben so tun, als ob es sie wirklich gäbe.

103, 6: *herumbrassen:* die Rahe mit der Brasse nach dem Wind drehen.

104, 28: *Großtürke:* Mohammed IV, Ottoman Sultan und dessen Wesir Mustafa belagerten 1683 Wien.

104, 32: *Elgin Marbles:* von dem Earl von Elgin nach England gebrachte Skulpturen aus dem Parthenon und der Akropolis. Ab 1816 im British Museum.

106, 30: *Binnakel:* Kompaßhaus

108, 9: *El Cid:* span. Nationalheld, in vielen Epen besungen.

110, 20: *Seegurken:* walzenartige Hohltiere, die getrocknet (›Trepang‹) als Delikatesse gelten.

111, 27: *Baldivia:* später Valdivia genannter Hafen in Chile

113, 3: *Proa:* malaiisches Auslegerboot

113, 7: *Fallreep:* an der Bordwand herablaßbare Treppe aus Stricken und Querhölzern

113, 35: *Kennebec:* Fluß in Maine

114, 23: *Fockhals:* Tau, womit die Ecke des Focksegels nach vorne oder nach der Luvseite des Schiffes festgehalten wird.

120, 7f: *Korronade:* kleine Schiffskanone; Protzwagen: fahrbares Untergestell einer Kanone

122, 5f: *Darby und Joan:* sprichwörtlich gewordenes altes Paar à la Philemon und Baucis; aus dem anonym. Gedicht ›The Joys of Love never forgot.‹ (1736)

122, 12: *Tartar:* im Sinne von ›zänkisches Weib‹ gebraucht.

123, 5: *Duke of Malborough (1650-1722):* engl. General, verheiratet mit Sarah Jennings; *Belisarius (505-565):* byzant. General; mit Antonia verheirat; Melville verknüpft hier die berühmt gewordenen Ehekriege über die Zeiten hinweg.

124, 18: *Varvoo:* gemeint ist Vav(a)u, die Hauptinsel der Tonga-Inseln

125; 4: *Gangspill:* Ankerwinde

126, 17f: *Nelson (1758-1805):* engl. Seeheld; Earl of Anglesea (1768-1854): kommandierte die alliierte Kavallerie in der Schlacht von Waterloo (1815); *Arnold:* amerikan. General, 1777 bei den Saratoga-Quellen siegreich gegen die britischen Truppen; *Qintus Mucius Scaevola:* der ›Linkshändige‹: adliger Römer (+ 82 v. Chr.), bei dem Versuch, den etrusk. König Porsena zu töten , gefangen genommen; mit der Folter bedroht, ließ er seine rechte Hand im Feuer verschmoren, um seine Unerschrockenheit zu demonstrieren. *General Knox:* amerikan. General, der bei einem Jagdunfall zwei Finger verlor; *Hannibal:* karthag. General, verlor ein Auge durch eine Bindehautentzündung (217 v. Chr.); *Dentatus (+ 270 v. Chr.):* röm. General; die Episode ist anscheinend frei erfunden.

126, 34: *irrender Ritter:* auch ›fahrender‹; Reverenz des Übersetzers an Tiecks Don Quichotte.

126, 35f: *Schlacht von Brevieux:* Phantasieprodukt Melvilles; der franz. Chronist Froissart (1333-1404) hat keineswegs über diese Schlacht berichtet.

127, 15: Geheimnisvoller franz. Staatsgefangener, 1698 in die Bastille verbracht; wahrscheinlich ein Spion des Herzogs von Manta; Gegenstand ausführlicher literarischer Spekulationen.

127, 24: *Edmund Burke (1729-97)*, engl. Staatsmann und politischer Schriftsteller, dessen nostalgisches Weltbild Melville hier karikiert.

128, 21: *Marling:* auch Marleine: aus zwei Strängen lose verflochtene Leine

132, 19: *Schegg:* Holzverstärkung des Vorstevens von der Wasserlinie an aufwärts

140, 2: *Untereselshaupt:* unteres bügelartiges Verbindungsstück zwischen Mast und Stenge (dem Mastaufbau)

145, 16: ›*Franklin's Rod*‹ ist ein Blitzableiter, der das Schiff Etna 1843 vor Korfu rettete.

145, 20f: alle französischen und fast alle amerikan. Schiffe, die genannt werden, wurden zerstört oder havarierten.

146, 15: *William Penn (1644-1718)*, engl. Quäker und Begründer der später Pennsylvania genannten Kolonie; das nach ihm benannte Kriegsschiff mit 120 Kanonen, das 1861 in Flammen aufging.

146, 20: ›*Quaker*‹: eine hölzerne Geschützattrappe

151, 12: *Camden/Stow:* engl. Historiker und Antiquar

152, 34: nach Plinius verschluckte Kleopatra eine der Perlen, um eine Wette gegen Mark Antonius zu gewinnen; die zweite Perle wurde geteilt und diente der Venusstatue im Pantheon zu Rom als Ohrschmuck.

154, 8: *Sir Edwin Landseer:* populärer engl. Tiermaler des 19. Jahrhunderts

157, 3: *bestroppen:* Tauende in einen Block einziehen

157, 7: *Marlspiker:* Eisendorn zum Spleißen

162, 35: *Stropps:* Schlingen aus Tau, Kette oder Draht

163, 16f: *Springstropp:* Tau unterhalb der Rah, auf dem die Matrosen stehen, um Arbeiten am Segel auszuführen; *Nockparden:* die überstehenden Teile der Springstropps; *Zeisinge:* kurze Taue zur Befestigung der Segel an den Rahen.

164, 16: *Charles I.:* König von England und Schottland, 1649 geköpft; Wortspiel mit ›head‹, was auch der Boden eines Fasses ist.

166, T: der gebräuchlichere lat. Name für den Schwertfisch ist ›Ziphias gladius‹.

167, 5: *Thukydides:* griech. Historiker, der den peloponnes. Krieg (421-404 v. Chr.) beschrieb.

167, 30: *Edward the Black Prince (1330-76):* Sohn Edwards III.; wegen seiner schwarzen Rüstung so genannt.

168, 13: *Saladin:* ägypt. Sultan, der die christl. Kreuzfahrer 1187 schlug.

168, 17: *Callao:* peruan. Küstenstadt

168, 35: *Andrea Ferrara:* nach dem Namen der Herstellerfamilie benanntes, im 16. und 17. Jahrhundert hochgeschätztes Schwert

169, 4f: Die ›Foxhound‹-Episode ist verbürgt, die ›Rousseau‹-Geschichte nicht.

170, 24: *Tagus:* syrische Stadt

170, 25: *Crockett:* berühmter amerikan. Schütze des 19. Jahrhunderts, dessen Taten sich in einem Buch niederschlugen: ›Narrative of the Life of Davis C.‹ (1834).

170, 31: *Seigneur de Bayard (1474-1524):* franz. Kriegsheld

171 T: *Otard:* berühmter franz. Cognac; die Familie führt sich auf einen Wikinger (!) namens Jarl(!) Ottard zurück, der 911 als Lehensmann des Normannenherzogs Rollo fiel.

171, 19: *Joe Miller (1684-1738):* engl. Komödiant, irrtümlich für den Autor eines populären Witzbuches gehalten: ›Joe Miller's Jests‹ (1739).

172, 1: Über die Trunksucht Alexander des Großen ist der Geschichtsschreibung nichts bekannt.

172, 5: *Fifth-Monarchy-Sekte:* im 17. Jahrhundert in England extreme Alkoholgegner

182, 32: *Pütting:* auch Augplatte: Plattform, an der die Taue des Hauptmastes befestigt sind.

187, 7: Melville unterschlägt, daß Belisarius schließlich doch den bösen Zungen glaubte, seine Frau einkerkerte und mit dem Tod bedrohte, um sich dann wieder mit ihr zu versöhnen.

187, 10: *Edward Parry (1790-1855):* engl. Polarforscher auf der vergeblichen Suche nach der Nordwestpassage.

189, 17: *Taljereep:* kurzes Tau zur Befestigung eines Mastes

189, 32: *Stieper:* eine stählerne Stütze

200, 9: der franz. Naturwissenschaftler ist ein Phantasieprodukt Melvilles

202, 21: *Mallemuck:* seemänn. Sammelname für verschiedene Albatros- und Sturmvogelarten.

208, 8: *Angeber aus Gath:* Goliath (der sich nur überlegen wähnt).

210, 20: *Champollion (1790-1832):* franz. Ägyptologe, der die Hieroglypen entzifferte.

212, 11: *Eleusischen Mysterien:* altgriech. Riten zu Eleusis, zu Ehren von Demeter, Persephone und Dionysos.

212, 20: Von diesem Punkt des Buches an sind die Namen der angesteuerten Inseln fiktiv; ebenso sind die Namen der Götter (bis auf Oro und Roo) erfunden.

220, 27: *Golkonda:* indische Stadt und Königreich, Blütezeit im 17. Jahrhundert; Zentrum des Diamantenhandels; später dem Verfall preisgegeben.

220 f: Der Name ›Yillah‹ soll wohl an ›lily‹ erinnern: die (weiße) Lilie als Symbol der Reinheit gegenüber den aggressiven Schwertlilien der Königin Hautia: die Yillah-Geschichte kann durch Fouqués ›Undine‹ (1811) beeinflußt sein; das bedeutsame Maelstrom-Motiv verweist auf Poes Erzählung ›A Descent into the Maelstrom‹.

235, 9: *›Die Schöne und das Tier‹:* Märchen von Suzanne Barbot de Villeneuve aus der Sammlung ›Contes Marins ou la jeune Américaine‹ (1740-41).

236, 22: *Ammoniter:* vor den Israeliten Einwohner Palästinas. Im Buch der Könige wird vom Umgang mit ammonitischen Frauen abgeraten.

238, 16f: *Silberköpfe/Gelbrücken/Schlängelschwänze:* offenbar deskriptive Namen, denen keine konkrete Art zugeordnet werden kann.

245, 7: *Tulla:* eigentl. ›tetea‹ oder ›kekea‹ als polynes. Bez. für Albinos

260, 17: *Aramai:* polynes. eigentl.: ›A haele mai‹ oder ›A haere mai‹ (›Komm her‹)

264, 15: gemeint ist Captain Cook, der 1779 auf Hawaii von Eingeborenen getötet wurde.

266: Der Name Mardi ist inspiriert durch ›Mardier‹, ein altes transkaukasisches Volk. Im Französischen bedeutet ›mardi‹ Dienstag; vielleicht ein ironisches Äquivalent des ›Freitag‹ im Robinson Crusoe.

266, 9: Der Name Taji geht vermutlich auf König Tajo von Tahiti zurück. Im Arabischen bedeutet *Taji*: ›Meine Krone‹.

267, 35: Der Name ›Media‹ leitet sich von den ›Mediern‹ her, Nachbarvolk der ›Mardier‹.

277, 4: *Gog und Magog:* steht hier für Heidnisches schlechthin; in der Bibel bei Hesekiel und in der Offenbarung genannt.

281, 19: *König James I.:* zuerst schottischer König, ab 1603 König Englands; viele Schotten hatten sich vergebens von ihm Vorteile versprochen.

281,34: hier ist Spinoza gemeint.

282, 6: *Löwenschwanz:* Anspielung auf das brit. Empire; aber auch afrikanische Könige wedelten mit dergleichen.

290, 33: *Tapa:* im pazifischen Raum aus der Rinde des Papiermaulbeerbaumes hergestellter Stoff.

291, 14f: *Gracchen:* röm. Kaisergeschlecht; *Azephalen:* Lat.: ›Kopflose‹, Name für ein sagenhaftes afrikan. Volk, für verschiedene religiöse Gruppen und für bestimmte Mißgeburten. *Leveller:* ›Gleichmacher‹, Mitglied einer kommunistischen Partei des Langen Parlamentes um 1647; *König Georg:* Georg IV.

291, 31: *Eroberer von Baktrien:* Alexander der Große

291, 34: *Beau Brumel:* berühmter Dandy zur Zeit Georg IV.

297, 22: *Plaza dos Assignatos:* wahrscheinl. Plaza Real

298, 33: *Hautia:* war der Name einer Tahitischen Königin des 19. Jahrhunderts; das Wort bedeutet auch auf den Gesellschaftsinseln ›Hibiskus‹.

299, 4: *Hexenkraut:* lat. Name: Circea, im Engl. auch ›Circe flower‹ genannt.

299, 6: *Venushut:* gebräuchlicherer Name: Eisen- oder Sturmhut; Melville verwendet die volkstümliche Bezeichnung ›Venus-car‹ : die Form der Blüte erinnert an den Wagen der Göttin auf antiken Darstellungen. Melvilles Quelle für seine Blumensprache ist Sarah Carter Mayos Buch ›The Flower Vase: Containing the Language of Flowers and their Poetic Sentiments‹ (1844)

301, 2: *Schraubenbaum:* hier ist die polynes. Art ›Pandanus tectorius‹ gemeint.

301, 30: *Hethither und Jebusiter:* frühere Bewohner Palästinas; in der Bibel oft als Feinde Israels bezeichnet; hier ironisch.

306, 30: *Ponce de Leon (1468-1521)*, span. Eroberer, Entdecker Floridas, war auf der Suche nach einem Jungbrunnen, offenbar eine Fiktion John Mandevilles.

307, 30f: das Grab des pers. Satrapen Mausolus zu Halikarnassus war eines der Sieben Weltwunder.

314, 16: *Pandekten:* Sammlung von Sprüchen aus dem röm. Recht

318, 11: *Tuscaroras:* Stamm der Irokesen, ursprüngl. in North Carolina beheimatet.

321 T: der Name ›Peepi‹ enthält polynes. ›pi‹ : jung, unterentwickelt

321, 23f: Bei der Beschreibung der polynes. Bräuche stützt sich Melville im wesentlichen auf William Ellis ›Polynesian Researches‹ (London 1829)

323, 29: *pupera:* ist eher eine Karikatur realer Bräuche

328, 8f: Das Ausschlagen von Zähnen als Zeichen der Trauer ist keine Erfindung.

328, 30f: *Tammahammaha:* eigentl. Kamehameha I., 1790-1819 König von Hawaii; seine Totenfeier war, dem Brauch gemäß, von Plünderungen, dem Verbrennen von Besitztümern und allgemeiner Gesetzlosigkeit begleitet.

328, 31f: *Drachenzähne:* Anspielung auf Kadmus, den Gründer Thebens, der eine Armee aus einer Saat von Drachenzähnen zog.

328, 36: *Hexe von Endor:* von König Saul vor der Schlacht von Gilboa konsultiert; vgl. Samuel 1, 28

329, 10: *Banquo:* Macbeth erscheint der Geist dieses von ihm getöteten Generals.

329, 29: *Wampum:* aus Muscheln hergestellte Perlen, die bei den nordamerikan. Indianern als Geld zirkulieren; *Winnebagos:* ursprünglich in Wisconsin ansässiger Stamm der Sioux.

330, 1: *Poi:* aus Tarowurzeln hergestelltes Nahrungsmittel; *Blancmanger:* eine dem Flammeri verwandte Süßspeise.

331, 12f: Um Medias Inkonsequenz bei seinem Geselligkeitsdekret zu verdeutlichen, wird die weitere Kommunikation der Reisemitglieder untereinander in der ›Du‹-Form geführt; Media läßt sich mit ›Ihr‹ anreden, sein ›Du‹ ist das den Untertanen gegenüber.

337, 21f: Melville stützt sich hier auf Legenden, von Ellis a.a.O. aufgezeichnet, welche die Insel Eimeo betrafen; der Bogenschütze war der Gott Pae

343,16: *Jonquille*: eine Verwandte der Narzisse

344, 11: *Donjalolo:* der Name leitet sich von Du Djailolo ab (die größte Malukken-Insel).

344, 16: *Fonoo:* ›Fonu‹ bzw. ›honu‹ bedeutet allerdings in ganz Polynesien ›Schildkröte‹.

348: Die Kämpfe um den Thron in Hawaii im 18. Jahrhundert mag Melvilles Fiktionen geprägt haben; Donjalolo trägt Züge von Kamehamehas Sohn Liholiho.

358, 1: *Saradanapalus:* assyr. König (9. Jahrh. v. Chr.), für seinen luxuriösen Lebensstil berühmt; Held des gleichnamigen Stückes von Lord Byron (1821).

360, 23: *Aina-kea:* eine Zuckerrohr-Art auf den Hawaii-Inseln

363, 1f: *Samuel Purchas (1577-1626):* veröffentliche drei Reisebücher, die sich teilweise auf die Werke und Aufzeichungen des Geographen Richard Haklyut stützten; von diesem erschien 1595-1600: ›The Principal Navigations, Voiages, Traffiques and Discoveries of the English Nation‹; *Thévenot:* franz. Reiseschriftsteller des 17. Jahrhunderts; *Ramusio:* ital. Reiseschriftsteller, berühmt für seine ›Navigationi e viaggi‹ (1550-59), *Theodore de Bry:* deutscher Kupferstecher des 16. Jahrh., illustrierte ›Collectiones Peregrinationum in Indiam Occidentalem‹, ein Werk aus 25 Teilen.

363,11: *Gaudea di Lucca:* Pseudonym für Simon Berington (1680-1755); der Sonnentempel, von dem er berichtet, soll in der

Stadt Phor stehen; Melville billigt dem Kalenderjahr großzügig zehn Tage mehr zu.

363, 20: *Großmogul:* wahrscheinlich handelt es sich um den Palast des Kublai Khan in Xanadu; Marco Polos Bericht inspirierte Coleridge zu seinem Gedicht ›Kublai Khan‹

364, 21f: Nero erbaute 64 (nach dem Brand Roms) die ›Casa Aurea‹; Haus der Sonne: toltekische Sonnenpyramide in Teotihuacan; *Illinois Mounds:* indian. Grab- oder Schanzhügel; *Ephesus:* der dortige Tempel der Artemis oder Diana ist eines der Sieben Weltwunder; *Pompeius-Säule:* in Alexandria; *Belus:* Sohn des Poseidon und Gründer von Babylon; *Tadmor:* bibl. Name für Palmyra, eine syrische Stadt, die König Salomon erbaut haben soll; *Maurenturm:* ist wahrscheinl. die im 12. Jahrhundert gebaute Giralda; *Elephanta:* oder Gharapur, eine Insel vor Bombay mit Höhlen , die im 8. Jahrhundert gegraben wurden und nun Hindu-Schreine enthalten; *Trophonius/ Antiparos:* griech. Höhlen; *Giant's Causeway:* ins Meer reichende Basaltformation in Nord-Irland; *Nerva:* röm. Kaiser (30 -99), ist keineswegs für seine Aquädukte bekannt; *Naturbrücke:* ist ein 215 Fuß hoher Kalksteinbogen; *Grampians:* schottisches Gebirge; *Alexanders Statue:* der griechische Architekt Dinokrates (4. Jahrh.) versuchte Alexander vergeblich für den Plan zu begeistern, den Berg Athos in eine große Statue zu verwandeln; *Artaxerxes:* pers König (5. Jahrh. v. Chr.); *Eispalast:* 1739-40 von der Zarin Anna in St. Petersburg aus purem Eis erbaut; der Palast wurde von William Cowper in ›The Task‹ (1785) beschrieben; *Charles II.:* nahm 1651, von Cromwell geschlagen, in einer Eiche Zuflucht.

367, 15: *Alarich I.:* westgot König, plünderte 410 Rom; hier allgemein für Zerstörer

368, 24: *Quadratruten:* engl. Rute = ca. 5 Meter

370, 3: *Lenora:* eigentl. ›Cleome‹: stark duftende trop. Pflanze

386, 36: *Aspasia:* eigentl. Aspasis, eine athenische Kurtisane, Geliebte des Perikles

388, 9f: *Großsultan Suliman I. (1491-1566):* die Zahl seiner Söhne ist reine Spekulation.

390, 24: *Arva:* eigentl. ›ava‹, eine Pfefferart, aus der in ganz Polynesien ein berauschendes Getränk bereitet wird.

397, 37: *Verres:* röm. Statthalter von Sizilien (120-43 v. Chr.)

401, 1: *Lavater (1741-1801):* berühmt für seine ›Physiognomischen Fragmente‹.

403: *Comer See etc.:* Melville geht hier sehr großzügig mit der Geographie der Schweiz um.

401, 26: *Morando:* wahrscheinl. fiktiver Name

404, 6: *St. Pons:* für ihren Marmor berühmte Stadt im Dep. Hérault

407, 3: *Marzilla:* fiktiver Name

407, 4: *Sir Henry Percy:* engl. Aristokrat (1366-1403)

410, 14f: *Cambyses:* pers. König ca. 500 v. Chr.; *William Rowley* (1585-1642): engl. Dramatiker; weder über des einen noch des anderen Trinkgewohnheiten ist etwas bekanntgeworden.

424, 13: *Tortuga:* Insel vor der Küste Haitis und Piratennest

424,15: *Montbars etc.:* Piraten, deren Taten aufgezeichnet sind in: Harris: ›Navigantium atque Itinerantium Bibliotheca ...‹

428f : *Ohonoo* dürfte die Hawaii-Insel Oahu mit dem Waikiki-Strand sein; die Beschreibung des Wellenreitens findet sich bei Ellis a.a.O.

434, 4: *Parasang:* altes pers. Längenmaß, etwa 4 Meilen

442, 5: *Avee:* wahrscheinl. ›Arva‹ gemeint

449, 29: *Daniel Lambert (1770-1809):* engl. Fettsack, der bei seinem Tode fast 7 Zentner wog.

453, 10: *Isaak Walton:* schrieb 1653 ›The Compleat Angler‹.

453, 27: Melville vermengt hier zwei Antoniusse: 1. den Anachoreten (ca. 251 - 350), der in in Ägypten lebte und Koptisch gesprochen hat; 2. St. Antonius von Padua (1195-1231), der den Fischen gepredigt haben soll.

454, 34f: vgl. Bibel, Buch Jona 4

462, 36: *Teufelshai:* Teufelsrochen

464, 8: *Tomoti:* zusammengesetzt aus ›tomo‹ und ›motu‹ und bedeutet: ›etwas einführen‹ oder ›abschneiden‹.

466, 27f: *John Milton (1608-74):* maß in ›De Doctrina Christiana‹ Christus eine geringere Bedeutung zu als Gottvater und dem Heiligen Geist die geringste; *Athanasius (295-373):* Patriarch von Alexandria, wird inzwischen nicht mehr als Urheber der Athanasischen Lehre angesehen; *Ungläubiger Thomas:* vgl. Johannes 20, 24-29.

467, 29: *Manetho:* ca. 300 v. Chr., ägypt. Historiker und Priester, dessen auf Griechisch geschriebenes Werk nur durch Schriften anderer bekannt geworden war.

467, 36: *Domitian:* röm. Kaiser (51-96)

468, 1: *Aurelian:* Marc Aurelius Antonius (121-180), röm. Kaiser mit humanistischer und philosophischer Tendenz

468, 5: betrifft die Charta von Connecticut

468, 6: *Goffe/Whaley:* flüchteten sich, von Charles I. zum Tode verurteilt, nach New England.

468, 8: *Mohawk-Masken:* das Ereignis ist die sog. ›Boston Tea Party‹, Auslöser für die amerikan. Unabhängigkeitsbewegung; Anlaß waren die brit. Teezölle; der Anschlag wurde in Mohawk-Masken begangen und Melvilles Großvater Thomas war mit von der Partie.

468, 11: *Verschleierter Prophet:* Hakim ben Haschim (8. Jahrh.), Gründer einer arab. Sekte, Gegenstand einer Erzählung von Thomas Moore in der Sammlung ›Lalla Rookh‹ (1817); *Junius:* nur unter diesem Namen bekannter Verfasser anti-monarchistischer Artikel, die 1772 in Buchform als ›Letters of Junius‹ erschienen.

469, 14: *James Bruce:* schott. Forscher in Afrika, in dessen 1768-77 veröffentlichten Reiseberichten Dichtung und Wahrheit sich sehr bunt mengen; die Zerschneidung des lebendigen Rinds in Steaks findet sich in Buch V.

469, 19: *Sir John Mandeville:* angeblich engl. Ritter des 14. Jahrhunderts, unter dessen Namen eine Reisebeschreibung kursierte; möglicherweise Pseudonym für Jean de Bourgogne aus Lüttich; das ursprünglich in Altnormannisch verfaßte Werk wurde in mehrere Sprachen übersetzt und wurde zu einem Bestseller des Mittelalters; es ist ein Sammelsurium verschiedenster, auch antiker Reisebeschreibungen und wurde bei weiteren Auflagen mit immer phantastischeren Zutaten gewürzt.

471, 1: *Atahalpa:* hier ist Paracelsus gemeint, der versuchte, in einer Phiole Leben zu erzeugen; der Name selbst ist dem Inka-Kaiser Atahualpa entlehnt.

472 T: *›mauri‹* (polynesisch) bedeutet ›Seele‹, *›ora‹* bedeutet ›leben‹; der Titel bedeutet also: ›Der Geist lebt‹.

473, 1: *Asphodille:* auch Asphodele, Gelbwurz oder Peitschenstab; in der griech, Mythologie ist die Asphodelos-Wiese der Ort, wo die Geister der abgeschiedenen Helden wandeln.

473, 17: *Roi Mori:* eigentl. Roa moe: ›doppelter Schlaf‹

480, 7: *Bootes:* ein Sternbild

500, T: *Maramma:* der Name ist einer oberital. Sumpflandschaft entlehnt.

500, 7: *Pontifex:* Bezeichnung für die Päpste (»Brückenbauer«); ihre Verwendung macht deutlich, daß in den folgenden Kapiteln auf den Katholizismus angespielt wird.

500, 32: *Roo:* auch Ru; polynes. Meeresgott.

502, 5: *Alma:* steht für Jesus.

502, 20: *Morais:* eigentlich polynesisch »marae« oder »me'a«; dies sind umfriedete Begräbnisplätze; im weiteren als Singular konstruiert.

503, 27: *falbes Pferd:* Anspielung auf das »Tier« der Apokalypse.

510, 16: *Banyan:* giftiger tropischer Feigenbaum, der riesige Ausmaße erreichen kann und in Indien die Funktion einer Dorflinde übernimmt.

510, 32: *Upas-Baum:* Lieferant für Pfeilgift.

512, Titel: Melville baut hier spielerisch die Jahreszahl des Entstehens von »*Mardi*« in den Namen des Pontifexen ein.

516, 15: die hier beschriebene Zeremonie ist bei Ellis a.a.O. überliefert

525, 36: *Adyton:* das Allerheilgste eines Tempels

537, 23: *Brami:* von Brahma abgeleitet; *Manko:* von Manco Capac, dem legendären Gründer der Inka-Dynastie.

542, T: *Hevaneva:* von dem Namen des letzten Hohepriesters auf Hawaii abgeleitet, der Hevaheva hieß.

556, 7: *St. Stylites (+ 449):* syrischer Einsiedler, der mehr als 35 Jahre auf einer Säule gelebt haben soll.

560, 8: *Ahasuerus:* hebräische Form des Namens Xerxes

564, 20: *Robert Bruce:* oder Robert I., 1306-21 König von Schottland; schlug die Engländer unter Edward II. 1314 zu Bannockburn.

565, 31: *Orlopdeck:* unterstes Deck

566, 34: *Knut (995- 1035):* König von England, Norwegen und Dänemark.

566, 36: *Edmund Waller (1606- 87):* engl. Poet, für die Lieblichkeit seiner Dichtung berühmt.

567, 2: *Prior (1664 -1721):* engl. Poet und Diplomat.

567, 6: *Apostat:* ist Flavius Claudius Julianus, röm. Kaiser 361-363, der wieder vom Christentum abfiel.

567, 7: *Thomas à Kempis:(1379- 1421),* deutscher Mönch, Verfasser der »Imitatio Christi«.

567, 9: *Zeno:* röm. Ostkaiser, regierte 474-91, unterstützte das Christentum.

567, 12: *Pyrrhos (360-270 v. Chr.):* griech. Philosoph und Skeptiker, seine Lehren sind in den Satiren seines Schülers Timon von Philius überliefert.

567, 13: *Proclus:* von Melville reichlich zitierter Platoniker; *Verulam:* ist der Adelsname des des Philosophen Francis Bacon (1521-1626).

567, 14: *Zaroaster:* Zarathustra (660-583 v. Chr.), persischer Philosoph, der die Verflechtung von Licht- und Schattenkräften thematisierte; ebenso ein Hauptthema Melvilles.

567, 16: *Mungo Park (1771-1806):* Schottischer Entdecker; »Travel in the Interior Districts of Africa«.

567, 18: *Bajazet:* Name zweier Sultane des Osmanischen Reichs.

567, 6: *Baktrische Philosophen:* bezieht sich auf Baktrien, die Heimat von Zaroaster, der dort zusammen mit acht Priestern im Heiligtum der Feueranbeter getötet worden sein soll.

567, 10: *Erostratus:* brannte den Tempel der Diana in Ephesus nieder, womit er sich unsterblich machen wollte.

572, 13: *Huka, Nagileh,Tschibuk:* Wasserpfeifen

572, 15: *»Principe«:* Amerikanismus für eine kleine Zigarette.

572, 29f: *Pigtail:* schweinschwanzartig gerollter Tabak; *Nailrod:* zu kurzen Stäben gepreßter Tabak; *Cavandish:* milder Preßtabak; *Lady's Twist:* ein dicker, grober Rolltabak (daher fehlbenannt); *Cimarosa:* ital. Tabak, nach dem gleichnamigen Komponisten des 19. Jahrh. benannt; *Bird's-eye:* Feinschnitt, aufgrund der nicht entfernten Mittelrippen vogelaugenähnliche Muster aufweisend; *James River:* ein Virgina-Tabak aus dem Gebiet des gleichnamigen Flusses; *Sweet-scented, Honey-dew:* mit Melasse gesüßte Tabake; *Sarfalati:* wahrscheinl. »Scafati«, ein dunkler Feinschnitt aus Frankreich oder Algerien.

574, 27: *Marschall Ney:* (1769-1815): paktierte mit Napoleon, anstatt ihn zu stellen, erlitt mit ihm die Niederlage zu Waterloo; wegen Hochverrats hingerichet.

574, 30: Das »Waterloo«-Bankett wurde jährlich zur Erinnerung an die Schlacht im Apsley-House abgehalten; die franz. Ausgabe von »Mardi« unterschlägt diese Anspielung.

576, 12f: Melville entnahm die Bernsteindebatte dem Buch von Ephraim Chambers: »Cyclopaedia or, An Universal Dictionary of Arts ans Sciences«; *Plinee:* Plinius der Ältere (23-79), röm. Natur-wissenschaftler, der das Thema in seiner »Historia Naturalis« diskutierte; *Borhavo:* ist Herman Boerhaave (1668-1738), holländ. Physiker und Chemiker; *Bozelli:* spielt auf Vater Camelli an, einen jesuitischen Missionar auf den Philippinen (17. Jahrh.); *Cephioris:* der See Kephisis oder Kopais in Griechenland; wird von allen obengenannten Autoren erwähnt.

580, 26: *goldene Eier:* Anspielung auf die griech. Sage von der Goldenen Gans

584, 21: *Oh-Oh:* eine Karikatur des amerikan. Schaustellers P.T. Barnum (1810-91); Melville karikierte ihn auch in »Anecdotes of ›Old Zack‹«.

585, 71: Mit dem Geschöpf, das »die Juden verabscheuen«, ist das Schwein gemeint.

591, 23: *Belzoni (1778-1823):* ital. Archäologe; die Episode findet sich in seinen Aufzeichnungen.

595, 36: *Pharzi:* erfundenes Wort

597, 13: Bezieht sich auf »Seneca of an Happy Life« (De Vita Beata), ein Kapitel aus: Roger L'Estrange: »Senecas Morals by Way of Abstract.« (1678)

599, 8: Melville zitiert im folgenden ausgiebig Seneca nach dem obengenannten Werk von L'Estrange.

603, 3f: *Fondiza/Phe/Tekana/Ephina:* erfundene Wörter

607, 34: *Apicius:* röm. Völler (1. Jahrh. n. Chr.)

614, 25: *Livella:* gemeint ist der röm. Historiker Livius, dessen Geschichtsschreibung 142 Bände umfaßte, von denen noch 35 erhalten sind.

618, 36: *James Logan:* amerikan. Indianer im 19. Jahrh., der sich mit den Weißen angefreundet hatte, aber der durch deren Hand alle Verwandten verlor; er hielt eine beachtenswerte Rede, die Thomas Jefferson in »Notes on the State of Virginia« (1785) aufnahm.

619, 15: *Domesday Book:* Reichsgrundbuch Englands, von Wilhelm dem Eroberer 1086 in Auftrag gegeben.

632, 3: *Ein Stein:* = 6 Kilogramm

632, 28: *neun Berühmtheiten:* Hektor, Alexander, Cäsar, Josua, David, Judas Makkabäus, König Artus, Karl der Große, Gottfried von Bouillion.

640, 7: *Guanovögel:* Sammelname für die Produzenten des Guano genannten Mistes.

640, 17: *Piaggi:* wahrscheinl. Francesco Pioggio Braccilini (1380-1459), italienischer Gelehrter, der viele antike Schriften wiederentdeckte, jedoch nicht in Herkulaneum.

643ff: Babbalanja referiert hier freihändig zunächst die Plutonische, dann die Neptunische Theorie der Erdentstehung; Irrtümer nicht ausgeschlossen.

645, 6: *Zephalopoden etc.:* fossile Fische

646, 18: *Mastodonten:* Riesenelefanten; *Megatherien:* Riesenfaultiere der Vorzeit.

654, 12: *Azaleen:* im Original »rose-balm«, kann auch eine Alpenrose sein, die im Volksmund »balsamische Rose« genannt wird; wegen der Farbe Blau keineswegs eine Rose, wie die franz. Fassung behauptet.

654, 17: *Sardonischer Hahnenfuß:* eigentl. Gifthahnenfuß (ranunculus sceleratus; franz. »herbe sardonique«), dessen Verzehr das gleichnamige Gelächter auslösen soll.

667, 3: *marmorner Gladiator:* ist die später als »Sterbender Gallier« bezeichnete griech. Marmorstatue (200 n. Chr.).

668, 19: *Alphekka:* Stern im Sternbild Corona Borealis.

670, 10: *Genessee-Fall:* 500 Fuß hoher Wasserfall im Staate New York.

670, 20: *Cynthia:* ist die Mondgöttin Artemis und steht im Engl. für »Mond«.

675,30/677,21f: diese Zeilen des Gedichts entstammen einem polynes. Kriegsgesang.

681, 34: *Ahitophel:* Ratgeber König Davids; von Dryden in seinem satirischen Gedicht »Absolom and Achitophel« (1684/85) auf polit. Verhältnisse Englands übertragen.

687, 16: Episode, die von Sir Walter Scott im Roman »Kenilworth« beschrieben wurde.

689, 13: *Pharsalia:* Stadt in Nordgriechenland, wo Cäsar Pompeius 48 v. Chr, schlug; der lat. Dichter Lukan hat das Ereignis in dem Gedicht »Pharsalia« verewigt.

690, 26: in der Beschreibung der Spiele lehnt sich Melville an Ellis a.a.O. an; die Spiele heißen polynes. »Taupiti« oder »Oroa«.

691, 22: *Sabastioni Luciani:* genannt »del Piombo« (1485-1547), Maler der Venetian. Schule; das genannte Gemälde hängt im Prado in Madrid.

712ff: Melville lehnt sich hier an die Beschreibung von Ellis a.a.O. an.

712, 35: *Diodorus Siculus:* (+ nach 21 n. Chr.), sizilian. Historiker, der eine 4o-bändige Weltgeschichte verfaßte.

718ff: *Dominora:* ist England und Bellos Buckel steht für die Staatsverschuldung.

721, 19f: *Porpheero:* steht für Europa; *Hapzabora* (Habsburg); *Latianna* (Italien); *Teutoni* (Deutschland); *Muzkovi* (Rußland).

726, 13: bezieht sich auf die kriegerischen Auseinandersetzungen von 1812.

728, 20: *Zoophyten:* Blumentiere wie Seeanemonen.

729, 15: *Vivenza:* Vereinigte Staaten von Amerika

729, 29: das Einhorn figuriert als schottisches und englisches Wappentier.

740, 16: *Green Queen:* Elisabeth I.

742, 7: *Zembla:* ist Novaja-Semlja im russischen Eismeer; in dieser Episode allegorisiert Melville den Marsch der Chartristen 1848 auf das Parlament in London; die sechs Maskierten stehen für die sechs Punkte der »People's Charter«

743, 31: *Bis Taurus:* erfundener Schiffsname (»Zweifacher Stier«)

744, 9: *Torf-Egill:* Phantasiename

744, 17: *Enrico Dondolo:* Doge, der 12o4 beim Fall von Konstantinopel als 94jähriger die Kreuzfahrerflotte befehligte.

744, 29: *Kumbo-Samba:* eigentl. Kubo-Sama: jap. Kaisertitel bis zum 12. Jahrh.

744, 31: *Dschagannath:* Inkarnation des Gottes Vishnu, dessen Bildnis in Puri in einem Umzug durch die Stadt geführt wurde.

744, 34: *Kannakoko:* fiktiver Name

744, 35: *Pomare I.:* regierte im 18.Jahrh. auf Tahiti.

745, 9: *Alp Arslan (1030-72):* Sultan der Seldschuken; von seinem Pferd weiß die Geschichtsschreibung nichts; *Caligula:* röm. Kaiser 37-41, soll sein Pferd zum Konsul ernannt haben.

745, 21: *Ghibelli:* fiktiver Name

745, 23: *Barbarossa:* Beiname des algerischen Korsaren Khar-ad-

Din (1483-1546); die folgenden Namen sind fiktiv. Die Zeremonie spielt auf das Venezianische »Festa della Sensa« an.

759ff: *Kaleedoni:* Schottland

760, 22: *Pirohitee:* heißt jetzt Orohena

760, 27: *Verdanna:* Irland

764, 24: *Tropus:* Erweiterung eines Textes (oft durch Vergleich); Methode, die Melville bis zum Exzeß betreibt.

765, 13: *Dermoddi:* Dermot Mac Murrough (ca. 1110-71), König von Leinster in Irland, bat Henry II. 1166 um Hilfe.

765, 36: Anspielung auf die große Hungersnot 1846-47, die durch eine Kortoffelfäule ausgelöst wurde.

766, 24: *Konno:* Anspielung auf den liberalen Reformpolitiker Daniel O'Connell (1775-1847).

768, 12: *Conrupta Quiancenis:* Kunstwort aus lat. Elementen, das sich so deuten läßt, daß eine Verringerung der Bevölkerungszahl dem Problem abhelfen könnte.

771, 15f: im folgenden hat Melville die Ereignisse der franz. Revolution von 1848 recht schematisch mit einem Vulkanausbruch parallelisiert; Der »alte Vulkan« meint die Revolution von 1789-99.

776, 14: *Scharlachtangara:* amerikan. Vogel mit roter Kehle

779, 1: *Binsen:* Kerzendochte wurden früher aus Binsen gefertigt; die »Binsenweisheit« mag nicht weit liegen.

781, 26: *Chylus:* fetthaltige Darmlymphe

791, 10: *Kolumbo:* steht für den amerikan. Kontinent

791, 12: *Kaneeda:* Kanada

793, 21: mit dem Tempel ist das Kapitol von Washington gemeint.

794, 1: die Inschrift ist der Verfassung von Massachusetts entnommen.

794, 13: *Hamo:* von bibl. Ham abgeleitet; es sind die Neger gemeint.

795ff: bei der Beschreibung des Tempels von Vivenza fühlt man sich an Kafkas »Naturtheater von Oklahoma« in »Amerika« erinnert.

797, 36: *Saturnia:* ist Daniel Webster; *Gall/Spurzheim:* deutsche Phrenologen des 19. Jahrh.; Melville macht sich hier über die beginnende Schädelmesserei lustig, die später solch fatale Formen annehmen sollte.

799, 3: bezieht sich auf den Aberglauben, der Donner ließe die Milch sauer werden.

800, 20: *Alanno:* ist eine Karikatur von William Allen (1803-79), US-Senator aus Ohio (»Hio-Hio«)

805, 21: *Enak:* Vorfahre eines alttestamentarischen Geschlechts von Riesen.

807T: Richard Nelville, Earl of Warwick (1428-71), engl. Adliger, der »Königsmacher« genannt; Melville karikiert hier die Auswüchse der Demokratie.

813, 6: *Tarquinio:* meint Lucius Tarquinius Superbus, der 534 v. Chr. König von Rom geworden sein soll; im weiteren eine fragwürdige Parallelisierung von röm. und amerikan. Geschichte.

814, 23: gemeint sind Athen und Sparta.

815, 36: *Karolus:* Charles I.

815, 3: *Apoligia:* Miltons »Defense of the English People Against Salmasius« (1651);

815, 4: *Areopagitica:* Schrift von Milton (1644), die für die Freiheit unzensierten Buchdruckes eintrat.

818, 25: bezieht sich auf den Feldzug der Staaten gegen Mexiko (1846).

825, 23: *Nulli:* meint John Caldwell Calhoun (1782- 1850), amerikan. Politiker, der für die sogenannte »nullification« eintrat, d.h. der Infragestellung der Gültigkeit von Bundesgesetzen für einzelne Staaten (z. B. die Abschaffung der Sklaverei betreffend).

833, 4: *Manteltiere:* auch Chordatiere; wahrscheinl. ist hier eine »Feuerwalze« gemeint.

837, 25: hier sind die Westindischen Inseln der Karibik gemeint.

844T: Kap Hoorn

845, 13: *Windermere:* größter See Englands; *Horicon:* indian. Name für Lake George im Staate New York; kommt bei Coopers »The Last of the Mohicans« vor.

848, 9f: *Goldene Regel:* Sittenregel: gegen den anderen so zu handeln wie man selbst behandelt werden möchte; *Goldene Zahl:* zeigt das Jahr des Mondzyklus an.

855, 16: *Orienda:* Asien

858, 4: hier ist Napoleon gemeint, der zunächst auf St. Helena begraben wurde, dann aber in den Invalidendom zu Paris überführt wurde.

858, 11: mit dem Phantom ist der Neffe Napoleons gemeint, Louis Napoleon Bonaparte, der seit 1830 als Nachfolger von N. im Gespräch war und Frankreich 1852-70 regierte.

859, 8: *Hamora:* Afrika

860, 13: hier ist Gibraltar gemeint

863, 24: *Palos:* Hafenstadt, von der aus Kolumbus aufbrach.

863, 26: *Balboa (1475-1519):* span. Eroberer

870, 5f: *Hyparxen etc.:* logische und erkenntnistheoretische Kathegorien, die Melville dem Buch von Taylor a.a.O. entnimmt.

870, 20: *Quincunx:* eine Zusammenstellung von fünf Dingen, wobei eines den Mittelpunkt einnimmt; *Hekatische Sphaerula:* ein goldene Sphäre, in deren Mitte ein Saphir war; von den Chaldäern zu Wahrsagezwecken benutzt.

872, 14f: *Strophalunar:* Kunstwort aus griech. »stropho« (kreiseln) und lat. »luna« (Mond); *Jyngen:* Phantasiewort (ebenso die Tselmen und Quaddamodotative).

873, 4: *Ogdoaden:* in der Gnostik Gruppe von acht Wesen.

873, 29: *Dizibilien:* im Original »dicibles«; vielleicht Verkürzung von franz. »indicible« (unsäglich).

873, 36: *Imprekative etc.:* Kunstwörter, die An- oder Ausrufeformen meinen.

882, 8: *Mitternachts-Zitterpilz:* in der Gattung Tremella ist kein Pilz zu finden, der auf diese Beschreibung paßt; wahrscheinlich Phantasieprodukt.

889, 13: *Saul,* König von Israel, wurde mit seinem Sohn Jonathan von den Philistern getötet (vgl. 2.Buch Samuel 1,23). Das Freundespaar, das Melville eigentl. im Sinn hatte, war Jonathan und David.

889, 19: *Francis Beaumont* (1584-1616), *John Fletcher* (1579-1625): engl. Dramatiker, die viele Stücke gemeinsam schrieben.

892, 36: *Zermalmende:* im Original deutsch

910, 19: zwei Lachter sind ca. 4 Meter.

943, 36: *Powhattan:* Indianerhäuptling, Vater der berühmten Pocahontas.

944, 4: *Nabob Crassus:* Mitglied d. Triumvirats in Rom (+ 53 v. Chr.)

944, 4: *Heliogabal,* röm. Kaiser von 218-222, Ekstatiker, vgl. den Text von Antonin Artaud: »Heliogabalus oder: Der Anarchist auf dem Thron.«

944, 15: *Bloody Mary:* Mary I., 1533-55 Königin von England; *Marie de Medici* (1516-58), Königin Frankreichs und 2. Frau von Heinrich IV.

944, 16: 30 Tyrannen wurden gegen Ende des pelopon. Krieges von Sparta über Athen eingesetzt; Rat der 10: 1310 in Venedig eingesetzt.

944, 21: hier ist Alexander der Große gemeint.

946, 29: »the cloth« steht im Englischen auf für die Geistlichkeit schlechthin.

952, 24: *Negus:* ein Punsch aus Wein, heißem Wasser, Zucker, Muskat und Zitronensaft.

953, 13: dahinter steht ein Sprachspiel mit »merry as a cricket/ merry as a lark«, beides im Sinne von »kreuzfidel«.

966, 20: *Ops:* röm. Göttin der Fruchtbarkeit und Fülle, die auf Cybele zurückgeht. Ein schwarzer Meteorstein, an den sich eine Prophezeiung knüpfte, war im Zentrum ihres Tempels in Rom.

974, 15: Hier werden zwei wesentliche Punkte der Melville'schen Heretik enthüllt: 1. Das Jenseits ist keine Entschädigung oder kein Ruhepolster; 2. Der Zweifel an der Vollkommenheit Gottes (aufgrund der Crux des Bösen).

992, 35: *Berenikes Haupthaar:* ein Sternbild.

999, 19: *Shekinah:* Lichtschein über der Bundeslade des Israeliten, der die Anwesenheit Gottes anzeigt.

1006, 19: *Königin der Nacht:* auch Cereus genannter Kaktus.

1012, 31: Die Blumen bedeuten in der Reihenfolge ihres Erscheinens: Akelei (Verrücktheit), Veilchen (Treue), Maßliebchen (Unschuld), Orangenblüten (Keuschheit), Clematis (List), Amaryllis (Stolz), Verbena (Bezauberung), Liguster (Tröstung durch Schlaf), Geißblatt (Liebesfessel), Nelken (»denke an mich«), Stiefmütterchen (Verbot), Glockenblumen (Beständigkeit), Heidekraut (Einsamkeit), Lilien (Reinheit, Dahlie (herzlose Schönheit), Nachtschatten (Wahrheit), Linde (eheliche Liebe), Anemonen (»ich trotze deinem finsteren Blick«), Wacholder (Schutz), Fenchel (Stärke).

VON MELVILLE HÄUFIG BENUTZTE LITERATUR:

F. D. Bennett: *»Narrative of an Whaling Voyage round the Globe«*, London 1840

William Ellis: *»Polynesian Researches«*, London 1829

Taylor: *»The Six Books of Proclus The Platonic Successor on The Theology of Plato, Translated by Thomas Taylor,«* London 1816

EDITORISCHE NOTIZ

Die Erstausgabe von MARDI erschien am 16.3. 1849 in einer dreibändigen Ausgabe bei Richard Bentley, London; die amerikanische Ausgabe (zweibändig) erschien am 14.4.1849 bei Harper and Brothers, New York.

In späteren Ausgaben wurden die Bände vereinigt (bei fortlaufender Kapitelzählung).

Die vorliegende Übersetzung stützt sich auf die zweibändige »Standard Edition« von Constable and Co.. London 1922;

Berücksichtigt wurde die von Nathalia Wright vorzüglich kommentierte Ausgabe von Hendricks House, Putney 1990; außerdem die Ausgabe der Northwestern-Newberry Edition, Evanston 1970, der die beiden Faksimiles entnommen wurden.

Parallel gelesen wurde die franz. Übertragung von Charles Cestre, Flammarion 1990, die aber über weite Strecken paraphrasiert und schwierige Stellen einfach unterschlägt.

Das Manuskript von MARDI ist nicht mehr erhalten, es existieren nur zwei Blätter aus den Entwürfen, die im folgenden abgedruckt sind.

RAINER G. SCHMIDT

ATOLL-TOLLHEITEN

Notizen zu »Mardi«

ATOLL-TOLLHEITEN

»Je courus! Et les Péninsules démarrés
N'ont pas subi tohu-bohus plus triomphants.«
Arthur Rimbaud. LE BATEAU IVRE.

Vermessen eigentlich, diesem Monstrum von Buch noch etwas hinzufügen zu wollen. Bei ›Mardi‹ handelt es sich wohl um Melvilles inkohärentestes Werk, enstanden an einer Klippe, an einem literarischen und menschlichen Wendepunkt. Melville markiert den Umschwung in seinem Vorwort. Nach den relativ erfolgreichen realistischen Reiseschilderungen ›Typee‹ (1846) und ›Omoo‹ (1847) wagt der Autor den Sprung ins Fiktionale. Er stürzt sich in eine Schreibreise und verfaßt ›Mardi‹ zwischen Frühsommer 1847 und Herbst 1848. Diese exzessive Art des Schreibens wird in dem Buch selbst thematisiert und dem Dichter Lombardo, dem *alter ego* Melvilles, in den Mund gelegt. »Als sich Lombardo ans Werk machte, wußte er nicht, was es werden würde. Er mauerte sich nicht in Pläne ein, er schrieb darauf los; und dadurch drang er immer tiefer in sein Inneres.« (Mardi, Band II, Kap. LXXVI). Schreiben wird hier als ein »Schlafwandeln des Geistes« bezeichnet. Die Frage Fiktion oder Nicht-Fiktion wird sekundär angesichts dieser von Melville geübten Praxis des delirierenden Schreibens, die dort, wo sie gelingt, die eigentliche Stärke von ›Mardi‹ ausmacht und Vorschein moderner Schreibweisen ist.

Zunächst aber zur inhaltlichen Ebene.

›Mardi‹ beginnt ganz im Stil der vorangegangenen realistischen Abenteuererzählungen, wobei aber das autobiographische Element nur noch andeutungsweise erscheint (im Ausstieg aus einem unliebsamen Schiff, den Melville 1842 auf den Marquesas mit seinem Gefährten Richard Greene vollzog). Die Geschichte der ›Aussteiger‹ verknüpft sich im folgenden mit der ›Räuberpistole‹ der Versprengten Samoa und Annatoo. Der (noch) namenlose Held der Erzählung gewinnt auf der weiteren Fahrt unter dramatischen Umständen (der Tötung eines Priesters) eine Geliebte, Yillah. Es entspinnt sich eine kurze Idylle von Rosseau'scher Trautheit, die abrupt durch Yillahs rätselhaftes Verschwinden beendet wird. Dieser Verlust setzt nun eine Irrfahrt in Gang, bei deren Verlauf, wie bei den meisten solcher ›Questen‹, die gesuchte Person in den Hintergrund tritt und eher als Vorwand erscheint für eine Kette endloser Abenteuer und Fährnisse. Verlust, der auch Signal ist für das Ingangsetzen einer schier unerschöpflichen Fiktionsmaschine. Äußeres Anzeichen dafür ist die Ablösung geographisch indentifizierbarer Namen durch erfundene. Insel um Insel wird angefahren auf der Suche nach der verschollenen Geliebten; und die dort angetroffenen Verhältnisse überbieten sich an Bizzarerie: auf jeder Insel wird eine menschliche Eigenart bis zum Exzeß getrieben. Melville evoziert in diesen Inselbegegnungen den Duft des Mysteriösen, der immer durch die Annäherung an fremde Welten ausgelöst wird, gleich ob es sich um ›erfahrene‹ oder um erfundene Welten handelt. Und die

Melville'schen sind von Wirklichkeiten gespeist: von eigenem Erleben und von Aufzeichnungen anderer. Davon später.

Mit dem Beginn der Irrfahrt erhält der bis dahin namenlose Ich-Erzähler des Romans einen Namen: Taji. Melville läßt die beiden Gefährten des Helden auf der Reise nach Mardi, Jarl und Samoa, meuchlings verschwinden (wie auch zuvor mit der unliebsamen Dame Annatoo kurzer Prozeß gemacht wurde). Bei der Rundreise durch den fiktiven Archipel Mardi stehen dem Helden nun vier neue Reisegefährten zur Seite. Man kann sie als verschiedene Stimmen des Autors Melville betrachten, der mit ihnen unterschiedliche, ihn interessierende Themen diskutiert. Als Menschen von Fleisch und Blut erscheinen sie jedenfalls nicht, eher als Karikaturen, denen die inneren Querelen der Melville'schen Seele in den Mund gelegt werden: Sprachrohre eben.

Da ist zunächst König Media, ein moderater Monarch, der sich zuletzt in einen aufgeklärten wandeln soll. Melville nimmt ihn zum Anlaß, ausgiebig das Verhältnis Monarchie/Demokratie zu diskutieren. Der Autor steht entschieden auf der Seite der Demokratie, doch schildert er auch drastisch deren Auswüchse in der Karikatur des Redners Alanno und in der Gestalt des Individuums Znobbi. Gleichzeitig ist Melville aber Bewunderer einer aristokratischen Haltung. Und seine Monarchen sind als Trinkkumpane und singuläre Erscheinungen durchaus der Verehrung wert. Es scheint, daß ihm eine Art demokratischer Monarchismus vorschwebt.

Dann Mohi, der Chronist, ein zottelbärtiger und verstaubter Gesell, der die Geschichte der jeweils angelaufenen Insel kommentiert. Er verkörpert ein etwas marodes Geschichtsbewußtsein.

Dann Babbalanja, ein Philosoph und Schwelger in Sophismen, Platonismen und metaphysischen Ergüssen. Er rezitiert Melvilles Seneca- und Proclus-Lektüren und bringt des Autors theologische Zweifel zum Ausdruck. Allerdings formuliert er auch eine Theorie des »Ich-ist-ein-Anderer«, die Rimbaud erst fünfundzwanzig Jahre danach in seinen berühmten »Seher«-Briefen niederlegen sollte. In Kapitel CXLIII heißt es: »Soviel ich weiß, könnte ich auch jemand anderes sein. Jedenfalls betrachte ich mich selbst so, als wäre ich ein Fremder.« (...) »Denn in der Zeit eines Lebens führen wir hundert Leben.«

Babbalanja entwickelt auch ein differenziertes Modell von Besessenheiten, erstellt ein Gebäude der Dämonologie, das aber im weiteren über ihm einzustürzen droht. (Wie vielleicht auch der Autor seines Romangefüges nicht mehr Herr wird.)

Dann wäre da noch Yoomy, der Sänger, eine Art Troubadix, dessen Sangeskunst zwar herausfordert, dann aber doch meist bespöttelt wird. Diese lyrischen Einstreuungen haben doch fast immer den Charakter von Karikaturen und haben nichts gemeinsam mit Melvilles späten Dichtwerken.

Die Gespräche und Darbietungen dieser Crew entspinnen sich zwischen den jeweiligen

Inselbesuchen; und da sie reichlich mit Humor gewürzt sind, werden sie selten zu einer abgestandenen Sache. Selbst gewichtige Themen wie die Entstehung der Welt, die als kulinarisches Ereignis serviert wird, erhalten somit eine vergnügliche Leichtigkeit, die ansonsten im Werk von Melville kaum zu finden ist (schon gar nicht in ›Moby Dick‹).

Nachdem sich Mardi weit in die Gefilde fiktiver Atolle und Spekulationen vorgewagt hat, nähert sich das Buch im letzten Drittel wieder konkreten Wirklichkeiten an: in der Form der Allegorisierung verarbeitet Melville die Zeitläufte, die seinen Schreibprozeß begleiteten – die revolutionären Ereignisse in Frankreich und die amerikanische Unabhängigkeitsbewegung. Melville hat einige, auf aktuelle Ereignisse anspielende Passagen sogar erst nachträglich eingefügt; daher fallen diese auch stilistisch und gedanklich aus dem übrigen heraus. Und wie fast jede Allegorie einen faden Beigeschmack hat, so erweisen sich diese Wieder-Annäherungen an die Wirklichkeit eher als Verluste an Imaginärem. Insbesondere da, wo Melville seinem geliebten Vaterland Vivenza gegenüber positiv befangen ist und nicht das ganze Arsenal seines Spottes abfeuern kann. Höchst gelungen jedoch die Karikatur des englischen Dominions (König Bello) und einige Passagen im Tempel von Vivenza. Gänzlich mißraten und oberflächlich die Parallelisierung der französischen Revolution von 1848 mit dem Naturereignis eines Vulkanausbruchs und die Verbindung von alt-römischer und neu-amerikanischer Geschichte (in der symbolischen Verquickung der Wappenvögel Adler-Falke, die in späteren Zeiten durchaus diktatorische Dimension erlangen sollte.) Man könnte hier von Geschichtsverkennung sprechen, die mit einem Verlust des Imaginären einhergeht.

An diesem Punkt droht auch die Konstruktion des Buches aus den Fugen zu geraten. Die Gespräche ufern ins Endlose aus, die Zechgelage wiederholen sich und enden in Gestammel. In Kapitel CLXIX beginnt Melville den abenteuersüchtigen Leser schonend darauf vorzubereiten, daß möglicherweise der »goldene Hafen« nicht erreicht wird, sprich: daß ein klassisches Romanende nicht zu erwarten ist und daß sich der Knoten der Handlung nicht in der hergebrachten Weise schürzen wird. Ein vollständiges Scheitern wird nicht ausgeschlossen. »Hört, o Leser! Ich bin ohne Karte gereist!« Die Suche nach der verschollenen Yillah erweist sich als Leerlauf, und stereotyp werden wir bei jedem Inselbesuch mit einer Nicht-Erfolgsmeldung abgespeist.

Im folgenden wird im längsten Kapitel des Buches (CLXXX) die Gestalt des Dichters Lombardo vorgestellt, die Melville als Sprachrohr für seine poetischen Ambitionen dient und auch Entschuldigungen für das mögliche Scheitern von ›Mardi‹ liefert. (Dazu zählen auch materielle Schwierigkeiten, mit denen Melville im zunehmenden Maß zu kämpfen hatte). Auch die Ermüdung des Autors kommt zur Sprache: »Es reicht. (...) diese Plackerei muß ein Ende haben. Die von mir gewirkten Wesen flehen mich an.«

Im weiteren führt Melville die vier »fellows« einer christlich inspirierten Läuterung zu. Insbesondere Babbalanja, der verschiedene Stadien der Besessenheit durchlaufen hatte, wobei er auch einen hochkultivierten Teufel vorwies, erlebt eine Engelsvision von dantesk-blake'scher Größe, die zu seiner seelischen Gesundung führt. Auch Yoomy und Mohi werden in den heiter-beschaulichen Heilshafen Serenia eingewiesen. Und Media ist von der christlichen Botschaft so beeindruckt, daß er Thronverzicht leisten wird. Melville zeigt sich hier von der christlichen Ethik durchaus fasziniert, doch heißt es später, Serenia sei auch nichts anderes als das verhaßte, für katholischen Pomp stehende Maramma.

Doch kann sich Taji dieser Gottesfreude nicht beugen. Ihm steht noch ein dramatischer Schluß bevor. In einem der besten Kapitel des Romans (Kap. CXCII, Seite 1011) wird diese Zuspitzung der Ereignisse eingeläutet. Denn die Suche nach der »reinen« Yillah wurde im Laufe der Fahrt immer wieder durchkreuzt von blumenschwenkenden Heroldinnen einer geheimnisvoll-lockenden Königin Hautia. In diesem Kapitel durchlebt Taji widerstreitende Gefühle, und es wird deutlich, daß beide Frauengestalten miteinander verbunden sein müssen: die verlorene Yillah wird von Impulsen überlagert, die von der verführerischen Hautia ausgehen. Die helle und die dunkle Seite des Weiblichen scheinen sich zu durchdringen. Bald stoßen sich diese beiden Seiten gegenseitig ab, bald addieren sie sich. Diese Verwirrung setzt sich am Hofe von Hautia fort. Unter dem Vorwand dorthin gelockt, Yillah anzutreffen, gerät der Held in die Fänge der Zauberin. Als Hautia Yillahs Tod enthüllt (es bleibt offen, ob diese sich, in einer Art Somnambulismus, selbst ertränkt hat oder, was wahrscheinlicher ist, gewaltsam in diesen Tod gedrängt wurde), sieht Taji auf dem schillernden Kleid der Betörerin plötzlich die Gestalt der Verlorenen eingeblendet. Auch in den Augen der Mägde der Hautia überlagern sich dunkle und helle Seiten des Weiblichen.

Darauf stürzt Taji, in einer Art selbstmörderischem Vereinigungswillen, dem verlorenen Ideal hinterher, das er in dem Maelstrom zu erblicken wähnt, in dem Yillah umgekommen sein soll. Dieser »Descent into the Maelstrom« treibt den Helden schließlich durch einen dunklen Kanal (!) dem Meere zu, weiter seinem Phantom hinterher. Filmriß. Taji wird von seinen Gefährten in einem Zustand auf dem Strand wiedergefunden, den er mit eigenen Worten so beschreibt: »Taji lives no more. So dead, he has no ghost. I'm his spirit's phantom's phantom.« Damit wird die Möglichkeit offen gelassen, daß der Held nicht überlebt hat und nun als Geist spricht. Womit das gesamte Buch ›Mardi‹ als die Aufzeichnungen eines Phantoms zu betrachten wären. Während bei ›Moby Dick‹ Ismael als Überlebender der Taten eines Besessenen Kunde von den Ereignissen geben konnte, spricht hier, im Helden dieses Buches, ein Besessener offenbar von sich als seinem eigenen Phantom.

Doch ob Geist oder nicht – die Jagd setzt sich bis in alle Ewigkeit fort (»round eternity«) – und mit ihr das Gejagtwerden. »And Thus, pursuers and persued flew on, over an endless sea.«

Eine bemerkenswerte Inkohärenz noch in der Chronologie des Schlusses. Während sich die Ereignisse im Umkreis von Taji und Hautia dramatisch beschleunigen und sich auf einen relativ knappen Zeitraum zusammendrängen, müssen sich dem gegenüber die Geschehnisse, von denen Mohi dem Phantom Taji berichtet und die simultan abgelaufen sein sollen, über wesentlich längere Zeiträume, von Tagen oder gar Wochen, verteilt haben.

Doch beruht die Faszination, die Melvilles ›Mardi‹ ausübt, nicht auf dem konventionellen Vorweis einer schlüssigen Geschichte sondern darauf, daß ein sprachlicher Maelstrom evoziert wird. Ein Wörtermeer, auf dem das Narrenschiff der fünf Gefährten treibt. Im zweiten Teil des Buches verwandelt sich ›Mardi‹ von einem fiktiven Atoll immer mehr zu einer Metapher für die ganze Welt und deren Narretei. In diesem Schreibdelir, in das sich Melville phasenweise stürzt wie Taji in seinen Maelstrom, steht alles mit allem in Beziehung: Namen, Zahlen, Geschichten durchdringen sich gegenseitig und erzeugen sich neu, so am gelungensten im Kapitel »Träume« (Kap. CXIX.), das die »Methode Mardi« in Reinkultur vorführt. Dieses delirierende Schreiben tendiert auch zur Aufhebung der Zeit: Ereignisse, die Jahrhunderte auseinander liegen, werden nun in einem Atemzug genannt und erscheinen in einem neuen, poetischen Zusammenhang. Daher rührt auch die chronologische Inkohärenz des Schlusses. Das

Modell »Gejagter Jäger« wird am Schluß auf eine zeitlose Ebene transponiert. Darin wird deutlich, daß Melville weniger einem christlichen als einem »keltischen« Jenseitsmodell huldigt. Danach ist die nachtodliche Welt nicht als Kompensation für irdisches Leid zu begreifen; und der Tod erscheint nur als eine Kerbe in einem ewigen Zeitkontinuum; das jenseitige Leben ist nur eine Fortsetzung des Lebens unter anderen Vorzeichen. Zeit ist Ewigkeit. Und daher können sich die Ereignisse innerhalb der Zeit beliebig konzentrieren und ausweiten. Von Media heißt es an einer Stelle, er besitze womöglich die Gabe, die Zeit in dieser Weise in sich zu intensivieren.

»Und so ist auch Mardi selbst: nichts als Episoden, Täler und Hügel; Flüsse, die aus den Ebenen weichen; Rankengewächse, die alles überwuchern; erratische Blöcke und Diamanten, Blumen und Disteln; Forste und Dickichte; und ab und zu Marschen und Moore.« – »Ja, es gibt darin Wüstenkapitel in reicher Zahl; Durststrecken und Treibsande, die man durchwaten muß.« Dieses Zitat aus dem »Lombardo-Kapitel« macht deutlich, daß Melville sehr wohl um die »andere« Qualität seines Werkes ›Mardi‹ weiß. Es ist ein Gebäude unzähliger, ineinander verschachtelter Geschichten. Den Lesern, die unbedingt einen durchgängigen Erzählstrang suchen, geht es so wie den neun Blinden in Babbalanjas »Ammenmärchen« (Kap. CXV), die nach dem einzigen Stamm des unendlich verzweigten Banyan-Baumes suchen.

Einige architektonische Beschreibungen in

›Mardi‹ liefern gleichsam Baupläne für das Gefüge des Buches. So heißt es bei der Pagode des Hivohitee, sie erhebe sich »story upon story«, was in dieser Schreibweise sowohl Stockwerk als auch Geschichte heißen kann (Kap. CXVI). Auch die labyrinthische Behausung des Oh-Oh samt ihres Wirrwarrs von Kuriosa gibt ein Bild dafür ab, welchen Plundersack Melville hier mit ›Mardi‹ vor unseren Augen öffnet. Die Paläste des Donjalolo demonstrieren, wie aus Inkohärenz Kohärenz wird: im Tal von Willamilla vermeint man, wie auf den Bildern des Zeichners Escher, das Wasser bergan fließen zu sehen.

Was die hohe literarische Qualität von ›Mardi‹ ausmacht, ist auch, daß mit dem Sprung in die Fiktion das Element der Wirklichkeit nicht abgeschnitten wurde und sich die Imagination nicht in einen luftleeren Raum verlagert, sondern daß sich beide Strömungen in höchst kunstvoller Weise durchdringen und gegenseitig bestärken. So verweist fast jeder Name auf eine andere Wirklichkeit, hat eine »reale« Beimengung. Wörter, ja, ganze Gedichtzeilen, werden aus der polynesischen Sprache entwendet, teilweise entstellt, in ihrer Bedeutung umgewandelt. »Taji« hat sogar eine arabische Konnotation und bedeutet »Meine Krone«: ein Verweis auf das innere Königtum, dem die weltlichen Monarchen gegenüber gestellt werden. »Mardi« verweist ebenso auf ein Volk der Antike wie auf das französische Wort für »Dienstag«. Dichtung und Wahrheit vermischen sich fortwährend. Melville erwähnt nicht von ungefähr Baron Münchhausen, den Schotten Bruce (den »Aufschneider« des abessinischen Rindes) und John Mandeville, die schillerndste Figur der Reiseliteratur (so schillernd, daß selbst ihre Existenz ungewiß ist.) Klingt Mandeville nicht fast wie Melville? Diese Formel hat etwas für sich. Das Mandeville'sche Buch, vermutlich nur ein Sammelsurium von Lesefrüchten, ebnete immerhin den Indiensuchern den Weg, indem es als erstes behauptete, man gelange dadurch, daß man immer geradeaus segle, an seinen Ausgangspunkt zurück. Der von Melville erwähnte Ponce de Leon suchte seinen Jungborn nach Beschreibungen von Mandeville. Zwar baut Melville, anders als Sir John, auf eigenen Erfahrungen auf, doch erweist sich ›Mardi‹ auch als eine Reise durch Lektüren, angefangen mit der Bibel. Über diverse Reiseberichte aus der Südsee bis hin zu philosophischen Schriften (neben Platonikern und Stoikern auch Burtons ›Anatomy of Melancholy‹, dessen deprimierende Grundeinsichten in ›Mardi‹ oftmals durchschlagen).

Aus dieser Durchdringung von Erfahrenem und Erlesenem, von Wahrheit und Dichtung erwächst ein kostbares und erheiternd-trauriges Gewebe: der bunte Teppich der Welt wird vor uns ausgebreitet.

Zugleich ist ›Mardi‹ aber auch ein wahres Monstrum, eine Sprachchimäre, ein Blendwerk wie das Kleid von Hautia, aus vielschillernden Facetten bestehend. In dieser berauschenden Verschmelzung unterschiedlichster Bedeutungen, in unmöglichen Metaphern (die einzige Weise, in der Metaphern noch möglich scheinen), deutet sich so etwas wie eine »moderne«

Schreibweise an, die später von Autoren des Rausches wie Burroughs bis zum Exzeß getrieben werden sollte. Vielleicht kein Zufall, daß es im Kapitel »Träume« eine Stelle gibt, die zwei Jahrzehnte später in Rimbauds Gedicht »Le Bateau Ivre« weiterklingt. Vielleicht auch kein Zufall, daß sich in einem Buch eines anderen H.M. (Henri Michaux: »Im Lande der Zauberei« das ich zuvor übersetzt hatte) mindestens fünf Parallelen zu Melvilles ›Mardi‹ finden.

Ein Schreiben jedenfalls, das auf dem Wege der Fiktion den Faden der Fiktion selbst verliert und sich in das pure Meer der Wörter stürzt. Und welche Wörter, welche Schreibweisen, welche Kombinationen und Neubildungen! Eine unglaubliche Wortwut. Ein damaliger Kritiker befand im Hinblick auf Mardi: »Herr Melville ist unerfahren und ungeschickt im Gebrauch der englischen Sprache (...) Er mißbraucht den Wortschatz, kehrt Satzperioden um, schafft unbekannte Adjektive, erfindet widersinnige Ellipsen und fügt Wörter, entgegen aller Regeln der alten anglo-amerikanischen Analogie, zusammen.« Was zu der Zeit des Erscheinens von ›Mardi‹ als Schrecknis gewirkt haben mag, macht vielleicht heute dieses Werk gerade wieder lesenswert.

›Mardi‹ ist nicht zuletzt ein humoristisches Buch: es platzt vor witzigen Einfällen, vor Verschrobenheiten und Situationskomik. Manchmal nimmt der Humor (wie bei den Humoresken von Poe) makabere Züge an. Selbst Tajis Verzweiflungstat hat etwas von einer Farce. ›Mardi‹ ist die Farce Welt. Das Bild des Gejagten Jäger hat mit einem Mal etwas Statisches. Alles Kreisen und Irrfahren schmilzt in einem Punkt zusammen, der in eine Unendlichkeit hinausdriftet. Zugleich hat diese ›Mardi‹ genannte Farce auch einen tragischen Zug: die Unvollkommenheit der Welt, die sich in der Unvollkommenheit des Werks widerspiegelt und die auf die Unvollkommenheit Gottes hinweist. Über diesen Punkt kommt Melville nicht hinweg. Gott kann wegen der unabweislichen Existenz des Bösen in der Welt nicht vollkommen sein. »Das Böse ist die chronische Krankheit des Universums; wird ihm an einer Stelle Einhalt geboten, bricht es an einer anderen aus.« (Seite 820) Und dieser Stachel in der Vollkommenheit setzt die endlose Jagd in Gang und bewirkt ihren lähmenden Stillstand zugleich.

Melville erkennt und anerkennt das Verwobensein von Gut und Böse, Hell und Dunkel: dies wird bis in die Naturbeschreibungen deutlich, im Zusammentreffen von Licht und Schatten, und nicht zuletzt in seinem gespaltenen Frauenbild: die helle Idealgestalt Yillah und die dunkle Verführerin Hautia, deren Gestalten regelrecht übereinander geblendet werden. ›Mardi‹ ist letztlich eine endlose Kette sich aufspaltender und wieder vereinigender Partikel: von Inseln, Liedern, Gottheiten, Wesen, Wörtern. Abgespaltene Partikel des Ich, die sich in verschwenderischer Fülle vermehren, gegenseitig potenzieren und wieder verzehren. Kein Zufall, daß das Wort »and« (in dem schon »end« mitklingt), das häufigste Wort in ›Mardi‹ ist; während die einschränkenden »but/yet« den zweiten Platz einnehmen. Raffung der Zeit, des Sinns in einem einzigen, aber vielfach aufgespaltenen poetischen Strom, in einem einzigen Gedicht, das einzig rhythmischen Gesetzen unterliegt und nicht denen der gewöhnlichen englischen Syntax. ›Mardi‹ als ein humorvoll-trauriger Strom in der Zeit, aus der Zeit hinaus. »Ich war im Begriffe zu sagen, daß es keinen Ort gibt außer dem All, keine Grenze außer dem Grenzenlosen, keinen Grund außer dem Grundlosen.« (Seite 711). ›Mardi‹ kann auch als eine Art Spielfeld betrachtet werden, auf dem Melville verschiedene Stimmen artikuliert und erprobt hat, die im späteren ›Moby Dick‹ eine bündige literarische Gestalt gewinnen sollten. So heißt es im ›Lombardo-Kapitel‹: »O hätte Mardi Einblick in unsere Arbeitsweise, wäre es über unser Urchaos verwunderter als über die runde Welt, die daraus hervorgeht.« Ist dieser unvollkommen scheinende Sprachleib ›Mardi‹, der sich im betörenden Kleid der Hautia materialisiert, nicht sogar ein anderer ›Moby Dick‹, nicht nur dessen Vorstufe, sondern über ihn hinausweisendes Sprachwesen, in das der gesamte Kosmos, mitsamt den Sternen und Außerirdischen, eingespiegelt ist, das man betrachten kann wie die unendlich sich austauschenden Bildelemente eines Kaleidoskops?

›Mardi‹ steht aber auch ganz in der Tradition der klassischen »Irrfahrten«. Die Überschriften geben gewissermaßen eine externe Perspektive: sie sind in der dritten Person gehalten und stehen im Präsenz. Was bedeutet, daß die Zeit des Ereignisses immer »jetzt« ist, das heißt: Ewigkeit. Perspektivwechsel von »ich« zu »er« im

Tempuswechsel, sogar mitten im Satz, durchziehen das ganze Buch und verleihen ihm dadurch den Charakter einer unmittelbaren Inschrift. Inschrift ist es ja auch, Inschrift des Reisenden Melville auf dem Meer der Sprache und des aufgewühlten Weltsinns- und -unsinns.

Literarisch (und finanziell) gesehen sollte ›Mardi‹ eine Kette von Mißerfolgen für Melville einläuten, die über ›Moby Dick‹, ›Pierre‹, ›The Confidence Man‹ führte. Verbittert und mißachtet starb Melville 1891, ein paar Wochen vor Arthur Rimbaud, dem er, hätte er ihn gekannt, bestimmt seinen Respekt gezollt hätte. Erst in den zwanziger Jahren wurde ›Moby Dick‹ wiederentdeckt und mit ihm der »andere« Melville. ›Mardi‹ brauchte einhundertfünfzig Jahre seit seiner Niederschrift, um in deutscher Sprache zu erscheinen. Gedankt sei dafür einem risikofreudigen Kleinverlag, der die Veröffentlichung eines Werkes ermöglicht, das viele Entdeckungen bietet und das der belgische surrealistische Autor Franz Hellens (Vorbild von Henri Michaux), als das beste Buch von Melville bezeichnet hat (wohl wegen der surrealen Elemente darin). Der Dank diesem Verlag gegenüber ist umso höher zu bewerten, bedenkt man die schulterzuckende Gleichgültigkeit, auf die ich bei vielen großen und betuchten Verlagen gestoßen bin.

Dank auch nicht zuletzt der Stiftung Kulturfonds, Berlin, die die Übersetzung des ersten Bandes finanziell unterstützt hat.

September 1997

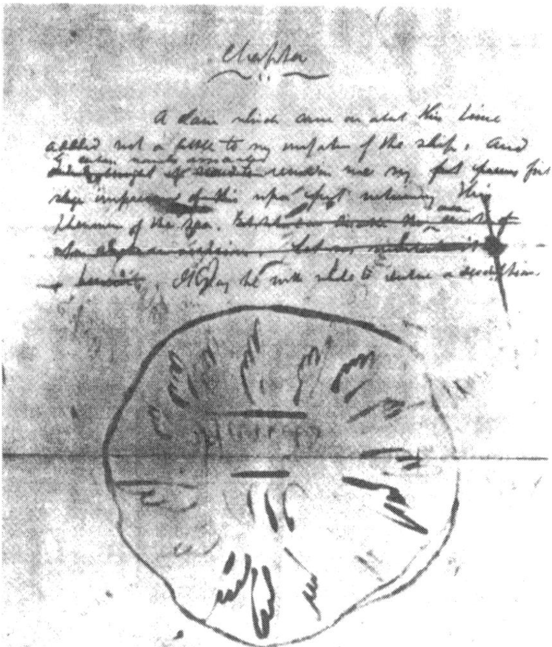

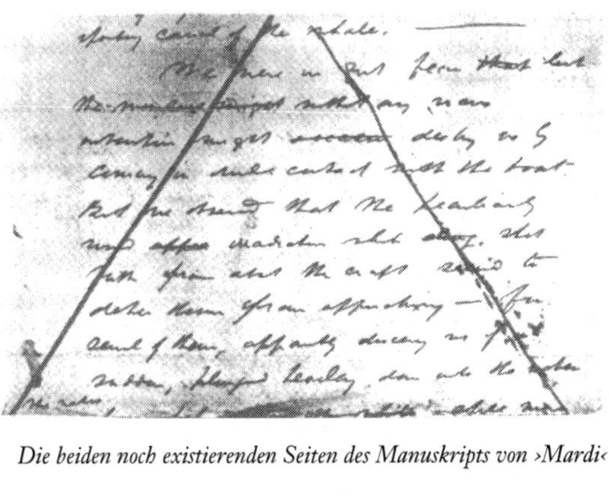

Die beiden noch existierenden Seiten des Manuskripts von ›Mardi‹

INHALT

	Vorwort des Autors	7
I.	Fuß im Steigbügel	9
II.	Eine Windstille	20
III.	Ein König als Kamerad	23
IV.	Ein Schwatz in den Wolken	32
V.	Ruderbänke klar und Sack gepackt	36
VI.	Acht Glasen	40
VII.	Eine Pause	44
VIII.	Sie stoßen ab, velis et remis	46
IX.	Und vor ihnen nur die Wasserwüste	51
X.	Um es sich bequem zu machen, richten sie sich Sonnendächer und Liegen	55
XI.	Jarl leidet an der Mundsperre	59
XII.	Mehr über das Leben in einem offenen Boot	62
XIII.	Von den Knorpelfischen und anderen ungeschlachten Horden, welche die südlichen Meere heimsuchen	65
XIV.	Jarls böse Ahnungen	72
XV.	Ein Stich zur rechten Zeit erspart viel Nähen	77
XVI.	Sie verfallen in Windstille	79
XVII.	Hochgestimmt stoßen sie vor nach terra incognita	84
XVIII.	Der edle Herr Hai und seine Pagen	87
XIX.	Wer da?	91
XX.	Geräusche und Vorzeichen	101
XXI.	Mann heda!	106
XXII.	Was der Brigantine bei den Perlmuschel-Inseln zustieß	110
XXIII.	Als sie von der Insel wegsegelten, plünderten sie die Kajüte	120
XXIV.	Einem Kollegium von Ärzten und Chirurgen gewidmet	124
XXV.	Gefahr stiftet Frieden	128
XXVI.	Enthält für einen Groschen Philosophie	132
XXVII.	Womit die vorige Geschichte der Parki beschlossen ist	135
XXVIII.	Verdacht zerstreut; und etwas über den Kalmücken	141
XXIX.	Weitere Funde beim Durchsuchen des Schiffs; und der Entschluß, den sie faßten	149

XXX.	Hinweise für ein Ganzporträt Samoas	158
XXXI.	Streifzüge unten und oben	161
XXXII.	»Xiphius Platypterus«	166
XXXIII.	Otard	171
XXXIV.	Wie sie weiter auf Kurs blieben	174
XXXV.	Ach, Annatoo!	182
XXXVI.	Die Parki gibt den Geist auf	187
XXXVII.	Wieder einmal flüchteten sie sich zu der ›Chamois‹	192
XXXVIII.	Das Meer in Flammen	195
XXXIX.	Sie stoßen auf Fremde	201
XL.	Patriarch und Söhne	209
XLI.	Ein Kampf	212
XLII.	Gewissensbisse	217
XLIII.	Das Zelt wird betreten	220
XLIV.	Fort!	224
XLV.	Erinnerungen	229
XLVI.	Die Chamois auf der Fahrt ins Blaue	232
XLVII.	Yillah, Jarl und Samoa	235
XLVIII.	Etwas unter der Oberfläche	238
XLIX.	Yillah	244
L.	Yillah in Ardair	247
LI.	Der Traum schwindet dahin	254
LII.	Welt in Sicht!	257
LIII.	Die Chamois an Land	262
LIV.	Ein Gentleman von der Sonne	265
LV.	Imbiß in einem Tempel	269
LVI.	König Media, ein Gastgeber	274
LVII.	Taji geht mit sich selbst zu Rate	278
LVIII.	Mardi bei Nacht und Yillah bei Tag	284
LIX.	Ihr Morgenmahl	287
LX.	Belsazer sitzt zu Gericht	290
LXI.	Ein unbekanntes Wesen	297
LXII.	Taji zieht sich von der Welt zurück	300
LXIII.	Odo und sein Herrscher	303
LXIV.	Yillah, ein Phantom	309
LXV.	Taji macht drei Bekanntschaften	313
LXVI.	Mit günstigem Wind fahren sie bei Sonnenaufgang	317
LXVII.	Kleiner König Peepi	321
LXVIII.	Über das Ansehen von Zähnen in Valapee	327
LXIX.	Die Gesellschaft unterhält sich, und Flechtbart erzählt eine Sage	331

LXX. Der Sänger hebt an mit einem Paddlerlied; und eine Botschaft kommt von ferne 340
LXXI. Sie landen auf der Insel Juam 344
LXXII. Ein Buch aus Mohis Chroniken 348
LXXIII. Weiteres über den Herrscher 356
LXXIV. Sie stoßen weiter ins Tals vor und treffen auf Donjalolo 358
LXXV. Zeit und Tempel 363
LXXVI. Ein angenehmer Ort zum Müßigsein 368
LXXVII. Das Haus des Nachmittags 371
LXXVIII. Babbalanja Solus 376
LXXIX. Die Mitte vieler Umkreise 380
LXXX. Donjalolo im Schoße seiner Familie 382
LXXXI. Hier berichtet Babbalanja vom Abenteuer eines gewissen Karkeke im Land der Schatten 389
LXXXII. Wie Donjalolo Beauftragte zu den umliegenden Inseln schickte; und das Ergebnis 393
LXXXIII. Sie besuchen die tributpflichtigen Inseln 397
LXXXIV. Taji diniert mit fünfundzwanzig Königen; und sie haben eine königliche Zeit 399
LXXXV. Nach dem Festmahl 412
LXXXVI. Von diesen schuftigen Plujii 415
LXXXVII. Nora-Bamma 419
LXXXVIII. In einer Windstille nahen Hautias Herolde 421
LXXXIX. Flechtbart erzählt vom Ursprung der Insel der Spitzbuben 424
XC. Toller Sport zu Ohonoo 428
XCI. Von König Uhia und seinen Untertanen 432
XCII. Der Gott Keevi und die Klippe von Mondo 435
XCIII. Babbalanja tritt zwischen Mohi und Yoomy; und Yoomy erzählt eine Sage 439
XCIV. Von Borabolla, diesem famosen, alten Herrscher; und seiner famosen Insel Mondoldo; und von den Fischteichen und dem Jenseits der Fische 447
XCV. Dieser fidele, alte Herr Borabolla lacht über beide Backen 456
XCVI. Samoa, ein Chirurg 462
XCVII. Glaube und Wissen 466
XCVIII. Die Erzählung eines Reisenden 469
XCIX. »Marnee ora, ora marnee« 472
C. Der Verfolger selbst wird verfolgt 479
CI. Die Iris 486
CII. Sie reisen von Mondoldo ab 488

CIII.	Auf der Fahrt	491
CIV.	Jetzt bringt Babbalanja eine teuflische Theorie aufs Tapet und beweist sie in eigener Person	494
CV.	Maramma	500
CVI.	Sie landen	503
CVII.	Sie durchstreifen die Wälder	510
CVIII.	Hivohitee MDCCCXLVIII.	512
CIX.	Sie besuchen den großen Morai	517
CX.	Gespräch über die Götter von Mardi; und Flechtbart erzählt von einem gewissen Foni	525
CXI.	Sie besuchen den See von Yammo	529
CXII.	Beim Tempel von Oro treffen sie auf die Pilger	534
CXIII.	Gespräche über Alma	537
CXIV.	Mohi erzählt von einem gewissen Ravoo; und sie besuchen Hevaneva, einen prosperierenden Handwerker	542
CXV.	Babbalanja erzählt ein Ammenmärchen	549
CXVI.	Sie landen, um Hivohitee zu besuchen und begegnen einem außergewöhnlichen alten Eremiten, mit dem Yoomy ein vertrauliches, doch wenig aufschlußreiches Gespräch hat	553
CXVII.	Babbalanja versucht das Geheimnis zu erklären	560
CXVIII.	Taji empfängt Nachrichten und Vorzeichen	562
CXIX.	Träume	564
CXX.	Media und Babbalanja im Gespräch	569
CXXI.	Sie ergötzen sich mit ihren Pfeifen	572
CXXII.	Sie besuchen einen außerordentlichen alten Antiquitätensammler	584
CXXIII.	Sie steigen in die Katakomben hinab	591
CXXIV.	Babbalanja zitiert einen antiken Heiden und legt Wert darauf, daß diese Worte nicht von ihm stammen	598
CXXV.	Sie besuchen einen alten reichen armen Schlucker	604
CXXVI.	Yoomy singt verstreute Verse und Babbalanja zitiert querbeet antike Autoren	607
CXXVII.	Welche Art von Menschen die Taparier waren	616
CXXVIII.	Ihre Abenteuer bei der Landung auf Pimminee	620
CXXIX.	A, I und O	626
CXXX.	Ein Empfangstag zu Pimminee	630
CXXXI.	Babbalanja zieht nach Strich und Faden über Pimminee her	634

CXXXII. Babbalanja tischt der Gesellschaft einige Sandwiches auf 639
CXXXIII. Sie bleiben noch auf dem Felsen 648
CXXXIV. Zurück und vorwärts 652
CXXXV. Babbalanja bramarbasiert im Dunkeln 655
CXXXVI. Media ruft Mohi in den Zeugenstand 668
CXXXVII. Worin Yoomy und Babbalanja übereinstimmen ... 674
CXXXVIII. Die Insel Diranda 680
CXXXIX. Sie besuchen die Herren Piko und Hello 686
CXL. Sie wohnen den Spielen bei 690
CXLI. Taji, noch immer von Pfeilen und Winken verfolgt 695
CXLII. Abreise von Diranda 697
CXLIII. Babbalanja spricht über sich selbst 701
CXLIV. Der Zauberer von der Insel Minda 712
CXLV. Hauptsächlich über König Bello 718
CXLVI. Dominora und Vivenza 728
CXLVII. Sie landen auf Dominora 734
CXLVIII. Sie durchstreifen Dominora auf der Suche nach Yillah 739
CXLIX. Sie betrachteten König Bellos Staatskanu 743
CL. Babbalanja verneigt sich dreimal 747
CLI. Babbalanja philosophiert und Media läßt die Kalebassen kreisen 750
CLII. Sie umsegeln ein Insel, ohne zu landen, und umkreisen ein Thema, ohne zum Kern zu kommen 759
CLIII. Sie nähern sich Porpheero und gewahren eine schreckliche Eruption 769
CLIV. König Media feiert die Pracht des Herbstes; der Sänger die Verheißung des Frühlings 775
CLV. Azzageddi benutzt Babbalanja offenbar als Sprachrohr 778
CLVI. Der bezaubernde Yoomy singt 789
CLVII. Sie nähern sich dem Land 791
CLVIII. Sie besuchen den großen zentralen Tempel von Vivenza 795
CLIX. Babbalanjas kritische Bemerkungen zu der Rede des Alanno 804
CLX. Eine Szene im Land der Warwicks oder Königsmacher 807
CLXI. Sie lauschen einer Stimme von den Göttern 809
CLXII. Sie besuchen den äußersten Süden von Vivenza 824

CLXIII. Gespräch über Mollusken, Könige, Pilze und andere Themen 832
CLXIV. Mit dem Szepter in der Hand wirft sich König Media in die Bresche 837
CLXV. Sie umrunden das stürmische Kap aller Kaps 844
CLXVI. Sie begegnen Goldsuchern 847
CLXVII. Sie suchen auf der Insel nach Palmen und passieren die Myrrheninseln 852
CLXVIII. Sie ziehen ihre konzentrische Bahn um die Welt, mit Mardis Riff in der Mitte 854
CLXIX. Weiter unterwegs 862
CLXX. Ein Schwarm von Nachtigallen aus Yoomys Mund 865
CLXXI. Sie besuchen einen gewissen Doxodox 871
CLXXII. König Media träumt 877
CLXXIII. Nach langer Zwischenzeit verfallen sie nachts wieder in Windstille 880
CLXXIV. Sie landen auf Hooloomooloo 883
CLXXV. Ein Buch aus den ›Grübeleien des Bardianna‹ 892
CLXXVI. Babbalanja kommt wieder auf die Beine 901
CLXXVII. Letzte Erwähnung des alten Bardianna: Sein letzter Wille 906
CLXXVIII. Eine Todeswolke fegt an ihnen vorbei 912
CLXXIX. Sie besuchen den Palmenkönig Abrazza 915
CLXXX. Ein angenehmes Gespräch im schattigen Hain 920
CLXXXI. Sie soupieren 943
CLXXXII. Sie fahren ab 956
CLXXXIII. Babbalanja bei Vollmond 960
CLXXXIV. Am Morgen 964
CLXXXV. L'ultima sera 968
CLXXXVI. Sie fahren von Nacht bis Tag 976
CLXXXVII. Sie landen auf Serenia 980
CLXXXVIII. Babbalanja erzählt ihnen ein Vision 992
CLXXXIX. Sie reisen von Serenia ab 1002
CXC. Sie treffen die Phantome 1006
CXCI. Sie nähern sich Flozella 1008
CXCII. Sie landen 1011
CXCIII. Sie betreten Hautias Laube 1016
CXCIV. Taji bei Hautia 1021
CXCV. Mardi bleibt zurück: ein Ozean voraus 1024
Anmerkungen 1031
Editorische Notiz 1053
›Atoll-Tollheiten‹ von Rainer G. Schmidt 1055

Einar Kárason

Einar Kárason lebt in seiner isländischen Geburtsstadt Reykjavik. »Die Teufelsinsel« ist der erste Band einer hochgelobten Trilogie, die ihn auf Anhieb zum meistgelesenen Erzähler seines Landes und zum würdigen Nachfolger von Halldor Laxness machte.

Roman
300 Seiten
btb 72142

Dicht unter dem Polarkreis treibt die Anarchie üppige Blüten. Statt Selbstmitleid und Resignation herrschen trotzige Ironie, brutale Lebensfreude und bedenkenlose Liebe. »Wie ein Geysir läßt Einar Kárason seine burlesken Geschichten aus dem Leben einer isländischen Großfamilie sprudeln.«

Der Spiegel